藏族文化宝典

格萨尔王宝传

（上卷）

降边嘉措 吴伟 编

五洲传播出版社

2020年新版重印前言

《格萨尔王全传》自1985年由宝文堂书店出版第一版到现在已经35年，几乎伴随了改革开放的全过程。改革开放以来，藏族英雄史诗《格萨尔》的搜集整理和学术研究取得了巨大的成就。40年前，我们沐浴着十一届三中全会的阳光雨露，开展《格萨尔》工作时，很多人还不知道《格萨尔》是什么。对大多数读者来说，"史诗"这种文学形式也还比较陌生。我们在前辈专家学者和各级领导开创的基础上，正本清源，开拓前进。经过40年的努力，《格萨尔》文化得到前所未有的普及和弘扬。40年前，没有多少人知道什么是《格萨尔》，现在，我们可以说，没有多少人不知道《格萨尔》。从"不知道"到"知道"，虽然只是一字之差，但却反映了巨大的发展变化。

在这一过程中，《格萨尔王全传》发挥了一定的作用。新中国成立以后，党和国家对《格萨尔》的搜集整理和学术研究非常关心和重视，但绝大多数都是藏文本，有一些汉文译本，也不完整，不

系统，不懂藏文的广大读者，没有办法了解《格萨尔》的全貌。要让更广大的读者了解《格萨尔》，就必须有比较完善的汉文译本。《格萨尔》历史悠久，结构宏伟，内容丰富，篇幅浩繁，要系统、完整地翻译成汉文，绝非朝夕之功。在我国民间文学的前辈专家钟敬文教授、贾芝先生的指导下，在宝文堂书店的帮助下，就有了这本《格萨尔王全传》。

这本《格萨尔王全传》在让广大读者了解《格萨尔》方面发挥了一定的作用，受到读者的欢迎和有关部门的积极评价。

1999年，在庆祝新中国成立40周年时，获新闻出版总署颁发的"全国优秀图书奖"。这是国家级的图书大奖。

2007年入选文化部、财政部组织的"送书下乡工程"，印制普及版，送到广大农村。

2010年，被国家民委和中国作家协会作为"百部优秀作品"，向全国各民族的读者推荐。

2017年，清华大学出版社出版《清华大学荐读书目》，《格萨尔王全传》忝列其中，向全国的大学生推荐。

2006年由台北三月文化出版社出版繁体字版。这是第一次用繁体字比较系统地向台湾同胞介绍藏族英雄史诗《格萨尔》。

《格萨尔王全传》还被翻译成韩文，逐步走向世界。

从20世纪80年代开始，一代又一代的年轻人，大学生、研究生、博士生等，将《格萨尔王全传》作为入门读物，走进《格萨尔》。很多不能直接阅读藏文原著的汉族及其他民族的读者，也通

过阅读《格萨尔王全传》,了解了精深博大的《格萨尔》。

中国是一个出版大国,每年出版图书数十万种。几十年来,《格萨尔王全传》在海量的图书出版大潮中没有被淹没;在激烈的竞争、残酷的选择中,没有被淘汰,没有被遗忘,一版再版。

《格萨尔王全传》并没有随着岁月的流逝而消失,而是一次又一次冲破波涛,闪出浪花。

浪花没有被吞没,还不时能够射出亮光。

习近平总书记高度重视弘扬优秀的民族文化遗产。在十三届全国人大一次会议闭幕会上,回望几千年中华民族文明发展的波澜壮阔的历史,习近平总书记满怀豪情地说:"中国人民是具有伟大创造精神的人民。在几千年历史长河中,中国人民始终辛勤劳作、发明创造,我国产生了老子、孔子、庄子、孟子、墨子、孙子、韩非子等闻名于世的伟大思想巨匠,发明了造纸术、火药、印刷术、指南针等深刻影响人类文明进程的伟大科技成果,创作了诗经、楚辞、汉赋、唐诗、宋词、元曲、明清小说等伟大文艺作品,传承了格萨尔王、玛纳斯、江格尔等震撼人心的伟大史诗,建设了万里长城、都江堰、大运河、故宫、布达拉宫等气势恢弘的伟大工程。"习近平总书记的话让我们深受教育,深受鼓舞。

在习近平总书记亲自关怀和鼓舞下,古老的藏族英雄史诗《格萨尔》迎来了一个新的发展机遇期。恰好这个时候,五洲传播出版社决定重印新版《格萨尔王全传》,我们感到很高兴。《格萨尔王全传》,从20世纪80年代走到21世纪,在《格萨尔》事业新的高潮

到来之际，继续发出光和热，做出自己一份微薄的贡献，这是一件很有意义的事。

在此，对五洲传播出版社的领导和编辑同志表示我们由衷的谢意！

降边嘉措　吴 伟

2020年4月30日

新版前言

在新的一年到来之际，新版《格萨尔王全传》将问世，我们感到十分欣慰。我们将她作为新年礼物，奉献给关心《格萨尔》和藏族文化事业的广大读者。

《格萨尔王全传》从编纂、出版到现在，已经20多年了。在这20多年里，我们国家发生了深刻的变化和巨大的进步，经济高速发展，国力空前增强，各项事业蓬勃发展，兴旺昌盛，祖国更加美好的前景，展现在我们面前。与此相适应，中国的《格萨尔》事业，也取得了巨大成就。

由于历史的原因，这部宏伟的史诗，过去从未有系统、有计划地进行搜集整理。有人将敦煌学和《格萨尔》学加以比较。这两个学科的确有一定的可比性，早在20世纪30年代，中国著名的国学大师陈寅恪先生曾发出这样的感慨：敦煌学是辉煌学，又是伤心学。中华民族创造了灿烂辉煌的敦煌艺术，但是，长期的封存废弃，被淹没在历史的尘埃之中；偶然重见天日，敦煌的宝库即被帝国主义分子所掠夺和

盗窃，大量珍贵文物或者被毁坏，或者流失到国外。敦煌学的故乡在中国，敦煌学的研究成果却出在国外。这是我们中华民族学术史上一段屈辱的历史。学术上的耻辱与国耻是紧密相连的；学术的命运，与国家的命运，民族的命运，也是紧密相连的。

新中国成立以后，这段屈辱的历史被彻底洗刷，敦煌学揭开了崭新的篇章。

《格萨尔》的命运也大体如此。藏族人民创造了伟大的英雄史诗《格萨尔》，但是，在政教合一的封建农奴社会，思想文化领域，神权占统治地位，劳动人民创造的文化受到压制和排斥。那些才华出众的民间说唱艺人被当作乞丐，遭到歧视；他们创造的伟大诗篇，被诬蔑为"乞丐的喧嚣"，受到压制，不能进入艺术殿堂。真正在科学意义上，进行《格萨尔》研究的第一批专著，产生在国外；研究《格萨尔》的第一个学术机构在国外建立；第一批向国外介绍《格萨尔》的英文版、法文版和俄文版等各种外文译本，出自外国学者之手。喜马拉雅山南麓一个小小的山国——不丹王国，早在20世纪60年代，在联合国教科文卫组织的资助下，出版了30集的《格萨尔》丛书，是当时国际上最完善的一套整理本。中国在很多方面都处于落后状态。

新中国成立以后，广大藏族人民与全国各族人民一样获得翻身解放，劳动人民成了社会的主人，同时也成了文化的主人。新中国的成立，使《格萨尔》这部古老的史诗获得了新的艺术生命力。党和国家对《格萨尔》的搜集整理和学术研究非常关心和重视，尤其是改革开放以来，取得了巨大成就。这是一项跨世纪的文化建设工程，这种搜

集整理和学术研究工作，规模之大，时间之长，参加人数之多，成就之显著，涉及面之广泛，影响之深远，在藏族文化史上是一个前无古人的壮举，在中国多民族文学发展的历史上也不多见。一个有中国特色的《格萨尔》学的科学体系，已经形成，并且在不断完善、充实和发展。

现在，我们可以自豪地说：中国《格萨尔》研究的落后状况从根本上得到了改变，《格萨尔》这一学科令人伤心的时代已经永远地结束了。《格萨尔》学再不是一门伤心学，而是一门辉煌学，一门让藏族人民、同时也是让我们整个中华民族值得骄傲和自豪的学科。这一宏伟的事业，本身也是一首歌，一首动人的歌，一首可歌可泣的歌，一首饱含着艰辛的苦水和喜悦的泪花的歌，一首催人泪下、激人奋进的歌。也是一首劳动者之歌，创造者之歌。我们在为创造民族的、社会主义的藏族新文化，为中华民族的伟大复兴，为各民族兄弟同胞的共同繁荣昌盛，尽一份责任，做一点贡献。

2001年10月在巴黎召开的联合国教科文组织第31届大会上，140多个国家和地区的代表一致同意将中国的《格萨尔》诞生千周年纪念活动，列入2002年—2003年度联合国教科文组织的参与项目。

这在中国《格萨尔》发展的历史上，具有十分巨大的意义，是一个重要的里程碑。这是对《格萨尔》这部伟大史诗的国际认可和崇高肯定；是新中国成立以后，尤其是改革开放以来中国在《格萨尔》的搜集整理、学术研究和编纂出版工作方面所取得辉煌成就的国际认可和崇高肯定。也是我们坚忍不拔、自强不息、坚持不懈、执着追求、

努力奋斗的结果。这届大会通过的全世界共有47个项目，中华人民共和国仅此一项。这说明中国的英雄史诗《格萨尔》在国际学术界和国际社会，为我们伟大祖国赢得了荣誉。这是中国藏、蒙、土、裕固、纳西、普米等参与创造、传承、弘扬这一史诗的各兄弟民族共同的骄傲和光荣，也是中华民族的骄傲和光荣。

早在1985年，我们在出版前言中写道："我们从各种异文本中有选择地编纂这个故事，对有关的问题，如故事情节、主要内容、人物形象、结构安排、前后顺序等，提出我们的看法，作为一家之言，为以后编纂整理精选本提供一种可资选择的方案，作为引玉之砖，供专家和广大的《格萨尔》工作者研究讨论。"

现在，在各方面有识之士的关怀和帮助下，40卷藏文《格萨尔》精选本的编纂出版工作已正式列入国家项目，得到财政部的专项基金资助。编纂、出版工作正在有序进行，并取得了阶段性的重要成果，目前已出版17卷18册；其他各卷也将陆续编纂、出版。

汉文版的翻译出版工程，也将正式启动。这又是一项重要的具有深远意义的文化工程。

早在1983年制定"六五计划"时，就曾把藏文《格萨尔》翻译成汉文作为一项重要任务提出。原中国社会科学院副院长周扬、中国民间文艺家协会前主席钟敬文教授、我所第一任所长贾芝、副所长马学良、王平凡等前辈专家学者，为此事多次呼吁和建议。国家民委等有关部门和各界有识之士，也曾多次提出建议，他们说，中国是一个有56个兄弟民族的大家庭，《格萨尔》作为一部伟大的英雄史诗，是中

华民族共同的文化遗产，如果只有藏文本，而没有汉文本，不利于各民族之间进行文化交流；做好汉文本的翻译工作，有利于增进祖国大家庭的凝聚力、向心力和亲和力。

将《格萨尔》翻译成汉文，不但是学科发展的客观需要，而且是国家的需要，人民的需要，是维护民族团结、增强各民族之间的友谊和相互了解的需要，是国家利益所在。因此，这一事业必将得到国家的关怀和一切有识之士的支持。

我们为翻译《格萨尔》做了长期的努力和认真的学术准备。

我们编纂的这套《格萨尔王全传》，为做好《格萨尔》的翻译工作，做了初步的、但具有重要意义的探索，积累了必要的经验；同时也为今后深入开展《格萨尔》研究，提供了一个可资借鉴和参考的版本。

与此同时，有关方面正在筹划将《格萨尔》拍摄成影视剧。

将《格萨尔》改编成电影和电视剧，不但具有重要的学术价值，而且有重要的政治意义和现实意义，对于维护祖国统一、加强民族团结，构建和谐社会，促进国内各民族之间的文化交流和相互了解，加强国际文化交流，都具有十分重要的意义。

从文明史的角度来看，一切优秀的文化遗产，不应该只属于一个民族、一个国家所私有，而应该由全体进步人类共同享有。正如钟敬文教授生前一再强调的那样："《格萨尔》是属于全人类的。"

在当前形势下，将《格萨尔》搬上荧屏，改编成拥有亿万观众的电影和电视连续剧，是最好的方式之一。

电影和电视剧这种艺术形式，可以在一定程度上超越语言的隔阂和障碍，容易沟通和理解。

荷马史诗和印度史诗，以及世界上其他一些著名史诗，早已搬上荧屏，有的还多次改编成电影、电视剧和其他艺术形式，获得巨大成功。就非本民族的广大读者和观众来说，他们首先不是通过阅读原文、也不是通过精美的译文，而是通过其他艺术形式、包括电影和电视剧来了解史诗的基本内容，欣赏她的艺术风采。

一部电影《特洛伊》，影响了全世界亿万观众，为希腊史诗赢得了巨大的国际声誉。

印度的《罗摩衍那》和《摩诃婆罗多》两大史诗也是这样。它们的部分内容，早已被改编成电影、电视剧、戏剧、舞蹈、绘画、雕塑和其他艺术形式，充分挖掘史诗作为一个民族"百科全书式"重要著作的丰富文化内涵，既扩大了印度两大史诗的社会影响，也丰富和发展了印度文化的内容，形成良性循环。现在，在全世界真正懂得梵文的只有极少数学者，译文也很少，印度史诗主要是靠电影和其他艺术形式在全世界广泛传播，产生影响。

我们可以从中得到有益的启示。

在拍摄影视剧的过程中，《格萨尔王全传》可以作为编写剧本的主要依据和基本框架，成为拍摄工作的重要参考。

《格萨尔王全传》的编纂、出版，是在新中国《格萨尔》搜集整理和学术研究取得巨大成就的基础上完成的；它的出版，又进一步促进和推动了《格萨尔》事业的深入发展。20多年来，我们一直在刻苦

学习、探索和研究，认真听取广大读者和专家学者的意见，结合我们自己的研究成果，不断修订、充实和完善，使之精益求精。从某种意义上讲，《格萨尔王全传》反映了新时期中国《格萨尔》事业发展的历史进程。现在，由五洲传播出版社出版新版，就是一个生动的证明：《格萨尔》这部古老的史诗，焕发艺术青春，以强大的艺术生命力，从雪山环绕的青藏高原，走向全中国，走向全世界。

  在修订再版过程中，得到五洲传播出版社的热情帮助，他们精心设计，精心印制，努力打造精品，从内容到形式，力求达到完美的统一。在此，谨向他们致以深切谢意。

降边嘉措 吴 伟

2006年1月8日

再版前言

  时光飞逝,转眼就是十年。

  十年前,在庆祝西藏自治区成立20周年之际,我们完成了本书的编纂工作。十年后的今天,在全国各族人民的亲切关怀下,西藏人民度过了自治区成立30周年的喜庆日子;《格萨尔王全传》也得以再版。这不是偶然的巧合,作为藏族文化工作者,这是我们献给西藏人民的一片心意。同时,我们也愿将她献给各民族的同胞兄弟和一切关心藏族文化事业的同志们和朋友们,献给我们亲爱的祖国。

  这十年是很不寻常的十年,无论在全国,还是在整个藏族地区,都发生了深刻的变化。在党的改革开放政策指引下,各项事业在飞速发展,取得了举世瞩目的巨大成就。

  我们的《格萨尔》工作,在经历了艰难曲折和顽强不屈的辛勤劳动之后,也取得了重大成绩。这十年,是《格萨尔》从雪域之邦、从蒙古草原、从天山南北走向全国、走向世界的十年。

  当我们在编纂本书的时候,《格萨尔》的搜集整理工作第一次被

列为全国哲学社会科学重点科研项目。由于在《格萨尔》的搜集整理工作中取得了重大成绩，很好地完成了"六五计划"，1987年，受到国家科委的表彰。以后又在"七五计划"和"八五计划"期间，连续两次被列为国家重点科研项目。在过去工作的基础上，《格萨尔》的搜集整理工作取得了无法否认的巨大成绩。到目前为止，共搜集到藏文手抄本、木刻本120多部；记录整理民间艺人的说唱本300部左右；出版藏文《格萨尔》70多部、共300多万册。按藏族总人口计算，平均一个多人就有一部。一部史诗在一个民族中得到如此广泛的传播，受到一个民族的大多数成员如此热烈的喜爱，这在其他民族中也不多见。它生动地说明《格萨尔》这部伟大的史诗拥有深厚的群众基础，具有马克思所说的那种"永久的魅力"。与此同时，蒙文《格斯尔》和土族《格萨尔》的搜集整理和学术研究也取得了重大成绩。

从五十年代到九十年代，持续近半个世纪，有各兄弟民族的数百名专家学者和文化工作者参加，包括老、中、青三代人，在人民共和国近一半的土地上，留下了普查人员的足迹。不仅如此，一些科研人员还跨越喜马拉雅山，到印度、尼泊尔和巴基斯坦等国家和地区，即《格萨尔》流传的喜马拉雅山周边地区进行学术考察；有的则走向蒙古国和俄罗斯的蒙古族地区去调查研究。规模之宏大，时间之长久，成绩之显著，在藏族文化发展的历史上，也不多见。这充分体现了党和国家对民族文化事业的高度重视和对少数民族人民的亲切关怀。我们工作所取得的成就，也得到党和国家的高度评价，在国内外学术界产生了积极的影响。

　　1994年9月，全国《格萨尔》工作领导小组及其办公室和西藏、青海、四川、甘肃、云南、内蒙古、新疆七个省、自治区的《格萨尔》工作领导小组及其办公室，作为民族团结先进集体，受到国务院的表彰。

　　1983年在制定"六五计划"时即提出：在基本完成搜集整理的基础上，要编纂出版一套比较完善的藏文精选本。现在，这个条件已经成熟。编纂出版《格萨尔》精选本的工作，已经列为中国社会科学院"九五计划"期间的国家重点图书。并要求我们树立精品意识，使之成为传世之作。同时将以精选本为基础，翻译出版汉文版和外文版，使《格萨尔》这部古老的史诗在更大的范围内得到传播，在弘扬民族文化、振奋民族精神，促进国内外文化交流方面，发挥更大的作用。

　　编纂出版藏文《格萨尔》精选本是一项承前启后、继往开来的跨世纪的文化建设工程，是过去近半个世纪艰苦而又卓有成效的搜集整理和学术研究工作的一个总结，又将为以后更深入地开展史诗研究奠定坚实的基础。

　　正如在《前言》中所说，我们编纂这部书的主要目的之一，是为编纂整理藏文精选本提供一种可资选择的方案。在编纂出版《格萨尔》精选本的工作全面展开的时候，再版这部《格萨尔王全传》，应该说正合其时，它将有助于编纂出版工作的顺利进行。从本书正式出版到现在，已近10年。在过去的10年里，《格萨尔》工作取得了可以引以为自豪的巨大成就。同时我们也深知，在我们前进的道路上，

还有许多困难和障碍。等待着我们的并不只是耀眼的花环，热烈的喝彩，我们还需要在荆刺丛生的曲折道路上艰难跋涉。

未来的10年，正处于世纪之交。这是一个将会发生巨大变革和飞速发展的伟大时代。我们的《格萨尔》工作也处在一个重要的转折时期。我们愿同广大的《格萨尔》工作者共勉，发扬鲁迅所倡导的"韧"的战斗精神，学习鲁迅严谨的治学态度，以"咬定青山不放松"的坚定态度，在过去所取得成就的基础上，经过坚持不懈、不屈不挠的努力，去创造新的辉煌。在这个伟大的事业中，我们能付出自己的汗水和心血，以诚实而辛勤的劳动，作出自己应该做的、也能够做的一份贡献，我们感到无限的欣慰和荣光。

本书第一版由宝文堂书店出版。现由作家出版社再版。在本书编纂的过程中，得到西藏大学《格萨尔》研究所、西藏社会科学院《格萨尔》办公室、《中华儿女》杂志社等部门的帮助。在此，谨向宝文堂书店、作家出版社、《中华儿女》杂志社，以及一切关心和支持本书编纂出版的同志们和朋友们，致以深切谢意！

降边嘉措　吴　伟
1997年7月8日于北京

前　言

　　《格萨尔》是我国藏族人民集体创作的一部伟大的英雄史诗，是藏族人民智慧的结晶。它是在藏族的神话、传说、民间故事、民歌和谚语的丰厚基础上产生和发展起来的。《格萨尔》的内容丰富，结构宏伟，卷帙浩繁，气势磅礴，是世界上最长的一部英雄史诗。

　　纵观中外文学史，任何一部篇幅浩繁的优秀民间文学作品，都不可能在一个时代，由一两个或少数几个艺人创作出来，它必然要经过长期的酝酿阶段，由广大人民群众和他们当中优秀的民间艺人集体创作，然后逐渐形成。产生之后，在漫长的流传过程中，还会不断加工、充实、丰富和发展。荷马史诗是这样，印度史诗是这样，芬兰的《卡勒瓦拉》是这样，《格萨尔》也是这样。

　　从目前掌握的资料看，我们认为，《格萨尔》的产生、发展和演变，经历了这样几个重要阶段：它产生在藏族氏族社会开始解体、奴隶制的国家政权逐渐形成的历史时期。这一时期，大约在纪元前后至公元五六世纪。于吐蕃王朝时期，即公元七至九世纪前后，基本形成。在吐蕃王朝崩溃，即公元十世纪之后，进一步得到丰富和发展，

并广泛流传。

史诗一开始，就在我们面前展现了备受部落战争之苦的古代藏族社会生活的真实图景：天灾人祸遍及藏区，妖魔鬼怪横行，黎民百姓遭受荼毒。大慈大悲的观世音菩萨为了普渡众生出苦海，向阿弥陀佛请求派天神之子下凡降魔。神子推巴噶瓦发愿到藏区，做黑发藏人的君王。为了让格萨尔能够完成降妖伏魔、抑强扶弱、造福百姓的神圣使命，史诗的作者们赋予他特殊的品格和非凡的才能，把他塑造成神、龙、念⁽¹⁾三者合一的半人半神的英雄。格萨尔降临人间后，多次遭到陷害，但由于他本身的力量和诸天神的保护，不仅未遭毒手，反而将害人的妖魔和鬼怪杀死。格萨尔从诞生之日起，就开始为民除害，造福百姓。

五岁时，格萨尔与母亲移居黄河之畔；八岁时，岭部落也迁移至此。十二岁时，格萨尔在整个部落的赛马大会上取得胜利，并获得王位，同时娶森姜珠牡为妃。

从此，格萨尔施展天威，东讨西伐，征战四方，降伏了入侵岭国的北方妖魔，战胜了霍尔国的白帐王、姜国的萨丹王、门域的辛赤王、大食国的诺尔王、卡切松耳石的赤丹王、祝古的托桂王等，先后降伏了几十个"宗"——古代的部落和小邦国家。

在降伏了人间妖魔之后，格萨尔功德圆满，与母亲郭姆、王妃森姜珠牡等一同重返天界。规模宏伟的史诗到此结束。

《格萨尔》中塑造的人物有上千名，描写的战争有数十场。史诗

（1）"念"为藏语音译，是藏族原始宗教里的一种厉神。

通过叙述这些部落和小邦国家由分散割据、互不统属、各自为政的状态，经历长期的战争和交往，到逐渐联合统一的过程，艺术地再现了古代藏族社会的历史，体现了人民要求和平统一、社会安定、众生幸福的美好愿望。

十九世纪俄国著名的文艺批评家别林斯基曾说："史诗是民族意识刚刚觉醒时，诗领域中的第一颗成熟的果实。"(2)史诗"是这样一种历史事件的理想化的表现，这种历史事件必须有全民族参与其间，它和民族的宗教、道德和政治生活融汇在一起，并对民族命运有着重大的影响"。(3)英雄史诗《格萨尔》正是如此，是古代藏族社会发展时期的产物，体现着民族崛起、奋发向上的进取精神。

史诗中的格萨尔，是一个神与人结合的英雄形象。他既是天神之子，又是人间豪杰；既是人民拥戴的雄狮大王，又是亲近群众的人民的儿子。在他的统率下，斩除妖魔，抑强扶弱，百姓们过上了安居乐业的美好生活。

《格萨尔》不仅是一部优秀的文学作品，而且有很高的学术价值和认识价值。它对于古代藏族部落联盟社会生活的各个方面，如人民的经济生活、生产劳动、意识形态、理想愿望、道德风尚、宗教信仰、风俗习惯等，都作了生动而真实的、充满诗情画意的描绘。史诗既有惊心动魄的战争场景，也有缠绵悱恻的爱情插曲；既有奇异的神话内容，也有深邃的处世格言，情节跌宕，曲折动人，实在是一部研究古代藏族社会生活的不可多得的百科全书。同希腊和印度史诗一

（2）（3）《别林斯基论文学》，新文艺出版社1958年版，第179、197页。

样,《格萨尔》是世界文化宝库中一颗璀璨的明珠,是中国人民对人类文明的一个重要贡献。

《格萨尔》很早以前就流传到国外,目前已有英、俄、德、法、日等文字的部分译文,日益受到国外学术界和广大读者的关注和重视。一些外国学者给它以很高的评价,称它为"东方的《伊里亚特》"。

新中国成立以后,党和国家对《格萨尔》的搜集整理工作十分关心。五十年代曾组织了一次大规模的普查工作,取得很大成绩。正当普查工作在顺利进行的时候,却遭到"左"的错误思想和路线的严重干扰和破坏。到了十年动乱时期,《格萨尔》这部伟大的史诗也遭到了前所未有的浩劫。

粉碎"四人帮"以后,抢救《格萨尔》的任务,更尖锐、更突出地摆到了我们面前。几年来,在各级党委的领导和关怀下,经过各有关方面的共同努力,在搜集整理、翻译出版和学术研究等方面,取得了可喜的成果。目前,全国已搜集到的手抄本和木刻本,就有40多部(不含异文本),约有40多万诗行。但这些还只是整个《格萨尔》的一部分,大部分还流传在民间。著名的说唱艺人扎巴老人,自报能讲30多部,现在已录音的有22部,约400多万字。目前正在继续记录整理,并陆续出版。其他著名的老艺人如桑珠、阿旺嘉措、玉珠、阿达、昂仁以及年轻的女艺人玉梅,都能演唱几十部。到目前为止,我们还没弄清《格萨尔》的全貌,抢救工作还在继续进行。为了进一步做好这一工作,已将《格萨尔》的搜集整理

工作定为国家的重点科研项目。规划要求,在"六五计划"期间,集中力量进行抢救;"七五计划"期间,基本完成搜集整理工作,并在此基础上,编纂出版一套比较完善、比较全面的精选本,作为我们国家统一的正式版本。

因此,要全面完成《格萨尔》的搜集整理工作,任务非常艰巨。随着我国民族文化事业的发展和史诗研究工作的深入,关心《格萨尔》的人越来越多。但是,目前《格萨尔》还只有藏文本,汉译本非常之少,远远不能满足广大读者的需要;而史诗的翻译是十分困难的,希腊史诗和印度史诗的汉译工作,大约经历了半个多世纪,直到最近才出版了《奥德修纪》全译本,《伊里亚特》尚未出版过全译本。最近出版了季羡林先生翻译的印度史诗《罗摩衍那》七卷本。印度的另一部史诗《摩诃婆罗多》正在组织翻译,据专家估计,要十年左右才能完成。

《格萨尔》的篇幅,比希腊史诗和印度史诗的总和还要多,翻译工作的难度,也绝不亚于外国史诗。由此看来,若能在本世纪末或下世纪初,产生比较完善的全套汉译本,将是一个了不起的成绩。如果我们的工作抓得不紧,不能尽快培养出一批有较高水平的文学翻译人才,这一目标还很难达到。

鉴于这种情况,为了让关心《格萨尔》的同志早日了解史诗的基本内容和主要情节,应宝文堂书店之约,我们编纂了《格萨尔王全传》,希望读者能够透过这部史诗故事之一斑而窥见其全貌。

从精深博大、卷帙浩繁的作品中,选取精华部分,编写成通俗故

事,并不是我们的发明。过去有《圣经的故事》和《佛经故事》,即把篇幅巨大、内容丰富的圣经和佛经用通俗的文字传达给广大读者,用讲故事的形式,把深奥难懂、玄妙神秘的宗教教义普及到群众之中,其影响是非常深远的。千百年来,很多人就是通过这种故事了解宗教教义,接受宗教影响,并成为虔诚的信徒。

希腊史诗和印度史诗,也是首先经过这种通俗故事传遍全世界,产生了深远的影响。长期以来,中国的绝大多数读者,正是通过国外编纂的《伊利亚特故事》、《罗摩衍那故事》和《摩诃婆罗多故事》等通俗读物的汉文译作,接触和了解这些伟大的史诗。

莎士比亚的戏剧,也是通过《莎士比亚戏剧故事》等通俗读物流传到中国,然后才逐渐产生较好的译本,搬上了舞台。又经过长期的艺术实践,对译文反复修改,反复推敲,最后才出版了比较完善的莎士比亚戏剧的汉译本。

我们编纂《格萨尔王全传》,有这样几个目的:

第一,让更多的汉族和其他兄弟民族的读者,通过本书了解《格萨尔》的概貌和基本内容,扩大史诗在读者中的影响,以便吸引更多的人来关心并参加《格萨尔》工作,争取早日完成抢救任务。在此基础上,开展学术研究,为建立《格萨尔》学的完整体系而作出贡献。

第二,促进国内外的文化交流,增进各民族之间的了解和友谊。

过去学术界有一种普遍的看法,认为中国没有史诗。黑格尔在他的巨著《美学》中,就曾断言中国没有史诗。《格萨尔》和其他少数民族史诗的发掘整理,打破了"中国无史诗"之说,在国际学术界产

生了重大影响。但是,由于历史的原因,我们有许多同志,对中国自己的史诗了解太少,研究太差。不少同志对《格萨尔》这样举世闻名的伟大史诗,还十分陌生,甚至缺乏基本的知识。因此,有必要加强这方面的宣传工作,这对于促进国内外文化交流,增强民族自尊心和自豪感,提高爱国主义情愫,都是一件十分有意义的事情。

第三,《格萨尔》是至今仍然在人民群众中流传的一部活的史诗。在长期流传过程中,经过广大群众,尤其是才华出众的民间说唱艺人的再创造,有很大的发展变化,出现了很多异文本。民间文学作品的群众性、传承性、口头性和变异性,在这里都表现得非常明显。各个民间艺人说唱的《格萨尔》,其主要内容和基本情节虽然大体相同,但在具体内容、具体情节和细节上又各有特点,自成体系。这就给今后编纂整理精选本的工作,带来很多困难和问题。比如,构成《格萨尔》主要内容的18大宗,究竟包括哪些部,各部之间的前后顺序应该是怎样的等问题,至今没有一致的意见。

我们从各种异文本中有选择地编纂这个故事,对有关的问题,如故事情节、主要内容、人物形象、结构安排、前后顺序等,提出我们的看法,作为一家之言,为以后编纂整理精选本提供一种可资选择的方案,作为引玉之砖,供专家和广大的《格萨尔》工作者研究讨论。

按照我们的设想,本书应该是通俗性和学术性相结合,既是普及性的通俗读物,又要有一定的学术水平和学术价值。

我们在编纂本书时,是同研究工作相结合进行的。既是研究工作的结果,又为更多的人进行科学研究服务,为他们创造条件,提供资

料,也可以说是为更深入地进行研究做一些基础性的工作。

因此,在编纂时,要照顾到各个方面:既要注意史诗的完整性和统一性,又要参阅各种优秀的、有特色的异文本,吸收其所长;既要以已经出版的各种版本(包括内部资料本)为基础,又要尽可能地吸收民间艺人的说唱本中的优点;既要保持原诗的风格和特点,又要注意有可读性,让汉族和其他民族的读者易于理解和接受。原诗如甘露,如琼浆,如美酒,编纂本至少应该是一掬清净的泉水,而不能成为一杯苦涩的污水,败坏史诗的声誉。

我们给自己定了一个难以达到的目标,提出了力不能胜的任务。但是,汉族有句古话说得好:"取法乎上,仅得其中;取法乎中,仅得其下。"如果取法其下呢?只能得其下下了。

我们深知,就我们的水平,就我们对《格萨尔》这部精神博大的史诗的理解,以及文字表达能力来讲,很难胜任这个工作。因此,虽然有着良好的愿望,有一些设想,也做了认真的准备,请教了著名的说唱家扎巴老人和其他一些说唱艺人,也请教了许多专家学者,但始终没有敢动笔。

恰在这时,宝文堂书店编辑部来向中国社会科学院少数民族文学研究所约稿。他们说,宝文堂书店准备出版一套《中国古典文学普及丛书》,其中包括茅盾节编的《红楼梦》、宋云彬节编的《水浒》、周振甫节编的《三国演义》等名著。他们认为,我国是一个多民族的社会主义国家,各民族都有许多优秀的文化遗产,它们是我们中华民族共同的精神财富。中国古典文学名著当中,理所当然地应该包

括少数民族的优秀作品。在他们编辑出版的这套丛书中，拟将我国的三大史诗——《格萨尔》、《江格尔》和《玛纳斯》包括进去，并请少数民族文学所负责编纂。我们的老所长贾芝同志将编纂格萨尔的故事——《格萨尔王全传》的任务交给了我们。

作为《格萨尔》工作者，我们热爱我们所从事的事业，热爱这部伟大的史诗，也希望有更多的人了解它、喜爱它。因此，我们欣然接受了所领导交给的任务，开始编纂。《格萨尔》那博大的内容，动人的故事，深刻的哲理，丰富的想象，巧妙的构思，曲折的情节，精美的语言，生动的比喻，以及对高原景色的古老而又纯朴的民风民俗的出色描绘，常常会使人一唱三叹，拍案叫绝。就目前的情况看，《格萨尔》的汉译本很少。而且，再好的译本，也只能达其意，而很难传其神，何况本书只是一个编纂本。

编纂这部书，只是一个尝试，一个探索。我们热切希望，并坚定地相信，今后会有更好的编纂本产生。

从结构上讲，《格萨尔》包括三个部分：格萨尔的诞生史；格萨尔率领岭国百姓降妖伏魔、抑强扶弱的降魔史；尾声，即安定三界后返回天国。本书就是根据这种结构编纂的。

我们的资料主要来源于以下几个方面：

第一，已经公开出版的各种藏文本，以及部分手抄本、木刻本。

第二，扎巴老人、桑珠、玉梅和其他一些民间艺人的说唱本，以及他们提供的有关资料。

第三，青海省民研会翻译编印的资料本。

第四，王沂暖教授和刘立千先生、何承纪先生等人的汉译本，以及近年来在各种刊物上发表和正式出版的部分诗篇的汉文译本。

在编纂过程中，得到宝文堂书店编辑部和各有关方面的热情支持和帮助，谨向他们表示深切谢意！

降边嘉措　　吴　伟
1985年12月于北京

目录

2020年新版重印前言 01
新版前言（2006年）...... 05
再版前言（1997年）...... 13
前　　言（1985年）...... 17

上　卷

第一回 1
　　妖风骤起百姓遭难　　观音慈悲普渡众生

第二回 14
　　老总管异梦得预言　　岭噶布集会议大事

第三回 27
　　推巴噶发愿降尘世　　莲花生设计选龙女

第四回 40
　　神子诞生花岭噶布　　晁通设计陷害觉如

第五回 55
　　遵旨意觉如假被逐　　降大雪岭国迁新地

第六回 68
　　假预言觉如巧用计　　欲称王晁通逞愚顽

第七回 ……77
　　接觉如珠牡表心愿　　试珠牡觉如多变幻

第八回 ……86
　　慈郭姆智捉千里驹　　美珠牡为它作赞语

第九回 ……96
　　随觉如珠牡不变心　　骗宝驹晁通未得逞

第十回 ……108
　　雄狮猛虎伪装无能　　骚狐野狼强显本领

第十一回 ……119
　　赛马途中屡降妖魔　　金座前面再论英雄

第十二回 ……131
　　圆满成就觉如欢喜　　万念俱灰晁通忧愁

第十三回 ……139
　　为救梅萨雄狮出征　　眷恋大王珠牡痴迷

第十四回 ……153
　　天母送王妃回岭国　　大王降妖魔得胜利

第十五回 ……167
　　霍尔兴兵欲抢王妃　　珠牡用计巧拖三王

第十六回 ……181
　　巧施诡计晁通通敌　误中暗箭嘉察捐躯

第十七回 ……194
　　遭灾祸岭噶布被掠　闻急报岭大王班师

第十八回 ……208
　　讨顽敌格萨尔复仇　受惩罚白帐王被诛

第十九回 ……222
　　生祸端黑姜抢盐海　用计谋辛巴建奇功

第二十回 ……235
　　荡敌寇英雄诛群妖　踏魔窟岭王戮萨丹

第二十一回 ……248
　　得预言进军门域国　闻报警出城探敌情

第二十二回 ……259
　　南方河畔两军对垒　降伏四魔岭军凯旋

第二十三回 ……272
　　盗良马晁通犯大食　追宝驹东赤捕元凶

第二十四回 ……283
　　夺宝马大食忙起兵　逢良机王子急上阵

第二十五回 295
　　解危难格萨尔亲征　　胜大食众英雄分宝

第二十六回 306
　　受惩罚岭国降凶兆　　消灾祸晁通施巫术

第二十七回 314
　　雄狮单骑祛巫平妖　　麻夏降兽宝马归岭

第二十八回 324
　　遵神旨雄狮取索波　　得异梦莽吉抗岭军

第二十九回 337
　　晁通王恃强落敌手　　下索波失陷丢珍宝

第三十回 350
　　过碣日岭商队遭劫　　经阿扎格萨尔借路

第三十一回 365
　　破关隘岭军打阿扎　　保江山王弟送老命

第三十二回 377
　　是逃是降尼扎问卜　　要战要和藏使调停

第三十三回 390
　　阿扎王认罪献玛瑙　　格萨尔聚兵伐碣日

上 卷

妖风骤起百姓遭难
观音慈悲普渡众生

很久以前，藏族的祖先就生活在这雪山环绕、雄伟壮丽的雪域之邦。人们安居乐业，和睦相处，过着幸福美满的生活。

突然，不知从什么地方刮起了一股罪恶的妖风。这股风，带着罪恶、带着魔鬼刮到了藏区这个和平安宁的地方。晴朗的天空变得阴暗，嫩绿的草原变得枯黄，善良的人们变得邪恶，他们不再和睦相处，也不再相亲相爱。霎时间，刀兵四起，烽烟弥漫。

人们向天祈祷，祈求慈悲的菩萨拯救众生。

天神被众生的虔诚感动了。为了消灭恶魔，天神要为众生做三次降伏恶魔的法事，以求得法王（注1）长寿，属民安乐。但是，王室中罪恶深重的奸臣想尽一切办法来阻止降魔法事，因此，降魔法事没有能够完成。

降伏恶魔的良好机缘被错过，恶魔更加猖獗起来，从藏区的边地侵入腹地，法王也被降为庶民。一群群妖魔横行无忌，无恶不作，他们吃人肉，喝人血，吞人骨，扒人皮。因此，藏区这个美丽的地方，成了一个苦海；安居乐业的众生，遭到了前所未有的涂炭。

---

1 法王：佛教术语，这里指施行善业、弘扬佛法的国土。

大慈大悲的观世音菩萨（注2），看到众生遭受深重苦难，心中大为不忍，就向极乐世界（注3）的主宰阿弥陀佛（注4）恳请道：

西方极乐世界的教主阿弥陀，
请看看不净轮回的地方！
您的慈悲最无偏无向，
请您给藏区苦难的众生发一道佛光。

世尊阿弥陀佛稍微转动了一下脖颈，一道金光立即为观世音菩萨指明了方向。阿弥陀佛告诉观世音菩萨：在三十三天神境里，父王梵天威丹噶尔和王母曼达娜泽有一个王子叫德确昂雅。德确昂雅和天妃所生的儿子，叫推巴噶瓦，将降生在南赡部洲（注5）人世间。他是人间的菩萨，只有他能教化众生，使藏区脱离恶道，众生享受太平安乐的生活。请你前去牛尾洲，把我的这些话告诉莲花生大师，他就知道该怎么办了。

观世音菩萨得到世尊的明训，立即向牛尾洲（注6）飘去。

牛尾洲在南赡部洲的北面，是罗刹（注7）的地方。坐落在牛尾洲的莲花光无量宫的大乐自成殿，是个雄伟森严的地方。到了这里，就是狱帝阎罗也要惧怕，梵天王也要退缩，魔王毕纳雅噶也要避让，普通人根本不能接近这个地方。但是，为了拯救众生出苦海，观世音决定到这个令人胆寒的地方走一遭。他将真身隐去，变作一个头戴蚌壳的罗刹孩子，身上罩着一团盾大的白光。这团吉祥的佛光保护着菩萨，使他不受邪气的侵扰。

当观世音菩萨来到牛尾洲东门的时候，被守城的罗刹大臣热恰郭敦看到了。热恰郭敦看着观世音的化身，心中好生奇怪：这是个什么人呢？说他是神吧，他

---

2 观世音菩萨：即观音菩萨，为佛教佛祖之一，通常与大势至同为阿弥陀佛左右胁侍，合称"西方三圣"。佛经说此菩萨广化众生，示现种种现象，名为"普门示现"；有说三十三化身，有说三十二化身。一般塑像或图像为女相，在藏族地区则为男相。

3 极乐世界：佛教术语，由梵文意译为"安乐国"、"安养国"，或称"净土"。佛经说，那是阿弥陀佛成道时依着愿力而建立的、远在西方十万亿佛土以外的世界，俗称"西天"。那里"无有众苦，但受诸乐"，是佛教徒向往的世界。

4 阿弥陀佛：是佛教的一佛名。他是西方极乐世界的教主。后世所谓"念佛"，多指念阿弥陀佛名号。在寺院的佛殿中，此佛常与释迦、药师二佛并坐，成为三尊。

5 南赡部洲：古印度传说中的地名，旧译为"南阎浮提"。相传在须弥山南方之咸海中，又指我们生存的这个世界。

6 牛尾洲：亦称拂尘洲，佛书所说南赡部洲西方海岛名，八中洲之一。

7 罗刹：八部魔之一。八部魔为：乾闼魔、毗舍魔、鸠盘荼、饿鬼、龙、臭饿鬼、夜叉、罗刹。

又像个罗刹孩子；说他是罗刹吧，周身又被祥瑞的白光笼罩。对于众生来说，牛尾洲这个地方，不要说看，就是听了也会让人不寒而栗，心惊胆战。这个面目生疏的小孩竟敢到这里来，一定有什么大事相托。热恰郭敦想不透，也猜不出这个小孩的来意，于是问道：

陌生的孩子你从哪里来？
来到这里做什么？
牛尾洲是万恶的血海，
罗刹的食欲比火还热，
女罗刹的魔手比水还长，
找肉吃的罗刹比风还快。
古老的谚语说得好：
如果心中没有难以忍受的痛苦，
无须在水中自溺；
如果没有遭受极大的冤屈，
不必把财宝送进官府。
你这乳臭未干的孩子，
来到这里究竟有何事？
你是什么地方人？
你的父母又是谁？
热恰郭敦问毕，眨着眼睛等待回答。
观世音菩萨想了想，答道：
我名叫利群慈悲之骄子，
父亲是普遍救主大菩萨，
母亲是空性法灯氏。
今早从德庆坝子来，
来向陀称长官叙说一件重要的事。

热恰郭敦看着这个小孩子，轻蔑地说："有什么事对我说吧！"

"俗谚说：'五谷丢在草地上不会长出庄稼，种子撒在田里才会结出硕果。'对您讲了没有用，还是请您通报一声。我是非见白玛陀称王不可。"

罗刹大臣见这小孩不肯对他说，生气了：

"我们罗刹王白玛陀称管辖下的王朝，在古昔之时，法令比雷霆还严厉，领土比天之所覆还要大，权力比罗睺[注8]星还厉害，不要说你一个流浪边地的小孩子，就是像我这样近在身边的内大臣，也常常要无罪被处罚。自从我们有了新的大王，人们在心理上逐渐具备了空性[注9]、仁慈及宽、猛、平和三种品德；大家的行动变得一致了，犹如照一个样子裁的衣衫，照一个规格做的念珠一样。但是，如同在圣洁的神殿里不容混杂草木那样，在我们的牛尾洲，仍然不能让一般的闲杂人员混入。你要见我们大王，请问，你有朝拜神庙的哈达吗？有拜见活佛的布施吗？有谒见长官的礼品吗？"

童子听了罗刹大臣这一番话，毫不犹豫地告诉他：

"当然有，我有礼品三十种：教法方面有六字真言，道的方面有六波罗密多，外面有客观六境，内里有主观六识，中间有器官六门。你看这些能作为晋见礼吗？"

罗刹大臣见那童子对他说的话并无丝毫畏惧，反倒显示出一股凛然正气，心中大为不悦：

"要朝拜扎日神山，就得靠九节藤杖！要赶加吾司山沟的路程，总得给他白银元宝。你的那些礼品，究竟是大还是小呢？"

"大也不算大，自己身体只是一弓见长，但它是宝贵的人身。小也不算小，如果会想，它就是今世和来世无穷的资财和食粮，要什么就能有什么，是难得的如意宝；如果不会想，它就是三毒轮回[注10]的沉底石，是欢乐和痛苦的根子，是藏污纳垢的皮囊。"

"那好，你在这里等着，让我去请示大王。"罗刹大臣再也无言答对，只得进宫禀报。

莲花生大师是长寿佛，为了拯救众生，弘扬佛法，他能根据不同的需要，变幻不同的形象。为了教化凶恶的罗刹，他变作威严的形象，来到牛尾洲，被称为白玛陀称王。此刻他正坐在铺着华丽整齐的垫子、镶着金子饰品的宝座上，双目微闭，一心想着法性对人们的意义。对外边发生的事，热恰郭敦和童子的对话，他都知道得清清楚楚。但是，见热恰郭敦进来，他仍装着不知道的样子问：

"喂，今天早上谁在唱不动听的歌，说无意义的话？他是不是想把什么重要

8　罗睺：印度占星术名词。印度天文学将"黄道"和"白道"降交点叫"罗睺"，升交点叫"计都"，同日、月、金、木、水、火、土合称"九曜"。因日蚀和月蚀现象发生在黄白二道交点附近，故又把罗睺当作食(蚀)神。印度占星术认为罗睺能支配人间吉凶祸福。

9　空性：佛教术语，即无自性性。

10　"轮回"：佛教中所说的"六道轮回"即天神、修罗、人类、畜牲、饿鬼和地狱。意为如车轮回旋不停，众生在三界六道的生死世界循环不已。六道中，前三者叫做"三善道"，后三者叫做"三恶道"，亦称三毒。

的事情托付于人？"

罗刹大臣心中暗想：俗谚讲："大王坐在宝座上，两只小眼睛能望到四方；太阳运行于天空，光明普照到世界；浓云遮蔽空中，甘霖降在大地。"照这么说，大王已经知道了一切，可他还是要老老实实地回答大王的发问：

"威震四方的大王啊，在罗刹城德庆奔庄查穆的外城仁慈大殿门口，有一个非人非魔的小孩。说他不是神吧，他背上有一圈白光；说他是神吧，长得又像个罗刹孩子。他说他有造福众生的大事，要向您禀报。"

"哦，善哉！"白玛陀称王脸上绽出微笑。"俗谚说：'作为引导者的上师，只要信徒能够改过，比对上师贡献百样布施还要欢喜；作为威震一方的长官，只要百姓忠实于他，比对长官奉送百样礼品还要高兴；有福分的事业领袖，看见善兆，比获得百样财宝还要喜欢。'今天是个吉日，这是个祥瑞兆头，你去宣示：神龙土地及八部(注11)众人，无论是谁，都可以马上到这里来！"

当罗刹大臣从宫门出来时，哪里还有什么童子的影子。在童子原来站着的地方，只剩下一株八瓣金莲花，金莲花的花蕊上有一个白色的"誓"字，八个花瓣上依次写着"嗡、嘛、呢、叭、咪、吽、誓、啊"八个字。奇怪的是，这朵金莲花还能发出声音，念诵着这八个字。

罗刹大臣热恰郭敦好生奇怪。他暗自思量着：眼前的事，叫我怎样禀告大王、说给大臣、传达给奴仆们呢？他细细思量了十二次，自己出了二十五个主意(注12)以后，心想：如果空性的心不泯灭，大丈夫的心计是不会穷尽的；如果舌头不让牙齿咬掉，智者的话是说不完的；如果任双脚无限制地走去，弯曲的道路是不会有尽头的；如果不用绿色的河水浇灭，红色火焰的燃烧哪里会有限度。眼下这件事，并非没有灵验的猪舍利(注13)，不是没有意义的哑吧话。今天早上的这个童子，可能是个什么化身。这朵金莲花，一定是由他所变幻。可这朵金莲花要不要拿给大王呢？罗刹大臣又思量了十二次，给自己出了二十五个主意。他想，大王已经说了，对于有福的人是需要吉兆的，无论是神是鬼，都可带来；这朵金莲花，是个无物的虹影，一定是个吉兆。于是，他捧起那朵金莲花，径直走进宫门，朝白玛陀称王走去。谁知还没有走近大王，手上的金莲花忽然化作一道白光，一下钻进大王的胸口去了。

---

11 八部：即佛经神话中所说的"天龙八神"，包括天神、龙、药叉、修罗等。
12 这是一句藏族谚语，意为反复思量。
13 舍利：梵语，即佛骨。猪舍利，即猪骨头。佛教认为猪是最蠢笨的，猪骨头自然没有灵验。这是句谚语，意思是说，总是事出有因。

罗刹大臣的心像是被那道白光突然照亮了似的，观世音菩萨想说的话突然从他的嘴里说了出来：

嗡嘛呢叭咪吽誓！
莲花盛开的国度里，
世尊阿弥陀佛请明鉴！
上品莲花全知的宝库，
幻化大王请思量！
在难以教化的藏区，
雪山环绕的国度里，
发了邪愿的鬼魅们，
九个王臣在横行！
东面有魔王罗赤达敏，
南面有魔王萨丹毒冬，
西面有魔王古噶特让，
北面有魔王鲁赞穆布，
还有宇泽威的小儿子，
土地魔王念热哇，
狮子魔王阿塞琪巴，
凶恶的魔王辛赤杰布。
世间的妖魔和鬼怪，
有形的敌人和无形的恶魔，
唆使藏民走向恶道，
让众生遭受苦难。
能拯救众生的是神子推巴噶，
五位佛陀（注14）为他授记（注15），
三世救主（注16）给他加持（注17），
该是他降生人世的时候了。

威震世间的白玛陀称王听罢，顿时笑容满面，心中无限喜悦：

14　五位佛陀：即五佛。五佛为黄次第起佛、红无量光佛、绿弋成就佛、白不动佛和青不动佛。密宗称为五始佛。
15　授记：佛教名词，即"记别"，为佛经十二部之一。内容是：佛为弟子预计死后生处，特别是预计未来成佛的劫数、国土、佛名、寿命等事。
16　三世救主：即三救主。三救主为文殊、观音、金刚持。
17　加持：保护的意思。

> 啊呀善哉大菩萨，
> 闻声解脱的大菩萨，
> 犹如众星之中的明月，
> 宛若草原上的雪莲花，
> 诸佛的事业集于一身，
> 一切胜者的智慧聚于一处，
> 愿众生脱离苦海，
> 到达幸福的彼岸。

大慈大悲的观世音菩萨见白玛陀称王已经接受了十方诸如来佛所托付的事情，便到普陀洛迦山去了。

初十那天，是一个空行勇父[注18]聚会的喜庆节日。白玛陀称王决定在这一天里让神子降生。他在"法界遍及"的三昧里坐定后，口中默诵着，顿时从他的头顶发出一道绿色的光。这光又分作两道，一道射进了法界普贤的胸口，另一道射进了圣母朗卡英秋玛的胸口。从法界普贤的胸口里，闪出一支五尖的青色金刚杵，杵的中间标着"吽"字。[注19]这金刚杵一直飞到扎松噶维林园里，钻进了天神太子德却昂雅的头顶，天神太子顿时变成了"马头明王"[注20]；从圣母朗卡英秋玛的胸口里，闪出一朵十六瓣的红莲花，花蕊上有一个"啊"字。这朵莲花飘呀飘，一直飘到天女居玛德泽玛的头顶，天女变成了"金刚亥母[注21]"。

化身为"马头明王"的神太子和化身为"金刚亥母"的天女，双双进入三昧[注22]之中，发出一种悦耳的声音，这声音震动着十方如来佛的心弦。十方如来佛将他们的各种事业化作一个金刚交叉的十字架，飞入神太子的头顶中，被大乐之火熔化后，注入天女的胎中。顷刻间，一个威光闪耀，闻者欢喜、见者得到解脱的孩子，被八瓣莲花托着，降生在天女的怀抱中。这孩子一诞生，立即朗声念诵百字真言，念罢，又唱起指示因果的歌曲：

唵嘛呢叭咪吽誓！

---

18 空行：女神；勇父：男性神，空行的配偶。
19 梵语的真言里，有三个常见的字，即唵、啊、吽，代表身、口、心，其中的唵象征身，啊象征口，吽象征心。
20 马头明王：护法神之一种。
21 金刚亥母：女神。
22 三昧：梵文的音译，佛教名词。是"定"、"正受"或"等待"的意思。即止息杂虑，心专注于一境，正受所观之法，能保持不昏沉、不散乱的状态。为佛教修行方法之一。

五佛世尊请鉴知，
愿我和齐天诸众生，
都得到五佛的圣智。
要想从六道轮回里解脱，
须向三宝（注23）皈依。
要想摆脱痛苦的深渊，
须发菩提善心。
世间的众生万万千，
爱憎忧苦日日添。
高位者苦恼地位会降低；
低贱者苦于兵税及差役；
强暴者苦恼事业不到头；
弱小者苦于他人相凌欺；
富有者苦恼财富不能保；
贫穷者苦于冻饿和衣食。
人生苦恼寿有限，
四百种病如风袭。
猝然横祸死者多，
命中注定难相逆。
好汉生时有雄心，
死时身上一土堆。
富人生前不舍财，
死时殡仪犹如水点灯。
高踞宝座的王侯，
寿终之时也将头枕地。
穿着绫罗的王后，
死时也要火烧身。
具备六种武艺的勇士，
也要让鹰雕去扯肝撕肠。
具备六种智慧的主妇，
也要让黑绳把四肢捆绑（注24）。
缠绕了一生的衣和食，

23　三宝：佛教名词。梵文意译：佛教称佛、法、僧为"三宝"。佛，指释迦牟尼；法，即佛教教义；僧，指继承、宣扬佛教教义的僧众。
24　指死后要送去天葬或水葬。

死后只有赤身空手去。
六道中没有佛心的愚者，
不要轻狂须谨慎。
长官不要把因果来倒置，
强者不要把弱者来凌欺，
富者要供奉和布施，
普通人也要常把佛经念，
精进谨慎才能如意！

在嘉雅桑多白日山上的莲花生大师听到了神子的歌，知道他灌顶（注25）授记的时候到了。在这个时候，是需要诸佛加以保护的。莲花生大师口中念念有词，身上不断地闪射出佛光，去鼓动诸佛；额上发出一道白光，鼓动了色究竟天的毗卢遮那佛的心弦；胸口发出一道青光，鼓动了喜现佛土阿佛的心弦；肚脐发出一道黄光，鼓动了吉祥庄严佛土宝生佛的心弦；喉头发出一道红光，鼓动了西方极乐世界阿弥陀佛的心弦；下身发出一道绿光，鼓动了上业佛土不空成就佛的心弦。同时作歌将真谛结果告诉大家：

唵，清除五毒（注26）的五圣智（注27），
从无生界发起大誓愿，
清净五行（注28）的五天女（注29），
从无天界为众生把事办。
世间凡人有俗谚：
没有教法的上师糟，
违背誓言的弟子糟，
无人拥护的长官糟，
没有礼貌的下属糟。
不带利刃的武器，
鞘柄虽好也难破敌。
没有辅助的六种药，

25　灌顶：佛教密宗传法的一种仪式。
26　五毒：佛经中指贪欲、嗔怒、愚痴、嫉妒、疑惑。
27　五圣智：即五佛。
28　五行：佛典中指布施行、持戒行、忍辱行、精进行、止观行。《涅槃经》又指圣行、梵行、天行、婴儿行、病行。
29　五天女：五部空行母。

> 色味虽好难把病医。
> 没有肥力的土地里,
> 虽播六谷也不会有收益。
> 请赐权力及赞誉,
> 请赐利刃和柄鞘,
> 请赐加护的良药医六道,
> 教化众生的事业在此一遭。

上天诸佛受了莲花生大师的鼓动,纷纷行动起来。

色究竟天的毗卢遮那佛,从额头上发出一道光,光芒遍照十方,把十方诸如来加护的"嗡"字,聚在一起,变作一个八辐轮子。这轮子飞至神子所在的天空中,作歌曰:

> 唵!从法界圣智诞生的勇士,
> 赐名给他叫推巴噶瓦（注30）。
> 愿他以身降服四敌,遇到他者不再堕恶道,
> 看见他者能够到净地,
> 闻他声者罪孽能除尽,
> 他已经得到了佛法的灌顶授记。唵!

轮子歌罢,一下钻进神子的额际中。从这一天起,神子取名为推巴噶瓦。

东方喜现佛士阿佛从胸口发出一道光,化作一切佛心所加护的五尖青色金刚杵,钻入神子的胸口里。神子得到了三昧宝库中的一切。五类神众用宝瓶装满甘露,给他洗浴身体:

> 好男儿神子推巴噶瓦,
> 已除去三毒业障,
> 具备了三佛身体,
> 得到金刚的灌顶授记。

吉祥庄严佛士宝生佛,从肚脐间发出一道光,把一切佛的诸功德和福分聚集在一起,化作一种宝物燃烧的形象,钻入神子的肚脐里。又把十地菩萨所用的戒

30　推巴噶瓦:意为闻者喜欢。

指、长短胸链、衣物等装饰品，一齐给神子穿戴得整整齐齐，然后为他祝福：

祝愿你戴上这桂冠，
地位崇高吉祥圆满！
愿戴上这对耳环和项链，
名誉齐天吉祥圆满！
愿穿上这珍贵华丽的衣服，
摧毁魔军吉祥圆满！
尊贵的神子推巴噶瓦，
已得到宝物的灌顶授记。

　　西方极乐世界的世尊阿弥陀佛，从喉头发出一道光，把一切如来佛的语言化作一朵红莲花，钻入神子的喉头，使他得到了六十种音律的使用权；又把一个象征一切如来佛誓言的五个尖子的金质金刚杵，从空中降到了神子的右手，并且唱道：

这金刚杵是誓言的象征，
愿你履行拯救众生的诺言，
上面的天神曾授权，
下面的龙王开了宝库门，
黑色魔王黄霍尔^(注31)，
有形无形^(注32)都征服。
普渡众生的神子推巴噶瓦，
他已得到莲花的灌顶授记。

　　上业圆满佛士的世尊不空成就佛，从下身发出一道光，清除了一切众生的嫉妒业障，把一切如来佛的事业，化作一个绿色的十字架，钻入神子推巴噶瓦的下身，使他得到了事业无边的权力；又把一个象征一切如来佛的四种事业自然成功的白色银铃，从空中降到神子的左手，并灌顶授记：

你是佛陀功行满，

31　黄霍尔：泛指居住在藏族地区北方的古代游牧民族。
32　这是一句佛语，指有形的敌人和无形的敌人。

从和平慈悲的云层中,
闪出雷霆的火星,
摧毁孽障的山岭。
那追求资财的上师,
要用智者的教义制伏。
那狂妄自大的长官,
要降下因果^(注33)来制伏。
那自夸逞能的妇女,
要降灾难来制伏。
赐给金刚武器于你手,
心识遍于法界金刚界,
菩萨慈悲集于你一身,
愿你破敌事业自然成,
神子推巴噶瓦啊,
已得到事业的灌顶授记。

五位世尊给神子推巴噶瓦灌顶授记之后,尊贵的忿怒明王^(注34)和诸神,也给神子授予四种灌顶^(注35)。从此,神子推巴噶瓦就具备了举世无双的无量功德,只待降生人间,普渡众生。

33 因果:佛教依据未作不起、已作不失的理论,认为事物有起因,必有结果,"善因"有"善果","恶因"有"恶果"。
34 忿怒明王,是一个护法神的名字。
35 四种灌顶,即:宝瓶灌、密灌、智灌、句灌,是佛法中的一种仪式。

老总管异梦得预言
岭噶布集会议大事

再说人世间，位于南赡部洲中心东部，雪域之邦所属的朵康地区，有个土地肥沃、百姓富裕的地方，人们叫它岭噶布。岭噶布又分上、中、下三部。上岭地域宽阔，风景秀美，草原上花红草绿，色彩缤纷。中岭丘陵起伏，常被薄雾笼罩，像仙女头上披着薄纱。下岭平坦如冰湖，在阳光下反射着夺目的银光。岭噶布的前边，群山陡立；岭噶布的后边，峰峦蜿蜒。各个部落的帐房如群星密布，牛羊如天上的云朵。岭噶布真是个辽阔富庶、景色如画的好地方。

岭地老总管绒察查根就住在上岭一个名叫"莲花日出"的小屋里。他是大修士古古日巴[注1]的化身，岭地三十位英雄他为首，岭地三十个头人他占先，岭地三十个掌权者他为冠。

这一天，总管绒察查根早早地就睡下了，睡得又香又甜。没有多大功夫，他好像觉得天亮了，东面的玛杰邦日山顶上，出了一轮金色的太阳。这太阳光照亮了整个藏区。在那太阳的正中间，有一杆金子做的金刚杵。突然，金刚杵向下飞来，落在岭地中部的神山吉杰达日顶上。太阳还高高地挂在天上，月亮又升起来了。这月亮好像也和往常的不一样，在曼阑山的山顶上，被众星围绕着，光辉照射在周围的神山上。弟弟森伦王手中拿着一把白绸做顶，绿绸镶边，黄绸做流

---

1 古古日巴是印度古代的一个大修行者，传说他有很多化身，绒察查根是其中之一。

苏，金子做把的大伞，从天边走了出来。他手里那把伞，覆盖着西方大食国邦合山以东、东方汉地的战亭山以西、南方印度的日曼以北、北方霍尔的运池湾以南的所有地方。西南方天空里的一片彩云上，一个戴着莲花冠的上师骑着一头白狮子，右手拿金刚杵，左手拿三叉戟，由一个身着红衣，头戴骨头饰品的女子引导着。他一边走，一边对绒察查根说："总管勿睡快起身，普陀落山太阳升，若要日光照岭地，我唱支歌你来听！"说罢唱道：

今天丁酉孟夏初，
上弦初八清晨间，
岭地将有吉兆现，
长系高贵的凤凰类，
仲系著名的蛟龙类，
幼系鹰雕狮子类，
族众斑纹老虎类，
十三日开会聚众民，
上至高贵的上师，
下至普通的百姓，
在东方发白之时，
集会在玛迦林神庙中，
前半月十五日以前，
要向战神们念颂辞。
以金木玉柏为首，
好木盖成祭房十三栋；
战神之旗作中心，
竖起吉祥大旗十三种；
用多闻子大氅作标志，
建立召福法事十三门。
具有福分的大王前，
以贵人伦珠为首领，
跳起庆祝的舞蹈十三种；
富有运气的妇人前，
以嘉洛噶妃为首领，
唱出祈祷的歌曲十三种；
以甘美的甜食为首品，
十三种素食献贵客；

> 吉兆肯定在藏区，
> 岭地必然有福音。
> 大摆宴席这一天，
> 务必整齐莫慌乱；
> 端茶献酒这一天，
> 好女儿小腿勿打战；
> 宾客来到家门时，
> 从容大方莫细观。
> 吉兆降临那一天，
> 好男儿们心莫乱。
> 若能听懂是喜讯，
> 终生难逢的大事件，
> 祝吉祥心愿都实现！

绒察查根刚要问个仔细，那上师和女子飘然而逝，太阳和月亮也都隐去，急得他大叫起来，方知刚才所闻所见乃是一场梦。

绒察查根从梦中惊醒后，只觉得浑身非常舒服，心情十分愉快，头脑也异常清醒，梦中所闻所见记得明明白白。他立即大声呼唤仆人噶丹达鲁，那口气失去了往日和缓的声调。当仆人噶丹达鲁慌慌张张地来到总管的房间时，只见绒察查根早已把衣服、靴子穿得整整齐齐，端端正正地高坐在宝座上。

噶丹达鲁心中纳闷，按照平日的规矩，他每天要念五万遍六字嘛呢真言，二十一遍祝祷词，把洒净水、烧香等一切仪式做完，总管才会起床，今天这是怎么了？俗话说：巍巍雪山一方塌陷，象征着狮子要出山寻食，百兽将不能安宁；雄伟的峰峦云遮雾罩，预示着将有滂沱大雨，天空一定不会晴朗；长官已从宝座起身，仆从们将不得安宁。

不容噶丹达鲁再往下细想，总管开口说话了：

"喂，你听着！刚才我做了一个梦。这梦是以往祖宗三代没有听说过的，是岭地的子孙三代难以得到，青天难以覆盖、大地难以容载的，不知黑发藏人是否能消受得了。可这个梦究竟是什么意思呢？我要请修行成道的上师汤东杰布来为我圆梦，可他能不能来呢？"

"能的，汤东杰布上师一定会来的。"噶丹达鲁连声应着。

"喂！要请汤东杰布上师，还要给杰唯伦珠和嘉洛敦巴坚赞二人写信。对，就这么办，现在你先去烧些茶来。"

噶丹达鲁来到大厨房,用"福德大腹"壶冲茶,叫上火夫索朗雅培,边唱着"献茶歌",边转回总管的小屋:

> 这金子制成的茶具,
> 象征着"上岭"的色氏八兄弟;
> 这内部充溢的酥油汁,
> 象征着"中岭"的文布六家族;
> 这火焰消除黑暗放光明,
> 象征着"下岭"的穆姜四家族。
> 第一道供茶献神佛,
> 三宝地位比天尊;
> 第二道供茶献神祇,
> 吉祥安乐威名扬四方;
> 第三道供茶献龙王,
> 富庶好比雨倾盆;
> 第四道供茶献长官,
> 四方敌人都镇服。
> 幸福美满由此生,
> 大吉大利由此长,
> 愿寿命比金刚岩还牢固,
> 愿权势比须弥山还要稳,
> 愿福气就像如意宝树盛,
> 愿命运犹如大地一样平。

绒察查根听了赞歌,心中更加高兴,忙吩咐侍从喜饶嘉措给杰唯伦珠和嘉洛敦巴坚赞二位大人写信,请他们到岭地来圆梦。同时,又派出了像麻雀群似的使者,带着总管的信件,分别到"上岭"的色氏八部落,"中岭"的文布六部落,"下岭"的穆姜四部落,还有噶珠秋部落、丹玛十二万户、黑白东科部落、达绒十八部落等处下达通知,要各部落的属民们,于本月十五日,正当日月相对之时,雪山戴上金冠之际,在岭地大会场聚会。

该请的人,凡能请到的,都去请了,只有大修士汤东杰布还没有请到。他是一个没有固定住处的弃世者,一生漂泊,萍踪浪迹,谁知道他现在在什么地方呢?该派人到什么地方去请他呢?

岭地总管绒察查根在为如何才能请到汤东杰布发愁时,莲花生大师早已知道此事。他的佛光一下子罩住了正在修行的大修士汤东杰布，立即向他发出预言："你快到岭噶布地方去，岭地众生有件大事需要你的帮助，快去！快去！"

汤东杰布遵照莲花生大师的预示，来到了上岭噶布。这天，正是初十日，大修士在城门口作歌曰：

叫声施主长官听我言，
投生南赡部洲事事难，
若不修永远安乐的佛法，
如同前往蕴藏丰富的宝山，
毫无所获，空手而还。
不愿施财的富人，
犹如恶鬼守仓库，
没有勇气享用真可怜。
如若不肯放布施，
财富再多犹如朽木，
毫无生气，虽有若无。
布施是获得福分之路，
布施能使财富名声两增长，
布施是消灾避难的大善事，
因此经常要把布施放！
请对我这周游四方的弃世汉，
赐给食物结个缘，
我为您念经祈祷作法事，
吉祥神佛满天空，
愿地位崇高吉祥圆满；
吉祥正法满世间，
愿权势发达吉祥圆满；
吉祥僧众满大地，
愿福分广大吉祥圆满；
献上这喜庆的歌曲，
愿岭地吉祥圆满。

正在静坐发愁的绒察查根听到这歌声，觉得非同一般，立即精神振奋。再透过金质花纹的窗孔向外看，见来者长发披肩，长须飘拂，棕褐色坎肩上，戴着以青色修行绳子贯穿的胸链，外面裹着白色的袈裟，耳朵上戴着海螺饰品，手里拿

莲花生大师

岭地总管绒察查根在为如何才能请到汤东杰布发愁时,莲花生大师早已知道此事。他的佛光一下子罩住了正在修行的大修士汤东杰布,立即向他发出预言:"你快到岭噶布地方去,岭地众生有件大事需要你的帮助,快去!快去!"

着一根藤杖。绒察查根不见犹可，一见顿生敬仰之心，心里更加肯定眼前的修行者一定是汤东杰布。这事多奇怪呀，正是应了俗谚上的话："有了福气，路途也平坦；有了勇气，武器也锐利；有了缘分，收获也会多。"他正在发愁不知到何处去请大修士，菩萨已把他引导到岭地来了。但是，为了稳重起见，他还是要试探他一下：

"大修士，辛苦了。俗话说，道行若不能解脱自己，慈悲利他是很难的事，会唱小曲的修行者，您从哪里来？有什么话要说？"绒察查根想了想，又细细地打量着眼前的修行者：

第一耳饰是白海螺，
第二手杖是白藤子，
第三身穿白袈裟，
三白好似从天降。
第一头发是青色，
第二胡须青如丝，
第三修行胸链是纯青，
三青好似从龙宫来。
第一皮肤是棕褐色，
第二坎肩是棕色染，
第三头盖饮器[注2]是棕褐色。
好像来自棕褐色的咚氏族[注3]。

绒察查根见修行者并不回答自己的问话，又问："大修士，您有什么修行阅历？有什么行为戒律？有什么教化众生的智慧？有什么高深玄妙的学问？有没有降妖伏魔的本领？有没有镇服四方的权力？有没有统治四方的威望？有没有崇高无尚的道行？如果您能回答我，布施的食品任您取。"

任凭绒察查根在自己身上上下打量，汤东杰布毫不动声色，沉稳的脸像一湖秋水。待绒察查根又问了许多之后，他才开口说：

"你这大族的权威长官，想拿大话来试探，想拿言语来诘难。俗语说得好：'假如自己没有钢刀，决不会让人切肉吃；假如自己没有钱财，决不会向他人把利取；假如自己没有学问，决不拿教义压服人。'人称我汤东杰布大修士，

2　指用头盖骨做的饮器。
3　咚氏族，传说是古代藏族的六大氏族之一，以棕褐色作为自己的标志。

是因为在我见解的广场里，坐着修行空性的王子。"接着又唱道：

> 唵！愿能亲见法身面！
> 啊！愿报身佛土都清净！
> 吽！愿化身利生事成功！
> 你若不识我是谁，
> 我的见解的大乐广场中，
> 差税收取俱生空，
> 强力镇压那五毒，
> 从轮回中拯救出弱小的众生，
> 因此有了汤东杰布的声名。
> 见解广大无偏私，
> 修行多年得要领，
> 毫无伪善和狡黠。
> 老总管你声誉震远近，
> 如何不闻我汤东杰布名。
> 施主若不虔诚信仰来布施，
> 修行者何必怀恨争食物。
> 我本无暇来此地，
> 只因莲花生大师预示我，
> 才来同总管议大事。
> 既然总管不信任，
> 我应速速离开你！

歌罢，汤东杰布扭头便走。老总管捧着一条绣有千朵莲花的哈达，跪在大修士面前，一连叩了三个响头："慈悲的大修士汤东杰布，修行成道的汤东杰布，是我不识上师的尊容，是我出言不逊伤了上师，还请上师对众生怀着慈悲心，这千朵莲花的哈达献给您，恳请上师多宽恕。"绒察查根见汤东杰布并不答话，又唱道：

> 太阳是未经邀请的客人，
> 若不以温暖光辉去照射，
> 运行四洲有何用？
> 甘霖是未经邀请的客人，
> 若不能滋润辽阔的田野，

> 黑云四起有何用？
> 上师您是未经邀请的客人，
> 若不在岭地行教化，
> 修行成道有何用？
> 请您留在岭噶布，
> 教化众生三年整；
> 恳请修士宽恕我，
> 普渡众生是大事情。

看到绒察查根言辞恳切，汤东杰布知道教化众生的时机已到，莲花生大师的预言已成事实，便答应在岭地居住三年。

就在绒察查根派去送信的使者还未到达之时，住在噶吾色宗的杰唯伦珠也做了一个梦，梦见一个骑着黄马，穿戴螺胄、金甲的人对他说："岭六部共同的大业，好坏吉凶全要靠你做，你要早早做准备。"这人说完就走。杰唯伦珠大人一觉醒来，心中好生奇怪，忙打一卦问吉凶，卦是上上大吉。卦盘尚未收起，仆人来报：有使者前来送信。杰唯伦珠大人心里一下明白了梦中所得的预示，吩咐快请使者进来。使者进门，老总管的信件和礼品一起呈递给大人，并讲了岭地出现吉兆，总管邀请大人前去岭地共议大事等语。

杰唯伦珠略一沉吟："若要答应你吧，应如俗谚所说：'大人、大海和大山，最好定居勿乱动；大政要事如若太忙乱，大官定会流浪到边塞；须弥山[注4]摇动如过多，四方的房屋会倒塌；大海如果起波澜，大地会被洪水淹。'若不答应你吧，昨晚我所做的梦和总管信中所言是相契合的。再说，总管大人的言语是不轻易出口的，结果如何，虽然不能预料，但确实是件很重要的事情，我还是去的好。"

杰唯伦珠大人说罢，骑上他的千里一盏灯的白顶坐骑，带着八个随从，向上岭地方驰去。

---

4 须弥山：古印度传说中的山名，汉译"妙高山"。以它为人们所住世界的中心，日月环绕此山回旋出没，三界诸天地也依之层层建立。它的四方有东胜身、南赡部、西牛货、北俱卢四个洲。

与此同时，睡在名为"腾学公古"大帐房的嘉洛敦巴坚赞也得了一梦。梦见一位穿着白衣，缠着绸子头巾，自称为觉庆东饶的修士，手里捧着如意金盆，骑着一头名叫"雪山狮子"的神牛，对他说："富人嘉洛不要睡，快到门外看分明，门外正在畅谈岭地的好兆头，怎样办好公事你自明！"嘉洛敦巴坚赞惊醒后，马上来到门外，果然有上岭派来的使者在门口等候。使者向嘉洛请安问好后，把总管怎样得到预言等情况详细地向嘉洛禀明。

嘉洛敦巴坚赞见了总管的信，又听了使者的话，立即骑上叫做"九百独角"(注5)的骏马，带了两名仆人，向岭地奔去。

十三日这天，四种事业的喇嘛长官——具有加护力的上师汤东杰布、具有权势的大人杰唯伦珠、福分丰厚的富人敦巴坚赞、智慧广大的长官绒察查根等人在扎喜果勒大会堂中聚会了。老总管特地取出"白昼平安"、"吉祥盘龙团花"、"千朵莲花"等三种上品哈达献给被请来的三位上师；拿出镶有龙花的金碗"甘直"、变化的"宰浸木"和三疋黄色金龙库缎，赠给三位上师。丰盛的筵席上，金盆里盛满了酥油汤醍醐，三种甜食、三种牲畜的嫩肉和三种面食的糕点摆满了席面。老总管绒察查根兴奋地说：

"今天，为了表示天上星宿的吉兆而撑起了八辐轮子的宝盖，为了表示地下座位的崇高吉祥而铺上了八瓣莲花的座垫，为了表示政教事业的光耀功德而挂起了吉祥八宝(注6)的幔帘。初八日清晨东方发白的时候，我做了个像预言似的、天上地下都没有过的梦。如果把它说出来，有人会说，春天的梦里什么都会出现，夏天的草地上什么都会生长！如果将它隐瞒了，诚恐上界的神灵会处罚我，六族岭地会受祸殃。所以，这次特向全智的上师卜卦，向见识广博的长官请求指示，向有福的富人求教，渴望详为赐示！"说完，绒察查根又把初八日梦中所闻所见详细地向在座的上师们禀告了一遍。

    大修士汤东杰布微笑着唱道：
    唵！法界本来是无生，
    啊！为了可怜不灭的众生，
    吽！我来解释这个神奇的梦。
    老总管请仔细听！
    你是光明神祇的后裔，

5　马本无角，但传说在很多马群中会有一两匹长角的马，那是最好的马，相当于凤毛麟角。"九"，言其多。
6　吉祥八宝：即吉祥八相，分别为：一、宝伞；二、金鱼；三、宝藏名；四、妙莲；五、右旋白螺、六、吉祥结；七、胜幢；八、金轮。

是修行成道的法统。
你具有无限的聪明才智，
因此做的并非错乱的梦。
玛邦山顶出太阳，
光辉照耀岭噶布。
这是圣知慈悲的阳光，
象征岭地百业俱兴。
飞驰而来的金色金刚杵，
落在吉嘉山之巅，
象征从天而降的英雄，
要在总管领地里诞生。
地方神祇来相会，
是在迎接拯救藏区的英雄。
曼阑山中现月牙，
象征哥哥是忿怒金刚的化身。
金山顶上众星闪烁，
象征着丹玛要做事业臣。
格卓山上现长虹，
象征着祖宗乃是众神生。
玛旁湖上光笼罩，
象征着生母来自大海龙宫。
森伦手中持华盖，
象征着人间生父是森伦。
伞顶的白色象征着善业，
伞旁的红色象征行权三界。
镶边的绿色象征威猛的事业，
黄色流苏象征十方都兴盛。
伞柄黄金所制成，
象征众生事业似黄金。
那华盖覆盖着四方，
是威镇四方的象征，
神族居住的岭噶布，
十八部落皆平等。
勿错时机赶快做，
岭地聚会议事情。

> 从今日起看今后，
> 所有心愿如法成。

汤东杰布大修士的一席话，顿使人们觉得心明眼亮。杰唯伦珠大人的心里感到从未有过的欣慰。他说："今天的事，正应了俗话所说的：如果没有信仰，就难得到加持；如果没有福气，就难得到财宝；如果不务农事，就难得到庄稼；如果没有努力，就难得到成功。我们现在要赶快召集岭地六部落，举行大会，还要在玛噶里拉滩祭祀战神，修法召福，准备举行盛大的庆祝仪式。"

嘉洛等人也忙连声附和："是啊，我们要赶快准备。"

会场准备好了，扎营的白帐房不计其数，好像草原上的鲜花；冒起的烟柱，赛过浓云；人们穿戴着节日的盛装，犹如百花争妍；马匹的步伐整齐，好像三秋的五谷成熟。营帐围成一圈，中央支起的是一顶巨大的议事帐篷，像一座雪山，盖着金顶，犹如旭日初升。大帐篷里边，设有金座银座，座上铺着虎皮豹皮，帐篷中挂满了绫罗彩幔，五彩缤纷，煞是好看。

集会的海螺吹起来了。以长官达绒色彭为首的长系的人，像猛虎出山；以色吉阿噶为首的仲系的人，如蛟龙出海；以奔巴·曲鲁达彭为首的幼系的人，似飞箭穿梭。前排金座的最上首，请大修士汤东杰布上师坐；右排的银座，请总管绒察查根坐；左排的螺座，请杰唯伦珠大人坐；前排的檀木座，请色吉阿噶坐；斑纹虎皮的软垫座，请达绒长官色彭坐；斑点豹皮的软垫座，请玛细长官晃杰坐；月圆形的软垫上，请千总饶泽协曲坐；右面缎垫座位上，请豪杰雅德塔巴坐；左面缎垫座位上，请弟弟沁伦森禅坐；中间的缎垫座位上，请玉雅贡布冬图坐；左右中间的叠垫上，请咚赞达彭阿杰坐；青年勇士右排的上首，请白赛拉协噶布坐；青年勇士左排的上首，请色巴奔奇琼尼奔坐；噶卓富者排座的上首，请噶德曲回白纳与嘉洛敦巴坚赞坐；丹玛万户的座位上首，请小臣察香绛查坐；黑白冬科氏族的上首，请白噶塔巴坚赞坐。此外，诸勇士以下，万、千、百、十户以上，德高望重者坐上面，年幼的晚辈坐下面。人有头、颈、肩三部，牛有角、背、尾三部，地有山、川、谷三部。少者从长，是寺院的法规。违反法规要受上师的处治，王法的惩罚。

众人按照尊卑长幼坐定之后，总管绒察查根讲了自己梦到吉兆和汤东杰布大修士圆梦的预言，人们顿时欢腾起来，纷纷议论：岭地就要降生一位神人了，我们应该怎样迎接这位神人的降生呢？要做的事情太多了，杰唯伦珠大人是这样盼咐的：

富有者嘉洛敦巴坚赞,
是福分最大的施主,
你主持筹办庆祝宴会。
米钦、色彭、塔巴等三人,
总管、晁杰、森禅等六人,
百户、扎泽、玉雅等九人,
咚赞、玛杰、达彭、尼玛坚赞等十三人,
要集合岭地三部所属的人马,
收集粮食、香火和供品,
战旗、彩箭(注7)、山神的献品,
甲胄、供品、放生的畜牲。
噶妃、汉妃、绒妃等三人,
柔妃、智妃、饶妃等三人,
达措、曲珍、索朗曼,
班宗、德吉、央桑等十三位尊贵的妇人,
跳起舞来唱起歌。
岭地诸多英雄们,
记住你们的职责。
待到十五日月交辉时,
菩萨将为我们降神子。

人们兴高采烈地准备着,准备迎接在岭地诞生的大英雄。

---

7 彩箭:藏俗婚礼中,交于新娘,或插在房顶系有彩色哈达的箭。

推巴噶发愿降尘世
莲花生设计选龙女

话说那牛尾洲的白玛陀称王,端坐在莲花光宫殿里,掐指计算,得知教化众生的时机已经到来,该是神子降生人世的时候了。于是他在一百零八个持明者^(注1)、一百零八个勇士、一百零八个空行母^(注2)的大会上宣布:推巴噶瓦要到雪山之邦去教化众生,诸神要加以保护。然后他又向七十二个白贡护法神、藏区的十三个地方神、玛桑念青四部落、二十一修士,以及爱好善业的神、龙等一一嘱咐过了,最后向神子推巴噶瓦施行教诲:

你曾以大乘^(注3)无上的菩提心,
发过不能超越的大金刚誓。
利他的事业现已来临:
在那晴朗的天空里,
日月没有闲居的权利;
世间有了疫和病,
草木药物没有闲居的权利;
在敌我轮流的爱憎中,
黑头凡人没有休息的权利。

---

1 持明者:梵语,真言的异名。
2 空行母:指女神。
3 大乘:指大乘佛教。

为了教化藏区的众生,
认识因果的关系,
颂扬三宝的威力,
请你立即就到藏区去。
山神、战神、地方神,
还有威玛护法神,
也将同你一道去。
派大乐手印空行母,
为了方便慈悲性,
在四周十八个国家里,
要摧毁那有形的敌人,
还要制服那无形的魔鬼。
好男儿,莫懈怠,
谆谆教诲要牢记!

神子推巴噶瓦听了上师的教诲,心中暗想,我的誓言是不能违背的,可是,男子汉虽有胆识,打败敌人要靠武器。俗话说得好,牲畜虽有棚圈,但要长膘还得靠饲草。长官要靠属民来壮大声威,上师要靠僧众来装饰自己,有钱人要靠福分来帮助,勇士要以武器来制敌。辽阔的天空虽能覆盖一切,但也要预防乌云遮蔽蓝天;稳固的大地虽无所不生,但还要山神、地方神不起妒意。我要降生人世,若没有一个各方面没有缺陷的父母、族姓、部属和臣民,纵然我发下大愿,恐怕也难施行教化众生的大业。推巴噶瓦心里这样想着,于是向莲花生大师禀告:

前世我曾发下誓愿,
教化众生降伏妖魔。
现在有了慈悲的利箭,
要有良弓才能射向靶面。
要使甘雨降人间,
大海的蒸气要浓如烟。
要是父母不造血和肉,
神子哪能投生在人间。
慈悲的大师听我言,
降生人间要条件:

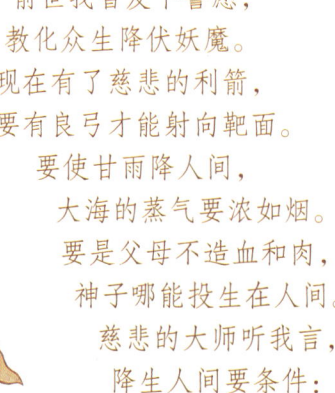

生身父亲要念类，
凡有祈求皆能如愿；
生身母亲要龙族，
没有亲疏厚薄在世间。
为了降伏强大的妖魔，
为了除净众生的孽障，
慈悲的大师啊！
请满足我的心愿！

莲花生大师听了神子推巴噶瓦的要求，凝神思索着：推巴噶瓦要去拯救众生，当然需要那些事业成就的条件，我也应该为他选择一个土地肥沃、属民善良的地方，选择好的父母和家族。

莲花生大师想着，大睁双眼，向藏区上、中、下三个地方望去。上面的阿里地方，普让为雪山所围绕，古格为岩石所围绕，芒玉为冰川所围绕，这就是所谓阿里三围。中间的卫藏四部落是玉日、卫日、耶日和元日。下面的朵康六岗，是玛扎岗、波博岗、察瓦岗、欧达岗、麦堪岗、木亚岗。此外，还有黄河、金沙江、澜沧江、怒江等四条大河，四个农业区和四座大城，四个秘密带。他看了又看，竟没有看到具备神子推巴噶瓦降生的地方。莲花生大师叹了口气，闭上眼睛，怎么办呢？他静静地想着，一定要为神子找到一块吉祥如意的地方。他又睁开眼睛，从上到下细细地察看起来，突然发现，在朵康六岗的中心，有一个叫岭的地方，上岭八大色巴、中岭文布六部落、下岭穆姜四部落。在中岭和下岭的交界处，有一个十善俱全、权势兴盛的部落，这正是幸福的太阳自己升起的地方。

地方选好了，再就是要为神子选择父母、家庭。在藏区，最古老的六个氏族是直贡的居热氏、达隆噶司氏、萨迦昆氏、法王朗氏、琼布贾氏、乃东拉氏。这些族姓虽然很大，但缺少教化的缘分。莲花生大师又继续在藏族最著名的九个氏族里寻找。这九个氏族是：嘎、卓、咚三氏，赛、穆、董三氏，班、达、扎三氏。在岭地中，果然有一个穆布咚族姓的人家。这一家有三个女儿，最小的一个叫江穆萨。江穆萨嫁给曲纳潘后，生了个儿子叫森伦，森伦天性善良，气量宽宏，性情温顺，完全可以做神子推巴噶瓦的父亲。

父亲找到了，那么母亲呢？神子的母亲应该是龙族，还要设法到龙族中去找才是。

在龙族中，也有四种不同的族姓：王族、婆罗门（注4）、庶民和贱民。为神子选母亲，当然不能在庶民和贱民当中选，只有到清净的龙宫中去挑选。莲花生大师想好了一个人——龙王邹纳仁庆的小女儿梅朵娜泽。她若降临人世，自然会得到战神九兄弟和马头明王的保护。让她做神子推巴噶瓦的母亲，是再合适不过的了。但是，怎样才能把梅朵娜泽从龙宫里请出来呢？莲花生大师略一思忖，想出了一个办法。

再说那龙王邹纳仁庆所属的龙宫中，众龙自由自在地过着和平、清静的海中生活。这一天，随着一声巨大的轰响，一头四岁的犏牛（注5）冲进了大海。这犏牛东碰西闯，所经之处，立即疫病流行，没有谁能医治得了，也没有人知道这疫病发起的原因。众龙极为惊慌，海底失去了往日的安乐和宁静，到处是一片混乱。病龙的呻吟声响遍龙界的各个角落。众龙哪里知道，这正是莲花生大师为了得到龙女梅朵娜泽，把疫病的毒菌塞进了犏牛的牛角，又对犏牛施以咒术，才使得整个龙界陷入混乱。

众龙纷纷向龙王邹纳仁庆禀报这疫病流行的情况，倾诉着疫病给龙族带来的苦痛。这声音是那样的悲恸：

> 水晶宝座上面的
> 龙王邹纳仁庆啊，
> 请细听我们的诉说！
> 在我们龙的世界里，
> 突然降下了巨大的灾难，
> 龙世界充满了疫病。
> 不知这是前世的冤业，
> 还是暂时的厄运，
> 我们不知道怎样才能治好它！
> 健康无病的安乐，
> 除非得病不会想得起。
> 一生的欢乐与幸福，
> 不到临死不会想得起。
> 不发生极大的灾难，
> 不会想起喇嘛的恩惠；
> 不受到严重的损失，

4　婆罗门：梵文译音。在印度将人分为四种姓氏，即四个阶层，婆罗门是指贵族僧侣阶层。
5　犏牛：公黄牛和母牦牛交配所生的第一代杂交牛，公犏牛无生殖能力，母犏牛可以和牦牛交配繁殖后代，产于我国藏族地区。

不会想起官长的庇护；
不发生特大的灾荒，
不会懂得节俭的重要。
也许是我们的行为出了差错，
菩萨降灾来惩罚我们！
这究竟是怎么回事啊，
到底应该怎么办？

　　龙王邹纳仁庆被众龙的呻吟和悲恸闹得心神不宁。他也很奇怪这次的疫病是怎么产生的，心中暗自思量：没有震天霹雳鸟不会飞，鸟不飞则马不惊，马不惊则头不会破。龙世界的灾难到底是什么原因？一定是人世间来了大术士。可我们龙族的先知者，应该是什么都能未卜先知的，为什么这次疫病没有先知呢？莫不真是应了俗谚中的话："念经时适逢上师的声音嘶哑，布施时适逢施主的手指僵硬，赛跑时适逢马儿脖颈发颤，狩猎时适逢猎狗突发暴喘。"我们的先知被什么迷了眼睛、塞了耳朵，也未可知。现在，我们要想知道龙世界发生疫病的原因，就一定要到外面去请一个上师来。那么，请谁呢？在勒多玛雪地方，有一个卦神叫多吉昂噶，就派龙子朗哇司旦到勒多玛雪去请卦神吧。龙王邹纳仁庆把自己的意思向众龙一说，众龙那忧愁、痛苦之心才得到一丝安慰。

　　莲花生大师闻知龙王派龙子去请卦神多吉昂噶，连忙施用法术，对卦神吩咐道："到了龙宫要如此这般地对龙王说……"再说龙子朗哇司旦施用神通，刹那间到了勒多玛雪那个地方，向卦神多吉昂噶献上了一面宝镜，然后对他说：

　　"世间的卜筮首领，先知的神变大王，具有天眼的全知者啊，我们清净的龙世界里发生了从前没有过的事情，十八种不同的疫病，在龙世界到处蔓延。不知道是什么缘故，或者是因什么过失而发生，不知道要用什么方法和什么药物来治疗。我的父王邹纳仁庆专门派我来请您这赡部洲土地上最有名望的卦神多吉昂噶，务必请您快速起程，拯救龙世界的众生。"

　　卦神多吉昂噶想起了莲花生大师的吩咐，忙说："啊，好啊！中部的煞和下部的龙，是亲弟兄一样的近邻。俗谚说：'草虽生长得凌乱，风来时却倒向一边；高空的星星虽然分散，却是同升同逝在蓝天。'龙世界有了灾难，我怎么能说不去呢？"说罢，把三百六十根卦绳，五百个卦板，一百五十个算卦的骰子，三十二支神箭，三百六十件算卦的图表，连同卦书，驮在五十头骡子身上，和龙子昂哇司旦同往龙宫里去。

当二人来到龙境司巴玉措湖畔时,龙王邹纳仁庆早已等候多时,寒暄一番之后,龙王急不可耐地对卦神说:

> 龙世界遭受了灾难,
> 不知道有效的祈祷是什么,
> 请求卦神您算一算!
> 请您拉开卜卦绳,
> 请将卜卦的图表摆起来,
> 请将骰子掷一掷,
> 请将神箭供案头,
> 需要什么即时就准备,
> 只盼早些听回音!

卦神多吉昂噶并不怠慢,立刻对龙王说:"为了占龙王贵体康健的卦,占龙众疾病原因的卦,占重大政事的卦,如不准备好应用的物件、修行的东西和供奉的物品,那就等于轻视了神灵。"

"需要什么东西,请卦神明示。"龙王毕恭毕敬,诚惶诚恐地说。

"请准备一条清净洁白的卦单子,十三支金色箭尾神箭,五十种各色各样的宝物,白鹭鸟的翎毛,白绵羊的右前腿,没有锈的玻璃镜。"卦神神色庄重地吩咐着。

龙宫里的宝物都是现成的,拿来就是。不多时,打卦所需要物品一应俱全,只等卦神净手打卦了。

多吉昂噶把清净洁白的卦单子摆在面前,用绸子把十三根金尾箭装饰起来;把白鹭鸟的翎毛插在白绵羊的右前腿上,系上没有锈的玻璃镜;把五十种宝物摆在毡毯上面,挂起三百六十种占卦图表;把占卦用的木片排列起来,结上三百六十根卜卦绳子,嘴里念念有词:

> 喂,上方光荣的庙堂里,
> 神圣的占卜首领,
> 还有班色、托色、达色三公子!
> 喂,有占卜传统的战神!
> 喂,玛桑念族的总管刚温!
> 喂,预知世间一切的汤布!

> 请你们保佑占卜灵验如神。
> 将那雾气遮蔽的卜卦的疑难隐晦,
> 扰乱占卜的障碍,
> 和不知不显的恶魔阻碍统统除尽!
> 擦去上面如云的遮盖,
> 擦去下面如雾的笼罩,
> 擦去中间如尘的障气。
> 擦得比那明亮的玻璃还洁净,
> 磨得比那白色的玉石还要美。
> 在清净的龙的国度里,
> 让不净的疾病所压伏。
> 这件事最初打从哪里发生?
> 中间的缘由是什么?
> 对此怎么办才有效?

卦神将需要占卜的原由说过之后,平地忽然起了一阵清风,白绵羊腿上的鹫鸟翎毛轻轻地抖动着,神箭上的绸子也飘了起来,占卦用的图表哗哗作响。卦神多吉昂噶凝神闭目,并不理会眼前发生的一切,龙王邹纳仁庆和龙子龙孙们的心情却格外紧张起来。

过了很久很久,卦神睁开双目,并不看跪在一旁的群龙,清了一下喉咙,念诵道:

> 啊呀呀!卦象显示明白,
> 你们且听仔细!
> 卦头虽好卦体重,
> 外方高来自方低,
> 祈祷祭祀才能有效益。
> 在这龙的世界里,
> 不曾有过这种灾害与病疾,
> 那是因为在人的世界里,
> 藏王曾邀请祖师建庙宇。
> 龙心未报受处罚,
> 由于那个报应所引起,
> 中间发生了内乱,

火焰势燎原，
若不施行有效的方法，
龙的世界就要变成废墟。
南赡部洲人世间，
有个清除污浊的莲花生大师。
如不把他请到此，
没有办法，没有妙计。
雪城藏区有俗语：
"临到死时别惜财，
遇到财物别迟疑，
遇到事情要果断。"
这事龙王请注意。

龙王邹纳仁庆听罢，心中明白了解除疾病灾难的妙法，也知道卦神的要求，心中暗想：一辈子所积攒的财产，是为了一个人的吃穿，如果对于宝贵的生命没有益处，财物再多如幻影。想到此，他把十三驮贵重的宝物作为酬金献给了卦神多吉昂噶，感谢他指明因果缘由的大恩。

既然只有莲花生大师才能拯救龙族众生出苦海，那么，派谁去请大师呢？又到哪里去请呢？

庶民增巴贞纳的儿子耶瓦真嘎自告奋勇，要去请莲花生大师，喜得众龙连连欢呼。龙王邹纳仁庆见耶瓦真嘎能为自己和龙族众生排忧解难，十分高兴。

"龙子耶瓦真嘎，你是派出的使者，射出的箭，如果能把莲花生大师请来，不论说什么都要接受，叫做什么都要照办。"说罢，将龙宫的如意宝瓶和清凉克火宝物作为谒见礼品，让耶瓦真嘎快去快回。

莲花生祖师预知龙宫将来邀请，刹那之间，运用神通，来到黄河边丹抵山莲花水晶洞里住下了。

龙子耶瓦真嘎也靠着莲花生祖师的神力，预先知道了祖师住的地方，径直来到莲花水晶洞谒见祖师。莲花生装作一无所知地问道：

"身穿绫罗衣衫，顶戴右旋海螺，头缠水蓝头巾，骑着长角羚羊，手拿宝物宝瓶的孩子，你是神、龙、念哪一族？到这里来干什么？"

龙子见问，忙将玻璃如意宝瓶和清凉克火的宝物献到祖师面前，深深地施了一礼："今世和来世唯一的救主啊！我是下界的龙种，是龙王邹纳仁庆派来的使者，有事情向您诉说。"龙子耶瓦真嘎把龙世界发生的一切，以及卦神占卜的事向莲花生祖师从头到尾叙说了一遍，恳请祖师怜恤龙族众生，快快救众生出苦海。

莲花生大师心想火速去龙宫，嘴上却故意刁难起来：

> 要我去龙境，
> 须把话讲明。
> 要请大山作客人，
> 需要一个大滩来安顿，
> 否则大山不能动。
> 要引江水穿峡谷，
> 要用黄金铺河道，
> 不然江水不流通。

龙子想起龙王临行前的吩咐，毫不犹豫地接受了莲花生祖师的要求："您说要什么就要什么，您说怎么办就怎么办。"

祖师见龙子答应得爽快，便不再推诿，对耶瓦真嘎说：

"既然如此，就请您先行一步，我随后就到。"

莲花生稍待片刻，便来到了玛哲湖的龙宫，见龙宫内外的病龙们，一个个东倒西歪，龙角在背后乱动，龙尾在下边摇摆不停，呻吟之声犹如雷吼，痛苦号叫，不绝于耳。在龙城的玻璃宫顶上，龙太子勒巴恰贝也病得像釜中的游鱼一样，焦躁不安。莲花生看罢，心中大为不忍。来到龙宫的金座上坐下后，龙王邹纳仁庆亲自捧着盛满精良果品的红珍珠碟子，又献上甘露香茶，对莲花生祖师说：

"今世和来世的大恩救主啊，大驾降临，我们不胜感激！请您快救救我们龙族众生吧。"

莲花生大师说："俗谚道：'天高可搭梯子，地低可挖地道，硬的石崖用凿子凿，流水上面造船搭桥。'病总是能治的，但你们打算用什么作礼品呢？"

"请祖师明示。"

"备办各种甘露、木料和各种净水；黄色的金、白色的银、红色的铜、绿色的松耳石、透明的水晶；威武的狮子、如意的黄牛、凶猛的牦牛、白色的绵羊和矫健的山羊；还要洁白无垢的桌单，右旋的白螺，花瓣丰满的白莲花，白色的三节神箭。明天一早，将病龙们集合在青草滩上，我自有办法调治。"

第二天一早，在碧绿的草滩上，病龙们跛的背着，瞎的引着，瘸疾的扶着，剧痛的鼓着勇气，有伙伴背的背着，无伙伴背的爬着，早已来到草滩上。

莲花生祖师建起了名为"圣者狮子怒吼"的坛场，将除污秽的用品，用陀罗尼咒加持之后，在五种宝瓶里，灌满了五种动物的奶汁，掺上植物药水，以果木之烟，用仙草蘸着五种净水，洒在供物上，又念起除秽经文。没过多久，病龙们立即得到解脱，跛的跳起舞，哑的唱起歌，瞎的能见佛面，聋的能听法音。喜得龙王邹纳仁庆连连说道：

　　"该怎样酬谢祖师呢？该怎样报答祖师的恩德呢？"

　　龙太子看着金宝座上的莲花生祖师，向父王禀道："祖师对我们的恩德太大了，就是用珠宝充满三千世界，也是应该的。但是，祖师是不会接受我们许多礼物的，就献上些区区礼物，表表我们的心意吧。"龙太子遵照母后旨意，给莲花生大师献上了酬礼：如意宝珠十三个，祛暗宝珠十三个，祛暑宝珠十三个，琉璃饰品八十驮，黄金十五大升，还有珍珠捻珠。

　　谁知祖师不看酬礼时还满面春风，一看礼物，脸上顿时阴云密布："你们这个龙族部落，难道不懂得知恩报恩吗？"

　　一看祖师动怒，慌得龙王赶快上前："礼物太轻了，大慈大悲的祖师啊，请您不要动怒，您希望我们用什么酬报您，您怎么说就怎么办。"

　　"既然这样，把您的夫人德噶娜姆叫来见我，我有话对她说。"

　　龙王和龙子龙孙们一听，吃了一惊：啊！上师怎么会说这样的话呢？这下德噶娜姆的贞洁怕是保不住了。可上师要请，只能照办。

　　龙王将王后领到莲花生面前后，上师吩咐大家都出去。所有的龙，特别是龙王邹纳仁庆，心神不安地走了出去。

　　莲花生对德噶娜姆说："龙宫的宝物我都看不上，我只想要一件，你可肯给？"

　　"那当然，只要宫中有，上师尽管拿去就是。"德噶娜姆战战兢兢地回答着。

　　"听说你家有几位公主名声很大，能献上一个给我吗？"

　　一句话把王后羞得不知如何是好，只答了声"是"就退了出去。

　　王后十分羞涩而又为难地把莲花生祖师的要求一说，龙王心里暗暗叹气：这位骚喇嘛，好不知羞。看来，这事不答应是不行的。可是，龙王为难了，三个公主中，大公主郭琼噶姆，已经许配了北方夜叉[注6]王噶堪的公子；二公主卡察鲁姆措，已经许配了汉地的哈米巴扎王；只有三公主梅朵娜泽尚未许配人家。可她长得太难看了，祖师肯定不会要她。怎么办呢？龙王急得团团转。一些足智多

6　夜叉：八部魔之一。八部魔见前注。

谋的龙大臣商议后，给龙王献计道：

"这位上师，好似那长颈大雕，无疑地要落在死牛身上；又像那长爪豹子，肯定要寻找死狗尸体。我们何必局限于三位公主呢？我们可以在龙族中多挑几个眉清目秀、体态优美的女子，献给祖师，供她挑选。"

龙王一听大喜，立即选了四个女子连同三位公主一同打扮起来。六个美女头上佩着如意宝珠，身上穿着绫罗绸缎，打扮得像春天的新竹、夏天的花朵、秋天的满月，只有三公主梅朵娜泽肤色青绀，身材矮小。

七个女子被送到上师面前。六个美女个个忸忸怩怩，局促不安。莲花生大师左看右看，指着梅朵娜泽对众龙说：

"这个女儿杏眼桃腮，长得真好。俗谚说：'过美离群，过饱回吐。'这个女子美得恰到好处。"

祖师的一番话，直笑得老婆子心肺震荡，老头子昏厥过去，壮年人肝肠发痛，年青人眼珠充血。

祖师并不管众人怎样发笑，只是要龙王答应把梅朵娜泽送给他。龙王点头应允后，莲花生又提出要求：

"那么，你要给她三件东西作嫁妆：一是绿帐房'唐雪恭古'，二是十六包大般若波罗密多经，三是龙畜绿角乳牛。"

"我还要再给女儿祛除贫穷的宝物森札嘛呢，祛除干旱的雪精宝物和盛食品的金桶。"龙王又拿出三件宝物，给女儿作嫁妆，为女儿祝福。

龙女梅朵娜泽和父王、母后以及众姐妹洒泪告别，与莲花生祖师浮海而去。

莲花生祖师带着龙女梅朵娜泽来到藏地，心想，应该先找个施主把这女儿托付与他，便问龙女的心意如何。龙女见祖师要为自己择夫，心中茫然不知所措，一时竟不知该如何回答，心里暗自思量：怎么，祖师又不要我了呢？

见龙女摇头，莲花生脱下帽子，说："你的去处，我为你占一卜吧。"说着，将帽子抛向空中，只见那帽子在郭·然洛敦巴坚赞的帐房上面化作一团红光，落了下去。莲花生一指："喏，红光闪现处，就是你的夫家。你暂去那里居住，三年之后我再派传经人来找你。"说罢，莲花生大师化作一道白光，腾空向西南方飞去。

龙女梅朵娜泽骑着母牦牛，带着龙宫的嫁妆，朝着莲花生祖师指示的方向走去。那帽子所落之处的主人郭·然洛敦巴坚赞早已得到祖师的预示，当龙女来到他家时，便高兴地将梅朵娜泽迎进帐房，并做了夫妻。

一切安排妥当之后,莲花生大师又回到神子推巴噶瓦身边,最后训诫他道:

> 唵,阿弥陀佛,
> 在自明五光的佛土里,
> 五位佛祖请鉴证!
> 愿消除众生的五毒业障,
> 谒见神圣智慧的尊容!
> 有福分的好男儿你请听!
> 完成和平、增广、权威、严厉的事业,
> 教化五浊世间的众生,
> 现已有了方法和助应。
> 现成的土地和属民,
> 生身的父亲和母亲,
> 有保护你的佛和菩萨,
> 有可依靠的护法空行^(注7),
> 有保护善事的地方神,
> 还有金刚护法神,
> 本着你拯救世界的本分,
> 按照预言依次做!
> 对边地藏区的众生,
> 慈悲不要太少,好男儿!
> 对于应教化的罪恶众生,
> 本事不要太少,好男儿!

神子推巴噶瓦知道降临凡间、普渡众生的时机已到,遂结束了在天界的寿命。

7　护法空行:护法女神。

神子诞生花岭噶布
晁通设计陷害觉如

莲花生大师为神子所选的父姓是岭地古老的姓氏穆布咚氏王族。这个王族传到曲潘纳布这一辈上，分成了三支。曲潘纳布娶了三个妃子，生了三个儿子，一个叫赛妃，生子名叫拉雅达噶；一个叫纹妃，生子名叫赤绛班杰；一个叫姜妃，生子名叫札杰奔梅。三子分为长系、仲系和幼系。幼系的札杰奔梅生子托拉奔，托拉奔生子曲纳潘。曲纳潘娶了三个妃子，名叫绒妃、噶妃和穆妃。岭地总管绒察查根就是绒妃的儿子。噶妃生子玉杰，在与霍尔打仗时，陷入霍尔人手中。穆妃生子森伦，他是婆罗门赖晋的化身，所以外表温柔，内心也很善良。总管绒察查根娶妃梅朵扎西措，生了三子一女：长子玉彭达杰，次子琏巴曲杰，三子朗琼玉达，女儿娜姆玉珍。森伦娶了个汉族女子娜噶卓玛为妃，于水牛年阳历十二月初一日生了一个儿子。这孩子一生下来就非同一般，面如满月，眉清目秀，并且长得很快，一个月比别的孩子一年长的还要大。喇嘛祝他长命富贵，叔伯替他祈祷，姨姆们为他歌舞。家里人给他取名协鲁尼玛让夏，外面人叫他奔巴·嘉察协噶。在他出生后的十三天中，家里为他大设宴席，庆祝他诞生。长系的长官拉布朗卡森协、仲系的长官岭庆塔威索朗和幼系的长官绒察查根三人，各以一条吉祥圆满哈达系在协噶的颈上。总管绒察查根为他祝福道：

"大部族拉德噶布啊,这是幸福的先行,是权力发达的预兆,是梦兆实现的开始,是降伏四魔的发端。"嘉察协噶很快就长大了。长大以后,人们又称他嘉察大人。一次,嘉察外出打猎,出去了很久。恰在这时,岭部落和郭部落发生战争。虽然岭部落在这次战争中消灭了郭部落的十八个部族,但是,老总管绒察查根的次子琎巴曲杰也被郭部落的人杀死。

这个消息本来是要向嘉察隐瞒的,却偏偏让他知道了。嘉察回来后,一定要为琎巴曲杰哥哥报仇,要一举扫平郭部落的残余。

老总管见已瞒不住侄儿,也不愿意再举兵伐郭,就对嘉察说:

"虽然琎巴曲杰死了,可我们也算为他报了仇,郭地的男子汉全部被我们杀尽,只剩下一群寡妇。只有然洛敦巴部族,没有受到伤害,因为他们有龙王和厉神的庇护,龙女就在他的营中,这不是我们所能战胜的。侄儿啊,还是不要轻动刀兵。"

可嘉察协噶为兄报仇心切,无论老总管怎样劝说也无济于事。绒察查根见不能制止侄儿,只好同意和他一起出征去讨伐郭部落,为儿子琎巴曲杰报仇。

嘉察的另一位叔叔晁通可不这样想,他觉得:嘉察这个人,是一个敢揪狮子耳朵,能生擒白狮子的人。如果让他和兄们带着部队去郭地,肯定能扫平郭地。那么,龙王的女儿和龙宫的财宝也将归他所有。他想,这怎么可以呢?

晁通皱着眉头,想出了一个主意:一定要给郭部落报个信,这次为他们做一件好事,以后就可以请求他们,把龙女给我。龙女要是能归了我,不愁得不到龙宫的财宝。咳,即便得不到财宝,只要有了龙女,成了龙王的女婿,也是再好不过的了。想到此,晁通立即修书一封:

"郭·然洛敦巴坚赞阁下,达绒官人晁通启禀:为了给总管儿子报仇,以奔氏协噶为首的弟兄们已经集合,后天就要进兵郭地。如果作战,你们肯定无力招架,还是及早回避为好。这次我为你们做了好事,将来要对你们有所要求,切勿忘记!"

写毕,将信拴在箭尾,口中念念有词,举弓搭箭,书信随着箭响,已经到了郭地。

然洛敦巴坚赞见到信,慌忙通知郭地各部族所剩的妇幼老少们赶快逃命,自己也带着家眷老小,拔起帐篷,准备逃避。龙宫的帐房和大般若经等宝物,给哪匹强壮的骡马也驮不动,只有那头龙畜绿角乳牛才能驮得起来。

郭部落的人开始逃跑了,可龙畜乳牛驮着龙宫的财宝却向后跑。奇怪的是,

除了龙女梅朵娜泽，任何人也看不见它。龙女本来是骑马而行的，见乳牛向后跑，调转马头就去追。马却不愿往回走，龙女只得下马，徒步去追乳牛。平日温顺的绿角乳牛，忽然暴躁起来，四蹄腾空，梅朵娜泽怎么也追不上。龙女大声喊叫，可谁也听不见。在黄河川的旷野荒郊里，龙女紧紧地跟着乳牛。龙女走多快，乳牛走多快；龙女坐下休息，乳牛也停下来吃草，始终保持着就要追上而又追不上的距离。梅朵娜泽累极了，又饥又渴，痛苦万分。

再说嘉察带着岭地的兵马，很快来到郭地，看到的只是一片旷野，除了一些牲畜的粪便以外，什么都没有。

看到这种情况，嘉察愣住了。他感到奇怪，郭地的人都逃到哪里去了呢？他们怎么会逃跑呢？莫不是上天有灵，让我们不能扫平郭地？不行！无论他们逃到哪里，我们也要追上他们。嘉察把自己的想法一说，森达等岭地的年轻勇士们纷纷表示赞成，恨不得马上能追上郭部落的人。

晁通则反对追击："我们又不知道他们在什么地方，到哪里去追？我们还是回去的好。"

有些年老怕事的人也随声附和着。

就在两种意见争执不下的时候，老总管说话了：

"我们岭地的兵，无论到什么地方，没有空手而归的道理。我看还是请森伦算个卦，看看郭地的人到什么地方去了，我们应该怎么办？"

没有人反对绒察查根的主意。在旷野荒郊，没有齐全的占卜用具，森伦便用箭占了一卦。卦辞说：

"再过一顿饭的功夫，刀不必出鞘，箭不必上弦，美女和宝物唾手可得。"

晁通一听，心中暗笑，语气中充满了讥讽之意："在这旷野里，如果刀不出鞘，箭不上弦，就能得到美女和宝物，那么所得之物就应该全部归你所有。"

"好，今日之事，就依达绒官人晁通的意思办。我们现在就休息，吃饭。"老总管是很相信森伦弟弟的，也相信他的卦辞，他不愿意和晁通再费唇舌。

不说岭部落兵马休息吃饭，再说龙女梅朵娜泽跟在龙畜乳牛后面跑着，跑

> **◉ 森伦箭卦得神示**
>
> 岭、郭两部落发生战争。岭部落消灭了郭部落的十八个部族，但老总管绒察查根的次子琏巴曲杰也被杀死了。外出打猎的嘉察回来后，执意报仇。但岭人前去讨伐时，因有晁通预先告密，该部落的人都逃跑了。正当大家进退两难的时候，老总管让森伦算一卦。森伦因地就简，用箭占了一卦，显示"再过一顿饭的功夫，美女和宝物唾手可得"。

着。她累极了,心想挡住牛头,坐下休息,可怎么也跑不到牛的前面去,心里一着急,脚底下被什么东西绊了一下,跌倒了。龙女又困又乏,又渴又饥,跌在地上,想闭上眼睛休息一下再爬起来,谁知眼睛一闭,竟然睡着了。

这时,一个身穿红色丝绸衣服的小孩来到她的面前,给她倒满了一松耳石桶的奶汁,告诉她:

"这是阿姐给你的,阿姐让我告诉你,你现在一定要跟着乳牛后面跑,它会把你带到你应该去的地方。你为众生办事的时机已经到了。"

梅朵娜泽见小孩欲走,忙上前要拉住他问个端详,谁知一使劲,竟从梦中醒来,满满的一松耳石桶奶汁放在自己面前,小孩早已不知去向。她心中不禁暗暗感谢父王和阿姐对自己的护佑。她一边祈祷着,一边将奶汁喝干了。体力好像立即得到了恢复。乳牛像是知道梅朵娜泽又有了劲似的,跑得比刚才还要快,龙女也更用心地追赶着。跑到郭地达吉隆多沟时,与岭地兵马相遇了。

刚刚吃罢饭的岭兵,几乎都看见了朝他们这边飞奔而来的一人一牛。这乳牛见到岭地兵马,忽然站住了,回头在等着自己的女主人。梅朵娜泽只顾追牛,并没有看周围的情况,忽然见牛站住了,心中好不喜欢。她一把抓住牛角,这才发现眼前的千军万马,不禁大吃一惊。

岭兵也为龙女的美貌惊呆了。眼前的这个美女,容光似湖上的莲花,莲花上闪耀着日光;黑白分明的眼睛好像蜜蜂,蜜蜂在湖上飞舞;身体丰腴似夏天的竹子,竹子被风吹动;柔软的肌肤如润滑的酥油,润滑的体肤用汉地的绸缎包裹;头发似梳过的丝绫,丝绫涂上了玻璃溶液。

贪财好色的晁通更为龙女的美貌所迷住,忙抢上前一步,说:

"啊,对面来的仙女般的姑娘啊,你是投奔岭地来的吗?我们是去追郭部落敌人的岭部兵马,请你告诉我们,他们现在在哪里?姑娘你又是从哪里来的?"

龙女梅朵娜泽心中暗想:我是郭·然洛敦巴坚赞的妻子啊,怎么能让郭部落的人们落在他们手中呢?!眼下,除了我的身世可以告诉他们以外,其他什么也不能对他们说。梅朵娜泽想了想,便对面前的岭地将士们说:

> 你们若不认识我,
> 佛陀空行是我前世;
> 富庶安乐的龙宫,
> 是我今世投生地;
> 龙王邹纳是我父,

> 三女之中我最小；
> 梅朵娜泽是我名，
> 献给了祖师莲花生，
> 转赐给郭部然洛家，
> 说不是终身是暂寄。
> 郭部发生事变时，
> 部落不知去何地。
> 我只顾追赶这乳牛，
> 远离部落到这里。
> 若是神佛指引求慈悲，
> 若是魔鬼所引也难躲避。
> 古人早有谚语道：
> 父母、配偶和住处，
> 三者都是前世命中定；
> 苦乐、祸福和财富，
> 命运的图画早画成。
> 现在我只要回龙界，
> 来到此地不由我自己。
> 我未死之时跟着乳牛走，
> 我死之后也要为众生办好事。

岭地人马听了龙女梅朵娜泽的一番话，半信半疑。老总管决定班师回岭地，森伦忽然说：

"达绒长官说过，这次出征，所得战利品，要给我作为占卦的酬劳。"

晁通马上反悔："这女子不是战利品。"

岭地的公证人威玛拉达出来调解道："因为这是然洛敦巴坚赞的家产，应该是战利品。常言道，话从口出，快马难追；箭从弦发，难用手捉。龙宫大般若经一十六包和龙宫帐房唐雪恭古这两样东西，应该做岭地的公共财产；这女子和龙畜乳牛，应给森伦，作为他占卦的酬劳。"

众家弟兄都说好，晁通也无可奈何。他真是后悔之极。

岭人都班师回部落，请龙女上马，但马没有鞍子。龙女忽然想起一件事，对总管说：

"去年夏天，我在对面石山旁边玩，一个小孩给了我一副金鞍和松耳石辔，并且悄悄告诉我：'你不要把它带到别的地方去，也不要告诉任何人，到了用得着它的时候，你自来取用就是。'所以那副鞍辔一直放在石山嘴上的那个洞里，不知现在还在不在。"

绒察查根立即派人去找，派去了几拨都没有找到，最后只得让龙女自己去。梅朵娜泽一去，就把金鞍拿了回来。到此时，众人确信她是龙女无疑，众兄弟欢呼："格索！"呼唤神佛，回到岭地。

森伦把美丽的龙女领到家中，家里马上变得异常光明。汉妃一见，心中很不愉快。因为梅朵娜泽过于漂亮，又有吉祥的兆头，汉妃很怕她凌驾于自己之上，所以不愿与龙女同住一处。

老总管看在眼里，心中暗想：上师预言将有一个神子降生在岭部落，那他的母亲必定是这个龙女。这样，嘉察和神子就不能是一母同胞了，可爱的嘉察协噶不知是否能够尽其天年，但这话又不能说。好在汉妃并不知道这件事，关系还不大。

森伦另备了一顶精巧的小帐房，扎在汉妃的帐房旁边；又收拾出一套干净的家庭用具，供梅朵娜泽使用。汉妃也给了龙女骡、马各一匹，犏牛、母牦牛各一头，母绵羊一只，给龙女的家取名为"四门福院"，给龙女取名为"郭妃娜姆"，简称郭姆。智慧空行母（注1）转世的梅朵娜泽倒也能随遇而安。只是那头龙畜乳牛，只有梅朵娜泽亲自去挤奶，才有奶汁。而且无论早晚，只要去挤，牛奶总是没有个完。因此人们互相传着："吉祥的白色乳牛，有一百三十个奶头，非龙女无人能挤奶，非松耳石桶不能承受。"

这样一住就是几个月。一天晚上，郭姆做了一梦，梦见一个喇嘛对她说："你的帐房下角，有一个像蛤蟆似的石山，你要马上搬到它的前面去住。告诉森伦，要他保守这个秘密。"

森伦欣然答应郭姆的请求，将她的小帐房移至蛤蟆山前。郭姆的一切应用物品，都由嘉察协噶供给。他并不问父母，郭姆要什么便给什么，郭姆也待他如亲生儿子。老总管见状，心里很欣慰，深感像嘉察这样的孩子实在难得，于是也就放了心。

这一天，郭姆吃罢饭，来到湖边散步消遣，清清的湖水缓缓波动。她用手掬起一捧湖水，一饮而尽，顿时觉得精神畅快。望着自己在湖中的倒影，想起自己只身离开龙宫已经整整三年，梅朵娜泽禁不住思念起父母和美丽的龙宫：

---

1 智慧空行：密宗女神名，空行母之一。

不唱歌曲哪能行，
不唱歌曲情难禁。
欢乐时唱歌使人欢笑，
愁苦时唱歌安慰人心。
救主[注2]、本尊[注3]、佛教这三宝，
请勿离开我龙女！
说什么三女权利都平等，
说什么要把我送到乐土。
有恩的父王言而无信，
将我忘记已三年整。
在这陌生的人世上，
我无救主孤苦伶仃。
听不见龙的声音已历三春，
金座上的父王是否知道此情？

梅朵娜泽思念父母，两眼噙满泪水，慢慢地滴落在湖中。泪水变作珍珠，一粒粒沉到湖底。龙王邹纳仁庆化作一青面男人，骑着一匹青马，来到女儿面前，关切地说：

"女儿不要抱怨，不是我和上师没有关照你，也不是我和你母亲不想念你，这是因为各人的定数不同。"

龙王邹纳仁庆见女儿面带泪痕，给她念了一首谚语：

生在天上的日和月，
要苍天将它们把握。
金色的太阳绕行四洲，
黑暗的夜色障蔽明月，
是日月宿命所应得。
大地上形成的草山，
要随夏秋改变颜色。
而石山却无冬夏，永远洁白，
并不为季节所左右，
这是草山石山命中所应得。

2　救主：指三救主，见前注。
3　本尊：密乘的不共依怙主尊佛及菩萨。

> 我龙王邹纳的三个女儿，
> 长女和次女留龙境；
> 上师要小女儿来人间，
> 这是女儿命中所应得。

龙王念罢，取出一个如意宝珠，又对梅朵娜泽说：

"女儿不要怨父王，你的命运该如此，而且你现在确实处在乐境，嘉察协噶待你如亲生父母，不久你就要有自己的儿子。父王把这如意宝珠交给你，你需要什么就会有什么。记住，在你的儿子诞生之前，宝珠切莫离身。"说完，龙王钻进水里不见了。

龙女手捧着父王亲赐的宝珠，顿时感到像是住在家里一样，浑身温暖舒畅，不知不觉地竟睡着了。

一朵白云由西南飘来，白云上站着莲花生大师。大师来到梅朵娜泽面前，将一个五叉金质金刚杵放在她的头顶上：

"有福分的女子啊，自从你与父王离别，并未有一刻离开我。现在该是你为藏地百姓做善事的时候了。"

上师又说："记住，今年三月初八日，是神子投胎的时辰。他是藏地周围四大城、八小城及边地十二小国的首领，是降伏妖魔的厉神，是黑发藏人的君王。

"还要记住，神子出生时，要在上颚涂上上师的长命水。初次要用头顶进饮食，同时要祭祀邦拉神，要厉神给他穿第一次衣服。降敌之初要祭天。这些话你要牢牢地记住。"

龙女一觉醒来，莲花生大师早已不知去向。梅朵娜泽心中不胜感激，对大师更加敬仰。

到了三月初八的晚上，梅朵娜泽与森伦睡在一起，梦中却见一个金甲黄人不离左右。前次梦中所见的金刚杵，发出嘶嘶的响声，竟钻进了自己的头顶。早晨醒来，觉得全身轻松愉快；几天之中，普通的饮食不用吃了，平常的衣服也不需要穿了。

> ▶ **觉如诞生**
>
> 　　过了九个月零八天，也就是到了虎年腊月十五日这天，郭姆自觉与往日不同，身体变得像棉絮一样软，内外透明，无所障蔽。不多时，毫不痛苦地生出一个约有三岁大小、灵性非凡、谁见谁喜欢的婴儿。

过了九个月零八天,也就是到了虎年腊月十五日这天,郭姆自觉与往日不同,身体变得像棉絮一样软,内外透明,无所障蔽。不多时,毫不痛苦地生出一个约有三岁大小、灵性非凡、谁见谁喜欢的婴儿。上师马上给婴儿灌顶、抹颚酥(注4),并命名为"世界英豪格萨尔降敌如意宝珠"。在这同时,马、龙畜乳牛、犏乳牛和羊羔。天空中雷声轰鸣,降下了花雨,郭姆的帐房被一团彩云所笼罩。汉妃见了,心中好生奇怪,立即来到郭姆的帐房。见郭姆的怀中抱着一个可爱的婴儿,汉妃心中忧喜交集,不知说什么才好,但不管怎么样,还是觉得应该把孩子先抱到嘉察协噶那里去。

嘉察见母亲抱着个小孩走来,后面还跟着郭姆,心中疑惑不解:

"这是怎么回事?"

"郭姆生下了这个孩子,但不知将来有益还是有害。"汉妃忧虑地说。

嘉察抱过孩子,看了又看,心中非常高兴:

"真是可喜可贺呀!今天才算了却我的心愿,我也有弟弟了。他今天刚生下,就已经长成三岁孩子的体魄。穆布咚氏的家族中,白色的狮子用乳汁喂养、大雕用翅膀孵育的神变之子,已经生了许多,现在又生了这个在母胎里就已经六艺俱全的金翅鸟一样的孩子。"可能是由于前世的缘分吧,这刚刚诞生的神子,见了嘉察,猛然坐起,神采飞扬,显得非常高兴,并作出各种亲热的动作。嘉察把自己的脸贴在孩子的脸上,"常言说得好,两兄弟在一起,是打败敌人的铁锤;两匹骡马在一起,是发财的基础。我弟兄二人,无论做什么事,都不愁成功不了。我的这个弟弟,暂时起个名字,就叫他觉如吧。"说罢把孩子交给郭姆,并嘱咐她:

"从今以后,要以绸缎和三种素食(注5)将他好好养育。"

再说晁通王心中暗想:曲潘纳布氏族里,长、仲、幼三个世系,总根子原是一个,分支并无上下。但是,自从汉妃生下嘉察协噶以后,幼系的力量日渐强大。这回郭姆又生了个儿子,有森伦为父亲,龙王为外祖父,龙女本身又是神所派遣,龙所鼓动。父亲强大,母亲厉害,若不将他及早除掉,将来一定是后患无穷。

晁通王心中的毒计已成,第三天早上,骑上古古饶宗马,带上拌有郁姆鸠戒剧毒的白酥油团子和蜂蜜、蔗糖等食品,来到郭姆的帐房。

---

4 抹颚酥:藏俗在婴儿降生后,要往婴儿口中抹酥油,称为颚酥。

5 三种素食:指牛奶、酥油和糖。

"啊,可喜呀,郭姆有了儿子,便是我的侄儿了。现在才生下三天,身体便和三岁的孩子一样,这在穆布咚的后裔说来,并不奇怪。我做叔叔的,特地准备了干净的素食,给孩子吃了,对他以后获得权势是有好处的。"说罢,把自己带来的甜食全部让觉如吃下去。晁通暗自得意:那么多的甜食油脂,不要说一个婴儿,就是个壮汉子也消化不了,况且还涂了毒药,觉如只有死路一条。

晁通注视着觉如,觉如却一点异样的变化都没有。殊不知觉如早用风力将毒药化为一道黑气,顺着指头缝排解出去了。

晁通见此计不能害死觉如,又想起一个人来。此人乃黑教术士,名叫贡巴热杂。他修行法术,专能钩夺众生灵魂。过去几次请他,都能如愿;如今要想让觉如丧命,还是非他不可。晁通心中想着害人,脸上却笑容满面:

"这个孩子是天难覆、地难载的,要请一位喇嘛来,给他灌顶,作长寿祈祷。我马上去请,你们在这里铺上干净的毯子。"

年轻好勇的晁通

晁通年轻的时候,胆大气盛,尚武好斗。一次遇到松布克孜热巴,几句话不和,上去就是一顿拳脚,活活把他打死了。这样,晁通在地方上,整个氏族里都出了名。藏民认为狐狸是最胆小怕事的动物,妈妈怕他出事,就让他喝了一碗狐血,从此晁通就变得胆小如狐,但也狡猾如狐了。

贡巴热杂已经预料到晃通要来找他。听了晃通的请求，贡巴热杂暗自思忖，要杀死觉如，三日之内是不成问题的，因为他还未长成熟，龙的福运还未圆满。而我的威力，能将金刚般的石山粉碎，可以把南方的苍龙弄到平地上来，哪有不能胜他之理！贡巴热杂心中料定自己能胜觉如，嘴上却说：

"啊，达绒官人，不是我不尊重长官的命令，实在是仆人不能胜任。如果发了不能遵守的誓言，是要被拖到地狱里去的。"

晃通一听，忙行九叩之礼："天地之间，您的威力是无敌的，这次无论如何要请您走一趟。将觉如除掉，我不会亏待您，您的冬夏生活费用，不会短缺。"

"既然官人如此心诚，我马上就去，觉如今晚定死无疑。"

晃通听罢，欣喜异常，立即回到郭姆的帐房，对郭姆说：

"今天我本想到上师贡噶那里去，在路上碰见贡巴热杂老人，请他占了一卦。他说三天之内，将有大难。因为汉妃和嘉察对他的恩德太重，他要来保护你们。"

觉如望着晃通慌慌张张离去的背影，对母亲说：

"今天我降伏老妖贡巴热杂的时机已到，快拿四个石子来。"

郭姆将四个石子递给觉如，觉如将石子按前后左右摆好，闭眼静坐，心中默默呼唤诸神。

贡巴热杂从修行室起行，到第三个山口时，嘴里念一声"拍"，空中的神都不见了，但九百个身穿甲胄的神依然围绕着觉如。到第一个山口时，贡巴热杂又念一声"拍"，下面的龙王都消失了，但九百个眷属依然安在。到了可以看见帐房的地方，老妖又念了一声"拍"，中间的厉神都不见了，但觉如呼唤的护法神依然存在。

就在贡巴热杂到达帐房的同时，觉如抛出了四个石子。九百个白甲人，九百个青甲人，九百个黄甲人，九百个空行神兵同时出现在贡巴热杂面前，吓得老妖扭头就跑。觉如将化身留在郭姆身边，真身去追赶贡巴热杂。

贡巴热杂飞快地跑回自己修行的山洞，觉如马上以神通搬来如牦牛大的一块盘石，堵住洞门。贡巴热杂遂把每日修炼的供神之物抛了出来，石崖震得轰隆隆响。他又把每月的供品抛了出来，石崖炸开了一个缺口。觉如变化成莲花生上师的模样坐在那里，贡巴热杂无奈，最后把全年的供品抛了出来，石崖发出猛烈的霹雳般的声音。觉如将那石洞化为霹雳室，老妖想抛出的东西，竟一点也未能抛出洞外，非但没有损害觉如，反把自己炸为粉末。

觉如除掉了贡巴热杂，马上变作贡巴热杂的模样来见晁通。他要晁通报恩，其他的供养且不论，单只要手杖做谢礼。

原来，晁通家有一根天上的魔鬼献给象雄黑教贤人的手杖，名叫姜噶贝嘎。这是鬼神的宝物，念动真言，可以快步如飞，行止如意。据说这根手杖和供奉求福的彩箭一起绑在旃檀柱上，任何人也不能触动它。觉如认为现在是索取这个宝物的时候了。

晁通一听觉如已死，心中异常高兴，但听到贡巴热杂要他家的宝物魔杖，又非常舍不得。可是贡巴热杂的意思说得很明白，如果不把手杖给他，他就要把害死觉如的事告诉总管和嘉察。假如他们知道自己害死了觉如，那还有自己的活路吗？晁通心里害怕，禁不住打了个冷战。俗话说：权力被别人夺去，头发被树梢缠住，就会身不由己。现在已经没有别的办法了，他要什么只好给什么。况且他已经老了，不会活得太久，等他死了，宝物还归我晁通所有。想到这里，晁通心一横，把宝杖交给了觉如的化身——贡巴热杂。

第二天，晁通越想越生疑，不知觉如是不是真的死了，也不知贡巴热杂在做什么。他想去郭姆的帐房，又想去贡巴热杂的修行室，最后决定还是先去贡巴热杂的修行室看看。

他来到离修行山洞不远的地方，见洞中冒出一缕缕青烟，知道贡巴热杂正在洞中。晁通快步走到洞门口，见洞门被一个大盘石堵住，只有两个被捣开的窟窿。他顺着窟窿向里望去，见洞内一切都非常凌乱，贡巴热杂的头朝下，面色紫黑，手杖就在他的身边放着。

晁通见贡巴热杂已死，心想，得把手杖拿回去。他立即变成一只小老鼠，钻进洞内。到了里面，手杖突然不见了。晁通以为这是由于自己变成了老鼠而不可见的缘故，遂将头还了原形，可还是看不见手杖。他心里一阵发慌，马上念起咒语，想使自己的身子也还原，谁知竟不能如愿。他更慌了，想要马上出洞去，于是再次念起咒语，想把头再变成鼠头，以便钻出洞去，但也不能如愿。他哪里知道，这正是觉如的法力在他身上所起的作用！

当觉如来到洞门口时，一下发现了晁通变化的人头鼠身。觉如装作不知地说：

"这个怪东西，一定是个吃人的魔鬼，我要用他害人的办法来杀掉它。"

晁通吓得嘴唇发抖，好似柳叶被风吹动，上下牙碰得直响，央告道：

"尊贵的觉如啊！你不是常人，是神子，是佛祖，是上师和本尊，虽然愤怒，也不记在心里。我是你的叔叔晁通王，不要杀我，救救我，你说什么我都答应。"

"啊，叔父，现在你的幻变身子恢复不了原形，这是因为你对岭地产生了黑心。你认为你达绒地方的兵马强壮，但是这种强壮是不能战胜外敌的，只能引起内讧。这种内讧，会危及岭地的利益，因此你要发誓，对岭地不使坏心，不在内部争斗。如果你从内心里答应，我可以使你的身体还原。"

晁通哪里顾得上细想，马上发了誓。觉如还请了三个证人：一个是马头明王，一个是达拉梅巴，一个是岭地的大般若波罗密多经。

觉如见晁通已发誓，遂使其还原成人形，自己也以真身回到母亲身边。

晁通见非但害不成觉如，还险些丧了自己的命，自知力不能敌觉如，又不甘心就这样失败，每日里叹息不止。

遵旨意觉如假被逐
降大雪岭国迁新地

觉如在岭地过了四年。在此期间，他降伏了杂曲河和金沙江一带的无形体鬼神，为众生办了许多好事。

到了壬午年十二月十五日——觉如降生岭地五周年这一天黎明时分，他在睡梦中又得到莲花生大师的授记：

> 觉如神子听！
> 有此一段事。
> 鸟王大鹏的幼雏，
> 有一根乘风的羽毛。
> 若不腾空飞翔，
> 有没有六翅有何区别？
> 勇猛的兽王的子孙，
> 有绿鬃和三种武艺，
> 若不到雪山顶上，
> 三艺圆不圆满有何区别？
> 神子降生到人间，

具备所向无敌的神通,
若不去征服世界,
有没有神通有何区别?
降生的地方在美丽的岭地,
居住的地方是黄河之畔,
好地方黄河流域莲花谷,
好日子甲申年正月初一,
好事情神通归掌握,
好部落六族自然到手里。

莲花生唱罢,又俯身在觉如耳边低语了半晌,然后飘然离去。

觉如把莲花生大师的话牢牢记在心里。他要遵照上师的旨意,离开此地,到黄河流域去。但要离开岭地,也必须遵照上师指示的办法去做。

一天,觉如对郭姆说:"母亲啊,我的头上要一顶帽子,脚上要一双鞋子,身上要一件好衣服。"说罢,骑着姜噶贝嘎手杖走了。

到了赛玉山,觉如杀死了黄羊妖魔弟兄三个,做了一顶不好看的帽子,把黄羊角也镶在上面,羊角高高地竖着。晚上到了老总管的牛圈里,把七个牛魔偷偷杀死,做了一件不好看的牛皮破边衣服;把牛尾巴也系在衣服上,长长地拖着。半夜里,他又到晁通的马圈里,将马魔杀死,做了一双不好看的红色马皮靴子,又把马兰草根倒过来,缝在上面。

郭姆见觉如把自己打扮得这样令人害怕又讨厌,心里很奇怪,便问觉如为什么要这样做。

觉如回答说:"常言道,自己的事情自己来解决,那比上司官长的金字公文还要强;自己的事情自己来作主,那比居高位的一千个金座还要强。我要离开奔氏居住的地方,这样,我觉如上面没有官长,属下没有百姓,即使世上的人都成了我的敌人,我也没有什么可畏惧的。我们母子没有家产,就不必瞻前顾后;我们母子没有亲属,就不需要为顾情面、奉承别人而多费精力。我们走吧,哪里的太阳暖和,哪里的地方安乐,我们便往哪里去。"

郭姆没有表示什么,觉如继续照自己的想法办。他把自己住的地方变成肉山血海,拿人肉当食品,拿人血当饮料,拿人皮当地毯。这种状况,不要说人见了害怕,就连神鬼也寒心,罗刹也变色。人们纷纷传说,神子觉如已经变成恶魔,变成了红脸罗刹,但是没有人能降伏他。

老总管绒察查根心中忧虑万分，从预兆上来说，觉如无疑是来征服四方妖魔的神子。可现在的行为，纯粹是破坏岭国内部的法规。若说这是别有用意，那究竟为什么要如此呢？如果长期置之不理，岭国的法规就要被毁灭。

应该怎么办呢？绒察查根召集岭地的诸头人商议，决定占卜问天。

卦辞说：

> 鸟王大鹏的幼雏，
> 好像暂时落入人家，
> 展翅随风翱翔的日子里，
> 若不到如意树枝上去，
> 主人的房屋有可能尘土四扬。
> 毒蛇头上的宝珠，
> 虽然由穷人得到手里，
> 如若没有享用的缘分，
> 遇到能够保卫珍物的强者，
> 穷人也不能消受那宝珠。
> 神子变化成为人，
> 诞生地是吉祥之所，
> 如若不能将降魔基地——
> 黄河两岸来占领，
> 占据着岭地家乡有何益！
> 在那澜沧江和金沙江之间，
> 大象行走嫌路窄，
> 骏马驰骋嫌路短，
> 和要教化的霍尔相距又太远。
> 善恶颠倒的预示和征兆，
> 标志着白业[注1]战神遭厄运。
> 为洗净岭地法律的污垢，
> 勿留觉如，把他撵出去。
> 今后三年时间内，
> 澜沧金沙会被白绫覆盖，
> 野马的蹄子要抬上天去，
> 黄河流域的白螺供柱上，

1　白业：指善良、正义的事。

　　　　　要用五种珍宝来装饰。

　　听到这样的卦辞，首先高兴的是达绒官人晃通王。他立即赞同：
　　"我们要马上把觉如赶出岭地，最好是经过黑山贫瘠地区，将他驱逐到最穷苦的地方去。"
　　其他官人也纷纷表示赞同，连老总管也默默点头。只有嘉察协噶半晌不作声，过了好一会才说：
　　"将我可怜的弟弟驱逐出境，令人心中愁苦。若要驱逐，本想请求将我嘉察也同弟弟一道驱逐出去，但叔父总管已经有令在先，我也不敢违拗，只是驱逐的地方，我看也没有什么好坏之分，应该经吉雅棕尼马夏雅，往以北的地方驱逐。"
　　大家同声说："好！"事情就这样决定了。
　　但是，谁去把大家的决定告诉觉如呢？没有人愿意去。嘉察伤心地叹了口气：
　　"既然众家兄弟都不愿去，那我就去告诉弟弟吧。"
　　下臣察香丹玛绛查见嘉察大人满面悲戚之色，知道他不忍离别觉如弟弟，便走上前去：
　　"尊贵的奔氏协噶，请您坐在金座上不要走，应该由我丹玛前去。"
　　察香丹玛绛查骑马来到觉如的住地，看到的是人皮撑起的帐房，肠子做的帐房绳，人尸和马尸砌成的短墙和一座小山似的尸骨，不禁毛骨悚然。但是他仔细思量，又暗自奇怪，就是把岭地的人马全都杀死，也不见得有这么多的尸骨，除了变幻出来的外，不会是别的。想到这里，他心里不再害怕，摘下帽子向觉如挥动，觉如马上跑下山坡，请他进帐房。
　　走到帐房跟前时，那些尸骨像烟雾一样地消失了，不洁净的幻象也没有了。帐房里面香气荡漾，浓郁扑鼻，令人身心愉快，神志清明。觉如以天神饮食待丹玛，君臣之间，亲密异常。觉如对丹玛作了许多预言，对自己的真相，也作了一些暗示。察香丹玛绛查发愿：生生世世愿为君臣，永不相离。
　　觉如听了，立即说："臣子丹玛你先回去，就说你没有敢到觉如跟前去，只是喊了一下。刚才我说的话和你看到的事情，暂时不要让别人知道。切记！切记！"
　　丹玛遵旨回到岭地，说觉如简直是活生生的罗刹。就在这时，传来消息，又有几个岭人被觉如吃掉了。晁通马上命令：

"大家披甲戴盔，手执兵器！"

嘉察不以为然地说："哪里用得着这样大惊小怪，达绒官人去令他悔罪，驱逐出境就可以了，再不要惊动他人。"

老总管命令一百名女子每人拿一把灰，准备诅咒、驱逐觉如。

嘉察心中大为不忍，说："觉如是穆布咚氏的后裔，是龙王邹纳仁庆的外孙，是我协噶心肝一样的弟弟，是母亲郭姆的第一个儿子。对他撒灰诅咒，对战神也是不恭敬的，不应该这样做。但是，为了不违背岭国的法规，可用一百把糌粑来驱逐他。"

郭姆母子被召到众人跟前。觉如头戴难看的黄羊皮帽，身穿难看的牛皮衣服，脚穿红红的马皮靴子，骑着姜噶贝嘎手杖，模样令人厌恶；他却把母亲郭姆打扮得比以前更加美丽动人，骑在骡马卓洛托嘉上，好像太阳出山一般。

岭人一见郭姆母子，心神立即不能自主，纷纷议论起来：

"觉如多可怜呀！"

"郭姆多美丽呀！"

心灵被感化了的岭部众生，把以前的可怕情景都忘得一干二净，对于眼下觉如的处境十分担心，眼里充满泪水。

嘉察将乘马、驮牛和一应物品并护送之人早已准备停当，只等送觉如上路。

觉如心中也很舍不得离开哥哥，他用一种只能让嘉察听见的话对他说：

"嘉察哥哥啊，我此去，是因为神所预言的时机已到。我走之后，您不必担心。护送我的人和物品等，我什么也不需要。邦拉和黄河流域的土地神已经派人来迎接我，昨天已到这里。"

嘉察协噶心中猛然醒悟，刚要对觉如说些什么，见觉如已把脸转向大家，临行前他要向岭部落的人说几句话：

"善良的人们啊，我觉如并没有做什么危害众生的事情，以后你们会慢慢明白。我觉如无罪而被放逐出境，虽不妥当，是叔父的命令；虽不公正，是先业所定。我走后，你们应照善业行事，然后将事情的真假是非弄清。现在叔伯严厉的命令下，我觉如不再逗留，即当前行。"

说罢，骑上姜噶贝嘎手仗，从吉普地方向北走去。喇嘛们吹螺号诅咒驱逐，但螺声却像迎接觉如一样地在他面前呜呜而鸣。勇士们尽力射箭驱魔，但利箭却像给觉如敬献彩箭一样，接连落在他的手中。那些糌粑供品，也像雪片一样地纷

纷在他母子面前飘落，落在郭姆手中的绫带里。郭姆大声呼喊：

"请原谅吧，尊贵的莲花生祖师，本尊神旺钦锐巴，空行益喜嘉措，天母朗曼噶姆，司寿珠贝杰姆，嫂嫂郭嘉噶姆，哥哥东琼噶布，弟弟龙树威琼，战神念达玛布，父王邹纳仁庆，山神格卓念布，地方神吉杰达日等为我母子作救主，并作旅途的保护神。愿岭地的人、物、财三种福祉，一切享受，也像大海汇集小溪、母马后面跟着马驹、父母后面跟随子女一样，挤挤扎扎地随着我母子来吧！"

郭姆的呼声在山间久久回荡，十三沟的山林和山神吉杰达日都向郭姆母子前进的方向围拢过来。到如今，吉普地方的地势，还保留着当时的样子。

郭姆母子在黄河下游玉隆改拉松多地方住了下来。天神和地方神都在暗中保护着他们。

在离他们不远的堪隆六山，被可恶的地鼠占据着。它们挖开了山巅的黑土，咬断了山腰的灌木，吃掉了平原的野草。人到那里，被尘土笼罩，牛到那里，饥饿而死。觉如知道，消灭这些地鼠恶魔的时机已到，遂在抛石器里放上三个羊腰子大的石子，口中念诵咒语，将石子打出去。一阵雷鸣般的轰响，三个石子正好打中鼠王扎哇卡且、扎哇米茫和地鼠大臣扎哇那宛。其余的地鼠也都被石子震得头破血流，纷纷死去。

鼠害已除，人害仍然横行无忌。一天，上拉达克的大商人白登晋美、朗嘉洛桑和拉达曲噶三人带着伙计七十余人，用两千多匹骡子，驮着金银绸缎等箱子前往汉地，经过阿钦纳哇查莱地方，被七名霍尔人抢劫。觉如用法力杀死了霍尔人，夺回了商人们被抢的财物。商人们千恩万谢，一定要将财物分一半给觉如。觉如用手一推：

"现在不要东西。今后你们凡是去汉地经商，路过此地，要给我觉如送见面哈达，并献汉茶作礼品。现在，请你们暂时到黄河川的玛卓鲁古卡隆去，帮助我修一座宫殿，一切费用由我供给。从今后，无论你们到什么地方，我都会保护你们。"

商人们有了报恩的机会，当然欣然从命。后来又来了几拨商人，觉如用同样

◆ **母子被逐玛城**
　　郭姆母子被召到众人跟前。觉如头戴难看的黄羊皮帽，身穿难看的牛皮衣服，脚穿红红的马皮靴子，骑着姜噶贝嘎手杖，模样令人厌恶；他却把母亲郭姆打扮得比以前更加美丽动人，骑在骒马卓洛托嘉上，好像太阳出山一般。

的办法把他们挽留下来，帮助修造宫殿。

当商人们来到黄河川玛卓鲁古卡隆时，看到那里有座四层楼的宫殿，宫殿四周还有四座小城。觉如要他们修一座房顶突出的大殿。觉如发给每百人的食物是：糌粑一口袋，酥油一包，茶叶一包，肉和面各一包，并告诉他们：

"我发给你们的食物吃完以后，就可以回来，即便没有完工，也没有关系。"

商人们的食物在宫殿完工之前一直没有吃完。宫殿建成之后，商人们继续去做买卖。由于觉如的关心和照顾，他们的买卖一直很兴隆。

在觉如满八岁那年，他知道岭地百姓迁居黄河流域的时机已到，遂向龙王邹纳仁庆求雨，并请求八部鬼神帮助，在岭地降雪。

大雪从十月初一开始日夜不停地降落，只下得岭地一片洁白，山顶上的树，也只能望见树梢。

岭地的人们心中焦急，老总管绒察查根比别人更急。看样子，雪不会很快止住，但要继续在这里住下去，岭地的人畜，恐怕一个也保不住，得马上迁往别处才是。但是应该迁到哪里去呢？老总管派出好汉四人，向四方去寻找一个可以迁居的地方。

四个好汉分别向四方走去。向上下方和绒地去的人，走了好多天，不见雪停。这原是八部鬼神的变化，使一切现象改观，所以岭人看到的，是与岭地完全相同的雪景。

向黄河川方向去的人，详细地看了那里的地形，看到澜沧江、金沙江和查水三条河流与黄河川交界处，黄河源头桑钦科巴、黄河腹地卢古则热、黄河下游拉隆松多，以及玉隆噶达查茂等地区，山上墨绿，平原紫黑。那山川的牧草，让岭六部的牛羊三年也吃不尽。岭地的好汉看中了这块地方，但不知这块地方的主人是谁，如果不经允许，便随意迁来，是会引起战争的。

好汉们不知该到何处去问询，这时迎面正好来了几个马帮，他们是去向觉如贡献礼品、交纳税款的汉藏商旅。好汉们忙上前问道：

"好人们，你们这里的主人是谁？要借地方，该和谁讲？"

"此地以前是旷野荒郊，无人为主，商旅通行，困难很多。特别是霍尔强盗经常出来拦路抢劫，不让通行。后来在拉隆松多地方来了个叫觉如的，他不是人，是鬼神的君王，神威无限。我们向他敬献哈达、茶叶，求得他的保护，才能够昂首扬眉地来往通行。你们要借地方，应该向觉如王请求。"商人们说完，赶着马走了。

好汉们一听这地方是觉如的，面面相觑，不知说什么好。觉如是被岭地驱逐出来的，怎么好再去见他？怎么好再去向他借地方呢？

四个好汉回到岭地，岭六部的人马上集合，询问他们探路的情况。好汉们把看到的情况一一说了，老总管、嘉察及丹玛心中明白，按照预言，迁徙黄河川的时机已到，但表面上却佯装不知。

嘉察说："现在没有雪的地方是黄河川，而那里的主人又是觉如，六部公众中，我奔氏可去。但是觉如的行为与乡俗不合，思想与别人不同，稼穑与时节不合。因此我一个人去，恐怕无济于事，我们六部均应派出代表和我同去，向觉如求情。"

听了嘉察的话，察香丹玛绛查、达绒官人晁通、甲本色吉阿干、嘉洛敦巴坚赞、朱·噶德曲炯贝纳等五人表示愿与嘉察同去。于是岭六部的六名代表启程向黄河川进发。

觉如早已知道他们要来，为了煞煞这些好汉的傲气，当他们锦缎攒簇地出现在玉隆嘎达查茂的时候，觉如昂首挺胸地迎面而来，手拿抛石器，挡住了他们的去路：

> 六名盗匪听我唱，
> 下官名叫觉如王。
> 你们竟敢闯到此，
> 等待你们的是死亡。
> 我手里拿的抛石器，
> 是千位战神的命根子，
> 我瞄准你们的前面，
> 炸毁石崖如霹雳。
> 然后再抛出一石子，
> 将你六人全毁灭。
> 六匹马做我的战利品，
> 看什么妖魔鬼怪还敢来！

觉如唱罢，抛出手中的石子，石子带着灿灿的火星，将石崖砸得粉碎；轰隆隆的巨响，震耳欲聋。

嘉察协噶立即跳下马，从怀里掏出一条雪白的哈达：

"尊贵的阿吉觉吉^(注2)啊，长命百岁的觉如啊！在这陌生的黄河川里，陌生的人是嘉察协噶，还有岭地的五智士，我们到此地，有话对你说。"于是唱道：

> 黄嘴野牛的犄角，
> 碰上谁也要抵坏身体，
> 却从来没有抵自己的牛犊。
> 红色母虎的锋利牙齿，
> 什么人碰上也要被吃掉，
> 却不会咬噬亲生的幼虎。
> 岭地足智多谋的诸好汉，
> 和哥哥为求情来此地，
> 拿石子对付是否妥当？
> 觉如弟弟请听仔细：
> 岭地被大雪覆盖，
> 大批牲畜遭馑饥，
> 欲向奔氏后裔觉如你，
> 求借黄河川之宝地。
> 最好能借三年整，
> 至少也以六个月为期。
> ……

不等嘉察唱完，觉如早就跑上前去，抱住了嘉察：

"原来是哥哥协噶和岭地的亲人们。我没有认出来，请不要见怪，我母子住在这个强盗横行、魔煞打尖的地方，只能小心从事啊！"说罢，把一行六人让进家中。

这帐篷外面看来很小，里面却极为宽敞，富丽堂皇。端上的茶点、酒菜、饮食，也似天神的食品，百味俱全。觉如又听嘉察等人把详细情况讲了之后，给六个人每人一条"吉祥圆满"哈达，一枚金藏币，同时高兴地答应了嘉察等人的请求。

六个人很快返回岭地，召集岭六部商议移居黄河川。因为在那里，草尖上开着美丽的花朵，草腰里沾着露水，草根里聚着酥油汁。在那里，有英雄驰骋的

---

2 觉如的爱称。

大道，有男女购物的集市，有赛马休息的草滩，即使无财宝，也能使人欢乐。而且觉如的意思很明白，岭人可随意住在那里，没有什么时间的限制，也不需要缴什么地租。觉如将汉藏商旅建造的宫殿城堡，也都无偿地送给岭地百姓，作为见面礼。

岭地的首领们一致同意，尽快移居黄河川。老总管绒察查根决定，十二月初十日，岭地全部人马一律在黄河川的德雅达塘查茂会合，等候觉如给大家分配领地。

每个人都是喜气洋洋的，却又捉摸不透觉如将怎样给他们划分地区。特别是晁通，心中更是惶恐，害怕觉如把坏地方划分给他。所以他急急地赶路，终于抢在其他部落之前到了黄河川。到了那里，他的第一件事就是请觉如到他的帐房里做客，拿出了牛犊喱了三年以上的乳牛的奶子（注3），又香又甜的酥油和奶渣制成的食品，以及肥美的绵羊肉，然后毫不掩饰地向觉如提出了自己的要求：

"侄子是想啥成啥的，请侄子关照，给我分配一块好些的地方。"

觉如心里好笑，但还是点点头，答应了。

十二月初十这天，岭地人马在黄河川的德雅达塘查茂会合了。觉如头戴礼帽，身穿礼服，足蹬闪亮的马靴，站在岭六部人马面前，精神振奋，神采飞扬，令人崇敬而又有几分畏惧。

觉如首先向大家介绍黄河川的地理位置，然后唱道：

> 上面插入印度地区，
> 下面插入汉人地区，
> 前面插入阿钦霍尔地区，
> 后面插入阿底绒地区。
> 此地黄河有三曲，
> 第一曲是岭部的地界，
> 二、三曲是霍尔地区叫昂塘。

接着，觉如开始分配领地：

> 黄河川则拉色卡多，
> 天文好似八辐轮，
> 地文好似八瓣莲，

3　牛生犊后，经过三年以上仍未断奶，其奶质最好。

中间小山具有八吉祥^(注4)。
这是最好的地方,
是适于官人居住的领地。
我把它划给尼奔达雅,
长系色氏八弟兄住在此地。

黄河川最好的山沟白玛让夏,
是大鹿跳跃游戏的地方,
是黄嘴巴野牛磨角的地方。
草吃不完,野牛生犊子,
林烧不尽,麋鹿可存身,
是大丈夫居住的地方。
我把它划分给弟弟巴森,
仲系文布六部落在此居住。

黄河中游的则拉以上,
野花儿开遍芳草地。
玛卓卓鲁古卡扎地方,
凉风来缴纳草税,
河水来缴树木税。
靠山好似挂上帘幕,
黄河好似摆上净水。
这是大势力的官长居住地,
我把它划分给叔父总管王。

黄河阴面的札朵秋峡谷,
有一百零八座雄伟宝塔,
一千零二十二个坛庙。
这是下界母龙举行礼拜地,
是龙畜牛羊杂居地,
是辖地广大的官人居住地,
我把它划分给我父森伦王。

黄河下游的鲁古以上,

---

4 八吉祥:即"吉祥八宝",见第二回注6。

> 有如利箭插在箭筒里。
> 司巴科茂绒宗地方,
> 不分冬夏均降雪,
> 不分春秋皆刮风。
> 叫人时,魔女来应声,
> 叫狗时,狐狸来答应。
> 是骒马不到九岁之时
> 不生马驹的地方;
> 是小牛犊不吮干九次乳
> 不生牛犊的地方;
> 是绵羊未满三岁时
> 不生羊羔的地方。
> 有关隘如咽喉的峡路,
> 有平原如莲花开放。
> 这是强悍的男子居住的地方,
> 我把它划分给叔父晁通王。

如此这般,每一个头人和首领都得到了自己的领地,觉如和母亲郭姆仍旧住在黄河下游自己的小帐房里。

岭地众生,人人满意,个个欢喜。只有晁通,心里不情愿,却又不能露在脸上,因为这毕竟不是在岭地,觉如的力量也更加强大了。

十二月十五日,觉如打开库房,搬出了金质的释迦牟尼佛、白螺的观世音菩萨、自然长成的松耳石度母、法螺噶牡江札、法鼓赛威维丹、铙钹尼马珠札、锦旗扎拉颤东等法器,还有掘藏所得宝珠七对,供在香楼之上。觉如吩咐岭人精勤地进行朝拜。

从此,岭地六部的民众在黄河川开始了新的生活。

第六回

假预言觉如巧用计
欲称王晁通逞愚顽

  岭部落的众臣民，在黄河川安安稳稳地住了下来。此地粮草丰美，牛羊肥壮，确实是个好地方。看到百姓们安居乐业，觉如像是完成了一项重大使命。他欲往玛麦玉隆松多地方去进行新的开拓，又恐岭地众生不允，于是又像在岭地居住时一样，变化出许多事端，令人厌恶生嫌，终于又一次让人将他母子驱逐出黄河川，去往那妖魔逞凶、煞神横行之地——玛麦玉隆松多地方。

  在这里，觉如变化为许多化身，降伏了大大小小的妖魔、煞神，使玛麦玉隆松多地方慢慢变得安静下来。不知不觉地，觉如长到了十二岁，正值藏历铁猪年。

  这一年寅月初八日，天色尚未破晓，觉如还在熟睡的时候，天母朗曼噶姆在众空行女^(注1)的簇拥下，骑着白狮子降到觉如身边，附在觉如的耳边轻轻唱了一支歌：

---

1 空行女：女神。

> 青苗若结不出果实来，
> 禾秆再高也只能当饲草；
> 碧空中若没有明月作装饰，
> 星星虽多天空也黯然；
> 觉如虽为岭地做的好事多，
> 不执掌大权众生还是受苦难。

觉如似睡非睡，又听天母在说："孩子呵，在明天这个时候，你要变化成马头明王，去给晁通降下预言，告诉他必须立即举行赛马大会，将王位、七宝[注2]，还有岭地最美丽的姑娘——嘉洛家的森姜珠牡女，作为赛马的彩注。还要告诉他，赛马的最后胜利定属他的玉佳马。

"天王的儿子呵，要记住，快去捉漫游在北方荒野中的千里马。快去准备吧，该是你大显神威的时候了。"

觉如猛地醒了过来，睁眼看着四周，周围黑洞洞的一片，天母早已逝去。可天母的旨意却牢牢记在心中。他想天母说得对，过去这十二年中，我觉如好像莲花隐匿于污泥之中，除了母亲郭姆外，谁也不知道我是什么人。我虽为众生做了很多好事，可谁也不知道我在做些什么，反而常让人误解。现在到了我公开显示本领的时候了，必须遵从天母的旨意，参加赛马，夺取王位。

为夺得王位，他要做的第一件事，就是让达绒的长官晁通王来主持赛马大会。此时，晁通正在专心致志地修法，修的正是护法神马头明王。这真是天赐良机。到了初九日的后半夜，觉如化作只乌鸦，趁晁通半修法半昏睡的时候，给他唱了一支预言歌：

> 不要睡，晁通王，
> 我是护法神马头明王，
> 快快准备赛马会，
> 彩注定属达绒仓。
> 岭国的王位和七宝，
> 森姜珠牡美姑娘，
> 是天赐你晁通王，
> 骏马玉佳会给你帮忙。

---

2 七宝：佛教名词。《法华经》以金、银、琉璃、砗磲、玛瑙、珍珠、玫瑰为七宝。但佛经中说法不一。

晁通睁眼看时，只见那觉如变化的乌鸦已飘然隐没到他所供奉的护法神像——马头明王中去了。晁通对预言深信不疑，立即翻身起来，向马头明王连连叩头，又对王妃丹萨讲了马头明王给他的预言，让王妃也马上为赛马会做好准备。

丹萨想了想，过去曾耳闻，岭地的王位、七宝和珠牡，已由神明们预言给了觉如，而且觉如善于变化，恐怕这预言也是他假造的。她觉得应该对晁通说明白：

"我的王呵，不要相信深更半夜的乌鸦叫，那不是神灵是恶鬼，不是预言是欺骗，我的王呵！……"

不等王妃把话说完，晁通想起了马头明王的预言：

　　上等人将心给神佛，
　　心中明亮象太阳；
　　中等人将心归于王，
　　自由自在不彷徨；
　　下等人将心归老婆，
　　命中注定不兴旺。

晁通心想，只有下等人才会听老婆的话，我堂堂达绒的长官晁通王当然是上等人，当然要听神明的预言。再说，那岭地的七宝、王位，特别是那个令人难以忘怀的珠牡姑娘，要是能把她娶进家来，就是什么都不要，我也心满意足了。

晁通越想越高兴，马头明王的预言正合他的心意。特别是他的玉佳马，在岭地首屈一指，赛马的胜利非它莫属。只是有一件事令他担心，那就是珠牡是否愿意作赛马的彩注？如果她同意，那就绝对有把握将她娶进家门。晁通转念又想，万一珠牡进了门，和丹萨肯定合不来，那岂不委屈了珠牡。不要说让珠牡受委屈，就是她稍不顺心，我晁通王也会感到不安。丹萨这个贱婆娘，不如趁现在就把她赶走，免得将来生事，反而不好。想到这些，晁通恶狠狠地对丹萨说：

> ▶ 岭国商议赛马之事
> 　　寅月初十日，当太阳给高山戴上金冠的时候，岭地的三十位英雄弟兄，其中有八英雄、七勇士、三战将，在各个部属的簇拥下，应晁通的邀请来到达绒地方赴会。只见一队队旌旗招展，一行行盔缨摇颤，好不威风。

"贱骨头，逆妖婆，预言像金子的神塔，你竟敢拿恶言的斧头去砍；吉兆像战神的颜面，你竟被恶兆的灰烬蒙住了眼。要不是看在我们九个儿女的面上，就应该割你的舌头，剁你的鼻子。不久要举行赛马会，珠牡很快就要进我达绒家。贱婆娘，珠牡会比你强千百倍，达绒家有没有你都不要紧。如果你愿意留下为珠牡干粗活，还能有你一口茶饭；如果你逞尊贵，还要乱嚼舌头，那就趁早离开这里。"

丹萨被晁通的一番话气得直发抖。俗话说："逼债的山主躲不了，老来额头上的皱纹抹不掉。"当年我丹萨年轻貌美，像草原上的玉调花，被晁通娶进家门。这许多年来，我为他生儿育女，操持家务。如今我老了，他喜新厌旧，对半辈子夫妻想一脚踢开，把我的良言当恶语。欲和他争辩，又恐他说出更难听的话来，吵得合家不安宁。神明们总是公正的，我倒要看看这个小人的下场。丹萨寻思着，不再说什么，仍旧像往日一样，不动声色地安排家务，不声不响地为晁通准备筵席。

寅月初十日，当太阳给高山戴上金冠的时候，岭地的三十位英雄弟兄，其中有八英雄、七勇士、三战将，在各个部属的簇拥下，应晁通的邀请来到达绒地方赴会。只见一队队旌旗招展，一行行盔缨摇颤，好不威风。

晁通王的家臣阿盔塔巴索朗奉主人之命，向前来赴会的各位英雄说明晁通王已得到马头明王的预言，并宣布即将举行赛马大会。要和大家商量的是，在十五日这天举行赛马会是不是恰当？

"那么，赛马的得胜者有什么奖励呢？"嘉察协噶问。

"呵，你还没听明白？预言中说得很清楚：岭地七宝、王位和珠牡，作为这次赛马的彩注。"阿盔塔巴索朗摇头晃脑地说。他也像主人一样，相信赛马的胜利一定属于达绒家的玉佳马。晁通一旦成了岭地的大王，那么，他就不再是家臣了，而是，而是……他还没想出主人会封他个什么官。说完，他仍怕有人没听清楚，又唱了起来：

    古人有句谚语说：
    欲求美女的人很多，
    达到愿望的却很少；
    欲求庄稼好的人很多，
    获得丰收的却很少；
    以箭、马、骰子作竞赛，

> 想得彩的人多，中彩的少。
> 珠牡是岭地的美女，
> 王位是岭地的权力，
> 七宝是岭地的宝藏，
> 要凭快马去获取。
> 谁的马儿跑得快，
> 谁能得胜遂心意，
> 天意人心都相合，
> 得不到时别失意。

嘉察和森达等众兄弟早就明白了晁通的用意，他是想通过赛马，合理合法地登上岭地的金子宝座，取得统治岭地的大权，还能得到美貌出众的森姜珠牡。虽然众人心里明白，也不满意晁通的做法，却又无法反驳晁通那冠冕堂皇之语。所以众人并不说什么，而是把目光转向总管王绒察查根，看他怎样说。

总管王也在思索着如何对付晁通的阴谋。他忽然想起了十几年前神明给自己的预言：

> 十二岁夺得赛马彩注，
> 犹如东山顶上升起金太阳。

一想起这个预言，老总管满脸的皱纹绽开了，微笑着说：

"赛马夺彩是件很好的事，是最光明正大地取得王位、财宝及珠牡的办法，我看不会有人反对。只是时间，现在正是寒冬腊月、冰天雪地，在这样的地上跑马，恐怕会很不利。我看是不是十五日先开个大会，看看大家有什么想法，再作决定。"

嘉察明白了总管王叔叔的意思，延长赛马日期，是为了通知觉如，让他做好准备，所以也就点头表示同意。

寅月十五日，只有五天的时间。尽管这样，晁通仍旧嫌慢，他恨不得赛马大会能马上举行，巴不得十五日这天不是商议宴会，而是实实在在的赛马大会。早一天赛马，他就能早一天登上王位，早一天占有七宝，早一天得到珠牡。这五天的时间，在晁通看来，简直比五年还要长。晁通心如火焚，急不可耐地度过了这最难挨、也最忙碌的五天。他要把宴会办得尽可能的丰盛、堂皇，以显示他的富有和精明。晁通还有一个从未告诉别人、也不可能让人知道的想法：他要通过这次宴会——赛马的预备会，获取人们对他的好感，以便称王以后能顺利地统治岭部落。

寅月十五日终于来到了。前来参加宴会的人真多呵，像须弥山一样威严的叔伯，像海面结冰一样沉稳的姑嫂，像弦上待发的竹箭似的青年，像夏天的花朵一样美丽的姑娘，纷纷涌向达绒仓的大帐。这可忙坏了负责安置座位的大公证人威玛拉达。他忙里忙外，既高兴又庄重地宣布：

"在上位盘花银座织金缎的软垫上，请奔巴·嘉察协噶、色巴·尼奔达雅、文布·阿奴巴森、穆江·仁庆达鲁四位公子安坐。

"在中间一排层叠着锦缎软垫的座位上，应该请四位王爷和四位持宝幢者安坐。他们是总管王、达绒忿怒王、森伦王、朗卡森协和古如坚赞、敦巴坚赞、噶如尼玛、纳如塔巴。

"另一排铺有环形白圈的熊皮铺位上，请岭庆塔巴索朗、阿巴布依班觉、公证人达盼、威玛拉达、医生衮噶尼玛、占卜家衮协梯布、星相家拉吾央噶、技艺家卡切米玛等八位安坐。

………

"在最后面的锦缎座位上，请岭地最漂亮的七姊妹安坐。森姜珠牡坐中间，左边是莱琼·鲁姑查娅、总管王的女儿玉珍和卓洛·拜噶娜泽，右边是察香姑娘泽钟、雅台姑娘赛措和达绒姑娘晁牡措……"

大公证人将岭地有地位、有财富的人安置完毕后，其他人无须安排，各自拣自己喜欢的地方席地而坐。人们吃着像甘霖一样的果实、肉类和点心，喝着像河流一样的酒和茶。吃饱了，喝足了，小伙子们唱起了欢乐的歌，姑娘们则随着歌声跳起轻柔、美丽的舞。

趁着人们酒足饭饱、兴高采烈、手舞足蹈之时，晁通对大家唱道：

> 在三十位英雄中，
> 武艺虽高要分等级；
> 在岭噶布众多的部落中，
> 百姓需要个总首领；
> 此番举行赛马会，
> 胜者为王率众生。
>
> 在我这白色的大帐中，

不分贵贱人人平等。
上至四位贵公子，
下至古如叫化子，
都有参加赛马的权利，
都有夺得王位的可能。

马儿跑得快与慢，
在于一夜的草和水；
英雄汉子强与弱，
在于一生的修行；
骏马彩注得或失，
标志着事业灭与兴。
赛马日期何时为宜？
跑道要长或要短？
敬请弟兄们细商议。

黑心肠的晁通偏长了张抹了蜜的巧嘴，口口声声说赛马是为了岭噶布的利益，得胜的机会和权利人人平等，似乎没有人能驳得了他的话。

总管王也不想揭穿晁通的阴谋，因为他相信神明给岭地的预言，相信觉如是赛马的得胜者。可今天，在这岭部落百姓团聚的地方，唯独不见觉如母子。如果不通知觉如前来赛马，怎能取得赛马的胜利？如果觉如不来，晁通的阴谋岂不得逞了吗？想到此，总管王绒察查根对大家说：

"关于赛马的彩注，没有不合适的地方。但是，必须让岭部落所有人都知道这件事。"总管王特别把"所有人"强调了一下，因为晁通说了，每个人都有赛马和取胜的权利。"至于时间，最好延长至五、六月间。俗话说：'糊涂女人在冬天乳酪冻结时搅拌，不但搅不出酥油来，反而会将手冻坏；糊涂男人在冬天冰天雪地上赛跑，不但分不出优劣，反而会使自己摔跤。'到了天气温暖的五、六月间，不仅是赛马的好时光，而且对于观看赛马的人，也是一件高兴的事。"

嘉察明白，叔叔总管王的意思是让所有的人都来参加赛马，这当然包括觉如，只是不好明说罢了。叔叔不好说的事，自己是可以讲明的，于是他说：

"岭部落赛马的事没有人反对。但是，请大家不要忘记我嘉察协噶的弟弟、妈妈郭姆的儿子觉如。俗谚说得好，'肉虽少是绵羊的一个腿儿，马虽小是千里马的一个马驹，人虽小是叔叔的一个侄子。'妈妈郭姆是岭地的珍宝，是龙王的女儿。她母子二人，过去不但没有任何过失，还为我们做了很多好事。可岭地人却无故地处罚他们，把他们驱逐出境。现在若不将他叫回来参加赛马，我也不参加。"

晁通虽然满心不愿意觉如前来参加赛马，却又不能把这种厌恶之情表现出来。因为总管王想念他母子二人，嘉察更是心直口快。岭地的百姓们对他母子二人也确无恶感，假如执意不让觉如参加赛马，准会把事情搞糟，倒不如让他参加。反正他一个十二岁的娃娃，即使得了彩，也会把它送给别人。想到此，晁通笑眯眯地说：

"协噶说得不错，觉如没能参加今天的宴会，也是叔叔我颇为遗憾的事。你们应该想办法通知他才是。现在我们应该把赛马的日期和路程决定下来。"

晁通的儿子东赞朗都阿班早已忍耐不住，口出狂言：

"我们岭地的赛马，若路程太短，会遭别人嘲笑，若跑的阵势不热烈，会遭别人羞辱。所以，我们要使赛马会名扬世界，应将赛马的起点定在印度的地方，终点定在汉地。"

众家兄弟都觉得东赞说大话，自然不爱听。仲系的森达用讥讽的口吻回敬了东赞：

"哦，要说举办一个名扬世界的赛马会，起点应该在碧空，终点应该在海底，彩注应该是日月，岭部落的百姓也应该去太空中观看赛马。"

众家兄弟和百姓们听了森达的话，都捧腹大笑。这话说得太妙了。东赞红了脸，脖子上的青筋也在一蹦一蹦地跳，但又无话可说。

还是嘉察协噶止住了大家的笑，提出了一个切实可行的办法，让大家信服，也为东赞解了围。

最后采纳了嘉察的意见，赛马的起点在阿玉底山，终点在古热石山，烧香祈祷应在鲁底山顶上举行，百姓们应该在拉底山顶看热闹。

时间决定在夏季水草丰美、天气温暖的时节。

第七回

接觉如珠牡表心愿
试珠牡觉如多变幻

赛马的时间和路程均已商定，岭部落的人对赛马的事已无人不知、无个不晓。但是，被驱逐出去的觉如怎么样了呢？总管王惦念着他母子二人，嘉察常在梦中和弟弟相见，岭部落的百姓们也盼望着他们母子早日回来。特别是要让觉如知道赛马这件事，叫他回来参加比赛，夺得王位。但是派谁去告诉这个消息呢？如果没有合适的人去，觉如母子是绝不会回来的。要是觉如不回来，那么靠谁去战胜晁通，戳穿晁通的阴谋呢？

老总管伤透了脑筋，想来想去，还是想不出合适的人选。正当绒察查根苦无计策时，嘉察和丹玛来见他。总管王想，或许他们有办法？

嘉察和丹玛果然是来给叔叔出主意的。他们说，要请觉如母子回岭地，非森姜珠牡姑娘不可。

老总管的眼睛突然一亮，心中高兴极了，怎么没想起这个主意来呢？于是吩咐嘉察马上到嘉洛家，对森姜珠牡说明这个情况，一定让她去接觉如。

嘉察和丹玛奉命来到嘉洛的牧场上，在帐房中见到了森姜珠牡和她的阿爸嘉洛敦巴坚赞。这父女二人也正在说着赛马大会的事，只听敦巴坚赞说：

"他们母子本来就没什么错，驱逐出岭地是不应该的。现在，到了这个关键时刻，正是他母子回来的时候了。"

"谁知道那些所谓坏事竟是觉如变化出来的呢?！"珠牡想起了正是自己看见了觉如变化出吃人、杀人的景象，然后报告给老总管，觉如母子才被驱逐的事。她心里一直在懊悔。要不是自己的报告，觉如母子绝不会被赶出岭地。可是现在错已铸成，有什么办法呢？有的过失可以弥补，有的错误永难追悔。珠牡在心中默默地念诵着"总管王啊，可一定要派个合适的人去请觉如母子回来啊。况且，我已经成了赛马的彩注，如果觉如不回来，那赛马得胜的一定是晁通，可晁通是个什么东西，我怎么能嫁他？"

这珠牡本是白度母[注1]的化身，聪敏美丽，心地善良。光明的太阳比起她来还嫌黯淡，洁白的月亮比起她来还嫌无光，艳丽的莲花被她夺去了光彩，死神见了她也将唯命是从。所以，岭部落把她作为赛马的彩注，是很有吸引力的。岭噶布英雄的人们，无论尊卑，无论长幼，大家对能得到珠牡，比起王位和七宝来说，欲望更加强烈。

见嘉察和丹玛来访，敦巴坚赞和珠牡父女俩忙起身相迎。二人说明来意后，心性耿直的英雄丹玛唯恐珠牡不愿前往，又提起觉如母子被逐出岭地的原因。说得敦巴坚赞低头不语，说得珠牡羞愧难当。嘉察见状，忙安慰说：

"俗谚说：'与其把珍宝交给敌人，不如把它送给流水。'在这争夺王位的关键时刻，为了百姓能过上安乐的日子，必须把觉如请回来。觉如是勇武之圣，他一定能战胜晁通，得到彩注。这样，藏区百姓才能消除灾祸，珠牡姑娘才会得到安慰。现在，只有珠牡去接觉如，他们母子二人才肯回来。"

嘉察的话说得在理，敦巴坚赞连连点头，同时，也深深打动了珠牡。珠牡抬起头望着嘉察说：

"岭噶布的大英雄嘉察，觉如的哥哥嘉察，你可知道我心中的苦痛？自从觉如被放逐，我从没有快乐，尽是痛苦，虽有六贤的良药，心中的痛苦难除。如果我去能把觉如接回来，就是拼上性命，我也要把这件事办好。"

嘉察和丹玛没想到珠牡这么痛快就答应了，并且如此诚心诚意。他们被珠牡的一番真挚动情的言语感动了，衷心地为她祝福，愿她此番前去，圆满成功。说着，他二人退出大帐，珠牡也起身去收拾行装。

这一天，当珠牡行至东柏日出的侧谷时，一片旷野荒郊，杳无人烟。眼看天色突然灰暗起来，珠牡以为要变天，急忙打马快步前进。就在这时，像是从天边飞出、平地升起似的来了一黑人黑马，手里拿着黑色长矛，横在珠牡的马前。

---

1 白度母：度母是女神，有白度母、绿度母等二十一种。

黑人并不说话，只是细细地打量眼前这个美丽的姑娘。只见她身体轻盈得像柔枝修竹，面容似初升明月，双颊似涂朱抹红，水汪汪的一双大眼睛正惊恐地瞪着自己。还有那黑油油的一头长发披在脑后，上面有琥珀、松石和珊瑚的发压，胸前挂着玛瑙的项链和红宝石的护身佛盒，玉手上戴着蓝宝石的手镯和金指环，枣红袍子上镶着獭皮边，锦缎靴子上绣着彩虹般的丝线。

　　珠牡见面前这人，面如黑炭，目似铜铃，狰狞可怖，早已吓得三魂出窍。令人惊奇的是，僵了半天，这黑人只是目不转睛地看着自己，既不动手，也不说话，不知是何道理。珠牡定了定神，刚要说话，面前的黑人终于开口了：

　　　　若不认识这地方，
　　　　这是夹庆瑶梅珠库；
　　　　若不认识我是谁，
　　　　柏日尼玛坚赞有名望。
　　　　我是左边铁来右边铜，
　　　　铜臂铁身金刚头。
　　　　敌人的肉当菜吃，
　　　　敌人的血当酒喝，
　　　　敌人的财宝当战利品，
　　　　我从来说到就办到，
　　　　也不知道什么叫慈悲心。
　　　　美丽动人的姑娘啊，
　　　　你身段秀美像天女，
　　　　饰品佩戴如星星。
　　　　富有和美丽难聚集，
　　　　为何聚于你一身？
　　　　你是哪家的尊贵女，
　　　　婆家又是哪氏族？
　　　　我俩似乎有前缘，
　　　　不然为何在这来相聚。
　　　　上策给我当伴侣，
　　　　珍贵饰品仍伴你身；
　　　　中策作一次情人，
　　　　首饰马匹要离你身；
　　　　下策是光着身子回家去，

三条道路随你决定。

　　珠牡听了强盗这一番话，料定自己在劫难逃。心想，一个清白女子，怎能做强盗之妻？！她索性心一横，宁死不屈。谁知这样一想，反倒不怕了，把眼睛一闭，只等受死。没料到过了半天，不见动静。睁眼一看，这黑人仍旧像先前一样细细地看着她。珠牡忽然又燃起了求生的欲望，于是对强盗说：

　　"要珠宝，可以给你，要首饰，也可以给你。可马匹不能给，情人不能做，伴侣更不用提。如果你是好汉，就放我这弱女子一条生路，我还有大事要做，要去接觉如回去。"

　　黑人强盗一听，说："既然如此，我就饶了你。等你办完事，第七天早晨，把你的首饰和马匹送到这里来。为了证明你的诚意，请把你的金指环先交给我，我就放你过去。"

　　珠牡一听，毫不犹豫地把金指环交给了黑人，这黑人黑马顿时消失在荒野的尽头。

　　珠牡继续往前走，天色忽又明朗起来，旷野荒郊也不见了。只见对面叫七座沙山的一个沙岗上，出现了七个人。经过刚才的惊吓，现在终于看见人了，珠牡心中惊喜万分。不等她走近，那七人七马停住了，大概是途中休息吧。珠牡打马快步上前，见为首的那个人，正安闲地倚在一块大石头旁；其他人在整理行囊，烧水做饭，忙做一团。珠牡一看这为首之人，顿时呆住了。真美啊，珠牡还从未见过这么英俊的少年。肤色像海螺肉一样洁白细嫩，双颊像涂了胭脂一样红润。服饰华丽，仪态端庄。他正喜滋滋、笑眯眯地坐在那里，像是没看见珠牡一般。

　　珠牡的心被眼前这美少年深深地吸引了。她忘记了自己要干什么，忘记了时间，忘记了使命。甚至连自己也忘记了，只是大睁双眼，怔怔地站在那里。可那个英俊少年似乎没有感到她的存在，并不理睬呆立在面前的珠牡，这是珠牡以前绝没有遇见过的事。在岭地，她一出门，能和她说上一句话，在别人看来是一种幸福；能听到她的回答，对别人来说，更是一种享受。可眼前这个人，只是悠闲地摆弄着手里的一根不知名的干草棍，对岭噶布的美人竟视若无睹。

　　半响，珠牡才像从梦境中醒来一样，她感到了从未有过的耻辱。在这美少年面前，自己还不如他手中的一根草棍。珠牡拨转马头正要离去，美少年说话了：

若不认识我，
我是印度大臣柏尔噶，

要去岭地求婚从此地路过。

　　珠牡一听，又站住了。这个美少年要去岭地求婚，不知是谁家的女儿。要是，要是……珠牡一阵心跳，脸红了。

　　这一切都没有逃过柏尔噶的眼睛：

　　　　听说森姜珠牡美艳，
　　　　听说敦巴坚赞富有。
　　　　不知是真是假，
　　　　不知我是不是能娶她。

　　果然珠牡的名声大，连印度人都知道岭地有我珠牡。听到此，珠牡刚才的那种自卑感消失了。她忍不住摸了摸自己的珊瑚发压和黄金护身符，心中暗想：幸好刚才饰物没被强盗夺去，只是，只是少了一只金指环；不过，这也没什么。珠牡想着，把头昂了起来，又听到那俊美的印度人继续说：

　　　　上等女人如天仙，
　　　　福寿荣华都俱全；
　　　　中等女人像明月，
　　　　随着权势呈圆缺；
　　　　下等女人似尖刀，
　　　　挑拨是非有本领。
　　　　上等女人如良药，
　　　　对于众人都有益；
　　　　中等女人像水晶，
　　　　损益无定随缘移；
　　　　下等女人似毒花，
　　　　没有真心对伴侣。
　　　　姑娘比山上的野草多，
　　　　情投意合的比黄金少，
　　　　我不缺黄金缺情侣。
　　　　姑娘啊，
　　　　我长途跋涉到此地。
　　　　姑娘啊，

我不娶珠牡只要你。

　　听了印度大臣的话,珠牡又喜又悲。喜的是自己的美貌终于使这个骄傲的王子倾倒;悲的是天下的男人莫不都是这样见一个爱一个?!他尚且不知我是谁,就要丢了珠牡来娶我,真是个貌美的负心人。但是,这一闪念的悲哀却被欣喜之情压倒了。珠牡几乎不能自持,女性本能的羞涩仍使她尽量隐匿着自己的欣喜,但是眼中流露出的却是脉脉含情的目光。她为自己的貌美骄傲,为能获得美少年的爱慕自豪。她的矜持已降到了最低限度,她的笑容再也不能掩饰。她如醉如痴,无比欣喜,又骄傲地对柏尔噶说:

　　　　在这玛麦七沙山顶,
　　　　高耸着白石崖上的珍宝;
　　　　被称为神采绰约的灵鹫,
　　　　身上六翼丰满的就是我。
　　　　在这玛麦七沙山腰,
　　　　竖立着白雪山上的珍宝,
　　　　被称为神骏轶群的白狮,
　　　　头上绿鬃丰满的就是我。
　　　　在这玛麦七沙山下,
　　　　站立着岭噶布的珍宝,
　　　　人称丰姿明媚的珠牡,
　　　　身上聚集着青春娇容的就是我。
　　　　天鹅在玛旁湖中生活,
　　　　绝不会弃湖飞向他方,
　　　　大臣您既想念着森姜珠牡,
　　　　轻易把珠牡丢掉岂不悲伤!
　　　　珠牡已成为岭噶布赛马的彩注,
　　　　谁有神速的快马就能娶我珠牡,
　　　　若不能参加赛马大会,
　　　　能用黄金铺地也别想娶珠牡。
　　　　南方炎热地区的箭竹,
　　　　树上白头鹫鸟的翎羽,
　　　　能否粘得坚牢,取决于胶汁,
　　　　两者合谐就能作为箭囊的装饰。

用藏地高山上的清水，
泡南方印度的红花，
能否泡出香汁，在于水的冷热，
两者合谐就能成为净瓶中的琼液。
您印度大臣柏尔噶，
要娶珠牡快到岭部落去。
岭噶布要举行赛马会，
赛马得胜我们才能成夫妻。

听珠牡说完，印度人似乎有些不信面前这女子就是森姜珠牡。他用疑惑的口吻问：

"人生面不熟，你用什么来证明你就是珠牡？"

珠牡犹豫一下，取出自己带的长寿酒，这本是为请觉如准备的。瓶口是用嘉洛家的火漆印章封的，这印章就是最好的证明。

印度大臣见了酒瓶，说一定要尝尝这酒才能确信她是珠牡。为了证实自己的话，珠牡不假思索地打开瓶口，正要取杯给他倒些酒喝，谁知那酒竟像着了什么魔法似的，径直流向那印度人之口。珠牡大为诧异，本意是想让他略尝一下就收回来的，结果却一滴未剩。莫非是上天作美，要成全我二人作夫妻？若果真如此……

印度人饮了珠牡的美酒，面颊更加红润，洋溢着青春的光彩，显得更英俊漂亮了。他要立即动身去参加赛马会。他说他一定能取胜，一定会取胜。但是他不要王位，不要财宝，只要珠牡。娶了珠牡，就带着她回印度。印度的皇宫比藏区的好得多。

珠牡被这美少年迷住了，她依偎在他的身边，说不尽的柔情蜜语。为了不忘记这定情的地方，他们在身旁的大石头上刻了记号。大臣把一只水晶镯子戴在珠牡的手腕上，珠牡把自己的白丝带系了九个结子送给大臣，相约在赛马大会上见面，然后才难舍难分地离开了。

珠牡哪里知道，前次的黑人强盗和刚刚分手的印度大臣，都是觉如为了试试她的忠贞而变化的，谁知她竟上了当。

珠牡翻过一座不大不小的山，只见前面又有一座不高不矮的山横在面前。使她惊惧的是，山坡上有数不清的无尾地鼠洞，每个洞前都坐着一个觉如。见到这般情景，珠牡又像见到黑人强盗一样心悸。她不敢再向前走，就躲在一块巨石后面定定神。

过了一会儿，珠牡把头探了出来，觉如已把化身收到一起。珠牡见到的只有一个觉如，正在宰杀一只硕大的无尾地鼠。珠牡壮着胆子从巨石后面走出来，大喊了三声"觉如"。

觉如见珠牡那胆战心惊的样子，又想起她对印度大臣的柔情蜜语，决定要惩罚她一下。于是假装把珠牡当作女鬼，一边拿起抛石器，一边念道：

玛麦好，玛麦好，
无尾地鼠满地跑，
领土属地鼠，
权势属魔妖。
自从觉如来此地，
执掌了妖魔的生死簿，
觉如是地鼠的死对头，
鬼怪地鼠全驯服。
女鬼为何到玛麦，
敲掉你的牙齿拔掉你的头发，
再引你灵魂出关隘，
方知我觉如的厉害。

觉如念罢，连发二石，击中了珠牡的牙齿和头发。顿时，珠牡的牙齿掉尽，嘴像个空口袋；她的头发脱光，头像个大铜勺。珠牡见觉如无情，把自己变成了比鬼还难看的样子，就坐在那里伤心地痛哭起来。

觉如见状，心中大为不忍，却又不好马上收回变化。他急忙跑回自己住的帐房，告诉妈妈郭姆说：

"珠牡已到玛麦，妈妈快去将她接进帐房来吧。"

郭姆来到巨石后面，见到了狼狈不堪的珠牡。昔日如花似玉的美人，现在已经变成了秃头无牙的老太婆，奇丑无比。郭姆心中不免可怜起姑娘来，暗暗责怪觉如，又不便声张，只得安慰珠牡说：

"姑娘啊，不要哭，起来去求求觉如，你的身体会变得比原来更美丽。"说着把珠牡搀回了帐房。

觉如一见珠牡，哈哈一笑：

"原来是珠牡姑娘到了，你为何不进帐房，倒要喊叫起来，被我误认为是女鬼了。"

珠牡一听，又哭了，边哭边说：

"为了赛马会，总管王命嘉察来找我父女俩，让我来接你母子回去，参加赛马，夺取彩注。我珠牡顾不得路途远，也没有害怕妖魔，一心一意来寻你们母子，没想到你却把我当成了鬼，把我弄成了比鬼还要可怕的样子，让我怎么再回岭噶布，让我怎么再见人？"

觉如听了暗笑：怎么去见人？恐怕是没法去见那俊美的印度大臣了吧。可他一见珠牡那副可怜巴巴的样子，又不想再去捉弄她，于是一本正经地说：

"让你恢复美貌并不难，而且还能变得比原来更加美丽。只是还有一件事，要烦劳你去替我办。"

"不要说一件事，就是十件、百件，我也答应你。"珠牡急于摆脱这副鬼模样。

"这件事可不那么容易，我要去赛马，现在却连一匹像样的马都没有。"

"这好办，阿爸的马厩里有良马百匹，任你挑选。"

"你阿爸的百匹马中，哪一匹能比得上晁通的玉佳马？"

"这……"珠牡语塞了。

"这匹关系到我一辈子的事业之马，现在还在那百马百子的野马群中，它是非马亦非野马的千里宝驹，除了妈妈郭姆和你二人之外，谁也捉不住它。所以，我要请你帮忙。"觉如用期待的目光看着珠牡。

"野马……我……能行？"珠牡并非胆小，只是怕自己不行，反而耽误了大事。

"行！马能听懂人的话，如果捉不住，你尽力喊我的哥哥和弟弟，他们会用日月神索来帮助你们。"

珠牡点了点头，答应了，心却仍旧悬着。

这时，只见觉如嘴唇翕动，用手抚摸珠牡的头和脸，眨眼间，珠牡的头上长出了浓密的黑发，脸也变得光洁如明月。郭姆妈妈举起一面镜子，珠牡看见了自己比原来更加美丽的容颜，羞涩地捂住了脸。

郭姆妈妈笑了，觉如也笑了。

慈郭姆智捉千里驹
美珠牡为它作赞语

珠牡答应替觉如去捉千里驹，可又想，他自己为什么不去捉呢？听他说，除了妈妈郭姆和自己，谁都不能捉住。就是说，连他自己也不能捉住。若此马果然像他所说，定能在赛马中取胜，那么它一定不是凡马。既非凡马，凭觉如那么大的神力都难以捉住，我一个弱女子，加上郭姆妈妈，又怎么能捉得住呢？再说，觉如说此马是百马群中的良驹，到底长的什么样呢？若捉错了，岂不误了大事？珠牡想来想去，竟彻夜未眠。

第二天一大早，郭姆唤醒珠牡，要立即去捉千里驹。珠牡为难地说：

"妈妈，还是再问问觉如吧，我们俩都不知此马的特征和模样，万一捉错了，就要误大事。"

郭姆能理解珠牡的心情，点了点头，就去找觉如。珠牡心里还在暗自思索：山上没有无主的牛，山下没有无主的马；野牛无心作家畜，野马不能当坐骑。觉如要的是不属山野的"野马"，听起来难懂，寻起来岂不更难？……

就在珠牡暗自思忖之时，郭姆同觉如一起来了。见珠牡双眉紧蹙，觉如禁不住又想逗逗她：

"想必珠牡姐姐已经准备出发，让我来送行？"

"觉如不要再开心，我们要快些找到千里驹，不然，耽误了赛马大会，珠牡可担待不起。总管叔叔，嘉察哥哥都在等我们回去呢！"

"那你找我……？"

"俗话说：'找人须知他名字，找牛要从毛色特征去辨认。'大小河流有水源，荒地旷野看山形，无主的天马是什么颜色，你让我们找的千里驹，究竟有些什么特征？请你详细告诉我，我们快些寻找它。"

觉如听珠牡言辞恳切，顿时收起顽皮脸相，心中暗想：妈妈虽能认千里驹，但却难以捉住它。只有珠牡能为我办成这件事，这是天意。看起来，不给她讲清这马的来龙去脉，珠牡的疑虑难消，马也难以捉到。想到此，觉如便认真地对珠牡和妈妈郭姆说：

"这马确实非同一般。它能决定我觉如的终身事业。有了它，我才能在赛马会上取胜，才能坐上王位，才能为岭噶布百姓做更多的事，也才能……"觉如看了珠牡一眼，把"才能娶到尊贵漂亮的姑娘珠牡"这话咽了回去。

珠牡的脸顿时红了。聪明的姑娘当然明白觉如说出的话。她重重地点了一下头，又把脸仰起来，专心地望着觉如。

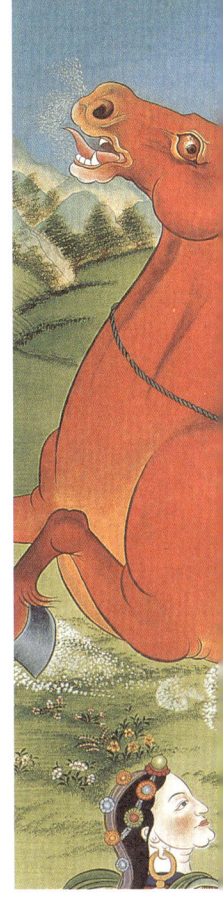

"这马是和我一同降到人间的，现在已经长了十二颗牙齿。它的父亲是白天马，它的母亲是白地马。因为要降生到人间，为我觉如做事情，所以投胎在野马群中。它的毛色是红色，它的头长的方又正，脖子吊着肉铃铛，四条马腿圆滚滚……"觉如见珠牡还是不甚明白，接着又说："要想辨认此马，就要知道它与其他马的不同。它的特征共有九种，请珠牡仔细听：一是有像鸟魔个鹞子的头，二是有像鼠魔黄鼠狼的脖子，三是有像山羊似的面孔，四是有像山兔的喉头，五是有像老青蛙的眼圈，六是有像青蛇暴怒的眼睛，七是有像母獐子的鼻孔，八是生有网袋的鼻肉。第九个特征最重要，也最明显，就是在那灵敏的耳朵上，有一小撮鹫鸟的羽毛。"

"珠牡听明白了，我这就和妈妈一起去捉千里驹。"

珠牡起身刚要走，又被觉如叫住了：

"这马能懂人言，能说人话，跑起来超尘腾空，上身能呼神，尾巴能唤龙。珠牡呵，这是我觉如的事业马，你……"

一直在旁边静听的妈妈郭姆打断了觉如的话：

"觉如无需再多讲，我和珠牡都明白：田土、种子和温度，三者齐备五谷熟；强弓、利箭和猎人，三者相合才会有猎物；妈妈、觉如和珠牡，三人同心定能把天马捉。巧方法不是生来有，心齐上天也有路。"

"对，对，对极了，妈妈，那觉如就送你们上路吧。"觉如亲了亲妈妈，又望了望珠牡，那眼神分明在说：能不能捉得住天马，就看你的了。

珠牡和郭姆二人来到野马成群的班乃山中，只见那匹匹野马漫山遍野地奔腾跳跃，郭姆自然认识天马，却不急于说话。她要看看珠牡是不是听清了、记住了觉如的话。珠牡也不问郭姆妈妈，只是仔细地用眼睛搜寻着，想从那千百匹野马中找出天马千里驹。这对珠牡来说，虽然不是一件轻而易举的事，但是她到底还是认出了它。

但见这匹马，鬃毛和尾巴像松耳石一样碧绿，身上的毛像红宝石一般闪着红光，滚圆的四条腿不停地踢踏跳跃。从前面看，它的神态威武；从后面看，它的体形矫健。珠牡认出来了惊喜地对郭姆喊道：

"妈妈您快看哪，这一定是觉如所说的千里驹。不会错的。快！快！我们快去捉住它。"

"珠牡，不急。觉如不是说了吗，天马能懂人言，又会说人话，我们且试它一试。它果然能听懂我们的话，那就不用我们去捉，自然会跑到我们身边。"郭姆说着，对那红宝石般的骏马唱了起来：

天马千里宝驹呵，
请把我的话儿听：
射手的黄金长尾箭，
插在英雄的箭囊中，
若不能制敌无益于主人，
虽然锐利又有什么用？

可爱而又勇敢的孩子，
是人世间的英雄，
若不能制敌而保护亲人，
有没有儿子都相同！

五谷的穗头在田中，
装饰着田野，迎风摆动，
若不收到粮仓里，
有没有庄稼一样受穷。

千里宝驹是骏马,
它应属于真英雄,
若总是漫游在山野,
虽然神速有何用?

若是觉如的千里驹,
请降临到郭姆家里。
第一为觉如登金座,
第二为天马免孤悽,
第三为黎民百姓谋幸福,
第四为降伏妖魔和强敌,
世界安定享太平,
天下百姓遂心意。

超凡至圣的天马呵,
具有先知的千里驹,
若能听懂我的话,
请你快快降临勿迟疑。

郭姆唱罢,成群的野马吓得四散奔逃,只有那匹红宝石般的千里驹非但没有逃走,反而慢步向郭姆走来。珠牡见了,高兴得直拍手:

"妈妈,看哪,宝马,千里驹,它向我们走来了,它向我们走来了!"

"是呵,它向我们走来了!"郭姆一边擦去惊喜的泪花,一边说。

谁知那马竟在距她们二十几步远的地方停住了,对珠牡和郭姆二人说起话来:

"我是天马千里驹,江噶佩布是我名。我已下世十二载,曾在纳玛滩、古热石山、玉则草地、班乃山等地分别度过各三载。夏日里,没有房舍遮风雨;冬日里,没有片毡蔽寒风;春天里,没有青草饱肚皮;秋天虽好却是短暂的。白白过了十二载,愿望无一能如愿,不见郭姆来看我,不知觉如在哪里?现在我年老体已衰,想作英雄不可能;四方口衔不住圆铁环,六形体受不了马鞍鞯。若要参加赛马会,请到珠牡家中找匹马,我不愿下界,我要归天去。要记住:

在三春不播下种籽,

到三秋收不到五谷；
在三冬不饲养奶牛，
到三春得不到乳汁；
平日里不调教骏马，
到交锋时出不了大力。

"我的话已经说完，请郭姆告诉觉如，我要返回天界了。"千里驹江噶佩布说完，冲霄而去。

见此情景，珠牡急得直哭。她大喊着冲上去，想拉住天马，不防被脚下的石头一绊，跌倒了。她趴在地上，仍然爬着，叫着：

"千里驹呵，不要走，觉如需要你！岭噶布需要你！珠牡我，也需要你！呵，千里驹，不要走呵！……"

妈妈郭姆并不像珠牡那样着急。她见宝马冲天而去，立即俯下身来，祈求天神帮助。

果然，在太空的白云中，出现了天神、龙王，还有各路厉神，簇拥着觉如在天界中的哥哥东琼噶布、弟弟龙树戚琼和妹妹妲莱威噶。那哥哥东琼噶布，是有名的白人，长着风头，来自三十天，面带喜悦的笑容。那弟弟龙树戚琼，年轻又漂亮，长着龙头，来自下界龙宫，笑起来满面春风。那妹妹妲莱威噶，穿着鹜鸟的羽衣，俏丽的媚眼水灵灵，体态优美笑盈盈，来自虚空的厉神境。他兄妹三人早已听到推巴噶瓦（觉如）的吩咐，现在又听见郭姆的呼唤，特地前来帮助郭姆和珠牡降伏那匹千里宝驹。只见哥哥东琼噶布手中拿着神索，另一端套着千里宝驹。东琼噶布将神索交给郭姆，妹妹妲莱威噶和众神女抛撒下数不清的花朵。天马驯服地让郭姆牵着，众神隐去了。

这一切，珠牡都看在眼里。她猛然从地上爬起，扑向郭姆，要去接妈妈手中的神索。不料，这一下却惊了千里驹，它再一次腾空而起，把郭姆妈妈也带到了空中。珠牡一下子惊呆了。

再说那天马带着郭姆冲霄而去，越飞越高，越飞越远，郭姆只听耳边风声呼呼作响，并不敢睁开眼睛。那天马却开口说道：

> ▶ **珠牡赞颂神驹江噶佩布**
>
> 她见过良马千百匹，唯独没见过江噶佩布这样的千里驹。只见它头部高又美，身体极匀称，鬃尾厚又长，眼睛圆又亮，明察秋毫分善恶，妖魔见它惊魂魄。这宝驹虽是畜牲形体，内心却有大智慧；像这样的千里驹，一辈子见到一次就算有福气。看着这匹宝马良驹，就是郭姆妈妈和觉如不要求，珠牡也要作最好的赞语。

"郭姆不必害怕，且睁开眼睛，看看这大好的世界。"

郭姆慢慢将眼睁开，那印度、波斯、蒙古、羌地、汉地、魔地等，均历历在目。郭姆心中暗暗叫苦，非但没有捉住这千里宝驹，反被它带到这上不着天、下不着地的半空中来了，不知我儿觉如现在何地，不知珠牡姑娘又哭成什么样子了？

天马见郭姆并不搭话，又说：

"郭姆，你好好看看吧，看看这没见过的世界，看看你将来也许会到的地方。怎么，你好像不高兴？"

"我怎么能高兴，觉如的大业未成，岭噶布的百姓还在受苦，珠牡不知哭成什么样子，我怎么还能有心思观风景？本以为你能帮助觉如成就大业，能帮助百姓得到安宁，谁知你不仅不帮忙，还把我也拖到这不着边际的半空中，你到底要干什么呢？"郭姆的语气既悲哀又怨恨，既充满希望，又带着深深的不满。

天马听到郭姆的责备，并不生气，反倒嘻嘻地笑了起来：

"郭姆莫着急，郭姆莫生气，我不会半途撒手回天界，觉如的大业一定能成功。既然我能等到今天，就一定会帮助觉如成就大业，帮助百姓过上幸福安乐的生活。"

"那你这是……"

"郭姆呵，我带你飞起来有两个用意，一是和觉如开个小玩笑，二是要让你郭姆见见我们未来的天地。郭姆呵，不必再问，待我慢慢讲给你。快看，快看吧！"天马的话既诚恳，又有深意。

郭姆明白了天马的用意，自然不再着急。她紧紧地搂住天马的脖子，把天马的话牢牢地记在心里，细细地观察着他们经过的地区。

"郭姆，你看那像鹫鸟落在地上的山峰，是印度的灵鹫圣山；那像大象横卧在山峰，是汉地的峨眉圣山；那一座像五指伸开的山峰，是汉地的五台圣山；那像水晶宝瓶似的山峰，是藏地的冈底斯山。郭姆呵！你要记住，这就是南赡部洲的四大圣地。"

郭姆点了点头，表示记住了。

"你再看，看看我们藏地的四大圣山：那像披着法衣的山峰，是前藏的雅拉仙布山；那像悬挂着白绸帘子的山峰，是达木的念青唐拉山；那像白狮蹲踞的山峰，是南方衮拉日杰山；那像斑斓虎怀抱虎仔的山峰，是东方威德公杰山。"

"这些山多美呵！"这来自龙宫的龙女梅朵娜泽——郭姆由衷地赞叹着。她从龙宫来到岭地,并没有机会出门走走,后来虽然跟着觉如四处流浪,可从没有见过这么美的地方。

"再往前走,就是魔地了。你看那云雾笼罩、使白昼像黑夜一样黯淡的地区,是北方的曲褚拉卡;那像黑人抖擞着发辫的山峰,是觉哦朗日山;那像铁镢钉入的地方,是魔地的城堡夏如朗宗,北方人称它邦卡纳绕郭觉。这是觉如降妖伏魔的地方,也是我江噶佩布为百姓做事的场所。

"那像白施食[注1]似的地方,是霍尔白帐王的巴罗孜吉地区,这是珠牡被劫漂流的地方,是觉如要用心计征战的境地。

"那南方门地的卡霞竹山,山峰像穿上了黑衣,是黑魔的居住地,也是觉如要平伏的区域。待到收复此地时,这里将成为供应弓箭原料的宝地。

"那边有一片像毒水滚动的黑海,叫做柏日毒措湖,这是姜地萨丹王的领地。这里是鱼类繁殖的地区,到将来觉如灭敌之时,黑海将变成福海,妖山也将变成宝山。

"郭姆呵,我说的这些,你可都记在心里?"

"郭姆听得真,听得细,郭姆把天马的话一一牢记在心里,如果天马不再有什么吩咐,快快带我回家去。"郭姆一心惦念着觉如和珠牡,恨不能让神马立即带她回到家里。

"郭姆不要急,最后还有一个小小的要求,那就是要为我宝驹作赞语。宝驹的好处,除了珠牡无人能知晓,所以还要请郭姆妈妈让珠牡赞赞我宝驹。假如答应要求,我将跟你回家里;若不答应,我还要归天界去。"

"这个容易。只要珠牡知道,她会很好地作赞语。"郭姆生怕这宝马又要回到天宫去,所以连连答应。

见郭姆答应了自己的要求,天马江噶佩布立即下降,一下子降到了汉地五台圣山。觉如像是知道宝驹要落在此地似的,早已等候在这里。他见到宝驹和妈妈郭姆,并不说什么,只是用手轻轻拍了宝驹三下,这天马竟像着了魔法一般,转瞬间带着郭姆和觉如又回到了班乃山中。但见珠牡正望着天空,不哭、不喊,只是呆呆地望着,望着。她忽然看见郭姆、觉如骑着宝驹归来,真是喜出望外,一时竟不知道说什么好。

郭姆一见珠牡还待在原地,立刻想起了千里宝驹的最后要求,马上对珠牡说:

1　白施食:糌粑做的供品。

"珠牡姑娘,你看看这匹宝马,对它作最美好的赞语吧!"

"是啊,珠牡姐姐,这是天神给我的千里驹江噶佩布。你是嘉洛家的姑娘,是九群骏马的主人,知道岭地三十匹事业马的情况。你再看看我的马,说说它属于上中下哪一等,能不能加入岭地事业马的行列中去?你说呀!"觉如当然知道,只有珠牡的颂词才能留住宝马,所以,他迫不及待地请珠牡赞颂宝马。

出身富贵、家有九群骏马的森姜珠牡,当然知道马的优劣。她很小的时候,就听爸爸说过:多哇种的马体长则好,柏多种的马体健则高,穆肯种的粗壮则美,麒麟种的宽阔为妙。待她长大一些的时候,又听老人讲:上多哇骑骧如旭日,遍体洁净如甘霖;下多哇良马像铁笛,皮薄身长腰杆细;中多哇骓骝像丝线,外表松弛内机警。家里的马倌告诉她:看马要先看脸面,凤凰面型最为贵,山羊面型无大力,大鹿面型无出息。其次要看腿肚子,黄牛腿型为上品,大鹿腿型为中等,山羊腿型最下等。第三要看马牙齿,马齿渠深居上位,马齿渠浅居中位,虎齿、猪齿、骆驼齿,三种牙齿属下品。第四要看马毛色,鹿毛、虎毛最为上,狐毛、熊毛最为下,不柔不粗的驴毛,长在中等的马身上。第五再看马蹄子,耸起、内缩最少有,平蹄无踵难行走,四弯三直是中等。珠牡慢慢长大了,能用自己的眼睛相马了,她见过良马千百匹,唯独没见过江噶佩布这样的千里驹。只见它头部高又美,身体极匀称,鬃尾厚又长,眼睛圆又亮,明察秋毫分善恶,妖魔见它惊魂魄。这宝驹虽是畜牲形体,内心却有大智慧;像这样的千里驹,一辈子见到一次就算有福气。看着这匹宝马良驹,就是郭姆妈妈和觉如不要求,珠牡也要作最好的赞语:

哎呀呀,真高兴!
千里驹,真稀奇!
在岭地的三十匹骏马中,
没有一匹能比得上你!
东赞的玉佳铁青马,
察香丹玛的银光坐骥,
嘉察协噶的白背铁骑,
和你一比不稀奇!

你是真正的千里驹,
一有野牛的额头,
二有青蛙的眼圈,

三有花蛇的眼珠,
四有白狮的鼻孔,
五有红虎的嘴唇,
六有大鹿的下颌,
七有鹫鸟的羽毛,
集七种动物的优点于一身,
岭噶布的凡马怎能与你相比?

你有飞天的双翅,
还有奔驰大地的四蹄;
你有能听八方的双耳,
还有能嗅千里的神鼻;
你能说人话、懂人语,
真言假语能辨析。
今日觉如得到你,
赛马场上定胜利,
快和觉如回家去,
完成大业定无疑。

神驹呀,
珠牡的颂词句句真,
岭噶布需要你
我珠牡的终身也全靠你!

神马听完珠牡的赞词,不再躁动不安,而是顺从地站在觉如身边,等待着主人跨上它的腰背。它将带着觉如去夺取赛马的胜利。

随觉如珠牡不变心
骗宝驹晁通未得逞

觉如收服了千里宝驹江噶佩布，三人立即动身，返回居住的地方。珠牡自赞颂了宝马之后，自认为此马必定取得赛马的胜利，自己的丈夫必然是觉如无疑，所以，对觉如和郭姆已像亲人一般，认为终身有靠。

三人本应平安无事，迅速返回家里，谁知那觉如竟又想起珠牡与印度英俊少年的私情，心中难免忿然。眼见珠牡欢天喜地的神态，觉如又起了试探、捉弄珠牡之心，便对珠牡说：

"千里驹虽然已经捉到，但并未调教纯熟，又没有马鞍和辔头，如果骑上去，就有摔死的危险。如果我死了，岂不是你珠牡的过错。依我说，还是让妈妈牵着宝驹走在后头，我俩先行。可是，你骑在马上，我拖着条棍子，恐怕跟不上你哩！"

"那请你骑在我的马上，我跟着马走，我能跟得上。"珠牡对觉如已深信不疑，根本没有想到他会捉弄自己。

"那好吧。"觉如说着，大摇大摆地骑在珠牡的骡马卓穆的背上，悠闲自得地往前走，珠牡快步跟着马，并无半句怨言。

走了一阵，只见对面山上有一只獐子探头探脑地看着他们。觉如假装没看见，却悄声对珠牡说：

"这畜牲乃是阴山的獐魔彭拉若琼，它在打我们的主意。你现在唱支歌，它能听得懂的，趁它听歌子的时候，我用套索把它逮住。"

珠牡见那獐子长得确实与常见的不同，不觉心中疑惑，恐怕这又是觉如的变化吧！况且在这样的山上，怎么会有獐子呢？即便有，也一定不难捕捉，为什么一定要我唱歌？可觉如说了，不唱是不行的。唱什么好呢？珠牡略一思索，便唱了起来：

> 在那阴山的山道上，
> 站着一只獐魔，
> 想走不走，想留又难留，
> 觉如已经看中了它哟，
> 我珠牡想的是麝香和獐肉。
> …………

不等珠牡唱完，觉如已经用绳索套住了獐子的脖子。哪知这畜牲身粗力大，竟拖着觉如直向珠牡扑来，反而把觉如手中的绳索缠到了珠牡身上。珠牡挣扎着，却不得脱身。一急之下，她随手捡起一块石头，只敲一下，那獐子便倒地而死。獐子一死，把珠牡吓了一跳。她没有想到偌大一只獐子，竟如此不经打，想一个姑娘家能有多大力气，怎么就把一个大獐子砸死了呢？

一见珠牡砸死了獐子，觉如大为不悦：

"珠牡姐姐，降伏这只獐魔的人应该是我，你为什么要先动手把它砸死？还说什么想着麝香和獐肉，没想到你这么漂亮的姑娘，却是个爱财贪吃的女子，岭噶布的人一定不了解你，我得把你这个毛病告诉百姓们。"

"觉如，快不要这样讲。砸死獐子不是我的本意，可现在獐魔已死，你要我怎样呢？"珠牡不怕苦、不怕死，只怕名誉扫地。她想自己的美名已在岭地传扬，怎能让觉如把她的毛病讲。

"那么，也好，只要你答应我一件事，我就给你保密。"觉如见珠牡怕名誉受损，便趁势提出要求。

"你说吧，只要我珠牡能办到的，我答应就是。"

"这事对你来说很容易，就是要借你父亲宝库里的两件东西：一是黄金辔头'如意珠'，二是黄金后鞦'愿成就'。这两件东西配宝马，才好参加赛马会。"

"觉如，我答应。"珠牡虽然知道从宝库中取出这两件父亲心爱的东西，并不是一件容易的事，但是为了自己的名誉，为了觉如的胜利，她必须这么做。她相信，父亲也会同意的。

二人不再说话，默默地向前走。在快到玛噶岭拉朗贡玛地方时，觉如突然用他的棍子姜噶贝噶没头没脑地向坐骥打去。那骡马卓穆哪里受过这样的毒打！它顿时惊得四蹄扬起，飞快地向前蹿去，很快就越过一道山口，把珠牡远远地甩在了后边。

珠牡见觉如无缘无故打自己心爱的卓穆，早已心疼得不行，刚要阻止，那马已转过山口，不见了踪影。珠牡紧追慢赶地朝前跑，刚跑过山口，顿时被眼前的景况吓得大惊失色：只见觉如的头在一块头一般大的石头旁边扔着，眼睛睁得老大老大。十几步开外，一只带着袍袖的胳膊挂在小树上。离小树不远处，一条穿着靴子的腿扔在路边；还有那内脏呵，肠肚呵，乱七八糟地散了一地，血肉模糊，惨不忍睹。珠牡长这么大，连家里宰杀牛羊都不敢近前去看，哪里见过这种场面。刚才还是个活生生的人，还在向自己借马鞭和辔头，眨眼间竟变成身首分离。这究竟是怎么回事？珠牡扭头一看，只见卓穆马大汗淋漓地站在她的身边，马镫上还倒挂着觉如的一条腿。珠牡怕极了，她想等郭姆妈妈，可哪里见得到郭姆的影子！到了这个地步，珠牡也顾不得害怕了，她强忍着心中的悲痛，把觉如的头、胳膊和腿收在一起。不过，觉如那两只眼睛，不管珠牡怎样抚摸，也不闭上。听老人说，死不瞑目是心中有事。觉如呵，我知道，你的大业未成，就此身亡，自然是不能瞑目的。只怪我珠牡没有紧紧跟着你，只怪我的卓穆马跑得太急。可觉如你，为什么要那么狠命地打我的马呢？

珠牡一边整理着觉如的尸体，一边怨恨自己。觉如那两只不闭的眼睛，竟像活着时一样，死死盯着珠牡。珠牡心想，人们常说，不能让阴间的人看阳世的事。我也不能让觉如睁着眼睛到阴间去。珠牡无奈，只好在觉如的眼睛里撒了一把灰，又用白石块为觉如砌了一个冢。

安葬了觉如之后，珠牡跪在石冢前放声大哭：

"觉如呵，我珠牡本以为有了宝马，有了鞍辔，你就能夺得赛马的彩注，我珠牡也就终身有靠了。现在看来，今生今世，你是不能成就大业了。既然你已身亡，我珠牡活在世上还有什么意思？觉如呵，如果你在天有灵，就等等我吧，我珠牡不能与你成为人间夫妻，那就到天上相会吧。"哭罢，珠牡骑上卓穆马，朝柏日毒海走去。

来到海边，珠牡双手合十，对天祈祷：愿上苍保佑我珠牡和觉如的灵魂一起升入天堂吧。

祷颂完毕，刚要往海里跳，只见那波涛汹涌的黑色海水一浪紧似一浪地朝她而来，像是要吞掉一切。珠牡不敢再看，忙用衣襟蒙住眼睛，双腿一夹马肚子，向海中跃去。

谁知，那卓穆马竟像被什么拖着似的，不仅不向前跳，反而向后退着步子。珠牡心想，莫非这马不愿随我而去？那么也好，就让卓穆自己回去吧，也好给父母带个信。珠牡拍了拍卓穆的脖子：

"卓穆呵，我心爱的马。你不愿随我去，就回岭噶布吧。如今觉如已死，我珠牡不愿独自活在人世。我与觉如心意不分离，同生同死成一体。觉如已先行到净土，我珠牡要紧紧随他去。珠牡的心愿若能成就，死虽痛苦也幸福，愿卓穆马早日回去，愿爸爸妈妈吉祥如意。"

卓穆听了珠牡的话，更加向后退去。珠牡心中奇怪，翻身跳下马，一眼看见正揪着马尾巴的觉如。珠牡一惊，一屁股坐在地上，这才明白过来，刚才不过是觉如的变化所致，珠牡破涕为笑。

觉如见珠牡笑了，就笑嘻嘻地对珠牡说：

"呀！好一个森姜珠牡！俗语说得好：'公鹿在乐不可支的时候号哭，猫头鹰在晚上痛苦难挨的时候发笑，老狼吃饱被撑得难受时对肉发愁。'那么您森姜珠牡呢，是不是为你长得漂亮而号哭？是不是为你家的富有而发愁？是不是因为你家的权势大而痛苦？若不然，怎么会往毒海里跳呢？既然你觉得死去更安乐，为什么又害怕得闭起眼睛？你这是什么用心？蒙上眼睛能挡住什么？岭噶布的人们都知道你的容貌美丽，心地善良，尚不知你如此怕死。我一定要把你的事告诉嘉察哥哥和岭噶布的百姓们，让他们都认识你。"

"你，你……"珠牡一时答不上话来。

"况且，我觉如并没有死去，你就用灰填了我的眼睛，用石块压着我的身子，这又是为什么呀？"觉如继续逗着珠牡。

珠牡不听则罢，一听此话，又急又气，她申辩道：

"觉如！你怎么可以这样说话，难道我珠牡的一番好意竟变成了狼心狗肺不成？我原以为你去世了，又惊又怕，所以才那样的悲伤。我怎么会想到你在变幻身形，捉弄我？你怎么能把这些事说给岭噶布的人听呢？"

"我觉如的禀性就是常常喜欢开开玩笑宽宽心，请你不必当真。你不让我对人说,我就不说,但你必须答应借我两件东西!"

"你要借什么?只要珠牡办得到,一定借给你。"

"那当然。我要借的,一是你家的盘花黄金鞍,二是四方形九宫毡,只有用这两件东西来装饰我的宝驹,我才能参加赛马会。"

"觉如放心,我一定办到就是!"珠牡非常爽快地答应下来。

觉如和珠牡又向前走了一阵,到了七座沙山跟前,这正是珠牡和印度大臣柏尔噶相会的地方;那块巨大的石头上,还刻着明显的标记。珠牡一见这块石头,心中突突乱跳,忙催促觉如快走。可觉如偏说累了,要在此地休息片刻。珠牡不好过分勉强,只好怀着忐忑不安的心情,随着觉如坐下休息。觉如不偏不倚地靠在那块石头旁,那姿势与印度美少年一模一样。珠牡似乎明白了些什么,心里显得更加慌乱,脸上一阵红一阵白。而觉如并无任何不寻常的反应,只是显得很疲乏似地倚在石头上,双眼微闭,像是要睡着一样。珠牡见觉如这般模样,心中稍安。

突然,一大群无尾地鼠出现了,它们叽叽吱吱地叫着,围着觉如和珠牡乱跑。一只硕大的无尾地鼠,脖子上缠着先前珠牡赠给印度大臣的那条白丝带,在觉如和珠牡面前停住了:

"我是无尾地鼠的大法臣通噶巴黎咪,今天特来拜会觉如。这条九个结的白丝带,是珠牡姑娘给印度大臣柏尔噶的赠品,是发了三次誓的物品。大臣把它转送给我就回去了,临行时让我告诉您觉如:

若把全部财产寄托在马上,
有一天会变成叫花子;
若把全部心意交给女人,
有一天会倒霉打单身。
过于珍爱饲养的马匹,
会把主人踢在地;
过于珍爱自己的儿女,
会把父母当仇敌。
过于积蓄食物和财宝,
将会为它把命丧;
过于相信女人的贞操,
总有一天会遭殃。
珠牡貌美好像没头脑,

> 一天冷热变化真不少；
> 这样的姑娘当彩注，
> 会把觉如引上歧途。"

大地鼠唱罢，把白丝带抛向觉如，便钻进石洞里去了。随即，其他地鼠也无影无踪了。

觉如看着珠牡惨白的脸，非常得意地说：

"呀！我原以为知道你的为人，谁知你竟会做出这等风流事。我想这地鼠的话不会有错，我们到家里再说吧。"说着，他把丝带揣进怀里，站起来就走。

珠牡吓得连解释的力气都没有了，何况她也没什么好解释的。此时此刻的珠牡，脑子里像一团乱麻，乱糟糟的，理不出个头绪。没有别的办法，她只能听凭觉如的发落。她见觉如并不多讲，只得跟着他往前走。前面不远处，就是珠牡碰到黑人黑马的地方了。一只蜜蜂嗡嗡嗡地唱着，哼着，那声音好听极了。慢慢地，那嗡嗡声变得非常清晰，珠牡清楚地听到蜜蜂在对他们说话：

"觉如呵，你看到那朵花上的金指环了吗？那就是珠牡送给柏日尼玛坚赞的信物，我把它偷来送给你。"

觉如马上走到那朵花前，取下指环，在阳光的照耀下，指环闪着金光。

"嗯，果然是嘉洛家的指环。这只金指环，只有戴在你森姜珠牡手上才会更好看，可你怎么会轻易地把它送人呢？"觉如举着指环，来到珠牡面前。

"这指环是珠牡姐姐的吧？"

珠牡一点力气也没有了。她羞愧无言地垂下了头。

"你呀，美丽的姑娘，名扬岭噶布的森姜珠牡，仅在接我的路上，就搞出了这么多见不得人的名堂，谁知你这一辈子还会弄出多少事来？这件事一定要告诉总管王和嘉察，还要告诉你的父亲，他是怎么管教女儿的，为何使你变得如此胆大妄为？"

现在珠牡全明白了，来时路上看见的黑人妖魔和印度少年，都是出自觉如所变，目的是为了试探自己。可自己是个浅薄的女子，竟不辨真伪，做出了那些事，怎么能不让觉如生气呢？珠牡想起了自己和印度大臣柏尔噶的柔情蜜语，更觉得羞愧难当。她扑通一下跪在地上，希望得到觉如的原谅。如果觉如不能谅解，那也要把话说完，才能死而无憾。

> 尊贵而又有先知的觉如呵，

求您宽宏大量听我禀告：
"不知而错叫众生，
知之而错是佛陀。"
过去无知无识做错了事，
今天明白了我悔过。
对玛玉隆多的印度客，
竟倾心悦意是我不好；
在您神变的彩虹中，
不辨真伪是我的错；
在我心猿意马的虚妄上，
是您的辔头左右着我。
过去的意识像疯狂的大象，
今后愿随觉如心不变。
我珠牡在此立下誓言，
同时对觉如表示祝愿，
第一愿您智慧如海洋，
第二求您不要把我弃嫌，
第三祝您发挥威力坐王位，
第四愿岭噶布的百姓幸福齐天。

觉如见珠牡幡然悔悟，心中高兴，嘴上却说：

"您说的这些话还不错，知错认错能改错，就能得到正果。我觉如心中为变化所空，你珠牡心中为错误所空。错误与变化要分清，错误会消逝如彩虹。"

珠牡见觉如原谅了自己，自然欣喜，更加确信自己的丈夫除觉如外绝非他人。见郭姆牵着千里驹跟了上来，珠牡马上想到，现在宝马的鞍辔已经俱全，唯独缺一根马鞭。见觉如正望着自己，立即对觉如说：

"无需您开口，我一定把马鞭与鞍辔一起送给您。"

觉如开心地笑了。珠牡高兴得脸上像绽开了一朵花。郭姆妈妈虽然不明白发生了什么事，但见觉如和珠牡笑得那样甜，她也咧开了嘴。

"觉如和郭姆回来喽！"

"珠牡把觉如接回来啦！"

…………

岭噶布的人们奔走相告，因为觉如的归来，对人们来说是件大事。特别是琼居的人们,他们是把赛马胜利的希望寄托在觉如身上的呵!

岭噶布的众兄弟们一下围住了觉如和郭姆,说不完的问候话,道不完的离别语。但他们最关心的,还是郭姆手中的那匹千里驹,因为这匹马太不同一般了。

在欢迎他们的人群中,没有达绒晁通王。觉如用眼睛搜寻着,因为种种原因,他太想见到这位叔叔了。刻不容缓,觉如把妈妈安排一下,就牵着千里驹向晁通家走去。来到门口,觉如朗声叫道:

"叔叔,觉如到您门上来了,请给我筵席,给我马料!"

晁通闻声走出门来,首先看到的不是觉如,而是觉如手中牵着的千里驹江噶佩布。这真是匹世上难寻的宝马呵!晁通心中赞叹着,盯着宝马看了好一会,才把目光转向觉如。

"哎呀,好侄儿,听说你回来了,我正要去迎接,偏巧又有点事绊住了。前几天商量赛马的事,你不在,可叔叔并没有忘了你,筵席还给你留着哩!"

看到晁通盯着宝驹的那种贪婪的眼神,觉如心中暗笑。他想,晁通一定又在打宝驹的主意了。这晁通本来就是那种连针尖大的好处也不放过的人,对宝驹,这关系到岭噶布的王位由谁来坐的大事,他怎么能不关心呢?

果然,晁通开口了。

"我的好侄儿,你这匹马是谁的呀?从哪里弄来的?我怎么从来没见过?"

觉如冷笑一声:

"在我被逐的时候,这马还在老马的肚子里,叔叔怎么会见过呢?我家老骒马生下它以后,我觉如因为无料喂养,只得把它放在山中,从未调教过。现在看来,像匹野马似的,能不能骑,只等赛马会上试一试。"

晁通听觉如说前两句话的时候,心中有些紧张。因为觉如被逐,主谋正是他晁通。后来看觉如并没有继续讲下去,而把他的宝马说成野马一样,心中又暗自高兴。

"哦,觉如,我的好侄儿,赛马的时候,必须要有体格强健、脚步迅速、身材高大、性情温驯、模样好看的马来当坐骑。我看你这匹马,好像并不具备这些优点,对你参加赛马很不利。依我说,不如让我们叔侄做一次马的生意……"

"做生意?"

"是呵,叔叔有一匹绿鬃白海骝马,是在马群中左挑右选选出来的,给你当坐骑一定很合适。我们俩换匹马,你还要多少找头,叔叔都答应你。"

觉如笑了。

"做买卖当然可以,但必须双方情愿。这匹马性子很烈,但却是匹难得的好马;若不卖掉它又无法调教,若卖掉它又实在可惜。如果叔叔能给我母子冬夏的花费,再给十三匹绸缎,十三锭马蹄元宝,十三包黄金,我就可以考虑和您交换。不过,您的马我觉如得能骑,我的马您也能饲养才行。"

晁通一时高兴,只听见了觉如答应和他换马,并没有听出觉如的话里有话。

第二天,晁通准备了上好的花茶,三岁犊儿的牦牛乳,香甜的点心,荤素食品,美味水果和多年的陈酒,真是碟盘纷陈,堆积如山。另外,把觉如要的换马的找头——十三匹彩缎,十三锭银元宝,十三包黄金,也都准备齐全。刚要派人送去,觉如就牵着马来了。晁通真是从心里高兴,更加相信马头明王的预言是无比正确、无比灵验的。现在,只要把觉如的这匹马换到手,赛马大会上就可以稳坐王位了。

晁通笑吟吟地把觉如接进他的大帐:

"好侄儿,东西都在这,包你完全满意。过去我们叔侄二人在一起的时间太短,没机会说话,今天我们要好好说会儿话。"

觉如见帐房里堆了那么多吃的,喝的,一点不动声色地说:

"叔叔既然准备了,那我就收下,只是这么多东西我怎么能拿得走呢?"

"这个不用侄儿操心,我派管家送去就是。"说着,晁通吩咐管家把送给觉如的东西立即送到郭姆的帐房中去。

觉如这才坐下来。

"叔叔有什么吩咐,请说吧。"

"叔叔不是吩咐,是拉家常。拉家常中也有些处世的道理要说给觉如听。"

于是晁通唱道:

> 幼年、青年和老年,
> 是人生旅途的三装饰。
> 青少年时有慈父母,
> 常乐到老福无止。
> 上师、弟子和施主,
> 是修行人的三装饰。
> 勤修法,师徒双方悦,
> 修得正果都欢喜。
> 首领、大臣和属民,

是世间福禄的三装饰。
德政感人君臣悦，
保民怀德都欢喜。
父叔、弟兄和子侄，
是部落声誉的三装饰。
以计服敌双方悦，
相亲相爱亲人都欢喜。
婆婆、女儿和儿媳，
是家庭兴旺的三装饰。
心口一致双方悦，
长久相安都欢喜。
亲人、友人和熟人，
是世间快乐的三装饰。
相互有利双方悦，
赤诚无私三欢喜。
太阳、月亮和星星，
是湛湛青天的三装饰。
温暖的阳光照世界，
同在宇宙不分离。
云雾、雷鸣和甘霖，
是茫茫太空的三装饰。
相互为伴相互依，
共传福音为大地。
草籽、庄稼和果实，
是肥沃土地的三装饰。
安排人畜得安乐，
争艳增辉不相离。
爸爸、叔叔和侄儿，
合为岭噶布的三装饰。
共谋良策降四敌，
安乐相伴不分离。

　　晁通唱完，亲热地望着觉如，目光中还透着得意，心想，觉如一定会感激他的教诲。谁知觉如把眉毛一扬，说道：

"叔叔的话说完了,我也要说几句。"接着唱道:

小孩无知亦无识,
青春年少不懂事;
老来昏聩无羞耻,
常乐到老不如死。
佛僧心骄图权利,
弟子违法又乱纪;
施主挽着吝啬结,
护法守纪是自欺。
首领的心钻在钱袋里,
大臣们哄上对下欺;
属民们无辜受处罚,
说什么保民怀德都欢喜?
爸爸叔叔的诡诈比山大,
弟兄们的心机如臭尸;
子侄无权被赶到边地,
降敌保亲也无益。
婆母的心比虚空黑,
儿媳的行为比山羊野,
女儿心中求贪欲,
长久相安恐难得。
亲人最后抱仇恨,
相识最后把脸翻,
亲友最后打官司,
赤诚无私难上难。
太阳落到西山去,
云遮月亮黑漆漆,
星星要被曙光赶,
碧空装饰三分离。
浓云已被风吹散,
苍龙躲藏不见面,
甘霖消失在天边,
难传福音为大地。
草籽已被野牛吃,

粮食装进仓库里，
成熟的水果烂在地，
花朵争艳只一时。
爸爸森伦心眼痴，
叔叔晁通有心机，
侄儿觉如受折磨，
难以为伴自分离。

觉如唱完，用嘲讽的目光望着晁通，像是在说：我答得不错吧，讲的都是你心底里的话。

晁通见觉如过于机敏伶俐，在这方面自己恐怕不是他的对手，待要说他几句，又怕把事情弄僵，只得赔笑说：

"人生一辈子，苦乐当然不会少，就看怎么说了。我们且不管这些，就请侄儿看马吧。"

"马是不用看的，如果叔叔肯用玉佳马换，我们还可再商量。如果不同意，我看就不用谈了。"

"你？！"晁通怎么肯舍得用玉佳马换他觉如的这匹野马呢？

"叔叔不肯吗？"觉如故意逗晁通。

"侄儿不要说笑话，玉佳马是我达绒家的稀世珍宝，岂肯轻易将它给人。"

"玉佳马是你的珍宝，江噶佩布就不是我的珍宝了吗？我怎么可以轻易把它给你呢？"

"那也好，买卖是双方情愿的事，既然你不愿意，那就请你把找头拿回来。"

"拿出来的东西再收回去，好像藏地还没有这个规矩。难道叔叔要破例么？"说完，觉如牵着千里宝驹江噶佩布扬长而去。

晁通气得直喘粗气，一心指望到赛马会上出这口气。

第十回

雄狮猛虎伪装无能
骚狐野狼强显本领

盛大的赛马会就要举行了。美丽可爱的玛隆草原充满了欢乐的气氛,杜鹃在唱,阿兰雀在叫,大空蓝得像宝石,白云白得像锦缎。花儿红了,阜儿绿了,草原似乎变得更广阔了。

达塘查茂会场上,人头攒动,如山似海。姑娘们穿出了自己最心爱的、平日舍不得穿的衣服,互相嬉笑着,打闹着,追逐着,像一朵朵盛开的鲜花。连那些平日弓身驼背的老阿爸、老阿妈也穿着簇新的衣服,喜笑颜开地挤在人群中,使劲挺着腰,追忆着自己年轻时的一些趣事,倒也像年轻了许多似的。然而,会场上最令人瞩目的,还是那些参加赛马的英雄们、勇士们。你看:

那上岭色巴八氏以琪居的九个儿子为首的人,如同猛虎下山一般。众弟兄一律黄锦缎袍、黄鞍鞯,在阳光照耀下,显得富丽堂皇、灿烂夺目。

那中岭文布六氏以珍居的八大英雄为首的人,如同降在大地的白雪一般。众弟兄一律白锦缎袍、白鞍鞯,在阳光下泛着银光。

那下岭穆姜四氏以琼居的七勇士为首的人,如同布满云雨的太空一般。众弟兄一律宝蓝锦缎袍、蓝鞍鞯,在阳光下放射着琉璃般的光芒。

还有那右翼的噶部,左翼的珠部,达绒的十八大部,达伍穆措玛布部落,富有的嘉洛部落,丹玛河谷的阴山阳山地带、察香九百户等等,无不锦衣彩鞍,人人充满豪情。

没有人不认为自己是胜利者，没有人以为自己不会夺得王位。人人都在祈祷神灵，而且坚信神灵会帮助自己。你看：

达绒长官晁通王，还有他的儿子东赞和达绒十八部落的弟兄们，把头昂得高高的，自以为胜利在握。在他们看来，举行赛马大会的预言是马头明王讲给晁通王的，这是神灵给他们的护佑。而玉佳马又是岭噶布公认最快的骏马，没有谁的马赛得过它。所以，达绒部落的人早把那王位视为己有，认为赛马会不过是做个样子罢了。

琪居的众家兄弟，位居长房。他们认为不能丢了长房的身份，而且，如果神灵有眼，就该把这王位让给长房来坐才是。所以他们是个个摩拳擦掌，人人信心百倍。

珍居的弟兄们位居中房。他们认为，以往的好事轮不到他们，要趁今天赛马的机会，合理地夺得王位，也为本房争口气。八大英雄早把骏马驯养得油光水滑，跑起来像是在草上飞。

以总管王绒察查根为首的琼居，虽位于下房，但他们早就心中有数。总管王时时记起十二年前莲花生大师给他的预言，这次赛马会，本来就应该是为觉如准备的，就是要让觉如堂而皇之地坐上王位。所以，他们根本不相信晁通说的什么马头明王的预言，也不像晁通和东赞那样大喊大叫，更不像琪居和珍居两房人那样虚荣好胜。他们心中有底，这王位是属于下房的，只有他们的觉如才配娶珠牡做王妃。可是，觉如并没有在他们的行列中。觉如到哪里去了？怎么还不来？总管王和嘉察用眼睛扫视着四周，琼居的弟兄们也焦急地寻找着觉如。

此时，觉如正在珠牡家中，接受嘉洛·敦巴坚赞的赠品和祝愿：

"送上九宫四方的毡垫，愿觉如登上四方的黄金座；送上镂花的金宝鞍，愿觉如做杀敌卫国的大丈夫；送上'如意珠'和'愿成就'，愿觉如做邪鬼恶魔的镇压者；送上饰着白螺环的宝镫，愿觉如为众生做出大事业；送上'如愿成就'的藤鞭，愿觉如扬弃不善的国王，做我女儿森姜珠牡的好丈夫。"

祝福之后，家人已将宝马的饰物全部准备停当，嘉洛父女二人眼看着觉如骑上千里宝驹向赛马场飞驰，父女二人也忙朝观看赛马的帐篷走去。

"觉如来了！"人群中不知是谁先看见了觉如，大喊了一声，人们不觉为之一振。这下可好了，达绒·东赞的对手来了，玉佳马的对手来了。森姜珠牡也来到了姐妹们身边。她心中暗自高兴：在人们面前出现的，将不再是过去的穷孩子觉

▲ 觉如参加赛马

达塘查茂会场上,姑娘小伙、阿爸阿妈个个装扮一新,精神抖擞。只有觉如为了迷惑晁通,打扮的仍像个叫花子:头戴一顶又破又不合尺寸的黄羊皮宽檐帽,身穿一件绽开口子的牛犊皮硬边破袄,脚踩一双露出了脚趾的皮制红腰靴子,就连马上的金鞍和银镫也变得破烂不堪了。

如，而打扮得体体面面、富丽堂皇的觉如，是自己未来的丈夫，是岭噶布的大王。珠牡这样想着，不觉把头微微昂起，表现出一副骄傲公主、未来王妃的样子。

珠牡这样想着，注目观看，一下愣住了。她怀疑自己的眼睛出了毛病，便使劲地揉了一下。没错，是觉如。可他，他怎么会这副样子呢？只见他：

头戴一顶又破又不合尺寸的黄羊皮宽檐帽，身穿一件绽开口子的牛犊皮硬边破袄，脚踩一双露出了脚趾的皮制红腰靴子，就连马上的金鞍和银镫也变得破烂不堪了。这哪里是来参加比赛的，分明是个叫花子。

琼居的众弟兄一见觉如这副落魄的样子，顿时大失所望。一个个垂头丧气地走开了，离觉如远远的，生怕他的晦气玷污了他们。只有嘉察和总管王心中明白，虽然觉如让人看着不顺眼，可这岭噶布的王位，定是他稳坐无疑。但是他们也不多说话，只静静地等着赛马开始。

珠牡的眼前一片黑暗，心凉了半截。她简直不能相信面前这个破衣烂袄的要饭花子将成为自己的丈夫。她真想哭，特别是看到觉如那弓身驼背、一副没见过世面的样子，心里更难受。忽然，一只蜜蜂飞来，在珠牡耳边轻轻唱了几句，珠牡顿时笑了，笑得那么好看。她明白了，眼前的觉如，不过又是他的化身而已。自己一时心急，竟忘了觉如的神变本领。

只有达绒晁通王见了觉如这副样子非常高兴。他想，这下可好了，自己没了对手，达绒家不会再担心彩注会落入觉如手中。除了高兴，晁通的另一个感觉是非常放心。所以，在赛马场上，只有他对觉如显得格外亲热。此时，晁通更加相信马头明王的预言无比正确。他对琼居那些神情沮丧的弟兄们高声喊道：

"弟兄们，准备好呵，打起精神，赛马就要开始了。"

这喊声分明透露出得意和骄狂。当然，一看到觉如那副经不得阵仗的样子，再看看晁通那春风得意的神情，人们确信：今日得胜者，除他以外，不会是别人。

在阿玉底山下，众家勇士们不先不后，一字排开了，只听得一声法号长鸣，宣布赛马开始。一匹匹骏马像一团团滚动着的云彩，在草地上向前飞驰着。很快，岭噶布大名鼎鼎的三十位英雄跑到了前面：

色巴、文布和穆江，对内称为三虎将，对外称为"鹞、雕、狼"。他们是岭噶布的心、眼、命根子，是岭噶布的画栋和雕梁。他们的马儿跑得快，不是在跑像飞翔。

以嘉察为首的岭噶布七勇士，是保护百姓的七豪杰，是七十万大军的总首领，犹如七座黄金山，像大地一样能负重。他们的马儿蹄不停，犹如长虹舞天空。

以总管王为首的四叔伯，是岭噶布大事的决策人，也是祖业的继承人。见多识广的四叔伯，犹如冈底斯神山的四大水，是灌溉田地的甘露汁。他们的马儿腾九霄，好似狂风卷黄尘。

以昂琼玉依梅朵为首的岭噶布十三人，是青年英雄的生力军，犹如十三支神箭，是降伏魔敌的好武器。十三匹马好像浓云旋，长啸奔腾震大地。

具有福命的二兄弟，是米庆杰哇隆珠和岭庆塔巴索朗；具有毅勇的二兄弟，是甲本赛吉阿干和东本哲孜喜曲；这四兄弟是岭噶布的四面旗，是支撑帐幕的四绳索，是修盖房舍的四根柱，是四翼兵马的统率人，正直无邪亦无私。他们的马儿犹如大鹏鸟，好似碧空走流星。

嘉洛·敦巴坚赞等四位，是持宝幢的四兄弟，犹如白狮子的四只爪，是雪山岭噶布的美装饰。他们在福德之中位最高，众人祝愿他们永不衰老福寿长。他们的马儿跑得飞快又轻柔，好似青龙腾九霄。

俊美的三兄弟以阿格·仓巴俄鲁为首，犹如镂花镶玉的刀鞘与箭袋，是岭噶布俊秀丰盛的标志。他们骑着藏地雪山马，好似天空飞雪花。

威玛拉达和达盼，是岭噶布的大证人和公正判断者，是成百意见的最后决定者，是成百会议的最后总结人。他们的眼睛观察善恶明如镜，他们的命令恰似锋利无比的钢刀。威玛拉达骑着"金毛飞"，达盼胯下是"金黄黄"，往日为别人排难解纠纷，今日也参加比赛欲称王。

一股股如云似雾的青烟从古热石山袅袅升起，给这隆重、热烈的赛马场罩上了一层神秘的色彩。

在古热石山上，有十三个供烧香敬神的神房，人们在那里已经烧起祭神的柏树枝和一种叫"桑"的树枝[注1]。香烟缭绕，布满天空。佛灯也在神器的坛城周围燃起，灯火闪耀，扑朔迷离。只听螺声呜呜，人们匍匐在地，口中念念有词，向天神、护法神祈祷，为战神唱赞歌。

在鲁底山上观看赛马的人们，心情一点也不比参加赛马的人轻松。就连那平日最活泼的七姊妹，也紧张得瞪大眼睛，唯恐漏掉赛马场上的每一个细小的变化。在岭噶布的重大活动中，最善于打扮的要数姑娘们，而在姑娘们中打扮得最漂亮的要算七姊妹。重要的不是她们的服饰有多么绮丽，而是她们那婀娜的丰姿，照人的光彩和动人的神态。所以只要她们一出现，立即会引起众人的注目。可她们不但毫不在意，反倒愿意让众人多看自己几眼。

---

1 是一种祭神祈祷的仪式，叫"煨桑"。

七大美女观看赛马

在岭噶布的重大活动中,最善于打扮的要数姑娘们,而在姑娘们中打扮得最漂亮的要算七姊妹。重要的不是她们的服饰有多么绮丽,而是她们那婀娜的丰姿,照人的光彩和动人的神态。所以只要她们一出现,立即会引起众人的注目。可她们不但毫不在意,反倒愿意让众人多看自己几眼。

眼看赛马场上的马群越来越远,莱琼·鲁姑查娅忽然想起一件事,便低声对珠牡说:

"珠牡姐姐,我昨晚忽然做了个梦,梦见……"

"别那么小声,老跟珠牡嘀嘀咕咕!有什么话,大声讲出来,让我们也听听!"卓洛·拜噶娜泽故意对莱琼说。

"是嘛,也让我们听听。"几个姑娘纷纷凑近了。她们看不清赛马场上的情景,又不甘寂寞。就恢复了她们活泼风趣的本性。

"嗯,好吧!"莱琼·鲁姑查娅把水灵灵的俏眼一扬,爽快地答应着。她见众姐妹把目光都聚在自己身上,心中好不得意,一得意,不由要唱几句:

> 嘉洛、鄂洛和卓洛,
> 有钱时被称为叔伯三兄弟,
> 无钱时被称为叔伯三奴仆;
> 珠牡、莱琼和娜泽,
> 有钱时被称为三姊妹,
> 无钱时被称为三奴仆。

"谁要听你说这个。"娜泽有些不高兴。

"莱琼,你不是说昨晚做了个什么梦吗?说说你的梦。"珠牡也不想听莱琼那格言般的演唱。

"你们不要急嘛,我总要先教导教导你们,然后再给你们讲故事呵!"莱琼调皮地说着,又唱了起来:

> 在昨夜香甜的睡梦中,
> 梦见玛隆义吉金科地,
> 大鹏苍龙空中嬉;
> 梦见狮虎地上驰,
> 大象奋力在行走,
> 彩虹的穹窿更美丽。
> 梦见武勇凌太空,
> 能力像是镇大地,
> 没到天际返回来,
> 没到地面悬空中。

> 梦见古日的天湖中，
> 太阳浓云相竞技，
> 浓云虽在太空飞，
> 烈日光辉照天际。
> 我莱琼祝愿日光好，
> 温暖舒畅心欢喜。

唱罢，莱琼把小嘴一闭，不说话了。

"完了？"晁通的女儿晁姆措问。

莱琼点了一下头，似乎不想再说什么。

"这是什么意思呢？"晁姆措显然没听懂。不仅她没听懂，旁边几个姑娘也直摇头。只有珠牡心如明镜，却含而不露，微笑不语。

"哪位姐姐能解我的梦呢？"莱琼又扬了扬眉毛。

"我试试！"总管王的女儿玉珍不像晁姆措那样愚钝，也不喜欢莱琼的轻狂，更做不到珠牡的沉稳。她是个心急嘴快、机敏聪慧的姑娘。她看了看周围的姐妹，也唱道：

> 琼居的神魄依大鹏，
> 珍居的神魄依青龙，
> 琪居的神魄依雄狮，
> 达绒的神魄依猛虎，
> 弟兄们的神魄依大象，
> 倘若武勇上能凌太空，
> 下能镇大地，
> 定是神武无比的好象征。
> 可听了莱琼唱罢梦，
> 武勇、本领却不行，
> 骏马不能夺取黄金座，
> 穹隆架出七彩虹。
> 太阳和浓云在天湖上竞争，
> 象征着觉如是龙所生；
> 浓云消逝太阳照碧空，
> 象征着苦行要解除。
> 烈日灿烂升太空，

>是觉如登上王位的好兆头；
>光辉照遍全世界，
>是觉如为大众做事圆满的好兆头；
>祝愿日光金灿灿，
>是觉如给众生造福的好兆头。

玉珍唱罢，不仅莱琼高兴，而且珠牡也微微点着头表示同意。只是那晁姆措像被激怒了的母狮子，身子像蛇一样，烦躁不安地扭来扭去；头发像黄牛尾巴似地甩来甩去，她真是气极了。既然玉佳马是岭噶布公认的快马，那么她阿爸坐王位已确定无疑，可这两个臭丫头却胡说王位是觉如的。这还了得！不要说觉如得不到王位，就是这样说说也是不可以的。于是，晁姆措气急败坏地"哼"了一声，叫鲁姑查娅听着：

>脏地方尘土飞扬遮碧空，
>青草香花都不生；
>脏官脑子里多诡诈，
>颠倒是非和曲直；
>坏妈妈的丫头多自大，
>却没有智慧和聪明；
>有道喇嘛说话前，
>无知和尚抢先哇拉拉；
>有识长官考虑前，
>无知大臣训斥吧吧吧；
>未知主人口味前，
>女仆炒菜当当当。
>眼睛还未看见家宅门，
>就想把婢女去克扣；
>三顿饭食不知在何方，
>就自以为是狗的主人。

那莱琼和玉珍听了晁姆措这一番没头没脑的像话不是话、像骂不是骂的斥责，一时懵住了。她们哪里知道晁姆措心里的想法，正不知该怎样回敬她几句，晁姆措又开口了：

你说觉如穷是好象征，
是好象征你去等；
你说觉如苦是好兆头，
是好兆头你去应；
你说乞丐觉如是神子，
既是神子你去配婚姻。

莱琼和玉珍这才明白晁姆措发火的原因，是因为她们二人说梦和圆梦的言辞激怒了她。二人刚要回敬，珠牡轻轻拽了一下她俩的袍襟，示意不要理她。莱琼把小嘴一撅，很不高兴。玉珍却明白了珠牡的用意，也认为不必与她计较，只有让她看到赛马的结果，才能让她自己打自己的嘴巴，自己骂自己。

那晁姆措见没人搭腔，以为众人被她说得无言以对，便更加肆无忌惮起来：

黄金宝座将属玉佳马，
森姜珠牡将属晁通王，
嘉洛的财富要归达绒仓，
岭噶布定属我父王。
男子汉、公马、雄犏牛，
外表不美哪会有内才？
譬如空心的肺做菜，
嚼之无物也不饱肚。
外形是流浪叫花子，

雄狮猛虎伪装无能　骚狐野狼强显本领

内看也是空肚皮，
觉如的马儿像老鼠，
不像在跑像在爬。
掉在弟兄们后面像啄食，
又像达勒虫儿用鼻向前拱，
倒数第一的锦旗虽然少，
觉如一定能拿到。

众家姐妹虽不理会晁姆措的恶言恶语，但莱琼和玉珍的脸却早被气得通红。只有珠牡像是没听见什么似的，依旧笑着，微微昂起头，细细地观察赛马场。

那赛马场上，比赛进行得正激烈。晁通骑着玉佳马跑在最前头，觉如骑着江噶佩布落在最后头，嘉察一边扬鞭急驰，一边不时回头望着觉如。可觉如偏不看他，倒像是要观察大地的美丽风景，不紧不慢地走着、走着……

第十一回

赛马途中屡降妖魔
金座前面再论英雄

赛马会的盛况空前。因为路程已经跑了一小半，觉如不由自主地用腿夹了一下马肚子，千里驹加快了脚步。其他各家英雄弟兄们更是打马扬鞭。晁通和他的玉佳马始终跑在这支赛马队伍的最前面。

正在这个时候，天空出现了一片像绵羊一样大的乌云。像是着了魔一样，这片乌云越来越大，天色变得越来越黑。接着，一声霹雳划破了浓厚的云层，眼看就要降下一场冰雹。

是这里的气候变化无常呢？还是神灵故意与赛马会做对？不是，都不是。原来是这阿玉底山的虎头、豹头、熊头三妖魔在作怪。那虎头妖说：

"今天岭噶布举行赛马会，人人腿肚子向后弯，膝盖向前突，马一跑，弄得满山尘土飞扬，还有马的粪便。这些脏东西都丢给我们，怎么得了……"

"就是，他们不光把雪山踏得摇晃，还把草原也破坏了……"熊头妖憨声憨气，本不善言辞，却又憋不住要说。

"真不知我们邻山的山神们，怎么能容忍这些人在山上胡闹。我们今天要不给他们点颜色看看，以后随便什么人都敢在山上胡闹。那些汉地的茶商、藏地的马帮，再不会向我们脱帽致敬。那些喇嘛、官人，乃至牧人、穷汉，再也不会列石供奉我们。这怎么得了，这怎么得了。"一向舌尖嘴巧的豹头妖喋喋不休地

说着。

三妖一致认为，一定要给岭噶布的人们一点颜色看看，于是召集了他们属下的黑暗魔军，布上乌云，散下霹雳。当三妖正要把冰雹降下的时候，突然觉得周身不自在起来。

原来，那觉如早把三妖的行为看在眼里。有觉如在，怎能容忍妖魔横行？！偌大一个赛马会，岂有被妖魔搅了的道理？如不降伏这三妖，岭噶布的人们迟早要受其害。顷刻间，觉如已将神索抛向空中，三妖一下子被缚到觉如的马前。

三妖见了天神之子，顿时失了灵气，连连叩头，表示愿意归顺觉如，愿意为神子效力。

觉如见状，命他们立即收起乌云，回归山门听命，从今往后再不准作恶伤人，否则决不轻饶。

乌云顿时逝去，阳光比先前更加灿烂、明媚，玛麦地方的女仙立即给觉如献上了三件宝：充满甘露的水晶净瓶、开启古热石山宝矿的钥匙和一条长一丈五尺的八宝三吉祥丝绸哈达。觉如降妖有功，不仅为凡间众生免除了灾祸，也为仙家减去了不少麻烦。

觉如谢过女仙，立即打马追赶赛马的队伍，一瞬间就赶上了走在最后的驼背古如。觉如一见古如那一弓一弓吃力的样子，觉得好笑，就故意逗他：

我是觉如向上翘（注1），
你是古如驼着腰（注2），
我、你二人相配合，
你看这样好不好？
觉如、古如相伴行，
我俩一同来赛跑，
得了彩注我俩分，
欠了债务我俩还。

那古如一听，顿时烦躁起来。他看觉如这副穷酸相，还说什么能得彩注；跑在了最后，还要和我配合，这配合大概没有别的意思，一定是要我和他平分债务。我决不能和他作伴配合，我可不愿意替他还债。让他死了这条心吧！于是，古如虎着脸对觉如说：

1　觉如，意为向上翘、挺起之意。
2　古如，意为俯下、驼背之意。

▲ 觉如征服三妖

正在这个时候,天空出现了一片像绵羊一样大的乌云。像是着了魔一样,这片乌云越来越大,天色变得越来越黑。接着,一声霹雳划破了浓厚的云层,眼看就要降下一场冰雹。是这里的气候变化无常呢?还是神灵故意与赛马会做对?不是,都不是。原来是这阿玉底山的虎头、豹头、熊头三妖魔在作怪。那觉如早把三妖的行为看在眼里。有觉如在,怎能容忍妖魔横行?!偌大一个赛马会,岂有被妖魔搅了的道理?如不降伏这三妖,岭噶布的人们迟早要受其害。顷刻间,觉如已将神索抛向空中,三妖一下子被缚到觉如的马前。

"你别打我的主意了,古如没有那么傻,平白无故替你还债。现在我俩早就失去获得彩注的希望了。如果天神肯帮助我获得彩注,我决不和你平分;如果你得了彩注,我也不稀罕。我更不会替你还债。你我是白雪与红火,两者不相容,更说不上什么配合。"

"古如呵,我觉如可是一片好心,我是看你驼着背,怪可怜的,真心愿意帮助你,你怎么这样说话呢?你不后悔吗?"觉如还想给古如一个机会。

古如一听此话,不禁哈哈大笑:

"可怜?帮助?哈哈……你大概还不知道我驼背的好处吧。我古如,上为岭噶布的神驼,若没有我则神仙要衰败;我中为岭噶布的富驼,若没有我则富者要衰败;我下为岭噶布的福驼,若没有我则福禄要衰败。你没听那岭噶布人唱的歌么?

上弦的月牙弯着好,
它把碧空装饰得好;
丰年的穗头弯着好,
填满众生的仓房好;
太空的彩虹弯着好,
天地靠它衔接好。
男子汉驼时武艺强,
女人们驼时见识高,
兵器弯时好撕杀,
坡路弯时好赛跑。

"觉如啊,我虽比不得那富翁,但比起你觉如来也算是个富人。我有九头犏牛、九块水田、九个儿子和九个女儿,春冬两季不会缺水酒,秋夏两季我家的乳酪多。觉如呵,你怎么可以和我相配合?我是决不和你配合的。"

觉如见古如的这种态度,只觉得又好气又好笑。气那古如有眼不识真菩萨,笑那驼背气冲牛斗的好气魄。可又跟他说不清楚。觉如待要不理他呢,又不甘心就这么算了。特别是古如对自己驼背的赞颂,更是叫人从心底里发笑,凭这一点也该回敬他几句才是:

弯刀会刺伤自身,

> 弯角会戳瞎自己眼睛，
> 弯臂的手会打自己的脸，
> 驼背的嘴会啃自己的腿，
> 倒扣的瓶子盛不了水，
> 弯曲的彩虹不能当衣服。
> 外面身体弯曲是由于病，
> 病若发作小心要老命；
> 里面心意弯曲是自私，
> 私心太重会变成疯子。
> 百人走向山上去，
> 驼子就像头当腿；
> 百人向上立起时，
> 驼子就像向下睡；
> 弟兄们跑马向前去，
> 古如跑马向后退。

觉如唱完，打马就要向前跑。古如被觉如的歌气得直发抖。他拼命地想直起腰，和觉如讲理，可那驼背却怎么也直不起来。古如想：赛马的彩注，我和觉如反正都没份了，可这坏觉如太气人，说什么也不能让他跑到我的前面去。于是，他举起马鞭朝自己的白额驼马没头没脑地乱打起来。那马被古如这一打，顿时乱蹦乱跳，左右闪动，把觉如挡在了后面。觉如心中暗笑古如的愚蠢，轻轻拍了一下江噶佩布的右耳，那宝驹立即明白了主人的意思，腾起一蹄，把古如的白额驼马踢到路旁的一个土坑里；与此同时，又把离了鞍尚未落地的古如吞入口中。古如像是走进了一座神庙，有金顶红墙，还有闪闪发光的金佛像。古如正待跪下求神灵保佑，那宝驹又一使劲，把古如连同一团粪便一起送到了外面。古如一屁股坐在马粪上，一点也没有摔伤。他那坐骑白额驼马立即走上前来，舔着古如的手。古如颤抖着站起身来，望着早已跑得没有踪影的觉如，心中一阵懊悔，不觉长叹一声，垂头丧气地骑着马转了回去。

宝驹江噶佩布载着觉如飞也似地向前奔去，越过了一匹又一匹良马，超过了一群又一群赛马人。很快，他赶上了走在前面的岭噶布三个美男子之一的仓巴俄鲁。觉如看看时间还早，就拍了拍江噶佩布的脖子。宝驹知道主人又要和谁搭话了，顿时把步子放慢。

觉如看了看仓巴俄鲁，他确实很美：闪光的额头，玫瑰色的腮，珍珠般的牙齿，星星般的眼睛；身着素白锦缎袍，胯下一匹"藏地雪山"马，好一个银装素裹的美少年。觉如心中暗自称赞，但不知这外表俊美的少年心地如何，还要试上一试才行。

"呵，俊美的俄鲁，你可认识我？"

俄鲁只顾赛马，并未注意觉如对他的观察。听见叫他，回头见是觉如，立即回答：

"当然，岭噶布的人可以不认识狮子，可没有人不认识觉如您哪！"

"哦？那我要你帮帮忙行吗？"

"当然，请说吧！"俄鲁毫不犹豫地回答。

"你看我们两人，多么不一样呵！你那么俊美，我这么丑陋；你那么富有，我这么穷困；我们都是在一个天地之间生存的人，为什么要有区别呢？我们应该一样才是，你肯帮助我像你一样漂亮、富有吗？"觉如说话的时候并不看俄鲁，说完话却使劲盯住他。

"这个？……当然，我愿意帮助你，等赛过马，你到我家，把财产分给你一半就是。"俄鲁只犹豫了一下，仍不失慷慨。

"可我等不了那么久呀？"

"那我现在有什么东西可以给你呢？嗯，这样吧，就把我这顶珍贵的禅帽送给你吧。"

觉如当然知道这顶帽子的好处，并且已经看出这美少年的心地确实也同外表一样美。可这帽子的好处，俄鲁是否也知道呢？该不是把它当作一件普通的礼物送给我的吧？想到此，觉如故意不屑地说：

"送顶帽子管什么用呢？它能使我变得俊美，还是富有？"

"觉如呵，难道你不知道这顶帽子的好处？这是我们琪居供奉的宝物。你想漂亮吧？长得漂亮不能使人有温饱，美丑不仅凭皮肤，还要从人的心上看。你没听过歌里唱的吗？青年英俊由于有武装，若无勇气不过是懦夫；女儿美艳由于好衣服，若无见识不过是荡妇。这顶帽子虽不能使你漂亮，却能给你比漂亮更多的好处。"

"哦？那你说说看。"

"你看这帽顶装饰的四根羽毛，它象征着走遍四方无阻拦。你再看：

这四侧象征四大洲，
八角象征八中洲；

> 折折起来两面平，
> 脱下来成为四方形；
> 三股流苏向下垂，
> 五害三毒不染身；
> 四侧色白洁而柔，
> 戴上它自心变光明；
> 六瓣莲叶绿茵茵，
> 六道众生得解脱；
> 左右的耳叶高高耸，
> 知识与智慧用不尽。

"觉如公子呵，请你接受这顶帽子吧，它与你没有一处不相称。"

觉如心中暗喜，接过帽子戴在头上，把自己的黄羊皮帽子揣在怀中。他把玛麦女仙所献的水晶净瓶和八宝三吉祥丝绸哈达送给了俄鲁，祝俄鲁变得更俊美，更富有。

觉如又向前跑去，超过了许多兄弟。他忽然看见算卦人衮喜梯布，心中暗想，人人都说他算卦最灵验，现在时间还早，我何不让他给我算一卦。想着，他来到衮喜梯布的身旁，和他并辔而行：

"大卦师，久闻您的大名，今天我觉如也想请您算一卦。"

"噢，觉如公子想问什么？"衮喜梯布并未减慢速度。

"哦，我在想，印度法王的宝座，汉地皇帝的江山，还有那十八个边地的许多国家的王位，这些都不是凭快速骏马得来的，可我们岭噶布为什么要凭快马来夺天下呢？马快就能成为岭噶布的王，马慢就将沦为岭噶布的奴，这不是件很奇怪的事吗？"

"这不是我能回答的问题。"算卦人衮喜梯布皱了皱眉头。

"这我知道，我并不要你回答，我只是请大卦师算算我觉如是不是能得彩注？"

"觉如公子，若在平日，我可以作布卦毯、澄神静虑，至诚至信地为您祈祷卦神。可今天不行了，在这鞭缰争先后、马耳分高低的时候，我只能为您用布卦的绳子算个速卦，望觉如公子不要见怪。"

"当然，只要算得准，我一定重重谢你！"

衮喜梯布一边跑马，一边祈祷打卦。不一会，卦师兴奋地喊了起来：

"觉如呵，这真是个好卦象，好卦象呵！"

> 第一降下了天空的魄结，
> 这是如青天覆盖的卦象，
> 这是能镇住江山的卦象，
> 象征着你能做岭噶布的王。
> 第二降下了大地的魄结，
> 这是在大地建立根基的卦象，
> 这是能使百姓安居乐业的卦象，
> 象征着你能做好国王。
> 第三降下了大海的魄结，
> 这是千万条水聚拢的卦象，
> 这是合家团圆的卦象，
> 象征着你能做珠牡的如意郎。

觉如笑了，这衮喜梯布果然名不虚传，他的卦辞真是再准不过的了。觉如献给他一条洁白如雪的哈达，作为酬谢之物。

觉如又跑了一阵，突然变颜变色地呻吟起来，一脸的病相，身体也像支持不了似的，一下子滚鞍落马，趴在地上，一边呻吟一边喊着：

"哎呀呀，我好痛，好痛哟！"

大医师贡噶尼玛恰巧从觉如身边路过，他赶忙勒住马询问：

"觉如公子怎么了，病了吗？"

"是呵，八年来的流浪生活，使我痼疾缠身。医生呵，能不能给我点药吃啊？"

贡噶尼玛为难了，因为药囊没有带在身边，虽有些救急的药品，但不知是不是能治觉如的病。一看觉如那副疼痛不堪的样子，医生心痛了。他立即下马，蹲在觉如面前：

"觉如呵，是哪里痛，很痛吗？待我替你看看脉，再给你一些药吃。"

医生把手按在觉如的手腕上，觉如还在哼哼：

"痛呵，我这上身像是热症，痛得如火灼心；腰间像是寒症，痛得如冰刺骨；下身像是温症，痛得如沸水浇。我的内心像是要破裂，外部身体像是已衰败，中部脉络像是已断绝。医生呵，真是我觉如要死了吗？"

觉如说完，贡噶尼玛也诊完了脉，用奇异的目光看着觉如：

"觉如呵，病分风、胆、痰三种，是由贪、嗔、痴而生。这三者相互混合，才生出四百二十四种疾病。我看你这脉象与病体不相符。你这脉中根本无病症，四大调和无渣滓，缘起之脉澄又清。要么是我医生诊断的错。要么这脉象是幻觉？要么觉如在装病。觉如呵，觉如呵，不必如此，你的脉象好，你的事业能成功，彩注自然归你得。"

觉如一下从地上跳起来，脸上的病相早已烟消云散。他一边把哈达缠在医生的脖子上，一边笑着说：

"岭噶布都说贡噶尼玛的医道高明，今日一试，果然不同一般。医生呵，赛马会后再见吧。"

觉如上马急驰，刹那间追上了总管王绒察查根。觉如笑嘻嘻地叫了一声：

"叔叔。"

"这半日你到哪里去了？你若再不快些赶上，晁通就要抢下王位了。"绒察查根虎着脸，语气中带着深深的责怪。

"怎么会呢？叔叔，不会的。您心里应该清楚，上天安排的宝座，怎么会让畜牲夺去呢？上师和神明都可以作证，我在赛马途中，已经为大家办了不少好事。当然，还看到不少热闹。"觉如想起刚才的一切，特别是和驼背古如的对话，不由得又笑了起来。

"觉如，不可把赛马当儿戏，快跑吧。不然天神也不会保佑你。"总管王说着，打了一下觉如的马屁股，宝驹江噶佩布猛地向前一蹿，远远地离绒察查根而去。

那晁通骑在骏马上，好不悠闲自在，眼见赛马的终点古热石山已经相距不远，他心中暗自高兴。本来这次赛马会的劲敌只有觉如一个，可到现在，却不见觉如的踪影，可见马头明王的预言一点不错。这王位，这七宝，还有美丽无双的森姜珠牡，都要归我达绒家所有了……

晁通正暗自高兴、乐不可支的时候，忽见觉如已经跑到自己眼前。顿时，就像在燃烧的干柴上泼了一瓢冷水似的，晁通的喜悦心情踪迹皆无，可表面上还要装出一副镇定自若的样子。他笑容可掬地问觉如：

"呵，侄儿，你怎么现在才跑到这儿？你看谁能得到今天的彩注？"

从晁通若无其事的外表，觉如早已看到了他那紧张的内心，所以故意要捉弄一下这位自作聪明的人：

"叔叔呵，我已经在金座前跑了两次了，但并不敢坐上去。现在参加赛马的众家兄弟，一个个累得满头大汗，马累得四腿打颤，谁知还能不能有人跑到终点，坐上金座呢？！"

晁通听说觉如已经在金座前跑了两次，不禁心头一紧；当听到觉如没敢坐那金座，突然又松了一口气。但他还得想办法稳住这个叫花子，说服觉如自动放弃夺取王位的赛马。于是，他又笑眯眯地说：

"跑到终点的人是会有的，可坐上王位也不见得是件好事。这赛马的彩注，对年轻无知的人来说，不过是引诱他们的工具。得到彩注，只会给家庭增加麻烦和困难，给自己带来不利。你没听到歌里唱的吗？

> 那'光辉灿烂'的法鼓，
> 实际上是木头上蒙着一层皮；
> 那'雪白响亮'的法螺，
> 实际上是只空虫壳。
> 那'雷鸣龙吟'的铙钹，
> 本体是青铜的乐器，
> 宰它不会有肉和油脂，
> 挤它不会流出乳汁，
> 穿它不会有温暖，
> 吃它也不能充饥。
> 那粪堆中的花朵，
> 颜色鲜艳枝叶茂，
> 作供品却要玷污神灵；
> 没有见识的嘉洛女，
> 眼看起来虽中意，
> 作为伴侣却是搅家精；
> 那有毒的甜果实，
> 吃起来嘴中虽很甜
> 下到肚里会让你丧命；
> 作那许多部落的首领，
> 听起来耳中似好受，
> 实际上痛苦负担重。

"觉如呵，叔叔是一片好心、一番好话来忠告你，不要再为彩注奔忙了吧。"

觉如一听晁通哇啦哇啦说了这许多，冷笑了一声说：

"既然赛马的彩注会带来这么多厄运,那么你还是不要受害了吧,我觉如是什么都不怕的。觉如从来都把好处让别人,把坏处留给自己。现在,就让我觉如去承担这彩注带来的恶果吧。"说着,他扬鞭打马而去,留给晁通王的,只是一股股尘埃。

晁通见到这般情景,顿时醒悟过来:自己是被觉如捉弄了。这正是:本欲骗别人,最终骗自己。此时的晁通又悔又恨,又气又恼,他一时不知说些什么才好,因为只剩下摇头叹气的份了。但他不甘心,扬鞭催马,继续往前跑。

转瞬间,觉如追上了嘉察协噶。望着哥哥的背影,觉如突然心生一计。

只见嘉察身穿白镜甲,胯下"嘉佳白背"马,腰间暗藏宝刀,正在奋力打马前进。那白背马已累得鬃毛汗湿,四蹄打颤,连长嘶的劲儿似乎都没有了。突然,嘉察面前出现了一黑人黑马,挡住了他的去路。嘉察只听那黑人说:

"喂,嘉察,听人说,嘉洛家的财富和森姜珠牡都交给你了,你快快把她(它)交出来,留你一条活命;如果敢说个'不'字,马上叫你鲜血流满三条谷。"

嘉察一听此言,气得牙齿咬得咯咯响:

"黑人妖魔,你别梦想,我们岭噶布的七宝和姑娘岂能交与你,就连我也没有权力享用。能够称王的,只有我的弟弟觉如,他才有这种权力,如果你识相的话,趁早闪开一条路,不然叫你下地狱去见阎王。"

"我要是不闪开呢?"黑人妖魔狞笑着,露出一排带血的牙齿。

"那好!"嘉察从怀中抽出宝刀,向黑魔用力劈去。嘉察的宝刀扑了个空,险些从马上闪下来。黑人黑马早就不见了,只见觉如端端正正地坐在宝马江噶佩布背上。他对嘉察协噶微笑着说:

"协噶哥哥,请你不要劈!不要怪我,我是怕万一岭噶布发生什么事情,特别是弟兄们发生争斗时,你是不是能秉公处理,能不能保住王位,我是在试探你呀!"

嘉察方知是碰上了觉如的化身,马上正色道:

"心爱的觉如,我的好弟弟,哥哥的心意你不用试,天神对你早有预言——降伏四魔,天上地下,所向无敌。我嘉察除了为弟弟效劳,并无别的想法,请弟弟快快扬鞭飞马,早早夺得王位。"

"怎么?哥哥你不想要王位和岭噶布吗?你若不想要,我这个叫花子更不需要它!"说着,觉如翻身下马,把身上的牛犊皮袄也脱了下来,安闲地坐在地上不动了。

嘉察一见，也慌忙下马。

"觉如弟弟呵，重要的不是王位，而是为众生办好事，为了众生的事业，我们在所不辞。现在你若松懈麻痹，不仅会丧失王位，还会给百姓带来灾祸。你看，万一在公众面前晁通夺去了王位，你觉如就是再有神变，又有什么用呢？觉如呵，为了岭噶布的百姓，你快快上马飞驰吧！"

觉如一听，嘉察哥哥的话句句在理。再看天色不早了，晁通已遥遥领先，距金座很近很近，绝不能再耽搁了；再耽误一会儿，将终生遗憾，此番下界也就不能了却心愿了。

觉如飞身上马，朝终点驰去。

第十二回

圆满成就觉如欢喜
万念俱灰晁通忧愁

晁通心里别提多高兴了。现在距金座只有咫尺之遥，只要玉佳马再向前一跃，他就可以稳坐金座，向岭噶布宣告他是胜利者，赛马的彩注将归他达绒家了，让那些不服气的人嫉妒去吧。他高兴得使劲一夹马肚子，向金座冲去。

但是玉佳马并没有像晁通所希望的那样向前奔驰，反而腾空向后退去。晁通眼见距金座越来越远，惊得大叫起来。好一会儿，他才想起应该勒住马缰，可无论怎么勒，玉佳马不但不停下来，反倒更快地向后退去。晁通想，莫非金座前有什么魔鬼？但他再也顾不得许多，立即滚下马来，要徒步跑到金座上去。

玉佳马一下子跌翻在地，呼呼地喘着粗气，哀哀地鸣叫着。晁通又跑了回来，他实在不忍心把自己的马扔下。他用手抚摸着玉佳马的鬃毛，玉佳马不再鸣叫了，却仍在不停地喘着粗气。他又用力拉了拉马缰，想把它拉起来和自己一起走。玉佳马把眼睛闭上了，又呜呜地鸣叫起来。晁通明白，它是再也走不动了。可是，眼见后面的人已经跟了上来，他把心一横，决定丢下他的玉佳马，用力朝金座奔跑。但是那两只不听使唤的脚，像是踏在滚筒上一般，无论怎么跑，都不能靠近金座，只是在原地踏步。他累得气喘吁吁，汗流满面。再一转身，玉佳马就躺在自己的脚边，瞪着两只悲哀的眼睛，像是在说："主人，救救我吧，救救我吧！"

晁通的心软了，又要停下来看看他的马，救救它。就在此时，觉如骑着宝驹

江噶佩布风驰电掣般地飞到了眼前。晁通一见觉如，浑身的肌肉紧缩，再也顾不得玉佳马，又朝金座跑去。觉如见他如此模样，在一旁冷笑了两声。

晁通听见觉如冷笑，不由得怒火中烧：

"臭叫花子，你在笑我吗？"

"尊贵的叔叔，你是在和我说话吗？"

晁通王索性不跑了，他质问觉如道：

"你为什么要和我过不去，为什么偏要夺我达绒家的金座？"

"金座是你达绒家的？"

"那当然。这是马头明王早已预言过的，岭噶布哪个不知？"

"那么，好吧，我站着不动，让你自己去跑，怎么样？"

"觉如，你不要再给我要这套把戏，你不离开这里，我是没法靠近金座的。"

"那是为什么？刚才我并不在你身边呀！"

晁通暗想："对呀，刚才觉如并不在我身边，莫非马头明王的预言错了？难道这金座不属我达绒家，难道这赛马的彩注不该被我得到？"晁通望着玉佳马那可怜的目光，扑通一声跪在地上，抱着它的脖子大哭起来。

"叔叔，你还想得到赛马的彩注吗？"

"不！不！我什么都不想，什么都不要。只是，我的玉佳马，我的玉佳马呀！"晁通声嘶力竭地哭叫着。

"那么，如果我能医好你的玉佳马，你肯把它借给我用用么？"

晁通的哭声戛然而止，连连点头道：

"任凭觉如吩咐，只要玉佳马同以前一样。"

"我要往汉地驮茶叶，借它去驮一趟，你看怎么样？"

"好，好！"晁通现在早已把金座置之度外，一心只希望玉佳马赶快好起来。

觉如把马鞭向上一挑，玉佳马嚯地站了起来；觉如又在玉佳马的耳边低语了几句，玉佳马一扫刚才那副疲惫不堪的神态，变得像赛马前那样精神抖擞了。

晁通一见玉佳马恢复了原状，那夺金座的欲望又死灰复燃了。他一把拉过玉佳马的缰绳，翻身就要上马，却被觉如止住了：

"叔叔，玉佳马只能往回走。如果你再想去夺金座，那么玉佳马就会永远站不起来了。"原来，觉如早就从晁通的目光中看出了他的野心。

晁通虽不甘心，却也无可奈何。他再次感到觉如的威慑力，不敢轻举妄动；既然金座已经无望得到，还是保全玉佳马的性命要紧。

　　觉如来到金座前面站定，并不忙着坐上去，而是细细地打量着眼前这辉煌耀眼的金座。为了它，多少人急红了眼；为了它，多少马累吐了血；为了它，晁通不惜花费重金举办赛马会；为了它，连我的宝马也显得不轻松。它仅仅是个金座椅吗？不！它是权力的象征，是财富的象征，是……觉如环顾四周：天，蓝蓝的；草，青青的；雪山闪着银光，岩石兀然耸立。这一切的一切，都要归坐上金座的人统理了。想到此，觉如安然地登上了金座。

　　刹那间，天空出现了朵朵祥云，在穹窿中，吉祥长寿五天女乘着色彩缤纷的长虹，拿着五彩装饰的箭和聚宝盆；王母曼达娜泽捧着箭囊和宝镜；嫂嫂郭嘉噶姆掌着宝矿之瓶，率领着部属和众多空行者显现于前。

　　千里驹江噶佩布立于金座一侧，长长地嘶鸣了三声，顿时，大地摇动，山岩崩裂，水晶山石的宝藏之门大开。玛沁邦惹、厉神格卓、龙王邹纳仁庆等人献茶，众神捧着胜利白盔，青铜铠甲，红藤盾牌，玛茂神魄石镶着劲带，战神神魄所依的虎皮箭囊，威尔玛神魄所依的豹皮弓袋，千部不朽的长寿内衣，战神的长寿结腰带，威镇天龙八部的战靴……觉如被众神围着，一一穿戴整齐。曜主的大善知识又献上宝雕弓，玛沁邦惹拿出犀利无比的宝剑，格卓捧出征服三界仇敌的长矛，龙王邹纳仁庆拿出九庹长青蛙神变索，多吉勒巴拿出能运千块盘石的投石索，战神念达玛布拿出霹雳铁所制的水晶小刀，嘉庆辛哈勒拿出劈山斧。这种种宝物皆饰于觉如一身，加上华丽的服饰，顿时使他变成了仪表堂堂、威武雄壮的大丈夫。

　　哥哥东琼噶布、弟弟龙树威琼、妹妹妲莱威噶、嫂嫂郭嘉噶姆等变化为许多童子，手持法鼓、法螺、铙钹、令旗等，吹吹打打，热烈地祝贺觉如登上王位。

　　前来参观赛马的人们被眼前的景况惊住了。他们有生以来，还是第一次看到众神如此美妙的歌舞和仙乐，恍然若梦，痴痴呆呆地不知道自己该做些什么好了。

　　自从降生以来，觉如犹如被乌云遮住的太阳、陷在污泥中的莲花，虽然为众生做了许许多多的好事，却不为人所知，反而处处受贬，被迫飘流四方，历尽艰辛，这大概也是天王令其吃遍人间之苦再做君王，方能体谅下情，为众生多办好事。至此，觉如登上王位，称作世界雄狮大王格萨尔罗布扎堆。

　　众神随着奇妙的仙乐，热烈地祝贺一番之后，慢慢地逝去了。岭噶布的人们

◉ 雄狮大王格萨尔

觉如赛马获胜,坐上宝座。千里驹江噶佩布长嘶三声,使得天摇地动,水晶山石的宝藏之门大开。众神捧着胜利白盔、青铜铠甲、红藤盾牌。觉如被众神簇拥着,披挂整齐。佩戴上玛茂神魄石镶着的劲带,战神神魄所依的虎皮箭囊,威尔玛神魄所依的豹皮弓袋,长寿内衣,战神的长寿结腰带,威镇天龙八部的战靴等,顿时使他变成了仪表堂堂、威武雄壮的大丈夫,被称为"世界雄狮大王格萨尔洛布扎堆"。

像是被什么提醒了一样，呼地拥向金座，向雄狮大王格萨尔欢呼。这发自心底的欢呼声，震得山摇地动，天上的彩云随之飘舞，海中的浪花随之翻飞。

人们欢呼呵，太阳终于驱散了乌云，莲花终于冲破了污泥，岭噶布终于有了自己的君王，众生就要过上和平安宁的日子了。

格萨尔大王怎么不说话？该让我们的雄狮大王说几句话了。人们的心愿是一致的，人群立即从欢声鼎沸变得寂静无声了。

雄狮大王格萨尔从金灿灿的宝座上站了起来。他当然知道人们的心里在想什么。看着欣喜若狂的臣民们，他略微顿了一下，开口道：

"赛马的众弟兄呵，岭噶布的众百姓，我本是天神之子、龙王的外孙，今日自称为雄狮大王格萨尔罗布扎堆。我降临人间已经一十二载，历尽艰辛，遍尝苦难。今日终于登上金座，乃是上天的旨意，不知众生是否诚服。"

岭噶布的百姓们匍匐在地。他们早已看见格萨尔登上金座的时候，上有天神撒花雨，中有厉神布彩虹，下有龙神奏仙乐。他们怎能不服从？他们不但心悦诚服，而且感到这是他们虔诚地祈祷上天的结果。上天被他们的诚心感动了，这才派了神子下界称王。

格萨尔见众人心悦诚服，虔诚之至，便开始封臣点将：

"既然如此，我来封臣：奔巴·嘉察协噶为镇东将军，主要防御萨丹王的姜国人；森达穆江噶布为镇南将军，防御南方魔王辛赤；察香丹玛为镇西将军，防御黄霍尔人；念察阿旦为镇北将军，防御戎、魔二地人。

"除了岭国的公敌外，我格萨尔并无私敌；除了黑头藏民的公法外，格萨尔自己并无私法。从今后，我们岭噶布的众臣民，有了十善的法纪，就要把那十恶的法纪抛弃。只要我们齐心努力，众生就能长享太平。"

万众同声欢呼，心悦诚服地拥戴格萨尔为岭噶布的雄狮大王。

在众人的欢呼声中，总管王绒察查根捧着穆布咚姓的家谱和五部法旗，一起献给了雄狮大王：

<blockquote>
在那黄金宝座上，
坐着世界雄狮王，
面如重枣牙如雪，
格萨尔本领世无双。
上有稀奇宝幢与旗幡，
中有众人在歌唱，
</blockquote>

下有龙族的好供养，
甘霖普泽花开放。
上天神仙喜洋洋，
世间百姓欢舞且歌唱，
下界群龙高兴布祥云，
地狱魔类失败在悲伤。
这一面白色旗，
是象征太阳光辉的旗；
这一面黄色旗，
是赞颂权势的旗；
这一面红色旗，
是象征吉祥的旗；
这一面绿色旗，
是拜谒天母的见面旗；
这一面青色旗，
是龙王邹纳的见面旗。
将这家谱献给您，
愿您和臣民不分离；
将这法旗献给您，
愿您为众生谋福利。

老总管刚刚祝愿完毕，岭噶布众兄弟纷纷上前献礼：

嘉察协噶献上一顶胜利白盔，上面饰有"太阳自现"的丝缨，"吉祥九层"的胜幢，"鹫鸟柔羽"的凤缨，"神之哨兵"的羽翎。嘉察见自己的弟弟觉如终于登上王位，心情无比激动。他衷心祝愿格萨尔大王的盔帽永稳固，愿格萨尔大王的权势高如碧空。

丹玛献上了青铜铠甲和红藤盾牌，铠甲上堆集着背旗和寿结，盾牌上闪耀着彩虹和浓云。

七英雄献上了"千部不朽"的七寿衣；八勇士献上了威镇八部的战靴；琪居的弟兄们献上了神魄箭囊、豹皮弓袋和回旋盘绕的宝雕弓；珍居的弟兄们献上了犀利无比的宝剑、征服三界的长矛和九庹青蛙神索；琼居的兄弟们献上了霹雳制成的水晶刀，闪耀着紫色的电光。

众家兄弟齐声祝愿威猛的雄狮大王格萨尔：

愿您镇压黑魔王，
愿您铲除辛赤王，
愿您打败霍尔王，
愿您降伏萨丹王，
愿您征服四大魔，
愿您把四方黑暗齐扫光！

晁通也走上前来，叩首庆贺。此时的晁通王，不再像准备赛马时那样猖狂，也不像赛马途中那样得意，他的心中失去了光明。岭噶布的百姓在欢庆，而他只有羞愧和忧愁。岭噶布的众家兄弟在祝贺觉如称王，他却恨不得把觉如一口吞在嘴里嚼烂。仇恨，深深地埋在了晁通的心里。有朝一日，他要报此大仇，以平息自己心头之恨。他现在虽然心中有千仇万恨，但是不能表现出来，表面上仍旧装着高兴的样子，庆贺觉如称王。格萨尔佯装不知，不但收下了他的哈达，还把先前答应给他达绒仓的所依品——苦行时用的棍棒和财神的布袋——赐给了他，又嘱咐他说：

"这是我的化生之物，今日赐给你，日后在射杀魔王鲁赞时，我还要借来一用。"

晁通连连叩首：

"大王放心，我一定精心保管，何时需用，一定及时奉上。"

天神们又撒下一片雨一般的花朵，岭噶布的众生敲响了名为"光辉灿烂"的法鼓，吹起了称作"雪白响亮"的法螺，打起了叫作"雷鸣吟吟"的铙钹，姑娘们边跳边唱：

快乐呀，雄狮王！

欢喜呀，岭噶布人！

森姜珠牡从轻歌曼舞的姑娘们中间走出来了，用长哈达托着嘉洛仓的福庆所依的宝物——财神所用的长柄吉祥碗，内盛长寿圣母的寿酒和甘露精华，笑吟吟地献到了雄狮大王面前。然后，为格萨尔唱了一支美好的祝愿歌：

尊贵的雄狮王格萨尔呵，
我是嘉洛·森姜珠牡女。
献上拜见的彩绫十三种，
还有美酒吉祥碗中盛。
披这彩绫能长寿，

喝这美酒能办大事情。
在您金山似的身体上,
犹如彩霞环绕相拥抱,
愿武器的光泽和您的光辉,
永远灿烂辉煌!
在您雄伟的身体上,
放射着珍宝的彩光,
愿常享受福利的甘雨,
与众生永不离,雄狮王!
在我娇嫩的身体上,
俏丽面庞邬波罗花上,
荡漾着灵活的眼睛,
敬献给您,雄狮王!
在曲折的道路上,
在办理众人的大事中,
我犹如影子随你身,
永不分离,雄狮王!

众姐妹随着珠牡的歌声,跳得更加轻盈。珠牡的眼睛里荡漾着快乐的光彩,比平日更显得婀娜妩媚,楚楚动人。格萨尔的心猛地一动,立刻走下金座,与珠牡二人双双起舞,走进了众臣民中间,陶醉在众百姓欢歌曼舞的喜庆之中。

为救梅萨雄狮出征
眷恋大王珠牡痴迷

自从赛马夺彩、格萨尔正式称王以后，岭噶布的百姓相安无事，日子过得平静、安乐。臣民们喜在心里，笑在脸上，雄狮大王格萨尔终于让他们过上了好日子。

格萨尔纳森姜珠牡为王妃，二人恩恩爱爱，如鱼得水。珠牡爱大王英俊、勇敢，格萨尔爱王妃美貌、勤劳。过了不久，按照规矩，格萨尔又娶了梅萨绷吉等十二个姑娘为妃，加上珠牡，就成为著名的岭噶布十三王妃。

这一天，格萨尔出宫巡视，来到邦炯秋姆草场。那里是石山与雪山的交界处。只见这里雪山的雪白得耀眼，草场的草绿得喜人。白、绿之间，是一些既不长草也没有雪的乱石滩，而这石头又恰恰是红褐色的。红褐色的石滩既把草场和雪山分开，又把二者连在一起，构成了一幅美丽、质朴的画面。岭噶布的马群、牛群和羊群，分别被放牧在草场的右方、左方和中央。那一头头雪白、肥壮的绵羊，像是雪山上滚下来的雪，又像海中的珍珠，在绿草如茵的大草甸子上滚动着、漂游着。

看着眼前的美丽景象，格萨尔大王甚感惬意。一阵倦意袭来，格萨尔脱下身上的袍子，把头伸进袍子右边的袖筒，脚伸进左边的袖筒，像张弓一样，在草场的卓措湖旁睡着了。

就在格萨尔酣睡之际，天母朗曼噶姆驾着彩云，从三十三天上层、清净的天国里冉冉飘下。芬芳扑鼻的香气顿时充溢四野。格萨尔被这香气所染，睡得更加香甜。

天母附在格萨尔的耳边，轻轻地呼唤着：

"推巴噶瓦，好孩子，不要贪睡快快起。快去东方查姆寺，修学大力降魔法。时间限定三七二十一日，这是白梵天王的命令。好孩子，快快去，别忘记，修法要带梅萨王妃去。"

说完，天母被五色彩虹环绕着，飘然而去。留下的是沁人心脾的芬芳和催人奋起的预言。

格萨尔毫不怠慢，立即起身返回上岭噶，一边走一边盘算着：为了降伏一切恶魔，摧毁所有魔军，我必须像佛祖释迦牟尼激励的大力忿怒王用五种神力降伏恶魔那样，修成忿怒大力法。修法的时机已到，我一定要遵从天母的旨意，带着梅萨王妃立即前往东方查姆寺闭关[注1]修行。

回到上岭噶，格萨尔把要带梅萨一起去闭关修行的打算一说，珠牡不高兴了：

"哎呀，大王，看你说些什么话，你闭关修法，理应我去伺候，要梅萨去干什么？"

"珠牡呵，这是天母的旨意，我看你还是留在家中伺候阿妈的好。"格萨尔见珠牡不高兴，连忙解释。

珠牡舍不得离开大王。她可不愿意让梅萨去陪大王。她想了想，有了主意。

珠牡找到了梅萨，对她说：

"为了降伏妖魔，大王要去东方查姆寺修猛烈忿怒王大力法，命我同去，做修法侍从。你就同阿妈住在一起吧，等闭关修法后，我们再见面。"

梅萨对珠牡的话将信将疑。她知道珠牡爱出头露面，所以才找借口想跟大王一起去修法。不管怎么说，我得忍让才是。梅萨并未说什么，点头答应了。

珠牡满心欢喜地跑回来对格萨尔说：

"大王呵，不是我不让梅萨陪您去，实在是最近她的身体不大好。闭关修法是件苦事，就让她在家歇息歇息，还是让我陪大王前去为好。"

格萨尔本来就喜欢珠牡，虽然也喜欢梅萨，但毕竟又差了一层。要梅萨陪同，本是天母的旨意，听珠牡说梅萨身子不爽，也就不再勉强，乐得和珠牡同去闭关修法。

---

1 闭关：密宗修法的一种方式。在闭关修法时，关门不出，除伺候修法的人以外，不与任何人接触，故名"闭关"。

格萨尔大王闭关修法,已过了第一个七天。这天夜里,留在岭噶布的梅萨做了一个噩梦。梦见从上沟刮来了红风,从下沟刮来了黑风,她自己被卷进风里刮走了。梅萨又惊又怕又不明白。第二天一大早,她就带上自己亲手做的甜食,到查姆寺来找格萨尔大王。她迫不及待地要见到大王,问问大王自己的梦是什么意思,会不会发生什么可怕的事。因为大王是可以未卜先知的,他一定能替自己圆梦,也能保护自己。

当梅萨来到查姆寺附近的一眼泉水边时,恰巧遇见珠牡前来背水。一见梅萨绷吉,珠牡心中有些不快,面露愠色,不高兴的心情也带到了话里:

"梅萨,有什么事吗?"

梅萨顾不得饥渴和疲劳,也顾不得看珠牡的脸色,急急地说:

"阿姐珠牡,昨天夜里我做了个噩梦,好吓人呵!我是来向大王禀报这个梦的,烦劳阿姐给我通报一声。"

珠牡答应着,背着水走了。可她并没有把梅萨的梦告诉格萨尔,甚至连这个想法都没有。转了一圈,当她背着空桶回到泉边时,却这样对梅萨说:

"阿姐梅萨,我已为你通报过了。大王说,总的来讲,梦本非真,由迷乱起,特别是妇人的梦,就更不能相信。你就回去吧,反正再过两个七天,我们就都回去了。"

梅萨听了珠牡的话,只觉得鼻子发酸,泪水充满眼眶,可怜巴巴地望着珠牡:

"那,好吧。阿姐珠牡,请你把我带来的甜食献给大王,把我的梦再给大王讲一遍，一定要问问主何吉凶。"说完，梅萨的泪水流到腮边，一扭头，又顺着来路转了回去。

珠牡心中也很不好受，但一想到大王的恩爱，想到现在正在修法的大王是不能打扰的，她还是决定不把梅萨的话告诉格萨尔，但却把梅萨带来的甜食献给了大王。

"哎，这甜食像是梅萨做的，她来了？家里出什么事了吗？"

珠牡心中一惊，表面上却像没事人一样，语气中带着嗔怪：

"大王说的什么话？梅萨做的甜食，有金子吗？有玉石吗？梅萨能做的甜食，我也一样会做。大王不必多想，还是一心修法才是。"

格萨尔不再说什么，默默地吃着。心情却怎么也不能像先前那样平静。

"格萨尔大王呵，不好了！梅萨王妃被黑魔抢走了，抢到半空中去了！大王快点回岭噶吧。"在格萨尔闭关修法的最后一天，女婢玛蕾桂桂气喘吁吁地跑到查姆寺报信。

格萨尔一听，骑马就要去追黑魔，却被天母朗曼噶姆的歌声拦住了：

雪山顶上的白狮子，
若要玉鬃长得好，
别下平原，住山里；
森林中的斑纹虎，
若要花纹长得好，
不要外出，住洞里；
大海深处的金眼鱼，
若要鳞甲长得好，
别到岸边，住海里。
以前我曾告诉你，
闭关修法要带梅萨去。
你却私自改主意，
不把我的话记心里。
你要降伏黑妖魔，
现在还不到时机。
不要追赶快回去，
修养到智勇具备齐。

听了天母的话，格萨尔追悔莫及。现在是追不能追，不追又实在太憋气，心中不悦，脸上也没了笑意。但一想到天母的话，一想到要把梅萨从黑魔手中救出，格萨尔就又增添了决心和勇气。他更加发奋地修习降魔的法术和武艺，等待着搭救梅萨的时机。

抢走梅萨的妖魔是谁呢？他又是怎样得知格萨尔闭关修法的消息？事情就坏在晁通手里。

在北方亚尔康魔国，八山四口鬼地、采然穆布平原，有一座九个尖顶的魔宫。那抢走梅萨的黑妖鲁赞就住在这座宫殿里。这个凶恶的黑魔王，身体像山一样高大，长着九个脑袋，九个脑袋上边长着十八个犄角。身上爬满了黑色毒蝎，腰上盘绕着九条黑色毒蛇。手和脚共长有四九三十六个像铁钩一样的铁指甲，比鹰爪还要坚利十分。他高兴的时候面带着怒容和杀气，生气的时候用嘴和鼻呼气。他嘴内呼气，像爆发的火山烟雾；鼻内呼气，像刮起了毒气狂风。在他身边，聚集了一群妖臣和侍婢，他们是：外大臣狗嘴羊牙，内大臣喝血魔童，出使大臣长翅乌鸦，办事大臣黑尾雄狼，女巫遍知无误，女婢花牙女奴，侍卫诵经老媪，还有有法力的苯布巫师二十九人。特别是黑魔的父王黑大力士和黑魔的妹妹阿达娜姆，更是武艺超群，万夫莫敌。

就在格萨尔闭关的第七天头上，黑魔鲁赞正在闲坐，晁通派人送来了书信，诉说岭噶布内情：大王格萨尔正在闭关，爱妃梅萨留在家里，正是入侵岭噶布的大好时机。黑魔鲁赞见信，高兴得露出狰狞的笑容。他早就听说了，岭噶布的十三王妃，除了珠牡，就数梅萨漂亮。他想象着梅萨那窈窕的身姿就要属于他鲁赞，心里就像长了刺一样，再也按捺不住。他迅速驾起黑云，带领妖臣魔将，抢了梅萨，席卷了岭噶布。当格萨尔得知此事时，鲁赞早已回到魔地。

格萨尔在天母预言的指示下，加紧修习降魔的法术和武艺。这一天，天母又驾着五彩云霞来到格萨尔身边，告诉他：降魔的时机已到，要速去魔国莫迟疑。

这是格萨尔久已盼望的大事，他哪敢怠慢，马上找来王妃珠牡，告诉她天母的旨意：

上边雪山水晶宫，
雪山狮子绿玉鬃。
它是世间百兽王，
降妖伏魔大英雄。
但是仰看云层中，

青龙吟吼天下惊。
如果敌不过青龙把命丧，
头上白长了绿玉鬃。
下边檀香碧树林，
猛虎斑纹如火焰。
它是四爪兽中王，
如花斑纹多灿烂。
但是往下看村中，
长尾巴老狗须满面。
如果敌不过老狗丧性命，
长了六种斑纹也羞惭。
岭噶森珠达孜宫，
雄狮王金甲光灿烂。
你是世间众生王，
能降四魔是好汉。
请你往西看魔国，
命尽的老妖是鲁赞。
你如敌他不过丧性命，
穿着黄金铠甲也丢脸。

"珠牡呵，我的爱妃，我就要去北方魔地，家里的事情多劳你。"格萨尔说完，跨上宝驹江噶佩布就要离去，珠牡却拉住了马缰：

"大王呵，我的心上人！雪山上的白狮子，应该在雪山上炫耀威力；森林中的花斑虎，应该在森林里逞威风；雄狮大王是世间众生的大王，显示威武应在我们岭噶布。就是天母有旨意，你也不要匆忙去。吃了甜食喝了酒，路上也不受饥渴。"说着，珠牡把格萨尔扶下战马，献上自己做的甜食和醇美的陈酒。格萨尔哪里知道，珠牡为了留住大王，竟在那酒中偷偷放了健忘的药。格萨尔吃喝完毕，药性发作，倒头便睡，早把那去北国降魔的事忘在了脑后。

不知过了多少天，在一个十五月圆之夜，天母朗曼噶姆又出现在格萨尔的宫中。此时，格萨尔和珠牡正双双睡在床上，天母伏在格萨尔耳边说着：

"格萨尔呵，雄狮王，闲居静养不应当。现在到了降魔日，搭救梅萨且莫忘。你若再怠慢再迟疑，那就不能降魔反被妖魔欺。"

格萨尔猛地翻身坐起，天母已驾云离去，隐隐约约地还能听见她那悦耳动听的歌声：

> 白雪山上雄狮王，
> 绿鬃盛时要显示；
> 大森林中斑斓虎，
> 斑纹丰满要显示；
> 大海深处金眼鱼，
> 六鳍丰满要显示；
> 达孜宫中的雄狮王，
> 英勇威武要显示。
> 今日再不听我言，
> 岭噶众生要受损失。

格萨尔揉了揉眼睛，猛然记起前番天母给自己的旨意，都是因为贪酒误了大事。一看身边的珠牡睡得正熟，就决定不叫醒她，免得她又拖住自己，多费口舌。

格萨尔悄悄起来，叫醒了侍女阿琼吉和里琼吉，吩咐她俩去背水烧茶；又叫起了侍女玛蕾桂桂，吩咐她去召集众人，商议出兵北地。

阿琼吉和里琼吉忙着背水烧茶，那火焰烧得像猛虎跳，风箱拉得像野牛叫。紫烟像彩云飞，茶气像晨雾绕。阿琼吉和里琼吉知道烧柴的方法和诀窍：黄刺是乌鸦，应当撺着烧；刺鬼是魔神，应当压着烧；羊粪是饿鬼，应当撒着烧；劈柴是英雄，应当堆着烧；柏树是好友，应当挑着烧；麦秸是青年，应当摆着烧。阿琼吉和里琼吉把火烧得旺旺的，一会儿就茶香四溢，充满整个灶房。

王妃珠牡也醒了。她见几个侍女里外忙乱，大王格萨尔也不在身边，甚为惊异，不知道发生了什么事。

格萨尔走进房里，见珠牡已醒，立即吩咐她：

"快去打开宝库大门，取出我的胜利白盔；再把我的世界披风甲，临风抖三回；取出我的红刃白把水晶刀，再把九万神箭[注2]准备好；牛角弓、硬盾牌，金鞍银镫准备好。"

珠牡并不说话。她心里明白，大王又要出征了。前次进酒拖住了他，这次是不是还要敬一杯酒呢？恐怕仅仅再进酒是不行的了。那么，怎么办呢？还要想办法阻止大王去魔地才是呀！珠牡心里这样想着，还是去宝库取来了格萨尔所需的

2　九万神箭：即九万良友箭，是格萨尔的一种神箭。

物品。

侍女玛蕾桂桂来到白水晶山的山顶，点火煨桑^(注3)，同时"咯咯咯"地呼喊着，不多时，岭噶布的三十位英雄战将，十一名王妃以及众多的臣民百姓，都聚集在大广场上。格萨尔当众宣布要去北地降伏黑魔鲁赞，守卫岭噶布的事情就交给嘉察协噶代理。

众人俯首听命。当格萨尔大王跨上宝驹江噶佩布，就要出发的时候，只见王妃森姜珠牡跪着挡在马前。格萨尔一见，心往下一沉，随即下了马，双手搀起心爱的王妃，缓缓地对她说：

"珠牡呵，我的爱妃，今与王妃离别，我心如针刺，现去北地降魔，是生前注定之事。还望王妃不要心焦，好好服侍妈妈，岭噶布的事也需要你多操持。"

珠牡眼含热泪，接过阿琼吉献上的美酒，叫道："大王呵，请喝下我这碗酒吧！"

> 有权的人喝了它，
> 心胸广阔如天大；
> 胆小的人喝了它，
> 走路没伴心不怕；
> 英雄好汉喝了它，
> 战场英勇把敌杀。
> 这酒向上供天神，
> 能保铁甲金盔像坚城；
> 这酒向右供念神，
> 能保右手射箭力无穷；
> 这酒向左供龙神，
> 能保左手拉硬弓。
> 这是大王御用酒，
> 这是愁人安乐酒。
> 唱快乐歌需要这酒，
> 跳狂欢舞需要这酒。
> 大王喝下这碗酒，
> 珠牡劝你不要走。

---

3 煨桑：是藏族的一种祈祷仪式，即用柏树枝和艾蒿等物燃起火焰，向天神作祈祷，请求赐福保佑。相当于汉族的烧香、敬神。

看着珠牡的泪眼，望着王妃手中的美酒，格萨尔没有去饮它。他还是耐着性子对王妃说：

"爱妃珠牡呵，我俩本是从天上一同下凡到岭地的，上边有天神来指使，中间有念神发宏愿，下边有龙神立誓约。现在天母传神旨，要我到北地去降魔，如果违背神旨意，我俩就要永分离。爱妃呵，快快留步让我去。"

珠牡听了大王的话，眼中的泪水润湿了她那玫瑰色的腮，像是带着露水的梨花，更显得娇柔、妩媚。她任凭泪水洒落，语气中有忧又有怨：

"大王呵，藏地有句古谚语，听我珠牡说仔细：雪山不留要远走，留下白狮子住哪里？大海不留要远走，留下金眼鱼住哪里？森林不留要远走，留下花母鹿住哪里？岭噶布大王不留要远走，留下珠牡托身在哪里？"

"珠牡呵，雪山走远还留下手掌大的山间，白狮子可以住那里；大海走远还留下明镜大的水面，金眼鱼可以住那里；森林走远还留下鞍垫大的草木，花母鹿可以住那里；格萨尔走远还有嘉察哥哥在这里，珠牡王妃就有所倚。"

珠牡见好言语不能打动大王的心，不觉动了气：

"我有一件流苏珠宝衣，还有金银手饰在箱里，大王若在岭噶布我为你穿戴，大王若离去，我就用火烧，用石砸，永远不要它。"

格萨尔见珠牡生气，心中也很不高兴：

"好言相劝你不听，不听我就不再理你了。放开手，让我走！"

珠牡把手中的马缰拽得更紧，由生气变成了愤怒：

"好君王下令臣民欢喜，坏国王说话是骗自己。当初三个大王争相娶我，我在百人之中选中了你。你脚穿难看的破马靴，头戴尖尖破皮帽，身穿百洞烂皮袄，是我珠牡可怜你。现在我成了路边石，随你踢来又踢去，如果你还认我做王妃，就听我话留这里。"

格萨尔听珠牡说出这般绝情之话，顿时火往上冒：

"好呵，森姜珠牡，原来你是外表奶白茶红容颜好，却是个内心狠毒的坏主妇，这样泼辣的女人我怎能要？再若无理定把你丢掉！"说完，格萨尔不再听珠牡说话，打马就走。那珠牡并没有放开马缰，所以被江噶佩布拖出足有十几丈远。珠牡又气又急，一下子昏了过去，也就松了手。

恍恍惚惚，格萨尔大王又像是站到了珠牡的面前：那张脸好像十五的月亮白生生，双颊好像放光的红珊瑚，两眼好像破晓的启明星，牙齿好像珍珠串，身躯魁伟好像须弥峰，心地仁慈好像白绸子，语音美妙好像玉笛声。珠牡慢慢睁开双眼，大王不见了，只听见周围的一片呼唤声：

"王妃，醒醒！"

"呵，王妃醒了！"

其他妃子见珠牡醒来，忙倒茶端饭。可珠牡见不到大王，哪有心思吃喝。她一摆手，群妃退下，侍女阿琼吉和里琼吉上来侍候：

"王妃，有什么吩咐？"

珠牡像是没看见二侍女，像是没听见她俩的话，低低地唱着自己心中忧伤的歌：

> 没有白雪的干枯山，
> 白狮子住下来心不安；
> 没有清水的烂泥塘，
> 金眼鱼住下来不吉祥；
> 没有森林的茅草滩，
> 老虎住下来心烦乱；
> 岭大王不在岭噶布，
> 珠牡姑娘心忧愁。

珠牡的歌虽唱得轻，阿琼吉和里琼吉却听得真。她们为王妃担心，却又想不出什么办法来替王妃排难解忧。二人正不知如何是好，珠牡说话了：

"阿琼吉，里琼吉，快快替我备马去。我一会儿也不能留在这里，没有大王的生活我一天也不能过下去。我要随大王去北方，不管多远多苦我也要随他去。"

"这……"二侍女面面相觑，见王妃面带怒容，不敢不从命，慌慌忙忙地去备马。

珠牡的心定了。趁着二侍女备马的时间，她美美地吃了一顿饭。马一备好，

> ▶ 珠牡送别格萨尔
> 　　爱妃梅萨被鲁赞抢走，格萨尔只身前往魔国营救。珠牡王妃前去送行，珠牡珠泪双流，声声问道："大王呵……雪山不留要远走，留下白狮子住哪里？大海不留要远走，留下金眼鱼住哪里？森林不留要远走，留下花母鹿住哪里？岭噶布大王不留要远走，留下珠牡托身在哪里？"格萨尔安慰她："珠牡呵，雪山走远还留下手掌大的山间，白狮子可以住那里；大海走远还留下明镜大的水面，金眼鱼可以住那里；森林走远还留下鞍垫大的草木，花母鹿可以住那里；格萨尔走远还有嘉察哥哥在这里，珠牡王妃就有所倚。"

她立即出宫，头也不回地去追大王。

珠牡马不停蹄地追赶，经过无数山山岭岭和谷地平川。终于在北方一个名叫纳查贡的水草滩追上了格萨尔。雄狮王正在这里休息，宝驹江噶佩布在一边慢慢地吃着青草。大王又以酣畅快乐的环形寝卧方式安睡着。珠牡立即扑到格萨尔面前，搂住大王的脖子，如泣如诉地呼唤着大王：

"大王呵，你好狠心，把我一个人丢在岭噶布！没有靠山，没有力量，知心的话儿说给谁听？大王呵，如果你实在要去北方，珠牡我也不拦你，让我和你一同去吧！我的好大王，好丈夫，你听见了吗？你醒醒呵！"

格萨尔早就醒了，听了珠牡的哭诉，他心里一阵阵发酸。是呵，和珠牡结婚三年了，三年来恩恩爱爱不曾分离。此去北方降魔，少则半年，多则一载，让她一个人怎么生活呢？格萨尔想着，把珠牡搂在怀里，答应带她去北方。珠牡一听此言，又高兴，又激动，加上旅途的疲乏，她躺在格萨尔的怀里很快睡熟了。

格萨尔看着珠牡那张绽开笑容的脸，替她轻轻擦去腮边的泪水，轻轻亲了亲那丰满的额头，思虑着如何带珠牡一同去北方降魔。

不知过了多久，空中又响起一阵悦耳动听的仙乐，天母朗曼噶姆驾着祥云出现了。伴着仙乐，天母对格萨尔唱道：

>白雪山脚两头猛狮子，
>一头要出征转山边，
>另一头要守在水晶石洞边；
>辽阔苍天上两条小青龙，
>一条打雷转天边，
>另一条守在密云间；
>巍巍高山两头壮野牛，
>一头红角野牛转远山，
>另一头守护阴山和阳山；
>红石岩上两只白胸鹰，
>一只高飞上青天，
>另一只守护在巢边；
>莽莽森林里两只花斑虎，
>一只求食偷伏在林边，
>另一只守护在洞里边；
>滔滔大海里两条金眼鱼，

> 一条奋鳍转海边，
> 另一条守护深海间；
> 岭噶布的大王和王妃，
> 大王降伏四魔走天边，
> 王妃要守护在家园。

听了天母的歌，格萨尔明白此去降魔是不应该带珠牡的。可是，珠牡怎么办呢？天母似乎明白格萨尔的心思，给他出了个主意：

"大丈夫不能心太软，心里愁苦也不必。趁着珠牡熟睡时，快快离去别犹豫。我自有办法送她回去。"

格萨尔听了天母的话，轻轻把珠牡放在一块平坦的大石头上，狠了狠心，骑上马走了。

珠牡实在是太累了，特别是听了大王答应带她去魔地的话，心里也踏实了。所以，她这一觉睡得特别香，特别沉。但是，睡得再香总有醒来的时候。当珠牡一觉醒来，早已不见了大王，知道他又丢下自己偷偷地走了。珠牡急忙上马，她还要像以前那样，一定要追上雄狮王。

走了没多远，一条大河横在珠牡面前，河对岸有一位头戴法冠、身穿法衣的格西^(注4)，正倚着一株檀香树作法。珠牡沿着河的上游、下游跑了一个来回，也没有找见渡口，就冲着对岸的格西大声喊道：

"喂，有道行的格西，为众生做善事的格西，你可见过一个行路人过河去了？"

"什么，什么样的行路人？"

"长着白螺牙齿紫面皮，穿着岭地的金甲衣，骑着火红的千里驹。"

"看见了，看见了。只是这个人已走远，姑娘你是无法追上他的。"

"不，他是我的丈夫，我的大王，我一定要追上他。"

"姑娘呵，这个地方名叫黑魔沟，这个海是老魔的寄魂海，这个地方不干净，姑娘家最好别靠近。再说，这条大河你是没有办法过来的呀！"

珠牡听了格西的话，无可奈何，却又不甘心就这样转回去，便对格西这样说：

"有道行的格西呵，请你帮帮我，只求你帮我一件事，有几句话要对我的大王说。"接着她唱道：

---

4 格西：藏语音译，意为善知识，指寺院里最高学位获得者。

他曾对我发过誓，
活着绝不抛弃我；
口里的誓言是这样说，
纸上的字句是这样写，
石头上面也是这样刻。
我一心一意恋大王，
他却狠心丢下我；
我今生和他相伴的缘分只到此，
发愿来世相见在天国。
请别忘姑娘托付的话，
见到大王一定对他说！

珠牡唱完，看着格西，又望了望眼前的大河，叹了口气，慢慢地转了回去。

原来那格西乃是格萨尔所变，听了珠牡的一番话，格萨尔的心一下子悬了起来，回岭噶布的路途遥远，珠牡她一个人，会不会……

向天神作祈祷，请求赐福保佑。相当于汉族的烧香、敬神。

第十四回

天母送王妃回岭国
大王降妖魔得胜利

眼见珠牡远去，格萨尔心中大为不忍。想起那回岭噶布的路途遥远，又荒无人烟，珠牡一个孤身女子，真要有个一差二错，我怎么对得起她。我去北方降魔，为的是救出妃子梅萨，如果梅萨尚未救出，珠牡倒先有了闪失，岂不让我心痛？特别是一想起珠牡的种种好处，格萨尔的思念之情更切，不觉唱出了一曲忧愁的歌：

> 我为降魔留荒滩，
> 王妃珠牡独自回转；
> 北方吹来刺骨的寒风，
> 眼看太阳就要落山；
> 珠牡的衣服比绫罗薄，
> 狂风夹雪会冻坏她；
> 荒无人烟的大草滩，
> 母鹿嘶叫会惊着她；
> 高高的石山土山上，
> 野牛吼叫会吓着她。

人心焦啊，我心更焦。人们常说：指示正路的善良人少，心不外鹜的修行者少，永远知耻的朋友少，买卖正直的商人少，信仰不变的弟子少，和睦相处的夫妻少。自从纳珠牡为妃，我们相亲相爱整三载，难道真的为了搭救梅萨而丢了珠牡不成？

格萨尔唱罢又想，想了又唱，一时起了转回岭噶布的心思。他真是放心不下珠牡，尽管她发了脾气，说了绝情的话，那不过是因为深深恋着自己罢了。

"推巴噶瓦，你忘记在天界所发的誓愿了吗？"一个声音从空中飘来，柔和中透着威严。这是天母朗曼噶姆发了话。每当格萨尔在危难之时，天母总能及时来到他的身边，给他预言，给他教诲，帮助他摆脱困境、解除危难。

"你到北方去，仅仅是为了梅萨吗？不！更重要的是降伏妖魔、解救众生。这是你自己发下的宏愿，是天神给你的使命，是众生对你的希望。现在，你不能退却，不要彷徨，往前走吧，珠牡自有我来保护，你的七个梵友^(注1)也会帮助她回岭噶布。"

天母的一席话，如一声惊雷，使格萨尔幡然醒悟，一下子从迷蒙中得到解脱。是的，我不能回去，不降伏黑魔鲁赞，我是绝对不能回去的。

格萨尔匍匐在地，对天祈祷，深感天母的指教之恩，发出自己的誓言：

岭噶布的雄狮大王格萨尔，
要降伏害人的黑妖魔！
我要放出利箭如霹雳，
射中魔头把血喝。
我要斩断恶魔的命根子，
搭救众生出魔窟。

说完，格萨尔骑马向北方奔去，比以前跑得更快更急。他要把思念珠牡之情化作力量，一年的路程走一月，一月的路程走一天，一天的路程只走做一顿饭的时间。

经过了一山又一山，走过了一谷又一谷。这一天天色将晚，格萨尔来到一座像心一样的山前。山顶上有一座四四方方的城，城的四面竖着用尸体作的幢幡，观之令人毛骨悚然。格萨尔心中暗自揣测，这恐怕就是魔地了吧。但是，不管怎么说，今晚也要在这住上一夜。想着，格萨尔下了马，走上前去叩门。

沉重的城门吱吱呀呀地开了一条缝，从里面走出一个天仙般的姑娘，没有说话前先唱了四句歌：

1　七梵友：即梵友七兄弟，是格萨尔大王的一种保护神。

人找死才来到罗刹门前，
虫找死才来到蚂蚁洞边；
门前的这位从哪里来？
大概是天神送给我的晚餐。

唱罢，姑娘眨了眨眼睛：

"喂，我说你这敲门人，怎么跑到我们魔国来了？看你长得还不同常人，暂且饶你一命。要是鲁赞看见你，再想逃跑难上难。喂，你还站着干什么？快快逃命去吧！"

格萨尔并没有走的意思，倒回了四句歌：

人要降魔来找罗刹，
虫吃蚂蚁来到蚁窝；
雄狮大王格萨尔我，
先要降伏你这女魔！

唱罢，格萨尔上前一步，揪住了魔女的前襟，一把将她推倒在地，姑娘佩戴的金银珠宝装饰品也花花绿绿地散了一地。格萨尔用膝盖抵住姑娘的胸口，从腰间抽出白把水晶刀，又唱道：

我降魔大王怒火万丈高，
你这魔女死期已来到。
高飞天空的红大鹏，
能以下贱的黑龙来果腹；
站立雪山顶上的猛狮子，
能把南方的玉龙来降伏；
四爪山王花老虎，
能把众多野兽镇伏住；
苍海中的大鲸鱼，
能以水中鱼类为食物；
我这手中水晶刀，
能剜你心剖你腹。

格萨尔的尖刀直逼魔女的喉头：

"说，你是谁？这是什么地方？黑魔鲁赞在哪里？"

魔女被尖刀逼着，自知不是格萨尔的对手，只得说实话：

"我是北方一魔女，阿达娜姆是我名，黑魔鲁赞是我兄，这里是岭与魔国的交界处，我兄命我守边地。雄狮大王呵，格萨尔，久闻大王名声好，好像南赡部洲水龙吟。美丽的孔雀爱玉龙，一听到龙声喜在心。大王呵，格萨尔，你夺去了姑娘我的心。"

听了魔女阿达娜姆的诉说，格萨尔收起了尖刀：

"你愿意帮助我去降伏黑魔鲁赞吗？"

"听凭大王吩咐！"

"他可是你的亲哥哥呵！"

"是呵，可，可我，我早已过够了这魔国的生活。如果大王不嫌弃，我愿作您的终身伴侣，请您作这铁城的主人。口莫焦，我有好茶酒；身莫焦，我有白罗帐；心莫焦，有我阿达娜姆来解忧。"

雄狮大王被阿达娜姆的诚心感动了，被姑娘的美貌迷住了。看她那玉洁冰清的肌肤，那窈窕婀娜的身姿，那闭月羞花的容貌，叫格萨尔怎能不动心！

格萨尔和阿达娜姆姑娘就这样成了亲。每日里，夫妻二人形影不离。外出，阿达娜姆陪大王跑马打猎；回家，阿达娜姆为大王唱歌跳舞。就这样，不知过了多少日子。有一天，格萨尔突然想起妖魔未除，自己怎么能安心住在这里？可又怕阿达娜姆不让他走。如果得不到她的帮助，降伏鲁赞就不那么容易了。想到这些，格萨尔变得闷闷不乐，聪明的阿达娜姆全都看在眼里。她知道大王的心事，也知道留不住他，便决定帮助大王去降魔。

这一天，阿达娜姆做了一桌丰盛的筵席，格萨尔大为不解：

"王妃，有什么喜事，这样大摆筵席？"

"为大王饯行呵！"

"饯行？"

"是呵，鲁赞不除，大王怎么会安心在这里住下去？今天我就要给大王好好说说降魔的方法，帮助大王得胜利。"

"呵，我的妃……"格萨尔没有说下去。他没想到阿达娜姆竟是这样的明白事理，以大业为重，竟比那森姜珠牡还要胜过几分。格萨尔又想起了珠牡几次阻拦他来北方降魔的事。

"大王呵，从此再往北去，还会遇到很多很多妖魔，碰到很多很多困难。我把这只戒指给你，你如此这般……一定会顺利的。"阿达娜姆褪下手上的戒指，郑重地交给格萨尔大王，又附在他耳边细细地说了半日。格萨尔连连点头，明白了降魔的奥秘。

格萨尔大王与王妃阿达娜姆依依不舍地分了手，按照阿达娜姆所指明的路，启程前往。

走了半日，果然如阿达娜姆所说，先看见一条像大象一样横卧着的白色山岭。山右边，有一座像黑蛇下坡似的桥梁。格萨尔过了桥，又看见一片好像奶汁一样白的海。这海水好惹人喜欢，格萨尔喝了一些，也给宝驹饮了一些，似乎还不过瘾，索性跳进海里，洗了个澡，真是舒服极了。本想在这里好好睡上一觉，又想起阿达娜姆的嘱咐，顿时打消了这个念头。雄狮王又继续往前走，没走多远，一座黑猪鬃一样的山挡在面前。山的旁边，是一片黑茫茫的海，看着令人恐惧。但是，格萨尔大王怎么会怕这些！他正要好好地看看这座山、这片海，突然，从黑海中钻出一条熊一般大的黑狗来。格萨尔知道，这就是魔狗古古然杂。只听魔狗大叫一声"站住"，一下子蹿到格萨尔面前。

格萨尔一见魔狗古古然杂张着血盆大口、立起两爪，就要扑过来的样子，微微笑了笑，把阿达娜姆的戒指举到了面前：

"古古然杂，不要见了谁都喊'站住'，我是阿达娜姆的丈夫。这戒指是阿达娜姆给我的定情之物。你不欢迎反倒要咬我，见了魔王我要告你的状！"

魔狗被那闪闪发光的戒指晃得睁不开眼睛，又听说格萨尔是阿达娜姆的丈夫，心想，阿达娜姆的厉害谁人不知，哪人不晓，还是少惹是非为好！于是就说：

"呵，呵，不知大驾光临，恕我老狗无理。您请，请到海子里休息？"古古然杂实在是没话找话。它明知格萨尔不会到黑海里休息，却还要这样说。

"不必了，我还要赶路。"格萨尔收起了戒指，扔给古古然杂一块肥牛肉。魔狗高兴地叼着牛肉，跳进黑海里去了。

格萨尔又往前走，眼前出现两条路，一条是白色，一条是黑色。阿达娜姆说过，白路是活路，黑路是死路。格萨尔顺着白路往前走，一会儿，就看见一座坚固的红色三角城坐落在高高的花石山边。城头上，用五个骷髅作屋檐，用刚死的人的尸体作旗幡。一个长着三个头的妖魔，正立在城门口，见了格萨尔，没有说话先唱歌：

单身行人你听着,
你已踏入魔国界。
魔国英雄有三个:
三头妖魔次褚我,
五头噶达有毒者,
九头魔王是鲁赞,
劝你不要把妖魔惹。
进入魔国要比武,
射箭、舞矛、耍大刀,
若会武艺可以住这里,
不会趁早把命逃。

唱完,三头妖次褚的六只眼睛一齐射向格萨尔。见格萨尔也正盯着他,他心中暗自惊奇,哪来这么大胆的人,不但敢往魔地走,还敢使劲盯着我,真稀奇!

格萨尔听三头妖次褚抬出魔国的英雄来吓唬他,他也要回敬几句才是:

三头妖魔你听清,
我从岭噶来此城。
岭国四英雄最著称:
我父森伦王得狮名,
叔父达绒长官得虎名,
英雄森达阿冬得熊名,
总管绒察查根得鹰名。
阿达娜姆是我终身侣,
赞王多吉托归是我名。
远处射箭近处舞刀,
不远不近挥长矛,
武艺不精怎能来魔地,
今晚我一定要住这里。

格萨尔边唱边把阿达娜姆的戒指拿了出来。在日落的黄昏中,戒指的光辉显得更加耀眼夺目。三头妖闭上了五只眼睛。他认识阿达娜姆的戒指,哪敢再怠慢,忙把格萨尔请进城里,摆上好茶饭,送上好饮食。格萨尔并不吃他的东西,只是假意说又困又累需要休息。三头妖次褚信以为真,又忙把格萨尔让进自己的宫中，陪同他一起睡下了。半夜里，格萨尔拿起三头妖的割草刀，将次褚的三个头一齐砍掉，头也不回地骑马而去。他不能回头，因为阿达娜姆盼咐过，如果他回头，三头妖就会复活。

格萨尔算是过了第二道关口。天亮时分，他来到一座像五个指头竖起的高山旁边。这里是一个很大很大的草场，一个长着五个头的妖魔正放牧着黑白两色的羊群。自从进入魔国，格萨尔发现，这里没有五颜六色，除了黑色就是白色，山是这样，海是这样，羊群也是这样。格萨尔还发现，魔国的大小妖魔见了人，都是后说话先唱歌。这个五头妖魔也是如此。听，他开始唱了：

> 这是如意园的大草场，
> 我是鲁赞的魔大臣，
> 噶达秦恩是我名。
> 骑凡马的小伙子，
> 你来是从哪里来？
> 你去是向何方去？

格萨尔早已习惯这套问话的方式，便不慌不忙，铿锵有力地回答说：

> 我是播撒善良种子的人，
> 我是拔除罪孽根子的人，
> 我是岭噶布的治国人，
> 我是断鲁赞魔命的行刑人。
> 我是熔化黑铁魔的烈火，
> 我是烧焦霍尔草山的闪电，
> 我是烤干姜国毒海的火焰，
> 我是医治一切疾病的药丸。
> 我是引天上甘露的月光，
> 我是勇武无敌的战神，
> 我是攻破五毒的智慧者，
> 我是引导众生的如来佛。
> 我是击碎魔军的铁锤，
> 我是郭姆妈妈的亲儿，
> 我是岭国的大首领，
> 雄狮大王格萨尔。

五头妖秦恩一听是格萨尔，顿时警惕起来。他虽然从未见过雄狮王，但格萨尔的名字已传四方：都说他是妖魔的死对头，不知自己是不是他的对手。在魔国，五头妖的武艺只在鲁赞之下。如今见到格萨尔，他想和雄狮王比试比试，于是向格萨尔提出比武，一比射箭，二比摔跤。格萨尔欣然应允。秦恩马上立了五九四十五个靶子，它们是：九只绵羊、九只山羊、九层铠甲、九个铜锅、九副鞍木。

格萨尔将九万良友箭抽出，默念助箭辞。念毕，搭箭开弓。弓弦响，箭离弦，闪电般的红黄火焰遮天盖地，如同燃烧的羽毛一样。利箭射穿了五九四十五只箭靶，在空中打了个旋，又回到格萨尔的箭囊中。

五头妖秦恩看呆了，看傻了。他活到偌大年纪，经过、见过的不算少，可从来没见过这样的神箭。他不再展示自己的箭法，服输了。于是进行第二项比赛——摔跤。

格萨尔念动招请天神的咒语，只一下，就把牧羊老汉秦恩摔倒在地。格萨尔用膝盖抵住五头妖的胸口，掏出白把水晶刀，愤怒中带着得意地说：

有力的绿鬃白狮子，
在雪山之巅得胜利；
两翅无力的猫头鹰，
在枯树中间败到底；
花纹斑斓的小老虎，
在檀香林中得胜利；
皮毛似针的硬刺猬，
在冰冻黑水边败到底；
神变英雄汉格萨尔，
在妖魔之地得胜利；
五头的魔大臣牧羊妖，
在肮脏的泥坑中败到底。

"五头妖魔你听着，针尖虽小能要人的命，我人虽小能把妖魔降！如果你还想活命，老老实实为我办事情；如果有半点不应承，现在就要你的命！"

五头妖秦恩一听，自己还有活命的希望，立即答应为格萨尔办事，并讲了自己的身世：

"我本生在绒国，后被鲁赞抢来，绒国的人也被鲁赞抢掠，这才在魔国住了下来，成了五头妖魔。这样的日子现在就要结束了，我愿随大王去岭噶布，做个善良百姓。"

格萨尔见老汉说得情真意切，深受感动，饶了他的命，并让他立即去鲁赞的九尖魔宫，看看魔王在干什么，王妃梅萨在做什么。

秦恩给格萨尔宰了一头肥牛，又献上一百碗酒，告诉他：

"大王呵，您一边吃肉，一边喝酒，一边鞣皮子，吃完肉还要砸碎骨头吃骨髓。我去去就来。"

五头妖魔秦恩带着格萨尔交给他的任务，来到魔城九尖宫殿，看见了魔王鲁赞和王妃梅萨绷吉正悠闲自在地坐着。一见秦恩进宫，鲁赞忙问：

"呵，我的大臣，你的身体好吗？黑色白色的牲畜都平安吗？国内各地方都安静吗？没有什么敌人来作乱吗？"

"大王在上，容臣子如实禀告：国内各地都很安静，没有什么敌人敢来作乱。呵，多蒙大王庇佑，臣子的身体也很好！"秦恩拜过大王和王妃后，缓缓地回答着鲁赞的问话。

"哎呀，我的大臣，我好像嗅到了生人的气味，这怕是你带来的吧？"鲁赞不愧是魔王，一下从秦恩的身上嗅到了非同寻常的气味。

"怎么会呢？大王，我每天都要放牧羊群，昨天，有一头白羊得了病，我把它杀了，可能溅在身上一些血，或者留下些膻味吧！"秦恩唯恐鲁赞追问自己，急忙解释。

"噢，也许是。"鲁赞将信将疑。"臣呵，你远道而来，坐下休息吧，我还要出去巡视一回呢。王妃，你陪秦恩坐坐。"说着，鲁赞走了出去。

秦恩知道，老魔是不放心。可这也正好给了他和王妃说话的机会。

"呵，王妃，"见鲁赞走出去，秦恩马上对梅萨说："昨天有个过路的印度商人，他说是从岭噶布来的。"

"哦，他说了些什么？"梅萨本来是懒洋洋的不想和秦恩说话，可一听他讲从岭噶布来了人，顿时有了精神。

秦恩心中暗笑，格萨尔总算没有白来，他的妃子心中还在想念岭噶布。于是，他故意慢吞吞地说：

"他说岭国现在已经没有王，格萨尔已死了一年多。"

"什么，你说什么？"梅萨心中着急，顾不得掩饰自己的焦虑之情。自从被鲁赞抢到魔地来，鲁赞对她真可谓下了功夫，把其他王妃都搁置一边，每日里陪她吃喝玩乐。梅萨吃的是最香最美的食品，穿的是最柔软最漂亮的衣服。老魔对她是百依百顺，梅萨说东他绝不往西。只有一条，老魔不许梅萨思念岭噶布，更不许提起半个岭噶布的字眼儿。所以，梅萨尽管享受着荣华富贵，心中还是不免常常思念家乡，想念她的大王，只是不敢有半点流露罢了。但是，今天一听秦恩说格萨尔已死，她可就憋不住了。

秦恩见梅萨急成这副模样，忙又缓和了口气：

"也许是我耳聋没听准，也许是他讲错了话，要不然，我带他到这里来见见王妃，您当面问问他。"

"好吧，你把他带到后宫。记住，别让老魔鲁赞知道。"

"臣子明白。"秦恩高兴地回去了。

秦恩回来的时候，格萨尔已吃完了肉，喝完了酒，鞣完了皮子，正在砸骨髓吃。老汉高兴地把见到梅萨的情形告诉了他，格萨尔把手中的骨头一扔，立即随秦恩去见梅萨。

自秦恩走后，梅萨心乱如麻，原指望有朝一日大王会来搭救自己出魔地，哪想到大王竟先她而去。今天且把那印度商人叫来问问，如若是真，那她就不想再活下去了；如若是假，那，那定要让五头妖把他吃掉，谁让他尽说些乱人心思的话呢？！

梅萨正兀自想着，秦恩已把格萨尔带了进来。秦恩装作申斥格萨尔的样子，故意大声说：

"印度商人，今天王妃有话当面问你，你可要说实话呀！"说着，秦恩给王妃鞠了一躬，退了出去。

梅萨望着这"印度商人",那面孔似曾相识;不,岂止是相识,简直是太熟悉了。

格萨尔也直盯盯地看着梅萨,那美丽的头饰遮不住憔悴的面容,那华丽的衣服盖不住瘦弱的身型,她比在岭国时瘦多了。

格萨尔慢慢脱下印度商人的外衣,露出了雄狮王的服饰。梅萨也脱去魔妃的服饰,只剩下洁白、单薄的内裙。大王和王妃紧紧地搂在一起,梅萨轻轻地抽泣着,格萨尔大王也潸然泪下。

突然,梅萨猛地从格萨尔的臂膀中挣脱出来,大叫着:

"不要骗我,你这老魔!如今你又变化出格萨尔的样子来试探我!我知道,格萨尔已经死了,死了一年多。今天,我也不活了!"说着,梅萨就向柱子撞去。

格萨尔王眼疾手快,将梅萨一把拉住,又搂在怀里:

"梅萨,我的妃,你怎么了?怎么连我也认不得了?为了你,我跋山涉水,历尽艰辛,你怎么反倒把我当老魔?"

"你真是雄狮王?"

"你不相信?"

"那么我问你……"

梅萨一一向格萨尔询问岭国的特征,格萨尔对答如流,梅萨这才相信:眼前的这个人,真是自己日夜思念的雄狮大王格萨尔。

"大王呵,那,你快带我逃出去吧!"

"妃子不要心焦,等降伏了老魔我们再走不迟。"

"这……"梅萨有些迟疑。她不是不愿意让格萨尔降伏老魔,而是怕大王打不过老妖反遭伤害。梅萨把格萨尔带到魔王的宫里:

"大王呵,你看看,这是鲁赞的床,这是鲁赞吃饭的碗,这是鲁赞的铁弹、铁箭。"

格萨尔在床上一躺,像个婴儿一样,只占了床的一角。他又想端那饭碗,拿那铁弹、铁箭,竟拿不起来。梅萨见状,忙劝道:

"要想打败老魔,是很难很难的呵!"

"那么,我就不要降伏这黑魔了吗?妃子梅萨,你一定知道降魔法,还要帮助我才是。"

"这样吧,我把老魔的黄母牛杀了给你吃掉,你就会长大的。"梅萨说着,

动手杀了牛，又把它煮熟。格萨尔一口气吃了这头牛，身体顿时变得又高又大。老魔的床睡不下他了，老魔的饭碗和铁弹、铁箭更是轻而易举。格萨尔心中十分高兴，梅萨也欣喜地说：

"这下，降伏妖魔就有希望了。"

梅萨叫格萨尔仍旧回秦恩那里去住，等明天再来告诉他降魔的办法。

这天夜里，梅萨对老魔鲁赞说：

"大王呵，不好了，我做了一个梦，梦见我右边的发辫被剪掉了，这恐怕不是什么好兆头。如果大王有个三长两短，叫我怎么办呢？昨天听秦恩老汉说，岭国的格萨尔要来北方降魔呢，不知什么时候就会到这里。您对于您自己的寄魂海、寄魂树、寄魂牛，还要多加小心才好呵！"

老魔呵呵一笑："妃子不必担心，我的寄魂海是仓库里的一碗癞子血，把这碗打翻，寄魂海才会干；我的寄魂树，只有用我仓库的金斧子砍三次，才会断；我的寄魂牛，只有用我仓库里的玉羽金箭去射，才会死。在我睡熟的时候，我的额间有一条闪闪发光的小鱼儿，这是我的命根子。在鱼儿闪光的时候被箭射中，我才能死。"说完这些，老魔鲁赞忽然后悔起来，"爱妃呵，这些事可千万不能让外人知道，不然，我就真的没命了。"

"妃子明白。"梅萨真高兴，竟这样轻而易举地知道了老魔的秘密。天亮时，梅萨假意关心老魔：

"大王呵，为了保险，您还是出去巡视一下吧，万一格萨尔来了，也好早些对付他。"

老魔对梅萨的话深信不疑，而且他也真有些不放心，吃过早饭就出去巡视了。

格萨尔又来到九尖魔宫。梅萨详细给他讲了降魔的方法，先要把老魔的寄魂海弄干，再把寄魂树砍断，再把寄魂牛射死，最后才能杀死鲁赞。

接连三天，格萨尔弄干了鲁赞的寄魂海，砍断了鲁赞的寄魂树，射死了鲁赞的寄魂牛。老魔的妖气消去了不少，身上的铁蝎子和手脚上的毒蛇也变得无影无踪。老魔不分白昼，一直在昏迷，处于半死不活的状态。现在，就差射死他额间

> ◎ 射死魔王鲁赞
>
> 格萨尔弄干了鲁赞的寄魂海，砍断了鲁赞的寄魂树，射死了鲁赞的寄魂牛。老魔的妖气消去了不少，身上的铁蝎子和手脚上的毒蛇也变得无影无踪。格萨尔被梅萨藏在灶间，待老魔昏睡之时，突然射出了雕羽箭。谁知，这一箭竟没有射中。紧接着，格萨尔再发鹰羽箭，这一箭正中老魔额间。

闪闪发光的小鱼了。

格萨尔被梅萨藏在灶间,待老魔昏睡之时,突然射出了雕羽箭。谁知,这一箭竟没有射中。紧接着,格萨尔再发鹰羽箭,这一箭正中老魔额间。但是,鲁赞的妖气未尽,并没有马上死去,反而从床上跃起,扑向格萨尔:

"我早就闻出你的味了,你弄干了我的寄魂海,砍断了我的寄魂树,射死了我的寄魂牛,现在又射死了我的寄魂鱼。既然我不能活,也绝不让你活下去。"

格萨尔和鲁赞扭打在一起。梅萨生怕雄狮王有失,忙把豆子撒在鲁赞脚下,而把灶灰撒在格萨尔脚下。格萨尔念诵大力咒语,拼命一摔,老魔被脚下的豆子一滑,跌倒在地。雄狮王抽出红刃斩妖剑,将老魔斩为两段;然后将鲁赞的尸体压在一座黑塔下面。格萨尔坐禅静修,超度鲁赞的灵魂到清净国土。此时,格萨尔到魔国才三个月零九天。

此后,格萨尔仍用秦恩为大臣,在魔国大做善事,又住了两年零三个月。

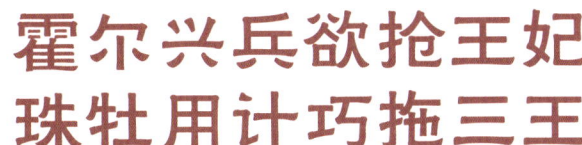

第十五回

霍尔兴兵欲抢王妃
珠牡用计巧拖三王

岭噶布的东北面，是霍尔人居住的地方。霍尔的天帝名叫霍尔赛庆[注1]，所以，又称他们为黄霍尔。到了吉乃亥托杜王这一辈时，黄霍尔的区域变得更加广大，日子过得也很火红。吉乃亥托杜王有三个儿子，因为他们分别住黑、白、黄三种颜色的帐篷，所以被人称为黑帐王、白帐王和黄帐王。三个儿子长得很快，武艺都很高强，其中要数次子白帐王的武艺最精湛。

到火龙年，也就是格萨尔到北地降魔的第三年，白帐王的王妃——汉地的噶斯突然病逝。白帐王过不得孤独的生活，便召集群臣商议，要选一个堪称天下美女的人做他的新王妃。大臣会议商议后，决定派宫中饲养的会说话的鸽子、孔雀、鹦鹉和老鸹出去，飞向四方去寻找美女。

四只鸟奉命飞了出去，当来到一处三岔路口时，鹦鹉说话了：

"我们这四只鸟啊，是派出的使者射出的箭，虽说是身不由己，可要为白帐王选王妃实在也是太不容易。一是大王要的美女天下难寻，二是即便找到了，也不见得能娶得来；要是娶不来，就得出兵去抢，一动刀枪，不知要死多少人马。那个时候，罪魁祸首就是我们四只鸟了。依我说，我们还是不要做这种遭人埋怨、受人责骂的事吧。"

"那大王已经派我们出来了，我们怎么回去交差呢？"一向温顺的鸽子，发愁不能交差。

1　赛庆：意为大黄色；霍尔赛庆即黄霍尔。

"是啊,我们怎么回去呀!"美丽的孔雀张了张漂亮的尾屏,语气中流露出焦急和担心。

"我看,我们都回故乡去吧,鸽子回汉地,孔雀回黄河边,我回门隅,只是老鸹没有故乡,你就随便找个地方去吧。"鹦鹉早就打好了主意。

鸽子、孔雀都说这个主意好,于是,三只鸟高高兴兴地回故乡去了。

只有黑老鸹不听鹦鹉的话。见三只鸟各自回归故里,它是又气又喜。气的是这三只鸟在白帐王的宫中都比自己受宠:鸽子温顺,孔雀美丽,鹦鹉嘴巧,唯独自己,又丑又笨;雪白的鸽子喂白米,蓝色的孔雀喂青稞,五色粮食喂鹦鹉,给老鸹却只喂酒糟。可现在,最受宠的鸟却最先忘了大王的恩典,这多让人生气啊!老鸹生气之余也感到欢喜,因为三只鸟的离去,恰恰给了它讨好大王的机会。这一次,它一定要为大王选一个天下最美丽的女人,以报答大王对它的不太多的恩典。

黑老鸹不辞辛苦地飞呀飞,飞过一城又一城,飞过一地又一地,飞到南又飞到北,飞到东又飞到西,找呀找,寻呀寻,始终没能找到一个它心目中的美人。

这一天,乌鸦飞到了美丽的岭国。它有些泄气了。如果再找不到美人,它也不想再回霍尔国了,因为没有完成任务,四只鸟所要受的惩罚将全部落在它身上。而且,白帐王会加倍地处罚它,说不定还会要它的命。

岭国,这美丽的地方,天龙尽情吟哦,杜鹃嘹亮歌唱,百灵婉转嘤鸣。在这里,乌鸦忘却了自己的烦恼和忧愁。它尽情地飞呀飞,不知不觉间飞到了达孜城的吉祥胜利宫,在松石梁大宝帐前,乌鸦飞不动了。呀,天下的美人竟藏在这里!

这里是格萨尔大王的宝帐——王妃珠牡居住的地方。雄狮王去北方降魔,一去三载不回转。三年来,珠牡无心梳妆。这天,是岭国的吉祥的日子,天上的星宿、人间的时辰、空中的太阳都特别美好,珠牡的心情也比往日好多了。她想起大王临行时曾经说过,早则两年,迟则不会过三年,无论如何三年中,一定凯旋回家园。现在,大王走了整整三年了,也许大王要回来了吧,我还是把自己梳理打扮一下,也好迎接大王。想着,珠牡叫来了侍女阿琼吉和里琼吉,让她们帮她

> **美珠牡巧梳妆**
>
> 雄狮王去北方降魔,一去三载不回转。三年来,珠牡无心梳妆。这天,是岭国的吉祥的日子,天上的星宿、人间的时辰、空中的太阳都特别美好,珠牡的心情也比往日好多了。她想起大王临行时曾经说过,早则两年,迟则不会过三年,无论如何三年中,一定凯旋回家园。现在,大王走了整整三年了,也许大王要回来了吧,我还是把自己梳理打扮一下,也好迎接大王。

洗发梳头。梳洗完毕,主仆三人坐在大帐前,欣赏着天空中美丽的彩云,以及远处的青山、近处的绿树和各种鸟的鸣唱。王妃这种少有的好情绪,使阿琼吉和里琼吉也受到感染,显得格外愉快。她俩一个劲地给珠牡讲些吉祥的事,唯恐败了王妃的好兴致。

就在这个时候,黑老鸹飞到了这里。它被珠牡的美貌惊呆了。王妃那美丽的容颜,真是天上难找、地上难寻。莲花再鲜艳,也会显得黯淡;仙女再美丽,也要让她三分。乌鸦高兴得哇哇唱道:

> 我展开黑铁般的翅膀,
> 人间天上到处飞翔。
> 飞过多少花花世界,
> 见过多少美丽姑娘,
> 却没有一个人呵,
> 比得上这女子的俊俏模样。

"呵,珠牡姑娘,久闻你长得漂亮,今日一见,才知道果然不寻常。你本是格萨尔的妃子,如今却独守空房。可惜呀,可惜你美妙的青春,守着空房独自悲伤。我老鸹是霍尔白帐王的使臣,为我大王寻妃忙。像你这般美貌的人儿,正好和白帐王配成双。我们大王年轻力壮,武艺高强,统领十二万人家,还有数不清的牛羊。你要是做了他的妃子,荣华富贵任你享,强似在这守空房。"

老鸹说得洋洋得意,珠牡听得怒火满腔。真晦气,偏偏在这高兴的时候见到这灾鸟。黑乌鸦,这个白天传播凶兆、夜晚带来噩梦的灾鸟!珠牡抓起一把灰向老鸹撒去,哪知这灶灰非但没有撒在老鸹身上,反倒把自己的小松石发压摔在了地上。乌鸦一见,立即啄起小松石,展翅向霍尔国飞去。

自从派出四鸟,白帐王等得好心焦。屈指算来,四鸟已派出百日,为什么还不见回还呢?正在他急不可耐之时,黑老鸹默不作声地飞了回来。白帐王一见,喜出望外,忙让老鸹报告情况。老鸹摇摇头、晃晃脑,吐出口中的小松石。白帐王一见这晶莹碧绿的宝石,知道乌鸦一定给他带来了好消息。

"老鸹辛苦了,快快对我说,美丽的姑娘在哪里?"

黑乌鸦摆开一副又饥又渴、疲劳之至的架势,先把对鸽子、孔雀、鹦鹉的坏话说了一遍,气得白帐王火冒三丈,恨不得一口吞了它们。他忙吩咐侍卫宰杀白嘴神羊来犒赏老鸹,又催问美女在哪里。乌鸦摇摇头,就是不说。白帐王无奈,

▲ 乌鸦夸耀美珠牡

白帐王派出四只鸟外出寻找美女,只有乌鸦飞回来,张口吐出一个晶莹碧绿的小松石。白帐王知道有好消息,命人宰杀白嘴神羊、长毛神牛、黄色神马犒赏,乌鸦仍不肯说,白帐王面露杀机,乌鸦这才不再讨价还价,夸耀起珠牡来。

又杀了长毛神牛，黑老鸹还是摇头，它嫌白帐王太小气。为了美女，白帐王忍痛杀了雁黄色的神马给它吃。老鸹依然摇头，还想得到更大的好处。可是一看白帐王怒气冲冲，面露杀机，乌鸦不敢再讨价了。它唱道：

美丽的姑娘在岭国，
珠牡王妃俏模样。
她往前一步能值百匹骏马，
她后退一步价值百头肥羊；
冬天她比太阳暖，
夏天她比月亮凉；
遍身芳香赛花朵，
蜜蜂成群绕身旁；
人间美女虽无数，
只有她才配大王；
格萨尔大王去北方，
如今她正守空房。
…………

"呵，太好了，神灵赐给我这良机，我马上就把她娶过来。"白帐王根本不想再听老鸹呱噪，只想马上把珠牡抢到身旁。

白帐王的大臣辛巴^(注2)梅乳泽，在一旁听了乌鸦和大王的对话，心中暗想：无故向岭国兴兵，不仅违背了上天好生之德，也会给百姓带来灾难。岭国虽小，雄狮王却异常厉害，师出不义，何以胜人，大王怎么不明白呢？为了避免大王后悔，梅乳泽劝道：

"大王呵，我们和岭国，不曾有过战争，和睦共处了这么多年，为了一个妃子，就要大动干戈？就是你把珠牡抢来了，那雄狮王岂肯善罢干休？大王还是再好好想一想吧。"

白帐王一心想着珠牡，根本听不进辛巴梅乳泽劝告，但为了堵住梅乳泽的嘴，为了使出征岭国更有根据，他决定请吉尊益西打卦问卜。

吉尊益西是霍尔噶尔柏纳亲王的女儿，不仅长得漂亮，且天资聪慧，能掐会算。她的卦是极灵验的，所以在霍尔国很受人喜爱，也被人尊重。一听白帐王要

2　辛巴：原意为屠夫，这里作英雄讲。

她算卦，吉尊益西带着虎皮卦毯、白螺卦箭、红袖子卦绸、绿松石骰子等物来见白帐王。白帐王让吉尊益西算算此次出征能否达到目的、取得胜利。姑娘虔诚地祷告着，立即打卦，见卦象凶险，慌忙禀报：

"卦象出现三座山，三山间有大草原，上有银刀光闪闪，下有血海波浪翻，我的阿弟刀下死，大王也难逃劫难。这个卦象太凶险，将来祸患数不清。大王大王请思忖，不要无故动刀兵。"

白帐王一听，非常不满：

"你这个卦象不可靠，不要再费唇舌说凶兆，若不是看你年轻容貌娇，定斩你首级不轻饶！"说着，他斥退了吉尊益西姑娘。

见白帐王执意出兵，辛巴梅乳泽也不好再说什么，只得随大王出征。

再说岭国的珠牡王妃，自从看见乌鸦和丢了松石发压以后，心中一直惴惴不安。侍女阿琼吉和里琼吉也心怀忐忑，特别是见王妃那刚露出点阳光的脸又笼罩上了一层更厚的阴云，更是不知道说什么才好。

这天夜里，珠牡做了一个梦，梦见山崩地裂，洪水滔天，砸坏了岭国的房屋，淹没了岭国的牛羊。她还梦见鹞鹰乱飞，恶狼下山，群马被冲散，牛羊被霸占。珠牡被噩梦惊醒，吓得出了一身冷汗。她忽然想起当年梅萨给她讲的梦以及后来她被黑魔抢走的事。她想莫非真有什么灾难要降临岭噶布吗？一定是！而且，这灾祸恐怕就要降到自己头上。大王呵，三年了，你怎么还不回返？惊恐之中，珠牡更加思念格萨尔大王。她叫醒了阿琼吉和里琼吉，把自己的梦说给她俩听。二人听罢，惊叫起来：

"王妃，不好！梅萨王妃就是做了噩梦以后被抢走的。前几天黑老鸹来为霍尔王说亲，说不定霍尔国要出兵来抢王妃呢！"

珠牡也惊慌起来，忙让二侍女去召集岭国大小战将、各家英雄；自己也紧张地思索着，想着对敌的办法。

以嘉察和绒察查根为首的岭国三十英雄和众多臣民百姓都应召前来。听了珠牡的讲述，大家都认为这是恶兆，必有祸患在后头，只有晁通说是吉兆，是雄狮王要回岭国的象征。但是，任凭他怎么说，也没人相信他的鬼话。嘉察、总管王和珠牡商量了一会儿，决定派出长系七骑兵、仲系七骑兵、幼系七骑兵，同到霍尔观察动静。英雄丹玛要求做这三七二十一骑兵的首领，嘉察和总管王答应了。

丹玛带着二十一骑兵，出了岭国往前走。刚走到一个不太高的山顶，已发现在前面的大石滩上挤满了黑红十二部的军队，多得数也数不清。丹玛又登上最高的山顶向前面眺望，只见石滩上人山人海，炊烟缭绕，弥漫四野，仿佛连一根针也插不进去。丹玛又仔细观察，见霍尔军的右翼是白帐部，左翼是黑帐部，中军是黄帐部。其余的山川九部分成三队，紧跟在白帐部、黑帐部和黄帐部后面。先锋部队是霍尔国最勇猛的大将辛巴梅乳泽率领的巴图鲁（注3）大军。这些军队的营门都朝着岭国。丹玛想，看霍尔兵马排列的阵势，肯定是来进攻岭国的。他立即吩咐二十一骑兵马上回去报告，他还要仔细观察，见机行事。

二十一骑兵向岭国驰去，丹玛则不慌不忙地从阳山采来冬青，从阴山采来柏枝，从山谷采来香茅草，煨起桑来。随着香烟如白云般袅袅升上天空的时候，丹玛唱起了赞颂战神的歌，准备只身挡住霍尔的兵马。突然，丹玛的银灰马说话了：

"霍尔的兵马多如牛毛，我们只一人一马，若直接去攻击，肯定会碰壁。我们不如假扮成跛人、跛马，你徒步行走，我空鞍前进，等到了霍尔军的面前，再猛烈冲击。"

丹玛听从了银灰马的好主意，牵着坐骑一瘸一拐地往前走，果然没有引起霍尔人的注意。眼看就要到霍尔军的营门了，丹玛迅速放下白盔的遮沿，束紧白甲，拉紧银灰马的肚带，跃上马背，像一道闪电，冲进了霍尔军的大营。辛巴梅乳泽的先锋部队被他砍倒了十八座大帐，踏翻了十八个锅灶，灶灰四处飞腾，笼罩了大地，遮黑了天空。辛巴们被这突如其来的袭击吓住了，不知所措，乱作一团。丹玛趁机把霍尔人在阴山、阳山和山谷里放牧的战马赶到一起，从容不迫地赶走了。

眼看着丹玛赶走了霍尔的战马，辛巴梅乳泽又来劝告白帐王：

"大王呵，我们还是不要进兵岭国了吧。你看这跛人跛马就如此厉害，如果岭国大军一来，还会有我们的好结果吗？不要为了一个女子伤这么多人的性命吧。我们霍尔的美女多得很，大王说要谁就娶谁。"

"我只要珠牡，梅乳泽不要再多言！岭国的跛人跛马抢走了你的马，你不去追马，反倒来这里嚼舌头。平日里你是勇冠三军的大将，今天怎么变得如此胆小了？！那好吧，如果你害怕岭国人，那就回去好了。"白帐王连讽刺带挖苦，把个梅乳泽说得怒气冲天。他什么都不说，立即率领二万巴图鲁军向岭国杀去。

岭国的英雄们早已作好准备，两军相遇，水火不相容；刀兵相见，有你没有我。直杀得尸骨成山，血流成河，霍尔兵死伤不计其数，岭国的兵将也损伤不

3　巴图鲁：意为勇士。

少。

岭国的十二王妃已被嘉察送到珠康查姆寺去避战。珠牡心如火焚,昼夜不眠,心中翻来覆去地想:像我这样无福的女人,如果落在霍尔王手里,跑又跑不脱,死也死不成。现在看样子,霍尔王如果不把我抢到手,是不会善罢干休的。怎么办呢?如果我能用计把霍尔王骗过一段时间,说不定雄狮王很快就会回来,只要格萨尔一回来,自然会打退霍尔百万兵。

珠牡这样一想,盼咐阿琼吉和里琼吉快去把自己的意思告诉嘉察和总管王,让他们告诉霍尔王:珠牡决定要跟他们去,只因现在正在修行,还要等些日子才能出寺。与此同时,珠牡给格萨尔大王写了一封信,派岭国的寄魂鸟白仙鹤给大王送到魔地去。

霍尔兴兵来抢占岭国,珠牡用计矇骗三王

▶ 丹玛抢得骏马归

丹玛听从了银灰马的好主意,牵着坐骑一瘸一拐地往前走,果然没有引起霍尔人的注意。眼看就要到霍尔军的营门了,丹玛迅速放下白盔的遮沿,束紧白甲,拉紧银灰马的肚带,跃上马背,像一道闪电,冲进了霍尔军的大营。辛巴梅乳泽的先锋部队被他砍倒了十八座大帐,踏翻了十八个锅灶,灶灰四处飞腾,笼罩了大地,遮黑了天空。辛巴们被这突如其来的袭击吓住了,不知所措,乱作一团。丹玛趁机把霍尔人在阴山、阳山和山谷里放牧的战马赶到一起,从容不迫地赶走了。

珠牡的计策得到了总管王的赞同。嘉察虽然不很愿意，但一见岭国的兵马受损不轻，心想，若能用计拖住黄霍尔人，等格萨尔回来也好。于是把珠牡的假意允婚当作真情，告诉了霍尔白帐王。

白帐王心中别提多美了，一想到世上最漂亮的美人就要归自己所有，高兴得要发昏。辛巴梅乳泽见他那副得意忘形的样子，又禁不住劝他快些退兵。白帐王哪里肯依！珠牡一日不到手，他就一日不退兵。

就这样，等呵等，白帐王在等珠牡，等了整三年。黄帐王和黑帐王等得好不耐烦，白帐王更是心急如焚。他又派辛巴梅乳泽去催珠牡快些启程。

珠牡比白帐王还要心焦。她也在等，等雄狮王格萨尔的音信。可一天天过去了，一年又一年也过去了，格萨尔的音讯皆无。莫非大王升天了吗？不然的话，怎么会不回来？就在珠牡心焦似火之时，辛巴梅乳泽又来催了：

"珠牡王妃，我们大王好耐性，等了你一天又一天，一月又一月，到现在不多不少三年整。就是耐性再好也等不及，脾气再好也要发火。你今天说东，明天说西，总是拖着不启程，这究竟是何道理？如果王妃再不快些跟我们走，我们的三位大王就不客气了。"

"辛巴莫着急，梅乳泽莫生气，我珠牡从小生长在岭国，要离去自然麻烦多；再说出嫁是大事，怎么能当儿戏。今天我还要到上沟看姑母。她已经老了，我这一走，恐怕再难见到她。临行前，我一定要去见她一面才是。"珠牡强压心头的焦急和不安，故作轻松地对辛巴梅乳泽说。

梅乳泽无奈，只好答应；又怕珠牡中途逃走，所以寸步不离地跟在她后面。

二人走到上沟的下面时，珠牡拿出一瓶酒对梅乳泽说：

"好心的梅乳泽，你在这里喝酒，我一个人上去吧。不然，姑母见你这副杀气腾腾的样子，会吓坏的。"

"也好。"梅乳泽看了看这山路，料定珠牡不能逃跑。

珠牡一个人向岭国最高的山峰爬去，到了山顶，她顾不得喘息，拿出随身带着的一面水晶宝镜。这是面神镜，能把全世界各个角落都看清。她这次登上山顶，就是为了看看她的大王究竟还在不在人世间。从宝镜中，珠牡不但看见格萨尔大王，而且看见了梅萨绷吉和另一个美若天仙的姑娘，二人正陪着大王饮酒唱歌。珠牡不看则已，一见真似万箭穿心，痛彻骨髓。这个狠心的大王呵，他真的把我忘了吗？现在黄霍尔的兵马围困着岭国，杀人掠马抢东西，岭国的臣民百姓、妇孺老幼都在盼着他早一天回到岭国，早日杀退霍尔兵马。可大王他，捎书带信他不理，国破家亡他不管，还有心思饮酒唱歌，真是个狠心肠的人呵！

"天哪！"珠牡大叫一声，昏了过去。

一只小喜鹊叽叽喳喳地唤醒了珠牡。珠牡泪眼朦胧，一见喜鹊，忙让它去见格萨尔大王："花喜鹊呀，请你告诉狠心的大王，让他快快回岭国。"接着唱道：

> 珠牡正在哄霍尔，
> 白帐王天天逼迫她。
> 请大王明天就回还，
> 不要留恋外地忘了家。
> 纵然不念珠牡我，
> 也应看看生身母，
> 还应想念嘉察哥，
> 更应挂念岭国的妇孺。
> 花喜鹊呀吉祥鸟，
> 快快飞呀莫耽搁。

唱罢，花喜鹊飞走了，珠牡也慢慢走下山来，见了辛巴梅乳泽，不等他催促，就说：

"我的姑母病得很重，我要侍奉她老人家几天才能走。"

辛巴梅乳泽见珠牡眼圈红肿，不知是因哭格萨尔大王所致，真以为是珠牡的姑母得了重病，遂动了恻隐之心，点头答应了。

白帐王等了三天又三天，终于耐不住了，又派梅乳泽来催珠牡上路。

珠牡谢过梅乳泽，然后说：

"我姑母的病好些了，可我还有个姐姐住在中沟，我还得跟她辞行。"

"你们女人家就是事多。"辛巴梅乳泽有些不耐烦，可还是跟珠牡一同去了中沟。

珠牡又拿出好酒，让梅乳泽在山下慢慢饮着，自己则带着水晶宝镜爬上了山顶，用宝镜一照，见大王和两个妃子仍旧在饮酒唱歌，那只为珠牡送信的花喜鹊被射死在大帐门口。珠牡的心碎了，狠心的大王真是不念旧情，还把为我送信的喜鹊射死了。天哪！天哪！我珠牡可怎么办哪！珠牡又昏了过去。

珠牡再次醒来时，见一只美丽的红狐狸正趴在自己身边，用舌头舔着她的手腕。珠牡抚摸着红狐狸的脖子，只觉心灰意冷。

"王妃，珠牡，我愿为您去找大王，我愿为您去送信。"狐狸说话了。

"你没看见送信的小喜鹊已被大王射死了吗？"

"那是它吵得大王心烦。我不会惹大王生气的，有什么话您就快说吧。"

珠牡见狐狸一片真情，忙颤抖着从手上褪下金指环，泣不成声地说：

"狐狸姐姐，你把这指环带给格萨尔大王，告诉他，在达孜城中有个姑娘正在受难。三年了，她用计拖了三年，她一天捱一天地盼着大王回来救她。现在，她已经被逼得没有了办法，大王如果还肯怜惜她，就快回来吧，若再迟疑，就来不及了。霍尔王要抢走她，岭国也将亡在霍尔人手里。"

红狐狸衔着珠牡的金指环走了。珠牡又红着眼圈下山来了。

辛巴梅乳泽见状，心想，难道她的姐姐又病了？这回可不能再拖了，再拖下去，白帐王就要发火了。

珠牡不说话，默默地跟着辛巴梅乳泽往回走，倒是梅乳泽有些沉不住气：

"珠牡王妃，你姐姐好吗？"

"很好。"珠牡不愿多说话，只是低着头，跟在辛巴后面慢慢走，一边走一边想。快到达孜城的时候，珠牡的眼睛突然一亮，有了主意。

"要是王妃的事都办完了，我们就启程吧。"梅乳泽试探地问。

"好！"珠牡不再推托，答应得出乎意料的爽快。

辛巴梅乳泽高兴得立即回去向白帐王报喜，珠牡则快步向宫中走去。她急于把自己的计划付诸实施。

两个忠诚的侍女、珠牡儿时的伙伴，阿琼吉和里琼吉出来迎接。珠牡一见二人，忙把里琼吉的手拉住了：

"阿琼吉，你说，里琼吉和我长得像不像？"

"嗯，王妃不要生气，岭国的人们都说里琼吉长得像王妃，只是不如王妃那么美丽。"

"嗯，好，可是……"珠牡突然觉得没有办法把自己的计划说出来。

"珠牡姐姐，我早有此心，只是不敢冒昧。若王妃允许，我愿意……"里琼吉似乎早有准备，神情异常镇定。

"那，我，我怎么对得起你……"珠牡又哭了。

阿琼吉也像是明白了什么，她显得很兴奋：

"这太好了，太好了！里琼吉，你这个死丫头，怎么不早说。"

"阿琼吉，快请总管王和嘉察哥哥来。"

绒察查根和嘉察协噶很快就来了，里琼吉讲了她们的计策，总管王连声称赞：

"好呵，好主意！"

嘉察可没那么乐观：

"主意倒是不错，可苦了里琼吉姑娘一个人了。"

"嘉察哥哥，不要这样说，为了岭国，为了王妃，我，我愿意……"里琼吉的声音有些哽咽。

珠牡和阿琼吉默默地低着头，手却紧紧地拉着里琼吉。

黄霍尔退兵了，因为他们达到了目的。白帐王显得格外高兴，三年来的战争，已使他心烦，但为了娶到珠牡，他情愿。今天，梦中的花，水中的月，已经实实在在地摆在了他的眼前，叫他怎能不喜欢！

辛巴梅乳泽看出了破绽。但是，为了早日退兵，为了和平安宁，他装聋作哑地没有说话。

巧施诡计晁通通敌
误中暗箭嘉察捐躯

霍尔兵马排列整齐，偃旗息鼓，向后撤去。霍尔国和岭国的民众，也都安下心来，以为战争已经结束。

霍尔兵马撤退时走得很快，第六天就到了雅拉赛布山。就在众人扎帐宿营之时，一支红铜尾箭带着呼啸声，飞到了白帐王的大帐里，落在众人脚下，把大家吓了一跳。辛巴们马上出帐探视，以为岭国又来袭击他们。

过了好一会儿，众人才安静下来，并没有什么人来袭击；射进帐内的，是一支带着信的箭。侍从把信呈给白帐王。看罢信，白帐王的脸像那叠信纸一样腊黄。

"把辛巴梅乳泽请来。"白帐王大声吼着，特别把"请"字加重。

梅乳泽一走进大帐，白帐王就把那叠黄纸摔给了他：

"你看看吧，你办的好事，你办的好事呵！"

梅乳泽从地上捡起信，所担心的事终于被那几张纸揭露了出来：

> ◀ 里琼吉扮主嫁给白帐王
>
> 梅乳泽受白帐王派遣，一次次催促珠牡启程赴霍尔，都被珠牡巧妙搪塞。这天珠牡突然想出一个主意满口答应梅乳泽。梅乳泽立刻向白帐王报喜，珠牡则向侍女面授机宜，酷似珠牡的里琼吉愿意冒充主人。征得总管王和嘉察同意后，里琼吉穿戴停当，来到霍尔营帐。白帐王以为得到了世上最美的女人，心满意足，立刻宣布撤兵。

……
　　谁知宝贵生命换取的战利品，
　　却是绿石头代替了宝贵的松石，
　　毒树叶代替了美丽的白莲，
　　黄铜冒充了闪光的黄金，
　　铅铁冒充了耀眼的白银，
　　黑乌鸦冒充了会唱歌的杜鹃，
　　丫头里琼吉成了王妃珠牡的替身。
　　本想和雪狮结成解忧的伴侣，
　　谁知结识了长尾巴黑狗；
　　本想和猛虎结成蹲踞的伴侣，
　　谁知相依的却是狐狸；
　　本想和大熊结成炫耀的伴侣，
　　谁知同行的却是小小骡驹；
　　本想和珠牡结成终生的伴侣，
　　谁知到手的却是丫头里琼吉。
　　赫赫有名的白帐王，
　　这样的欺哄受得了？
　　这样的侮辱受得了？
　　这样的羞耻忍得了？
　　要没本事就别来，
　　来了为何忙回巢？
　　……

梅乳泽的心慢慢往下沉，脸上阴云密布。

"这是谁送来的信？"梅乳泽恨不能一口把这写信的人吞到嘴里，狠狠地嚼碎他。

"是这支箭。"一个侍卫把红铜尾箭递给了梅乳泽。

梅乳泽在记忆中拼命搜寻着，想找出红铜尾箭的主人。终于，他想起来了，这是达绒长官晁通的箭。梅乳泽的怒火冲天而起：

"大王，没想到岭国人骗了我们，我们现在就回兵，这一次定要杀他个片甲不留，也一定要把真正的珠牡抢到手。"梅乳泽没有说出口的是，首先要把这写信的达绒晁通王碎尸万段，让他再玩弄阴谋！

"我们都没有见过珠牡，可你是见过的呀！我们被骗情有可原，你呢，难道不是存心要骗我吗？"白帐王一想起梅乳泽几次劝他收兵，顿起疑心。

"大王，珠牡乃是妃子，就要做您的王妃了，我怎么敢仔细看她呢？再说，在我梅乳泽眼里，天下的女人没有什么不同，只是服饰装扮不一样罢了。那女婢一穿上王妃的衣服，叫我怎么认得出来呢？"梅乳泽见白帐王怀疑自己骗他，急忙解释。白帐王听梅乳泽说得条条在理，便不再疑心。

"那么，你就带着十万兵去岭国把珠牡抢来吧。我们在这里等你！"

梅乳泽一听，也好。兵少一些，可以少伤害一些岭国的百姓，只要把珠牡抢到手，大王就会高兴。

眼见霍尔兵马又铺天盖地而来，达绒晁通王的心里别提多高兴了，他终于又有了报复格萨尔的机会。前次给北地魔王写信，鲁赞抢走了王妃梅萨，这使晁通高兴了一时，但仍未能解心头之恨。此次霍尔王来岭国抢亲，晁通又高兴了一阵，因为，这实在是不可多得的一个机会。作为赛马的彩注，珠牡被格萨尔纳为王妃，眼巴巴地看着岭国最美的姑娘被格萨尔夺了去，晁通只能把气往肚子里咽。这下好了，既然我得不到的东西，最好你格萨尔也不要得到。晁通巴不得霍尔人快些把珠牡抢走，把岭国的大小英雄勇士统统杀死，以便他夺取王位，主宰一切。但是，愚蠢的白帐王被珠牡骗得昏头昏脑，娶了个侍女便高高兴兴地退了百万大军，让晁通空欢喜了一回。

一向以心狠手毒著称的达绒晁通王怎肯轻易让霍尔人退兵？他真想明明白白地告诉白帐王：你们受骗了，被一个女人骗了。但是，晁通没有这个胆量，他还不敢在光天化日之下出卖珠牡和岭国。等了几天，他终于等到了时机——把带着信的箭射了出去，之后，便昼夜不眠地盼望着霍尔人迅速回转，现在，他盼回了辛巴梅乳泽的十万大军。

辛巴梅乳泽并不想和岭国打仗，只想劝珠牡早日跟他们一起走，免得动刀动枪，霍尔人和岭国人还要流很多血，死很多人。所以，梅乳泽并没有大喊大叫，而是悄无声息地赶到岭国，直接围住达孜城——珠牡住的城堡。

清晨，珠牡推开窗户，想看看窗外的景色。这几天她的心情好多了，只是因思念里琼吉而略显不安。她深深地吸了一口气，顿时惊呆了：周围全是霍尔兵马，只见人头攒动，刀矛林立，数不清的军队，数不清的马匹。珠牡感到惊恐，怀疑自己又在做梦。正在这个时候，辛巴梅乳泽从万军丛中站了出来，对珠牡大声唱道：

年轻貌美的珠牡妃，
听我辛巴唱一曲。
自从霍岭两国战争起，
成百的英雄把命丧，
成千的男儿洒热血，
多少母亲失爱子，
江山动摇如乳血相混合[注1]，
天翻地覆像铙钹相拍击，
这根子究竟在哪里？
碧根的青苗把大地装扮，
心想稻谷能得到丰产，
谁知被严霜毁于一旦，
这是苍天作下的罪愆；
美丽的鲜花把玉瓶装扮，
心想花儿会开得娇艳，
谁知被冰雹毁于一旦，
这是乌云犯下的罪愆；
长长的鱼儿把河水装扮，
心想金眼鱼会在水中盘旋，
谁知被铁钩钩住了腮帮，
只怪这鱼肉太香太新鲜；
鸟王灵鹫把石山装扮，
心想羽翎会得到保全，
谁知在险处被网住双爪，
只因羽翎可造那利箭；
岭军把南赡部洲装扮，
心想岭国会得到平安，
谁知强大的霍尔来侵犯，
这是珠牡妃引起的祸端。

辛巴梅乳泽一边唱着，一边用眼睛盯着珠牡，见珠牡正凝神听他唱歌，知道自己的话打动了她。但是，还必须明确告诉他，不要再想用骗术哄人，霍尔人不是那么容易上当的：

---

1 这是一句藏族谚语，意为搅得一塌糊涂。

晁通投敌献诡计

晁通见丹玛抢得许多骏马回来，决意去打第二仗。他不听珠牡等人劝阻，骑上白骒马，快马加鞭，飞驰到与霍尔兵对峙的山口，见密如繁星似的军兵正在拔营，立刻吓破了胆。这时，梅乳泽发现了他，一箭射去，正中白骒马，马一惊，把晁通摔下马来，霍尔兵一拥而上，生擒活捉了他，带到军营里，拳打脚踢，打得他连声哀号，苦求饶命，接着对白帐王献计说，格萨尔远征北地未回，他愿做向导，领霍尔兵去攻岭国。

再三等待皓洁的明月，
等来了星星难除尽黑夜；
一心想得到美丽的白玉，
谁知却得了副白石念珠；
一心想得到悦耳的杜鹃，
谁知却飞来了一只山雀；
一心想得到森姜珠牡，
谁知里琼吉冒充了王后。
好话坏话哑巴心里自有数，
是爱是憎孩子心里也分明，
好言好语把珠牡劝，
请不要犹豫快启程。

珠牡一直用心地听辛巴梅乳泽唱歌，她从心里觉得梅乳泽的话有道理，但是，她不能跟辛巴们到霍尔国去。与其跟了那杀人成性的白帐王，不如一死了之。这样一想，珠牡唱道：

我森姜珠牡岭王妃，

是东方白度圣母转世身,
和南赡部洲雄狮王,
曾海誓山盟把佛奉,
要把释迦正教建立起,
要叫黑头众生享太平。
我和雄狮大王格萨尔,
好比皓月与太阳相配,
从天界降生到人间,
不为自己而是为公众。
雪山顶上的白狮子,
虽然没有可炫耀的绿鬃,
不能把雪山装饰得更美丽,
但决不会到平川去。
檀香林中的猛虎,
虽然没有斑斓的花纹,
不能把森林装饰得更美丽,
但决不会到草原上去。
清水塘里的白莲花,
虽没有长出茂密的枝叶,
不能把供瓶装饰得美丽,
但决不会到妖魔手中去。
我珠牡是岭国的王妃,
虽然没有什么好声誉,
不能把达孜城装饰得美丽,
但决不会到霍尔的雅泽城去。

辛巴梅乳泽一听,强忍着心中怒气,依旧耐心地劝解:

与其坐禅修行在岩顶,
不如多为百姓解纠纷。
怎样使圣岭得平安?
怎样使霍尔安然去?
怎样使嘉察为首的英雄们,
永远平安长寿与天齐?
诚心劝导你珠牡,

> 仔细掂量此中缓与急。
> 和平与战争正在矛尖上，
> 生死分界就在这一瞬息。

"珠牡呵，岭国的王妃，你不要认为我愿意战争。为了和平，我劝过大王多少回，可大王发誓不娶到你决不罢休，这是无法劝转的心意。霍尔人都知道我梅乳泽有五个最（注2）：高兴时最善良，愤怒时最狠毒，对敌我是霹雳最凶残，对战利品我最无私，对黎民百姓我如丝绸最柔软。到如今，霍尔和岭国已经打了三年的仗，死人的尸骨堆成了山，鲜血流成了河，难道你还要我们两国继续打下去么？"

珠牡听梅乳泽的话说得恳切，她也相信梅乳泽说的不是假话。想到这三年来，岭国的人死得不计其数了，只为了她一个人。大王呵，格萨尔，你真的不回来了吗？真的不要岭国了么？自从你去北方降魔，我等了你三年；自从霍尔入侵，我又用计拖了三年。六年了，整整六年，大王为什么还不回还？

东方的金刚空行母，南方的珍宝空行母，西方的莲花空行母，北方的事业空行母，五部大安空行母呵，对我这受苦受难的珠牡，说慈悲已到了怜悯的时候，说保佑已到了赐予的时候，说庇护已到了加持的时候，说帮助已到了实现的时候。可怜我森姜珠牡，我想死命脉不断，我想飞无奈翅膀难高举，我想逃跑已被层层围困。怎么办呵，怎么办？

珠牡没有了办法。自从霍尔退了兵，岭国的众兵马也解散回了家，没想到霍尔兵马这么快又卷土重来，临时再召集军队已经来不及。

"梅乳泽，你怎么还有闲功夫和她费唇舌，快些动手，把她抢走。"就在辛巴梅乳泽还在劝说珠牡的时候，白帐王亲率十万大军已从后面赶到了。原来，白帐王是不放心，也怕梅乳泽的兵马太少，办不成事，反受岭国人的伤害。所以，就在梅乳泽走了没多久，他又点了十万精兵，随后而来。

"大王，我们还是不能太着急，俗话说：'那黄野牛的肥肉，有煮熟的功夫，就有晾凉的功夫；酥油放在茶灶上，有烧茶的功夫，就有品味的功夫；利箭搭在弓上，有瞄准的功夫，就有射击的功夫。'大王先回大帐歇息片刻，我再劝珠牡几句，如果她能顺从我们走更好，如果不行再抢不迟。"

白帐王一听有理，不太情愿地回到了自己的帐房。还没有在虎皮垫上坐稳，

2　最：即"泽"，藏语为顶端、尖子之意，意译为"最"。

一支利箭，带着呼啸、带着闪电、带着霹雳，飞到白帐王的大帐里，钉在白帐王座椅上方的柱子上，把个白帐王吓得一下子从坐垫上滑到了地上。

"快，快叫梅乳泽来。"白帐王盼咐快请梅乳泽。

辛巴梅乳泽一进大帐，就看见了钉在柱子上的利箭：

"大王，这是格萨尔的神箭，我们还是快些离开岭国的好，不然格萨尔一回来，就不好办了。"

"那，珠牡呢？！"

"她说再想想。"

"再想想，再想想，她已经想了三年！她是故意在拖延时间，拖到格萨尔回来。现在，神箭已经到了，格萨尔也一定离此地不远了，我们不能在此地久留，明天就收兵回霍尔国。"白帐王声威赫赫，但一见那神箭，胆子像是被什么切去了似的，不那么气冲牛斗了。

"依我说，大王，我们还是不把珠牡抢走的好。那格萨尔已离此不远，哪里能容我们抢走他的爱妃！如果大王一定要娶珠牡，又会引起一场更大的战争。"

"那，我也想想。"白帐王这次是真的把梅乳泽的话听进去了，而且也真的想回国了，出征已经三年了，白帐王想家了。

又是一支红铜尾箭，带着一叠可恶的黄纸射进了大帐。辛巴梅乳泽一见那箭和箭上的黄纸，知道肯定又不是什么好事，心中恨不得把晁通马上抓起来杀掉。

白帐王已把信拿在手里，梅乳泽的担心得到证实。看了信，白帐王的满面愁云已无踪影。他拿着那叠黄纸，狂笑着，大叫着：

"是神灵在帮助我，我一定要把美人珠牡抢到手。"

辛巴梅乳泽从白帐王手中接过那信，那些恶毒的字眼立刻显现在眼前。信中说，刚才那支箭的确是格萨尔的神箭，但格萨尔离这里还远着呢！要是离得近，他就不会射箭了。如果把那支箭拔下来，压在魔鬼神的脚下，就能镇住它，也能镇住格萨尔，抢走珠牡也不会有什么灾难。

"大王，我们还是先把这箭拔下来吧。"梅乳泽虽恨这信上的恶毒语言，但为了快些得到安宁，不再打仗，还是想按照信上说的办。两个侍卫走上前，拔了半天，那箭竟纹丝未动。

"梅乳泽，就请你把这神箭拔下来吧！"白帐王用命令的口吻说。

梅乳泽走上前，拔了两下，箭纹丝不动，倒把个大英雄累出了一身汗。

"来，还得我自己来。"白帐王以为梅乳泽没有用力，便亲自动手，伸出两只柱子般的胳膊，猛地抓住那神箭，使劲一拔，神箭丝毫没有受到损伤和震动，因为用力太大，反把白帐王自己摔得坐在地上。这下白帐王才知道这神箭的厉害。

白帐王心中暗想：这神箭尚且如此厉害，那雄狮王一定更是勇猛无比，如果不快些把珠牡抢走，等他一回来，就走不成了。

"梅乳泽，快，下令攻城，马上把珠牡抢走！不能让她再想，也不管她愿意不愿意，我一天也不能再等了。"

"大王，您还是一定要娶珠牡？"

"不要再多说，如果不把珠牡抢走，我们这三年多的时间，死伤的将士马匹，耗费的粮食物品，就失去了意义，我们也就白来岭国了。"

白帐王一声令下，霍尔大军又把达孜城里里外外围了个严严实实。王妃珠牡已做好了迎敌准备。她把雄狮王留在家中的铠甲和弓箭，一一披挂起来，突然出现在达孜城的城头：

> 霍尔王臣听我讲，
> 我是雄狮格萨尔王。
> 北方妖魔已降伏，
> 现在回来保家乡。
> 你们无故犯岭国，
> 我的怒火三千丈。
> 我要用红乌七神箭，
> 射死祸首白帐王。

霍尔人一见头戴战盔、身披铠甲、手执弓箭的珠牡，以为格萨尔真的回来了，顿时军心浮动，四处逃散，连那白帐王也沉不住气。晁通又乘机告诉白帐王，城头上的不是雄狮王，而是王妃珠牡，霍尔人不能后退，要前进。晁通这次没有射箭，而是唱了一支歌。听了晁通的歌，白帐王又定了心，霍尔的士兵也不再害怕。白帐王和辛巴梅乳泽当先向城头冲去，珠牡接连射出四支箭，射死了四百霍尔兵，就在她要射第五支箭时，被白帐王捉住了。

白帐王吩咐吹起铜号，立即退兵。

当嘉察等岭国英雄们赶到达孜城时，已经是人去城空。只见城门大开，宝库中的金雕释迦牟尼佛像，银雕观音像，佛法神矛，国法神矛，水晶吉祥碗，甘露净瓶，用朱砂写的《甘珠尔》大藏经等宝物，全被霍尔人掠走了。大英雄嘉察气得七窍生烟。他像是发了狂似的，既不和大家商量，也不部署战事，只身朝霍尔人退兵的方向追去。

嘉察怎能不着急呵，格萨尔去北方降魔之时，曾把国事都托付给他，让他在家中保岭国、护王妃、卫牛羊。可如今呢，王妃被抢，珍宝被掠，格萨尔大王回来了，怎么向大王交代？俗谚说得好："好汉里的真英雄，危急关头方认清；骏马中的千里驹，大滩上赛跑始分明；人群中的智慧者，遇到大事才显本领。"现在，这危急关头，该是他嘉察显示真本领的时候了。

嘉察一边往前狂奔，一边对坐下的白背马说：

白背马呀白背马，
今天上阵用着你。
跃过悬崖翻石山，
四蹄要像走平地；
跳过大江和大河，
就像水里金眼鱼；
本领如同白胸鹰，
跑路赛过闪电疾；
今日我去杀仇敌，
杀敌伙伴只有你；
我俩闯进霍尔营，
杀得他翻天又覆地；
马儿马儿你听真，
今天真正用着你，
捍卫国土在此刻，
冲锋陷阵要胜利。

白背马懂得主人的言语，跑得四蹄生风，如空中的闪电。不知跑了多久，嘉察看见了，白背马也看见了霍尔那漫山遍野的兵马，那如丛林密布的刀枪。嘉察不顾一切地冲入霍尔的阵营，白缨刀左挥右砍，杀得霍尔兵血肉横飞；霹雳箭四射，射得霍尔兵滚翻在地。霍尔兵马顿时大乱，哭爹喊娘，四散奔逃。压后阵的辛巴梅乳泽一见嘉察狠命追来，只觉大事不好。硬拼的话，自己恐怕不是他的对手；要是不把他杀退，岭国的各路兵马一到，霍尔兵再退就难了。梅乳泽眉头一皱，想出一个主意。

梅乳泽骑着马跃出营来，站在一箭地之外对嘉察唱道：

> 嘉察协噶呵，
> 请你不要苦苦追赶。
> 今天正巧是十五日，
> 白帐王正在守月圆。
> 他守月圆是行好，
> 不杀不打结善缘。
> 手指缠上白绸子，
> 绸子上边贴封签。
> 各种戒律都做好，
> 守戒不动杀人刀。
> 若是杀人把戒犯，
> 天诛地灭不宽饶。
> 我俩今天别真打，
> 做个游戏玩一遭。

嘉察一听，信以为真，便站在那里，不再追赶。

"梅乳泽，你是霍尔的大辛巴，抢我们王妃不应该。霍岭两国要想罢战，除非交回我们的珠牡王妃和珍宝物品。"见嘉察没有再追赶的意思，梅乳泽高兴了：

"大英雄嘉察，两国的事我们先不管，我俩今天比比武艺，若你胜我负，我自去向我们大王说，把珠牡和珍宝还给你们；若你负我胜，就请大英雄自动回岭国！"

嘉察一听，点头答应了。辛巴梅乳泽提出先比箭，再比刀。嘉察连想都没想，立即抽出雕翎箭，搭在弓上，唱道：

> 辛巴梅乳泽你听着，
> 要论比武我不示弱。
> 你的战马我不射，
> 射马的必要不太多；
> 你的花鞍我不射，
> 射鞍的必要不太多；

> 辛巴的铁甲我不射，
> 射铁甲的必要不太多；
> 马鞍上的辛巴我不射，
> 射死人的必要不太多；
> 你头上的铁盔我不射，
> 射铁盔的必要不太多；
> 我要把你盔缨作箭靶，
> 让你的盔缨往下落。

唱罢，一箭射去，正中梅乳泽的铁盔缨，把它射得飞上了天。那利箭却闪着光，打了个旋，又飞回到嘉察的箭筒里。辛巴梅乳泽吓得变了神色，心中暗想：都说格萨尔厉害，这个嘉察也真够得上是大英雄，如今不除掉他，是走不脱的了。可惜呀嘉察，可怜呀大英雄，你就要做我的箭下鬼了，可这并不是我的本意呵！只因你苦苦追赶，霍、岭两国都不得安生，今天只好如此！想着，梅乳泽满面笑容地唱道：

> 你是好汉是朋友，
> 讲仁讲义信用多。
> 我往上不向青天射，
> 射着日月有罪过；
> 我中间不向太空射，
> 射死雄鹰也难过；
> 我往下不向大地射，
> 射坏白莲花造孽多；
> 我要射你头上的白盔缨，
> 我的箭百发百中没有错。

一箭出手，正中嘉察前额，嘉察疼得万箭钻心。但是，英雄并没有倒下去，他挺直身子，抽出腰刀，一夹马肚子，直冲霍尔阵营。辛巴梅乳泽早就躲了起来。嘉察左突右杀，杀死了不知多少霍尔人马。最后，英雄终于倒下了。

可怜嘉察协噶，格萨尔大王的兄长，岭国的栋梁，举世无双的英雄好汉，竟死于诡计之中。

嘉察追杀辛巴反送命

珠牡被掳,大英雄嘉察气得七窍生烟。他像是发了狂似的,既不和大家商量,也不部署战事,只身朝霍尔人退兵的方向追去。白背马懂得主人的心思,跑得四蹄生风,如空中的闪电。不知跑了多久,嘉察看见了,白背马也看见了霍尔那漫山遍野的兵马,那如丛林密布的刀枪。嘉察不顾一切地冲入霍尔的阵营,白缨刀左挥右砍,杀得霍尔兵血肉横飞;霹雳箭四射,射得霍尔兵滚翻在地。霍尔兵马顿时大乱,哭爹喊娘,四散奔逃。压后阵的辛巴梅乳泽一见嘉察狠命追来,只觉大事不好。硬拼的话,自己恐怕不是他的对手;要是不把他杀退,岭国的各路兵马一到,霍尔兵再退就难了。梅乳泽眉头一皱,想出一个主意。

遭灾祸岭噶布被掠
闻急报岭大王班师

嘉察中箭身亡，总管王绒察查根和丹玛等岭国英雄闻讯赶来。总管王一见嘉察的遗体，大叫一声，昏了过去。过了很久，他才苏醒过来。绒察查根心如刀绞，老泪纵横。王妃珠牡已被抢走，岭国的珍宝也被掠夺，如今嘉察又被杀害，岭国的英雄们还有什么脸面活在世上！

"可憎可恶的黄霍尔人呵，当杀该剐的辛巴们呵，你们造了多少罪孽呵！"

众家兄弟也忍不住流下了眼泪。

"饿死不吃腐烂的麦糠，是白嘴野马的本性；渴死不喝沟渠的污水，是红兕的本性；至死不流一滴眼泪，是男儿的本性。我们岭国的英雄们，宁可战死也不能叹息、流泪，我们大家要振作精神，为嘉察报仇！"英雄丹玛的眼睛中射出怒火，话也说得坚决有力。

岭国的英雄们止住了眼泪。丹玛把刀一挥，众家弟兄就要跟他一起去追霍尔的军队。森伦王拦住了大家：

"站住，年轻人呵，你们快站住。嘉察已经死了，你们还要去送命吗？"

"不行，不杀了白帐王，不杀了辛巴梅乳泽，我丹玛的怒气难平。"

"我们一定要去，森伦王，请您和总管王在这里等着我们胜利的消息吧。"

年轻的勇士们纷纷挥刀舞矛，坚决要去追杀霍尔人。

"你们哪一个人比嘉察的武艺高，哪一个人比嘉察更英勇？"

年轻人面面相觑，答不上来。

"好，没有。在岭国，除了格萨尔，没有人能比得上嘉察。现在嘉察已死，靠你们是救不回王妃、夺不回珍宝的。"

"那，就这么完了？"

"不！这笔账不能算完，我们的雄狮大王很快就要回来了。等他一回来，霍尔的白帐王、黄帐王、黑帐王，都休想活命。"森伦王耐心地给年轻人讲着道理，因为岭噶布的男儿已经死了很多，再要这样追杀下去，不但杀不死霍尔人，反而会像嘉察一样遭到敌人的暗算。

悲痛欲绝的总管王绒察查根，频频点头。他赞同森伦王的主张，不想再看见岭国的年轻人像嘉察一样死去。

"这，这，嗐，叫我怎能出得了这口气！"英雄丹玛憋得红了眼睛，大拳头握得咯咯响。

"这样吧，我们叔侄几个人，每人向霍尔城射一支箭，每支箭射中一样东西，让白帐王明白，我们岭国的英雄多得像大地的草丛、河滩上的沙粒，是杀不光、害不尽的。"森伦王又出了个主意。

英雄们纷纷拈弓搭箭，各自默默祈祷，求天神帮助。他们要把箭直接射向霍尔国白帐王居住的王宫里。英雄们唱道：

> 一箭射穿你金顶尖，
> 象征把天魔头颅劈；
> 一箭射向宝幢牛毛网，
> 象征把空魔^(注1)压在地；
> 一箭射向飞檐连接处，
> 象征叫地魔听使役；
> 一箭射碎阳窗玻璃镜，
> 象征白帐王魂魄飞；
> 一箭射向王宫里，
> 象征白帐王心被取；
> 英雄们自有后继人，
> 要在你雪山上开道路，
> 要在你大滩上跳马舞，
> 要叫千峰雅泽城化灰烬，
> 要叫剩下的辛巴都断头，

---

1 空魔：指处于人神之间半空中的妖魔。

> 要叫你白帐王颈上备马鞍，
> 要叫你遍地荒草唱悲曲，
> 要叫你阿钦十二部，
> 永远没有安居处……

祝祷罢，几把箭齐射，箭如所愿，同时射在了英雄们所期望射到的地方。丹玛虽然还不甘心，但气也消了不少。

雄狮大王格萨尔为什么还不回国呢？他去北方降魔，只用了三个月零九天，就射死了黑魔鲁赞。此后又在魔国大做善事，魔国的众生从鲁赞的蹂躏下挣脱出来，日子过得和平安乐，就这样，过了整整三年。

见魔地的一切都做好了之后，格萨尔准备回岭国了。他任用牧羊老汉秦恩为魔国的大臣，让他管理魔国的国政。就在安排好了这一切的时候，梅萨绷吉和阿达娜姆二王妃来到了格萨尔身边，向雄狮王敬献美酒。格萨尔饮罢酒，竟把回国的事忘得一干二净。整天在九尖魔宫里，坐在白莲花宝座上，和秦恩下棋，与梅萨、阿达娜姆二王妃饮酒唱歌，寻欢作乐。

原来，那王妃梅萨在魔国住得久了，难免不受妖魔的影响。她不愿再返回岭国，一是怕珠牡夺去了大王对自己的宠爱，二是习惯了魔国这享乐的日子，于是就与阿达娜姆一起，把加了药的酒给大王喝，使他忘记了过去，忘记岭国，忘记珠牡。阿达娜姆本是魔国生、魔国长的魔女，魔王鲁赞的胞妹，因爱慕格萨尔，才帮助他降伏了黑魔。她当然也不愿意离开魔国，见梅萨与自己心相同，倒乐得帮忙。

格萨尔过着安乐的日子，白天有大臣陪着玩乐，夜里有美如天仙的妃子陪着安寝，心里混混沌沌的，不知过了多少天多少月。

当珠牡派来送信的仙鹤降落在九尖魔宫的时候，格萨尔正在与秦恩掷骰子取乐。格萨尔猛一抬头，看见了空中的仙鹤，但他已记不得这就是岭国的寄魂鸟，倒有些诧异地问：

◉ 战败岭将黯然退兵

嘉察中箭身亡，总管王绒察查根和丹玛等岭国英雄闻讯赶来。总管王一见嘉察的遗体，大叫一声，昏了过去。过了很久，他才苏醒过来。绒察查根心如刀绞，老泪纵横。王妃珠牡已被抢走，岭国的珍宝也被掠夺，如今嘉察又被杀害，岭国的英雄们还有什么脸面活在世上！

"哎呀呀，怎么飞来一只从未看见过的鸟儿？鸟呵，你来自何方？"

白仙鹤伸长了脖子，对雄狮王唱道：

> 太阳和月亮的故乡，
> 在东方高高的山上，
> 扫除了黑暗便落向西方，
> 不会一直留在天中央。
> 白色浓云的故乡，
> 在南赡部洲的南方，
> 带来了荫凉便飘向北方，
> 不会一生在虚空里飘荡。
> 青色杜鹃的故乡，
> 在南方门隅的山上，
> 转变了气候便回到山林，
> 不会永远住在北方。
> 白色绵羊的故乡，
> 在牧人美丽的栅栏旁，
> 吃罢了青草便回圈内，
> 不会永远留在草原上。
> 南赡部洲的格萨尔王，
> 诞生在人们羡慕的地方，
> 降伏了妖魔应返回故乡，
> 不应终生留在魔城亚尔康。
> 我是岭国的寄魂鸟，
> 带有王妃书信飞北方，
> 岭国百姓遭灾难，
> 大王要快快回故乡。

白仙鹤的歌帮助雄狮王恢复了记忆，他又想起了岭国，想起了珠牡王妃。格萨尔心中暗想：黎明时候起新云，肯定不会见阳光；大河上面起雾障，肯定见不到村庄；岭国派来寄魂鸟，肯定消息不吉祥。格萨尔走下莲花宝座，去摘挂在仙鹤脖子上的信，心中还在想：三夏时节起狂风，将会带来旱灾情；三春时候倒春寒，将会使水土重结冰；三秋时节降酷霜，将会把庄稼摧残尽；三冬时节不寒冷，将使冬夏不分明；岭国神鸟飞到魔地来，必定有兵荒马乱的事情发生。格萨尔一边想，一边打开信，珠牡王妃的信果然带来恶讯，霍尔人已经包围了岭国，要抢她做白帐王的妃子，恳请大王快回岭国解救危难。

格萨尔一见信，一扫过去的混沌，心如明镜一般。他决定立即启程，赶回岭国，打败霍尔王，解救众臣民。

梅萨绷吉和阿达娜姆二人又袅袅婷婷地走到雄狮大王的身边，一个执壶，一个拿碗，笑盈盈地给格萨尔大王敬酒：

大王呵，
您的脸像十五的明月，
为什么皓月上笼罩着乌云？
您的眼像黎明时的星星，
为什么星星里有电火闪动？
您的心像菩萨一样善良，
为什么事竟然怒火满腔？

二王妃一边敬酒一边唱歌。格萨尔正在焦躁之时，口渴得很，便以酒当茶，喝了一杯。他哪里知道这酒的厉害，喝了就要睡，睡了就要忘事，这正是梅萨和阿达娜姆二人的计谋。因为她们已经听到了白仙鹤和大王的对话，所以才特意来向大王敬酒，目的就是阻止格萨尔回国。

格萨尔果然又忘记了过去的一切，和妃子们过起安逸快乐的生活来。就这样，又过了三年，就是珠牡用计拖住霍尔人的三年。

这一天，珠牡派来给格萨尔送信的小喜鹊飞到了格萨尔居住的城门上，大王和二妃正在唱歌，一见这只喜鹊，梅萨马上说：

"大王，我们正在高兴的时候，这只鸟又来捣乱，快快射死它！"

格萨尔拈弓搭箭，把小喜鹊射死在城门口。这就是珠牡在宝镜中见到的情景。

小喜鹊死后没多久，红狐狸跑来拍打城门。格萨尔一见这只美丽的狐狸，又要射箭，狐狸却把口中的金戒指吐出半截。格萨尔一见那金光耀眼的戒指，收起弓箭，走到红狐狸身边：

"狐狸姐姐，把这个指环送给我吧，我不射死你，还要赏赐你。"

红狐狸把指环吐在格萨尔的手中，把珠牡要自己带的话给大王说了一遍，最后说：

"雄狮王呵,珠牡王妃被逼了三年,岭国被围了三年,百姓们已经遭了三年的罪,您怎么还不回去呢?"

格萨尔的心被珠牡的戒指所照亮,又想起了一切,并且想到这几年的耽搁都是梅萨引起的。他决计马上回岭国,并且决不再饮梅萨妃子敬的酒。他知道,再迟一步,珠牡就有被抢走的危险。嗯,先射一箭,叫霍尔王害怕,也许还能再拖一些时间,只要有了时间,我就能赶回去,亲手惩罚那作恶多端的白帐王。

格萨尔默诵着:箭哪!别让火烧焦,别让水冲走,别让刀砍坏,别让风刮走。降魔的神羽箭啊,快快射向霍尔王的大帐。

神箭带着格萨尔的祝愿,带着雄狮王的神威,飞向霍尔白帐王的大帐,正射在虎皮座椅上方的柱子上。这就是那支连白帐王也不能拔下来的神箭。就是那支吓得白帐王想立即退兵的神箭。但格萨尔没有想到的是出了奸臣晁通,给白帐王泄露了真情。

梅萨绷吉和阿达娜姆得知格萨尔又要班师回岭国的消息,知道再敬酒是无论如何不行的。所以,二王妃摆下了一桌丰盛的筵席,声言要给大王饯行,却把那让人忘事的迷魂药撒在了饭食里面。格萨尔又没有提防,反而高高兴兴地吃了饭,并吩咐二王妃,饭后马上启程。

大王吃罢饭,就像前几次一样,又把回国的事忘记了。欢快的日子又飞一样地过去了,一晃就是三年。此时是格萨尔来北方魔国的第九年,珠牡王妃已被霍尔人掳去了三年。

这一天,格萨尔在二妃子的陪同下,外出打猎,刚刚走出城堡,胯下的千里宝驹江噶佩布忽然唱起歌来:

在吉祥幸福的东方汉地,
聚会着不同语言的商旅,
进行着各式各样的贸易,
最后还得带了货物回故里,
并非想舍弃这繁华仙境,

> ◀ **珠牡遣仙鹤为信使**
> 当珠牡派来送信的仙鹤降落在九尖魔宫的时候,格萨尔正在与秦恩掷骰子取乐。格萨尔猛一抬头,看见了空中的仙鹤,但他已记不得这就是岭国的寄魂鸟,倒有些诧异地问:哎呀呀,怎么飞来一只从未看见过的鸟儿?鸟呵,你来自何方?

> 有合有散是自然的规律。
> 在神圣的卫藏佛法圣地,
> 有来自各地的僧侣。
> 吟诵和辩论着各派佛典,
> 心意相投像同胞兄弟。
> 最后还是要各自回故里,
> 并非他们想抛弃寺院,
> 有合有散是自然的规律。
> 世界雄狮大王格萨尔,
> 在人人羡慕的达孜城里,
> 把阿珠作为心爱的伴侣,
> 以真诚的情义相偎依。
> 虽然难舍难分也得别离,
> 毅然来到这无人的北地。
> 并非居心把阿珠抛弃,
> 只因为到了降魔的时机。
> 如今魔国已经归顺,
> 百姓们有食又有衣。
> 王妃珠牡被霍尔掳去,
> 天大的灾难笼罩着岭国。
> 霍尔的罪孽已经满盈,
> 现在是降伏仇敌的时机。

格萨尔的心里像开了一扇窗户,他又变得心明眼亮了。他决计不再耽搁片刻,立即返回岭国去。梅萨绷吉还要阻拦,被阿达娜姆劝住了:

"岭国已被霍尔人抢劫,珠牡也被白帐王强娶为妃,格萨尔大王已在魔地耽搁了九年,如果不回去,天上的神仙、厉神,龙界的龙神们都会惩罚我们。不要再挡大王的路,不要再给大王吃那健忘的药,大王回岭国,我们也快快收拾东西,随大王回家乡吧。"

千里宝驹江噶佩布载着格萨尔大王腾空而起,直向岭国飞去。宝驹受天母的旨意,对格萨尔唱那劝归的歌。它的心里,也早就对大王在魔地留连忘返的行为感到不满。此时,见大王归心似箭,江噶佩布也比平日跑得更快、更急,恨不得一步把大王带回岭国。

快到岭国时,格萨尔忽然拍了拍宝驹的脖子,江噶佩布明白,主人是要它放慢脚步。是呵，离开岭国已经九年了，在这九年中，不知岭国发生了什么变化，岭国的人们都变成了什么样子。格萨尔灵机一动，变化成一个牧羊的小伙子，赶着一群羊，慢慢向岭国走去。

三年前，霍尔人抢走了王妃珠牡，掠走了岭国的财宝，杀死了大英雄嘉察，却因为晁通屡次报信有功，不但没有抢他的财宝和牛羊，还让他当上了岭国国王。赛马会上没有得到的东西，终于得到了一部分。虽然没有了七宝，没有珠牡，但是，他毕竟有了岭国，有了王位，这使晁通稍感满足。由于满足，他就要尽情地享乐，他把琼卡穆布王宫修得金碧辉煌，白日里金光耀眼，黑夜里灼灼放光。然而，他的资财毕竟有限，只好竭力压榨百姓。自从晁通当了岭国王，众百姓没有一天得安宁，没有一天不是在痛苦中煎熬。越是在困苦的日子，他们就越是思念雄狮大王格萨尔。

这天，晁通王正在他那辉煌的王宫顶上散步，看见了格萨尔和他赶着的羊群。晁通以为这是个发财的机会，便把格萨尔的父亲森伦叫来，让他去向那个不认识的牧羊人讨水钱、草钱。

昔日赫赫有名的森伦王，如今已经沦为晁通的奴仆，对晁通王的命令，老汉不敢不从。他骑上跛脚马，一瘸一拐地向山坡走去，见了格萨尔，气喘吁吁地说：

"年轻人，我们大王说了，你的羊群喝水要交水钱，吃草要交草税。"

格萨尔一见父王沦落成这般模样，强忍住心头的酸楚，声音平和地说：

"当然，当然。老人家，您请坐下，我要问您一些事情呢！"格萨尔把虎皮坐垫铺在地上，请老汉坐。

"像这样华贵的坐垫，我老汉可没福分去坐呵！"老汉叹了口气，蹲在一边。

格萨尔拿出自己的圆满吉祥碗给老汉喝茶，又用白把水晶刀给老汉切肉。森伦一见，心中疑惑：我儿的碗和刀怎么会到了这个年轻人的手中？见物思人，老汉抑制不住地大哭起来。格萨尔再也忍不住了，猛地扑在森伦王怀里，叫了一声："阿爸。"

森伦怀疑自己的耳朵出了毛病，忙把格萨尔扶起来。怎么看都不像自己的儿子，老汉大感不解：

"年轻人，我的儿子是世界雄狮王格萨尔，你是谁？我不认识你呀！"

"我就是格萨尔。"雄狮王又变成了自己的本来模样，森伦这才认出眼前的年轻人正是自己日日思、夜夜想,翘首以盼的儿子、岭国的大王格萨尔。

森伦王不哭了。他咬着牙把从格萨尔离开岭国以后的事讲了一遍。讲到大英雄嘉察为国捐躯时,雄狮王的泪水沾湿了衣衫;讲到王妃珠牡被霍尔王抢去时,格萨尔急得如火焚心;讲到晁通叛国投敌时,格萨尔气愤地把牙齿咬得咯咯响。他愤怒地唱道:

> 在黑暗笼罩的夜空,
> 星星炫耀自己的光辉,
> 当太阳从东方升起时,
> 星星却不见了踪迹。
> 在茂盛密集的森林中,
> 斑斓虎炫耀自己的武艺,
> 当勇士设下地弓和窝箭,
> 一样留下自己的毛皮。
> 在东方的岭噶布国里,
> 晁通炫耀自己的权力,
> 当雄狮王从北方回来时,
> 他想躲也躲不及。

森伦王兴奋得有些发狂。他紧紧拉着格萨尔的手:

"快呀!快回家去,快回岭国去,快去见你的妈妈,快去惩罚那罪恶的晁通!"

格萨尔轻轻地抚弄着爸爸的手,想使他平静下来:

"请您不要把我回来的消息告诉岭国人,我还要再转转,亲眼看一看晁通。"

森伦依依不舍地离开了大王。他从心眼儿里高兴。他的苦难就要解除了,岭国百姓的苦难就要解除了,他抑制不住地大喊着:

"从今以后呵,有的人要倒霉了,有的人要兴旺了,百姓们的心愿就要实现了!"

第二天,一个鬓发斑白的老乞丐来到晁通的王宫门前,连连高喊:

"长命百岁的主人呵,给老叫化子一点吃食吧!"

晁通探出头来问:

"你是从哪里来的叫化子?清早来叫门,多不吉利。"

"尊贵的主人呵，我是从魔国来的。"

"从魔国来的？那，快进来，我有话要问你。"晁通一听这老乞丐是从魔国而来，忙把他让进宫来。他刚想吩咐侍女去拿些吃食，想了想，还是自己进去，端出一木盘炒面，上面放了一块酥油，还有一小壶酒。

"喂，老汉，我有机密大事来问你，只要你说实话，今后你的吃穿用度就包在我身上。"

"主人说吧，有什么事？"老汉慢吞吞地吃着炒面，饮着酒。

"九年前我的侄儿格萨尔去北方降魔。头三年传说他死了，后三年又传说他没有死，如今这三年又没有了音讯。到底是死还是活，你要详细告诉我。"

"呵，那号称雄狮王的格萨尔，死去已有八年整，千里宝驹被梅萨用来驮水，箭囊被魔女当作口袋用，魔王鲁赞却还活得好着呢！"

"真的吗？真的吗？"晁通兴奋得有些不敢相信自己的耳朵。

"当然！我给鲁赞做了三年的奴仆，自然知道得很清楚。"老乞丐一本正经地说。

"太好了，我心里的石头可落了地。太阳到傍晚才觉温暖，人到老年更加幸福。这个坏侄儿老是找我的麻烦，只要他活在世上一天，我就不能安心为王。真好呵，太好了，活该他不得长寿。"晁通说着，吩咐侍女拿大块的肉来，拿大碗的酒来，给这老乞丐吃喝，他自己也要吃喝一番。

老乞丐突然抖了抖身子，晁通王眨了眨眼睛，变了，变了，眼前的老乞丐变成了雄狮大王格萨尔。晁通以为自己的眼睛出了毛病，揉了揉，又眨了眨，一点不错，正是自己刚才还在诅咒的侄儿格萨尔。晁通不知说什么好，格萨尔早把白把水晶刀抵在他的胸口：

"气呀气，气得我怒火心头烧。记得我远征北方降魔时，曾嘱托过你好好保岭国。谁知霍尔兵马到，你却降了敌。嘉察哥哥被害死，王妃珠牡被霍尔抢去。敌人退走你却称了王，还把岭国众生折磨得苦难当，我要为国除奸贼，为民报仇冤，今天一定要杀死你，你还有话说么？"

晁通早被格萨尔的尖刀和比尖刀还要厉害的话吓得面如土色。他哆哆嗦嗦，话不成句：

"对，对！侄儿说得对，叔叔确实有罪。叔叔做错了事，可心地并不坏。我再不好也是你叔叔，老人的性命你不要伤害。"

"叔叔的舌头虽然巧，做的事情却肮脏。看你做的事，我要杀死你；念你是同宗，我想饶了你。用佛像砸死自己表虔诚，这种行为不可敬，杀死有罪的亲属，也不值得去庆幸！可不杀你，实在难消我心头之恨……"

宝驹江噶佩布早已忍耐不住，一张嘴把晁通吞了下去。

总管王绒察查根得知格萨尔回国的消息，带领丹玛等众家兄弟前来迎接。老总管显得更加衰老，可一见雄狮王便立刻来了精神，只听他唱道：

> 快乐升平的好时光，
> 已经降临到岭噶布。
> 高兴地举起酒杯来呀，
> 欢乐的歌儿尽情唱！
> 长官用不着担忧百姓少，
> 只要你真心爱黎民，
> 只要你忠厚治国家，
> 只要你能够收民心，
> 光明的部落自然会扩充。
> 男子用不着担忧财产少，
> 只要你心地光明不贪婪，
> 只要你爱护牛羊善农牧，
> 只要你善良慈祥对人和，
> 钱财货物自然会增多。
> 妇人用不着担忧食物少，
> 只要你节俭持家手脚勤，
> 只要你殷勤接待各方客，
> 只要你能给富商备食宿，
> 牛羊食物自然会丰盛。
> 岭国百姓不用再担忧，
> 雄狮大王已经得胜利，
> 酥油、糌粑不会缺，
> 毛毡、氆氇^(注2)不会少，
> 骡马、牛羊会遍岭国。

总管王唱出了大家的心里话。百姓们过了几年苦日子，今天，这苦日子终于到了头，他们怎么能不高兴。

---

2 氆氇：藏语译音，手工生产的一种羊毛织品。品种甚多，一般用作衣料。

正在这时，梅萨绷吉和阿达娜姆带着魔地的财宝物品、骡马牛羊也回到了这里。格萨尔把牛羊、物品分给了岭国的每户每个人。

这时，江噶佩布也把只有一丝气的晁通屙了出来。格萨尔也分了一份财产给他，令他到达喀部落去放马。晁通心中愤恨，嘴上却千恩万谢大王不杀之恩，把个"好侄儿"又叫了千遍万遍。

格萨尔安置了两个王妃，让她俩留在岭国好好侍奉妈妈郭姆和爸爸森伦，就骑上宝驹，朝霍尔国奔去。

讨顽敌格萨尔复仇
受惩罚白帐王被诛

雄狮大王骑着千里宝驹江噶佩布,带着弓箭、宝刀,踏上了复仇之路,一口气跑到了霍尔边境。

当格萨尔来到一条黑色的山沟时,被一只硕大、凶恶的黑青蛙拦住了去路。它把嘴张得大大的,想把格萨尔和江噶佩布一起吞下肚去。

原来,霍尔王抢走了珠牡和珍宝之后,就怕格萨尔前来报仇,沿途设了九道关卡,这黑青蛙乃是霍尔的第一道关。

格萨尔当然不能示弱,不由分说地和黑青蛙大战起来。打了半日,竟没有分出胜负来。雄狮王心里着急,恨不能一刀把黑青蛙斩为两截,可那黑青蛙左跳右闪,始终没让格萨尔的刀落在自己身上,也丝毫没有让路的意思。格萨尔急得使劲一夹马肚子,江噶佩布立即变作一只硕大的乌鸦,猛地叼住黑青蛙,把它吞了下去。格萨尔高兴极了,关键时刻,宝驹又帮助了他。

格萨尔继续往前走。第二道关是一座陡峭的山岩,一个瞎眼睛的母夜叉拦在唯一的小路上。雄狮王因为无心和她恋战,只把宝弓变成一块大磨盘石,自天上落下,把个夜叉婆砸得粉身碎骨。

就这样,格萨尔又打败了魔狮、魔马、魔狗、魔牛等妖魔,闯过了第八道关卡。

霍尔王设的第九道关最厉害。这道关卡的石崖戳进半天云外,中间狭路只容一人一马。守关的是两个大力士，二人把一面鲜艳的红旗插在关口的石岩上，风一吹，正好把关口挡住，二人则躲在红旗后面，轮流睡觉。

格萨尔知道这两个人不好对付，只能智斗，不能硬拼。他摇身一变，变成个仆人模样，走到关前。守关的两个大力士听到脚步声，早已警觉起来。格萨尔不等二人发问，就主动把自己的身份和来意道了出来：

"呵，二位大力士，我从岭国来，是嘉洛家的佣人。我家主人让我给珠牡王妃送个信，并带来了王妃喜欢吃的食品。"

两个大力士一听是王妃珠牡家的仆人来了，不敢怠慢，立即下关来看，格萨尔趁机向他俩敬酒。两个大力士早就被那酒香馋得流出了口水，不等格萨尔多劝，就饮了许多，一边喝，一边还说：

"嘉洛家的人，是我们白帐王妃珠牡家里的人，我们是亲戚了，今晚，就住在这里吧，就住在……"话还没说完，两个大力士已经昏睡过去。他们哪里知道那酒中早被格萨尔撒了药。雄狮王见二人大睡，立即抽刀结果了他们的性命，再次上马。出了山口，却不知该走哪条路才能到霍尔王宫，正在犹豫之时，空中忽然响起了天母朗曼噶姆的歌声：

> 降伏霍尔时机到，
> 但他的王宫却坚牢；
> 城墙几十丈上不去，
> 爬墙的铁索要打好；
> 打好铁索进王宫，
> 才能把霍尔三王都杀掉。
> 你从这里往前走，
> 前面经过三座山。
> 最后一座山洞里，
> 流出清清好山泉。
> 智慧仙女吉尊益西，
> 是你终生好伴侣，
> 先住她家把亲定，
> 有她才能进王城。

格萨尔听罢，打马直向前走，翻过三座大山，果然看见一眼清清的泉水从山洞里流出来，一个美若天仙的姑娘，正在泉边汲水。姑娘穿着绣有金龙的黑绒长袍，衣领是珊瑚般的红狐皮，镶着白猞猁皮大边，蓝黑色水獭皮滚的小边，腰间束着五彩帮垫，胸前挂着三层黑金镶花佛盒，脖子上带着绿松石、红珊瑚等各色珠宝制的项链。这姑娘长得真美呀，如果看她鲜花般的容颜，深山老林中的苦修行者也会微笑，高僧比丘也会动心，大路旅客会频频回眸，年轻小伙子会失魂落魄。姑娘的脸像十五的满月，能压倒一切天仙；身子修直而柔软，胜过下界十万龙女。格萨尔暗想，面对这样艳丽的姑娘，真会令人改变对天堂的看法，对人间产生爱恋之情！没想到在这邪恶的霍尔国竟有这样的美女，为什么白帐王不娶她为妃呢？格萨尔想着，变化成一个小乞丐，向泉边走去。

吉尊益西自从给白帐王打卦后，一直留在国内。为了抢珠牡，霍尔国损兵折将，吉尊益西的弟弟也死于战争，但白帐王达到了目的。可吉尊益西却牢牢地记住那不吉利的霍尔王定要覆灭的卦象。昨天晚上，她梦见将有一位天神到这里。早晨一起来，她就让爸爸噶尔柏纳亲王准备好酒饭，自己到泉边来打水，没见到什么天神，却碰上个小叫化子。吉尊益西心中疑惑，或许这个小乞丐就是天神变化的呢！所以，吉尊益西并不忙着汲水，而是非常慈祥地打量着眼前这个衣衫破烂的小孩。看了一会儿，姑娘似乎看出了什么破绽，便试探着问道：

"看你头上有金盔印，腰上有铠甲痕，弯着腿像是刚下马，哪里像是要饭人。你可是天神？要么是英雄？为什么到霍尔来，可是要来报仇雪恨？"

格萨尔暗自佩服这姑娘的慧眼，听她要道出真情，急忙解释：

"这位阿姐好粗心，把个叫化子当天神。我头上哪有金盔印，那是帽子压的痕；腰上哪有铠甲痕，那是穿的衣服叠成的印。我是天生的弯腿没骑过马，这副样子哪里像英雄？我到霍尔来，是来讨吃食，不懂得什么是报仇雪恨。"

格萨尔越是掩饰，吉尊益西越是疑心，但她不能肯定眼前这个叫化子就是天神。管他是什么呢，反正爸爸已经把酒饭准备好了，就带他回家吃一顿吧。想着，吉尊益西招呼格萨尔和她一起回家去。

吉尊益西将格萨尔带回家，父王急忙出来迎接，见女儿带了个要饭的叫化子回来，很不高兴，但一见这小乞儿长得倒惹人喜爱，遂拿出酒饭。父女二人眼看着小叫化子又吃又喝，一会儿功夫把酒饭吃喝干净。格萨尔向父女二人道了谢，就要出门，被吉尊益西拦住了：

"哎，你要到哪里去？"

"不知道，哪里热闹就到哪里去吧。"格萨尔装出一副天真烂漫的样子，使人看了更加喜爱。

"爸爸，看他怪可怜的，我们就把他留下吧。"吉尊益西向爸爸恳求着。

"好吧。"噶尔柏纳亲王爽快地答应了女儿的要求，同时又和蔼地问格萨尔："那么，你会做些什么事呢？"

格萨尔回答得也很爽快：

"我不会转没有经文的轮子，不会把外边的敌人引进来，不会把家里的东西拿出去扔掉，除了这些，什么都会做。"

"好，你就留下吧。现在，你到磨房去磨些炒面。"噶尔柏纳亲王吩咐道。

"呵，主人，我说了，我不会转没有经文的轮子。"格萨尔拒绝去磨面。

"那么，你把房子打扫打扫，把垃圾倒掉吧。"

"我不会把家里的东西拿出去扔掉呀！"格萨尔又拒绝去倒垃圾。

"那么，你去打些刺柴(注1)来吧。"噶尔柏纳亲王有些不耐烦。

"我说过了，主人，我不会把敌人引向家里。"格萨尔第三次拒绝了主人的吩咐。

眼看爸爸要恼怒，吉尊益西急忙给格萨尔解围：

"喂，你会做些什么呢？会烧火吗？会打铁吗？"

"会的。"格萨尔肯定地点了点头。

吉尊益西高兴极了，噶尔柏纳亲王的脸上也露出了一点笑容。

格萨尔在噶尔柏纳亲王家里留了下来，帮助亲王烧火、打铁。

有一天，亲王对格萨尔说：

"孩子，家里的木炭没有了，你和吉尊益西去烧些炭回来吧。"

格萨尔点头答应了。吉尊益西准备好饭，二人来到靠山的一片树林里。格萨尔说：

"姐姐，我们各干各的吧。"

吉尊益西说还是一起干的好，这样可以快一些，可格萨尔说什么也不同意，吉尊益西只好自己去挖窑、砍树，格萨尔却舒舒服服地躺在地上睡着了。吉尊益西点了火，跑过来叫格萨尔快起来烧炭，他翻了个身，眼睛都没睁一下，就又睡着了。吉尊益西生气了，把带来的饭吃了一半，剩下的一半放在格萨尔身边，驮起烧好的木炭就回家了。她到家后跟爸爸一说，噶尔柏纳亲王也很生气，只等格萨尔回来再跟他算账。

没有多大功夫，格萨尔驮着很多木炭回来了。噶尔柏纳亲王用怀疑的目光

---

1 刺柴和敌人在藏文中是同音词。

看着女儿,吉尊益西也惊得目瞪口呆。噶尔柏纳急忙吩咐女儿去给格萨尔烧茶做饭。吉尊益西心里像是明白了什么,但却不动声色地去给格萨尔烧饭。

又过了些日子,木炭用完了,吉尊益西主动对爸爸说,她要和格萨尔去烧炭,噶尔柏纳答应了。吉尊益西准备好了饭菜,二人又来到第一次烧炭的树林里。吉尊益西并不忙着砍柴烧炭,而是静坐在地上默默地念诵着什么。一会儿她才起来,烧了一锅茶,把头茶献了天地,第二碗茶给了正在地上躺着的格萨尔,又把一条哈达和一对象牙手镯也献给了他。格萨尔见吉尊益西一反常态,行为古怪,心中纳闷,只听吉尊益西低声而又愉悦地唱道:

> 我这巍峨的雪山,
> 乃是你白狮的归宿。
> 为何至今不显现绿鬃?
> 雪山始终在向往着你呵,
> 你可知道我的赤诚?
> 我这锦绣般的草山,
> 乃是你红咒的归宿。
> 你为何至今不露犄角?
> 草山始终向往着你呵,
> 你可知道我的痴情?
> 我这葱郁的檀香林,
> 乃是你猛虎的归宿。
> 为何至今不显出斑纹?
> 檀香林始终向往着你呵,
> 你可知道我这善良的心?
> 我霍尔姑娘吉尊益西,
> 是雄狮王的终生伴侣。
> 你为何至今不显现真容?
> 姑娘我一直向往着你呵,
> 你可知道我的一片忠贞?

◀ 格萨尔路遇吉尊益西

格萨尔骑着江噶佩布,只身入霍尔国降魔,翻过三座大山看见那一个美若天仙的姑娘正在泉边汲水,暗想白帐王何不娶她为妃呢?他就变成小乞丐,被智慧仙女化身的吉尊益西迎回家中。吉尊逐渐认出小乞丐就是格萨尔王,就向他表露心意。

> 我这白螺般的耳朵,
> 已听见了天母的歌声。
> 我这启明星般的眼睛,
> 已经看见了天母的身影。
> 天母的预言正合我心呵,
> 雄狮大王正是我的心上人。

雄狮王知道该是他显露本相的时候了。

吉尊益西唱完歌,却不见了地上躺着的小孩;她正用目光四下搜寻时,只见半空中出现了一位英雄。英雄生得齿白如玉,面色黑红,身材魁梧。虎腰像金刚般坚实,双足如大象踏地。白盔白甲,骑在火红色的宝驹上,绫带纷纷飘起,身上放射着光芒,真好似天神下凡而来。雄狮王在吉尊益西的玉颈下搭了一条"昼夜平安"的洁白哈达,对她唱道:

> 我来自遥远的北方,
> 正是那格萨尔雄狮王;
> 不是想观赏山川的奇妙,
> 而是要追回被劫的妻房;
> 我追歼外敌却丢了家乡,
> 征服了魔国却毁了岭邦,
> 娶了魔女却丧失了王妃,
> 斩了黑魔却招来了白帐王,
> 得了魔财却失去了宝藏,
> 此来是向白帐王讨还血账。
> 一报杀我长兄嘉察的仇,
> 二救被抢去的爱妻,
> 三雪毁我岭国的恨,
> 定除白帐王这个仇敌。
> 在这烦恼孤寂的时刻,
> 只有你是我唯一的伴侣。
> 征战时请为我出谋划策,
> 降敌后请与我同返岭国。

格萨尔大王与吉尊姑娘海誓山盟,发愿白头偕老,永不分离。

吉尊益西把手向西一指：

"大王，你看那座像酥油一样白的雪山，山后有霍尔王的寄魂野牛。黄野牛是黄帐王的寄魂牛，白野牛是白帐王的寄魂牛，黑野牛是黑帐王的寄魂牛，红野牛是辛巴梅乳泽的寄魂牛，花野牛是我父王的寄魂牛，青野牛则是我自己的寄魂牛。你要想降伏霍尔三王，先要把黄、白、黑三色野牛的角砍掉，千万别回头。"

格萨尔听了吉尊益西的话，来到雪山后面，果然见一群野牛中有六头与其他野牛不同的寄魂牛：样子好凶猛，个子也很高大。这样凶猛、硕大的野牛是不容易靠近的，那有灵性的寄魂牛就更难让人接近。格萨尔摇身一变，变成一只大鹏金翅鸟，闪电般地落在黄野牛身上，砍掉它的一只角，接着又砍掉白野牛和黑野牛的一只角。当它落在红野牛身上时，突然觉得很不舒服，没顾得上砍那辛巴梅乳泽的寄魂牛牛角就飞了回来。

吉尊姑娘还坐在林边，格萨尔的七位梵友和三百六十位天神眷属早已将木炭烧好。格萨尔又变成原来的样子，和吉尊一起把木炭驮回家去。

森姜珠牡王妃到霍尔国已经三年了，在万般无奈的情况下，做了白帐王的妃子，还给他生了个儿子。这天，白帐王和王妃抱着儿子在王宫的最高处玩耍，珠牡忽然看见一个衣衫破烂的人，牵着一只猴子向王宫走来。珠牡立即对白帐王说：

"大王，把那个耍猴子的叫进宫来玩一玩吧。"

白帐王、黄帐王、黑帐王三兄弟，自从寄魂牛被砍去一只角后，都得了重病。请医吃药敬天神以后，白帐王的身体恢复得比较快，已经能够和王妃、王子耍笑。黄帐王和黑帐王虽然也好多了，却还不能起来走动。因为病了一阵，白帐王心里很烦闷，一听有耍猴子的来了，巴不得叫进来给他开开心呢！

耍猴的人被叫进了王宫，表演了一会儿，果然引得白帐王开怀大笑，王子也嘻嘻地笑个不停。白帐王吩咐婢女给耍猴的人拿吃食、给赏钱。耍猴的领了赏钱就要离开，那王子却闹着不让。白帐王让珠牡带着王子再看一会儿，自己则进宫歇息去了。

珠牡听耍猴的说他是云游四方的叫化子，也许他也到过岭国，到过魔地呢。因为白帐王在身边，珠牡不好细问。等白帐王一走开，她正可以好好地细问这个叫化子几句话。

"老叫化子呀，赏你的吃食你已吃了，赏你的钱你也拿了。我还有话要问你，你若说实话，我再赏你能吃一百年的饭食，能穿一百年的衣服。"

老叫化子点点头：

"听凭王妃吩咐。"

"你途经东方时，是否看见过两座大山，一座像黄毡衣上缝着纽扣，另一座像头上戴着黄帽子。它们是我故乡的神山，有什么变化请告诉我。"

"尊敬的王妃呀，这样有名的两座山我怎能没见过，只是一座山的纽扣已经解开了，另一座山的黄帽子已经落在平地上。"老叫化子一边说，一边观察珠牡的神色。

听到这凶恶的消息，珠牡的眼泪早已落下来。她心中暗想：我和雄狮大王会见的缘分，恐怕真的不会有了，但不知大王究竟怎么样。

"老叫化子呀，你可知道雄狮大王格萨尔的消息？"

"知道的，知道的。他到北方去降魔，没有征服敌人却被妖魔消灭了。他已经死了好几年。"老叫化子一点也不怜惜王妃的眼泪，从他那张嘴里吐出一个又一个不幸的消息。

珠牡一听，这下完了，大王已经死了，我这卑贱的身子活着还有什么意义。想着，珠牡把自己头上的松石发压、身上的黄金饰物全部摘了下来：

"给你吧，给你吧，老叫化子，这是我给你的布施。你带来了那么多不幸的消息，使这些饰物在我身上失去了光彩。我也不想再活下去。只望你拿了这些首饰，做做善事，超度雄狮大王格萨尔和她的王妃森姜珠牡。"说罢，从老叫化子的腰中抽出白把水晶刀，朝自己的胸口猛刺。

老叫化子手疾眼快，一把将小刀从珠牡手中夺回：

"阿姐呀，用不着这样自杀呀，我刚才是和你说着玩的。东方的两座山没有任何变化，格萨尔大王已经降伏了黑魔鲁赞，现在，他已经到霍尔国报仇来了。"

"真的？！老叫化子，你不要再骗人了。"珠牡将信将疑，满面泪珠的脸上又布上了一层亦喜亦忧的疑云。

"刚才是骗人，现在不骗你，你快把首饰都戴上，免得白帐王见了要杀我，免得你见了雄狮王失去了好容光。"老叫化子嘻嘻地笑着，使珠牡想起了什么。是的，当初自己朝柏日东措海跳去时，觉如揪着马尾巴，就是这样笑的。莫非，莫非眼前的这个叫化子又是雄狮大王格萨尔的化身？而且，他又那么肯定地说格萨尔已经到了霍尔国。只是，在这王宫里，他不能明说，我也不好明问，得找一个在外面的机会，再详细盘问盘问他。珠牡把首饰一一戴好，又吩咐再赏这个叫化子许多吃食和银钱。

这耍猴的老叫化子正是雄狮大王格萨尔所变。他见珠牡仍像从前那样爱着他，心中感动万分。但是，他不能把这种感情流露出来，唯恐时机不到，惊动了霍尔王，给降魔带来麻烦。所以，他不能多说什么，匆匆吃了赏赐的饭食，拿了银钱，就走出宫来。他走到半路上，被霍尔的大臣辛巴梅乳泽拦住了。格萨尔心中一惊，莫非被他看出破绽，他要动手不成？梅乳泽的寄魂牛没有被砍下角来，所以他的精神还好得很，力气也大得很，我一定得好好对付，先杀死这个大辛巴，为嘉察哥哥报仇。格萨尔紧张地思索着对付梅乳泽的办法，表面上却装糊涂：

"呵，尊贵的辛巴王，跟我这叫化子有什么话说？"

"跟我来。"梅乳泽只说了三个字，转身朝一个僻静的小树林走去。格萨尔紧紧跟在后面，这正是他所希望的，在一个不常有人来的地方杀死大辛巴，可以不引人注意。

二人来到小树林中，辛巴梅乳泽突然一转身，纳头便拜：

"我尊敬的主人呵，统治万民的明君，世界雄狮大王格萨尔，请接受我的敬意吧。"梅乳泽捧出一条洁白的哈达，又从无名指上摘下自己的碧玉戒指，继续说：

"大王呵，我是有罪的辛巴，可我也有许多难言的苦衷呵！"梅乳泽把霍、岭战争的始末讲了一遍，最后又说："雄狮王呵，如今您来报仇雪恨，请手下留情饶我的命。我有黄金十八驮，白银十八驮，绸缎十八驮，松石珊瑚十八驮，青稞麦子十八驮，骡马牛羊数不清，都献给您，雄狮王，以赎我的罪过吧。"

格萨尔一想起哥哥嘉察死在这个辛巴王的手下，真想一刀砍了他的脑袋；但转念一想，先不杀他也好，免得打草惊蛇，惊动了三个霍尔王，就不好办了。等杀了霍尔三王，再找他算账不迟。格萨尔遂装出一副没听懂他的话的样子：

"呀呀，你这大辛巴，霍尔王的大臣子，霍尔国的大英雄，十二万户部落的首领，怎么对我这个流浪汉行如此大礼，叫我怎么消受得了？"

"雄狮大王，请不必再这样。关于您的行踪，我绝不会告诉别人。我对您是诚心诚意的，请您不要辜负我的一片忠心。从今日起，我将闭门静修，再也不出来了。"梅乳泽说罢，扭头就走。

格萨尔捡起他敬献在自己面前的哈达和戒指，笑了笑，也走开了。

回到噶尔柏纳王府，格萨尔抓紧时间锻造铁链。没几天功夫，铁链打得差不多了，吉尊益西跑来告诉他：

"大王，你现在要再到白雪山后面去，在霍尔三王的寄魂野牛的头上钉上铁钉子，然后就可以降伏他们了。"

格萨尔跑到雪山后面，在三头寄魂野牛的头上钉上了又长又大的铁钉子。三个霍尔王又病了，比上一次病得更重。白帐王吩咐侍卫来请吉尊姑娘进宫打卦问病。

吉尊拿着算卦的用具进了王宫，装模作样地祈祷了一会儿，胡乱地一算，大惊失色地说：

"大王，卦象不好呵！你们的病是因为冲撞了家神孜曼杰姆。她生气归天去了，要想请她回来，必须请五个漂亮的姑娘，戴上最好的首饰，到前面山上煨桑敬神，同时，王宫的三个门要大开三天，才能把家神请回来。"

白帐王被病折磨得昏了头脑，只要能治病，做什么事都行。他立即吩咐一切按照吉尊益西说的去办。黄帐王和黑帐王担心大开宫门会有危险，不同意三门齐开。白帐王想了想，决定只把内门紧闭，开大门和中门。

一个十五的月明之夜，格萨尔对吉尊益西说：

"今天是降伏霍尔干的时候了，我就要进宫去，杀死霍尔三王，救出珠牡。你去白玛塘上滩，石山和草山交界的地方等我，我带珠牡和你在那里相会。"

吉尊益西虽然知道大王此行危险，但这是上天的旨意，不能违抗。而且，黄霍尔王作恶多端，也该诛戮。她望着大王离去，心中默默为大王祈祷，祝大王马到成功。

格萨尔把铁链揣在怀里，摇身变成一个霍尔人，身穿毛毡袍，头戴白毡帽，在月光下很不显眼。因为大门和中门都敞开着，格萨尔毫不费力地来到内城的门前，掏出怀中的铁链，向上一抛，正中城头上的一个铁橛子上。格萨尔抓着铁链一点一点往上爬，爬到中间时，他又累又乏，口中干渴，腹内饥饿，再也爬不上去了。正在这时，天母朗曼噶姆及时赶到。她向格萨尔的脸上吹了一口气，格萨尔只觉得异香扑鼻，顿时精神倍增。他三步并作两步快速向上爬去，一直爬到王

> **▶ 降伏白帐王**
>
> 白帐王一睁眼睛，见有人进宫，立即翻身下地，不料踩在豆子上，滑了一跤。格萨尔马上跳过去，左脚踏在他身上，连踩了三下，又将一个金鞍压在白帐王身上，让他动弹不得，然后抽出白把水晶刀，骂道："你这害人的魔王，今天是你的死期！"

宫的神龛上，才稍稍喘了一口气。

就在格萨尔向城墙上爬的时候，岭国的战神和霍尔国的魔鬼神也像云雾一样聚在一起，厮杀起来，把珠牡的儿子吓得大声啼哭。白帐王从昏睡中醒来，问珠牡："王子为什么哭？"珠牡心乱如麻，自从见了格萨尔变化成的叫化子，她心中一直是乱哄哄的。见白帐王问自己，珠牡一面胡乱答应，一面给孩子喂奶。孩子不哭了，白帐王又昏睡过去。珠牡已经猜到，一定是格萨尔大王来了。今天夜里，这王宫中一定有一场大厮杀，自己应该有所准备才对。于是，珠牡在白帐王要经过的地上撒了一些黑豆。刚撒完，雄狮王已经从王宫的窗户上跳了进来，王子又大哭起来。白帐王一睁眼睛，见有人进宫，立即翻身下地，不料踩在豆子上，滑了一跤。格萨尔马上跳过去，左脚踏在他身上，连跺了三下，又将一个金鞍压在白帐王身上，让他动弹不得，然后抽出白把水晶刀，骂道：

"你这害人的魔王，今天是你的死期！"

"你，你是谁？"白帐王惊恐万分。

"我就是世界雄狮大王格萨尔！"

"大，大王，我是有罪的。我有金银，我有珠宝，我有黄金的宫殿，我有成群的牛羊，还有很多很多的好东西，全都送给你。只请大王手下留情，别，别杀了我。"白帐王被格萨尔的刀逼着，只有求饶的份。

"让你知道有罪，知道我格萨尔是来治你的罪就够了，怎么能让你活命？若让你活命，除非我的嘉察哥哥死而复生，我们岭国的众家弟兄再投人世！今天，我这白把水晶刀，就是杀你的宝刀。"格萨尔说完，结果了白帐王的性命。

格萨尔吩咐珠牡快快收拾好，等他杀了黄帐王和黑帐王，就来接她走。

当格萨尔转回来时，见珠牡背着孩子，立即沉下脸：

"你要把魔王的孽种背到哪里去？"

"大王呵，求你答应我把他带走吧。他虽是白帐王的骨血，也是我的亲生子，是我身上的一块肉，现在还未断奶，离了妈妈，他是活不成的。"

"你还有这样的慈悲心肠！霍尔王杀了我们岭国多少孩子！在他们刀下，死了多少英雄。你快把这孩子扔下跟我走！"

珠牡懂得格萨尔此时的心情，却又不忍心丢下这吃奶的孩子，真是肝肠欲断呵！见大王已经走在前面，珠牡又看了一眼熟睡中的儿子，亲了亲儿子的脸，把他放在库房里，心中祷告着，但愿有人能抚养他，别让他饿死。珠牡抹去脸上的泪水，咬咬牙，一步三回头地出了库房。

见珠牡一个人跟自己走了出来，雄狮王的心里还是放不下那个孩子。心想，孩子是敌人的骨肉，长大后还会生敌对之心，应当斩草除根，免留后患。于是又返回去，杀了那小孩，才带着珠牡出宫去找吉尊益西。

　　格萨尔杀了霍尔三王，为民除了大害。全城的百姓都来为格萨尔王庆功。大辛巴梅乳泽也来了。格萨尔一见他，怒从心头起，立即揪住他，要将他斩首，为嘉察哥哥报仇。全城的百姓都跪下为梅乳泽求情，都说他是好人，连珠牡也说霍、岭之战不是梅乳泽的罪过。格萨尔见梅乳泽受到百姓们如此爱戴，也为之感动，于是，饶恕了梅乳泽，并把他封为霍尔国的首领。

　　梅乳泽诚心诚意地表示，愿意向格萨尔大王称臣，愿意为雄狮王效犬马之劳。格萨尔吩咐他好好治理霍尔国，让百姓们过幸福安乐的日子，日后有用他之处，再让他立功赎罪，将功补过。

生祸端黑姜抢盐海
用计谋辛巴建奇功

位于岭国南面的近邻黑姜国，有十八万户部落，国土广大，国王名叫萨丹。国内兵多将广，粮草丰美。萨丹王不仅武艺高超，而且通晓妖法邪术。他不仅对国内的百姓横征暴敛，使百姓苦不堪言，也经常向邻近的邦国、部落发动攻击，使得邻近的小邦国家鸡犬不宁。

这一天，萨丹王一觉醒来，忽然想起要巡视一下他的国家。成群的侍卫和大臣前呼后拥地围绕在国王身边，萨丹王非常高兴。他看了他国内的粮仓、金库、牧场、牛羊，还有数不清的臣民百姓和珠宝绸缎，心中甚是惬意。忽然，他感到像是缺点什么东西，眉头皱了起来。大臣和侍卫们一见国王不高兴，又不知因为什么，所以格外小心侍候，唯恐出错。萨丹王心里不高兴，便没有兴趣再巡视，把原来要狩猎的念头也打消了。

姜国的大臣们不知道他们的国王为什么不高兴，可姜国的保护神——魔鬼神却知道得一清二楚。这天夜里，魔鬼神骑着三条腿的紫骡子，像空中的闪电一样落在玉珠塞钦宫中，附在萨丹王耳边说：

"大王的苦恼我知道，姜国不缺金不缺银，不缺牛羊和粮草，只缺一种最好的调味品——盐巴。所以，大王吃饭觉着无味，饮茶也不香，邻近岭国有个阿隆巩珠盐海，大王应该把它抢占过来，为姜国所用。"

见萨丹王有些犹豫，魔鬼神知道他是惧怕岭国的雄狮王格萨尔，马上又说：

"不要怕，我们的萨丹王。头别怕，我做金盔护着你；身别怕，我做银甲裹着你；脚别怕，我做大地驮着你。"

萨丹王一觉醒来，天已大亮。因为有了魔鬼神的鼓动和保护，他立即决定集合姜国的兵马去抢阿隆巩珠盐海。

萨丹王命姜国的三员大将珠扎白登桂布、杰威推噶、蔡玛克吉为前锋大将军，令王子玉拉托琚为先锋，立即发兵岭国，去夺盐海。

王妃白玛曲珍听到这个消息，立即赶来劝阻：

大王呵，
好战常因战斗死，
好胜往往失败多；
别国的土地不能占，
没理的事情不能做。
姜国地大财富多，
有粮有肉果木多，
大王和臣子吃不完，
不要侵犯别国去惹祸。

内大臣柏堆也很赞同王妃曲珍的话，劝大王慎重从事，免得惹起祸端，将来后悔。

老将齐拉根保却不爱听王妃和内大臣的话，他摸着自己花白的胡须，用教训的口吻说：

"我们黑姜国名扬天下，兵多将广，萨丹王智勇双全，那盐海本来就该归我们姜国所有，现在去抢夺，哪会有什么祸端！大王不必顾虑，快快发兵才是。"

曲珍王妃见劝不了萨丹王，又转过来劝玉拉王子。

这王子玉拉年方五岁，王妃爱他若掌上明珠，怎么肯让他去出征呢。

"玉拉呵，妈妈的娇儿，五岁的娃娃怎么能上战场？年小身体未长大，乳牙未退奶未干，不能随便到阵前。你若有个一差二错，叫妈妈怎么活在人间。"

王子怎能不出征，可听妈妈这样说，又不愿让妈妈生气，就故意说：

"儿做先锋是父王点的将，您应该先去劝父王才是。"

"儿呵，你要是听妈妈的话，就到父王跟前去告假，如若父王不允许，献上

礼物作代价。献上一群千里马，献上一群梅花鹿，献上一群犏牛和绵羊，父王一定会称心的。如若父王再不准，你就向他要物品，要九百个金银库，要九百个绸缎库，再要九个持纲人，还要三位大英雄。这些要求不答应，我儿一定不要去上阵。"

见妈妈说出这样的话，玉拉王子有些不高兴，他怎么能随便向父王伸手要东西呢？再说，打仗是自己最高兴、最愿意干的事呵！看来，不和妈妈讲明是不行的。玉拉想了想，这样对妈妈说：

"阿妈呀，我和一般的孩子不一样。孩儿三岁时，就已称英雄，现在五岁整，已是大英雄。我的左手能抓住闪电，右手能扳倒石山，一吼赛过青龙吟，一叫震过天雷轰。"见妈妈眼中含泪，玉拉心中不忍："阿妈呀，阿妈的养育之恩孩儿怎能忘？孩儿打敌人赛猛虎，在父母面前却像奴仆。儿去出征夺盐海，也同样是孝敬父母，保卫国家保乡土。这样才是大丈夫。阿妈请您别伤心，再说什么也留不住我。"玉拉分明是奉父王之命去夺岭国的盐海，却说什么保国和保家。他不顾妈妈的竭力劝阻，穿起盘龙小红袍，扎上绿色腰带，登上黑缎小靴，系上五彩靴带，上马而去。

王妃白玛曲珍眼看着王子急驰而去，忍不住落下泪来。

自从平伏了黄霍尔之后，格萨尔大王重新修饰了达孜城，把王宫建造得十分宏伟壮观，富丽堂皇。雄狮王与众王妃居住宫中，管理国政，大施善事。岭国百姓结束了过去的苦难生活，他们又有了自己的牧场、土地，过上了幸福安宁的日子。百姓们安居乐业，天下太平。

这一天，太阳还没有出山，雄狮王已经起床。他漫步来到王宫顶楼平台上，抬头仰望天空，忽然发现蓝幽幽的天空中出现一片彩云，彩云上托着一匹白螺似的白马，马上坐着一人，头上是一顶黄罗伞盖，周围有无数天神仙女围绕，五色花雨随着彩云而落，一股世上从未有过的芳香扑鼻而来。格萨尔认出来了，这正是自己的在天之父——白梵天王。格萨尔纳头便拜，只听得琵琶铮琮，铜铃叮

> ◉ **萨丹王兴兵抢盐海**
>
> 萨丹王虽粮满仓，金满库，牧场广袤，牛肥羊壮，还有数不清的臣民百姓，独缺世上最好的调味品，不由得觉着吃饭无味，饮茶不香。夜里，姜国保护神黑魔王来到他的玉珠塞钦宫中，让他去抢岭国的阿隆巩珠盐海，并保证时刻保护他。萨丹王一觉醒来，立刻决定集合姜国兵马去抢盐海。他命姜国的三员大将珠扎白登桂布、杰威推噶、蔡玛克吉为前锋大将军，令王子玉拉托琚为先锋，立即发兵岭国。王妃白玛曲珍听到这个消息，立即赶来劝阻。萨丹王根本不听。

当，白梵天王为神子作歌曰：

> 我儿推巴噶瓦呵，
> 你抬起头来看着父王，
> 你细细地听父王说端详。

"儿呵，你是长了绿鬃的白狮子，你是檀香林中的花斑虎，你是百姓的好君王。你已经降伏了黑魔鲁赞，又消灭了霍尔三王。百姓们快乐，父王和天神们也欢畅。孩儿呵，要想好日子过久长，必须用刀矛来保卫。岭国的南方有个萨丹王，姜国的领地遍四方。他不仅残害生灵百姓，如今还要发兵来夺岭国的盐海，要把阿隆巩珠归黑姜。"

格萨尔一听姜国要来抢夺盐海，立即抽刀在手：

"父王，孩儿马上出征，讨伐萨丹王，保卫阿隆巩珠盐海。"

"孩儿不要忙，这次打黑姜，要用辛巴王。梅乳泽是降将，如今该他出力量。你赶快派人召辛巴，让他快去盐海旁，专把玉拉王子擒，千万不要把命伤。"

天王说完，飘然而去。

格萨尔并不怠慢，立即叫蒙古小臣索米班笛去向辛巴梅乳泽传命。

辛巴梅乳泽得知岭国派来使臣，立即下令，命霍尔十三部落和一百二十万户都派人骑马迎接，还选了许多美丽的姑娘，打扮得如花似玉，进茶献酒，跳舞唱歌。辛巴梅乳泽也把自己认真地打扮了一番：头戴红狐狸皮帽，身穿黑羊皮缎子袍，七色带子将有日月联璧的金银碗佩在身上。骑上火焰驹，出城来迎接索米班笛。见了使臣，梅乳泽首先献上一条三庹长的白哈达，然后唱道：

> 罪人辛巴梅乳泽，
> 敬祝大王永康乐。
> 他为国为民除祸害，
> 他是世界的大英雄。

问候大王之后，梅乳泽又一一问候了珠牡等众王妃，岭国的众英雄，祝他们永远健康长寿。问候罢，梅乳泽又喜滋滋地对使臣说：

"现在的霍尔国，可比以前不同了。托格萨尔大王的福，现在是穷人变富了,老人变长寿了,小孩更快乐了,姑娘们更美丽了。牦牛、奶牛和犏牛,比天上的星星还要多;山羊、绵羊、小羊羔,好像白雪落山坡。无主的骡子赛过茜苡草,无主的马儿比野马多,无主的食品堆成山,无主的野谷开满了花朵。奶汁像海酒像湖,没有人再愁吃喝。臣民夜里跳道舞,百姓白天唱善歌,人人欢喜人人乐,这都是格萨尔大王的功德高,我们要再祝大王永康乐!"

使臣索米班笛听了梅乳泽的话,十分高兴。他把自己的来意一说,梅乳泽立即答应道:

"大王怎么说,梅乳泽就怎么办。"

说罢,拿出食品招待使臣,拿出礼物献给雄狮王。索米班笛回去了。

辛巴梅乳泽头戴金盔,身披红甲,跨上枣红千里马,来到霍尔的最高山上煨桑敬神。随着袅袅的青烟,梅乳泽向左转三转,又向右转三转,说道:

> 霍尔的保护神请听真,
> 我摆上十一、十二、十三供,
> 供品献给霍尔魔鬼神,
> 上边白帐房像白云,
> 洁白的水晶作城门,
> 威武的白狮子坐垫上,
> 那是霍尔白魔鬼神。
> 中间黄帐房像黄云,
> 灿灿的金子作城门,
> 威武的虎皮坐垫上,
> 那是霍尔黄魔鬼神。
> 下边黑帐房像黑云,
> 黑黑的钢铁作城门,
> 威武的九头猪皮坐垫上,
> 那是霍尔黑魔鬼神。
> 我用供品上了供,
> 供给霍尔的保护神。
> 魔鬼神能护佑我,
> 什么地方都不怯阵。
> 青天上太阳有威力,
> 白毡般的白雪不顶事。
> 我能把白雪融化掉,

驯服狮子作奴隶。
天上雷电有威力，
大小石山不顶事。
我能把石岩打粉碎，
驯服大鹏鸟作奴隶。
红红的火舌有威力，
软软的茅草不顶事。
看我一下烧光它，
驯服野马作奴隶。
英雄辛巴梅乳泽，
哪把玉拉放眼里。
我要杀死萨丹王，
驯服魔鬼作奴隶。

唱完，梅乳泽带着格萨尔和岭国三十位英雄给自己的三十一支利箭，像疾风一样朝盐海奔去。虽然千里迢迢，但人强马快，只用了七天功夫就到了。

梅乳泽来到盐海边时，姜国人马尚未到达。梅乳泽下马歇息。没过片刻时间，只见黑烟滚滚，尘土飞扬，梅乳泽知道这是抢盐海的人马到了。看着众多的兵将簇拥着一员小将，梅乳泽猜出，这一定是姜国王子玉拉托琚了。姜国兵马众多，自己单枪匹马，怎么能敌得过这来势汹汹的军队呢？梅乳泽灵机一动，想出一条妙计。他立即用霍尔王的口气，写成一封长信，拴在箭杆上，坐在盐海边等着。只见姜国王子玉拉像离弦的箭一样，快马驰来，在离梅乳泽几十步远的地方停住了：

"喂，海边的红衣人，你是从哪里来的，孤孤单单往哪走？莫非你是迷了路，还是有什么事情？你别呆坐装糊涂，快快离开这地方。"

"我为什么要离开呢？难道这是你们的领地吗？"梅乳泽故意慢慢吞吞地说。

"我们姜国物品样样有，唯独缺少调味的盐。今奉父王萨丹之命，夺得盐海归姜国。俗话说，绵羊在草地，寿尽才到狼面前；山羊在草坡，寿尽才到虎面前；小鸟在林中，寿尽才到鹰面前。红衣人呵，莫非是你命已尽，不然为何来到我面前？"王子玉拉心急嘴快，只想快点把眼前这个红衣人赶走。

辛巴梅乳泽缓缓站起身，从怀中掏出一条五尺长的白绸子哈达，面带微笑地来到玉拉面前：

"尊敬的玉拉王子,我是黄霍尔的内大臣,辛巴梅乳泽是我名。我从霍尔来,要到姜国去,霍尔王有书信,请你报与萨丹王。"

"霍尔人?到姜国去?什么事呵?"玉拉并不下马,傲气十足地问梅乳泽。

"呵,是这样,我们霍尔白帐王,生一王子整八岁,年岁到了要娶亲,到处寻找小王妃。天神降下预言来,说姜国公主与王子正相配。门当户对年岁好,九宫八字不相妨。霍尔王和萨丹王,结合起来就是世界第一王。"

王子玉拉一听梅乳泽这话,忽然大笑起来:

"呵,梅乳泽真是个坏东西,说出大谎骗玉拉。你们霍尔白帐王,早被格萨尔降伏了,霍尔的三十个大英雄,也被雄狮王杀死。只有你这老狗留山上,不嫌丢脸活世上,充当岭国的奴隶和帮凶。我们有耳早听见,你们霍尔已投降。"

"王子不要听人乱讲,堂堂大霍尔王怎能投降。现在有白帐王书信一封,请王子给萨丹王呈上。"说着,辛巴梅乳泽把信递上。

王子玉拉接过信封一看,见写着"黄霍尔王的事情但愿成就"。打开一看,信中内容果然是向姜国求婚,与辛巴梅乳泽说的一样。并且,在信末还署有"从霍尔国雅塞王宫寄出"的字样。玉拉托琚开始犹豫起来。莫非过去的传闻有错?莫非霍尔国真的安然无恙?看这辛巴王倒还谦和恭顺,也许他说的是真的。可是,过去的传闻太多了,这辛巴的话还不能全信,我应该亲往霍尔国去看一看,才知端详。于是,对梅乳泽说:

"你这坏辛巴,我不能听你的话!我要去霍尔,看看是真还是假。这里到霍尔,快马一百站,我这千里驹,一天能返回。"说完,玉拉把天青马打了三下,千里驹立即腾空而起,朝霍尔国飞去。

辛巴梅乳泽没想到这小王子还有如此心计,顿时慌了手脚。如果玉拉看清了霍尔的真相,回来就要和自己厮打,我恐怕不是他的对手哩!梅乳泽立即煨桑,请求天神相助:

天神呵,快助我,
玉拉托琚要去霍尔国。
要用迷雾遮住他双眼,
让他真相看不见。

玉拉托琚来到霍尔国时,果然见霍尔国仍像过去一样,牛羊遍地,骡马成群,王宫周围笼罩着青云,练武场上,三十位英雄像牛角一样排列整齐。玉拉这才放了心，看霍尔的这般景象，霍尔王肯定还在，梅乳泽的话也是真的。

玉拉托琚回到盐海边时，辛巴梅乳泽正在等候他。玉拉下了马，对梅乳泽说：

"就算你说的都是真话，可我们姜国的公主，我的姐姐能不能嫁给你们霍尔国的王子，还要看你们的聘礼怎么样？"

"聘礼当然不成问题。我们霍尔国地方大，金银珠宝遍地都是，任凭你们挑选。"辛巴梅乳泽见玉拉相信了他的话，心中非常得意，也就把话吹得天大。

"我的姐姐可不一般。她是父亲的掌上明珠，是母亲的心头肉，年纪虽小智慧大，世上的姑娘难比她。前年汉地国王来求亲，四百箱聘礼未收下；去年印度大臣为王子来求亲，四千箱聘礼未收下；今年大食国[注1]诺尔王来求亲，四万箱聘礼未收下。"

"那么，你们究竟要多少聘礼呢？"

"金马十八匹，银羊十八只，玉象十八头，铁人十八个，白水晶丫头十八名。还有百匹毛色好的马，百头颈项好的牛，百匹身材好的骡子，百头皮毛好的牦牛。"

"有有有，我们都有。霍尔国的金马会奔跑，银羊会嘶叫，玉象能载重，铁人能打仗，白水晶丫头会歌舞。骡马牛羊数不清，只要百匹没问题。玉拉王子呵，你要的聘礼都应承，还要额外送上珠宝数不清。今天我俩应该先庆祝，喝杯喜酒你说行不行？"辛巴王一心想生擒玉拉王子，把大话吹得更不着边际。

玉拉托琚以为自己要的聘礼会把梅乳泽难住，没料到他竟然全都答应下来，当然高兴。玉拉也希望姐姐嫁到一个富有的大国。听梅乳泽要和自己饮酒，玉拉爽快地答应了。梅乳泽拿出一只黑金木碗，上面刻有八吉祥花纹，还有正在开放的莲花，周围镶嵌着五种宝石，在阳光照射下，光彩夺目，甚是喜人。梅乳泽斟

1　大食国：原系波斯一部族的名称。唐代以来称阿拉伯帝国为大食国。大食，波斯文的音译。

▶辛巴智擒王子玉拉

霍尔辛巴王梅乳泽受命赶到盐海，不一会姜国王子玉拉率兵到达。梅乳泽单枪匹马，难敌玉拉大军，就假冒霍尔王写了一封向姜国求婚的信，请王子呈给萨丹王。王子不信，跨上天青马，去霍尔国察看，梅乳泽呼唤天神帮助，呈现霍尔王仍在的幻象。玉拉相信了梅乳泽，双方议论聘礼时发生口角，梅乳泽灌醉玉拉，将他用牛毛绳捆住，没想到玉拉一下挣断，两人扭打起来，梅乳泽毫无还手之力，急急呼唤来山神，天王都压不住，白梵天王亲自来了，才把玉拉压在地上。梅乳泽拿出一根十八庹长、胳膊粗的绳子，把玉拉左三道右三道地捆得像个线团团，玉拉这才动弹不得。

满一碗美酒，端到玉拉面前。别提玉拉托琚多喜欢这只碗了，碗中美酒的香气早就扑鼻而来，更使王子心醉。

梅乳泽一边敬酒一边唱酒曲：

　　大丈夫喝酒，
　　要像骏马饮水；
　　中等人喝酒，
　　就像女人喝茶；
　　没出息的人喝酒，
　　才像喝药一样咽不下。
　　你是姜国的大丈夫，
　　喝酒要像骏马饮水。
　　喝上第一杯，
　　白帐王和萨丹王永和好；
　　喝上第二杯，
　　王子和公主永和好；
　　喝上第三杯，
　　霍尔人和姜国人永和好。

辛巴梅乳泽一边唱歌一边劝酒，玉拉托琚忘乎所以，喝了一杯又一杯，不觉喝得酩酊大醉，说话都说不清楚了：

"酒已喝足，我要回王宫去，亲事成不成，要和父王再商定。"

梅乳泽见他要走，哪里肯放：

"玉拉王子不要走，酒一见风更要醉，你会从马上滚下坡，金刚玉体会跌伤；路上还有条条河，波涛滚滚怎么过？若是走到高山上，跌下崖去不能活，死在半路没亲人，不如留下陪伴我。"

玉拉一听有理。俗话说得好，多喝几碗酒，一定要出丑；多听别人讲，自己少开口。今天实在是喝得太多了，恐不能平安转回王宫，不如在这里歇息歇息。这样想着，玉拉已经身不由己地躺倒在地，顿时响起鼾声。

梅乳泽见玉拉已经睡着，立即拿出牛毛绳子，把玉拉的手和脚捆了又捆；在四周钉了四个铁橛子，把牛毛绳的另一端拴在铁橛子上，试着拽了拽，觉得很结实，这才松了一口气。

那姜国王子玉拉被这一捆，只觉疼痛难忍，酒也醒了几分。睁眼一看，见自己被捆在铁橛上，眼中立即闪出电光，嘴里放出毒气，发根喷出火焰，用力一挣，牛毛绳被挣断。他猛一起身，扑向梅乳泽：

"你这老狗捣什么鬼，玉拉不是喝多了酒，只是猛虎吃饱了要睡一睡。你这几根牛毛绳，对我来说如丝线，玉拉力量大无比，千军万马也能敌。可恨你这老狗施诡计，把我玉拉捆绑起。今天我就要你的命，不用喝酒不用捆。"说着，玉拉托琚把梅乳泽向上一举，像要举上青天；又向下一摔，像要抛进地狱；向左一推，像要推下石崖；又向右一揉，像要扔向草山。辛巴梅乳泽在玉拉的手中累得呼呼直喘，哪还有还手之力！他急忙喊众神帮助。

积石山山神来了，压不住玉拉；惹乔山山神来了，压不住玉拉；多闻天王和九曜罗曜星君来了，还是压不住这姜国王子。最后，还是白梵天王亲自来了，才把玉拉托琚压在地上。梅乳泽拿出一根十八庹长、胳膊粗的绳子，把玉拉左三道右三道地捆得像个线团团，玉拉这才动弹不得。

梅乳泽把玉拉绑在天青马上，立即向岭国奔去。被捆着的王子玉拉忽然想起了妈妈，想起了妈妈临行前的话，心中默默地念着：姜国的魔鬼神，请你搭救遭难人，玉拉落到敌人手，不能回去见双亲。雪山上的白狮子，能和小狮子来团圆；檀香林中的花老虎，能和小老虎来团圆；草滩上的花母鹿，能和小鹿来团圆；我玉拉撒下妈妈太可怜。玉拉想着，不觉说出声来：

"白胸鹰呵大鹏鸟，黄天鹅呵布谷鸟，请你们飞到黑姜国，把我的消息报爹娘。说我想念妈妈恋姜国，思家念母正心焦。"

辛巴梅乳泽听了玉拉的话，不觉一阵心酸。他小小年纪，在姜国是父母的掌上明珠，哪受过一点委屈，如今被我绑在马背上，怎么不叫人伤心！

"玉拉王子呵，好孩子，别乱想也别心焦。见到雄狮格萨尔，你就说喜欢岭噶布，不用擒拿自己来。我现在就把绳子解开。"说着，梅乳泽就要下马给玉拉松绑。

谁知那王子年少气盛，根本不肯服输，反而责骂梅乳泽：

"辛巴老狗可怜虫，天生一副奴隶相。霍尔王待你亲又亲，反目成仇为哪桩？现在可怜的不是我玉拉，而是你霍尔辛巴王。"

梅乳泽见玉拉托琚如此英雄，不仅不生气，反倒增加了几分敬意。

二人来到达孜城的王宫，立即被格萨尔传了进去。雄狮王一见玉拉王子那可爱的模样，先就有三分喜欢，但不知心地如何，还要试他一试：

"玉拉王子，你不在姜国好好过日子，却跑到我们岭国来抢盐海，如今被梅乳泽捉了来，正好用你的身体来祭天神。"

那玉拉托琚一听雄狮王的话，面不改色，神情自然地说：

"如今我来到岭国，身体已非我所有，你要祭神就祭神，你要喂狗就喂狗。"格萨尔一听，这小孩不光长得惹人喜欢，还有股子大丈夫的气概哩！脸上顿时露出笑容：

"玉拉王子，你别把笑话当真，我雄狮王降伏妖魔，为民除害，对真正的英雄却倍加爱护。将来我要让你做姜国王，姜国的事业会兴旺。"

玉拉托琚久闻格萨尔大名，原以为他是个比妖魔还要凶恶的君王，没想到大王如此慈悲心肠，而且又长得仪表非凡、相貌堂堂。他对雄狮王倍加敬佩，于是跪下来，磕了三个头，恳请道：

"父王有罪过，饶他一命可不可？如果一定要处死，来生应叫上天国；母后是好人，别让受饥饿；姐姐姜公主，让她来岭国。"末了，玉拉托琚又说，愿为大王冲锋陷阵，背水放马，千言万语一句话：

> 别让父亲下地狱，
> 别让母亲受痛苦，
> 别让姐姐流边地，
> 别让姜国遭祸殃。

格萨尔听了玉拉的话，连连点头：

"好孩子，放心吧。你说的我都答应，我待你要像亲弟弟。我封你做大英雄，永远随我做善事。"

荡敌寇英雄诛群妖
踏魔窟岭王戮萨丹

辛巴梅乳泽用计生擒了姜国王子玉拉托琚后，岭国兵马在雄狮王格萨尔的率领下离开了岭噶布，大营扎在距盐海不远的地方。大王派巴拉穆江到右边山顶，打探姜军的左翼情况；派达桂达篷到中间的山顶，打探姜国的中军情况；又派出几路兵马四处打探。众将归营后，觉得此次姜国军队来势凶猛，与他们作战，应以智取为上策。

格萨尔与众将反复商量，决定如此这般……各路兵马领命，自去照计行事。

辛巴梅乳泽又一次单枪匹马来到盐海边，碰上了姜国的三军统帅珠扎白登桂布等三员大将。梅乳泽见他们那疑惑的目光，不等发问就说：

"我是霍尔大臣辛巴梅乳泽。我们霍尔白帐王因为要抢岭国的王妃珠牡，才兴兵到了岭国，不想大王被岭兵杀死在雪山顶，一百二十万霍尔兵也丧生，只有我辛巴一人逃了命。因此我来投姜国，恰遇王子玉拉诉苦情。王子叫我管领一万户，率领姜兵打先锋，谁知上阵比刀箭，岭兵比我们凶十分。若不施展好计策，要想得胜万不能。"

"你说什么？要想得胜万不能？"珠扎白登桂布双眉紧皱，"那么，王子呢？"

"我和王子一同往回走，射死了九头野牛。我俩实在拿不动，王子叫我请兵将。现在不能多说话，耽搁了时间王子会生气。"

珠扎白登桂布一听梅乳泽的话讲得有理，马上命大将杰威推噶跟梅乳泽一同前往，令他们快去快回，要玉拉王子也一同回来。

荡敌寇英雄诛群妖　踏魔窟岭王戬萨丹

丹玛杀死杰威推噶

梅乳泽骗得杰威推噶离营，来到木隆地方时，迎面来了一人，绿甲绿旗，像绿水一样绿；青鞍青马，像青天一样青。杰威推噶惊问他是何人，梅乳泽漫不经心地回答是岭地的放羊娃惹孜，另一个名字叫丹玛。杰威推噶听到丹玛大英雄的名字，立刻抽刀向前杀去。被梅乳泽拦住，二人打起来，梅乳泽给了杰威推噶的马一刀，马儿疼得猛地向上一蹄，把杰威推噶掀翻在地，这时他方知上当。梅乳泽跳下战马，拦腰抱住杰威推噶，丹玛抽出刀，一刀结果了杰威推噶的性命。

　　二人领命，马上前往。走到木隆地方时，迎面来了一人，绿甲绿旗，像绿水一样绿；青鞍青马，像青天一样青。那人威风凛凛，杀气腾腾；那马如箭脱弦，四蹄生风。杰威推噶马上警惕起来：

　　"喂，梅乳泽，前面来的人好凶呵，你知道他是从哪里来的，是什么人吗？"梅乳泽有些漫不经心，随口答道：

　　"知道。那是岭地的放羊娃惹孜，不要怕，他只是个割草拾柴的人。"

"割草拾柴的放羊娃？我看不像。"杰威推噶不信梅乳泽的话。

"噢，他还有个名字叫丹玛。"

"丹玛？你这个坏东西，谁不知道丹玛大英雄，你怎么说是放羊娃呢？"杰威推噶抽刀向前杀去。

辛巴梅乳泽忙把他拦住：

"杰威推噶你别慌，要打仗得我先上，请你观阵在后边。"

杰威推噶已对梅乳泽存有戒心，见他拦住自己，更是怒火中烧。他左手握着马鞭把梅乳泽往一边推，右手挥打战马。正在这时，大英雄丹玛已经来到近前：

"好呵，不消我动手，你二人先打了起来！打吧，打吧，我丹玛倒要看看热闹。"

杰威推噶又气又急，一用力推开梅乳泽，向前一纵马，不料那马被梅乳泽突然给了一刀，疼得猛地向上一蹿，把杰威推噶掀翻在地，此时他方知上了辛巴王的当。梅乳泽跳下战马，拦腰抱住杰威推噶，丹玛抽出刀，一刀结果了杰威推噶的性命。

丹玛和梅乳泽二人提着杰威推噶的首级来见雄狮王和众英雄，格萨尔十分高兴，命侍卫献茶敬酒，慰劳他二人。

梅乳泽异常兴奋。此次和姜国作战，他已连立二功。酒喝了一半，他又向格萨尔请战：

"辛巴连施二计，活捉了玉拉，杀死了杰威推噶；过午后，臣还要去盐海边，把珠扎白登桂布和蔡玛克吉骗出来，灭了这三员大将，姜国就将溃不成军，不战自退。"

雄狮王还未开口，老总管绒察查根开言道：

"辛巴王，你去了一次又一次，不能再去第三次。雄鹰展翅满天飞，羽毛会落到别人手里。你若再次去姜营，敌人会猜透你心机。"

格萨尔也很赞同总管王的话：

"辛巴梅乳泽，总管老人的话说得很对。你再去，落入敌人手中，就不好了。"

"大王待我恩重如山，为了大王的事业，为了让百姓过上好日子，我辛巴梅乳泽就是死了，也心甘情愿。"说着，梅乳泽再次披甲上马，前往姜营。

珠扎白登桂布见梅乳泽一人回来，顿起疑心：

"喂，朋友，我们的王子和杰威推噶哪里去了，怎么就你一个人回来？"

"杰威推噶和我在路上又打死了三头野牛,王子和杰威推噶正在搬肉,让我回来请蔡玛克吉和十名兵一同前去搬野牛肉。运回来后,我们就都有吃的了。"

听了辛巴梅乳泽的话,珠扎白登桂布冷笑了两声:

"梅乳泽,你这骗人的家伙,谁还信你的鬼话!你一次又一次来骗我,满肚子诡计把人欺。姜国两员大将不转来,我决不让你再回去。"

辛巴梅乳泽见珠扎白登桂布道破了自己的计谋,立即拔出闪电水晶月牙刀,脸色铁青:

"你要怎么样,难道我还怕你不成?"

蔡玛克吉见梅乳泽要动手,忙向珠扎白登桂布使了个眼色,又劝梅乳泽道:

"辛巴王,不要动怒,在王子和杰威推噶回姜营之前,你先留在这里。你的话如果是实,等他们回来你再出去不迟。大臣珠扎一时性急,说话多有冒犯,还请辛巴王多多包涵。"

梅乳泽身在虎穴,当然知道动武对自己没有好处,听蔡玛克吉这样说,也就趁势收回刀,坐在垫子上。谁知他刚坐下,珠扎白登桂布和蔡玛克吉同时站起,扑向辛巴王,放松了警惕的梅乳泽束手就擒。

眼看太阳逝去,黑暗笼罩了大地,梅乳泽仍未归营,格萨尔估计,辛巴王此去没有骗过珠扎白登桂布,反被姜国人困在营里,雄狮王决定立即发兵。

追风骏马放开了健步,吃肉宝刀离开了银鞘,黑羽箭也搭上了宝弓,岭国的一百八十万兵马,浩浩荡荡地向盐海杀去。

盐海边上的珠扎白登桂布和蔡玛克吉见远处尘土飞扬,知道岭兵已经出动,遂做好了迎敌准备。突然,一头硕大的野牛出现在离姜兵不远的山岗上。那野牛长得好凶呵,长角像要插向天空,大吼三声,响彻云霄,四蹄奔驰,地动山摇。姜国兵将一见,忙向珠扎白登桂布禀报。珠扎和蔡玛克吉出帐来看,见那野牛确是凶猛。珠扎吩咐取过弓箭:

"你们不要怕,这是保护神给我们送来的吃食,是我们的福分。看我一箭射死它。"说着,珠扎白登桂布一箭射去,不料那箭射在野牛身上,竟像茅草一样无力,野牛连根毫毛也未损伤。珠扎的心往下一沉,自语道:我再连射三箭,如果还不能射死这头野牛,就不是什么好兆头了。珠扎白登桂布又连发三箭,同第一箭一样,毫无作用。珠扎大怒,一箭连一箭,把自己的三百支利箭统统射了出去,野牛没有受到任何伤害,反倒慢悠悠地朝岭兵来的方向走去。

珠扎白登桂布哪里知道,这野牛原是雄狮王格萨尔所变,他当然不能射死它了。但是，野牛未射死，反倒把箭射光了。珠扎见山上没有动静，就徒步走去，想取回他的三百支箭。

他刚走下山坡，还没有走到落箭的地方，以丹玛为首的岭国兵将像从天上掉下来似的铺天盖地而来，没容珠扎白登桂布多想，丹玛已经砍掉了他的脑袋。岭兵一路掩杀，杀得姜国人马四处逃命，蔡玛克吉连头都不敢回，一直逃回姜国去了。偌大个营地，只剩下一个辛巴梅乳泽，被捆在木桩上。姜兵只顾逃命，哪里还有功夫去管他！

蔡玛克吉带着残兵败将逃回了姜国，萨丹王气得七窍生烟。他要姜国的一百八十万兵马倾城出动，去夺回王子玉拉，为大将珠扎白登桂布和杰威推噶报仇，还要让阿隆巩珠盐海永归姜国所有。

姜国的一百八十万兵马与岭国的一百八十万兵马在日那绷黑山下相遇了。

岭国的大将以丹玛为首，左翼黄旗招展，尼奔达亚为统帅；右翼白旗招展，阿努巴亚为统帅；中间青旗开路，森达阿冬为统帅。三路人马，遮天蔽日，八十位英雄，威风凛凛。

姜国的人马是以法王滚噶吉美为先锋，带领着噶伦尼玛、董本噶玛绷图、黑旗独眼十手喝血辛巴退玛、角头铁辛巴、大力士熊头拉马、单脚白魔鬼、九头黑魔鬼，还有四方降将，杀气腾腾地奔向盐海。

两方相遇，必有一场恶战。岭国大将丹玛下令：

"右翼要从天上冲下去，噶伦尼玛作对手；左翼要从山上冲下去，噶玛绷图作对手；中军要从对面冲过去，把法王滚噶吉美的头砍下来。岭国的英雄和勇士，杀敌好像山石滚，除掉姜国的兵马与将官，好似平地铲草根。"

姜国法王滚噶吉美向众妖魔吼道：

"当太阳照到山顶时，要把岭国的人马，高处的在三山尖上杀死，低处的在河水边杀死；把那该死的辛巴梅乳泽活捉过来；把丹玛杀死在阴坡和阳坡之间。我们有魔鬼神保护，今天夺不过盐海，活着有脸也难见人。"说完，法王一马当先，冲到两军阵前，指着英雄丹玛大叫：

"喂，岭国的丹玛，听说你们要出兵姜国，萨丹王命我来擒你。"

草山牧场广又宽，
各有土地不相干。
谁知我在本国内，
岭王派兵来犯边。

> 可恶的丹玛和觉如,
> 这样藐视我姜国。
> 我的黑箭不留情,
> 要把你命根全射断。
> 古人有话说得好:
> 日月高度不自制,
> 一定要被天狗吃;
> 红石崖高不自制,
> 一定要遭五雷劈;
> 岭国兵马不自制,
> 一定死无葬身地。

说罢,便把无羽黑毒箭搭在三楞铁弓上,铁弓顿时喷出火焰。那箭带着黑烟,径直射向丹玛,正中丹玛的护身青甲上,可并未伤着丹玛。英雄见了哈哈大笑:

"姜法王,笨家伙,你这箭伤不了我。明明是你黑姜国要抢我们的盐海,反倒说岭国要犯边。你再仔细看一看,这里是岭国是姜国?你和姜国萨丹王,侵犯邻国多罪恶,还说我们不自制!今天让你碰上我丹玛,先叫你尝尝我这青钢刀的厉害!"丹玛扬鞭打马,手起刀落,把姜法王的头砍了下来。姜兵见主帅身亡,顿时乱了阵脚,丹玛挥兵掩杀,姜国众妖全军覆没。

一连几天,姜国方面再没有任何动静,格萨尔大王和众英雄驻扎在盐海旁边,日夜守卫着他们的宝贝盐海。这天夜里,雄狮王正在酣睡,天母朗曼噶姆驾着祥云前来,对格萨尔作歌曰:

> 呵,孩子推巴噶瓦,
> 静听天母一曲歌:
> 孩儿在天发过愿,
> 要下世抑恶扶幼弱,
> 降妖斩魔须留心,
> 要使万民得安乐。
> 明日太阳发光时,
> 你能见到姜王萨丹。
> 对待妖魔别小看,

他是黑魔有神变。
张嘴一吼如雷响,
身躯高大顶着天,
顶门梵穴冒烟火,
发辫是毒蛇一盘盘。
千军万马捉不住,
要你亲自去降伏。
你要把江噶佩布马,
变作一棵檀香树;
你要把三百支雕翎箭,
变作十万小灌木;
甲盔宝弓变树叶,
变作森林满山谷。
萨丹见这好山林,
就会出宫散散心;
走过森林翻过山,
看见湖水会高兴;
喜得下湖去洗澡,
护法天女当待从。
这时孩儿你快来,
变作金眼鱼湖中游。
萨丹渴了要喝水,
你趁势钻进他肚里头,
在他肚里变成千辐轮,
把他心肺搅得如烂粥。

格萨尔一觉醒来,心中非常高兴,立即遵旨行动,降伏了姜国魔王萨丹。

姜国兵马见萨丹王死在湖边,并不知道是怎么回事,立即去报告王妃白玛曲珍。

那曲珍王妃原是天女下凡,具有神通,不待报告,便知姜王萨丹已死。见到前来报信的大臣,王妃并无惊慌之色,反而说:

"你们不必多言,萨丹王已死,这是命中注定的事。如果听我的劝告,还不致于死得这样快。可他偏要侵犯岭国,想抢占盐海,自找死亡。现在,我就要与世界雄狮王格萨尔见面了。我白玛曲珍与森姜珠牡、梅萨绷吉,一生都有三个经

历。珠牡半生在霍尔国，梅萨半生在魔国，我的半生在姜国，这不过是为了降伏妖魔。最后要相聚在达孜王宫中，共享太平。你们也不必惊恐，只要你们忏悔以前的罪过，发愿不再残害百姓，在格萨尔大王面前，我一定替你们求情。"

听了王妃曲珍的话，其他人都没说什么，只有大臣柏堆怒气冲冲地说：

"王妃曲珍呵，不要这样吧。我们的萨丹王死了，就像太阳被天狗吃了，我们感到万分悲痛。仇未报，恨未消，怎能投降？！常言说得好：'有大仇不报是狐狸，欠饭账不还是小人。'我一定要为大王报仇。"

"大臣柏堆，你怎么了？当初我们俩是怎样劝大王不要兴兵去抢盐海，你忘了？可恨大王他不自制，盐海起战争；不自量，盆地毒气翻……"王妃曲珍还想说服大臣柏堆。

"王妃呵，事已至此，不必说过去，战斗的帅旗快竖起。快乐时不要意气扬，痛苦时不应心颓丧。我堂堂大臣伟丈夫，誓与姜国共存亡。我们不能再耽搁，格萨尔就要冲进城堡。"柏堆说罢，便穿上九角黑铁甲、黑魔鬼神的护身衣，带上削铁腰刀，骑上黑鹰飞马，一直冲向岭国兵营。

雄狮王正坐在宝驹江噶佩布的背上，四处张望，忽见姜国方向冲来一黑人黑马，立即拔出白马水晶刀，一扬手，刀从柏堆的前胸进去，从后背穿了出来。柏堆大叫一声，跌下马来，当即毙命。

眼看岭国兵马就要攻破姜国的王宫，一直镇守在姜国城堡中的老将齐拉根保杀了出来。他一路冲杀，并不说话，砍倒了岭国的金旗，踏翻了岭国的大帐，杀死了众多的岭国兵马；而岭兵射向他的利箭，却像茅草一样无力，砍向他的刀枪，像柴棍一样不能伤他。八十位英雄一齐上阵，也没有能战胜他，眼看着他杀得天昏地暗，然后得意洋洋地回宫去了。

一连几天，齐拉根保老人连连出城，每战必胜，杀得岭兵横躺竖卧，尸积如山。岭国兵将不知如何是好，连雄狮王格萨尔也无计可施。

这天晚上，当齐拉又得胜回城、岭地众英雄聚在一起商量对策之时，格萨尔

萨丹误食鱼儿丧命

黑魔转世的萨丹王。张嘴一吼像打雷，身躯高大几乎顶天，他的顶门冒火，发辫儿是根根毒蛇盘缠。神变功夫千军万马也捉不住。雄狮王酣睡时，天母朗曼噶姆教给他一个法子：先把江噶佩布变作一棵檀香树；把三百支雕翎箭，变作一片小灌木；把甲盔宝弓变成树叶，变出一片好森林，引得萨丹王出宫散心；走过森林翻过山，萨丹看见湖水会欣然下湖洗澡，这时格萨尔王变作金眼鱼儿。等萨丹渴了时钻进他肚里头，把他心肺搅烂。

▲ 神驹扔齐拉入毒海

姜国老将齐拉根保为保护王城，一连几天将岭兵杀得横躺竖卧，尸积如山。岭国兵将不知如何是好，连雄狮王格萨尔也无计可施。这天晚上，当齐拉又得胜回城、岭地众英雄聚在一起商量对策之时，格萨尔的千里宝驹江噶佩布突然开口，说出一条妙计来。第二天，齐拉果然又来闯营。在得胜回城的途中，恰恰骑到了宝驹江噶佩布的背上。只见那马背的两边，慢慢长出两只翠绿翠绿的翅膀，带着老将齐拉腾空飞了起来，把老齐拉吓得魂飞天外，连忙狠命地揪住马的鬃毛，才没被摔下去。江噶佩布越飞越快，转眼来到毒海上空，只见宝驹一侧身，翅膀歪了两下，把齐拉扔进了毒海。

的千里宝驹江噶佩布突然开口了：

"哦，众位英雄们，你们虽然武艺高强，能征善战，但齐拉的命不该死于你们之手，你们再打也是枉然。"

"那，齐拉不死，姜城不破，我们怎么能收兵，大王的事业怎么能完成？"丹玛急急地插嘴。

"丹玛莫急，我无事不会乱开腔，开口自有好主张：明天太阳照山时，齐拉又会把营闯。众英雄披挂整齐压阵脚，不必和他去较量。等他打完回姜地，我和三十匹骏马拦在他的归途上，伏伏贴贴任他骑。只要他一骑上我，我就带他到空中，把他丢在毒海里，让他身心两分离。"

江噶佩布一说完，岭国众英雄无不欣喜。雄狮王知道，江噶佩布绝不轻易说话，一旦开口，自然有好主意。齐拉根保命该丧于宝驹手里，众英雄就不必再与他斗下去了。

第二天，齐拉果然又来闯营。在得胜回城的途中，恰恰骑到了宝驹江噶佩布的背上。只见那马背的两边，慢慢长出两只翠绿翠绿的翅膀，带着老将齐拉腾空飞了起来，把老齐拉吓得魂飞天外，连忙狠命地揪住马的鬃毛，才没被摔下去。江噶佩布越飞越快，转眼来到毒海上空，只见宝驹一侧身，翅膀歪了两下，把齐拉扔进了毒海。毒海呼呼地冒着黑泡，把齐拉的皮肉烧得精光，只剩下白生生的骨头漂浮在海边。可怜老将齐拉根保，竟死在一匹马的手里。

老将齐拉被扔进毒海的消息传入姜城，王宫中顿时一片混乱。姜国失去了最后的靠山，他们再也没有力量和岭国人马抗衡了。大将蔡玛克吉和玉甲赛拉比别人更焦急，因为他二人是姜国剩下的最后两员大将。他们知道，靠他二人是守不住姜城的，二人商量了一下，决定到嘉岭求救兵。

王妃曲珍得知二人要去求援，急忙劝阻：

"二位大将呵，你们不要再空跑，请来救兵也无用。岭国的英雄们，利箭射不透，快刀砍不伤，长矛戳到铠甲上，好像无尖秃头棒。况且现在天上布满了神兵，海中布满了龙兵，地上布满了岭兵，你们俩无论如何也逃不出去。莫如留在姜地，待雄狮王进城后，我替二位说情，让大王饶你们不死，还可以在姜国继续做事情。"

蔡玛克吉不听还好，听了这话，反而讥笑起他们的王妃来：

"呵，人都说女人说话做事非正道，果然如此。想我们堂堂大姜国的王妃，竟要投降那坏孩子觉如，真是可笑呵，可笑。白玛曲珍王妃呵，要降你就自己降，我们不能做降将。姜国的金银和珠宝，你可不能送别人，我们要用火烧毁，要不埋在黄土下。我们要去求救兵，你愿干啥就干啥！"

王妃曲珍被蔡玛克吉的一席话说得又羞又恼：

"你们这不知死活的东西，既然不听我的良言，就去送死吧。"

蔡玛克吉二人出得宫门，先烧毁了姜国的金银库，然后骑马出城，没走多远就碰上了岭国大英雄丹玛。

丹玛原想劝说蔡玛克吉归降，那蔡玛克吉也有意降岭，但一想到自己已经在王妃面前夸下海口，又烧了姜国的金银库，此时再降，脸上无光，便把心一横，就和丹玛拼命。他哪里是丹玛的对手，只一个回合，就被丹玛剁成两段。

岭兵大获全胜，进得宫来，众英雄齐向雄狮王敬酒祝贺：

咚族一百九十系，
都崇敬英雄格萨尔王，
大王神威人莫测，
降伏了姜国萨丹王。
姜国妖魔已消灭，
岭国兵马喜洋洋，
解除了姜人心头忧，
良民百姓得安康。
天空升起金太阳，
世界处处暖洋洋。
草原长出好牧草，
牛羊吃了甜又香。
我们手中的金龙碗，
碗内满盛四种甘露酒：
东方汉地的红糠酒，
西方印度的白糠酒，
绒部落的葡萄酒，
哲孟雄的白米酒，
喝了头抬得比天高，
喝了心比日月明。
……

众英雄正在喝酒作歌，姜国王妃曲珍左手拉着王子玉赤，右手拉着王子恭赤,来见世界雄狮王。

格萨尔连忙起身相迎,安慰他们母子三人:

"王妃曲珍呵,你们母子不要怕,你们没做坏事情。玉拉王子已经在岭国,你们也可去团聚。岭国东方有座红珊瑚修的城堡,里面有绿松石的宝座,你们母子四人就住在那里吧。"

王妃曲珍和二王子立即跪下谢恩,又说了许多表达感激之情的话。

雄狮王安顿了曲珍母子三人,又令丹玛等众英雄把蔡玛克吉还没来得及烧毁的金银珠宝、绸缎布匹、粮食物品,统统搬出来,留出一部分带回岭国,其余全部散给姜国的穷苦百姓。

雄狮王班师回岭国。从此,岭国和姜国和睦相处,共同过着和平、安乐的日子。

▶ 曲珍王妃谈罢兵

众英雄正在喝酒作歌,姜国王妃曲珍左手拉着王子玉赤,右手拉着王子恭赤,来见世界雄狮王。格萨尔连忙起身相迎,安慰他们母子三人:"王妃曲珍呵,你们母子不要怕,你们没做坏事情。玉拉王子已经在岭国,你们也可去团聚。岭国东方有座红珊瑚修的城堡,里面有绿松石的宝座,你们母子四人就住在那里吧。"王妃曲珍和二王子立即跪下谢恩,又说了许多表达感激之情的话。

得预言进军门域国
闻报警出城探敌情

自从降伏了姜国，又过去了十年，岭国变得越来越富饶、美丽。雄狮王格萨尔居住的达孜城修建得更加雄伟无比。城的上部，像雄狮蹲踞；城的中部，像金刚石矗立；城的下部，像青龙盘绕。

这天夜里，格萨尔正在王宫安寝，天空中出现了一道彩虹，白梵天王骑着青灰色的神马，在亿万白衣天将的护卫下，驾着白云落在达孜宫中。天王语气威严而平缓地对格萨尔说：

"孩子推巴噶瓦，你现在已经降伏了三个魔王，但是南方的魔王辛赤还活着，他今年已经五十四岁了，他的魔马米森玛布已满七岁，他的大臣古拉妥杰也满三十七岁了。前世注定，今年正当征服他。若过了明年，这魔王、魔马和魔臣就无法降伏了。不降伏辛赤王，就拨不开南方的黑云浓雾，大地的冻土无法融解，在没有日月、没有花草的世界里，众生的苦难是非常深重的……"

"父王，请告诉孩儿，辛赤王对岭国犯过什么罪恶？"

"在你还没有出世的时候，嘉察也还年幼，门国的两员大将阿琼格如和穆琼古如带着十五万人马抢劫了岭地所属的达绒十八部落，抢走了马匹、粮食、牛羊，还把岭地的珍宝六摺云锦宝衣抢走了，杀死了很多百姓，还有达绒的两个家臣。当时岭国弱小，兵微将寡，无法报仇。如今，孩儿你已有降妖伏魔之力，正是报仇的好时机，千万不能再等待。"

"孩儿遵命，明日就整装进军门域。"

"不,门国的这些罪恶都是在晁通所属的达绒十八部落犯下的,你要托梦让达绒忿怒王兴兵。说门国美丽的公主梅朵卓玛,本该是达绒家的媳妇,今年已经二十五岁,也正该趁此机会娶来才是。"说毕,白梵天王驾云离去,天也渐渐亮了起来。格萨尔披衣下床,走出王宫,深深吸了一口气,把白梵天王的话细细想了一遍,决定立即前去达绒部落,给晁通预言。

晁通王已从边远的放牧之地回到了达绒地方,这是格萨尔大王对他的恩典。对此,晁通感恩之外还有几分羞愧,所以他很少出门。这天,晁通正在静修,忽见他的称作先知鸟的寄魂鸟扑哧哧地飞到神案上,开口对他说:

"修行的长官晁通呵,不要忘了旧日的仇恨,六摺云锦宝衣还在门国国王辛赤手里,你达绒的两个家臣死于门军的箭下,达绒部落的良马和牛羊现在正在门国的牧场上不断繁育。门国的公主梅朵卓玛像森姜珠牡一样美丽,她年已二十五岁,正等着晁通王去娶。今年的好时机难寻觅,快快行动莫迟疑。"说完,先知鸟扑棱两下翅膀,飞走了。

鸟去言留,晁通牢牢地记住了先知鸟给自己的预言,特别是要娶梅朵卓玛为妻的说法,更是时时在耳边回响。这正应了俗话说的"掉了牙的犏牛喜欢吃嫩草,上了年纪的男子喜欢娶少女"。

晁通顾不得再闭关静修,连忙吩咐家将:

"将达绒部落的七十万人马全部集合起来,准备好红色的茶水、解渴的酒浆,还有各种肉食、酥油和奶酪。"

王妃丹萨不知晁通闭关静修时又着了什么魔,忙阻止住家将,询问晁通王要干什么。

晁通既兴奋又不耐烦地给丹萨讲了先知鸟的预言,丹萨听了,不觉一阵冷笑:

"想必王爷忘了赛马会前马头明王的预言了?六十二岁的老翁还想要年轻的姑娘,真是越老越没出息了。"

一句话,把晁通王说得白胡须瑟瑟发抖,脸涨得像供品多玛一样紫,指着丹萨却说不出一句话来。

丹萨一见晁通如此生气,知道自己的话说得重了,忙走了出去。她再进来时,左手端着盛茶的金壶,右手拿着盛酒的银壶,细声细气地劝晁通:

"王爷呵,静坐不应当中途起来,修行也不应该突然中断。这预言决不是神明的旨意。门域那样的大国,达绒部落怎么能敌得过?梅朵卓玛那样年轻美貌的姑娘，怎么能让你这老头来娶？你的头发已经雪白，口中无牙，像个空口袋，脸上的皱纹像树皮。我的王爷呀，不要再惹出什么祸来吧！我这是为你、为我，为我们大家长久相安呵！"

晁通已经缓过气来，指着丹萨大骂：

"无知无识、丑陋无比的婆娘，你还敢来教训我晁通长官？达绒的军队像毒海沸腾，怎么会打不过辛赤？还居然说姑娘不会爱我晁通。女人的性情我早知道，不光看头发白不白，要看能不能像公羊一样斗起来；口中没牙也不要紧，会像羊羔一样来接吻；脸上有皱纹没关系，姑娘缠着我的脖子像树枝。没有人说不爱我晁通，除了坏婆娘丹萨你。此番去门域，是天定了的，丹萨再多嘴，我定不饶你！"

丹萨见晁通如此蛮横，像是着了魔一般，待要不理他，又怕他真的集合军队去打门域。凭着达绒部落的一点人马，怎么能与强大的门国开战？不仅晁通会有去无回，达绒的百姓们也会死于战争。看来再劝他也无用。不如，嗯，这样，丹萨皱着的眉头微微舒展开来：

"王爷既然一定要去，我何必拦你，只是要通报一下格萨尔大王才好。如果雄狮王同意你去，定会助你一臂之力。"

晁通一想，丹萨说得有理，如果格萨尔肯帮助，出动岭国兵马，辛赤王定死无疑。但是，雄狮王会帮助自己么？晁通没有把握，不过，他想试试。

晁通不再说什么，换上好衣帽，骑上追风马，向达孜城走去。

格萨尔早就料到晁通会来，因为那先知鸟本来就是自己的变化，目的就是要晁通兴兵门域。所以当晁通来到时，格萨尔忙起身相迎：

"叔叔来了，一定有事吧？请坐下慢慢说。"格萨尔一面说，一面吩咐侍女阿琼吉和里琼吉倒茶拿果品。

晁通有些受宠若惊。从霍尔大战后，格萨尔恨透了晁通，只是念在同族同宗的份上才没有杀他。后来把他从边地召回达绒部落，已是大恩大德，但格萨尔总是不能将前嫌忘却，一直对晁通很冷淡。今天受到如此恩宠，倒让晁通难以相信。但见雄狮王那一脸的喜相，晁通确信格萨尔是出于一片真心。说不定大王又要对我好了呢！这样一想，晁通有些欣喜若狂。他勉强压下自己大喜过望的心情，却仍不失兴奋地说：

"好侄儿，好大王，叔叔此来是禀告大事情的。"

"噢？请讲！"

"南方门域国王辛赤，是四大魔王之一。大王您已经降伏了三个魔王，为什么要把辛赤留下呢？况且他早年曾兴兵岭地，杀了我们的人，抢了我们的马，到现在，岭国的珍宝六摺云锦宝衣还在辛赤王手里。原来我们无力报仇，现在我们的岭国如此强盛，大王的威名声震四方，为什么还不发兵门域呢？"

格萨尔听了，微微一笑。好一个晁通，终究改不了油嘴滑舌的本性。听他说得多么冠冕堂皇，又多么理直气壮，只是只字不提要娶梅朵卓玛为妻。

"过去的事就过去了吧。现在我们岭国安宁，百姓生活幸福，何必还要动干戈。"格萨尔故意慢吞吞地说。

"这怎么行？杀人的血债还没有偿还，失去的财物还没有讨回。俗话说，问话不答是傻瓜，有仇不报是狐狸。如果不灭辛赤，不但有损大王的声威，对我们岭国也是个威胁。"晁通见格萨尔不急，他就更着急了。

"噢？他还敢来犯岭国？"

"门域现在就有一百八十万兵马，和我们岭国相当。辛赤王还在不断地向邻国进攻，烧杀抢掠，扩大他的地盘和军队。一旦他的兵马多于岭国，岭国的安全就难以保证了。"

"嗯，叔叔说得有理。而且我也得到白梵天王的预言，要我们进攻门国，夺回我们的宝衣，以雪昔日之耻。叔叔还可以——"格萨尔故意一顿，"娶个漂亮的姑娘为妻。"

晁通一见天机已泄，顿时羞红了脸，默不作声。

格萨尔不再和晁通多说什么，立即传令召集岭国的一百八十万兵马，并令白鹤三兄弟分别去召唤北方魔国的大臣秦恩、霍尔国的辛巴梅乳泽和姜国的玉拉托琚，前来听命。

先锋晁通王身穿红底金纹、边镶獭皮的袍子和锁子软甲，头戴鹏巢盔，白色的箭袋里装有五十支红铜尾箭，褐色的弓袋里装着一把声如雷鸣的宝弓，身佩桑雅宝剑，胯下追风马，得意洋洋地走在岭军的最前面。

珠牡率领众王妃手捧各色哈达，来给格萨尔大王和众家英雄弟兄送行。珠牡唱道：

世界雄狮格萨尔大王啊，
愿您早日降伏辛赤王！
献上三条白哈达，
这是给白梵天王送行的哈达，
不为离别而是为了再相逢。

献上三条黄哈达，
这是给厉神格卓送行的哈达，
不为离别而是为了再相逢。
献上三条青哈达，
这是给龙王邹纳送行的哈达，
不为离别而是为了再相逢。
献上三条红哈达，
这是给战神送行的哈达，
不为离别而是为了再相逢。
再献上不怕火的哈达共三条，
不怕水的哈达三条整，
金边、金图案的三条哈达啊，
是给众大臣送行的哈达，
不为离别而是为了再重逢。

珠牡唱完，泪如雨下。岭国的妇孺老幼站在路边，纷纷为自己的亲人祝愿，愿他们早灭辛赤，早日凯旋。

一百八十万人马浩浩荡荡地开出了岭国，直向门域奔去。这一日，来到南方的达拉查吾山上。

这个地方太美了，卫藏四部、门域的十八个大部落，都历历在目。远远近近的群山，在阳光映照下，重山叠翠，气象万千。雄狮王和他的大臣、部将们为这优美宜人的景色所陶醉。格萨尔吩咐就地休息，让岭国的官兵好好欣赏一下这如画的景色。

侍卫们捧上美酒佳肴，君臣共饮，好不畅快。雄狮王格萨尔显得格外喜悦。席间，他忽然问最年轻的大将姜国王子玉拉托琚：

"玉拉，我的爱将，你能说出远远近近的这些山名和它们的来历特征吗？"

"请大王指出，我愿意献丑。"玉拉年方十五，年少气盛，正愿意在诸将面前显显才华。

"好哇，你看那，玉拉，我指出山，说完了，你要马上回答。"

"玉拉遵旨。"随着格萨尔大王的手指点，一座座崇山峻岭映入玉拉的眼帘：

最近处的那座山，

好像小沙弥持香在案前，
它的名字叫什么？
旁边一座紫岩石山，
好似雄鹰低飞在山岩，
它的名字叫什么？
一片片石板耸立的那座山，
好似红旗迎风展，
它的名字叫什么？
仙女头戴黄帽子，
身披彩霞立云间，
它的名字叫什么？
美丽的孔雀开彩屏，
立于仙女脚下边，
它的名字叫什么？
玉拉你再往南看，
如同初三的月亮刚升起的山，
它的名字叫什么？
中间还有四座山，
山势雄伟如殿宇，
它的名字叫什么？
北方一座险峻的山，
好似将军舞战旗，
它的名字叫什么？
险山后面是缓山，
犹如国王刚登基，
它的名字叫什么？
玉拉再往东方看，
空行母托着五座山，
它的名字叫什么？
山山之间是平川，
大象走在平川上，
它的名字叫什么？
美女怀抱小婴儿，
翘首遥望盼夫还，
它的名字叫什么？

....

玉拉托琚整整头盔，站在一块岩石上，像一只骄傲的公鸡：

小沙弥持香是印度的檀香山，
雄鹰低飞是印度的吐鲁鸟山，
红旗飘舞是娃依威格拉玛山，
仙女戴黄帽是著名的珠穆朗玛山，
孔雀开屏是尼泊尔的长寿五眼佛山，
初三新月升是不丹的天雷轰顶山，
中间四座是藏地的四大神山，
将军挥舞战旗是七虎雄踞山，
国王登宝座的是念青唐古拉山，
空行母托五峰是汉地的五台山，
大象走平川是汉地的峨嵋山，
美女抱婴儿是忽赞德穆神山，
....

格萨尔一口气问了一百多座山，玉拉托琚都对答如流，这就是著名的"山赞"。

雄狮王格萨尔听了玉拉的"山赞"，甚是喜悦，忙让侍卫换大碗敬酒。玉拉并不推辞，把酒碗高高举起，一饮而尽。格萨尔吩咐在此地安营，被玉拉止住了：

"大王，此地虽美，却不宜安营。我们要快速进兵，今晚应在南钦杂拉娃玛扎营，到那里去守住通往门国的金桥，明日渡过河去，才能顺利进攻。"

岭国南方的门域，是一个大的邦国，有十三条大河谷，十八个大部落，三百多万人，牛羊遍地，骡马成群，是个富庶的好地方。但是，生活在这里的百姓却不快乐，也不幸福，连起码的生命安全也没有。因为国王辛赤乃是魔王噶绕旺秋的化身，他的大臣古拉妥杰乃是魔鬼绷巴纳布的化身。辛赤手下的六十个好汉，专爱吃人肉、喝人血。邻近的几个邦国经常受到他们的骚扰。抢来的人都被这些魔鬼分着吃了，来不及去抢时，门国的百姓就要遭殃。所以，这里的众生整日提心吊胆地过日子，不知哪天就有被吃掉的危险。

辛赤王今年已经五十四岁，他的魔马米森玛布刚满七岁，大臣古拉妥杰三十七岁整。魔王、魔马和魔臣，今年到了修行的最后一道坎，只要平安地度过这个冬春，他们君臣就将天下无敌，过了今年，他辛赤就要做出一番惊天动地的大事业来。他要一个部落一个部落、一个邦国一个邦国地去征服，然后在世界称王。当听到雄狮王格萨尔已经降伏了三方妖魔时，辛赤确实害怕了一阵子，心惊肉跳地等待着他的末日。但是格萨尔并没有到他的门域来，甚至连一点消息都没有，辛赤王放心了。虽然放心，却一点也没有大意。他严厉地吩咐他的属下，这一年之中，不准外出骚扰，不准轻举妄动，小心翼翼地把这一年熬过去，就什么都不怕了。

这一天，辛赤正在王宫里静坐，漫不经心地把手里的骰子掷来掷去，用来打发那因无事干而嫌太慢的光阴。忽听侍卫来报：

"禀告大王，河对岸来了许多人马，正在安营。"

"哪里来的？有多少人马？"辛赤心中不快，暗想，我不去讨伐别人，这是哪里不知死活的人马竟找到门上来了。

"不，不知道是从哪里来的，人马多得数不清。抬水的人像蚂蚁搬家，吹火的声音像春雷盈耳，煮茶的蒸汽像云雾弥漫，反正，反正人多极了。"

辛赤王一听，把骰子往旁边一扔：

"废物，哪里来的不知道，多少人马也说不清！滚，滚出去，叫一个有用的人来！"

侍卫吓得连滚带爬地出去了。他生怕出去晚了被魔王吃掉。

可谁有用呢？在这个火头上，谁又敢进去说话呢？

辛赤王见半晌无人进来回禀，怒上加怒，自己走出宫门，正待要喊，恰巧碰上大臣古拉妥杰向宫里走来。

"大王，臣子有要事禀报。"古拉妥杰步子匆匆，眉头紧皱，话也说得很快。

"古拉，是什么人来犯我们门国？"辛赤王一把拉住古拉妥杰，急急地问。

"现在还不知道，可从方向上看，像是从岭国来的。"

"从岭国来的？这么说，是格萨尔来了？"辛赤王的神色有些紧张。

"大王，您先不要着急，待臣子出城一看，不是岭国人马则罢，若真是格萨尔来了，我们也不怕他。"古拉妥杰一面安慰辛赤，一面往外走。他要马上出城，看个究竟。

古拉妥杰和好汉达娃察琤二人打马出城，很快来到南方河畔，二人又策马上桥，对着河岸边的军营大喊：

"喂，我们是门国的大将，请你们的首领出来讲话。"

格萨尔一眼认出古拉妥杰，并且知道，他就是曾带领军队抢劫岭国的大将阿琼格如的后裔。格萨尔叫过玉拉，附在他耳边低语了一会儿，玉拉笑眯眯地拉过战马，出营来答话。

"我是姜国王子玉拉托琚，你们有什么话请说吧。"

古拉妥杰见出来个少年，又报名是姜国王子，心里顿时明白了，不必再问，玉拉早已归降格萨尔，此地定是岭国兵马无疑。古拉妥杰愤怒了，果然是岭国兵马，果然是要来犯我门域，不给他们点颜色看看，就不知道我们门国的厉害。不过，还得先礼后兵才是。想到此，古拉妥杰板起面孔：

"我们这河畔，是大王娱乐的场所，是王妃游玩的圣地，是大臣们射箭的靶场，是鲜花盛开、布谷鸟唱歌的地方。你们无故开来这许多人马，强行住在这里未免太不把门国放在眼里。这里不是你们落脚的地方，不要倚仗兵多把人欺。在强悍的辛赤王驾前，没有勇不可挡的人。你们这些人马如毛驴，怎能与我门域的骑骥相比。我，无敌英雄古拉妥杰，对亲人温柔如丝绸，却是制服顽敌的利箭和霹雳。我劝你们还是早点离开这里，这是我的一番好意。侵入此地要赔款，若不拿钱就会起战争，你们兵力虽强大却没人怕，为些小事流血不值得。"

玉拉托琚不怒不喜，不卑不亢，毫无表情地听完了古拉妥杰的长篇讲话后，脸上才露出笑意：

"大臣请息怒！久仰您的大名，想来您是个有勇有谋的男子汉。如果您愿意听我言，我就把来龙去脉讲给大臣听。"

古拉妥杰见玉拉彬彬有礼，说话和和气气，也不好在一个比自己年幼得多的孩子面前耍威风：

"请王子讲来。"

玉拉见古拉妥杰面色缓和下来，才慢慢唱道：

布谷鸟从门国飞来，
它有意栖息在柳枝上，
不想栖息就不会来盘旋。
我们君臣从岭国来，
有意和门国把姻亲连，
想联姻而不是想分离。

> 岭国的王子扎拉泽杰，
> 到了年纪应该娶亲。
> 辛赤王膝下的公主，
> 面如鲜花腰似柳柔，
> 千百个女子都嫉妒，
> 千百个男子都倾心，
> 卜卦的都说卦象好，
> 应与我们的王子结成亲。

古拉妥杰一听岭国是来与门国结亲的，心里轻松了许多，但一看那遍布河岸的百万人马，脸又阴沉下来：

"既是来结亲的，就应该派使者来好好商量，你们把这么多军队开进门域干什么？"

"这个嘛，想古拉大臣应该清楚，辛赤王不会轻易答应亲事。以前许多国家的使者都碰了钉子，如果我们仍照先例，派使者来，后果不想也应该知道。所以，我们……"

"如果辛赤大王不允婚，你们还敢抢走公主不成？"古拉妥杰瞪起了双眼。

"我们当然不愿意这样，只是希望辛赤王高兴地应下这门亲事。"玉拉不急不怒，态度坦坦然然。

古拉妥杰可没有这个涵养：

"玉拉托琚，我今天一不用试手中的刀，二不用试腰间的箭，三不用试胯下的马，请你们赶快找一条别的路走。倘若明日一早你们的军队还不离开，我们门域的人马也不是好惹的。"说完，古拉妥杰一打马，回王宫去了。

见到辛赤王，古拉妥杰把情况一禀报，辛赤王大怒：

"我们门域的公主怎么能嫁到岭国去？他格萨尔和我本来就是仇敌，若不是要耐心地忍过这一年，我早就去杀死他了。今天他竟如此大胆，没等我去征讨，倒找上门来，还要娶我的公主，哼！……"

"大王息怒，还要从长计议。这次来的人马，除了岭国的，还有北方魔国、黄霍尔国和黑姜国的，这许多人马来到门域，就为了一个公主。如果我们暂且把公主许配给他们，过了今年，我们变成世界无敌的时候，就去把公主抢回来，再荡平这几个国家。"古拉妥杰不仅武艺高强，且谋略过人。

辛赤王的脸色稍缓，却仍旧怒气冲冲：

"古拉妥杰呵，大丈夫应该有三种志气：两国商量结亲，不可示弱是一种志气；英雄们斗智的时候，不可随便牺牲自己的性命，是一种志气；办理国王的政事时，不可塞住自己的心眼儿，是一种志气。如今藏区五部军队都来到门域，金缨在阳光下闪耀，银缨在月光下飘舞，绿缨像海水涌波澜，红缨像火焰在燃烧，黑缨像暗影黑沉沉。在他这么多军队面前，我们如果就此答应婚事，岂不让世界上的人耻笑我辛赤无能，是因为害怕岭国才结亲的。这样的事我绝不能干。"

这时，闻讯赶来的门国众大臣都汇聚在宫中。他们听了古拉和辛赤王的话，觉得都有理，但又拿不定主意，七嘴八舌，议论纷纷。有人主张先结亲，有人主张不能就这样轻易地让岭国把公主娶去。双方争执得很激烈，各不相让。这时内臣雍仲白杰高声对大家说：

"大家不要吵，我们决定不了的事，还是请上师来决定吧。我们的独脚魔鬼上师是圣贤，他发怒时敌人要遭殃，他安居时三界都畏服，他行动时乘风翱翔，他懂得一切事情。他能把该死的人的寿命延长，能把三千世界覆盖，能预知未来。我们平日敬他拜他，现在到了关键时刻，还是请他拿主意吧。"

君臣们都同意雍仲白杰的说法，立即派青年冬丁惟噶前去请示上师。

上师早知他来，走出森波冬麻洞，对前来的青年哈哈一笑：

"我知道你要来，所以出洞相迎。现在我只告诉你一句话，伟大的门国在七天之内就可作出决策。边地的军队无论做什么，你们也不要管他们。现在请你进洞，我要给你一件迫切需要的东西。"

第三十二回

南方河畔两军对垒
降伏四魔岭军凯旋

门地的青年冬丁惟噶拿着上师赐予的打了九个结子的黑带子，很快回到了门国。那上师也收拾了灵验卦书，花色的万应卜绳，招魔鬼的骰子等物，流星般地飞到门地，受到门国君臣的盛大招待。

那上师闭目静坐，为门国眼前的战事打卦问卜。过了好大一会儿，卦师才慢悠悠地说：

"这卦象有坏也有好，坏者多来好者少。门国就要遭兵灾，人畜就要血淋淋。安分守己的要受灾难，鸡蛋碰石头的要流血受伤。面对眼前的兵灾，诸位君臣莫忘记：要把自己的部属管得严，要把甲胄整理好，要把盔上的缨儿添，要把骏马的鞍鞯弄整齐，要把毒液涂在武器上，要把箭囊、剑鞘都修牢。我要用威力无比的咒火，要用倒转三千世界的法能，要用毒龙的恶咒，千言万语一句话，我要用尽法术来帮助你们。"

辛赤王大喜，拜过上师，立即调动军队：

"古拉妥杰率领金缨部队，玉珠妥杰率领黄缨部队，洞炯达拉率领白缨部队，达娃察琤率领红缨部队，郭波巴达率领青缨部队，卡扎容廓率领花缨部队，旦爬雪·阿杰布噶率领黑缨部队，雍仲苯杰率领绿缨部队，明日一早，在娘玛金桥桥头布下大阵，准备迎敌。我们门域的英雄们，在上师的指点下，在战神的护佑下，一定要战胜岭国。"

古拉妥杰首先表示拥护辛赤王的决断：

"藏地有这样的谚语：'海螺是用牛奶喂，为的是把鳄鱼吓跑；骏马是用细料喂，为的是把遥远的路儿跑；一辈子皈依上师，为的是一生中有人护佑。'我们门国有大将六十员，像用血喂饱的老虎，为的是敌人入侵时把国保。今日正是我们施威用武的好时机，我们要人人奋勇，个个争先去杀敌。"

门国的六十勇士、大小战将纷纷响应，个个摩拳擦掌，准备与岭国决一雌雄。

岭军与门军，在娘玛金桥桥头相遇了。真是狮逢对手，虎遇强敌。岭国的七色军如彩云追月，门国的七色军如彩蝶飞舞，两国大军铺天盖地，驻扎在南方河的两岸。

门国的红缨军首领达娃察琤并不搭话，连向岭国的红缨军发了六箭。这六箭射死了岭兵十三人，惹恼了岭国红缨军大将辛巴梅乳泽。只见他把红马使劲一夹，那马立即蹿出几丈远，带着他来到阵前：

"美丽的门域草原，到了冬天还开满鲜花。这里怎么可以随便把人杀。俗话说：'八部众[注1]不知去那方时，术士抛掷施食不应当；不知洪水向哪里泛滥时，从洼地搬家不应当；不知布谷鸟何时鸣叫，喜鹊叽叽喳喳不应当。'岭国军队开到哪里还不知道，先射死我兵士不应当。我们本是与门国来结亲，你们与亲人为敌实在太可气。俗话说：'讲经容易实行难，骑马容易喂马难。'杀人容易让人活命难。既然你们已经先来犯，那我也就不用再客气。"辛巴梅乳泽说着，拿出"莲花弯乐"弓。这弓甚是奇特：上半截是大鹏鸟的角，下半截是野牛角，握手处用象牙制成，弓弦是用野马背上的筋制成。这本是霍尔的镇国之宝，如今拿在大英雄梅乳泽手中，恰似如虎添翼。梅乳泽左手持弓，右手抽出一支光亮夺目的长箭搭在弓上，猛地射出去。利箭闪着耀眼的光芒，带着雷鸣般的隆隆响声，直向达娃察琤的胸口飞去。只听"当啷"一声，达娃察琤的护心镜被利箭射得粉碎。由于护符法轮的保佑，达娃察琤没有受到伤害，却也着实吓了一跳。达娃察琤愣了一下，又略微定了定神，故作镇静地对梅乳泽说：

"有利的买卖还要加添头，高高的城墙还要竖金缨，杀死了人还要赔人命，藏区九部中还没有这个先例。这可是你们霍尔国规矩？你既然有如此好武艺，为什么不到上方的印度，把印度的讲经场夺来？为什么不到下方的汉地，把汉地的法庭夺来？为什么不回头进攻岭国，把失去的财物拿来？好端端的大英雄却投降了岭国，今日到门域还有脸充先锋，我看你是活得不耐烦了！既如此，今日我就

1　八部众：佛学名词。指天众、龙众、夜叉、乾闼婆、阿修罗、迦楼罗、紧那罗、摩睺罗迦八部。

送你下地狱。"达娃察琤一箭射去,正射在梅乳泽左膀的甲片上,把甲打碎了一大块,气得辛巴王哇哇大叫。他抽出腰刀,正要向达娃察琤扑去,一条细细软软的套绳忽然飞向达娃察琤,毫无准备的门国英雄一下子被绳子套住了脖子。梅乳泽闪电般地冲到达娃察琤跟前,举刀连劈,把达娃察琤斩于马下。抛出套绳的玉拉也赶到眼前,二人将达娃察琤的首级取下,打马回营。

雄狮王重赏两员大将。格萨尔知道,此次进兵门域,不比降伏其他三个妖魔,辛赤老魔已是魔法成就,就要修炼得天下无敌,加之他手下的大臣古拉妥杰,甚是厉害,所以就更加难以对付。这一开兵见仗,就先让他们杀了十三个兵士,虽说斩了他的一员大将,却也挫伤了岭军所向无敌的锐气,究竟应该怎样对付这可恶的辛赤王呢?天王只是给了进军的预言,并没有告诉我怎样降伏这老妖,如今在这南方河畔,两军对垒,岭兵人地生疏,万一有个闪失,就不得了。

入夜,雄狮王辗转反侧,不能安寝。快到天亮时分,一阵香风吹过,随着仙乐、环珮叮当之声,天母朗曼噶姆驾着彩云出现在格萨尔眼前:

"好孩子,不要睡,爱睡的男子没出息。爱睡的神和上师就是心灵睡了觉,官吏爱睡就是执法的睡了觉,长老们爱睡就是作主张的睡了觉,英勇的将军爱睡就是御敌的睡了觉。你是当今世界雄狮王,不要睡觉,快快起。"

格萨尔猛地惊醒,翻身坐起,天母好像离得远了,但歌声却是那样清晰:

> 十八日是个良辰吉日,
> 天兵天将十八亿,
> 玉山顶上来聚集;
> 夜叉兵九十九万,
> 札洼滩上已经聚齐;
> 龙兵像海洋的波涛翻腾,
> 已经在纳弄山下来聚齐;
> 孩子呵,你不用惧敌,
> 到了二十九日,
> …………

天母的歌声忽然变得很细很弱,但格萨尔却听得真切,那愁蹙的眉梢渐渐展开,他已经明白了降魔的秘密。

第二天早上，铃声一响，格萨尔大王把岭国大将召集在神帐里。众将领似群星捧月，把雄狮王围在中间，静静地听大王给他们面授机宜。格萨尔的心情很好，语调也很欢快：

"岭国的英雄们呵，你们可记得这样的谚语：'白色善业的太阳不出来，黑色罪孽的迷雾不能消；冰雪若不被热气所融化，白色的狮子就捉不到；碧绿的海水里不放下钓钩，哪能尝到金眼鱼儿的好味道？大军若不打开敌人的城堡，谁会给你想要的财宝？'这话细想实在妙，我们岭国的大将浩浩荡荡地开赴门域，就是要降伏那魔王辛赤，把受难的百姓解放。但是，降魔要有好时机，今天还不是时候。一会儿太阳高高升起时，门国的古拉妥杰一定会来骚扰。我们不能一个一个地跟他拼，要用计谋来对付他。现在最要紧的是，这南方闷热的空气里，有病毒和瘴气。我这大帐里有从流水中提取的药水，还有天母的护身结，今天你们拿回去，无论尊卑长幼，一律都要发给，降魔的时间是二十九日。"

众英雄遵照雄狮王的旨意，各自回到营中，把圣水和护身结发给岭国的将士。没过一会儿，果然如雄狮王所说，门国的大将古拉妥杰又来挑战。

这古拉妥杰生得面如满月，虎背熊腰，真是个仪表堂堂的男子汉。那穿戴就更漂亮了：头戴阳光普照金盔，盔顶一个火焰似的红缨，身着黄金甲，外罩黄缎子披风。金色花纹和箭袋里，有吃肉的毒箭五十支；在月月对照的弓袋里，藏着一把铁弓；腰间佩带着一把吸血宝剑，胯下是一匹鹅黄色的千里马。

岭国的英雄们早就做好了迎敌的准备，见古拉妥杰快到营门之时，从大营中一下飞出五员大将，为首的正是大英雄丹玛。

丹玛向古拉妥杰扬了扬手：

"喂，门国的单身人，你是来和我们打仗的么？那就先到个空地方比比武吧。"

古拉妥杰本来就怒火冲天。昨天达娃察琤没有活着回去，已经丢了门国的脸，古拉冲到这两军阵前，就是要吐出这口咽不下的气。看到丹玛又是一副没有把他放在眼里的神态，更加恼怒，恨不得把丹玛一口吞下肚去才好。古拉妥杰强忍心头火，跟着岭国的五位英雄来到一个平坦的地方，一比高低。

丹玛虽然听了雄狮王的嘱咐，还是想在众英雄面前显示一下自己的本领，特别是要让古拉妥杰看看自己的箭术。丹玛抽出一支鹰翎箭，搭在"开乐"宝弓上，仍然是一副满不在乎的表情：

"喂，这个地方叫'亡命平原'，我们五个人叫'死神阎罗'，你这黄袍人先看看我的箭吧。"说罢又唱：

听呵，你这黄色的家伙！
你单人上路真可怜，
你独马出阵心也寒。
太阳独行要遇天狗，
群星成队就安全；
小羊独行要遇豺狼，
群羊成队就安全；
单人独行要遇敌人，
众人成队就安全。
红色的火要有同烧的木柴，
绿色的水要有同流的水源。
英雄要有个队伍，
狗也要打个同吠的伙伴。
我们兄弟五个人，
穿灰黄的是噶德米钦色波，
力大无比能举起山坡；
穿白的是洞琼巴拉，
惹怒了这狮子赛阎罗；
穿红的是辛巴梅乳泽，
他的毒剑下没人能活；
穿青的是玉拉托琚，
他的弯弓似盘磨；
想让你先尝我丹玛的箭，
可我又不愿杀你造罪孽。

　　唱着，丹玛毫不经意地拉了一下弓，离弦的箭向古拉妥杰飞去，只听"喀啷"一声，正射在阳光普照金盔上，却没有伤着古拉妥杰。

　　古拉气得两眼通红，指着丹玛大叫：

　　"什么英雄丹玛，你还差得远着哩，明明是武艺不高，还硬要说是无心射我。你已经射了我一箭，我若不还你一箭，倒说我怕了你。"说着，一支毒箭射来，正中丹玛的盔缨。那毒箭射掉丹玛的盔缨后，又继续向英雄们后面的树林飞去，射倒了几株百年老树，树林里顿时燃起熊熊大火。

丹玛虽然没有受到伤害，却因毒气熏心，变得神魂不定，在马上坐立不稳，似要跌落下来。古拉妥杰见状，得意地哈哈大笑：

"英雄丹玛，徒有其名！我只射了一箭，你的狐狸相就露出来了，我再射一箭，定要你的狗命。"

不容古拉妥杰再次射箭，岭国的其他四英雄的箭已经射了出来，随后，四人又一起挥刀向古拉妥杰冲去。虽然四英雄的箭都没有伤着古拉妥杰，也使古拉妥杰不得不收起弓箭，举刀迎战四将。古拉妥杰虽是妖魔化身，但要敌住四位大英雄，也深感力不从心。他不敢恋战，一夹马肚子，只见鹅黄马的四蹄也冒出红光，顿时连人带马不见了踪影。

四英雄护着丹玛回到雄狮王的神帐，格萨尔给他服了不死神丹，又用千佛的头发烧火微熏，丹玛不仅恢复了体力，而且精神大振，比原来更胜三分。只是把迎战古拉妥杰的事忘得一干二净。

就这样，岭国的英雄们与门域的古拉妥杰等众魔臣连战数日，杀得难解难分，双方都有些损失，却没有分出胜负。

这一日，晁通拍拍身上的铠甲，挺着胸脯出来请战。这晁通因见连日来众英雄不能战胜古拉妥杰，又仗着自己有些法力，所以一张口就把话说得挺满：

"身上没有法力的上师讲经，给当地的信徒们留下耻辱；外表装腔作势，实际丑态百出，看见的人都觉得羞耻；懦弱的人夸口说怎样勇敢，庞大的军营也要受耻辱。可惜岭国的众英雄，竟连个古拉妥杰也不能战胜，这怎么能不令人感到羞耻。"

"晁通王，你……"丹玛气得怒火冲天，上前要抓晁通，被辛巴梅乳泽拦住了。梅乳泽附在丹玛耳边低声说：

"丹玛，不要着急，胆小鬼已经在夸海口，大有把山岳翻转来的样子，大有把海水一口吸干的样子。晁通自己说的话，马上就要应在他自己的身上。我们就等着看吧。"

格萨尔也觉得晁通的话很不中听，但因他是长辈，又不好过分训斥，只得问帐下众将：

"哪位愿与晁通王同去迎战古拉妥杰？"

晁通本来就是不受欢迎的人，刚才那番话又犯了众怒，谁还愿与他同往？倒是丹玛想看看他晁通是怎么个英雄，所以愿领命与晁通同行。

二人出帐，各骑上坐骑，朝营门前的空地跑去。丹玛有意比晁通慢几步，落在后面。晁通可是一心想在岭国众英雄面前逞逞威风，立即打马奔到古拉妥杰面前，并不搭话，抽剑便刺。

古拉妥杰见今天岭军只杀出一人一骑，心中暗自纳罕，见剑已到马前，顾不上多想，立即抽刀迎战晁通，只一个回合，便把晁通的铠甲砍下一大块，把个晁通吓得屁滚尿流赶紧往回跑。古拉妥杰正要追时，被丹玛一箭挡了回去。

丹玛笑着跟在晁通后面回到格萨尔的神帐。晁通那套伎俩，早已被众家英雄看在眼里。玉拉托琚趁着格萨尔没注意，在晁通的追风马的尾巴和鬃毛上各拔了一撮毛，又在晁通的狗尾巴上拔了一撮毛，找了张哈喇皮，一条哈达，一头牦牛，摆在晁通面前，为他庆功。这虽能瞒得过格萨尔，却遮不住众英雄的眼睛。英雄们哈哈大笑，笑声飞出了神帐，充斥在山谷中，把刚才被晁通奚落所压下的怒气一股脑地发泄了出来。

晁通气极了，眼睛里布满了血丝，趁着大家不注意，拿起一块小石头投入水中，施起了法术。顿时，大火冲天，随着山崩地陷般的隆隆响声，雹子大的铁块从天上降落下来。众英雄一下停住了笑，纷纷向神灵祈祷。

"玉拉和丹玛不应该开这样的玩笑，特别是在这降妖伏魔的紧要关头，我们众家兄弟应该一致对敌，不要再互相捉弄。晁通叔叔，对他们的做法，请你不要太介意。您的法术对岭军威胁太大，快快把这邪术除了吧。"

晁通听雄狮王这样说，灰白色的脸上才露出一丝喜气，把胡须往左一摆，又往右一甩，连声说：

"遵命，遵命！但是，若要我收回法术，请每人给我一支箭。"

众位英雄还要说什么，被格萨尔用目光制止了，强忍着心中的不满，把一支支系着哈达的箭递给了晁通。

晁通左手拿着系有哈达的箭，右手伸向脚下，从碗口大的水中取出一块白石子，吞入口中，邪术顿时消逝，太阳也重新露出笑脸。

二十九日，降魔的日子到了，格萨尔遵从天母的旨意，早早地来到南方玉山山麓、谷尼平原的上首。他见到一座骏马似的岩石上头，有一块牦牛形状的大铁块，上面装饰着人的头骨，用血淋淋的人的肠子围在四周。格萨尔不忍看这惨状，飞快地来到铁块下面，轻轻推开一道小门，里面是间暗室。格萨尔定睛细看：右边是一只九头毒蝎。这就是辛赤王生命的支柱。左边是一只九头乍瓦[注2]，长着铜胡须铁尾巴，这是古拉妥杰生命的支柱。雄狮王慢慢拈弓搭箭，射死了毒

2　乍瓦：一种动物名称。

蝎和乍瓦，回头便走。这是天母的旨意，只有用弓箭才能除掉这两个妖魔的寄魂动物，并且不能回头。

门域的国土上立即出现了各种灾象：天上出现扫帚星，山上无故燃起大火，猫头鹰哈哈大笑，大地上布满红炭水，灶上的四方白铜锅裂成八块，神庙里的狮虎柱被毒蛇缠绕，马厩里的马被虎吃掉，长流水的神湖里结了冰，神山金城崩塌，辛赤王的宫殿金梁被折断。举国上下，人心惶惶，惊恐万状。

公主梅朵卓玛做了个梦，梦见巴拉玉隆地方降下了贝壳雪花；天空里雷声隆隆响，黄牛身上露珠晶莹；南方的冬杂拉卡纳地方，出现了四个太阳；雪山变成了风化的石山，贵妇人们被带到北方去；中部山上烈火冲天而起，斑斓猛虎被焚烧；辽阔的草滩平原，小豹子在炫耀身上的花纹；美丽的莲花，生长在黄河狭谷的冰湖中；门国中心平原，野草竟然发出了嘘声。梅朵卓玛心中暗想，门国连连出现灾象，自己又做了这么个梦，这究竟是什么意思呢？

公主焚香祈祷，乞求神灵让自己清醒，让自己能圆梦。神灵似乎真的让梅朵卓玛明白了，这一明白，公主不禁害怕起来。原来，梦是这样的：降下贝壳的雪花，是象征梵天降下大雪；天上响起的雷声，黄牛身上的露珠，象征着属牛的辛赤王的灾难；太阳从四方出现，是可敬的古拉妥杰丧失威望的象征；雪山变成风化的石山，象征着门国要遭难；美丽的莲花生长在黄河狭谷的冰湖中，象征女孩子要送敌人……

公主越想越怕。如果岭国真的是为自己而来，真的要与门国结姻缘，那么为了门国，也该嫁到岭国去才好。梅朵卓玛想着，来到辛赤王的宫中，对父王说，愿到岭国和亲，以便尽快结束这场可怕的战争。

辛赤王因为寄魂的毒蝎被射死，已经失去了往日的精神，但魔王的本性仍旧使他强打精神，不愿在女儿面前承认自己不行：

"儿呵，你是门国的珍宝，你是父王的掌上明珠，国家的事不要女儿担心。古人有谚语：'小心眼是痛苦的源泉，会梦到青天要砸到地上，会梦到山岳被水

> ◆ **格萨尔消灭门王寄魂蝎**
>
> 这天，格萨尔遵从天母的旨意，早早地来到南方玉山山麓、谷尼平原的上首。他见到一座骏马似的岩石上头，有一块牦牛形状的大铁块，上面装饰着人的头骨，用血淋淋的人的肠子围在四周。格萨尔不忍看这惨状，飞快地来到铁块下面，轻轻推开一道小门，里面是间暗室。格萨尔定睛细看：右边是一只九头毒蝎，这就是辛赤王生命的支柱。左边是一只九头乍瓦，长着铜胡须铁尾巴，这是古拉妥杰生命的支柱。雄狮王慢慢拈弓搭箭，射死了毒蝎和乍瓦，回头便走。

梅朵求父王勿抗岭

门国公主梅朵听说岭国人马是为她而来,又梦见门国下起贝壳雪花,天上响起雷声,黄牛身上露珠晶莹,太阳从四方出现,雪山变成风化的石山,美丽的莲花生长在峡谷的冰湖中,预示门国即将遭难。她来到父王宫中,提出愿到岭国和亲,以结束战争,辛赤王却说:"国家的事不要女儿担心,只要我在世一天,就决不让你去岭国。"公主黯然退出宫,预感到父王将离自己而去。

冲走，会梦到无羽毛的人在天上飞翔。小心眼儿是痛苦的尖兵，胆儿小器量也狭小，器量狭小就被痛苦紧紧缠绕，痛苦的心里就产生种种幻想。狐狸拖着尾巴去逃生，具有六技的猛虎却情愿牺牲；疾病是前世的灾难，死亡是命运所注定。'儿呵，国家的事你不要管，只要我在世一天，就绝不让你去岭国。"

梅朵卓玛公主诺诺然地退出了父王的寝宫，心神不宁地回到自己的宫中。她预感到，父王将离自己而去；古拉妥杰大英雄也要为门国捐躯；而自己，则注定要嫁到岭国去。

岭军再次吹起号角，众英雄一齐向门军冲杀。由于射死了寄魂的牟瓦，古拉妥杰失去了灵性和魔性。他虽强打精神，却也禁不住岭国众英雄的四面夹击。辛巴梅乳泽一抛出套绳，正套中古拉妥杰的脖子。众英雄把他带到格萨尔面前，听凭大王发落。

格萨尔见古拉妥杰生得一表人才，又英勇无敌，就想像收服梅乳泽和玉拉托琚那样，也收他为岭国大将，便和颜悦色地说：

"古拉妥杰，念你是个英雄，我想饶你不死。但是，你要帮助我降伏辛赤王，打败门国的战将。事成之后，我们班师回岭，我封你为三万户，给你修宫殿，分财产。你看怎么样？"

古拉妥杰并不为格萨尔的话所动，却怒目而视雄狮王：

"坏觉如，你假装慈悲，借口联姻进攻门国，是个违背誓约的坏人。我与其向你这三界生命的摧残者求赦免，倒不如死九次来得痛快些！"说着，古拉妥杰泪如雨下，他觉得这样死去未免太冤枉了。

众英雄见古拉妥杰如此无礼，齐声喊斩他。格萨尔也情知不能挽回，遂下令将其斩首。

就在杀死古拉妥杰的同时，岭地的三术士也降伏了门域的魔鬼上师。

岭国大军一直向辛赤王的魔宫逼近。门国的青年冬丁惟噶把箭搭在弓上，站在宫顶的平台上唱道：

> 老鹰守在山顶上，
> 无故设下罗网为什么？
> 牡鹿在天山里吃青草，
> 为什么被猎人拔下角？
> 小河在山谷里自由流淌，
> 为什么要放钩把鱼钓？

> 辛赤王守在城堡里，
> 为什么百万大兵来掩杀？
> ……

丹玛不听这话还好，一听这话，不由得怒火中烧：

"若说无故才是假，抢东西的强盗忘了失主的家。从前你们门国曾发兵到岭地，抢去了我们岭国多少牛羊和骡马？杀死了我们岭国的多少百姓？我们岭国的珍宝六摺云锦宝衣至今还在你们辛赤魔王的宫里，怎么能说是无故？！"

"噢，早年的仇何必至今还说呢。你这穿绿衣服的坏家伙，绿衣绿马绿铠甲，绿色的肉只能喂虱子，绿色的舌头要被饥荒制服，绿色的草长得不合适，要用利斧把它砍……"

"绿色不坏绿色好，天是绿色才能降甘露，山是绿色牛羊才能来聚集，田是绿色能够生五谷，剑是绿色可以斩仇敌。我丹玛是绿色就要降伏你！"丹玛说着，"嗖"地射出一箭。与此同时，青年冬丁惟噶的箭也已发出，两支箭在空中相遇，碰了个粉碎。不等冬丁再搭箭，丹玛的第二支箭又离了弦，一下正中冬丁的盔中心，把天灵盖揭去了一大块，冬丁惟噶一下子从宫顶跌落下来。

这时，辛赤的王宫已燃起熊熊大火，火焰直冲霄汉，好像白云都要燃烧起来。这是辛赤王指使他的侍卫们放的火。火光中，辛赤王在向火神作紧急的祈祷。天空中突然伸出一架魔梯，辛赤王全身披挂，威风凛凛地爬上梯子。眼看着魔王越爬越高，就要隐没在云层中了，突然，一支利箭呼啸着，射中了魔梯。格萨尔大王骑着千里宝驹江噶佩布出现在半空中，宫中的大火顿时减弱了许多。

辛赤王一见格萨尔的神箭射中了他的魔梯，气得青筋暴凸。他站在魔梯上，抽出一支毒箭搭在弓上：

> 在青天的秘密路上，
> 向伟大的大自在神^(注3)敬礼！
> 在蓝天的空间里，
> 向极喜自在护法神敬礼！
> 在无变^(注4)的大地上，
> 向藏地的尊神敬礼！

---

3 大自在神：东方护法神。

4 无变：意为永恒、长存。

我能像鸟儿一样飞上天，
我能像鱼儿一样潜水底，
我喜时四方都自在，
我怒时八部大众都要遭殃。
我能从青天抛掷武器，
同我较量不会心欢喜。
既然觉如要与我为敌，
今天就要杀死你。

　　辛赤王唱完，射出一支毒箭，这当然对格萨尔毫无损伤。雄狮王反手回射一支箭，正射在辛赤王胸前的护心镜上，穿透护心境，直刺辛赤的心窝。魔王痛得嚎叫着滚下魔梯，跌进他自己点起的火海里。

　　至此，世界雄狮大王格萨尔降伏了世界的四大魔王，拯救了四方百姓，天下太平，万众安康！

南方河畔两军对垒　降伏四魔岭军凯旋

盗良马晁通犯大食
追宝驹东赤捕元凶

在世界雄狮王格萨尔降伏了四方妖魔之后，又过了三年的光景，大英雄嘉察的儿子扎拉王子也长成了少年英雄。总管王绒察查根和晁通王，这时都成了七旬老翁。

这天，正是仲夏初一，刚过午时，达绒长官晁通舒适地坐在檀香木宝座上，一边喝酒吃肉，一边不断地盘算着：我的妃子丹萨已经老了；另外两个虽然貌美，我却不中意，就像没有牙齿的人吃炒青稞一样难受。听人讲丹玛的姑娘已经长大，又漂亮又柔顺，若能将她娶来，那是再美不过了。只是不知丹玛是不是愿意，也不知我那两个年轻美丽的妃子是否赞成。不赞成倒也不要紧，只要丹玛肯把女儿嫁给我就行。

晁通一想起美丽的姑娘就心醉神摇。他不由得又把一大块肉塞进嘴里，一边转着眼珠，一边想怎样才能让丹玛心甘情愿地把女儿送过来。

一碗酒下肚，主意有了：格萨尔和扎拉最喜爱的大臣就是丹玛，如果大王做媒，丹玛决不会说二话。这就要使大王和王子高兴。怎么办呢？对了，王子扎拉的坐骑在与南方魔王打仗时死掉了，至今还没选出合意的良骥。自己虽有好马千匹，但没有一匹能当作礼物献给王子的。听说西方大食国有匹名叫"青色追风"的千里宝驹，是从大鹏鸟蛋中孵出的，耳朵上有撮绒毛团，四只蹄子上也有绒毛，瞬息之间能绕南赡部洲走一遭。若能将这匹马弄来献给扎拉王子，王子定会非常喜欢，格萨尔大王也会高兴。那时，再请大王父子跟丹玛说，这门亲事

◀ 岭人偷走大食宝马

奉晁通密令，嘉卡谐格米吾托尊、东通图吉米桂杰麦和嘉列柏布益查米三个家臣一路急行，第十天到了大食国，恰逢大食国王出城巡山，骑的正是那匹青色宝马，果然是蹄不着地，行走如飞。晚上溜到拴马的地方，竟有七匹，一模一样。嘉卡等人仔细辨认，认出一匹稍矮，耳尖的毛也稠密些的才是"青色追风"马。为了保险，另牵了两匹，这才放心地经汉地往回走。

就……晁通越想越高兴，把酒喝得啧啧响，好像怀里已经搂着那个漂亮的姑娘。

奉晁通的密令，嘉卡谐格米吾托尊、东通图吉米桂杰麦和嘉列柏布益查米三个家臣前往大食去盗"青色追风"马。三人丝毫不敢懈怠，一路急行，第十天头上，到了大食国。恰逢大食国王由一百二十个内大臣、一百二十个外大臣和一百二十个骑士陪着，威风凛凛地出城巡山。他们一路走，一路赛马比箭，甚是威武雄壮。

这下可美了达绒部落来的三个盗马人。不用打听，不用寻找，他们看清了大食国王坐下的那匹青色宝马，果然是蹄不着地，行走如飞。三人耐着性子等到天黑，这才悄悄溜到拴马的地方，一看那匹匹骏马，竟有七匹模样长得相同。这下可急坏了嘉卡谐格米吾托尊等人，因为三个人没法骑七匹马，要是偷错了，回去没法向晁通王交代。就着月光，三人又仔细地辨认了半晌，这才看到有一匹马个子比其他马稍矮一点，耳尖的毛也稠密些，嘉卡谐格米吾托尊认定，这就是千里宝驹"青色追风"马。为了保险，自己牵了这匹马，又让同行的两个人各选一匹，这才放心地经汉地往回走。

那大食的宝马竟无人看守、任人偷盗不成？天底下没有那样便宜的事。原来，晁通为盗宝马，早已施法术于护马大臣，罩上了迷魂的帽子，所以在宝马被盗的第二天下午，护马大臣东赤拉郭才从混沌中解脱出来。"青色追风"马等三匹良驹早已不知去向，剩下的四匹马也呜呜嘶叫着，四蹄乱刨，暴躁不安，想必那魂也跟着"青色追风"马飞了。

东赤拉郭急得像没头苍蝇一样，四处乱撞。马不在了，是逃到山里去了？还是遭了盗贼？自己一向精勤谨慎，不曾有过半点差错，今天怎么会把宝马丢了呢？东赤拉郭怎么也弄不明白。但不管他怎么不明白，马毕竟是丢了，得赶紧去找。终于在去汉地的路上发现了马的踪迹，东赤拉郭好不高兴，遂带三百勇士追踪而去。当来到朗赤巴麻地方时，遇到了一个商队。东赤拉郭马上迎上前去，细细地盘问起来：

"喂，你们这些商人，从哪里来？要到哪里去？可曾看见强盗赶着马走，三匹马的毛色都一样，其中一匹是我们大食国王的坐骑，名叫'青色追风'马。你们如果说实话，金子银子赏给你；若是隐瞒实情，那……"东赤拉郭一指身后的三百勇士，"马上抽了你们的筋，剥了你们的皮。"

见东赤拉郭怒气冲冲的样子，为首的那个商人连忙下马，给护马大臣献上七色礼品，答道：

"我是拉达克的国王，到此要求谒见西方大食财宝王，并没有看见强盗赶着马行走。古谚说：'事情慢慢去做心愿能成就，话要慢慢讲才能说明白，马要慢慢跑才能得锦旗。'东赤拉郭长官说话办事如此鲁莽焦急，就有无故挑衅的嫌疑。虽然我没看见盗马人，但可以为你占一卦。你看是不是可以？"

东赤拉郭对自称是拉达克国王的商人将信将疑，但还是同意他为自己打卦。拉达克国王拿过东赤拉郭的靴带，从怀里取出占卜用的肩胛骨，用靴带捆了三道，放在火中烧了一下，然后仔细看起来。半晌，拉达克国王说：

"啊呀，你那匹马，被头戴别人看不见的帽子、脚穿别人看不见的靴子、具有飞鸟般神通的三个人向太阳升起的方向赶去了。"

东赤拉郭等三百勇士听了拉达克国王的占卜结果，你看看我，我看看你，不知该怎么好。既想追赶盗马贼，又怕上了这陌生人的当。于是，东赤拉郭决定回大食国，向大王禀报后再说。

大食国王也在占卜求卦，想问问宝马的去向。女卦师扎色热纳挥动着花卦绳，十三支神箭搭在弓上，四十八粒松石放在卦骰上面。过了一会，她神情庄重地说：

"在东方两条河流交汇的地方，犹如一个长矛尖似的红石崖下面，有一座像犄角般的城，马就在那里面。"

大食王赛赤尼玛明白了，原来是岭国人偷了宝马，不由得怒火顿起。心想，藏区的四大王中，我大食王是无人匹敌的。无论是上面的印度，还是下面的汉地，都不敢犯我大食；我也安守在自己的疆土上。那东方的格萨尔为什么要偷我的宝驹呢？"青色追风"马本是大鹏鸟雏，是我大王的命运宝驹，是大食国的财宝象征，价值无法计算。如果不追回宝马，大王我与那死尸还有什么区别呢？赛赤尼玛把眼一瞪，即刻就要发兵岭地，夺回"青色追风"马。

坐在大王旁边的大臣协赛绕朗，却不这么认为。他缓缓地站起身，用尽可能温和的口气对大王说："俗话讲：'贤上师被僧人诬蔑，官长的靴带被仆人拉扯，檀香树常被荆棘遮住。'到底是不是岭国人偷了我们的宝马，还是先派人到岭地查看一下再说吧。如果确实如此，再发兵不迟。"

众大臣都说此话有理，大王赛赤尼玛也点头同意。

第二天，内臣协噶丹巴和护马大臣东赤拉郭二人穿上破衣烂鞋，装扮成可怜的乞丐模样向东方走去，前往岭地探明情况。

第十一天的中午，二人来到岭地的中心，在一个小草山上遇到了老少两个牧人，正坐在草滩上喝茶。东赤拉郭二人上前讨饭，牧人请他二人一同喝茶，对二人说：

"想要讨饭，现在有个最好的去处，在对面的沟里，有一个叫达绒晃通的家里。这人太阳落山时看彩虹，布谷鸟飞走时出城巡行，人老快死时讨老婆。因为他给王子扎拉献了一匹岭地没有的宝马，所以王子将丹玛的姑娘许配给他，今天正举行喜筵，岭地所有的人都聚会在那里，你们二人前去准会有好吃食。"

东赤拉郭二人无意中听到了晃通献马的事，一阵欣喜。东赤拉郭忙向协噶使个眼色，协噶拿出五枚金币，让牧羊老汉把晃通所献的马的来历讲了一遍。果然就是"青色追风"马！此行的目的这么轻易就达到了。二人谢过老少牧人，乐悠悠悠地把达绒部落的情形看了个仔细，这才启程回大食国。第九天的早晨，他们回到了大食王宫，立即向大王赛赤尼玛报告说："冲散绵羊群的，是山中的恶狼；伤害野马驹的，是林中的斑斓虎；偷去追风宝马的，是岭国的晁通王。"

赛赤尼玛大王冷笑三声，遂向大食所属的各部落调集兵马。大食本是富庶之邦，兵强马壮，武器精良，兵马一拉出来就与诸国不同，你看那：

> 红人红马光闪闪，
> 好似火神舞赤焰；
> 青人青马光闪闪，
> 好似江湖狂浪卷；
> 白人白马光闪闪，
> 好似群龙闹雪原；
> 黑人黑马光闪闪，
> 好似浓云一片片；
> ……

更有那百户、千户和万户各率自己的部下，蜂拥般随大王向城外杀去。

再说达绒长官晁通自从偷了"青色追风"马，娶了丹玛的姑娘，心里美滋滋的，丝毫也不考虑因偷马而可能引起的祸事。直到大食国的兵马包围了他的大帐，晁通还在床上做着美梦。

侍女慌忙喊醒了晁通，告诉他被包围了。晁通吓得魂飞天外，赤身裸体地钻到了一口大锅下面，藏了起来。这下可好，不仅看不见近在咫尺的战斗，连厮杀声也听不清楚。晁通想，反正有他的儿子在领兵作战，只要把入侵的敌兵打退，就会将他从锅底下救出来。但是他渐渐觉得胸闷气堵，原来这锅下面虽然安全，却比不得帐房内舒畅。晁通不想再待在锅下，但又无力把锅掀开。他感到憋得厉害，慢慢地失去了知觉。

突然，一阵香风从脸上掠过，晁通用力地吸了两口，像是有两辈子没呼吸过似的，但眼睛仍旧很难睁开，四肢也酸酸的、软软的，不能动弹。

"快看，这锅下有个死尸！"

"哪呵？是活的，他在装死。"

一些粗鲁而生疏的声音在晁通耳边回响。晁通用力睁开眼睛，马上又闭上了。这是吓的。眼前这些人分明都不是他达绒部落的人，显然就是敌兵了。怎么

▲ 盗马贼晁通成了大食囚

再说达绒长官晁通自从偷了"青色追风"马,娶了丹玛的姑娘,心里美滋滋的,丝毫也不考虑因偷马而可能引起的祸事。直到大食国的兵马包围了他的大帐,晁通还在床上做着美梦。

办呢？晁通闭着眼睛，心中紧张地盘算着对策。东赤拉郭闻声赶来，一见躺在地上的晁通，认出就是前次来岭地时在喜筵上见过的主人。真是佛祖保佑，让他落在我的手里。东赤拉郭忙吩咐手下兵将："这次出兵就是为他而来，快把他绑起，献到大王座前。"

大食的兵马带着晁通往回撤，走到北方的一个大草滩时，三个大臣吩咐把晁通带来。大臣朗卡托贝一见晁通那狼狈不堪的样子，不由得讥笑起来：

"听说晁通王英勇无比，今日却见到一个比乞丐还要可怜的老头儿；听说世界雄狮大王神通无敌，见我们抢了他的叔叔却不来追赶；听说岭地八十英雄能取活人的心，这次连他们的影子都没见着，是何道理？难道你偌大年纪竟没有听过这样的谚语：'长官所作倘若不节制，权势会落入他人手里；富者若无善举，财富会落入他人手里；穷人若对食物贪婪，身体会落入他人手里。'"朗卡托贝越说嗓门越大，越看晁通越有气："我们大食的宝马，是大鹏鸟的雏儿，是无敌大王的坐骑，不要说动手去偷，就是用你的小眼看一下都不许。你现在最好把马交出来。常言说：早上用羊作赔偿，迟到下午赔马也不行。如果不快些交出宝马，就拿你抵命。"

晁通一直跪在三个大臣面前，一听要拿他抵命，吓得连胡须都颤抖。他左思右想，又有了主意。

"啊呀，至高无上的大食长官啊！古人常说：'由于乌鸦的罪恶，致使天鹅陷泥坑；由于无耻淫妇的污手所沾染，致使法臣上师流落于轮回。'大臣们不知听了谁的胡言乱语，竟把我清清白白的晁通当成了盗马贼。"晁通装出一副无辜的样子。

"不是你盗了马献给扎拉王子的吗，还想赖？"大食国大臣见晁通推了个干净，更加生气。

"大臣请息怒，听我慢慢讲。献马的事真的有，盗马的事我不知。上个仲夏日，岭地来了三个人，牵着三匹同样的马，其中一匹叫'追风'。上午牵到雪山顶，想与雄狮比脚程；据说开始狮子快，后来'追风'占了先。中午牵到水草滩，又与野马赛脚程；开始也是野马快，后来'追风'走在前。下午牵到花石山，再与野牛比脚程；开始还是野牛快，后来'追风'又占先。他们问岭地谁愿买此马，我便买下献给了扎拉王子。现在你们杀我不如放了我。杀我等于杀死一老鸦，肉不能吃，羽毛不能用；放我回岭地，禀报大王格萨尔，'青色追风'归还你。"

大臣朗卡托贝听晁通说得有理，就是杀了他也得不到"追风"宝马，不如放他回去。想到此，朗卡托贝说：

　　"这次饶了你。限你三七二十一日把马送回大食，过了期限，就杀你的头，荡平岭国的地，你可听清楚了？"

　　晁通连连点头答应，恨不得一步迈出大食的营地。朗卡托贝马上吩咐给晁通拿来衣服鞋帽，还给了他一匹马和路上的口粮，放他出境回岭地。

　　可怜巴巴的晁通终于靠巧嘴骗过了大食国大臣，骑着马急急惶惶地往回逃。原来他哪是想送回追风宝马，分明是想回岭地搬兵与大食决战。他有了这个念头，就更怕大食国人看出他的诡计，因此一步三回头，生怕他们追上来再把他抓回去。

　　晁通走了半日，来到一个小山沟，有点累了。这许多天来，他吃不好，睡不着，时时担心大食人杀了他。如今笼中鸟获自由，网中鱼死里逃生，虽然心有余悸，却也没有在大食营中那样的恐惧。

　　晁通正要歇息片刻，突然被七个彪形大汉拦住了去路。晁通扑通一声从马上跌落下来，纳头便拜，嘴里不停地说着一些请求饶命的话。

　　七大汉中为首的一个见晁通行为古怪，不禁问道：

　　"喂，大胡子老汉，你从哪里来，要到哪里去？"

　　"我是岭地晁通，在三位大官人面前，请了十天假。回岭地为大食取宝马，请壮士们放我过去。若耽搁了时间，不仅我的性命难保，大食的'青色追风'马也取不到。"

　　"既然如此，当然要让你过去。不过，因为我们没有打到什么野兽，所以得向你要些东西。"

　　"我只有五天的口粮，给你们什么呢？这样行不行，十天后我回来时，你们要什么我就给什么。"晁通急于脱身，把二十一天期限说成十天。

　　七壮士不肯就这样放走晁通，有的说要抢他的马，有的说要他把他的口粮留下。晁通又一阵哀求，说马是他的腿，没有马他老汉走不了；口粮是他的命，没有粮他老汉活不了。七壮士看见实在没有什么可取的东西，遂割了他一段马的梢绳，说明十日后要在此等候他的厚礼，这才放晁通通行。晁通心里恨得发痒：十日，十日，十日内若真回来，定把你们七个剁成肉泥！

　　晁通历尽千难万难，终于回到岭地。他刚巧碰上自己的两个儿子正在聚集部队，准备进攻大食，营救父亲。

晁通一面派儿子向格萨尔大王禀告，一面准备军队进攻大食国。格萨尔如此这般地讲了一遍，晁通充满了必胜信心。他想：一则神明有启示，鸡猪年要降伏大食；二则上师有启示，吃人虎的斑纹要用血来装饰；三则大王有启示……

话说大食国的大臣朗卡托贝等三人放了晁通后，回国向大王赛赤尼玛禀报。大王认为这种作法很不妥，晁通不是那种讲仁义、守信用之辈。他是怎样的人呢？

他像贤上师面前的僧人，
丧失戒律时恨誓言；
他像充当三年劳役的仆人，
食物齐全时恨主人；
他像年轻而富有的女人，
衰老时却恨母亲。

晁通这样的人，不仅不可信，而且还要做好他来犯大食的准备，在阳光照山峰、河水吼叫时，人要穿好盔甲，马要备好鞍辔，青色箭镞要加纯钢，宝雕弓上罩桦皮，长矛尖端装利刃，锋利的武器淬毒水。

大食国的军马整装待发，只等大王一声令下。赛赤尼玛大王等呵等，等到二十一天头上，大出所料，那不讲仁义、不守信用的晁通竟如期来了。晁通先派人送来一封信，大意是说：他在回岭地的途中遭了劫，弄得死去活来。但为了赶日期，他像一具僵尸一样赶了回来。现在已经到了觉卧当资山下，请大王前来面商交马一事。

赛赤尼玛大王以为晁通如此讲信用，甚是喜悦，遂派大臣协赛等二人前去觉卧当资山与晁通相见，取回宝马。

晁通一见只来了两位大臣，心中不悦，口气流露不满：

"这样的大事，大王为什么不亲自来，连王子也见不到？"

"王子身体不爽，大王事务繁多，委派我二人前来取马。"协赛并不想和晁通多啰唆，只想取回宝马，早日返回大食。

"因为路太远，我们一怕误了期限，没日没夜地往这里赶；二怕损伤了宝马，所以没有带来，护马的人随后就到。"晁通信口胡编，殊不知那宝马日行万里，怎么会为这点路程损伤身子呢？

协赛不愿捅破晁通的谎言而伤了和气，只得耐心地等待着。等呵等，一连等了十天，协赛每天都去晁通营中询问，晁通每次都用好言好语搪塞协赛。到第十一天，协赛再也忍不住了，他又一次来到晁通营帐中，不等晁通说话，先就唱了一支歌：

在蔚蓝的天空，
不用驱使的白云在翻滚；
把水遗留在海中，
需要的细雨却没有；
刮起无用的狂风，
这是出现旱魃的象征。
在牧场原帐篷前，
不用驱使的牧童首先来；
乳牦牛遗留在草原，
需要的牲畜却不见；
不必要的废话讲不完，
这是失掉牲畜的表现。
漂亮整齐的厨房间，
不用驱使的主妇立灶前；
酒肉留在库房中，
需要的吃食却不见；
对来访的客人说甜言，
这是败坏家业的表现。
在这觉卧当资山下，
不用驱使的叔叔来眼前；
追风宝马留岭地，
需要的诚心却不见；
每天讲不完的好话连篇，
这不是交马是欺骗。

"达绒长官晁通，我们奉大王之命前来取回宝马，可你今天推明天，明天推后天，让我们大王等得心焦。今天你再不要推了。我们大食的宝马何时到，你说个准吧，不要再用甜言蜜语哄骗我们。"协赛两眼瞪着晁通，急促地说。

晁通王毫无羞愧之色。他不因协赛的恶言恶语而发怒，依旧慢声细语地说：

雪山与狮子相配合，

森林与猛虎相配合，
野马与草滩相配合，
鹫鸟与山崖相配合，
雄狮王与大食王相配合，
成为事业一致的好朋友。
大臣协赛与晁通相配合，
互相交换弓箭与坐骑，
今生后世彼此施利益。

"协赛绕朗讲话不要太伤人，我们岭地从不把人欺；和你商议为了两国好，要说动武，谁不知格萨尔王天下无敌？！"晁通的话句句像锥子一样刺着协赛的心。

协赛心想，怎么相配合？晁通的意思，分明是想留住宝马，还说什么要和我交换弓箭和坐骑。什么东西都能换，但追风宝马却万万换不得。

"晁通王，你要用什么来换我们的宝马？"

晁通微笑着，点点头：

"如果大臣能明白这个道理，我们两国就将永远友好下去。"

"我们上你的当了。"协赛指着晁通，气得说不上话来。他想事到如今，没什么商量的余地了，只有回去禀告大王，立即发兵；不打败他们，晁通是不会交出宝马的。

夺宝马大食忙起兵
逢良机王子急上阵

大食国要不回自己的宝马，恨死了晁通。恨他嘴上说的似蜜甜，心里却狠如毒刺，诡诈犹如海底淤泥深；恨他偷去追风马，又来玩弄假和解，欺人太甚。大食国难以咽下这口气，因此马上发兵征讨岭国。与此同时，岭大王格萨尔也认为已经到了降伏大食的时候。两国军队在边界上相遇，立即摆开了阵势。

护马大臣东赤拉郭一马当先，从大食国阵营里冲了出来，边冲边喊：

"在大王驾前，我是听命守法的人；到了两军阵前，我是穿白铠甲的人，我是挽红铜弓的人，我是骑银红马的人，我是找晁通报仇的人。刀在近处挥是真英雄，箭在远处射是懦夫子，我今天要在阵前与你晁通较量。是好汉，就快出阵吧。"

晁通并没有出阵。东赤拉郭的话激怒了晁通的儿子拉郭，他哼了一声："懦夫？今天就让你死在懦夫手里！"只见他拈弓搭箭，一扬手，正中东赤拉郭的额头。可怜的勇士，坠马落地，当场毙命。拉郭毫不犹豫地取下他的首级，并指挥人队向乱了阵的大食国军队冲去。幸好大臣协赛绕朗及时赶到，向岭军连射六箭，射死岭兵十人；又一箭射在晁通次子崩奔托规巴瓦身上，将铠甲射得粉碎，甲叶纷纷落地。这才止住了岭地人马的追杀，大食国兵马的阵脚才稳定下来。崩奔托规巴瓦见协赛射死了十个岭兵，不由得怒从心头起，立即挥刀向协赛奔去。

协赛也毫不迟疑,连着向崩奔砍了三刀,崩奔竟没有一点感觉,刀砍在身上只是像被蚊子叮了一下似的。协赛见不能伤崩奔,顿时慌张起来,拨马就要逃走。崩奔哪容他逃,手起刀落,将协赛劈成两半。大食军马刚稳定的阵脚,比先前更加混乱起来。士兵们慌不择路地向后逃窜,混乱中许多兵马被挤入水中淹死。岭兵乘势夺了大食的营寨,又得了不少粮食和财宝,喜滋滋地回营休息。

侥幸得以逃脱的大食兵将,急急地回王宫向大王赛赤尼玛报告,将领东赤拉郭和协赛绕朗阵亡,先锋部队等于全军覆没,所剩无几。

赛赤尼玛心中不禁一惊。他虽料到打仗会有胜败,但没有想到他的军队会败得如此之惨。想他堂堂大食财宝国,怎肯就此善罢甘休。大食王稍微想了想,决定再派一支部队去迎战晁通。这一次他派的是具备四种降敌武艺的大将赞拉多吉,令他戴上九峰青铜盔,插上火光炽热的尾缨;披上护命的红铜甲,系上古今绫绸带;挂上断石剑,上饰雕鸟缨;骑上红色识途马,备上虎纹鞍;系上火光闪耀的箭筒,装满六十支长寿箭;背着能胜霹雳的铁弓,并给他一百勇士作侍从。然后吩咐他:

"人生疾病有根由,部落战争有原因,大食与岭国战争的祸根就是那达绒长官晁通。他长着灰黄色长胡须,马带银鼻花,豪言如雷声,胆小如狐狸。赞拉多吉呵,你平时练就的如雷似电般的利箭要射向他。"

赞拉多吉披挂整齐。他把大王的话牢牢记在心里,只等上阵见到晁通,立即把他擒回来,让大王亲手宰了他,以吐心头那口闷气。

迎战赞拉多吉的既不是晁通,也不是他的儿子,而是以晁通的侄子噶细长官伦珠为首的三员大将。因为前一仗拉郭和崩奔大败大食军,杀死东赤拉郭和协赛绕朗,使岭军军心振奋,声威大振,这次,伦珠坚持要叔叔晁通派他出阵,以立战功。见到大食的赞拉多吉,伦珠根本就没有把他放在眼里,反倒摇头晃脑地教训起赞拉多吉来:

> 白狮的鬃毛多雄伟,
> 猎狗伴装雄姿实可怜,
> 老狗最好守本分。
> 猛虎的斑纹多雄伟,
> 野狐炫耀皮毛实可怜,
> 狐狸最好别离窝。
> 鹫鸟飞翔在蓝天,

小雀展示翅膀实可怜,
小雀最好蹲树梢。
旷野是野牛磨砺犄角处,
黄牛欲发威风实可怜,
老牛最好卧在糟糠中。
这里是岭国兵比武处,
大食兵到此送命实可怜,
你们最好回家去。

"喂,听说你叫赞拉多吉,看你长得像个人,战马也漂亮,弓箭又整齐,杀了你实在怪可惜,不如趁早逃回去,我就装着没看见。"伦珠拨马就要走。赞拉多吉哪里受得了这般侮辱?俗话说:"死人怕冷风,活人怕侮辱。"他堂堂大食国的大将,竟让这么个不知高低的小人数落了一顿,实在可气又可恼。难怪东赤拉郭和协赛绕朗死在阵前,不要说打,就是气也气死了。赞拉多吉一拉马缰,挥刀朝伦珠砍去。已经拨转了马头的噶细长官伦珠,忽听脑后风声响,急回头,正撞在赞拉多吉的刀上,可怜大话连篇的伦珠,顿时脑袋和身子分了家。另外两名大将一齐举刀来战赞拉多吉,被赞拉多吉猛砍一刀,虽未丧命,却也鲜血淋漓,此时方知赞拉多吉的厉害,不敢恋战,慌忙败下阵去。赞拉多吉乘胜追击,踏进岭军大营,一腔的仇恨都聚在刀口,逢人便杀,见人便砍,岭兵渐渐支持不住。就在这时,拉郭和崩奔兄弟二人赶到了,赞拉多吉自知不能敌此二将,便退下阵去。

大食王赛赤尼玛亲自为赞拉多吉摆筵庆功。接着,命赞拉多吉统领马尾缨军五万,朗拉噶琼统领白缨军五万,米纳多丹统领黑缨军五万,迅速在岭军占领的桑噶茂草滩对面的奔布雅昂玉雪山的一个山岗上安营扎寨。

岭军见大食的军队在对面驻扎,就像空中的星星汇聚在一起。老年人认为不能再与大食作战,恐岭军不是对手;年轻人则跃跃欲试,不甘心就这样回去。达绒长官晁通也拿不定主意,既想打败大食,又怕打不过大食。惶惑中,他打了一卦,卦辞说:

"迈开一步可得战利品,向人讲三句话就能得胜利,因此要赶快起行。"

这样,害怕大食的人没话可讲,年轻的英雄壮士凭空又添了许多勇气,晁通也不再犹豫。

第二天,拉郭首先出阵,唱了一支歌:

察郭达瓦中丹玛神箭

大食王子察郭达瓦头戴插红纹缨头盔,身披盔甲,手持"吃肉"宝剑,肩挎青色铁弓,箭囊内插满铜翼铁箭,胯下骑黄嘴战马,率红缨军直奔岭军北营。赞拉多吉率中军直扑岭军大营。丹玛为保护王子扎拉,来到赞拉多吉面前迎战。察郭王子不知丹玛厉害,大话连篇,丹玛拉动弓箭,只听轰轰隆隆地响,正中大食王子的胸口,什么护身符也没法抵挡得住,一下子将心劈为八瓣。

> 要讲男儿的英雄与懦弱，
> 在于一日的福运盛与衰；
> 要说马儿跑得快与慢，
> 在于一夜的草料足与亏；
> 要讲兵器的长与短，
> 在于一人的武艺高与低。

"赞拉多吉，不敢迎敌的是狐狸，不敢吃食的是饿鬼，不能答话的是哑巴。我第一要取下你的头作祭品，第二要踏平大食营，第三要让河水变颜色，办不成这三件事非英雄。赞拉多吉，是英雄就快出阵吧！"

赞拉多吉早就按捺不住，一下冲出阵来，指着拉郭大骂：

> 懦弱的狐狸种，
> 不会生出美丽的虎纹；
> 小小哈巴狗，
> 不会生出狮子的绿鬃；
> 松鸡的翼下，
> 不会孵出神鸟杜鹃来；
> 诡诈如狐狸的晁通，
> 怎么会生出英雄？！
> 可怜你，
> 翼力尚未发达的鹫鸟雏，
> 想游天空却坠深渊；
> 脚力尚未成熟的狮儿，
> 想游雪山却损绿鬃；
> 斑纹尚未丰满的虎仔，
> 想劫畜场却伤爪牙；
> 武艺尚未具备的小儿，
> 出阵只有丧性命；
> 你本应去守护祖宗遗留的神城，
> 理不该前来上阵。

"你父偷我大食宝马已难容，怎敢不还宝马动刀兵。如果交出追风马，两国还是好交情；假如今天不交马，定要你命不留情。"

赞拉多吉说着,见拉郭的刀已向自己砍过来,知道再多说也无用,立即抛出手里的闪电红套绳。这根绳甚是厉害,是用野牛的胸毛、猛虎的背毛、牦牛的臂毛、乳牦牛的肋间毛编制而成,抛向蓝天能捕云朵,抛向空中能捕狂风。这一抛,正好套中拉郭的脖颈。赞拉多吉一用力,拉郭在马背上晃了一下,几乎跌下马来。

拉郭拼命挣扎,越挣扎套绳越紧;用刀去砍,套绳又丝毫无损。拉郭急得哇哇大叫。正在这危急关头,崩奔跃马上前,用尽全身气力,猛地向套绳砍了一刀,套绳虽被砍断,可拉郭已被勒得快要窒息了。崩奔不再恋战,护着拉郭后退。赞拉多吉追了一阵,因怕中埋伏,也领兵回营。

大食和岭国两军各自安营扎寨。烈日炎炎,动则汗流不止。这样过了六天。第七天早晨,天气稍微凉爽,突然从大食营中飞出一骑,白人白马,白盔缨,白铠甲,白螺宝剑。此人正是大食国大将朗拉噶琼。朗拉像一道闪电,首先冲向岭国的右营门,杀死一百金甲军;接着又向中军的帐篷冲去。拉郭和崩奔奋力拼杀,才保住父亲晁通的虎帐,没让朗拉闯入。朗拉又杀了红缨军三十人,然后继续向岭军的左营门扑去。岭兵被这突如其来的袭击吓住了,要想躲藏却没有坚固的堡垒,要想逃遁又找不到路径,飞向天空翅膀不能展,钻入地下爪子不能伸。虽说不停地开弓射箭,也没能伤着朗拉。朗拉在左营门又杀了十名白缨军,这时他的白马,四蹄已被鲜血染得如同红珊瑚一般。他手持宝剑,冲出岭营,回营复命。

达绒长官晁通慢慢从帐篷中伸出脑袋:"那人走了么?快追!如果现在不追,我们就将不得安宁。"

拉郭和崩奔等四勇士连忙上马追出岭营。崩奔一箭射去,并没有伤着朗拉。朗拉回射一箭,也未能射中崩奔。二人刀刃相见,打在一处,半晌竟未能分出胜负。崩奔见一时不能杀死朗拉,心中焦急,大喊一声,直刺朗拉的肚子。顿时,朗拉的肠肠肚肚流了出来。他惨叫着把剑指向崩奔,乘崩奔稍一发愣,刺入他肋间。两英雄几乎同时翻身坠马而亡。

岭军遭受到前所未有的挫折。大食的一个朗拉噶琼,就把偌大的岭营搅得天翻地覆,人仰马翻。虽说已经把他杀死,可岭军又损失了晁通的爱子、大将崩奔。怎么办呢?晁通面对败局,愁得双眉紧皱,两腮下陷。

部下大臣们紧急聚集,商量解脱困境的办法。出路只有一条,回岭地搬救兵,恳请格萨尔大王亲征。晁通派出三个使臣,千叮万嘱,叫他们见了雄狮王一定要把详情细细禀报，并且说，如果大王不来，不知以后还有没有见面的机会。

三个使者带着赏钱和隐身风轮，急急忙忙奔向岭地。

格萨尔早就料到晁通会派人回来求援。他把岭六部的人马聚集起来，竖起聚宝旗，击起龙吟法鼓，吹起凤鸣海螺。几个侍从登高远望，就在太阳偏西时，他们迎来了三个报信的使者。

使者顾不上喝茶饮酒，把达绒部落与大食作战情况细细地向格萨尔禀报，然后请求大王亲征大食：

"世界雄狮大王呵，在美丽的蓝天上，光明的太阳绕四方，若无太阳高高照，四洲永远暗无光；在茫茫的草原上，甘露般的细雨落牧场，若无细雨纷纷降，草原就会变荒凉；岭噶布是达绒的家乡，家乡兵强马又壮，若不迅速派援军，达绒兵马要遭殃。"

格萨尔听了这番禀报，皓月似的笑脸上忽然现出如黑石山似的浓云。众大臣也默默无语。三个使臣心中甚是焦急，见大家都不说话，一时也没有主意。

格萨尔心中暗想：晁通为了自己的目的，用尽了心机和诡计；这次与大食作战，都是因为他自己引起的。但按照预言中"时值木虎年，去攻大食财宝城，为岭地藏区辟财源"的说法，该是征服大食国的时候了。格萨尔认为，这次出征，应该让扎拉王子去。于是，传令调兵：

上岭色巴军，
黄人黄马黄灿灿，
好似金鸟落平原；
中岭文布兵，
红人红马红光闪，
好似巨人火山燃；
下岭穆姜人，
白人白马白光闪，
好似冰雪白玉团。

此外，还有三十英雄，八十勇士，以及霍尔军、魔国军、门域军、姜国军，也都聚集待命。雄狮王宣布，由王子扎拉任岭军统帅，用三年半时间征服大食国。

大臣们无话可说。王子扎拉有些忐忑不安。他想：假如没有水晶坛城[注1]

1　水晶坛城：月亮的别名。

，纵然星星众多，昏暗也难免；如果大王不亲征，单凭我，怎能战胜大食？晁通王那样诡计多端，尚且不能取胜，像我这样的人，也能获胜么？王子扎拉虽然勇敢，但因为从未离开过雄狮王，所以缺乏自信。

老总管绒察查根看出了王子扎拉的忧虑，忙起身对王子说：

"扎拉啊，你是穆布咚氏的后代、大英雄嘉察的亲生子，你是雄狮大王的代理人、十万精英的主宰。好孩子，别犹豫，岭军勇猛赛霹雳，夺取胜利并不难。到了危难时，大王总会有安排。"

扎拉这才安下心来。军队已经聚集，王子下令出发。格萨尔大王和王妃珠牡等众叔伯、姑姨，一直将扎拉王子送到岭国北方与大食的交界处。珠牡依依不舍地拉着王子，细细地打量着他：

头上戴白盔，好像东山出皓月；身穿银铠甲，好像白狮蹲雪山；脚穿虹纹靴，好像天神行苍穹。真是个活脱脱嘉察大英雄的再生。

珠牡合掌祈求神灵保护：为不教风吹雨淋，请天母朗曼噶姆保护；为勿使锐利武器磨损，请本尊金刚加持[注2]！

王子扎拉告别了岭地，告别了雄狮大王和王妃，骑马率军而去。正月十三日，来到大食国晁通的营地。那晁通见到岭军的大队人马，高兴得手舞足蹈，立即带上众英雄来谒见王子扎拉。

扎拉虽不喜欢这个爷爷，但奉雄狮王之命前来援助晁通，不能显得太不恭敬。他问了问这里的近况之后，马上调兵遣将。老将军丹玛首先出阵迎敌。迎战丹玛的是大食国大将赞拉多吉。丹玛见他甚是威武，心中有些喜欢，希望把他收到自己军中。于是，他一勒马缰，对赞拉多吉道：

两个上等男子相遇时，
好像彼此都了解，
争论问题和解后，
人喜自喜都快乐。
两个中等男子相遇时，
好像彼此都相识，
茶酒两人同享受，
赞善颂美两俱得。
两个下等男子相遇时，

2　加持：佛教用语。一般指以佛力佑护众生。密教解为大日如来与众生互相照应，说大日如来以大慈大悲佑众生，此为"加"；众生能够接受大日如来的佑助，此为"持"。

> 彼此之间揭隐私，
> 为了小事结血仇，
> 两人坏话满山沟。

"岭国与大食国，从来无冤又无仇，为何非要征战不休？我们的王子扎拉对敌不宽恕，众英雄对敌不容情，我丹玛对敌不畏惧，你是喜欢和还是战，请考虑吧。"

赞拉多吉根本听不进丹玛的话。自从王子扎拉带着岭地援军到达后，大食国确实恐慌了一阵。但是，与其害怕，坐在城中等死，不如出城来决斗。正像古谚说的那样："苍龙要使石山变平地，粉身碎骨不懊悔；杜鹃要使悦耳之声遍山谷，没有草原鲜花不懊悔；鱼儿为了在清湛湛的水中游动，河水结冰不懊悔。"为了保证大食国的富庶安乐，我赞拉多吉流血掉头也不懊悔。赞拉历数晁通的骗人伎俩，越说越生气，哪有半点可以和解的余地？！说着说着，他突然向丹玛射了一箭，正中丹玛前胸。幸好丹玛穿着战神长寿衣，没有受伤。他回了赞拉一箭，也未伤着赞拉。二人刀矛相迎，骏马相撞，打在一处，半响不分胜负。

迎战大食国将军穆纳多旦的是姜国王子玉拉托琚。那玉拉自幼勇猛善战，喜欢战争就像苍龙喜欢细雨、鹰鹞喜欢小雀。他相信这个道理：雪山上面慢慢走，对行人的眼睛不利；鞭打不善走的坐骑，会使脑浆泼地；没有军队作战，本该得到的利益会失去。

玉拉托琚骑在马上，显得悠闲自在，就像儿时的游戏。他见了穆纳多旦，先唱了一支歌，要与大食将军斗矛：

"今天你我二人，比试幻轮花长矛，看谁的锋利如毒蛇；赛赛马的脚程快与慢，看谁吆喝挥鞭在先……"

穆纳多旦并不与玉拉搭话，长矛早已刺了过去；玉拉也早有防备，就在矛尖刺来之时，挥起一剑将那长矛削为两段。穆纳多旦见了，愤怒无比。明知打不过玉拉，仍然打马朝岭营扑去。玉拉策动天青马，飞也似地追了上去。

北方魔军与黄霍尔军合兵一处，主攻大食国麦达蔡鲁营寨。辛巴梅乳泽早就听说麦达蔡鲁的武艺高强，特别是他的"饮血虎箭"甚是厉害，很愿意和他较量一番。

果然，麦达蔡鲁勇猛异常，但是与霍尔辛巴王较量起来，还不是对手。辛巴梅乳泽步步紧逼，不给麦达以射箭的机会。打了十几个回合，梅乳泽看出了麦达的破绽，一个突刺，矛尖正中麦达的小腹，麦达顿时滚落马下，"饮血虎箭"成了辛巴王的战利品。

壮士森郭昂通见麦达蔡鲁落马而亡，骑着"火红大鹏"宝马冲出阵来。辛巴梅乳泽正待迎战，被北方魔军女将领阿达娜姆拦住了，她要试试自己的利刃。

那阿达娜姆自从帮助格萨尔降伏了自己的亲哥哥北方魔王鲁赞后，即做了格萨尔的妃子，很少出征打仗。这一次因格萨尔不能亲征，她求大王应允让她率北方魔军助战。现在见辛巴王首战得胜，她也禁不住要试试自己的武艺。

见壮士森郭昂通一副凶相，杀气腾腾，阿达娜姆首先警告他："好汉不节制勇气要后悔，射手不节制箭速要后悔，善跑者不节制双腿要后悔。壮士呵，趁着我未射箭赶快逃吧，若打起来可没有你逃的路……"

森郭昂通见一女子也用这种气冲牛斗的口气跟他讲话，心中只觉晦气，打也不是，走也不是。如果真的不战而走，恐人耻笑；如果和她认真交手，就是打胜了也不会有人说他是勇士。但是，现在已经没有走的道理，只得挥矛迎战。阿达娜姆见他如此不听劝告，也动了气。她并不想和森郭昂通认真动手，而是漫不经心地射了一箭，那箭竟穿过森郭昂通的胸膛又飞了好远，几乎和森郭昂通同时落地。此时大食国军兵方知女英雄的厉害，不敢再战。

阿达娜姆欲挥兵追杀，梅乳泽却拦住了她："高飞者若不节制，如鹏鸟的羽毛风吹落；凶悍者若不节制，老虎也会滚陡坡；千里马若不节制，脚力再好也会失前蹄。今天我们已经得胜，不要再穷追不舍了吧。"

大食国损兵折将，赛赤尼玛大王十分烦恼。君臣们坐在一处，谁也拿不出好的对策来。沉默了半晌，大将军赞拉多吉站了出来，向大王禀告自己的计谋，赛赤尼玛和众臣听了都点头叫好。大食王忙吩咐众将依计而行。

过了两日，大食国兵营突然旗幡招展，人头攒动。大食王子察郭达瓦头戴插红纹缨头盔，身披盔甲，手持"吃肉"宝剑，肩挎青色铁弓，箭囊内插满铜翼铁箭，胯下骑黄嘴战马，率红缨军直奔岭军北营。东炯达拉赤噶、昂察达米率军袭击姜营。赞拉多吉率中军直扑岭军大营。大食国兵将黑压压漫山遍野，一心要与岭军决一死战。

岭军初战得胜后，斗志有些松懈。想那大食国兵将不过如此，胜利在望；只待休息两日后进兵，便可直捣大食国的老巢，取得全胜。谁知大食国不等岭兵进攻，倒先铺天盖地杀来，岭军匆忙应战。这时大食兵马已经杀到帐前，众英雄簇拥着赞拉多吉，点名要岭国王子扎拉决一胜负。

"太阳运行处，群星欲敌对，炎热光芒不可阻；雷声响动处，浓云欲敌对，

大食战将赞拉多吉捐躯

大食与岭国一交手,扎拉就盯住赞拉多吉。赞拉颇为得意,自吹"英勇得胜利,不会失江山"。扎拉斥责他临死还显威风。赞拉多吉虽然心虚,心想大英雄死也要死得威武,一箭射去,正中扎拉胸口。但因有长寿衣的保护,只射坏了铠甲而未伤着王子。扎拉的箭追着赞拉多吉,射中了他的前胸,射穿了护心镜。赞拉多吉跌下马来。

霹雳电光不可阻;大河奔流处,沙砾欲堵塞,河中波涛不可阻。我们大食国,岭军欲敌对,大食军队不可阻。听说扎拉是统帅,出帐和我战一回。"

王子扎拉欲出帐迎战,被众将拦住了。丹玛心中暗想,昨夜的梦不吉祥,今早大食军包围了我们的军营,还需小心才能免祸殃。他出帐上马,来到赞拉多吉面前。大食王子察郭奔了上来,不容赞拉多吉与丹玛搭话,抽出那"吃肉宝剑",挡在丹玛面前:

"恶狼都有吃羊心,猛虎都有杀马心,我王子察郭只有搅乱岭军的心,只有杀死岭人的心,只有杀死你丹玛的心。"

丹玛见这乳臭未干的小子也敢在他面前说大话,不由得火往上冲:

"清水河流回漩处,金眼鱼是水獭的食物;刺树上的小雀,是青色鹞鹰的充饥物;小狐狸察郭达瓦你,乃是我丹玛要降伏的玩物。我这如霹雳的披箭,搭在能推动山岳的宝弓上,射向那高山,石崖也会裂开,今天先给你尝尝。"丹玛说着拉动了弓箭,只听轰轰隆隆地响,如山崩地裂一般,正中大食王子的胸口,什么护身符也没法抵挡得住,一下子将心劈为八瓣。

赞拉多吉见王子死得很惨,顿时急红了眼,定要与丹玛拼个你死我活。丹玛又拉弓射箭,却奈何赞拉不得。赞拉见扎拉王子不出帐,丹玛的箭又不能损伤自己,更添了几分勇气,手一挥,大食军兵向岭军掩杀过来。丹玛单身匹马,拦挡不住。两军顿时混战起来。

这一仗,岭军大败。格萨尔的侄子大英雄巴森,还有大将卓赛阵亡,死伤兵马不计其数。晁通的脸上又布满了阴云,扎拉王子也觉得没脸见人。众英雄心中有苦难言,不知该怎样挽回这败局。

解危难格萨尔亲征
胜大食众英雄分宝

扎拉王子一觉醒来，吩咐整队摆筵，迎接雄狮王格萨尔。群臣不知王子为什么要下这样的命令，都以为他想大王想得着了魔。王子见众臣并不依令而行，便说刚才得了一梦，梦到格萨尔大王要亲征大食。众臣听了，将信将疑地出帐执行王子的命令。

格萨尔大王果然来了。他并没有带很多兵马，只有三千六百多侍从。王子扎拉向大王禀报与大食作战的结果后，大王毫无嗔怪之意，反而安慰大家说："不可挽回的事情有六件：一是违背佛法戒律僧，二是太阳西去的阴暗地，三为心灰意冷的伴侣，四是头顶的白发，五为陡坡上的磊石，六是命运已尽的英雄。我们岭地，佛法兴盛如印度，国法公平胜汉地，享受丰富如夜叉，居住幸福如神地。金山的根基不动摇，大海的水不混浊，暂时受挫没什么了不起，没有什么敌人不可战胜。"

众英雄这才变得喜悦起来。

大食国得知格萨尔亲自出征，惊恐异常。国王赛赤尼玛为了抵御岭兵，特请来黑教术士三百六十人，用火山燃炽的毒咒修炼九种物质，炼了七天七夜，硫磺、鸽子粪、蛇骨头等九种东西忽地燃起大火，把大食城包围起来，不要说有形的生物，就是无形的魔鬼也休想靠近。

格萨尔并不理会大食城周围的大火，反而带着众将走下山坡，来到一个三条沟交汇的地方。雄狮王吩咐烧茶休息。就在这时，不远不近的河边出现三个女子。三女子肤色洁白而微带红光，以各种饰品装饰，步态不缓不急地在那里采药摘花。格萨尔指着那三个女子对众人说：

"这三个女子本是夜叉的姑娘，若能追得上，想要什么就能得到什么，还可要她们做新娘。"

大家顺着大王的手指望去，没说什么。只有晁通王不甘寂寞，一看那女子面若莲花，身若修竹，邪念顿起：

"大王啊，照昨夜的梦兆看来，有此福运者只有我晁通。"

众将讪笑着，无人理睬。晁通以为得计，高兴得一撅胡子，拿出金银玉石各一斗，挂在肘间，喜滋滋、笑盈盈地朝河边走去。来到这三女子跟前，左边放一斗松石，右边放一斗银子，中间放一斗金子，缓缓对姑娘们说：

"我是达绒长官晁通王，是十八部落的统治者，是十万大军的首领。你们可愿随我去达绒仓？我有黄金无数，白银无数，珍珠宝物亦无数。你们一定听人说过：要想发财得去财神头上泼水，要想行走得召仆人作伴，要想幸福就要嫁老汉为妻。"

晁通一心想将三女子占为己有，全然不顾其他。那三女子听了晁通的话，并不答话，扭头便走。晁通将金银和松石放在一处，急忙去追。转过三个草滩来到一座山下，眼见那三女子越过石崖就不见了踪影，晁通忙把坐骑拴在石崖之下，自己也沿着刚才三女子走过的石径向上攀登。半日，来到一座石洞前，见石门敞开，尚能听见里面三个女子的悄声细语，晁通试探着走了进去。刚走三五步，他听见后面的石门关闭了。再往里看，里面肉积如山，血流似海。晁通顿时吓得面如死灰，急待要退出去，却又没有出路。正在又急又怕的时候，几个罗刹兵把他抓小鸡似地提到罗刹大王面前。罗刹大王看也不看地说："把他装到人皮口袋里，搁上七天，再看他是什么东西。"

再说格萨尔大王和众将坐在河边饮茶，看那晁通去追三女子，半晌不见回音，正不知怎么回事，忽有蜜蜂在格萨尔身边嗡嗡地说：

"赡部洲的大王啊，这里不能继续住下去，罗刹大王已把晁通装进人皮口袋，你们君臣要快去攻取罗刹肉城。那长寿宝物若被大食王得去，你们就不能征服他了。"

格萨尔知道这正是自己在天之父白梵天王给自己的预示,遂起身对众将说:"晁通叔叔已被罗刹大王扣留,我们要快去攻取罗刹肉城。"

众将随格萨尔来到石崖下,见马毛碎骨丢了满地,原来是晁通的坐骑已被罗刹吃掉。格萨尔猛吸一口气,向石崖吹去,石崖立刻裂为两半。罗刹大王率众罗刹杀了出来。雄狮王在石崖上又连击三下,顿时山崩地裂,罗刹王的头和身子分了家,众罗刹也被震得头昏目眩,岭国众将乘势将他们一一砍死。格萨尔又入洞中,剖开人皮口袋,救出晁通,施以圣火,使其苏醒过来。

攻取了罗刹肉城,得到了罗刹城的宝物——摄引三千世界的套绳和罗刹的长寿命册后,格萨尔决定立即进攻大食。宝驹江噶佩布突然说话了:

> 劈开雪山行走时,
> 步态威武似雄狮;
> 劈开石山行走时,
> 步态疾速如箭矢;
> 劈开太空行走时,
> 有如鹫鸟一样的飞行术;
> 劈开大海四川时,
> 有像白腹鱼儿的游泳术。
> 砍击无敌剑,
> 锐利如何看今朝。
> 江噶佩布马,
> 脚程如何看今朝。

"大王啊,要胜大食先要取那术士们炼就的法物,现在我就和你去。"

江噶佩布说完,驮着格萨尔来到大食城外。格萨尔摇身一变,变成一只小雀,宝马变作一只乌鸦,两鸟相跟着飞到装有法物的红木箱前,人不知鬼不觉地把法物衔走了。

大食国君臣发现那能燃烧和能致死的两样法物不见了,心中更加惊恐不安。术士入定一看,方知法物已被格萨尔偷去。欲得此物还需重新修炼。眼见岭国大兵压境,哪里还来得及?!尽管如此,大食王还是命术士们重新修炼,以稳定军心。

大食王和将士们胆战心惊地守卫着他们那并不十分牢固、又没有了法物的城堡,特别是赞拉多吉更是分外用心。他与岭军多次交战,杀了不少岭国军兵,缴获了不少战马军粮,为大食国立下了汗马之功,也为岭国的军兵深恶痛绝。特别是王子扎拉，曾发誓一定要杀死赞拉多吉。

大食与岭国一交手，王子扎拉就盯住了赞拉多吉。赞拉多吉对王子扎拉似乎也很感兴趣。他见王子死命盯着自己，颇为得意：

"威镇四方的雄狮，稳固地占据着雪山，不会流落到空滩，绿发显威风，不会失庄严；占据山林的猛虎，巡行山林间，不会流落到荒滩，笑纹染鲜血，不会死在沟涧；蓝天上的白天鹅，依靠坚石崖，不会降到草丛间，展翅飞翔在天空，鸟王不会落平滩；英雄赞拉多吉我，英勇得胜利，不会失江山。"

扎拉见他死到临头还这么猖狂，不由得怒从心头起：

"雪山稳固终为太阳消，看狮子的绿发向什么显威风？茂盛山林被火焚，猛虎的笑纹向谁显威风？坚硬的翅膀折断在石崖，天鹅用什么显威风。你赞拉的命就在我手中，今天就要把命丧，还用什么显威风？"

赞拉多吉从扎拉的话里感到了死神的威力，心虚起来。但是，赞拉想：大英雄，就是死也要死得威武。他说：

"好，小王子，话多无用，今天射你一箭，若不弄得石崖崩裂，赞拉和死尸无两样，看箭！"

话到箭到，正中扎拉的胸口。但因有长寿衣的保护，只射坏了铠甲而未伤着王子。扎拉大叫着：

"赞拉多吉，我让着你射我，你射完了该我射。这是一支锋利的饮血箭，箭镞用毒水泡过，射过去你休想逃脱。我为岭地英雄报仇的时候到了。"扎拉的箭追着赞拉多吉，走到哪追到哪，终于射中了他的前胸，射穿了护心镜。赞拉多吉像被海螺击中的鲸鱼，头朝下跌下马来。众英雄上前取下他的头盔首级，又继续追杀大食的残兵败将。

大食王眼见手下的众将死的死，伤的伤，知道大势已去，万难挽回，如今趁着混战之时不逃，还等什么？赛赤尼玛王使劲一夹马肚子，名叫"善飞野牛"的宝驹发了疯似地跳出人群，狂奔起来。雄狮王格萨尔早将这些看在眼里，遂催动江噶佩布，很快地就追上了大食王。

"大鹏飞翔处，小雀不能展翅显威风；兽王的爪牙下，小狗不能摇尾显威风；宝驹驰骋处，野牛不能奔腾显威风；我雄狮王的宝箭下，大食王难逃脱。"

见格萨尔大王逼近，大食王赛赤尼玛明知今日在劫难逃，但还硬着头皮充好汉：

"我大食王，权势比天高，财富比海深，名誉震天宇，武艺压群雄。手中刀是锐利出名的送命刀，胯下马是迅速出名的大鹏驹，背上的箭是流星闪闪的青龙箭。我取过多少敌人的心，喝过多少敌人的血，今天对你格萨尔也不能留情。"大食王说完，连向格萨尔射了三箭。三支箭射出时呼啸带风，到了雄狮王身上却像羽毛一样，轻轻碰了一下就落在地上。

格萨尔轻轻拍了拍自己的铠甲，心中甚是喜悦。降伏赛赤尼玛的时机已到，他又想起了大食王对岭地犯下的种种罪行：

"你的军队血洗达绒仓，晁通家的财产都让你抢光。文布部落的巴森，我那像莲花花蕊一样的侄儿，也在你们的箭下丧生。还有卓赛等众英雄，五十九个好汉被你杀，抢走的马匹无其数。我们藏区有句话：第一搅乱衣服的虱子，第二胸襟已断的战马，第三做坏事情的祸根，最后都要受报应。今天该你死，不叫剑下生。"说着，格萨尔举起手中宝剑。

大食王一见那剑，认识。这是东方玛哈国王用六种珍贵的铁、妖魔尸体中的六种毒和掺有红花的六妙药锻制而成的。剑尖利而软，剑腰细而长，剑把硬而滑，剑口青而暗，能砍坚硬石崖，能斩潺潺流水。赛赤尼玛见那宝剑忽忽闪光，红光亮得耀眼，青光恰似闪电，早吓得跪在地上，合掌向格萨尔拜道：

"雄狮大王啊，拯救六道的上师，以前我连一个嘛呢^(注1)也没念过。请大王宽恕我，死后别让我下地狱。我把所有财宝献大王，请您超度我的亡魂。"

赛赤尼玛一一道出存放财宝的地方：在扎玛依隆红岩旁边，有一块像马一样的巨大岩石，在它底下有别处所没有的财宝，其中有海螺全胜宫殿，自鸣绿玉门，如意宝贝，蓝珍珠网，紫玛瑙龟，黄玛瑙狗，海螺白羊羔，水晶鹅色骏马，绿玉母犏牛，善走的铁制公犏牛，长角的青色牦牛……

格萨尔手起剑落，砍下大食王的首级，将他的盔甲弓箭作为战利品，然后按照大食王的心愿，引他的亡魂到净土，同时也超度了所有阵亡将士的亡魂。

富饶美丽、财宝成堆、牛羊成群的大食国终于被征服了。格萨尔大王遂率领各路大军班师回岭。

这天，阳光灿烂，鸟语花香，众人把大食国得来的宝物，整整齐齐地摆放在营地中央。前有魔军，后有门军，左面是姜营，右面是霍尔营。格萨尔大王的宝帐位于中军之中，帐顶金缨飘扬，旗幡密布；帐内珍宝堆积，富丽堂皇。世界雄狮大王格萨尔安坐在金光灿灿的宝座之上，王子扎拉坐在叔父旁边的银座上。众叔伯、姑嫂、兄弟姐妹团团围绕在宝座后面。魔国、霍尔国、姜国和门国的大

---

1 嘛呢：藏传佛教名词。取自六字真言。"嘛呢"梵文意为"如意宝"。

将及官员们分坐在两侧。每个人穿的都是绸缎，像被七色彩虹裹着一般，光辉绚丽，色彩斑斓。宝座上的格萨尔大王更是与众不同，只见他：头戴映红顶子帽，上插九尖金刚帽缨，身穿紫色织金缎袍，胸佩赤金护身符，足下日月金刚靴，真好比神仙下世，菩萨再生。大王环视左右，又看了看堆积如山的财宝，心中喜悦，高兴地说：

"你们是引导众生的上师，黎民百姓的首领，英雄好汉的战神，我今日要唱一支国王神语六颤曲。后世的黎民百姓们，听此一曲可以除恶趣，引此一语可以得极乐。我们已经降伏了四大妖魔，那是因为唱了降魔四大曲。"

缓慢悠长勇武调，
射中鲁赞额间曲；
三界吃肉饮血调，
黄帐王颈上备鞍曲；
白色杜鹃远距调，
断送萨丹老命曲；
猛虎霹雳威光调，
砍断辛赤魔梯曲。

"四魔降伏不算完，岭地的百姓还缺很多东西，为了众生得安乐，我们还要去降敌。"

一为今年财宝城，
二为蒙古宝马城，
三为阿扎玛瑙城，
四为碣日珊瑚城，
五为祝古铠甲城，
六为米努绸缎城，
七为汉地茶叶城。

"世界财宝的大树，应该种在我们岭国；世界的奇珍异宝，应该归我们岭地所有。臣民们，分吧，分吧，财宝分给你们，分给百姓，福禄分赐给你们，这是上天的旨意。"

格萨尔大王说完，帐下的臣子和帐外的军民都欢喜若狂，欢呼声震撼雪山草地。这财宝多得数也数不清，有达瓦郭松福庆马、阿热雅赞福庆牛、岗瓦桑布福庆羊、福庆金如曼陀罗、福庆麦如凤凰卵、招致商运的铁钩、水果、糖类以及各种谷物等。

对于财宝的分配，众臣子有很多想法：有的说应该把财宝分成五份，五个国家每国一份；有的说分成九份，给天神、厉神、山神、龙神等众多神灵当作供品；还有的说，应该掷骰子来决定财宝的分配。众说纷纭，格萨尔大王把目光投向总管叔叔绒察查根。老总管一捋长髯，笑着说：

> 森林若茂密，
> 虎毛自丰满，
> 虎仔常嬉戏，
> 后裔永不断。
> 树木尽折断，
> 虎毛怎丰满？
> 湖海若广宽，
> 獭皮也丰满，
> 鱼儿常出没，
> 后裔永不断。
> 湖海一旦干，
> 鱼獭存身岂不难？
> 大食珍宝献神灵，
> 藏地事业会圆满，
> 藏民从此多欢乐，
> 美满自由永不断。
> 珍宝财源若断绝，
> 岭国臣民何处安？

"大食的七宝是分不得的，要把它交给诸神，其他的财物和牛羊可以分给众臣民。"

格萨尔大王频频点头，深感总管王的话甚合自己的心意。众英雄也认为老总管毕竟见多识广，想得周到。

格萨尔立即吩咐煨桑（注2），招众神前来领宝物。顷刻之间，天神、龙王、厉

---

2 煨桑：祭奠的一种仪式。

神们如浓云漩涡一般，纷纷降临在大王左右。雄狮王吩咐把朗岭拜玛噶布神毯铺开，将七种珍宝置于其上，把天神白梵天王的白螺骰子交给众神，让他们掷骰求宝。

骰子的么点，降于念青唐拉，他得到了白、黄、红、绿财神的福庆中的全部吉供，因此他的地方缎子及牛羊非常丰盛。戎赞卡瓦噶布得了五点，压在糖类福庆吉供上，因此他的地方盛产糖果、藤类和竹类。骰子的第二点降于觉吾矫庆冬热，他得到了金质宝塔和金子的曼陀罗，因而他的地方金银成堆，并且草木枝繁叶茂。哲秀卡瓦掷了个四点，得到了招致商运的铁钩，因而他的地方商业发达，财源茂盛。骰子的第三点降于玛沁邦热，他得到了达瓦郭松的神马，因而他的地方良马成群，遍地都是宝矿。木雅玉日泽嘉掷了六点，得到了如凤凰卵大的粮食福庆吉供，因而他的地方五谷丰登。杂嘉潘秋得到福庆羊，所以他的地方羚羊、山羊、绵羊等各种羊类繁衍极盛。

诸神得了这些珍宝，欢欢喜喜地返回各自的住处。对于其他财物，格萨尔大王要总管王绒察查根来分配。老总管并不推辞，他慢慢站起身，正了正插着五根孔雀翎的头盔，拽了拽绣有四大团花、白水獭皮镶边的黄缎袍，紧了紧黄绫腰带，踩了踩脚下绣有三层彩虹、系着红绫带的靴子，走下席位，微笑着说：

"大食国的财物中，最丰富最宝贵的就是牛了，既然大王令我分配财物，权且先把牛分了吧。"

> 金色头部金色眼，
> 金角金耳叠叠起，
> 金色毛梢飘飘摆，
> 金色尾巴丝丝垂，
> 眷属八万八千头，
> 敬请南赡部洲大王收。
> 银色头角银色鼻，

> ▶ **大食国王跪降**
> 　　大食王眼见手下的众将死的死，伤的伤，知道大势已去，万难挽回，如今趁着混战之时不逃，还等什么？赛赤尼玛王使劲一夹马肚子，名叫"善飞野牛"的宝驹发了疯似地跳出人群，狂奔起来。雄狮王格萨尔早将这些看在眼里，遂催动江噶佩布，很快地就追上了大食王。赛赤抵抗了一阵，自然不是格萨尔的对手，遂跪下投降，把所有财宝献给大王，请求超度他的亡魂。格萨尔手起剑落，砍下大食王的首级，超度了他和所有阵亡将士的亡魂。

银色毛梢银色尾，
眷属七万七千头，
敬请王子扎拉收。
玛瑙头角玛瑙眼，
玛瑙毛梢玛瑙尾，
眷属五万五千头，
敬请辛巴梅乳泽收。
松石头角松石鼻，
松石耳朵叠叠起，
松石毛梢飘飘摆，
松石尾巴丝丝垂，
眷属五万五千头，
敬请玉拉王子收。
紫色头角紫色眼，
紫色耳朵叠叠起，
紫色毛梢飘飘摆，
紫色尾巴丝丝垂，
眷属五万五千头，
敬请魔国秦恩收。
白色海螺头与角，
白角白耳叠叠起，
白色毛梢飘飘摆，
白色尾巴丝丝垂，
眷属五万五千头，
敬请冬红王子收。

"上面分的是大王和属国的牛，接下来的，该分给岭国内部的众位英雄了。

"毛纹如熊的驮牛，头角如咒多峥嵘，蓬松尾巴飘飘垂，眷属五万五千头，达绒晁通所分牛。

"青色苍龙的头角，左臂有白螺点，右臂有花豹纹，眷属五万五千头，中岭文布部所分牛。

"白额头，松石尾，眷属五万五千头，穆姜部落所分牛。

"淡黄毛色白螺角，母子对对相配齐，眷属五万五千头，格日部落所分牛。

"……"

岭国的英雄好汉们，各自分到了应得的牛，人人欢喜，个个高兴。老总管继续分配其他财物：格萨尔大王分到了黄金，扎拉王子分到了白银，英雄丹玛得到了玛瑙，达绒晁通分到了铁，辛巴梅乳泽分到了铜，玉拉王子分到了松石，冬红分到了紫宝石……

财物分配完毕，英雄们分立两旁。以珠牡为首的众王妃和姑嫂、姐妹们分别到各个牛群中，挤出母犏牛的乳汁，献于雄狮王及各位英雄面前。

格萨尔大王吩咐立即返回岭国。大王要闭关九年，在此期间，诸国要休整兵力，等候神灵的预言。

大王双手合十：愿神鹫栖止享安乐，愿家乡吉祥多平安，愿天下百姓得安乐！

受惩罚岭国降凶兆
消灾祸晁通施巫术

转眼间，三年过去了。这年正月初八黎明之时，在东方玛沁邦热山的神殿里，聚集了天、龙、念三尊及善业护法童子二十五人。神灵们预示，攻取索波马城的时间到了。但格萨尔对神灵们的预示装聋作哑，一点也不听从，既不召集六部的臣民，也没有一点进军的意思，每日里昏昏欲睡。

众神见格萨尔如此懒散，就商议着必须如此如此，方可使雄狮王发兵蒙古马城。

天上方的恶兆，星的恶兆，鸟的恶兆，空中风的恶兆，虹的恶兆，声音的恶兆，地上人的恶兆，狗的恶兆，龈鼠的恶兆，这九种恶兆一起降到了索波马城。马城出现很多怪现象：

天空出现了扫帚星，滚滚黑云急驰，像一头黑猪要吞食生命似的；降着血雨，散播着瘟疫和疾病。

一只蛇头黑鸟，落在马厩北面的屋顶上，张着嘴吞噬着小麻雀。突然，一阵狂风骤起，紧接着是倾盆暴雨，电闪雷鸣，蛇头鸟向高空飞去。索波马城的城门上，出现了五色彩虹的帐篷。

群山环抱的大山谷里，一个八旬老妇生下一只黑狗。这只狗长着鸟儿的喙牙和肉翅膀，小声说着人的话语。

在城的右边，有一块神扁石，国王在扁石上面一座帐篷中忽然被猴子抱起，滚下山坡。

神虎梅日查通被一只黑狗咬死，而且被吃了一半。

……

凶险的恶兆和怪兆，搅得索波马城的人们心神不安。国王决定在极喜自在魔神庙里占卜。外道法师六十人齐集庙中，占卜结果是这些恶兆和怪兆均由岭地降下。国王大怒，即命六十名外道法师立即作法消灾。

法师们要国王收集黑鸟、黑狗等九种黑物的心和血，收集九种毒物及金、木、水、火、土五行之物，然后念诵然扎帕瓦苟多咒经，修九九八十一种施食禳灾退法，画恶咒符箓于地下，十天之后，将收集的各种污物一起抛了出去。

岭国遭到了报复。

森珠达孜城上的金胜幢倒了；一只盾一样大的青蛙，在紫褐色的茶城的仓库里蹦跳；丹玛玉郭宫门旁，黑蛇摇着尾巴；颇若宁宗城上空，枭鸟飞来飞去；美丽的查堆朗宗城的庭院中，洒下了十个血点。岭国的僧俗百姓们，白天观凶兆，夜晚做恶梦，上上下下，人心惶惶，比索波马城更甚。

王妃森姜珠牡提醒格萨尔道：

"大王呵，我们美丽的岭国出现了凶兆，如果再不想出个消灾的办法，我们是不会有安宁的。"

格萨尔觉得王妃所言甚是，立即吹起螺号，擂响战鼓，远方的派使者，近处的听呼唤。他要集合六部众生，共同商议如何消灾禳祸。

第二天，阳光照到半山腰时，众英雄接二连三地来到了森珠达孜城。但还有老总管、玉拉王子、辛巴梅乳泽等几位没有赶到。格萨尔等得有些不耐烦。王妃珠牡在众婢女的簇拥下，已敬了两次茶，见大王有不悦之色，觉得不能再等下去，但大王并没有要说话的意思，只好自己开口道：

"今日召诸英雄进宫，是因为岭地出现了恶兆。雪山是狮子的居住地，现在雪山有变岩石的征兆；大森林是老虎的居住地，现在森林有被焚烧的征兆；白岩石城是鹫鸟的栖息地，现在白岩石有被夷为平地的征兆。国家有昌盛和衰败之时，如今岭国出现的恶兆，是国家衰败的征兆，我们不能眼看着岭国遭恶运，众英雄可知道如何消灾除祸？"

其实王妃就是不说，大家也都见到了恶兆。王妃要大家想办法，众人七嘴八舌地讲开了，都认为眼前的灾祸是因索波马城念咒引起的。但怎样消灾，还想不出办法。只有达绒晁通王在暗自冷笑。

晁通擅长巫术，他明白这是索波赤德王的外道放的咒，给岭国带来恶兆，只有他能破此道。但是，他可不愿意为岭国出力，反倒想借索波赤德王的力量，为自己报仇。这样一想，晁通把自己的胡须编成三根辫子，晃了晃胸前铜盆样大的金佛盒，变颜变色地说：

"昨夜我做了个梦，梦见在黄河平原的沙滩中，有一个身材高大的青色术士，鼻梁陷进眼珠红，洁白的胡须如雪花，手持牛尾扇，扇得黄河滚滚奔腾急，上游如书卷叠起，下游如线球翻滚，坚固的城堡也被他扇得一晃三摇。这是个法力无边的修道者。他的咒力能使火海腾旋，埋藏的咒符能害九代人。他还有传播瘟疫的鬼神拘牌，有能害生灵的凶咒利刃。他发狠能把天地颠倒。像这样的人索波娘赤王手下有很多个，我们怎么能是他们的对手？"

众英雄听了晁通的话，不知是真是假，你看看我，我看看你，没有人答话。英雄丹玛可一点也不相信晁通的鬼话。不仅不信，他还很生气。气的是晁通长敌人的威风，灭自己的锐气，堂堂岭国，百万兵马，怎么能怕区区几个索波妖道？就是破不了他们的妖术，我们只要发兵，一定能扫平索波。想到此，丹玛气宇轩昂地站了出来：

在高高碧蓝的天空中，
飞翔着我们岭国的白胸鹰。
在宏伟壮丽的森珠达孜宫，
刚才说话的是晁通。

"哼！洁白雪山中的雄狮，号称是众野兽的首领，没看见时远听名声大，抬到身边像狗一样，传扬中的绿鬃真可耻；森林中的斑纹花虎，没看见时远听名声大，抬到身边像狐狸一样，号称具有六纹真可耻；天空中飞行的苍龙，没看见时远听名声大，抬到身边像蛇一样，号称能掷雷箭真可耻。"

见晁通的脸顿时变了色，丹玛言犹未尽，索性说个痛快：

"奇怪的达绒长官呵，年幼四牙时的怪论，到白发苍苍时还不抛弃。你一向喜欢讲假话和歪话，讲假话遭祸端，讲歪话起争执，岭国平安你就不欢喜，百姓富裕你就不安生。如今索波向我们放恶咒，你不想办法祈祷反倒吓唬人。实话告诉你，别以为没有你晁通，岭地就要遭灾祸！请大王给我一支令箭，丹玛我要率领大军扫平索波。英雄若不能得胜利，丹玛与死人有何异？！"

丹玛说完，晁通已气得脸红脖子粗，下颌的三绺胡须直竖，用手指着丹玛，正想说什么，被格萨尔大王拦住了。

雄狮王心想，眼前所现恶兆，是索波方面施放的，只有晁通能禳退此施食凶咒，他虽然狡猾，但现在不应该揭他的短。进攻索波马城的时机已到，只有让晁通先施法消灾，才能出兵索波。想到此，格萨尔和颜悦色地对众位英雄唱道：

山沟被雪所覆盖，
只有太阳能制服它；
将太阳引来作伴侣，
雪就能溶成水。
太阳被黑云所覆盖，
只有大风能制服它；
狂风吹过乌云散，
清除黑暗见光辉。
坚硬如铁的白石崖，
只有雷箭能制服它，
一声霹雳落下时，
石崖夷为平地变成灰。
禳退外道的施食咒力，
只有达绒晁通能做此事，
药物法器都齐备，
请晁通王施法消祸灾。

听了格萨尔大王的吩咐，众英雄点头称是，晁通更是得意非常。他挑衅似地瞟了丹玛一眼，心中暗想，匍匐的蛇跳得再高，也比不上苍龙；蝙蝠飞得再高，也比不上金翅鸟；利箭人人都能射，而禳退咒力的只有我。晁通狠狠地瞪了丹玛一眼，把头昂得高高的，得意洋洋地向格萨尔索要消灾的供品。

"大王呵，您的吩咐晁通不能违抗，只是所需物品必须齐全。"晁通见格萨尔微微点头，更加得意，"无缝洁白的海螺蛋内，要能劈开天路^(注1)的大刀；未画而有图纹的法器内，要有察鲁上师的尿水；作为上方老父的心爱物，需要黑

1　天路：指鹏鸟飞行之路，即太空，也称鸟路。

白两色世间人骨；为了供养下方老母，需要一串九庹长的珍珠念珠；在非隐非显的幻城里，需要有胆量的英雄的盔缨；在山谷下边苍白黑刺地，需要无主人的驴脑子……"

丹玛等众将听着晁通的大话，倍觉难以忍受，而格萨尔闭目静听，丝毫没有不耐烦的表现。丹玛起身去找病中的老总管绒察查根，丹玛献哈达后，忧郁地说：

"布谷鸟若不鸣叫，夏天和冬天的季节不能掌握；苍龙若不怒吼，五谷的宝库不能开启；岭地的政事叔叔若是不管，不能取得更多的胜利和财宝。那晁通所要的禳退恶咒的物品，都是些世间没有的东西。这，让我们到哪去找？找不到又怎么办？"

老总管知道晁通又在乘机难为大家，笑吟吟地劝丹玛不要生气：

"消灾的供品是必需的，但不必过于劳神。攻取索波马城的时机已到，我们大家都要准备好。"

丹玛听总管如此吩咐，而禳退恶咒又非晁通不可，连大王也这样说，只好把满腔的怒火往下压。现在不是和晁通斗气的时候，只有到了战场上，才能分出英雄和懦夫。

第二天黎明时分，玉拉托琚和辛巴梅乳泽赶到了，病中的总管王绒察查根也被请了出来。诸英雄齐聚在森珠达孜城上，看达绒长官晁通施法术。只等他念完咒，各路兵马就进军索波马城。

达绒长官晁通站在城堡前的一座小山上，头戴九股金刚石顶子的黑帽，身披黑色仙衣，手持威镇神鬼的生铁橛和飘摇三千的黑旗。身后站着抛掷施食刀箭的一百六十人，使三棱铁橛的三十六人，击鼓的八十人，一律头顶黑帽，身披黑衣，足蹬四层底子的绿色长靴，看上去杀气腾腾，阴森可怖。

一阵乱箭射出后，晁通念起了咒语：

> 上方清净国土中，
> 本布佛子上师们，
> 愿浓云密布空中。
> 战神威尔玛等诸神，
> 愿像落雪般降临，
> 愿祈祷之事自然成功。

"这一箭射出去，要落在索波马城的中心，将索波王的生命钩去，让外道喇嘛口吐鲜血，让城堡上下翻覆，让城内人痛心绞肠，让城内的马跌蹄生疮，让城内的牛头昏迷路，让城内的羊倒地不起，让男人们的头折断，让女人们的血流干。我手中的三棱黑铁橛，要把有形和无形的灵魂全钩住。黑暗在前面引，狂风在后面摧。快快来吧，要把他们全部压成粉灰！"

念罢，晁通射出一支黑箭，又摇了摇黑旗。站在后面的人把施食刀箭也全部抛了出去。刹那间一股黑风骤起，带着一团火光，向索波城中飘去。

各路兵马已经聚齐，白盔白甲骑白马的是穆姜部落，黄盔黄甲骑黄马的是色巴部落，红盔红甲骑红马的是辛巴梅乳泽的属下，青盔青甲骑青马的由玉拉托琚率领。嘉洛部落的人一律黑盔黑甲骑黑马。各路兵马排列得十分整齐，头上的帽子，如天空的星座各不相同；身上的衣服，如大地的花草，各不相同；说话的语调，如百灵的鸣叫，各不相同。刀枪林立，箭拔弩张。只等雄狮大王格萨尔一声号令，就要发兵。

以绒察查根为首的岭地老一辈们，已不能随大王出征了，想走路不能举步，想射箭拉不开弓，虽然老天拔地，却依旧豪情满怀。因为他们的子孙已长大成人，他们的雄狮王长生不死。就像谚语里说的那样："深谷里被箭射中的牡鹿，临死没什么可恐惧。有小鹿崽留在山坡上，可以觅饲草游山岗，有头角长成的希望；飞行疲劳的大鸿雁，来到无垠的旷野也不后悔，有金蛋留在居汝湖边，还可振翅绕行海滨，有六羽丰满的希望。"老人们眼看着儿孙们要出征，心中又难免惆怅。他们只能为格萨尔大王祝福，为儿孙们祝福，愿他们打胜仗，早回乡。

老总管绒察查根向格萨尔大王献上五匹红白哈达，语重心长地对自己亲爱的侄子说：

"这次去索波地区，要取得胜利并不容易，那娘赤拉噶索波王，本是天神的亲属，一切变幻像天神一样，过的生活和夜叉没什么区别，权势比赡部洲的任何人都强。索波国中能单枪匹马出阵作战的大将就有百人，箭法比黄霍尔还厉害。"

格萨尔知道，总管叔叔要告诉他如何向索波马城进兵。果然，老总管又开口了：

"在司色吾山的那一面，有个索隆部落，长官叫做库野王，以太阳为救主，以弓箭和武艺为职业。过了这个部落往前走，是黄索波的外关口，这里有各种黑魔的幻术。在一块大圆石旁，有条肉腿吃另一条腿。再往前走有个四四方方平平展展的大草滩，有个猴子在那里布棋局；草滩前面有一座像帐篷一样的小草山，山头上有只地鼠在挤奶子;小山前面是一座高耸入云的石崖,有只鸽子在石崖下面摇手磨……到达索波马城之前先要经过俄恰央宗(注2)城,征服马城之前要先把福禄之羊城征服。俄恰央宗左边的山,像叠起的黑绸缎;右边那座山,如臣子奉献的曼陀罗……"

格萨尔点头称是,将总管叔叔的话牢牢记在心里。

嘉洛敦巴坚赞从人群中走出,缓缓地为雄狮王和岭军众将士祝福:

"古谚说:'布谷鸟到藏区来,一是因为柳树枝叶茂盛,二是因为布谷鸟六音悠扬,三是与那绵绵细雨相遇;雄鹫在空中遨游,一是因天空广大,二是锻炼羽翼,三是藏区美丽。岭国发兵到索波,一是因索波有马城,二是岭国英雄多,三是雄狮王要去索波做善事。大王啊,请天神保佑您,一让疾病离身体,二在作战时不恐惧,三使事业永远兴旺。我的死亡兆头已出现,大王啊,愿我们能够再相见。愿将马城迁岭地,愿出征的人和在家的人快些相聚。"

格萨尔见嘉洛如此感伤,笑着劝慰道:

"不要灰心,不要丧气,我和将士们会很快回来。"

格萨尔安慰了嘉洛敦巴坚赞,又来到父王森伦面前。看着父王那衰老的脸庞,格萨尔好像有好多话要和父王讲。森伦已不能和儿子一块出征,也不能拦阻雄狮王的行动,心中暗自思量:英雄的部队越来越强,骏马的跑道越来越长,各种武器越来越锋利,善良的属民越来越多,满以为今后可以和平安康,谁料想天神又把预言降,这次的敌人非同寻常,发生的征兆也很不吉祥。森伦转念一想,在这个时候不应该说不吉祥的话,无论如何,应该为儿子、岭国的大王祝福才是。

他用一种轻松愉快的声音说:"献上九色礼品为前导。献上七宝为大王饯行。再献上保护大王身体不受伤害的铠甲,断送敌命的兵器,射穿敌胸的银珠箭,想到哪里就到哪里的骏马。愿明年这时节,和雄狮大王再相聚。"

格萨尔深情地望着父王,从心底里感激父亲的养育之恩,更感激父王给自己的祝福。

众王妃簇拥着森姜珠牡,也来为雄狮王送行。她们的脸,像美丽的花朵,可花朵上还有晶莹的露珠;她们的歌,如动听的百灵,可欢乐的鸣叫中又流露出几分凄切。森姜珠牡手捧一块碧绿、硕大的松石,上面缠绕着五彩哈达,敬献到

---

2 "央":藏语音译,意为福禄、财运,吉祥如意的好运气。藏族原始宗教认为,任何东西都有自己的"央"——福禄和财运。马有马的"央",羊有羊的"央",金银铜铁、珍珠、玛瑙等也都有自己的"央"。在夺取这些财宝之前,必先夺取它们的"央"。史诗里有很多这方面的描写。

雄狮王面前：

世界雄狮大王出征，
天、龙、念神都来相送。
手捧哈达松石，
献上岭地臣民百姓的赤诚。
愿众英雄的武器锋利，
愿岭军早得胜利，
愿金桶里盛满美酒，
愿哈达比丝绸更绚丽，
愿一切需求都获满足，
愿明年在岭噶重聚。

格萨尔大王接过哈达松石，从箭囊中取出一支利箭，指着它对珠牡说：

"一支箭上具备的东西，一个上等女人身上都具备。心地正直如竹子，心胸阔大如箭翎，智慧锐利如箭镞，口齿伶俐如箭矢，将痛苦和罪过抛背后，把佛法和善事捧前胸，知道对上师要信仰，知道对乞丐要施舍。珠牡啊，我走后，岭地的老幼你要多照应，诸事烦你多操劳。"

格萨尔又将国事作了交代，然后率队出征。

第三七回

雄狮单骑祛巫平妖
麻夏降兽宝马归岭

神箭飞了三七二十一天，方才到达索波王城，落在中层珊瑚天窗上面，随着一阵电闪雷鸣，狂风夹着暴雨、冰雹，铺天盖地地落到城中。城中王宫摇晃，百姓惶恐，国王娘赤昼夜不得安寝。

第二天一早，国王急急派出身边的侍臣外出巡视，并要求立即回来报告。

侍茶仆役达瓦曲绕是国王最忠实的侍从。他一出王宫，立即左右搜寻，仔细查看，见东边的"安乐园林"看台上的珊瑚天窗被雷击穿，一支洁白如玉的箭嵌在窗棂上，松石箭尾碧绿发光，箭颈上系着一封写在黄缎子上、盖有红色大印的书信，风一吹，像一团黄火苗在闪动跳跃。达瓦曲绕心想，恐怕这就是昨晚带来恶兆的不祥之物吧。他急步上前，想把箭拔下来，可是拔了两下，箭纹丝不动，又拔了两下，仍然未动。达瓦曲绕使劲搓了搓手，猛地一用力，仍然没有将箭拔下来。他无可奈何地叹了口气，把黄缎子信从箭颈上解下来揣在怀里，回宫去见大王。

达瓦曲绕叩见大王，奉上黄缎子信，禀报了那支神奇的箭。大王眯起眼睛看了看，想了想，说：

"对佛、法、僧三宝做祈祷，箭会拔下来的。"

达瓦曲绕点头称是，又快步出宫，来到"安乐园林"，那神箭早已不知去向，珊瑚天窗也变得完好无缺。茶役大惑不解地再次回宫向大王禀报。

这里，索波上下已出现了许多恶兆：河水失去了本来的颜色，神山落下雷箭，草山爬出了毒蛇，神湖干涸，白狮头上的绿鬃蓬乱……

索波王娘赤拉噶盼咐召见所有大臣议事。众臣心情不安，神色紧张地来到王宫。他们都见到了恶兆，现在要听听国王的圣断。

娘赤拉噶如皓月的脸上露出一丝笑容，用慈祥的目光环视着大家，缓缓说：

"昨夜我做了个梦，今日又看到黄缎书信一封。梦见一道光出现在东方，闪着五色的光芒，光的尖端插到我身上，我的心和光芒融为一体。梦见了比这里更好的地方，那里财物享用不尽，遍地是喜人的好风光。今日黄缎书信上的意思除了本王无人知，上写着：'上界天神格萨尔，今年要光临索波国，他是身不动祖师莲花生，要打开成就的宝库门；他是心不动的金刚手，要将外道教义毁灭尽；他是语不动的观世音，要弘扬无灾的法音。'神灵命我们好好迎接他。从今日起，这东日森宗城要好好洗刷干净，扯起华盖树起旌旗和幡伞，准备一个镶着五种珍宝的宝座，铺上最好的垫子三百六十副，派三十名大臣，带九色礼品，前去迎接世界雄狮大王格萨尔来索波马城。"

听了大王的这一番话，众臣面面相觑，都以为大王一定是妖魔附体，在说疯话。大臣拉吾多钦明白了大王的意思，而且知道大王绝非狂癫，说的都是真话。拉吾多钦犹如黑刺扎心，两臂的肌肉随之胀起。

冬三月山头被雾罩，
是秋季六谷被霜打的先兆；
春三月暴风猛烈吹，
是夏季青苗被晒焦的先兆；
地方上出现的恶兆，
是魔鬼觉如召唤的征兆。
岭敌来到要迎接，
用坚硬甲胄不是财宝；
大王思绪乱是敌人搅，
鲜花美酒迎敌一定糟糕。

拉吾多钦的话引起了众大臣的强烈反响，虽然没有说出来，但娘赤拉噶大王看出来了。他压住内心的烦躁，耐心地向自己的大臣们解释：

观看要用明亮的眼睛，

> 思考要用洁白的心灵，
> 走路要迈开双脚，
> 空有愤怒等于白费劲。
> 无人马不要编队伍，
> 无智慧莫生贪婪心。

"大臣们呵，岭军来索波，是上天的旨意。格萨尔的大军有神灵护佑，你们能挡得住？如果黑暗能阻挡住黎明，才意味着能守护自己的祖业；如果清风能阻挡住太阳发光，才意味着能胜过格萨尔王；流水若能用手抓住，才能与岭军为敌；若能取得空中雷电，才能击退岭地的英雄。像太空苍龙般的格萨尔，有闪电般的神奇幻术；像冰雹般的诸英雄，有雷箭般的肱臂膂力；像大地般的国都，有河滩般的大军人马……"

众人见劝不住大王，请来了王子拉吾和仁钦。两个王子都不愿降岭。拉吾向父王献上三匹上好的哈达，禀道：

"世间有三种失败：修禅定失证悟是失败，善诊病失冷热是失败，大人虑事错误是失败。面对敌人的挑战，父王应把坚强的人马、铠甲整顿齐，把各种英雄好汉召集起，安营扎寨，把守要道。怎么能引狼入室，摆酒迎敌呢？"

"儿呵，把不能摧毁的岩石用石头去砸，像无识的枭鸟要摔落山岩下；未灭的炭灰用嘴吹，可怜胡须被烧焦。上等丈夫思考时，心智明了如日月升，环绕四大洲心愿完成；中等丈夫思考时，心胸宽阔如大平原，报仇不用动刀兵；下等丈夫思考时，心内黑暗如石头，这是沦入地狱的缘由。我们要的不是甲胄武器，而是金、银、绸缎、琵琶和美酒。父王我和雄狮王，要做佛法誓言一致的施主，你们和岭国王子扎拉要做可亲可爱的好朋友。不动刀枪得安乐，我们会比过去更富有。"

拉吾和仁钦见父王执迷不悟，便不再说话。他们要按照自己的想法行事，联合下索波，调动一百二十万兵马，分四处扎营，同时召集幻师七兄弟，在贡巴阿梅夏纳托贝山前的草滩上设下埋伏。

幻师七兄弟将索波军变成蚂蚁，把马群变成雀群，在滩对面的羊卓湖中央，变出外道大师的讲经院和无数的寺庙，中间有佛殿和经堂，上有脊顶、庙檐、万民伞、胜利幢、花花绿绿的旗幡等，装饰得十分美丽。下面是僧舍，有城墙围绕着，里面有各种树木的林园，有沐浴的水池、花园，一些飞禽走兽在嬉戏着，简直与天堂无二。只等岭军一进入草滩，变幻的索波军便一举杀出。

雄狮大王格萨尔率领着百万岭国人马，浩浩荡荡地开进了索波马城，没有遭到任何麻烦，反而受到索波国王娘赤拉噶的热烈欢迎和盛情招待，他希望格萨尔大王留在城中，普渡众生。心有灵性的雄狮王知道，索波王是一片真心；他也知道王子拉吾和仁钦已布下幻寺，设下埋伏。所以格萨尔并不在城中久留，他要尽快破掉王子拉吾的幻寺，平服叛逆者。雄狮王安抚了索波王娘赤拉噶，随后领兵启程，直奔贡巴阿梅夏纳托贝草滩。

岭军来到山前，格萨尔吩咐扎营休息。众英雄应召来到大帐里，听候吩咐。

格萨尔指着前方草滩对面的幻寺，脸带笑容，说：

"索波王子拉吾和仁钦，想用幻术战胜我们。他们把兵马变得让人看不见，还要请我到幻寺中。我明天一早就去寺院灌顶讲法，任凭他说什么就做什么。众英雄要兵分两路：第一路据守军中，大将是丹玛；第二路由玉拉和梅乳泽率领，从草山背面压迫故军。达绒长官晁通，继续施法放咒，岭兵必胜无疑。"

晁通一听格萨尔要只身赴幻寺，顿生疑虑：莫不是雄狮王不敢住在军中，才说出什么他要赴幻寺之类的话；我若留在军中，索波兵铺天盖地地杀过来，想走也走不脱了。不行，我必须跟着格萨尔，方能保住性命不受伤害。他心里是这样想的，可嘴上却说出了另外一番话：

"英雄虎豹的行列中，不容骚狐恶狼混杂其间；渊深莫测的海里边，幻术的城邑十分威严；恶病毒气的黑暗笼罩着，恶人穿着出家人的衣衫。虚幻的讲经院内，您单人匹马如何能去？古人说得好：'鹫鸟虽不怕强烈的阳光，暴风却能给它带来灾难；雷雨虽不必担心乌云会分散，闪电却是它的灾难。'大王的身体虽似彩虹，恶毒的药物却会妨碍经脉。您如果一定要去幻寺，叔叔我愿随您前去，幻化诱骗的事我会做，您只管杀得敌人天翻地覆。"

格萨尔和众英雄听晁通说得入情入理，一致同意晁通随雄狮王前往幻寺破敌。

第二天一早，岭军兵分两路，各个按大王的吩咐行事。格萨尔自己则穿戴好莲花生祖师的服饰：头戴莲花帽，手持三叉戟，身披织锦披风。晁通扮成大智者模样，身穿红花法衣，头戴长耳红帽，足蹬卫地[注1]坛云靴，手里拿着菩提子念珠。内大臣米琼卡德站在旁边，后面是格萨尔用身、意、语变化的十个比丘[注2]，个个身材高大，满腮胡须，头戴纱帽，身穿红色披风。师徒十三人，缓缓而行。

岭军的诸英雄，见大王只身赴寺，颇有些放心不下，但见大王主意已定，又

1　卫地，指西藏拉萨地区。

2　比丘：梵文音译之佛教称谓。指出家后受过具足戒的男僧。

是一团正气在身，也就不说什么。

索波王子的幻师幻变的湖中经院，敞开了寺门；幻变的僧队，排列成三层，拿着旗帜、胜幢、法鼓、手摇鼓、唢呐等，吹吹打打；寺院的活佛手中持香，站立在大殿之中，迎接莲花生大师——格萨尔的到来。

进得寺来，格萨尔口中念诵咒语，只见寺院中心接连出现四座城：东面是密集坛城，南面是胜乐轮坛城，西面是喜金刚九天坛城，北面是本尊大威法坛城，使幻寺牢牢钉在地上。格萨尔继续往里走，在幻变的经室内坐定，从胸口放射出"哞"字，将众神灵召至空中。众神灵纷纷对幻寺中的物品进行加持，幻变的物品变成了实实在在的器具。活佛也变成了具有三学^(注3)的标准比丘。从这一天起，不分昼夜地灌顶、传法、授戒，幻变寺院变成了一座真正的、却又非常稀奇的寺院了。

破了索波王子设的幻寺，幻变的兵马顿时恢复了原形：索波军从四面将留守营地的岭军团团围住，东面是朗拉托杰，西面是拉吾多钦，南面是哲察冬扭，北面是汪贝赛日，王子拉吾和仁钦居中。索波兵刀枪攒动，摇旗呐喊。

正在这时，以玉拉和梅乳泽为首的岭军第二路人马从索波军背后掩杀过来，索波军腹背受敌，顿时乱了阵脚。可怜慓悍的索波军队，只好落荒而逃。

三千索波兵簇拥着大将哲察冬扭，正在夺路而逃，被岭大将巴拉森达挡住了去路。哲察冬扭见走不成，索性横下一条心，拈弓搭箭，大话连篇：

"金翅大鹏占据天空，雏鹏飞行要有分寸，不然翅膀会被折断；苍龙遨游太空，咆哮要有分寸，不然会被阳光烧毁；英雄已得胜利，追赶退敌要有分寸，不然心血会洒泼在地。我已退却，你若还要苦苦追赶，那就别怪我不客气了。我右手拿箭，左手持弓，臂力能将山尖折弯，要让你的身体如弓箭一样分离。"说罢，一箭射出，正中森达胸前的护心镜，护心镜被射得粉碎，森达却毫毛未损。哲察冬扭大惊，拨马就走，森达哪里肯让他逃去，举刀上前，连砍三刀，哲察冬扭死于马下。

辛巴梅乳泽追赶着索波的西路大将拉吾多钦。多钦的周围只有百多名军兵，逃至河湾时，多钦见四面都是岭兵，自叹必死无疑，遂下马立于河滩。辛巴梅乳泽见状，令军兵停止追击：

"不要放箭，他们已经无路可逃，我们不必杀他，先劝他们投降，若不投降，再杀不迟。"

3　三学：佛学术语，指戒、定、慧三学。

岭国军兵一齐呐喊，要多钦投降。多钦低头暗想：斑斓虎不应失去六纹，雪山狮不饮污泥水，我是不能投降的……

猛然间，多钦想到一计：他以极快的速度射出了他的神箭，一道闪电，夹着霹雳。趁岭军遥看天空之际，他拍马飞过河滩，逃出重围。

辛巴梅乳泽见多钦逃走，顿时大怒，大刀一挥，将河滩中余下的索波兵斩尽杀绝；又追上了尼玛拉赞，将他刀劈于马下。

眼见天色已晚，格萨尔盼咐收兵休息。各路人马纷纷上前禀报战绩。格萨尔听罢心中高兴，传令明日攻取敌人城堡：辛巴梅乳泽率霍尔兵留守大营，玉拉托琚、丹玛、森达、东江四人各带十万人马去攻城堡的四门。

第二天，东门下，老将丹玛威风凛凛地坐在马上，下令攻城。两顿茶的功夫，双方都死伤惨重，城门并未攻下来。丹玛一阵心焦，举刀就要向上冲，索波守城大将朗拉托贝拈弓搭箭喊道：

"老家伙你攻城不顶事，将黑夜当白天把腰带系；老马惊悸捉不住，踏不上灰色的道路；老狗跑起来挡不住，碰上石头也想吞噬；你无勇徒穿英雄甲，无谋空做岭大将。我今天射出这支箭，是石岸也要连根击毁，是天地也要让它翻覆，可怜你老汉今日就要归天去啦！"

朗拉托贝的话像箭一样钻心，箭像话一样恶毒。丹玛裹甲避了三避，仍被射中盔缨。他抖擞精神，大笑三声：

人虽老英名尚存，
马虽老仍驰骋千里，
刀虽老利刃不卷，
箭虽老箭头犀利。
老鹞飞翔太空久，
六翼翎羽似衰退，
还想将麻雀当肉吃；
老狼久行山腰里，
齿落毛脱似衰退，
还想将绵羊当肉吃；
老汉我久经战阵后，
周身的力量似衰竭，
还想捣破你这重地城池。

丹玛说完,又是一阵大笑。一支利箭在笑声中飞向朗拉托贝,索波大将的脑壳被射开了,白花花的脑浆、红殷殷的鲜血流洒在城头上。岭军乘势掩杀过去,东门很快被岭军攻占。紧接着,其余三门也相继被攻破,索波大将保护着两位王子弃城而逃。

岭国兵马在后面紧紧追赶。转过一个山脚,索波君臣不见了踪迹,怪事发生了:

将近万头的一群野牛挡住了岭军的去路,一头青色雄野牛立在牛群中央,头像小山一样大,前额有团白毛,像阴山上结的冰块一样闪闪发光;右角上的珊瑚鼓槌,正敲打着左角上的金鼓,鼓声像苍龙咆哮一般。其他的野牛团团围绕着它,吼叫喧闹,岭军止步不前。

留在营中的辛巴梅乳泽赶到了。他打马直朝青色雄野牛奔去,野牛也怒吼着向梅乳泽冲来,一边冲,一边将白尾巴朝两边甩动,扫起的沙石迷住了岭国兵马的眼睛。梅乳泽不顾一切地向雄野牛扑去,边走边将铁箭抽出,一箭正中野牛前额的一撮白毛,青野牛一声凄厉的嚎叫,倒在地上。其余的野牛像失去了灵性一般,四散奔逃。辛巴巴图鲁们四处追杀,射死了不少野牛。

岭军继续向前追赶拉吾王子一行。行至达日滩头,像是从天边飘来似的,从滩中涌出了鹿群,多得数也数不清。为首的,是一头紫褐色梅花雄鹿,海螺般的耳朵,像日月般光明,像冰雪般晶莹。丹玛见了心中暗喜,搭弓欲射时,梅花鹿不见了;刚放下弓箭,鹿又出现在眼前。就这样,时隐时现,像是在同丹玛开玩笑。老丹玛又气又恼,铁箭朝着鹿显现的地方射去,一声惨叫,铁箭正中梅花鹿的日月头角,一道闪光过后,其余的梅花鹿四散而逃。

驱散了鹿群,又遇黄羊群。玉拉一眼看见了羊群中紫褐色的头羊。白缎子般的屁股,闪亮耀眼,松石角尖上挂着银铃。玉拉连射三箭,头羊并未倒下,反倒以更快的速度向草山下逃去。玉拉王子气得使劲夹马肚子,只嫌马慢。终于在山脚下,射中了这头黄羊,黄羊倒下,玉拉仍不解气,又连射三箭,把羊屁股射得稀烂。他这才下马休息,看着死羊的羊角出神。

晁通不知什么时候来到了玉拉的身边,他看中了羊角。他见玉拉正冲着羊角出神,生怕玉拉把羊角先拿到手,立即念诵咒语,又将手中黑旗一挥,死黄羊翻身腾起,向山上奔跑。玉拉吓一跳,随即打马去追,谁知这正是晁通用的调虎离山之计,逃跑的羊尸不过是晁通施的障眼法。眼见玉拉去远,晁通立即割下羊角,揣在怀里。

玉拉追了几条沟，又翻过几座山，不见了黄羊的踪影，心中十分奇怪。正纳闷，耳边忽然有人说：

"丢掉的不要找，逃掉的不要追，多余的话不要说，在半山腰中，做一个捉麻雀的扣子，过三顿茶的时间，就会知道结果。"

玉拉托琚打马往回走，又套住一只斑斓猛虎，在途中与众英雄会合了。

诸英雄纷纷拿出自己的战利品，梅乳泽献出射杀的雄野牛，丹玛拿出了鹿角，晁通大摇大摆地掏出了羊角，又令家将抬上黄羊身躯，献于大王脚下。

玉拉一见黄羊，顿时恍然大悟。怪不得说三顿茶的功夫就能知道结果，原来如此，自己射死的黄羊被晁通偷去了。玉拉哪里肯依：

"达绒长官，你好手法，自己没本事取胜利，偷我的黄羊算什么东西！"

"什么？你这个毛孩子，敢说我偷！"晁通见玉拉当众揭他的短，不禁又羞又恼。

玉拉抖动着手中套虎的绳子，想套住这老窃贼；晁通也把罗刹大刀握得紧紧的，准备迎战，又希望哪位英雄能来为他们调解一下。

辛巴梅乳泽站在了两人中间：

"玉拉托琚不要动怒，晁通王也消消气，内部兄弟不必结怨恨。玉拉说黄羊是他射杀的，却被晁通拿了去；晁通说是在箭矢发射的道路上捡来的，众弟兄们也看见了；黄羊确实死在玉拉手里，晁通拿了羊角却没有出力。你们两位不要气，听我辛巴说一句：旧怨新仇不要提，百川都要东流去，今日不论谁是非，请把羊角给玉拉，黄羊的皮子归晁通，诸位看这可有理？"

诸位英雄都觉得辛巴说得有理。玉拉托琚虽是怒火满胸，恨不得吞了晁通，可令人尊敬的辛巴王已经说了话，自己当然不便再说什么，只好恨恨地收了绳套。

那晁通本来理亏，见不出力也可以得到黄羊皮子，便也心满意足，洋洋得意地收了罗刹大刀，交出了松石羊角。

拉吾和仁钦两位王子战败后退回王宫，对多钦等众将大发雷霆。正当他们重新部署准备和岭军决战时，国王娘赤拉噶来到了。索波王仍旧劝告王子不要莽撞行事，否则后果不堪设想。但是，王子拉吾和仁钦根本听不进父王的忠告，执意要和岭国决一雌雄。索波王见他们如此不把父王放在眼里，又气又怒又没有办法，只得任他们去死。

两位王子见父王盛怒而去，不仅不后悔，反倒想打个胜仗给父王看看。前次从边城逃走是因为准备不足,这次,如果不打败岭军,决不生还。

拉吾和仁钦披挂整齐,率队出城。面前的岭军铺天盖地,拉吾定睛细看,见一个骑青马的汉子,站在岭军阵中,无论怎么看,都与常人不同。拉吾料定,此人必是王子扎拉无疑。既然见不到格萨尔,那就先杀了扎拉王子,也是一样的。这样一想,拉吾打马直取扎拉,却被玉拉托琚拦住了:

"喂,拉吾王子,别这么急着送死,扎拉王子怎么能跟你较量呢,先跟我打一回试试吧。"

英雄相遇心中乐,
骏马相遇心欢喜,
今天不显本领待何时?
右边虎皮箭筒中的箭无长短,
左边豹皮弓鞘中的弓无软硬,
箭的快慢射出去看,
刀的利钝要挥起来看,
老虎出山方显威,
英雄好汉阵上辨。

玉拉唱罢,挥刀与拉吾战在一起。王子拉吾只想快些斩玉拉于马下,再去杀扎拉王子。越是着急,越是战玉拉不下,刀法也渐渐乱起来。玉拉像是看透了拉吾的心思,愈加不紧不慢地向拉吾挥着刀,左一刀,右一刀,一把刀使得上下翻飞,得心应手。眼见拉吾刀法已乱,玉拉猛地朝拉吾的头上劈去,拉吾想躲,已经晚了,半个头盔连着杯口大的额角被削了下来,疼得拉吾大叫一声,摔到马下,被玉拉断为两截。仁钦见哥哥阵亡,慌了。多钦等大将也不敢恋战,急忙夺路而逃。岭军大获全胜。

王子仁钦和大将多钦等无颜见国王,便投奔他乡。娘赤拉噶虽然早已预料到拉吾必死,可还是不免伤心。军情紧急,岭军已经将上索波全部占领,索波王只得把怜子之心暂且收起,吩咐备盛宴款待岭国军兵。

格萨尔大王高举金杯,唱起了取宝歌:

……
天上浓云白皑皑,
空中雨水淅沥沥,

山间松石雾腾腾,
百花开放红艳艳,
甘露香气冉冉升。
这美丽壮观的索波马城,
是所有马匹的神魂归依处。
能把一切福禄召引来,
是取到一切物品的宝库。
骏马前额上的白点如启明星,
将大梵天的骏马福禄召引来;
黄铜色骏马闪光辉,
将厉神的骏马福禄召引来;
四条马腿似松石,
将龙王的骏马福禄召引来;
……

唱罢,将杯中酒一饮而尽,取过宝弓,搭上神箭,一箭将藏宝的磐石劈成两半,一匹彩虹似的宝马柔巴俄宗,抖一抖美丽的鬃毛,四蹄轻踏,似要腾起一般,诸英雄早将准备好的绳套抛了过去。

天空中降下花雨,宝马归于岭地。

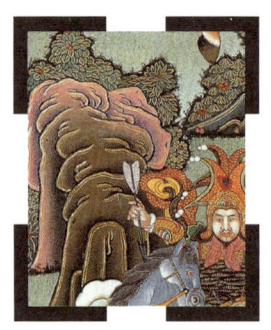

遵神旨雄狮取索波
得异梦莽吉抗岭军

与索波马城相邻的，是索波铠甲城和玉城，这里有英雄勇士喜欢的铠甲，也有姑娘媳妇喜欢的美玉。由于地理位置的原因，人们把马城叫做上索波，把铠甲城和玉城叫做下索波。

上索波马城的娘赤王投降了岭国，王子仁钦和大臣多钦却不肯归顺，逃到下索波铠甲城。谁知下索波大王莽吉赤赞听说上索波被岭国征服，娘赤王也已降岭，早就吓得哆哆嗦嗦，哪里还敢收留这两个不肯归顺岭国的王子和大臣。

莽吉王正不知如何对待仁钦王子和多钦大臣时，上索波娘赤王派人送来一信，说格萨尔大王要王子和大臣回马城，饶他们不死，恕他们无罪；假若继续藏匿下索波，或引敌前去，便将他们二人碎尸万段。所以，娘赤王恳请莽吉王派人将王子和大臣送回上索波。此信算是帮了莽吉王的大忙，正合他意。如果将二人留在下索波，不但不能活命，而且下索波也会因此遭祸殃。于是，莽吉王把王子仁钦和大臣多钦叫到座前，将娘赤王的信拿给他二人，好言劝他们回马城。

王子仁钦看罢信，对莽吉说：

"大王，格萨尔的话是不能相信的。如果下索波不能停留，请把我们送到别的国家去，回上索波只有死路一条。"

大臣多钦可不这么想。他已经在外边流浪够了，就是回上索波被杀头，也愿意返回家乡。他心里思念那离别并不很久、却又仿佛过了百年的索波马城。

莽吉王又劝王子仁钦不要违抗父命，如果他不回国，说不定格萨尔大王会对他的父王施以酷刑。

仁钦虽然不情愿回马城，可是见多钦不想和自己在一起，莽吉王又极力相劝，更怕自己孤注一掷会对父王不利，便答应立即返回马城。

莽吉王派了一员得力大臣将王子仁钦和大臣多钦送至上、下索波交界的河口，娘赤王早已派人在那里等候。

回城的第二天，娘赤王带着王子和大臣向格萨尔大王请罪，又献上许多金银绸缎。雄狮王格萨尔依信上之言，恕二人无罪，命二人继续留在娘赤身边，辅佐上索波王管理马城，并决定岭军明日班师回国。

就在格萨尔决定回国的当天夜里，龙王邹纳仁庆忽然驾着祥云出现在格萨尔的神帐内。只见他身穿松石铠甲，头戴玉盔，佩九种兵器，骑着黑色海马，满脸带笑地对格萨尔说：

"索波马城已攻下，但雄狮不能回岭国。大鹏飞腾在太空，避开劲风非良禽；大鱼遨游在海中，避开浪潮非金鳞；坐骑驰骋在大道，避开河滩非骏马；岭军已经征服上索波马城，放弃铠甲、玉城非英雄。下索波莽吉赤赞王，甜言蜜语毒计心中藏，在岭军回国的半路上，他埋伏下精兵六万人。让你英雄无暇携武器，令那懦夫无处去逃生；有翼失去空中道，有腿不能在地上行。更有扎拉郭杰那魔臣，射技精良力大能捕雷霆，还有那……格萨尔呵，雄狮王，八日这天要率岭兵攻到下索波，那里有英雄喜爱的铠甲城，有姑娘喜欢的碧玉城，有存放财物的宝库城，都要攻下不能等。"

听了龙王的预言，格萨尔并不像过去得到天神预言那样兴奋。他懒懒地躺着，不想起身，心中有些不快。自从被遣下界，就没有过一天清闲日子，每逢降伏了一魔，待要歇息片刻，便有天神降下新旨。这次更加特别，不等班师回岭，又要去征服下索波。想那天宫有多少英勇之士，为何不让他们也下界走走？！我和千里宝驹就是每日行千里路，也还有许多地方巡行不到；每日获得多少战利品，也还有许多妖魔未归顺。不行，不行！大丈夫前日生怕违誓言，今天倒要给天宫递辞呈。俗语说：

恩德最大是父母，
言语过多扰人心；
饮食可口是乳品，
食用过多也恶心；
衣服温暖是羔皮，

> 穿用太久把虱子生。
> 白狮绿鬃饰雪山，
> 并非怕它会消融，
> 寒风吹来阵阵冷。
> 野牛红角饰岩山，
> 并非怕它会裂崩，
> 山路坎坷难通行。
> 猛虎斑纹饰森林，
> 并非怕它遭火焚，
> 林中行路难辨明。

格萨尔久经征战之苦，已生厌烦之心。特别是想起在三十三天界上无忧无虑的生活，就更加不愿留在人间。这么一想，禁不住自言自语起来：

"大梵天呵，我的王母，请安居在普胜宫，不必再给我降预言！厉神们呵，龙王仁庆，请安居在雪山和龙宫，不必再给我降预言！大丈夫并非怕敌人不能克，终生劳累对作战生厌心。今天我要把人身变神身，要把幻身变法身，要把岭军撤故土，发愿以后再相逢。"

说完，格萨尔把自己变化成八岁小孩大小的身体，通体放着虹光；把宝马江噶佩布变成一匹三岁马驹大小的身体，备上宝石马鞍，像无风时的炊烟一样，从岭军大营一直升到天空，神、龙、念诸神，谁也无法挽留他。

这时，东方出现一道白光，莲花生祖师出现在白光之中，挡住了格萨尔那道像烟一样的虹光。大师头戴莲花冠，冠上羽毛颤动；身披白色披风，上面饰金刚图案；右手执雷霆杵，那杵像要插入天空；左手捧甘露瓶。祖师对格萨尔喝道：

"格萨尔，你要往哪里去？！昔日释迦转那法轮时，曾立过整年不亲自接饮食的誓言；我莲花生来此人世时，在身上画过五行红坛城；自从你降生岭地后，天、龙、念及诸神，哪有一天有空闲，但谁也没有出怨言。格萨尔你是大丈夫，是飞禽里的大鹏，是百兽里的雄狮。降魔大业非你不行。战争使你太劳苦，有我莲花生来帮助。不要再出怨言欲归天，克敌之时只有懦夫才会逃遁。"

面对上师莲花生，格萨尔无言以对。想到多年的征杀之苦，想到久等自己回归的父母，想到在战争中死去的众将士，格萨尔的眼泪像荷叶上的露珠，扑扑簌簌地掉了下来。

天母朗曼噶姆像知道格萨尔的委屈似的，骑着青色水牛出现在他面前。那随之而来的芬芳之气，沁人心脾，使人神往。天母极力安慰着格萨尔：

"格萨尔呵，你来下界虽非自愿，却降伏了众妖魔，拯救了四方百姓，这样的大业只有你能完成。你在为众生造福时，上有比父亲大的白梵天王，下有比母亲大的龙王仁庆，中有比兄弟大的厉神格卓，三者都在保护你。白昼你出征在阵前，这护佑如同影随行；夜晚你安寝在帐中，这护佑如同怀中婴。格萨尔呵，泄气话以后不要再讲，大业未就不能回天庭。"

神、龙、念各部众、战神、厉神、空行、勇士等如黑夜的星辰一般聚在空中，用期待的目光凝视着格萨尔。

以丹玛为首的岭军大将和王子扎拉也都齐声呼唤雄狮大王格萨尔，焦急地期望格萨尔重回大营。

格萨尔见此情景，顿生忏悔之心，遂向神、龙、念及战神、空行拜了一拜，又望了一眼下界的扎拉、丹玛等诸将，说道：

"大鹏鸟生在须弥山顶，若不能绕行四洲，空长金翅有何用？白狮子雄踞在雪山之顶，若不能装饰雪山，空长绿鬃有何用？斑斓虎栖息在森林，若不能装饰密林，空有六纹有何用？我格萨尔降生在岭国，若不能降魔伏妖，空有六艺有何用？惧怕劳苦想天庭，违背誓言空忏悔有何用？我要立即率岭军，杀到下索波铠甲城，降伏莽吉赤赞王，拯救索波众百姓。"

格萨尔说完，诸神降下花雨，赐给岭军诸将以黄金铠甲，然后像彩虹般消逝了。

却说下索波王莽吉赤赞，自从送走上索波王子仁钦和大臣多钦后，心里一直很不踏实，他想，既然格萨尔征服了上索波，说不定哪天他又要打到下索波。如果岭兵真的打来，那该怎么办呢？莽吉王召集大臣商议对策。大臣白玛洛珠说："以往格萨尔征服各个邦国，都是只杀作恶的妖魔，并不加害百姓，也不抢掠财物。如果岭兵真的进攻下索波，我们还是投降的好。马城的娘赤王还不是降了格萨尔王，结果是照样住王宫，作国王。大王也可以效仿。"

莽吉赤赞听白玛洛珠讲得有理，遂稍稍安心。过了几日，又听得岭军准备退出上索波马城，并没有攻取下索波铠甲城之意，莽吉王就更加放心。

这天夜里，莽吉王睡得很香甜，这是许多天来他睡得最好的一夜。天快亮时，寝宫中忽然出现道道彩虹之光，莽吉王一下醒了过来。他想自己从未见过这种奇异之光，必有什么怪事降临。抬头往上看时，只见四大天王的首领战神端立云头，手拿雷霆金刚杵，身披水晶铠甲，头戴玉盔，胯下一匹麦黄色御风骏马，十万魔鬼神军围绕四周。战神面色严峻，对莽吉赤赞说道：

> 苍龙吟哦在穹隆，
> 如不轰毁白石崖，
> 雾气不会自隐踪。
> 恶狼巡行在谷中，
> 如果肉食不满足，
> 嚎叫之声不肯停。
> 岭国大军向东进，
> 如不攻取铠甲城，
> 觉如不会返回岭。
> 固然屈服非英雄，
> 但是垂首去投诚，
> 莽吉也难留性命。

"莽吉呵，现在要快快聚众兵，三年之内定取胜，不胜则逃外国境。莽吉王有长寿命，五年之内克敌兵。"

战神说罢，即刻消逝。莽吉赤赞却兴奋起来。他想，战神的预言如此稀奇，历朝历代也没听说过。看来格萨尔必犯铠甲城，如若投降，难保性命，不如遵从战神旨意，召集兵马和岭国决战，战不胜时再逃不迟。

第二天，莽吉赤赞在宝座上坐定，一脸的严肃之色。他要把夜里战神的预言告诉众臣，然后召集兵马，准备迎敌。莽吉还未开口，大臣扎拉郭杰从右排首位站起，向莽吉禀道：

"大王呵，臣昨夜得了一梦，不知吉凶如何，请大王明鉴。"

莽吉一听，心里动了一下，莫非是天神也给郭杰降了预言？先听听他说些什么吧，于是点头示意郭杰把梦讲出来。

郭杰不知大王想什么，只觉得自己的梦与前日君臣商议投降的事不符，本不想贸然讲出，见大王示意他讲，便把梦境原原本本地讲出。郭杰说：

"我等君臣和属民，虽不侵犯别国国境，但对来犯之敌却不能退让。猛虎吃到鹿肉不满足，四爪还要抓树木；豺狼吃到鸟肉不满足，还要捉那小羊羔；觉如得到马城不满足，还要夺取下索波。自愿投降寻死路，见敌就逃像骚狐。"

众大臣听扎拉郭杰的话中露出杀机，你看看我，我看看你，面露惊慌之色，不知说什么好，就把目光都投向莽吉赤赞大王。只见大王连连向郭杰点头：

"大臣所说梦境与战神给我的预言不差分毫!"

几声狗吠鸡鸣,
白狮绿鬃何必动?
狐狸在兔子面前逞凶,
岂能与猛虎争雄?
敌国岭兵呐喊,
好汉何须胆战心惊?
战神暗示敌军将至,
大王我要把人马速速集中!

"大臣们呵,从现在起,我们要聚集军兵七十万,层层设防扎下大营。从今后要严禁外人入境,国内的情形不能向外传。军兵们无论何时发现敌情,都要火速禀报到宫中。"

大臣们见莽吉王一反常态,一副雄赳赳气昂昂、准备与岭军决一雌雄的样子,心中疑惑不解;想到郭杰的梦境凶多吉少,就更加不安。他们又不便把疑惑和担心讲出来,只好闷闷不乐地坐在那里,低头不语。

坐在前排的大臣白玛洛珠也觉得大王和郭杰的梦有些不祥之兆,但见莽吉主意已定,现在说什么大王也不会听进去。他见众臣闷坐不语,便装聋作哑地待在那里。

莽吉赤赞见众臣无言,便以为大家都赞同他的主张,当即点了十二员大将,命令他们各带精兵,从川底到川口严密设防。

正当大将们奉命将去召集兵马之时,上索波娘赤王的使臣已到,递上了他的信件。莽吉王忙打开一看,信中写道:

"据说岭国兵十万,要经贵国通行,我请雄狮王宽限三日,派去使者给你报信。林中所生鲜花,看到太阳升起时,纷纷绽开笑脸;田中所长禾苗,看到星辰运转,六谷已经丰满;下索波赤赞王臣,听到岭军宽限三日,可想到索、岭两国要和缓?三秋天空的雷声,决定三冬天气,湖水可以结冰,海水不会干涸;三夏草地的鲜花,决定三秋天气,山谷可以被雪封,大地不会有变异;莽吉王的态度,决定岭军进兵的时间,下索波迟早要归岭,格萨尔大王天下无敌。望赤赞王臣考虑仔细!"

莽吉王把娘赤王的信一说,众臣颇有赞同之意。老臣白玛洛珠认为这是个说话的时机，遂站起来禀道：

> 布谷鸟叫时春天到，
> 春天到时花枝俏，
> 花开花落结鲜果，
> 结了鲜果枝弯腰。
> 深沉大海虽广阔，
> 广阔皆因有江河，
> 江河掀起浪涛时，
> 水珠旋向海心窝。
> 铠甲城内兵将多，
> 兵将多时易起祸，
> 百姓不愿有征战，
> 平服战祸应议和。
> 山岳不变居大地，
> 甘雨降毕云自收；
> 大海不变居大地，
> 江河湖泊来汇合；
> 莽吉不变居故土，
> 格萨尔王不记仇。

"大王呵，布谷鸟的故乡在门域，不会在别的林中住一生；绵羊吃完草回栏中，不会在草地住一生；觉如的故乡在岭地，不会在索波住一生；我们不如先议和，免得两国动刀兵。"

众位大臣深表赞同，只有扎拉郭杰认为格萨尔反复无常，不可信，上索波的娘赤王肯定是受格萨尔的胁迫才写此信，希望大王不要以此为凭。

莽吉王也想起了战神的预言，即使投降也难保性命，于是对使臣说：

"兔子占据刺树林，雕鸟岂能发怒嗔；青蛙占据小池塘，金鱼岂能把怒生；小雀鸣叫在树顶，布谷岂能心不平；莽吉占据自己城，岭国为何来入侵？下索波准备了百万兵，不怕岭国来进攻，格萨尔如果不怕死，就让他来送性命！"

使臣回马城复命。娘赤王带使臣前去见雄狮王格萨尔。格萨尔得知莽吉赤赞不愿投降，心想，这是他的死期到了，给他一条生路他不走，那就休怪我无情了。

岭军立即启程，走了没多远，就碰上莽吉赤赞王派出巡哨的百名骑兵。这百名骑兵见到岭国的大队人马，竟毫不惧怕，也不惊慌，更没有逃跑的意思。原来，莽吉王把最勇敢的兵士派到下索波最前沿来了。岭国军兵并不懈怠，搭弓射箭，百名索波兵顿时倒下三十几个，剩下的军兵见岭军如此厉害，这才开始边抵抗边向后撤。

再往前走，是下索波赤赞王设的第一道关，由大将扎杰率十万兵马守在一座草山上。只听螺号一声响，岭国大将卓郭达赞冬珠、玉珠陀杰等率三百名兵士，向山上冲击。守在山上的十万大军还不如巡哨的百名兵士镇定，见岭国兵将个个像天神下凡，早吓得战战兢兢，胆小的开始往后跑。索波将领扎杰等顾不得迎敌，先要挡住自己的军兵，不让他们后退，因为这十万大军要是乱起来，兵败如山倒，岭国再追杀过来，将全军覆没。

扎杰在稳定索波军的军心。眼看岭国兵将已冲到眼前，索波将领玉鄂拉桑一拍坐骑，抽出曙光剑，挡在岭国军兵面前：

"食尸鹫鸟夸烂尸，贪吃三沟的尸体，恣意飞翔在空中，最后毛秃落沟底；山中野狼夸奔驰，贪吃羔羊的肉体，扰乱牧人的羊群，最后四爪枯旷地；鹞鹰自夸翅力雄，贪吃小雀肉体，翅膀拍拍旋虚空，最后饿死在刺林中；岭地英雄夸战争，一心想得战利品，抓着刀柄恃奋勇，最后心血地下喷。"说着，玉鄂拉桑冲了上来。

门国大将玉珠陀杰用马刀架住拉桑的宝剑，对他说：

"何必这么忙着死呢，我有话要告诉你。太阳东升西落去，云朵虽厚难阻碍；大江河川向东流，坚石山崖不能御；霹雳轰轰从天落，高山险峰不能立；英雄受命抗岭军，索波十万也难抵。"玉珠陀杰说完，抽回马刀，再次抢起，用力一劈，马刀从拉桑的右肩上进去，从左肋上挥出，他的上半截身子齐刷刷地滚落在地，坐骑惊叫着，带着拉桑的下半截身子跑回索波大营。

大将扎杰见玉鄂拉桑死得如此悲惨，一股怒气冲天而起，顾不得再弹压他的部下，拍马挥剑向岭国兵将杀来。紧跟在他后面的是大将朗赤托赞。

岭将冬珠拦住朗赤托赞道：

"太阳环绕四大洲，萤火虫闪光应顾忌；苍龙在太空吟哦，虎仔吼时应顾忌；孔雀开屏炫美丽，小雀展翅应顾忌；岭国神兵临此境，下索波兵应顾忌。你不顾忌是找死，让你和拉桑作伴去。"说罢，向朗赤托赞砍了一刀。索波将领一低头，冬珠的刀从他的盔帽上挥过，削掉了他的盔缨和六片盔瓣。朗赤托赞吓了一跳，拔刀就走。冬珠哪里肯放，一提马缰，追上去又砍了一刀。这一刀从朗赤左肩而入、右肋而出，他也剩了半截身子，真的和拉桑做了伴。

索波军连损两员大将，本来就已骚乱的军兵，更加混乱起来，扎杰再也挡不住，带着残兵败将溃逃而去。

岭将森达边率兵追击，边开口唱道：

难逃之事有三种：
一是清晨天要明，
二是黄昏夜幕临，
三是阎王来索命。
索波在劫难逃脱，
英雄追击不留情。

岭军大队人马追击片刻，只杀得索波兵将丢盔弃甲，抱头鼠窜。

岭军乘胜前进，第二天一早，已经到了黄河渡口。索波大将玉泽东玛率兵守在这里，见丹玛出阵，他指着丹玛笑道：

"白雕飞翔在天空，老鹫弄翅真可厌；英雄交锋在阵前，老朽来送死真可厌。我手中灵巧神奇索，若将它投向高山，能拉断山尖；若将它投到平川，能牵引水头使其倒转；若将它投向老朽，能叫你离开鞍鞯。"玉泽东玛说完，向丹玛抛出套索，正中丹玛的脖颈。丹玛砍了两刀也未砍断。玉泽东玛一用力，老英雄一下从马上跌落；玉泽刚要上前擒丹玛，玉拉托琚的箭射来了。这箭好厉害，正射中玉泽东玛那只拿套索的左臂上，玉泽疼得大叫一声，扔了套索。玉拉再一箭射来，箭镞穿心而过，玉泽东玛跌下坐骑，口吐鲜血而亡。玉拉上前扶起丹玛，老英雄愤怒不已，照玉泽的尸体砍了几刀。二人上马。刚要回营，索波拉如噶琼拦在马前：

"你们岭人号称英勇，实在是吹牛，两人共战一人，难道不知羞？！"

虽未到过雪山脑，
也知道那里有白狮，
今日见了才知晓，
叫它兽王太可笑。
细毛好像青茅草，
唤作绿鬃实可羞。

虽未到过石山脑，
也知那里有白雕，
今日见了才知晓，
叫它鸟王太可笑。
一撮细细鸟羽毛，
唤作六翅实可羞。
虽未到过岭国地，
也知那里有觉如，
见了他的属下才知晓，
叫他雄狮王太可笑。
迎敌的狐狸八十只，
唤作英雄实可羞。

"岭国的小子们，你们不是生铁铸，我们也非酥油塑，是强是弱比比看，是英雄好汉要交手。"拉如噶琼挥刀劈来，达绒拉郭早就迎住了他：

"白狮是雪山的骄傲，玉雕是凌空的鸟王，格萨尔是四洲主人，我是无敌的勇士。你口出狂言实可恼，今天让你吃一刀。"拉郭的话音刚落，岭国的六员大将一起上前，宝刀齐下，把拉如噶琼剁成了肉泥。这是他出口伤众，咎由自取。

岭将挥兵掩杀，紧紧追杀，有乘船的，有涉水的，到日落之时，已全部渡过黄河。

各路溃败的索波军退回王城。莽吉赤赞王速召文武官员在殿前议事，众臣无话可说。老臣白玛洛珠献上一条哈达，对莽吉赤赞王及众文武说：

"大鹏在太空翱翔，要在空中设置三种风暴迎击，才可杀其羽毛之身；斑斓虎在森林中奔腾，要在狭道里设置三支利箭迎击，才可杀其斑纹之身；金眼鱼在大海中遨游，要在渡口设置三只铁钩迎击，才可杀其金鳞之身；岭国大军来进犯国境，要在滩头城堡里埋伏迎击，才可挫其锐气。"

莽吉王觉得老臣的话有理，但是派谁去呢？现在与岭军刚一交锋就败得如此惨重，谁还敢再出阵呢？最好有自告奋勇出阵迎敌的大将，想到这，莽吉王说：

"这次和岭军交锋，并非我的本意，实在是敌人所逼。若有哪位大将自愿领兵迎敌，本大王自会重重奖励。"

大将朗卡、噶纳、朗杰扎巴等人从座位上站起，向莽吉大王禀告，他们几人愿率兵出城迎敌。

莽吉王大喜，刚要说话，老臣白玛洛珠也笑盈盈地站了起来，走到这几员大将跟前，鼓励他们说：

"秋天的花朵虽被霜覆盖，花苞花蕊却比夏日繁荣；冬日的河水虽被冰覆盖，冰下之水却比秋天急；秋天的芦苇虽被镰刀割，柔根细秆却依然随风飘动；索波军开始虽有些失利，但英雄们最后会无敌。如不趁火未燃之时用灰盖，山林失火要后悔；如不趁马未惊之时系桩上，腿被踢伤要后悔；如不趁敌未逼近之时去反攻，城堡被围要后悔。英雄们呵，快骑上战马，快出城迎敌，拿着敌人的盔缨来献礼。"

众将出城，率兵来到距王城不远的滩头城堡，准备迎击岭军。索波兵们还不曾准备好，岭国大队人马已经浩浩荡荡地开了过来。索波将领噶纳先冲出城堡，对走在岭军前面的大将森达说道：

"雕雏最好循鸟路[注1]，飞上九霄要被大风击；金眼鱼最好海中游，漫游小溪要失去鲜美肉体；野牛踞山岭最稳妥，跑下山岗要失犄角；岭兵最好回国去，战而不胜要失首级。"

森达扬了扬手中的刀，笑道：

"这滩头的城堡，是守望的还是御敌的？是守望的应守本分，是御敌的要显本事。若避狐狸非猛虎，若避小雀非大鹏，今天阵上碰见你，当然要和你比武艺。"森达一刀挥去，将噶纳的长矛劈成两截；噶纳舞着半截长矛，继续和森达大战不休。森达二次挥刀砍去，结果了噶纳的性命。

朗卡托松见噶纳落马，从城堡内猛扑出来，一下冲进岭国兵营，一把大刀，左挥右砍，一口气杀死二十几个岭国兵士。辛巴梅乳泽见这索波大将如此凶悍，把利箭搭在弓上，说道：

"今天我射一支箭，青色铁弓箭道中，虽非苍龙却鸣鸣吟；黑色铁制箭镞上，霹雳风雪乱纷纷；如不让那索波箭下亡，我辛巴与那死尸一个样。"梅乳泽一箭射出，从朗卡托松的前胸进去，后背出来，又连着穿过八个索波兵的胸膛，然后落在草山旁边，射碎了一块大石头。奇怪的是那索波将领朗卡托松只在马背上晃了一下，并未受伤。他反手一箭射向辛巴梅乳泽，辛巴一闪身，那箭射中了他身后的四个霍尔兵。梅乳泽一见射不死这索波大将，反被他射死了自己的属下，心中气恼，却无可奈何，眼看天色已晚，只好收兵回营。

当晚，梅乳泽因战不胜索波将领而焦虑难眠，天快亮时才有了点儿睡意。忽

---

1 鸟路：大鹏飞翔的地方，泛指太空。史诗中多处用到。

然，天母朗曼噶姆出现在帐中：

"大辛巴，不要睡，朗卡要逃回下索波王城去，降伏他要用套绳，快快去找格萨尔，套绳就在他手中。"

这是自从霍岭大战后天母第一次给自己降下的预言。辛巴听罢大喜，顾不得再睡，忙派手下大将前去格萨尔处取那缚魔的神奇飞索套绳。

三日后，索波将领朗卡托松果然退兵，辛巴梅乳泽也已将套绳取回。他见索波兵欲退，挥兵追杀。朗卡勒马转过身朝霍尔兵杀来。梅乳泽围住他大战三十几个回合，竟未能取胜。朗卡见索波军已退出很远，遂跳出圈外，打马就走。恰在这时，梅乳泽抛出套绳，将朗卡套住，任凭他怎么挣扎，非但不能解脱，反而越套越紧，把个朗卡缠得像个线团。梅乳泽一边拉那套绳，一边唱：

> 太空的皓月，
> 下弦亏损时心意冷；
> 骏马良驹善驰行，
> 放入河滩心意冷；
> 鹰雕鹫鸟善飞翔，
> 羽翼摧折心意冷；
> 朗卡虽然有神通，
> 被我套住心意冷；
> 我辛巴气盛能使石山倾，
> 忿怒犹如大火焚，
> 今天岂能放过你，
> 快求诸神为你把路引！

梅乳泽拉着拉着，那套绳中的索波将领朗卡慢慢变成了一只猛虎，他不觉一愣。那虎突然开口道：

"尊贵的辛巴王呵，不要杀我吧，我愿永远照您的吩咐办事。"

"谁信你的话，你用什么来做保证呢？"

"上索波的娘赤大王可以作证人。"

"那好吧，只要你不违背格萨尔大王之命，可以饶你不死。"梅乳泽听说娘赤王可以为老虎作证，遂宽恕了朗卡的死罪。

出城的三员大将遭到惨败，剩下的索波军死的死，伤的伤，逃的逃，散的散，滩头城堡变得空无一人。

晁通王恃强落敌手
下索波失陷丢珍宝

下索波兵将大败，全部退回王城。岭国大军在滩头孤堡外扎下大营，人欢马叫如龙吟，兵甲闪光照日影。

下索波王莽吉赤赞高坐在镶满珍珠、珊瑚、松石的宝座上，身穿天蓝色锦袍，罩九彩披风，缎靴上饰有红珊瑚带环，洁白的绫巾下面是一张焦虑的面孔。往常大王有如日月般的光彩，如今却被岭国的乌云遮蔽了。眼看兵临城下，他怎能不着急呢？！

大臣扎拉郭杰坐在莽吉王的右手边，他也在盘算：大王和自己两个是不用发愁的，就算岭兵真的攻破了这座王城，自己也可以保着大王上天、入地，或者藏到海底。但剩下的人怎么办？特别是大王的宠臣、爱妃，又不能一起带走呵！心想下索波这些兵将，不是没有守关隘，不是没有拼命冲杀，也不是没有取过小胜，而是英雄碰上了强将，兵器不能将他敌；两匹骏马相遇，迅捷总是有高低。

莽吉王望望群臣，又看看扎拉郭杰，知道他心里在想什么。但是，莽吉可不愿意自己逃走。忽然间，他有了主意，他要带着众臣及王妃、王子、公主一起到神山上去煨桑，从千里宝镜中看看岭国的虚实。

君臣一行，浩浩荡荡来到神山顶上。果然，从宝镜中他看到了他想看到的一切，上至雄狮王格萨尔，下至无名的众军士。莽吉赤赞问扎拉郭杰：

"那格萨尔王的大军,除了岭国三系的人马战将,其他四魔之臣及其部众,是不是都靠得住呢?"

"禀大王,除了辛巴梅乳泽和玉拉托琚外,其他人也是无可奈何来的,我们要想战胜岭军……"郭杰如此这般地和莽吉王耳语半晌,说得莽吉喜上眉梢。

岭国群臣在格萨尔的大帐中,把下索波君臣的行踪看得一清二楚。但不知他们要干什么,正在纷纷议论,猜测。那心有八十二万诡计的晁通却不说话,眯着眼睛像要睡着似的。过了老半天,他才慢慢睁开眼,缓缓离座来到格萨尔面前说:

"那下索波赤赞王,想把广袤的天空试探,想把大地降为壕沟,想施咒术把岭国君臣用雷击。"

众人瞪大眼睛,不无紧张地望着晁通。虽然他一贯骗人,但却精通巫术。如果下索波真的施了咒术,唯有他才能破敌。晁通见众人害怕,心中暗自得意,抖了抖袍子,捋了捋胡须,把手中的黑旗一挥:

"我这黑旗是自在天的神舌,是能钩摄八部鬼神的咒语。旗上部苍龙两相对,赤电之光闪烁;旗中间虎皮风袋中,生铁溶液沸腾;旗下边鬼魅钉杵上,大风呜呜呼啸。旗向东挥,属木性的云彩行走;旗向西指,属火性的云彩飘动;旗向南舞,属金性的云彩急驰;旗向北摇,属水性的云彩聚集。小蛇要趁幼时在地穴中灭之,小河要趁潜流时开沟引之。小敌莽吉要趁他施咒术前制服。今日我要念咒语,钩来下索波君臣命。"他摇动黑旗,口中念念有词。刹那间,四面八方布满了各色密云,风雷齐鸣,震动大地,格萨尔的神帐也跟着摇晃起来。

下索波君臣煨桑敬神、观望宝镜之后,乘马回宫而去。走到半山腰上,莽吉王的耳边响起一声炸雷。神山摇晃起来,随行的一百多名大臣被这突如其来的霹雳震破了额头,震裂了心肺。八岁的王子也被雷击得粉身碎骨。王妃看着儿子死亡,心疼得昏了过去。

所剩无几的大臣和军将,把下索波王和王妃、公主等护送回宫。王妃一直处于昏迷之中,过了很久很久,才醒过来。公主娜姆珍琼用手擦去母亲的眼泪,用自己的额头轻轻去触母亲的额角,缓缓地劝慰母亲道:

"母亲呵,请不要悲伤心痛,索波王城原本有阳光,如今只因天阴雨濛濛……我们要给王弟办丧事,要请经师为他超度。"

王妃手拉着女儿的手,泪眼蒙蒙地说:

"女儿呵,这次和岭国打仗,都是你父王自己所招致的。我心肝一样的儿子，也……儿呵，现在无论你父王要做什么，任他去做吧，我可要投降格萨尔。"

公主见母亲哭得如此伤心，并且有意降岭，便决定劝劝父王。

第二天，在莽吉王的大殿里，大臣和大将变得更少了，而且个个神情忧郁，人人闷头不语。莽吉王正在不知如何是好的时候，只见公主娜姆珍琼上殿来启奏：

> 声音幽雅的云雀，
> 无辜关在鸟笼中，
> 没有飞行的机会，
> 翅膀丰满也无用。
> 羽毛美丽的孔雀，
> 无辜落在罗网中，
> 没有飞往印度的机会，
> 纵然开展也无用。
> 父王的权势与财富，
> 无辜被岭王强夺去，
> 现在没有反击的能力，
> 纵然调兵也无用。

"父王呵，现在唯一的出路，是到米努达央王那里去，求得良策与妙计。"

莽吉王听了公主的诉说，心中赞同，却不动声色，因为不知道大臣们心里怎么想。莽吉不禁向众臣扫了一眼，最后把目光落在白玛洛珠身上。老臣抬头望着莽吉王，知道大王是要他说话，这才勉强说道：

"公主的话有理，米努达央王的计谋多，米努国的绸缎多、兵将多，大王亲自去求援，我们坚守在这里，在大王未回王城之前，我担保能挡住岭国兵。"

莽吉赤赞见老臣也如此说，这才吩咐侍臣将他的白雕毛大氅取来。他告诉众臣：

"我即刻就去米努国，早则二十天，迟则一个月回来，诸将一定要守住王城。"说罢，他披上大氅，腾空而去。

格萨尔早知莽吉赤赞要出城求援，他岂能放鸟出笼？雄狮王立即作起神变之法来，将整个王城罩在一张无形的网下。莽吉冲了几次，却怎么也飞不出去，只得返回王宫，别谋良策。

围绕在下索波王城周围的是一条又宽又急的护城河，下索波将士全凭此河固守王城。岭军试了几次，不能渡过。王子扎拉有些焦急，坚持要单枪匹马、只身渡河。老总管绒察查根极力劝阻：

"扎拉呀，好孩子，心勿烦乱听我告诉你：鹫鸟翔空徒虚名，却让小雀得其力，天空高高无穷尽，鹫鸟最好还是守其崖；鱼儿漫游在江河，就怕游到渡口水深处，那有花花绳子弯弯钩，会被蝌蚪任意欺；雄鹿食鲜花享空名，就怕跑出草山头，若去茂密的林隙中，会碰上带毒的箭镞；岭军在山地能取胜，碰到河流难成功，再过十天船造好，英雄自能破城关。"

王子扎拉十分烦恼，他忍耐不了这十天的等待，但总管王的话，他又不能不听，因此静坐一旁，不再说话。

晁通可巴不得王子扎拉单枪匹马渡河，今见扎拉被总管王劝住，不禁跳起来怂恿王子出征：

良马要为驰骋亡，
好汉要为杀敌死；
猛虎不必惧野牛，
雄狮何必怕狐狸。

"我愿幻变成一匹马，引着王子过河去，杀了莽吉取王城，岭军方可得胜利。"

格萨尔听了晁通的话甚觉惊奇，但并不言语，只是微笑着环视众英雄。众人都察觉晁通不怀好意，但又找不出破绽，只好闷声不语。老总管想说什么，又怕引起争执，便把目光投向辛巴和丹玛，希望他二人说话。

王子扎拉刚刚被总管王劝住，经晁通一挑动，烦躁之火又添了几分。辛巴梅乳泽忙从胸前的佛盒中取出一条洁白的哈达，放在王子面前，笑盈盈地说：

日月独行被天狗吃，
黑鸟独飞被罗网系，
英雄独行遭灾祸，
自古相传此道理。
岭军人马无其数，
王子何必单身去迎敌。

"再过十天的早晨，丹玛、巴拉森达和我霍尔辛巴，三人先出击，要把下索波王城用火焚，要让索波军鲜血流，将那财宝与家畜，全部当作战利品。"

辛巴说完，丹玛连连点头称是。众英雄也纷纷献上哈达，劝慰王子。

晁通见众英雄阻止扎拉行动，分明是怀疑自己，心想，我若不独自前往，施用幻术，众英雄会更看不起我。于是，他起身走到格萨尔大王面前：

"王子不必去了，施用幻术只需我晁通一人。不过，我若取得胜利，大王给多少赏赐？"

雄狮王看了看晁通，心想，怎么未出师就先要奖励？于是说：

"现在还不是施用幻术的时候，等到和我一起出阵时，施用幻术自然有奖励。"

晁通见大王不许自己出征，想了一下，如随众英雄一起去，岂不是让阳光遮住了星光，我的功绩谁能看得见呢？这样一想，他更加坚决要求独自出征。

格萨尔见晁通主意已定，便答应下来：如果成功，不但要亲赐奖品，而且众英雄每人都给晁通三枚金币和一匹绸缎。

第二天一早，东方还没有发白，小鸟尚未出巢，晁通就穿上赤铜甲，骑上乘风马，来到了河边。刚一下马，晁通便有些胆怯，但已经到了这里，怎好返回营地？已经在众英雄面前夸下海口，要了奖励，如果无所作为而归，岂不被人耻笑？晁通想了想，决定变成雄狮王格萨尔的模样到王宫去，先把他君臣骂一顿，然后再看该怎么办。这样一想，晁通很快来到王城的东门，在门口站定，右手抓起一个石子，在左手心把下索波君臣挨个画了一遍，然后大吼一声。整个王城顿时震动起来，直震得城内的臣民百姓头昏目眩，呕吐不止。莽吉王料定这是岭军在施咒术，立即披铁甲、戴铁盔、佩宝剑，出宫而来。

在东城门下，晁通见莽吉王出宫，先吓了一跳，略定了定神后说：

"我是雄狮王格萨尔，身居森珠达孜城，降伏过四方大魔王，拥有岭国大军十万整。今天降临下索波王城，臣民百姓该欢迎，近的来献茶，远的来拜谒……"

莽吉赤赞早就看见坐在东门口的"格萨尔"了，心想，都说格萨尔神通广大，原来就是这副鬼模样，看我今天怎样制伏他！只见莽吉口中念念有词，一座小山便从城外飞来，落在莽吉的手中。莽吉指着"格萨尔"道：

小雀吱吱叫，
鹞子快来到；

> 羊羔咩咩吟,
> 豺狼后边跟;
> 马驹呼呼鸣,
> 猛虎威风凛。
> 我有神力举小山,
> 树木枝叶摇颤颤,
> 野兽竞驰纷纷乱,
> 河水小溪潺潺流,
> 山上磙石滚滚翻。
> 将山砸在你头上,
> 看你"格萨尔"往哪儿钻?

晁通见那座小山朝自己飞来,大惊失色。这样的神变,就是在格萨尔那里也没见过呵!现在不逃,岂不是要粉身碎骨?!晁通一惊慌,幻术全然施展不出;虽然没有被山压住,却像被棍子打中了似的,昏了过去。

随莽吉王出城的大臣扎拉郭杰见那自称是"格萨尔"的人昏了过去,立即把他装进木笼,带回王宫。

君臣并未费力,便猜出笼中之人并非格萨尔,而是精通幻变之术、诡计多端的达绒长官晁通。郭杰守在木笼旁边,见晁通慢慢醒来,便笑道:

> 狐狸逞能要丢性命,
> 杜鹃逞能会失妙音。
> 像你这懦夫来出阵,
> 是把性命送别人。

"听说你们岭国英雄多,好汉森达哪里去了?机警的丹玛哪里去了?勇猛的玉拉、力大的尼奔、无敌的辛巴都到哪里去了?大王本欲处死你,是我替你求了情。现在大王有赦令,你才能够得活命。"

晁通立即爬起身,双膝跪倒,叩头称谢:

"谢大臣求情,谢大王不杀之恩!现在我口渴得很,求大臣赏口水喝。"

扎拉郭杰命侍卫端来一碗水,晁通一饮而尽。他抹去胡须上的水珠,吐出三颗鹅蛋大小的珍珠,对郭杰说:

"尊贵的大臣,这是我幼时被大修士放入腹中的珍宝,因我身边无物可献,只好把这宝贝吐出,献给你们君臣,作为觐见之礼。大王对我有什么喻示,我一定照办。"

原来这珍珠乃是晁通的幻变之物,为的是蒙骗莽吉王,快将自己放走。郭杰捧回珍珠,莽吉一看,大为惊异;生怕其中有诈,便用种种方法试之,那珍珠始终晶莹透明,甚是喜人。莽吉这才相信晁通是真心投降,便让郭杰告诉他,要他带人去护城河边的白磐石下将咒符取出,准备对岭兵放咒。

晁通连连点头应允。郭杰立即将晁通从木笼中放出,然后回宫复命。

晁通马上招来岭国神鸟,用血写信给儿子拉郭,告诉他自己陷于敌手,明日莽吉王将派他出城挖取咒符,要拉郭速速禀报格萨尔大王,派十五名英雄在河边等候。晁通写毕,将血书挂在神鸟的脖子上,神鸟扇翅而去。谁知那鸟刚刚飞出王城,还未到河边,就被下索波的寄魂鸟抓住,带回王城。莽吉一见晁通的书信大怒,这才是愚夫抛石落在自己头上,这样的人怎么能放过?!遂命郭杰带人去把晁通杀掉。

扎拉郭杰知道晁通的幻术厉害,若让他知道性命难保,不仅捆不住他,杀不死他,再施法术上天入地就麻烦了,得想个巧计擒他。于是,郭杰带着几个侍卫,端着放了毒的酒肉吃食来找晁通。

晁通见半日没有人来,心中着急,取下胸前的核桃念珠打了一卦,卦象极为凶险。晁通明白自己又将大祸临头,得想个办法逃走才是。正在这时,见郭杰带人前来,晁通马上把惊慌之色藏起,换上一副笑脸。

郭杰命侍臣将酒肉吃食摆好,劝晁通饮用。晁通的念珠忽然发出爆裂之声,发辫上也直冒火花,他知道那凶险的卦象一定应在这食物上面,便说:

"谢大王恩典,我打算向岭国放一咒术,现在正在修炼,七天之内,吃喝自有天神赐给,这些饮食是一点一滴也不能进的。"

见晁通不肯上当,郭杰猛地一扑,把晁通从地上揪起,命侍卫用绳子将他紧紧捆住,使他不能逃脱。然后,指着晁通的鼻子大骂:

> 心恶个矮的晁通,
> 自造罪孽寻短命;
> 心怀歹意隐恶形,
> 空对大王作保证;
> 食言背信犹如吃炒麦,
> 说话好比皂泡影。

"你这老狗,本来饶了你,你却不领情。还没过三天,就要引贼兵。现在大王发了怒,将你送给黑熊当饭食。熊牙如锯来咬时,若失声叫唤没骨气;五体节节支解时,若喊叫疼痛被人嗤。抽了你的筋,扒了你的皮,剜出心肝不解气。这都是你晁通自找的。"说罢,郭杰将黑熊牵了过来。

那熊张开血盆大口,喷出毒气,舌头闪闪发光,吓得晁通直流冷汗。虽然害怕,却也不能坐以待毙。他修起千幅轮法,因而没有被黑熊吞掉。黑熊见不能吞吃他,便伸出爪子将他抓住,用牙来咬。晁通又修起铁磐石法,那熊就像啃岩石一样,非但没有咬伤晁通,反而被他的骨头刺伤了喉咙,口吐鲜血,倒地而死。

扎拉郭杰见黑熊死了,便命侍卫把晁通抬起扔到石崖下面。晁通又修起雕鸟之法,身子就像羽毛一般,轻轻飘落,毫毛未损。

莽吉王闻报赶来,见弄不死晁通,便命人取来铁钉,往晁通的心口钉。那一庹多长的钉子竟像钉在岩石上一样,非折即卷。

莽吉王命众将用刀砍,王城仅有的十三名大将轮番砍晁通,只砍得他火花四溅,刀变得像锯齿一样,晁通却一点儿不以为然。

十八捆檀香树枝熊熊燃起,索波人把晁通投入火中,烧了半日,柴尽火熄,晁通仍端坐其中,只是热汗淋漓,像刚喝过一锅奶茶一样。

莽吉赤赞气得嗷嗷乱叫,命人端来掺了毒药的吃食,强迫晁通吞下。晁通无奈,只得大口吞吃。虽然没有丧命,但不知不觉,身子竟变成了一只小山一样大小的黑象。莽吉王这才转怒为喜,命人将九转铁轮安在黑象的鼻子上,放它回岭营。

下索波两员小将奉命送黑象来到护城河渡口,把手中藤鞭一举,对黑象念诵道:

大力象呵,
你魁梧威严与山同,
长鼻摆动似雷霆,
象牙锋利似刀刃,
黑心将亲友当敌人。
现在让你回家去,
把岭国大营来踏平。
死尸填满沟和谷,

鲜血染得河水红。
快去吧，
快把格萨尔吞肚中！

两名小将念罢，狠狠地抽了黑象几鞭。黑象非但没往前走，反而回过头来，抡起象鼻，朝两员索波将领甩去。索波将领不曾提防，一下被黑象抽烂了身体。

格萨尔得到天母的预言，得知这黑象乃是晁通所变。见它摇摇晃晃地朝岭营而来，遂大动恻隐之心，立即向神灵祈祷，愿神灵生怜悯之心，将象身变回人身。

神佛的加持像花雨一般，落在黑象的身上。但是，晁通中毒太深了，形体一时变不回来。这时，下索波王莽吉赤赞又念动咒语，那黑象竟抡着鼻子朝大营闯来。丹玛和辛巴、玉拉等八位岭国英雄，纷纷抛出套绳，那黑象力大无比，将套绳一一挣断，只剩下玉拉托琚的套绳还挂在脖子上。玉拉拼命地拉绳子，尼奔达雅挡在黑象前面，阻止它冲进大帐。正当众英雄力不能支的时候，格萨尔出现在黑象面前，修起降魔大法，黑象顿时站住了。米琼走上前来，捡起一块石头，朝黑象扔去，那象长鼻一伸，把米琼卷起送进嘴里吞了下去。众人一看米琼被象吞吃了，急得不知如何是好。格萨尔手持如意鞭，对黑象道：

晁通人身黑象形，
胸中抱着菩提心，
勿害米琼速放他，
否则要受神惩罚。

格萨尔晃动如意鞭，黑象大吼一声，把个米琼像牛犊子一样吐了出来。米琼浑身血肉模糊，气息全无。格萨尔忙吩咐拿过虎皮箱，取出救命灵丹，给米琼灌下去，又在米琼耳边说了几句话，米琼立即苏醒过来。

几个达绒的家臣陪着拉郭一直守在黑象身边，过了一夜。天将黎明时分，那黑象忽然流泪了，朝着格萨尔的神帐连叩三个头，然后抖了抖身子，恢复了人形。晁通站在那里，只穿着白锦缎内衣，系水红腰带，赤着双足。拉郭又惊又喜，忙给父亲取过衣服靴帽，又去雄狮王那里禀报。

格萨尔召集八十英雄在神帐就坐，亲赐晁通金币三枚、哈达一条，众英雄也依前言，各有所赠。

晁通把自己陷入下索波王城的经过对众人讲了一遍，然后告诉大王，现在城中守将不多，莽吉正在念经祈祷，准备对岭军放咒，大军如不立即开过去，将遭灾祸。

格萨尔知道晁通说的是实话，因为天母也是这样预言的。岭军自然要马上进兵。

船只业已造好。格萨尔吩咐将船只首尾相连，盖住了河面。岭军一下子就冲过了护城河。正待攻克城门，一阵大风突然掠过，刮得岭兵东倒西歪，不能站立。四面城门同时出现一只黑熊，张牙舞爪地朝攻城的岭军扑来。格萨尔下令放箭，虽将四只黑熊射死，大风却不见减弱。岭军只得退出一箭之地，扎营休息。

一连六天，大风刮得飞沙走石，就像炮石打在营中一样。岭军一直没有攻进城去。正当格萨尔无计可施之时，大梵天王亲自降临帐中，给神子指示破敌之法。

十五天过去了，岭国造了一只能容纳万人的会飞木船。万名岭军将士乘着这只大船飞进了王城。正当索波军与岭军拼命厮杀之际，莽吉王带着眷属侍从坐进了下索波的镇国之宝——大铜箱内。那铜箱就要腾飞而去的时候，寄魂鸟落在铜箱上，对莽吉王说：

"大王，空中阴雨濛濛，上面天门不开，我昨夜的梦境又不好，大王今日不宜出行。要等到初十那一天，天门启，天神迎，随心所欲四方皆可去。"

莽吉王探出头来，空中果然灰蒙蒙、雨丝丝的，只得暂时留在城内。

大臣扎拉郭杰变化成一只大鹏鸟，从空中射下像屋梁大的雷箭三支，尚未落入岭军中便被晁通收去。晁通回射一支红铜尾箭，大鹏鸟歪歪斜斜地凌空而逃。扎拉郭杰又变化成一只猫头鹰，飞到霍尔军的上空。辛巴梅乳泽得到天母预言，知道这只盾大的猫头鹰乃魔臣扎拉郭杰所变，立即将格萨尔所赐的神箭搭在弓上，念道：

箭呵，你有日月般的箭翎，
羽翅如火山喷；
你有琥珀般的眼睛，
利爪如钢针。
雷霆之箭破虚空，
要断魔臣的命根。

梅乳泽射出神箭，那猫头鹰像沾了火一样，燃烧着羽毛落到地上。过了片刻，猫头鹰再飞起来时，变成一只白雕鸟，辛巴再射一箭，白雕被射死，魔臣郭杰被降伏。

晁通和丹玛朝辛巴梅乳泽走来，恭贺他降伏了魔臣扎拉郭杰。晁通心想，辛巴降伏了郭杰，这城中的玉石宝藏也该由他来获得了。想着，他用手一指旁边的石崖，石崖顿时裂开，露出三块帐房大小的磐石：一块白，一块黄，一块红。晁通自己留下白色的磐石，把黄色的交给丹玛，把红色的交给辛巴梅乳泽。晁通施用幻术破了白磐石，而辛巴和丹玛却无论如何也不能把磐石弄开，刀砍、箭射，都无济于事。晁通嘲讽二人道：

"两位大英雄名扬南赡部洲，竟连两块磐石都不能击破，岂不可笑？传扬出去，岂不可羞？"

二人听了晁通此话，把刀箭收起：

"这两块石头，对我二人毫无用处，你还是自己留着吧。"

那两块磐石也被晁通一一击破，现出了里面的松石。晁通把三块大松石献给了格萨尔王和扎拉王子，把其余细小的松石分给了众英雄，唯独没有给辛巴和丹玛。

莽吉王及眷属、侍从等好不容易等到了可以飞行的日子。趁岭军还没有发现他们，莽吉念动咒语，铜箱腾空飞去。飞了三个时辰，箱内的人感到受不了。又闷又热，姑且不说，不知从什么地方还发出震耳欲聋的声音。王妃想，这是到了什么地方了？大王恐怕要把我们送到边地去，那种地方我们怎能活下去？还是先到阿扎国暂避一下为好。想到这，她也不和大王商量，就拉动了幻绳，使铜箱朝阿扎地方飞去。飞着飞着，铜箱轰的一声，不知撞到了什么东西上，箱内的人和物四处散开。莽吉王立即变作一只鹭鸟，急剧向下滑翔。格萨尔的神箭对准了它。鹭鸟坠落地上，又变成一只蚂蚁，钻入地下。雄狮王变成一只金刚蚁王，随后追去。直追到龙蛇之界时，蚁王追上了小蚁，一把拖住它，挖去了它的两只眼睛。相传蚂蚁没有眼睛，就是这个道理。莽吉王一扭身，又变化成一条金鱼，游入水中，格萨尔随即变为一只水獭，紧跟其后，从水面一直追到龙宫，眼看就要追上，金鱼突然一跃而出水面，在水边变化成和雄狮王一模一样的人，骑着马向山上逃去。格萨尔在后面紧紧追赶。两个雄狮王，一前一后，岭国兵将在山边观看，难辨真假。等候在山的另一侧的辛巴、丹玛和玉拉等人与索波王相遇，以为是格萨尔王，待走至近前，见那一脸的惊慌之色，才知不是大王，可莽吉已脱身而去。后面追上来的格萨尔与众英雄合兵一处，继续追赶莽吉。

莽吉赤赞只顾急急忙忙逃命，不知不觉来到一座高山顶上，见有三人坐在山路旁，对他喊着：

"喂，好汉从哪里来？看你的眼睛向后看，肯定后面有追兵。如果你愿意和我们做朋友，我们可以帮助你。"

莽吉已成惊弓之鸟，看谁都像格萨尔的神变之身，根本不相信那三人的话，拔剑就朝他们劈，他们躲闪不及，被他砍伤了手臂。

眼看格萨尔从后面赶来，莽吉立即变化成一只狸猫，向沙滩窜去。格萨尔迅即变化成一只猛虎，紧追不舍。莽吉见走不脱，又遁入水中。格萨尔见追不上他，知道还不到降伏他的时候，遂收起变化，坐在水边休息。

第二天早晨，格萨尔骑上宝驹，继续去寻莽吉王。行至四路八水汇聚的地方，见一黑蛇盘踞在岩石之上，九个头钻了九个洞。此蛇正是莽吉所变。格萨尔立即抛出金刚杵，那毒蛇迅速变化而去，金刚杵把磐石砸得粉碎。

莽吉王变成白人骑着白马继续往前逃，正碰上丹玛、玉拉和辛巴，三人迎住莽吉，笑道：

雪山之主猛狮子，
不在山上炫玉鬃，
下卧狗窝实心寒。
英俊城主莽吉王，
不去做威武部队的统帅，
独游旷野实心寒。

玉拉搭上一箭，说道：

"在大鹏鸟的翅膀下，小鸟小雀哪能逃；在猛虎的利爪下，红色小狐哪能逃；在大力士玉拉的利箭下，你莽吉赤赞哪能逃！"玉拉一面拉弓，一面祈祷战神威尔玛保佑，一箭射出，正中莽吉胸部。魔王疼得大叫着，挥剑朝三人劈来。三位英雄的铠甲被莽吉砍破，急抽剑相迎。由于中箭，莽吉气息奄奄；三英雄几剑下去，莽吉王被剁成了几段，他胯下的马化作一股清风朝天上飞去。丹玛朝空中射了一箭，一只鸽子鸣叫着坠落在地。

下索波君臣全都丧命，格萨尔吩咐开城，住在城外的岭军纷纷涌入。八十英雄紧跟在雄狮王的后面，来到城堡外的一座石崖。格萨尔用金刚杵一敲，石崖轰隆裂开，六只大石柜显现出来。三只柜子里装的是五颜六色的松石，三只柜子里装的是镶有虎皮边的铁甲，此外还有金银玛瑙等珍宝。众英雄上前，从柜中取出金银玛瑙和各种玉石、铠甲，放在已经准备好的驮马上。格萨尔将所得八十二套盔甲全部分给岭国众位英雄，把各种松石带回去，分送给众王妃和姑娘们，让她们打扮得更美丽。

过碣日岭商队遭劫
经阿扎格萨尔借路

北方有个碣日国,国王叫达泽赞布。他有一兄一弟,兄名雅杰堆噶,弟名东赤达玛。王妃协饶司葳生了一子一女,王子叫塔钦司威,公主叫贡尼曼吉。国王的权高势大,武艺超人。属下有名有姓有地位的大臣就有三百六十人,属民二万一千户。碣日国富庶无比,特别盛产珊瑚,有烈火珠、红马头、骡马牙、罗刹拳、红脚鸽、红舌狼、鹿角、箭镞、野牛脚、檀香树等等,珊瑚的名目繁多,不可计数。因为民富国强、兵精马壮,碣日国国王达泽便逐渐骄傲、狂妄起来,企图将世界占为己有。

土龙年六月初十日,岭国的商队路过碣日国,达泽王毫不犹豫地命令手下的兵将去抢岭国的财物。

岭国商队的首领,是名扬藏区的三个商人,名叫麦雪尼玛扎巴、达伍协饶扎巴和达隆达瓦扎巴。这是个大商队,有骡子一千五百匹,赶骡帮的仆人一百五十人,还有银子上万,货物无数。见碣日国出兵来抢商队的财物,尼玛扎巴搭弓射箭,达瓦扎巴举刀相迎,协饶扎巴舞动长矛,三个扎巴与碣日兵将战在一处。不到一顿茶的功夫,尼玛被飞索套住,做了俘虏;协饶连人带马陷入淤泥,被碣日兵石击刀砍,弄得半死不活;达瓦则被碣日大将的利箭射死,岭国商队的财物全部被碣日兵将掠进城里。

岭商遭䂵日劫杀

岭国大商人麦雪尼玛扎巴、达伍协饶扎巴和达隆达瓦扎巴的大商队,有骡子一千五百匹,赶骡帮的仆人一百五十人,还有银子上万,货物无数。这天,他们路过䂵日国,达泽王毫不犹豫地下令去抢岭国商队。尼玛扎巴搭弓射箭,达瓦扎巴举刀相迎,协饶扎巴舞动长矛,三个扎巴与䂵日兵将战在一处。不到一顿茶的功夫,尼玛被飞索套住,做了俘虏;协饶连人带马陷入淤泥,被䂵日兵石击刀砍,弄得半死不活;达瓦则被䂵日大将的利箭射死,岭国商队的财物全部被䂵日兵将掠进城里。

达泽王一见抢来的金银财宝那么多，高兴得手舞足蹈。大臣托拉赞布提醒大王道：

"我们虽然抢到了岭国商队的财宝，可也埋下了祸根。小石虽出自淤泥，对头却是龙魔；小滩虽为平地，对头却是大力宝驹；商队的财宝虽然取得，对头却是格萨尔。商队被抢，格萨尔怎肯善罢甘休。我们不如留下一些东西，剩下的归还岭国。协饶扎巴受了些皮肉之伤，尼玛扎巴还关在营中，大王可将他二人放出来，赐给衣物，交还骡马，送二人回岭。"

达泽王听托拉赞布说得好像有理，只是舍不得把已经弄到手的财物再送出去。他原来并没有思虑到以后的麻烦，才下令抢了岭国的商队，现在听大臣这么一说，又有些发愁。他想，假如格萨尔真的发兵前来，虽说我达泽力大能摘日月，势大可与天齐，但能不能敌得过降妖伏魔的格萨尔，还很难说。所以，还是先把财物还回去一些的好。达泽王立即吩咐托拉赞布将岭国商人尼玛扎巴和协饶扎巴放出，赐与衣物和酒肉，交还一半财物，派一百名碣日兵护送出碣日国境。

尼玛扶着受伤的协饶，出了碣日城。行至途中，协饶留着泪说：

"达瓦扎巴死了，财物也只剩下这么一点儿，我们这样回去算什么？我宁愿死在这里，也不想回去。"

尼玛回头望了望离夫尚日不远的碣日城，劝慰协饶说：

"你不要这样讲，现在我们刚刚出了虎口，冤未申，仇未报，怎么能死？！我们得活着回去禀报雄狮大王，为死去的达瓦报仇，为我们雪耻。"

就在岭国商队被抢之后，两个商人尚未返回岭国之前，格萨尔得到天母的预言：

"田里的六谷冰雹摧，念诵咒语的时机已来临；岭国的强敌犹如霹雳落，身佩弓箭的时机已来临；北方碣日达泽王，杀了岭国商人，抢了岭国货物，进攻碣日夺取珊瑚珍宝的时机已来临。男人无珊瑚装饰是乞丐，女人无珊瑚饰品心不宁。取来碣日的珊瑚装饰岭国，降伏达泽王得以解脱。"

格萨尔王命侍臣去请总管王、王子扎拉和大将丹玛速速进宫议事。

总管王绒察查根正在吩咐女儿熬茶。因为昨夜梦境不好，所以心烦意乱，总觉得会有什么不祥之事发生。尽管女儿极力劝慰，老总管依旧坐立不安。恰在这时，使臣来见，只说格萨尔大王请他进宫议事，未说究竟有什么事情。绒察查根一边答应，一边猜测，恐怕是自己的梦境已经应验了。

丹玛带着九个大臣、九只猎狗、九匹骡子正朝森珠达孜宫走来，恰巧路遇使臣，随即与使臣一道进宫。

扎拉见到使臣后，马上去见正在病中的母亲，告诉她格萨尔叔叔请自己进宫，三日之内，不能侍奉母亲了，请母亲不要忧虑。僧人正在为母亲的康复念经祈祷，愿母亲早日大安。

总管王、丹玛和扎拉进宫来见格萨尔。那些没有被召见的大臣和将军纷纷猜测，有的说，是大王要把国事全部交给王子了；有的说，是商议委派大食和索波长官之事；还有的说，是调解文布与达绒二部的纠纷。正当群臣和众将纷纷议论之时，尼玛和协饶的商队回到了岭地。格萨尔马上召见二人，天母的预言验证了。

格萨尔与总管王、扎拉、丹玛商议决定，立即召集岭六部及各属国大将来森珠达孜宫商议讨伐碣日国之事。

雄狮王命尼玛和协饶把商队遭劫一事向大家诉说一遍，英雄们气愤异常，个个摩拳擦掌。他们说：

> 话不回答是哑巴，
> 哑巴还要装笑容；
> 食不回报是骗子，
> 骗子事后说好话；
> 对敌不回击是狐狸，
> 狐狸逃走翘尾巴。
> 碣日无故抢商队，
> 若不雪耻反遭诸国骂。

格萨尔大王见众英雄已按捺不住，立即点兵：

"上岭色巴部，选黄缨军十二万；中岭文布部，选白缨军九万；下岭穆姜部，选银缨军七万；达绒部、丹玛部、嘉洛部……各选精兵五万。还有姜国、门国、大食国、上索波、下索波、霍尔国……各自选兵五万整，准备三个月的粮草，初八日出兵碣日。"

格萨尔点兵完毕，才发现达绒晁通父子并不在场，心中纳罕。那晁通一贯喜欢在众人面前显示自己，今日为何不到？总管王也发现晁通没来，立即派使臣去请。

原来晁通正在家里和儿子拉郭商议穿什么，戴什么，拿什么兵器去见格萨尔，如何在众英雄面前显威风。晁通忽然想起兵器库里还有两件不曾用过的祖传兵器，一件是罗刹神铁锻制的斩象剑，另一件是像牦牛腿长短的铁柄矛。他立即叫家臣将两件兵器取出，把斩象剑递给拉郭，把铁柄矛留给自己。拉郭要父亲在家等着，自己前往森珠达孜宫领命。他还要禀告雄狮大王，中岭文布的玉赤王子如何与达绒为敌，若让达绒部出兵碉日，就得先灭了文布，然后再出征。

晁通见儿子拉郭气势汹汹，生怕他闹出什么事来。现在与文布争斗，也不是时候。于是，他对拉郭说：

"取碉日珊瑚城，只要三年时间就够了，现在不是内部闹纠纷、辨是非的时候，三年后再与文布算账不迟。"

拉郭听父亲说得有理，可又难平心头之恨，便说：

"常言道，敌人来犯要回击，若不回击是狐狸。"

"拉郭呵，好茶赐给好儿子饮，好玉赐给好女儿戴，你不要违背父王的意志。我今日去森珠达孜宫，领来雄狮王之命，我们父子就出征。"晁通说着，穿上红披风，戴上红缨帽，手拿铁柄矛，带着四个大臣侍从，往森珠达孜宫方向走去。行至途中，正遇格萨尔派来请他们父子的侍从。

晁通来到宫中，格萨尔已经点兵完毕。格萨尔将达绒部应出兵数目、进军顺序又讲了一遍。各部、各国英雄纷纷回去准备，进兵日期推至二十九日。

长系首领尼奔达雅回到上岭部，妃子绛萨神色紧张、焦虑地对他说：

"昨夜三更，我做一恶梦，大概应验在岭军身上。我梦见两座黄金城，一座为虎踞，虎纹被风吹；一座为雕占，雕翎被折断。猛虎应在晁通身，恐对达绒仓不利；雕鸟应在色巴部，恐怕对你尼奔不利……今年出征你要去请假。上岭若无长官你，一则色巴绝子嗣，二来绛萨终身受孤凄。俗谚说："神树枝叶不茂盛，杜鹃何处去栖息？蓝色海水不流动，鱼儿何处去散心？炎炎夏季雷不响，孔雀何处去开屏？色巴的阳光不温暖，让我绛萨靠何人？"

尼奔达雅见妃子焦虑不安，忙安慰道：

"浓云不东去，草木之上如何能结露？杜鹃不南去，夏季气候谁掌握？大雁不到北方去，朗措湖的主人谁来做？尼奔如果不出阵，谁来做长系将士的

> ▶ 向雄狮王敬酒祝福
> 　　格萨尔得到天母的预言：岭国商队被碉日抢劫，进攻碉日夺取珊瑚珍宝的时机已到，召集总管王、王子扎拉和大将丹玛等议事。这时被抢的尼玛和协饶的商队回到岭地。诉说了被抢过程，格萨尔王决定派兵讨伐碉日国。将士们即将出征之际，珠牡等岭国女眷们向勇士们敬酒，并为他们祈祷祝福。

首领？……"

绛萨见尼奔主意已定，知道劝不住，只得摇头叹息作罢。

十五日，各路各部各国英雄均已聚集。按照惯例，出征前英雄们要先骑马绕十三座净房一周，然后向森珠达孜宫右面的山峰射出一支箭。

以尼奔达雅为首的色巴英雄四十人，个个服饰华丽，靴帽鲜艳，虎皮箭袋、豹皮弓鞘整整齐齐。绕行十三座净房一周后，尼奔抽出一支金箭，将山峰射掉帐房大的一块。其他英雄的羽箭也纷纷射出，射得岩石迸出朵朵火花，甚是壮观。

文布的姜国王子玉赤由九位英雄簇拥着。他骑在青龙宝驹上，将银箭搭在弓上：

> 生有利爪的鹰鹞，
> 若不能迅速扑飞鸟，
> 足爪锐利也枉然。
> 生有茸角的雄鹿，
> 角尖若不能刺狗头，
> 头角沉重也枉然。
> 口带金环的骏马，
> 若不能走完大滩，
> 金环美丽也枉然。
> 威武军队的首领，
> 若射不倒那座山，
> 身佩弓矢也枉然。

玉赤的银箭，闪着火光，飞向那座挡路的山。只听轰隆一声响，石山齐刷刷地崩塌了一半。

原来在玉赤准备射倒这座石山时，晁通却在暗中祈祷，愿石山如金刚般坚固，所以石山只倒一半，实则是晁通从中作祟。

轮到达绒部走来时，晁通勒马搭箭，张口摇舌，目光炯炯地对众家英雄说：

"射那样的箭，岂不羞愧，我虽是老汉，这石山也经不起我的箭射。我达绒部的骏马奔腾如闪电，勇士吼声似雷鸣。我晁通心欢喜，臂力也增添，箭翎上面燃烈火，射得石山如霹雳劈。我父子二人同射箭，将石山射得无踪迹。"

晁通说完，与拉郭二人同时拉弓，双箭齐飞，两座山峰顷刻崩塌。拉郭用挑衅的目光看着玉赤及文布的英雄们，分明在说，你们只会出狂言，哪能射倒石山？真正能射倒石山的只有我们父子!"

玉赤怕雄狮王和扎拉王子不悦，强忍住心头怒火，装作没看见似的，没有搭话。那文布的九位英雄不干了，纷纷提缰跃马，朝达绒晁通父子逼近。拉郭也毫无惧色地迎了上去。

眼看二部要争斗，丹玛拍马走到众位英雄中间：

"今天是吉祥的日子，口虽利不宜争吵，手虽痒不能动刀。两部的英雄们，射箭瞄准金刚崖，摧毁坚石才是真英雄。"

见丹玛拦在中间，拉郭不作声，文布的九英雄也回了本部。尼奔达雅想，文布与达绒二部，就像老鸹与枭鸟一样合不到一起。虽然暂时平息了争吵，但晁通诡计多，玉赤性子急，出征后难免还要发生争斗，要大王早作安排才好。于是对大王说：

"岭军就要出兵碣日，文布与达绒二部的冤仇不解，出阵时会不会发生内乱？还请大王多思虑。"

格萨尔见二部争斗不休，甚是生气：

"文布、达绒两部，不遵从我的法令，不听众家弟兄的劝解，偏要在内部争雄。那好，让文布出兵八十万，达绒出兵九十万，一年之内攻下碣日，若不能攻下，定罚不饶。"

众英雄见大王动怒，不敢再说什么。达绒和文布两军更是惶惶然，不敢作声。众人随雄狮王进帐。神帐内早已摆下宴席，英雄们闷坐吃喝，不似往常。老总管见众人不快，心里很不舒服，遂起身道：

"众英雄在这样热闹丰盛的宴席上，像哑巴一样喝酒有什么意思？常言道，赛马要喊叫，喝酒要热闹。今天趁众家英雄都聚集在此，我们再赛一次骑马射箭，输了的，要摆宴请众英雄喝酒。年老的，由我绒察查根、色巴阿杰和达绒晁通比武艺。年少的，由嘉洛·朗色玉达、达绒·洛布泽杰和穆尼威噶比本领。少者骑马带射箭，每射一箭唱一曲。老者比赛自己拿彩注，一是色巴阿杰的长腰刀，二是我总管的大砍刀，三是晁通的月牙钩镰刀，获胜者要奖励。"

晁通听说要比射箭，嘿嘿一笑：

"像蒜头一样的阿杰和像狐狸一样的总管，我刚刚骑马射过箭，射得两座山峰无踪迹，你俩愿意赛马就赛马，愿意比箭就比箭，和你们再比，我不愿意。"

格萨尔见晁通不愿比武，便说：

"晁通叔叔十三岁就精通武艺，八十三岁仍然射技不衰，但色巴阿杰和绒察查根叔叔都比你年长，他们尚且愿意比赛武艺，你怎么好说不愿意？"

晁通见大王也要他比，心想，要比也行，在很远很远的地方立一个很小很小的靶子，他二人老眼昏花，必然射不中，那样，三口宝刀岂不归了我？！这样一想，晁通便提出要求：

"我们叔伯三人本是弟兄里的长辈，万木林中的檀香，百川里的甘露，要射箭就不要射秃石山，最好在三百六十步外摆上我们三人的盔帽，看谁能把盔缨射下来，宝刀就归谁。"

老总管立即识破了晁通的诡计：

"我这顶胜利光缨宝盔，是三十英雄的头饰，不能用箭去射。倘若玷污它，会坏了岭国的风水。"

阿杰也忙说：

"我这顶盔帽乃是色巴部的寄魂之物，万万射不得。"

晁通见二人盔帽不能射，自己的盔帽当然也射不得。射了这顶罗刹盔，谁知会降下什么灾难来。

丹玛出来献策：

"既然你们的盔帽都不能射，那就把你们的铠甲脱下来摆在石头上射吧。"

格萨尔说这个主意好，总管王和阿杰也赞成，晁通只好沉默不语。

晁通将绿玉雕翎罗刹箭搭在雷鸣罗刹弓上，心中祈祷罗刹保佑。但箭飞向铠甲，到了近前，忽然一偏，把旁边的石头射了个洞。晁通很丧气，但也无可奈何。

色巴阿杰搭在龙吟宝弓上的鹰翎箭，射中了两副铠甲。

比武最后轮到总管王绒察查根。老总管将雄狮箭镞的雕翎箭搭在梵天宝弓上，默默向梵天祈祷。顷刻间，他的额头上忽然长出一只肉眼，将三副铠甲的甲叶、边边角角、连同缝隙都看得十分清楚。他一箭射出，不但射穿了三副铠甲，把三块护心镜射个粉碎，而且把摆放铠甲的岩石也射裂成几瓣。

丹玛将射穿了的铠甲拿给大家看，众英雄连连称赞，三把宝刀归了总管王。

老英雄的比赛刚见分晓，三个小英雄走上前来。

达绒的儿子洛布泽杰心中憋着一股气，父亲的刀已经输出去了，自己可不能再输。他急急忙忙把铁镞翎羽箭搭在角胎弓上：

<blockquote>
住在神山的鹫雏，
尚未加入鸟群前，
</blockquote>

身子藏在卵里面。
　　今天要振翅凌霄汉，
　　若堕入地面多难堪。
　　生在门域的布谷，
　　不能发出鸣声前，
　　小小身子飞行在深山。
　　今日振翅鸣叫时，
　　声不嘹亮心不安。
　　生在坚城的达绒子，
　　武艺尚未熟练前，
　　老老实实练射箭，
　　今日振臂拉弓时，
　　不射穿磐石非好汉。

　　话音刚落，箭已射出。轰隆一声，将磐石射掉一半。洛布泽杰骄傲地一抬头，得意洋洋地看了一眼笑得合不拢嘴的父亲晁通。

　　第二个小英雄穆尼威噶一扬手中的宝弓，给众位长者唱了一支歌：

　　并非马儿愿奔驰，
　　只因主人马鞭急；
　　并非大刀愿砍杀，
　　只因勇士有臂力；
　　并非利箭愿射击，
　　只因宝弓来摧逼；
　　并非孩儿愿比武，
　　只因叔父命令真严厉。
　　马儿走荒滩，
　　黄牛去耕地，
　　威噶手中箭，
　　把石射穿争第一。

　　威噶的箭向另外半块磐石射去，磐石不仅被射穿，而且随着飞箭不知去向。
　　正当众英雄惊奇之际，嘉洛·朗色玉达上了阵。他唱道：

> 鹫鸟是石山之主，
> 飞翔就要冲云霄；
> 百灵是森林之主，
> 啼叫将会震山谷；
> 玉达是坚城之主，
> 比武射箭永不输。

玉达唱罢一箭射出，利箭摧倒了整个磐石，箭镞深深插入地里。

格萨尔见三位小英雄的武艺如此精深，非常高兴，忙吩咐取过奖品，每人赐金币一百枚，绸缎一匹。众英雄每人赏他们银币十枚，绸缎一匹。

比武结束，众英雄各自回营。总管王的家臣拿着赢来的宝刀走了没多远，坐骑一颠，把他从背上摔下来，接着那匹马发狂似地奔驰起来。可怜那家臣一只脚尚未离镫，被马拖着走了很远，直到总管王从后面追上，才勒住马缰，但家臣已被拖死，晁通的月牙钩镰刀柄也被折断了。绒察查根明白，这是晁通输了宝刀，因此念咒作法，进行报复的结果。有个家臣见此情景便劝总管王，还是把刀还给晁通为好。绒察查根不肯，因为这是一件难得的宝物，况且家臣又为它而死，怎能把它还给达绒家？于是，他把宝刀交给了本部上师代为收藏。

第二天，岭部琼居设宴款待众英雄。太阳照到神帐的时候，雄狮王在三百侍卫的簇拥下来到设宴的帐内。席间，晁通父子与文布玉赤又因一点儿小事再次反目。格萨尔大怒，吩咐家臣将晁通父子及玉赤王子等六个大臣关押起来，渴了不给水，饿了不给饭，等岭军从碣日回来再做处理。

老总管虽恨晁通无理，却又不能不替他们跪下求情：

"晁通秉性恶劣，拉郭高傲无理，玉赤自恃功高，背弃了大王的黄金之法。但是，眼下大战在即，须弥山不能为微风所动，克敌之心不能为棍棒所移，达绒与文布两家的宿怨，应该彻底消除。"

雄狮王忙把老总管扶起：

> ▶ **美酒敬呈鞍上君**
>
> 比武结束后，雄狮王在三百侍卫的簇拥下来到设宴的帐内。席间，晁通父子与文布玉赤又因一点儿小事再次反目。格萨尔大怒，吩咐家臣将晁通父子及玉赤王子等六个大臣关押起来，渴了不给水，饿了不给饭，等岭军从碣日回来再做处理。总管王跪下替他们求情，得格萨尔王宽恕。但因为文布与达绒不睦，岭国的出兵日期由二十九日推到了次月的十五日。岭兵出征这天，珠牡率众王妃手捧各色哈达，给格萨尔和众家英雄弟兄送行，祝愿他们节节胜利，早日凯旋。

"对达绒晁通，我曾像父亲一样看待；对拉郭，我也曾像扎拉一样爱护，可他们竟如此无情无义，虽屡次劝说却恶习不改，不让他们吃点苦头，不行呵！"

老总管又要跪下，被大王扶住，但他依旧苦苦求情：

"文布杀死过达绒的神牛，达绒杀死过文布的骑兵，两家的旧仇要解开，命令他们各自赔偿损失，大王不必动怒。"

格萨尔见总管叔叔须发皆白，遂动了恻隐之心。诸位英雄也替晁通、玉赤等求情。格萨尔这才下令：由文布拿出三百头牛，交给达绒部；达绒拨出七十兵将，归文布统领。二部要保证和好，不得再有争斗发生。文布、达绒部各自领命。

因为文布与达绒不睦，岭国的出兵日期由二十九日推到了次月的十五日。

岭国大军晓行夜宿，不多日，来到阿扎玛瑙国边境。格萨尔命使臣带着礼物入城向国王问候，请阿扎王让出一条路，岭国将通过此地向碣日进军。

在阿扎玛瑙城南面的司隆玛夏鼎宗，住着老臣拉浦阿尼协噶。几日来，夜间猫头鹰鼓翅，白昼鹭鸟落滩，山边又有许多毒蛇咬尾，阿尼协噶恶梦不断。种种不祥之兆使他心神不安。这天早上，阿尼协噶吃过早茶，再也忍耐不住，转身上马到王宫来见尼扎王。阿尼协噶忧虑地说：

"举首望苍穹，浓云消逝到北边，甘霖是否下降不得知；仰面观太空，白云团团如羔羊，是否有益六谷不得知；俯首观大地，山谷冻结极寒冷，绿苗是否能生不得知。再看大王的事业，有白日的征兆与夜晚的凶梦，属民是否安宁不得知。这几日，老臣我连续得梦，梦见绿鬃白狮子，四爪爬雪山，绿鬃猛抖动，雪山变石山；梦见六纹花斑虎，四爪攀树木，笑纹一抖动，森林被火焚；梦见铁角黄野牛，雄踞两山间，犄角一抖动，两山分两边……这个梦境太凶险，不知大王怎么看？"

尼扎王不知吉凶，也没说什么。公主喜饶措姆禀道：

"赞杰雅梅和赤德赞布兄弟俩最会解梦，还是请他二人来打卦占卜为好。"

兄弟二人奉召前来解梦，赞杰雅梅认为此梦主凶：

"雪山变石山，象征事业有变迁；森林被火焚，象征人马俱伤损；两山各分开，象征兄弟要别离……"

公主听赞杰雅梅如此说，也恍然明白了什么似的，向父王禀道：

"狮子为岭国琼居魂魄，绿发首领是那觉如，雪山变石山，象征降伏天魔神；猛虎为岭国琪居魂魄，笑纹首领是那尼奔，烈火焚森林，象征降伏厉魔神；

野牛为岭国珍居魂魄,长角首领是那玉赤,两山分两半,象征降伏龙魔神……父王若不信,可再请猴头女魔热噶达问卜打卦。"

女魔像风一般旋进宫内,右肩插十三支箭旗,左肩插十三支矛旗,右手持钩魂妖牌,左手擎旋风套索,鼻孔冒浓烟,口中喷烈火,连吼三声:

> 我是阿扎大王的保护神,
> 是钩摄三界众生魂魄的人,
> 龙魔猴头热噶达是我名。

她吼罢闭目伸舌,手足抖动。阿尼协噶忙献上金曼扎和一匹白绫,问道:

"现在阿扎国的神、龙、念为何动怒,降下凶兆?"

"聪明的大臣呵,我们阿扎有花玛瑙、紫宝石、绿松石,还有宝藏不可数。这些珍宝恐有失,冰峰雪消融,山上树干枯,山下水源绝,难道你们没看见?假如珍宝被别人抢去,人会得疫病,牲畜会死亡,国运将衰败。"

君臣正在问卜之时,侍臣禀报,岭国大军前来借路。

大臣的梦,女魔的卜,公主的话,全部应验了。岭国人马果然到了阿扎,那么,该怎么办呢?热噶达说:

"玛瑙城将守不住,地方会有变迁与兴衰。"

尼扎王此时才明白过来。虽然岭国人马不是来攻打阿扎国的,但碣日紧连阿扎,碣日城破,阿扎岂能长久?看来这条路是借不得的。尼扎王一面拒绝给岭国让路,一面迅速召集国内兵马,准备拒敌。

格萨尔大王听说阿扎王不肯借路,愤怒异常。次日出营绕阿扎国转了一圈,只见岩石环绕的山峦中,雄山如白铜,雌山如彩陶,子山像鹅蛋,水晶山像牦牛。东边的神湖似明镜,西边的磐石像谷囤。中间有马尾一线光,内藏美丽玛瑙矿。无生命的气微动,有生命的兽狂吼。上阿扎坚险石山如宝剑,除非鹫鸟不能过;中阿扎两山如尖刀,除非野牛不能过;下阿扎两水相交织,除非鱼儿不能过。三沟到处有毒树,枝叶好似兵器竖;毒水滔滔顺山流,水势汹涌起波涛。

格萨尔看罢回营,闷坐不语。凭阿扎的险峻地势,绕路不可能,借路又不肯,这该如何是好?雄狮王在心中盘算了一个晚上,也没有想出降敌妙策,郁郁然躺在榻上。

天母朗曼噶姆出现在云端,缓缓地对格萨尔唱道:

鹫鸟向着石山飞,
不要落在石山的神峰,
山沟死尸遍谷底。
布谷向着大树飞,
不要落在茂盛的树梢,
山间葡萄遍谷地。
白天鹅向着北方飞,
不要留在海尽头,
平坝滩中好栖息。
岭国大军向北行,
不要住在沙漠上,
攻取阿扎玛瑙城。

"阿扎的白雪山,好似狮子在发怒;阿扎的白石山,好似鹫鸟支帐篷;阿扎的玛瑙山,好似猛虎显威风。翻过三山有大水,制服大水要用凤雏马的尿。三七二十一日内,要摧毁神山,烧毁森林。岭军进攻时,在山岗要像梁上落白雪,在盆地要像牧人赶羊群,在平滩要像空中狂风吹。"

天母说罢,天已大亮。格萨尔召集众将,说了天母预言:欲取碣日珊瑚城,必须先破阿扎玛瑙城。

破关隘岭军打阿扎
保江山王弟送老命

格萨尔下令进攻阿扎,王子扎拉把大营扎在玛瑙城外的一座山下。整个大滩中布满了岭兵,烧茶的火光把夜空照得如白昼一般,牛马骡遍及整个山坡。

阿扎王尼扎,立即派大将洛玛克杰带领十二万人马守住山口关隘。在扎拉的大帐内,众英雄边吃喝边议论阿扎国的情况。辛巴梅乳泽站起身来请战:

"敢冲锋陷阵的人,是英雄里面的英雄,是好汉里面的好汉。我辛巴带着霍尔十万兵,战马备鞍鞯,鞍鞯镫鞦已齐备;磨利大砍刀,刀鞘刀柄已齐备;箭矛抽出鞘,扳指扣弓弦。我作先锋杀过去,犹如霹雳摧石崖;大军随后来,要像河水流平川。骑兵要像冰雹降,步兵要像风雪扬,红缨犹如烈火燃,黑缨犹如乌云翻,花缨犹如彩虹闪。"

森达、玉拉等岭国大将立即站起身来,愿与辛巴梅乳泽作先锋。

第二天,辛巴、玉拉、森达等各带一百名将士向阿扎行进,正遇出城巡哨的一百名阿扎兵将。只一顿茶的功夫,阿扎兵被杀死杀伤二十几人,俘虏六人,剩下的全部逃散。

据六个被俘的阿扎兵说,有三百兵将正在半山腰准备放滚木礌石,山顶上驻扎着阿扎十万大军。

辛巴梅乳泽一听半山腰安放着滚木礌石,吃了一惊。要不是俘获了这几个阿

扎兵，岭军从山脚一过，还不被滚木礌石砸得血肉横飞，尸骨难寻？！辛巴与森达、玉拉一商议，决定立即袭击半山腰上的阿扎兵将，先破他们的滚木礌石。

大河流行处，不受野草阻；霹雳降落处，磐石变泥土；岭军途经处，要把障碍除。辛巴梅乳泽、巴拉森达、玉拉托琚等人急驰如飞，很快来到半山腰。三百名阿扎兵将正在运石抬木，见岭国大将凶神恶煞似地扑来，吓得丢了滚木礌石，抱头鼠窜。

阿扎大将玉雅森雏、昂雪鲁桑、绒赞扎赞等三人想从岭军的包围中冲杀出去，被岭军的三位英雄拦住。玉雅森雏一看走不脱，朝森达射了一箭，一下把森达的胜幢宝珠头盔射落在地。玉达大怒，眼睛喷出火焰，牙齿咬得咯咯作响，吼声如雷鸣，宝刀似电闪，连着向玉雅挥了三刀，取下了人头。辛巴梅乳泽已将昂雪鲁桑刺于马下，玉拉活捉了绒赞扎赞。

就在辛巴、森达、玉拉去破半山腰滚木礌石之际，岭军攻占了阿扎的关隘。右翼大将阿达娜姆、左翼首领达拉赤噶、中军元帅扎拉王子，率兵一起向阿扎大营扑去。

女英雄阿达娜姆边取弓箭边唱道：

> 囊中取出九缠利箭[注1]，
> 是用绒钦林中精竹造，
> 九种鸟羽作箭翎，
> 九种精铁作箭镞。
> 套中取出威猛降敌弓，
> 雄龙角作弓上鞘，
> 响声犹雷鸣；
> 雌龙角作弓下鞘，
> 发威如电闪。
> 雷箭作弓把，
> 握在手中声萧萧。

阿达娜姆唱罢，箭离弦，九个阿扎兵将应声倒地。

阿扎大将洛玛克杰率十员大将、九名大臣立即向岭兵反扑。玉拉抛出飞索，套中洛玛克杰的脖子。洛玛克杰挣扎着，用刀砍断了绳索。辛巴梅乳泽射死了他

---

1 九缠利箭：指箭杆上缠绕九道金丝或银丝的利箭。

的朱红孔雀马，洛玛克杰便与辛巴抡刀步战。森达赶来向他连砍两刀，将他的右臂连同大刀一起砍落在地。洛玛克杰用左手捡起大刀，朝森达砍去，砍得森达甲叶飘落。玉拉和梅乳泽拔起支撑帐篷的柱子，猛地朝洛玛砸去，连砸了九下，才把他击倒。

阿达娜姆又射三箭，三个万户和五个大臣中箭身亡。又战了一会儿，另外三个万户死于玉拉和达拉之手。剩下以加纳拉吉唐赛为首的三个万户和一千五百名阿扎兵将弃甲投降。

辛巴梅乳泽奉王子扎拉之命审问被俘的三个阿扎万户。梅乳泽喜气洋洋，手拿酒碗，对俘虏说：

> 三冬寒冷狂风吹，
> 山山岭岭降雪日；
> 三春杜鹃啼叫时，
> 杨柳和风玩耍日；
> 三夏苍龙吼叫时，
> 鲜花和雨结合日；
> 三秋六谷成熟时，
> 设宴摆席饮酒日；
> 岭国大军得胜时，
> 审问阿扎降将日。

"我的问话，你们要如实回答。岭国与阿扎，没有旧恨新仇，为征碣日借条路，阿扎国王设关阻碍真糊涂……"梅乳泽详细询问了阿扎国的城中部署、山川河流、守城大将等等情况，唐赛等三个万户一一作答，看他们诚惶诚恐的样子，并不像撒谎。

三个万户将自己的盔甲、宝剑、坐骑等一一献上，请梅乳泽代他们向雄狮大王及扎拉王子致意。他们表示愿意率自己所辖的十八个部落、十八个千户归顺岭国。

扎拉得到辛巴的禀报，大喜，立即赐唐赛一顶红缨帽，一个黄尾长寿结。封他为岭国千户，率一千兵士，归辛巴梅乳泽统领。另外两个万户，每人赐给二百兵士，分别作了玉拉托琚和阿达娜姆的属下。

关隘被攻破，三个万户率众归顺的消息传到了阿扎王宫。尼扎王立即召集群臣众将商议对敌之策。大王的弟弟赞杰雅梅，愿率三百骑兵出城迎敌。

众臣说王弟亲自迎敌，恐对大王不利。王妃和姐妹也婉言相劝。但雅梅主意已定，一定要出城杀败岭兵。

尼扎王因昨晚梦兆不祥，心中烦乱，又喝了点儿冷水，肝胀得比石头还硬。别人的话听不进，自己的话也说不清。但是，弟弟要出城，他倒觉得不适宜。见众人劝不住弟弟，他从颈上取下大刀烈火护身符，戴在赞杰雅梅的胸前，对弟弟说：

"上等男子出阵时，头戴雪山盔，身穿坚石甲，右悬毒刺箭，左佩电光刀，肘挂鹫鸟棍，骑上野马驹，出阵无人敌。中等男子出阵时，头戴明月盔，身穿坚铁甲，右悬霹雳箭，左佩烈火刀，肘挂石山棍，骑上追风驹，上阵得胜利。下等男子出阵时，头戴烂毡帽，身穿破皮袄，右悬无翎箭，左佩缺齿刀，肘挂细木棍，胯下骑老骡，上阵毁自身。这是大刀烈火护身符，再赐你一个护身器，两件宝物犹如身与影不分离，刀砍不入枪难击。"

老母亲唯恐儿子上阵有失，颤微微地捧出一条吉祥长寿结：

"儿呵，敏捷须如鹰，胆量须如虎，武艺如霹雳，到了阵前需用智，战不胜时走为上。这是吉祥长寿结，愿保我儿寿命长。"

赞杰雅梅见王兄和母亲如此放心不下，遂取过两匹白绫献上，安慰母亲和王兄道：

"阿扎兵马多如群星，英雄勇士凶如猛虎，神箭好似晴天霹雳落，铠甲是那九种精铁锻，石山坚险鹫鸟难盘旋，河水湍急鱼儿难过关，城堡牢固比磐石坚。母亲和兄长不必为我把心担。"

大丈夫要为事业死，
反之与狐狸无区别；
良骥要为驰骋死，
反之与老驴无区别；
利箭要为射击损箭镞，
反之与野刺无区别。

"王兄呵，老母亲，愿孩儿我能胜敌人，愿母亲寿比高山，愿王兄权势齐天。"

阿扎军驻守在红砂山上，岭军扎营在红砂山下，两军对垒，刀矛林立，人喊马嘶，甚为壮观。

岭国众将聚集在王子扎拉的大帐内，商议破敌之策。姜国王子玉拉托琚从虎皮坐垫上站起来说道：

"明天东方发白时，点起绿缨军，准备朱砂箭，挂上锋利刀，勒紧马肚带，冲上红砂山。第一声呐喊齐射箭，利箭射出如电闪；第二声呐喊用长矛，矛头转动如风旋；第三声呐喊抽出剑，宝剑闪闪如雷电。敌尸若不遍山岗，岭军不算英雄汉。"

辛巴梅乳泽可不这么想。眼前这座山，坚险好似门关闭，峡谷犹如刀竖立，阿扎兵马占陡坡，就是大鹏也难飞过去。从昨夜的梦兆来看，应该先杀掉山岭那边的几个阿扎大将，不然很难攻破山顶大营。想到此，辛巴梅乳泽站了起来：

"善业的白旗不摇动，江山如何能收复；骏马若无快脚程，怎能走完大平川；鹏鸟没有飞行力，怎能绕行四大洲；若无巧计胜强敌，岭国如何能兴盛。若想胜阿扎，还需施巧计；明日天明时，让阿达施幻术，变作大鹏鸟，右翅遮东方，左翅遮西方，森达等九人立右翼，玉拉等九人立左翼，我辛巴等九人立鸟尾。大鹏循着鸟路飞，悄悄降落阿扎地，杀死阿扎众大将，然后返回自己的营地。"

辛巴梅乳泽的主意，大家都说好。玉拉托琚说：

"我们去山那边袭击，大军从山这边进攻，两面夹击，此山必克。"

王子扎拉点头赞许。

第二天，岭将二十七人乘大鹏鸟飞到红砂山的另一边，发现了阿扎大营。辛巴命降将加纳拉吉唐赛前去阿扎大营观察动静，其他英雄各自隐藏起来。

唐赛装作来给王弟赞杰雅梅献茶的样子，来到阿扎大营。雅梅想，听说唐赛已经投降了岭国，怎么又到我的大帐中来，莫不是为岭军当探子？他立即命人将唐赛带进大帐，劈头就骂：

"寺院骚乱僧人恶，法衣下面放毒箭；挑拨是非妇人恶，讲话温和心计多；国家动乱大臣恶，外敌引到自己国。今天你来献茶点，用矛当茶敬，用钢刀作礼物，用箭来欢迎。你外表和善心阴险，卖身求荣降岭国，万难隐瞒讲实言！"

唐赛见王弟愤怒，心中一惊，但既然来了，就得硬着头皮顶住：

"没有智慧的人蠢如牛，白昼不知太阳暖，夜间辗转不能眠。我们阿扎大军去迎敌，杀死白缨军一百多，随后洛玛被岭军杀，只有我万户几人得逃脱，今日等着给你王弟来献茶，不知你还需要什么？"

赞杰雅梅见唐赛并不慌张，心中疑惑起来：不知那些传说是真是假？旁边的大臣达拉郭冬走过来问道：

"你真的没有投降岭国？"

"不要说投降，我连想也没想过。"唐赛赌咒发誓。

"那好，阿扎与岭国不同，就像幸福与灾难、神灵与阎罗有区别一样。如果你没有降岭国，可把你手下的六个千户叫来作证。"

唐赛急忙出营，来见辛巴梅乳泽等众岭将。梅乳泽一想，破敌的机会来了，遂与玉拉、森达等六英雄装扮成阿扎千户的模样，随唐赛一起来见赞杰雅梅。

森达手捧一条吉祥哈达，来到赞杰雅梅面前，那王弟伸手来接，被森达一把捉住。辛巴梅乳泽一声喊，七位岭国英雄一齐动手，杀死大臣三人，杀伤万户三人，生擒了王弟赞杰雅梅。

众人当即审问赞杰雅梅。梅乳泽指着不可一世的王弟道：

"你自以为聪明如鹞鹰，实际上愚蠢似野猪；你自以为勇敢如猛虎，实际上怯懦似狐狸。今日撞到我手里，若想活命，必须讲实情。若问话不答时，把你两手扯到红山峰，距离苍天只一肘；把你两脚系到磐石上，距离大地只一庹；二十七支利箭瞄准你，让你皮肉两分离。"

赞杰雅梅并不说话，愤愤然瞪着辛巴梅乳泽。玉拉托珺见他不理不睬，气得上前一把揪住他的衣襟，要立即把他捆到石头上。唐赛一见大惊，一面劝王弟投降，一边跪下替他求情：

肥沃田中的六谷，
被猛烈的霜风摧残，
一半由于云聚集，
一半因为寒风吹。
谷口边上的海水，
天长日久变干枯，
一半由于烈日晒，
一半因为热风吹。
阿扎国的十八部，
被格萨尔所征服，
一半由于前缘定，
一半因为劫数催。

"尊贵的三位大臣呵,赞杰在阿扎国,大王待他像眼睛一样爱惜,像心一样珍重。唐赛我保证,打从今日起,王弟不会再与岭国为敌,心有罪恶随后会忏悔。英雄们倘若动弓箭,就像杀我一个样。英雄们呵,请勿动刀枪!"

尽管唐赛劝了半天,那王弟仍是一副骄横相。梅乳泽和玉拉等得不耐烦了,立即吩咐岭将把赞杰的衣服脱光,四肢分别绑在四块大石头上。岭国英雄纷纷把箭搭上弓。突然,一只老鸹飞来,翅膀将唐赛打了一下,唐赛一惊,见老鸹飞向王弟,又在他胸前屙了一团黑乎乎的粪,赞杰像中箭一样,垂下了头。玉拉立即吩咐射箭。

众箭齐发,支支利箭穿过赞杰雅梅的心,唐赛不忍看那王弟的惨相,闭上了眼睛。王弟猛地抬起头,利箭只使他疼痛,并没有将他射死。玉拉咬着牙搭上一支铁箭,心中默默祈祷战神保佑,然后一扬手,利箭飞了出去,把赞杰雅梅的心脏劈成两半,王弟这才一命呜呼。

辛巴梅乳泽和玉拉托琚,立即收赞杰雅梅所属的三个万户归于岭国统领。

处理了赞杰雅梅的尸体,辛巴梅乳泽等又乘大鹏鸟飞回岭国大营。阿扎军群龙无首,不攻自破。虽然碰上少数不怕死的抵抗了一阵,但最后依旧是死的死,伤的伤,降的降,红砂山很快被岭军占领。

驻守在红砂山下纳端宗里的阿扎军,已乱成一团。唐赛奉王子扎拉之命,派人送去一封劝降信。信里说,要想活命只有投降,倘若反抗,就像头碰金刚石一样。守城的千户们全部愿降。第二天黎明,为首的阿扎千户率降兵出城迎接岭军。

这时,岭军的粮草已经所剩无几。雄狮王严令不准大军骚扰百姓。梅乳泽决定向唐赛借粮:

"唐赛呵,大雁向北飞,因为路远而疲倦,立誓不吃地面食,请借清风来支援。英雄无敌的岭国军,因为远征粮草断,立誓不去扰百姓,请唐赛借粮来支援。借得粮食攻城堡,占领阿扎后即归还。"

唐赛立即吩咐人取来青稞五百六十大袋、七百二十小袋,献到王子扎拉和众英雄的面前:

"大雁北飞路程远,清风愿意来援助;岭军远征路遥远,粮草由我来供应。我有青稞城,是祖先留下的,把它献王子,岭国大军用。"

扎拉吩咐将青稞收起。唐赛告诉王子,阿扎国有座宝城,上三层为金银绸缎城,设有三十六道门;下三层是铠甲兵器城,藏有三十九副甲;中三层是粮食城,一层青稞,二层白米,三层装满上等麦。粮食城中共有谷仓九十九座,里面有青稞的父亲章杰,母亲第雅,女儿格托,儿子扎仁,孙子堪第,孙女索寿,舅舅扎通,姨娘玛章,还有青稞长官玛达,僧人阿达,男仆尼杰,女仆喀热,青稞的家族全在这座粮食城中。岭军若得此城,所需的一切就都有了。王子扎拉一一记在心里,默默祈祷:

"当撒下青稞种子时,愿快快长出绿苗;当禾苗结出饱满的果实时,愿得到满足和温饱。愿乌云不要遮住阳光,愿冰雹不要打伤禾苗;在小苗生长的时候呵,愿上天降下蒙蒙细雨。"

第二天,是个吉祥的日子,扎拉率军继续前进。

格萨尔王率领的大军,比王子扎拉的先锋部队走得缓慢。这天,他们行至一座石山和平滩之间,发现了九只恶狼的脚印。晁通马上说:

"这里有狼的脚印,把我们的狗放出去一只吧。"

旁边一个岭将劝他说:

"常言道:'狼不害到自己时不要呼叫。'我们最好别去招惹它,要是把狼群引了来,就麻烦了。"

"为什么不杀狼?在哪里碰到恶狼,就要在哪里杀死。上等男子能与狮子比武,中等男子威风赛过野牛,下等男子见到恶狼就溜走。堂堂岭国男子汉,难道让几只狼吓住不成。"晁通说罢,放出六只猎狗。

不多功夫,六只狗赶着母子两只狼回来了,晁通抬手一箭,两只狼应声倒地。晁通高兴极了,原来打狼竟是如此容易。

两只狼皮还未剥完,左边山顶和右边滩头同时响起阵阵狼嚎声。很快,满山遍野都响起了狼嚎声。接着,黑压压的狼群朝岭军包围过来。晁通这时慌了手脚,躲在一块大磐石后面,战战兢兢地把仅有的三十支箭射了出去,一只狼也没射死。

达绒的家臣也纷纷射出利箭。狼一只只倒下了,可更多的狼又围了上来。眼看手中的箭所剩无几,恶狼却越聚越多,屙出来的粪便臭气熏天,不一会儿,达绒晁通等人便被熏得昏了过去。

大梵天王见到达绒部遭狼群袭击,立即降下霹雳杵,这才将群狼震死,替晁通解了围。

消灭了狼群,岭军又被毒树林阻挡。只见那一株株树,高耸入云,枝叶黑色,树干上缠满毒蛇。蛇头向空中摇动时,毒气遮日月;蛇尾向地上摆动时,大

▲ 晁通被狼围困

格萨尔王率领的大军，比王子扎拉的先锋部队走得慢。当他们行至一座石山和平滩之间，发现了九只恶狼的脚印。晁通放出六只猎狗。不多功夫，六只狗赶着母子两只狼回来了，晁通抬手一箭，两只狼应声倒地。打狼如此容易，晁通高兴之极。但狼皮还未剥完，左边山顶和右边滩头同时响起阵阵狼嚎声。很快，满山遍野都响起了狼嚎声。接着，黑压压的狼群朝岭军包围过来。晁通这时慌了手脚，战战兢兢地把仅有的三十支箭射了出去，一只狼也没射死。恶狼却越聚越多，屙出来的粪便臭气熏天，不一会儿，晁通等人便被熏得昏了过去。

地生黑沫。格萨尔知道，这些毒蛇毒树，利箭不可摧，长枪不能敌，霹雳不能毁，大刀不能劈，只有达绒晁通能降伏。于是，他命令晁通出营破这毒树毒蛇阵。

晁通修起烈火施食大法，毒树林刹那间化为灰烬。那毒蛇也被大梵天王降下的千幅霹雳轮击成粉末。

再往前走，就是长有毒草、布满毒虫的滩地。只见那毒草根根似针，那毒虫有空中飞的，有地上爬的，让人看了发抖。格萨尔在一块座垫大的磐石上坐下，开始对毒草、毒虫唱那规劝的歌：

> 东方来的昆虫们，
> 不要停留各自回本土。
> 饥时吃大树的嫩枝，
> 渴时饮冰崖顶上露。
> 南方来的昆虫们，
> 不要停留快快回本营。
> 饥时吃茂盛的绿叶，
> 渴时饮潺潺雨水。
> 西方来的昆虫们，
> 不要停留快快回本地，
> 饥时吃檀香树根，
> 渴时饮山边泉水。
> 北方来的昆虫们，
> 不要停留快快回故里，
> 饥时吃嫩叶，
> 渴时饮山巅的雪水。

"天上、地下和各方来的昆虫们呵，分别回到八方去。各自去寻应该得到的食物，不得截断岭国大军路。倘若对抗我大王，要受无限地狱苦。"

格萨尔说完，大虫向右旋，小虫向左旋；天上飞的，地上爬的，整个大滩顷刻间虫子全无。虹光照遍山谷，充满芬芳气味。

岭军又降伏了黑熊、虎豹等，很快来到阿扎城外，与王子扎拉的先锋部队会合。岭国将士犹如石山倾倒，骑兵如雹子下降，步兵似狂风扫地，满山营帐，遍地马匹。

岭军误以为这座城便是阿扎王城，其实是一座罗刹大城堡。城里住着蛋生的九人。这九人来历非同一般。当年女罗刹受孕怀胎九年九个月，生下十八只蛋。其中三只白的、三只黄的、三只蓝的。蛋破之后，出来九人。白蛋出来的乃白天魔神的幻变子，黄蛋出来的乃花厉魔神的幻变子，蓝蛋出来的乃黑地魔神的幻变子。其余九只蛋破，出来九匹马。就这样被人称为蛋生九人九马。这九人九马甚是厉害，长到九岁时便精通九种武艺。自从岭国入侵阿扎，尼扎王又把拉浦阿尼协噶派了来，使蛋生九人如虎添翼，攻破此城变得更加困难。

按照天母的预言，岭国的三员大将森达、玉拉和达拉赤噶可破此城。王子扎拉下令：

"英雄森达，勇猛如霹雳，带领白缨军三百六十人，作攻城的先锋。玉拉托琚，武艺如大鹏，带领蓝缨军三百六十人，作森达的右翼援军。达拉赤噶，威严如煞神，带领黄缨军三百六十人，作森达的左翼援军。你们三人，好汉穿戎装，好马备金鞍，将那蛋生九人全杀死，要把那蛋生九马牵回营，回来自有重赏。"

扎拉分派完毕，辛巴梅乳泽很不高兴。心想那罗刹城中财宝无数，王子偏偏不让自己去破城。真好比：射倒雄鹿的是弓和箭，尝到香味的是口中舌，弓箭受苦是前世定；湍急的河上架桥梁，来往行人倒方便，桥梁受苦是命中定；翻犁水田的是犏牛，享受六谷的是百姓，犏牛受苦是命中定。以前出阵降敌的是辛巴，掌握北方命运的是大营，我辛巴受苦是前世定。

王子扎拉察觉到辛巴的不悦，但破敌之将乃天母预言所定，不便更改。他想，反正以后攻城出阵的事很多，到时再用梅乳泽不迟。

第二天一早，三员大将各率本部兵马向罗刹城进军。正逢白蛋生的那三个神魔幻变子赶着一百匹驮着金箱的骡子出城。见对面来了岭军，那为首的叫做噶玛赤图的说道：

"对面来的是岭人么？是石头不要滚动为好，是利箭不要射出为好，是岭军不要再前进为好。石头滚动要碎裂，利箭射出要受损，岭军前进会丧命。"

森达向前跨了一步：

"与其无钱做生意，莫如四处流浪；与其无诚意来和好，莫如挥剑举刀；与其相距遥远吹大话，莫如近处交锋妙。三部将士们，快快打开弓箭袋，快快掷下圆榴木，除掉面前的蛋生妖。"

三部将士射箭掷榴木，罗刹城驮着金箱的骡子死的死，逃的逃，转眼间不见了踪影。

三个天魔神幻变子气得大叫着向岭军扑来，就像鹫鸟在山峰上飞翔，金鱼在大海中遨游，狮子在雪山上跳跃，野牛在石岩上滚动，一百多名岭军顿时归了天。森达死死缠住噶玛赤图，不停地向他挥刀砍去，最后一刀砍中了噶玛的肩膀，整个人分为两半。玉拉和达拉二人也将另外两个蛋生人杀死。

　　守在城中的其他六个蛋生人冲了出来，猛虎般地在岭军中左冲右突，三部岭军死伤过半，所剩无几。玉拉托琚抽出三界清风刀，森达和达拉也操刀在手，三人战六人，只听得玉拉说："你是善跑的马，我是跑不到头的滩。蛋生的马是魔马，蛋生的人是灾人。你们岂能飞到空中，岂能游到海底？不飞不游难逃脱！宝刀在我手中握，抡它能使一人变二人，挥它能取灾人的头和心。"

　　三英雄大战六灾人，只杀得天昏地暗，日月无光，狂风大作，飞沙走石。天神、厉神、龙神纷纷前来助战，蛋生六人六马此时纵有通天的本领，也经不住如此猛烈的攻击。也是命该他们下界的劫数到了，三英雄左右开弓，连砍六刀，六灾人化作一股清风归了天。

　　守城大臣阿尼协噶，见蛋生九人九马被诛，便弃城而逃。

　　岭国大军浩浩荡荡开进了罗刹城。这座城堡果然奇异。城中有汉地的茶树，印度的檀香，门域的柿树，察绒的葡萄，甘露浇灌的果树，像牛奶一样的海子。树上飞鸟鸣唱，海中鱼儿摆尾，真正是人间的天国。

　　弃城而逃的阿尼协噶如同惊弓之鸟，漏网之鱼，急慌慌朝阿扎王城奔驰。大将丹玛紧追不舍，追了好一阵，才追上他。丹玛抽出一支铁箭，问道：

　　"你是阿尼协噶么？人都说你是英雄，如何逃得比狐狸快？再快我也能追上你，让你尝尝铁箭的厉害。"

　　没等丹玛的铁箭射出去，阿尼协噶也抽箭在手：

　　"山崖上面有霹雳，大江上面有桥梁，丹玛上面有我协噶。不易听到的肺腑言，能听也能讲；大丈夫上阵，能战也能逃。既然你来送老命，我定杀你不轻饶。"

　　阿尼协噶和丹玛的箭同时射出，二人的盔缨同时落地，但谁也没有射伤谁。二人再次射箭，护心镜同时射得粉碎，而人却安然无事。二人抽出大刀来，大战了几百回合，最终还是不分胜负。

　　阿尼协噶不敢恋战，架开丹玛的大刀拨马就走。丹玛见一时不能胜他，也就不再追赶。

是逃是降尼扎问卜
要战要和藏使调停

阿尼协噶催动善飞海螺驹，一口气逃回阿扎王城，向尼扎王禀报和岭国兵马交战的情况。他说："现在要取胜已经不可能，一则大王性急躁，二则王弟命归阴，三则幼弟年龄小，四则重臣都战死，剩下的兵将就像黎明时的星星。现在若想活命，一是逃到边远的沙滩，二是向岭国投降。俗语说，父有主张对子讲，君有良策对臣言，大王若有好主张，请快快吩咐快快讲。"

尼扎王听协噶这么说，甚觉丧气。在他看来，现在无论如何不能讲投降的话，因为城内还有他们君臣二人，还有王弟赤德赞布等勇猛大将。如果守不住王城，还可以向北方碣日请求援兵……想到这里，尼扎王顿觉还有退路可走，心中立即升起一团希望：

"雄狮勿苦恼，雪山无冬夏；鱼儿勿苦恼，江河不会枯；勇士勿丧气，胜利能得到。阿扎王宫外，城墙比雪山坚硬，内城堡比岩石牢固。王城的主人是尼扎，聪明如太阳，力大赛疯象。幼弟赤德赞布，年轻有胆略，力大如黑熊。还有大臣协噶你，智慧过常人，凶猛如狮子。我们不能逃，我们不投降。"

阿尼协噶见大王不肯投降，知道是尼扎没有和岭国兵马交过锋的缘故。没见过鹫鸟的小雀自称大，没见过海洋的小鱼赞水洼，没见过岭军的尼扎自以为比格萨尔强。既然大王不肯逃走，他当大臣的怎么可以逃呢？

正当阿扎君臣二人商议如何守城迎敌之时，岭国大军已经包围了王城。东面是辛巴梅乳泽的红缨军，南面是玉拉托琚的铁缨军，西面是达拉赤噶的紫缨军，北面是阿达娜姆的黑缨军。

辛巴梅乳泽一马当先，一斧将东城门劈开。阿扎城门守将见辛巴来势凶猛，胡乱刺了几矛便逃。接着，西、南、北三门相继被岭军攻破，守门将士非死即逃，全部退入城堡。尼扎王见大军溃败，欲出宫应战，被母后、王妃等劝阻。眼看天色将晚，尼扎王吩咐备好战马大刀，准备明日上阵。

没让尼扎王等到明天，当夜，七星刚刚回营，城堡外便传来阵阵锣声和鼓声，人喊马嘶，阿扎王立即翻身坐起，他明白，这是岭军攻城了。

大臣阿尼协噶已经站在城头，指挥兵将射箭、扔滚木礌石。一阵箭雨石雹落下来，攻城的岭兵死伤不计其数。阿尼协噶高兴得狂笑着，跃马从城堡中冲了出来：

"岭国的小子们，吃够了利箭炮石，再尝尝我的锐剑宝刀吧。"

岭国众将见阿尼协噶从城内飞出，立即抛出三条飞索，同时套在他的颈上。阿尼协噶的剑利刀快，左右开弓，砍断了飞索，又向岭兵杀来。姜国王子玉赤手扬电光红飞索，将马勒住，对飞索念诵道：

> 神索呵，
> 抛到天空套日月，
> 抛入大海擒龙魔，
> 今日请你再助我，
> 套住魔臣阿尼协噶。

念罢，玉赤抛出飞索，套中阿尼协噶的脖颈。这下他的剑再利，刀再快，也不能奈何玉赤的飞索了。玉赤猛地一拉，阿尼协噶离了马鞍。岭兵蜂拥上前，将他牢牢捆住，外面捆得像圆环，里面捆得像个球。

见阿尼协噶被擒，尼扎王不顾群臣和眷属的拦阻，飞身上马，冲出城堡。十八名大将紧随其后，保卫大王。

尼扎王一出城，就被丹玛挡住：

"哈哈，真高兴，有好运的男儿遇鹿群，可以得到好鹿茸；有福的男儿遇獐子，可以得到好麝香；我丹玛有好运又有福，遇到阿扎尼扎王，幻轮利箭瞄准你，可得一匹好坐骑。"

丹玛的话到箭到，尼扎王一闪身，躲过了丹玛的箭，身后的王子可没躲过去，中箭坠马而亡。尼扎的心像被刀子剜了一样，比自己死去还要难受。他立即抽箭在手：

"岭国无故犯阿扎，杀了我的王弟王子，还杀了我的全部大臣，今天我要让你来偿命。"

丹玛当即被尼扎王射于马下。拉郭奔上前去，朝尼扎王连射三箭，尼扎毫毛未损，又回射一箭，拉郭也中箭落马。尼扎王左冲右杀，岭国兵将却越聚越多。尼扎渐渐感到力不能支，护驾大将们赶忙保着他退回到王城。

岭军将士以为丹玛和拉郭死了，慌忙将二人抬回大营，帐内外响起一片哭声。拉郭先被哭声惊醒，一跃而起。见父亲晁通的眼睛都哭红了，他还不明白到底发生了什么事。丹玛也慢慢睁开眼睛。见众人围着他擦眼泪，他记起了与尼扎王的交锋，遂翻身坐起，哈哈一笑，说他丹玛是杀不死的煞神。

见丹玛、拉郭死而复生，岭营内外转悲为喜，热烈庆贺一番。

尼扎大王退回城堡后，心中有说不出的惊恐和仇恨，但表面上却一点儿也不露声色。第二天一早，他吩咐摆宴，说他要慰劳昨日和他一同出征的将士。庆幸还活着的十三个大臣都来了，见宫中设宴，都有些疑惑不解。岭兵压境，王城朝不保夕，大王怎么还有心思喝酒？！但见尼扎王面色如水一般沉静，威风丝毫未减，大臣们便也振奋起来。

尼扎王的妹妹娜姆珍琼，带着众侍女来给君臣倒茶敬酒。在她的心目中，往日众臣如蜂群，今日只剩十几人；现在岭军加紧攻城，假如城堡一破，这些人的性命是否还能保得住？岭军就像那飞翔在天空的鸟，奔驰在地上的马，空中的霹雳，云中的彩虹，不可抗拒，不可阻挡。再抵抗下去，大概只有死路一条。想到这里，娜姆珍琼摘下自己的松石宝瓶，系在白哈达上，献给哥哥尼扎王，说道：

> 金刚山崖劈开路，
> 大海当中驱鳄鱼，
> 无魂死鸟飞太空，
> 阳光照遍毒树林，
> 红嘴凶鹫被鹏食，
> 阿扎神山遭霹雳。

"王兄呵，这种种恶兆难道你不知晓？上等男子在事先盘算，主意像柱间大梁；中等男子在事间盘算，事情好坏分得清；下等男子在事后盘算，主意再好也没用。现在岭兵攻王城，不是阿扎兵将不英勇，实在是不宜守孤城，若想保得王城在，王兄出城把格萨尔迎，城中百姓免遭祸，王兄、大臣得活命。"

听罢王妹一番话，众大臣面面相觑，无话可讲。阿尼协噶曾经劝过大王投降岭国，尼扎王拒绝了，现在岭军兵临城下，眼看城堡岌岌可危，不知大王是否肯投降，也不知雄狮王格萨尔肯不肯纳降。众臣不由自主地把目光投向尼扎王。

尼扎王也觉得妹妹说得有理。但是，前次大臣阿尼协噶的劝告已被自己顶了回去，现在和岭国交锋已久，再去投降岂不难堪？话该怎么出口？

娜姆珍琼好像看出了王兄的心思，接着劝他：

"上索波的娘赤王，当初与岭国交锋时，很多英雄丧生命。后来王城失陷，他说和岭国打仗不怪他自己，是大臣替他出主意。他向格萨尔大王忏悔后，雄狮王依旧让他守马城、住王宫，属民快乐又安宁。"

尼扎王看了一眼王妹，仍然认为不能投降，换句话说，现在投降不如战死。他告诉众臣：

"事先有主张的是俊杰，临时能想办法的是智者，事后出主意的是蠢才。当初战争开始时，曾经打卦问过卜，预言说，苦尽幸福来，黑暗过去是光明。岭军虽勇猛，我们也要守两年。如果城堡守不住，大王我要远走北方求祝古，那里也有个格萨尔，请他为阿扎雪耻辱。"

王妹娜姆珍琼见众臣闷坐不语，很是不悦。俗语说："无言如哑巴，无识是蠢人。"心想这些大臣都是王兄平日所器重之人，怎么到了关键时刻都成了泥菩萨？！自己这样苦劝哥哥，他们竟连一句话也不说。娜姆珍琼那双明亮而美丽的大眼睛逐一地把大臣们打量了一遍，最后把目光落在大臣嘉绒曲杰扎巴的脸上。这位大臣见自己不说话不行了，这才站起来向大王禀道：

"岭军冲锋犹如卷白纸，攻取城堡犹如捡骰子，勇猛犹如扑羊群，与别国的敌人不相同。我们的铁壁营寨关隘险峻，锐利兵器多如林木，若守此城肯定能守三个月。大王可带一百人，前往祝古请援兵。要不然，听从王妹娜姆的话，率兵出宫去投诚。"

嘉绒曲杰只是把尼扎王和娜姆珍琼的话重说一遍，等于没说。他是不敢说。现在说错一句话，这城堡，自己的性命，阿扎君臣、百姓的性命就全丢了。

尼扎王听嘉绒曲杰扎巴说，此城能守三个月，很是高兴：

"聪明的大臣言之有理。倘若看见敌人就胆怯起来，不要说邻国，就是本国百姓也要耻笑我们。"

王妹娜姆珍琼见劝不动哥哥，众大臣又像哑巴一样，嘉绒曲杰尽说废话，气得扭身进了内宫。尼扎王和众大臣并不理会，继续吃肉喝酒。

岭国众英雄坐在格萨尔的神帐里，商议着如何破城。众人你言我语，说得十分热烈。晁通因为这次出征尚未立寸功，面子上有些过不去，嘴上又不肯认输，遂起身对雄狮大王格萨尔说：

> 茫茫太空云层中，
> 矫健苍龙独自吟，
> 飞禽虽多不能敌。
> 广袤无垠的大地，
> 狂风吹飏速度疾，
> 清风微微不能敌。
> 攻占阿扎王城南大门，
> 晁通我独自出阵去，
> 好汉虽多不能敌。

"自从霍岭大战嘉察协噶阵亡后，上至总管王，下至诸将领，敢于单独出阵的男儿只有我一个。明天中午，我还要独自出阵，要使阿扎人头盔缨不留存，要使敌将鲜血染全身。取来阿扎人的弓箭战马，鞍辔响动如奏乐。晁通我定要得胜拿锦旗。"

众英雄听晁通口吐狂言，很不高兴，却不愿意和他多搭话。总管王绒察查根终于忍耐不住，开了口：

"身穿斗篷的枭鸟，白昼不敢到郊外，黑夜飞翔有何用？没有手足的蝌蚪，海中不敢去漫游，住在混浊泥水中有何用？讲空话的达绒晁通，敌人到来不敢去交锋，神帐内吹牛有何用？不要单独去出阵，出去恐怕会丢命。"

见总管王如此看不起自己，晁通愤怒之极，不管众人怎么劝，他一定要单独出阵。众英雄见他固执，只好随他去了。

第二天拂晓，晁通幻变成魔王鲁赞的模样，头戴石山铁盔，身穿烈风魔甲，腰佩饮血宝剑和罗刹张口箭袋，手持断风大斧，肘挂捕鸟套索；上身为男身，长有十八庹，下身为女身，长有十八庹；嘴左右有十八豁，十八只碗大的眼睛似明灯；右手可伸到印度，拿可断三界钩镰刀，左手可伸到汉地，持善旋吹风袋；牙齿如雪山，舌头似闪电，吐口气能盖日月，跺下足可使大地震颤；胯下一匹山羊魔马，四蹄如铁，角长十八庹；魔鞍蛇鞦，虎皮肚带，人皮护额，九宫饮血大镫。有三千三百名魔兵围绕，男魔似雪片降落，女魔如黑云飘摇，浩浩荡荡，杀气腾腾地飞到阿扎城堡上空。晁通大叫道：

> 太阳绕五洲，
> 阴影不可留；
> 山沟奔流水，
> 白鹅不能留；
> 鲁赞到阿扎，
> 尼扎不可留。
> 阿扎王若在宫中坐，
> 不要无言快回话！

阿扎王和众大臣出宫上了城头，放眼望去，看见了空中的魔王。阿扎王心想，鲁赞早已被格萨尔降伏，这个魔王一定是那岭小子变化的。一着急，尼扎王忘了神飞索，取出利箭搭在弓上：

"雪狮我见过，绿鬃是虚假；雄鹿我见过，犄角是虚假；白鹫我见过，绒团是虚假；格萨尔我见过，你鲁赞是虚假。今天射出这支箭，先杀人后射马，降伏鲁赞如同降伏格萨尔，射死魔马等于射死江噶佩布。"

利箭像彩虹般射向幻变的魔王鲁赞，不但没击中，天空反而降下许多花雨，鲁赞也随即消逝。

阿扎王见利箭无用，有些惊慌，立即率群臣返回王宫。他召来猴头女魔热噶达，让她再占一卜，问阿扎现在是向岭军投降好，还是向外逃跑好。热噶达闭目静坐，半晌才说：

"岭军众多如海水，本领幻变比神速，英雄勇猛比虎雄，阿扎城堡不能守，尼扎大王投降也不能活。今天后半夜，太空云层中，东北城角上，垂下一条绳，大王抓住它，任凭空中的响动，千万不要把眼睁。"

尼扎王听罢，异常高兴，盼着夜幕快快降临。

到了后半夜，天空突然降下大雪，阿扎王佩弓带剑，率众臣及眷属站在东北城头，等候着幻绳降落。过了好久，尼扎王觉得幻绳该降落了，但见雪弥漫，看不清楚，伸手去摸，果然抓住了绳头。尼扎只觉得那幻绳慢慢地往上升，离开了城头。他本能地闭上眼睛。忽然，他想起众臣和眷属尚未和他一起飞行，便睁开了双眼。这下，可违背了不要睁眼的神示，幻绳断了。阿扎王忽忽悠悠地坠落在地。周围黑洞洞的，他不知道这是什么地方。尼扎坐在地上祷告起来。幻绳又被女罗刹接起，刚要送到尼扎手中，只听"当啷"一声，大梵天王的宝剑到了，幻绳又被砍断。那女罗刹一见大梵天王，吓得七魂出窍，生怕自己也要受那刀剑之苦，遂像鸽子扑食一般逃到须弥山的石缝中隐藏起来。

尼扎久坐祈祷，再也不见幻绳出现。天亮了，他才发现此地离阿扎城堡并不很远。趁岭军尚未出营，阿扎王又回到城堡中。宫中的大臣和眷属正为找不到大王而忧愁，王妃等女眷已经昏死过去几次。众人见到大王归来，把岭兵攻城的事也忘掉了，高兴地把尼扎围住，询问大王是不是来接他们出宫。尼扎丧气地告诉众人，幻绳已断，现在逃出去是不可能了，只能和岭国决一死战。

众臣无语。王妹娜姆珍琼等知道劝不转大王，便也不再说话。

格萨尔已得天神预言，阿扎王尼扎要乘女罗刹所降幻绳逃遁，飞至空中时遇大梵天王，将幻绳斩断。现在女罗刹已藏至须弥山中，若不将她降伏，她还会帮助尼扎王逃遁，阿扎城也难攻破。

晁通、噶德和朱噶三人，奉格萨尔大王之命去摄引女罗刹之身。三人静心修持。噶德的身体忽然变得像山神一般大，充满了天地，身体的每一毛孔都射出烈焰，犹如光隙中的微尘一般，瞬间就将女罗刹的魂魄摄引到一个龛中。噶德将龛压在自己的坐垫下面，然后修起须弥大法。一会儿，他的坐垫下忽然震动起来。晁通过去一看，什么也没看见。又过一会儿，坐垫下再次震动起来。晁通等仔细一看，才发现坐垫下的龛中有一只似鹫鸟而非鹫鸟的东西在动。三人禀报格萨尔大王，大王告诉他们，这只鸟乃女罗刹之首，千万不要让它逃走。

晁通也修起法来，噶德的坐垫震动得更厉害了，龛中的怪鸟变成了一只苍狼。晁通猛地一拍，苍狼不见了。晁通好生奇怪，这罗刹的魂魄莫不是让格萨尔摄引去了？他立即去见雄狮大王。果然，罗刹的魂魄已经被大王摄引。大王问晁通，另外和他一起修法的两个术士到哪里去了？晁通说，他们二人不肯帮忙，早就回营睡觉去了。

实际上，噶德、朱噶二人是被晁通派去摄引其他罗刹魂魄，被罗刹们拿住，装在皮口袋里，抓进罗刹城，险些被罗刹们吃掉。幸亏天神护佑，才破了罗刹城。二人回到大营，来见格萨尔，向雄狮王禀报晁通有意让他们二人到罗刹城去送死。噶德说：

> 上师不喜欢上师，
> 尤其不喜欢有功德的上师；
> 长官不喜欢长官，
> 尤其不喜欢有业绩的长官；
> 勇士不喜欢勇士，
> 尤其不喜欢有本领的勇士；
> 美女不喜欢美女，
> 尤其不喜欢有声誉的美女。

"晁通不喜欢我们和他一起修法降魔，却让我们去送死。嘴上温和如酥油，心思毒辣似黑刺，简直和魔鬼没两样。问话不答是哑巴，有仇不报是狐狸，我们要把达绒晁通和他手下的兵将，全部赶到鬼湖里面去。"

格萨尔一面摇头，一面取出一个小匣，请两个怒气冲冲的大臣看：

"这是你们和晁通摄引来的女罗刹之首，我已经将其降伏。"说着，格萨尔将匣门打开，女罗刹全身肿胀发绿，四肢被神索捆着。格萨尔对她说道：

"降伏女罗刹，用的是智谋与仙法，因为你对众生危害大，所以要重重受惩罚。从头上倒下滚沸的赤铁水，喉中灌入零碎的骨与刺，是对你杀生的报应。"

女罗刹的眼泪纷纷落下，浑身颤颤发抖，身子已被铁水烫得露出白骨。万般无奈，她向雄狮王哀求道：

"雄狮大王呵，我前生罪孽大，今天诚心诚意作忏悔。请大王饶恕我，生时不要用神索捆，死后超度灵魂上天堂。"

格萨尔见她诚心悔过，便想起天神的预言，女罗刹应该是护海夜叉，于是对她说：

"如果你在七日之内，能将孽障洗涤干净，我便饶你不死，派你去做护海夜叉。"

女罗刹感激大王不杀之恩，虔诚地祈祷神灵帮助自己除尽孽障。七日后前往大海边，昼夜巡察，尽心尽职。

阿扎城内的君臣们见城堡守不住，又商议对策半日。王妹娜姆珍琼一再劝哥哥投降，众臣也露出降岭的意思来。尼扎王无奈，遂命人去找已降了岭国的阿尼协噶和加纳拉吉唐赛，请他们二人转告雄狮王格萨尔，阿扎君臣愿意投降。

加纳拉吉唐赛和阿尼协噶商议了半日，不敢贸然去见格萨尔，便来找丹玛和辛巴梅乳泽。唐赛讲了阿扎君臣欲降之事，问雄狮王是否肯纳降，二位大臣是否肯为尼扎王禀告求情。

丹玛沉下脸来，心想，这时才投降，我们岭国死了那么多将士，不杀他尼扎，怎么能解我心头之恨，遂回绝了唐赛：

"投降当然好。但是，大王昨天命我与辛巴、玉拉、森达四人在三日之内将城攻下，杀死阿扎君臣，所以不敢再去大王面前禀报。"

辛巴见丹玛一口回绝，心里挺不舒服。他认为丹玛就像那城里的长官、林中的猎人、江上的船只一样，一有机会就要发威，尚未向大王禀报，怎知大王不肯纳降？！但丹玛话已出口，自己也不好再说什么。唐赛悻悻然回到自己的帐内，暗自为阿扎城内的君臣担心。

辛巴梅乳泽也回到帐中，神情忧郁。正在这时，侍臣进帐禀告，藏地来了两个使臣。辛巴吩咐有请。

使臣进帐施礼，向辛巴说明来意。他们说，藏地王丹赤杰布命他们二人前来为阿扎和岭国做调解人，而且带来了藏王给格萨尔大王的亲笔信。梅乳泽很高兴，便去禀告王子扎拉，问问怎么办。扎拉说，这样很好，并要梅乳泽去见格萨尔王。

梅乳泽换了一身新衣服。喜气洋洋地去见格萨尔大王，将藏王丹赤杰布的书信呈上，并把见过扎拉的事说了一遍。

格萨尔吩咐请使臣。梅乳泽见大王面露喜色，心里暗自高兴，看来和解有望。

过了片刻，辛巴带着使臣来见格萨尔。使臣献上印度和汉地的各种食品、猛兽皮以及甲胄弓箭、绸缎、氆氇等九色礼品，向雄狮王行问候大礼。格萨尔命侍臣取来金币、白绫，每人赐给金币十五枚，白绫一匹。然后设宴款待使臣。席间，使臣又把来意说了一遍，并提到印度和汉地的使臣也要来进行调解。雄狮大王只是微笑，并不说什么。宴席至晚方散。

第二天一早，格萨尔召集岭国众英雄，商议是否要与阿扎和解一事，赞成的和不赞成的，吵成一团。森达极力反对和解。见众人吵吵嚷嚷，他立即从虎皮坐垫上跳起，大声说道：

从汉地运来的花瓷碗，
外面画有八吉祥纹，
碗内盛有酥油牛奶汉地茶，

> 饮之过早烫嘴唇。
> 从门域飞来的布谷鸟，
> 外表生有红绿羽纹，
> 腹内藏有悦耳的声音，
> 啼叫过早闹干旱。
> 藏地来的二使臣，
> 外表和蔼来调解，
> 内心凶狠如毒蛇，
> 和解过早会丧命。

"过去我为岭国战死的英雄掩埋尸体，今日我要为他们报仇雪恨。岭军要和我不和，我要与尼扎王争高低，拼到底！"

森达这么一说，丹玛心里也不愿意和解，但见雄师王面露愠色，知道大王希望和解，而且总管王、辛巴梅乳泽等也愿意和解，如果自己再坚持打，格萨尔大王会生气的。这样一想，丹玛便站起身劝解森达：

"岭国与阿扎的和解，就像两种丝绸结在一起，虽不相同但有必要。天空与大地有和解的必要，江河与舟船有和解的必要，岭国与阿扎有和解的必要。"

总管王见丹玛说话合情合理，本来自己要说一番话，现在就不用说了。

森达仍然怒目而立，玉拉、玛宁长官、阿达娜姆等十位英雄纷纷和森达站在一起，表示一定要攻城杀尼扎，倘若和解，他们十人就不到北方碣日去。森达说：

"若不吃阿扎肉，奶酪不能饱；若不饮阿扎血，茶酒不解渴；若不杀尼扎王，死也不甘心。若不使阿扎国成废墟，我们十人绝不再活下去。"

森达说完，玉拉、阿达娜姆等也纷纷表示坚决不愿和解。

众英雄从日出吵到日落，格萨尔默默不语，眼见天色已晚，吩咐大家回营休息，明日再议。

众人出了神帐，各回本营。辛巴梅乳泽整天一直没有说话。心想，按照今天这种商议法，你争我吵，明天也不会有什么结果。不如趁现在各英雄都在各自帐内，自己前去劝解一番，或许能行。想罢，辛巴也喝完了茶酒，不紧不慢地先来到森达的帐内，缓缓地用各种语言，说明和解的必要。森达起初不愿意，最后终于被辛巴说服，同意和解。梅乳泽再到玉拉、阿达娜姆等人帐内，说服了各位英雄。最后，辛巴来到王子扎拉帐内，禀报众英雄都已同意与阿扎和解。扎拉很高兴，让梅乳泽再去向总管王禀报，以安老人之心。

第二日，众英雄在神帐内聚集，辛巴梅乳泽向大王禀道：

> 田中禾苗比松石绿，
> 冰雹乃是六谷敌，
> 有权来摧毁，
> 不毁乃是太阳情。
> 草原羊群比雪白，
> 恶狼乃是绵羊敌，
> 有权来杀害，
> 不杀乃是牧童情。
> 岭国英雄赛猛虎，
> 阿扎本是岭国敌，
> 有权来杀害，
> 不杀乃是藏地大王情。

"我们众位英雄勇士愿和解，请大王最后作定夺。"

格萨尔点点头，命人请藏地的两位使臣进帐，让二人去阿扎城堡对尼扎王说，岭国愿意与阿扎和解。

二人来到城堡的东门下，大叫开门。守城将士问明情况，进宫禀报尼扎王。尼扎王派大臣玉珠到城上再次盘问，二使臣说，他们是受藏地王派遣，来阿扎国为岭国与阿扎作调解，现在岭国已同意，请阿扎速速开城。

大臣玉珠还有些疑惑，因为他们刚刚接到唐赛和阿尼协噶的禀报，说是岭国不愿意让尼扎王投降，准备三日内攻下城堡，杀死尼扎。现在城下忽然又来了两个藏地使臣，说要给岭国和阿扎做和解人，莫不是岭国的诈骗？！遂用严厉之辞拒绝了。

"南方森林中，猛虎无故喝马血，猛虎与马怎和解？清清小河中，鱼儿无故搅浑水，鱼儿与水怎和解？高高山崖间，豹子无故吃绵羊，豹子与羊怎和解？阿扎玛瑙城，岭国无故来进犯，阿扎与岭国怎和解？我们阿扎城内的君臣百姓像铁一样，不论谁打都相同，脖子上不管用丝线还是用牛毛绳勒都无区别。我们不怕岭国来攻城，也不怕剑下死和刀下伤。"

藏地二使臣没想到阿扎国的大臣会是这种态度，心里十分生气。但是，使命未完成，又不好发作，只得说：

"今日你们君臣再想想,商议商议,明天我们慢慢再说。"

第二日,藏地二使臣又来到城堡的东门下,大臣玉珠的口气更硬了:

"我阿扎安居在本国,岭国大军来进犯,杀死属民毁坏土地那样多,对此格萨尔要忏悔。被杀的人要偿命,所抢的财物要赔偿。王弟的性命要由扎拉抵,蛋生九人的性命要由玉拉、森达、达拉等人偿……毁坏的城堡要用金银赔,砍断的树木要用茶叶赔,杀死的牲畜要用牛羊赔,搅浑的泉水要用奶汁赔。若不这样则不能与岭国和解。"

藏地使臣见阿扎大臣死到临头还如此无礼,深悔到此一行,立即拨马往回走,向格萨尔大王禀报后回藏地去了。

> **尼扎国王献降**
>
> 在藏地使者的调停下,尼扎国王终于同意投降,格萨尔大喜,总管王对使臣说:"假如尼扎君臣真的求和解,保证对他们不加害。但要把宫城、属民和珍宝,全都献给雄狮王,再献上弓箭、铠甲和兵器,给死去的英雄作忏悔。"藏使再次到尼扎王宫,总管王的要求,尼扎王件件应允,并立即打开城门迎接格萨尔进宫。岭军入城。尼扎王跪拜雄狮王,献上金银珠宝等九色礼品。又给藏使一颗鹅蛋大的宝珠,藏在一升金粉下面。其他阿扎大臣也纷纷送上自己的礼物。各色礼品整整驮了十驮。

阿扎王认罪献玛瑙
格萨尔聚兵伐碣日

岭国众英雄听说阿扎人不肯和解，气得暴跳如雷。格萨尔也很生气，埋怨阿扎君臣不知好歹，遂命大军从四面攻城。

森达冲到东门下大骂：

"看在藏地王的面上，岭国愿与阿扎和解，阿扎君臣竟不知好歹。我森达现在率兵攻城，要让你阿扎兵将身首分离，心肺剁成碎块。"

阿扎君臣，这时才知道藏地使臣前来商议和解之事不是欺骗。尼扎王面露悔色。大臣玉珠更是后悔不迭，急急慌慌出城，想将那尚未远去的藏地使臣追回。他追上了使臣，奉若上宾，恳请他们二人再去岭营求情，说阿扎国愿意投降。

藏使无奈，只好再去岭营，向格萨尔大王禀报阿扎愿降。雄狮王大喜。老总管高兴地对使臣说：

"上等男子听话时，犹如大地得甘霖，就像草原开鲜花，人喜自喜两事成；中等男子听话时，犹如田中种庄稼，就像谷中生绿苗，开启宝藏也如愿；下等男子听话时，犹如石上泼冷水，就像太阳照石头，人苦自己也受苦。假如阿扎君臣真的求和解，保证对他们不加害。要叫尼扎把宫城、属民和珍宝，全都献给雄狮王，再献上弓箭、铠甲和兵器，给死去的英雄作忏悔，如果同意这样做便和解，否则休想活。"

藏使第二次来到阿扎王宫，叙说总管王的要求，尼扎王件件应允，并立即开城门迎接格萨尔大王入宫。

岭军入城，尼扎跪拜雄狮王，献上金银珠宝等九色礼品。为感谢藏使奔走调解，尼扎王把一颗鹅蛋大的宝珠藏在一升金粉下面送与他们二人，其他阿扎大臣也纷纷送上自己的礼物。各色礼品整整驮了十驮。然后尼扎王又恳求藏使多住几日，藏使不愿多住，次日便启程返回藏地。辛巴和丹玛等人给藏使送行送到城外。

是夜，雄狮王格萨尔在尼扎王的宫内安寝。黎明时分，天母朗曼噶姆降临寝宫，给格萨尔降下预言：

"阿扎王已降，现在要取宝藏。三天后是吉日，要把宝库开启。一是金石龟，此乃五海之宝，被罗刹五兄弟所收藏；二是两棱锋利剑，用九种精铁制成，日后降妖伏魔总有用；三是蓝宝石，四是琥珀蛋，五是美珍珠……还有玛瑙虎、玛瑙雀、玛瑙瓶、红玛瑙、绿玛瑙、花玛瑙……上等宝物无数，要用计谋去收获。取了宝，还要为宝藏找到顶替物。取时要带六英雄，方能如数取到手。"

第三日一早，格萨尔带着辛巴、玉拉、森达、达拉、丹玛、晁通等六人出城，经中阿扎而去。在江边的一个石崖中，有一个神像似的石胶封的箱子。格萨尔打开箱子，取出五湖玛瑙宝藏清册、安置顶替宝藏法、五水磐石宝藏清册，还有东边的虎崖、南边的白泉、西边的鸟舌丹崖、北边的矛山等所藏宝物的清册。

拿到这些册子，格萨尔大喜。君臣继续往前走。来到石山与雪山之间，格萨尔变作一只大鹏鸟，在两山之间盘旋，寻找那只宝贝雪狮。

听到大鹏鸟扇翅的声音，那只在千年古洞中雄踞的雪狮探出头来，看见了山下的六英雄，立即吼叫着扑下山来。那雪狮模样十分吓人，眼睛如日月，牙齿似白雪，舌头像闪电。转眼间，它扑到了英雄森达面前。森达飞快地抽出宝剑。狮爪已经抓住森达坐骑的脖子，骏马鲜血直流。森达挥剑砍去，刹那间白狮不知去向。森达催马向雪山走去。战神威尔玛关闭了千年古洞，白狮无处藏身，便掉头向森达扑来。战神威尔玛使森达挥起宝剑，一下将白狮的头劈成两半，倒地而亡。森达擦了一把汗，刚要去把雪狮驮下山，谁知那手一碰狮身，雪狮竟变为一堆珍宝：狮皮变成右旋绿玉佛珠，两爪变成珊瑚，狮头变成玛瑙，狮心变成烈火如意珠，狮眼变成绿玛瑙……森达又惊又喜。正在这时，玉拉和达拉赶到，三人将所获宝物拿回去向格萨尔禀报。大王说，得到了雪狮宝，明日该去五湖收取玛瑙城了。

次日，君臣七人来到雪山下的海螺湖边，龙王前来献茶，请格萨尔大王到龙宫小坐。雄狮王随龙王循水路而去，来到如意树下的绿玉宝座上坐下。龙王献上宫中宝物玛瑙佛珠、金银碧玉箱，然后和龙子龙孙送雄狮大王上岸。格萨尔将一串珊瑚珍珠念珠用绸缎裹着，放进铜匣里，然后投入水中，作为给龙王的回赠。

接着，格萨尔君臣又先后来到了绿湖、黄湖、红湖、青湖，众龙神纷纷前来迎接、献茶，然后请雄狮王步入龙宫，奉送许多珍宝。格萨尔一一接受了这些珍贵的礼品，并逐个作了回赠。至此，五湖之宝全部取到。

四沟的宝藏应由晁通等四位上师去取。

晁通奉命去取西沟之宝。但是，如何取法？晁通向格萨尔大王请教。

格萨尔说：

"东方祈祷神，南方祈祷龙，西方祈祷煞，北方祈祷魔。用粮食和药物作顶替物。最要紧的是不能有贪心。"

晁通心想，要设法使其他三人取不到宝藏，唯他一人能取来，方显出他的本领强。这样一想，晁通立即作法，将北方的一座山变作一头野牛，东边的山峰变作一个血淋淋的肚子，南边的山峰变作一条长长的毒蛇。

去北沟取宝的上师和辛巴梅乳泽在一起，两人同时看见了正朝着他们扑来的野牛。梅乳泽搭箭拉弓，那野牛见势不好，立即逃跑了。梅乳泽和上师如期取得了宝藏。另外两个上师，也破了晁通的障眼之法，分别取得了宝藏。只有晁通，因大王叫他只取虎符，可他一见洞中还有绿玉、青玉箭壶，珊瑚树枝中又有一升金粉，就产生了贪婪之心，想把那虎符献给大王，其余财宝归己所有。晁通便吩咐与自己同来的森达道：

"我进洞取宝，你们在外等着，不喊你们不要进洞。"说罢，他钻入洞中。那位遇上野牛的上师，早已知道晁通在捣乱，为了报复他，便变化成七个陌生人藏在洞中，待晁通一进洞，便揪住他乱打。晁通吓得大叫。森达闻声赶来，晁通已被打得半死，宝藏也不知去向。晁通说，那珍宝肯定是被跟辛巴在一起的那个上师取走了。森达说，果真是他取走了倒不怕，只怕落入妖魔之手。

晁通取宝落了空，还挨了打，便向雄狮王告恶状：

> ▶ 论功行赏分财宝
>
> 格萨尔根据天母预言，在接受尼扎王投降的第三天，带着辛巴、玉拉、森达、达拉、丹玛、晁通等六位英雄，打开了尼扎国的宝藏库，回到阿扎王城，又开启了城内宝库，这才论功行赏，将所有财物分给众人。

> 青草被鹿吞，
> 又遭黄羊践，
> 却让獐子负罪名。
> 水源被龙魔搅浑，
> 又遭鱼儿玩耍，
> 却让蝌蚪负罪名。
> 宝藏被上师偷取，
> 上师又得辛巴偏袒，
> 却让晁通负罪名。

"大王呵，有罪之人看热闹，却让好人担罪名。我该取的宝藏，却被那有罪的上师偷偷取走了。"

另外三个上师纷纷上前禀告，说晁通用幻术害人，想阻止他们取宝。格萨尔心里明白，是晁通作法，想害别人，却害了自己，遂命四人把自己所取之宝全部献上，不得藏匿，违者定斩不饶。四人不敢有违。

格萨尔君臣回到阿扎王城，又开启了城内宝库，然后将所得财物分给众人。

分给扎拉王子的是一顶月光盔，横为玛瑙竖为金，是赡部洲的稀世珍宝。拉郭得到的是一把三尖两刃刀，背为金质刃锋利，是用九种精铁制成的。姜王子玉赤分到一条震动三界的飞索，上有烈火环，下有坚铁环，抛出去不论何人也难逃脱。

> 金箱海螺盒里的虎纹玛瑙、豹斑玛瑙，分给众英雄每人一百。
> 绿玉箱子琉璃盒里的花玛瑙，分给内臣和小英雄每人一百。
> 珊瑚箱子莲花盒里的长玛瑙，分给外臣每人一百。
> 琉璃箱子青玉盒里的鹰翎短玛瑙，作为万户、千户的奖励品。
> ……

分完珍宝，格萨尔命令阿扎王尼扎，带着王妃、公主等眷属和侍臣到藏地去住三年，即日启程。尼扎王要求在阿扎小住三日，未被获准，算是对他抵抗岭军的惩罚吧。雄狮王派大臣尼玛坚赞做了阿扎王，管理国政。

全部事务处理完毕，雄狮王命岭军在阿扎城休息，准备向碣日珊瑚城进军。从开始交战到攻克阿扎，整整花了三年时间，让那祸首碣日达泽王白白过了三年好日子。

老总管绒察查根提醒侄儿格萨尔：

"碣日边城有三员猛如虎、凶如鹰的大将，一个是箭术无人能比的勇士特司托第，一个是利刀无人能比的勇士达杰古如，还有一个是长枪无人能比的勇士萨热赤赞。若敌不过这三人，岭国进攻碣日不可能。迎战这三人，要选咚氏好汉六个人。杀了这三人，等于杀尽了敌人；不能降伏这三人，进攻碣日是空话。"

格萨尔点头称是。

岭军择日启程。阿扎的新王尼玛坚赞，率众臣、万户和百姓给雄狮王和众英雄献茶敬酒，送大军出城。

东赞骑着"碧鸟凤翅"骏马走在队伍的最前面。紧跟着东赞的是拉郭、上索波王子仁钦、姜国王子玉赤及大食军和门域军的首领。中间行进的是三百大臣和侍卫，团团围绕着雄狮大王格萨尔。再往后是玉拉托琚、辛巴梅乳泽、阿达娜姆、森达等。王子扎拉也被三百侍从围着，走在队伍的最后面。

第二天，岭军已经接近碣日的边城。格萨尔把玛宁长官拉鲁、贡巴阿奴查雪、察玛拉郭等六个咚氏英雄召进神帐，密授机宜，六人领令出帐，准备明日迎敌。

次日早晨，六个咚氏英雄各带一个侍从，急速向前驰去。来到一座山岗侧面的隐蔽处，十二个人翻身下马。拉鲁命两个侍从看住马匹，其余十人越过石山高岗，隐蔽而行。又翻过一座岗，与碣日兵遭遇。碣日大将特司托第号称箭术无敌，射出一箭，阿奴查雪应声倒地而亡。其余五位英雄扑向前去，挥剑乱砍。特司托第的箭术虽厉害，刀法却不行，加之寡不敌众，打了一顿茶的功夫，又砍伤了玛宁长官拉鲁，最后他却被众英雄用乱剑砍死。

格萨尔大王像天神降落一般出现在众英雄面前，玛宁长官拉鲁禀报战况。格萨尔为阵亡的阿奴查雪超度，使他的亡魂进入清净国土。

侍从报告，前面山下，发现很多马匹。格萨尔纵马向前观看，心想按照神的预示，恐怕这就是碣日军营了。

这时，岭国大军陆续到达。总管王指着大大小小的山岗、丘陵、磐石，给格萨尔讲解地势，然后说：

"对敌人要有预见，若无先见会中计。碣日的城堡比石坚，英雄勇士的武艺比雷霆猛，骏马良骥比风速快，我们这样密密麻麻地行进，恐怕人马要折损。大王呵，还得另外想主意。"

晁通早已不耐烦老总管絮絮叨叨地说地形，说什么人马不宜密集行进，于是

跃马上前，对格萨尔说：

"无敌大王格萨尔呵，要走现在就快走吧，这碣日的山丘就像地上的橛子一样多，哪里分得清？绒察查根这老山羊，尽说昏话，我们岭国大军就是要像雹子一样密密麻麻地砸向敌军。"

绒察查根笑了：

"呵，我说的都是疯话？！因为看见敌人，晁通王已经愤怒填胸。晁通的胆量，夜叉刀的锋利，罗刹马的迅速，都是很有名的哩，还是让晁通走在前面的好。"

一听让自己走在前面，晁通又胆怯了。他说道：

"你们这些英雄都是世界上独一无二的，哪里用得着我晁通？！"

格萨尔摆摆手，示意他们不要争吵，命大军继续前进。

山下的马匹正是碣日军的战马。营寨的首领白杰岗鲁已经得到岭军北进碣日的消息，立即召集众将商议退敌之策。

"我白杰岗鲁，自从离母腹，盔甲从未离过身，战马从未离过鞍。这里是碣日的大门，无论出现什么敌人，都会燃起我雷霆火焰。"

白杰岗鲁说，适时之事有三种：

美丽孔雀翎毛丰，
苍龙空中发吼声；
茶酒享受正丰盛，
杜鹃妙音叫声声；
白盔铁甲披挂好，
呜呜铜号声阵阵。

"岭军在阿扎被阻三年，我们在碣日准备了三年。现在岭军已经入境，英雄们比武赛智的时机来到了！明日黎明，去踏岭营帐，留下二十人守大营，其余男子都出阵。"

众将束紧盔甲，磨利刀枪箭镞，喂饱战马，准备去踏敌营。

在山上瞭望的五个碣日大将，圆睁千里眼，想看看岭军从哪里进攻。看了半天，也没发现半个人马的踪影。五人正向更远的地方瞭望，发现六个人骑着六匹马驮着六只黄羊，突然出现在他们面前。碣日大将拉桑鲁噶心中疑惑，不敢断定

这六人就是岭国的大将。那么，他们是什么人呢？看那紧束铠甲的模样，好像是把守大路的人；看那鬼鬼祟祟的模样，好像是侦察瞭望的人；看那胸前的护心镜亮闪闪，好像是奋勇出阵的人；看那马背上的黄羊，又像是碣日打猎的人。想到此，拉桑鲁噶开口问道：

"你们六人从哪里来？弓箭的目标指向何处？这里是鹫缨军的城堡，是敌人出没的地方，是野牛野马飞驰的地方，是利箭如清风迅猛的地方，是锋利兵器挥舞的地方。"

此处没有你开辟马路地，
若开辟性命不属你自己；
这滩里没有你跃马地，
若跃马便是不知行走规矩。

跑得太快良马要失足，
欺人太甚妻妾要抗拒；
阵前太勇猛傻子会送命，
长官太诡诈部属要分离。

"你们如果想活命，好好答话！"说罢，拉桑鲁噶抽箭在手。见那六人并不回话，他断定对方一定是岭国人，立即把箭射了出去。这一箭正中一人前胸，穿过心脏又飞了出去。剩下的五个岭人立即拔出大刀，与碣日五将大战。眼见不能战胜，岭人拨马就走。碣日大将的马快，一会儿追上，拦住了去路。

岭人勒住马头，为首的拉赤赞布拔出大刀，指着拉桑鲁噶叫道：

"我们真是岭国人，到此为了报仇恨。财物被抢是根源，牲畜失踪要追寻。今天出营来打黄羊，英雄我本无恋战心。你以为我们要逃跑，如果逃跑那才真正笑死人。我的马是追风马，我的刀是斩妖刀，今日可要跃马试脚力，还要挥刀试锋芒。"拉赤赞布说罢，挥刀砍去，另外四将也奋臂砍杀。碣日大将没想到刚才尚在逃遁的岭人如此厉害，不曾防备，两人被砍下马去。剩下三人不敢再战，向后逃跑。五个岭人调转马头，一路追赶。碣日大将边逃边回头射箭。拉赤赞布的坐骑中箭，险些把他摔下马来。岭人下马为坐骑医伤，不再追赶。

当夜，碣日军出了大营，欲偷袭岭国大军，从黎明前走到太阳升，未见岭军一兵一卒。眼看红日高照，碣日军忽然发现走错了路；急忙回营，只见守营将士全部身亡,帐内物品被劫一空。大将白杰岗鲁大叫上当。原来,是晁通得知碣日军要偷营,遂施放咒术,使其迷路,趁机劫了碣日大营。

碣日军营被劫,食物用品无法供应,白杰岗鲁无奈,只得吩咐将士外出打猎。他和几员大将也猎了几只黄羊,吃肉喝血,以解饥渴。虽吃饱喝足,但念念不忘岭军劫营之仇。第二天一早,白杰岗鲁吩咐手下兵将把所剩猎物全吃干净,下一餐饭到岭营中去吃。

碣日兵将穷追猛赶,将近日落时分才赶上岭军。千户珠拉带着一百人早埋伏在洼地,待碣日军一到,突然百箭齐发,一下射倒碣日兵将三四十人。白杰岗鲁拔出大刀,对岭兵大叫道:

> 南方的苍龙名声大,
> 如果不能露华容,
> 在天上吼叫有何用?
>
> 北方的野牛名声大,
> 如果不能驰平原,
> 藏在石崖上有何用?
>
> 岭国的骏马名声大,
> 如果不能赛脚程,
> 光吃精料有何用?
>
> 岭国的勇士名声大,
> 如果不能单骑迎战,
> 藏在洼地有何用?
>
> 是英雄哪会躲藏?
> 是勇士出来交锋!

察玛拉郭跃出洼地,抡起大刀,对白杰岗鲁道:

"骏马好奔驰,老汉性高傲,壮士太勇猛,这三者是失败的根源。你这么急着找死,无非把你的一庹之躯抛出来作鸟食,把你的大刀弓箭当作我的战利品。"

他们二人你来我往，战在一处。察玛连砍两刀，第二刀砍中岗鲁的前额，鲜血涔涔下流，糊住了眼睛。岗鲁两眼模糊，便乱砍起来，碰巧一刀砍中察玛的坐骑，骏马疼得乱跳。这时又冲上两员岭将，与察玛一道，三刀并举把白杰岗鲁杀死。主将阵亡，军心动摇，碨日军大败而逃。因粮草断绝，无处投奔，碨日兵将便各自散去，或投亲靠友，或返回家乡。

　　第二天，岭军遇上第二座碨日大营。两军对峙，剑拔弩张。兵对兵，将对将，相互冲杀了两顿茶的功夫，不分胜负，可谁也没有退却之意，噶德从岭军中闪出，喊着碨日军将领的名字要他们把路让开。

　　　　小雀阻鹰路，
　　　　雀尸将被抛一边；
　　　　小蝇阻苍龙，
　　　　六足之虫命难全；
　　　　小敌阻大军，
　　　　兵士送命喊地又呼天。

碨日营中也跃出一将，笑道：

　　　　苍狼欲吃羊，
　　　　炮石打头会倒地；
　　　　狗头雕凌空，
　　　　六羽会落地；
　　　　岭将吐狂言，
　　　　白头盔会掉地。

　　说罢，他射出一箭，噶德旁边的一员岭将中箭落马而亡。噶德回射一箭，正中碨日将的心窝，他口吐鲜血，脸色苍白，在马上晃了两下，跌下马去。噶德跃马扬刀猛冲猛打，岭军掩杀过去，碨日军兵败如山倒，像潮水般退了下去。

　　岭军连连获胜，到太阳落山之时，在达里河边扎寨宿营。

　　达里河是通往碨日城的要道，河水湍急，常有妖魔出没，可称得上是一条天堑。岭军放眼望去，只见河水滔滔，并无来往行人和船只。

　　为了渡过达里河，次日清晨，格萨尔大王站在河边，唱起了召神歌：

三界之主白梵天王，
青色大鳖白坐骑，
手拿拘牌和疫病兵器，
请来为雄狮作援军！

神力迅猛的大仙人，
眼睛明亮鸦羽作头饰，
右手拿弓左手持箭，
请来为雄狮作援军！

九峰铁城的凶煞神，
脸色漆黑生獠牙，
吞食敌心高举金刚杵，
请来为雄狮作援军！

断敌性命的十万战神，
赤色人头生血发，
手持铜刀骑红马，
请来为雄狮作援军！

我的天母朗曼噶姆，
身穿青绫骑白狮，
右佩明镜左寿瓶，
请来为雄狮作援军！

念青唐拉大厉神，
水晶铠甲螺头盔，
手持棱枪骑白马，

> ### ▶ 出征途中喝令河水断流
>
> 　　岭军连破两座碣日大营，前进到达里河。这是通往碣日城的要道，河水湍急，常有妖魔出没。放眼望去，但见河水滔滔，并无来往行人和船只。面对天堑，格萨尔站在河边，呼唤梵天王、战神、天母、念青唐拉、邹纳仁庆、玛沁邦拉等神灵相助，接着手持宝剑催马渡河。到了彼岸，用剑连击达里河。第一剑，将河水斩断；第二剑，将河中肉鳄鱼斩断；第三剑，将护河魔鱼的心脏剖开。顷刻间，达里河见了底，太阳照到河床上，一片金光。大王一挥手："众英雄们，不要回头，速速渡河！"岭军将士们依言过去。自从那日起，达里河断为两截，上下流水潺潺，中间一片乱石滩。

请来为雄狮作援军！

邹纳仁庆海龙王，
獠牙青面生绿发，
摩尼宝盔纯青甲，
请来为雄狮作援军！

玛沁邦拉地方神，
纯红虎缨金盔甲，
右佩神刀左宝盆，
请来为雄狮作援军！

格萨尔唱罢，手持宝剑催马渡河。到了彼岸，用剑连击达里河。第一剑，将河水斩断；第二剑，将河中肉鳄鱼斩断；第三剑，将护河魔鱼的心脏剖开。顷刻间，达里河见了底，太阳照到河床上，一片金光。大王一挥手：

"众英雄们，不要回头，速速渡河！"

岭军将士有马的扬鞭，无马的疾走。只有晁通心中疑惑：这河水是真的断了，还是格萨尔使了障眼法？他一紧马肚带，催促手下兵将速速过河，自己却偷偷回头望去，只见天神、战神、护法神在搬山倒崖，龙子龙孙、虾兵蟹将也在搬运石头土块，来挡住河水。晁通还想细看，胯下马儿忽然一跳，把他扔到马下，骏马鼻流鲜血而死。

噶德等人见晁通的马已死，忙牵过一匹马来。晁通跌得浑身疼痛，坐在地上，噶德搀着他，费了好大力气才把他扶上马，勉强过了河。噶德向雄狮王禀报晁通马死人伤的情况，格萨尔知道，那是他触犯了众神，但他装作什么也不知道的样子，关心地问晁通，伤在哪里？

晁通叹了口气，答道：

"太阳午后要落山，鲜花秋天会干枯，谷穗熟时要倒伏，晁通年老也会死。我这周身像骨折，痰火往上涌，血液不安静，心如烈马跳，肺似铁锤打，肝似尖石刮油脂，胆似妇人搅牛奶，脾似遭箭击，胃似网挂起，肠子如黑绳，尿袋装满水……"晁通哼哼叽叽，对格萨尔大讲他怎么不舒适，从体内讲到体外，确实让人厌烦。格萨尔倒是颇有耐心，听着晁通泪眼蒙蒙地向他诉说身后的三件憾事：一是身未修得圆满，二是未见扎拉王子一面，三是未杀碣日达泽王。

格萨尔见晁通装得如此像，便说：

"晁通叔叔，轮回本无实，世人皆不能贪恋。你现在已经到了该回去的时候了，不必悲伤，我会超度你到清净的天界去。"

晁通一听格萨尔这话，顿时紧张起来：

"让我从哪个门上去？"

"清净之门。"

晁通见格萨尔毫无怜惜之意，后悔不该假戏真做，看来，真的是死期到了。他无可奈何地垂下眼皮，等着大王超度。

格萨尔闭目而坐，口中念念有词，只听一声"起"，众英雄将晁通抬了起来。晁通这回真的像死去了一样，身体僵硬，气息全无，灵魂已往十八层地狱游历了一番。格萨尔把手向下一放，说了声"慢"，众英雄又将晁通放下。那晁通像是久睡初醒一般，慢慢睁开眼睛，记起刚才的一切，不觉面露羞愧之色，却又不肯就此罢休，长长地吁了一口气，道出一番惊人之语：

"大王呵，我已到阴曹地府走了一遭，阴间的斑花山我没爬，中有(注1)的关隘我没害怕，阴间的大河不翻腾，阎王看我有办法。阎王对我说：'你阳间的事业未完成，为何跑到阴间来？既来了，就让你看看阴间的情形，然后给格萨尔捎个话：各个城堡攻下时，地狱里的人多得容纳不了，请他不要再做杀人之事。抢夺财宝的罪恶，割了自己的皮肉不能偿还；杀人太多的罪恶，自己九死不能偿还，在三千世界上，岭国人的罪孽太深重。告诉格萨尔，不要做暴戾的长官，要做善事把邪恶抛弃！'"

晁通的话说得有根有据，合情合理，还把那地狱、阎王、小鬼描述一番。众英雄听了，心生恐惧，暗自把自己所杀的人盘算了一遍。

格萨尔微微一笑，这危言耸听的话语，骗得了别人，却骗不了雄狮王，假如不把此话点破，众英雄心里会难受。想到此，他从佛盒内取出"三界自现"宝镜，用手擦了三遍，念诵道：

"我是岭国人，不爱佛法爱恶行，不清净的暴戾长官，大恶觉如就是我。晁通叔叔游地狱，带回口信真稀奇。请问口无讳言的叔叔，已死了的英雄在地狱受了哪些苦，你是否说得清？对我格萨尔怎样处置，你可讲得明？"见晁通表情尴尬，众英雄才知道他又在说谎，遂把目光投向格萨尔手中的那面宝镜。

格萨尔说："这宝镜本是莲花生大师所赐，从未拿出给众人看过。既然晁通

---

1 中有：佛教术语，亦称中阴。即所谓前身已弃、后身未得，指人死后至转生前游荡于阴阳之间的一段时间。

叔叔说岭人恶业重,那么英雄们不妨看一看:第一要看善恶因果的积累,第二要看往生五处的道路,第三要见死去的英雄面,用洁白的神绫向上擦,愿佛现出光明身;用黄色的念绫左右擦,愿赡部五毒俱灭净;用青色的龙绫向下擦,愿地狱之苦得解脱。"

说罢,格萨尔将宝镜拿给众英雄看。那宝镜的光芒,将大千世界照得光明透彻,太阳的光辉,也变得如同夜间的月亮一样洁白、晶莹。天、龙、念、四大洲、八小洲、十八地狱以及五趣六道^(注2)都看得清清楚楚。大英雄嘉察协噶等岭国死去的众勇士也出现在镜中,他们分别在东方现喜国土、极善圆满国土、清净大乐国土、下方妙严国土,享受着快乐。手持宝镜的岭地众英雄,看得热泪盈眶,群情振奋。老将丹玛立即跪在格萨尔面前:

"跟随大王多年,从未见过如此神奇的宝镜。今日得见嘉察协噶,便知我等死后去处。大王呵,这是百两黄金做的马鞍,敬献给您,请您降慈悲,眷顾我们的今生和来世吧。"说着奉上金鞍,然后用头触格萨尔的脚,以示敬意。

众英雄纷纷向格萨尔顶礼,献上宝物。晁通的二子东赞,手捧一枚珠宝镶嵌的戒指,恭恭敬敬地献给雄狮王。因为刚才父亲对大王有所触怒,所以他便格外小心。

格萨尔见众英雄虔心大动、诚惶诚恐,遂教导大家要不贪不恋、不嗔不怒,降伏妖魔,为众生造福。

众英雄心悦诚服。唯有晁通羞愧难当,格萨尔装着看不见。

自从那日起,达里河断为两截,上下流水潺潺,中间一片乱石滩。

---

2 五趣六道:佛学术语。五趣,又称五恶趣,指地狱、饿鬼、畜生、人和天。六道,指地狱、饿鬼、畜生、阿修罗、人间、天上。

图书在版编目（CIP）数据

格萨尔王全传 / 降边嘉措, 吴伟编. -- 2版.-- 北京:
五洲传播出版社, 2014.10（2024.10重印）
ISBN 978-7-5085-2915-8

Ⅰ.①格… Ⅱ.①降… ②吴… Ⅲ.①藏族—英雄史诗—中国 Ⅳ.①I222.74

中国版本图书馆CIP数据核字(2014)第224204号

格萨尔王全传（上卷）

作　　者	降边嘉措　吴　伟
责任编辑	刘　波
装帧设计	闫志杰　刘　鹏
出版发行	五洲传播出版社
地　　址	北京市海淀区北三环中路31号凯奇大厦B座7层
邮　　编	100088
发行电话	010-82007837 / 82001477
网　　址	http://www.cicc.org.cn
印　　刷	北京市房山腾龙印刷厂
版　　次	2014年10月第2版　2024年10月第3次印刷
开　　本	787×1092mm　1/16
印　　张	27.5
字　　数	471千字
定　　价	188.00元（上下）

藏族文化宝典

格萨尔王宝传

（下卷）

降边嘉措 吴伟 编

目录

下　卷

第三十四回 1
碣日兵将四路迎敌　丹玛晁通劫营取胜

第三十五回 15
降雅杰玉赤显神通　收魔牛念神得坐骑

第三十六回 26
诛达泽取珊瑚珍宝　守碣日委阿达娜姆

第三十七回 39
外道咒师转生称王　噶姆多吉下凡为妃

第三十八回 52
宇杰托桂拒谏兴兵　十三邦国北征祝古

第三十九回 65
雪耻辱托桂再发兵　求神灵岭军又获宝

第四十回 76
讨顽敌岭军庆胜利　施诡计君臣生间隙

第四十一回 88
魔君魔臣失魂待毙　文布达绒论奖争功

第四十二回 101
　　祝古君臣魂归天界　　岭国将士开启宝库

第四十三回 115
　　赤丹兴兵进犯岭国　　晁通贪欲投降卡契

第四十四回 128
　　王兄王弟一命呜呼　　玉城臣民投降归岭

第四十五回 142
　　旋努王武力收属国　　老丹玛用计降昂堆

第四十六回 154
　　雪山君臣魂归天界　　水晶宝藏贡献岭国

第四十七回 167
　　达绒晁通抢亲惹祸　　雄狮大王聚兵点将

第四十八回 180
　　松巴国王投降获赦　　良辰吉日喜得犏牛

第四十九回 193
　　征服白热岭军获胜　　米努王姊王妹反目

第五十回 205
　　乔装上师降伏女王　　扎拉上阵斩杀魔臣

第五十一回 217
　　朗如王行恶驱幼弟　格萨尔率兵征梅岭

第五十二回 230
　　杂曲河畔两强相遇　降伏梅王获取玛瑙

第五十三回 242
　　阿里少年千里请兵　岭国君臣龙年出征

第五十四回 255
　　岭国七雄奋勇除妖　雄狮大王开窟取宝

第五十五回 267
　　岭军远征初战获胜　穆古失利连损数将

第五十六回 278
　　穆军似雪猪守孤城　岭兵如猛虎破敌堡

第五十七回 290
　　格萨尔亲征降恶魔　骡子城归顺献宝藏

第五十八回 303
　　岭军挥师远征伽地　魔军受挫连折五将

第五十九回 316
　　伽域国君臣遭杀戮　永固城宝库被开取

第六十回 ……327
　　嘉帝选皇后得妖女　　岭王派梅萨取法物

第六十一回 ……339
　　晁通王装死露假相　　罗刹鬼战败献松石

第六十二回 ……351
　　米琼嘉女隔河对歌　　皇帝迎宾比赛技艺

第六十三回 ……364
　　岭国君臣焚毁妖尸　　返岭途中秦恩省亲

第六十四回 ……376
　　迎大王勇扎拉纳妃　　赴地狱格萨尔救妻

第六十五回 ……385
　　雄狮大王地狱救母　　绒察查根虹化归天

第六十六回 ……397
　　托后事扎拉继王位　　携王妃雄狮返天界

新版后记………… 408

下 卷

碣日兵将四路迎敌
丹玛晁通劫营取胜

残余碣日兵将败回王城，向达泽王禀报与岭军交锋情况，当说到格萨尔三剑斩断河水、岭军已渡过达里河时，满座大惊。碣日君臣吓得面色如土，半晌不能言语。不知过了多久，大臣达拉昂郭才向大王说道：

"东边起风时，要想到在西边树一旗；北边降雨时，要考虑到在南边修城池；小雪和细雨纷飞，要预防暴雨大雪的袭击；岭国大军来犯碣日，要有准备才能得胜利。大王呵，怎样出阵，怎样守城，要早早商议！"

碣日王又恨又怕，回想岭国和碣日的仇不是一天两天的了。很早很早以前，岭人就到碣日来抢掠过，射杀了碣日的寄魂牛，踏翻了牧人的帐篷，还杀害过三个长官。所以三年前岭国商队从这里经过，他们才抢了点儿财物，作为对他们的赔偿，谁知格萨尔竟以此为理由，兵发碣日。幸而被阿扎尼扎王挡了三年，但也终于没能挡住。据说岭国的兵马是挡不住的，我们又有什么办法可想？！达泽王越想越丧气，慢慢抬起头，见所有的大臣们都眼睁睁地看着自己，只得强打精神，点兵派将迎敌。达泽王当即点起绿缨军十万，大将洛察洛玛和托拉赞布作首领；再点十万红缨军，大将鲁堆热夏和达拉昂郭作首领；又点十万白缨军，大将玉珠丹巴和鲁雅赞布作首领；最后点起马尾缨军十万人，大将车堆雅梅和章杰协噶作首领。四十万碣日兵将很快点毕，各个首领领令回营，准备三日后出兵。

岭国大军已经接近碣日王城。这天黄昏，在离王城不远的唐东滩宿营。格萨尔在神帐内早早地睡下了。连日来鞍马劳顿，他不曾好好睡过。现在岭军已逼近碣日王城，孤城指日可破，格萨尔想好好歇息歇息，也让将士们好好歇息歇息。格萨尔睡得又香又甜，像是在天界一样舒服。黎明时分，格萨尔在天界的嫂嫂郭嘉噶姆降临神帐，她头上饰五宝，手上持明镜，告诉格萨尔进军莫迟缓：

桥架得太慢要遭水淹，
野牛站久了要被箭穿，
雨滴太稀要被风吹散，
进军太慢要被敌暗算。

"两只白鹫争巢穴，谁飞得快白石崖便归它；大小骏马争草滩，谁跑得快绿草滩便归它；碣日和岭国争珊瑚，谁进兵神速此宝便归它。达泽王已派出精兵四十万，领兵的大将如恶狼。过大山犹如跨门槛，过小山就像数念珠；渡大川如舟船过河，渡小川如卷起波澜。恶狼般的碣日兵飞扑向岭军，是大鹏要比比六翼，是猛虎要比比六纹，是好汉要比比武艺，是宝刀要比比锋利，是骏马要比比速度。格萨尔呵，不要睡觉快快起，快快带兵去出击！"

格萨尔不能再睡了，一旦贻误战机，不但会使岭国遭殃，还会使战争无限延长。冰雹与禾苗为敌，魔鬼与神灵为敌，豺狼与羔羊为敌，碣日与岭国为敌。既已到达碣日境地，最好早早出击。想罢，格萨尔立即召集岭国众英雄，点兵四十万，以东赞、森达、玉赤、察玛、拉郭、丹玛等八员大将为首，快速向碣日城进兵。格萨尔说：

"要将碣日城包围得像套环系小瓶，利箭放射如冰雹降，呐喊声要像千雷鸣，将敌人消灭如吹灯。大军随后会赶到，还有战神威尔玛的厉神兵。"

八员大将得令回营。第二天一早，四十万大军飞马急驰，中午时分，便到了碣日王城外围的四座小城下，八英雄分兵四路，各率兵十万，分别攻城。玉赤、拉郭攻东城，东赞、森达攻西城，仁钦、察玛攻北城，丹玛攻南城。各城的守军正是达泽王派出的四十万御敌部队，每城十万人，为首大将两员，与岭国可谓两军对垒，旗鼓相当。

攻了半日，利箭不知射出了多少，磐石不知扔出了多少，但城门仍坚固如铁，丝毫不为箭石所动。

察玛骑在白色宝马上，将饮血箭搭上弓弦，指着守城的碣日将说道：

> 雪山自以为高峻，
> 上面还有红火球；
> 若遭烈日晒，
> 冰雪变水流。
> 檀林自以为茂密，
> 上面还有烈火焰；
> 若逢火镰碰岩石，
> 树木变灰烬。
> 坚城自以为险固，
> 上面还有勇猛英雄；
> 若遇岭军进攻，
> 指日变废墟。

"碣日的小子们，我这弓是'青龙盘绕'弓，我这箭是'饮血烈火'箭，能摧倒石山，能烧毁檀林。我向战神祈祷，有威尔玛指引。"说着，察玛将箭射出。这箭上的火焰借着风力，熊熊燃烧着，飞上城头。城上顿时一片大火，可怜那些守城的碣日将士，逃得快的，冲出了火海，逃得慢的，当场化为灰烬。

四座小城，很快被攻破。大军继续向北，步步逼近王城。

碣日王城北边，有一个千户部落，首领叫哈日索卡杰布，闻听岭军进攻碣日王城，忙召集手下大臣商议对策。君臣们认为，无论如何也不能战胜岭国，以往诸国的失败就是教训，城堡破了再投降，不如早些投降为好。降了岭国，雄狮王格萨尔便会册封我们，到那时，我们就不再是小小千户部落的君臣，而是整个藏地的长官了。这样一商议，君臣们不再发愁，个个脸上露出兴奋之色。王子东琼自愿做请降的使臣。哈日索卡杰布王为了表示对岭国投降之诚意，决定亲自率众臣前往岭营。君臣立即带黄金五百包，白银五百锭，镀金铠甲五百副，宝刀五百把，闪光绸缎五百匹，打马奔岭国大营而去。

君臣到岭营门前下了马，在绿羽铜箭的箭颈上系上五色绸子，一连呼唤了三声。

守营的岭将闻声走了过来，扬刀挥剑，大声喝问来者何人？王子东琼忙答，是北人来降岭国。哈日索卡上前一步，对岭国大将道：

"我们是北方赤谷十二部落的长官，哈日索卡就是我。藏区有句古语：若不趁太阳升起时取暖，太阳落山时要后悔；若不趁涧水下流时饮水，涧水断流时受干渴；若不趁花朵艳丽时观赏，鲜花凋谢时要后悔；格萨尔大王亲临北方，若不趁此机会来拜谒，我赤谷人要后悔。这备金鞍的银合马，步伐轻盈如空中鸟，作为谒见大臣您的礼物。马上驮的这些铠甲和金银，请献给格萨尔大王作觐见礼。"

岭将对哈日索卡的话将信将疑。看他君臣说话的样子，不像是诈骗，可如今这些人又是从北边来的，谁又能证明不是达泽王派来的探子呢？到底带不带他们去见大王？岭将心中犹豫不定，便带他君臣七人去见岭国大将达拉。哈日索卡又从肋下解下白光宝剑，系上一条哈达，献给达拉，作为觐见之礼，说：

"北地鸟飞南国是为避寒，南方雀来北城却为驱暑。我哈日索卡来岭营为见雄狮王，求得格萨尔的庇护。"

达拉见哈日索卡诚心诚意，答应先去见王子扎拉。哈日索卡无奈，只得等着，没想到格萨尔王竟是如此难见。

达拉来见扎拉王子，禀报赤谷部落前来投降一事。达拉怕王子拒绝，急急地说：

"清冷的涧水和雪水，为众生饮用而流淌，若不能让汲取者用之烧茶，藏在冰底下有何用？金光耀眼的太阳，为普照大地而高悬空中，若不能让众生得到温暖，藏在云朵里有何用？雄狮大王和王子扎拉，为降妖伏魔而生，若不能拯救众生，空坐大帐有何用？王子呵，赤谷部落的哈日王诚心来投降，您就见见他吧。"

扎拉说：

"边地的盗匪甚多，你怎知道他投降是真心还是假意？"

"禀王子，臣已问过了，也试探过了，他君臣父子确是真心归降，请王子施恩。"

"那好，昨夜我得一梦，梦见北方有一个碧玉般的神湖，湖面升起一轮红日，还有红白两朵鲜花，白花献给了叔父雄狮王，红花留在碧玉湖里。赤谷王的归降恐怕应在这上面。你马上带他们来见。"

> ▶ 碣日头人向扎拉王子献降
>
> 碣日王城北边，有一个千户部落，首领叫哈日索卡杰布，闻听岭军进攻碣日王城，忙召集手下大臣商议对策。君臣们认为，无论如何也不能战胜岭国，以往诸国的失败就是教训，城堡破了再投降，不如早些投降为好。降了岭国，雄狮王格萨尔便会册封我们，到那时，我们就不再是小小千户部落的君臣。商议定，哈日索卡杰布王亲自率众臣前往岭营。守营岭将对哈日索卡的话将信将疑，便带他君臣七人去见岭国大将达拉。

达拉高兴地飞出王子的大帐，马上带哈日索卡王来见扎拉。

哈日索卡听说王子有请，立即带上礼物和王子、大臣一起去拜见。王子的帐内已摆下茶酒和食物，哈日索卡王父子三人被让进大帐，其余大臣被请到另外的帐内入席。

拜谒后开始喝酒饮茶。过了一会儿，王子问：

"赤谷王，你就这两个儿子吗？"

"禀王子，是，只此二子。"

"叫什么名字呵？"

"禀王子，长子东琼威噶，次子赤赞噶布泽杰。"

王子听了指着二子道：

"你这长子，是一个前世做了善业的人，甚是稀奇，应排在岭国英雄之列。次子则是个有权势的人，应该做北地赤谷部落的大长官，以继承父业。待到降伏了碣日达泽王之后，雄狮王会到赤谷部落来，到时，你们父子、君臣会有得见大王真颜的机会。"

哈日索卡一听，这次是见不到雄狮王了，但是，见到了王子，也就满足了，立即说：

"是，是，唯愿如此，平生得见雄狮大王一面，死而无憾！"

王子扎拉拿出一块金子，连同"暗中自明"松石甲、"明月自升"盔帽、"苍龙相对"绫缨、"狮子显威"白马、"青光利刃"宝剑、"吉祥阳光"哈达等七色礼品作为回礼，赠给哈日索卡王。对赤谷部落的大臣们也有相应的赏赐。王子东琼威噶留在岭国军中，做了岭国大英雄。其余北地赤谷君臣也如愿以偿，高高兴兴地回自己的部落去了。

北地水多，岭军行进不多时，又遇一条名叫唐曲的大河。上、中、下三个渡口均有九百碣日兵将把守。那唐曲河无兵即可称为一险，如今有众多的兵将把守，就更加难以渡过。辛巴梅乳泽和身边的玉拉商量：

"问问北地人，看还有没有别的渡口，避开碣日守兵，绕过去。"

赤谷部落的六个人说，距此不远的碣唐噶姆滩里有个渡口。玉拉、玉赤兄弟二人立即率一千名士兵前往碣唐滩。辛巴梅乳泽派二人到后营向王子扎拉禀报前军在唐曲河受阻的情况，然后也率一千人马跟在玉拉兄弟二人后面，以防不测。森达带八千士兵去攻占上游渡口。

中午刚过，玉拉、辛巴占领了碣唐渡口。对岸的碣日大将闻报，忙把军兵调了过来。玉拉和辛巴不想再退，遂骑马像野鹅一样的朝对岸游去。碣日兵的箭矢雨点般向他二人射来，有的被他二人用刀拨开，有的被硬甲弹落，没多一会儿，河面上漂满了雕翎箭。

玉拉和辛巴已经游到对岸，一提马缰，向上一跃，上了岸。趁二将立足未稳，碣日的一个百户举刀向玉拉猛砍两刀，把玉拉的甲叶砍得哗哗直掉，边砍还边骂：

"你这骑青马的小子，无端到我碣日，这里的地没有平坦路，这里的水不能平安渡，这里的人个个不好惹。格萨尔自称雄狮，这里有狮子冲不过去的三雪山；岭小子自称野牛，这里有野牛逃不脱的三石崖。格萨尔虽然斩断了达里河，却对唐曲无奈何；岭小子虽想杀我碣日人，这里有刀枪不入的三英雄。加上我们达泽王本是煞神下界，手下有强悍部队千千万，这样的地方怎么能允许你通过？"

那被赶着犁地的犏牛，
不能与野牛在山岩竞奔驰；
那被鞭抽棍打的毛驴，
不能与野马在大滩竞奔驰；
那被践踏的小草，
不能与毒日对峙；
那无援助的岭军，
在碣日军前难支持。

百户说罢，又朝玉拉连连挥刀，气得玉拉哇哇大叫，猛地把刀举起，运足了全身的力气，朝这可恶的碣日将砍去。这一刀，齐刷刷地把个碣日将砍下半截，像是半截木桩断在马下。玉拉这才稍稍平了气，指着那些碣日兵说：

野鹅从大海中心来，
振翅高飞在空中，
目的地是无能胜海，
要冲向清清的海底龙宫。

杜鹃从门域中心来，

飞翔迅速经虚空，
目的地是神树梢，
要看看柏树有多高。

马驹从宫城中心来，
大力乘风跃路中，
目的地是大滩尽头，
要看看平原路是否畅通。

英雄玉拉从岭国来，
跃马扬鞭渡过唐曲河，
目的地是碣日北国，
要看看珊瑚城可坚固。

"英雄我臂能削石崖，懦夫的刀岂能伤我？绵羊与狼争食，只能被狼吃；小雀与鹰争食，只能被鹰吃；懦夫与英雄比武，只能自寻死。"说完，又连射几箭，射倒了十几个碣日兵将。碣日鹫缨军首领、大将洛察洛玛冲上前来，拦住玉拉：

"野鹅的目的地在海上，海上冬天要封冻；杜鹃的目的地在树梢，树枝树干被刺缠死；骏马的目的地在滩头，滩中的马道被石头占据；岭军的目的地在碣日，珊瑚城已经有主人。恶狼在草原上逞凶，羊群里有我这样的牧童；鹞鹰在虚空中逞凶，鸟群里有我这样的大鹏；岭小子要在阵前逞凶，碣日军中有我这样的英雄。"

洛察洛玛举枪便刺，玉拉还了一刀，将其枪头削去。洛玛扔掉无头枪，抽出宝剑，向玉拉刺来，玉拉又挥一刀，将其握宝剑的右手连剑一起剁下。洛玛疼得

> **姜地玉拉杀死碣日大将**
>
> 　　北地水多，岭军行进不多时，又遇一条名叫唐曲的大河。上、中、下三个渡口均有九百碣日兵将把守。赤谷部落人告诉辛巴和玉拉，距此不远有个碣唐噶姆滩渡口。玉拉、玉赤兄弟和辛巴率人占领了渡口。对岸的碣日大将闻报把军兵调了过来。玉拉和辛巴骑马像野鹅一样，迎着雨点般的箭矢朝对岸游去。玉拉上岸就杀了一个百户，碣日鹫缨军首领、碣日大将洛察洛玛举枪便刺，玉拉一刀将其枪头削去。洛玛扔掉无头枪，抽出宝剑，向玉拉刺来，玉拉又挥一刀，将其握宝剑的右手连剑一起剁下。洛玛疼得跌下马来。

跌下马来。碣日兵大乱，岭军趁势渡河，占领了渡口。

森达也将上游渡口攻破。岭军分两路渡河，没多久，便渡过了唐曲河。

辛巴梅乳泽、阿达娜姆和达拉三员大将各率本部十万人马，待大军渡完河，又先行进兵。行至德如瓦唐滩时，与碣日军遭遇。碣日大将托拉赞布和玉珠丹巴，拦住辛巴梅乳泽的霍尔军。梅乳泽一抢大刀，冲到阵前：

"乌云想阻太阳的路，狂风可将乌云制伏；清风想阻苍龙的路，雷雨可将清风制伏；石头想阻马驹的路，马掌可将石头制伏；碣日兵想阻岭军的路，我梅乳泽的大刀可将挡路的碣日兵将制伏。霍尔大军猛如狮，恶如虎，日月虽高也要发抖，星宿虽美也会失色，夏雷虽响也要失声，碣日兵虽勇也要胆战心惊。"

碣日将听了辛巴梅乳泽的话，不由得怒火冲天而起，牙齿咬得像炒青稞一样，手中的尖刀舞得像穗头迎风。玉珠丹巴拍马上前，对梅乳泽道：

"日月当然要发抖，因为有罗睺星在等候；星宿当然会失色，因为有祛暗的月亮在等候；响雷当然要失声，因为有日光在等候；应当胆战心惊的是你们，因为有我们碣日大将在等候。"

说完，玉珠丹巴和辛巴梅乳泽战在一处。二十几个回合战过，丹巴的头被辛巴像切蔓菁块一样地削了下来，又一刀，把丹巴的坐马连同鞍子劈成了几块。

迎战阿达娜姆的是达拉昂郭。女英雄心想，按照昨夜的梦境看来，今天用刀是砍不死他的，还是用套索吧。遂从肘上拿下非草非木的神套索，对达拉昂郭说：

"英雄我生就女儿身，女儿的头饰与我无缘，头戴白盔是前世所定；女儿的华服与我无缘，身穿白甲是前世所定；女儿的缎靴与我无缘，脚穿索波马靴是前世所定。我手中的套索乃是生来就有的，除了上界白梵天，下界阎罗王，抛出去没有不能擒获的。神奇的环子要套在脖子里，锐利的铁钩要钩住铠甲。"

说着，抛出套索，正中达拉昂郭的脖颈。昂郭使劲用刀劈，劈不开，用手扯，扯不断。阿达娜姆猛一拽，把达拉昂郭拉下马，岭兵一起上前，把这碣日将捆得像个圆圆的线球。

阿达娜姆、辛巴梅乳泽和达拉汇兵一处，商议着要杀他个尸满大滩，第一不让苍狼四散奔逃，第二让鹫鸟见血就厌烦，第三让碣日兵将尸骨成山。三人商议完了，便催马驰向碣日兵将。碣日大将三人一群，共战岭将，刀枪并举，你来我往，竟不能获胜。岭国兵将越杀越勇，杀得碣日兵尸横遍地。眼看人越来越少，碣日兵开始溃逃，逃不掉的便扔下兵器投降了岭军。

岭国大军随后而来，当夜，在德如瓦唐滩扎营。

碣日王宫中的达泽王，每日都能听到岭军步步近逼的坏消息。他的心情，也随坏消息的增多而越来越恶劣。这天，闻听岭军又占据了德如瓦唐滩，达泽的心里更加烦闷，便信步走出王宫。

这座王宫，内有九梁，皆由整根大树所造，人称上插入云，下伸湖底。宫东面用白狮装饰，宫西面用野牛装饰，南面用雄牦牛装饰，北面用乳牦牛装饰。宫门上饰有太阳，墙角上饰有月亮。四面墙是仿照四大神山所筑，四柱脚是仿照护财四药叉所修。东边的柱子上有自然形成的猛虎纹，南边的柱子上有自然形成的苍龙纹，西边的柱子上有自然形成的孔雀纹，北边的柱子上有自然形成的绳子纹。四大柱外边还有八百根小柱子，是八大星曜所栽植。二十八星宿从四面扯帐房绳，不需要在地上钉橛子……王宫内有水晶石的甘露瓶，瓶上有纹理一千条。那凤凰交颈的宝座，本是达泽王的安息处，如今岭国大军扰乱了国政，不让他安坐在宝座之上。派出去几批御敌军，却没能挡住岭军的进攻。现在，该怎么办呢？达泽王心里焦急，面有忧色。群臣不召自来。达泽王只得上殿与众臣商议如何破敌。

上得殿来，达泽王抖擞精神，对众人说：

"坐在锦垫上的大臣们呵，今天听我达泽唱一曲：

灌木上花朵开与败，
是因冬夏岁月的推移；
绿茎上的谷穗青与黄，
决定镰刀挥动的时机；
月亮有阴晴圆缺，
是因十五有来有去；
岭军占领了瓦唐滩，
是因胜败乃常遇。

虽说碣日未取胜，虽说人马遭折损，我还是要派十万大军出城，先锋要如利箭，后援要像炮石。不但要胜岭军，还要打到岭国去。

达泽王一点儿也没有考虑他的大话还有多少人肯听，只管一味胡吹乱说。见众人不语，他便吩咐侍臣取来青铜刀和飞箭两件兵器，赐给领兵大将达萨托玛等二人。

碍日王孤注一掷，几乎发了倾国之兵去战岭军，达萨托玛明知不能胜，也得领兵出城。只是他比其他碍日将多了个心计。碍日军出城的同时，他命碍日十三术士先施放咒术，使岭军迷乱，然后趁乱攻取岭军大营。

只见一团黑烟，向岭军飘去，袅袅然钻入扎拉王子的大帐，化作一条黑蛇，盘踞在帐顶，伺机向王子进攻。扎拉心中默默祈祷，请叔父雄狮王前来帮助。晁通奉格萨尔王之命及时赶到了，几剑将蛇斩断，原来是一节节腐烂变黑的草绳。

第二天一早，碍日兵将开始进攻岭营。这次碍日的进攻比哪一次都猛烈，岭军虽然人多，也招架不了。色巴部的金缨军，约有一千人死于碍日兵将的刀矛之下。碍日兵还在不断增多，杀得岭兵死伤不计其数。东赞眼见岭军就要溃败下去，急忙把格萨尔所赐神箭搭在弓上：

日月太高要被罗曜吞噬，
喇嘛太富要坠地狱，
姑娘太艳会招闲言碎语，
老虎太猛要遭箭击，
人太蛮横会丧命于敌。

只听"轰隆"一声巨响，东赞的神箭射了出去，碍日兵将的盔缨纷纷落地，着实把人吓了一跳。刚待逃走，大将托拉赞布抽出尖刀，对东赞道：

"上师想为众生超度，没想到带来的是罪恶；英雄想霸占四大洲，没想到招来诸国的刀戈；姑娘本想嫁给名门，没想到最后沦为乞丐之身；岭国君臣想攻取碍日城，没想到与无敌大将交锋。今日已让你们尝到碍日大将的厉害，再让你比试我的刀锋！"托拉赞布向东赞连砍三刀，将东赞的头盔削了下来。东赞拨马就走，岭军跟着败了下去。

托拉赞布和达萨托玛率碍日兵将追杀岭军，像恶狼闯入羊群一样，横冲直撞，无人能阻。托拉赞布一边追杀，一边大喊：

"黑老鸦不能绕行四洲，还是飞回山林中去吧！牦牛不能足踏四山，还是回到草原去吧！岭军不是三件兵器的对手，还是回家乡去吧！"

东赞换了匹马，换了顶盔，又冲到托拉赞布面前，二人又大战起来。铠甲被砍得七零八落，里面的衬甲也被划破，却仍然分不出胜负。上索波王子仁钦和大将达拉也来助战。托拉赞布一人轮战三将，渐渐力不能支，败下阵去。

老英雄丹玛暗暗将一支箭搭在弓上，朝鲁雅赞布射去，那碣日将不曾防备，当即中箭身亡。章杰协噶一见鲁雅被丹玛射死，立即挥刀朝丹玛杀来：

"欠债要还钱，杀人要抵命！我这把锋利大刀，是用父子铁所锻制，父铁是勇猛的死神口，子铁是地狱阎罗头，刀把是大鹏鸟角造。举起它八部被役使，抡起来威光遍四洲，砍将去天神也失首。你若退后不是丹玛，杀不死你我不叫协噶。"

丹玛早已抽刀在手，接住章杰协噶的宝刀，只听"当啷"一声，丹玛的红把刀断成两截。丹玛吃了一惊，马上扔了刀把，抢起长枪，又被章杰的宝刀砍断。丹玛心中暗暗称奇，今日若不能将他战胜，岂不辱我一世英名，让人耻笑。丹玛一闪身，躲过旋风般的大刀，从肘上摘下并抛出捕风套索。与此同时，拉郭和多钦也把套索抛了出去。三条套索同时落在章杰协噶的颈上，转瞬间被他砍断了两条。只有拉郭的那条套索本是罗睺星的头发编织，章杰奈何它不得。拉郭将章杰拉下马，众军兵上前，将其俘获。

碣日军的凶猛进攻终于被打败了。岭军众英雄聚集在格萨尔的神帐内，商议如何乘胜追击，杀入碣日王城。丹玛说：

"野牛要在峡谷里猎取，麋鹿要用弓箭射杀，独树须连根拔起，对碣日败兵要勇猛追击。今天后半夜，岭军应派出英雄去偷袭……"

不等丹玛把话讲完，晁通便连声叫好：

不要说碣日这样的小狐狸，
捕杀猛虎也容易；
不要说扑灭这小火星，
冲天烈焰也容易；
不要说捕捉善飞的鹁鸽，
手抓清风也容易；
不要说用脚绊老马，
套住白嘴野马也容易；
不要说与碣日军交锋，
与大力幻军交手也容易。

"我愿与丹玛同去偷袭，让碣日的好汉人头落地，把懦夫的箭囊宝刀夺取。"

格萨尔点头答应。丹玛和晁通及另外三位英雄急忙回帐准备。

到了夜里，丹玛率岭军悄悄地扑向碣日大营，先点起一把大火，把碣日军营照得如同白昼一般。碣日兵将哭喊奔逃，乱成一团。大将托拉赞布闻听岭军前来偷营，气得七窍生烟，急慌慌跨上战马，对丹玛连射三箭，见不能射死丹玛，举刀便砍。丹玛见托拉赞布勇猛，有意劝他归降：

"托拉赞布呵，岭军把你们围得微风吹不进，小雀飞不出，你最好投降，可救自身和众人，你的人马可作格萨尔大王的属民，你也可以排入岭国英雄的行列。现在投降是最后一条路……"

托拉赞布根本不听丹玛的劝告，执意挥刀来砍，又砍掉丹玛的几片甲叶。丹玛见他不肯投降，遂开弓射箭，将托拉赞布的头盔连同头骨一起射穿。落马时，托拉尚在喘息，岭兵上前，用乱刀把他砍死。

主将一死，大营即刻被攻破。丹玛和晁通得胜回营，雄狮王立即赐予金币作为奖励，丹玛十三枚，晁通父子十二枚。

第三十五回

降雅杰玉赤显神通
收魔牛念神得坐骑

碣日大营被劫,死伤兵将不计其数,剩下的大将和兵士更加慌张,只等达萨托玛一声令下,就立即退回王城。可大将达萨和东堆雅梅却执意不退,宁可战死在阵前,也不做逃跑的狐狸。为了回击丹玛和晁通的偷袭,达萨托玛决定率兵向岭营进攻。

达萨和雅梅二将把剩余的残兵败将召集起来,凑够了一万人,便朝离他们最近的岭色巴部的大营杀去。快到营前时,达萨命将士开弓放箭,利箭雨点般地泼向色巴大营,杀伤了不少岭兵,还射死了两名千户。眼看就要冲进大帐了,岭军大将尼玛拉赞和几个千户、百户从帐内迎了出来,挡在达萨托玛面前。尼玛拉赞见帐前倒下众多岭兵,不禁怒火中烧:

"你这碣日小子好凶呵,不是勇猛会取胜,而是愚蠢送老命;不是阵前赛武艺,而是无路可走来拼命。我与野牛争斗,曾把牛角弄弯;我与猛虎争斗,曾把虎皮扒下;我与鳄鱼争斗,曾把鳄肉品尝。今天和你争斗,若不能喝你的血,取你的头,就不是岭国的大英雄。"

尼玛拉赞和达萨托玛大战几十回合,不分胜负。尼玛见不能胜他,心中祈祷战神威尔玛护佑,然后把刀猛地一抡,将达萨托玛的头砍了下来。岭军们呐喊着,杀向碣日兵。东堆雅梅势单力孤,不敢再战,拨马就走,碣日兵将潮水般退了下去。东赞一提马缰，紧紧追赶东堆雅梅。玉佳马跑得飞快，功夫不大，便追上了雅梅。这碣日大将见走不脱，便勒住马缰站住了，枪头一指东赞，骂道：

"我是东方的太阳，曾把西方的雪山化成水，没遇见凶狠的白狮，你这黑狗却在后面追赶，看来你是活得不耐烦；我是南方的苍龙，曾将北方的石崖摧毁，没遇见凶猛的狗头雕，你这黑老鸦却在后面追赶，看来你是活得不耐烦；我是碣日大英雄，曾把岭国黄缨军搅得尸骨成山，没遇见什么英雄汉，你这狐狸却在后面追赶，看来你是活得不耐烦。"

原来，这东堆雅梅见岭国追兵只有东赞一人，故而口吐狂言，一边说，一边不住地朝东赞后面看。东赞见他往后面看，这才想起，只顾打马急驰，把其他兵将丢在了后面。既然已经追了来，就得和他大战一番，用不了多久，大队人马就会追上来。东赞举刀来战东堆，约有一顿茶的功夫，尚未分出胜负。尼玛拉赞、达拉等岭国众将赶到，东堆雅梅单刀匹马，寡不敌众，只有招架之功，没有还手之力。东赞腾出手来，一跃马，上前抓住东堆的铠甲，往下一拽，东堆离鞍落马，众岭将上前将其捆了起来。

以玉赤和玛宁长官拉鲁为首的文布英雄们见色巴部勇士屡立战功，既羡慕又嫉妒，也想去偷营劫寨，杀敌立功。玉赤和拉鲁一商议，决定率兵去劫碣日兵的最后一座大营。

这天夜里，玉赤和拉鲁率兵前去偷袭，岭军从碣日营的西北角杀进去。那碣日兵将早已成惊弓之鸟，见岭军杀来，顾不得披甲戴盔，有枪的拿枪，有刀的举刀，没头没脑地见人就砍，黑暗中，碣日兵竟自相残杀起来。拉鲁高兴得大笑：

> 在罗曜星喷毒气时，
> 渺小的咒师无立足地；
> 驰行空中的苍龙，
> 清风不能追踪；
> 雄狮猛虎跳跃，
> 凶狼恶狗不能阻拦；
> 我岭文布军来踏营，
> 碣日懦夫心寒胆战。
> 只要投降放下刀枪，
> 饶你不死可把心宽。

拉鲁正笑着，只觉白光一闪，一把大刀朝他挥来。他吃了一惊，这是碣日大将达萨托玛的"威震三界"青铜刀，听说那将已被尼玛拉赞杀死，这把刀怎么没被缴获呢？玉赤飞驰过去，他也认识这把刀，刀头像初升的新月，是役使三界的象征；刀腰像黑绫叠，是厉神归来的象征；刀把好像黑蛇盘，是统治龙界的象征；刀刃尖利而平整，是无敌天下的象征。这刀本是兵器之宝，谁要沾上就休想逃脱。黑暗中，只见宝刀寒光闪闪，却看不清挥刀之人。玉赤想，凭他们的刀矛是不能战胜这把宝刀的，还是用套索的好。玉赤摘下套索，念诵道：

"天、龙、念三神，请护佑我玉赤！战神威尔玛，请给我的套索加持！"

念罢抛出套索，由于有三神的护佑，战神的加持，套索闪电般套中那持宝刀之人。这宝刀若是在达萨托玛手里，就会天下无敌，无奈换了主人，便也失去了灵气。不知名的碣日将糊里糊涂地落马被擒，文布兵大获全胜，收兵回营。

至此，碣日王城的外围之敌全部扫除干净，只剩下孤零零的一座城堡。格萨尔命大军稍事休息，准备攻城。

当天夜里，格萨尔一觉醒来，东方刚刚发白，神帐内忽然出现五色彩虹，又缓缓降下花雨。格萨尔知道，有此祥瑞征兆，必有神灵预言。格萨尔屏住气息，凝神等待。果然，念神唐拉骑着白色水晶马出现在神帐内，他头戴琉璃宝盔，身穿松石碧甲，手拿雷霆金刚杵，身旁有十万神兵围绕。念神面带喜悦，对格萨尔道：

> 启明星升起时，
> 预示着天将变光明；
> 但恐那白螺般的云朵，
> 将金色太阳遮蔽。
>
> 山上长出嫩草时，
> 预示着草原的生机；
> 但恐那明月降寒气，
> 使青青草原变荒地。
>
> 岭军就要攻取王城，
> 预示着取得最后胜利；
> 但恐那碣日的黄公牛，
> 给岭国君臣带来危机。

"碣日黑岩山上的黄公牛，是岭军的大敌，若想攻取王城，先要降伏这头魔牛。降伏魔牛需用套索，可派玉拉、丹玛去。"

第二天，格萨尔召集众英雄布置作战事宜，除留下索波王子仁钦扎巴守营，余者全部出征攻城。

晁通一听要留仁钦扎巴守营，立即想到那碣日王城坚固无比，攻城一定很费力气，不如自己留下。遂向格萨尔禀道：

"叔父我年迈力衰，此地又寒风凛冽，让我留下守营最适宜。俗语说，人好不过亲戚，衣好不过长袍，让亲叔父守营侄儿应该最放心。"

众英雄都看着晁通，担心他会守不住大营。总管王绒察查根想，让仁钦扎巴守营是神的旨意，不知晁通为什么一定要留下。此次进攻碣日珊瑚城，万一失利，岭军还有个退路，要是晁通守不住大营，岭军便断了退路。而且，老总管又想到晁通多次与敌人勾结的事，就更加不放心。但不知道格萨尔怎样打算，遂把目光投向雄狮王。那已被格萨尔委派守营的仁钦扎巴听晁通愿意留下，正合他意。他不愿意留在后面，眼看着其他英雄们冲上去了，自己守在这里算什么呢？仁钦走到晁通身边对他说：

"达绒长官呵，你愿意留在此地，我真高兴，那就让我去攻碣日城吧。命运轮到布谷当候鸟，老鸹不必生怨气，如果你善鸣去占据柳树枝，对我布谷是一样的；命运使金眼鱼善游泳，老蛙不必生怨气，如果你善游去占据大海，对我金眼鱼是一样的；命运轮到白云去降细雨，老雕不必生怨气，如果你能降雨去占据虚空，对我白云是一样的；命运轮到我仁钦扎巴守大营，达绒老者不必生怨气，如果你能守住大营，对我仁钦是一样的。"

辛巴和玉拉这些非岭国族系的人听了晁通说什么亲戚好、长袍好之类的话很不舒服。人最坏莫过于亲戚，就像衣袖里的虱子，外人看不见，内痒却难耐。衣服最坏莫过于长袍，长袍惹得寒风恶。晁通就像那大树下的蘑菇，外表好看，里面生毒菌；海中的白螺，外壳美丽，里面长臭肉。他的话怎么能让人相信呢？但仁钦扎巴已经把话说出口了，看大王怎么回答吧。

格萨尔微微一笑，对仁钦说：

"你说的什么话？攻取珊瑚城没有晁通叔叔怎么行？守大营是神的旨意，你就不要再说了吧。"

总管王见格萨尔坚持原议，便对仁钦扎巴说道：

"孩子呵，要按神的旨意和大王的命令行动，怎么能按你自己的意愿办事呢？就像那山岗上的白色嘛呢旗，有飘动的规矩没有行动的权力；大海中流动的漩涡，有洄漩的规矩没有停止的权力；岭国的八十英雄汉，有遵从王命的规矩没有自由做事的权力。"老总管说着又把头转向晁通：

"鹿角美丽不能作兵器，彩虹美丽不能作新衣，果子虽好不能当饭吃，晁通你的刀虽锋利却不能御敌。大王说攻取珊瑚城需要你，何必偏要留此地？"

晁通心里不愿意，嘴上却又无话可说。格萨尔将三百索波兵留给仁钦扎巴，又另拨三百岭兵和九个百户，与仁钦同守大营。

岭军列队出发，在距王城不远的地方，忽然看见一大群野马，欢蹦乱跳像是一群黄羊在嬉戏，雾蒙蒙又像一群野牛在奔驰。走在前面的几员岭将一催马，马嘶叫着奔向马群。野马像是被战马声吓惊了似的，四散奔去，只剩下五匹马还留在原地。几个岭国大将又走近几步，五匹马中有三匹忽然腾空而去，只剩下母子两匹马，动也不动地站在那里。岭将觉得奇怪，这两匹是野马还是神马，或者是妖马？为什么它们不逃走呢？英雄们不由分说，纷纷抛出套索，将这母子两匹马套住，牵回大营，向王子扎拉禀报。扎拉一听，心里很是不安，这是怎么回事呢？捕获了这两匹马会不会给岭军带来危害？辛巴梅乳泽忽然想起早年在霍尔国时曾经听说过的一件事：天神曾降下十三个预言，其中有一个是说：时值水虎年，在碣日城外的山边，有三匹神马作野马群的头马，一匹是黑魔神马，一匹是花穆（注1）神马，一匹是红煞神马，这恐怕就是刚才众人看见的那三匹飞走的马吧。剩下的这两匹马正是王子扎拉的事业马。辛巴把自己的想法告诉了王子，并且说，刚牵回大营的这两匹马，就像失落江河陷于污泥之中的如意珠，经过三年才放光明；就像被厚云层遮蔽的天空，经过三天才出彩虹。要给骏马备金鞍，要用佩松石的白绫作缰绳，要给捕获这马的大将以奖励：一是像太阳大的黄金饼，二是像月亮大的白银饼，三是坚如磐石的铠甲，四是压倒雪山的头盔，五是锋利大刀和锦旗。

王子扎拉这才高兴起来，立即把金银、铠甲、大刀和锦旗奖给献马的岭将，然后率军继续前进。

没走出多远，便看见七头野牛在滩头磨犄角，哞哞地吼叫，甚是吓人。见岭军大队人马出现，七头野牛忽然直起身子，朝岭军直扑过来。岭国兵将万弩齐发，七头野牛毫不惧怕，转眼间冲进了岭军。因为它们是恶魔之身，岭国军兵不能抵挡，大军立即被野牛冲得七零八落，兵将被撞死撞伤不计其数。格萨尔立即命玉拉出阵降伏魔牛。

野牛一见玉拉，立即嚎叫起来。玉拉连射七箭，野牛毫毛未损。见不能射死

1　穆：藏语音译，相传是一种魔类，能使人患水肿病

它们，玉拉有些慌张，拨马往回走。格萨尔立即赐给他一支"铁鸟善飞"神箭。玉拉拨马再次冲向魔牛，将神箭搭在弓上，对野牛说道：

脱缰野马奔驰时，
獾猪如何能阻止；
暴雨急骤下降时，
微风如何能阻止；
岭军向北进兵时，
野牛如何能阻止。

玉拉说完，刚要射箭，野牛忽然消失了，连个踪影也不见。岭军再往前走，三面绝壁矗立在大军前面，无路可走。王子扎拉率大队人马也来到绝壁前。他见无路可行，焦急起来，没想到碣日王城近在咫尺，道路竟是如此难走。一着急，难免口出怨言：

"骗子平日里的神通，用不着的时候常显灵，必要之时却失效用；神鬼一样的巫师，用不着的时候很灵验，必要之时却失效用。平日用精细草料喂骏马，希望有一天能用着它，谁知深渊面前马不前行而往地上趴；把凶猛厉犬拴在门边，指望它能为主人看家，谁知只要有肉就能骗它。岭国大军平日英勇，八十英雄威震十八国家，在绝壁面前却毫无办法。难道说珊瑚城真的不能取下？"

辛巴梅乳泽见王子嗔怒，立即献上一条五彩哈达，笑着说：

"赡部洲庄严的王子呵，请听梅乳泽进一言：这广漠无边的北地，本无悬崖与深谷，这绝壁肯定是恶魔所设障碍。王子不必心焦，请向天神祈祷，那已供多时的白梵天王的金刚杵，今日进军要用着它；那用牛奶喂养的白螺神，碰上鳄鱼该请它；那世界无敌的大铠甲，遇迅雷时要披挂。"

众英雄都说辛巴所言很对，必定是魔鬼作法，以阻岭军进兵之路。也有的大将觉得是岭军迷了路。王子扎拉听了辛巴的话，深信不疑，立即在"镇压魔鬼"的金刚杵上挂上风飘黑绫，然后合掌闭目祈祷，令全军将士也合上双眼，祈祷天神护佑，无论听见什么声音，也不准睁开眼睛。

不知过了多久，众将士只觉阵阵微风吹过，听似有潺潺流水之声，王子扎拉命众兵将上马继续行进，众人才把眼睛睁开。这时，绝壁早已不知去向，脚下是白花花、清亮亮的溪流。众兵将开始有些不信，揉了揉眼睛，再细细看，绝壁确实没有了，只有溪水在淙淙流淌。刚要蹚水渡过溪流，天空突然暗了下来，只见阴云密布，接着是雷声隆隆，然后是鸡蛋大的雹子落了下来。刚松了口气的岭国众兵将又紧张起来。王子抬头一看，见那碣日城的魔鬼神正在空中狞笑。扎拉马上抛出一把白芥子，魔鬼神慌忙逃走，手中的白螺匣也掉了下来，十八支雷箭从匣中散出，正落在姜军阵前，十三个姜兵被雷箭击死。扎拉又抛出一把白芥子，天空顿时晴朗起来。

碣日君臣根本没想到岭军会来得如此迅速。达泽王和众臣正在城外骑马射箭，玩得尽兴了，便回城吃肉饮酒。忽然闻报，岭军距王城只有一箭之地，达泽王这才慌张起来，忙与文武大臣商议对策。

大臣息瓦威噶很焦急，心想，大王派了那么多兵将，设了重重障碍，岭军还是如此迅猛地攻到了王城下，这座城是守不住了，不如趁早到祝古国去投奔宇杰托桂大王，早就听说他具有与格萨尔相同的神力和武艺，请求他的保护，我君臣才能得一生路。想罢，他向达泽王禀道：

穿白绫衣裤的鸿雁，
喜欢住在北方家乡，
当雪花飘落之时，
乐得飞往南方。

尾羽碧绿的布谷鸟，
喜欢栖息在柳树上，
当六谷果实累累时，
乐得飞回门域家乡。

穿金色外氅的野鹅，
喜欢在海上翱翔，
当大海结冰之时，
乐得飞向草绿的地方。

碣日城里的达泽王，
喜欢高居在宝座上，
当岭国大军来犯时，
乐得去祝古投托桂王。

"大王呵，岭军是无敌的部队，明天就会攻入城内，如果两军再交锋，除非是鸟飞上天，要想逃脱不可能。只要君臣能长寿，事业和人言不可畏。暂且丢弃这碣日城，投奔祝古宇杰托桂，求得精兵打回来，最后王城仍可归。"

达泽王一听息瓦威噶劝自己逃跑，很不高兴：

"你说的什么话呀？！还没见到敌人，就想逃走，岂不让人耻笑？谁说我们不能取胜？碣日的胜利在后头呢！俗语说：'八部忿怒发雷霆，不能降冰雹打六谷，让天空晴朗有何用？蛟龙搅动江河水，不能将舟船漂过去，白晃晃奔流有何用？'我堂堂碣日达泽王，不能食敌人觉如的肉，颤抖抖逃遁有何用？"

见大王震怒，其他大臣和大将不敢再说什么。达泽王即刻下令，命弟弟红缨王东赤达玛率精兵六万去攻扎拉王子的大营。

当晚，红缨王东赤达玛偷袭扎拉王子的大帐，却误入姜国兵营。玉拉托琚挡住东赤达玛，二人各射三箭，未能伤着对方；又比刀法，仍不能分出胜负。姜军大战碣日兵，两军各有伤亡。眼见天色渐明，岭国其他邦国、部落的兵将也围了上来，东赤达玛唯恐有失，不敢久战，率军退回王城。

不知从什么地方又冲出一支人马，为首的一员将生得面白唇红，英俊潇洒，骑在一匹绿鬃白马上，直奔达绒军，砍伤一员岭将，又杀死十个岭兵，待东赞、丹玛等岭军大将追来时，这员大将就像不知从何地而来一样，又不知到何处去了。

这员将正是碣日达泽王的哥哥雅杰托噶。因外出修炼，久未回城，听说岭军进攻，他才匆忙赶回碣日，进城前先给岭军一点厉害，然后飞进王宫。

达泽王一见王兄到了，喜出望外，忙率群臣众将参拜哥哥，然后盼咐摆宴。宴席间，达泽问起破敌之计，雅杰托噶气势汹汹地说：

"以前和岭军交战屡屡失败，并不是碣日兵将的勇气弱，而是格萨尔太厉害。不过，最后胜败还难定，碣日还有四大将：一是胆大赛过雪狮的东达噶鲁，二是凶猛赛过野牛的息瓦威噶，三是勇悍赛过猛虎的云钟丹增，四是厉害能抓雷箭的扎巴伦珠。弟弟达泽和达玛，迎敌要连臂并肩去，看看谁的铠甲厚，看看谁的兵器利。除此之外还有众勇士，定能给岭军狠狠的回击。"

雅杰托噶盼咐四员大将马上把碣日城中的溃散兵将召集起来，待他去岭营中诱敌成功后，迅速出击。

雅杰说完，飞出王宫，变成山岳般大的白神牛，九庹长的牛角像天箭一样，牛角尖上喷着毒气，白尾巴一甩，天空降下雷雨。

正欲攻城的岭军被毒气一熏，心神迷乱起来，连路也分辨不清。晁通马上转动风轮，天空变晴，现出白牛身形。众英雄万箭齐射，白牛打了个滚，把箭矢全部打落在地。格萨尔抽出一支神箭，搭在宝弓上，瞄准白牛射了出去。白牛滴血未流，大吼一声，拖着尾巴朝岭军猛扑过来。晁通吓得落荒而逃，东赞也躲在盾牌后面。雄狮王抽出宝剑，众英雄也握刀在手。眼见巨牛来到跟前，牛角抵住宝驹的前腿，江噶佩布长嘶一声，格萨尔手起剑落，将白牛的右角砍下半截。白牛并未后退，反而张开大嘴，像要吞噬宝马。江噶佩布腾空而起，格萨尔从空中降下雷箭冰雹，打得白牛向后逃去。格萨尔变成一头褐色野牛，身体像须弥山一样大，铁角有九百度长，拦住欲逃的白牛。两牛四角相抵，斗在一起。只见尘土飞扬，遮天蔽日。功夫不大，白牛便有些支持不住，扭头就跑，褐色野牛随后紧追。白野牛回头掷出一支雷箭，褐野牛一闪，雷箭落空。眼见白牛钻进一座大山，格萨尔收起变化，随后赶来。雅杰托噶正从一个小铜门里取出一张铁弓，格萨尔用左手抓住他的头发，右手正欲挥剑，雅杰托噶化作一股清风不见了，格萨尔手中抓着的头发也变成无数条黑蛇，蜕变而逃。格萨尔一拉铜门，涌出一群男妖女魔，皆化作清风而逃。格萨尔定睛看去，见前面不远的滩头上站着一只花鹞，便立即变成一只大鹏，飞至近前，花鹞又不见了。格萨尔正想靠在石崖下歇息片刻，磨盘大的石块砸了下来。雄狮王腾空而起，看清向他抛石块的正是已披挂整齐的雅杰托噶。格萨尔抽剑相迎，战神威尔玛从空中降下一块巨石，将雅杰托噶的铠甲打碎，雅杰立刻化作一只老鼠钻进崖缝中隐藏起来。威尔玛再施神力，将石崖击碎，老鼠的皮毛被烧焦，瞬间变化成一个野人。格萨尔正要挥剑，野人又不知去向。

岭军等待格萨尔回营，忽然从碣日城中冲出一队人马，为首的正是雅杰托噶。来到岭军阵前，雅杰从马上下来，向大将丹玛献上礼物，然后说：

"以前碣日君臣不自量力，不知格萨尔大王世界无敌，今日悔过要投降岭国，献上宝物作觐见之礼。这是宝贝珊瑚树，是碣日的镇国之物。城中还有无数珊瑚宝珠，都献给岭国格萨尔和众英雄，望大王能恕我们的罪，饶我们的命，大王说什么我们都遵命。现在达泽王已把茶点准备好，敬请岭国大军入王城。"

丹玛见此人目露凶光，眼含杀机，料定此着必为诈降，刚要挽弓搭箭，被玉赤拦住。玉赤向前迈了一步，悄悄摘下套索，对雅杰托噶说：

有神通的八法喇嘛^(注2)，

2　八法：佛教术语，指教、理、智、断、行、位、因、果八法。佛教认为一切法门，总归此八法。

是世间哄人的骗子手；
大部落奸诈的首领，
是败坏事业的祸首。

"如果碣日国真的要投降，你雅杰要作岭国王妃的奴仆，达泽王要作文布的水夫，达玛王弟要给我玉赤放羊。早就听说你雅杰是骗人的妖精，若信你的话玉赤要后悔，大军要倒霉。"玉赤不待雅杰回话，抛出了套索。

雅杰托噶未曾防备，因为他已修成妖魔之体，以为任何兵器都奈何他不得。可玉赤这条套索非同一般，这是天、龙、念三神加持过的、格萨尔大王亲赐之物，上至天神，下至妖魔，没有不能套住的，他雅杰托噶怎能躲得过？！

雅杰见套索越勒越紧，用自己的宝刀连砍九下，也未砍断。雅杰又变化成白牛，套索仍未离颈。众英雄见玉赤已将他套住，纷纷上前，欲将其捆绑起来。白牛拼命挣扎奔跳，众英雄不能近身。丹玛见众人不能擒它，挥剑上前，对野牛道：

十八叉的雄鹿角尖，
虽尖不能御猎犬；
石崖上獐子的牙齿尖，
虽尖敌不过铠甲坚；
农家的雄鸡翅膀美，
虽美不能凌空飞；
雅杰托噶的幻术高，
虽高颈被套住也难逃。

"我手中的这把锋利剑，青铜的绿光亮晃晃，生铁的火花明光光，猛烈的赤电光闪闪，剑到你的头削掉。"丹玛驰马挥剑，朝白牛砍下，没有伤着野牛，坐骑却被牛角抵得鲜血直流。丹玛气得大叫，换了匹马又要冲，被众人拦住。众英雄正不知如何是好之时，雄狮王格萨尔飞驰回营。

格萨尔修起降魔大法，战神威尔玛赶来相助，白牛这才安静下来，任岭国众英雄将其四蹄系上铁绊。战神又给它浇上金刚盟誓之水，众人给他搭上各种绸缎。格萨尔将其送至北方，作了厉神唐拉的坐骑。

诛达泽取珊瑚珍宝
守碣日委阿达娜姆

从王兄雅杰托噶一出城，达泽王的心里就一直很紧张。他盼望哥哥得胜，也为哥哥的武艺、幻术担心。虽然修炼多年，但不知他是不是能敌得过格萨尔。这天夜里，王兄没有回城，达泽做了个噩梦。

恶梦醒来，达泽心情烦乱。本来与哥哥商妥今日去攻岭营，但到现在还不见他的踪影，莫非他……达泽不愿往坏处想。不管怎么样，今日袭击岭营的决心已定，王兄不回来，他也要自己率兵前往。

众将不敢拦阻。昨日雅杰托噶点的四员大将已把城里剩余兵将聚集在一起，只听达泽一声令下，立即随大王出城。

出城的碣日兵将因为是达泽王亲自统率，所以显得格外英勇。一冲进岭营，就杀死杀伤岭兵约有百人，大将扎巴伦珠还射死一员霍尔大将。辛巴梅乳泽见自己的爱将身亡，立即抽剑在手，在马鬃上连擦三下，朝扎巴伦珠扑去：

> 须弥本是大鹏的宫城，
> 狗头鹏飞来要断羽翎；
> 阴山本是猛虎的宫城，
> 狐狸跑来心血枉费尽；
> 碧海本是鳄鱼的宫城，

> 舟船漂渡也不稳；
> 北地大滩是岭军营地，
> 碣日兵将驰来是送首级。

辛巴话到剑到，扎巴伦珠的胸膛像是开了一扇门，心、肝、肺红赤赤地蹦了出来。碣日兵一见，惊叫着退了下去。

大将息瓦威噶和云钟丹增冲开了岭军的右翼，玉拉和阿达娜姆迎上去大战。女英雄在"力挽山岳"铁弓上搭上"九次回转"铁箭，对息瓦威噶道：

"精深的教法在上师身边，请求过多了严令如雷霆下；香甜的饮食在父母手中，要求太多了要挨嘴巴；勇气在碣日大将身上存，逞凶太过了要断送性命。我这支雷霆奇箭，能将石山劈开，今日要向你射去，让你尸首两分离。"

这一箭，射得不偏不倚，正中息瓦威噶心窝，碣日将翻身落马而亡。达泽一见女英雄射死了他的大将，便举刀来砍。阿达娜姆挺枪便刺，被达泽的大刀削掉了枪头。阿达娜姆大吃一惊。达泽第二刀来了，女英雄慌忙一闪，刀中马颈，坐骑的头被剁了下来，阿达娜姆被马掀翻在地。碣日兵将正欲上前擒拿，岭国大将森达赶到，一把大刀抡得达泽眼花缭乱，应接不暇。岭国兵将纷纷涌来，围住了达泽王。这碣日大王见势不妙，急令退兵，弟弟红缨王断后，碣日兵将潮水般退了下去。

达泽回宫，更加心神不定。立即叫一名内臣去神山祭祀，吩咐他，在神山下有松石曼扎一个，祭祀时要用绿柏焚香，从曼扎的右边绕三圈，从石崖上呼唤哥哥三声；再从曼扎的左边绕三圈，将雅杰的名字叫三声；最后对曼扎三叩首，再唤三声神母。这样呼唤九声后，如果有白狮怒吼声，是哥哥得胜的象征；如果听到"您想见哪一个"？是他不在家的象征；如果白雪山上出雾气，是端茶迎接你的象征；如果有野牛的吼声，是哥哥从石山启程的象征。情况到底怎么样，你要仔细看分明。

半日后，内臣回来禀报：

祭祀祈祷后，只听面山中传出狼的哀鸣，左边山中有一只松鸡在叫，曼扎所在的神山被雷箭击得粉碎。

达泽王听罢，立刻昏了过去。大臣和王妃慌忙焚香，喷圣水，半日大王才苏醒过来。达泽只觉血往上涌，心像刀绞一般疼。

岭国大军在珊瑚城外扎下大营，眼见柴草不多了，众英雄欲出营拾柴。晁通忽然指着西南方对丹玛说：

"你看那山峰间露出了树林的枝梢，这北地本是没有树木的平川，怎么会有森林呢？莫不是幻变出来的吧？如果是幻变之物，须由我晁通去察看，我带兵十五人，请你另派出兵士十人，随我去伐那些树木。砍柴虽是粗活，却也能分出高下。"

> 上等樵夫的斧头粗而厚，
> 斧头落下如降冰雹，
> 斧把如豺狼扭腰闪跳，
> 斧刃就像雨雪飘。
>
> 中等樵夫伐木顺裂痕，
> 斧头落下可比流星陨，
> 斧把如猛虎扑跳，
> 斧刃像红鸡冠闪耀。
>
> 下等樵夫伐木性急躁，
> 斧头劈木像撕筋，
> 斧把如蛇乱缠腰，
> 斧刃就像烧火棍儿翘。

丹玛听晁通此言，也怕那些树木真的是幻变之物，便派了十名兵士随晁通而去。

晁通带着拉郭和二十五名兵士前去伐木。走到森林中，见到一株空心老树，晁通正欲上前，突然从树心蹿出三只老虎，一母二仔。拉郭拦住母虎，那两只虎仔便朝晁通等人扑来，吓得他们扭头就跑。刚跑出几步，晁通脚下一绊，跌倒在地。晁通想，这下可完了。两只虎仔张牙舞爪地扑了过来，晁通急忙念咒，一边用刀与两只虎仔搏斗。眼看力不能支，幸好这时，拉郭已将母虎杀死，奔过来又杀了二虎仔，救了父亲晁通王的命。

岭军其他部族的人，也走进这片森林砍柴，晁通拦住玛宁长官拉鲁，不让他们砍。拉鲁一听就火了：

"晁通，我们四部落的大军，一起从岭国来，好比一个喇嘛的弟子，一个长官的属民，遇上朋友大家一起吃喝，碰到敌人大家同用枪刀；苦乐一致，采樵无

拉郭砸死碣目护林虎

岭国大军在珊瑚城外扎下大营,眼见柴草不多了,众英雄欲出营拾柴。晁通忽然发现西南方有一片树木,不知是幻变还是实物?遂邀丹玛派兵同去伐木。走到森林中,见到一株空心老树,晁通正欲上前,突然从树心蹿出三只老虎,一母二仔。拉郭拦住母虎,那两只虎仔便朝晁通等人扑来,吓得他们扭头就跑。刚跑出几步,晁通脚下一绊,跌倒在地。两只虎仔张牙舞爪地扑了过来,幸亏拉郭已将母虎杀死,奔过来又杀了二虎仔,救了父亲的命。

尊卑；大海汹涌，取水无上下。你达绒做事要有分寸，侮辱文布不要过分，没有情谊如两袖清风，不分好歹与猪狗相同。你不让我砍我偏要砍，文布军也要烧茶吃饭。"

晁通被拉鲁的一席话说得羞愧难言，拉郭却忍受不了：

"拉鲁，正像你自己说的，你侮辱晁通长官也要有个分寸。新妇的饰品要轮流佩戴，打仗的战利品要轮流取得。在北方无树的雪川里，这点森林应归我达绒管，因为是我父亲晁通发现的树木，是我父子杀死了看林的魔虎。如果你敢砍一根刺巴，看热闹的唯有苍天，喝鲜血的唯有大地，我战不胜你不是拉郭。"

玛宁长官拉鲁见拉郭蛮横无理，更加愤怒：

"今天我不但要采樵，连你的脖子也要当成松树砍了去。"

眼看两员战将你言我语，就要动起手来，众英雄急忙上前劝解。北征碣日之时，文布与达绒二部立过誓约，保证不再发生争斗，若被大王知道了，定会重罚。玉赤将玛宁长官带回文布大营，晁通率达绒军继续砍柴，整整砍了一百八十驮。虽得了这许多柴草，但晁通的心里反而不安起来。为了这片林子，差点儿闹出人命，趁大王还未追究之前，还是先放点布施为好。晁通立即派人将丹玛请到自己的帐内，对他说：

"长官富于财物，布施香茶绸缎；商人富于珍宝，布施松石珊瑚；猎人富于兽肉，布施肉块油团；北地树木比金贵，我达绒晁通用柴草作布施。"

丹玛连连点头，认为晁通这样做好。

晁通将柴草一一分配。

献给格萨尔大王十五驮，其他各部各族的英雄每人五驮。干柴留给达绒部，湿柴送到文布营。

丹玛不赞成给文布湿柴。达绒家臣心里本来就不情愿分柴，觉得他们的长官晁通太没骨气，连获得点儿柴草还要分出去。听丹玛说要平均分配，便把干柴湿柴一起分了。岭国诸部得到柴草，倒也无话可说。

粮草齐备，岭军准备攻城。第二天一早，辛巴梅乳泽出了大营，忽然发现前面不远处出现一座大寺。梅乳泽心中奇怪，便带兵前去观看。来到寺门口，见门口竖着大磐石，辛巴知道，这是闭关的标志，生人不得闯入。但在大军进攻之际，凭空变出一座寺庙，怎不叫人生疑？梅乳泽定要看个究竟。就在霍尔兵将在寺门外乱哄哄砸门时，寺院的窗子里忽然接二连三地飞出许多喇嘛，袈裟像翅膀一样。辛巴忙命将士抛出飞索，结果全部被飞行的喇嘛砍断，只有梅乳泽自己套

住一人,因为他的套索是镇魔之物,被套住的喇嘛双手紧抓套索,对梅乳泽说:

"不要射杀无辜的飞禽,不要宰杀无辜的牲畜,不要惩罚无罪之人。对我喇嘛要放生,遇到灾难我会护佑你。如果辛巴一定要杀我,你下地狱难解脱。"

梅乳泽一听,此喇嘛说话好像有些根底,遂松了套绳,想问问自己的命运如何。刚要开口,又转了念头:万一说自己是大辛巴,他不肯说实话怎么办?还是先试试的好。于是假称自己名叫多钦,还有个兄长叫梅乳泽。哥哥一生饥食人肉,渴饮人血,杀戮四方人马,大王曾预言说他将于刀下丧命,上师可有什么解脱之法?

那喇嘛早就看出来,问话的并非多钦,而是梅乳泽本人,便说:

"众生都会有生死,只要终生做善事,形死而魂不灭。梅乳泽本是阎罗转生,定然死于刀下。这是前业所定,无法解脱。"

梅乳泽一听无法解脱,登时大怒,手持宝剑对喇嘛说:

> 骗人的事都是喇嘛做,
> 一切谎话都是市侩说,
> 争斗都是妇人挑唆,
> 世人相信皆因白痴。
>
> 狡猾诡诈最后要吃苦,
> 欺瞒谎骗最终会暴露,
> 事事争斗终会有结果,
> 梅乳泽先要割你的舌头。

不等辛巴挥剑,喇嘛摇身一变成为忿怒明王,右手持金刚杵,左手拿铁蝎子,浑身烈火燃烧,噼叭作响,胳膊和腿上缠绕着毒蛇。顷刻间,梅乳泽身边的兵将全部化为灰烬。辛巴大惊失色,立即滚鞍下马,从颈上摘下松石,搭在一条洁白的哈达上,献给忿怒明王,请大王恕罪,恳请赐予解脱罪孽之法。

忿怒明王复又变作喇嘛之身,给梅乳泽密授解脱之法,赐与长寿结和护身符,然后遁去。梅乳泽深感大王恩典,长长地叩了三个头。

几次出城皆败的达泽王想逃走了。没有了王兄,又兵微将寡,这座孤城是无论如何也守不住的。为了能活命,达泽想逃跑。但是,逃到哪里去呢?有的大臣

说，去北地祝古国；有的大臣说，他们愿去尼婆罗；最后有个大臣出了个主意，让大王自己占一卦，看神意如何？

于是，达泽王在人皮上面用黑色卦绳占了一卦。卦辞说，到北方祝古去为好，应该住上三年。众臣满心高兴。达泽吩咐杀一头黑犍牛，大家歃血盟誓，君臣同甘苦，不潜逃，不投降，一起到祝古。为了不让这秘密泄露出去，达泽王把属下兵将召来，告诉他们，明天他要亲自带兵出城，与岭军决一雌雄。

当天夜里，达泽君臣、王弟、王妹、王妃共十六人，带着六个马夫，赶着十五头骡子，驮着献给祝古王的礼物，悄悄出了王城，岭军竟未发觉。将近天明之时，碣日君臣经过岭军仁钦王子的大营。达泽君臣装作玉拉和辛巴的样子，企图混过大营，径直奔往祝古去的大路。

守在大营中的索波王子仁钦一眼看出这些人根本不是岭国兵将，再仔细一看，认出是碣日兵将，便下令放箭。一阵如雨的飞箭，将两个碣日大将射死。王弟东赤达玛大怒，飞马上前，捡起营门口的黑铁上马石，向岭军营门砸去，营门被砸得稀烂。仁钦飞马出营，与东赤达玛大战，片刻将其刺于马下，索波众兵将上前将达玛乱刀砍死。趁着王弟与仁钦交战之机，达泽王和妹妹等三将冲过了岭国大营。仁钦唯恐大营有失，不敢再追。

不多时，仁钦闻报，拉郭、东赞、丹玛、玉赤等岭国兵将奉雄狮之命前来追赶碣日君臣。大王已得天神预言，碣日君臣欲逃往祝古国求援，此时仁钦方知走了达泽王。

说话间，岭国各路人马纷纷赶到。辛巴梅乳泽抄小路赶到了碣日君臣的前面，假扮祝古大臣模样，对急匆匆逃来的达泽王说道：

"这座小山的那面，就是我们祝古之地。来者请讲姓名，我通报后才能放行。我们祝古国境，不能放过外人的一卒一兵。如果你们再往前走刀刃宽的一步路，我们的雷箭不留情。"

碣日君臣见梅乳泽讲话的神情，不像是祝古的大将。不是祝古的人，那必然

> **◎ 辛巴套住本日喇嘛**
>
> 岭军准备攻城。第二天一早，辛巴梅乳泽出了大营，忽然发现前面不远处出现一座大寺。梅乳泽心中奇怪，便带兵前去观看。来到寺门口，见门口竖着大磐石，辛巴知道，这是闭关的标志，生人不得闯入。但在大军进攻之际，凭空变出一座寺庙，怎不叫人生疑？梅乳泽定要看个究竟。就在霍尔兵将在寺门外乱哄哄砸门时，寺院的窗子里忽然接二连三地飞出许多喇嘛，袈裟像翅膀一样。辛巴忙命将士抛出飞索，结果全部被飞行的喇嘛砍断，只有梅乳泽自己套住一人，因为他的套索是镇魔之物。

诛达泽取珊瑚珍宝 守碣日委阿达娜姆

▲ 女英雄阿达娜姆
女英雄阿达娜姆骑着骏马，头戴黑色头盔，腰佩"能斩断九个野牛角"的宝剑，手握羚羊角制成的宝弓，跨越尸横遍野、血流成河的战场。

是格萨尔的伏兵无疑。达泽王气得咬牙切齿，搭箭在弓：

"你这红盔缨的小子，是个什么东西？敢阻我碣日达泽王的道路，看来你是不要命了。"箭一出手，空中马上降下冰雹，千雷俱鸣，大地震动。辛巴梅乳泽因有忿怒明王所赐护身符，才没有被射死，却被震落马下。他身后的一员将连同坐骑，一起被利箭射死。辛巴梅乳泽复又上马，搭弓射箭，连连射中达泽王。达泽边呼护法神、战神、魔鬼神，边和霍尔兵将大战。

岭军众英雄陆续赶到，达泽寡不敌众，拨马就逃。玉拉托琚骑着扎拉王子的青色追风马，与东赞二人紧紧追赶。眼看追上达泽，二人勒住马头，商议如何降伏这碣日大王。玉拉说用箭射，东赞说用刀砍。玉拉箭囊内的神箭"嘭"地一声自动飞到了宝弓上。

就在玉拉和东赞勒马商议之时，达泽以为二人不敢近前，竟得意起来：

"我达泽本是上界天神的敌人，是下界龙王的对手，岭国的两个小子怎能奈何于我？"

达泽见二人取弓的取弓，抽刀的抽刀，不再神气了，哀求道：

"英雄们，只要你们不再追我，这十五驮珍宝送岭国，给八十英雄作礼物。"

玉拉和东赞听了，冷笑一声，岂能为区区珍宝而放走魔王？玉拉说：

"我们所要的不是珍宝，而是你达泽本人，除了下马投降，别无生路可走。"

达泽听了此话，心想，与其投降，不如战死，遂向玉拉射了一箭，玉拉没想到刚才还在求饶的达泽会如此快地射出毒箭，幸而有战神威尔玛的护佑，才没有受伤。玉拉把愤怒之气全部运到手臂，猛地一拉弓，只听轰隆一声，将达泽的两层铠甲击毁，箭从后背穿出，像是开了朵莲花。达泽忍痛而逃。东赞再射一箭，达泽的坐骑中箭倒地，把达泽甩出去老远。王妹姜萨上前，一刀斩了正欲来擒王兄的岭将，拼命保着哥哥夺路而逃。剩下的六员大将下马投降。

森达、阿达娜姆二将拦住了正在逃命的碣日王和王妹姜萨。王妹见不能逃脱，便向阿达娜姆请求投降：

> 苍穹想不让天明，
> 太阳的光辉在后面催；
> 大地想不使坚冰解冻，
> 春天的温暖在后面催；
> 我姜萨想不归降岭国，
> 勇敢的英雄在后面追。

阿达娜姆见姜萨可怜，心想，对投入旗下的敌人，要比儿女还要慈悲；荆棘虽恶，也要庇护鸟雀。遂把搭在弓上的利箭取下，对那王妹说道：

"只要你忏悔罪恶，向格萨尔祈祷，可以饶你不死。"

从后面赶来的东赞听阿达娜姆饶了姜萨，可不高兴：

> 苍狼装扮成白须长老，

满嘴甜言面带笑，
是祸及九族的凶兆。

腿上长绒毛的母鸡，
若行鸡埘时尖声叫，
是子媳分离的恶兆。

淫荡妖冶的女子，
如到邻家言词乖巧，
是挑拨是非的预兆。

逃亡的白盔缨妖女，
口称投降暗抽刀，
是岭军遭祸的征兆。

"可恶的凶鸟鸺鹠雏，白天养它晚上叫；毛纹美丽的小花豹，拴在门口吃羊羔。喇嘛不拯救恶人，长官不庇护罪人。这妖女杀了我岭国将士，不杀她我东赞恨难消。"东赞一箭射杀了王妹姜萨。达泽王还想逃走，被玉拉托琚一箭射死。

格萨尔大王重赏玉拉，众英雄也纷纷向他祝贺道喜。

碣日君臣出逃之日，岭军便破了珊瑚城。格萨尔高居宝座之上，天母降下旨意，要他速速去贡玛海取珊瑚之宝。

贡玛海上，有一座小巧的城堡，那就是碣日宝库珊瑚城。城堡内有四凶煞、四恶魔守卫。

初十日，格萨尔披挂整齐，跨上宝驹，十万战神簇拥着，往贡玛海而来。行至达雅雪山脚下的一条河时，宝马江噶佩布踏死了白螺蛙王哲郭。格萨尔用神鞭把蛙王挑起，将开启珊瑚宝藏的咒符装进蛙王腹内，令它前去八大寒林，召来八部空行母，与格萨尔一起作开启宝藏的法事。

法事整整作了三昼夜。到了十五日，格萨尔率岭地众英雄着华服美靴，一起来到贡玛海边的大滩上。众英雄刚刚下马，只听身后传来山崩地裂之声，眼前的大海也咆哮起来，巨浪滔天，雄龙在右边怒吼，雌龙在左边怒吼，鸡蛋大的铁雹纷纷降落。格萨尔命令晁通："挡住它！"

晁通用手一指，只听一声霹雳，降下三支雷箭。晁通的手指像是被震断了似的，疼得失去了知觉。格萨尔手持铁钩，将四部煞神召了来。煞神们献上了捕风套索、赤色铜刀、隐身木和九福神箭。天色晴朗起来，万里无云，只是大海还在怒吼、奔腾。

众英雄席地而坐，准备休息片刻，只见毒蛇之气冉冉上升。格萨尔取出白狮尾拂尘，洒上黑凶麝心血，念动咒语，四方妖魔现于格萨尔面前，每人捧上一只蝴蝶，有白、黄、黑、绿四色。格萨尔将雷箭射出，四妖魔和四蝴蝶同时化作灰烬。大海这才变得平静下来。

格萨尔手拿钵盂，盘腿而坐，口中念念有词：

> 我上体与乔木同高，
> 是苦行到底的象征；
> 右手能按着大地，
> 是战胜五毒的象征；
> 左手托着钵盂，
> 是富贵有权势的象征；
> 腰里系着绫绢带，
> 是弃恶扬善的象征；
> 狮子座上打坐，
> 是关闭烦恼之门的象征；
> 眉间的白毫放光明，
> 是超度不净众生的象征；
> ……

念罢，格萨尔变成一个穿山羊皮袄的老头子，对贡玛海拜了三拜。

海上现出一片彩虹，彩虹里隐隐约约露出一座城堡，城堡的四门被四个穿着一样靴帽的守门人打开，格萨尔率众英雄走进了宝藏之地。

城堡内，遍地珊瑚之树，美不胜收。过去达泽王统治碣日，每三年到这里来收取一次珊瑚，因为和岭国打仗，至今已有五年没有收取了，所以珊瑚树长得硕大无比，有些已长出城堡之外，被海水、礁石磨损了不少。其中有几株珊瑚长得格外显眼，一株颜色鲜红，有胳膊粗细，一庹长短，枝枝桠桠，长得非常茂密。一株像透明的水晶，只有一肘长短，却有牛腿般粗，几根枝桠长得错落有致。一株颜色微紫，像只乌龟趴在地上。还有许许多多珊瑚长成各种禽兽模样，多为白色。

辛巴梅乳泽见众人要采珊瑚，忙上前止住，从箭囊中抽出三支竹箭：

"这支是大梵天王的御箭,上装海螺箭镞,要取下天国的珊瑚。

这支是念青唐拉的御箭,上装黄金箭镞,要取下煞界的珊瑚。

这支是龙王仁庆的御箭,上装青铁箭镞,要取下龙界的珊瑚。

上至三十三天界,下至欢喜的龙宫,让天、龙、念三神都满足,珍宝的库藏得开启。"

梅乳泽三箭射出,珊瑚纷纷落下,除了献给天神、龙神、念神之外,其余全部运回岭军大营。

第二日,格萨尔大王给各部各族的众英雄分配珊瑚珍宝。众人高高兴兴地领到了自己应得的宝物。唯有晁通,不知又动了什么邪念,受到天神的惩罚,分给他的一颗宝珠,到手里即化作粉末。

分配完宝物,格萨尔又给碣日国百姓发放布施。命女英雄阿达娜姆留在碣日镇守,嘱咐她,对凶顽的武夫,要削掉他的牛角尖;对软弱的百姓,要像羊羔一样爱护。不要向人炫耀华服,不要向人炫耀美丽的剑鞘,不要向人炫耀马匹的健步。对外不要像利刀刃,刀刃太利会脱柄;对内的绫结不要系得太紧,太紧了绫结会断绝。其余岭国兵将随格萨尔班师。

阿达娜姆率碣日众百姓出城相送,岭国大军按顺序离开王城。

大军行至途中,北方赤谷部落哈日索卡王父子又来觐见。因为王子扎拉在向碣日进攻之前曾答应在攻破碣日珊瑚城之后,哈日索卡王有得见雄狮王的机会。

哈日索卡向格萨尔献上金币五百,银币五千,粮食无数。请雄狮王把王子东琼也带到岭国。交给东琼像日月一样的金银两块,还有一马、一甲、一刀以及五色绫绢和九色礼品等,让他自己献给格萨尔大王。

格萨尔见他父子二人如此虔诚,遂收王子东琼为手下战将。赐给哈日王哈达一条,珊瑚十五株,长寿结一个。告诉他要大做善事,王子在岭国也会有一番作为,请他不必担心。

哈日索卡王终于得见雄狮大王,自然喜不自胜,自己的两个儿子也先后做了格萨尔的属下,日后定有成就。大王又赐了许多宝物,心里对雄狮王更加崇敬。

大军行至阿扎境内,又休息几日,然后启程。一路上诸多的小邦国和部落的首领闻知岭军经过,纷纷出城出寨来谒见雄狮大王,格萨尔对他们均有赏赐,自不必说。

第三七回

外道咒师转生称王
噶姆多吉下凡为妃

印度南部，有一个信奉外道教门的国度。国中有一个叫班智达雅霞的大修士，多年来闭关坐禅，苦修大自在天大法，但是毫无所得。因为久修不能成道，他便想了个办法，将自己的右胳膊缠上布，再倒上芝麻油，然后点燃，作为供养之物。这一苦行，感动了大神。大自在天遂亲示神容，允许赐给他所需要的最高成就。班智达雅霞一心要保卫外道教义，请求大神赐与能够战胜一切的成就。大神当即答应他将成为黑暗世界的大法力的非天[注1]、妖魔、罗刹、饿鬼等同道者，给他借出了盔甲、兵器等，赐给他能够战胜一切的成就与教诫。并赐与授记道：

"在最后的时光里，你将成为一个有极大权威的军国国王。"

班智达雅霞得到大神的真言，又有了能够战胜一切的成就，便骄狂起来，不把任何人放在眼里。

这天，班智达雅霞来到位于印度灵鹫山和醉香山之间的美丽碧池中沐浴，恰好碰上一位神通广大、法力无边的修持密咒的仙人色吉钦布。二人彼此互望了一眼，班智达雅霞的嗔怒之心勃然而起。刹那间，班智达雅霞变作一条长长的毒

1　非天：梵语阿修罗之意译。六道之一，为常与帝释天战斗之神。其容貌男丑女端正。

蛇，用身子将碧池围绕起来，蛇头吸吮着池水，池面上顿时毒气弥漫，好似海上腾起大雾一般。

同在池中沐浴的百姓们哀号起来。仙人色吉钦布却不紧不慢地作起法来，瞬时变化成大鹏鸟，左右两爪分别立于灵鹫山和醉香山顶，又把翅膀连抖三下，三千世界顿时左右摇晃起来，万钧雷霆，直向下劈；猛烈冰雹，倾盆而下；火焰风舌，吞噬地面。班智达雅霞眼见有被火舌吞噬的危险，慌忙收起变化，隐身遁去。仙人色吉钦布再次作法，将池水变成甘露之汁，令众百姓继续沐浴，然后飞逝而去。

班智达雅霞并不肯就此罢休，立即修起法来，准备七天之内炼成魔法，抛出施食[注2]，以报复仙人色吉钦布。

哪知刚修到第三天，仙人色吉钦布已得到预言，于是立即修起诛戮大回旋法，把四根净橛杵[注3]向四方抛去，顿时四方火起，熊熊大火罩住了班智达雅霞，使他求生无路，脱身乏术。班智达雅霞临死之前发下一愿：

愿我此身转生后，投生为藏区赡部洲的生命之主，经咒教义[注4]的刽子手，让我能用武力征服世界。

班智达雅霞转世投生在祝古国，取名宇杰托桂扎巴，父王名叫拥忠拉赤赞布，母后名叫象萨鲁牡白吉，长兄叫达玛朗拉赞布。宇杰长到三岁，就能弯弓射箭，刀马箭三艺日渐成熟，无论是天上飞的还是地上跑的，皆能百发百中。满六岁时，征服了六大邦国。九岁时，又击败了各路入侵之敌。到了十三岁，祝古王辞谢人世，祝古开始赛艺比武选王。

十八天过去了，经过各种技艺的比赛之后，仅剩下四名勇士。他们准备进行最后的竞赛，以夺王位。这最后一关非同寻常：在约一俱芦舍之遥的生铁大磐石上，放着九副铠甲，九顶盔帽，九个盾牌，上面高悬一面宝镜，凡能一箭射穿铠甲、盔帽和盾牌者，当拥立为王。四勇士摩拳擦掌，跃跃欲试。

第一个勇士只射穿了铠甲，第二个勇士只射穿了盔帽，第三个勇士只射穿了盾牌，他们失去了称王的希望。最后轮到宇杰托桂了。只见他二目圆睁，双手用力，把一张弓拉得像满月，弦上的箭带着呼啸声射穿了九副铠甲，九顶盔帽，九个盾牌，最后，连那生铁大磐石也被射得粉碎。臣民们始而惊诧，继而欢呼，遂拥立宇杰托桂为祝古国王。

2　施食：用魔法炼就的污浊之物。
3　净橛杵：三楞形降魔杵。上端为佛像，下端为三楞尖状。整个杵状如木橛，为佛教红教派的法物之一。
4　经咒教义：佛教术语。亦译为显密教义，指佛教的显密二门。

祝古上、中、下三地。上祝古色隆贡玛滩，有金色灿烂的四大湖；中祝古霞如朗宗城，有紫雾弥漫的多嘉热瓦平原；下祝古晃拉郭噶，有银色辉煌的四大山。宇杰托桂自从称王以后，权势大得无人能抗衡。驾前有智勇双全的文臣武将，属下部落有九十九万户，金银财宝不可计数。因为征服了七大强敌^{（注5）}，国土日渐扩大，属民日益增多，声威大震。

己亥年，雄狮王率领岭国军马征服了北方碣日国的珊瑚城之后的第三年，格萨尔修完了大乘正见禅定和自我解脱禅定，功德及法术获得了不可思议的增长。

就在格萨尔解除坐禅、终止修行的第二天黎明时分，太空中忽然出现一个火焰般的红人。此人手握一把赤铜宝刀，胯下一匹备有珊瑚鞍辔的骏马，周身燃烧着火焰，左右围绕着八部鬼神部众。红人边走边唱：

> 我念达柏泽大战神，
> 是斩断敌人生命的大战神，
> 是庇佑百姓的大战神，
> 雄狮大王格萨尔，
> 我神有旨要预示。

格萨尔得知战神有预言，忙屏息静听。

"格萨尔呵，你可听说过这样的比喻：'上师们为正法而老去，若无故动心乃是受魔鬼的哄欺；长官们为法纪而老去，若悄悄贪赃受贿乃是受魔鬼的哄欺；年轻人为御敌而老去，若麻痹大意乃是受魔鬼的哄欺！'这些话讲出了世间道理。格萨尔呵，今年你们一定要打到祝古去。祝古国也有个格萨尔，你俩要在交锋时见分晓，岭地和祝古要在战争中分高低，英雄勇士要在交手时比武艺，战马也要在疆场上比功绩……岭地和祝古的一切都要比，今年正是打开兵器库的佳期。无论如何你要到祝古去。"

到此时为止，格萨尔率领着岭国的兵马，已经征服了大食牛城、索波马城、碣日珊瑚城、阿扎玛瑙城等十二个大邦国。岭国变得粮丰衣足，牛强马壮，人丁兴旺。但是，格萨尔仍然觉得征服祝古是件很困难的事。祝古国王的属下，有许多武勇盖世、刚毅顽强、法术高深、神变莫测的外道魔类大臣，这些人作起法来，能使山岳首尾颠倒，江河上下翻卷，祝古的儿郎个个都精骑擅射，马似飞

5　七强敌：指岭国以外的邦国的勇士，并不具体指谁。史诗中也称七强寇，表示数量众多。

龙，箭如霹雳。要征服祝古，绝非易事，单是从岭地到祝古的路程就有一月之久呢！格萨尔这样一想，心中更觉忐忑不安。

岭地的老少英雄们又聚在一起了，白玛拥忠大会场设起了九十九排上等座位，众英雄挤挤插插，聚于一堂。

格萨尔缓缓从宝座上站起，极目远望：在巍峨耸立的拉扎泽姆山岳之上，格佐日玛峰突兀峥嵘，高接蓝天；在险峻嶙峋、层峦叠嶂的山岳之中，玛杰邦拉^(注6)神山迤逦磅礴，雄伟壮阔；在土地肥沃，部落兴旺的山岳之下，纳嘉秋姆森林深邃又茂密。这就是我们岭地，是世上唯一美好又庄严的圣地。由远及近，格萨尔大王的目光又落在众多英雄们的脸上，他郑重而庄严地向勇士们道出了天神的预言：

"……诸佛与菩萨的教谕，飞天和空行的授记，大战神的严命，三件大事聚在一起，告知我这样一件重要的事：在辛丑当运这一年，若不把北方祝古的兵器夺回岭地，祝古的外道大王将如猛虎，六笑纹^(注7)丰满难收拾；在南赡部洲广大的地区中，红黄教门将如黎明前的星辰，疏疏落落湮没在天际。光明正法的声音，将不会在人们耳边响起。妖魔鬼怪将来取我们的金银珠宝，夺我们的骡马牛羊，杀我们的臣民百姓，众生将遭受劫难，恐惧、疾病、灾荒、刀兵战乱会把岭国变成一片荒滩……为了避免这种灾祸到岭地，我们要召集各国兵马，出动十万大军，立即向祝古进兵。"

众大臣和老少英雄个个神情肃穆，却掩饰不住内心的激动，他们又要与大王出征了。英雄们当然知道祝古的内情，更知道这一仗的艰难，所以更想快些打到祝古去，在战争中与祝古决一雌雄。

为了帮助格萨尔降伏祝古王宇杰托桂，天母朗曼噶姆决定派一个空行母下凡，去做宇杰王的妃子，在格萨尔北征祝古时，作为内应。

朗曼噶姆一声召唤，那东方金刚类的空行们，犹如宝螺之雨纷纷下；那南方珍宝类的空行们，犹如福运的金屑飘飘落；那西方莲花类的空行们，犹如和煦的春风徐徐至；那北方事业类的空行们，犹如湖海之上的甘霖濛濛降。天母喜盈盈地看着这些空行们，郑重其事地把祝古王的情况说了一遍，问众空行母谁愿意做那有权有势、有九十万户部属、财宝数不清的祝古大王宇杰托桂的王妃。并且说明，不愿长住时，仍可回到空行母的行列中来，就像那虎入山林、鱼归大海一样。

---

6 玛杰邦拉：玛沁雪山的又一名称。
7 六笑纹：指老虎的斑纹，老虎的别称。

天母说完，众空行母你看看我，我看看你，立即哗然四散。有的隐入山林，有的飞向云际，有的没于流水，有的遁入土地，就像消逝的彩虹，顷刻不见了踪影。天母微微一笑，这正应了那句俗语："盗贼不会自家招认，姑娘不会自请出嫁。"

到了初八日，狮面天母在宛巴扎卓大寒林圣地^(注8)大宴众飞天和空行。席间，天母决定不再多讲，指着空行母噶姆多吉说，只有她具有嫁给祝古王的缘分，一定不要推辞。到祝古的期限是三年，三年一过，愿意留下就继续留下，不愿留下就回来。

空行母噶姆多吉慌忙站起，恳求道：

"请别让我到祝古去，天神和魔鬼怎能生活在一起，乌黑和雪白扭成一根绳没有意思。我这洁净晶莹如水晶的身体，下到人间有顾虑：身体怕被魔鬼玷污，血脉恐要受阻碍，命脉恐要受损害，外脉怕要被撕裂，内脉怕要被折断。还是不要派我去了吧，若是空行中一定要有人去，那么最好掷骰拈阄。"

天母见噶姆多吉不肯下界，立即讲了一番道理。告诉她，空行母下界并非只她一个。魔国的阿达娜姆，岭国的梅萨绷吉，姜国的王妃，都是空行下界。现在为了帮助格萨尔完成降魔大业，请她务必不要再推托。

天母的一番话使噶姆多吉心中豁然，立即应允下凡，但她要求要好迎好送才行。

> 上等君子迎送新妇时，
> 金玉的流苏多璀璨，
> 锦衣美饰琳琅光闪闪，
> 人强马壮衣甲明而鲜，
> 壮丽的楼阁巍峨照人眼，
> 自己安乐、别人祝愿都俱全。
>
> 中等丈夫迎娶新妇时，
> 松石的流苏多璀璨，
> 鲜丽的衣服飘飘展，
> 骏马的银鞍光闪闪，
> 吉祥的帐房美丽庄严，
> 只有欢乐没有愁怨。

---

8 大寒林圣地：又称八大寒林，是传说中的圣地。宛巴扎卓是八大寒林之一。

> 下等丈夫迎娶新妇时，
> 为了借帽子向上奔走，
> 为了借靴子向下奔走，
> 送亲的人们羞愧难当汗如流，
> 看热闹的人们笑难收，
> 这样的伴侣实在不可求。

"我要那，迎亲的人们鞍鞯华丽而鲜艳，我要那，送亲的人们呼声响彻云天。就是这样，我也不会和宇杰托桂生活一辈子，答应下嫁不过是暂时的。"

天母朗曼噶姆立即答应给噶姆多吉上好的陪嫁，黄色的要拿黄金来陪送，黄金粉末犹如雪花纷纷落；白色的要拿白银来陪送，银锭块块犹如绸缎叠叠起；头上饰品的松石十八种；身上穿的有锦衣十八种，夏日有不怕阴雨湿的天蓝碧绡绸雨衣，冬天有不怕朔风吹的红色火山缎暖衣；还有能够随心所欲瞬时到达的那坐骑，雪白如螺的追风驹……

> 上等姑娘出嫁时，
> 颈上丝巾犹如浓云在舒展，
> 背上丝带犹如冠带飘飘悬。
> 第一头上的帽缨微微颤，
> 第二腰肢如白藤柔而颤，
> 第三足下锦靴弯而颤，
> 要具备这三种颤动的美姿出家园。

> 中等姑娘出嫁时，
> 颈上丝巾洁白如海螺，
> 背上丝巾柔软似绒雪。
> 第一头上的帽缨秀而丽，
> 第二腰间的锦衣秀而丽，
> 第三足下的缎靴秀而丽，
> 要有这三种秀丽才能出嫁去。

> 下等姑娘出嫁时，
> 颈上丝巾似绑绳紧缚，
> 背上丝带像送鬼的替物。

> 第一头上抖动着那帽子，
> 第二胸中抖动着那心肺，
> 第三足下抖动着那驽马，
> 在这三种摇晃下到夫家。

众空行们纷纷唱起送亲歌，喝起送亲酒，欢欢喜喜却又依依不舍地送噶姆多吉下界。

再说那祝古国王宇杰托桂，称王一年后曾娶一王妃，夫妻二人恩恩爱爱，六年后生下一子。王子三岁时，王妃便病逝了。托桂王悲哀凄楚，郁闷愁苦，不理国事，专为王妃祈祷祭祀九个月。六月初一这一天，祭祀期满，遂接受祝古国上、中、下三等人的请求，除去丧服，沐浴身体，换上美丽的锦衣，佩上华贵的饰品，打扫宫城，洗涤殿宇，重理国政。到了初八日这天，众臣提议出游，宇杰王欣然允诺。

自从王妃死后，宇杰托桂一直沉浸在悲痛之中，这是他第一次出宫游玩。四位重臣，十九位大将，一百二十名内臣，一百二十名中臣，一百二十名外臣，簇拥着祝古王出了城门，浩浩荡荡地前往山林之中，准备好好地玩上几天。

赛马、射箭、比武、掷骰子，宇杰大王很久没有这样开心地玩过了。到了第五天晚上，正是八月十三日，宇杰王睡在雕有孔雀交错的床上，心旷神怡地做了个梦。快天亮时，宇杰托桂醒来把梦中之事又细细地想了一遍，认定今天定有大喜大福降临。

当太阳的金光洒向山顶之时，祝古王派出内大臣一百名，个个换上华丽的锦衣，漂亮的靴子，像风一般向前猛跑，向古杰多吉威噶神山献上黄金、白银、绸缎、马牛羊等，进行祭祀。

祭完了山，又祭海。祭完了海，宇杰托桂又带着众臣去朝拜圣湖。

因为一直不见梦中的吉兆出现，祝古王不觉有些心焦。正在焦急之时，忽然发现前面的山腰上有两个仙人般的姑娘在采花。仔细看了一会儿，不远处又发现一个姑娘。宇杰托桂心中一阵高兴，坐在那棉软的锦缎坐垫上，用红色丝巾把他那像皓月般洁白光亮的面孔擦了又擦，然后招呼众臣：

"喂，你们看。"众臣顺着大王的手指望去，也看见了三个美丽似仙的姑娘。宇杰托桂想起了自己的梦，兴奋地告诉诸人：

"昨夜黎明前，我睡觉得一梦，梦见拉隆玉措湖岸上，一道虹光从东方升起，虹光中出现了穿螺甲的将军九百骑，还有装束相同的部众十万余；又一道虹光从南方升起，虹光中走出穿金甲的将军七百骑，还有装束相同的部众十万余；又一道虹光从西方升起，虹光里站着穿珊瑚甲的将军五百骑，还有装束相同的部众十万余；又一道虹光从北方升起，虹光中驰来穿松石甲的将军三百骑，还有同样装束的部众十万余。最后呵……"宇杰托桂忽然笑了起来，众臣正听他讲得有趣，见大王忽然大笑，知道定然还有更好的在后头，忙催着大王讲下去。

宇杰托桂兴奋起来："最后梦见那湖中长出了三朵花，白色的是美丽的蜀葵花，红色的是夺目的藏红花，青色的是幽雅的邬波罗花。这三朵花呀，都被我宇杰采摘下，你们说，这梦境与今日所见差不差？"众臣已从大王的话里听出了弦外之音，那梦中的三朵花当然是预示着眼前的三个姑娘，大王分明想纳这三女子为妃，却又不好意思明讲。这是想让众人把话讲出来。

果然，以王兄达玛朗拉赞布为首的众臣说话了：

"眼前这三个姑娘，够得上做我们国王的妃子。"

"嗯，行，行。"

"啧啧，像神仙一样的姑娘，当然可以做王妃。"

只有大臣霞赤梅久心中疑惑：我们逝去的王妃，艳丽如仙女，稳重似山岳，深沉像大海。可现在这些姑娘们呢既像是能使政教昌盛，又像是将使国运衰败，使人看不明真相。但大王已经看上了，众人又都异口同声说好，我还是不说话的好。

大臣赛冷森格扎巴跳起来：

"松石、珊瑚和玛瑙，是妇女们喜欢的饰品，快，快把松石和珊瑚用升量来！快，快把宝马备起来！一备'神女神技'快速马，二备'锦纹流星'好骑骥，三备'飓风怒吼'千里驹。快，快把大臣派出去，一派我英雄精悍的森格，二派那见博识广的霞赤梅久，三派查拉赤德扎巴。把三匹骏马牵，驮回来的吗，哈……"

祝古王像孔雀听到雷声一样喜悦：

"对呀，对，这三位姑娘，一定是上界赐予我的。快，快去把她们请过来，请不过来用套索，我一定要娶她们为王妃。"

三大臣骑着三匹马，牵着三匹马，带着松石、珊瑚、玛瑙、绸缎等物，还有三条套索，沿着山边，向三个姑娘驰去。

刹那间，霞赤梅久已抢先来到姑娘们身边。只见这三个姑娘：

> 身上的大发辫像凤凰在展翅，
> 小发辫像灵鹫在张翼；
> 脑后的发辫上垂着松石流苏，
> 头顶的辫子上珍珠宝光熠熠；
> 颈下佛盒放射着上弦月光华，
> 佛盒丝绦上镶嵌着鲜花一朵朵；
> 绸缎衣裙飘飘摆，
> 环佩银链叮铃铃，
> 靴上的虹霞光灿灿，
> 金珥玉珰嵌得亮闪闪；
> 好一个
> 十全十美的天仙女，
> 好一个
> 钩魂消魄的小仙媛。

难怪大王看上她们。霞赤梅久细细打量着三位姑娘，看得如痴如呆，半晌儿才回过味来。见姑娘身边已经堆满比人还高的鲜花，并且还在继续采摘，霞赤梅久起了疑心：这三个女子若不是精怪所变，怎么会采这许多花，这里的风水、时运，肯定被她们压着哪！若让她们当了王妃，不仅会危害大王的寿命，还会给地方上带来不幸哩！霞赤梅久左思右想，心中盘算了三四一十二次，打了五五二十五个主意，决定变化一下，赶走这三个姑娘。

在三个姑娘面前，突然出现了一个粗而黑的矮个子，眼睛睁得像盾牌一样，脸上滴着一股股黑血，身上的铠甲时时冒着毒气，手中拿着九庹长的黑蛇长索，像猛虎扑食一样，大吼着向姑娘们扑去。

三个女子顿时逃得无影无踪。霞赤梅久这才高兴起来，收回变化。再看那鲜花垛时，竟一朵也不见了，霞赤梅久顿时愣在那里。

这时，森格和赤德也赶到，见霞赤梅久呆在那里发愣，三个美女不见了，心中不解，便问霞赤梅久可曾见那三位姑娘，霞赤梅久马上恢复了常态，忙说，没有见到，他也正在这里寻找。

森格并不怀疑霞赤梅久的谎话。极目远望，透过树缝，他看见了对面石崖上，有两个姑娘正在捉虱子，另一个躺在草地上睡着了。森格高兴之极，碰了碰两个同伴的胳膊，用手一指，让他们悄悄地看。三人慢慢拨开树丛，寻找上石崖的路。霞赤梅久心中好生奇怪，这么一会儿，三女子竟上了石崖，肯定是精怪所变,却又不好明说。当着二位大臣的面,他也不好作法,只得悻悻然跟在森格后面,去找那三个姑娘。

三位大臣悄然来到三女子面前,那三个姑娘竟像没看见他们一样,依旧在做自己的事。森格将飞索藏在衣袖内,拿出名叫"一抹月华"的六白松石一块,名叫"犀牛小角"的六红松石一块,名叫"摩尼喜绕"的六黄松石一块,系在三条哈达上,笑吟吟地摆在三个姑娘面前,然后说:

"三位风姿秀逸的妙龄女呵,你们来自何方?这里是祝古的土地,刚才我们祝古君臣看见了你们三位,大家让我们请你们三位到祝古大王驾前。"

"你们是谁呀?"

"红霹雳在天空难展施,因为有他霞赤梅久的神箭矢;锐利的宝剑寒光闪,这就是宝剑的主人赤德赞;大力英雄一枝花,就是我森格扎巴。我们祝古大王他,能同赤红的火焰谈话,能役使清清的流水,能逮住呼啸的朔风。那飞禽们呵,可没有在天上翱翔的自由;那奔流的河水呵,可没有澎湃的自由;那捧着霹雳的苍龙呵,可没有在空中腾跃的自由。"森格极其得意地向三位姑娘炫耀着自己和两位同伴,更把他们的大王宇杰托桂吹上了天。说了他们君君臣臣,又夸耀祝古的财宝:

"我们的黄金白银犹如山岳,牛马骡羊就像河滩上的沙粒一样多,年年风调雨顺,五谷丰登。我们还有三十九座兵器大城堡,四十座铠甲大城堡……你看这,"森格一指面前摆放着的三块松石:"这'一抹月华'的六白松石,价值和金库一样;这'犀牛小角'的六红松石,价值和银库一样;这'摩尼喜绕'的六黄松石,价值和茶库一样。今天献给你们,问一声你们可愿意做我们国王的妃子?"

森格以为这样一炫耀,三个姑娘立即就会同意做他们大王的妃子,所以他有些得意洋洋。另外两个大臣也斜着眼睛看着这三个姑娘。谁知那为首的姑娘冷笑了一声:

"你们恐怕还不知道我们的根底吧!我是雪山之女噶姆森姜措,她是草原之女赛玛梅朵措,这最小的一个来自碧湖,是龙女宛姆鲁姆措。我们本是天神、厉神、龙王的三姑娘,为了向神献花才到这里。常言说:

与其和无敌的长官争高低,
不如跳下高崖自杀更欢愉;
与其做那猥琐无能的国王的妃子,

> 不如到处流浪更欣喜；
> 与其给那愚蠢之人讲道理，
> 不如把炒面袋系紧倒安逸。

"聪明的大臣呵，我们不羡慕人间的财宝，不希图人间的田地，不喜欢人间的居民，更不愿意留在这里。"说完，噶姆森姜措拉着两个同伴的手就要走。

森格等三人这才明白眼前这三个姑娘并非他们想像中的那种低贱之人，也不是凡间姑娘，而是仙女。如果大王娶了神仙做妃子，人神结合，还愁有什么不可战胜的？连霞赤梅久也觉得这事挺如意。见三女要走，森格忙起身拦住：

"美丽如意的仙女们呵，请不要走。你们只说仙界好，并不知道真正的好地方在人间。我们吃鲜美的肉，喝醇香的酒，穿漂亮的衣服。春天播种，秋天收获，一年到头，笑语欢歌。你们呢，饿了只能吃人们煨桑的香气，冷了只能把云彩当衣裳，居住的地方又荒凉，外出行走时只好随风飘荡。还说什么不喜欢人间牲畜，不喜欢为何把病疫放？若不羡慕人间的田地，为什么用冰雹把五谷伤噢，我知道了，自命清高的上师们，当被不熟悉的施主邀请时，嘴里说不去，实际上已经走出去了。门第高贵的富家女，当要把她嫁出去时，嘴上说不去，实际上已经迎出去了。"森格把嘴一咧，口气硬了起来：

"当以轻柔的哈达迎接时，若不自愿地说声去，等到那青色飞索扬起时，就再也不能逃脱了。我劝姑娘们细考虑，不要错过这好时机。"森格已经打定了主意，如果三个姑娘答应和他们走便罢，若不答应，就用飞索把她们套到大王驾前。

三个姑娘聚在一起，悄悄耳语，噶姆森姜措说话了：

> 说到要做大王的妃子，
> 她的声音就得洋溢在藏区，
> 我们可没有这样的美誉。

> 说到要常穿华丽的锦衣，
> 就要有白藤一样的腰肢，
> 我们可没有那样的风姿。

> 说到要戴那黄金首饰，
> 就要有柳条婆娑的青丝，
> 我们可没有那样的辫子。

说到要戴那金银戒指，
就要有芸香枝似的纤指，
我们可没有那样的手指。

说到要佩那金丝绦带的佛盒，
就要有宝镜似的胸脯，
我们可没有那样的玉脯。

说到要穿那虹纹锦靴，
就要有轻盈婀娜的步姿，
我们可没有那样的走势。
……

"像我们这些流浪四方的女子，怎么能做大王的妃子！这样岂不坏了大王的美誉！"

噶姆森姜措的话音刚落，最小的姑娘宛姆鲁姆措又说话了：

"那向下流动回漩的湖水，青色的苍龙不会去喝它；夏季生长在岩山的带露草，放牧的牛群不会去吃它；那被毒死的牦牛肉，修行者们不会去吃它。宇杰托桂不过是肉体凡胎，我们仙人怎么能嫁他？"

"是呵，是呵，"赛玛梅朵措也走了过来，"要我们出嫁也可以，大臣你得答应三件事：第一大王的权势要和大鹏鸟一样高，还要有像大鹏鸟头角一样的饰品给我们；第二大王的腰肢要和利箭一样直，还要有那像装饰在神箭上的彩绸一样的饰品给我们；第三大王的脚步要像丝巾一样轻盈，还要有一个走路像丝巾一样轻盈的迎亲队来迎我们。"

森格颇有耐心地听这三个姑娘的种种要求，明白她们这是故意刁难他。但是，有什么办法呢？大王有言在先，无论是娶还是抢，都要把这三个女子弄到手。现在，既然她们不再说不嫁的话，还是答应她们的要求，让她们高高兴兴地跟自己走才是。森格和颜悦色地正要答话，那霞赤梅久早已忍耐不住。本来他就不喜欢这三个女子，更不希望她们成为祝古国的王妃。现在见她们说这说那的，马上作起法来，骑着马绕着三个姑娘飞跑起来，速度之快，像是有一圈马围着姑娘，形成一堵马的墙。霞赤梅久一边跑还一边恶狠狠地说：

"你这长着水泡眼的姑娘，谎话说得精妙无比，一边挤牛奶一边还要说不喝牛乳，谁信你的话是真的！右边坐着的那位姑娘，是个心黑诡诈无比的女子，喝鲜血喝得容颜红赤赤，却偏用不吃鲜肉的鬼话来骗人。左边坐着的那位姑娘，吃酥油吃得面色发青，却偏说不贪财爱物，谁会相信这是真的？布谷鸟若说不喝那雨水，则没有它可喝的水；人若说不吃肉和酒，则世上没有可吃的东西。世上有三件事不值得听：醉汉的威胁话，乞丐的诉苦话，婆娘的撒谎话。我们三大臣，奉命来请你们，废话不要说，说了我们也不听。你们不能飞，大鹏鸟在等着你；你们不能逃，这有飞索守着你。"

三个姑娘本是天母朗曼噶姆所派，怎么会逃呢？若想逃，霞赤梅久的"马墙"又怎么能挡得住？三女子装作害怕的样子，点头答允跟他们去。

姑娘们一点头，天空中顿时现出绚丽的彩虹，花雨纷纷自天而降。祝古大王宇杰托桂在众臣的簇拥下，也前来迎接这三个美丽动人的妃子。众人献上无数珍宝，唱起了赞美王妃的歌：

尊贵的噶姆森姜措呵，
丰姿艳丽犹如太阳照在雪山顶，
红红白白的锦衣多美丽呵，
佩戴的珍宝价值连城。

草原的姑娘赛玛梅朵措呵，
体态像风吹鲜花一样轻盈，
花花绿绿的锦衣多美丽呵，
黄金珊瑚饰品多吉庆。

圣湖的女儿宛姆鲁姆措呵，
容颜像十五的月亮耀眼明，
虹色的彩衣飘飘摆呵，
松石玛瑙饰品亮晶晶。

祝古君臣喜迎新人入城，黄金、白银、珊瑚、玛瑙的饰品任她们挑，任她们选。举国上下，一片欢腾，欢迎来自仙界的姑娘，庆祝他们又有了王妃。

宇杰托桂拒谏兴兵
十三邦国北征祝古

噶姆森姜措嫁给祝古王宇杰托桂为妃,已近三载。五月初一这天,噶姆森姜措得到神灵的预言,已经到了降妖伏魔的时候。她早早地就起了床,穿上锦衣彩衫,佩上金玉首饰,把自己打扮得比鲜花还美,令人消魂失魄。她喜滋滋、娇滴滴地走出寝宫,手执一把金壶,先为托桂王斟了一杯酒,然后说:

"安坐在富丽堂皇宝座上的托桂王呵,您权势显赫能役使三界,您威力无边能降伏顽敌。藏区有句谚语,叫做:'江山要在王运昌盛时掌握,长官的谋略要在部落昌盛时培养,战争要由贤父王发动,父王的珍宝要由女儿佩戴。大王您呵,要使自己的权势更大,要使自己的臣民更多,就要去争去夺……'"

宇杰托桂王怔怔地看着噶姆森姜措,有点不明白王妃的意思。森姜措眨了眨眼睛,继续说:

"古杰(注1)藏区和我们久有冤仇,第七代祝古大王时期,他们曾出兵到我祝古,杀死了大王的弟弟,又像在山头上猎鹿群一样杀死了我们许多将士,像在山谷中追黄羊一样杀死了我们无数百姓。大王啊,此冤不申你空为大丈夫,此仇不报你枉称祝古王,不把藏地拿到手,你的权势是虚空。等到岭国和藏地联合起来,就非但报不成仇,反要被仇人所杀。"

---

1 古杰:古代藏族地区的称谓。

听罢王妃一席话，宇杰王如梦初醒：

"王妃呀，你真是说到我心里去了。我足智多谋的妃子，若不是你提醒我，倒把这前世冤仇忘得干干净净了。好，这次我若不把那仇敌消灭掉，就算是你生养的。"

托桂王传令集会，大臣和战将们应召前来。宇杰托桂把要征服古杰藏区的事一说，立即得到霞赤梅久等人的响应。

"我霞赤梅久，乃是雪白狮子雄踞的对手，是斑斓猛虎咆哮的对手，是疯狂大象角力的对手。今天我们号称无敌的托桂王呵，降下了黄金般的旨令，真让我心花怒放。是浓云就要下雨，不下雨青苗靠什么？是国王就要保护国家昌盛，不这样让百姓去靠谁？有仇不报是懦夫，有冤不申恨难消。像这样无能的名声传出去，只剩下破鞍烂鞯也绝不怨悔；男子汉要为祖国捐躯，虽粉身碎骨也愿意。"

森格一听霞赤梅久满嘴的豪言壮语，不由暗自思量：祝古军要攻打古杰藏地，最后肯定没有好下场，我现在不能跟着霞赤梅久他们乱叫，应该劝劝大王才是：

"大王呵，俗语说：'若以巧妙的方法驾驶船只时，会把大洋中的珍宝取到手；若用灵活的战术打敌人，会把胜利拿到手，虽然已经到了报仇的时候，也用不着兴师动众挑起战争。是不是派人先去谈判，大臣我愿意充当这谈判的使臣。收回我们的部落，讨回我们的珍宝。若谈判不成，我们再征杀过去好不好？"

祝古王的哥哥朗拉赞布一听"谈判"二字就火了：

"森格你这种人，外表像英雄，实际是狐狸。对那仇敌藏地王，怎么能想得出求告谈判的事？狮子不傲风雪算什么？猛虎不吃人肉算什么？灵鹫不冲云霄算什么？英雄汉不能报仇算什么？想我祝古雄兵几十万，苍天虽高能把它撕开，大地虽阔也叫它颤动，要让湖水江水河流水统统都变成血水，要让红艳艳的人肉铺满草原，要让鹫鸟一见血肉就厌烦。"

森格见朗拉赞布如此杀气腾腾，凶神恶煞一般，心里纵有一千个主意一万条妙计，也不敢再说出口。

宇杰王笑眯眯地看着王兄，决定派他带领祝古军出征。

祝古军一路夜宿晓行，所经之处，弱小邦国皆闻风丧胆，纷纷开城让路，不敢有所怠慢。这天，祝古军行至阿扎国附近，朗拉赞布命人飞马前去通报，请阿扎国打开城门，让祝古军通行。他哪知阿扎已归顺岭国，岂有给他让路的道理？朗拉赞布一听不肯让路，禁不住怒从心头起，就要传令攻城。随同前来的几位大

臣都劝这位王兄不要因小失大,耽误了大事,他们的主要目标是古杰藏区,等收拾了藏区,再来找这该死的阿扎国王算账不迟。

王兄朗拉赞布强忍心头怒火,传令绕道而行。

古杰藏区国王丹赤杰布早已得到报告,祝古大军正向他的国境进军。边城森姆宗告急。藏王速召耶如[注2]和云如[注3]两地兵马三万,不分昼夜地赶到森姆宗解围。援军一到就和围城的祝古军打了起来。长途跋涉的疲劳,加之人马远远少于祝古,尽管将士们奋力拼杀,藏区兵马还是很快被击败了。打败了援军,祝古军更加肆无忌惮,一口气攻下了森姆城。

森姆城的守军和耶如、云如两路援军一起退入查姆宗,立即派人把战败的情况向藏王丹赤杰布禀报,请大王再派援军到查姆宗,共同守城。

攻下森姆宗的祝古军,兴高采烈地欢庆自己的胜利。王兄朗拉赞布命令部队休息几日,准备攻打查姆宗。

丹赤杰布王得到兵败的急报,焦虑万分。如果任祝古军这样节节胜利,古杰藏区危在旦夕。但是,怎么办呢?凭藏地的这点兵马,是不能和祝古军对抗的,对抗的结果只能是以卵击石。

大臣们纷纷不召自来。他们也感到情况十分危急,一旦祝古军打进来,古杰藏区就有覆灭的危险,人人都难以逃生。君臣们聚在一起,紧张地商议着对策。最后一致决定:第一,再派援军到查姆宗,死守此城。第二,速派人到岭地,向格萨尔大王告急,恳请派兵救援。这正是:干旱时求助于龙王,霪雨时希望阳光,要想制伏那祝古军,使百姓免遭祸殃,古杰藏区只有求助于岭国格萨尔王。

2 耶如:藏语音译,意为右翼。
3 云如:藏语音译,意为左翼。

丹赤杰布王给使臣拿出了觐见格萨尔王的礼品：一是洁白无垢的哈达，二是如日光灿烂的黄金块，三是如月光莹莹的白银团，四是能咕咕发声的松石鸽，五是能咩咩喊叫的海螺羊，六是虚空雷城的宝盔，七是白狮雄踞的宝铠，八是能砍大象的宝刀，九是斑斓猛虎的虎皮。

藏王嘱咐使臣：

"这些都是我们古杰藏区的宝物，全部献给格萨尔王，请求他快到藏区来救急；请求他将一年的路一月就走完，一月的路一天就走完。"

再说岭国，雄狮王自从得到天母的预言，决定征服祝古之后，岭地的兵马纷纷聚集到王宫的周围。格萨尔又派使臣前往霍尔国、姜国、门国等十二个邦国，命辛巴梅乳泽等大将立即率兵前来岭国，共同讨伐祝古。

当使臣来到霍尔国时，霍尔辛巴王像迎接最高贵的宾客一样迎接他们，献上哈达，摆上香茶美酒，问候雄狮大王安康。使臣讲明了大王的旨意，辛巴梅乳泽捋捋胡须，马上点起十二部落的兵马。只见霍尔兵纷纷从自己的部落开出：

白缨部队像皑皑雪山，
黄缨部队像灿灿金山，
黑缨部队像暮云游漫，
铁缨部队像黑崖排列，
虎缨部队像胜幢飘扬，
绫缨部队像云彩翻滚，
绿缨部队像青苗茁壮，
青缨部队像蒙蒙浓雾，
鹜缨部队像纷纷雪花，
花缨部队像彩虹绚丽，
红缨部队像团团烈火，
……
十二部人马都已聚集。

当天晚上，辛巴梅乳泽睡下后，梦中出现从未有过的恶兆。梅乳泽醒来后暗想，看来他是不会有平安归来的福分了，虽然他还想多为雄狮王尽些力，但现在是很难了。难道自己的命运和福分真的如此微小吗？他正在暗自思量之时，女儿朗色姜格来了。原来，她也是昨晚做了个恶梦，好像这次出征对父亲不利，所以早早跑来劝阻父亲还是不要出征的好。她手捧系有"光明普照大地"松石的哈达，深情地劝着她那日渐衰老的父亲：

>那雪山上的白雄狮，
>上半世践踏群山多威风，
>下半世四爪卷缩，
>舔着嘴上的冰花钻进石洞。
>
>那磐石山的黑野牛，
>上半世头角峥嵘多雄壮，
>下半世角钝蹄秃，
>喝着沙滩潦水卧在谷口坝子上。
>
>那森林中的斑斓虎，
>上半世茸毛丰满有威力，
>下半世茸毛蓬松竖起，
>只希望别碰到地弓窝箭里。
>
>霍尔的支柱辛巴王，
>上半世功绩无比，
>下半世年迈力衰，
>不该去硬拼碰强敌。

"父王呵，姑娘我膝下有三男，长子已经十八岁，让他代父王去出征，他能指挥霍尔大军，不会有差错。"朗色姜格说着说着，心里一阵阵发酸；再看看父亲那老态龙钟的样子，更加不忍，一股股热泪禁不住流了下来。

辛巴梅乳泽已从梦相中预感到自己的恶运，女儿的话又隐藏着这种恶兆，这是过去任何一次出征时所不曾有过的事。但是，为了让女儿放心，为了能报效格萨尔的知遇之恩，就该高高兴兴地去出征。想到此，梅乳泽面带笑容地对女儿说：

"在霍尔的各种预言中，没有我辛巴会死于刀兵之说。我梅乳泽虽然老迈，也不该缩在家里不敢动弹呵，如果真是变得这么没有用了，活着还有什么意思呢？常言说：'男子汉大丈夫死去的地方就是敌人之手。'我这一生跟着格萨尔大王，已经平伏了八个国家，这次大王命我北征祝古，我怎么能不去呢？"梅乳泽说到这，忽然想起了在自己过去的誓言中曾有扫平九个敌人的祝愿，莫非这祝古王真是我该灭的最后一个敌人了吗？辛巴梅乳泽不愿再想下去。是大鹏鸟就不畏惧高崖，是苍龙就不畏惧湖海，我辛巴怎么会惧怕那祝古兵将？！可不想又不行，此次出征，恐怕自己是回不来了，对身后之事一点也不交代好像又放心不下。于是，梅乳泽装出不在意的样子对女儿吩咐说：

"万一我有个闪失，"见女儿面露惊慌之色，梅乳泽把口气放得更缓和了些，"我说的是万一，你要为父王做几件事。第一是从我的金库中取出岭国所没有的如意珠，把它献给雄狮王。这是我家的传世之宝，请格萨尔大王为父亲我超度。第二取出银库中的麻尼珠，把它献给霍尔的上师古如，请他为父亲我念经祝福。第三从我的兵器库中取出有毒的宝刀，献给王子扎拉，请他保护我辛巴的后代们。我这讲的是万一，万一为父有了闪失，女儿呵，你一定要把这几件事办好。"

见父亲主意已定，女儿也不好再说什么，只得起身为父王打点行装。她在心中把那战神、厉神拜了又拜，愿他们保佑父王，真的能像父王自己说的那样，三年之后平平安安返回霍尔故乡。

格萨尔的使臣又到了姜国、门国、上索波、下索波等十一个邦国，继续召集部队。在这些邦国中，也有像辛巴梅乳泽一样对雄狮王忠心耿耿的，就积极在自己的属地征集部队，迅速出征；也有不愿出兵打仗的，就推三推四，但慑于雄狮王的威力，也不得不勉强出征。

无论是自愿的还是勉强的，讨伐祝古的大军终于会合了。只见这支军队，前锋如火焰四处飞溅，中军如黑蛇曲曲弯弯，后队像红球紧紧缠绕，黑压压铺天盖地，浩荡荡压倒群山。

这天，以玉拉托琚为首的第一路大军行至北方野狼谷的谷口，正好碰上古杰藏区派来求援的两位使臣。使臣见过玉拉后，立即向王子扎拉的大帐奔去。他献上给雄狮王格萨尔及众将们的礼物之后，把祝古军进攻古杰藏区的情况详细地向扎拉王子作了禀报，恳请王子即派兵到藏地，以解古杰之危。

王子扎拉细心地听着古杰藏区使臣的禀报，心中揣度着，这祝古国果然厉害，我们尚且没有打过去，他们反倒先杀过来了。看来若不去古杰藏区解围，那祝古军得寸进尺，就要打到岭国来了。这么一想，扎拉立即安慰两位使臣道

"你们先回去吧，我率大军随后就到，消灭那祝古军，用不了太长的时间，谁不知道雄狮王的军队天下无敌。"

两个使臣没想到这么容易就得到了王子的恩准，这么容易就请到了岭国的救兵，因此连连叩头称谢道：

"王子呵，让我们怎样报答这救命之恩呢？就是用黄金铺地，也只能报答大王和您的恩德于万一而已。"两位使臣心想，有这么多勇猛无比的将士，古杰藏区可是得救了。他们再次谢过王子扎拉，拿着王子给藏王的信件，急急回国而去。

王子扎拉果然率军随后赶来了，六月十三日，到达古杰藏区境内。王子吩咐扎营休息。祝古兵一见岭国兵马到来，纷纷出营观看。只见那：

汲水的人像鸟群飞，
湖海虽大也被他们一舀而干；
打柴的人像冰雹落，
檀林虽密也被他们一齐采光；
白色的帐篷，
密密层层仿佛白云翻滚。

红色的火焰，
熊熊燃烧好像要把太阳烤焦；
烟云腾腾遮盖天空，
马群奔驰摇动山岳；
苍天虽高，
也得弯下腰；
大地虽阔，
也觉得狭窄。

这岭军，真是多得心中想也想不出，眼睛看也看不清。

祝古兵将一见岭国军马众多，加之勇士们个个神采飞扬，都有不可战胜之势，胆小的吓得毛骨悚然，胆大的也想现在就回兵祝古。

王兄朗拉赞布一见这阵势，心中盘算着：古杰藏区这些狡猾的君臣们，竟把格萨尔的人马引到这里来，而且来得这么快。若不早些打过去，他们也不会放过祝古军。打，肯定打不赢，但是不管怎么样，不能就这么回国。朗拉赞布决定和岭军开战，即使只剩一个人，这仗也得打下去。

第三天，六月十五日，朗拉赞布认为这是个吉祥的日子，遂列队迎战岭军。

首先出阵的是先锋杜摩托察扎巴。岭军迎战的是老英雄丹玛，青人青马青铠甲。他指着杜摩托察，似笑非笑地说：

"大上师亲到地方上，是要把六道众生安置到正法之中；大长官来到地方上，是要把三界安置到乐土上；你大将军来到地方上，要做的事情是哪桩？苍天和大地交战，有太阳和月亮对峙，若二者在空中不会合，昼夜的分别无从知。善良和邪恶交战，有经咒二者对峙，若不到金光灿烂的讲经场，黑白的区别难辨析。祝古与藏地交战，有两位大王对峙，若没有我岭国出阵，是非的区别难分清。你们祝古和藏区有什么事情不能商量，非要动刀兵？"

祝古大将杜摩托察早闻丹玛的英名，听这老头说的话，是根本没把他放在眼里，还责怪他们祝古进兵藏区，今天若不给他点儿厉害瞧瞧，他永远也不会把堂堂的祝古国放在眼里。

"喂，你老头子一派胡言，只有傻子才会听你老叫化子的谎话。祝古和藏区的事自有我们自己管，哪里用你插什么话？若是想来这里帮助古杰藏区和我们祝古作对，那就别怪我不客气。"

"小伙子，不要把话讲绝了，事要慢慢办，才能如心愿；马要慢慢跑，才能得第一；小伙子要慢慢想一想，才能懂得我话中的道理。"

杜摩托察哪有心思和丹玛废话，早把弓箭拿在手里，不等丹玛说完，箭已出弦，直射得丹玛的铠甲叮当作响，但未伤着老将一根毫毛。丹玛抖了抖身子，慢慢抽出一支箭：

"蛮横无知的小伙子呀，我本不愿伤害你，可你逼我操弓箭，你射一箭我若不还是懦夫。我这一箭若是射出去……小伙子，你看这支箭：为了让它端直我把竹杆采，为了使它结实我只用第三节竹子，为了让它能飞我用羽翎贴了三面，为了使它美丽我用黄金镶箭尾，为了使它锐利我用精铁制箭镞，为了使它坚硬我用筋绳来缠绕。你再看这弓：安有金翅大鹏的天角和野牛的勇角，镶有大象的牙齿，猛虎胸前的皮拿来作弓弦。今天让你吃一箭，来世不要再吐狂言。"丹玛轻轻拉动弓弦，利箭直向杜摩托察飞去。

杜摩托察只觉胸口"当"的一声，似有千钧霹雳来劈，顿时口吐鲜血，坠于马下。刚才还豪情满怀的英雄，转眼成了虚无缥缈的冤鬼。

祝古军首战失利，他们想，一位老者尚且如此厉害，那年轻的英雄岂不更加难敌，遂不敢再战，全军溃败下去，岭军也不追赶。

祝古兵败回营，王兄朗拉赞布和众将聚在一起商议该怎么办。那胆小的，被岭军吓破了胆，心里早把回国的主意想了一千遍，可是见到朗拉赞布凶神恶煞的样子，吓得话到嘴边又咽了回去。那平日不可一世的英雄们，这会儿也不敢再说大话，生怕再去和杜摩托察作伴。左思想右商议，最后决定派人回国去向宇杰托桂大王禀报，请大王派援兵来。因为冬天需要太阳，夏天需要雨水，地里的庄稼需要肥料，古杰藏区有了岭国人马做后盾，我们需要宇杰托桂王。

报信的使臣派出去了。眼下的问题是军队怎么办？仗是不能再打了，再挑战肯定不会有什么好下场，可不挑战就得等着挨打，援军一时半晌又赶不到藏区来，总得想个应急的办法。

王兄朗拉赞布终于想了个主意。第二天清晨，在祝古营内架起了两座炮台，朝着岭军大帐。随军的术士头戴黑帽，手撑黑旗，由五百名铁甲骑士簇拥着，念诵着咒语。他把岭国的诸将挨个咒了一遍，然后下令发出一大一小两块炮石。

刹那间，空中似有千雷齐鸣，轰轰隆隆，震得山岳摇晃，大地震荡。那块大炮石，直向王子扎拉的右营、色巴部的大帐砸了下去，四十几个将士连同大帐一起被砸得粉碎。那小炮石落在姜国的前营，砸死了三十几个兵士。

岭军被炮石所击的消息很快传遍各地，古杰藏区的君臣比岭军将士更加焦虑，却又无力迎敌。他们只好把神佛前面的供品摆得高高的，祈祷神灵保佑岭军得胜利。

岭国君臣对破敌的方法有分歧，有的主张把大军开过去，有的主张制作长翼白头木鸟，有的主张用子母炮石。就在大家议论纷纷、莫衷一是之时，晁通捋着胡须说了话：

"长翼白头木鸟虽然能飞却威力小，子母炮石威力大却打不远，如果破不了祝古的炮石，大军冲上去等于送死。"晁通见人们不再说话而直愣愣地看着他，心中很是得意，到了关键时刻，只有他晁通才能拿出好主张。

"我们应该在四方筑起炮台，派四员大将镇守。我晁通要向神灵祷告，保证能把祝古军打掉一半，然后再让大军冲过去，全部胜利就是我们的。这好比：狂风吹散了乌云，太阳的光芒会照射大地；摧毁了湖面的坚冰，白肚皮的金眼鱼自然会跳跃腾起；我们的炮石击败了祝古军，胜利自然会到我们手里。"

晁通说完，原以为众将会赞不绝口，谁知却是一片反对声：

"造炮台时间太长！"

"很难不让敌人知道。不等我们造好，祝古军就会杀过来。"

"还是造长翼白头木鸟的好。"

"对,从天而降,祝古军一定不会想到是怎么回事。"

"造一只木鸟。"老将丹玛赞同道,"装上能追得上太阳的翅膀,装上能扫除黑暗的鸟眼,在鸟的心脏里装上地方神和八部鬼神,达绒长官晁通王骑在木鸟上,戴上黑法帽,穿上黑法衣,拿着生铁锨,飞到祝古军的上空去。"

晁通可不愿意:

"我不能骑木鸟,更不能降霹雳,我的法术不能用在这里。"

众将却说晁通能骑木鸟,而且只有他才能降伏祝古军的术士。

晁通不便再推诿,只好答应下来。

第二天中午,木鸟造好,晁通立即骑了上去。他念动咒语,木鸟马上腾空而起,转瞬间就飞到了祝古军营的上空。一时间,天上乌云翻滚,空中电光闪闪,地上狂风大作。因为晁通施用了隐身术,祝古军只见头顶一块大大的黑云团,并不能看见晁通和木鸟。晁通再次念动咒语,呼唤八部鬼神。顿时,一团团乌云突突直冒,云层中一个炸雷跟着一个炸雷,天和地像要挪位似的,山崩地裂。一阵阵狂风卷着鹅蛋般大的石头,劈头盖脑地向祝古营地砸去。直砸得帐篷个个稀烂破碎,直砸得将士人人哀号悲叫,战马乱蹄乱奔。晁通在木鸟上作歌曰:

清净法界无量宫,
太阳神变的宝座上,
智慧火山的穹窿下,
天神马头明王呵,
若有智慧,请用尊目赐垂鉴,
若有慈悲,请把神通来施展,
今天请降临,辅我晁通王,
今天请降临,灭他祝古将!

眼看着火焰轰轰烧,狂风卷卷旋,祝古兵乱作一团,不知该怎样躲避这突如其来的灾祸。大臣霞赤梅久也慌了一阵,随即便镇定下来,他料定这是岭军所施法术造成。霞赤梅久马上烧起"青龙降落"等最恶毒也最污秽的法物,毒烟缭绕,遮蔽了天空。晁通的法术被毒气所熏染,顿时失去了灵性。木鸟歪了翅膀。摇晃着落入祝古军营之中,二十几人死于木鸟之下,其余的人不知空中落下什么怪物,都吓得魂飞魄散,嚎叫着逃命。

晁通自己也摔得昏了过去。他不知自己是怎样掉下来的，待他醒过来时，第一眼看见的就是祝古大臣霞赤梅久——两只眼睛瞪得像两只木碗，黑褐色的发辫上冒着一股股红火，好像纠缠在一起的毒蛇。在霞赤梅久的周围，站着百名穿黑熊皮战裙、手执大砍刀的兵将，杀气腾腾地瞪着躺在地上的晁通，嘴里在不停地辱骂。晁通这时才明白自己是陷入了敌阵，吓得毛发根根竖起，黑汗腾腾直冒。心想，这不是小鬼送到阎王手里了吗？完了！就是有九条性命也活不成。晁通心里害怕，知道无法逃脱劫难，但一种求生的欲望使他立即双膝跪地，叩头不止。

　　霞赤梅久一见晁通这副贪生怕死的贱相，更加生气：

　　"你这个长满红胡须的老头子，看样子不像古杰藏区的人，那定然是岭人无疑。听说岭国有个叫晁通的坏家伙，惯会施用巫术，你是不是晁通？"晁通只顾叩头，霞赤梅久一把将他揪起：

> 在猛虎激烈搏斗的场合，
> 狐狸徘徊时腰脊将受损伤；
> 在鹰雕奋力搏击的场合，
> 小雀飞翔时六翼将受损伤；
> 在黄龙愤怒吟啸的场合，
> 小蜂飞扬心房将迸裂开腔；
> 在祝古与藏地比赛技艺的场合，
> 岭国帮腔是不是太狂妄？
> 看你这贪生怕死的丑模样，
> 要把你搁在乱刀下分尸，
> 要把你吊在高竿上作箭靶，
> 要把你的心活活往外剜，
> 除此之外哪会有好办法？！

　　霞赤梅久说着，猛地把晁通往地上一摔。晁通顾不得浑身的酸痛，爬起来继续叩头，嘴里还不停地叨咕着，只要饶他一命，让他干什么都行。

　　霞赤梅久心想这老头如此怕死，为何不问问他岭军的情况？

　　"嗯，老头，如果你说实话，说出岭国为什么要帮助古杰藏区，都来了哪些人，想要干什么？说出来可以饶你不死。"

　　晁通一听他又有活的希望了，暗自高兴，遂把自己所知全部讲了出来，还把格萨尔大骂了一顿，只是不敢承认自己就是晁通。

但是霞赤梅久想起来、也看出来了：

"看你这尖嘴猴腮，就像个惹事生非的小狗；看你这小眼睛一开一合，就像那永远不知足的老犏牛；看你前额突出犹如黄牛犊，两耳呼扇呼扇犹如癞猪崽，脚干儿打哆嗦像只狗，无勇无武像狐狸，一嘴两舌像毒蛇；看你挑拨三方和睦的熊样子，肯定是晁通那贱贼。"霞赤梅久一指旁边的一只大铁箱："晁通你看见了吗？这只箱子就是为你准备的，待在里面，太阳晒不着，风雨淋不着，你可以在里面称王，可以让那虱子把你吃个够。装进箱子再用'腾烟骏马'飞车载着你，你就可以到好地方去喽！"

霞赤梅久说完，不等晁通再哀告求饶，便速将他装进铁箱，载到车上，口中念动咒语：

"'腾烟骏马'飞车呵，要把一月之路当成一日之程行走，要把一年之路当作一月之程攒行，把那圆圆石子踏得烟雾腾，把那碧绿草原踩得灰尘起，把那清清河水溅得起泡沫，把那皑皑雪峰开出一条黑路来，把那斑斓的岩石踩得像磊石滚滚，在那灰白荒滩上行走犹如鸟影掠过去。"

幻变的飞车立即腾空而起，载着晁通朝祝古方向飞去。

岭军早已得到预言。以丹玛为首的八员大将已等在途中，望见那一团乌云似的"腾烟骏马"，八支箭同时射向那飞车，飞车顿时坠下去。众人打开铁箱，救出晁通。那晁通脸色灰白，以为到了祝古的领地，死也不肯睁开眼睛。众人叫了半天，他才明白是被救了，高兴得像个娃娃。众将立即把铁箱和飞车统统毁掉，扶着晁通回营休息。

此时，岭军的炮台已经造好，王子扎拉命令立即向祝古军抛出炮石。一阵炮石像雹子一样落在祝古军营中，可怜的祝古军马非死即伤，慌乱中王兄朗拉赞布撞到了玉拉托琚的箭下，只剩下大臣霞赤梅久带着五百将士夺路而逃。

至此，祝古侵犯古杰藏区的战争彻底失败了。

第三十九回

雪耻辱托桂再发兵
求神灵岭军又获宝

霞赤梅久带着残兵败将朝祝古方向逃去。途中,他迷失了方向,错把尼婆罗当成祝古,不顾死活地往那里赶。眼见随从越来越少,他也不以为然,直到看见那茂密的森林和幽深的峡谷,才发现迷了路,但已经晚了。其他的祝古兵将逃回宫城,向宇杰托桂大王详细禀报与古杰藏区和岭国作战的经过,把那岭军的厉害加倍地描述了一番,要求大王倾城出动,一定要与岭国分个高低上下,并把古杰藏区踏平。

宇杰王对兵败并不放在心上,只是霞赤梅久未归使他有些担心,但也没有露在脸上。只见他微微一笑:

"大鹏鸟高飞也有掉羽毛的时候,斑斓虎发威也有爪子失灵的时候,我们常胜的大军今天遇到岭国那些坏小子们,有些损失也没什么关系。我们当然不能就此罢休。我们祝古的百万大军,要统统开到藏区去。这样的大军,会使日月暗淡,能把大海舀干,能使高山颤抖,会让沙漠让路,我们还有什么可怕的呢?!"

为了增加军马数量,祝古王决计向邻国绒穆塔赞王和噶域阿达王求援。使臣分别前往两个大王处。那噶域阿达王本是个不知利害、不识时务的君王,并不知道与岭国交锋不是个开玩笑的事。他毫不犹豫地应允:立即点起本部人马,随时听候祝古王宇杰托桂之命,时刻准备出兵。绒穆塔赞王却是个沉稳老练的聪明人，认为在目前这种情况下作战，对于保国土安臣民极为不利，沉吟了半晌，给宇杰托桂王复了一封信，讲明本国兵力不足，不能满足大王要求，还请原谅，等等。祝古君臣见信，虽然恼怒，却也不好勉强，况且现在又不能用武力去讨伐他，只求他日后不要加入到与祝古作对的行列中也就行了。

粮草齐备，兵马聚集，只等托桂王一声令下，祝古大王就要再次进攻古杰藏区。突然，天空出现一片黑云，接着开始降雪，祝古军只得停止行动，待天晴再出兵。

天一直不晴，雪像一团团绵羊毛，纷纷扬扬，不紧不慢地下个不停，直下得天地一片混沌，飞禽也断了食粮，祝古大军的马匹和驮运粮草的牲畜死了一半。眼看这雪下了七天七夜，天还不见有晴的意思，祝古王急了，但又无计可施，只好派出寄魂鸟白脑狗头雕前去侦察。

这神鸟长得很特别，狗头雕身，狗头如白螺，眼睛似珊瑚，长着黑鹫一样的胡子，左翅上有生铁九旋金丸，右翅上有精铁九尖宝轮，长翎上有能劈开清风的宝剑，短翎上有巍巍古堡的围壁。一听大王派它出去侦察，狗头雕用利爪梳了一下胡须，观了一下胸前的玛瑙色绒毛，饱饮了一顿混有鲜血的美酒，然后向着西南方飞去。飞了不知有多远，忽然狂风大作，刮得狗头雕睁不开眼睛，无法飞行。狗头雕一头钻进山洞，洞内的碎骨头成了它充饥的东西。狗头雕吃饱了，浑身感到舒服又温暖，见洞外那漫天飞舞的雪花，摇了摇翅膀，晃了晃狗头，不想再飞了。

大雪下了十八天，狗头雕一直等到雪停才飞出洞。往前飞呀飞，狗头雕又不想飞了，可一想到回祝古没法向大王交代，就又往前飞。飞着飞着，迎面碰上七只老雕。狗头雕定睛一看，知道是岭国的巡逻部队所变，心里一阵欢喜一阵愁。喜的是终于找到岭国的兵马，愁的是都说岭国兵强马壮，将士甚是厉害，不知自己能否活着回去。狗头雕避开了七只老雕，继续向前飞，它要尽可能地少找麻烦，把岭国的情况看了就赶快飞回去。突然，它看见有一人一马在滩上走，心中好生奇怪。在这荒山野岭，单人独马敢出来行走，可不是件容易的事哟，说不定他的身后会有大部队到来，我应该好好看看。狗头雕这样一想，立即落在滩头，佯装晒太阳，窥视这一人一马的动静。

在滩中行走的是晁通。原来，王子扎拉在梦中得到神的预言，说祝古王的寄魂鸟狗头雕将来岭营侦察，要乘势灭掉它，以便使宇杰托桂的魔气减弱些。扎拉遂派晁通来降伏这狗头雕。

晁通在滩上行走，看见狗头雕落在滩头，便晃了晃身子，把化身分作两半，一半变作鹞鹰，从阳山之巅飞到狗头雕前面的一块磐石上；另一半变作雄鹰，从阴山之巅飞到狗头雕后面的一块磐石上。晁通紧了紧甲衣，系了系头盔，又扯了下马肚带，口中念动咒语，坐下马便呼啸着向狗头雕驰去，吓得狗头雕想飞，可翅膀搧不动；想跑，两只爪子挪不动，只能在原地扑腾扑腾地乱跳。

晁通想起自己被祝古军装在大铁箱子里，弄得非人非鬼的样子，又看见眼前狗头雕拼命挣扎的可怜相，不禁发出一阵怪笑：

呵哈，可怜你这狗头雕，
若能飞，即刻冲到天上去；
若不能在鸟道上奔驰，
六翼虽发达，究竟有何益？
你若能跃，即刻跳到空中去；
若不能在虚谷中鼓浪，
技艺虽精熟，究竟有何益？

"白首狗头雕呵，你这老鸟贼，想起那祝古对我的坏处，我就恨不得吃了你的肉、扒了你的皮。今天你落在我的手里，我要把你的羽毛付清风，我要把你的鲜血付大地，我要用你的六翼作为披箭的装饰，扶助我达绒晁通的神箭。射天，天如麦芒纷纷落；射地，地如谷糠飘飘去；射人，人如丝绒股股折。"晁通一边说一边把弓箭拉得满满的。

狗头雕想凌空，双翼抬不起；想遁地，双足抬不起；想求饶，又太丢身份。既然怎么做都不行，就只好直愣愣地待在那里，一动也不动，听凭晁通发落。

晁通把拉满的弓又放下了。他忽然想起这狗头雕肚子里藏有宝刀，若不让它吐出来，岂不可惜。于是晁通走近狗头雕，踢了它一脚：

"喂，把你肚子里的宝刀吐出来，快，快吐呀！"

狗头雕像是没听见，仍然傻愣愣地待在那里。晁通见状，心中不免有些疑惑起来：看这呆头呆脑的样子，哪像什么寄魂鸟啊？莫不是我弄错了，或者是扎拉王子得到的预言不对？如果不是祝古的寄魂鸟，无故弄死一只鸟，岂不是罪过？晁通忽然动了慈悲之心，重又念动咒语，狗头雕顿觉浑身轻松起来，搧了搧翅膀，觉得又可以任意飞动了，这才对晁通说：

"我狗头雕本是祝古宇杰托桂大王的寄魂鸟，现在，我要飞回去了。谢谢晁通的不杀之恩，请尝尝这个吧。"说完，狗头雕往晁通的头上喷了一堆粪，双翅一翻，腾空而去，晁通想再念咒语也来不及了。晁通又悔又恨，又气又急，遂把盔甲、弓箭捆在马背上，咬破食指，在一张桦树皮上写道："我去祝古侦察，三日内不能回来。"然后一拍马屁股，那马朝岭营驰去。晁通只身变化成三只黑雕，朝狗头雕飞走的方向追去。

到了下午，太阳西斜的时候，晁通变化的三只黑雕追上了狗头雕。晁通念动咒语，因为狗头雕正在清风之中，咒语不能发生效用。晁通见抓不住它，又摇身一变，变成一具马尸，横在狗头雕眼前。狗头雕正是又饥又渴的时候，见眼前一具马尸，尸上还有许多乌鸦在啄食，便即刻落在马尸上。它刚啄了一口，爪子就被晁通设的罗网缚住了。晁通立即站起身，毫不犹豫地用两块羊头般的石头砸死了狗头雕。

见狗头雕确实已死，晁通取了那能斩大象的腹刀。这刀果然是一把非同寻常的宝刀，长有一肘又一拃，上面有纹像卐字在回旋，刀刃犀利得吹毛能断，刀腰结实得能钉铁锹，刀光雪亮晶莹闪烁。晁通高兴之余，忽又想起得这宝刀之不易，却还要将宝物献给王子扎拉，不免有些忿然。他想来想去，决定不把宝刀献出去，而且还得让众人知道自己的辛苦。想呵，想呵，晁通想出了一条妙计……

岭军不见了晁通，却见到了他的马匹、盔甲和手书，知道他尚未降伏狗头雕，众人也不以为意，继续行军不止。这天，正当部队往前行，嘉洛、鄂洛、卓洛三部落的上空突然被黑雾笼罩。众人都停住了脚步，仔细看着这团黑雾，半晌才看清隐藏在雾中的是只狗头雕，还在不停地喷吐黑雾。十几个岭兵受了这黑雾的玷污，胸口变成了黑色。众兵搭弓齐射，没有一箭能够射得着狗头雕。那嘉洛家的独生儿子昂赛玉达见这只妖鸟如此可恶，说道：

"这狗头雕该撞到我的箭上。"说罢就是一箭，狗头雕的锁骨被射中，当即坠地，岭兵纷纷向前，举刀就砍。那狗头雕忽然说话了：

"嘉洛仓的玉达呵，你怎能把人神的誓言来破坏，我本是岭国色巴部的寄魂鸟呵！"

众人一听是岭国的寄魂鸟，把举起的刀放下，一齐看着小将昂赛玉达。

"晁通，你不要骗人了。"大臣噶德站了出来，"你若再用这种障眼法骗我们，我们就不客气了。"说着举刀就要剁。

晁通见此术不能骗人，反要丢命，便收起变化，把自己一路的辛苦以及降伏狗头雕的经过讲了一遍。然后去见扎拉王子，把原来嘉察赐给他的一把腰刀磨了磨，当作宝刀献到王子面前。众人虽知此刀有诈，但碍于面子，均不道破。

古杰藏区的七十六万大军随着岭国的大军迤逦前行。行至离祝古还有十天的路程时，藏王丹赤忽感不适，遂命四卦师占卜问吉凶。四卦师按卦图所示的三百六十卦，整整推算了三天，才向丹赤王禀报结果：

在祝古的朗嘉托宗，有一座像人狮跳跃似的山峰，山峰上有座四方形的水晶城，城内有一位活了几千岁、叫司贝阿琪甘姆的老太婆，她手里有四件宝物："一是美丽的隐身木，二是威震三界的黄金锣，三是黑风雨拂尘，四是白风雨拂尘。这四件宝物，若能全部取得，就能统治四大洲；若能取得三件，则能统治三千世界；若能取得两件，则能统治南赡部洲；若能取得一件，则只能统治南赡部洲的一半。若能取得宝物，则祝古即破，若得不到宝物，不要说岭军和藏区军队，就是把四大洲的部队全调来，也难破祝古。"

"那么，怎样才能得到那宝物呢？"丹赤王问。

"取宝之人必须具备菩萨一般的智慧，神一般的技能，这样的人难寻哪！"

"我们藏区若是没有这样的人，岭国一定会有。我们不如去求助他们。"

"不必了，取宝之人就在眼前。他是大臣噶尔·旺秋坚赞。"

丹赤王举目四望，噶尔·旺秋坚赞已来到他的面前，愿意为大王前去取宝。藏王遂命为旺秋坚赞准备一应物品和随行人员，第二天早晨就出发。

王子扎拉也得到预言，和众臣商议的结果，是派达绒长官晁通前往四方水晶城取宝。

旺秋坚赞等主从七人，从藏区部队的营地出发往祝古国寻宝。行至途中，旺秋坚赞听得有人在念诵：

> 若想在天上行走时，
> 要有青颈苍龙为坐骑；
> 若想在空中行走时，
> 要有金眼凤凰为坐骑；
> 若想在大地行走时，
> 要有追风逐尘的宝驹。

旺秋坚赞勒住马缰，定睛一看，原来是位老者。看那鹤发童颜，定是来历不凡。旺秋坚赞立即跳下马，正要上前请教，忽然想起了这样的谚语："上等人讲话和而缓，和缓的讲话中包含着真实；中等人讲话先询问，询问时把假话真话掺合在一起；下等人讲话忙又急，慌慌张张讲的都是假言谎语。"旺秋坚赞不慌不忙地走近老者，先向老者献上哈达，然后才用和缓的口气向老者讲述古杰藏区的遭遇以及他此行的目地。老者一捋长髯，很高兴地说：

"你们所需的那四种宝物，在祝古的郭扎石山的一个大山湾里，在老阿妈阿琪甘姆手里。到那要过五道关，人多了很难通过，只有福大命贵的你一个人去，才能把宝物取到手。"这老者正是药王的化身。

药王说完，又告诉旺秋坚赞，明天早晨要怎么办，并交给他一顶装着信件的白狮帽。旺秋坚赞遵命只身前去取宝。

第二天下午，旺秋坚赞来到一座白石崖下，看见一只白鹫鸟在一块大石旁翻滚，挣扎，原来是被一块骨头噎住了。旺秋坚赞用药王的密咒为白鹫医好了病，白鹫问：

"呵，恩人，你要我用什么方式报答您的大恩呢？"

"我要到祝古郭扎朗宗石崖，找那阿琪甘姆老婆婆借宝物。请你给我指条路吧。"旺秋坚赞诚恳地提出他的要求。

"到那里可不容易，不要说人，就是长翅膀的鸟也不敢去呀。不过，您是我的救命恩人，我就送你去吧。来吧，恩人，骑在我的背上。"白鹫鸟说着，伸开双翼请旺秋坚赞骑上去。

旺秋坚赞想了想，从怀中取出白狮帽戴在头上，然后跨上白鹫鸟。那鸟腾空而起，旺秋坚赞只觉两耳生风，吓得不敢睁眼。飞到太阳快落山的时候，来到一处谷脑有青幽幽的石崖、谷口有整整齐齐的村落的地方，白鹫停住了：

"恩人，太阳快落山了，你去下面村庄找一住宿的地方，我在崖头歇息。明天早晨来找我时，带给我一块我喜欢吃的肉来。"

旺秋坚赞依言朝村里走，见一座大门前站着一个面目可怖的女人。只见她肤色青碧，白发编成一根根小辫子，两眼红红的像要喷火，两个乳头长长的甩在肩上。她一见旺秋坚赞，顿时高兴了：

"呵哈，娃娃，我已经有三年又三个月没尝到人肉啦，今天算我运气好，这么好的娃娃送到嘴边来了。"说罢，张牙舞爪地扑过来。旺秋坚赞赶紧戴上白狮帽，女罗刹顿时浑身发抖，一转身，跑进了大门。功夫不大，大门内又走出一位年轻女子，打扮得珠光宝气，十分客气地请旺秋坚赞到她家吃饭休息。

旺秋坚赞并不客气，有饭便吃，有床便睡。第二天早晨，又向主人讨了一条马腿，带给白鹭。

白鹭吃罢又带着旺秋坚赞继续往前飞，日落时又停下来。飞飞停停，旺秋坚赞又和许多罗刹斗了许多次法，靠老者赐予的白狮帽战胜了众罗刹，保护了自己。

这天，白鹭带着旺秋坚赞飞到祝古的朗措湖时，停住了：

"恩人哪，现在该你自己向西北方那座向天空竖起的白石崖顶走去，我也要转回家中去了。"

看着那高耸入云的石崖，旺秋坚赞慌了：

"呵，白鹭鸟，你不能走！你走了我怎么能上得去？就是上去了，也难得下来，你还是再送我一程吧。我一定重重谢你，你说要什么就给什么。"

"你知道我是谁吗？"

"臣子愚昧无知。"

"我乃古杰藏区的保护神，现在把你送到该到的地方了。三天之后的清晨，我还在这里等你。"白鹭说完就飞走了。

旺秋坚赞无奈，只得自己向石崖上攀登。走着走着，见一只大乌龟挡在面前。旺秋坚赞闭目祈祷，乌龟慢慢地挪动着笨重的身子，让开一条路。旺秋坚赞又往前走，没走多远又见一条大毒蛇，盘踞在路中间，旺秋坚赞再次祈祷，然后抓住蛇尾，又通过了狭路。前面是一块巴掌似的平滩，上面有许许多多的脚印。按照白鹭鸟的嘱咐，旺秋坚赞避开狗的脚印，找到狼的脚印；避开马的足迹，踏着野马的脚印；避开魔的脚印，沿着神的足迹向前走，从日落一直走到第二天黎明，来到四方水晶城的东门。城门上有七只鸽子在乱飞乱跳，见旺秋坚赞来了，就大叫起来。随着叫声，老婆婆阿琪甘姆出现在城门口，只见她那脸上的皱纹处喷着火，从鼻孔里呼出的气，把火烧得旺旺的。她一见旺秋坚赞，不容分说，就把他抓在手里，一搓又一扔送进了嘴里。她腮帮鼓了两鼓，没能咬得动，嗓子动了两下，也没能咽下。阿琪甘姆一生气，连同一口唾沫，把旺秋坚赞吐在地上，大声问道：

"你是什么人？"

"我是你吃不动、咽不下、消化不了的人。"

"呵哈，小娃娃，你怎么会跑到这里来呢？你是怎样通过了三青、三红、三黄、三黑、三绿五个关隘的？又是怎样从我的奇魂湖中逃脱的？又是怎样从沙滩上走过的？虽然你能逃脱到这里，但我仍要把你放在青色精铁盒子里，煨在红色火焰中，然后再扔到碧色河水里。"阿琪甘姆说着，端起像盾牌一样大小的精铁盒子，就把旺秋坚赞往盒里装。谁知非但没有把旺秋坚赞装进去，阿琪甘姆反倒被旺秋坚赞的神火飞索捆了个结结实实。阿琪吓得浑身抖动如柳叶，战战兢兢地哀求不要杀她，要什么都可以。

旺秋坚赞要阿琪甘姆交出宝物。阿琪甘姆不敢违抗，打开库房的水晶门，从碧玉箱中取出黄金锣，从狮子皮口袋里拿出隐身木，从紫铜箱子中取出黑、白拂尘，献于旺秋坚赞面前。旺秋坚赞让阿琪说出宝物的妙用，阿琪毫不犹豫地说：

"只要一听见这锣声，就能把三界统统征服，你喜欢哪种力量，哪种力量就能来到。就是神仙的宫殿，也能摧毁。用了这绒羽隐身木，就是天神、厉神、龙王、慧眼、法眼、佛眼，什么也不会看见。这黑白拂尘则是云彩与清风的依存之处，只要一挥动，无论什么地方，要降多少雨就能降多少雨。"

"你说的都是真的？"旺秋坚赞有些不信。

"请大臣一试。大臣若向这金锣祈祷，定会现出灵异。"

旺秋坚赞依言而试。第一次祈祷，藏区和岭国的军队出现在他面前；第二次祈祷，雪山环绕的藏区出现在他面前。旺秋坚赞这才相信阿琪甘姆所说并非谎言，于是他取了这面金锣。阿琪让旺秋坚赞坐在金锣上，愿意去哪就能去哪。旺秋坚赞闭目祈祷，金锣马上带他来到与白鹫分手的崖下，他要在这里等候白鹫鸟，一同回营地见丹赤大王复命。

来到崖下，并未见到白鹫，却见一只紫鹫蹲在石头上。旺秋坚赞想问问它是不是自己的保护神。见那紫鹫并没有想和自己搭话的意思，他又把话咽了回去，于是又坐在金锣上继续往前飞。那紫鹫一见旺秋坚赞飞走了，立即跟在后面，追了上来，在金锣上空绕了三圈，又屙下一摊粪便。旺秋坚赞以为是那阿琪甘姆在捣鬼，很是生气，刚要说什么，忽然见那紫鹫绒羽之中，露出一个仪容俊美的少年，头上束着碧玉的顶髻，身上裹着火焰似的红色锦缎，开口对旺秋坚赞道："我们寺的大锣已丢失了三天，原来那偷宝的贼人在这里。快些把锣交出来，我就饶了你，不然今天你难逃命。"

旺秋坚赞吃了一惊：这金锣本是阿琪亲手交给我的，是我冒着多大风险，经历了多少关口才得到的呀，怎么成了偷的？想到此，旺秋坚赞对那紫鹫少年说："你可不要无故发脾气，把偷东西的名声栽到我头上。我也是丢了东西出来寻找的，它是一头长着碧玉色角的水牛，已经丢失了七天，今天来到这里，碰巧见到这个锣被我捡起。我们本是同命之人,应该互相帮助才对。"

"噢,原来你也是找东西的,那我们就互相帮助吧,我帮你找牛,你帮我找锣。"紫鹫少年换了一副笑脸。

那旺秋坚赞编的瞎话纯粹是为了骗骗这小孩,以便早些脱身回藏区,谁知这小孩竟如此认真,只好随他前去找锣。二人一个坐锣、一个乘鹫,一同向前飞呀飞,一直飞到冈底斯山顶,旺秋坚赞不想走了,那紫鹫少年也有些累了,二人双双宿下。

原来这紫鹫少年乃晁通所变。他也是前去祝古取那宝物的,见藏区大臣先他一步拿到金锣,遂起了不良之心。他要想办法把这金锣拿到自己手里。

那旺秋坚赞也在想如何摆脱这缠人的少年,只好等他去替自己找牛的时候,溜之大吉了。

两个人两个心眼儿,都想如何骗过对方,所以不约而同地提出分头去找对方的东西。趁旺秋坚赞转身的功夫,晁通把金锣拿在手里,又把自己的帽子变作金锣往山下扔,旺秋坚赞见金锣滚了下去,便不顾一切地在后面紧追。晁通再次念动咒语,霎时雷声轰鸣,雪白的冰块,黝黑的岩块,把旺秋坚赞埋住了。

晁通原以为金锣这下可以归他所有了,谁知旺秋坚赞被雪崩淹没时,那金锣也不见了踪影。晁通好不诧异,却也无计可施。此时他才知旺秋坚赞并非那无根无底之人。

旺秋坚赞被埋住,却并未伤着身体,只是一时还不得脱身。正在焦急之时,古杰藏区的保护神白鹫鸟夫妻双双飞到他面前,驮起他就走,一边飞一边告诉他金锣的去处。旺秋坚赞再次得到白鹫的护佑,心中既感激又高兴,把那神灵祈祷了千万遍。

白鹫夫妻轮流驮着旺秋坚赞,又来到冈底斯山山巅。旺秋坚赞见那金锣正在一个岩缝中,像太阳一样,迸射着千万道金光,喜得唱了起来:

> 呵哈哈,高兴呀,
> 哦呵呵,多么可喜!
> 守护神在护佑我,
> 宝锣与我没有两分离。
> 我要唱杜鹃六律的快乐曲,
> 我要唱心愿成就的欢愉曲。

> 太阳若不驱散乌云，
> 有怎样的灿烂光华难知悉；
> 苍龙若不与风云配合，
> 有怎样的吟哦怒吼难知悉；
> 骏马若不在战场上奔驰，
> 有怎样的神速难知悉；
> 大臣我若不在这里拿到宝锣，
> 有怎样的功绩难知悉。

"感谢天呵，感谢地，感谢守护神白鹭你，让我得到了宝锣，让我建立了功绩。"旺秋坚赞又拜了几拜白鹭夫妇，坐上宝锣回藏区营地了。白鹭鸟夫妻一路时隐时现，保护着旺秋坚赞。

却说晁通巧取宝锣没有得手，站在冈底斯山叹息了好一会儿，想不出别的办法，只好再去四方水晶城找阿琪甘姆取那剩下的几件宝物。晁通又变化成紫鹫向前飞，当飞到白石崖下时，突然刮起一阵大风，飞沙走石，晁通不知所措，落在一块石头上。面前出现一个不知有多老的老太婆，额头上的皱纹像头发一样多，虱子在乱蓬蓬的头发里结成疙瘩，鼻涕和痰不断，四肢干瘪得就像她手里拄着的那根拐棍，老太婆颤微微地说："呵，这好汉，从哪里来？要到哪里去呀？"

晁通心想，这恐怕就是阿琪甘姆老太婆了，遂收起变化，现出原形：

"老妈妈，我要找阿琪甘姆老婆婆，请您给我指条路吧。"

"指路，你给我什么报酬？"

"给您一升金砂吧。"

"金砂？珍贵的人身，就是黄金。"说着，老太婆脱下一只靴子，略一抖，黄灿灿的金砂源源不断地流了出来。

"那您要什么呢？请讲好了。"

"我要你把我的鼻涕和痰吃了。然后背着我的背架，跟在我后面，我带你去找阿琪。"

晁通一听，别说吃了，连看着都恶心，所以只好敷衍说："请您先走一步，我随后就来。"话音未落，只听轰的一声，雪山崩裂，从岩缝中蹦出许多赤裸裸的小孩，长着各种各样的脑袋，拿着各式兵器，向晁通杀来。吓得他一头钻进老太婆的围裙下躲了起来。好一会儿，听到外面没什么动静，才伸出头来。老太婆戳戳拐杖:"你不听我言,只能转回家去。"

"老妈妈,请不要生气,我听您的吩咐就是。"

老婆婆早已不知去向,晁通急得大哭起来。天母朗曼噶姆听他哭声凄惨,遂动了恻隐之心,于是变成一个美丽的姑娘,站在晁通面前,告诉晁通她可以帮助他得到宝物,只是要晁通收了邪念。晁通这才转悲为喜,决心痛改前非。

在天母的帮助下,晁通又经历了几次劫难,终于带着那宝物隐身木和黑白拂尘回到岭国大营,一连两天没有出门。第三天,晁通收拾得干干净净,容光焕发地来见王子扎拉,先讲他这次取宝的艰难:

> 自从那宝锣丧失藏地,
> 阿琪在空中布下了捕鸟罗,
> 在地上布下了捉人网,
> 别说灵鹫难飞翔,
> 就是蝙蝠也难逃;
> 别说骏马难越过,
> 就是蚂蚁也难过;
> 只有我晁通用妙计,
> 指使阿琪前往罗刹地。
> 我取了宝物回岭营,
> 扎拉王子你可欢喜?

说罢,晁通将隐身木和黑白拂尘献于王子面前,众人都说这次晁通是出了大力了,破祝古大有希望。扎拉命令继续向祝古进军。

讨顽敌岭军庆胜利
施诡计君臣生间隙

自从岭、藏大军得到了四件宝物之后，士气大振，一举攻克了下祝古，杀死了不少战将，得到大批粮草，使得邻近的小邦国家闻风丧胆，不敢再轻举妄动援助祝古。

岭军继续向上祝古进发。这天下午，大军来到上祝古的扎赛乌巴城，主将玉拉托琚下令放碎石炮。三声炮响过后，扎赛乌巴城被轰塌了大半边，岭军见状，大叫着向城内冲去。守城的祝古大将达瓦扎巴变幻出无数箭矢，雨点般向攻城的岭军射击，射得中箭的岭军倒地不起，没有中箭的嚎叫着往回跑。玉拉托琚命令停止攻城，他要另想办法。

正当岭军溃退下来之际，城内杀出一员大将，手持斩魔弯刀，像是从九天之上降下的万钧霹雳。他就是赛冷·森格扎巴。他心里明白，这座破城是肯定守不住了。与其大业沦丧，身死名灭，不如现在乘势冲出去，找个地方先藏起来再说。

玉拉托琚见这员大将相貌不凡，断定他必是守城大将赛冷·森格扎巴无疑。听说此人门第显赫，族姓高贵，诚心信佛，忠厚善良，且足智多谋，武艺又高，这样的人最好能把他收过来为雄狮王效力。玉拉想着，拦在森格的马前道：

"喂，骑白马的祝古将军呵，你先慢拉弓，缓抽剑，我有话要对你说。你没听人们常唱的歌吗？"

雪狮的碧鬃辉映着雪峰，
雪峰被太阳照射后转变成岩山，
岩山巍峨耸立峰顶为雪封，
最终要转变成雪原。

猛虎的茸毛辉映着森林，
森林被砍尽转变成草原，
草原阴坡里树木成长起，
最终又转变成山林。

金鱼的金眼金鳍辉映着湖海，
湖海渊深无底奔腾着河川，
河川在峡谷洼地汇集，
最终又转变成湖海扬狂澜。

赛冷的宝刀弓箭辉映着祝古，
祝古已沦陷应作岭国的庄园，
若不背弃那向往正法的誓言，
最终还会回到北国一边。

"赛冷·森格呵，我的话你可听见？若能明白就像金座弓上镶碧玉，若不听劝快把武艺施展。你看我手中的这飞索，能把熊熊火焰捆起，能让清清河水断流。你心中怎样想要快些作决断。"

赛冷·森格不愿意投降，这有损大王名声，也有损自己美誉。尽管他知道战不胜玉拉托琚，也知道难逃此地，但还是不愿投降。

"岭国的官长呵，你的话我都听明白了。但是，我也有话告诉你：骏马虽不识那灰色的路，但辔头已放开就不能再回头；过河的人虽没看见渡口，但已脱掉鞋子就得蹚过去；女儿家虽不知夫家穷富，但已一心迷恋就不再另嫁；我森格虽不知胜负如何，但已奉命冲锋陷阵就不再犹豫。不管雪峰怎样变作岩山，雪狮我已没有在那居住的福分；不管阴山怎样变作茂林，猛虎我已没有在那居住的福分；不管部落怎样变化，

森格我已没有在那居住的福分。事已至此,不要再多说,只有与你比武艺,看看谁像个英雄?"森格说着,已挥起斩魔刀,连劈两下,将玉拉左右的两个岭兵砍下马去。玉拉的飞索也到了,正套在森格的脖子上。森格用刀砍那飞索,连砍五刀,飞索丝毫未损。森格抛刀操箭,对准玉拉连发六箭,丝毫未损玉拉的身体。玉拉用力一拽,将森格拉下马来,岭军一拥而上,把森格捆了个结实。

玉拉托琚率姜军继续向祝古行进,岭军、门军、魔国军、大食军、索波军等随后而来,像石崖滚滚下崩的石头,逐渐逼近祝古宇杰托桂大王的王宫。

在宇杰托桂大王的王宫中,祝古的众将正聚在一起,忽闻岭军逼近,托桂王立即率众登上黄金的凉台,观看那浩浩荡荡的雄狮王格萨尔的大军。

这上祝古地,原是怎样的地方呵?!在这里,空中没有鸟类飞翔的自由,地上没有翼影掠过的自由;没有强横汉子挥舞臂膀之地,没有青年女子唱歌跳舞之地。可如今,却布满了杀气腾腾的军马,寒光闪闪的刀枪。祝古君臣看得眼花缭乱。只见那:

青人青马一骑现,乌沉沉就像那浓云在滚翻,就像那暴雨之前狂飙旋,就像那冰雹之前红电闪,就像那苍龙翻腾在海洋间,那是岭国的哪位好汉?

白人白马一骑现,白晃晃如从天宫降人间,那是岭国的哪位好汉?

红人红马一骑现,红艳艳好像煞神奔驰在滩间,那是岭国的哪位好汉?

黄人黄马一骑现,就像天鹅在海面盘旋,那是岭国的哪位好汉?

还有那:

持矛的勇将八员,好似斑斓猛虎蹿出林间;举刀的勇将九员,就像礳石在滩中滚滚翻;持飞索的勇将六员,犹如狂风在山谷里飞旋;这些英雄的名字叫什么?

宇杰托桂王眼见岭国及诸国的军队如此强盛,不由得有些胆怯。但是说出的话却仍是气冲牛斗:

"你们都看到了,岭国的军队已经来到我们面前,我们要在今天半夜,去踏翻岭营,把岭国军队连根铲除掉。"

众将你看看我,我看看你,谁也不说什么。岭军的神威他们已领略了,去与岭军较量,显然缺乏信心。大臣达郭琼登见众臣这等状况,心中很是生气,正应了这样的比喻:恶劣口轻的小马驹,看见青草一溜风飞驰,一备上金鞍步难移;恶劣的扭脖子的小黑狗,听见人声汪汪狂叫,在紧要关头夹着尾巴逃;无心肝的暴躁之人,一语不合比老虎还猛烈,最需要时不见踪迹。他可不愿做这样没心肝的人。想到此，达郭琼登气宇轩昂地站出来说：

"大王请听我禀报：岭军表面看起来，好像雄赳赳的，实际没有什么可怕。今天夜里他们一定有所准备，我们最好明天早晨进攻，才能获得胜利。明天一早，像我一样的勇士做先锋，然后把我们祝古的'击毁山岳'石炮用十二头大象拉出去，然后再把我们的九匹骏马的战车拉出去，然后再……让我们的炮石如冰雹猛烈降，让我们的骏马如狂风急飞驰，让我们的军兵勇敢赛猛虎。大王呵，我们定能让岭军成百成百地栽翻在大滩里，让成千成千的敌兵血染这疆场。"

祝古王一听达郭琼登的话，大为高兴，当即决定按他的计策行事。

祝古君臣商议已毕，却急坏了那空行母化身的王妃噶姆森姜措。她心想：岭军已到祝古，看来已经到了她帮助格萨尔大王降伏宇杰的时候了。虽然岭军将士个个英勇无比，武艺高强，但若依照达郭琼登之计，不用说会给岭军带来无穷的灾难，更会使王子扎拉受那百般熬煎。我怎么能坐视不管呢？想到这，噶姆森姜措吩咐侍女为自己更衣打扮，然后带着众侍女端着盛有美酒佳酿的镶金嵌玉的酒壶，一步三摇地从内宫走了出来。众臣一见王妃比任何时候都婀娜多姿，心中十分喜悦。

王妃假意关心和岭国的作战情况，问大王如何才能打退岭军。宇杰托桂得意非常地把刚才商议的结果告诉了王妃。噶姆森姜措笑吟吟地听着大王的话，然后先敬大王一杯酒，再命侍女们为众臣斟酒，待君臣们将杯中酒一饮而尽后，噶姆森姜措才缓缓启齿道：

"太阳、月亮和星星，本是伴侣，若永不分离，岂有黑暗笼罩的余地，可它们轮流行走乃是前业所派，对此众生不应怨恨；泉水、雪水和海水，本是伴侣，若永聚一起，哪容骄阳灼晒，但它们分别流去乃是前业所派，对此众生不应怨恨；大王驾下的无敌大将们，本是伴侣，若永聚一起，则没有敌人进攻的余地，可他们分别御敌乃是前生注定，对此众臣不应有怀疑。达郭琼登的计策虽然好，要在明晨倾全力，这样是不是有把我们的底露给敌人的顾虑，如果藏、岭的援军到，我们再拿什么去对敌？"

宇杰托桂王听王妃如此说来，颇有道理，又想她的来历不凡，更加相信她肯定有破敌之计。于是恳请王妃赐一妙计。众臣见大王如此信任王妃，也把耳朵竖起。噶姆森姜措见宇杰托桂如此信任自己，立即道出"妙计"：

"明日先由达郭琼登率军迎敌，选出大将四十员，挑出精锐兵士五百骑，进攻那岭军像冰雹一样猛砸去，然后众英雄轮流出去，炮石和战车要到最关键的时刻用上去。"

宇杰托桂王认为王妃说得有理，祝古大军怎么能倾巢而出呢？众臣们虽也赞成王妃的主意，但总觉得没什么把握。特别是达郭琼登，更是不以为然。英雄好汉在岭国，穿杨射手在岭国，快速骏马在岭国，祝古全军出动尚且不知胜败如何，这样轮番出击，岂不是自投罗网？！但见宇杰托桂王主意已定，又听那王妃唱起了臣子分类歌：

> 上等臣子办事时，
> 只把君王的命令来考虑，
> 自身蹈险也不会有所顾惜。
>
> 中等臣子办事时，
> 绝不会贪心沾臭气，
> 会把部属像孩子一样来爱惜。
>
> 下等臣子办事时，
> 把自家的仓库先填起，
> 畏缩害怕不敢杀敌。

达郭琼登不好再说什么，众臣们也没有其他计策，只好按王妃说的去办。

第二天早晨，达郭琼登披挂上阵，和他一起出阵的还有仲穆·协堆纳郭等十员大将。看到岭军黑压压的似浪潮般涌来，军旗青蔚蔚招展飘扬，盔甲亮晶晶映着日光，他们不免有些怯阵。但是，既已出阵，自然要拿出一番英雄气概，做那上等臣子所应做的事。达郭琼登一马当先，协堆纳郭等众将紧跟其后，一路疾风般卷进岭营。岭国诸将也持枪挥刀相迎。色巴氏的大英雄察东·丹增扎巴迎头拦住了祝古大将仲穆·协堆纳郭：

"喂，祝古的大将，快刀不能劈石头，快马不能在沙漠中骑，火焰不能在河水里烧，今天你碰上我察东，再有武艺也无益。你看见我这把刀了吗？它的黑红火焰冷冷闪，它的摺花精光耀人眼，它的刀尖犹如大鹏鸟的角，它的背亚赛水晶光灿烂，它的刃如闪电掣长空，它的头似初八月儿弯，它的颈饰如海螺华曼一串串，它的把是用金玉来镶嵌。它扬起时如黑旗飘展，它挥舞时似山曜耀半天，它砍劈时似阎罗到世间。"

协堆纳郭并不答话，举刀来战察东。他没有耐心和察东说长道短，也不愿再听察东对自己宝刀的炫耀。两匹马，两把刀，两员英雄猛将，打了几个回合，不分胜负。纳郭越打越有劲，哼，听察东把他那把刀吹上了天，原来不过如此。正想着，冷不防从旁边抛过一条飞索，正套在协堆纳郭的脖子上。协堆纳郭顾不上再和察东交战，竭力想从飞索中挣脱出来。投飞索的不是别人，正是霍尔辛巴梅乳泽。他见察东战不胜这祝古大将，便抛出飞索，以助察东一臂之力。这协堆纳郭果然厉害，飞索被他挣脱了三次，又被梅乳泽第四次套在了他的脖子上。协堆纳郭气得哇哇大叫，连连射出六枝毒箭。梅乳泽虽未受伤，却被那毒气熏得有些耐不住，跌跌撞撞，几乎摔下马来，手中的飞索也失去了拉力。察东见此，忙伸手接过飞索。旁边又驰过几员索波大将，这才将协堆纳郭活捉。

眼见祝古军难以招架，宇杰托桂王又派出援军，由大将撒郭唐纳率领，直奔两军阵前。撒郭唐纳还没走到厮杀猛烈的战场，就被丹玛拦住了：

"眼前的黑小子，慢点走呵，有些事还得我丹玛先告诉你：太阳被乌云遮住，想晒化雪峰万不能；苍龙在太空张狂，想扫光谷物万不能；金莲花在黎明时盛开，想炫耀光彩万不能；被包围了的祝古将士们，再想回王宫万不能。"丹玛说完，连射两箭，两支箭齐刷刷地像钉子一样钉在撒郭唐纳的双乳上。撒郭唐纳顿时坠马毙命。祝古援军见主将已死，立即四散逃命。

这时，达郭琼登及其他将士已与岭军厮杀很久了。眼看祝古军马越来越少，达郭立即念动咒语，变出和他一模一样的九个人，在岭营中冲来闯去，刀锋所及之处，人马非死即伤，对岭军的威胁极大。在这危急关头，大梵天王也变化成九个化身，紧紧追着达郭琼登的化身，厮杀不已，这才为岭军解了危难。

丹玛杀死了祝古援军首领，驱散了援军后，又杀回两军阵地。达郭琼登一见丹玛，立即收起变化来战丹玛。大梵天王见达郭收回变化，也随即收起变化飞在空中观战。达郭已知丹玛用箭射死了援军大将，便将毒箭搭在弓上：

"羊群遭到狼的冲击，若容得野狼背走羊尸，腰缠的投石索有何益？鹿群被猎人冲击，若容得鹿角被人拿去，手中的宝刀有何益？美丽的祝古受到岭国的攻击，若容得你们把河山摧毁，要我们这些英雄好汉有何益？箭呵，你要对准那青人，把他的铠甲丝绦射断，把长甲叶像化锡一样摧毁，把短甲叶像羽毛一样捣碎，把他的肉射烂，把他的心射穿。"说罢，达郭的毒箭随着咝咝的响声，朝丹玛飞去，正中丹玛的胸口，射断了缚甲丝绦，摧毁了长甲叶，捣烂了短甲叶，那毒气磅礴弥漫，熏得丹玛一时晕眩，从马上跌了下去。大青马也被熏得嘶鸣着，倒在地上。岭军众英雄见丹玛落马，好像自己的心被人挖去了似的，大叫起来：

"不好啦，丹玛被祝古人杀啦！"

"不好啦，达郭杀死了丹玛！"

辛巴梅乳泽勉强压住心中的悲愤，乘众将与达郭混战之机，下马把丹玛托到马背上，迅速撤回大营。

大梵天王又变化成一头像小山一样的大象，用鼻子卷着各种兵器，像风一样地抡来抡去，杀得祝古军非死即伤，侥幸活命的只恨少长了两条腿。达郭等诸将再也无力抵挡，遂率残兵败将向后退去。

第二天太阳刚升起来的时候，岭军大营内已摆好了庆功的宴席。黄金座光灿耀眼，白银座亮如闪电，虎皮座透着庄严，豹皮座威武不凡。美酒一杯杯、一碗碗地摆到众英雄面前。被俘获的祝古将仲穆·协堆纳郭和赛冷·森格扎巴被吊在营边的高竿上，旁边还有几个祝古大将的人头，血淋淋的甚是可怕。

达绒长官晁通身穿金刚寿字锦缎棉袍，腰束胡椒眼花纹锦带，头发上结了一个黑蛇般的大结，胸前护心宝镜高悬，手里拿着红色珊瑚念珠，坐在虎皮宝座上，络腮胡须颤抖着，一边数着念珠，一边向大家述说破敌之事：

"自从进入祝古地，首先出战的是那赛冷·森格，最后出战的是协堆纳郭，被我们的玉拉和梅乳泽用飞索拴，英雄们看那，他们在竿子上高高悬。还有那白面红眼的狗噶达，竟想在岭军之中学那鹞鹰逐黄雀，被我们阿扎尼玛的宝刀劈两半；那青面黄眼的阿登琼海，勇猛如鹰鹫，慓悍如野牛，被我们多钦的长矛戳了个穿；援军的首领撒郭，像阎罗一样喷毒烟，也被丹玛消灭完；那无敌的青年冬奔，搅得我岭军如羊群乱一团，最终被阿扎长官剁为碎块命丧黄泉。黑白乃纠纷之源，冷热乃疾病之因。今天还有两员祝古将吊在高竿上，现已没有飞天的羽翼，也没有遁地的法力，正好给我们的英雄当靶子。英雄们呵，"晁通说到高兴处，从虎皮宝座上站了起来，"这正是神箭手显示技艺的时机，快挽起宝弓看看软和硬，快搭上披箭瞄准那仇敌。尼奔为首的，发射黄金尾扣披箭；达绒为首的，发射赤铜尾扣披箭；辛巴、丹玛为首的，发射碧玉尾扣披箭；香赛为首的，发射白银尾扣披箭，把那仇敌从上到下射遍全身。"晁通说完，拿过檀香木的法鞭，连着甩了三下。

众英雄寂静无语，连王子扎拉也无话可说。只有那老总管绒察查根心中有所不忍。他想，以前老人们常说，"对凶狠的敌人，若来求三次时，应比对孩子们更加仁慈；对不驯顺的马驹，若耐心调教，会成良马坐骑；对不听话的老婆，若能回心转意，应温和地相待。"这两个祝古大将，昨日是腰缠弓箭的勇士，今天已变成黑绳捆缚的小鸡，黑汗像渠水汩汩流，热气像茶水煮沸腾腾起，怯懦的话像山羊般咩咩叫，害怕的心像跳蚤般跳不止。杀了这样的人，有什么意思呢？像晁通说的那样杀他们，不是太残忍了吗？想着想着，老总管从银座上站起：

"扎拉王子呵，请听我说一句。若说祝古将的罪恶，死不足惜。只是岭军从来都是对强敌才用杀戮制服，对降敌应该宽大为怀。雄狮王一向如此呵！恳请王子将这二将交给我，我要把他们带走放生。我已经老了，过去只是以杀生为行善，今天我要把这二人作为向阎罗法王的觐见礼。"

那老总管本来就是众英雄所崇敬爱戴的老人，他说的话焉有不听之理，而且绒察查根所说行善放生的话，恰恰戳痛了诸位好汉的心，连年的征战、杀伐，哪个人没杀过人？哪个人又曾想到过放生行善？王子见老总管如此恳切地为祝古二将求情，遂免去二人死罪。众将心服口服。晁通虽然还想再说什么，也觉没有意思。于是传令将森格和协堆纳郭从高竿上放下来，交总管王绒察查根处置。

祝古王宇杰托桂坐在征服四洲的铁座上，像阎罗一样的又红又黑的脸上，布满了红胡须。头上那二万九千根发辫上，用红色的绸巾挽成急行结，紫色的玫瑰结，棕色的山羊结，海洋无穷无尽宝藏的球形结，红黄的火山结等十八种结子。左手托腮，右手指上绕着装饰各种珍宝的念珠。他在思念他的大臣霞赤梅久。

自从霞赤梅久出征与岭国和古杰藏区作战，至今已有几个月了，说他活着却不见人影，说他死了呢，又不见尸体。现在正该是他为祝古效力的时候，他究竟跑到哪里去了呢？

宇杰托桂正在冥思苦想如何破敌，如何寻找霞赤梅久时，忽闻德庆喜饶扎巴老人求见。宇杰托桂愣了一下，心想那德庆老人现年已有一百一十三岁高龄，原也是祝古国内得力大臣，因为年纪大了，正在家中颐养天年，今天老人到此，必有要事。托桂王顾不得细想，慌忙站起身，迎至宫门，亲自把老人扶了进来。

德庆喜饶献上金币、哈达，然后欲行拜谒之礼，被托桂王止住了：

"老人家，辛苦了，不在家好好保养身体，进宫有事？"

"战事这么乱，我在家里待不住。想问问大王如何退敌，我这把老骨头虽不能上阵效力，看能不能帮助大王出个主意。"

"老人家，我们已经派人去请噶域阿达大王、绒穆塔赞大王等前来祝古作为岭国和祝古的调解人。现在只要能想办法让岭国退兵，我们以后总有报仇雪恨的机会。"

"是呵，是呵，那岭国曾经攻陷了四方大城，谁也敌不过。如果不想办法使他们退兵，这祝古的河山，早晚会落到那格萨尔的手里，我们岂不是成了他的属民了吗？"老臣德庆懂得六谷在下雹子时难生存，兔子在虎啸时难生存，小鸟在鹞鹰翅下难生存。但是，尽管难生存，也得顽强地生存才是。老臣德庆喜饶比那托桂王想得更多、更远，不仅想到如何调解，使岭国退兵，还想到了如何斩草除根，以绝后患。

"老人家，您有什么好主意，快快讲来。"宇杰托桂从那老者的眼睛中已经发现了什么。

"大王呵，调解之前的准备工作，需先把霞赤梅久接回来……"

"您知道他现在在哪吗？"

"在尼婆罗。他被困在那里很久了，要快些派寄魂神鸟去看看他。"

"好，好。还要准备什么？"

"我们可以假意派人到岭军那儿去投降，然后商议调解之事，把岭国的首领全部请到您的王宫中来，宫城的东南埋伏下持枪的勇士三百人，西北埋伏下无敌的刀手三百人，同意退兵就放他们回去，不同意退兵就把他们全部剁成肉泥！"

"呵，好，好，老人家，太好了！您真是见高识远，足智多谋的老人呵！就按您说的办理。"宇杰托桂以为胜利在握，几个月来的失败在他眉心结下的愁云驱散了，还暗自懊悔为什么没能早些去请教这老谋深算的德庆喜饶扎巴。

宇杰托桂大王一面派祝古的寄魂鸟灵鹫前去尼婆罗寻找大臣霞赤梅久，一面挑选前去岭营诈降的大臣，还小心翼翼地物色了一个和自己的仪表相貌极为相似的军士，以便到了万不得已之时充当自己的替身。托桂王煞费苦心地布置了这一切，只等岭军上钩中计。

三天之后，祝古大臣达郭琼登主从十一人，收拾得干净利索，全部脱去铠甲，换上节日盛装，缓缓朝岭军驰去。在离岭营一箭之地时，见到迎上前来的四员岭将，达郭琼登慌慌下马，满脸羞愧地说：

"见识高的岭国大将军呵，我达郭琼登顾不得羞耻，是前来向岭国投降的呵。俗谚说：'贤上师所讲的教诫，就是大恶之人也要来听取；巧匠人所造的首饰，就是铁片也会有人来购取；有见识的臣子的禀报，就是暴戾的君王也会听取。'祝古现在一败涂地，所以大王派我们来商议和解的事宜。请将军收下这九色礼品，禀报王子扎拉，说我们大王宇杰托桂明天上午要来参拜他，并请扎拉王子和众位首领到祝古王宫中一叙。"

岭将哪肯相信达郭琼登的话。谁不知祝古王诡计多端，心如毒蛇？他怎么肯投降呢？

见岭将并不答话，达郭琼登马上拿出九块黄金，九条哈达，献了上来：

"尊贵的岭国大将军呵，俗话说：'对投降的人要以仁慈来保护，对求救的敌人要作为放生让他去，对推心置腹的话要在心中仔细考虑。'天鹅在湖上翱翔，象征着湖水变汪洋；浓云在天空中翻卷，象征着甘霖要下降；我大臣在祝古与岭国之间奔忙，象征着两国和平吉祥。"

四员岭将见达郭琼登如此诚恳，心中对他的戒备减了不少。为首的大辛巴说道：

"既然如此，就请你到大帐中见我们王子扎拉和总管王当面禀报吧。"

达郭琼登一听让自己去岭营见扎拉，不由得胆怯起来。他想，今天最好不去王子扎拉的大帐，万一话不投机，耽误了大事，不仅无法向托桂王交差，连自己的性命也难保。至于明天上午要陪那假托桂王前来参拜扎拉，那是不得已的事。这样一想，达郭琼登马上推辞道：

"请尊贵的大将军禀报王子，我达郭今日就免去面禀吧。明天上午我陪我们的大王前来岭营，到时再拜谒王子不迟。"

那岭将见达郭不肯进帐见王子，疑心顿起：

"你若不愿见王子，也等我们禀报后才能回去。我们还不知道王子能不能接受你们大王的礼，更不知道明天上午愿不愿意让你们大王来这里。你如果真有诚意，就该随我们进帐参拜，至少应该在这里等候我们的回话。"

达郭琼登既怕进岭营见扎拉王子，更怕岭将不信任他。左思右想，还是决定随岭将进大营。

来到营门，岭将吩咐达郭等人在帐外等候，他们要向王子扎拉禀报后再决定见不见他达郭。

四员大将进帐向王子禀报了祝古大臣达郭琼登等人的来意，岭国众将纷纷议论开了。辛巴梅乳泽说：

"要议和，也只能到我们岭营中来，哪有去祝古的道理？就是有必要去，也不能让王子亲自驾临。常言说：'英雄过于莽撞会丧生，姑娘过于轻浮会失去贞节。'那四面贴翎的红披箭，若不搭在宝弓上，绝不会飞向目的地；那雄健有力的千里驹,若不用金辔来驾驭,绝不会得到胜利锦旗,对付那凶狠奸诈的祝古王,除了勇猛还要靠巧计。"

老总管绒察查根说:

"骗子口中的甜言蜜语,是要把你家中的财帛算计;荡妇的虚情假意,是要得到资财利益;祝古君臣说得恳切又动听,实际上是些谎言骗人语。宇杰托桂是岭国的死敌,今年当降伏,怎能把他放过?现在无论是让他来或者是我们派人去,都是不合适的。"

丹玛也觉得不能让扎拉王子进祝古王宫,即使非去不可,也得有他和辛巴梅乳泽同去。

扎拉王子一边听众将议论,一边细细地考虑着:如果祝古真的要投降,议和不是不可以,他也可以亲自去。如果是假议和,他们也可以乘机攻进城去。他把自己的想法告诉了众臣。

岭将出帐告诉达郭,王子扎拉和众臣正在商议议和之事,让他在岭营住上三天,然后告诉他结果。达郭琼登暗自叫苦不迭,表面上却不敢有丝毫显露,现在是欲逃不能,不能住也得住了。

第四天上午,达郭琼登回祝古向宇杰托桂王禀报了岭国扎拉王子的话,要他托桂王带上祝古的三件珍宝——如意宝珠、珊瑚钥匙和摄魂铁钩,前往岭营作为觐见之礼,才有接受议和的可能。宇杰托桂点头同意,急忙吩咐赶快准备去岭营的东西,又命那长相与他相同的替身前来见他。

正在忙乱之时,派出寻找霞赤梅久的寄魂鸟带着好消息飞回了祝古。它告诉宇杰托桂王,霞赤梅久被围在尼婆罗已有九个月,请大王立即派祝古的木鸟将他接回。

宇杰王听到大臣霞赤梅久有了下落,喜出望外,觉得战胜岭国有了更大的把握。他当即把木鸟派了出去,没用多久,木鸟就把霞赤梅久接了回来。

君臣相见,分外激动。霞赤梅久流着泪向大王禀道:

太阳运行在天际,
原想用光辉照大地,
谁知却没入浓云里。

布谷鸟婉啭唱歌曲,

原想用妙音唤春雨，
谁知却困在枯树里。

鲜花开放多美丽，
原想用绚丽装饰草地，
谁知却陷入严霜里。

英雄汉顶天立地，
原想灭敌建功绩，
谁知却失败在岭人手里。

"大王呵，如今我已返祝古，要为大王出大力，在阳山之巅如同惊雷滚，在阴山之下要像狂风起，管他岭军、藏军、霍尔军、姜军、门军、索波军，统统如狂风扫残云。"

托桂王听罢大喜，忙把到岭营诈降一事告诉霞赤梅久。霞赤梅久不听则已，一听顿时暴跳起来：

"议和？诈降？这仰面求人的事大王你竟做得出来？还要把岭人请来，这不是给了他们捣毁王宫的机会吗？这不是自己把自己的头奉送给敌人吗？"

宇杰托桂一听这话不高兴了：这霞赤梅久一贯被称为智勇双全，怎么竟不能理解我的计谋？说他勇敢，王兄和他一起出战却命丧黄泉；说他忠诚，打了败仗竟躲在尼婆罗几个月。王兄死时他逃遁，家乡被破坏时他藏起，这还算什么英雄好汉？算什么忠诚大臣？原想把他接回来助我一臂之力，谁知他竟如此不明事理！宇杰托桂真想狠狠地教训他一顿，又碍于大敌当前，不好过于认真，只得暗暗把霞赤梅久恨在心里，依旧吩咐一切照原先说的办。霞赤梅久忿然离去。

第四十二回

魔君魔臣失魂待毙
文布达绒论奖争功

装扮成宇杰托桂的假祝古王以及大臣达郭琼登等人,辞别真大王和众将,向岭军大营行进。快到大帐的时候,只见那岭军将士纷纷拥来观看他们。呐喊声、嘈杂声,震耳欲聋。祝古的假君真臣们吓得心惊胆战,勉强控制着,才没有哆嗦起来。

辛巴梅乳泽和丹玛出帐迎接,引入帐内,拜见王子扎拉。假祝古王手里托着系有"卍"形生金块的哈达,献给扎拉:

"请慈悲呵,祝古的神!尊贵的王子扎拉呵,雄威誉满天下!岭国的大军呵,世界无敌征天涯。这用哈达作饰品的黄金,献给王子您,愿有经常拜谒您的缘分。"说着,假祝古王献上了黄金哈达,又吩咐大臣达郭琼登将如意珠、珊瑚钥匙和摄魂铁钩一一献上。然后禀告王子:祝古王宫内已准备了丰盛的筵席,幻变的杂技,勇士们的比武,少女们的歌舞,请王子率诸臣快些驾临。

王子扎拉面露喜悦之色:

"岩山在霹雳面前胆怯,水洼在大鱼面前羞愧,星星闪光靠太阳,浓云降雨靠惊雷。祝古若想议和,我们不看财宝而要看诚意。今天我们大帐内已把筵席设置,还准备了歌舞杂技,明天再到你们祝古王宫,我们君臣整整齐齐一起去。"

就在假祝古王和扎拉一来一往地应酬之时,老总管绒察查根看出了破绽。那

祝古王毫无轩昂之气，猥猥琐琐的像个下人。丹玛和梅乳泽也觉不对。三人离席把仲穆·协堆纳郭悄悄找来，辨认那大王的真伪。

协堆纳郭一眼就认出坐在扎拉王子身边的并非宇杰托桂。但他犹豫着是不是要把真相告诉总管王。左思右想，觉得祝古已不可指望，这才告诉绒察查根：那大王是乔装打扮的，另有几个大臣也是术士幻变出来的非实体的幻人。

老总管和丹玛、辛巴梅乳泽又回到席间，向晁通使了个眼色。晁通会意，出来表演魔术。只见他口中吐火，鼻内喷烟，手捧一株邬昙波罗花树，树上有几千个枝杈，上面开着各种颜色的花。晁通略一摇晃，立即从花上降下八吉祥宝物，轮王七圣宝物，还有数不清的珍珠玛瑙。再一晃动，从树中飞出正在奏乐的仙女。听那音乐，比喝了美酒还要醉人。等晁通晃第三下时，从树中蹿出狮、虎、熊等猛兽，张牙舞爪地向祝古君臣扑来。只听帐外一声喊："祝古军打过来啦！"帐内的岭国君臣立即持刀在手。呼啦啦又从帐外拥进许多持刀仗剑的岭国将士。

那祝古君臣知道中计，忙抽刀自卫，已经为时过晚。噶德的飞索套在了达郭琼登的脖子上。达郭用刀砍，砍不断，连自己的神通巫术也施展不出来了，只得束手就擒。那假国王和七个幻变之人已经腾空而去。剩下的几员祝古将军虽然拼命挣扎，也终因寡不敌众，全部战死在岭营。

正在准备迎接岭国君臣的祝古王宇杰托桂，闻知岭国提前动手，立即披上连环锁子甲、白色重甲、青色铠甲等三层重甲，佩上神威箭，手拿追魂刀。大臣霞赤梅久也在那黑胡椒般的战袍上束上青色水腰带，挺枪持剑，向岭营杀去。

岭国君臣没想到祝古军会如此迅速地逼近，有些措手不及，慌忙中被祝古君臣杀死不少将士。宇杰托桂和霞赤梅久得胜回宫。岭国众英雄们追悔不已，竟让祝古君臣从岭营中逃掉了。

祝古的这次小胜，大大地鼓舞了士气，决定乘胜继续向岭营进攻，以取得更大的胜利。

宇杰托桂将所剩祝古军兵分成四路，向岭营的东西南北四个方向同时进击。

宇杰托桂亲率南路军，进攻镇守岭营南方的姜兵。大将霞赤梅久则带兵直扑东面的营地。达摩琼杰进攻西营。达摩玉雅向北营冲锋。只听得四面八方杀声连成一片，刀矛并举，箭石如雨。岭祝两军战在一处。

大将霞赤梅久挥起斩魔弯刀，横冲直撞，岭军碰上即死，撞上则亡。几员索波大将欲阻拦他闯营，当即被他砍成几段，鲜血染红了沙场。

女英雄阿达娜姆率领北地魔军,迎战达摩琼杰。只见阿达娜姆张弓搭箭,一箭把达摩琼杰的天灵盖掀去半边。达摩琼杰的部下军兵见首领已死,纷纷退去,残兵败将并入达摩玉雅的队伍中。

那达摩玉雅也好景不长,刚指挥着本部和达摩琼杰的残部冲杀上去,没有来得及砍杀一个岭军,就被岭国小将的黄金尾扣披箭射死在马下。

岭国众将围住了已经冲进岭营中央的祝古大王宇杰托桂,只见他浑身上下光华闪烁,如彩虹般耀眼。砍他他不伤,射他他不死,岭将却被他劈死不少。岭国众英雄越聚越多,长枪挥舞得如流星急落,青锋宝剑劈刺得象雷电闪闪,呐喊声如千雷俱鸣,披箭纷纷象冰雹骤降。宇杰托桂见岭将层层叠叠,把他围得像铁桶一般,越战越感力不从心,遂念动咒语,腾空而起,在空中又变幻成无尽的兵器,向岭国诸将砸下去。岭军死伤不计其数,侥幸活命的也四处逃散。王子扎拉见祝古王运用魔法,立即向神灵祈祷,借助法力也向空中腾去。在空中,他把神箭搭在宝雕弓上:

飞翔在空中的鸟儿,
羽毛未丰而骄横,
自认为扇动羽翼有声势,
雪白灵鹫也难与它抗衡!

乳牙未脱的马驹,
跑技未精而骄横,
自认为张开四蹄走,
如火的骏马也难与它抗衡!

自称勇猛骠悍的托桂王,
本领不高又骄横,
自认为隐身逃遁到空中,
岭国英雄也难与你抗衡!

"王子我虽不是龙,却能遨游在太空;我的坐骑虽没有金翅,却能在空中飞腾。我一有那与电光争速的大飞索,二有那如意宝刀赛彩虹,三有那白云似的银铠甲,四有那赛霹雳的宝雕弓,五有那生铁似的利披箭,所有宝物齐备在我扎拉手中。"扎拉一箭射出去,正中宇杰托桂的胸口,那祝古王在马上摇了三摇,晃了三晃，险些跌下马去。他慌忙祈祷神灵护佑，世间猛力大神当即钻入托桂王的体内。顿时，祝古王有了力气，马上把肋下的捕风蛇索解了下来，想乘扎拉王子不备向他投去。正在这时，那得到黄金锣的藏地大臣噶尔·旺秋坚赞坐着宝锣赶到了。他见祝古王要用飞索套扎拉王子，忙将炼就已久的法物抛出，各种污秽恶毒的法物立即破了宇杰托桂的大力巫术，抛起的飞索也垂落下来，气得宇杰托桂哇哇大叫：

"凤凰在虚空中翱翔时，雄鸡扇翅多可耻；千里马在羌塘飞驰时，小毛驴奔跑惨悽；猛虎在森林咆哮时，懦狐竞争进地狱；当我大王炫耀神变时，你小孩来玩把戏太可气。我这闪电大飞索，并非牲畜绒毛所编织，黑白的图纹华而丽，铁钩环子自然来配就，有如喷怒长蛇之口齿，与普通黑绳两相异，有闪闪腾冒之气，这怒蛇龙魔的大飞索，要把你四肢捆一起，虚空之上绕三圈，日落之时回到王宫里。"宇杰托桂再念咒语，然后两次把飞索向王子扎拉抛去，一下套中扎拉的脖子。扎拉来不及使出降敌的神力，来不及挥劈神赐的利刀，被那龙魔飞蛇索在身上连捆九道。旺秋坚赞见王子被捆，急忙挥刀杀了上来。那祝古王左手牵着捆绑王子的飞索，右手拔刀与旺秋坚赞格斗，边战边走，骄横万分。

就在祝古王和扎拉王子腾空跃起的同时，霞赤梅久和辛巴梅乳泽也跳到半空格斗起来。梅乳泽挥动毒光炽热的宝刀，霞赤梅久扬起斩魔弯弓，二人如白鹭斗翼、苍鹰搏翅般打了一百回合，仍不分胜负。忽然，辛巴梅乳泽虚晃一刀，那光焰照在霞赤梅久的脸上，趁他一眨眼，毒光刀已经砍到他的后颈上。霞赤梅久耐不住毒气的熏烤，掉头就想逃，梅乳泽怎肯放过？他紧追不舍，一连砍了十八刀，把个霞赤梅久连同他的黑云凤翼坐骑一起劈成几瓣，黑尸滚滚坠入岭军左营中。梅乳泽正要降落下来，忽然看见王子扎拉被宇杰托桂用飞索牵着朝祝古王宫方向走，他急忙向前，幻变出一柄开山巨斧，奋力向祝古王的头上劈去。这突如其来的打击，虽没有伤着宇杰托桂，倒也把他吓得七魂出窍，手中的龙魔飞蛇索滑脱了。祝古王不敢恋战，生怕半空中再杀出个什么东西来，自己的性命难保，慌忙之中顾不得再去套什么王子，独自一人向宫城逃去。旺秋坚赞和辛巴梅乳泽在后面追了一阵，哪里还赶得上，便也不再穷追，任他逃跑。

王子扎拉降落到岭军大帐中，并没有损伤什么，众臣也就放心了。

那霞赤梅久被辛巴梅乳泽砍下地来，落在达绒的大帐旁边。他既没有死也未受伤，乃是他战不赢梅乳泽而幻变成碎尸而已。但是，他的马却真的被劈成两半，变不回来了。霞赤梅久落在地上所想的第一件事就是马，他现在急需一匹马,一匹力大而快速的马。

达绒的大帐前,一匹凤翅如意宝驹正四蹄腾空,长嘶不已,霞赤梅久高兴极了。那宝驹的黄金鞍、红宝石辔头和后鞦在阳光下闪闪发光。霞赤梅久急不可耐地冲了过去,几个护马将哪里是他的对手。左劈右砍,霞赤梅久结果了拦他的兵将,抓住缰绳,飞身上马向营门奔去。达绒晁通的儿子拉郭正巧从此地路过,见宝马被盗,立即打马从后面追赶。那霞赤梅久只顾逃命,并不曾注意有人追赶。拉郭见赶不上他,便投出飞索,套中霞赤梅久往后拖。霞赤梅久用力一挣,几乎把飞索挣断。拉郭手一松,霞赤梅久脱套而去,比先前逃得更快更急。眼见宝马被霞赤梅久盗走,拉郭急中生智,把格萨尔大王赐给自己的饮血神箭搭在弓上,一箭射去,正中霞赤梅久的肋骨,魔臣顿时从马上跌落在地,晕死过去。随后赶来的达绒部落的其他将士一拥而上,把个霞赤梅久捆得象一团肉球,拖着向大帐走去。拖到半路上,魔臣突然苏醒过来,也是他不该此时亡命,遂念动咒语,一咬牙,挣断缚他之绳,抢过一匹马,飞也似地奔逃而去。拉郭等在后面拼命追赶,却再也没有追上。

当闻知祝古君臣闯入岭营厮杀之时,在达绒帐内和色巴·达吉闲聊的晁通突然紧张起来,只见他把衣服一脱,抓住达吉的胳膊:

"快,快把我藏到马袋中。"

"叔叔呀,您别开玩笑了,达绒部落的勇士多如星斗,还有像拉郭这样的儿子,您还有什么可怕的呢?"达吉见晁通这副模样,甚觉可笑。

"不,不是这样的,你不懂。一会儿将士们就要我保护他们,众英雄也会让我亲自出阵。我老了,不能让他们支使,也不能和那魔臣霞赤梅久对阵,现在只有躲藏起来才是上策。"

"如果您真的要躲,也不要藏在马袋子里,万一有什么流箭飞镞射来,岂不会使您受伤?我的营地附近有个大旱獭洞,您就到那里躲起来好了。"达吉见晁通执意要躲,只好任其藏身。

晁通迅速算了一卦,觉得那旱獭洞果然不错,立即随达吉到他的营地附近,钻进洞内藏了起来。虽然在洞里藏着,晁通仍不放心外面的战况,不时地探出头来观望。恰巧看见魔臣霞赤梅久向旱獭洞这边飞马而来,手里的飞索还拖着一员岭将。晁通吓得立即伏在地上,大气也不敢出。眼见霞赤梅久越来越近,就要到洞口了,晁通再也忍耐不住,大叫一声,赤条条地从旱獭洞内跳了出来。霞赤梅久的坐骑惊得长嘶一声，前蹄腾起，把霞赤梅久扔下马来，脑袋正撞在一块大圆石上，头盔被撞掉，飞索也脱了手。晁通和岭将忙着抢头盔和飞索，霞赤梅久第三次抢马而逃。

岭军虽然打败了祝古君臣，却没能彻底降伏他们，因为没有事先消灭他们的寄魂之物。为了弄清祝古君臣的魂魄所依之处，王子扎拉盼咐摆筵庆功，并向神灵祈祷，请神明示祝古君臣的魂魄所依之处。

王子的大帐内摆满了香茶、美酒和其他美味食品。老总管绒察查根一边吃着一边揉了揉眼睛，清了清嗓子，把那条用璎珞、珊瑚等装饰的发辫向身后一甩，代王子给杀敌有功的将士发奖品。

首先，奖给王子如意珠，系着黄金块的哈达，雪白马蹄银等十种珍宝；其次给丹玛、辛巴梅乳泽、玉拉托琚、阿达娜姆等众将以黄金、白银、珊瑚、松石等奖品。不等老总管把话讲完，那达绒长官晁通早已把脸气得通红，上半截脸像石块赶猴子，下半部脸如猎狗截盗贼，中间这块脸好似山羊受雨淋，两只小眼睛眨得飞快，一把长胡须抖得如筛糠。他想起岭国在东征西杀中，格萨尔的父王森伦只管在家披甲防守，总管绒察查根只会摇那三寸不烂之舌，只有我晁通才是冲锋陷阵的勇将，到了分配奖品时却把我忘在一边，这还了得？晁通唱道：

白鹫鸟飞呀六翼丰盛，
若冲不破乌云还不是给山谷丢人？
骏马跑呀与清风嬉戏，
若撞到悬崖还不是给平滩丢人？
老练的坐骑与野马竞技，
若跑掉鞍具还不是给骑士丢人？
奴仆们勤劳又能干，
若衣衫破旧还不是给长官丢人？
英雄好汉破敌建功绩，
若没有奖励还不是给岭国丢人？
对我达绒长官忿怒王，
没有奖励可不算一回事？

晁通又讲起拦截霞赤梅久而得到他的头盔的事，怎么能不给奖励呢？

老总管见晁通争要奖品，很是生气：

"上师们走到财帛地，争布施多少是给施主丢人事；大官长来到村落里，争觐见礼多少是给法纪丢人事。你晁通若硬讨奖励也可以，一有怯懦狐狸的一张皮，二有一个扎如^(注1)手鼓用作法器，三有大禅师旱獭的油脂，作为你据守那险要洞府的奖励。"

那晁通对敌虽没有无尾地鼠胆量大，对自己的兄弟可比野牛还要凶猛。一听老总管这番讥讽的言语，他咆哮起来，如雄狮昂踞，那不该红的眼珠子红了起来，那不值得板的面孔板了起来，那不该翘的胡须也翘了起来，气势汹汹地正要说话，坐在虎皮坐垫上的丹玛开口了：

上等汉子心胸广阔如天宇，
有容天鹅灵鹫翻飞翱翔地；
中等汉子心胸宽大像口袋，
有容青稞谷子播下的余地；
下等小人心胸窄狭如鞍子，
没有丝毫宽松回旋之余地。

"老鸹的叫声没什么好听，晁通的话不值得考虑。我们还是说说如何破敌吧。"

晁通一听丹玛此话，更加怒不可遏：

"总管王老糊涂，丹玛这黑嘴灾鸟，你们两个要气死我吗？难道昨天我没有出力吗？你们笑话我，侮辱我……"

见晁通从坐垫上站起，意欲拼命，辛巴梅乳泽微微一笑，开言道：

"我们岭国正值兵兴马旺之际，虽说兴旺，也不能安居麻痹，更不能在弟兄中发生争吵。多言本是纠纷的根基，尤其在这降敌之际。昨日祝岭大战时，达绒长官有功绩，应该给予九色礼品作奖励。现在应该把奖励之事先抛弃，要抓紧进军祝古的好时机。应向神灵祈祷，问那祝古君臣魂魄何所依，然后才能彻底降敌。"

辛巴梅乳泽一席话，说得大家都满心高兴。那晁通得了九色礼品，也喜滋滋地不再吵闹。

众臣簇拥着王子扎拉来到帐外的一处平地，煨起桑来，祈祷神灵明示。

天母朗曼噶姆骑着白狮子来到，银铃和木鼓叮叮咚咚，甚是悦耳动听。在这

1　扎如：藏语音译，能两面敲打的小手鼓，比喻为两面派之人。

悦耳的音乐中，王子得到了天母的授记：

"宇杰托桂的寄魂物有五个：一是黑熊谷中的大黑熊，二是天堡凤崖上的罗刹鸟九头猫头鹰，三是罗刹命堡大峡谷的恐怖野人，四是蒙巴玛玛毒海的九尾灾鱼，五是富庶林海中的独脚饿鬼树。祝古大臣的寄魂物有凶猛的黄熊与红虎，花丽的豹子精壮的苍狼，都藏在稀奇的黄金洞府里。扎拉呵，想降伏祝古君臣，先要消灭他们的寄魂物。"

天母说完，像彩虹般地消逝了。扎拉把天母的预言一字不漏地讲给大家听。众臣听罢，还是不明白这些寄魂物在什么地方，如何消灭它们。众英雄都有些发愁，只有那晁通把核桃大的念珠捋个不停，山羊胡子一翘一翘地向儿子拉郭挤眉弄眼。老总管一见晁通这副模样，知道他有话不说，又忍耐不住，所以向辛巴梅乳泽使了个眼色。梅乳泽会意地一笑，取出一条红色哈达，放在晁通面前，说：

"达绒长官晁通呵，雄狮王的亲叔叔呵，马头明王的化身呵，按照王子所得到的预言，祝古君臣的那些寄魂物应该怎样消灭呀，该谁去消灭呀，请您把这些情况好好讲一讲吧！"

晁通就等着这句问话呢。祝古君臣的那些寄魂物在什么地方，如何消灭，他都知道得清清楚楚。但是，一想起自己的遭遇，就一肚子委屈。是他驾木鸟到祝古城中破了敌人的巫术，是他从罗刹国取回了隐身木和黑白拂尘等宝物，是他消灭了祝古的寄魂鸟狗头雕。这些事，哪次都是拼着性命危险去做的，多少次都险遭不测、命丧黄泉，可岭国给了他什么好处呢？最多是一条哈达。晁通想，岭国这些人是非不明，好坏不分，特别是绒察查根和丹玛，根本就没把他晁通放在眼里，立了战功也不给他奖励，他说出寄魂物的所在来有什么意思。想到此，晁通慢悠悠地说：

"我是消灭那寄魂物的引导人，但用什么来奖励呢？"

扎拉说："您是大王的亲叔叔，消灭祝古没有您怎么行？至于奖励，自然会让您心满意足的。"

众英雄随声附和道：

"晁通能行，晁通能行。"

拉郭知道这是众英雄的应酬话，可也不好说什么。

晁通是最听不得奉承话的，见众人都说他行，王子扎拉又许诺给他满意的奖品，因此得意洋洋地说出了降伏寄魂物的办法：

辛巴饱餐苍狼肉，
森达揉搓黄熊皮，
玉拉铺展豹子皮，
扎拉坐下老虎皮。

"九头猫头鹰该由琪居色巴氏消灭；恐怖野人该由珍居文布氏消灭；九尾灾鱼该由琼居穆姜氏消灭；独脚饿鬼树该由达绒部落消灭；那宇杰托桂的第一寄魂物黑熊该由岭国君臣十人前去消灭。"

晁通说完，见王子扎拉面露喜色，马上提出要求：

"该讲的我都讲了，如果能帮助王子消灭这些寄魂物，请王子把阿达恰郭鲁姆赏给我，作为奖励。"晁通生性爱美女，一想到能把那美艳绝伦的姑娘娶到手，那是比任何金银珠宝都要好得多！

第二天，晁通在前，众英雄在后，来到一条山谷，只见山崖重重叠叠，森林郁郁葱葱。谷口有一道流水，顺着谷脑直泻而下。顺着这流水，岭国君臣来到一处像毒蛇般往下蜿蜒蹿出的石崖下，一个极其隐蔽的洞口出现在面前。晁通一指：

"这就是祝古君臣的魂魄所依处，我们今天要把苍狼的獠牙敲下来，把猛虎的皮子剥下来，把豹子的斑点割下来，把大熊爪子掰下来。"

众英雄个个摩拳擦掌，跃跃欲试。洞内的猛兽听见洞外人声鼎沸，也骚动起来。只听那苍狼嚎叫，猛虎长啸，花豹猛吼，大熊咆哮，纷纷蹿出洞来。先蹿出的苍狼把晁通咬住拖来拖去，吓得晁通不敢睁眼。梅乳泽急步赶上，把苍狼劈成了两半。见苍狼已死，黄熊大吼着朝梅乳泽扑去，森达奋起大砍刀，把黄熊的头砍落在地上。花斑豹一跃而起，抱住了森达的头，森达一抬手抓住豹子的两只前爪，一下掼在地上，玉拉抽刀上前，把豹子拦腰砍为两截。只听一声长啸，猛虎蹿出洞来，把众英雄吓了一跳。猛虎直扑玉拉，咬住他的肩膀左摇右甩，王子扎拉上前挥起宝刀，劈开了猛虎的头。

那最后出洞的乃是摧毁三界的大黑熊，咆哮声如苍龙轰鸣，一出洞就抓住玉拉的腰向上一举，又向下一摔。辛巴、丹玛、森达三人挥刀猛砍。黑熊丢下玉拉，又把辛巴抓起，像拖羊尸一样把他拖了去。众英雄紧随其后，拼命想把辛巴梅乳泽救出来。黑熊一眼看见晁通，竟把梅乳泽丢下，直奔晁通，吓得他三魂九魄都蹿到头发尖上了，跪在地上大声哀求：

"神熊呀，求您饶命，我把那祸首已经引到您这里来啦……"

黑熊并不理会晁通的哀求,一爪下去,抓住他就往嘴里塞。晁通想这下可完了,慌忙把自己变成一块石头。那黑熊见嚼它不动,遂吐在地上。

女英雄阿达娜姆早已忍耐不住,急忙在山岳宝弓上搭上闪电火焰铁箭,连连向黑熊射了三支,直射得大黑熊魂飞魄散,头朝地,脚朝天,像座大山崩塌,倒地而亡。众英雄像鸷鸟掠食一般拥了过去。那晁通比谁跑得都快:

"这熊尸中有大自在天的亲赐宝物,你们都不知道,由我来取好了。"

众英雄见晁通又要抢功,忿忿不平,待要说什么,被王子扎拉止住了:

"这黑熊本是我岭国之敌,众英雄不必你争我夺,现在由霍尔、姜国和岭国各出三人,共同把大熊剥开好了。"

众英雄依言而行。从黑熊的脑子里取出三块鸡蛋大的弹丸,这是天魔神、地魔神、空魔神的魂魄依存处。从心脏里取出精铁的九股金刚杵,是那托桂王的魂魄依存处。从肝脏里取出一个明显的鸷鸟翅膀,是众魔臣魔将的魂魄依存处。另外那大熊的爪子、猛虎的皮毛、苍狼的獠牙,这三件东西,在攻克祝古时都是必需之物。

在天母的明示和帮助下,岭国君臣又取得了祝古的黄金福运。琪居色巴氏消灭了九头猫头鹰寄魂鸟,琼居穆姜氏消灭了九尾灾鱼,只是那该消灭野人的珍居文布氏和该消灭毒树的达绒部落各自遇到了麻烦。

这麻烦依然是晁通引起的。预言中本来讲该由文布氏消灭毒树,而野人该由达绒部落消灭,只因晁通怕野人力大凶猛,所以在讲预言时把这两个寄魂物换了一下。因此文布氏找不到野人,达绒部落也寻不到毒树。

拉郭带领达绒部落的人找呀找,找了一天,也没见毒树的影子,回来后问晁通:

"父亲,找不到那毒树可怎么办呢?您有什么办法吗?"

晁通想起了预言,这才把实话告诉拉郭。拉郭听了很不高兴,让父亲把实话告诉扎拉王子,以便重新分配降伏之物。晁通哪里肯依,况且事已如此,再说就不好了。于是晁通重新焚香占卜,卦曰:消灭毒树之人该是玛宁长官。拉郭无奈,只得去请玛宁长官帮助。

拉郭王子随着玛宁长官走呀走,一下就找到了那棵毒树。那树长在一个小平滩中,就像一具僵尸,树梢上有男鬼猫头鹰在唱歌,树根有女鬼在舞蹈。见了树,拉郭等达绒部落的英雄一齐上前,轮番砍,但奇怪的是,无论怎么砍,也砍不断,用火烧,也烧不着。无奈,只得请玛宁长官亲自动手。那玛宁长官只一下就把毒树砍断，然后用火烧尽。众将高高兴兴地回营复命。

以玉赤为首的文布十英雄，一直朝那罗刹命堡大峡谷走，途中碰上无数次意想不到的袭击。好不容易来到那野人栖息的断崖下，找到了恐怖野人。谁知那野人竟刀枪不入，不仅不能消灭他，反倒被他杀死兵将二十多人。玉赤不肯罢休，一直与野人僵持着，已经坚持了七天。晁通等人消灭了寄魂毒树，想起那命该丧于他手的野人，遂带着达绒部落的英雄们朝罗刹峡谷走去。正碰上野人逞凶，晁通还是害怕得发抖，虽然他命中注定该是消灭野人之人。见那野人朝他走来，吓得他扭头就走，从脑后把刀扔了过去。说来也巧，这刀正劈中野人的脑袋。晁通仍没命地往后跑，跑了一阵，觉得无人追赶自己，这才回过头来。见野人已死，喜得他大叫着，蹦跳着，像个小孩。

消灭了祝古君臣的寄魂之物，本是大喜大庆的日子。然而，一到评功分赏的时候，晁通便大吵大闹。只见他，周身穿戴得整整齐齐，华丽无比，得意洋洋，口气大得如苍龙怒吼：

> 大鹏鸟的金翅犀利，
> 将大洋中的如意珠取到手里，
> 附带着把龙魔的老命断送，
> 干牛粪色的臭鼬哪能竞争得起？
>
> 雪山上雄狮屹立，
> 威风镇慑了所有的野兽，
> 附带着将大象的乳房弄裂，
> 猎狗虽凶哪能竞争得起？
>
> 强大的达绒军天下无敌，
> 既把毒树烧彻底，
> 又将力大无比的野人消灭，
> 珍居文布哪能竞争得起？
>
> 消灭不了自己的敌人是狐狸，
> 吃不到分给自己的食物是福运低，
> 对英雄的战绩要有巨大的奖励，
> 对卑劣的懦夫要有严厉的处理。

晃通这一番话，众人听了都不以为然，但却惹恼了珍居文布氏的英雄们。他们已经知道晃通用假预言骗了他们，本想不说，可晃通一再挑衅，这叫人如何咽得下这口气？！玉赤跳了起来：

"烧毁寄魂毒树的是我文布的玛宁长官，要奖励应该奖励文布氏。消灭野人的奖励也应该归文布，因为我们已经和它搏斗了七天七夜，它只剩下一口气，才被晃通砍死。这还不算，晃通用假预言搞欺骗，让我们珍居文布白白死了许多将士，你晃通还要什么奖励，不处罚都算太便宜。"

晃通也愤然地跳起，刚要说什么，被玉赤打了两拳跌倒在地。晃通爬起来也要动手，被王子扎拉喝住了。那拉郭见文布人欺他老父，非常愤慨：

"在这大帐中动手算什么本事，要比的话，到大滩上比比马的脚程，比比刀的利钝。"

达绒部落的勇士一听拉郭这话，纷纷站起，朝帐外涌去。那文布氏的英雄自然不甘落后，也朝大帐外走。顿时，大帐中的人纷纷向外涌。在帐外，分成两大阵营：姜军、阿扎军、象雄军、下索波军、索伦军站在珍居文布氏一边；达尔域军、郭觉军、丹郭军、北魔军、门域军、达穆黎军、碣日军站在达绒一边。剩下那琪居色巴军、琼居穆姜军、上索波军、霍尔军、嘉洛军等不知所措，不知偏袒哪一方好。

两军对垒，虎视眈眈，眼看一场血战就要发生。

祝古君臣魂归天界
岭国将士开启宝库

那姜国王子玉赤，被格萨尔降伏后安置在中岭，做了珍居文布氏的首领。达绒晁通等岭国大将早就对此不满，经常借故与文布部落发生摩擦冲突。只因有雄狮王的庇护，加之玉拉、玉赤兄弟两个武艺过人，每战必立功勋，所以晁通等人奈何他们不得。通过几次较量，也没占到便宜。如今有这么个机会，晁通等人就想狠狠报复一下，就连那一向看不起晁通的丹玛，这时也站到达绒军一边。再说玉拉、玉赤两兄弟，自然也无法忍受晁通接二连三的侮辱。文布和达绒双方，早已忘记同是岭国兵将，也不顾强敌在前、大战在即，纷纷搭弓射箭、扬马举刀，互相厮杀起来。

在这场自相残杀的争斗中，引人注意的是两位小将军的故事。

达绒部落有个名叫多吉扎堆的人，生有二子，长子名拉鲁，年方十五，在达绒军中任千户。次子名拉白，年仅十三，却做了文布玉赤王子的心腹。适逢两军对立，那拉鲁年少气盛，自愿充当攻打文布的先锋，跑马冲进文布军中找人厮杀。弟弟拉白虽然年纪不大，却颇懂道理，他知道这种内讧极其有害，遂劝哥哥道：

"哥哥呀，你不能这样做！"一边说一边用手抓住哥哥的马嚼环不放。那拉鲁正在气头上，哪里肯听。但碍于弟弟的情面，不好认真厮杀，只是用刀背碰了碰弟弟的左肩,不料却将刀刃带过,鲜血顿时如泉喷涌,拉白立刻从马上跌了下去。拉鲁一见弟弟坠马,也顾不得与文布打仗,立即翻身下马,把弟弟背进自己的营中抢救。然而,弟弟伤口的血,无论用什么方法也止不住。众亲友围在四周,叹息哭泣不止。那哥哥拉鲁已经昏死过去两次,被人救醒之后,紧紧拉着弟弟的手,心如刀绞。拉白知道自己活不下去了,用舌头舔了舔发干的嘴唇,费力地对哥哥说:

"大丈夫丧身处应在敌人的手里,我未被祝古人杀死,却死在哥哥手里,多么让人痛心呵!我拉白除此之外,平生没有悔恨之事。哥哥拉鲁的名誉,也会因此受损。我兄弟二人本是一个母亲生,临行时母亲再三嘱咐我们不要争执。文布和达绒本来都是岭国军,亲密得就像我们兄弟。哥哥呀,拉白我死了不要紧,只是怕文布和达绒继续争斗下去,亲兄弟互相残杀,你死我伤后悔不及。哥哥呀,王子玉赤待我如亲兄弟,我死后三日内不要向他禀报,若不然他会悲愤伤身体……"

拉白话没说完,就昏了过去。拉鲁见弟弟如此痛苦,话说得如此凄切,第三次昏倒在弟弟身边。昏迷中,他还在喃喃自语:

"我亲爱的弟弟呀,快乐时是我同晒太阳的伙伴,痛苦时是我同流眼泪的伴侣。如今我被鬼魅迷住了心,把宝珠攥在石头上,把狮子乳汁泼洒在草滩上。没有弟弟的日子,活着不如死去,呵,活着不如死去……"

拉白醒过来了,拉鲁也醒了过来。弟弟紧紧抓着哥哥的手,留下了最后的话语:

"哥哥呀,弟弟就要去了,弟弟就要去了,在以后的日子里,若记起弟弟,就多做些善事吧;若想起弟弟,就少生杀伐之心。不要贪恋那房屋、财产和田地,对那权势、奴仆和美誉,能放弃的就放弃吧。哥哥呀,我去了……"拉白闭目逝世,拉鲁嚎啕不已。众亲友和勇士们也把那刀矛枪箭暂时收起,为拉白大办丧事。

因为有了这血的教训,文布和达绒两军才停止厮杀。王子扎拉极为震怒,下令要将文布和达绒两部尽行消灭,取消名号。经过诸国英雄和大臣们的请求,王子总算勉强撤销成命,但仍责令岭部四大臣专门调查挑起祸端的凶手,查明后予以严办。

姜国公子玉拉、玉赤兄弟二人和达绒长官晁通父子,听说要严惩那挑起祸端的罪魁,又立即吵了起来,纷纷讲自己一方的理,从太阳初升吵到月亮高悬,吵得人心烦意乱，最后也不知谁是祸首。

王子扎拉很不高兴地睡下了。他想，祝古尚未征服，内部出现混乱，雄狮王又不在自己身边，达绒和文布本是两支很得力的部队，现在却像仇敌一样不共戴天，该怎么办？扎拉无计可施。在迷迷糊糊中，他见天母朗曼噶姆踏着一朵祥云来到自己身边，像妈妈一样抚摸着自己，安慰着、也告诫着自己：

"纠纷虽然能以法律处理，仇恨之根却难用法律斩断。对文布、达绒两部的纠纷，若不施用巧计，是难以平息的。"

扎拉高兴极了，在为难之际，天母及时降临，为自己指明一条道路：

"那祝古王已向噶玉阿达求援，现在援军就要到达此地。王子呵，你要派文布和达绒两军前去迎敌，在消灭共同敌人的战场上，内部的障碍会消除。把这莲花生祖师穿过的法袍和雄狮王那能飞的神箭，赐予达绒拉郭，把你的九天霹雳金刚杵赐予姜国王子玉赤。还要把这些天灵盖钵中的防护宝丸，赐给每个迎敌的英雄。这场战争得胜利，两部的仇恨会自消。"

天母抛下祖师的法袍和防护玉丸，飘然而去。王子扎拉马上找来总管王和辛巴梅乳泽等人，告诉他们天母的预言。老总管担心这场纠纷未解，现在委以破敌重任，恐有不利。梅乳泽说，让他们二部前去迎敌可以，只是不要说出天母的预言，否则，他们会认为消灭祝古非他们不行。应该告诉他们，派他们去迎敌是为了惩罚他们。王子扎拉觉得这个主意很好，马上召来文布、达绒两部的首领，下达命令，让他们二部出征。

晁通一听又让他们出战，心中害怕，却不敢违命。那玉赤也觉得这样处理不妥，但怕达绒部落说他们胆怯，也不好反对。王子扎拉立即把天母所赐的法袍、神箭、金刚杵、防护宝丸等赐给他们。二部回营准备出征。

噶玉阿达为了增援祝古，调动了八万大军，驻扎在祝古王城附近的滩上。达绒和文布两军，虽然接受了王子的命令，却互不联系，自行前进。不久，姜国王子玉赤的兵马先行到达噶玉阿达的营地，一交手就被噶玉阿达的兵马击败，后到的达绒军也吃了败仗。原来，那噶玉阿达国家虽然小，但兵精马壮，又一直没打过什么仗，以逸待劳，匆忙到达的岭军自然不是他们的对手。

岭军稍事休整，便重新进攻噶玉阿达军。晁通倚仗自己的幻术，首先消灭了噶玉阿达军的寄魂鸟，然后自己变做那鸟，给噶玉阿达军降下预言，扰乱军心，并趁势打了胜仗。

文布军一直处于不利地位，连续三次进攻都没有得胜。第四次，不仅没有得胜，而且被噶玉阿达的飞索把姜国王子玉赤连同一群将士全部套了去，然后关在一座石崖上部的洞窟里。

　　噶玉阿达的将士把擒来的文布兵用长矛串成一串，放在火上烤熟了吃下去，把流下来的人油刮起来涂在脸上。佯装睡熟了的玉赤，把这些一一看在眼里。眼看就要轮到他和玛宁长官了。玉赤一跃而起，把那九天霹雳金刚杵向下一砸，石窟里的噶玉阿达将士顷刻化为齑粉。消灭了敌人，玉赤和玛宁长官等走出石窟，来到洞口一看，出口处是一面像镜子般的峭壁，不要说走，连个插足的缝都没有。若是跳下去，只有粉身碎骨。二人无奈，只得坐等救援。一连等了十五天，窟内所有的食物都被吃光，二人饿得连说话的力气都没有了。这时，晁通得到马头明王的预言，知道姜国王子玉赤和玛宁长官被困在石窟之中，遂变化为大鹏鸟，飞上峭壁，救了二人。玉赤喜获重生，自然把前仇丢弃，拿出一串像拇指般大的珍珠念珠，送给晁通作为酬谢之礼。晁通喜滋滋地收下了。达绒、文布两军怨仇消除，皆大欢喜。两路人马合兵一处，很快就灭了噶玉阿达军。

　　又经过数月的苦战，岭国达绒军和色巴军攻占了祝古城北的各个小城堡，霍尔军和丹玛军攻占了赛冷赛宗，高觉军和阿扎军攻占了祝古东南方的巴宗穆琚城，姜军和门域军攻占了玉珠司姆城和雅协森宗，魔国军攻占了玉宗宛布城……分布在祝古王城外的所有大城堡统统被岭军占领。王子扎拉盼咐诸军，将祝古的王城紧紧围住。真是围得飞鸟无法越过，河水难以流过，清风难以飞舞。

　　被围在城里的君臣们乱作一团，心不定七上八下，意慌张忐忑不安。这时，空行母所变化的噶姆森姜措三姐妹心中暗想：看起来，消灭北魔，开启祝古兵器城的时机已到。她们三姐妹和宇杰托桂王生活了三载。在这漫长的日子里，虽然开始心里不太愿意，但也过得和和美美，每日里和大王亲亲热热，相互爱恋。现在大王命在旦夕，是不是说服他带着祝古将士臣民一起到岭营中投降呢？若这样，或许可以保全他的性命。想到此，三姐妹在金壶中斟满香茶，在银壶中倒满美酒，在松石盘里摆了牛肉，在玛瑙盘中放上甜食，带着侍女们捧的捧、端的端，摆在君臣们面前。噶姆森姜措从脖颈下的"赡部光明"护身佛盒中取出一条洁白哈达，献于托桂面前，深情地说：

> 大王呵，
> 征战三年没有安闲过，
> 战祸日久破坏的多又多，
> 白铠甲的袖子结成虱子窝；
>
> 骏马日夜奔驰没有安闲过，
> 驰骋日久疲惫多又多，
> 四蹄磨得血流皮儿破；
>
> 神箭手射击没有停止过，
> 发射日久雕翎箭镞两离脱，
> 精美虎韬的皮绦断如割。

"大王呵，往日我们这些如虎如豹的将士们，像天上的繁星一样多，如今和岭军相遇，在山顶上的犹如雄鹿般被猎了去，在山湾里的犹如黄羊般被砍了头，在江河中的犹如金鱼般被网罗。剩下的君臣们呵，恰如冷灰里面的火种，天亮前的星星。如果再这样继续下去，后果不说大王您也知道。邬昙波罗花要在未被太阳晒干前献给上方天神，白哈达要在未被脏手玷污前作为净瓶的装饰，生于沼地的藏红花要在未被严霜危害前作为配成良方的妙药，祝古武艺高超的君臣们要在未被英雄毒刃击中前向格萨尔大王求庇护……"

大臣霞赤梅久听了这话，把嘴张了几次，却什么话也说不出来，只是狠狠地瞪着噶姆森姜措。宇杰托桂神色黯然，本来一心想打败那不曾被人打败过的岭国，在藏区留下一个美名，现在看来是办不到了。如果他独自逃生，那么只需向天祈祷，即可跨长虹而去。可是王妃们该怎么办呢？她们本来不是凡间姑娘，不知为何也这样害怕？见众将都像遭了雷击一样的无精打采，托桂王只得把那忧愁烦恼抛在脑后，装出一副满不在乎的样子。

"王妃呵，你怎么能说这样的话呢？征战总是有原因的。清风若不从空中吹，云彩为何事而聚集？霖雨若不沛然降，玉龙为何事吟鸣？六谷若不种于地，绿苗为何事生长？藏区若不兴兵为敌，岭军为何事来此地？虽然我们暂时被岭国打败了，最后的胜利还不知道属于谁！你难道没听说过那三件难以论定的事吗？"

> 未得正法的八十岁僧侣，
> 用不着心灰意懒诉冤屈，

最后会得善业而终结。

三十岁的老闺女，
用不着心灰意懒诉冤屈，
最终嫁个好人家也欢喜。

山谷中绝望的狩猎人，
用不着心灰意懒诉冤屈，
最后会猎得大鹿回家去。

征战失利的祝古王，
用不着心灰意懒诉冤屈
最终也会得胜利。

宇杰托桂说完，见众人仍然没有振奋的表示，心中恼火，表面上却仍然装出非常坦然的样子，吩咐摆酒奏乐，命妃子伴舞唱歌。众臣见大王竟有如此闲情逸致，想大王必有破敌的妙计，便高兴起来。

第二天早晨，王子扎拉闻报，祝古军营中冲出一队人马，为首的是宇杰托桂王，还有大臣霞赤梅久和一个不知名的年轻小将，胯下是一匹青马。扎拉吩咐列队迎敌。大将丹玛、玉拉托琚、辛巴梅乳泽、森达、丹增扎巴等二十名英雄飞马出阵。

那骑青马的祝古小将乃是宇杰托桂大王的亲弟弟宇杰泽桂。他虽然年纪尚幼，但是，宇杰托桂为了报仇，为了打败岭国，在祝古已无将可派的情势下，只得把幼弟也带出城来。那小将军是第一次上阵，人小志气大，全然不把岭国众将放在眼里。他顾不得禀报王兄托桂，也不和霞赤梅久招呼，就身先士卒直奔岭国阵前。丹玛正待出阵迎敌，丹增扎巴把他拦住，抢先来对付这骑青马的小孩。

宇杰泽桂并不搭话，扬刀就劈，那丹增架住小将的宝刀，觉得确实有几分力气。战了几个回合，没有分出胜负。丹增见不能胜他，遂虚晃一枪，拨马跳出圈外，操起弓箭，对宇杰泽桂道：

"猛虎炫耀在森林中，窝心箭是勇士降虎的兵器；雄鹿炫耀在草原上，螺角是猎人伏鹿的兵器；苍狼炫耀在羊群里，飞石索是牧人打狼的兵器；金鱼炫耀在湖泊里，铁钩是渔人捕鱼的兵器；宇杰泽桂炫耀在两军阵前，神箭是我丹增杀败你的武器。"说完，那神箭如流星飞天，射中宇杰泽桂的胸口，小王弟当即坠马

身亡。托桂王见丹增射杀了自己的弟弟，把那悲痛暂且藏起，怒气冲冲地朝丹增扑来。霞赤梅久也拍马赶来助战。因为寄魂之物已被岭军消灭，君臣二人的锐气显然不如从前，加之岭国大将如猛虎出山，穷追不舍。托桂王和霞赤梅久身负重伤，急惶惶地退进了王城。

祝古君臣败回城后，托桂王见弟弟已死，全然没有了昨日的那份勇气。霞赤梅久见大王悲痛，兵将没了士气，便想到应该安排后事了。他向大王禀道：

"大王呵，寒风凛冽的虚空里，六翼丰满的白雪鹫，怎样翻飞在鸟路您自知；明镜般的空界里，手持如意珠的苍龙，怎样激越您自知；广阔无垠的大地里，鞍辔俱全的千里驹，怎样驰奔您自知；祝古王宫的主人，具有神通的托桂王，魔梯在何处您自知。神界的空行母三王妃，雪山来的回到雪山去，草原来的回到草原去，湖中来的回到湖中去。我们这座王城，城尖与苍天一般齐，城腰为精铁所锻制，粮食酒肉都丰富，坚守九年没问题。大王呵，您就放心去吧，留下我霞赤梅久守在这里。"

岩山上的青角野咒，
一生住在花丽山里，
死后长角留在峭壁。

森林中的威武雄鹿，
一生住在葱郁林区，
死后把鹿角留在森林里。

水草滩上的白嘴野马驹，
一生奔驰在草地，
死后长鬃留在草滩里。

祝古勇士霞赤梅久我，
一生住在城堡里，
死后四肢留在祝古地。

霞赤梅久说得慷慨悲壮，宇杰托桂听得凄凄惨惨。多么忠心耿耿的贤臣呵！前次为去岭地诈降，自己还冤枉过他。宇杰正待要说几句感激的话，空中突然响起隆隆雷声，君臣们急忙出宫去看，只见一朵朵黑云飘过，接着，是一道道闪电，闪电后面是一条黑黝黝的虹带，直端端地射到王宫上空，挂在最高的殿角之上。正当君臣们惊诧之时，空中传来闷雷般的声音：

"驯敌大王宇杰托桂、王妃、王子及大臣们，现在到了祝古灭亡的时候，天主派我们众神来接你们，不要犹豫，不必怀疑，快快登上这魔梯。"

宇杰托桂听见这声音，犹如孔雀听见夏日的雷声一样，对王妃、王子及众臣说道：

"大臣们呵，我的爱妃，现在我们的王城已经难以坚守，不如到天界去住三年。将城里所有的珍宝都用火焚烧，剩下的老弱妇幼可以投到岭营去，俗谚说：'假如柳林没变更，杜鹃的鸣声不会有变化，说不定会有甘霖蒙蒙降落事；假如农田不被冰雹砸，青苗的颜色不会有变化，说不定六谷会有成熟期；假如云彩没有风吹时，苍龙的吟声不会有变化，说不定会有石崖被轰成碎块的事。'假如王城的臣民没有动摇，国王的信心不会有变化，说不定有报仇雪耻的日期。请臣子、王妃、王子快准备，快些登上那魔梯。"

大臣霞赤梅久可不愿意就这样逃之夭夭，若不与岭国将士决一死战，他是死不瞑目的。

"请大王听臣禀，俗语说：'俏丽的岩山难信托，劣马的屁股难信托，坏品质的朋友难信托，空性的声音难信托。'请大王相信我霞赤梅久，我一定要坚守在这里，三年之后迎接大王回城堡的还是我。与其像狐狸般拖着尾巴逃去，不如学猛虎落茸毛而死；与其像鹫鸟吃死尸而飞腾，不如学小雀啄昆虫而死；与其像老鸽在林中飞翔，不如学家禽在村里睡觉；与其像大王前往神境，我不如战死在王城欢喜。"

霞赤梅久这最后一句话，使得托桂王羞愧和不快。王妃噶姆森姜措也怕宇杰王登魔梯而去。虽然她不忍心让大王死去，但更不能让他逃离。最好的办法是让他投降岭国，然后求求格萨尔大王，饶他一命。这样一想，不等托桂王回答霞赤梅久，噶姆森姜措便把美酒端到大王的面前：

我们祝古这地方，
谷内雪山如佛塔赛白螺，
雪狮碧鬃比别地绿；
谷中大海汹涌翻滚，
水鸟的鸣声嘹亮清悠；
谷口草原绿油油，

鲜花娇艳绚丽争秀。

大王权势巍巍与山齐，
大臣勇士武艺赛霹雳，
妙龄少女如海边鲜花多艳丽，
这里是财物的聚集地。

"大王您曾说过：'若不能为殉难的英雄报仇，老者死去亦难瞑目，年轻的活着偷生没有意思。'在祝、岭双方交战的日子里，托桂大王突然无踪迹，这样的丑话怎能让它留传到后世？！若不能像猛虎与敌人共死，则与狐狸巡门有何异？妃子我不登那魔梯，云路无边又无际，就是白雕也无处站立。还有我这鲜花般的骄儿，生下只有七月余，我怎忍心把他带到不着边际的云天里。"噶姆森姜措说到动情之处，泪珠滚滚而落，一副悲痛难耐的样子。

宇杰托桂一见王妃这副模样，再看一眼妃子怀中的小王子，无限的疼爱之情油然而生。无论如何也要和王妃、王子在一起，不论是升天还是入地。但是，托桂王希望升天。可王妃和霞赤梅久都不愿意离开这座城堡，不给他们一点儿颜色看看，他们是不会离开的。然而，托桂王不好向霞赤梅久动气，只得拿王妃泄火。只见他脸上布满黑云，两眼血红，发辫喷射着火焰，臂上的肉块在抽搐，一把抽出那积满血污、缭绕着毒雾的追魂宝剑，冲着噶姆森姜措说：

门域的神鸟花杜鹃，
当然有居住柳园之意，
现在因季节变化而离去，
将来会再转回门地。

腾跃在虚空的青玉龙，
当然有居住在鸟路之意，
现在因寒风凛冽而离去，
将来会再腾飞在虚空里。

雄踞在祝古王城的托桂我，
当然有居住在宫中之意，
现在与大臣王妃同离去，

将来会再回王城里。

"噶姆森姜措烂婆娘,罗嗦得叫人耳疼心伤。像鱼一样的婆娘没脑筋,因为没脑筋才扭来摆去;像虱子一样的婆娘没骨头,因为没骨头才在人身上乱咬乱跳;像风一样的婆娘说话没凭据,因为没凭据才不能送进我耳里。自以为是犟嘴婆,水性杨花的无耻女,你虽愿意待下去,我可不愿将你弃。你若一定要待在这里,我手中的宝剑要叫你身首分离。"

王妃噶姆森姜措见大王杀气腾腾的样子,吓得七魂出窍,忙叩头求饶。那大臣霞赤梅久见大王如此无礼,气得脸红颈胀,不知说什么才好。

祝古君臣和王妃们为去留之事一直争论不休,那魔梯一直挂了七个时辰。众人见大王动怒,不敢违抗,这才着华服,佩饰物,携武器,君臣二十一人登上了魔梯。

魔梯飞呀飞,飞了七个时辰,已飞近太阳坛城。恰在这时,大梵天王带着五亿天兵天将,向那魔梯连砍了三刀,就像绳子被钢刀所斩一样,魔梯断为两截。那托桂王、大臣霞赤梅久和三王妃等五人,如飞鸟般降在祝古王城的楼上。小王子被霹雳震死。其余的大臣和将士有的跌入岭营被俘,有的被大风吹得不知去向。噶姆森姜措三姐妹被跌得半死不活。托桂王和霞赤梅久君臣二人,被震得昏迷不醒,那神变之法也无从施展。

这时,大梵天王关了天门,龙王邹纳仁庆关了地门,祝古君臣二人上天无路,入地无门。岭国大军又乘他君臣上天之际攻进了城堡。二人别无他路,只得拔剑迎击岭国将士。

丹玛、辛巴梅乳泽等岭国众将围住了宇杰托桂王。尼玛扎巴拔出缠绕着黑红吃肉蝎子的宝剑:

"魔王宇杰托桂,在祝、岭交锋的战场上,哪会有像马尾之隙地让你奔驰?您不自量力把披箭乱放,简直不如女人见识。两好汉臂膀相遇时,要比比谁的艺高胆巨;两宝刀出鞘时,要比比谁的刀口锋利;两匹马并驰时,要比比谁能如鸟飞四蹄。我今天一挥这宝剑,要向你头上白盔劈,要让你身首两分离。"尼玛手起剑落,只把宇杰王的铠甲劈下一片,却没有伤着那魔王。丹玛见状,忙抽出战神威尔玛的霹雳镞神箭,暗自祝祷:愿这一箭之下,宇杰托桂送终。

丹玛这支神箭是很有讲究的,不去问它,谈话声呱啦啦;不去掷它,振翼声轰隆隆;不去射它,电火光红艳艳。丹玛祝祷毕,射出神箭,那箭迸射出如车轮大的火焰，响声隆隆，电光闪闪，飞向祝古王。宇杰托桂曾经中过辛巴梅乳泽的魔鬼飞索，又从半空中跌下过一次，那附体的神灵早已荡然无存。丹玛这一箭射来，把魔王宇杰的最后一口气也差点儿摄了去。但他仍在挣扎，还在马上摇晃着。霞赤梅久见他的大王性命难保，拼命冲杀过来，扶住了就要摔下马去的宇杰托桂，保着他向南奔去。南面的岭军以嘉洛•昂赛玉达为首的众英雄已经等在那里。玉达身穿战神的九种宝铠，犹如怒气冲天的阎罗王，威风凛凛地骑在青凤玉花驹上，风一般地向祝古君臣杀去：

> 飞翔在鸟路的小雀儿，
> 若让它逃遁怎能算鹰鹞；
> 山坡上吃草的小羊羔，
> 若让它逃遁怎能算雄雕。
>
> 马路上行走的小毛驴，
> 若让它逃遁怎能算虎豹；
> 恶贯满盈的托桂王，
> 若让你逃遁怎能把英雄叫。
>
> 我这一刀劈下去，
> 要让你脑袋如粪蛋在地下跳，
> 要让你粉身碎骨卧荒郊，
> 要让你霞赤泪如浪涛。

玉达一刀劈去，正中托桂王的盔帽；两刀劈去，托桂的右肩如莲花张口开放；三刀劈去，从托桂王的左肩一直劈到右腰。那魔王的心突突跳动，滚了出来。宇杰托桂大叫一声，落马而亡。众岭将一拥而上，割下了魔王的首级。

魔臣霞赤梅久见大王身亡，像被掏了心肝一样疼痛万分。只见他恶狼般嚎叫着扑向玉达，却被众英雄围在了当中。森达想，玉达劈死了祝古王，这魔臣该让我收拾。正想着，霞赤梅久的刀已经到了他的跟前。那魔臣已杀红了眼，根本不看对方是谁，逢人便杀，见人就砍，把森达的铠甲砍掉了九片甲叶。森达冲霞赤梅久一挥刀，那魔臣合该死于他手，被他斜劈下来，连头带胳膊，一起切下。人虽死，霞赤梅久的眼睛却死而不闭，不论岭将怎样用剑去戳，也不合上。

祝古君臣已除，所剩残兵败将全部投降。王妃噶姆森姜措带着众王妃、侍女等前来拜见王子扎拉，献上城内的各种奇珍异宝，并唱了祝愿曲。

晁通见了这美丽无比的王妃，就像狗见了鲜肉一样馋涎欲滴。

王子扎拉见晁通那副鬼模样，生怕他做出不体面之事，遂下令请三王妃仍住祝古王宫，等雄狮王格萨尔叔叔驾临后再做道理。

岭军攻占祝古之时，雄狮大王格萨尔正在森珠达孜城南面的莲花光寝宫中，坐在狮皮宝座上，巍巍然入了三摩地。

自从岭军进攻祝古，格萨尔一直闭关静修，除承办国事的几位大臣和奉膳官之外，其他人一概不见。这样的日子过了一年五个月零三天。这天，格萨尔一起床就觉得心情格外好，正当他闭目静修的时候，那天母朗曼噶姆身着绫罗彩衣，佩着珍宝珠玉，打扮得像十六岁的少女一样美丽动人，右手持有宝镜为饰的彩箭，左手掌长寿甘露净瓶，骑着没有鞍鞯的雪白狮子，由五千名空行母簇拥着，来到格萨尔静修的森珠达孜宫。只见天花缤纷，虹光闪耀，一片祥瑞之兆。天母的声音像杜鹃鸟鸣一样动听：

"当攻克那雪山狮城时，盘踞在雪山的白狮子，惨烈苦战四爪已干瘪，可以将碧鬃四爪作观赏；当攻克那血崖神城时，盘踞在石崖的鹫鸟，已被利箭断了空路，可以将六翼作观赏；当攻克祝古的王城时，盘踞在城中的托桂王，身首被宝刀断离，可以将首级作观赏。无敌的雄狮大王呵，不要懈怠快去祝古地，用化身的妙计为众生做事情，沿着那空行母的虹路向前去。白昼伴你的有鹫鸟，夜晚伴你的有黄枭。司晨的有金翅大鹏，伴飞的有银翅老雕。英武伴侣有花花猛虎，勇毅伴侣有白胸大熊，疾驰伴侣有青色苍狼，藏匿伴侣有黑额山兔。右面有大神白梵天，天兵如雨雪纷纷降；左面有厉神念青唐拉，厉兵如狂雹猛烈降；前面有扎玛九弟兄，九天霹雳隆隆响；后面有邹纳海龙王，龙兵如海洋翻巨浪。一把武器神崖开启，二把敌人彻底消灭，三把正法事业弘扬，四把宝藏运回岭地。"

天母的预言十分悦耳动听而又清楚明白，格萨尔一一听在耳里、记在心里。他要即刻就到祝古去，按照天母的明示，大做善事，超度祝古君臣的亡魂到净地，拯救活着的百姓出苦海，还要把祝古的兵器及珍宝运回岭地。

格萨尔作起神变之法，刹那间就来到了北方祝古的上空，见王子扎拉的大帐中已经为他设了一个威镇三界的黄金宝座，铺上十八种不同的垫子，下面有九十九排华贵座席，摆有各色供品及礼品。格萨尔见此，喜盈盈地从空中飘然入座，岭地君臣欢天喜地。三圣地的天神们也赶来祝愿。甘露之雨沛然下降，吉祥花瓣纷纷洒落,山川原野都被虹光笼罩,香气弥漫,照得岭国君臣个个红光满面,飘飘然地像要飞腾起来。

雄狮王格萨尔遵照天母的预言,带领众家英雄弟兄,消灭了守卫祝古珍宝、兵器的妖魔,开启了珍宝库和兵器库。众英雄为欢庆这巨大的胜利,再次举行盛大的赛马会,然后班师回岭。

赤丹兴兵进犯岭国
晁通贪欲投降卡契

岭国西部有一个叫卡契的邦国。国王赤丹路贝本是罗刹转世，力大无穷，也狂妄得不可一世。九岁继承王位，征服了尼婆罗国；十八岁时降伏了威卡国；二十七岁，战胜了穆卡国，并强娶堆灿公主为妃。此后进一步东征西掠，周围的小邦国家均归他所属。赤丹还有一兄一弟。哥哥名鲁亚如仁，弟弟叫兴堆冬玛，这兄弟二人是赤丹王为非作歹的得力帮凶。此外还有内大臣七十四人，外大臣一百零八个，属民四十二万户。由于连年征战并未遇到对手，赤丹路贝便认为天下无敌了。

这一年，赤丹路贝年满三十六岁，他的狂妄随着财宝的聚集和增多，也发展到了极点。这一天，他召集卡契国的臣民，在宫外举行盛大宴会，给臣民们赏赐了大量的珠宝和财物。只见那赤丹王，披散着一头火焰般的红发，口中喷着雾一般的毒气，威风凛凛，得意洋洋地对臣民们唱道：

地位比我高的是日月，
势力比我大的是阎罗，
军队比我多的是草木，
除此之外谁也敌不过我。

现在的南赡部洲，除了三个大国家[1]，其余全部归顺了我。对那三个没有

---
1 指印度、汉地和岭国。

归顺的大邦国，我卡契大军怎能不去征服？"

王妃堆灿洛琚玛见赤丹如此得意，又把那杀父之仇记起，想这魔王强占我国土，抢掠我国财宝，又把我抢来为妃，不让他吃点苦头，我心不安，我父王九泉之下不能瞑目。想到此，堆灿说：

"黄铜把自己比黄金，小虫把树叶当黄金，青蛙把草堆当黄金，蠢人说又高又大的是自己。印度、汉地、岭国，这三大国是南赡部洲的三胜幢。比你赤丹王力量大的只有一个人，他就是岭国格萨尔王。人称赡部洲无敌手，能降伏这样的人才是大英雄，才是无敌大王。"

那赤丹路贝一听王妃如此蔑视自己，不由得火往上冲，再也无法抑制征服世界的心愿。他气得两眼血红，牙齿乱颤：

"野狼在山上行走，想把羊儿全吃光，没注意却让一只小羊漏了网；大鹏在空中展翅翱翔，想把毒蛇都吃光，没留心却让一条草蛇漏了网；我赤丹大王出征时，要把一切小国消灭光，没料到却让觉如漏了网。我们的大军现在就出动，一定要征服岭国王。"

赤丹一言出口，群臣振奋。他们也同自己的大王一样觉得天下无敌，如果能将岭国征服，那么天下的所有小邦国就会自己前来投降卡契。

只有坐在前排第一个花绸坐垫上的首席老臣贞巴让协不以为然。这老臣已经一百一十三岁了，经历了卡契国的三代国王，素以老谋深算著称，深得臣民百姓的尊敬和爱戴，凡事赤丹王也让他三分。他把赤丹路贝王的话在心中盘算了三四一十二回，考虑了五五二十五次，认为对付强大的岭国，不能像征服其他小邦国家那样轻举妄动，与格萨尔为敌，是卡契将要灭亡的先兆。为了整个卡契国的存亡，他不能不向大王进一忠言：

"大王呵，我经历了三代国王，先王从来都未抢过别国一寸土，一个人，一点财物，才使得国运日益兴盛。到了大王您称王后，征服尼婆罗用了九年，降伏威卡王用了九年，抢掠穆卡又用了九年，连续二十七年征战从来没安宁。听说那格萨尔本是天神之子，岭国的英雄勇士更是英勇无比，周围的国家大都与卡契一样强，现在全被格萨尔消灭光。我们的铜刀虽锋利，想砍破绸甲是妄想；我们的马队虽然多，要抵挡格萨尔是妄想。现在的卡契应该有节制。男子有节制是智者，女子有节制是贤慧，大官有节制是伟人。野狼食羊百只是要胀死的预兆，箭在囊中跳动是要脱弓的预兆，大王四面去树敌是要灭亡的预兆。"

老臣的忠言在此时变成了毒药，卡契王赤丹路贝最听不得什么节制不节制、什么格萨尔王不可战胜一类的话。一听贞巴让协历数他称王二十七年来的所作所为，言语中含着明显的怨恨之意，再想他平日里总是倚老卖老，对自己的言行多有干涉，赤丹再也无法容忍这种对自己的不尊，冲着老臣大发雷霆：

"敢胡说卡契弱小的嘴，说出来的花言巧语没必要。现在我大王要去征服那岭国，你不唱自己取胜的英雄歌，却唱失败、怀疑的悲伤曲；不说怎样打外敌，却赞美敌人真可气。我赤丹的权势比天高，水火风三勇将比雷猛，一百名英雄比电快，卡契的威名如雷鸣。我一定要快快打到岭国去，话出口不能收回，就像那高山的滚石不能倒滚一样。"

赤丹王气势汹汹，杀气腾腾，口出狂言，无人能劝。老臣贞巴让协也不敢再说什么，反倒装出一副兴高采烈的样子，以挽回刚才在大王那里失去的面子。

由王兄鲁亚如仁、大臣多桂梅巴和托尺布赞为首的三万大军，经过一个月的准备，到了三月二十九日，开始向岭国进军。

就在卡契进犯岭国之前，格萨尔大王正在闭关修本尊上师的猛力法。到了三月初十日夜半之时，莲花生大师在众空行母的围绕下，突然出现在半空中的彩虹帐幕里，对格萨尔说：

"智慧的天神之子啊，赡部洲的雄狮大王，语言于无声处聆听，道理于乐空中了解。那卡契国的赤丹路贝王，已对岭国动了邪念，会派大军来进攻，这个月内就要到。你要立即召集众兵马，少数将士难对敌。上阵要穿绸衣软甲，才能抵住卡契的锋利铜刀。消灭他的先锋队，再去卡契降魔妖。赤丹的狂妄与自大，犹

如岩崩石山倒。"

莲花生大师授记完毕，驾祥云离去。格萨尔对大师的预言十分感激。第二天一早，格萨尔早早起床，更衣沐浴毕，马上煨桑敬神，然后唤内侍去分别通知各个属国的英雄前来岭国共议大事。

王宫外搭起了临时大帐，安置了九十九个绸缎坐垫。格萨尔大王头戴修行的白法帽，手执饰有花纹的法绳，身着白色衣裙，高坐在铺着绸缎坐垫的黄金宝座上，接受奉召前来的诸国及岭地英雄的拜谒。格萨尔讲了莲花生大师的预言后，老总管绒察查根也说他梦见了西边的羊群来到东边，三只野狼冲散羊群；东边的大火烧向西边，西边的毒树被化为灰烬。这象征着西边的卡契国兵马要进犯岭地，也象征着岭国格萨尔大王要降伏那赤丹路贝王。

因为要等候没有赶到的诸国英雄，也为了选一个吉日降敌，格萨尔请神、龙、念帮助，一连降了十八昼夜大雪，使卡契兵受阻一月有余。

到了二十九日，岭国众英雄披挂整齐，率四十二万雄兵，来到格萨尔的大帐外。雄狮大王静静地坐在宝座上。那东方白度母转世，三十妇女中的美人儿，刚刚修完本尊法的智慧大王妃珠牡，穿着彩虹般绸衣，佩着各种珠宝饰品，那胸部丰满的双乳，像雪山高耸在平原上；轻盈的双腿，如细柳低垂；玉体婀娜多姿，纤腰似有似无；容光艳丽，使天上的太阳为之低头；语音美妙，使檀香木琵琶为之减色。她左手执白水晶念珠，右手捧白绸缎哈达，飘然来到格萨尔的宝座前，用柔和悦耳的声音启禀道：

"岭国兵马已在黄河上游九峰山聚集，像莲花齐开在池塘里，只等大王像太阳升起，亲自领兵出征莫迟疑。"

雄狮王从宝座上站起，连喝三碗美酒，然后把那铠甲兵器一一披挂整齐。出得帐来，见以女英雄阿达娜姆为首的北方魔军，以辛巴梅乳泽为首的霍尔军，以玉拉托琚为首的姜军，以冬迥达拉赤噶为首的阿扎军，以多钦为首的索波军和以却珠为首的碣日军，均在列队等候，只等他一声令下，立即出征迎敌。

老总管环顾了一下这雄姿勃勃的军队，内心激动万分。他唱道：

"那野鹿角自傲比天高，正是招致猎人射杀的标志；那腹行蛇自夸爬行技术好，正是招致大鹏捕捉的标志；那西方卡契兵马来岭国，正是招致国破人亡的标志。我们的格萨尔神威比天高，援军众英雄比雷猛，战神威尔玛比电速，还有什么可畏惧？！"

格萨尔下令，丹玛、玉拉托琚等六位勇将率三千骑兵为先锋，其余部队缓缓行进。

卡契军被风雪阻挡了一个多月,为首的三员大将心里十分焦急,因为赤丹王在等候着他们胜利的消息,老是在路上耽搁怎么行呢?好不容易等那风停雪住,卡契军迅速行进,眼看就要到岭国属地黄河川了。

这天晚上,卡契大将多桂梅巴翻来覆去不能入睡,后半夜刚有些朦胧睡意,就开始做梦。梦见东方雪山顶上跑下一头白母狮,惊天动地吼了三声,一直扑向卡契军,卡契的兵马纷纷倒地,血把狮子的四蹄染得鲜红。又梦见东方紫石山顶跑下一头长毛野牛,犄角像燃烧的火焰一样红,一跃跳进卡契的军营,摇了三次牛角,卡契的帐房都被震倒。还梦见东方森林里,蹿出一头班斓猛虎,一跃跳进卡契军中,张开血盆大口,把卡契的英雄全部吞入口中,四颗獠牙全染红。

多桂梅巴一觉醒来,天已大亮。他把自己的梦想了又想,忽然想起了老臣贞巴让协的话,竟与自己所梦完全相同,不禁打了个寒战。他忙来到赤丹王的哥哥鲁亚如仁的帐中,与王兄和大将托赤布赞商议如何进军,并把自己的梦讲了一遍,巧的是王兄和托赤布赞也做了同样的梦。于是三人决定大军缓进,先派出二人到岭地察看一番,回来再说。此时他们才想起"自视过高有隐患,轻敌冒进会遭殃;时机、智谋与英勇,三者安排要适当"的说法是多么有理。

两名卡契大将化装成两个叫化子,穿着破衣破鞋,背着破包袱,拿着比头还高的拐仗,装出一副可怜相,一步三摇地向岭地走去。他们巧妙地躲过了岭国的巡逻兵将,用三天时间,把岭地内外、前后,看了个清清楚楚,正当他们兴高采烈地要回卡契大营的时候,被半空中投来的套索套住了。原来,那雄狮王早知道卡契已派出二人,前来岭国侦察。他是故意让他们看个够,才下手。

投出飞索套住他们二人的正是格萨尔的近侍唐泽、米琼、秦恩等三人。只听唐泽说:

"羊该死时来到豺狼身边,人该死时走到罗刹身边。你们两个想到岭国游玩吗,我让你们心流血而不得生还。"说着,把刀举了起来。米琼和秦恩忙把他拦住:大王曾经吩咐,要把卡契侦探押回大营问话。

格萨尔一见那两个卡契大将,微微一笑,不用问也知道了他们的姓名和来意。他吩咐唐泽快把这二人关起。自己摇身一变,变作那两个卡契的叫化子,直往卡契大营走去。

天快亮时,两个叫化子雄赳赳地迈着大步,像走熟路一样一直往前走,像办成了大事一样昂首挺胸，全身冒着热汗，嘴里哼着歌曲，眼睛兴奋得发光，好像有无限的话要讲。进得卡契大营，坐在自己应坐的坐垫上，喝够了茶酒，吃饱了肉食，这才向三位首领禀报道：

"我二人前往岭国侦察，三天内把岭国看了一遍。他们对卡契的行动并未察觉，是因为那格萨尔外出征战离了营盘。大臣多桂梅巴的梦境是那卡契神来护佑。正是那：

> 雪山顶上的白狮子，
> 是赤丹王的好命兆；
> 鬃毛蓬松四爪张，
> 是降伏岭国的好征兆；
> 大军倒在平原上，
> 是地上容不下兵马的征兆。
>
> 紫石山凶猛的野牛，
> 是王兄鲁亚的好命兆；
> 三次摇动尖牛角，
> 是胜利在望的好征兆；
> 帐房倒塌在地上，
> 是森珠宫要毁坏的征兆。
>
> 森林里凶猛的斑斓虎，
> 是大将多桂的好命兆；
> 张牙舞爪大声吼，
> 是英名震天的好征兆；
> 把卡契将士一口吞下去，
> 是侵岭大军平安的征兆。

"卡契大军此次进攻岭地时机好，第一赤丹王福德大，第二王兄鲁亚威风足，第三将士最凶猛，第四岭国的地形道路已探明，第五岭国疏忽无防备，第六格萨尔大王已外出。具备了这六个条件，卡契大军不必胆怯，定能把岭国扫平。"

多桂梅巴听完二人的禀报，并不十分相信，因为从自己的梦境来看，进攻岭地并不是件十分容易的事，哪会像他二人说得那么简单。但是，又不能随便怀疑二人的话，特别是在这众将心里惶惶然的时刻，他二人讲的，毕竟能起到安定军心、鼓舞士气的作用。

第二天一早，卡契大军在两名神变的侦探引导下，向岭国的玛格红岩关隘进发。大军刚刚进到关口，骤然响起杀声，碎石如迅雷滚滚而落，箭矢像冰雹哗哗降下，把个卡契大军打得七零八落，士兵抱头鼠窜，哪里还逃得出去。真是欲守不能，欲逃无路，三万兵马乱作一团。多桂梅巴知道中计，再找那两个带路的侦探，早已不知去向。多桂更加愤怒，阎王似的脸变成了青紫色，口中喷毒气，双眼冒赤光，大声喝叫迎战。

这守在关口的乃是碣日国的大臣却珠，一听多桂梅巴叫阵，马上从山上急驰下来，和多桂梅巴一照面，便告诉他：

"坏母亲女儿的行为，是招人耻笑的根源；恶狗到处咬人，是招引顽石的根源；卡契国的进犯行动，是招引我英雄大军的根源。若愿投降可饶你不死，若要比武休怪我手下无情。"

那多桂梅巴见卡契军处在四面包围之中，无心和却珠比武，恳请这碣日大将让一条路。却珠不肯。多桂大怒，与其等死不如战死，他把刀一举，跳到却珠跟前。那却珠抽出长矛正要向多桂刺去，森达和玉拉扑了过来，挺枪便刺多桂。多桂抡起青铜刀大战岭国三将，东砍西劈。青铜刀原本削铁如泥，却对岭将的绸甲无可奈何。多桂见青铜刀不能砍伤岭将，遂抛开围攻自己的三岭将，转身杀向岭兵。一阵砍杀，十几个岭兵当即毙命。辛巴梅乳泽和丹玛见这多桂凶猛，立即冲上前，挡住他厮杀。多桂梅巴依旧不肯同他们交战，抛开他俩去砍杀岭兵。这时，格萨尔变化的两名卡契将也挺起矛向多桂刺来。多桂大怒，挥刀向他俩劈去，仿佛山崩地裂一般，两边的岩山倒塌下来，一下砸死了卡契兵将六百多名，那格萨尔的变化也化为乌有。这时多桂才知是格萨尔的变化所致。多桂知道今天作战败多胜少，立即转回身，与剩下的将士向关口冲去，与走在队伍后边的王兄鲁亚和大将托尺布赞合兵一处，迅速退出了关口。

一连三天，岭国和卡契军没有交战。第四天一早，卡契营门大开，王兄鲁亚如仁一马当先冲了出来，闪电般飞进岭国营地，东劈西砍，杀死霍尔兵和姜兵不计其数。守营的三个小长官刚要挺枪来战鲁亚，不料刚刚碰上他的铜刀，便浑身流血，逃走了。鲁亚如仁见状，高兴得哈哈大笑，气焰更加嚣张，骄横地向前冲，一直冲到军营当中，被勇士唐泽拦住了：

"嘿！你这白马白甲人，贪心也太大了。外表美丽好像白雪山，内心漆黑好像无底洞。如果你再蛮横不自制,今天就是你命尽时。"说着,唐泽张弓搭箭,射向鲁亚如仁。谁知那箭竟如羽毛般飘到鲁亚的胸前就落了下来。鲁亚又大笑起来:

"小山沟的癞皮狗,敢同虎豹作对吗?黑蛇口中喷的毒气,能吹到鸟王身上吗?你那支羽毛一样的茅草箭,能伤我鲁亚的身体吗?远处射箭是岭国狐狸的作法,用刀对劈才是我们卡契猛虎的规矩。"鲁亚说着,挥刀朝唐泽扑去,唐泽忙举矛招架。那长矛碰在青铜刀口上,一下断为两截。唐泽扔掉变成两截的长矛,欲反手抽刀再战鲁亚,已经来不及了。鲁亚的青铜刀已经到了唐泽的面前,唐泽一闭眼,此命休矣!只听"当啷"一声,唐泽一睁眼,是姜国王子玉赤和玛宁长官双双挡住了鲁亚如仁的青铜刀,才使唐泽幸免于难。鲁亚被这突如其来的长矛吓了一跳,随即暴跳起来,丢下唐泽来战玉赤和玛宁长官。他要把这二人砍死,以消心头之恨。鲁亚使出全身力气,却不能战胜这两员岭将,心里着急,刀法也乱了,渐渐有些招架不住,刚冲进岭营时的那股嚣张之气也消了不少。正在鲁亚力不能支的时候,大将多桂梅巴赶到了。多桂一来,战势马上发生变化,鲁亚凭空添了不少精神,气力也觉大长。多桂挥刀劈向玛宁长官。玛宁长官一闪身,人躲过去了,刀劈在了马脖子上。战马立即倒地而亡,玛宁长官也被掼下马来。剩下玉赤一人迎战两员如狼似虎的卡契大将,实在是身单力孤,只有招架之功,没有还手之力。就在这时,格萨尔骑着火红的江噶佩布马自天而降。卡契二将一见格萨尔前来助战,自知不是对手,不敢恋战,慌慌张张地退回大营。

那托尺布赞先冲入索波军和大食军的营地,没有得胜,又蹿入岭国色巴军中,被察东丹增扎巴等三人用三根飞索套住脖子。色巴三将用力拉飞索,几乎要把托尺布赞拉下马来。这卡契将忽然想起自己的青铜刀还挂在马鞍上,忙挣扎着摘下青铜刀,连砍三下,把飞索砍断,飞也似地逃回自己的营地。

且不说岭国和卡契军如何交战,却说那达绒长官晁通,从格萨尔调兵开始,就阳一套阴一套,表面上积极,暗地里按兵不动。到岭国与卡契开始交战时,仍然不见达绒的一兵一卒。晁通在暗自盘算着自己的出路,怎样做才对自己最有利。想那卡契兵马非同一般,特别是那威名远扬的青铜刀,若是被它砍中,只有死路一条。而且卡契的兵精粮足,赤丹王的权势又大,后援部队一定很多,还有卡契周围的三个邦国,肯定也会帮助卡契来战岭国。这次无论从哪方面想,除了格萨尔仍留在岭国外,其余都和以前霍尔入侵时的情况相同。岭国肯定会遭殃。

以前我投降了霍尔，得到了多少好处呵！让我称王，给我数不清的财宝。可恨那格萨尔一回国就把王位夺了回去，还罚我做这做那，每次出征，也是让我晁通冲在前面，到分配战利品时却把我放在后头。现在，要想把王位重新夺回来，只有投降卡契。鼓槌要击到鼓面上才会出声，我晁通要登上王位才能威名四扬。想到这，晁通找出自己珍藏已久的吉祥如意羊脂玉碗，又装满五种珠宝，取出隐身木戴在耳后，趁着天未大亮，骑马向卡契大营飞奔而去。一路之上，没有人看得见他。快到卡契兵营时，晁通取下隐身木，现出身形，把站在面前的一个卡契将吓了一跳：

"你这长胡子老家伙，怎么跑到我们卡契的大营中来了，我这青铜刀能饶过你吗？"

那晁通一听青铜刀就吓得浑身发抖：

"呵，你这红脸阎罗，杀死我老汉算不得英雄，你们的王兄鲁亚如仁在帐内吗？我有要事向他禀报。"

卡契将见晁通这副模样，心想，看这人走路的姿势，说话的口气，可能就是人们说的达绒长官晁通吧。如果真的是他，那可太好了，肯定有机密向王兄禀报。卡契守营将急忙进帐向鲁亚如仁报告。鲁亚因为上了一次格萨尔的当，以为又是格萨尔在耍鬼把戏，不想见他。多桂梅巴却说，是真是假，把他带进来再说。

晁通进得帐来，纳头便拜，然后献上礼物：

"这是吉祥如意宝碗，想吃什么有什么，珊瑚珠宝样样全。再献上洁白哈达是库锻，算作礼品来见大臣面。"

多桂梅巴仔细观察着晁通的一举一动，断定他绝非格萨尔的变化，这才让侍卫铺上氆氇垫子，端上茶酒牛肉。晁通大吃大喝了一顿之后，向卡契大臣们诉起苦来：

"坏心肠的女人操持家务，把有恩的父母撵出门外，把牦牛关到牛圈里，把挤过奶的老黄牛来屠宰；岭国让外部投降来的懦夫任大官，把内部的叔伯来欺压。我在岭国地位最低贱，早想背离觉如另寻靠山，只因为没有投奔的好地方，现在卡契大军到岭国，我只好投奔赤丹王。"

晁通是东方黄河花孔雀，
卡契青玉龙我向往；
晁通是青颈杜鹃鸟，

卡契甘露雨我向往；
晁通是大海金眼鱼，
卡契雪山青蛙我向往。

晁通说着双膝跪在地上，双手合掌，恳请王兄鲁亚马上出兵：对那檀香树般的岭国，卡契兵马从外部砍，我晁通从内部砍，岭国没有不败的道理。

卡契三将听了晁通的一番话，多桂梅巴和托尺布赞表示赞同，只有王兄鲁亚如仁还有些怀疑。他久闻格萨尔手段狠，总管王主意多，晁通王诡计深。正像那谚语中说的那样："在岩洞中的修行者，若不看他光明无阴影，是神是鬼难分辨；对主动投降的大臣，若不看他道德品行，是敌是友会认错。"想到这，鲁亚如仁决定先吓唬吓唬他：

"晁通王装扮成的孔雀鸟，吃了毒哈罗花才能现本相；晁通王装出的杜鹃美妙声，吃了黑虫才能现本相；晁通王自称金眼鱼，活活现出一副狡猾相。不说真话尽扯谎，临死想骗人救自己，就像那末世喇嘛讲佛法，把活人投入地狱里。现在你来投降献诡计，先用黑绳捆住你，等到岭兵不再进犯时，才能相信你说的是实情。"

晁通一听要把他用黑绳捆起，吓得慌了手脚：

"呵，大将军不要说这样的话。野牛肉煮熟后，有热的也有冷的；两个智者相遇，有说的也有听的。我现在就发个誓，以后的事你们自己会明白的。"

正在这时，半山腰出现一群野牛，多桂梅巴像离弦的箭一样蹿出帐外，抓住一头约四岁的野牛，扭住头转了三圈，拧下牛头，又快速剥皮，让晁通和卡契大将每人吃三块带血的牛肉，喝三口牛血，然后用牛肠把大家的手和头拴在一起，在湿牛皮上踏蹂，表示在牛皮上起誓。然后用黄金写下永不背叛的誓约。誓约上说，如果卡契兵败，得不到岭国的土地，晁通就要把达绒的百姓、财产等全部献给卡契赤丹路贝大王。

立约毕，鲁亚才确信晁通投降是真。晁通又把岭国的情况、作战的部署统统告诉了鲁亚如仁，并对卡契如何进兵也指点了一番，然后才离开卡契大帐回到达

◀ **晁通投靠卡契国**

晁通在暗自盘算着自己的出路，怎样做才对自己最有利。觉得以卡契的强大，自己若是投降，多半会像霍尔人入侵时一样，统治岭国，只要自己能称王扬名，将格萨尔支出岭国，在所不惜！因此，晁通找出自己珍藏已久的吉祥如意羊脂玉碗，又装满五种珠宝，取出隐身木戴在耳后，悄悄来到卡契大营。

绒部落。

卡契大军靠着晁通的隐身木的威力，绕过了岭营，来到岭珍居文布氏的夏季牧场阿吉达塘扎营。这也是晁通的主意。虽说达绒、文布两部已和好，但是晁通总是不能忘记前仇，一有机会，就要进行恶毒的报复。

第三天上午，文布氏派出经商的两名大臣回到自己的家园，一进这牧场，就被卡契大将托尺布赞俘获。

晁通见卡契大军已开进文布氏的领地，高兴地想，现在只要能把格萨尔及岭军调出岭国，那这王位就是我晁通的了。用什么办法能把格萨尔调出去呢？晁通左思右想，有了主意，只有这个办法才最灵验，也不容易引起怀疑。

晁通跨上马，急急慌慌来到岭营的大帐，拜谒格萨尔大王后，进言道：

"大鹏鸟抓小麻雀是笑话，对少数的卡契兵用岭国大队人马去攻打是笑话。毒树如果不除根，只砍树枝有何用？白石崖如果不粉碎，只惊动老鹰有何用？卡契如果不灭亡，只消灭卡契先锋有何用？格萨尔大王应率领岭军出征，征服卡契再回兵。留下珍居文布对付这些入侵的卡契军。"

没等格萨尔说话，老总管开口道：

"小火不扑灭，大了难扑灭。卡契定要灭，但要让这里的兵马先完蛋。现在我们岭国出了一个投降卡契的人，这个人是谁，格萨尔大王肯定知道。"

一句话把晁通说得满脸通红。正要回几句，被格萨尔拦住了。想那雄狮王的神通，对晁通的叛逆行动怎会不知？但现在还没到揭露他的时候。入侵的卡契兵将由于晁通的煽动而不想主动退兵，这是天大的好事。要趁势把他们消灭在这里，然后再向卡契国进兵，彻底降伏赤丹路贝王。于是格萨尔说：

"在没有征服卡契之前，叔父之间不必争辩。是不是有人通敌，以后会知道。现在要把这入侵的卡契兵将消灭，岭国大军再去西方。"

见格萨尔与总管王意见一样，晁通心里虽然不高兴，表面上却不敢发作。

格萨尔又一一召见诸将，如此这般地部署了一番，众将得令退出帐房。

第二天，辛巴梅乳泽出战托尺布赞。辛巴手执一把天铁水晶斧，高声叫道：

"老鹰不会放过麻雀，豺狼不会放过羊羔，我辛巴不会放过你托尺布赞。"说罢，斧子向下一劈，把托尺布赞连人带马一齐劈为两半。多桂见托尺阵亡，挥刀来战辛巴梅乳泽，被丹玛拦住，多桂一见这青衣老将，心想这大概就是丹玛了。他身上穿的是绸甲，我这刀劈不动他，我得用手把他抓过来，扔到地上摔死。想到此，多桂梅巴对丹玛说：

"你这青衣老家伙,急急忙忙来送命。我的两臂力能举千斤,要把你纸人般的老家伙举上天,让天上的日月看热闹,再把你摔在山边,让你的脑血洒深涧。"说完,像灵巧的山羊一样跳了过去。丹玛来不及回话,急忙拉弓射箭,这一箭从多桂的前胸射进,从后背穿出,钻入草山,没入泥土,多桂竟没有倒地,反倒大叫着第二次扑向丹玛。丹玛第二箭射出,掀开了多桂的天灵盖,射碎了头骨。多桂梅巴再也没能爬起来。

卡契大军连损两员大将,其他兵将死伤不计其数,把那王兄鲁亚如仁气得七窍生烟,但又想不出制敌的办法。待要拼命吧,又想起那俗话说的:慢火熬茶味道好,慢步爬山身体好,沉着对敌战果好。还有那没死的战将也劝他说,只要王兄身体健壮,不愁报不了这仇,如果报仇心切,硬冲硬拼,残兵败将也要丧失。

鲁亚如仁无奈,像断了角的牛魔王一样,垂头丧气地收拢残部,丧家犬般急忙回国。

王兄王弟一命呜呼
玉城臣民投降归岭

  卡契兵败回国，晁通称王的美梦破灭。这本来就够让他心烦的，偏偏投降卡契的事又败露了。并不是格萨尔有意告诉诸将，而是那被卡契抓获的文布商人把这事告诉了王子玉赤和玛宁长官。商人们是在卡契营中听卡契兵将议论岭国晁通如何给他们王兄鲁亚献了宝碗，又如何让卡契军使用他的隐身木才绕过岭军营地，来到文布牧场的。卡契兵败逃走时，哪里还顾得上什么文布商人。于是，商人便成了晁通投降敌人的证人。

  那玛宁长官听商人讲罢，立即持刀上马，前来找晁通算账。他边走边想，这晁通着实可恶，专门骗人出坏主意，把我们文布商人交敌手，还勾引卡契来入侵。自己不知羞耻想登王位，这样的仇能不报吗？丢失的财物能不追回吗？今天无论如何也要和他分个山青水绿，见个上下高低。来到晁通帐外，玛宁长官大声喝道：

  "晁通，你这无耻投敌的两面派，不要躲藏，快出来！出来与我比比武，不出来的是狐狸。"

  晁通知道大事不好，但听那玛宁长官在外面辱骂自己，却也不能忍受。不管心里怎样胆怯，表面上，晁通还是气势汹汹。他戴上蓝色伞形罗刹盔，披上连环锁式罗刹鬼甲，佩上弯弯罗刹弓，拿上带响的罗刹鬼箭和可砍九层铠甲的罗刹鬼刀，跨上罗刹鬼马，威风凛凛地冲出帐来，矢口否认他曾投降卡契、引敌入岭的行为：

"你要追财物，应找卡契人；你要报仇恨，应找卡契人。你不去追敌到此来是何意？看你外貌温和内心狠，就像那坏刀子割了自己的手，恶狗反来咬主人。你不能战胜敌人卡契，反倒来找我寻烦恼，这是什么道理？"

晁通说着就冲向玛宁长官，那达绒部落的其他将士也纷纷上前。文布的将士和其他诸部的大臣、勇士们也赶来观看。眼见一场恶斗又要发生，碣日国大将却珠一个箭步跳到晁通和玛宁长官中间：

"你们两家闹纠纷，无所顾忌说大话，都以为自己比天高，天空好像容不下。谷穗虽然高昂着头，镰刀不割它能行吗？文布、达绒虽然势力大，不受约束能行吗？纠纷好比石上霜，只有国法的太阳能融化，双方的是非要分清，消除怨恨用正法。有什么事情最好用嘴讲，出手打斗要受罚。文布、达绒各罚黄金一百两，如果再打还要罚。"

却珠的话很得人心。文布的人把玛宁长官拉到自己一边，达绒的人马也后退了几丈远，双方都愿意照却珠说的办。老总管绒察查根认为分清黑白要看事实，不要花言和巧语。真理像流水一样长，流言像地鼠尾巴一样短。现在要紧的是向卡契进兵，在战争中自然能分清谁是英雄，谁是懦夫。接着，总管王把岭军诸部向卡契进攻的目标——分配清楚：

"卡契上部有九座白岩城，
达绒军向此城进攻，
打胜说明晁通有理，
打败就是投敌营。
好坏由此能判断，
真假由此能分清。

卡契中部有九座红岩城，
文布军向此城进攻，
另有门姜两国兵，
帮助文布去攻城。
定要攻城获全胜，
打败要受处罚不宽容。

> 卡契下部有九座蝗虫城，
> 王子扎拉向此城进攻，
> 魔国霍尔大食兵，
> 帮助王子去攻城。
> 勇猛直前去战斗，
> 不失时机获全胜。

此外，卡契绒巴四部落，雄狮大王亲自去，还有阿扎、碣日、索伦兵，跟随大王去攻击。大军要在本月二十九日起，挥兵开到西方去。这次降伏敌军时，最重要的是勇气，人马兵器要备齐，英雄斗志别丢失，谁要逃跑去投敌，未死就送他下地狱。岭国大军人心齐，此次征战定胜利。"

总管王说完，欢声雷动。唯有达绒部落的将士有些不满，要他们达绒部落单独打仗，获得胜利是很困难的。但是命令已下，不容更改，只能拼死去战了。

诸国军马粮草齐备，已是二十九日。在格萨尔的神帐外面，众英雄列队准备出发。格萨尔大王高坐在黄金宝座上，王妃珠牡带着众王妃为大军出征敬茶献酒，金碗银碗端了上来：

"请喝呵，右边用金碗敬茶，左边用银碗敬酒，喝了这碗茶心舒畅，饮了这碗酒勇气增。"

喝罢茶，饮过酒，王妃又唱了长长的祝愿歌。岭国君臣欢欣鼓舞，振旗出征。

这时的卡契国，也是一片繁忙。晁通到卡契营地投降时，王兄鲁亚曾派回两名使臣向赤丹王报告这个情况。尺丹一听大喜，下令立即准备后援部队，向岭地进攻，免得夜长梦多，又生出许多变故来。那老臣贞巴让协对晁通的投降不仅不以为喜，反认为是祸事，想那霍尔侵岭时，就是晁通告密才使岭国遭了殃，但岭国的祸事是暂时的，霍尔却因此而灭了国。卡契如果听信晁通之言，那灭顶之灾将不可避免。正待要劝阻国王几句，又怕赤丹听不进去，不劝呢，又于心不忍，不忍看赤丹王遭那横祸。正在犹豫不决之际，王兄鲁亚如仁兵败回国。

鲁亚把率兵与岭国交战的经过讲了一遍。说到多桂梅巴和托尺布赞两员大将阵亡之时，赤丹路贝气得急火攻心，竟昏了过去。众臣忙用檀香水喷洒，赤丹王醒过来，大叫道：

"这是真的吗？我心爱的两员猛将，竟死在岭国的坏小子们手里，我要报仇，报仇！我要亲自出征去岭地。"

老臣贞巴让协见他说话的时机到了，忙到赤丹面前，缓缓地劝道：

"我以前曾经说过，进犯岭国只能是这样的结果。现在说什么都没用，还是与岭国议和吧。"

"议和？呸！亏你说得出口，这仇不报我活着不如死了好！"

"俗话说：'喇嘛与宝幢不能分开，美女与装饰不能分开，国王与宝座不能分开。'如果大王执意要与岭国打仗，那么还是派卡契的大将出兵吧，大王您还是留在城中的好。"见赤丹复仇心切，老臣坚持不让他亲自出征。

众臣都说贞巴让协的主意好，赤丹不再坚持。他把各路兵马一一召集在一起，要倾尽全国将士去岭国复仇。

正在这时，赤丹王闻报，岭国大军已向卡契杀来。赤丹听了又怒又喜。怒的是岭国太贪，杀了我卡契兵将不算，莫非还真想把我们卡契灭了不成？喜的是，这下大王我可以亲自复仇了，若不是岭军到来，众大臣又不让我亲自出征，派出去的卡契兵，还不知道怎么样呢！于是，赤丹王重新发布命令，令已聚集起来的部队迅速回到各个城堡，守城迎敌。

文布军已来到中卡契的九座紫岩城下。这九座城由一座大城和八座小城组成。这座大城又由五座小城组成，城中间的小城名叫亭雪铁城，东边是花虎城，南边是玉龙城，西边是孔雀城，北边是乌龟城。

文布军在大城下安了营。军中有个门域来的智者，昨夜曾得一梦，很是不吉祥。他对岭兵们说，今夜卡契会来袭击我们，大家要作好准备呵。文布兵依言而行，穿甲持矛，备好战马，只等卡契兵偷营。果然，到了后半夜，天将破晓之时，只听喊杀声如雷，箭发如雨，卡契兵从西、北两个方向向文布军杀来，为首的是卡契的两员大将察玛梅杰和扎桂绛杰。二人来势凶猛，满以为会马到成功，没料到岭军已有准备。玉拉和玉赤二王子接住二将厮杀，没几个回合，卡契的两员大将就被挑翻在地。卡契兵见主将已亡，慌忙四散逃命去了。

文布军趁势杀到城下，天已大亮。守城的两员大将饶朗威噶和拉赞威丹见岭军如此勇猛，前去偷营的两员大将无一生还，活着回来的兵士也怨声连天。二人商量道，我们战死没有什么可后悔的，可兵士们都不愿意送死，听说岭国人懂得因果报应和是非善恶。我们不如投降，或许还能有条生路。二人决定投降后，就在城东的平台上煨起桑来，饶朗威噶脱下铠甲，袒露着身子，对岭文布军唱道：

> 珍珠般的岭国兵，
> 宝贝似的众英雄，
> 献上我的一心愿，
> 岭国勇士们请静听！
> 我是卡契一勇士，
> 饶朗威噶是我名。
> 不是英雄无敌手，
> 并非好汉有本领。
> 要塞城门比石坚，
> 城中兵马赛虎猛。
> 卡契兵不是酥油捏，
> 岭国军不是铁打成。
> 但若各自能克制，
> 我方兵士愿投诚。
> 岭国若有此诚意，
> 彼此和解不交兵。

"那城下的岭兵听了饶朗威噶这软中带硬、棉里藏针的投降歌，心中好笑。明明想投降，却偏装出一副英雄的样子。"玉拉托琚心想，打起仗来，不仅卡契要死人，岭国也会有伤亡，如果能不动刀兵，有什么不好呢？于是，玉拉说：

"你们投降是好事，请大将和兵士们站到外面来，兵器铠甲统统献给岭国，这才能证明你们投降的心是真诚的。"

听说允许他们投降，卡契兵高兴得像孔雀听到了夏天的雷鸣一样。他们纷纷出城，向岭军献哈达，交兵器。就这样，没动刀箭，文布军拿下了这座大城。进城后，玉赤驻守中心的亭雪铁城，玉拉驻守东边的花虎城，达拉驻守南边的玉龙城，玛宁长官驻守西边的孔雀城，珠米驻守北边的乌龟城。

没有几天，中卡契周围的八座小城也被文布军攻占，这胜利的喜讯像玉龙吼叫一样，响彻了四面八方。

达绒部落的进攻目标是上卡契的白岩罗刹城。守城的是卡契的三员猛将梅拉赞布、查桂穆玛、曲俄桂杰。见达绒兵马像团团火焰一样向他们烧来，三员大将心想，这是第一次和岭国交锋，非打出个好名声来不可，中卡契已经丢尽了脸，上卡契可不能再出丑。三人披挂整齐，像下山的猛虎，吼叫着扑出了城。查桂穆玛身着白衣白甲，胯下白马，长矛上的白缨在空中闪闪发光。他一马当先，拦住岭军喝道：

"嘿！前来进犯卡契的狐狸们，你们没听到过这样的话吗？猫靠近火堆是烧焦皮毛的先兆；麋鹿在树上磨尾巴，是要送命的先兆；几个兵将到西方挑衅，是全军要覆灭的先兆。若是好汉与我来对阵。若是懦夫就快低下头。"

从达绒军中同时走出三员猛将，同时射击，三支利箭，却未射中查桂穆玛。查桂大怒，猛射一箭，正中一员达绒大将的盔缨，吓得三将败阵而回。查桂趁势挥兵追杀。卡契兵手舞青铜刀，达绒兵毫无招架之力。晁通见状，吓得逃到一个小洞里躲了起来，远远看见达绒兵马还被卡契军追得不断后退，立即念起降冰雹的秘诀。刹那间，天空乌云骤起，比二十九日夜还要昏黑，雄龙好像牦牛吼叫，雌龙恰似天鼓轰鸣，雷电交加，雨雹齐降。正在追杀和被追杀的卡契兵、达绒兵顿时四散奔逃，这一战才算了结。

三天后，查桂穆玛带卡契兵将围住了达绒兵马。一个卡契小将横冲直闯，左劈右砍，一口气杀了三十几个达绒兵，然后朝晁通扑来。拉郭一见大怒，趁他扑上来的时候，突然伸出长矛，把那卡契小将刺了个穿心透，翻身落马而亡。查桂穆玛一见急红了眼，气青了脸，一步窜到拉郭面前，把青铜刀举过肩头：

> 鹞鹰与大鹏较翅力，
> 不知自量真可耻；
> 小山同须弥比高低，
> 不知自量真可气；
> 达绒与卡契比武艺，
> 不知自量真可鄙。

"你杀了我的人就能高兴了么？我就是那报仇的人，不杀你解不了我心头恨，不杀你算我没本领。"

拉郭根本不理查桂的废话，挺矛便刺，但不能损伤查桂，反倒被查桂的青铜刀把长矛砍断。查桂一刀紧似一刀，连连向拉郭的面门劈来，拉郭左躲右闪，终于被查桂穆玛砍中右腿，从马上摔了下来。达绒兵一见拉郭落马，慌得顾不上再打，抬着拉郭就跑。查桂穆玛一口气杀到达绒兵的大帐里，把里面的东西全部拿走，然后踏翻了营帐，跃马扬刀而去。

晁通因为戴着隐身木，又藏在虎皮座下，卡契兵才没有发现他。卡契兵得胜回城后，达绒兵把拉郭抬了回来，晁通一见，扑上去抱住儿子的脖子放声大哭。

拉郭奄奄一息，口不能语。晁通哭了一阵后，又转回头大骂达绒部的大臣和众将：

"你们这些没用的东西，在和卡契兵将交锋时，你们只顾自己逃命，丢下拉郭一人敌万军，受伤落马难收拾，卡契又踏进营帐来，抢了珍宝兵器，这下你们可称心意……"晁通捶胸顿足，泪流如雨，骂不绝口。哭完、骂毕，晁通仍觉不解气，吩咐把和拉郭一起上阵的三个大臣和八个大将统统抓起来，一定要处死他们给拉郭偿命。

所有的大臣和将士都跪下了，恳求晁通宽恕，但晁通一句赦免的话也不说。看着眼前的这些大臣将士，晁通又想起了这场战争的根源。树根就是那坏觉如，树干是死尸般的老总管，树叶是文布氏的众将官，只有我达绒部落是果实。格萨尔下令进攻卡契，这哪里是要灭卡契，分明是要灭了我达绒。晁通正在这样胡思乱想，一个大将说道：

"我们达绒这些臣将，对外作战不行，打自己人却如此凶猛，这样做没有一点好。现在应该去向格萨尔大王报告我们的情况，看大王说什么。"

晁通一听此话，虽然心里仍然觉得格萨尔对自己的达绒部落不怀好意，但到了现在这种时候，不去报告一下也是不行的。于是下令赦免众臣将，他要亲自去见格萨尔，并嘱咐达绒军不要随意行动，另外不管拉郭是死是活，都要好好服侍，等他回来。

格萨尔大王早已知道达绒军失利的消息，已经聚集了众将等候晁通。晁通进帐痛苦地叫道：

"我的拉郭呵，像太阳一样的拉郭，被恶煞罗曜吞噬了；像猛虎一样的拉郭，被猎人的地箭射死了，我的拉郭！都是文布人太自私，他们说月亮光要冷，太阳光要热，把我晁通说成投降者。尚未迈脚走三步，青刀割得腿筋断；真假尚未诉说完，舌头已经被割断。阴险恶毒的老总管，把我达绒当诱饵，使我拉郭遭祸害。在九国的千军万马中，御敌只把晁通派。现在我活着不如死，罪责应由总管负。我父子的债要索取，君臣们别以为是小事。"说着，晁通抓着自己的喉

> ◄ **卡契查桂穆玛杀死拉郭**
>
> 总管王为让晁通证明清白，令达绒部向卡契上部的白岩罗刹城进攻。守城的是卡契的三员猛将梅拉赞布、查桂穆玛、曲俄桂杰。查桂穆玛白衣白甲白马白缨，最先冲出迎战达绒部。拉郭为救父亲晁通，刺死一员卡契小将，查桂穆玛一见气青了脸，一步窜到拉郭面前，举起青铜刀，连连向拉郭的面门劈来，拉郭左躲右闪，终于被查桂穆玛砍中右腿，从马上摔了下来。

咙，跳到总管王绒察查根面前。丹玛和唐泽忙上前劝住晁通，安慰他道：

"您老人家虽然吃了苦头，但和卡契打仗是为了岭国，怨谁都没有用处。"丹玛和唐泽一左一右拉着晁通坐了下来。

老总管一声不吭，心想，奸诈的人不用看脸面，邪恶的人不用去理睬。今天无论如何不能同他晁通一般见识，坏了岭国的大事。所以，绒察查根神态安详，毫不为晁通的恶语动容，没事人一样坐在那里。

众臣将也纷纷安慰晁通，向雄狮王要求援助达绒军。因为得到大家的安慰，晁通慢慢平静下来。格萨尔遂命丹玛、唐泽和却珠等将，率兵前去达绒营地，换回达绒军，消灭上卡契白岩九城的守军。格萨尔赐给三名英雄每人一支利箭，以及护身灵药，即刻出发。

岭兵把查桂穆玛的城堡团团围住，雨点般的利箭在空中穿过，长矛像蛇一样上下飞舞，没用多少功夫，击毁了大半个城门。查桂穆马见岭兵来势凶猛，吩咐坚守此城，暂不出来。城内的守将梅拉赞布实在忍耐不住，与其守城而死，不如挺身迎战，或许还有生路。他跃马挥刀，冲出城来，杀向岭军阵前，向丹玛挥刀就砍。丹玛有绸甲护身，并未伤着。丹玛回敬他一刀，正中他的脖颈，圆滚滚的一颗人头离了脖颈，梅拉赞布坠马而亡。岭兵趁势攻城，这时又从城里冲出一员将来，正是曲俄桂杰，唐泽并不等他靠近，一箭射穿了他的头骨。查桂穆玛见连死两将，骑着白狮子一般的战马飞出城来。他一边跑一边唱：

> 山兔炫耀它跑得快，
> 会把笑脸老雕招引来；
> 羊羔活蹦又乱跳，
> 会把青色野狼招引来；
> 无能的岭军逞威风，
> 会把失利败仗招引来。

查桂唱罢，已来到岭军阵前。那大将却珠早已把格萨尔所赐神箭搭在弓上，回唱一首：

> 狗头雕飞起来似有力，
> 大鹏金翅鸟它不能敌；
> 野狼跑起来似有力，
> 雪山白狮它不能敌；

> 查桂砍伤拉郭似胜利，
> 碰上我却珠你不能敌。

却珠唱罢射出神箭，神箭带着呼啸之声钻入查桂穆玛的前胸，又从后背穿出，射倒了许多站在查桂后面的卡契兵士。查桂穆玛连同那些中了神箭的卡契兵同时倒地而亡。岭兵喊声震天，猛虎般扑向卡契兵将，箭尖像冰雹降落，长矛如流星飞驰，大刀像雷电闪光，人头像谷穗般纷落。但见卡契兵尸骨成山，血流成河。岭兵大获全胜，不但夺回了被卡契抢走的达绒军的财物，还获得了许多卡契珍宝、铠甲、兵器等。

丹玛、唐泽和却珠三员大将前来向格萨尔大王复命。雄狮王高兴异常：

"你们为拉郭弟弟报了仇，为达绒部落雪了恨，不愧是岭国的大英雄。"

奄奄一息的拉郭被抬到了格萨尔面前，临死之前，他非常想见见岭国王格萨尔。格萨尔吩咐把查桂穆玛的人头拿来给拉郭看，又把诸多的财宝、兵器指给他看。拉郭满意地笑了，声音微弱地对晁通说：

"父王呵，我拉郭快要死了，可我临死前看到格萨尔大王，看见了仇敌的人头，看见了夺回的财物，这是雄狮王的大恩。现在我可以放心地死了，但愿格萨尔大王能够护佑父王和达绒部落的英雄们，但愿在未来的净土中，我们能再见面。"拉郭说完，含笑死去。

格萨尔大王吩咐厚葬拉郭。晁通为了感谢那杀死查桂的英雄却珠，献给他一匹日光缎和三只银钵。却珠也不推辞，接着，帮助晁通安排拉郭的后事。

卡契连连失利，紫岩九城和白岩九城均被岭军占领。残兵败将逃到赤丹王的宫里报告战况。使赤丹路贝大为恼火。特别是大将查桂穆玛的死，更使他像刀子剜心一般疼痛。只见他眼圈发红，青筋暴跳，全身颤抖，半天才说出一句话：

"现在该轮到我上阵了，不是格萨尔兵败，就是我赤丹战死，像狗一样地活着有什么意思！？"

赤丹把刀、箭、矛三样武器一一挂在腰间，跨上战马要去找格萨尔决一胜负。王后和公主从后宫跑出来，你拉我扯的，不让他走。这时老臣贞巴让协从佛盒里取出一条哈达，对赤丹说：

"老臣我虽然忠心为国家，好心说出肺腑话，大王却听作欺人话；老臣我智箭虽锋利，大王岩石般的金耳射不穿。如今还想拼武力，不如巧妙来算计。只凭鲁莽去作战，白白送命取胜难。"

"老臣有什么好计策，请快快讲出来。"王后已顾不得许多，吩咐贞巴让协快讲。

"现在要由守势转攻势，派王弟都德玛日带兵去攻打岭军的门、姜、文布三部。还要快些召集尼婆罗兵，昼夜兼程来卡契，进攻岭军的大营。大王您快把兵器库中的石炮抬出，用它的时机已来到。再去威卡和穆卡国，让他们速派救兵。四国兵马合一处，定能踏平岭军营。"

老谋深算的贞巴让协说完，卡契君臣认为胜利有望了。赤丹王立即调兵遣将，召援兵的召援兵，做先锋的做先锋，卡契宫城顿时忙乱起来。

石炮从兵器库中抬出，架在中卡契紫岩石九城之下，王弟都德玛日吩咐放炮。卡契兵的喊声伴随着炮石声，如天雷滚过。西边的孔雀城被摧毁了一大半，守城的岭兵非死即伤，无一漏网；北边的乌龟城也有三面城墙被炸毁，死伤壮士三百多名；南边的玉龙城被炸毁了一面城墙，也死了不少人。守城的玉拉托琚、玉赤、玛宁长官等怒吼着杀出城来，正好和王弟都德玛日打了个照面。那王弟的脸像阎罗一样赤红，眼睛比脸还要红，见到岭国兵马就像要喷出火来一样燃烧着：

"玉龙吼声虽然大，三春过后成哑巴；猛虎纵然会跳跃，本领使尽摔岩下；觉如凶悍似强大，权势用尽卡契就要降伏他。在我红脸都德面前，兵将越勇我杀得越疯狂，我的凤翼朱砂马像闪电样快，我的锐利铜刀赛霹雳，喝血铜箭能把岭国的石岩射穿。"

玉拉和玉赤兄弟二人双双站了出来。玉赤说：

"咬死百只绵羊的野狼，最终会饿死在麻尼堆[注1]旁；啄死百只鸟雀的鹞鹰，最终会在荆棘中折翅膀；杀死百人的魔王，最终会被英雄杀死在家乡。赤丹王的末日已来临，你小小兵将别猖狂。"

玉赤说完，冲了过去，都德玛日忙抽刀相迎。忽然，都德玛日想起自己的铜刀不能对付岭将的软绸甲，遂摘下腰间的拳头般大小的一块石头，向玉赤抛去，那玉赤不曾提防，被石块击中胸部，疼得他大叫一声，翻身落马。岭兵以为玉赤身亡，都要找都德拼命，特别是玉拉托琚，见弟弟坠马，不知性命如何，心如刀绞，怒火中烧，立刻抛出飞索，正好套在都德玛日的脖子上。都德玛日并不惧怕，又掷出一石，玉拉一偏身，没有打中，却差点把他从马上震落下来，手中的

1　麻尼堆：用刻有经文的石板堆砌而成。

飞索一松，都德趁势脱了套。眼见天色已晚，又不知玉赤性命如何，玉拉无心再战。那都德也领教了玉拉的厉害，也无心恋战。双方各自归营。

岭兵把玉赤抬回大帐。玉拉用格萨尔的头发给他熏烟，又给他吃了王母的长寿丸，玉赤顿时恢复了神智。玉拉这才松了一口气。但是，如何降伏那红脸妖魔都德玛日呢？玉拉托琚一筹莫展。这时，他真希望格萨尔大王在自己身边。

心想大王，大王就到了，玉拉托琚高兴得要发狂了。他立即问：

"这次碰上的这个都德玛日，力大善射，聪慧过人。我玉拉还从未碰到过敌手，这次败在了他的手下。大王要为我想一个制伏他的办法，是用箭好呢？还是用矛好？"

格萨尔微微一笑：

"这都德玛日的前世本是屠夫，死后十三次转生为猪身，身受无数次烧炼之苦后，才转生为卡契王子。现在在他的肚脐里和头顶上各长有一撮猪毛。我自有降伏他的办法，玉拉不必过虑，七日内，守住营地要紧。"

卡契军营也来了援兵。原来是赤丹王怕弟弟一人难以胜敌，又把哥哥鲁亚如仁派来与都德玛日共同对付岭兵。都德玛日见了王兄大喜。连日来岭军营门紧闭，使都德大为恼火，这下王兄来了，他兄弟二人正好合兵向岭营出击。

第二天，正是格萨尔讲的该是都德被降伏的日子。卡契王兄弟二人率兵杀向岭营。先用炮石轰，再用弓箭射，然后挥舞青铜刀杀向岭军。岭兵被这飞石箭矢铜刀杀伤了不少，但是并没有后退的意思。突然，都德玛日愣住了。只见一个战神般的人站在自己面前：紫玉般的脸上，一双红珊瑚似的眼睛瞪得大大的，身上佩着九种兵器，胯下一匹火红的坐骑。都德想，这人肯定就是格萨尔了。只听格萨尔说：

"赤丹王是太阳，我是吞噬太阳的罗睺；鲁亚王兄是月亮，现在已经到了下弦；你都德本是小星星，我是浓云要把你遮掩。"

听了格萨尔的话，都德大怒，冲上来就劈，却什么也没砍中。格萨尔挥起宝剑，都德的头滚落在地。雄狮王又挥一剑，把都德那无头的身子连同魔马一起劈成两半。只见从那倒地的尸体中飞起一只鸽子，这本是都德的精灵所变。格萨尔的化身马上变作一只大鹰，抓住了鸽子，弄个半死，扔在格萨尔大王真身面前。格萨尔吩咐，挖一个三角形的九尺深洞，把都德的尸体连同鸽子一起埋下，然后在洞上修起一座黑塔，以镇妖魔。

那王兄鲁亚一见弟弟丧了命。正要逃跑，玉拉哪里肯放，一箭射出，正中鲁

▲ 格萨尔杀死卡契王赤丹

等候在王城下的那赤丹路贝得知王兄王弟已亡,便横下一条心,要与格萨尔拼个你死我活。眼见岭军蜂拥而来,他挥刀便冲杀过去。岭国众英雄围住他,刀砍矛刺,轮番进攻,并不能伤害于他。他的青铜刀也未造成对岭将的伤害。这时,格萨尔大王出现了。仇人相见分外眼红,他大叫"今天要找你报仇雪耻,报肉仇我要吃你三块肉,报血恨我要喝你三口血,我还要捣毁你的岭国,杀死你的兵马……"格萨尔本想劝他投降,见他如此凶顽,一剑将他劈于马下。

亚胸部，把心肺射得粉碎。鲁亚并没有立即死去，挣扎着向玉拉扑来，青铜刀一砍又一绞，把玉拉的绸甲从肩头撕下一块，玉拉的肩膀也受了伤。玉拉托琚怒不可遏，一挥大刀，把个鲁亚如仁剁成肉泥。

王兄王弟均已降伏，格萨尔命令向卡契王城进军，最后消灭那老魔赤丹路贝王。

那赤丹路贝早已等候在王城下，得知王兄王弟已亡，横下一条心，今日要与格萨尔拼个你死我活。他眼见岭军浩浩荡荡，蜂拥而来，并不搭话，挥刀便冲杀过去。岭国众英雄围住他，刀砍矛刺，轮番进攻，并不能伤害于他。赤丹的青铜刀也未造成对岭将的伤害。这时，格萨尔大王出现了。仇人相见，分外眼红，赤丹王恨不能一口生吞了格萨尔：

"今天要找你报仇雪耻，报肉仇我要吃你三块肉，报血恨我要喝你三口血，我还要捣毁你的岭国，杀死你的兵马……"

死到临头，卡契王的大话仍不绝口，让格萨尔气昏了头。

格萨尔本想劝他投降，见他如此凶恶顽固，一挥剑，把赤丹王劈于马下。岭兵万众欢腾，欢呼他们的雄狮大王格萨尔又为赡部洲除了一大害。

卡契老臣贞巴让协率众投降，并把格萨尔迎到一座坚固的石岩跟前。这块石岩平如铜镜，十分光滑。格萨尔用大梵天王的金刚杵敲了三下，宝库的大门便打开了。宝库中有十三个四方形的石箱。第一个石箱中是一尊一肘高的青玉度母像和一只能自动鸣叫的玉杜鹃。第二个石箱中，有十对玉如意和金银八吉祥宝物。第三个石箱中，是十二部典籍和法器。其余的石箱中分别装有金刚石、白松石、红松石、黄松石等各种珍珠宝贝。岭国兵将立即将宝箱抬出去，准备运回岭国。

格萨尔王召集卡契的降臣降将以及众百姓，将部分财产留给他们。因那卡契王子只有五岁，所以格萨尔要老臣贞巴让协管理国事。王妃母子仍住原来的城堡。吩咐已毕，下令班师，卡契的臣民百姓依依不舍地前来送行，祝愿雄狮王格萨尔吉祥如意。

旋努王武力收属国
老丹玛用计降昂堆

连征服了几个邦国以后，世界雄狮大王格萨尔回到了岭国森珠达孜宫。王宫周围，紫雾霭霭，布谷鸟鸣声悠扬，阿兰鸟啼声令人心醉。还是家乡好哇，春三月绿草茵茵，夏三月百花争艳。格萨尔在心中连连感叹着。这次，他要好好地歇息歇息了。

火龙年四月初八日黎明时分，从西南方向飘来一朵祥云。随着一股芬芳的香气，莲花生大师出现在森珠达孜宫前，大师端立云头，对格萨尔说：

"你自天界降生以后，不能被你降伏的敌人没有一个，从你手下逃走的也无一人。现在敌人还没有完全征服，你还要努力去降伏众妖魔……雪山水晶城的拉达克王，以烧杀抢掠为生，以热血鲜肉为饮食，以猛兽毛皮为衣服，降伏他的时机已经来到，二十九日定要西进，切莫迟疑……"

格萨尔听罢，半响没有说话。心想："降伏一个敌人，又出来一个，好像没完没了。宝马的气力，不能永不衰竭；岭国的兵将，不会永远精良。连年的征伐，已经死了不少将士，大师还说，这次征服雪山国，老将丹玛有危险，若是丹玛真有个闪失，岭国的大小事宜就难办了。我不如先在岭国专心修法，看雪山拉达克能不能被我的法术所破。"这样一想，格萨尔就像没有听到预言一样，继续修他的圆满大法，没有把莲花生大师的预言告诉岭国众英雄。

此时，雪山拉达克王旋努噶布正在王宫摆宴款待群臣和众将。旋努噶布里面穿青色水纹内衣，外着织锦缎外衣，上罩黑熊衣，头戴三尖白毡帽。黄金的烟斗，碧玉灰盘，高坐在紫檀木宝座，对群臣众将说：

"我们雪山水晶国，威名震四方，只有岭国装聋听不见，不但不向我们朝拜纳贡，还把向我们纳贡的八个邦国抢到手里。我早有意兴兵岭国，老臣云赛扎巴再三劝阻。看在他的面上，才延迟到今日。岭国以为我们软弱可欺，不仅不悔改，前日又抢了我六个部落。似这样下去，就快抢到我拉达克的头上来了。若不把吃肉的狗砍断尾巴，白酥油不能在袋内凝结；若不将吃羊的狼剥下皮，拉达克人在雪山国就住不成。现在我决不能再迟延，姑娘出嫁只一次，国王的话不说两遍。我们要立即召集各部出征。"

旋努噶布王刚说完，大臣昂堆奔仁从右排首席的花豹皮坐垫上站起：

"大王之言如甘雨，善解布谷般诸臣的渴。古时老人有口传：

君王的命令由臣子奉行，
臣子的事情由君王维护，
君臣的事情都能成功。

上师的旨意由弟子奉行，
弟子的事情由上师加持，
师徒的事情都能成功。

就照大王的旨意召集众兵，按您的命令赶快启程。"

众将也都赞成。只有老臣云赛扎巴和亭仁拉郭不同意出征岭国。云赛扎巴想："我们大王现在犯了祝古王和卡契王以前的毛病。以前我多次劝阻过大王，现在大王决心已定，看来很难再劝，但不劝又觉心中不安。"老臣左思右想，还是决定向大王进一言：

"大王呵，您已作出决定，我本不应该再多言，但老臣有话不说心不安。古人言：男儿要报仇，三年过后还嫌早；要回报女人的一餐之恩，虽过三宿还嫌晚。我们不是有仇不报，而是现在还嫌早。待到格萨尔人老体衰、宝驹四蹄朝天、英雄大军瓦解，才是我们报仇的时候。究竟何时出兵好，人不知时要问神，若神灵明示此时当出兵,众将对所做之事无悔恨。"

众将听老臣云赛扎巴的话有道理,旋努噶布王也点头应允。于是派老臣亭仁拉郭去请牛头神。大王吩咐留下热血鲜肉、红牛皮旗子,迎接尊贵的牛头神。

牛头神一到,立即占卦问卜,然后说:

"岭兵来了,雪山国要按国王的命令行事。和岭兵作战,要用一百铁镢霹雳,一百利刀霹雳,二百赤血霹雳进行袭击。胜败乃前业所定,苟安一时没有好处。"

听罢牛头神所言,众人纷纷说:"人神同心,雪山国的事情好办了。"

老臣云赛扎巴只觉似有一盆冷水迎头泼来,自头顶凉到脚底。怎么神也是这样的旨意呢?既然如此,神意难违呀。看来,雪山水晶城的末日到了。

雪山国大军四十万,于二十九日出征,走了七天,就到了北地具日部落。这个只有千户部落的小国,原是连年向雪山拉达克朝拜纳贡的。自从在岭军进攻碣日国途中,首领哈日索卡杰布自愿向格萨尔大王投降,就不再向旋努噶布王进贡。具日部落投降岭国后,因为晁通的儿子拉郭在与卡契作战中阵亡,为了安慰、抚恤晁通,格萨尔把具日部落赐给了达绒部落晁通王。

拉达克大军一到,主帅毕扎王子和大将东图等商议,认为能够不惊动母鸡而得到鸡蛋的办法最好。所以先派使臣去向哈日索卡通报,如果具日部落能够从现在起恢复进贡,那么两国依旧和好如初。如果七日之内拒不纳贡,拉达克大军就将荡平具日部落。

首领哈日索卡杰布接到毕扎王子的手书,大惊失色。原以为只要投靠了岭国格萨尔大王,就平安无事了。谁知这拉达克王竟不肯罢休。如果不答应向雪山国纳贡,具日部落将顷刻化为灰烬;如果答应下来,又要像旧日一样,受雪山国的辖制。哈日索卡左思右想,又和手下大臣商量,决定一面假意投降,一面派人向岭国格萨尔大王禀报,请大王发兵救援。

具日大臣森赤堆郭和云撒却噶来到拉达克大军营帐,向主帅毕扎王子谢罪,请大军到部落内先歇息歇息,首领哈日索卡正在为雪山国征集贡品,七日内定然纳贡。毕扎王子大喜,认为出师大吉,具日部落一投降,后面的几个小邦国更不用费吹灰之力。毕扎王子一连向七个小邦国派出使臣,送去内容与具日相同的信,想不动刀枪使其继续向雪山国纳贡。谁知第一个送信的使臣就碰了钉子,达玛国拒绝投降,回信说:

> 高山自以为高得不行,
> 还有须弥山在上头;
> 流水自以为险得不行,
> 还有舟船桥梁在上头;
> 雪山王自以为势力大得不行,
> 还有岭国君臣在上头。

"如果让我达玛王向雪山国朝拜纳贡,先得问问世界雄狮大王格萨尔。大王若说照旧给你纳贡,我达玛王即缴清;若雄狮大王不答应,任你说什么也不行。"

达玛王的回信气得毕扎王子暴跳如雷,命令立即向达玛国进兵。要扫平达玛国方解心头之恨。

这达玛国已经赐给大将丹玛。丹玛的儿子玉拉杰赞驻守在此,雪山国的书信到来,恰逢杰赞回岭国办事。国内大臣欧依达奔回复了毕扎王子的信后,知道雪山大军必来进犯,忙聚集手下将士,准备迎敌。同时派出使臣,星夜赶往岭国,向格萨尔大王告急。

达玛国的使臣十五天后到了岭国,先去谒见丹玛,禀报了详细情况。丹玛带使臣来见正在闭关静修的格萨尔。

格萨尔听丹玛说完,心想:"莲花生大师早有预言,我没有依上师之言行动,倒让拉达克王抢了先,看来岭军不出征是不行的了。"于是对丹玛说:

"莲花生上师已预言给我,收伏雪山水晶国的时机已到,现在拉达克王来进犯,理应反击不迟疑。"

格萨尔说罢,吩咐侍臣召集岭国各部及各国首领到森珠达孜宫商议出征雪山水晶国,解救小邦国之危难。

众英雄像雪片一样降临森珠达孜宫,雄狮大王把雪山水晶国进犯之事一说,晁通心中暗自高兴。"格萨尔呵,这次可是老虎遇上了彪,青龙头上来了白虎,毒蛇遇到了大鹏。想那雪山国可不比其他小邦国,旋努噶布王并非等闲之辈,号称世界无敌。你无敌收了他的纳贡之国,现在他派大军征伐,岭国可要遭殃喽!我要给格萨尔一个不吉利的兆头,让他不得安宁。"这样一想,晁通得意地捋了一把胡须,对众英雄说:

> 未到时候的布谷声，
> 是背时倒楣的恶兆；
> 半夜叫花子来叩门，
> 是流亡遭殃的恶兆；
> 不适时的岭国集会，
> 是败于敌手的恶兆。

"对墙缝中鸟雏般的拉达克王，用不着岭国大军去征讨，应该由丹玛自己去。因为达玛国已经分给他，丹玛应该为达玛作后盾。如何处置，应该由丹玛自己决定，岭国不必再集兵。"晁通说罢，退出了会场，他以为其他人也会离开会场。但是，没有人跟他出去。

总管王绒察查根站了起来，对晁通说的那番话，他很生气：

"彩虹美丽不能用手织，茅草叶长却不经嚼，晁通说的话不可信。达玛国是弱小的鸟雀，岭国如不庇护就要陷入拉达克王的手中，达玛若陷于敌手，岭国就要失掉威信。因此，岭国要快快出兵。"

众英雄也纷纷赞同。这时，具日部落来报信的使臣也到了，向雄狮大王禀报了雪山国大军正在向岭地逼近，恳请大王早日出兵。

格萨尔立即点起一百二十万大军，分两路向雪山国进军，第一路由他亲自率领，曲珠和噶德为先锋。第二路由王子扎拉率领，阿达娜姆和森达为先锋。

丹玛见大王没有点他做先锋，心中有些不悦。王子扎拉对他说，因为他今年有厄运，大王怕他上阵有失，所以叫他留守岭国。丹玛一听，内心十分感激大王对他的爱护，却更加坚决地要求出征。

格萨尔无奈，只得同意。命丹玛另点六十万大军，作为第三路，跟在扎拉后面出征。另外又派人去请晁通，说没有晁通，这场仗就没法打。晁通虽说心里不愿意，却不敢违背大王的旨意，况且自己所属的具日部落也遭到雪山国的进攻，再不出征，情理难容。

雪山拉达克王旋努噶布一直也没有得到大军的消息，欲再派出一路大军，被大臣东图劝住了：

> 向无知之人去问计，
> 是最终失败的根子；
> 不知寒热而给药，

  是病人致死的根子。

  "大王不必再派大军，不如派人乘木鸟去侦察一番，看看到底发生了什么事情。"

  旋努噶布王点头同意。遂派东图和另一员大将乘木鸟前往达玛国侦察。

  二人到了达玛国的上空，只见刀矛林立，人马如云。又往低处飞了飞，已经能看得清楚地上行人的面貌。岭军也看见了这只奇怪的木鸟。

  丹玛见这只鸟不善，断定不是好鸟，立即向鸟射了一箭。曲珠也射了一箭。两支利箭均射中木鸟身上的要害之处，坐在飞鸟上的两员拉达克大将被射死，木鸟栽落在地上。格萨尔一见大喜：

  "没让木鸟逃走，这是个好兆头。"

  说罢，赏给丹玛和曲珠每人十枚金币和一匹绸子。然后大军立即前行，很快就到了达玛国。

  达玛的将士早已备好了酒宴，大军一到，酒肉就端了出来。大臣欧依达奔向格萨尔大王禀报与雪山国书信往来的情况，说雪山国的大军也快到了。格萨尔吩咐大军安营歇息，准备迎敌。

  第二天，雪山国大军果然到了达玛。丹玛想："大王说我今年有厄运，若不抢先出兵，恐怕真要应了此说。不如我先出阵，杀他一回再说。"丹玛想着，并未向格萨尔大王禀报，就单人独马冲出阵去。手下大将想要阻拦，已经来不及了。

  来到雪山国的营帐前，丹玛说：

  "家畜在棚圈里住，苍狼胆敢往里闯，我牧童岂肯答应？野兽在森林里住，猎人敢来弄刀枪，我森林王岂肯答应？达玛百姓在自己家乡住，拉达克兵敢来侵犯，我岭国大军岂能答应？如果你们现在投降，我丹玛可以替你们向雄狮大王求情，该怎么办你们自己决定。"

  毕扎王子一听丹玛此话，气得心撕肺裂，看起来，吃惯了绵羊的苍狼，就是牧人也难抵挡；抢掠惯了的岭国，对我们强大的雪山国也敢肆意侮辱，这怎么了得？！想着，毕扎王子就要披挂上阵。大将东赤占堆拦住了毕扎，对他说：

  "对付这么个老不死的家伙，何须您亲自上阵，还是让我去取他的头吧。"

  东赤占堆转眼间冲到了丹玛面前，指着丹玛说：

> 太阳自行绕四洲，
> 罗曜为何怀嫉妒心？
> 富人吃自己的饮食，
> 乞丐为何怀嫉妒心？
> 雪山王管辖自己的部落，
> 岭人为何来相争？

"乞丐虽然心想得到宝珠，可宝珠是龙王的库藏；岭国虽然想在雪山称王，可雪山是拉达克王的领地；你老家伙说话不知死活，还要我们雪山国投降！今日先取你的首级做我回见毕扎的献礼！"

东赤占堆说完，宝剑已经刺了过来。丹玛见此人来势凶猛，慌忙向后一闪，躲过他的宝剑，随即将格萨尔所赐神箭射了出去。这一箭正中东赤占堆的眉心，又从脑后穿出。丹玛割了他的首级，拨马回营向格萨尔大王报喜。雄狮大王赐他十五枚金币，又嘱咐他再不可单人出战，贪功冒险，万一有个闪失，就不可挽回。丹玛点头答应，兴高采烈地退回自己的大帐。

再说拉达克王旋努噶布，自从将木鸟派出侦察，已经十五天过去，仍不见回来，旋努噶布有些焦急，忙召集大臣们商议对策。老臣云赛扎巴更是着急，因为他比别人更知道其中的厉害。木鸟一去不返，说明大王派出的拉达克大军并没有战胜达玛军，万一岭军也到了达玛，那么，雪山国就要遭难了。没有交锋时求和平，现在既然已经出兵，那就得尽倾国之兵，去和敌人争斗。老臣对大王说：

"大王呵，抢了财宝的盗匪要警惕，杀了仇敌的勇士要警惕，派出了大军的国王要警惕。敌人就要到了，雪山国有危机，请大王速聚集兵马，六十岁以下，十五岁以上的男子都要出征。岭兵的来路有三条，请大王派重兵把守。"

旋努噶布见过去一直反对作战的老臣今天也转变了态度，并且说得句句在理，就和云赛扎巴商议派什么人守关口、派什么人去救援等等。云赛扎巴说不必派人援救，只消派两个人前往达玛国探听情况即可。旋努噶布依言行事。

两个派去侦察敌情的雪山国兵士，装扮成尼婆罗人模样，往达玛国而去。行至离达玛不远的地方，已见岭军和拉达克军正打得不可开交，雪山国将士死伤不计其数。眼见败局已定，两人慌忙回国向旋努噶布王禀报。雪山王没想到岭军如此凶猛，又召集群臣商议。老臣云赛扎巴首先站起来说：

> 欲挖香甜的蕨麻，

> 要用锐利的锄头，
> 猛拔麻茎不能得。
>
> 欲与岭国大军交战，
> 须用长久时间包围，
> 仓猝应战不能取胜。

"据说格萨尔是真正的天神之子，降伏妖魔本是他下界的使命，与他抗衡不可能。十八大邦国的国王都死在他的手中，投降的小邦国王更是数不清。我们要与岭国硬拼取不了胜，不如把岭军拖延一个时期，坚持的时间越长，雪山国的胜利越有把握。"

旋努噶布越听越觉得老臣的话不对劲。前次他还主张聚集雪山国的全部军队，现在眼见岭军就要打到国境来了，怎么又说不要仓猝应战的话？拖，拖到什么时候？想我雪山王，是将苍天当帽子戴的人，苍天当帽子还盖不住我的后脖颈；我是将大地当毯子铺的人，大地当毯子还有一条腿无处容；我是将江河当腰带系的人，江河当腰带还围不住我的前腰身。今天本是吉祥的日子，这老家伙却在自己人头上泼水灭威风，而把敌人颂扬上九重天，真是可气又可恶。雪山王越想越生气，一生气那脸上就像布满了阴云一般。他要狠狠地教训这个多嘴的老家伙一顿。所以，话一出口就含着一股杀气：

"云赛扎巴，让你说话是我抬举你，你却不自量力胡言乱语。本应割你的舌头要你的命，又念你年老过去有功绩。现在我要把你赶出去，从今后不准进宫里。拉达克没患不治之症，岭国人的生命也不是铁铸的，我们一定要向敌人回击。君王之命如雷箭，射出之后不能往回收。"

见雪山王动了雷霆之怒，群臣众将木呆呆地坐在那里，虽然都觉得在这个时候将老臣逐出宫是很不好的兆头，却不敢违背王命，因此，当老臣云赛扎巴退出宫时，没有一个人出来为他讲情。

旋努噶布一面派出援军前往达玛国解拉达克军之危，一面继续在国内征集人马，准备与岭国较量高低。

眼见雪山国兵马源源不断地又到了达玛地方，并且此次派来的大将昂堆奔仁正是岭国老英雄丹玛的对手。雄狮大王恐怕昂堆前来破营，对丹玛不利，也对岭军不利，决定先将地方神朗郭降伏，以灭雪山国大军之威。

格萨尔命晁通和唐泽二人跟在自己左右，君臣三人来到达东山顶。雄狮大王吩咐二人煮茶，将马拴在石山中，格萨尔自己前去钩摄地方神的灵魂。

大王一走，晁通变了主意。他觉得马拴在石山中会挨饿，就自作主张地将马拴在草地上，让马任意吃草。谁知刚把马拴好，就从草丛中蹿出一只黑熊，张着血盆大口向晁通扑来。晁通吓得扭头就跑，那黑熊并不追赶，张口把拴在眼前的马匹吞了下去。唐泽见熊吞了坐骑，连连射出两箭，黑熊应声倒下，唐泽将熊腹剖开，把马取出来，那马已经断气了。格萨尔闻声赶到，皱着眉头说：

"晁通的马被熊吃了，可不是好兆头。现在，也只得这样了。"格萨尔如此这般吩咐了一遍。晁通不敢怠慢，忙按大王所说将马尸摆于达东山坳之中。

格萨尔命晁通和唐泽藏在石山里，带好隐身木和护身符，不要乱动。说完，格萨尔变出两个化身，一个化身变成针尖大的小虫，藏在晁通的马尸内。另一个化身变为大自在天，来到山神朗郭面前，唱了一支歌：

<blockquote>
我大自在天神
是朗郭的后盾，
调来了许多神兵，
取那格萨尔之魂。
</blockquote>

"我已经将格萨尔的魂魄取到了手，只因他的命未尽，还要等三个月才能降伏。他那宝马江噶佩布已经被我杀掉，马尸马血还温热。你快去达东山坳吃肉喝血，吃了会生力气，要将最好的血肉供奉我。"说完，化作一道彩虹，向冈底斯山飞去。

地方神朗郭今日一早就觉心里很不舒服，一听大自在天神要自己去吃肉喝血，并且是格萨尔那只宝驹的血肉，乐得急忙骑上黑色旋风马，右手拿牛角镰，左手拿狼皮袋，转眼间来到马尸跟前。一见那马，不觉有些失望。都说江噶佩布是神马，不料竟是这样老的马。虽然老，毕竟是天神所赐之物。朗郭顾不得多想，遵旨将最好的血肉向神敬献三次，然后大啖马肉，痛饮马血。吃喝完毕，朗郭只觉阵阵腹痛，而且越痛越厉害。那雄狮王格萨尔已在他的腹内现出本相，十八般兵器在他腹内抡动，疼得朗郭大叫饶命，向格萨尔大王忏悔说：

"我是有罪之人，前世曾为暴君的帮凶，今生又造下罪孽，请救救我吧。世界的主宰，请将我快快引渡，愿到达解脱的园林。"说罢，身体爆裂，即刻毙命。因为生前的忏悔，格萨尔将朗郭的灵魂引到了净土。

晁通和唐泽煨起桑来，岭国大军一见香烟缭绕，知道地方神朗郭已被降伏，军心顿时大振。

雪山国的援军歇息了两天，大将昂堆奔仁耐不住了，又见达东山顶香烟飘袅，心里更觉烦躁，立即披上恶魔空城黑甲，戴上黑色璎珞魔盔，右佩黑熊皮箭袋，内插索命毒箭五十支，左挂黑狗皮弓袋，内装黑色角弓，手执罗刹利剑，剑柄缠着黑绫，跨上黑鸟善驰骏马，像夏天的乌云一样飘出雪山大营，直奔岭军阵前：

"来犯的岭国狐狸群，窜到雪山国有何好处？猛虎般的昂堆要将你们杀戮，在我昂堆行进的路上，小营帐从西向东撑起，我要将那营帐摔倒在地；我的利剑要从上到下翻飞，砍得你兵将尸首分离。"

昂堆奔仁说完就要闯营，被岭国大将曲珠接住：

> 猛虎在森林中居住，
> 狐狸哪能与之为敌？
> 雄鹰在石崖上居住，
> 雀群寻衅岂不被食？
> 岭国大军如乳酪凝结，
> 雪山国的搅棍无能为力。
> 说大话的昂堆奔仁，
> 要死在我曲珠手里。

那昂堆奔仁听曲珠如此说，更加怒不可遏，举起罗刹剑，扑向曲珠。曲珠忙用枪架住，又回刺三枪，二人谁也没有受伤。昂堆口中念动咒语，挥剑上前，曲珠的枪头被砍断。曲珠用半截枪杆向昂堆打去，正打在他坐骑的鼻子上，战马疼得四蹄乱跳，连连后退。曲珠乘机拨马回营。昂堆奔仁紧追不舍，冲散了岭军，不少将士死在他的剑下。大将噶德上前刚刺一枪，也被昂堆把枪砍断，众英雄顿生畏惧之心。格萨尔吩咐，不要硬去碰他，那昂堆本是魔类，现在降伏的时机未到，所以刀矛剑戈都不能伤他。杀了好一阵，眼见岭军退远，昂堆高兴起来，也觉累了，就拨马回营。心想：这岭军原本是不堪一击的，还号称世界无敌，岂不可笑？只等明日再出击，定将什么雄狮大王格萨尔擒出营中，然后率兵杀退岭国大军，得胜之期已为时不远了。

昂堆奔仁在兴奋中好不容易熬过了这难熬的一个夜晚，天还没有大亮，就到岭军营前讨战，指名要与格萨尔交锋。

岭国众英雄见昂堆如此猖獗,怒火中烧,纷纷请求出战。老将丹玛不紧不慢地挤到众人面前,对雄狮大王和众将说:

"降伏这个魔王是我丹玛分内之事,昨日让他杀了我们不少人,今日该是我杀他的时候了。"

格萨尔也知道要降此魔非丹玛不可,但天母预言说,丹玛有厄运,弄不好,就会被魔臣杀死。若不让他出阵吧,老将不答应;若让他出阵吧,又怕老英雄有闪失。格萨尔左思右想,都觉不妥。就在他左右为难、举棋不定之时,丹玛已经披挂整齐,冲出营门了。

丹玛想,今年我注定有厄运,天神让我先下手,后下手恐遭敌害。想那天上的太阳,不能停留要运行,俯视四洲后回原地;想那清清流水,不能回旋要向前行,绕过四洲后回原地;想我老将丹玛,不能退缩要前行,降伏魔臣后回大营。我注定要与那昂堆奔仁拼命。丹玛一边想,一边雄赳赳地来到昂堆奔仁的面前。

昂堆见岭营中冲出一员老将,以为是格萨尔,却又有些疑惑,就问:

"你是格萨尔么?"

丹玛哈哈一笑:

"降伏你一小魔臣,何须劳动我们大王?你先胜了我丹玛,格萨尔大王就会出阵了。"

昂堆一听是丹玛,他早有所闻。今日见老英雄果然威风凛凛,一团正气。心中升起敬意,立即回答:

"老家伙,你要是不知死,就吃我一剑。"

昂堆说着,和丹玛战在一处。二人你来我往,约有一盏茶的功夫,并未分出胜负。老英雄已感力不能支。一枪拨开昂堆的剑,拨马朝白达拉山驰去。昂堆一面大笑丹玛无能,一面在后头紧追。

丹玛的坐骑像是着了魔法一般,将昂堆奔仁远远地甩在后面。眼看转过山口,来到一座小石山下,丹玛跳下坐骑,拿出格萨尔所赐神箭,伏在石头上等候魔臣出现。

昂堆奔仁也转过了山口,却不见丹玛踪影,正在四处张望,寻找丹玛,老英雄的箭离了弦。这一箭，从昂堆的右肋射入，又从左肋穿出，五脏六腑跟着箭头流了出来。那神箭穿过昂堆的身体又射碎了他身后的一块巨石，然后插入草山之中，不见了踪影。

昂堆奔仁虽然中箭，流出肠肚心肺，却没有毙命。他举着宝剑，咬牙切齿地朝丹玛扑来：

"两个好汉不能面对面地搏斗，却在暗中放冷箭，可见你老家伙已经技穷。与其凭借磐石偷生，不如像我昂堆一样死了的好。"说着一剑下去，丹玛向后一闪，刚才伏身的磐石被劈成两半。丹玛又射一箭，正中昂堆额间，魔臣这才呜呼。

丹玛喘了口气，擦掉额头上的汗水，上前将昂堆奔仁的首级取下，绑在马上，回营复命。

格萨尔王正为老英雄担心，见丹玛半晌不归，恐他已遭不测，遂派几员大将出营寻找。半路上正遇老英雄得胜而归，众英雄自然大喜过望，遂簇拥着老英雄回营见雄狮大王。

格萨尔见丹玛已将昂堆奔仁杀死，高兴地对丹玛说：

"你的厄运已过，丹玛呵，现在你可以放心了，我也不必为你担扰了。"

雪山君臣魂归天界
水晶宝藏贡献岭国

雪山国大营内一片混乱。因为前去岭营讨战的昂堆奔仁黎明出营,至日落仍不见回营,不知到底出了什么事。昂堆的两个弟弟东郭连梅和嘉协东堆要立即出营去寻哥哥。活着要见人,死了要见尸。众将见天色已晚,出营唯恐有失,纷纷劝说二人明日再上阵。

东郭和嘉协好不容易熬过一晚,第二天天刚亮就披挂出阵。二人急慌慌直奔岭军大营,岭国大将曲珠出阵拦在他们面前。东郭高声喝问:

"我哥哥昂堆奔仁在哪里?是不是被你们杀了?谁杀死了我的兄长?让他出阵来和我们兄弟交锋!"

英雄曲珠不紧不慢地说:

"昂堆奔仁没有死,昨日闯我大营,被我们用套索擒住,关在岭军大营里。众英雄都要处死他,有的要剥他的皮,有的要拿他当箭靶,有的要剜他的心,有的要抽他的筋……俗话说得好:'没有不贪财的富翁,没有不恋情人的少女,没有不怕死的英雄。'昂堆奔仁落了泪,对我说:'大英雄曲珠呵,请为我在大王面前求个情,求大王饶我三天命,给我弟弟捎个信,请他们在我死前向雄狮大王投诚,我们兄弟三人还有希望见上一面……'对将死之人我曲珠心生怜悯,故尔出营来给你们送信。怎么赎命你们自知。如果你们还想和岭国交锋,英雄们要把石崖摧毁，岭国的雷箭难抵御，你兄长昂堆的性命也难存。"

东郭兄弟二人一听，哥哥昂堆奔仁让他们投降，大为恼火，随即大骂：

"老鸦喝过尿的嘴，向天空呱呱叫；恶狗吃过屎的嘴，向主人汪汪讨好；卖国的曲珠向我好汉夸身世，真是可笑。与其投降岭国，不如去游地狱。我们是来为兄长报仇的，不是来求恩赐的。我们的兄长根本不会投降，你曲珠满嘴胡言乱语。只有你这狐狸曲珠才会投降岭国。"说着，二人抢起三尖利剑向曲珠劈去。

曲珠用枪架住双剑：

"好心人的祛风醇酒，反倒被你们这些邪妄之人当作邪淫毒品。既然你们不怕死，我曲珠愿意陪你们练一遭。"说完，与东郭兄弟二人战在一处。

岭国大将噶德见曲珠一人战二将，催马上前助战。东郭连梅见噶德上前，略一分神，被曲珠挑下马去。嘉协东堆大惊，拨马就要走，噶德一提马缰，上前揪住嘉协的袍襟，一扭一拽，将他抓在手里向上一甩，像放出一股青烟，接着向下一摔，像鸡蛋掼在石崖上一样，嘉协的阴魂出了窍。

雪山国的将士见昂堆三兄弟先后战死，顿时像倒了台柱似的，三魂丢了两魂，整个大军潮水般向后退去。只剩下多丹等五员大将据守在通往拉达克的拉达安拉山上。这是通往雪山国的第一道关口。

眼见众多岭兵追来，多丹站在山头上高声呐喊：

"这里是通往拉达克的要道，我多丹守在这里，任何人也别想过去。岭兵像一群绵羊，再往前走要被我苍狼要了命；岭兵如一团烈火，再熊熊燃烧要被我洪水灭了火种。要用你们的人头垒成拉泽[注1]，要用你们的尸体填塞路径，要让你们的鲜血流成江河……"

岭国追兵安庆珠扎等五员大将率兵追到拉达安拉山下，见雪山国五员大将守在山上，还口出狂言，不禁大笑：

> 岭兵如江河向下流，
> 多丹如细沙不能阻；
> 岭兵如火焰熊熊烧，
> 多丹如茅草不能阻；
> 岭兵如狂风急急旋，
> 多丹如山丘不能阻。

---

1 拉泽：藏语音译，在山口或路口堆砌石堆，并插上各种经幡和彩旗，表示用以敬山神、镇妖魔。

凶狼敢闯进羊群，
牧童用炮石砍击；
恶人敢扰乱村庄，
长官用黑绳处死；
多丹敢拦阻岭军，
英雄用利剑猛劈。

安庆珠扎的话音刚落，身后的四员将已经射出利箭，守山的雪山国四员大将中箭身亡，只剩下多丹一人。多丹见四员将被杀，急得红了眼，气得哇哇叫，立即冲下山来，左劈右砍，三员岭将当即身亡。安庆珠扎奋力拼杀，与多丹战了有一盏茶的功夫。再也无法招架多丹的猛烈进攻，遂拨马退去。多丹恶狼般冲进岭军中，将士们均奈何他不得。安庆珠扎吩咐放箭。众军兵乱箭齐射，多丹身中两箭，坐骑也中了一箭，这才阻止了他的横冲直撞，也使多丹从急怒中醒悟过来。再打下去，命就要丢了，趁坐骑还能跑得动，多丹重又逃回山上。这时，雪山国的第二路援军也到了山上。

岭军受阻，许多天不能前进，众英雄都很着急。玉拉和玉赤兄弟二人决定造一只木鸟，从空中袭击雪山国大军。不多日，木鸟造好。这是只长颈鸿雁，造得异常新巧。打一下鸟尾，木鸟就向前飞；打一下鸟背，木鸟就向下落；拍拍鸟颈，木鸟就向后逃。玉拉和玉赤兄弟二人带姜国兵将十人，乘木鸟飞到雪山国大军的头顶。晴朗的天空，刹那间变得昏暗起来。东方的云向西聚，西方的云向北行，北方的云向南飞，南方的云向东飘。黑暗遮蔽了一切，喧嚣声充满大地。雪山国大军都以为是妖魔在作怪，吓得弃关而逃。玉拉和玉赤轻而易举地夺得了这道关隘。

玉拉和玉赤乘胜向第二道关隘进击，第二道关隘竟无人驻守。兄弟二人喜出望外，继续攻那第三道关隘。正在飞行间，鸟身突然晃动起来，守关的雪山国兵将正在向木鸟打炮石。木鸟被打坏，一下坠入雪山国大营之中，玉拉和玉赤等人虽未受伤，却已摔晕过去。

雪山国兵将见木鸟坠落，呼喊着围了上去，正要动手杀死这些岭国兵将，百户亭仁拉郭拦住了众人：

"敌人投到腋下，比儿子还要慈爱；亲人远到山野，比敌人还要凶狠。切不可杀死这些人，他们是雪山国和岭国议和的资本。"

这样一说，众兵将就不敢再动手，而将这些人的兵器收起来，然后用檀香水将玉拉等人喷醒,关入铁柜之中,牢牢钉上。

　　第二天一早,守关兵将聚到百户亭仁拉郭的帐内,询问如何处置被俘的岭国兵将。亭仁吩咐,将他们带进帐内,他要亲自审问。

　　玉拉托琚第一个被带进帐来,周围摆着刑具铜马和肉叉等物,令人心惊肉跳,亭仁拉郭问:

　　"你们已经落在我的手里,现在还有什么话讲?你们愿意为雪山国做事吗?愿意为岭国与雪山国和好做事吗?"

　　旁边的一个军卒指着刑具吓唬玉拉:

　　"我们长官问你的话,你要老实回答。若不然就让你骑铜马,铜马内装炭火烧死你;再不然让你坐肉叉,从头叉到脚底。"

　　玉拉看都不看那些刑具,一听这些吓人的话,顿时涨红了脸,牙齿磨得咯咯作响,怒不可遏地对亭仁拉郭说:

> 两个上师相遇,
> 应该比法,
> 暗放恶咒真可耻。
>
> 两个英雄相遇,
> 应该比武,
> 暗放炮石真可耻。
>
> 没有头脑的老姑娘,
> 谈高论低诋毁媳妇;
> 无法而暗中破戒的沙弥,
> 谈论法术诋毁师傅;
> 没有勇气的亭仁拉郭,
> 吓唬岭国大英雄玉拉。

　　"与其低头求饶,不如死去九次;与其听你吓人的言语,不如被雷劈死。"说罢,玉拉猛地啐了一口,咬紧牙关,不再说话。

　　不等亭仁拉郭说什么,两员大将冲上来,恶狠狠地骂:

　　"你小乞儿在黄口雀面前可以逞能,在大鹏鸟面前却行不通;对其他小国人可以说大话,在雪山拉达克大将面前却不行。"说着,就要动手打玉拉。

亭仁拉郭急忙上前，将二人拉开：

"对这精光得像鱼儿一样的人作威作福实在不必要，岭兵在后面如江河般涌来，我们慢慢还用得着他们。在禀报旋努噶布大王之前，针尖大的兵器也不能动他们，水滴般大的血也不能让他们流。现在先把他们看好，马上向大王禀报，看大王怎么说。"

姜国兵将见玉拉等人乘木鸟而去，久不归营，慌忙到大帐向雄狮大王禀报。

闻听玉拉兄弟二人失踪，众英雄都很着急。他们料定玉拉兄弟现在已陷敌手，纷纷要大王派兵前去救援。晁通却暗自得意，他可不愿去救玉拉兄弟，也不想让大王派救兵，可说出的话却冠冕堂皇：

　　　　断绝应有的饮食非贤妇，
　　　　失掉应得的财物非君子，
　　　　放掉应杀的敌人非英雄。

"这次出兵之前讲定，各自的敌人各自去战胜。玉拉和玉赤不能战胜自己的敌人，岭国也没有公众的队伍去对付各部落敌人的规矩。"

晁通说完，众人也觉得他的话有道理。老总管绒察查根却不以为然。现在玉拉兄弟二人双双陷入敌手，不快派人去救，还在这里讲什么公和私，岂有这个道理？老总管不理晁通，对众人说：

　　　　断送性命的疾病，
　　　　缠在身上哪里都一样，
　　　　不施行医术可不行。

　　　　伤害羊群的苍狼，
　　　　在哪里出现都一样，
　　　　不呐喊呼叫可不行。

　　　　战败岭军的敌兵，

◀ 雪山水晶宗

　　雪山拉达克王旋努噶布因为向他纳贡的八个邦国都被岭国收复而大为恼火。为了报复，对岭国属国北地具日部落进行骚扰。格萨尔受神的预言，率兵讨伐，并以其神的智慧，除掉魔王的九魂狮，顺利降伏雪山拉达克王国。

> 在哪里出现都一样,
> 不救援坐等可不行。
>
> 岭军如一锅牛奶,
> 没有分稠稀的规矩;
> 岭军如一根甘蔗,
> 没有分甘苦的道理。

"我们要快派兵去救援,不该说这些无知之人才说的话语。"晁通一听老总管的话,勃然大怒:

"你这没有断气的死尸,说三句话吹牛皮,走三步路乱吆喝,看见弱小的捋袖子,骑马专挑稳当的。为在岭国的地位争高低,要派兵就派你去,除此之外没说的。"

总管王还要说什么,被格萨尔拦住了:

"玉拉托琚他们是我们岭国的将士,他们陷于敌手,我们岂能坐视?我已向天界请求救护,他们现在还没有危险。我们也不必派大军去,救玉拉我们要施巧计。"

众将点头,但不知大王要用什么巧计。格萨尔递给晁通一面白旗和十根木头,命他立刻修隐身法。晁通知道这是为了救玉拉等人,心里不情愿,却又不敢违抗,本待拖延,见大王脸色不好,只得马上修成交给大王。格萨尔马上召来三只鸿雁,又给雪山国百户亭仁拉郭写了一封信,然后将信和隐身木绑在鸿雁的脚上,让它们送往雪山国。

百户亭仁拉郭因生擒玉拉托琚等人,旋努噶布王升他为十万户,并做了大将多丹的军师。这天夜里,亭仁拉郭睡下后,开始做梦。先梦见从背后山头核桃树上得到一颗如意宝珠;又梦见一片大棕榈树叶上,画着一双好坏眼睛;还梦见几只没有翅膀的鹭鸟,瞬间长出了翅膀;最后梦见亭仁城上的旗幡插到了雪山顶上。到了天明,亭仁拉郭睁开眼睛,觉得这些梦确实奇怪,不知道是什么意思。亭仁决定到后山去看看,顺便采些果子,再想想这些梦。

亭仁拉郭信步走出大帐,往后山走去。来到一株茂密的果树下,见到有三只鸿雁落在枝头上,他自言自语说:

"在我亭仁拉郭面前,如果让这三只鸟逃出手心,岂不是与死尸无异。"

鸿雁听罢,知道眼前这人就是亭仁,就从枝头飞到亭仁拉郭面前,放下书信和隐身木，对他说：

"我们是格萨尔大王的使臣，雄狮王有信给你，你不要把神魔混淆了。"

亭仁拉郭捡起书信，上面写道：

"你因为前世业缘关系，保全了我岭国将士的性命，现在请你把这些隐身木和神行药物交给他们，使他们脱险。三个月内，你将得到报答。"

亭仁拉郭看罢大喜。格萨尔果然神通广大，我并未觐见过大王，但大王却知道我的心。我一定要让雄狮大王满意。想罢，就对鸿雁说：

"雄狮大王的命令我一定照办。我会设法使岭国将士脱险。请神鸟代我祝大王康健，祝神鸟康健。"

送走鸿雁，亭仁拉郭从后山回到大营，立即来到关押玉拉等人的地方，嘱咐看守的兵将一定要小心，不要让他们逃走了。然后亲自进去看看他们锁得是否结实。趁这个机会，亭仁拉郭将格萨尔送来的隐身木和药物交给玉拉托琚，并告诉逃走的方法和道路。办完这些事，亭仁拉郭才回到自己的帐内。

当晚，玉拉托琚等人逃出了雪山国大营。天明时回到岭营。众人好像隔世相见似的，异常亲热。晁通心想："这些人就像'老鸦从树上掉不下来，掉下来也不会摔死'一样，终于从雪山国逃了回来，如果昨天我说的话让玉拉听见了，岂不糟糕，现在还是装得亲热些才好。"想罢，晁通取出洁白的哈达，又配上一只碧玉手钏，献给玉拉托琚，流着泪向玉拉兄弟问候。那副阿谀做作之态，使众英雄暗自发笑，嘴上却不好说什么。格萨尔吩咐摆宴，庆祝玉拉等人脱险。晁通唯恐别人揭他的短，又抢先说：

> 失掉了恩爱的父母，
> 亲属虽好也有戒惧心；
> 太阳落下了西山，
> 月亮虽明也有恐惧心；
> 英雄陷入了敌手，
> 好汉虽勇也有畏惧心。

"玉拉呵，多亏雄狮大王的慈悲心，多亏我晁通所修的隐身木，多亏三只鸿雁的好翅力，你才得脱险，我们才能相会。好汉玉拉呵，美好的恩情不要忘记。"

玉拉托琚相信晁通所言是实。正应了这样一句古语："对痛苦之人表示同

情,是骷髅头上的眼泪;对快乐之人表示祝贺,是盔帽上的金缨。"玉拉感激地对晁通说:

"晁通王疼爱慈悲,恩德实在大极了,玉拉将永世不忘。"

岭国君臣饮酒喝茶已毕,雄狮大王格萨尔将天母的预言讲给众英雄听,从明日起,大军要速速向雪山拉达克进军,速速取得水晶宝藏。众英雄欢呼雀跃,为能早日攻破雪山水晶城而高兴。格萨尔告诉大家,要降伏旋努噶布王,还要过好几道关口,首先要降伏那魔王的寄魂雪狮。

众英雄一听要降伏寄魂雪狮,把目光一起投向晁通。晁通却假作不知,心中暗自得意。

格萨尔当即点了晁通、丹玛、米琼、曲珠等七员将随自己同去降伏雪狮,又命晁通先设法将雪狮引出来。

晁通一阵推辞,被众人好言相劝,终于答允。随即变作一条苍龙,飞到雪狮所藏山中大吼三声,然后在天空跳跃奔腾,扑打雪狮。

那雪狮见苍龙又吼又跳,极为无礼,顿时大怒,也大吼三声,向苍龙扑去。苍龙一见害了怕,慌忙向格萨尔君臣隐藏的地方飞去。雪狮随后追来,正撞在格萨尔大王的神箭上。雪狮口鼻流血,倒在地上。众英雄上前将狮皮剥下。格萨尔赏晁通白绫一匹,金币十五枚,作为奖励。

寄魂雪狮被降伏后,岭军又降伏了诸多寄魂之物,然后开进雪山国境内,不多日,将王城包围。

雪山王旋努噶布慌了手脚,再聚群臣众将商议对策。众人都说,只有老臣云赛扎巴才有破敌之法。旋努噶布无奈,只得将已被驱逐出宫多时的老臣重新请回来。云赛扎巴依旧是旧话重提,雪山王很觉不入耳。遂不再向老臣问计,吩咐手下众将,各自前去把守城门,不得有失。

岭军包围了王城以后,总管王绒察查根对雄狮王说:

"狐狸困在巢穴里,若不及时去剥皮,恐怕会拖着尾巴逃掉;雪山兵将据守在城堡里,若不快些去攻击,恐怕时间长了要逃跑。现在大军已经围城,不要再歇息,速速去攻城。"

七月十九日,岭国大军从四个城门同时发起进攻。东门是英雄森达,南门是达玛多钦,西门是辛巴梅乳泽,北门是阿达娜姆。喊杀声像千雷俱鸣,飞箭纷射像雹子乱溅。

驻守东门的雪山国大将亭雪楚杰想:"现在我若放滚木礌石,固然可以杀死很多岭军,但是却退不了岭军。守城的兵将没有一个愿意战死的。不如向格萨尔大王投降,不动刀枪,即可保全两军兵将的性命,对雪山国的未来也有好处。"这样一想,亭雪楚杰披挂整齐,出得城来,点名要与森达说话。森达不知他是何用意,催马上前问他有何话讲。亭雪楚杰欠身致辞:

"古谚说:'上师尽力聚资财,今生后世都败坏;长官尽心贪贿赂,目前将来都败坏;英雄尽力杀妇孺,生生死死都败坏。'我们两国最好不动刀和枪,双方都能免死伤。我愿献城献资财,献给格萨尔作供奉。但我还要回到旋努噶布大王座前去,愿与大王同生死,请英雄森达不要阻拦我。"

森达一听此话,颇受感动。亭雪楚杰真乃忠臣。不仅是忠臣,而且心地善良,为了两国的兵将免遭屠戮,他自己情愿去死。像这样的人,用箭伤他,太不近人情,可要放他回城,好像也不应该。不如先把他捉住再说。森达边想边取出套索,对亭雪说:

"你的白绫般的话语,我听了心欢喜,你不顾自己的生死,给众兵将做好事真稀奇。对求救之人施慈悲,本是岭军的规矩。但是,亭雪楚杰,我还要告诉你:

森林被大火焚烧,
蒙蒙细雨不能灭;
大川被洪水涨满,
小小磐石不能阻;
岭军包围了城堡,
亭雪单骑难抵御。

布谷给老鸦作伴侣,
亭雪给魔王作伴侣,
实在有些不美气。
百敌中间的小鹿,
恶狼面前的羔羊,
厄运在等待着你,
你最好不要回去。"

森达说着,将套索抛了出去,正套中亭雪楚杰的脖颈。

亭雪心想,如果投降,就等于背弃了雪山王;可要是与森达交锋,又不合自己的心意。不如勒死自己，这样心里才好过些。于是，亭雪就想用套索将自己勒死。不等他动手，岭国兵将早就一拥而上，将他俘获。森达率兵进了东门。

东门一破，其他三门也相继被攻破。王宫内的雪山王心急如焚，就要披挂出宫，被大臣和王妃苦苦相劝，才没有上阵。

旋努噶布没有出宫，岭国大军却将王宫四面围住。格萨尔变出四个化身，分别守住四门。雪山王及大将们不断从宫墙上投石射箭，却不能伤害岭兵。攻南门的大将曲珠骑在火翅宝驹上，冲着宫内大喊：

"喂，不敢出宫的雪山王，只有懦夫才据守城池。你如有利爪钻入地，如有武艺出来比，如有智慧来投降，除此之外无生计。雄狮王的威力如阳光，惧之无益越来越光明；我曲珠的武艺如雷霆，躲之无益越来越凶猛。你若再不出宫来迎战，我们就把王宫毁成废墟。"

曲珠的这一顿叫骂，气得雪山王肝胆欲裂，他再不听别人劝阻，打开宫门冲了出去。大将阿达姜赤、堆赞赤图和旺赤赞郭三人紧随其后，给雪山王助战。曲珠已经绕到雪山国君臣的背后，猛地朝最后出来的旺赤赞郭刺了一枪。这一枪从后背刺入，又从前胸穿出，旺赤还没跨过门坎，就被杀死。堆赞赤图被丹玛拦住，二将刀枪相见，往来数十合，仍分不出胜负。堆赞越战越勇，扔了大刀，来抓丹玛，几乎将丹玛拉下马去。丹玛也扔了刀，顺手抽出匕首，插入堆赞上甲和下甲的中间，堆赞赤图吐血而亡。东赞拦住雪山王刀战，雪山王连劈三刀，东赞的胳膊被砍中，鲜血如注，拨马就走。雪山王正要追赶，雄狮大王格萨尔挡住他的去路。

旋努噶布见面前这人，面目紫红，好像琼石；牙齿洁白，胜似海螺；眼睛明亮，犹如夜晚的星星；身体像须弥山一样雄伟；坐下宝马，光泽赛彩霞；身上兵器，闪闪如日月。雪山王大惊：

"你，你可是格萨尔？"边问边将宝剑上的血渍在马鬃上擦了三下。

格萨尔将无敌宝剑握在手里，回答说：

"我是拯救罪恶魔王的神，世界雄狮大王格萨尔。"

旋努噶布一听是格萨尔，新仇旧恨一起爆发出来：

"我是雪山国的主人，你边地的恶寇为何来侵犯？

雪山上空的本色，
　被岭人的乌云遮住；
　皓月般的群臣光被夺，

群星般的将士已陨落。

我后悔当初雪山国强盛时没有讨伐你，现在杀你为我雪山国的将士们报仇吧。"旋努噶布说着挥剑向格萨尔刺去。

雄狮大王一面架住迎面而来的利箭，一面历数魔王的罪恶：

"风火激荡的坟场中，引渡魔王的时机已经降临。不懂真理的拉达克君臣，对母亲般的众生怀恶意。无所不为抢劫岭部落，心怀忿恨扰乱四方邻国，狂傲自大赛过高山，无缘无故挑起战祸。若不降伏你无法拯救众百姓，不降伏你枉称雄狮大王。"

旋努噶布的宝剑连连向格萨尔挥去，但如同向彩虹上刺去一样，虽竭尽全力，却不能损伤雄狮大王。气得雪山王扔了宝剑，伸手去抓格萨尔，也抓了个空。雄狮大王让旋努噶布砍够了，抓完了，只用剑轻轻一点，雪山王连同坐下马一起被劈为两半。

雪山王被降伏，跟他同时出宫的三个大臣也死了两个，只剩下阿达姜赤还在与晁通斗法。晁通念动咒语，战神威尔玛前来助阵，晁通朝阿达姜赤连砍三刀，最后一刀正砍在他的胸上，阿达的胸前像开了一扇大门，红赤赤的心肺落在地上。

雪山国君臣均被降伏，宫门大开。岭军蜂拥而入，格萨尔吩咐将士打开宝库，取出金银物品，分给岭国诸英雄和雪山国众百姓。

雪山国老臣云赛扎巴身穿黄缎子锦袍，腰系水纹红绫带子，扔掉手中的藤杖，前来朝见雄狮大王格萨尔，请求大王慈悲，为旋努噶布君臣超度，然后开启雪山水晶宝库。格萨尔点头应允。

三月初三日，是取珍宝水晶的日子。格萨尔大王率晁通、曲珠、玉拉、米琼等九人前往司马仁珠山的右沟取宝。岭国君臣煨桑祈祷。随着香烟缭绕，从石崖下面现出一个白发仙人，与格萨尔大王耳语片刻，然后在石崖上画了一个圈，就不见了。格萨尔知道这画过的石崖内有宝藏，就用大斧将石崖劈开。刹那间，狂风怒吼，雷霆轰鸣，急雨猛雹，纷纷而下。众位岭国英雄站立不住，手中的兵器也纷纷落地。格萨尔口中默默念动咒语，瞬时风平雨停，晴朗的天空出现彩虹，花雨纷降，香气四溢。岭国君臣向劈开的石崖深处走去，越往里走越亮，渐渐亮得睁不开眼睛。格萨尔心中喜悦，遂用一条哈达将那耀眼的白光盖住。众英雄这才睁开眼睛，四下一望，见有一铜柜，两人多高。格萨尔上前将柜子打开，里面有水晶石制成的佛塔八对,千手千眼观世音、七目救度母、圣母金刚菩萨等佛像,还有各种宝瓶、八吉祥物、念珠等均为白水晶所制。铜柜右边是个牛皮柜子,打开后只觉红光耀眼,里面都是赤色水晶所制的各种宝物。岭国君臣再往前走,又见一松石柜子,闪闪发光,内装宝物均由青色水晶所制。岭国君臣尽取宝物,又用各种青稞所制的替代品将柜子装满,然后走出石洞。格萨尔重新将石门封住,君臣十人回岭营而来。岭国众兵将迎接取宝的君臣,格萨尔大王赐给每位英雄一串水晶念珠。众人非常欢喜,曲珠高兴地唱道:

太阳从东方升起,
乌云虽厚也要回避;
鹰雕在疾飞觅食,
小雀虽多也要逃避;
雄狮王出兵讨敌,
敌军虽众也要躲避。

"我们已经取到了水晶珍宝,大王呵,现在应该班师回家乡。"

雄狮大王下令班师。岭国大军浩浩荡荡踏上归途,只见那:

北地的部队好像野牛犄冲过石崖,英雄的犄角发达昌盛;霍尔国的部队好似猛虎跃出山林,美丽的斑纹发达昌盛;姜国的部队如布谷回归盆地,六嗉鸣声悠扬动听;门域的部队如苍龙在天上飞跃,阵阵吼声如雷鸣;大食的部队像雄鹿在草山上奔腾,美丽的茸角发达昌盛;索波的部队像野鹅在海上翱翔,翅膀有力非同一般……

达绒晁通抢亲惹祸
雄狮大王聚兵点将

与祝古一海之隔的，是一个叫松巴贡塘的邦国。松巴国有五百五十万人家，国王名叫松巴贡赞赤杰。王妃朗萨梅朵措生有两个公主，大公主东达威噶，已经出嫁。二公主梅朵措姆，年方一十三岁，长得如花似玉，身材窈窕，走起路来如杨柳飘摆，说起话来似笛声悦耳。已有许多国家前来松巴求亲，贡赞赤杰王一个也没有应允。

达绒长官晁通也曾派人前去求亲，同样碰壁而归。晁通心中不满，又不敢明目张胆地去抢。想来想去，只有悄悄地，在格萨尔看不见的时候，把那女孩骗来。

机会终于来了。雄狮大王要去闭关修观世音菩萨的脱恶之法。晁通就钻了这个空子，乘机把隐身木戴在耳朵上，脚上捆了张能神速行走的鱼皮，带上神飞索，前往松巴贡塘。

晁通走了二十四天，来到松巴国的神山上，藏在一块岩石后面，从怀中掏出笛子，吹了一首召引公主梅朵措姆的咒曲，然后就在那里等候公主的到来。

到了"煨桑"的时候，公主和三位姑娘穿绸披缎，打扮得漂漂亮亮，拿着三种白色供品和三种甜食，前去神山"煨桑"敬神，大将洛布曲桑等五人紧跟在公主身后护驾。

晁通一见公主梅朵措姆出宫往神山而来，像蝌蚪见了牛奶一样喜悦。特别是见到公主那窈窕的身影出现在神山脚下，更像小孩见到天空的彩虹一样兴奋异常。晃通掏出笛子，把那召唤女孩子的咒曲又吹了三遍。公主梅朵措姆一听，身不由主地冲到晃通面前，晃通立即抛出飞索，把梅朵措姆像捆羊羔一样捆了个结实。

不说晃通如何把松巴公主带回岭地，如何为儿子玛尼完婚，单说那跟随公主的三个姑娘和五员大将转眼间不见了公主，暗自纳罕又非常惊慌，不敢再在神山耽搁，速速回宫向国王和王妃禀报：

"公主梅朵措姆好像到天国去了，不知从哪里吹出来的笛声，把她召了去。"

王妃朗萨梅朵措一听，顿时昏了过去。国王把檀香净水洒在她的脸上身上，王妃才慢慢睁开眼睛，看了看周围：

"我的孩子梅朵措姆在哪儿？我的公主在哪儿呵？快给我找回来，快给我找回来呵！"说罢又痛哭起来。国王贡赞赤杰也落了泪，亲自爬上宫顶，狠狠地擂起法鼓，将法旗四面招展，群臣众将迅即赶来，松巴王把公主梅朵措姆去煨桑失踪的消息告诉众人，问该怎么办好。

坐在右边上首的大臣托郭梅巴开言说：

"我们请上师顿巴威噶打个卦吧，上师的占卜是极灵验的。"

大臣们纷纷点头，贡赞赤杰王也觉得这个办法好，立即吩咐小臣邹纳威噶带上黄金十两、白银十两和哈达、酥油，去寻上师顿巴威噶打卦问卜。

那上师早已知道松巴王丢了公主，定会派人来请他打卦。所以，当邹纳威噶到来，上师不待发问就告诉他：

"公主梅朵措姆被马头明王的化身带走了，现在在一个牛犄角的城堡里面，和一个宝贝公子成了婚。"

邹纳威噶听了有些不甚明白，求上师明示，顿巴威噶这才说：

"那马头明王的化身就是岭国的晃通，公主已做了他的儿媳妇。"

小臣邹纳威噶飞速回王宫向大王复命，松巴王一听女儿被晃通抢去，就要马上聚兵去找晃通，夺回自己心爱的公主。大将托郭梅巴站起来说：

"雄鸡没有鸣叫的时候，樵夫不要去砍柴；月亮没有升起的时候，罗刹不要出巢；国事没有大的变动，国王不要亲征。还是派我托郭梅巴去岭地吧，我要让晃通的头颈两分家。"

左边为首的大将彭堆拉玛也挺身站起，他要与托郭梅巴率三千松巴兵前往岭国，荡平达绒部落。

贡赞赤杰王点头应允。二将点起三千松巴兵，第二天就出发了。走了二十九天，才来到岭国的达绒地方。松巴军刚刚扎下营帐，就来了一个骑着白狼、穿着白衣的术士，对大将托郭梅巴说：

"你们要寻的晁通王，正在城中修身炼法，要想捉住他，必须施巧计，捉住以后就回国，千万不要进犯岭国。"说完，白人就不见了。原来，这是松巴贡塘国的保护神，为了帮助托郭擒拿晁通，化身前来作预言。

托郭梅巴一听，立即派彭堆拉玛前往晁通居住的城堡，吩咐他要智擒晁通。彭堆毫不犹豫，打马出了军营。

越过一座小山，顺着黄河河谷的草原一直向前，忽然闻到一股香味，抬头一看，见一缕青烟在不远的地方缭绕飘荡。彭堆心中疑惑："这是晁通住的地方吗？若不是的话倒可以问问晁通住在什么地方。"想着，彭堆催马来到冒烟的地方。

这是一座帐篷，里面有个老妇人正在煮茶。彭堆问她可知道达绒长官晁通现在哪里。老妇人看了一眼彭堆，心中有些疑惑。听他说话的口气，像是岭国人，可看他的通身打扮，又像是外国人，不知他要找达绒晁通王干什么。于是问彭堆：

"你是哪里人，找晁通王有什么事？"

见妇人不肯说出晁通的住处，还盘问他的来历，彭堆就胡乱编了一套话，又给了妇人一些钱，老妇人才说：

"顺着这条沟，走到黄河上游，有个大敬神处，旁边有条小路，沿着小路走，会见到一个美丽的山洞，晁通正在那里闭关静修。"

彭堆谢过妇人，按她指点的路向前走，一会儿就来到晁通修行的山洞外边。

这山洞果然好看，像个洁白的海螺，山洞的门如同天然生成，从里面传来阵阵铃声和鼓声。石门下面，有一石桩，彭堆在石桩上敲了一下，石门开了。晁通身披黑色绸子披风，黑帽子顶上装饰有金刚杵、人头骨和孔雀翎。面孔紫红紫红，像涂了一层血。眼睛一闪一闪，像快要燃尽的干柴。乌黑的头发，右边梳了十八条辫子，打了个万字长寿结；左边也梳了十八条辫子，打了个不息忿怒结。颔下三绺黑色长髯，胸前一面金色的镜子。右手持忿怒木杵，左手拿果核念珠。彭堆把洞内的人细细打量了一番，断定他必是晁通无疑。而晁通看见的却不是松巴大将，而是彭堆变化的达绒部落的大将晁察。

"晁察"手捧红白哈达，恭恭敬敬地献给晁通。晁通虽然心中疑惑，这大将总像是有些陌生，却又看不出什么破绽，只得收下哈达，出门来问：

"晁察，你到这里来干什么？家里出什么事了吗？"其实晁通也明白，如果有事，肯定就是抢松巴公主的事败露了。

"家里出的事可不算小，就像那：蜜蜂把蜜汁酿好了，却被蚂蚁把蜜吃了，黄熊又把蚁窝毁坏了，熊洞又被霹雳击塌了……"

"你乱七八糟地说些什么呀，快把家里的事情好好讲出来。"

"是，是！达绒家把松巴公主抢来了，松巴军把达绒城堡占领了……"

"你说什么？"晁通的眼睛睁得老大老大，虽然他想到松巴贡塘国会来报复，但绝没想到来得这么快。一听达绒城堡被占领，晁通急了，他要赶快回去，救他的城堡。晁通正要走，又停住了。他还是不相信这"晁察"的话。这大将总有点儿看着眼生，觉着不那么真切。可千万别让他给骗了，把毒药当成甜食吃。晁通这么一想，对"晁察"说：

"本应和你一起回部落，但是现在没功夫，我正在修本尊法，发誓十三年不行动，如果松巴国真的发兵到了达绒，那你们就和他们比比谁的刀枪锋利，谁的骏马善驰骋。"

晁通说完，扭头就想进洞，那变化的晁察急了：

"你这是把儿孙送给敌人，把恩深的父母坑害。我晁察这一生，偷来的东西没拿过，撒谎的事没干过。现在敌人已经进犯，你不回去，谁做商议大事的主持人？谁做召集达绒大军的发令人？"

晁通见这大将心急如焚的样子，看来不像是装的。如果松巴军真的来了，自己在这儿住着还有什么意思呢？！晁通吩咐备马，洞内应声走出两个家臣，很快为主人备好马。晁通根本顾不上和晁察并行，独自一人飞下山去。

翻过一座小山，晁通看见一队人马，以为是岭地大军，他迎上前去，才看清是松巴军，再想逃已经来不及了。松巴兵将一拥而上，把晁通从马上揪下来，扒去铠甲和衣服，一根绳子捆住他的两条腿，几个人拖着他，朝松巴大营走去。

进了大帐，把晁通扔在地上，晁通早吓得像见了猫的老鼠，浑身颤抖不止，不敢抬眼看看坐在上面的松巴首领。

大将托郭梅巴咳嗽了一声，吓得晁通一哆嗦。托郭见抢公主的就是眼前这个小老头，一脸的鄙夷之色：

"晁通，你短短的目光看不见我大将托郭梅巴，长长的耳朵要把我的话听全。

> 坏人是部落衰败的祸源,
> 坏牛是牛群骚乱的祸源。
> 你是挑起战争的祸根,
> 坏觉如是你做坏事的靠山。
> 本该坐金座的晁通,
> 如今跪在我的脚下。
> 人说你是咒力无比的术士,
> 为什么不把神变显现?
> 人说你是三十万户的首领,
> 为什么不见大军出战?
> 北方草原的风比箭厉害,
> 为什么你浑身一丝不挂?

晁通听托郭说到"一丝不挂",才知道衣服被扒光了,一阵羞辱之感使他浑身热得发烧,反倒不觉得寒冷,也不哆嗦了。他偷眼看了看帐内,看见大将彭堆拉玛,正端坐在托郭身边,那长相简直与达绒的大将晁察无二。晁通明白是他骗了自己。

彭堆见晁通偷眼看他,笑了:

> 碧蓝的天空没有变,
> 只是一时被乌云遮掩,
> 现在日出乌云散,
> 天空依旧碧蓝。
>
> 我松巴大将没有变,
> 是你糊涂蒙住了双眼,
> 现在擒你到了我大帐,
> 彭堆仍旧在你眼前。

"我们松巴的公主美如花,想摘的人很多却没有人摘到,不想被你达绒晁通抢了去,恶有恶报的结果就应在你身上。"

晁通想了半天,有了主意。前者被这松巴大将骗了,现在该我骗他们了:

> 吃了羊羔的狼逃到山顶,

>却无故将山兔追打；
>抢了公主的人回到家乡，
>却无故将我晁通擒拿。

"你说什么？无故？难道不是你抢了我们的公主？不是你又是谁？"松巴的两员大将一听晁通说不是他抢的公主，二人大吃一惊，四只眼睛使劲盯着晁通。

晁通一看松巴将那眼神，就知道自己的话他们起码信了一半，就更加大胆地信口雌黄起来：

>黑老鸹的罪孽黑影，
>使黄雄鹅陷入泥坑；
>无耻女人的坏名声，
>使清白姑娘背恶名。

"上岭色巴氏抢了公主，松巴人却把无辜的晁通捉到营中。若将具有神通的咒师杀死，部落将会无后人；若将我晁通杀死，你们会得到数不清的报应。"

"真的是色巴人抢了我们的公主？"

"晁通从来不偷不抢不骗人，骗人的人遭雷击。"

松巴将不再怀疑晁通，也忘了上师给他们的预言，只想找色巴氏报仇。晁通见二将对望，生怕他们不与色巴部打仗，故意装出一副心里有话又不好说的样子。托郭梅巴又上当了，逼着晁通把没说的话快说出来。

"那色巴部可与我达绒部不一样，在岭国位居长系，你们若去攻打他们，雄狮大王格萨尔一定会发兵。格萨尔是无人能敌的，还有无数的英雄勇士，你们这点儿人马，不是白白送死么？"晁通用的是激将法，他知道，越说他们不行，他们就越要去打。接着，晁通又装作不在意的样子，告诉松巴大将，这几天色巴部的商队就要回岭地了。

托郭梅巴和彭堆拉玛一听这话，心想，先抢了他的商队再说。于是，令人将晁通关起来，待他们抢了色巴的商队再处置他。

按说，达绒部落与色巴部落同属岭国长系，前次与祝古打仗，达绒和文布发生纠纷，晁通借故陷害文布人尚有情可原，如今这色巴部无故又被晁通出卖，一旦追究起来，晁通的日子可不好过。这些，晁通不是没想过，但为了自己，他可顾不了那么多。原以为说出是色巴抢了他们松巴公主，松巴将领就会放了他，结果，还是被继续关在这里。晁通有些后悔，但话已出口，松巴的将士们已出营，眼见色巴商队就要被抢，晁通无计可施。

色巴的商队到外面做买卖刚回来。五百匹骡马上，驮满了绫罗绸缎，松石珊瑚等贵重物品，兴高采烈地往岭地走。大英雄尼奔达雅和姜国王子玉赤恰巧在路上相遇，随即跟在商队后面一起往前走。翻过一座大山，商队来到一条狭窄的山间小道，马帮停下了。骡马只能一匹匹地过，五百多匹骡马拖了老远老远。

松巴兵将出现了。他们把先通过小路的一百多匹骡马抢了就走，还杀死两个敢于拦阻他们的色巴商人。

松巴将士把抢来的骡马分成了四份，一份留给国王贡赞赤杰，一份分给几员大将，一份分给各队的首领，一份分给全体松巴兵士。骡马分完，正在高兴之际，不远处骤然响起了人喊马嘶声。原来，尼奔达雅和玉赤打到门上来了。

托郭梅巴和彭堆想，现在是在岭国，打仗对自己不利，既然已经抢了商队的马帮，就应该像吃饱了死尸的鹫鸟一样飞向天空，赶快收兵回国才是。所以，二将迎出帐外，和岭国二将胡乱打了一阵，就匆忙率军撤退了。尼奔等人追了一程，又杀了几个松巴兵将，知道就是真的打起来，他们人单力孤，也不是松巴兵将的对手，决定回岭地向格萨尔大王禀报，请大王发兵征讨松巴贡塘国。

尼奔、玉赤二人来到森珠达孜宫，面见格萨尔大王。

雄狮大王坐在高高的宝座上，像须弥山一样威严。尼奔达雅禀报了商队遭松巴军抢掠一事，见大王像是知道了什么似的，并不作任何表示，尼奔有些不悦：

<blockquote>
空中彩虹多美丽，
无知小儿拿它作游戏；
苍龙咆哮霹雳疾，
凶恶旱魔把它欺；
上师为众生静修，
坏运气将他陷入烂泥。
</blockquote>

"我们色巴的商队被敌人抢走，不报仇算什么大丈夫？他松巴敢与岭国作对，不惩罚算什么英雄汉？"

格萨尔当然知道色巴的商队遭劫，也知道这事本由晁通引起，晁通正陷于松巴军中。但是，他还不知道是否到了征服松巴贡塘的时候。所以，任凭尼奔和玉赤怎样讲，格萨尔就是不说话。

王子扎拉憋不住了：

"对自己人要亲近，对敌人要报复，这样无声无息怎么行？米琼，你快派使臣到各国去送信，命各国人马九天之后在岭国森珠达孜宫前集合，共同扫平松巴贡塘。"

米琼和唐泽依令而行。尼奔和玉赤也满意而归。他们也要回部落去聚集本部兵马，准备进攻松巴国。

这天夜里，格萨尔睡得香甜极了。黎明之际，忽然有人附在他耳边说：

"聪明的孩子，不要贪睡，快快起来吧。"

格萨尔闻听赶快爬了起来，只见莲花生大师站在五彩云朵之上，神色十分庄严地对他说：

> 佛和众生本无二，
> 神和妖魔无区分，
> 只因有了善与恶，
> 仙家怪道分天地。
>
> 对恶魔的烦扰，
> 必须用坚不可摧的甲胄；
> 对恶魔的进攻，
> 必须用攻无不克的刀矛。

"开启松巴宝库的时机已来到，速带兵马前去征服松巴，运回财宝。"

格萨尔听罢，知道该是他率军出征的时候了。因为王子扎拉已经发出召集诸国兵马的命令，只等各国兵马一到，格萨尔就要点将出征。

松巴军被尼奔和玉赤追得慌忙奔逃，达绒长官晁通也被弄到一匹老马上，赶着一起逃。因为晁通说出了色巴商队的行踪，所以，托郭他们给他穿了件白衣服。走了十五天，大军来到祝古境内的觉隆达热纳塘，被两个出城打猎的祝古将碰上了。二将迅速回城向守城大将禀报，松巴军从岭地撤兵回国，途经此地。

偶然到此游玩的碣日大将曲珠一听，当然不肯放过这为雄狮大王立功的机会，立即骑马扬刀，带兵杀出城去。

松巴军不敢恋战，他们害怕格萨尔率兵追来，所以边战边退。祝古兵也不十分认真追击，因为敌兵入境，不打不行。曲珠一人杀了几个松巴兵将后，大队人马已经退得很远了，就没再追赶。收拾起松巴兵丢下的物品，准备回城。这时，却听见一阵哭声。

曲珠闻声寻来，见一人头戴一顶纸糊的帽子，身穿一件白衣，躺在几具死尸旁边，嚎啕大哭。仔细一看，曲珠认出此人正是达绒长官晁通王。晁通一见碣日大将，像是在去地狱的路上遇见上师一样，又悲又喜，禁不住又大哭起来。

松巴大将托郭和彭堆也听见了这哭声，一看，才知刚才一阵混战，把晁通给丢了。二将原想把晁通带回松巴做个人质，晁通可是太有用了，他不仅知道岭国的详情，而且骨头软得要命，问他什么说什么。也许，还可以用他换回公主哩！慌乱之中竟把他给丢了，这怎么行？托郭和彭堆又打马往回奔，那晁通已被曲珠救走，祝古军也得胜回城。眼见晁通进了城，二将只得悻悻回营。

正月初九，黄河边的草滩上，开来了姜国人马五万，魔国人马三万，上索波、下索波、象雄等国的人马也陆续开到。格萨尔召集各国领兵大将，向他们讲述此次征服松巴贡塘的原因和办法：

"降伏恶魔是天神所安排，我们已经降伏了很多有名的妖魔，没名的更是多得数不清，但是却忘掉了一个大敌人，就好比：

射死了白胸毛黄熊，
没注意红毛虎的行踪；
压下了白肩黑熊的后颈，
恶狼乘机向羊群潜行；
得到了金银珠宝，
忘记了珊瑚玛瑙；
征服了赡部洲腹地，
漏掉了边地松巴贡塘。

我们忘了松巴，他们却来抢我们的财物，对敌人不报复怎么行？现在大师有预言，岭国要去边地讨顽敌，收回我们被抢的东西，打开松巴犏牛宝库。"

王妃森姜珠牡右手端茶，左手捧酒，摆动着柔软的腰肢来到君臣面前：

上师讲解经典，

小沙弥不听怎么行？
父母亲叮嘱吩咐，
儿女们不照办怎么行？
国王下达命令，
大将不去征讨怎么行？
岭国君臣征服边地，
天龙念三军一同行。

"请众将喝下杯中茶，山高路远都不怕；尽快赶到那松巴，把犏牛宝藏拿回家。请众将喝下碗中酒，走起路来不觉累，上阵杀敌逞英雄。白天能得好预兆，夜晚能得好梦境。"

君臣们喝茶饮酒，列队出征。

那慌忙回国的松巴二将，把晁通被擒又逃脱、袭击色巴商队又被岭国兵将追赶的经过，老老实实地向国王贡赞赤杰作了禀报，把原本就很强大的岭国说得更加凶恶可怕，把原本就很狡猾的晁通说得更加奸诈无比。说完，把抢来的东西堆放到大王贡赞赤杰面前。

国王见二将并未把公主领回国，脸色阴沉得像是密布着一层乌云。又见抢来这许多财物，才有了点儿笑脸。真是又喜又忧。他断定，岭国绝不会就此善罢甘休，一场大战已经不可避免。于是，下令立即把松巴人马集合起来，由郭杰赞布率一万青盔缨人马驻守在通往岭国方向的碣玛拉山顶，发现岭地有什么动静，马上来报。其他人马，守住城堡，准备与岭国作战。

就在贡赞王召集兵马准备作战的时候，岭国大军已经到了松巴境内。

岭军人喊马嘶地在松巴的玉池拉塘草滩扎下大营，将士烧茶做饭，吃肉饮酒已毕，大将丹玛和玉拉托琚二人觉得与其在帐内闲坐，不如到碣玛拉山上看看。二人商量着出营上马，往山上而来。正碰上奉命前来驻守的松巴大将郭杰赞布。玉拉一见那将，就挥刀冲上前去，郭杰也不说话，举刀相迎，二人大战二十几个回合，不分胜负。丹玛见玉拉战那松巴将不下，催马前来助战。郭杰赞布力不能胜，虚晃一招，打马就跑。丹玛和玉拉并不追赶。

二人回营向雄狮大王禀报，此地不可久留，松巴军一旦占领碣玛拉山，对岭军大队人马的行动将带来很大阻力。格萨尔出帐一望，见碣玛拉山果然山势险峻，易守难攻，对岭军的营地威胁也很大，幸亏丹玛、玉拉将松巴大将战败，否则岭军会受到很大损失。

郭杰赞布逃回城内，向贡赞王禀报那岭国人马已像山间瀑布一样开进松巴国，在玉池拉塘草滩扎下大营，刀矛枪箭像森林一样茂密，人喊马嘶能把人的耳朵震聋。碰上的那两员岭将更像雄狮猛虎一般。

松巴君臣听了郭杰的禀报，毫无惧色，反倒笑那郭杰赞布胆小。只有去过岭国的托郭和彭堆二将深知岭国兵将的厉害，所以他二人并不像其他松巴将领那样骄狂。

贡赞王见郭杰赞布并未占领碙玛拉山，只得把兵马分成四路，准备固守拒敌。

第一路，由大将托郭梅巴率十万白盔缨军，驻守城东。

第二路，由大将彭堆拉玛率十万黄盔缨军，驻守城南。

第三路，由大将哈日达瓦率十万红盔缨军，驻守城西。

第四路，由大将森赤率十万黑盔缨军，驻守城北。

松巴王分兵点将完毕，唱了一曲征战歌：

> 花斑虎皮是猛虎的骄傲，
> 也是猎人弓箭的目标；
> 珍贵麝香是獐子的骄傲，
> 也是獐子送命的根苗；
> 猫头鹰在夜间逞英豪，
> 本是丧生的恶兆。
> 岭军到松巴境内布阵，
> 是格萨尔归天的征兆。

"将士们呵，对敌人不要发慈悲，对岭国兵将一个也不要放掉，不要做怯懦的狐狸，要学那勇猛的山雕。"

松巴大将各自回营，严阵以待。过了三天，岭军也没有杀过来。守城的大将等得好不耐烦。

岭军没有马上进攻，一是要休息，二是在等开仗的吉日。三天过后，到了二月初九，格萨尔也将岭军分成四路，向东南西北四处同时进攻。

碙日大将曲珠做了东路先锋，像恶狼般扑向城东的松巴白盔缨军。松巴大将托郭拦住了他。二人在祝古境内曾交过一次锋，并没有来得及说话。这次相逢，托郭想好好羞辱曲珠一番。托郭勒紧马缰，架住曲珠劈过来的大刀，说：

"失去家乡的红骑士，自以为是英雄了不起，碣日成了岭国嘴里的肉，你五尺长的身子却做了格萨尔的随从，这算什么男子汉？你就像那：

坏大臣把君王交给敌人，
恶女人把丈夫施予魔鬼，
赖皮狗把主人的腿咬伤，
有恩不报不配活在世上。

"岭国抢去了我们的公主，现在又来进犯松巴，你们的贪心没个完，对付贪婪的恶狼只能用刀箭。"

碣日大将曲珠看着托郭好笑：

"别看你黑老鸹叫声高，我大鹏鸟的宏音还没叫。前次在祝古让你逃掉，今日再见你定斩不饶！"曲珠挥刀向托郭劈去，却劈了个空。托郭还了一刀，也没能伤着曲珠。两人你来我往，互不相让，也都战不胜对方。

玉拉舞动长枪，冲入南面彭堆的营地，与彭堆大战几十回合不分胜负。彭堆把大刀舞得像面铁墙，连只虫子也别想飞进去。玉拉的枪无缝可刺，急得面红耳赤。一不留心，又被彭堆的飞索套住了脖子。玉拉那枪更乱了章法。幸好玉赤及时赶到，宝刀连砍三下，飞索断成几截，愤怒已极的玉拉大叫：

"金翅大鹏落在须弥山上，黑老鸹也想飞去不知高低；雄狮蹲踞在雪山之上，老狗想跳上去不知羞耻；格萨尔统率着岭国大军，松巴将想逞凶不知死活。刚才让你占了点便宜，现在要加倍还给你。"玉拉说完一箭射过去，正中彭堆胸前，只听"当啷"一声，彭堆的护心镜成了碎片，那箭镞钻进了心窝。彭堆当即毙命。

西面和北面的岭军与松巴军都死伤了不少将士，仍然没有分出胜负，见天色不早，格萨尔吩咐收兵回营。

松巴国王投降获赦
良辰吉日喜得犏牛

松巴军和岭军都不能战胜对方，两军相峙着，都在商议如何破敌。

松巴军中有一个叫玉珠朝曲的大将，武艺超群，他觉得老是守在营地里等着岭国来进攻，不如主动出击。大将琼纳巴瓦很赞成他的主意。二将商议着合兵一处，踏翻岭营。

岭军众将也在商议如何对敌，一只金翅松石蜂嗡嗡嗡地飞到格萨尔大王的耳边，对他说：

"不好啦，不好啦！松巴军有两员了不起的大将要来袭击岭营啦！大王你要准备好，把长寿药丸涂在铠甲上，君臣七人齐上阵，才能避免遭灾祸。"

雄狮王把金翅松石蜂的预言告诉众将，众人立即起身回营准备。

玉珠朝曲和琼纳巴瓦只带了六十名松巴兵，杀往岭营。松巴王要他二人多带些兵将，二人说人多死尸多，没有什么用，不肯多带人马。二将飞马驰骋，很快就到了岭军营地，只见岭国人马像铁环一样紧紧围绕着一座大帐，心想，这一定是那坏觉如的大帐了。玉珠朝曲对着那座大帐叫喊：

"岭国的乞丐们听着，有个比喻这样说：

　　雪山上的白狮子，
　　吞了野马又想吞家马，

这是丧失绿鬃的征兆。

天空中雷声隆隆，
闪动电舌又把霹雳打下，
这是失去浓云的征兆。

门域绿脖子布谷鸟。
落在红桥上还想把青稞带走，
这是折断绿翅的征兆。

岭国的英雄好汉们，
抢了公主又来进犯松巴国，
这是岭地衰败的征兆。"

那琼纳巴瓦不耐烦玉珠朝曲的啰唆，打马就往前冲。丹玛拦住他大战几个回合，竟力不能支，败了下去。琼纳更加猖狂，大叫要和格萨尔比武。

雄狮王笑吟吟地走出帐外，答应和琼纳比武。二人先比刀，不分胜负。再比箭，琼纳恶狠狠地一连射出三箭，射掉了几块甲片，却没有伤着格萨尔的身体。雄狮王从装有九十九支神箭的箭筒中抽出一支搭在弓上，对琼纳巴瓦说：

"老黄狗牵着一蹦一跳，放开了拖着尾巴没了精神；小花马能在平滩上急驰，在沙滩上却走不稳；你魔将只能杀懦夫，对我金刚之体不能伤害。可怜你已经到了绝命之时，阎王已向你抛出套索。箭呵，是你显神通的时候了！"格萨尔说完，那箭带着一团火舌，发出一声轰响，自动飞向魔臣琼纳巴瓦，把他射成了齑粉，又一丝不剩地飘向空中。刚才还是活脱脱的一员勇将，顷刻间化为尘烟。

玉珠朝曲见琼纳巴瓦被格萨尔一箭射得不知去向，心像针扎的一样。只见他像一头下山的恶虎，猛地扑向格萨尔，冷不防把雄狮王从马上拽下来。二人厮打在一起，扭成一团。丹玛、曲珠、噶德三人上前，用刀砍，用枪刺，丝毫也不能损伤魔臣，倒把玉珠砍得不耐烦起来。他扔下格萨尔，从地上爬起来，抓枪就向丹玛连刺三枪，把丹玛的铠甲划破了几道。曲珠从后面用枪刺那魔臣，魔臣又转身对付曲珠。格萨尔已从地上爬起来，玉拉等人也冲了过来，君臣七人共战玉珠朝曲。战刀抡得像闪电，竟不能伤其身。格萨尔知道降伏此魔将的时机未到，遂变化成一道彩虹，抽身转回大帐。六员岭将继续和玉珠交锋。玉珠一看不见了格萨尔，顿时大怒，转身去寻。先到了索波军营，一员索波大将拦住他，射了两箭，像两根草棍一样，插进他的甲缝。玉珠朝这员索波大将猛刺一枪，穿透了他的心窝，翻身落马而亡。索波王子多杰仁钦一见自己的大将被杀，挥刀就砍玉珠。玉珠一把夺过大刀，直砍索波王子的心口，一刀扫过去，像是当胸开了扇门，多杰仁钦的心、肺全部裸露无遗。王子当即毙命。

见索波营中并没有格萨尔，玉珠朝曲又转身扑向卡契大营，连连刺死两员拦挡他的卡契大将，还是没有寻到格萨尔。玉珠心想，今日暂且罢手，明日再找那雄狮大王拼命不迟。想着，打马就往自己大营方向走。那卡契军营首领亭雪见这松巴将杀了自己两员大将就要走，哪里肯让？但玉珠的马快，已经跑出很远了。亭雪在后面拼命追赶，一边追一边喊：

"松巴小子不要跑，逃跑的人不是好汉！"

玉珠朝曲勒住马缰，心想："这是哪个不知死活的小子，敢来追我？！"马一停，亭雪已追到跟前，勒马指着玉珠大骂：

> 叫花子讨饭不知足，
> 木棍会把碗打碎；
> 懦夫欺人太厉害，
> 会把毒箭召引来；
> 你搅乱了岭营就想走，
> 我亭雪要杀你除祸害。

玉珠笑着说：

"你有多大本领你知道，无故说大话太可笑。狗熊追猛虎没用处，黄狗对雪狮干嚎叫，麻雀在铁鹞面前显示翅膀不知羞。给你条活路你不走，偏寻死路过窄桥……"

亭雪气得青筋暴跳，连连向玉珠砍了三刀，把玉珠的铠甲剁碎了几片，自己的刀也砍缺了口。玉珠朝曲大笑着还了亭雪一刀，正砍中亭雪的铁盔，亭雪立即脑浆迸出，一命呜呼。

玉拉、曲珠等岭将随后追来，见亭雪尸身横陈，再找那松巴大将，只能远远看见战马扬起的尘埃。

松巴大将玉珠朝曲得胜回营。岭国大营却像是热油泼在干柴上，将士们个个摩拳擦掌，人人呼叫报仇。特别是死了大将的军营，更是沸沸扬扬，叫骂不止。

第二天早晨，岭军以王子扎拉为首的十一员大将，彩云追月般奔向松巴大营。松巴大将托郭梅巴对众将说：

"岭军今天是来决战的，我先去迎敌，你们后面跟上。"说着披挂整齐，杀出营门。见岭国来了那么多大将，托郭有些胆怯，但既已出阵，就顾不得许多了，装也要装得像个大英雄。托郭勒马站定，对岭将说：

"松岭两国争斗，根子是为了女人，树干是那达绒晁通，树叶是玉赤和尼奔。抢了姑娘又来进犯，这口气让人怎么往下咽。今天我们比比看，远处用箭近处用刀，想用什么你们挑。"

玉拉托琚举起弓箭：

"丢了东西要寻找，丢了性命要报仇。就像云聚多了要下雨，河水涨了要翻船。比刀比箭都一样，不用选也不用挑，先射一箭让你瞧。"玉拉一箭射出去，托郭正舞刀朝他扑来，本来是射不中的，也是托郭当死，那箭转了个弯，箭镞寻着托郭的心口而来，托郭中箭身亡。

见死了托郭，昨日猖狂一时的玉珠朝曲又杀出营来，离他最近的噶德被他连刺三矛，甲片哗哗啦啦掉下好多片。趁岭国众将围上来之机，噶德举起一块大石头，以排山倒海之势，劈头朝玉珠砸去，想那魔臣不怕刀矛弓箭，却独独怕这石头。偌大的一块石头像是砸在鸡蛋上一样，玉珠朝曲一声不响地滚下马来，倒地而亡。

这两员大将一死，松巴军顿时大乱。为将的，打马而逃；当兵的，弃刀奔走。岭军将士个个奋勇，人人争先，直杀得松巴军退入王城，国王贡赞率守城将士在城内接应，随即关闭了城门。

自从岭军打到松巴贡塘，打打停停，停停打打，不觉已有一年。一年来，松巴军疲于应付，不敢有半点儿懈怠，所以把宫中原有的大宴小宴一律废除，很长时间没有痛痛快快地欢宴过一次了。这次被岭国杀得大败，松巴王贡赞赤杰反倒大摆起宴席来。

群臣和众将对着美酒佳肴，却全然没有胃口，一个个愁眉不展地坐着发呆。贡赞王心里也很难受："想我松巴国，往上数七代，做买卖也没到过岭国，连口角也未曾发生过。可到了我这一代，除了争斗和打仗，安乐好像云缝中的太阳一样难得。今年晁通这坏家伙，抢了我的女儿还不算，坏觉如又率十万大军到了这里。眼看一年已经过去，松巴的大将连连战死，如今所剩无几。剩下这座王城，恐怕连一月也难守。莫非我真的到了寿终的时候？如果真是这样，就没什么想头了。俗谚说：'到中有的路上若不得到上师的指引，就是穿上金制衣服也无用处；对庶民百姓若不关心疾苦，就是坐上黄金宝座也无用处；不去观察仆人的脸色，就不知道饭食是不是有毒物；若对国王的事业没有贡献，称贤臣良将那是欺骗。'像我这样不能保卫疆土、保佑臣民，当国王还有什么意思？"贡赞赤杰只顾自己胡思乱想，猛一抬头，见群臣众将全都不声不响，不吃不喝，闷坐在那里，心中很不自在。想这些大臣平日大话连篇，大将平日耀武扬威，如今一句话也没了，一点勇气也没了。但是，不管怎么样，也得把这座孤城守住。于是，贡赞赤杰强打精神，装出笑脸，吩咐侍臣给众人倒酒，然后命令在座众将分兵把守东南西北四门。众将诺诺然领命而去。

四月十九日，太阳刚刚照在格萨尔的神帐上，岭国四路人马就向松巴王城四门同时发起进攻。

牛山口上已煨起桑，一团团白烟云雾般笼罩着，尾随着岭国大军，好像护佑岭军的天神。

王子扎拉、尼奔达雅、曲珠三人冲向东门。城内城外，雷石滚滚，箭矢如雨，你来我往，各不相让。岭军一时很难冲进城去。王子扎拉和尼奔达雅急了，两人各搬一块像绵羊大的石块。王子扎拉心里默念：

"大梵天呵，战神威尔玛，请保佑我！龙王邹纳呵，念青神，请帮助我！"

念罢，用力把那石头砸在城门上。尼奔达雅也随后把石头抛出。"哐啷"一声，沉重的城门被砸开。扎拉、尼奔、曲珠率众岭兵蜂拥进城。守城的松巴大将赤郭玉杰横刀拦住王子扎拉。扎拉见有人拦他，火从心头起：

"看你满腮的胡子，白盔上缠着布，白甲外罩花衣，胳膊和腿像牛一样不能分，说话的声调像饿鬼，这样的人还想拦住我岭军？这样的人还想和我王子扎拉交锋？真好比：

老黄狗与白狮比武不知高低，
老黄牛去制伏黑熊不知害羞，
岭军人马已经冲进城内，
你懦夫想来较量实在可怜。"

赤郭玉杰哪受过如此的侮辱？早把长枪刺了过来。扎拉左臂上的几块甲片被刺得粉碎。扎拉好不愤怒，手起刀落，把这松巴将送上了天。

进攻南门的玉赤和噶德、进攻西门的辛察隆拉和索波大将堆玛多钦和纳卡托松，也学着王子扎拉的模样，搬石砸开了城门，冲进城去把松巴军杀得人仰马翻。

进攻北门的是玉拉、晁通和森达三人，玉拉和森达用石头砸了好一会儿，也没有把城门砸开。晁通得意地看看玉拉，又看看森达：

"还是我来吧。"

晁通跪在地上，仰望天空，口中念动咒语。天空立即乌云密布，随即雷声隆隆，雷雨大作。一声霹雳，划破浓云，直劈城门。这一下，砸碎了城门，劈死了守门大将。岭军冲进城门，如入无人之境。

松巴王城被岭军攻破，贡赞赤杰王身穿飞鸟翼衣，向空中逃去。岭将噶德抛出飞索，却没有套中。松巴王逃离王城。

太阳已经落山，众将报告，除贡赞王逃遁，其余兵将全部投降。格萨尔心里明白，松巴王并没有走远，只是在一个地方隐藏着。

第二天一早，格萨尔变化成一个白须白发的老者，头上缠着海螺般的丝巾，骑一只白色雄狼，来到邦纳山顶，装作碣玛山神的口气，对躲在暗处的松巴王说：

"贡赞天神的后裔请听着：是英雄为何要装胆小鬼隐藏着？自己的王宫不好好守住，无缘无故躲在山顶做什么？岭地来的坏觉如，没有打不败的道理，你快率大军打到岭军大营去，我做你的保护神。"

贡赞赤杰一见碣玛山神到了，又允诺做自己的保护神，就将飞鸟翼衣放在一边，朝碣玛山神走来。格萨尔立即抛出飞索，这下贡赞赤杰可没了退路。只得被格萨尔拉着，一步步来到雄狮王面前，双膝跪倒，双手合十：

"上师雄狮大王，有缘谒见的人是不会进地狱的。久闻您的威名，今天终于来到您的身边，多么高兴呵！"

格萨尔微微一笑，没有说话。松巴王心里一亮，觉得自己有生的希望了，马上向雄狮王献上礼物：

"大王呵，我有宝库一百一十二处，内藏珍宝无数。我把它们都献给您。我贡赞赤杰今年二十七岁，也把这一庹之躯献给您。无论让我做什么，喂狗、挡牛、牵马都可以。还有我的王妃朗萨梅朵措，本是米努绸缎国王的女儿，我夫妻二人都不愿留在松巴城，愿随大王回岭地。请大王给以仁慈的保护，我松巴家乡的这些居民，也请您待他们像您自己的百姓一样。大王呵，请不要推辞，请做我的主人。"

格萨尔的脸像十五的月亮一样明亮，将套索从贡赞赤杰的颈上取下，手搭在松巴王的头上说：

"贡赞王，只要你投降，以后尽力做好事，就饶你不死。"

在我雄狮王面前，
贡赞发誓把恶业抛弃；
男儿自有主张是大丈夫，
大丈夫懂得获取利益；
女人自有主张是聪明人，
聪明人知道寻求真谛。
过去松巴和岭国是敌人，
如今两国同天共地。

格萨尔说完，携松巴王共同返回岭军营地。岭国众英雄立即煨桑相迎。雄狮王吩咐为贡赞赤杰设一小宝座，松巴王美美地吃喝了一番，然后说：守卫松巴犏牛宝藏的三员松巴大将还未投降，要想取出宝藏，还需攻破一座小城。

王子扎拉从坐垫上站起：

萤火虫想和太阳较量，
怎么能比得过？
鸟蛋想和岩石较量，
只能把自己碰破；
毛驴和骏马赛跑，
只能使四蹄脱落；
三员松巴大将敢与岭军为敌，
是找死不想活。
攻取小城的事交给我，
扎拉即刻启程不耽搁。

五月二十四日，是木曜^(注1)和胜星相交的日子，太阳照到格萨尔的神帐上，雄狮大王、王子扎拉、尼奔达雅、玉拉托琚、老将丹玛等君臣十六人，来到已被扎拉攻破的松巴达察上面的宝马王宫。格萨尔拿出宝弓，把在姜国得到的打开地门的钥匙搭在弓上，口中念道：

---

1 木曜：日、月、星都叫曜。日、月和火、水、木、金、土五星合称七曜，旧时分别用来称一个星期的七天。日曜日是星期天，月曜日是星期一，余者类推。木曜日当为星期四。

三十三天界的大梵天王呵，
请驾祥云来，
请帮助我把松巴犏牛宝取出来！
玛哲湖琉璃宫中的龙王呵，
请踏碧浪来，
请帮助我把松巴犏牛宝取出来！
雪山水晶城堡中的念神格作呵，
请劈开重山来，
请帮助我把松巴犏牛宝取出来！

念罢，格萨尔将钥匙射出，随着隆隆的响声，沉重的石门打开了，一头犏牛跑了出来。这头犏牛的犄角是珊瑚做成，四蹄像是扣上了四个松石碗，白嘴巴好像悬了面海螺宝镜，尾巴像浓云一样密集。噶德立即抛出神索，套住了这头宝贝犏牛。接着，五百头一样大小的犏牛徐徐而出，将那头宝贝犏牛团团围住。岗日朝噶山神变化成一个小童子，向格萨尔大王施了一礼，立下誓言，要宣扬佛法。雄狮王将三个宝库交给他看守。岗日朝噶立即将自己的王宫变成一座大村庄，端上酒肉茶饭，招待岭国君臣。

吃罢饭，岭国君臣继续往南走，来到一块大黑岩石下面，雄狮王手举开山斧，连劈三下，岩石大门"咣当"一声打开了，一头比宝马王宫的犏牛更大的犏牛冲了出来。松石犄角，海螺四蹄，红玛瑙身子，又高又大。晁通抛出神索，那头宝贝犏牛"哞哞"大吼着，眼睛瞪得老大，拖着套索就跑。唐泽和米琼二人见犏牛跑了，忙追上去，唐泽刚捉住一只角，犏牛就向米琼撞去。米琼一着急，竟挥刀朝宝贝犏牛砍去，一刀正砍中犏牛鼻梁，那牛倒在地上滚了几滚，断了气。

岭国君臣见犏牛倒地而亡，格萨尔的脸上布满了阴云，丹玛狠狠抽了米琼一鞭，又数落了晁通几句。众臣纷纷求情，雄狮王才免去对米琼的责罚。

再往南走，就到了琼山的一块大岩石旁边，玉拉净手煨桑，姜国的钥匙到了他的手里，他要为格萨尔大王、为岭地继续开启这松巴国的犏牛宝库。

玉拉口中念念有词，手上暗暗运足力气，猛地把钥匙射向岩石。石门豁然而开，从里面走出一头乳犏牛，浑身白似海螺，松石犄角，玛瑙蹄子，被六百头乳犏牛围绕着，缓慢地像天边的白云一样游出宝库大门。晁通变成三个女人，手提海螺奶桶，嘴里哼着挤奶的调子，所有的乳犏牛立即温驯地围成一圈，任人挤奶。三个女人一会儿就挤满了奶桶，献到岭国君臣面前，格萨尔和众英雄美美地痛饮一番，顿时精神倍增。

君臣们赶着宝贝犏牛，继续往南走。翻过一座小山，来到一座像宝塔一样的雪山下面，君臣们刚刚站定，一阵花雨，像鹅毛雪片一样纷纷飘落下来，随着花雨的降落，又传来阵阵悦耳的音乐声。噶德捡起三块绵羊大小的石头，连连向宝塔雪山砸去，那宝塔雪山顿时裂成一块块像牦牛大小的石块，露出一个明亮发光的洞口，一只长着右旋海螺角的绵羊从洞内跑了出来。跟在它后面的，是四五千只绵羊，像一堆滚动的珍珠，甚是可爱。

君臣们正在观看这些可爱的绵羊，守护绵羊宝库的雪狮大吼一声，从雪山中抖着绿鬃出来了。松巴王贡赞赤杰抛出松石套索，像牵狗一样把雪狮套了过来，牵到格萨尔大王面前。格萨尔大喜。现在，不仅取到了松巴的犏牛宝，而且意外地取到了绵羊宝。君臣们欢天喜地赶着牛羊返回岭军大营。

松巴君臣和百姓们迎接岭国大军入城，大摆酒宴，分配犏牛。如果米琼不把那头大宝贝犏牛砍死，岭国君臣还可以分得更多一些。但事已至此，大家也不再埋怨。君臣们饮酒欢庆，又赛马，又比箭，好不热闹。这样的日子整整过了十天，格萨尔吩咐班师回岭。

松巴王贡赞赤杰和王妃朗萨梅朵措依依不舍，送了一程又一程，已经送出了松巴国境。虽然不愿分开，格萨尔还是离去了。望着岭军远去的背影，松巴王和王妃慨然长叹。

岭军逶迤而行，第十三天，到达祝古境地。守城大将七人开城迎接，献上茶酒款待岭军，又奉上礼品请雄狮王过目。格萨尔在这里住了十天，然后继续前行。又走了三天，到了象雄珍珠城。守城大将像祝古大将一样，摆酒给大王接风，然后奉献诸多礼物。岭军又在这里住下了。

趁休息之机，岭国诸将纷纷出营狩猎。玉拉一箭射死了十几只岩羊，碣日大将曲珠射死了两头麋鹿，手下的兵士抬着岩羊和麋鹿，玉拉和曲珠高高兴兴地返回珍珠城。

晁通和多钦等躲在一座草山下，远远看见三头梅花鹿昂首挺立山头。多钦一箭射去，一头鹿倒地而亡。晁通一见，也立即射出一箭，与多钦的第二支箭同时射在一头鹿的身上，这头鹿也倒地而亡。晁通说是他先射的，鹿应该归他。多钦说这鹿是他射死的，理应归他。二人相持不下。同来狩猎的两员大将出了个主意,让他二人从这里一直跑到山顶,谁先抓到死鹿,这鹿就归谁。二人点头同意。

晁通憋足了劲,可毕竟年老体衰,怎能跑得过那索波大将?见那死鹿被多钦抓在手里,就恼羞成怒:

"你,你怎么敢和我抢这鹿?你,叫花子怎能和富户比?贱女人怎敢和王妃争?你失去家园的索波将,怎么能和我雄狮大王的叔叔、达绒长官晁通争?

雪山顶上雄狮的绿鬃,
与村里老狗的绿色铁发,
看上去一样,实则不同。

王妃颈上的黄金饰品,
与贱女人脖子上的黄铜,
看上去一样,实则不同。

我达绒长官晁通,
和你索波降将多钦,
看上去一样,实则不同。

我是格萨尔的亲叔叔,你是索波骚狐狸,这鹿的螺角若不让我得到,我让你也头朝草山与鹿同。"

多钦看在雄狮大王格萨尔的份上,不想和晁通计较,就说:

"请达绒长官不要生气,要么,这鹿我们分了吧。"

晁通以为多钦怕他,更加气势汹汹,不依不饶,定要独占这头鹿。

索波大将多钦见晁通如此蛮不讲理,也动了肝火:

"喂,晁通,胆小的骚狐狸就是你,厚颜无耻说话竟是这样令人生气。既然你不愿意平分,那我俩就比武艺,看看让谁头朝地。"说着,一拳把晁通打翻在地。

晁通爬起来就要拔刀拼命。站在一边的两员大将忙拉住二人。他们先劝达绒长官晁通王:

心胸要像大海一样宽阔,
几朵浪花不会起风波;

> 身体要像须弥山一样稳，
> 微微小风不会飞沙石；
> 为区区死鹿来争吵，
> 众人听了会笑倒。
> 大王知道定发怒，
> 搅得众家兄弟不安宁。

然后再劝多钦：

> 年轻人应该搏斗在战场，
> 和自己人争斗太不应当；
> 小沙弥虽然念熟了经文，
> 遇事也不能自作主张。
> 格萨尔待你如左臂右膀，
> 和晁通叔叔争鹿会使他心伤。

晁通和多钦根本不听劝解，两员大将继续劝说：

> 恶狗两兄弟去守猎，
> 没有杀死野兽却为吃肉而争斗；
> 坏夫妻守在家中，
> 得不到衣食却与儿女争不休；
> 两员大将去打敌人，
> 外敌未打败却在内部吵闹不害羞。

说罢，两员大将做主将鹿肉分给晁通，海螺犄角分给多钦。多钦羞得满脸通红，那晁通却忿忿不平，像是他吃了多大亏似的，却也不好再争。

岭军在象雄珍珠城住了七日。格萨尔知道部下因狩猎而引起纷争，觉得再住下去又会生出无穷的事端来，遂吩咐启程。

到了碣日珊瑚城，格萨尔本想不住，无奈随军出征的碣日大将曲珠苦苦相劝，雄狮大王无奈，只得住下。吩咐众将只在营内休息，不得外出衅事。在曲珠的再三挽留下，岭军在碣日住了五天，然后又上路了。

大军又走了十一天，才到达岭国境内。王妃珠牡的父亲嘉洛·敦巴坚赞和琼居首领穆姜仁钦达鲁前来迎接。当晚宿营,第二天才到达森珠达孜宫。森姜珠牡率众王妃在宫门口相迎,君臣们这才算真正到了家。

王宫中自有一番喜宴欢庆。格萨尔却在欢庆中立下誓言:要在七年之中修行无量寿佛。

七月初十日,格萨尔开始闭关静修。门口立着一块像岩石般的苍多^(注2),除王子扎拉、王妃珠牡、侍臣唐泽、米琼四人外,其他人一律免见。

2　界石,闭关修行的时候,放置在静室外边,表示自己不越此石外出,亦拒绝接见来客。

松巴犏牛宗

晁通得苯教瓦色神预言，从松巴国抢来公主美朵措，给儿子玛尼为妻。松巴王一听女儿被晁通抢去，派大将托郭梅巴率兵追寻，生擒晁通，当晁通被押至祝古国地界时，被碣日大将曲珠救回。松岭两国开战，松巴连连败阵，贡赞赤杰王身穿飞鸟翼衣，向空中逃去。被格萨尔抛出飞索擒住，从而降伏松巴国，赢得许多犏牛。

征服白热岭军获胜
米努王姊王妹反目

米努绸缎国，是个岛国，分上、中、下三部，由姊妹二人统治国家，女王达鲁珍管辖中、下米努，王妹娜鲁珍管辖上米努。

松多纳滩上，坐落着米努绸缎国的王城。城内的王宫里住着女王达鲁珍和妹妹娜鲁珍。女王的威望极高，米努国也很富庶。王城外还有诸多城堡，依次住着谋士八人，内臣七百三十人，外臣一千五百人和战将百员。君臣们掌管着各自的城堡，女王属下的一百八十万户百姓过着和平安宁的生活。

一天，一个住在绿色水城中的叫冬赤阿珠的大臣忽然听从汉地来的商人说：岭国与白热国交战，白热王被格萨尔降伏。平素与白热王交往甚密的冬赤阿珠一听大惊失色。一面为白热王难过，一面决定为白热王报仇。冬赤阿珠想了三四一十二遍，打了五五二十五个主意，决计前往王宫请女王达鲁珍召集米努人马，出兵白热，赶走岭国人，收复白热国。冬赤阿珠打定主意，立即将绸缎、金银珠宝等备了十五驮，然后带着手下的九个臣子往王城而去。

内侍禀报冬赤阿珠来见，女王吩咐有请。冬赤献上九折洁白哈达和十五驮礼品，女王的内侍端出茶酒果品一应食物。冬赤并不客气，吃喝完毕，向女王回禀：

"绸缎国的万民主宰呵，您是盖过世界的女王，您的光辉像十五的月亮，威望高得与天齐,我有愁苦之事要向女王禀报,可是,怎么开口呢?……"

"臣呵,王为你做主,有什么事尽管说出来吧。"女王达鲁珍摆出一副体恤爱抚的样子,使冬赤阿珠有了勇气。他说:

> 远古时形成的巍峨雪山,
> 被太阳晒化了,
> 雪山的家属和部下被分离;
>
> 高耸入云的陡峭石崖,
> 被雷箭劈开了,
> 栖居于此的野牛家族被分离;
>
> 茂密无垠的郁郁森林,
> 被火焰燃烧了,
> 花斑虎丧失了栖息地。

"慈悲的女王呵,强大的白热国被边地的岭国侵入,君臣们无地存身而四处游荡。自古以来,米努国和白热国,亲密得像一条白链。如今白热国遭此大难,臣子我心中愁苦呵!俗谚说:'御敌是为了保障自己的安全,如果不能帮助友人驱灾消祸,亲睦的邦交不过是空谈;骏马是人的亲密伴侣,如果不能驰往目的地,纵然价高也枉然。'米努与白热是亲密的友邦,在白热遭难的时候,女王就该救援。"

女王达鲁珍一听,美丽的脸庞上透出一团杀气:

"我是能拯救和护佑百姓的女王,冒犯了我就要被喝心血。白热国王是势高权大的国王,竟被格萨尔灭掉了。听到这个消息,我岂能坐视不管。但是,冬赤呵,不要着急,听说格萨尔勇武超群,法力过人,怎样才能战胜他,还要想个办法才是。明天我请上师聂布算个卦,看看卦象怎么样。然后召集八大臣,看看大家有什么好主意。特别要问问王妹娜鲁珍,看怎样才能打败格萨尔。"

冬赤阿珠见目的达到,欢天喜地地回到自己的城堡,等候女王召见。

上师聂布闻听女王有请,立即穿上黑布衣服,戴上黄布头巾,系上蓝布带子和围裙,带上人皮拂尘,挟着打卦的工具,从谷里一直飞向王宫,像一道黑色的闪电,瞬间来到。

王宫内,文臣武将已经聚齐,达鲁珍女王威风凛凛地坐在金座上,含笑坐在松石宝座上的王妹娜鲁珍,像一尊美丽的天女塑像。上师被让在绘有孔雀、垫着人皮的座位上。众人开始饮酒吃茶,品尝各种精美的甜食。宴席间,女王达鲁珍庄严地对众人宣布:

"我们的好邻居白热国被岭国灭掉了,王宫被破坏,宝物被抢掠,臣民被屠戮,整个天地都翻个了。想起以前我们和白热国,外表虽是两个邦国,内里却像一个国家。现在我们的邻国受了难,我们应该发兵去援救,把白热从格萨尔手下解救出来,我们还是好睦邻。高贵的上师呵,将来会怎样,米努的运势如何?您要实实在在地讲,各位大臣和大将,有什么主张不要隐藏。"

女王说完,上师聂布开始占卜。

聂布将山羊肉和驴血献于魔鬼神面前,燃起黑芫荽叶子,一股浓烈刺鼻的黑烟向四周弥漫。聂布阴沉着脸,汗流如注,牙齿磨得咯咯响,人皮拂尘向上一扬,双目紧闭,口中念念有词。半响,聂布睁开双眼,向女王和众臣们禀报:

"天、龙、念三神都护佑着格萨尔。白梵天王的天兵不可挡,龙王邹纳仁庆的龙兵不可挡,念神格作的煞兵不可挡,还有地神、玛沁邦拉等诸神,都是格萨尔的保护神。我们如若不抵抗,也会被岭军所征服,待到岭国发兵来,再想为白热报仇就不可能了。命运注定岭国要来进攻,八十英雄进王城,米努现在就聚兵,女王的威望高,将士的武艺强,较量一下会取胜。"

上师的话一说完,大臣们纷纷议论起来。有的说现在就向白热进攻,有的认为过去和岭国并无冤仇,还是和好为妙。

绿松石宝座上的王妹娜鲁珍想,为什么要与岭国打仗呢?我应该劝说大家与岭国和好,如果不能,也要率我自己的属下投奔雄狮大王格萨尔。这样一想,娜鲁珍从宝座上站起来,对王姊及诸臣说:

> 要击碎高高悬崖,
> 须有天上红霹雳;
> 要和青龙斗力气,
> 须有大力如猛狮;
> 要和红色火焰竞争,
> 须有绿色河水;
> 要和岭国举兵抗衡,
> 须有统治三界的能力。

"向下的流水挡不住，西斜的落日拦不住，我们米努虽强大，注定不能胜岭国。那雄狮大王格萨尔，是统治三界的主人，岭地八十英雄，个个具备三种武艺。我们米努和岭国，既无前仇，又无今怨，何必无故去寻衅？依我看，与岭国和好是良策，万民才能有安乐。"

王妹娜鲁珍天生丽质，一头乌发像天上的浓云，黑油油的披在肩上，秀丽的脸庞，洁白如月，体态如白藤，似绿竹，百姓们都叫她绸缎国的明灯娜鲁珍。王妹不仅长得俊美，而且心地善良。她的话深得人心。有的大臣情不自禁地点着头，有的大臣却偷眼看着女王达鲁珍，这是怕女王怪罪。女王还没有说话，女王的丈夫、大臣杰泽奔巴从坐垫上跳了起来：

"女王呵，您的威望比天高，您的荣耀像太阳，您的美貌赛龙王，慈爱就像父母亲。您是我们至高无上的女王，我是您的仆人。平日是您的大臣，战时是军队的统帅。我们米努国，是所有邦国之尊，就像头顶的太阳，好比大地的支柱。那边地的岭国算什么东西，格萨尔不过是个小头目，怎么能与我们女王相比？！就像太阳和火把，虽然都发光，光亮可不同；就像苍龙和青鸟，虽然都鸣叫，叫声可不同；就像雄狮和黄狗，虽然都有毛，本领可不同。我们不必和岭国讲交情，应该出兵为白热国报仇雪恨。"

这个杰泽奔巴，倚仗自己的地位和武艺，平素专横霸道惯了，无人敢惹。今日他话一出口，群臣像以往一样，立即停止议论，缄口不言。

王妹娜鲁珍也不愿与他费唇舌、争高低，就不再说话，心里却打定主意要与岭国和睦友好，决不与格萨尔大王为敌。

此时，居住在白热国王宫的格萨尔已得到天母的预言，告诉他米努绸缎国的女王已将军队聚集，欲为白热国报仇。要格萨尔在本月初九日将岭军召集在一起，准备和米努交战。

格萨尔并不怠慢，立即命众将来宫中议事。众英雄听了大王所说的天母预言，群情振奋，纷纷站了起来，恨不能马上出兵。只有阿扎王尼扎没有说话，只见他慢吞吞地站起身，将五种哈达献于王子扎拉和总管绒察查根面前，说：

本应高飞蓝天的鸟王，
如果六翼羽毛不丰满，
光着身子上不了天。

畅游水中的白腹鱼，
如果金鳍不发达，
到不了静静的彼岸。

数量众多的大军，
如果内部粮草不足，
远征异国没好处。

"大王呵，出征米努，一则岭军人数众多，二则离故乡太远，如果准备不好，中途出了意外的事故，粮草接应不上，不是要打败仗吗？"

众英雄听了尼扎的话，不由得纷纷皱起眉头。尼扎王说得有理，但是要把粮草准备齐了，就要误了天母预言的出征日期。也不知大王是怎么想的。

格萨尔还没说话，老总管绒察查根从坐垫上站起来：

"天母的预言，大王的命令，众英雄的聚集，三者是破敌的根本。不要延误了日期，耽误了会生出许多麻烦。别光看粮草没有到齐，打垮了敌人就会成为财产的主人。"

总管王的话，正合格萨尔之意，也仿佛道出了众英雄的心里话，人们长长地吁了一口气，白了尼扎王一眼。尼扎自知话不投机，悻悻然回到自己的坐垫上，闷闷地喝酒。

好日子初八来到了，平坝已经被打扫干净，按照天母的预言，用青稞和细土堆起一个平台，又用檀香水洒遍，用白绸子将平台盖了起来。侍臣开始焚香，顿时香气四溢。格萨尔大王身穿五彩锦缎袍子，头戴绫绸头巾，足蹬缎靴，容光焕发，威风凛凛，俊美胜过神仙，威仪能镇三界。王子扎拉紧跟在雄狮大王的身后，众英雄依次排列，来到用青稞和细土堆成的平台前面，献上供品。此时，天空浓云密布，瞬时降下花雨，天上撑起红光天幕，格萨尔唱起敬神的歌。

唱着唱着，众空行在空中现出了真容，他们手持宝石制成的净瓶，向白绸覆盖的平台上洒着圣水。只见从平台里忽然现出五彩霓虹，虹光中有七个长一肘、宽两柞的宝石小匣，停在人们手攀不到的地方。雄狮王再次祈祷，众英雄也跟着匍匐在地，敬请神灵护佑。宝石匣子降到了平台上，格萨尔忙吩咐在匣子外面撑起帐篷，然后继续祈祷。一直过了三天三夜，到了第四天早上，罩着宝匣的帐篷忽然胀大了，而且越胀越大。六只宝匣随着响亮悦耳的声音，打开了。有的宝匣里面流出金银珠宝，有的宝匣里面流出五谷食物，有的宝匣里面流出各种绫罗绸缎……各种宝物像洪水暴发一般，止不住地从宝匣中流出。只有一只空匣虽然也开了盖子，却没有流出任何东西。众人诧异，纷纷围上去看，只见匣内幻术般地将天界、地狱、四洲的情况一一在众人面前显现。仙界洞府妙不可言，四洲的美景不可胜数，而地狱中各种痛苦、冷热以及有罪之鬼被火烧、水煮的景况，令人毛骨悚然，战栗不已。格萨尔见众英雄看那匣子，就向众人讲起善恶因果、六道轮回，英雄们都有所领悟。

出征的用品不必发愁了，宝匣所流出的一切富富有余，岭国军兵从上到下，每个人都拿到了自己所需的物品，人人欢欣，个个满足。只等十九日一到，就向米努进兵，白热国公主贞尼见岭军已准备出发，立即前来为格萨尔大王送行。见雄狮王高坐宝驹之上，贞尼献上洁白的哈达，赞美说：

"具有凤翼的宝马，是神的化身，能听得懂人语，具有先知和无量的神道。金鞍美丽，鬃毛也耀眼。宝马上端坐着世界雄狮大王，是超度六道的君王，是拯救众生的上师，是降伏妖魔的厉神，是四大洲的主人。献上洁白的哈达，祝大王安康，愿岭军得胜。"

岭军浩浩荡荡地出发了，没走几天，来到一个雾气腾腾的地方。一片大水围着一座石崖，石崖上长着几株高触蓝天的大树。格萨尔知道，这就是天母预言中所说的毒树毒水。毒树的叶子比刀还快，无论是人还是野兽，碰上即死。石崖周围的水，被毒树所遮蔽，天长日久，也变得和树一样的有毒。

格萨尔一拍宝驹江噶佩布的脖颈，宝驹腾空而起，瞬间消逝在云雾中，一盏茶的功夫不到，就将一瓶净水带回。这是天神和上师装在里面的五种不同的水，是三宝的净水，可以洗净一切污浊的罪恶之水，有去毒之功效。雄狮王手捧宝瓶，一面向水里和树上喷洒净水，一边祝愿：

愿新长的百树都是檀香树，
愿新流出的水都是甘露水，
愿此地变成绿草地，
愿树木鲜花都茂盛。

只听一声巨响，白梵天王降下一把神火，将毒树烧得精光。格萨尔手中的净水瓶也像喷泉一样，将毒水冲走了。一条大路出现在岭军面前，周围开满了鲜花，就像夏天一样。大军当即跨过毒水，在前面的滩中扎下营帐。

　　岛国米努也已经准备完毕，上、中、下三部的军队，比天上的繁星还要多，骑兵像黄云流动，步兵如大雪飘落，战鼓擂得像夏日雷鸣，螺号吹得像青龙长吟。

　　米努国的上师聂布带着五百弟子在一座红色城堡中修炼施食，准备向岭国抛出去。这天晚上，只听一声炸雷似的响声，随着一道红光，红色城堡就没有了踪影。米努王达鲁珍闻报，赶来查看，也觉心惊肉跳。

　　第二天一早，米努君臣聚在宫中议事，纷纷议论昨晚上师被击死一事，都说一定是岭地护法神发威，降下霹雳，将米努上师击死。交战之前，发生此事，肯定不是好兆头。大臣尼玛绕登从坐垫上站起，向女王达鲁珍献上五种哈达，向王妹娜鲁珍献上三种哈达，然后回禀：

　　"米努要与岭国交战，原本是情理之中的事，但现在的征兆有些不好哩！上师聂布据说有掌握生死的权力，昨晚却被霹雳击死。上师本是米努国的眼睛，聂布一死，米努就像瞎了一样，依臣之见，不如各守本分为好。想那格萨尔大王，本是统治世界的国王，和他较量的人多，得胜的人却很少。岭国的人都是阎王之子，我们不能与阎王之子作对；岭国的马都是天上的鸟，不要妄想跟在鸟的后面；岭国的兵器都是霹雳，霹雳降下我们难逃脱。毒蛇头上的宝贝，能得到就有了无价之宝，得不到性命都难保。尊贵的女王啊，我们还是不要贸然从事吧。"

　　王妹娜鲁珍连连点头，众多的大臣也深以为是。女王的丈夫杰泽奔巴却认为尼玛绕登是一派胡言，他猛地从虎皮垫上跳起，对女王达鲁珍说：

　　"如果针有两个头，巧手裁缝也用不成；如果议事厅里有两种主意，力量再大也办不成事情。已经讲过的不能更改，犹如瀑布不能往上流。米努与岭国不能友好，好像猫头鹰和小鸟不能和睦相处。我们一定要为白热国报仇，被毁坏的城垣要用金子补，砍过的草木要用银子还，取过的白水要用牛奶赔，做过的坏事要忏悔求原谅。现在要立即发兵去白热，不能在这里费时光。"

　　女王达鲁珍高兴得脸上放出异彩，王妹娜鲁珍却气得七窍生烟。前次议事凭空受了他一番抢白，今日他虽说是针对尼玛绕登讲的，可话里句句藏着对自己的恶意攻击。她再也耐不住心中的怒气，指着杰泽奔巴就骂：

　　"你再高贵也是臣子，我再平庸也是君主。古谚说，仆人肥了要欺主，不感激主人还责怪主子的言行；女儿肥了欺母亲，不孝敬慈母反而虐待慈母。你杰泽奔巴肥了和我来较量,我和王姐达鲁珍,本是一母所生。慈爱的父母同样地疼爱,我俩的权力一样大小,只有长幼的区别,决定了君臣的辈分,我敬姐姐胜过慈母,所有的命令都服从,我姐妹俩人本来相亲无隙,就是有人挑拨我们的关系。我们和岭国本无仇无恨,无端挑衅没来由。就像那牧羊的牧人,如果豺狼不来危害,满山谷大叫没来由。我自己所属的上米努,金子一般的领土不愿蒙上战争的灰土,你杰巴如果是英雄,自己去和岭国人打仗吧。"

达鲁珍见妹妹在盛怒之中,知道再说什么也无益。想当初,母亲生下她们兄妹三人,分别封给领地,妹妹管辖上米努,弟弟管辖中米努,她管辖下米努。弟弟死后,自己又代弟弟管辖了中米努。妹妹一向性情温顺,对自己也是唯命是从,唯有这次和岭国交兵一事,妹妹却屡屡和自己作对,又对丈夫发这么大的脾气。这在以前是想也想不到的事。如果依了妹妹,与岭国友好,姐妹两个依旧像过去一样亲亲热热,同止同息,也可避免一场大战。可白热国的仇就不报了吗?如果现在不和格萨尔交战,将来岭国也会向米努发兵的,到那时再战,岂不辱没了我达鲁珍的威名?!

达鲁珍兀自想着,从檀香座上站起一百父老的首领,大臣达孜噶育,只见他将三条绿哈达、三条白哈达、三条红哈达高高举起,向两位女王回禀说:

"如日月的女王啊,杰泽奔巴大臣,请听我老臣说句话。三条绿色的哈达献给女王达鲁珍,三条白色哈达献给王妹娜鲁珍,三条红色哈达献给大臣杰泽奔巴。在这庄严的会场上,不要互相说这些难听的话。我们君臣要团结得像针尖,女王团结,臣民才团结。父老和睦,子孙才和睦。俗语说,上面的主人不安宁,下面乞丐的睡处也不安宁。上师聂布虽已故去,小上师还安在,请女王派寄魂鸟速去请小上师来王宫,请他问问神的旨意,然后再作道理。"

众臣都说这个主意好,两位女王也点头默许了。

君臣们不欢而散。到了晚上,娜鲁珍决计离开王宫,率属下大臣回上米努。到了自己的辖地就好了,也免得受杰泽奔巴等小人的气。于是,娜鲁珍念动咒语,使姐姐达鲁珍和她的大臣们昏然入睡,尔后率自己的属下,将金银绸缎等值钱的东西装了五百驮,命一百个骑士赶着先走。娜鲁珍也穿戴整齐,里面是"万"字纺绸缎,中间是绿色轮纹绸缎,外面罩着树叶纹的白绸缎,系上绸带子,最外面套着甲胄,带着武器,跨上白色追风马,走在骡子驮队的后面,一行人悄无声息地朝上米努而去。

第二天上午,太阳已经老高老高的了,达鲁珍君臣还在呼呼大睡。女王第一个从梦中醒来,大臣们也接二连三地睁开了眼睛。达鲁珍心中奇怪,四处打量了一下,并不见妹妹娜鲁珍的踪影。细一查看,金银、绸缎也少了很多,达鲁珍气得大骂:

"娜鲁珍这个坏东西,偷了我的东西逃走了。想当初我继承王母的王位的时候,她才七岁。我疼她爱她,姐妹两个从不分离。如今她人大心变坏,昨天当众辱骂我丈夫,现在又偷了我的东西。那备有虎皮坐垫的骡子,本是我的寄魂骡,还有那五百驮宝贝,三界无敌剑,松石盔和甲,征服三界的黑旗,捕捉雷电的套索,天界的魔碗,神力吹火器,统治百姓的玉玺……无价的宝物共有一百零八件,都被她偷去了。把亲骨肉当作仇敌的娜鲁珍,和岭国格萨尔差不多……"达鲁珍越说越生气,越想越冒火。大臣们个个面面相觑,不知说什么好。见大臣们无语,女王更加生气,立即命杰泽奔巴率精兵二万,速去追赶娜鲁珍。再派兵马两万,把通往白热国的道路守住,不要说娜鲁珍的兵马,就连清风也难以通过。

以冬赤阿珠为先锋的下米努军,急匆匆地追赶着娜鲁珍。王妹娜鲁珍知道追兵降临,立即变作老鹰飞上天空,见追兵铺天盖地,不可计数,立即落下来向天祈祷,然后再次作法,一转眼的功夫,就带着自己的属下到了追兵看不见的地方。

天空忽然昏暗起来,雨点夹着雪花,淅淅沥沥、飘飘洒洒地降了下来。雨雪整整下了两天两夜,追兵无法行走,只得驻扎下来,等待天晴。

娜鲁珍及其属下已经回到了上米努,百姓们和守城大臣出城相迎。王妹吩咐将城门紧闭,各城门派两万兵将把守。然后入宫与手下大臣商议如何对付姐姐派来的追兵。

大臣尼玛绕登对娜鲁珍说:

"女王达鲁珍和大臣杰泽奔巴,就像贪婪的恶狼碰在一起,无故要与岭国作战,现在又出动大军来与娜鲁珍对垒。不和他们大战一场,我们如同一堆死尸,可光靠我们自己的人马,又很难战胜达鲁珍的军队。所以,我们现在应该去向格萨尔求援。俗语说:

太阳依靠春天,
春天从来不崩溃;
野牛依靠石山,
石山从来不动摇;

> 咱君臣要靠岭国，
> 格萨尔从来不失败。"

娜鲁珍和众大臣都认为尼玛绕登说得有理，娜鲁珍立即派会法术的大臣阿杰扎噶和嘉杰兄弟三人，带上黄金和绸缎去见格萨尔大王，说明米努国发生内讧，请雄狮大王前来救援。其他大臣则准备与追兵交锋。

第二天早上，女王达鲁珍的丈夫杰泽奔巴带着九员大将，在城门下叫娜鲁珍出来答话，让她交出达鲁珍的寄魂骡和其他宝物。

城门一开，玉珠、朗多、朗卡坚赞、尼玛绕登等十员大将冲了出来。正好和杰泽奔巴等十人对阵。刚一见面，杰泽奔巴就挥剑劈杀，其他九员大将也抽剑在手，跃跃欲试。

玉珠指着杰泽奔巴说：

"人的东西狗来追。我们拿的是女王娜鲁珍的东西，为什么要交出来？！你杰泽和达鲁珍本是一对贪婪的恶狼，还想和岭国较量，告诉你，牦牛要同野牛较量，得不到野牛的东西；你杰泽外表似老虎，若不揭开虎皮你也不知道我玉珠的厉害！"

说罢，直奔杰泽奔巴。双方十对勇士战在一处。两盏茶的功夫，各自损伤四员大将，玉珠和杰泽仍不分胜负。杰泽奔巴越战越勇，玉珠因不能战胜他而焦急。忽然，玉珠的刀像是被神力吸引似的，朝杰泽飞去。只一下，杰泽的鼻尖和莲花似的嘴唇被砍了下来，疼得杰泽哇哇大叫，鲜血将衣襟染得通红。坐下的战马也向后退着，载着他的主人逃走了。玉珠等人并不追赶，回城向娜鲁珍复命。

杰泽奔巴的伤虽不重，却不能吃喝，急怒攻心，整日昏睡不醒，同来的大臣不知如何是好，慌忙派人回去向女王达鲁珍禀报战况。

派往岭营求援的上米努使臣，行至途中，正遇上向米努进兵的岭军。使臣阿杰扎噶喜出望外，没想到这么容易就找到了岭军。丹玛带他来到格萨尔的神帐内，阿杰扎噶献上礼物和娜鲁珍的信件，又把米努二女王反目的始末讲了一遍。岭国君臣都很高兴。老总管绒察查根颤巍巍地站起来，对众人说：

> 布谷鸟到异乡去，
> 神树就来欢迎它；
> 大鹏鸟在空中翱翔，

白石崖就伸出最险的一角；
岭军征伐米努，
女王娜鲁珍就来迎候！

"这是最吉祥的预兆，就像俗谚说的那样：三句话就获得了胜利，三步路就到了目的地。"

格萨尔也很高兴，他一面给娜鲁珍复信，一面对阿杰扎噶说：

"你们只留下一人作向导就行，你先回米努给女王娜鲁珍报个信吧。"他拿出金银等物作为回礼，让阿杰扎噶带给娜鲁珍。

阿杰扎噶变作大鹏鸟，只用一顿茶的功夫，就到了上米努。呈上雄狮大王的回信和礼物，又把经过详细说了一遍，娜鲁珍和众大臣高兴得像孔雀听到了春雷一般。上米努立即摆宴欢庆。

就在这时，杰泽奔巴的刀伤疼得更加厉害，心里又烦又闷，连生气带窝火，想他堂堂女王的丈夫，三军统帅，竟被小小玉珠削了鼻子，这可真是："吹火烧焦了胡子，挥刀弄脱了刀把。"他岂肯甘休？！连连睡了几天，杰泽奔巴又有了力气，立即把手下大将召来，商议如何报仇。几员大将不敢劝他回兵，也不知他又打什么主意，所以并不说话，只等他吩咐。杰泽奔巴报仇心切，要几员大将明日带兵把城围住，然后他要亲自攻城。定要刀劈玉珠，生擒娜鲁珍，方解心头之恨。几员大将闻命喏然退出大帐，各自回去准备围城。

没等杰泽奔巴的人马围城。岭国大军已到了上米努。女王娜鲁珍打扮得像天仙一样美丽，亲自出宫迎接岭军，将金银绸缎等物分赠给岭国众英雄。岭国众英雄也纷纷向女王娜鲁珍献上哈达，表示敬意。

娜鲁珍为岭军设宴表示欢迎。大家正兴高采烈地吃着喝着，忽然闻报，杰泽奔巴又率兵前来讨战。娜鲁珍眉头微蹙，岭国众英雄纷纷站起身来，请求格萨尔大王允许他们出城与杰泽奔巴交战。

雄狮大王点头应允。众英雄立即披挂上马，玉珠等米努大将也不肯示弱，随后骑马冲出了城门。

杰泽奔巴和手下诸将见城中涌出如此众多的人马，心中一惊，知道是岭国大军到了，想后退已经来不及。大将旺尼奔巴心想，可恶的岭军来了，看起来是打不赢的，但绝不能后退，和强悍的岭军交锋，就是死了也甘心。这么一想，旺尼提缰跃马出阵，指着对面的岭军说：

山崖上灰色的麝，
不在宽广的山上吃草，
为贪吃来到峡谷，
却被弓箭要了命。

大海里的金眼鱼，
不在水中觅吃食，
为贪图钓饵到海边，
不幸被铁钩要了命。

岭国来的军队，
不安分守己待在国内，
贪图财宝来米努，
会被我大军要了命！

说罢，挺枪就刺，一下将达绒军的一员小将挑下马去，达绒军一阵骚乱。岭国众英雄见刚出阵就死了人，勃然大怒，根本顾不上搭话，纷纷挺枪出阵，与达鲁珍的将士们战在一处。双方混战好一会儿功夫，各有损伤。岭军初到，疲劳未消，自然不愿恋战。下米努军人少力孤，也不敢死拼。又过了一顿茶的功夫，双方各自收兵回营。

乔装上师降伏女王
扎拉上阵斩杀魔臣

大臣杰泽奔巴见岭军势大,知道这仗没法再打下去了,于是率军返回下米努王宫。女王达鲁珍一见丈夫如此模样,非常心痛,立即亲自准备茶点饭食,让杰泽奔巴好生休息。旺尼奔巴等大臣把与娜鲁珍作战的情况以及岭军已经到了上米努的消息禀报了女王。

达鲁珍的心里呀,就像那还没被太阳温暖的一座冰山,就像那还没被铁匠打开的一扇窗扉。一个娜鲁珍,已经把米努闹得天翻地覆了。她还没有被制伏,岭军又到了。娜鲁珍加上格萨尔,那岂不是要让世界倒个儿了吗?这还了得,这还了得吗?!想我达鲁珍,是世界的生命之主,比我再高的只有青天,比我再亮的只有日月,比我再厉害的只有霹雳,比我臣民再多的只有白雪,我决不允许娜鲁珍和格萨尔犯上作乱,玷污我的英名。达鲁珍怒火中烧,不能自制。盛怒之下的女王,发布了不可抗拒的命令,立即聚集中、下米努的所有部队,向上米努进兵。同时要上师施咒术,迷惑岭军。

这天晚上,雄狮大王格萨尔正在酣睡,天母朗曼噶姆从天界来到人间,一团团香烟缭绕,一片片花雨纷飞,天母附在格萨尔的耳边说:

"……现在不能用大军去征伐下米努。达鲁珍的威势大,杰泽比天上的霹雳猛，旺尼浑身都是武艺，达泽是能征善战的好汉。你现在要速去下米努修行地，把那黑教上师灭掉，然后变作上师身躯去见女王达鲁珍，然后……"

天已经大亮，正是七月初八良辰吉日。格萨尔内穿紫褐色绸衫，外面穿格子纹缎子衣服，最外面罩上金刚石铠甲，头戴日月盔，佩戴无敌宝剑、野羊角弓、威镇三界的矛，准备到下米努修行地去。随行的森达、丹玛、晁通和向导朗多也披挂整齐。女王娜鲁珍向格萨尔大王献上美酒，愿大王早日灭了上师，早日得胜凯旋。

君臣五人像鸟王飞翔一样，十四天的路程只走了一天，当晚就到了下米努修行处。五人全部扮作比丘模样，去见米努上师。

那上师是聂布的弟弟，听说兄长被岭国所降霹雳击死，发誓要为哥哥报仇。此时，他正在修极喜自在佛法，见突然出现的五个比丘打扰了他的静修，异常忿怒，随手拿起人皮拂尘和神杖说：

"上师我的咒术比火厉害，米努的国法比剑厉害，神和护法比霹雳厉害，你们五个胆大包天的比丘，没有金银作觐见礼就敢闯入我的修行处，古谚说：

在雄狮的身边，
豹子不可弄花斑；
在野牛的身边，
牦牛不可弄犄角；
在我上师面前，
比丘不可弄法术。

看见你们的装束我就生气，看见你们的举动我就讨厌。知趣的赶快滚出去，若不然我的拂尘和神杖不客气。"

格萨尔知道，他的拂尘和神杖是颇有些来历的，甚是厉害。那拂尘是五百个黑教术士修炼而成，甩起来三界要倾倒，甩向水，水枯干；甩向地，地崩裂；甩向崖，崖坍塌；甩向人，骨肉碎。那神杖本是六个高士的用具，一摇动，能震撼三界。

上师见面前的五个比丘并无退却之意，顿时大怒，将人皮拂尘一甩，格萨尔君臣五人立即被裹进人皮中。上师哈哈一阵狂笑。笑声未止，格萨尔拍起手来，人皮破了，君臣五人又重新以比丘模样站到上师面前。上师狞笑着再次甩起拂尘。五人钻进了自己带来的金刚宝箱之中。气得上师连连用拂尘抽打那宝箱。奇怪的是，凡被拂尘沾着的地方，均生出八瓣莲花。上师一见拂尘无用，就将那神杖没头没脑地朝宝箱乱打。半晌，上师只觉得精疲力竭，宝箱丝毫无损，格萨尔五人安然无恙地又站到上师面前。拂尘、神杖对他们都不发生效用。那上师心中疑惑，这几个究竟是什么人？

"你们是什么人？"上师大声喝问。

"我们吗？你听着：

雄鹿虽大是神鬼的牲畜，
乌龟虽小有龙王作主人，
我五人虽贱却来自印度。
牦牛以为自己本领大，
想和野牛比高下；
野猫以为自己的毛皮好，
想和老虎比高下；
你巫师自认为法术高，
想和我比丘比高下。

凭你的法术胜不了我们，你若求饶我尚可发慈悲，放一条生路给你，若不然让你下地狱，见阎王，你可明白？"格萨尔想应该先用好言相劝，万不得已再灭他不迟。

那上师岂肯就此认输，格萨尔的话更增加了他的忿怒。只见他，一把将供在魔王前的人心抓起，吞到肚子里，又把一碗人血"咕嘟、咕嘟"喝了下去。然后拿起一块绵羊大的石头，叫了一声"变"，石头立即变化成与上师一模一样的一百人，有的拿弓，有的拿剑，有的执斧，有的举矛，各种兵器一应俱全。一百个上师围住了格萨尔君臣五人，哇哇叫着，就要动手。

格萨尔冷笑一声，也叫了一声"变"，只见平地生出五百人来，有穿虎皮的英雄百人，班智达百人，护法百人，降魔勇士百人，术士百人。这五百人将上师的变化团团围住。一百个上师将各种兵器挥舞起来，朝格萨尔的化身乱劈乱刺。雄狮大王格萨尔只一剑劈过去，变化的一百个上师消失了。那上师也把真身收起，变作一条百庹长的毒蛇，将格萨尔君臣五人及五百化身盘绕在中间。丹玛连射五箭，森达连砍九刀，毒蛇毫无损伤。

格萨尔见刀、箭不能伤它，立即变作一只红色大鹏鸟，刚伸出利爪去抓黑蛇，早已不见了蛇的踪影。原来那上师又变化成黑熊、獐子、狍子、豹子、豺狼等一群猛兽。格萨尔则变化成兽王雄狮，破了上师的变化。上师见不能胜格萨尔，立即化作一道黑风想逃走。格萨尔哪里肯放，随后追去。一直追到海边，上师向外道的神和护法高喊请求护佑。天上降下一条绳索，上师抓住绳索就往上爬。格萨尔也变作一截绳索，上师爬到了他变化的这一段绳索，就把上师抓住了。格萨尔将上师捆绑结实，扔在地上问：

"你想死还是想活？想下地狱还是想修成正果？"

上师回答想修成正果。

"那么，向我祈祷吧。"格萨尔吩咐说。

上师立即祈祷：

"尊贵的雄狮大王格萨尔呵，我以前修的是外道的神，邪术高强，无人能敌，谁知在您面前却无济于事。今天已知地狱的冷热，冷时能使躯体裂成一片片，热时血肉都要被烧焦。现在我把心中的坏想法，做过的坏事情，都向您忏悔，从今后与您不分离，请超度我到清净的境界。我有金银无数，珍宝无数，全部奉献给您，以赎我的罪过。"

格萨尔很高兴，又对上师教训了一番，那上师受益匪浅，发誓与格萨尔不分离。话音刚落，上师变作一朵莲花。格萨尔君臣五人将上师修行室内的金银珍宝收拾了两百多驮，让森达和朗多二人送回上米努，自己则变化成上师的模样，又将晁通、丹玛与刚从上米努转回来的森达、朗多化作侍从，待在静修室内。四天后，女王达鲁珍派来的侍臣到了，三个侍臣奉女王之命来请上师，速去下米努。

格萨尔变化的上师点点头：

"好吧，我现在正在修法，后天我一定赶到下米努谒见女王。你们三位先回去吧。"

三个侍臣回宫复命，女王达鲁珍焦急地盼着上师快些到达。但愿不要再出什么意外。因为她又想起上师的哥哥聂布被霹雳击死一事。殊不知，这位上师也已皈依正道，她所盼望的上师乃是雄狮王格萨尔的化身。

"上师"终于在米努君臣的急切盼望中来到了。女王亲自出宫迎接，将"上师"及侍从五人迎到宫中，在铺有黄绒毯的琉璃座上坐下。米努君臣摆宴为"上师"接风，女王的丈夫杰泽奔巴望着丰盛的酒宴，伤口更加疼痛。女王恳请"上师"为丈夫医伤。"上师"略看一看，默默念了几句咒语，杰泽奔巴的伤痛果然大减，喜得女王连连为"上师"斟酒端菜，让吃让喝。

格萨尔假扮的上师在营中住了下来。为讨女王喜欢，"上师"每日给杰泽奔巴医伤。米努君臣都很高兴，只等杰泽的伤口复原，就向上米努进攻。

到了初九日，格萨尔身边的宝箱出现吉兆。他知道，杰泽奔巴的命今日该尽。白天，格萨尔照样装成上师给他医伤，杰泽的伤已经好得差不多了。半夜，格萨尔穿上战神的铠甲，四位英雄也换了装，紧跟在大王身后。五人蹑手蹑脚地进了杰泽奔巴的房子。杰泽正睡得香甜，酣声如雷。格萨尔刚把手指放在他的额上，杰泽猛地惊醒，睁开眼睛一看，见有一个面如阎罗、头上冒火、身着白甲的人站在面前。心中一惊，想："看样子，此人必是格萨尔无疑。"杰泽奔巴一跃而起，抽出黑色弯头刀，向格萨尔劈去，一连三刀，都没有劈中。格萨尔觉得可笑，对杰泽说：

"你的行为像泡沫，你的武艺像彩虹，没有锋芒的兵器像破铁片，光着身子像具僵尸。如果你有权势，带着你的兵将们来吧；如果你是有法术的好汉，像鸟一样从空中飞去吧，像风一样从空中吹过吧，像水一样从地下流走吧，像鱼一样从水里逃遁吧。你怎么不动啦？那就让我用这支霹雳箭把你送到地狱中去吧。"

格萨尔说完，把箭射向杰泽奔巴的前额，杰泽像中了霹雳的石崖，倾刻化为齑粉。大梵天王变化成杰泽奔巴的模样，依旧睡在那里。格萨尔君臣五人回到自己的住处。

见丈夫的伤口痊愈，女王达鲁珍决定举行庆祝宴会。

盛大的宴会上，大梵天王化身的杰泽奔巴提出要带"上师"等五人去米努的圣地游玩，以表达他对"上师"的感激之情。女王达鲁珍见丈夫有此雅兴，欣然允诺。

这圣地乃米努的寄魂之地，内有女王的寄魂物八十多种，通常的情况下，闲人不得入内。见达鲁珍答应，"杰泽"和"上师"都笑了。欲降伏女王达鲁珍，必须先入圣地灭了她的寄魂之物。

格萨尔君臣五人和大梵天王朝圣地而来。刚一踏上圣地，就见一株大树迎面而立。树梢伸入天空，树干又粗又壮并且流着毒血，叶子像刀刃一样锋利。这就是达鲁珍的寄魂树。格萨尔手执金斧，猛地一抡，毒树随着轰然巨响倒下了。毒树刚刚倒下，一条九庹长的巨蛇从树中蹿了出来，眼看巨蛇就要缠住格萨尔君臣五人，大梵天王挥动琉璃宝剑，将巨蛇断作两截。格萨尔也抽剑在手，将巨蛇斩成数段。君臣们想稍事歇息，就在此时，一只花斑猛虎张牙舞爪地朝他们扑来。森达一剑捅去，正刺中猛虎的心窝。接着，大梵天王和格萨尔君臣五人又杀死了狗头雕、红牦牛等寄魂物，只剩下一只狗。

就在这时，王宫中的女王达鲁珍忽然昏了过去，而且越来越变得神志不清。内侍慌忙来圣地寻找"杰泽奔巴"和"上师"等人。格萨尔等人来不及降伏那只寄魂狗，急急忙忙随内侍回到王宫。

女王达鲁珍已经昏迷了好久，"上师"上前探望，略施咒术，达鲁珍苏醒过来，只是精神远不如从前。因为"上师"医好了杰泽的伤，现在又救了女王，众臣不仅不怀疑"上师"的真伪，反倒更加感激他。

格萨尔继续在王宫居住。一面等待降伏达鲁珍的机会，一面修练"谷扎"经咒。没过多久，达鲁珍的五十个大臣患了一种奇怪的病，医治无效，很快就都死了。

二十九日，天母预言灭女王达鲁珍的时机已到。格萨尔向身边的宝箱祈祷，然后打开箱盖，从里面流水般地涌出千军万马，呐喊着杀向王宫。

达鲁珍正在睡觉，听到呐喊声，慌忙起身向门外望去，只见数不清的人马正在和自己的将士厮杀。达鲁珍起身去找杰泽奔巴，见丈夫躺在地上，肚肠流了一地，已经死了。女王转身又去找上师，上师和杰泽一样倒地而亡。

达鲁珍无力与众多兵马争斗，跳上孔雀马，出宫往中米努逃去。

格萨尔红人红马，大梵天王白人白马，转瞬间就追上了达鲁珍。两支神箭同时射出，一支射中女王，一支射中坐骑，达鲁珍连人带马一起跌翻在地。

神箭只射碎了女王的几片铠甲，达鲁珍并没有受伤。她从地上一跃而起，向格萨尔射了一支箭，正中格萨尔身旁的一块大石头，石头被射得粉碎。格萨尔再次弯弓搭箭，对达鲁珍说：

> 一个有权势的女王，
> 要有智慧和远大的目光；
> 你却无端种下战争的祸根，
> 致使绸缎国百姓遭殃。
>
> 一个贤明的女王，
> 要靠有识之士相帮；
> 你却听信愚蠢大臣的主张，
> 与无敌岭国较量。
>
> 你是一个无知的女王，

> 倚仗权势而张狂，
> 今日该你受用尽，
> 神箭下面把命丧。

格萨尔正要射箭，达鲁珍的箭已先向他射来，只听"咣当"一声，正射在雄狮王的护心镜上。格萨尔见这魔女死到临头还如此猖狂，气得将弓狠命一拉，神箭呼啸着飞过去，要了达鲁珍的命。

达鲁珍刚刚毙命，战神和厉神立即将一座白石崖压在她尸体上。天神降下花雨，空中出现彩虹，一片祥瑞之兆。

消灭了达鲁珍及其手下大臣，下米努收归雄狮大王格萨尔管辖。君臣五人回到上米努，女王娜鲁珍和扎拉王子为雄狮大王摆宴庆贺，君臣百姓祈祷祝福，一片欢腾。

至此，上米努和下米努均已收伏，只剩下中米努一座孤城，由魔臣达泽奔巴驻守。这个魔臣非同一般，不仅勇猛而且凶恶。天母曾经预言，降伏达泽奔巴，要王子扎拉亲自上阵，魔臣当死于王子之手。

格萨尔点起岭国各部及各国大军：岭军一万三千人，霍尔九千人，北方魔国五千七百人，门域六千三百九十五人，姜国一万人，大食国三千六百人，上、下索波一万零五百人，阿扎玛瑙国七千零五十五人，碣日珊瑚国九千人，祝古兵器国二万人，白热国二万人，上米努五万人……格萨尔共点起兵将十几万，交与扎拉统领。大军旌旗飘舞，战马嘶鸣，朝中米努而去。这阵势，好汉见了也要发抖，懦夫见了更要吓死。

驻守在中米努的达泽奔巴还不知道下米努已经被格萨尔智取，只是一连几天的梦境不祥。达泽茶饭无味，坐卧不宁。手下将士也和他一样，惴惴不安。达泽奔巴不知出了什么事，决定到下米努去向女王达鲁珍禀报，问问吉凶。

魔臣达泽摇身一变，变作一只狗头雕，飞向下米努。尚未降到宫内，已见城内城外到处都是兵将。达泽不知是何方人马，变化成流浪汉模样，进了王城。一问才知女王达鲁珍已被格萨尔降伏，下米努已归了岭国。他所见到的大军，都是格萨尔的变化。达泽奔巴问明情况，强压心头怒火，飞回中米努，把看到和听到的情况向手下大臣和将士一说，竟有不少人吓得昏了过去。达泽更加愤怒，勉强忍过一夜，第二天天刚发明，他就单人独马出了城，要去上米努找格萨尔拼杀，为女王达鲁珍和杰泽奔巴报仇。没走多远,正遇上来征伐中米努的岭国大军营盘。一见那座座帐篷,达泽知道,这定是宿在此地的岭军无疑,立即策马站在岭军大营前面,高声大叫:

"喂,作孽的岭国贼子,挖了杰泽的心肝又把女王达鲁珍杀害,这么大的仇恨我岂能不报?!贱地来的格萨尔,名声倒像春雷震耳,今天我要看看你的武艺怎么样?格萨尔,你敢出来和我交战么?"

格萨尔本不在军中,加之天色尚早,岭军将士正在睡觉,自然无人理他。达泽见无人应战,以为岭军害怕,自觉无人能敌,就一面高声呐喊,一面闯进岭营:

> 踹了东营我闯北营,
> 像追逐鸟儿过大海;
> 踹了北营我闯中营,
> 就像冰雹降谷地;
> 踹了中营我闯西营,
> 就像恶狼入羊群;
> 把四营用尸体来塞满,
> 把三路用血来淹没。
> ……

魔臣达泽奔巴东冲西杀,毫无准备的岭国兵将死伤不计其数,阵营大乱。达泽闯到姜国兵营,玉拉和玉赤兄弟二人来不及披挂整齐,匆匆提剑出战,挡在达泽奔巴面前,玉拉说:

"你是什么东西,真好比山中的兔子,原本不该长角,长了角就是同类中的怪物;好比空中的彩虹,原本不是人工编织,人工编织的是那五彩绸缎;魔臣达泽奔巴,原本不该闯我的大营,闯营则是自己找死。"

玉拉和玉赤双战达泽奔巴,半晌不分胜负。也是这魔臣不该死于他兄弟之手,但二人仍旧缠着他不放,只盼王子扎拉能早些出帐迎敌,降伏此魔非扎拉不可。

三人你来我往,战得不可开交。王子扎拉飞也似地朝他们驰来。到了三人面前,扎拉勒住马缰,劝达泽说:

"喂,达泽奔巴,你何必如此卖命,向上你没有报功的君王,格萨尔叔叔已经杀了你们的女王；向下你没有宣讲战绩的地方，黎民百姓不会替你传扬。如今太阳刚刚把军营照亮，你若用幻术逃跑就算丢了脸，若走近前来就要把命丧。我手中的这把刀，是先父嘉察用过的，向上挥动能打乱星辰，向下挥动能斩断流水，向前挥动能削平山尖，向后挥动能砍尽森林。要是向你达泽奔巴挥动的话，定叫你身首不在一个地方。"

扎拉说罢正要挥刀，达泽奔巴也把剑举起，架住扎拉的宝刀，说：

要杀六艺具备的猛虎，
必须有霹雳般箭术的好汉；
要做国王执掌大权，
必须是威法具备的天神；
要想制服我英雄达泽，
必须是武艺超群的阎罗。

"我已把你的大营踏翻，刚才你躲到哪里去了？今天见不到格萨尔，杀了你扎拉也是一样。"

二人在马上刀剑并举，火花四溅。斗了有两顿茶的功夫，没有分出胜负。二人均显出倦意，刀尖剑刃均把对方的铠甲划破。达泽趁扎拉不备，一把揪住扎拉的左臂，扎拉在马上坐不稳，也揪住了达泽的左臂，二人同时从马上跌了下来。达泽的一只脚却没能从马镫里抽出来，战马拖着他乱跳乱蹦，气得达泽用剑猛砍马肚子，战马肚皮绽开，肠肠肚肚流了一地，马血染红了他的一条腿，也压住了他的灵气。乘达泽与战马格斗之机，扎拉运足了力气，将宝刀猛地朝魔臣砍去。达泽奔巴果然如扎拉所说的那样身首分离，当即丧了命。

中米努众魔臣得知达泽奔巴已死，顿时乱作一团。以赤德伦珠为首的二百多名兵将，愿意向岭国投降，没和别人多商议，就趁乱离开了中米努。

会法术的魔臣亚梅抛出石弹，吉梅抛出水弹，巴郭抛出土弹，三种弹子呼呼地朝岭国军营飞去。

石弹落在后营，打死了一百多人。水弹被天神挡住，在岭营上空像雨点般落了下来。那土弹被战神挡住，飞到半路，拐了个弯，没有落在岭营。

岭国的术士也念动咒语，抛出飞弹。三颗飞弹在天、龙、念神的引导下，一颗落在中米努城堡的平台上，打死了内臣五十人、勇士二百人。第二颗落在城堡下面，击塌了五十多间房屋，砸死大将十七人、兵士二百五十多人。第三颗落在城墙上面,打开一道七庹多长的缺口,守城的兵将死了不少。剩下的兵将,也被岭国术士所咒,昏昏迷迷的,无法打仗。

只有以亚梅为首的二十多员大将没有受到伤害。见手下已无兵士,亚梅仍鼓动二十多员大将一同与岭军决战:

> 小鸟虽无能,
> 若结成群则能对付雄鹰;
> 杜鹃虽无力,
> 若结成群则能对付大鹏。

"我们中米努的兵将虽少,若齐心协力则能对付岭军。我亚梅愿意给诸位大将当坐骑,我们要在空中给岭军一次打击,然后再飞向大海彼岸,投奔魔王根杰赞波。"

诸魔臣别无他路,只得依照亚梅的主意行事。众魔饱饱地吃了一顿,又带上些干粮,坐进亚梅和吉梅所变化的飞船之中,朝岭军大营飞去。

飞到岭营上空,亚梅叫众人往下扔石头。岭国众英雄见头顶的飞船,纷纷张弓射箭,飞船早没了踪影。众英雄不知所措,愣在那里。雄狮王立即佩弓执剑,腾空而起。晁通也紧跟着飞起。君臣二人朝飞船追去。追到两海交界处,已看得见飞船的影子,格萨尔一箭射去,飞船粉碎,船内的魔臣都被射死了。只有亚梅变化得快,化作一股黑烟逃遁了。格萨尔和晁通紧追不舍,一直追到大海彼岸的金山上,眼见亚梅就要钻进金洞,晁通抓住还露在外面的一只脚,格萨尔抛出套绳,将魔臣套住拉出洞来。雄狮大王本待教化他一番,但亚梅死也不从,格萨尔只得将他处死。

格萨尔和晁通二人回到上米努。女王娜鲁珍告诉雄狮大王,已派人去下米努收拾打扫,准备迎接大王。格萨尔吩咐大军立即移住下米努,他要遵照天母的旨意,开启米努宝库。

正月初九日,是个大吉大利的日子,岭国大军全部住进了米努王城。雄狮

> ▶ **米努绸缎宗**
> 征服白热后,格萨尔王继续远征米努国。米努国王森格扎巴立即召集兵马,与岭国决战。首战几回,米努军连吃败仗,就请来达央嘉毛援助,不料被格萨尔施展法术,消弱其功力。米努国王怒气冲天,单枪匹马闯入岭国军营,杀伤无数将士。岭国将领嘉洛王子朗色玉达迎击魔王,一刀结果米努森格王性命。

大王则来到日底山的东南山峰，见有一石崖像矛一样直插云际，雕鸟也别想飞上去。格萨尔来到石崖之巅，见上面有一个甘露湖，湖边有一座小小金城。打开城门，见里面有一套琉璃盔甲，一套贝壳盔甲，一件战神长寿衣，一把能断三物的琉璃剑，一个玛瑙胸盒。格萨尔知道，这些宝贝乃是天神献给莲花生大师的礼物。此外还有银如意一个，松石小白蛙一个，五宝器皿一个，琉璃绳一条，千齿金幅轮一个。这些宝物各有说不尽的妙用，特别是千齿金幅轮，本是龙王献给莲花生大师的宝物，对它祈祷，所有的东西都会像雨一样降临。再往金城里面走，格萨尔见到金制的释迦佛像，如意宝石的王母像……城下面是数不清的库房，堆着数不尽的绸缎……

格萨尔率众英雄兵将，将金城中的宝物一一运回下米努王宫，除了分给臣民百姓的外，余者全部运回岭国。

格萨尔命娜鲁珍做上、中、下米努三部的女王，另派门国大将东达噶琼做她的辅臣，留下一千五百三十三人做米努国的御敌军，然后大军准备班师回岭。

女王娜鲁珍见岭军要回国，知道无法挽留，只得准备厚礼，为雄狮大王送行。看着四蹄奔腾的战马和披挂整齐的岭军，娜鲁珍依依不舍地唱：

> 这地方是米努绸缎国，
> 过去有毒山和毒水，
> 现在变成了圣地。
> 长出的草木是药材，
> 流下的泉水是甘露。
>
> 感谢雄狮王救了米努，
> 献上我们的一点儿礼物，
> 愿大王贵体平安，
> 愿我们能再相见！
> ……

娜鲁珍和米努百姓眼看岭军走出很远很远，才转回王宫。

从此以后，消除了战乱之祸，米努百姓过上了吉祥快乐的太平日子。

朗如王行恶驱幼弟
格萨尔率兵征梅岭

在岭国的北方，有一个国家，叫梅岭金子国。老国王膝下有三子，长子名朗如赤赞，力大无比，威猛过人；次子达赤拉堆，笃信外教，心狠手毒；幼子达噶尼玛虽武艺高强，却心地善良，对两位哥哥的恶行时有不满。老王死后，长子朗如赤赞做了国王，有了权势，更加肆无忌惮，作恶多端，二弟达赤拉堆更是如鱼得水，助纣为虐。兄弟二人的恶行常常受到幼弟达噶尼玛的劝阻，二人非但不听，反而认为弟弟是有意与他二人为敌，遂下决心要除掉这碍手碍脚的小弟弟。

二人左商议右商议，终于想出了一个办法。

这天，朗如王找来了梅岭金子国有名的九个刽子手，对他们说：

"我的三弟一贯心术不正，要与我争夺王位，现在命你们将他用草绳捆绑，送到叫做'火山喷涌'的天葬场上去。"见九个刽子手面露惧色，朗如王很是不悦："那里有毒蛇猛兽，不用你们动手，用不了多一会儿，达噶就得丧命。如果达噶逃回来，我就要你们的命。"

九个刽子手遵旨将达噶尼玛用草绳捆缚着，送到那毒蛇猛兽出没的天葬场，就飞也似地逃回王宫复命。

达噶尼玛被捆绑着，躺在地上，身边围着一圈毒蛇和猛兽，它们不但没有伤

害达噶，反而护卫着他，给他吃喝。达噶身上的草绳自己断了，达噶能起身自由活动了。但是，他再也不想回到那魔窟般的梅岭王国，也不想见那恶贯满盈的两位兄长。他要到一个干干净净、没有罪恶的地方去。达噶拜谢了护卫他多日的毒蛇猛兽，来到一个距梅岭不远的秘密山洞中闭关修行。修行到了三九俱全[注1]的日子，达噶忽然想看看两个哥哥在做什么，也想知道梅岭的百姓生活得怎么样。于是，装扮成乞丐模样，往梅岭而去。

自从除掉幼弟后，朗如王兄弟二人更加为所欲为地鱼肉梅岭百姓。行善的，遭祸殃；作恶的，受奖赏。没过多久，朗如赤赞王就恶名远扬了。天下人都知道他有战将九十人，勇士七十人，属民四十三万户，更有那无敌英雄嘉拉兄弟三人辅佐他。朗如王因此日益骄横，不把天下人放在眼里。

这天，梅岭君臣正在宫内宴饮，忽报宫门外有一乞丐讨食。朗如王吩咐小臣出门去问那个乞丐是什么地方人，叫什么名字。

达噶尼玛见小臣出来相问，长长地叹了一口气，说：

"我是个乞丐，讨饭为生，四处漂流，哪里有什么家乡，要名字又有什么用？"

朗如王站在城楼上，把这乞丐的装扮看得清清楚楚，那乞丐的答话也听得明明白白。看着那身打扮就让他不舒服，再听那话就更觉不入耳，于是吩咐两个小臣，赶快把这个乞丐轰出梅岭。

乞丐看着城头上的朗如赤赞王，对君臣们唱了一支歌：

　　季节未到盛夏，
　　百花的颜色很美丽；
　　水土未被霜冻，
　　杜鹃的叫声很动听；
　　没有和骏马相遇，
　　毛驴奔驰得很得意。

"梅岭这地方，行善事才能昌盛，做恶事定遭祸殃。"

　　猛虎斑纹丰满，
　　狐狸就有坠崖的危险；
　　金眼鱼六鳍长成，

1　三九俱全：指九年又九个月零九天。

老蛙就有陷入泥潭的危险。

　　"流浪六部的老乞丐，将要在九重山那面，抛却背袋佩弓箭，丢掉竹棍拿长矛，脱掉破衣穿白甲，乞讨声变作英雄曲。梅岭呵，就要被大水淹没，朗如王呵，那雄狮王绿鬃耀太空的时候，你赤赞王的性命就有危险，你的财物要失散。"

　　朗如赤赞王听了乞丐的话，哈哈一笑，根本没有在意。志得意满的朗如王，怎么会听一个乞丐的疯话呢？！

　　达噶尼玛被哥哥派出的小臣赶出了梅岭，心中又忧愁又烦恼。想那两个哥哥，终究还会做出更多的坏事来，若不能战胜他二人，我还算什么英雄好汉？！但现在只有我一个人，无论如何不是两个哥哥的对手，况且他们还有许多英勇战将。怎么办呢？达噶尼玛眼睛一亮，有了主意。听说岭国有个格萨尔王，专门降妖伏魔，我若去投奔他，不愁战不胜两个哥哥，梅岭的百姓们也就有救了。达噶尼玛立即动身前往岭地。

　　雄狮大王格萨尔正在森珠达孜宫安寝，天母朗曼噶姆向他预言说：

　　"平伏梅岭的时机已到，明日天明时分，岭国将出现一个乞丐，他就是梅岭的三王子达噶尼玛。你要将他安置在金座上，指名委他为大臣，命他统领征伐梅岭的大军，将来还能做大事情。"

　　第二天一早，雄狮大王立即命内臣去召各部各国首领，率领自己的部属，前来岭地森珠达孜宫前聚集。同时告诉各部，有梅岭王子来岭地，立即带他来见，不得有误。

　　就在岭国各部纷纷向王宫前的坝子聚集的时候，达噶尼玛来到了岭地。一见来了生人，岭国兵将顿生好奇之心：

　　"他是不是梅岭王子？"

　　"不像，看他那身乞丐打扮，怎么会是王子呢？"

　　达噶尼玛并不理睬别人的议论，径直往前走。他走到一座绿得像海水一样的帐篷前面，迎面出来一位青甲大将，正是老英雄丹玛。丹玛一见这人面生，停住脚问：

　　"喂，四处流浪的乞丐，你是从哪里来的？要到哪里去？"

　　达噶也停住脚步，细细打量起面前这位大将来，心想："看这大将的穿着打扮，说话的口气，定是岭地英雄丹玛。"就回答说：

"可尊敬的大臣呵，我并不是四处流浪的乞丐，而是大宗族的人，从梅岭而来，要求觐见雄狮大王，有要紧的事情禀告。"

丹玛一听是梅岭王子，想起雄狮大王的吩咐，就立即带他前往森珠达孜宫去谒见雄狮大王。

达噶尼玛见到至高无上的雄狮大王，立即匍伏在地，磕了三个长头，献上洁白的哈达，然后禀告：

"我从梅岭来，名叫达噶尼玛，是梅岭王的三王子，不是无食而游荡，不是无衣而行乞，也不是无家可归而流浪，只因梅岭起祸殃。自从父王去世以后，兄长二人掌朝纲，因我不能将神魔平等看，王兄将我送去喂猛兽……久闻岭国是圣地，雄狮大王降妖伏魔镇四方，达噶今日来投奔，恳请大王收留我。"

格萨尔闻听此言，甚为感动，再看王子模样喜人，更是高兴，遂命丹玛将他带回宫中暂住。又对达噶说：

"你就先住在丹玛帐内吧，我答应你，从今往后，今生今世都恩护着你，不必忧虑，不必焦急，好孩子。"

一个月后，各国各部人马到齐，雄狮大王的宝帐内，设有日月相对的金座，格萨尔大王和王子扎拉已经坐定。上面挂着孔雀开屏和八吉祥帘幕，前面堆着三种素食，好像山丘一样；三种甜食，好像森林一样；香茶美酒，好像海洋一样。各国各部的首领各自拿着自己的礼品，坐在雄狮大王和王子扎拉的金座两边。

格萨尔环视四周，立即命王子扎拉率各部首领前去丹玛帐内请梅岭王子达噶尼玛。

丹玛正在帐内忙着打点礼物，家人已准备好黄缎子一匹，青红色水纹披风一件，"明月初升"白甲一件，"十万星聚"白盔一顶，"太阳高照"盾牌一具，丹玛又往"赤色狮子"箭囊里装满银扣箭三十支，将"三界自归"宝弓插入"斑点自明"弓套，还有"黑蛇盘绕"宝剑，"浓云密布"长矛，"捕云闪电"套索，全部送与达噶尼玛王子。又为他的骏马配上金鞍银鞯。全部打点齐全后，王子达噶尼玛跨上银色宝马，白衣白甲，像煞神下界，白鞍白马，像天边的白云。仇人见了，心惊胆战；亲人见了，精神振奋。来请达噶尼玛的岭军将士也为之赞叹不已。

达噶尼玛骑马走在前面，后面跟着丹玛、扎拉等岭国众将。来到森珠达孜宫前面，早有众军士和上师们拿着香火，吹号打鼓致敬，将达噶尼玛迎进帐内金座上。

幼系的首领，以扎拉为首，献上骏马十匹，枣骝骡子十头，白犏牛十头，乳犏牛十头，绵羊十只，山羊十只，金币十枚，银碗十个，狐皮十张，茶叶、酥油和各色点心，作为欢迎梅岭王子到岭国的礼物。仲系的首领以巴拉森达为首，献上三匹骏马，三头骡子，三只白犏牛，三件铠甲，三顶盔帽，三枚金币，三个银盏，作为迎礼。

幼系和仲系献礼毕，人们把目光投在长系人的身上，该轮到他们了。半天也不见晁通前来献礼。原来那晁通见大家纷纷为一个梅岭王子献礼，心中有所不满。不知道格萨尔为什么要将这么个流浪边地的叫花子请上金座，各部还要献如此厚重的礼物，我堂堂达绒部岂能给他献礼？但一点儿不送，又怕大王怪罪，遂派一仆人拿了条哈达，权当礼物充数。

那仆人听了晁通的盼咐，拿着哈达来到达噶尼玛的面前，一不敬礼二不叩头，只说这条哈达是达绒家送的，就走了。

岭地众英雄见达绒家的仆人如此无礼，都忿忿不平，王子扎拉更是生气。晁通这人，一生没做什么好事，总是与大家作对，今天是叔叔雄狮大王盼咐要好好迎接梅岭王子，他又故意装出高傲自大的样子。不说他几句，心里的气难平。于是，扎拉叫住那达绒家的仆人，对他说：

"你来送哈达，太辛苦了，这好像没什么必要，我幼系和你达绒家，细磨糌粑（注2）的日子还长着呢，请回去告诉你家主人。"

见王子扎拉生气，话也不中听，那仆人怎敢回话，忙不迭地回去向晁通报告。

格萨尔一面用眼色制止王子扎拉，示意他不必多说，一面取出自己的礼物。雄狮大王的礼物太厚重了，让人看得眼花缭乱的，其中有："金刚宝石"和"珊瑚燃烧"哈达各一条，白松石百颗，红松石百颗，青松石百颗，有嘴的玛瑙百块，有眼睛的玛瑙百块，绿甲百件，绿盔百顶，剑、刀、矛三种兵器各百件，马百匹，骡百头，犏牛百头，乳犏牛百头，乳牦牛百头，黄驮牛百头，山羊百只，绵羊百只，金币百枚，银盏百个，还有许多财宝。

总管王绒察查根和各国首领也分别有贺礼，均献于王子达噶尼玛面前。

众人献礼毕，雄狮大王对梅岭王子达噶尼玛说：

"亲爱的王子呵，给大家表演一下你的武艺吧，我们都想看看哩！"

2　细磨糌粑：藏族谚语，意为来日方长，慢慢计较的事还多着哩！

表演什么呢？达噶尼玛想了一下，从弓袋箭筒中取出弓箭，走出大帐，举目四望，想找个目标。

只见远远的吉拉石崖顶上，雄龙像野牛奔腾，雌龙像骆驼跳跃，赤电火花四射，在石崖中心，竖着一支雷箭，有九个太阳大。达噶尼玛点了点头，选中那雷箭作为射击目标。只见他张弓搭箭，一扬手，银扣箭飞了出去，石崖顶上的那支雷箭立即向四方迸裂，碎为齑粉，那石崖却连水点大的岩片边也没有震落。众人看得目瞪口呆，半响才纷纷说：

"丹玛的箭术，号称举世无双，达噶的箭术却比丹玛的还要厉害，岂不奇哉？！"

格萨尔大喜，立即封达噶尼玛为"古拉箭王"。达噶从此名声大震，丹玛将自己的幼女嫁与箭王为妻，并封他为三十一万零五百户的总长官。

达噶尼玛有了官位，有了妻子，也有了名号，现在只有一件事未做，那就是返回梅岭。其实，格萨尔大王早有安排，讨梅大军也已准备完毕。大王一声令下，岭军浩浩荡荡往梅岭而去。

一个月后，大军已经来到梅岭境内。这天宿营后，大王召集众将议事，商议如何取下梅岭。古拉箭王达噶尼玛心想："若是梅军与岭军开战，双方都会死很多人。特别是两个哥哥，虽然行为不端，我也要以慈悲之心感化他们。最好劝他们投降雄狮大王才好。"这样一想，达噶尼玛向大王献上白、红、花三色哈达，然后禀告：

> 绫罗绸缎相配颜色新，
> 青稞酥油相配味道美，
> 日月星辰相配光灿烂，
> 这是藏人可喜的三件事。
>
> 岭、梅的战争风云中，
> 无需死亡太多的人，
> 如果兄长肯投降，
> 彼此双方得安宁。

岭国君臣认为古拉箭王言之有理，格萨尔立即派使臣三人前往梅岭王城去送信劝降。

三人走了二十天，才来到梅岭王城。城里的人见这三人装束打扮与本地人不同，都好奇地打量他们。有一个叫龙拉的战将拦住三人问：

"你们是从哪里来的？到我们梅岭有什么事情要做吗？"

三人回答是从岭国来，到此地要见朗如赤赞大王，为雄师大王格萨尔送一封信。

龙拉立即进宫禀报，朗如王听说是从岭地来的人，立即吩咐将他们带进宫来。

三人进宫，呈上信件，朗如王看毕，心中暗暗冷笑，想我堂堂朗如王，怎么能投降呢？！他立即挥笔写了一封回信，大意是要格萨尔好好守住自己的岭地，不要贪婪，不要借机侵犯梅岭金子国，如果不自量力，前来进犯，定遭祸殃。

打发了三个岭国使臣，朗如赤赞立即派小臣去召集梅岭四部和内外大臣首领前来王宫议事。

不多时，梅岭的大臣战将纷纷聚齐，朗如赤赞王对众臣说：

无辜的鱼儿被铁钩钓，
毒龙王不得不发怒；
无主的鹿茸被劫取，
雷霆冰雹不得不降下；
岭国人无端送恫吓信，
梅岭将士不得不出兵。

"将士们，那凶恶的岭地格萨尔，专会向小国寻衅，没想到今天打到我的梅岭来了。想我们梅岭金子城，有像铁蒺藜一样的险隘，有九十万强大的部落，外臣九十人比火烈，内臣七十人比毒凶，嘉拉三兄弟比虎豹猛，我大王兄弟比雷霆厉，梅岭久未征战，今日倒要和岭国交交锋。"

朗如王说完，开始点兵布将。命嘉拉旺如拉赞、朱拉梅杰罗玛、达雅辛杰鄂玛兄弟三人各带九员大将、三万士卒，又命九员大将各带兵士一千五百人，埋伏在北方阴谷中，一旦岭军敢来进犯，放箭要如冰雹降，挥刀要像电光驰，如若不能得胜利，就像狐狸丢面子，要按国法来处置。

将士们依令而行，浩浩荡荡开出梅岭王城，第十五天头上，来到杂曲惹梅河边，在三个渡口上安营扎寨。嘉拉决定梅军不再前往，就在此地等候与岭军交战。倚仗杂曲河天险，不愁不能取胜。

岭国使者又走了二十天，才返回岭军营地，呈上朗如王的信件。格萨尔看罢，吩咐整队出发。走走停停，第九天晚上，在离杂曲惹梅河不远的地方又宿营了。古拉箭王达噶尼玛告诉雄狮大王，大军不宜再向前行进，前面是杂曲河天险，只有三个渡口，不知渡口是否有人把守，大王应先派人侦察一番。

格萨尔认为此言有理，决定派三员大将前往杂曲河侦察。但是，派谁去呢？雄狮王吩咐八十英雄每人献上一支箭。格萨尔将八十支箭摆在一条白毡毯上面，念诵道：

"为了选出三人去侦察，请有神力的三支箭跳到我手上来吧。"

只听白毡上的箭"噼啪"作响，果然有三支箭跃起，落入雄狮王手中。众英雄都在猜测，这是谁的箭呵？又纷纷围上去观看。原来是丹玛、辛巴和玉拉三人的箭。格萨尔大喜，将他们的箭归还后，又各赐一支神箭，然后吩咐他们三人回自己帐内准备一下，第二日早晨带三百兵士出发。

日出天明，丹玛、辛巴和玉拉各带兵士百名，驰出岭军营门，一直往杂曲河走。见杂曲河三个渡口果然都有重兵把守。辛巴梅乳泽一提马缰，向上游渡口奔去，与守渡口的梅岭大将辛杰相遇。辛杰一扬手，命兵士放箭，顿时射倒十八名岭军。梅乳泽见身边的岭兵纷纷倒下，大怒，抽出宝剑冲向梅军，一阵左劈右砍，梅军死伤三十多人。辛杰见状，举起长枪，拦在梅乳泽面前：

"辛杰我是无敌英雄，百人之中英名出众，千人之中受人羡慕，与亲人相遇如绫绢，与敌人相遇是刽子手，今日该着你丧命。"说着，一枪刺中辛巴梅乳泽的胸膛。梅乳泽只觉一阵剧痛，并未受伤。他把宝剑挥得闪电一般，牙齿咬得咯咯作响：

"懦夫休要夸海口，我是让你先下手，大英雄后下手也不为迟。你自以为英雄了不起，辛巴比你更无敌。毒剑若不刺死你，空让世人说笑语。"梅乳泽一挥剑，只听"咔嚓"一声，辛杰人头落地，一命呜呼。

中游渡口上，玉拉正和梅岭大将嘉拉鏖战。嘉拉一边和玉拉交锋，一边说：

人穷了偷窃官家财物，
到头来要受王法制裁；
狗饿了偷吃白酥油丸，

不能充饥反遭棍棒。

"你这小子，是被九只黑狗抢着吃的东西，我不想吃你，只想捉住你玩一遭。"说罢，抛出套索，立即套中玉拉的脖颈。玉拉抽剑去砍，套索竟不能断。嘉拉猛拽那套索，玉拉乘势跳下马，一步跳到嘉拉的马前，将他从马上拉了下来。嘉拉不曾提防，套索离了手。玉拉迅速用剑将其割断，二人打在一处，半晌不分胜负。

迎战丹玛的是梅岭大将卡察查梅，一见丹玛一副老态，心想："这老家伙，不屑用刀箭去杀他，只一把就抓过来，扔在石头上摔死算了。"于是指着丹玛说：

"吃得太饱要胀破肚皮，活得过长要被人杀，你已经老得像一把枯草，我要把你扔到石头上去。"

丹玛知道不能和他拼体力，立即把格萨尔所赐神箭搭在弓上，对卡察查梅说：

老年猛虎与壮年狐，
斑纹美丑本不同；
老年豹子与壮年狗，
爪牙锐钝本不同；
老年英雄与壮年懦夫，
武艺胆量本不同。

"我丹玛虽已经九十岁，挥长矛还能赛流星，射飞箭也能应心手，你乳子出言太狂妄，只好叫你把箭尝。"

丹玛的箭一出手，正中卡察的心脏，只听他大叫一声，像只口袋一样从马上跌了下来。丹玛正要上前取他的首级，早有两员大将把他拦住。丹玛毕竟年老体衰，经过刚才的搏斗，已感力不能支，今天已经把卡察查梅射下马去了，还是暂且收兵回营为好。这时，辛巴和玉拉也朝丹玛这边聚来，三人决定立即回营，向大王禀报，待岭军到达，立即将此地踏为平川。

三人边打边退，迎面发现十几头像小山一样的野牛。丹玛的坐骑快，首先冲入野牛群中，老英雄一把抓住一头野牛的犄角，拖着就走。玉拉从后面赶上来，将野牛举起向空中绕了三下，又扔到滩上，野牛顿时死了。辛巴又将野牛四蹄抓起，一用力，牛身被撕为两半。后面追赶的梅岭兵将见三人如此英勇，吓得不敢再追。

三人回营缴令，格萨尔甚是欣喜，立即论功行赏，给辛巴梅乳泽金币十八枚，丹玛和玉拉各十五枚，还有哈达、绸缎等物。

梅军也返回营地，被丹玛射下马去的卡察查梅也苏醒过来。众将聚在一起，商量如何迎击岭军。大将朱拉梅杰说：

"今天来的三个岭将甚是可恶，明日我要单枪匹马去踏岭营，以报今日之仇。若不捣毁他们的营寨，就不算英雄好汉。"

众将见朱拉执意去踏营，也不便劝阻，只好随他去了。

第二天一早，朱拉梅杰在赤色铜甲外面罩上黑蛇皮外套，赤色铜盔上面打上黑蛇皮的结子，又佩上九只红色盔缨，将白须打起怒蛇的结子，火红的战马上，备上红色人皮鞍屉，又联上几个干人头作为装饰。黑人红马，看去令人恐怖。朱拉一夹马肚子，转眼间已来到岭军营前。只见岭军像大海溢水，青蔚蔚地流满大地。就是魔鬼见状，也要胆战心惊。可朱拉梅杰并不胆怯，打马飞奔，刹那间已到达绒营前。达绒兵将正准备迎战，他已挥剑蹿到营帐之中。可怜达绒兵士，在他的剑下，非死即伤。接着，朱拉又蹿到文布兵营，那文布兵碰上他的宝剑，就像酥油碰上小刀一样，立即碎成数段。朱拉一路横冲直撞，所向披靡，一直来到中军，才被森达拦住。二人交手，战了约有一顿茶的功夫，森达力不能支，败了下去。朱拉更加猖獗，在马鬃上擦了擦宝剑，从中军又杀向色巴兵营，一路走一路得意地高声叫喊：

"在岭地的肮脏兵营中，我朱拉到处是大路，你们这群妇人一样的英雄，想逃跑没有出路。如有勇气即出战，没有勇气就请求饶命，我朱拉慈悲不杀戮。"嘴里说着不杀戮，朱拉一路上又杀死二十多个色巴兵将。正待继续冲杀，色巴首领尼奔达雅拦在面前，尼奔把能断山岳的长矛向空中一挥，心中暗想："今天若不与这个梅岭小子分出个山高水低，活在世上还有什么意思？"尼奔对准朱拉的心窝就是一枪。朱拉一挥剑，将尼奔的枪头斩断。朱拉高兴得手舞足蹈，笑骂尼奔无能。气得尼奔哇哇大叫着，扔了枪杆，抽出宝剑与朱拉大战，半晌不分胜负。尼奔索性把宝剑一扔，一把抓住朱拉的胸襟，朱拉也就势抓住了尼奔的战袍，二人扭打一处。眼见岭国大将纷纷围了上来，朱拉有些心虚，想他今天耀武扬威，已经逞够了英雄，如果最后被岭人擒获，岂不毁了他的一世英名？这样一想，他趁尼奔稍一懈怠，立即抽身上马，跃马扬鞭，迅速返回梅军营地。

回到大营，向各位大将讲叙这次踏营的经过。朱拉兴奋异常，主帅又奖给他许多珠宝，众英雄也多有馈赠，美得朱拉简直不知天高地厚。

见朱拉如此风光，嘉拉旺如拉赞和达堆辛杰罗玛也商议，这次让朱拉占了便宜，其实他的武艺远不如我二人，明日我俩也去踏营，不愁不立战功。

岭国将士掩埋了战死的兵卒。众英雄聚在雄狮王格萨尔的大帐内，请大王盼咐如何破敌。

格萨尔安慰众位英雄不必心焦，不必急躁，梅岭这几个人不足为虑，明日他们还会来踏营，众位英雄记住，回营后，将自己的人马分派好，千人联成一体，若梅岭人前来踏营，他从右边来，我们就从左边拥上去；他从左边来，我们就从右边拥上去。千万不可单独迎战，众位英雄定要牢记。

第二日，从梅岭营中驰出一白一黑两人两马。嘉拉旺如拉赞的白甲外面罩着白雕毛外套，白盔上面打了九个缨结，上插十五根白雕毛，佩挂三件白色兵器。达堆辛杰罗玛的铁甲上面罩着黑熊皮披风，铁盔上面打着花缨结，上插十八根黑雕毛。二人二骑，白的像空中的飞雪，黑的如天边的乌云。飘飘忽忽地降到岭军营前。卡契王子玉珠骑在花骡子上，手持青铜刀，挡在嘉拉和达堆面前，恶狠狠地说：

狗头雕夸翅力，
是未遇到白雕鸟；
小小雀儿飞行速，
是未遇到恶行鹞；
无能老狗吠声凶，
是未遇到花斑豹；
梅岭毛驴长尖角，
是未遇到青铜刀；
今天上阵遇上我，
叫你二人命难逃。

说着，玉珠挥动青铜大刀，照二将猛砍。那青铜大刀十分锋利，削铁如泥，只有绸甲才能抵御，他二人如何招架得了？！二人见不能战胜玉珠，拨马就走，转眼冲入门国营寨。十员门国大将围住二人厮杀，嘉拉和达堆各斩杀一人后又冲出门军大营，正遇上王子扎拉。昨日朱拉踏营杀死了诸多岭军，今日梅岭人又来讨便宜，怎不让王子生气？扎拉连挥两剑，一剑将嘉拉的肩头砍伤，二剑把达堆的长甲刺得哗哗直掉甲叶。二人见王子扎拉如此英勇，又见岭军已有准备，心想，今天要想得胜是不可能的了，还是趁早回营，晚了恐怕连命都保不住。二人互相看了一眼，同时把马头一拨，顺着来路，闪电般地逃走了。

岭国由于卡契王子和扎拉的奋力抵挡，并未遭受太大的损失，门军把两名阵亡者送上山去，请上师超度后埋葬。

嘉拉和达堆虽未讨到更多的便宜，回去也大吹大擂，说他们杀死了多少多少岭国兵将，然后命摆酒庆功。嘉拉把剑伤也忘得一干二净。

岭、梅双方，像是互有默契，一连十五天，谁也没有发起进攻，像是把战事忘了。

第五十二回

杂曲河畔两强相遇
降伏梅王获取玛瑙

岭、梅两军休战十五天。他们虽未开战，却比打仗还要紧张。双方都在运筹策划，企图战胜对方。岭军已将人马调配完毕，各部各国人马按照雄狮大王格萨尔的吩咐，沿杂曲河上下在距梅军不远处，形成包围的阵势。梅军虽比岭军人马少，却并不示弱，因为朱拉、嘉拉和达雅三人前去踏营获得胜利，就认为岭军虽然人多，却不足惧。梅军将士士气高昂，斗志不衰，一心想战胜岭国，主帅也把阵势重新安排调度，增补将士，甚是繁忙。

十五天一过，两军都已准备完毕，同时发出兵马，在杂曲河下游渡口相遇了。

梅军大将卡察首先出阵，张弓搭箭，对岭军唱道：

　　翻越九山的旅客，
　　如果行动不节制，
　　最后要被强盗土匪杀死；

　　流浪村边的母狗，
　　如果奔驰街头不节制，

要被美丽的豹子吃掉；

崎岖山路上的妇女，
如果袅娜风流不节制，
四体要被疾病折磨；

岭国威武的军队，
若贪得无厌不节制，
要被梅岭朗如王消灭。
……

碣日大将曲珠不等卡察说完，跃马出阵说：

"朗如王的罪孽深，将亲弟弟逼出境，将无辜的人施严刑，做坏事的要遭报应，正应了那句俗语：'早上不知行和止，下午后悔事已迟。'看你口吐狂言是活得不耐烦，今日就让你命丧九泉。"不容卡察回话，曲珠的箭已经射中他的面门。卡察顿时脑浆迸裂，落马而亡。曲珠挥兵掩杀，梅军大败。

与此同时，向杂曲河中游渡口进发的岭军，是卡契王子玉珠等人，与梅军激战不久，也获大胜。

梅军众将又聚在主帅嘉拉的帐内，不知如何才能抵挡岭军的强大攻势。嘉拉当即给朗如王写了一信，派使臣火速送往梅岭王宫，请大王速速派兵增援，迟则杂曲河渡口有陷于敌手的危险。

朗如赤赞王一见嘉拉的信，愤怒得几乎不能自持，马上召集内外大臣商议增兵事宜。最后商定：由琪梅扎巴从东方十八宗内征集兵马三万，九日内启程赴杂曲河。由森巴梅如在外城十八宗中征集兵马三万三千，十九日内启程。由嘉都卡布率梅岭城内的二万一千兵马，七日内启程。王弟达赤拉堆也随援军出发，接替嘉拉作梅军的主帅。最后，朗如王嘱咐几员大将：

"与敌人相遇，若死则同送天葬场，生则共保英名！你们率军前去，大王我随后就到。"

众将领命前去征集人马，按期出兵。十五日内，陆续到达梅军营寨。主帅嘉拉连日与岭军苦战，一见援军浩浩荡荡而来，喜得忘了征战之苦，立即把帅位让给达赤拉堆，吩咐摆宴为援军接风，然后商议如何打退岭军。朱拉提议仍去踏营，几员大将立即响应。但嘉拉认为不妥，还是要摆开阵势，与岭军决战。众将无话可说，特别是刚从梅城来的援军，只要有仗可打，怎么打都行。达赤拉堆说：

"明日黎明，嘉拉、朱拉和达堆各带骑兵五百，我与森巴梅如和嘉都卡布带骑兵五百，分成四部，同时向岭营出击，定要把岭军赶出梅地。"

众将点头称是。

第二日黎明，主帅达赤拉堆头戴金盔，身披金甲，右肋下挂虎皮弓套，左肋下挂豹皮箭囊，胯下金卵马，左边有森巴梅如，右边有嘉都卡布，再后面是嘉拉兄弟三人。两千骑士挤挤嚓嚓地紧跟在后。日出时分，已来到岭军阵前。达赤拉堆一挥手，梅军将士分别向靠近他们的北方魔军、碣日军和霍尔军掩杀过去。将帅三人一口气斩杀了九十多个魔军，女将阿达娜姆和另外两员大将出阵迎敌。阿达娜姆高举罗刹宝剑，正要刺杀达赤拉堆，被森巴梅如接住：

"你这该死的女子，罗刹似的脸上有血色，定是吃人的妖魔。今日我要降女妖，将你的心肺给鹰犬作饮食。都说母野牛的肥肉美，该由我持箭猎人获得；都说岭国财物多，该由我们梅岭大王朗如获得。"说着扑上来向阿达娜姆连砍三刀，女英雄毫毛未损，阿达娜姆拼足全身力气，回了一剑，把个森巴梅如连同坐下宝马一起劈成两半。达赤拉堆和嘉都卡布两人一见森巴梅如阵亡，双双来战阿达娜姆。岭军大将纷纷上前助阵，梅军将帅二人力不能敌。辛巴梅乳泽也从霍尔军中杀出，将嘉都卡布杀死。达赤拉堆见左右二将均已战死，顿时慌了手脚，顾不得再战，落荒而逃。

就在梅军主帅达赤拉堆败阵之时，嘉拉兄弟三人各率五百骑兵冲进了门军、姜军和卡契军的营地。只见军旗如乌云密布，勇士如猛虎出山。岭军的阵脚被冲乱。混乱中，岭军被梅军将士杀死杀伤了几百人。眼见岭军受挫，玉拉和玉赤兄弟二人飞马驰来，远远地，玉拉已把铁箭搭在弓上。嘉拉一看笑了：

小沙弥快要破戒，
会现出笑脸；
女子快要失身，
会现出袅娜；
玉拉死到临头，
会装出英雄模样。
你不射箭我先射，
一箭射透你心窝。

嘉拉说着，箭已离弦，玉拉急忙躲闪，利箭从左肋边穿过。见玉拉躲过利箭，嘉拉有些焦急，正要射出第二箭，玉拉的铁箭已朝他飞来，嘉拉想躲，已经来不及了。这一箭倒是应了他自己的话，正好穿透他的心窝，把心射成八块，嘉拉当即滚鞍落马而亡。朱拉和达堆见兄长身亡，锐气大减，无心再恋战，拨马向后退去。

梅军主帅达赤拉堆和大将朱拉、达堆先后败回大营。达赤拉堆气得呼呼喘着粗气，像野牛呻吟似的大吼大叫：

"我从来、从来也没见过这样凶的部队，我从来也没有打过败仗，这，这叫我怎么办？嘉拉死了，森巴梅如和嘉都卡布也死了，让我向大王哥哥怎么交代？说，你们怎么不说话了？说呀，我们该怎么办？"

达堆见主帅震怒，上前一步禀告：

"尊贵的主帅呀，请不要心焦，待明日我单骑出阵，把那杀死嘉拉的玉拉托琚杀死，为我兄报仇，为主帅解忧。"

众将互相望了望，知道此去凶多吉少，纷纷劝他不要单独上阵，但达堆主意已定，根本不听劝告。

达堆辛杰罗玛执意单枪独马前往岭营。天色刚刚微明，达堆就出发了。一路上，他逢人便杀，见人就砍，冲到营门前面，达堆已经满身血迹斑斑了。他一个营地一个营地地闯，终于来到了姜国兵营。王子玉赤和姜国大将一起从营门冲出，围住达堆大战。达堆把剑横着一扫，大声喊叫，要玉拉出阵迎战。

营门大开，玉拉举剑冲出，把达堆吓了一跳。达堆随即高兴得叫了起来：

"同好汉相逢称我心，我要杀玉拉为嘉拉偿命。一要取你的头，二要把大营一扫空，如果有一样做不到，我不愿活着等天明。"说着，达堆向玉拉连刺三剑，玉拉当即翻身落马。

玉赤见哥哥落马，急得红了眼，姜国将士们一拥而上，把达堆团团围住。达堆以为玉拉身亡，自己此行的目的已经达到，急于脱身。他左突右杀，一把宝剑挥得风雨不透，围着他厮杀的岭军将士死伤无数。

玉赤忙着把哥哥抬回帐内，灌进格萨尔大王所赐灵药。玉拉眨眨眼睛，像是从梦中惊醒过来似的坐了起来。玉赤高兴得抱住哥哥又哭又笑，姜国兵将欢呼着冲出大帐。他们的王子玉拉托琚是杀不死的。

梅将达堆辛杰罗玛退回大营，得意洋洋。主帅达赤拉堆立即摆酒为他庆功，达堆高兴地唱道：

> 天上的日月有出没，
> 地下的季节有夏冬，
> 江河湖海有涨落，
> 王政当然有盛衰。
> 以前虽然有胜负，
> 成败之分还未定，
> 英雄们要有勇气，
> 杀退岭兵留英名。

达堆得意洋洋，梅军将士也觉光彩，主帅达赤拉堆一面与诸将饮酒助兴，一面暗自焦急。自从率援兵到此，战争没有任何进展，不要说打退岭国兵马，连自己的兵马也没能保全。连日来损兵折将，今日达堆虽获小胜，却不能扭转败局。眼见岭军步步逼近，如果再回梅岭金子国王城求援，恐怕来不及了。就是来得及，怕是王兄也再无更多的兵马可派。但是就凭现在这些兵将，恐怕难以取胜，万一杂曲河有失，整个梅岭金子城内空虚，岭军攻城，怕是真要势如破竹了。

众将见主帅眉头紧蹙，心不在焉地与他们饮酒，知道他仍为战争担忧。一想到还没有战胜岭国，并且也很难战胜这强大的敌人，众将顿时情绪低落，美酒佳肴也变得索然寡味。他们实在想不出更好的办法对付岭军。

达赤拉堆见众将突然不吃不喝，就不再劝酒，神态庄严地说：

"我们不能老是这样满足获取小的胜利，而要把岭军赶出梅岭境地。如若不能完成这件大事，有何面目去见大王，有何面目活在世上？无论如何，我们也要打个大的漂亮仗给世人看看。"

众将点头称是，他们也不愿这样一天天地与岭军对峙。

达赤拉堆命侍臣撤去宴席，他要好好想想，诸将也要好好想想，想一个破敌的万全之策。

岭军众英雄见梅军如此顽固，杂曲河的防守如此难破，也不免心焦。特别是王子扎拉更是急得不行。几次前往雄狮王叔叔的神帐询问破敌之策，格萨尔总是劝他不必着急，破敌的时机尚未到来，空焦急也无用。王子心想，杂曲河都难渡过，要到何日才能攻进梅岭金子城？没等他的话出口，雄狮王笑着说：

"侄儿不必焦急，梅岭有多少人马，叔叔自知，在杂曲河消灭的人马越多，进王城的障碍越少，一旦攻下杂曲河，王城指日可破。"

叔侄二人正说着,侍卫禀报,梅军主帅达赤拉堆率兵在营外讨战。早有英雄森达等人迎了出去。

森达一出营门,就与达赤拉堆战在一处,斗了约有一顿茶的功夫,森达连砍三刀,将达赤的铠甲砍得直掉甲片,肩胛上也受了伤。达赤拉堆大叫着,梅军其他将士也围了上来。为首的是朱拉梅杰,只见他:脸如黑风狂舞,眼如电光闪耀,嘴如天门开合,齿如咀嚼炒麦,胳膊如酥油滚动,脸上的肉如毒蛇盘绕。朱拉将宝剑在肩上舞了几下,大骂森达:

"喂,边地来的小子,蠢得像被石头和棍子追逐的豁鼻犏牛。今天我苍狼要吃你的肉,向大地献上你的血。"说着扑向森达。

森达一举手中的大刀:

"你的耳朵若没有被灰堵塞,请听我森达的挽歌;你的眼睛若没有被血模糊,请看我森达的利刃。我这把刀:

> 要使尸体填满梅军营,
> 使寻香魔鬼白昼行,
> 使白雕围绕脑骨盘旋,
> 使苍狼吃肉生厌心。

你是怕死得太晚才生骄傲心,那就休怪我森达手下不留情。"说着,与朱拉战在一处。功夫不大,森达又是三刀,将朱拉胸前的铠甲砍断,鲜血涓涓流出,吓得朱拉拨马就走。森达等岭地众英雄挥兵掩杀,梅军大败。

因为森达杀敌有功,格萨尔大王自有奖励,众英雄也纷纷向森达祝贺。达绒长官晁通在一旁暗自思量着,这些好事都让森达得了去,梅军的大将也对他产生畏惧之心,我若假扮森达的模样,定能取得胜利,也可以给后人留下个能讲说的故事。晁通在心中思虑了三四一十二遍,有了主意。

二十九日,晁通单人独马,扮作森达模样,朝杂曲河下游渡口而去。梅军已经远远看见尘土飞扬,驰来一人一马,走近才见是岭国大英雄森达,梅军畏惧,纷纷闪身躲避。本来还有些心虚的晁通,见梅军害怕,勇气顿时大增,胸脯挺得高高的,铠甲也像要胀破似的,两腿伸得直直的,像要把马鞍压弯。黑云般的头发,向上竖着,热汗顺着脸颊往下流淌,口中高声呼叫:

"我是杀梅岭百人的剑子手,人中之狼森达是我名,今天要让你营中死尸布满,洼地变成血海,是英雄的快出来和我交锋!"

梅军大营中无人敢出来应战，晁通也不敢久留于梅营，只是飞快地跑到对面的山上赶了五十匹骏马，匆忙逃回岭营。行至途中，晁通又变回本来模样，这才回到大营。众英雄见晁通赶回几十匹骏马，心中虽然诧异，表面上也作出很高兴的样子。晁通为了显示自己的功绩，遂将抢来的骏马分给了众位英雄。

败回大营的梅军主帅达赤拉堆聚众将商议对策。有人主张即刻退回梅岭王城，有人主张派人回城请大王再发援兵。大将朱拉说：国内已无兵可派，现在退回王城，梅岭难保，不如趁现在岭军获胜高兴之际，去攻岭营，方可取得全胜。主帅达赤拉堆认为此言甚有道理。朱拉就要披挂上阵，主帅和众将拦住了他。因为他被森达所砍的刀伤尚未痊愈，不可出阵。但朱拉坚持要出阵。这时，从左排首座站起一人，正是大将朱古龙纳，他愿意出阵战岭军。主帅大喜，命他即刻出马。

朱古龙纳催马出营，杀气腾腾地来到岭军营前，将黑铁宝刀晃了两晃，唱道：

> 大河小溪虽然多，
> 不能与恒河相比；
> 大山小丘虽然多，
> 不能与须弥相比；
> 大小雪山虽然多，
> 不能与冈底斯相比；
> 大小猛兽虽然多，
> 不能与白狮相比；
> 大小飞鸟虽然多，
> 不能与大鹏相比；
> 大小城池虽然多，
> 不能与梅岭相比；
> 英雄勇士虽然多，
> 不能与朱古龙纳相比。

唱罢，朱古龙纳像雪花一样飘进岭营。看似无力，却让人近身不得。刹那间岭国兵将倒下六七十人。

王子扎拉见这梅将如此凶蛮，提剑挡在他的面前：

"喂，口中唱曲的黑人，闯我大营的梅将，你不知道有这样的古语么？

小鸟独游在太空，
要被恶鹞抓了去；
猛虎独行在平原，
要被猎手取其皮；
狐狸独奔在山坡，
要被猎犬撕成片；
你这独行的梅岭将，
要被我扎拉割首级！

我手中的宝剑，乃是我父嘉察所传。剑背洁白如明月，众神围绕放光明；剑刃阴沉杀气笼罩，阎王围绕毒气腾腾。今日要用你的人头试剑锋，连你的马鞍一起劈。"说着，扎拉将剑一挥，朱古龙纳连同马鞍果然被劈成两半。

见朱古龙纳去而不返，主帅达赤拉堆率军前来接应，被老英雄丹玛拦在路上。达赤拉堆心中焦急，忙拉弓射箭，只射掉丹玛的几片甲叶。丹玛大怒，也将箭搭在弓上。

两员大将在阵前相遇，丹玛的箭已射了出去，箭中达赤胸前，却没能伤害他。丹玛又射一箭，正中达赤坐骑的前额，骏马长嘶一声，倒了下去。达赤拉堆从马上跌落，不敢再战，转身逃走。

这一阵败下去，梅军再无回天之力，岭军遂渡过了杂曲河，速向梅岭王城进兵。

梅岭的将士们陆续败回王城。国王连续七天大摆宴席，犒劳他们。然后将梅岭剩余的勇士们全部召集到殿前，商议同岭国的作战事宜。君臣一致认为应该坚守王城。

在梅岭朗如拉宗城的周围，有四座大城堡，大城堡之间，还有四座小城堡，外面是两道坚固的城墙。朗如赤赞王命帕拉辛吉为首的十名勇士率三万人马守东边的城堡，命朱拉为首的十名勇士率四万人马守南边的城堡，命热厦为首的十名勇士率三万人马守西边的城堡，北边的城堡也有十名勇士和四万人马守卫。四座小城由四位大将各率五名勇士和两万人马驻守。

梅岭王城外面的岭军将士已经扎下大营，门国和姜国的一些兵将出营到山上狩猎，无意中看见梅岭王城的严密防守，不禁大吃一惊，急忙回营向首领禀报。各路兵马的将领们得知这一消息，不约而同地来到雄狮大王的神帐内，向大王禀报。格萨尔听罢，微微一笑，对众位英雄说：

"天神降伏妖魔，正义战胜邪恶，是不可违抗的规律。岭国和梅岭，交战已经多时，不久即可见分晓。三日后是个吉日，我们必须如此……"

众英雄得令回营，积极准备。

第二天早晨，姜国和门国大营忽然一阵大乱。原来是驻守东城堡的梅岭大将朱拉杀出城来，杀死不少门军和姜军，其他三城堡的梅岭守军也冲了出来，把正在准备三日后进攻的岭军杀得大败。

岭国众英雄好不丧气，连格萨尔大王也觉意外。众英雄一起聚在神帐内，要大王下令立即攻城。

老总管绒察查根缓缓站起来说：

"这个梅岭王城，城堡坚固，只能智取不能强攻。"

众英雄要老总管讲出如何才能智取。绒察查根说，要用祝古木鸟才能攻城。但是，现在祝古的木鸟由于受到阿昆黑鸟所施毒气的熏染，丧失了灵气。

众人听说只有木鸟才能攻城，而木鸟又没了灵气，更加焦急，难道就眼睁睁地看着这座王城不能攻进去么？

老总管叫大家不要着急，他告诉众人：

"在日努晋宗有一个能制造大飞船的地方，现在要派一个会幻术的人前往日努晋宗，请他们制造飞船，然后乘飞船进攻梅岭王城。"

格萨尔大王听罢，十分高兴。立即派百户乍拉到日努晋宗去。

乍拉立即变化成一只大鹏鸟，穿云破雾，飞到日努晋宗城的上空，然后降落下来，显出真身，向守门人说明来意。守门人听他说得恳切，就带他来见首领。乍拉又把岭国与梅岭交战的始始末末向日努晋宗首领讲了一遍。

那日努首领久闻格萨尔大王的英名，欣然答应了乍拉的要求。决定派五名精通制造飞船技艺的工匠随乍拉回岭营。乍拉不胜感激，第二天就带工匠启程了。六人经过七天的跋涉，第八天头上才回到岭军大营。格萨尔立即召见，并赐宴款待。

工匠们很快造出了岭国需要的飞船，这飞船造得好漂亮，船头可以坐八个人，船尾坐二十人，中间能坐五十人。

又过了几天，五只飞船都造好了，格萨尔大王盼咐立即向梅岭王城进攻。

第一只飞船上乘坐的是以玉拉和达拉为首的七十八名勇士，第二只飞船上是以扎拉和丹玛为首的七十八名勇士，第三只飞船上是森达和噶德为首，第四只飞船上是曲珠和多钦为首，第五只飞船以热扎为首。五只飞船载着三百九十名勇士，由五名日努工匠操纵，向梅岭王城飞去。

飞船飞到朗如拉宗王城上空，被梅岭将士发现。以为是巫师造出的幻物，是带来灾难的不祥之兆，纷纷张弓射箭，却不能损害飞船。

王子扎拉和丹玛的飞船飞向东边的城堡，飞船上的众位勇士每人射出九支利箭，城堡的一堵墙被射倒，城堡内立即尘土飞扬，死伤了不少守城将士，以米拉为首的残余将士纷纷跑到城堡底处藏身。

噶德和森达负责攻打南边城堡。英雄们的箭像雨点般射向城堡，守城的将士死伤不计其数。

西边的城堡受到以曲珠和多钦为首的英雄们的猛烈攻击，西面城墙全被摧毁，梅岭将士死伤惨重。主将多杰率残兵弃城而逃。

攻打北边城堡的是热扎为首的勇士们，纷飞的利箭直射得梅岭将士尸横遍地，城内房屋倒塌。

玉拉和达拉为首的勇士们，直接向王宫发起猛攻，一连摧毁了几座坚固的楼阁，王宫的将士们鬼哭狼嚎，四处奔逃。

这一次进攻，岭军大获全胜，众英雄返回大营，格萨尔大王在神帐内赐宴，为众将庆功。

梅岭的将士们糊里糊涂地挨了打，待岭军的飞船飞走了，才如梦初醒。朗如赤赞王立即召集群臣，说：

"今天坏觉如用幻术造成的怪物来攻打我们，才使我们无法还击。但这只是暂时的失利，而不是最后的胜败。我赤赞王绝不做熟透的青稞把头低，而要做青松高山立。如果我们现在还死守在城堡，就有城破人亡的危险。所以，明日一早，我要带朱拉和帕拉去踏营，要叫坏觉如身首分离，让岭营变成一片血海。"

众将知道，现在去踏营，绝不会获胜，甚至有全军覆没的危险。但大王的主意已定，众将不但不敢反对，反而争先称颂大王的决定正确，说梅军踏营必然获胜。王妃和王子觉卧朗热见众将不敢说实话，就出来劝谏大王，朗如王根本不听。

第二天早晨，朗如赤赞王带着朱拉和帕拉冲出王城，闯入岭军大营。格萨尔率众英雄亲自迎战，这一战下来，帕拉被斩，朱拉被捉，朗如赤赞王独自逃回王宫。

雄狮大王见朱拉英勇非凡，有意收降，但朱拉死不肯投降，还大骂格萨尔和岭国众英雄。雄狮王见他如此顽固，就下令挖一三角形的九层深坑，将朱拉投入坑内活埋，又用九层黑色岩石压在上面，顶端放了一束黑花，表示既要消灭魔类，又要超度他们的灵魂。

梅岭国连损两员能征善战的骁将，如同宫殿倒了栋梁，上上下下一片惊恐。众臣认为梅岭再也无力抵挡岭国的进攻，唯有朗如赤赞王觉得胜败尚难确定，执意亲自出城迎战岭军，为朱拉等几位大将报仇。

王子觉卧朗热已经十三岁，自觉已经成人，欲替父分忧，向父王请战出城。众将不忍让年少的王子出阵，但王子志坚意决。朗如王只得应允，让王子随自己出城。

梅岭国王父子二人率众将从东门杀出，刀光如闪电，箭矢似冰雹，锐不可挡。岭军纷纷向后退去。朗如王父子率军猛烈冲杀，岭军伤亡不计其数。

雄狮大王闻报，率众英雄摆开阵势。森达一马当先来战朗如赤赞王。二人你来我往，战了约有一顿茶的功夫，虽没分出胜负，森达却见力怯，心中一着急，立即默默念诵，求格萨尔大王助他一臂之力。这一念诵，顿时像是换了一个人。森达纵马向前，只一刀，就把朗如赤赞劈为两半。岭军呐喊着冲上去，将朗如赤赞的首级取下。

王子觉卧朗热见父王被杀，急得红了眼，今天若不能为父报仇，还有什么脸活在世上？王子打马飞到森达马前，与森达战在一处。那姜国王子玉赤对森达叫了声"让我收拾他"，就冲了过来，谁知这一冲，正撞在觉卧朗热的刀刃上，玉赤立即滚鞍落马而亡。

岭国众英雄一见玉赤身亡，一拥而上，把觉卧朗热围了个严严实实。格萨尔见王子年幼，不忍杀死他，只用剑轻轻一点，觉卧朗热的灵魂就像青鸟一样飞向了天空，飞到了净土。

朗如赤赞父子被降伏后，王妃东噶仓央和大臣班玛扎巴率残余兵将和全城百姓烧香扬幡，迎接格萨尔大王入城。

在梅岭厦娃玉隆地方，藏有一种比阿扎玛瑙国的玛瑙还要珍贵的玛瑙。格萨尔亲自率众英雄来到厦娃玉隆的一面石壁下，将手中的彩带轻轻挥了三下，巨大的石壁一下开了三个门，芬芳的香气飘了出来，悦耳动听的鼓乐声回荡其间。三个一庹长的玛瑙小男孩，从三个石洞中款款走出，右手举着彩带，左手托着宝盆，念诵祝词。祝词尚未念完，各色各样的玛瑙如同泉涌，从石洞中源源不断地涌了出来。接着，又跑出骏马、牛犊，飞出雄鸡和杜鹃，臣民百姓见了，无不欢喜。

格萨尔亲自主持，将梅岭的这些珍宝分给岭国各部和各属国以及梅岭的臣民百姓，整整分了十八天。

分罢珍宝，格萨尔委任大臣古热托杰掌管梅岭国政，然后率军班师回岭。

阿里少年千里请兵
岭国君臣龙年出征

有一天，岭国境内忽然来了三个陌生人。一个头上系着白绫巾，胸前佩戴金子护心镜，华服上绣着狮虎花纹，长得英俊、潇洒而又年轻。另外两个衣衫朴素，看样子像是主仆三人。辛巴梅乳泽正好到岭地来见格萨尔，恰巧碰上这三个陌生人。一见这主仆模样的三人，心中好生奇怪。特别是见那少年长得仪表堂堂，竟有些喜欢起来，不由得上前询问：

"喂，头上系着白绫巾的少年呵，你是从哪里来的，叫什么名字？看你长得俊美，为何脸上布满愁云？俗谚说：'弓要弯曲才是上品，箭要笔直方能射中靶心；狡辩时说话转弯抹角，交朋友要直率真诚。'我老汉梅乳泽愿意与你交朋友，有什么话可以对我说。"

那少年一听说眼前这长者就是闻名天下的大辛巴梅乳泽，脸上的愁云顿时消散。面对梅乳泽的，是一张笑脸：

"这是什么地方我不知道，却碰上大英雄梅乳泽，想必这就是岭国了。多么幸福呵，命运把我带到了这里。多么美好呵，让我见到了雄狮大王的贤臣。我从北地阿里国来，名叫玉杰托桂，阿里住着九万户百姓，国王名叫达瓦顿珠。国土本来美丽又辽阔，臣民本来安宁又快乐。现在呀，忽然来了魔女七姊妹，生下七个凶恶的妖魔，钻进了国王的宫内，把持朝政，百姓们被推进了火坑，行善的受责罚，作恶的才算立功勋。"

"那你出来想做什么呢？"梅乳泽明白了玉杰为什么面罩愁云。

"我渴望拜见雄狮王，听听他的声音，看看他的神韵。看大王是不是有办法，救阿里九万户百姓出火坑。"

梅乳泽被这少年的诚心所感动，想他小小年纪，居然想的是九万户百姓，不辞劳苦、艰难跋涉，到这里来投奔格萨尔大王，我怎能不带他去见大王呢？于是，梅乳泽答应立即带他去见雄狮大王格萨尔。

原来，这少年玉杰托桂本是阿里大臣赞拉多杰的儿子，因为目睹魔臣当道，百姓受难，才逃出国来。他想，与其在魔臣手下偷安，不如沦落天涯受苦。久闻岭国大王格萨尔专门降妖伏魔，不如前去投奔，请他到阿里来降伏那七魔臣，为民除害，救百姓出苦海。主意拿定，就带着两个贴身的仆人离开阿里。主仆三人究竟受了多少苦，遭了多少难，没人能说得清，而今得见雄狮大王，那主仆三人早把劳苦置之度外，欢天喜地随梅乳泽而去。

梅乳泽带着玉杰主仆三人来到森珠达孜宫外，下马先行进宫禀报。王妃珠牡得知来客不仅出身高贵，而且敦厚善良、勇敢机智，就亲自出宫来，把玉杰主仆三人带到雄狮王的宝座前。

玉杰双手捧上一条绣有八吉祥图案和坠有轮王七宝等九种璎珞的哈达，献给了格萨尔大王，然后行九叩首大礼。

王妃珠牡右手端着斟满酥油茶的金碗，左手捧着倒满青稞酒的银碗，跟在她后面的几个侍女手里端着各色精美的甜食和牛羊肉。王妃珠牡已看出格萨尔大王也喜欢这个少年，她就更加热情起来。

辛巴梅乳泽已把玉杰的情况向大王禀报过了，现在，他要玉杰自己向大王讲讲。

玉杰托桂正了正头上的白绫巾，正欲跪在地上，被珠牡扶住了。不知为什么，从一见到这美少年的面，珠牡就像见到久别的儿子一样，对他格外亲热。她本想把玉杰揽在怀里，又怕大王怪罪，只得在一旁不断地劝他多吃。见王妃如此亲切相待，雄狮王又如此慈祥，玉杰心里又高兴又悲伤，想起自己的老父还在国中受难，阿里的百姓还在那里受熬煎，玉杰托桂再也咽不下去了。此刻，他有好多好多话要对雄狮王讲，但是，从哪里说起呢？

"大王呵，我玉杰托桂今年刚满十三岁，像刚上笼头的小马，刚断奶的羔羊。有句老话说得好：'不是幸福过了头而远走，只因苦难没了顶而逃遁。'那黄金般的阿里国土，原来百姓生活得幸福美好，国家和平安宁。自从来了魔臣七兄弟，我们就算落进了苦难的深渊。大王呵，天母曾经预言，先王也有遗训，都说当阿里被乌云笼罩的时候，雄狮王就会在岭地降生，只有格萨尔才能扫除阿里的雾障。于是我才逃出来，历尽艰辛把您寻。现在阿里百姓的苦乐，还有我们三个无依无靠的可怜人，全都托付给您了。雄狮王呵，愿大王把我们收留，愿大王快把妖魔扫尽，让阿里重见光明。"

珠牡王妃见玉杰一片赤诚，立即对雄狮大王说：

夏天辽阔的草原上，
绚丽的鲜花芳香诱人，
花长在土里不沾灰尘，
是敬神的最好供品。

生长在阿里的少年，
心如鲜花般洁净，
没有沾上那邪恶的尘埃，
对大王您是一片忠心。

"大王呵，请您一定答应他的请求，快向阿里出兵。"珠牡好像比玉杰还要急切。

雄狮大王笑容满面，用右手抚摸着玉杰的头，缓缓地说：

"今天我真高兴呵，好孩子。梅乳泽把你引荐给我，叫我多么称心如意呵。看见你这仙童般的孩子，我要给你讲几句预言：

你头上裹着白绫巾，
象征岭地人丁兴旺，国家安宁；
你华服上绣的狮虎花纹，
是士卒猛如狮虎的证明；
你胸前佩戴的金护心镜，
是阿里就要平静的象征。

今年的属相是老虎，
虎年不宜用重兵；
单等龙年一来到，
阿里就会得太平。

玉杰呀，好孩子，耐心地等待吧。"

玉杰托桂听大王说要等到龙年才能发兵，心里暗自焦急。到龙年，还有三年的时光，这漫长的三年，怎么熬呢？一想到要无所事事地待上三年，玉杰又忧郁起来，愁云又重新笼罩在他的脸上。

格萨尔大王一眼就看出了阿里少年的心事，立即安慰他：

"阿里的七个魔王，要由岭国的七个勇士去降伏，龙年用兵，定能取胜。这三年中，我派你去琼居穆姜部，做王子扎拉的谋臣。你有很多事要学，也有很多事要做，不要悲伤了，孩子，也不要忧郁了，玉杰。"说完，格萨尔为阿里少年做了长寿灌顶，又把一根五彩长生结挂在他的脖子上，赐给他一件绣有千云托百龙的长寿宝衣，九张虎豹皮和许多金银珠宝。

阿里少年的脸像绽开的花朵。他从心底里感激雄狮王对他的厚待，实在想不出用什么来报答格萨尔大王的恩情。忽然，他想起来了，于是吩咐仆人把自己的坐骑牵来：

"大王呵，我把心爱的坐骑献给您，这是匹千里追风驹。一月的路程一天能跑完，还配有丝缰和玉辔，我玉杰愿做大王的牵马备鞍人。"

格萨尔坚持不要玉杰的宝马，急得这阿里少年直想哭：

"大王呵，父母的养育恩情大，您的恩情比父母深，用一百匹马也难报答，用一千个城堡也换不到。大王呵，这只是我玉杰的一点儿心意，万望大王收下。"

格萨尔把玉杰揽在怀里，万般爱抚，安慰他说：

"孩子呵，难得你一片真情，你的心意我收下了。这宝马，你无论是平日行路，还是上战场杀敌，都是离不了的，就留着你自己用吧。"

珠牡这时走过来，拉住玉杰说：

"孩子，大王既然不要，你就从命吧。来，我带你看看我们森珠达孜宫。"

玉杰托桂随着王妃珠牡走出宫来。刚才来的时候只因见大王心切，并没有顾得上细看这世人景仰的地方。现在，雄狮王答应出兵阿里了，自己在岭国也有了安身之处，玉杰的心情从来没有像现在这样舒畅，他现在可以尽情地笑了。珠牡带着他，前后左右把森珠达孜宫细细地看了一遍。

从东面看，这宫殿是白色的，就像月光照映在海螺上面。
从南面看，这宫殿是黄色的，如同阳光映照在金山上面。

从西面看，这宫殿是红色的，好似紫铜熔在炉膛里一般。
从北面看，这宫殿是蓝色的，犹如碧玉浸在海水中间。

看上面，彩云幕帐挂天边；看中间，吉祥花雨飘不断；看下面，美丽龙女舞正酣。这实在是座迷人的宫殿！看见它，能荡涤罪恶；住进去，能变成神仙。

看过宫殿，玉杰随着王妃喜滋滋、笑盈盈地回到雄狮王身边。他要告别大王，前往下岭穆姜部去见王子扎拉，并留在扎拉身边做谋臣。

短暂的相见，格萨尔还真有点儿舍不得这可爱的阿里少年。但是，他必须让玉杰去扎拉处，为三年后平伏阿里作准备。临别之际，格萨尔有几句话要告诉玉杰：

"俗谚说：密林浓荫遮住天，才能留住小杜鹃；蓝色海洋大无边，才能留鱼儿游其间。岭国美名传天下，玉杰慕名来此间，算与我格萨尔有缘分，英雄荟萃我身边。阿里来的好孩子，不要急躁心放宽，报国助民好志向，我定帮你去实现。就像那辛巴梅乳泽，是岭国的大英雄，却还要回到黄霍尔，那里才是他自己的家园。我们君臣会很快再见面，阿里平伏了，送你回家和父母团圆。"

玉杰托桂告别雄狮王，又和辛巴梅乳泽道了珍重，依依不舍地离开了王妃珠牡，登程前往下岭地。

转眼间，三年过去了。这一天，正是土龙年十月初十。黎明之际，格萨尔大王正在酣睡。空中突然出现一片祥云，花雨纷纷飘落，伴随着阵阵幽雅的仙乐，云头上现出一个二八妙龄仙女。只见她身着空行母的八种舞乐服饰：蓝色长裙随风飘摆，绛褐色的长长披肩遮住了轻盈的身躯，头上的蓝宝石发饰和胸前的双垂璎珞不断地闪着华光。右手擎一杆轻轻飘动的白色箭旗，左手握一面能照见世间一切的如意宝镜。她就是格萨尔在天界的妹妹姐莱威噶。只见她微微翘首，妩媚而又威严地望着格萨尔：

"哥哥莫睡快快起，有句话要提醒你。土龙年已经来临，平伏阿里到时机。俗语说：'射箭须射中目标，使者要完成使命；箭不中的是白费劲，使者辱命算丢人。'兄长要在本月十八日，集合起岭国人马向阿里进军，辛巴梅乳泽打先锋，玉杰托桂把路领，兄长你领兵去接应。今后你如有疑难，小妹我会及时来指引。"说完，姐莱威噶消逝在天幕中。

雄狮王格萨尔翻身跃起，洗漱完毕，天已大亮。立即把四个使臣派出召集四路兵马。吩咐人马于十八日在达塘平坝聚集。

第一路，由色巴氏达绒晁通的儿子东赞和大将米琼率领，集合五百金盔军，不要拖延快启程。前队要像日出东山顶，中队要形影不离跟前队，后队要像线团一样绕得紧。

第二路，由文布氏曲鲁达彭和噶德贝纳率领，集合五百银盔军，不要拖延快启程。前队要猛如雷霆，中队要疾如闪电，后队要比冰雹落地更齐整。

第三路，由穆姜氏绒察查根、丹玛和森达率领，集合五百玉盔军，不要拖延快启程。前队要像罗曜眨眼，中队要像风卷残云，后队要像雷石滚滚。

第四路，由霍尔辛巴梅乳泽率领，集合五百红盔军，不要拖延快启程。前队要像蛟龙出洞，中队要像大河奔流，后队要像狂涛翻腾。

四名使臣转眼间牵来四匹追风宝马，一手备马鞍，一手铺坐垫，一手紧肚带，一手扣后就，一手拎辔头，一手系马尾结……瞬时收拾停当，流星般飞出森珠达孜城，前去传令。

十八日，转瞬即至。

琼居首领绒察查根、丹玛、森达首先率五百玉盔军赶到达塘。十三面绿色大旗，像碧海波涛翻卷。

接着，珍居的首领曲鲁达彭和噶德贝纳率五百银盔军赶到了。十三面洁白的大旗，像蓝天上的白云一样飘动。

再后面，是琪居首领东赞和米琼率领的五百金盔军来到达塘。十三面金黄色大旗，像金灿灿的阳光，照亮了平坝。

最后面，是霍尔辛巴梅乳泽率领的五百红盔军及时赶到。十三面红色大旗，像燃烧的火焰，燃遍了达塘。

雄狮王格萨尔容光焕发，在众臣将和王妃的簇拥下，迈着大步走出森珠达孜宫，来到达塘平坝。唐泽吹响白螺号，各路首领前来拜见。献过哈达后，格萨尔开始部署出征：

"辛巴梅乳泽带霍尔兵作先锋，然后是琼居、珍居、琪居三路随后行。古谚说：'众人乘船过大江，和衷共济心一条；众人携手创大业，同心协力共逸劳。'我们岭国四路人马要协调，进攻时要勇如滚石下山无阻碍，搏斗时要猛似霹雳震云霄，追击时要快如饿狼窜平川，目光要锐利赛明镜。智慧要胜过鹞鹰捉小鸡。另外对出征的将士还有诫律三条：一是不要让战马乱跑乱跳，二是不要失掉自己的弓箭和战刀，三是不要忘了在山头瞭望放哨。"

格萨尔话音刚落,老总管绒察查根紧接着说:

"雄狮大王呵,格萨尔,我们岭国的将士比神、龙、念、魔还骁勇,兵精马壮,武艺非凡。我老汉已经风烛残年,身体虽然衰老,有志却不在乎老与残。愿天母保佑我长寿,马无伤残人生还;愿战神保佑增士气,治疗疾病有仙丹;愿雄狮大王君与臣,威名永存人世间。"

王妃珠牡与众王妃开始煨桑。香烟缭绕,弥漫云天。珠牡虔诚地向诸神祈祷:

在上界飘渺的虚空,
有千千万万神兵神将,
簇拥着那白梵天王,
我把甘露圣香敬上。

在中间永恒的白云深处,
有千千万万念兵念将,
簇拥着念青格作大山神,
我把甘露圣香敬上。

在下界冰清玉洁的龙宫,
有千千万万水族兵将,
簇拥着龙王邹纳仁庆,
我把甘露圣香敬上。

还有七十五吉祥护法,天龙八部,三十尊战神,三十六尊保护神,十三尊引路神,战神威尔玛,也一一奉上了甘露圣香。愿天神、念神、龙神、战神、保护神、引路神等护佑岭军,早日平伏阿里,早日凯旋回岭。

第二天,岭军出征。阿里少年玉杰托桂一马当先,与辛巴梅乳泽并辔而行。阿里的七魔终于到了末日,小英雄别提多高兴了。玉杰恨不得一步就迈到阿里,把百姓从魔爪下解救出来,也盼望早日见到日思夜想的老父亲赞拉多杰。梅乳泽也为小玉杰高兴,自从三年前见到他那天起,梅乳泽就盼望着今天,他喜欢这俊美的阿里少年,也愿意为他重返故乡尽自己的微薄之力。辛巴如愿作了进军阿里的先锋。见这可爱的少年兴奋异常,梅乳泽也为之感染,仿佛是去解放自己的家

乡一样振奋。

岭国大军夜宿晓行，第九天晚上就到了阿里境内，在一座像九条黑蛇盘踞的石岩边扎下大营。

格萨尔下马进帐休息。明天，就要深入阿里腹地了，或许会碰上各种妖魔。他要好好想一想，如何对付突然出现的形形色色的妖魔鬼怪。格萨尔静静地坐着，想着。突然，一只金翅碧玉蜂飞进大帐，飞到雄狮王耳边，嗡嗡叫着。格萨尔兴奋起来。妹妹姐莱威噶果然依前言而来，变作玉蜂为他指点明天进军的道路，并且告诉他如何降伏挡路的人妖鬼怪。

格萨尔听得明明白白，记得清清楚楚。到了早晨，他从后营赶到先锋辛巴梅乳泽的霍尔军中，他要照妹妹讲的计策行事。

翻过一座雪山，又见三座紧密相接的雪峰直插云天。在那三山之间的一座小山峰上，蹲着一头魔狮，张着血盆大口，探出一只前爪。见到岭国军兵，那魔狮把前爪一挥，顿时扫下一个山尖。顷刻间风雪弥漫，遮住了道路，遮住了岭军将士的双眼。魔狮又怒吼起来，震得山摇地动。岭军的战马受不了这比雷鸣还要厉害十分的响声，长嘶着，向后倒退。岭兵急拉马缰，却又看不见道路。慌忙间，几匹马失蹄落入山涧。格萨尔知道这魔狮厉害，非他不能降伏。立即口念咒语，将自己变作一头绿鬃白狮，发出比那魔狮更响亮的吼声，向魔狮扑去。那魔狮一见白狮，顿时收起爪子，扭头就跑。白狮哪里肯放，呼地扑上去，三爪两爪将那魔狮的皮一片片撕掉，肉一块块剜去，魔狮顷刻毙命。

天空变得晴朗起来，风消雪融。那落入山涧的几匹马也被格萨尔召了上来，依旧奔腾跳跃，与前无二。

路越来越窄了，最窄的地方只能容得一匹马通过。岭国军兵牵着马，像丝线穿着珍珠似的一个接着一个继续向前进。过了这段羊肠小路，又过了一道石壁隘口，大军来到一块像罗刹仰卧似的怪石旁边。雄狮王格萨尔对唐泽说：

"唐泽，现在该是你出力的时候了。"话音刚落，从那块怪石下的深洞中，突然蹿出一条九头大黑蛇。这蛇身盘绕起来，大约有五尺粗细。这毒蛇一出洞，尾声就扫在那洞口的怪石上，小山那么大的怪石被蛇尾扫得像沙丘一样塌落下来。沙石、泥土，直冲云霄。刚刚晴朗的天空又昏暗起来，较之先前的风雪更甚。一尾扫过，那毒蛇又吐出长而细的毒须，怒目圆睁，向岭军卷来。格萨尔见了也猛吃一惊，一边吩咐岭军将士不要慌张，一边命唐泽快些动手。

唐泽毫无恐惧之色，不慌不忙地抽出一支金箭，搭在"威镇三界"的宝弓上，叫了声：

"九头黑蛇你听着：听说你是阿里七魔的保护者，他们的灵魂附你身。有句古谚对你最适合：'没有咒术佯装能降冰雹，没有武艺佯装能胜敌人，没有法力佯装能度众生。'不要说你保护七妖魔，连你自己也难逃厄运。你一尾能扫掉大磐石，却奈何不了金箭宝弓。今天是短命毒蛇遇青龙[注1]，是你气数已尽，休怪我无情。"唐泽一箭射出，不偏不倚，正好把毒蛇的几个脑袋穿在一起。格萨尔一招手，一道闪电从手心射出，蛇身化为一团黑烟，向空中飘去。那是黑蛇的灵魂，被格萨尔超度到天界去了。

再往前走，就是阿里的草原了，这美丽的草原，秀丽的景色，真令人陶醉，格萨尔吩咐安营。

望着这平展展、绿油油的大草原，格萨尔无限感慨，阿里真是个好地方呵！这里有生长药材的山林，这药材能医治四百二十种疾病；这里有像凝聚着酥油般的金海，有三百颗造金的灵丹，黄色金砂流不完；这里有像积满奶汁般的银海，有三百颗造银的药丸，白色的银子用不完；这里有像碧水般的玉海，有三百包造玉的药散，绿色的玉石任挑选。一旦阿里平定了，藏地事事都圆满，今生不愁吃穿用，为来世布施也欣然。

这阿里国确实是个好地方。王宫是一座三层高的雄伟壮观的宫殿，顶层用黄灿灿的金子盖成，中层用绿油油的松石修筑，底基是五光十色的玛瑙营造。蓝宝石做梁柱，红珊瑚做回廊。整个宫殿珠光宝气，金碧辉煌。较之那雄狮王的森珠达孜宫来也毫不逊色。然而，居住在这宫殿中的阿里国王并不快乐，皆因为徒有国王虚名，并不能管实事，国家重权全部落在七个魔臣手里，国王成了聋子的耳朵。魔臣说东，国王不能朝西，这样的日子，使阿里国王常常闷闷不乐，郁郁寡欢。

这一日上得殿来，一坐上那黄金宝座，阿里王达瓦顿珠就懒洋洋的，不一会儿，竟打起呼噜来。

众臣上殿一看，大王正在宝座上酣睡，纷纷静立两侧。他们也很体谅这有名无实的国王的苦衷，知道七魔臣不到，叫醒大王也没用，不如让他多睡一会儿，只有睡着的时候，他们的国王才会笑。

七个魔臣上殿来了，见达瓦顿珠还在睡觉，立即上前把他摇醒：

---
1 唐泽玉珠意为青龙。

"喂,大王,你睡觉在笑,一定做了好梦,讲给我们听听。"

"笑,没,没有哇。"达瓦顿珠确实做了一个梦,一个奇奇怪怪的、从来没做过的梦。也不知是好是坏,他不敢贸然开口,若说不好,轻则使七魔臣不悦,重则会大发雷霆。

"快说,我们要听。"

"对,别啰唆。"

"大王,您就说说吧。"大臣赞拉多杰,也就是玉杰托桂的父亲,也劝大王把梦说出来。因为他也做了个梦,梦见和他分别已有三年之久的儿子回来了。

见自己最信任的大臣赞拉也劝他说,达瓦顿珠王不再犹豫,原原本本地讲出了那梦境:

但见那东方日出地,
开来神龙念魔四路兵。
浩浩荡荡向北进,
开进我阿里金子城。

军营前后和左右,
七只猛虎转不停。
一头雄狮多威武,
华光普照小山村。

蓝色杜鹃引大军,
石山顶上往下行。
七只恶狼凶又狠,
对着神兵叫不停。

恶狼不知守本分,
竟和猛虎把命拼。
阿里隘口和雪山,
无人攻打自己崩。

神兵占领我王城,
金花盛开沁人心,
花瓣直向东方飞,

> 碎金落入千幅轮，
> ……

"不要说下去了！"铜头发恶魔多丹桑热跳了起来：

"什么白狮子，谁认识他？谁见过他？谁听说过他？"

这魔臣七兄弟一听那"白狮子"三字，就火冒三丈，七窍生烟，嫉恨得牙齿咬得咯咯响。

满朝的大臣见魔臣发火，心里暗自高兴。特别是赞拉多杰，国王的梦竟与他的梦相差无几。这可以断定，魔臣横行的日子已经不多了，阿里国就要见光明了，自己心爱的儿子玉杰托桂就要回到身边来了，叫人多高兴呵！没有得梦的众臣见赞拉多杰高兴，知道必有喜事降临，也掩饰不住内心的激动，兴奋得互相小声议论起国王的梦来。

见众臣喜形于色，七魔更加恼火，那多丹桑热大叫着：

"你这坏国王的坏梦相，象征我七兄弟要遭祸殃。什么'狮子抖威风'，像是那个格萨尔王；什么'七只恶狼被虎杀'，预示我兄弟没有好下场；'蓝色杜鹃引大军'，是那玉杰引狼入金乡。这梦绝非好兆头，不用细猜不用想，我们英雄七兄弟，要好好准备上战场。"

那阿里王见梦境被这魔臣一一道破，高兴起来。原来真是好梦，真是好梦呵！如果真的像多丹桑热所说，那么降伏了七妖，自己可以做堂堂正正的国王了。

铜头发多丹见国王也暗自高兴，越发愤怒异常：

"叫声众家好兄弟，不要装聋作哑站一旁，阿里宫中君和臣，对我弟兄怀不良。我们性命很危险，犹如巨石悬在马尾上，如今要趁那马尾还未断，豁出命来拼一场。集合七千兵和将，主帅我们弟兄当，打仗不能靠我们，还需处处多提防。骑上火焰追风马，快快整装出营房。"

那另外六个魔臣此时方知他们面临灭顶之灾，顿时心惊肉跳，纷纷起身前去整装披挂，召集军兵。因为他们好像已经闻到了生人的气味，岭军已离我们不远了。

多丹桑热骑上一头红毛老虎，爬到一座神山顶上，一眼就望见了草原上如星辰的帐篷和林立的刀枪。多丹桑热不见则已，一见就眼中冒火。他使劲一打虎屁股，红毛虎直向岭营窜去。魔臣右手高举长枪，左手提一条红色飞索，像一团火,杀气腾腾地杀向岭营。

丹玛早已受格萨尔大王的预示,这个魔臣该由他降伏。只见他青人青马,像块玉石般自天而降,一下子落在魔臣多丹桑热面前。那恶魔冷不防遇上这员猛将,稍一愣神,呆在那里,但他马上镇定下来。

"你是哪方的叫花子,因为何故到金城?俗语说:'马该死自己走进虎口,羊该死自己钻进狼群,人该死自己去敲魔鬼的门。'是什么鬼把你赶到我手心?"多丹说罢,连刺三枪,把丹玛的铠甲戮掉三四块,惹得丹玛火冒三千丈,抽出一支金箭说:

"我是格萨尔大王驾前一勇将,名叫丹玛大英雄。今天是你绝命日,铜发妖遇上我天煞星;死神阎罗的捉鬼绳,已牢牢拴住你的脖颈。你向上快把蓝天看一眼,这是你最后一次望浮云;你向下快把大地看一眼,让你最后告别土地神。"话音刚落,箭已离弦。一道金光,直射多丹桑热的前额,脑浆白花花地洒了一地,魔尸就像黑色供品一样,直挺挺地倒在地上。

那红毛老虎见主人已死,呲牙咧嘴地向丹玛扑来。丹玛不曾提防,这畜生差点儿把他扑翻,忙又射出一箭,正中红虎的心窝,这孽畜也像泄了气的皮口袋一样,趴在地上不动了。

岭国众将士见丹玛斩妖灭虎,纷纷向他道贺,旗开得胜,先灭了一魔。

岭国七雄奋勇除妖
雄狮大王开窟取宝

丹玛除了魔臣多丹桑热，格萨尔只是微微点了点头。他在看那座山——魔臣的寄魂山桑玛东泽。如果不把它毁掉，其他魔臣难降伏。格萨尔仰视天空，心中默默祝祷：

天神呵，战神威尔玛！请帮助我格萨尔吧，请为岭军除掉那座桑玛东泽山。

只见朗朗晴空突然出现一朵鸟一般大小的云块，眼看着那云块越来越大，最后罩住了阿里军营。乌云越来越浓，一道闪电划破长空，暴雨夹着冰雹倾泻而下。就在阿里军纷纷钻入营帐避雨的时候，一声惊天动地的霹雳过后，魔臣的寄魂山已化为乌有。阿里军兵吓得乱作一团，半晌不敢走出营帐一步。

又过了一天，大臣扎西尼玛试探着走出阿里营地。他要看看岭军究竟是怎么回事。因为昨日多丹桑热的侍卫已禀报了魔臣的死讯，引起魔臣们的惊恐和慌乱。刚才的一阵暴雨冰雹，使阿里军兵士气全无。霹雳过后，那几个魔臣像遭了霜打似的，萎靡不振。扎西尼玛出营一看，方知是那寄魂山被摧毁，才使得魔臣们如此不爽。又看了半日，扎西尼玛回营向众臣将报告：

"我爬上达泽山顶去瞭望，那黑压压的兵营，叫你不敢睁眼望；那神兵神将的威风，叫你想也无法想！头上，生火做饭的炊烟沸腾翻滚，像恶煞星一样！中间，那四色战旗和营帐,像闪电一样放光!地上,那箭镞、枪尖、大刀,磨得刺眼亮!那统兵的格萨尔像头活狮子,他手下的勇士比猛虎还强。岭国的情况就这样,要不要向国王讲?多丹桑热已阵亡,这个仗如何来收场?请大臣和将士们拿主张!"

扎西尼玛说完,众臣将紧闭双唇,一句话也不讲,却都在心里暗暗为魔臣多丹桑热的丧命而高兴。做了好事得善报,做了恶事遭祸殃,善报善来恶报恶,人情天理本昭彰。

魔臣多丹多吉见众人缄默不语,从自己的坐垫上跳了起来:

"既然多丹桑热已死于敌手,理当向敌人报仇索命,这仗不打哪能成?这情况不告诉国王怎么行?要让国王马上召集兵马,三日内前来迎敌。"

众人惧怕魔臣已非一朝一夕,现在虽然岭军压境,魔臣寄魂山已崩,但这些垂死挣扎的魔臣们依然能够呵斥众臣,要挟国王。多丹多吉一说话,别人还敢说什么?扎西尼玛也把喜悦之色收起,极不情愿地骑上银翅马,回王宫给国王达瓦顿珠报信。

达瓦顿珠坐在黄金宝座上,正在与阿里国二十五个邦城的君主和一百八十名大臣商议事情。扎西尼玛热汗淋漓地走上殿来,先献上一条哈达,向国王问候,然后把和岭国交锋、多丹桑热阵亡、寄魂山崩裂等一一向国王禀报。最后讲魔臣多丹多吉要求国王三日内集合阿里兵马前去迎敌。

因为魔臣一个也不在这里,扎西尼玛说出了自己的主张:

> 岭国大军到阿里,
> 金乡从此可以得平安;
> 岭国大王格萨尔,
> 会把阿里变成幸福国;
> 岭国七名猛虎勇士,
> 能把七个魔臣消灭完;
> 国王的金座稳如山,
> 百姓的生活比蜜甜;
> 我的想法对与错,
> 圣明的君臣会判断。

扎西尼玛的话正合国王达瓦顿珠之意。与格萨尔对抗,本来就不是对手。一则大家不愿意,二则,也打不过岭国。但是,如果照扎西尼玛所说,不派一兵一卒的援军，魔臣们就有可能先回城杀了他。为了使魔臣不起疑心，最好的办法是拖延时间，拖他十天半个月，也许格萨尔就把魔臣降伏了。到那时，我们就大开城门，迎接岭军。达瓦顿珠觉得这个办法可行。于是就让扎西尼玛立即回阿里军营，告诉多丹多吉，三天内无法将兵马聚集，半个月内一定派精兵援助他们。扎西尼玛明白了国王的意思，兴高采烈地回军营去了。

扎西尼玛一走，国王马上吩咐众臣，要各地的僧人带上供品、法器，要各地的大臣和将士披挂整齐，要各地的年轻姑娘穿上艳服，速来王城。国王要准备迎接贵客。

达瓦顿珠好兴奋呵！快了，快了，岭军就要来了，格萨尔大王就要来了，阿里国就要像原来一样了，也许，比原来还要好。

> 大王我好比盛开的鲜花，
> 大臣们好比金色的蜜蜂，
> 百姓们好比夏日的草甸。
> 愿金蜂永远围绕着花蕊，
> 愿牧草永远葱茏茂盛，
> 愿阿里国土永远吉祥太平。

阿里王达瓦顿珠默默地在心里祝祷着，急切地盼望着，盼望格萨尔大王早日降伏七魔，早日来到阿里金子城。

扎西尼玛飞马回到军营，告诉诸将，十五天内，大王将亲自带全国精兵，驾临军营。在阿里大军到达之前，诸将不得疏忽懈怠，倘有差池，定斩不饶。魔臣们闻听大王要亲自迎敌，并不知道这是达瓦顿珠的缓兵之计，心中还盘算着：我们兄弟六人纵然敌不过岭国众将，但只要坚持半月，待大王亲率重兵杀来，失败的就不是我们，而是岭军了。所以，不仅不怀疑国王有什么恶意，反倒认为达瓦顿珠非常尽心尽力。

那多丹多吉可等不了那么久，因为大王答应带援兵来，他就更加有恃无恐了。只见他眼露凶光，跳上九头铁狼，窜向岭军营地。

老总管绒察查根头戴日月盔，身穿如意甲，挥着青锋宝刀，杀出大营，辛巴梅乳泽见老总管上阵，恐有闪失，也紧跟着冲了出来。

魔臣多丹多吉把绒察查根上下左右打量了一番：

"哟，你这老东西是活得不耐烦了吗？看你头发那样白，活像大雪盖了顶；

看你眼睛那样绿，活像秋泉枯水一小坑；看你牙齿全掉光，活像一个无底洞。看你一副倒霉相，不配做我的箭靶子。猛虎捕条小山鼠，会遭百兽耻笑；我若杀了你这老不死的，会叫众人讥讽。你旁边的那个红骑士，似乎有点儿小本领，让他和我来交手，才不至失我英雄身份。"说着，多丹对准梅乳泽就是一箭。辛巴手疾眼快，把飞来的箭接在手里，一抓一折，箭断成几截，被梅乳泽扔在地上。辛巴伸手抽出一支箭，正要射出，被绒察查根拦住了。刚才被那魔臣羞辱一番，老总管的怒气还未消呢！他要亲手处死这个没把他放在眼里的家伙，让他来世不要再这样张狂无礼。老绒察也抽出一支箭：

"多丹多吉你听着：人若张狂会送命，貌似武勇的魔臣呵，让我送你上天庭！只担心我这铁弓一声响，那九头铁狼要受惊，辛巴与我同射箭，你射铁狼我射人。"老总管朝辛巴一使眼色，梅乳泽会意。两支铁箭同时射出，一箭射中魔臣的前额，一箭正中铁狼的心窝。那作恶多端的魔臣和铁狼，像羽毛被火烧掉一般，顷刻间化为灰烬。

第二天，魔臣米纳冬同又到岭军阵前叫骂，要与昨日杀多丹多吉的两个人交锋。曲琼贝纳见那魔臣主动送上门来找死，并且出言不逊，顿时大怒。一语不说，拍马冲出营门。因为冲得太猛，二骑辔头交错，二将鼻息相闻。两人马打盘旋，又转了回来。米纳冬同看了一眼曲琼贝纳，暗自高兴。原来，这岭将也同他一样又黑又壮。于是对曲琼贝纳说：

"你我都是黑大汉，谁强谁弱还得较量才能分得清。不敢比武算不得真英雄，只在远处射箭更不是大勇士，真正的好汉用刀枪，你来我往见短长。"说着，把长枪在阳光下晃了晃，那闪闪发光的枪尖晃得耀眼，趁曲琼贝纳看他的枪尖，魔臣猛地朝他刺来。曲琼贝纳险些从马上跌下。这还了得，曲琼贝纳一时火起，连刀枪都顾不得用，一下掐住了那魔臣的脖子，米纳冬同就像块熄灭的酥油灯一样，猛地一跳，又扭了几下。慢慢地，在曲琼贝纳的撕扯下，成了一块血淋淋的肉块，七零八落地散在地上。只见一缕青烟，飘飘忽忽地向北飞去。贝纳把魔臣的那堆肉捡起，挂在魔马的鞍子后面，赶回岭营。阿里军兵眼见魔臣被一岭将撕成碎块，个个吓得魂飞魄散，半晌不能言语。

又过了三天，东赞的铁箭射杀了魔臣赞嘉卡雪，米琼的尖刀刺死了达贡桑秋，森达的青锋大砍刀把米玛查热劈作两半。一连五天，每天降伏一个魔臣，加上丹玛第一天射杀的那铜发妖多丹桑热，阿里国魔臣七兄弟已除去了六个。

格萨尔大王抽出一支霹雳箭，递给那将要上阵降伏最后一魔臣的曲鲁达彭，告诉他：

"明日上午，那口吐火焰的魔臣要来岭军营前拼命，他的本领非同一般，切不可等闲视之。特别是他胯下的那匹魔马，行走如飞，魔臣战不胜必会逃跑，切不可放走了他。明日出阵，切切小心，不可大意。"

果然，次日上午，那魔臣卡拉梅巴鼻孔喷烟，口吐火焰，胯下马四蹄如风，眨眼间就冲到岭军营前。曲鲁达彭像天神下凡，山妖出洞，孽龙出海般迎了上去。卡拉梅巴把牙咬得咯咯作响，魔臣七兄弟如今只剩下他孤身一个，国王的援军连个人影儿也见不着，一定是投降了岭国，说不定那玉杰就是他派去的呢！卡拉梅巴一腔怒火，见到岭营出来一将，恨不得生吞了他，然后踏平岭营，像割草一样，把岭军人头割净，像切圆根一样，把岭军马头切得一个也不剩。然后回阿里王城，杀了那该死的国王，为众魔弟兄报仇雪恨。

二将各自站定，卡拉梅巴说：

"今天真该你倒霉，碰上我这索命人。是让我口吐烈火烧死你，还是鼻喷浓烟索你的命？是用箭射穿你的头，还是用刀剜掉你的心？不然我先要耍箭，你作箭靶我来射，看我能否中靶心？第二再来玩玩刀，你作目标我来砍，看我刀法精不精？第三要把枪舞动，你作靶子我来戳，看我枪法行不行？今天该你认晦气，我让你在枪尖刀口度光阴。"说罢，魔臣先射出一支铁箭，射掉达彭三片铠甲，接着，又刺出一枪，刺掉达彭四五片铠甲。见两种兵器都不能伤着达彭，魔臣抽出刀来，照准达彭的面门就劈，达彭一低头，头盔上的黄盔缨被削了下来。卡拉梅巴见杀不死这岭将，一着急，抱起一块牦牛般大小的石头，向达彭砸去，却被达彭轻轻接住，扔在了地上。魔臣招数用尽，仍不能战胜达彭，心虚气怯，拨马就走。曲鲁达彭怎肯放虎归山？催动坐骑紧紧追了上去。转眼间就追上了魔臣，拦在他的面前。卡拉梅巴见走不脱，就想拼命，曲鲁达彭不慌不忙地把格萨尔所赐霹雳神箭搭在弓上，念道：

箭呵，对准那魔臣，
一要射穿肺，
二要射碎肝，
三要射掉心。

霹雳神箭闪着耀眼的火光，不差分毫地钻进了魔臣的心窝，把那恶魔的心、肝、肺一起射出了胸膛。

至此，阿里七魔统统被诛，阿里大臣扎西尼玛星夜兼程，赶回王城，向国王报告妖魔已除，岭军将临的喜讯。

达瓦顿珠王闻报，欣喜异常，立即吩咐扎西尼玛鸣号，通知全国百姓，准备隆重迎接岭国君臣。

扎西尼玛登上楼顶，长长地吹了三声螺号。臣民们听见号鸣，一传十，十传百，没有多久，通往王城的路上，就布满了人流。离得近的，步行；离得远的，骑马。人们都把自己打扮得漂亮又威武。姑娘们更与常人不同，艳丽的衣裙就像天上的彩霞，地上的百花。

阿里的臣民们还没有完全聚集，岭国幻变出的神兵已布满阿里的天空、云层和离地面只有一肘高的地方。

阿里金国所有的人，上至国王大臣，下至庶民百姓，都在热诚地盼望着一个人，他们急切地想看看那闻名已久的雄狮大王格萨尔。人们都在按照自己的想象，描绘他们心目中的格萨尔。正当人们猜测议论的时候，国王的爱女、阿里国的公主扎西茨措从王宫里走了出来。

这是个心地善良、爱护百姓、对恶妇八败一点儿不染、对淑女八德一丝儿不缺、美若鲜花、娇似仙女般的姑娘。只见她，穿一件蓝底绣花锦绣衣，系一条红色丝绸腰带，黑发上佩着耀眼的金簪，结着红珊瑚辫穗，那一对银耳环上嵌着一圈绿松石，颈上佩一串玛瑙和珊瑚串成的项链，脚上穿一双绣有九道彩虹斗艳的长靴，扎着缕花鞋带……人们的目光紧紧围着公主转，把那想见格萨尔的念头全部转移到了扎西茨措的身上。

公主的笑脸像绽开的荷花，她从心底里高兴，看见那：

天空，绚丽的彩虹架起重重幕帐，
云间，吉祥的花雨纷纷扬扬，
地上，阿里的百姓欢呼歌唱。

是呵，七个魔臣已被消灭光，百姓又有了和平和安乐，雄狮王已到了这阿里金乡。碰上这三件难得的

大喜事，心情怎能不激荡。公主也知道百姓们心里在想什么，他们想知道岭国的神兵什么样，岭国的英雄勇士什么样，岭国的雄狮大王什么样？扎西茨措舒展歌喉，把将要出现在阿里金乡的岭国兵将一一唱给百姓们听：

> 黄金国降临了幸福，
> 雄狮王的阳光把阿里照亮！
> 碧玉蜜蜂般的神兵，
> 给阿里带来了蜂蜜的芳香。
> 岭国君臣驾临阿里，
> 金乡的百花尽情开放！
> ……

扎西茨措唱完，岭国君臣纷纷出现了。雄狮王格萨尔果然像公主唱的那样，身穿战神戎装，银盔玉甲，紫铜面庞，皎皎银牙，光彩照人，威武无双。

阿里王宫的大殿中央，高高地摆放着一个九层锦缎厚垫的宝座，格萨尔在上面落座，左右摆放着五层厚垫的绣墩，岭国的十大英雄，分左右而坐。

公主扎西茨措向雄狮王敬上洁白的哈达和金曼陀罗。阿里众臣向雄狮王献上了金、银、玛瑙、珊瑚、宝石等珍宝。

三百名俊美的姑娘，身穿锦缎彩衣，戴着华美的金银饰品，像婆娑起舞的仙女，捧着茶、酒和各种精美食物，献给雄狮大王格萨尔和诸位英雄。

国王达瓦顿珠头戴白绫巾，身穿紫色长袍，向雄狮王献上了他的礼品：

有金块铸成的骏马，碧玉精雕的黄莺，五种珍宝做成的曼陀罗，一串用珊瑚、玛瑙、玉石串成的念珠。然后唱道：

> 我顿珠像一座雪山，
> 迎来了岭国白狮做主人；
> 我顿珠像一片林海，
> 岭国的斑斓猛虎正好栖身；
> 我顿珠像一座花园，
> 岭国的金蜂好采花粉；
> 我把阿里献给您，
> 请雄狮王收我们为臣民。

格萨尔心中高兴，他喜欢阿里这美丽的地方，也为达瓦顿珠的一片赤诚感到欢欣。岭国军兵到达，阿里君臣在宫外等候，全国百姓以歌舞相迎，馈赠的礼物是如此珍贵，欢迎的筵席又是这样丰盛。公主和国王的祝愿是那样真挚、热诚。雄狮王也由衷地为阿里祝愿：

一愿臣民幸福，人人和顺！
二愿国家安宁，四境太平！
三愿财物丰富，百业昌盛！

"请达瓦顿珠王放心，从今后，银色的岭国和金色的阿里，会相亲相爱，情同手足。敌人来了，共同持枪灭仇寇；朋友来了，一起切肉待客人。来此王城除了降伏七魔，还要办件大事情。"

"大王请明示。"

"要在明年三月二十五日，打开阿里金窟，取出黄金珠宝，请公主扎西茨措随我前往。"

那公主扎西茨措本是天女转世，在三十三天界与格萨尔曾有一面之交，相约下界后，在阿里金国相见。扎西茨措是格萨尔打开黄金宝窟的好帮手。

转眼间，在阿里金城住了五个多月。不知不觉地，已经到了三月二十五日。这一天，当东山顶上升起太阳的时候，阿里和岭国的军臣百姓纷纷来到玉山狮子天宫金窟前的平坝上，准备看格萨尔开窟取宝。

雄狮大王和阿里公主到金窟前，只见金光闪闪的石壁上嵌着一朵蓝宝石刻的八瓣莲花，那翠莲晶莹剔透，光彩夺目。格萨尔断定，这是金窟之门。于是，雄狮王吩咐在宝窟门前安放坐垫，然后他盘腿坐在垫上，口中念动真言，祷告神灵帮助他打开金窟之门。

天空中现出五彩祥云，各色花雨纷纷飘落，公主扎西茨措来到格萨尔面前，先把一个约一肘长的金子曼陀罗敬献给雄狮王，然后转身面向宝窟门，右手摇动彩箭，左手举着一面净无纤尘、闪闪发光的金镜，对宝窟门说：

这是人间仙境阿里，
有价值无量的高山，
有供人享用的畜群，
有取之不尽的宝藏，

有用之不竭的密林，
有象征幸福的八种吉祥物，
还有数不清的珍品。
宝窟呵，
阿里的朗朗晴空中，
雄狮王的金太阳已高高升起，
众英雄如皎月大放光明，
小玉杰这启明星争辉斗艳，
神兵们如群星布满天庭。
日月星辰光辉灿烂，
照得金乡一片光明。

"宝窟呵，该是开启你的时候了。请金窟的四大保护神——东边神山上的猛虎，南边妖山上的狮子，西边龙山上的青龙，北边魔山上的大鹏，在今天这吉祥的时刻，帮助格萨尔大王打开宝窟，把祖传珍宝交给后人。"公主说完，将手中彩箭插进那朵八瓣莲花的正中。格萨尔也用五股金杵点了一下莲花的花芯，只见石壁忽然裂开一条缝，这缝越来越宽，越来越大，一股股芬芳的香气从那裂缝中飘了出来，沁人心脾。

守窟神将显现了，他把一尊有箭杆长的如来金佛，一尊珊瑚的无量寿佛，一尊白海螺观音佛，一尊绿松石度母像……一一捧出，献给了雄狮王。

格萨尔从守窟神将手中接过一尊尊佛像。接着，那马头大的，羊头大的，拇指大的金块，像石山崩塌一样从窟中滚了出来。金块后面，散碎细小的金粒、金砂，像流沙般连接不断地流了出来。

公主扎西茨措捡了五块马头那样大的金块，又捧了五捧金砂，放回金窟，作为镇窟之宝，随即关好窟门。

岭国的阿里的臣民百姓亲眼见那黄金珍宝纷纷从窟内流出，一辈子也没见过这奇异的景象呵，他们更加崇敬格萨尔，纷纷敬礼称贺，祝福吉祥。

格萨尔把所得珍宝逐一分配：几尊佛像本是阿里应得之物，雄狮王把它们留在阿里金乡，其余散碎金块带回岭国。

格萨尔来阿里的两件大事均已办好，他要率岭国兵将回国了。阿里王臣和众百姓苦苦相劝，希望雄狮王能留在阿里金乡。

雄狮王看着这些已经归属自己的臣民百姓们，唱道：

百鸟之王大兀鹰,
飞翔在浩瀚蓝天,
降落在危崖绝顶,
不能休憩,必须飞翔。
这是命运的安排,
愿岩石与世长存!

门域的神鸟杜鹃,
飞翔在藏地上空,
降落在故乡密林,
不能休憩,必须飞翔。
这是命运的安排,
愿森林永远茂盛!

我雄狮君臣一行,
去年来到阿里金城,
今年要回岭国故乡,
不能长住,必须登程。
这是命运的安排,
愿阿里君臣百姓吉祥安宁!

见留不住格萨尔大王,达瓦顿珠王吩咐大臣扎西尼玛和公主扎西茨措给格萨尔及岭国英雄备礼。

大臣去挑选一百头骡子,一百匹好马,一千头犏牛,要头头精壮,准备给岭军驮运黄金和珍宝。

公主拿来了"称心聚财宝珠"、"月光拂风宝珠"、"如意破阵宝珠"三件稀世之宝。还有一捆紫玉百股绳,一捆白松石百股绳,一捆花玛瑙百股绳,一捆蓝宝石百股绳,一捆花宝石百股绳。此外,把那狮虎争胜花缎、游龙舞云花缎、水纹花缎、石纹花缎等五色彩缎及六种特效灵丹也一起拿来献给了雄狮王及岭国的众将士。

雄狮大王一见这骡马牛及诸多珍宝,立即说:

"这骡马牛乃是我大王驮运物品所必需的,三颗宝珠作为我大王布施众百姓的物品,我收下了。其余的东西,还请顿珠王拿回去,留在阿里,留给臣民百姓吧。"

达瓦顿珠见格萨尔坚辞不收，不再勉强，眼见岭国兵将就要登程而去，公主扎西茨措无限惆怅，她只能祝愿：

> 离开云宫遨游的青龙呵，
> 不要着急，慢慢行！
> 龙的吼声是太空的鼓点，
> 愿青龙常在！
>
> 离开密林远行的猛虎呵，
> 不要着急，慢慢行！
> 虎的花纹是森林的装饰，
> 愿猛虎常在！
>
> 离开金乡远去的雄狮王呵，
> 不要着急，慢慢行！
> 您的威名传遍世界，
> 愿大王常在！

格萨尔见阿里众君臣神色忧伤，真诚地安慰大家：

"太阳在傍晚落山，黎明又会升起在东方，我岭国君臣暂时返故乡，不用多久我们又会欢聚一堂。如今恶魔还霸占着许多地方，我要一一把他们消灭光。我们今生一定能够再见面，来世还会相聚在天堂。悲欢离合本无常，贤君良臣不必忧伤！"说完，格萨尔告别阿里君臣及王妃、公主，登程而去。

岭国早已准备了美酒佳酿，王妃珠牡高举金杯，向格萨尔禀报：

"在您去阿里降魔期间，岭国江山像弥须山一样稳固，百姓的幸福生活如海中的波涛一样，一浪高过一浪。"

格萨尔从王妃手中接过金碗，一饮而尽。命唐泽集合岭国诸部及英雄勇士，让众臣民百姓到森珠达孜宫前等候分配黄金及珍宝。

琪居、珍居、琼居的首领和英雄急速赶来，领到了分给自己的一份财物。老总管绒察查根高兴得像个孩子，见众人都在望着他，老总管亮开了歌喉：

> 吉祥的太阳照头顶，

吉祥的鲜花开草坪，
吉祥的彩虹织天幕，
吉祥的云彩飘太空。
但愿药王施宏恩，
保我君臣无疾病；
愿无量寿佛开慧眼，
岭国百姓都成老寿星；
愿红脸财神多保护，
财宝充足不穷困！
愿藏地百姓幸福康乐，
愿岭国前程繁花似锦！

岭军远征初战获胜
穆古失利连损数将

降伏了象雄珍珠国和亭岭等邦国后，格萨尔大王又开始闭关静修，除了父亲森伦、母亲郭姆、王妃珠牡、内侍米琼、大臣丹玛以外，不见任何人。一天夜里，天母朗曼噶姆向他预言，告诉他降伏穆古骡子城的时机已经到来，要他速速带兵前去攻打，降伏魔王，开启宝库，将宝贝骡子带回岭地。

第二天一早，格萨尔命内侍米琼速召岭国各部首领立即到森珠达孜宫议事。

各部英雄像雪片一样飘飘洒洒地落在森珠达孜宫里。王子扎拉恭恭敬敬地向雄狮大王献上哈达，祝贺大王静修圆满成功。众英雄也纷纷献上哈达，他们已经有几个月没有见到大王了，除了向大王问安，还想听听大王召见他们有何要事。

格萨尔向众英雄讲述天母的预言，穆古骡子城的国王尼玛赞杰反对善道，施行恶道，是个极端残暴的魔鬼，现在降伏他的时机已经到了。

岭国各部英雄纷纷点头。大臣丹玛立即写了数封信，命使臣送往各属国。命各国急速调集十万人马，前来岭国森珠达孜宫前听令。岭国各部首领也要从速将人马聚集。

吉年吉月的二十八日这一天，各个属国的人马到了岭地。北方魔国、霍尔国、姜国、门国、上下索波、大食国、阿扎玛瑙国、碣日珊瑚国等邦国的人马与岭国各部的人马汇聚在森珠达孜宫前的广场上，整个广场战旗飘扬，人马沸腾，热闹非凡。

广场中央，设一金子宝座，上面放着雄狮大王格萨尔的披风。以扎拉为首的岭国众英雄分坐两边，侍女们纷纷献茶敬酒，大家边吃边喝边等候各属国的英雄们到来。

各国的英雄们到了，骑着骏马，佩着刀剑，远远地就下了马，朝王子扎拉和岭国众英雄走来。到了扎拉的宝座跟前。众英雄一面向王子致敬，一面奉上各自带来的九种礼品——这是藏族的一种古老习俗，每份礼品要有九样东西，表示最珍贵的奉献。

献礼毕，大将丹玛向各部各国英雄宣布雄狮大王的将令：

"东方穆古骡子城的国王尼玛赞杰，是魔王玛章如扎转世，他施行恶道，仇视善道，手下有三员大将，八十条好汉。天母已经降预言，定要在今年铁马年，征服穆古骡子城。大军要立即出征，扎拉、尼奔和玉拉，是率领岭军的大将。格萨尔大王还要在岭地静坐修大法。等到降伏尼玛赞杰、攻克穆古骡子王城、超度死亡将士的时候，大王自会来穆古，与众位英雄在一起。"

岭国大军准备出征了，以王妃珠牡为首的姑嫂、姐妹们，焚香祝祷，敬酒献茶，为大军送行。

各国首领将各自的厚礼交给米琼，请他呈给雄狮大王。格萨尔也有赏赐，各位英雄得到的赏赐均不相同。辛巴梅乳泽得到一支神箭，心中非常高兴。想那穆古有许多异常勇猛的好汉，过去从未与他们交过锋。今年的梦境和征兆都非常好，现在又得到大王亲赐神箭，我辛巴梅乳泽定能立下大功。

在王子扎拉的率领下，岭国大军走了七天，来到德拉查茂滩，王子传令扎营。大军的营帐，如同天上的星星一样，一座连着一座，布满了整个大滩，非常壮观。扎好营帐，开始烧茶做饭，只听风箱声好像雷鸣，炊烟袅袅似云雾缭绕。

晚饭过后，王子扎拉召各路首领前来大帐议事。不等众位英雄开口，达绒长官晃通站起来说：

"话多淡如水，言多不顶事。请众位英雄听我老汉讲几句。"

从前藏地有谚语：
国王的力量虽不大，
没人敢去比武艺；
乞丐的智慧虽惊人，
没人愿意去问计；

> 我晁通的计谋虽然多，
> 没人睬又无人理。
>
> 虽说我话没人信，
> 老汉偏要讲几句；
> 岭国穆古无怨仇，
> 派兵征讨欠情理；
> 大军不如留此地，
> 只派我晁通一人去，
> 利用幻变和计谋，
> 引诱穆军来岭地。
> 一旦穆古来进犯，
> 降魔退敌才有理。

岭军首领们虽说不相信晁通一人能办成如此大事，但认为他所说的穆古与岭国旧日无仇，无故征讨欠情理的话还是对的。众人低头不语，只等王子扎拉下令。

辛巴梅乳泽深知晁通的为人，早年因他私通霍尔王，使战祸延续数年，百姓遭难。如果让他只身前去穆古，不知又会干出什么阴险的事来。应该禀告王子，决不能让晁通去穆古。辛巴想着，从坐垫上站起，从贴身的佛盒中取出一条丝织哈达，走到王子扎拉跟前，恭恭敬敬地献给王子，然后禀告说：

"达绒长官说得很有道理。岭国与穆古前无旧冤，今无新仇，岭国大军去征讨，总觉理亏。但让晁通王只身前往，我们怎么能放心得下？穆古城英雄众多，万一有个闪失，就不好了。王子呵，我倒有个主意……"

"辛巴请讲。"王子扎拉急忙站起。众英雄也将目光投向梅乳泽。

辛巴梅乳泽这才说：

"我们不如派个使者去穆古，就说岭国几十万大军要到东方嘉地去迎亲，路经此地，想借穆古的城堡休息七天。我想那尼玛赞杰王肯定不会答应，他只要不借城堡，我们就可以借机进兵了。"

"太好了！"

"辛巴的主意太妙了！"

众将都说梅乳泽的主意好，王子扎拉也点头称赞，立即修书一封，派使臣前往穆古城去见尼玛赞杰王。

晁通失去了一个显露身手的机会，虽然不满，却也无可奈何，心里暗恨辛巴梅乳泽多嘴多舌。

派出使者的同时，岭军继续前进。大军经过达乌娘乌地方，消灭了为数不多的守军，获得不少财宝。到达森圹纳查莱，有的部落想阻挡岭军前进，但无异于蚂蚁挡大象，一与岭军接触，就抱头鼠窜了。有的部落见势不妙，早早投降称臣。

岭军又走了七天七夜，在荚圹查茂地方宿营，等候派出去的使臣回话。

岭国使臣到达穆古骡子城，先去见大臣鲁杰，将王子扎拉的信呈上。鲁杰立即将信送到王宫。

穆古王臣正在宫中议事，一见岭国的信函，尼玛赞杰王接过一看，气得怒发冲冠，立即对群臣说：

"岭国说要借我的城堡休息，这全是骗人的鬼话。如果他们真的要去嘉地迎亲，路经穆古倒也无妨，可看这信的口气，完全是仗势欺人，不把我们穆古放在眼里。他们岭国人可以在别的地方横行，到穆古可行不通……"

群臣不知道发生了什么事，使得大王如此震怒和喋喋不休，尼玛赞杰王好像也发觉了这一点，忙命鲁杰将扎拉的信读给众臣听。

大臣们听罢，也很气愤，认为岭国是故意挑衅，但是，如果不问情由就去与岭国交锋，好像也不是个办法。英雄章岭扎堆向大王禀报，愿带十万穆古军出城察看，以探虚实。

尼玛赞杰王点头答应说：

"章岭扎堆，你带三十名英雄，十万大军，出城去看看岭军借路是真是假，若是真心，可以让路请他们进城歇息，若是来犯之敌，你们就是我穆古军的先锋，绝不能放过岭军的一人一马，我率大军随后就到。"

岭国使臣回到大营，向王子扎拉禀报，说穆古给了好茶饭，只是没有回信来。扎拉知道，尼玛赞杰王绝不会轻易答应让路，因此必须做好准备。扎拉遂派出十五名大将，各带一百名骑士，前去穆古侦察。行至才曲河畔，恰遇穆古派出的十万大军。穆军大将章岭扎堆在十名英雄簇拥下，驰马向前，对岭军说：

"这里是穆古骡子城的土地，我是穆古大将章岭扎堆。你们是何方人马？从什么地方来？到什么地方去？看你们这样子，说是强盗呢，似乎多了点儿；说是军队呢，又似乎少了点儿。莫非你们就是岭国的人马？"

章岭扎堆见对面的岭军并不理他，断定就是岭国的军队，心中有些生气，说出的话就不中听了：

> *吃百只肥羊的豺狼，*
> *最终会被嫩肉噎死；*
> *杀百个男女的屠夫，*
> *最终会在剑下丧生。*

"你们岭国人，无故杀人抢掠，今天又来犯我边境，是何道理？你们要说分明。你们的使臣说要借道穆古去嘉地，还要借城堡歇息。去嘉地的道路有千条，为什么偏要走穆古？扎营帐的地方多广阔，为什么偏要宿城堡？如果要借路也不难，献上礼物再细谈。斑斓虎皮为主的九种礼品要九份儿，花斑豹皮为主的七种礼品要七份儿，还有纯金制成的宝盆要一个，青玉制成的宝瓶送一双。这些是借路的必要礼品，要不送礼强通过，我手中的宝剑不答应。"

扎堆的话音刚落，岭军阵中冲出一白人白马，如同太阳照在雪山上，灿烂耀眼，正是大英雄森达，只见他左手持弓，右手执箭，威风凛凛地对章岭扎堆说：

"我们岭军到此地，是要借路借城堡，你们却用大话吓唬人，还索要什么借道礼。岭国英雄从来不怕人说大话，更没有什么礼物送给你。不送礼品路要借，要打要拼全由你。岭军寻宝到此地，不能受你小人气。"

说罢，森达射出一箭，正中章岭扎堆的胸口，却没有伤着他，只因还未到降伏他的时候。

章岭扎堆见森达如此无礼，不由得大怒，张弓搭箭，回射了一箭，也未能伤着森达。

岭国英雄丹玛、木里国王、亭岭国王、扎噶等四人，出阵为森达助战。穆古军中也涌出众多好汉，与岭将交锋。岭穆双方混战了约有一顿茶的功夫，扎噶被章岭扎堆砍伤，丹玛刀劈了好汉才杰，亭岭国王斩杀了米郭岗仁和扎日古喜，木里国王只一箭，射死了垂吉和他身后的十五个穆古军卒。

章岭扎堆砍伤了扎噶，趁扎噶后退之机，又朝森达扑来，被森达一刀砍在马头上，坐骑受伤，鲜血喷泉般涌出。倒在地上。扎堆摔下马，扭头就跑。边跑边朝森达射箭，箭没有伤着森达，却射倒了身旁的几个岭军。森达一挥刀，与岭国五员大将朝章岭扎堆杀去。

穆古的两位好汉让过章岭扎堆，拦在岭国英雄面前。就在这时，辛巴梅乳泽从后面杀了过来，与穆古的两员将森格扎堆和玉珠扎堆战在一处。只几个回合，辛巴就将玉珠扎堆劈于马下。

岭军的援军在女英雄阿达娜姆率领下赶到了。援军与森达、丹玛合兵一处，将穆古军杀得大败，穆古兵将死伤无数，大将其梅白桑被活捉。

岭军得胜回营，王子扎拉见初战告捷，自然十分高兴，取出金币、绸缎，分别赏给有功将士，作为奖励。

被俘的穆古大将其梅白桑被捆得像个线团，推进了王子扎拉的大帐。众英雄纷纷抽刀拔剑，要杀他庆功。晁通显得比别人更加愤怒。右手握刀，左手抓住其梅的头发，定要亲手斩他，以解心头之恨。

总管王绒察查根夺过晁通手中的刀，对王子扎拉说：

"手中没有武器的敌人不能杀，杀这样的人算不得真英雄。王子呵，我们不如劝他投降，进攻穆古的时候，还可以让他作向导。"

扎拉连连点头，称赞总管王的主意好。绒察查根转过头来劝其梅白桑投降。

其梅见王子扎拉宽厚，总管仁慈，深感不斩之恩，遂俯首称臣。绒察查根很是高兴，对其梅说：

"你既已投降称臣，就是我们岭国的人了，我问你几件事，你要如实回答。"

其梅白桑双膝跪倒，双手合十，谦恭地回答说：

"总管王请问，凡是我知道的，一定如实禀告，不敢有半句假话。"

其梅白桑尽自己所知，将穆古骡子城的情况全部告诉了总管王和王子扎拉。王子聚集众将，将攻取穆古的事议了又议，把部队重新调配了一番。

穆古骡子城的森格劲宗宫殿内，国王尼玛赞杰端坐在宝座上，大臣们分坐两边。王妃协赛卓玛、王子晋梅朗卡洛珠、公主央珍曲吉措姆也都在国王身边坐着。众人正紧张地等候派出去的十万大军的消息。

败阵而归的森格扎堆闯了进来，向大王详禀同岭军交锋的情形。群臣听罢大惊，国王尼玛赞杰更是又气又急，急怒攻心，竟昏厥过去。吓得王妃和公主惊叫起来，急忙吩咐侍臣拿来圣水，轻洒在尼玛赞杰王的头上、身上。穆古王这才慢慢睁开眼睛，一双血红的眼睛像要喷出火来，满月似的脸庞布满了乌云，变得靛青靛青的。如墨的眉须也变得焦黄，一口螺牙咬得像是在嚼炒青稞。尼玛赞杰一把推开王妃，猛地从宝座上站起来，大骂坏觉如：

坏觉如的乞丐军，
无故来犯我穆古城，

> 穆古英雄刀下亡，
> 九万兵士丧生命。
> 将士战死为保国，
> 虽死永世留英名。
>
> 唯有森格扎堆你，
> 像狐狸一样来逃生。
> 送你去日努曼杰荒滩上，
> 三年之内不准回城。
> 将士们切切要牢记，
> 贪生怕死会留恶名。

"初次和岭军交战，就失去了我两员像心肝一样的大将，叫我怎么能不伤心，又叫我怎么能不气愤？但伤心不顶用，气愤也不能退敌兵，我们要立即聚兵去报仇，杀死岭军和岭将，为穆古军的失败雪耻。"

尼玛赞杰王决定将败将森格扎堆和岗察巴瓦发配到边远的日努曼杰荒滩，以示惩罚。然后命鲁杰康松锁达、堆杰巧巴腊松、赞杰帕瓦岗纳三员猛将和各路首领，各率本部人马，前去抵挡岭军。最后穆古王警告将士们：

"如果得胜有重赏，胆敢像狐狸往后逃，要活剥人皮处死刑，王法森严定不饶。"

众英雄、首领点头称是，却没有出宫去聚集兵马。穆古王觉得命令已下，不明白众将为何还不依令而行，正要发怒，王子晋梅朗卡洛珠给父王敬献了一条世界上最长的哈达，恭恭敬敬地说：

"请父王息怒，大臣森格扎堆一生对父王忠心耿耿，患难与共，请父王不要处罚他吧。两位大英雄阵亡，虽然令人悲痛，却也是命中注定的事。请父王不必过于悲伤，我们一定要奋力杀敌，为死去的将士报仇。也请父王饶恕森格扎堆，给他们一个改过的机会。父王呵，请恩准孩儿的请求。"

大臣们也纷纷跪倒，为森格扎堆等人求情。尼玛赞杰见此，怒火稍平：

"既然你们都为他们求情，不放逐他们了，但是，不能让他们再留在穆古城中。森格扎堆，你随便到什么地方去吧。"

森格扎堆跪倒谢恩：

"感谢大王不放逐之恩，我一定尊照您的旨意，离乡背井，远远地去流浪，请大王珍重贵体,祝王子安康。"说罢,森格离开王宫。

当天晚上,森格扎堆和岗察巴瓦二人悄悄商议着去哪里合适。想来想去,二人觉得对大王忠心耿耿了一辈子,却受到大王的严厉责罚,既然尼玛赞杰如此无情,不如去投奔岭军。二人商议罢,带着手下的两万人马朝岭营奔去。

走了六天六夜,第七天清早来到岭军大营。岭军以为穆古军前来踏营袭击,纷纷披挂上马。森格扎堆和岗察巴瓦命手下军卒扔掉手中的兵器,脱掉身上的铠甲,表示无意作战。岭军见此,将森格和岗察二人带到辛巴梅乳泽的大帐,二人献上礼品,说明来意。梅乳泽异常欣喜,忙去向王子扎拉禀报。王子也很高兴,每人赏赐十枚金币,让投降的穆古军暂住霍尔大营,归梅乳泽统领。

梅乳泽回帐告诉二人,王子扎拉同意收留他们。森格和岗察立即随梅乳泽来见王子扎拉和众首领。二人向王子献上骏马等九种礼品,给每位首领送了一匹好的锦缎,五十枚银币。见被俘的穆古大将其梅白桑也在这里,做了岭国的大将,森格和岗察又送给其梅一匹彩缎,一百枚银币。

岭军大营大摆宴席,欢迎投降的穆古将士,众军兵唱歌跳舞,跑马射箭,像过节一样热闹。

就在森格扎堆和岗察巴瓦投降的第二天,穆古大军也离开了王城;在距岭军不远的亭曲桥畔扎下了大营。众将要在鲁杰康松锁达的帐中议事,此时方知森格和岗察已率兵投降岭军。众将异常愤怒,早知如此,当初就不该为他二人求情。鲁杰更是又气又怒,决定独自去踏岭营,捉住森格、岗察二人,以解心头之恨。

岭军没有任何准备,任凭鲁杰横冲直撞,左劈右杀,如入无人之境。鲁杰从北门冲进去,又从南门杀出来,守卫南门的亭岭国王提刀迎战,被鲁杰一刀砍在右手上,痛得他滚下马来。辛巴、森达、多钦、木里国王等七人共战鲁杰,曲珠、噶德等七人将亭岭国王救回大营。

七员岭国英雄与鲁杰大战不止,任凭刀砍箭射,皆不能伤他。阿达娜姆飞马赶到,迎面射了鲁杰一箭,利箭像羽毛一样飘落在地上。曲珠将亭岭国王送回大营后,也转回身来与鲁杰大战,此时鲁杰已被岭将围在中间,曲珠乘其不备,抛出套索,被鲁杰一刀砍断。鲁杰趁势扑向曲珠,又虚晃一枪,冲出包围圈,逃回穆古大营。

鲁杰回营,自吹踏营已获成功,只是人单势孤,对付岭军的千军万马和无数勇将,显得力不从心,没能获得更大的胜利。穆古众将一听,纷纷要和鲁杰一起去踏岭营。鲁杰只好答应,因为说出去的话,像泼出去的水一样难以收回。

过了几天,穆古军将士们准备完毕。鲁杰一马当先,后面紧紧跟着赞杰、载钦、廓昂达彭、琼钦扎巴等穆古军的大将们,还有不可计数的众军兵,直扑岭军大营。

岭军早有准备,穆古军闯进大营,众英雄就从四面杀出,刚一交锋,穆古就败了下去,大将巧巴腊仁、扎热登巴被杀,还有一些将士被岭军活捉。穆古军慌忙后退,岭军乘胜追杀,眼见退到河边,鲁杰勒住马头,将手中刀高高举起,喝令像潮水一样后退的穆古军兵止步,稳住阵脚,向岭军反击。

岭国大将丹玛、森达、噶德、辛巴、玉拉等五位英雄率岭军追了上来,五人又将鲁杰围在中间,此时的鲁杰,已全然没有了初踏岭营时的锐气,只有招架之功,没有还手之力。渐渐地竟有些招架不住了,环顾四周,见赞杰、琼钦扎巴、廓昂等人也被岭国军将围住厮杀,正自顾不暇,哪有力量助他一臂之力?鲁杰稍一走神,辛巴梅乳泽的套索套中了他的脖颈,赞杰等人也被岭国大将套住。鲁杰和赞杰同时大喊一声,用力一劈,套索被斩断,鲁杰等人乘机逃走。只有东松色伦没有砍断套索,被曲珠和玉拉俘获。

就在几员穆古大将砍断套索逃走的时候,辛巴梅乳泽和噶德又抛出铁钩,将大将载钦钩下马来,丹玛上前,将其活捉。

众英雄押着被俘的穆古军将返回大营,向王子扎拉报功。王子各有赏赐,自不必说。对两员被俘的穆古大将,王子也赏赐茶饭,暗示梅乳泽劝他二人投降。

辛巴一捋胡须,先将穆古大将奚落了一番,然后坐下来想慢慢审问二人。就在辛巴坐下的一瞬间,载钦一使劲又一挥手,将身上的绑绳挣断,又将东松色伦像抓羊羔似的抓起,夹在腋下,一阵风似的旋出岭军大帐,又像风一样飞出大营。

岭国众英雄被载钦突如其来的行动惊呆了,等到反应过来,载钦已经离开岭营很远。众英雄来不及备马,也来不及佩戴兵器,冲出帐外追赶。只见载钦夹着东松色伦忽上忽下,忽左忽右,飘飘悠悠地往前走,众人却怎么也赶不上。眼见到了亭曲桥畔,众英雄已经累得气喘吁吁,载钦也将东松放下,帮他解开绑绳。岭国众英雄因为手无弓箭,只得捡起石头朝载钦二人投去,一时间,那石头像雨点般在载钦二人前后左右落下,只是不能伤他二人。载钦和东松将飞过来的石头捡在一起,守在桥头,对辛巴等岭国英雄唱了一支歌:

幽幽亭曲河桥头，
能抓雷电的英雄守，
九百部落我是头，
没人敢来同我斗。

苍龙在蓝天遨游，
毛驴在地上把耳抖，
毛驴、苍龙无法比，
走兽上天不能够。

杜鹃鸣叫人皆喜，
乌鸦张嘴更丑陋，
杜鹃、乌鸦无法比，
乌鸦最好闭歌喉。

岭国一群小懦夫，
想在载钦面前把威风抖，
岭人与载钦不能比，
辛巴本领不如狗。

你们投石不能伤我，
我若投石定砸你们头！

　　唱罢，载钦扔出一个石子，正砸在辛巴的头上，梅乳泽当即昏了过去。丹玛等人大惊，一面向载钦打石头，一面吩咐玉拉等人将辛巴送回大营。
　　载钦见岭国英雄飞来石头，也将手中石头不断打出，诸多石头在空中相撞，碰出火花，丹玛见载钦厉害，知道一时不能胜他，怕久留下去，又会有人被他击伤，故尔率众人退回。载钦和东松也收拾停当，返回穆古大营。
　　鲁杰等穆古大将见载钦和东松二人平安返回，大喜过望。鲁杰说：
　　"我们这次踏营，就像俗话说的那样，放火去，烧别人，不小心却烧了自己的眉毛和胡子。所幸的是，二位英雄遇难呈祥，平安回返，这是我们穆古大军的喜事，就是失去多少人马也不足惜了。"
　　众将也纷纷向载钦和东松二人祝贺，然后商议如何退敌，最后商定，先派人回王宫向尼玛赞杰大王禀报战况，请大王派出援军。在援军未到之前，他们决定不再出兵。

岭军也一直没有出兵，两军相安无事。

穆古大将琼郭和罗玛走了六天六夜，回到森格晋宗王宫，拜见尼玛赞杰大王，详禀与岭军交战的经过。穆古王一听大军惨败，大怒，就要亲自率领大军，去与岭军较量。群臣众将极力劝说，尼玛赞杰就是不听。就在这时，王子晋梅朗卡手捧哈达跪在父王面前，向父王献过哈达后，劝父王说：

"父王呵，我今年已经十五岁，要为国家出力，愿为父亲分忧。父王金身玉体，最好不要轻举妄动，孩儿我愿替父王出征。"

大将协饶扎巴、琼堆梅吉、雅瓦嘉仁、达茂克杰、达玛托郭等五人，愿随王子前往救援。

尼玛赞杰这才摘盔卸甲，命王子晋梅与五员大将率六十万人马速去救援。

王子又对父王说：

"父王呵，我走以后，您要将剩下的人马重新调配，外城要加固，内城要修复。只要守住王城，岭军再多也不怕，最后谁胜谁负，不在人为在天意。"

群臣众将纷纷向王子投来赞许的目光，想王子小小年纪，竟如此智勇双全，怎能不令人钦佩。

王子决计替父王出征，急坏了王妃和公主。王妃疼爱儿子，公主不舍幼弟，她们每人拉住王子一只手，苦劝王子不要出征，说得尼玛赞杰的心都动了。无奈晋梅王子主意已定，再难更改，公主和王妃只得挥泪送别。

穆军似雪猪守孤城
岭兵如猛虎破敌堡

岭国众英雄聚集在扎拉王子的大帐内，商议如何破敌。最后商定，长、仲、幼三系各派一人回岭地向格萨尔大王禀报与穆古军交战的情况。大军从明日起进攻穆古大营，一鼓作气攻进王城。

第二天，辛巴、丹玛为先锋，王子扎拉率大军随后，浩浩荡荡地直奔穆古大营。前军行至穆军营地，竟不见穆军踪影，岭军兵将感到吃惊。人们在悄悄议论，有人说这是穆军在用幻术，有人认为穆军是被吓跑了。丹玛立即派六十名骑士，速往后军去请王子扎拉。

待后军全部扎营之后，丹玛向扎拉王子禀告说：

王子呵，真稀奇，
穆军突然无踪迹；
是幻术还是恐惧？
是逃走还是藏匿？

王子呵，看仔细，
穆军究竟在哪里？
是派辛巴去侦察，

> 还是我丹玛去寻觅？

王子扎拉问丹玛有什么好主意。丹玛回答说：

"依我之见，明天先派辛巴梅乳泽乘飞船去侦察一下，找到穆军驻扎的地方，把守敌消灭，穆古王城就好攻打了。"

扎拉认为丹玛说得有理，就令辛巴回营准备，第二天一早出发。

次日晨，没等辛巴出营，晁通已经抢先飞出了营。原来那晁通不愿放弃这次立功的机会，昨晚就用幻术造了一条水晶飞船，四边镶有美丽的吉祥花纹，船头装有鳌鱼的头。今天一早，又变化出三个和自己一模一样的人，坐在飞船四边，又命一百名达绒部的勇士坐进船内，悄悄地飞了出去。

水晶飞船飞到图噶劲宗城的上空，见有一座五层高楼，最上层有四个角楼，里面藏有不少人。晁通以为找到穆军藏匿的地方，心中十分高兴。但晁通仍不满足，对手下军卒说：

"我们这飞船飞得太高，看不大清楚，我们应该降到顶楼上去，仔细看看。"

军卒害怕被穆军发现，晁通却满不在乎，告诉军卒们，飞船有隐形罩，不会被人发现。

飞船悄悄在城头降落了，把个图噶劲宗看得仔仔细细，然后又悄悄飞起，降到查雅宗城头上，晁通正待仔细察看，忽听躲在城楼里的穆军正在议论：

"觉如军人多势盛，杀了我们那么多人，又占了我们的地方，可要想取胜就难喽！"

"为什么呢？"

"你还没看见吗？王子晋梅来了，带来六十万援军。图噶劲宗有赞杰守着，查雅宗有鲁杰防守。达茂宗由王子亲自防守，王城里呢，还有我们的尼玛赞杰大王，觉如的乞丐军就是攻打九年，也是攻不破的。可用不了九年，岭军就要饿死喽！"

……

晁通听到穆古王子率六十万援军赶到，很是吃惊，决定立即回营向扎拉禀报，因为岭军还不知道穆古的援军已经到了。

晁通飞回岭军大营，正赶上辛巴梅乳泽要乘飞船离去。晁通冷笑一声："不必了，辛巴，我已经将穆古军的城堡看得仔仔细细，辛巴就不必再去了吧。"

辛巴梅乳泽见晁通满脸得意之色，知道他必有重要消息，就不理会他的讥讽，随晁通来见王子扎拉。

晁通向王子禀报了所看的穆军情况，众英雄认为，让穆军长期固守城堡，于岭军不利，现在应该立即向穆军进兵，逐个攻克城堡。

玉拉托琚要王子将格萨尔大王的神箭赐给众位英雄，攻城之际，该用这些神箭了。王子扎拉允诺，命大军首先向图噶劲宗城进攻。

丹玛和辛巴率领大军来到图噶劲宗城下，将城堡团团围住，连清风都难通过，然后丹玛下令放箭。岭军的箭矢像冰雹一样，飞进城堡，众军兵的呐喊声赛过雷鸣。守城的穆军也将滚木礌石劈头盖脸地砸下来，不少攻城的岭军死于木石之下。城堡一时难以攻破。

攻打东门的是大将辛巴梅乳泽，见穆古军如此凶顽，对着城堡高声喊叫：

> 水草丰美的草山上，
> 梅花鹿把长角炫耀，
> 猎人带来凶猛的猎狗，
> 梅花鹿悲哀惊逃。
>
> 荆棘丛中的小麻雀，
> 追逐小虫把腹饱，
> 不想鹞鹰从天降，
> 小麻雀跳跃惊叫。
>
> 清清河水中的金鱼，
> 自在游戏把尾摇，
> 渔夫抛下弯铁钩，
> 金鱼被钓不能逃。
>
> 城堡中的穆古兵，
> 太平日子逞英豪，
> 岭国大军来进攻，
> 要想活命快出城堡。

辛巴梅乳泽将格萨尔大王所赐神箭射了出去，只见一道电光闪耀，城门被射得粉碎。曲珠、阿达娜姆、达玛多钦等率大军冲进城堡。

守城大将琼钦扎巴率几百军兵迎面杀出，被辛巴梅乳泽一刀劈于马下。另一员大将仲巴梅杰也被曲珠杀死。剩下的守城将士扔了兵器，投降岭军。

图噶劲宗的南门也被攻破，丹玛、噶德、米努大将玛嘉等率军冲进城去，正遇穆古大将廓昂达彭。两军刚一相遇，就被廓昂达彭射杀了五十多人，米努大将玛嘉也被射伤。丹玛见此将如此骁勇，驰马就要与其交锋。不待丹玛走近，廓昂达彭的利箭已经离弦，一箭将丹玛的铠甲射得粉碎，震得丹玛在马上摇摇晃晃，险些跌下马来。

丹玛略略定神，将格萨尔所赐神箭抽了出来，看起来灭此贼要用神箭了。丹玛暗暗运气，心中默默念诵，然后将箭射向廓昂达彭，刚好射在额头正中，掀掉了天灵盖，可怜廓昂达彭脑浆四溅，摔下马来。岭国众兵将一拥而上，取了廓昂达彭的首级。丹玛挥兵掩杀，穆古军兵无法抵挡，眼看着岭军杀进了城。

攻打西门的森达，碰上了守城主将赞杰帕瓦岗纳。仇人相见，分外眼红。森达和赞杰并不搭话，挥刀就战。约战了有两顿茶的功夫，仍然不分胜负。森达有些焦急，赞杰也恨不能马上要了森达的命。二人一着急，刀法都有些乱。森达觉得不能再打下去，遂掉转马头，倒退几步，心中祈祷格萨尔助佑。恰在此时，赞杰从后面赶来，森达猛回首，手起刀落，将赞杰拦腰斩断。太漂亮了，恐怕赞杰也不会想到他竟死得如此容易。岭国军兵上前。取了他的首级，簇拥着森达大摇大摆地进了城，原来那守城的穆古军兵见赞杰转眼被斩，早吓得魂飞魄散，自顾逃命去了。

北门也被玉拉等人攻破。岭军从四面八方涌进图噶劲宗城。穆古守军大部投降，只有大将赞拉巴瓦率少数军兵登上城楼，至死不肯投降。

岭国众英雄搬来梯子等登城之物，玉拉等人率先登上城楼，围住赞拉大战。赞拉毫无惧色，半步不退。岭国五英雄战他不下，索波王子仁钦的肩膀被砍伤，跌下战马。东赞见仁钦坠马，略一分神，大腿被赞拉砍伤，也滚鞍落马。眼见围上来的岭军兵将越聚越多，赞拉知道取胜无望，只得逃走。见到城楼下拴着几匹战马，赞拉有了主意。趁玉拉等人去救仁钦和东赞，赞拉跳下城楼，像云朵一样飘落在东赞的玉佳马上，玉佳马载着赞拉像闪电一样飞出城门，转眼间消失在旷野之中。

图噶劲宗城被岭军占领，将士们争先恐后地登上最高的角楼，焚香祈祷，庆祝胜利。

丹玛和辛巴等出城去接王子扎拉，王子非常高兴，对攻城的所有将士都有赏赐。岭军上下一片欢腾，唯有东赞重伤在身，又失去心爱的玉佳马，心中悲痛，懊悔不已。

从图噶劲宗城中逃出的赞拉，在旷野中将逃出来的穆古兵将召集在一起，总共有一万多人，赞拉带着这些残兵败将，直奔查雅宗城而来。见到查雅宗城的主将鲁杰，赞拉将图噶劲宗失陷前后的事向鲁杰禀报。鲁杰听罢，只觉火往上撞，心像被油煎一样难受，就要披挂出城，找岭军报仇。手下大将极力劝慰，才使鲁杰怒火稍平，遂派人前往达茂宗城向王子其梅禀报，请王子拿主意。

王子其梅回信说：

"赞杰等穆古将士战死，确实令人悲伤，但英雄为国战死，死得值得。现在我们必须立即进攻岭军，为死难的将士报仇，才是正理。"

王子其梅和鲁杰迅速合兵一处，向图噶劲宗城进兵。穆古大军二十万，将图噶劲宗围得铁桶一般，黎明时分，向四个城门同时发起猛攻。

辛巴、曲珠和阿达娜姆等大将率军从东门冲出，正遇穆古大将鲁杰康松索达。

那鲁杰一见梅乳泽，如同毒蛇闻到麝香的味道一般，狂暴不已，指着辛巴大骂：

太空任大鹏翱翔，
山雀也想展翅膀，
不能凌霄落在石岩上；

雪山任白狮雄踞，
老狗也想称兽王，
不能上山四处流浪；

草原任野马奔驰，
毛驴也想插上翅膀，
坠入峡谷空把命丧；

城堡任穆古勇士居住，
岭人企图霸占是妄想，
赶走你们小事一桩。

说罢，鲁杰挥刀直取辛巴，辛巴也不答话，举刀相迎。二人大战几个回合，不能分出胜负。鲁杰求胜心切，见战不胜辛巴，就抛下他，拨马冲向辛巴左边的霍尔军。一阵砍杀，五十多名霍尔兵死在他的刀下。一个叫唐巴克杰的霍尔小将，乘鲁杰不备，朝他连砍三刀，鲁杰毫毛未损，反手一挥刀，将唐巴克杰砍于马下，立即毙命。另一个叫日巴卡玛的小将见唐巴身亡，举矛向鲁杰刺来，被鲁杰将长矛砍成两截。日巴扔掉长矛，拔出大刀，继续迎战鲁杰，打了几个回合，竟没有分出胜负。鲁杰又气又急，怎么如今连个无名小卒都战胜不了？传扬出去，岂不让人笑话！鲁杰索性将刀插入刀鞘，伸手来抓日巴。恰在此时，辛巴梅乳泽赶到了，鲁杰没有抓着日巴，却被辛巴扯下马来，两人你扯我拽，滚在一起。日巴趁势去砍鲁杰的坐骑。鲁杰的战马本是幻术所变，一般的刀矛是不能伤害它的。但事有凑巧，偏偏碰上了日巴的刀，此刀乃土地神特仁的寄魂刀，具有非凡的法力，故尔能与鲁杰对阵。那战马见刀劈来，不容躲闪，已被断成两半。正在与辛巴难解难分的鲁杰，见自己的战马被斩，大惊，知道今天万难取胜，顾不得再与辛巴争高低，抽身就跑。

　　南门口的丹玛、协噶等四员大将正与穆古大将载钦打斗不休。那载钦原本力大无比，又通咒术，前次不幸被岭军俘获，总觉是件十分丢人的事，发誓要报此仇，为自己雪耻。所以，他一遇上岭军，就施展出全部武艺，远处用箭射，近处用刀劈，无论冲到哪里，竟无人能阻拦。

　　岭军大将协噶拦在载钦面前，与载钦打了约有一顿茶的功夫，被载钦将战马砍死，协噶也被掀翻在地。丹玛等岭国众将忙将协噶救起，又来大战载钦。载钦见自己又被岭国英雄围在中间，忽然想起上次也是这样被捉住的，不觉有些胆怯：若再被俘了去，恐怕就难以脱身了。载钦想着，反正已将协噶砍下了马，又杀了不少岭兵，可以回营了。只见载钦左手猛提马缰，右手用力挥刀，杀出了岭将的包围圈，率军向后退去。丹玛等人也不追赶。

　　西门外，穆古大将东松色伦和罗玛率兵攻城。森达、多钦、噶德、木里国王杀出城来，与二将交锋。多钦见罗玛勇猛异常，心想，杀死几百个穆古兵不如捉住一个穆古将，多杀人多罪孽，莫如把这员猛将活捉了，也好显示我的本领。多钦遂从怀中拿出套索，在头顶甩了一圈，对罗玛唱道：

　　　　我手中的神套索，
　　　　抛向太空能套日月，
　　　　甩向大地能捆地魔，

飞鸟躲不过，
狂风也能捉，
今日就用这套索，
套住你脖颈将你捉，
若是不能套中你，
英雄多钦算白活。

唱罢，抛出套索，正中罗玛脖颈。罗玛用力连砍那套索，竟不能砍断，越挣扎，套索反倒越紧。多钦高兴极了，猛地一用力，将罗玛从坐骑上拽了下来，众兵卒一拥而上，将罗玛捆得像个线团一样。多钦吩咐将他押进城去，听候王子发落。

见罗玛被捉，东松色伦片刻也不敢停留，前次被俘，多亏了有载钦在旁，此番再不能让岭军捉了去。东松色伦扬鞭催马，往后就走。主将一逃，军卒群龙无首，唯恐跑得慢被岭军追上，只恨少生了两条腿。

赞拉巴瓦和琼郭领兵攻打北门，进展顺利，眼看城门将破，其他三个门的岭国英雄及时赶到，把穆古兵将杀退。

败回查雅宗城的穆古大将，锐气大减。鲁杰问众将有什么主意，众将纷纷低头，无话可说。过了好一会儿，才有人胆怯地说：岭军太强了，我们根本不能取胜。

一有人开头，众将也纷纷抬起头来，对鲁杰说个不停：

"给印度国王写信吧，请他为我们做个调解人。"

"是呵，反正我们是打不赢的，不如与岭国讲和。"

"若是岭国不肯讲和呢？"

"是呵，岭军正打在兴头上，与他们讲和未必能行。"

"讲和不行的话，就，就投降吧。"说这话的大将，亲眼目睹了赞杰等人的死亡，一提起和岭军作战就觉得脊梁骨冒冷气。

"你，你说什么？"鲁杰一听"投降"二字，气青了脸。拔剑就要杀那主降的大将。众人见状，又低头不语了。

载钦拦住了鲁杰。他也不同意投降，连议和调解也不同意。他要鲁杰给王子其梅写信，请王子以国王的名义向玉尼国请求援兵。

载钦的话使鲁杰消了气，当即修书一封，派人送给王子其梅朗卡洛珠。

王子其梅接到鲁杰的信，得知穆古大军惨败而归，不禁大怒。盛怒之后，小王子心想："前次图噶劲宗失陷，我尚未敢向父王禀报，原想让鲁杰将图噶劲宗夺回来后再告诉父王，现在看来这仗很难再打，穆古兵将已让岭军吓得惊魂不定，我若再不亲临阵前，就无望取胜。"王子想罢，一面给父王尼玛赞杰修书一封，禀告与岭军交战的情况，一面给玉尼王写信请援，最后将达茂宗城的所有守军共五十万人聚集起来，他要亲率大军去与岭军决战，夺回图噶劲宗城。

穆古王接到王子其梅的信，得知大将赞杰等阵亡，悲愤不已。意欲亲自出征，王妃和公主及大臣们又苦苦相劝，坚决不让他亲临阵前。那王妃和公主流着眼泪，劝尼玛赞杰投降岭国，让大王下令召王子回宫，不必与岭国交战，也不要去收复什么图噶劲宗城。王妃疼儿心切，公主爱弟之情，打动了穆古王。他何尝不思念爱子？王子出征，万一有个闪失，王妃和公主怎么活下去呢？！尼玛赞杰王当即给王子和鲁杰写了一封信，命侍卫速速送到王子手中，让他坚守城堡，切不可贸然出兵。

在图噶劲宗城堡里，聚在一起的众英雄正在商议进兵之事。老总管绒察查根告诉众人，昨夜他曾得一梦，天神说，此时宜于进攻查雅宗，迟则恐生变。

众英雄也认为应该攻打查雅宗，而且越快越好。王子扎拉命人回营准备，次日黎明出征。

第二天，岭军浩浩荡荡开出图噶劲宗城。大军行至白玛塘，正遇二次来夺图噶劲宗城的鲁杰所率的穆古大军。

王子其梅接到父王的书信，守城不出，鲁杰则尚未见到国王的手书，故尔率军又来与岭军交战。

穆、岭两军相遇，一方像猛虎出山，另一方似恶狼扑食，同时发起了进攻，箭矢似冰雹，刀矛如闪电，人喊马嘶，吼声赛过雷鸣。战马扬起的灰尘遮天蔽日，三界像是在摇动，山崖似要倒塌，大海将被填平。

两军混战之中，穆古大将达玛托郭雅梅朝玉拉射了一箭，将玉拉的铠甲射得粉碎。玉拉被震得昏了过去，过了好一阵才醒过来。醒过来的第一件事就是要报仇。玉拉张弓搭箭，对准达玛托郭就是一箭，利箭穿过达玛，同时将达玛身后的二十多个穆古兵卒射死。

为了报这一箭之仇，玉拉又连射三箭，穆古军卒一片片、一串串地倒在玉拉的箭下。载钦一见玉拉杀了如此多的军卒，挥刀来战玉拉。噶德见此，从他背后射出了格萨尔所赐神箭。可怜载钦英勇一世，不曾提防那背后之箭，尚未来到玉拉跟前，就跌下马去，口吐鲜血而亡。

穆古军一连折损几员大将，顿时大乱，无论鲁杰怎样呵斥，也止不住溃逃之势，鲁杰无奈，也随着大军撤回了查雅宗城。

岭军又将查雅城团团围住。丹玛等人再无耐心逐门攻破，遂在城墙下放起火来。火借风势，风助火力，大火烧红了半边天。鲁杰见大势已去，不愿与城堡同归于尽，就打开城门逃了出去。

王子其梅将鲁杰等穆古军兵接进达茂城中，立即派侍卫向父王告急。

穆古王得知载钦战死，查雅宗被焚，穆古军损兵折将，末日将至，尼玛赞杰再也按耐不住了。刚要跳起来，又忍住，以往每次自己要亲征，均被苦苦劝住，这次他决计不再与人商议，定要率兵出城，为死去的将士报仇，收回被占的城堡。

尼玛赞杰王虽说在悄悄行动，还是被王妃发觉，公主和王妃哭成了泪人，大臣们纷纷跪倒，恳请大王不要亲征。与其亲征，不如请玉尼国王派兵救援。若能请来援军，定能解穆古之危。穆古王也觉言之有理，立即修书一封，连夜派出三名使臣，悄悄去玉尼国请援。

岭军火烧了查雅宗城，王子吩咐大宴七日，然后进攻达茂宗。

就在岭军欢歌笑语，举杯狂饮之时，王子扎拉闻报：鲁杰三次率兵前来讨战，同来的还有一员小将，看样子就是穆古王子其梅朗卡洛珠。

扎拉将酒碗放在一边：

"本想让他们多活几天，看来他们是等不及了。"

猎人不把幼虎伤，
因为斑纹未长好；
牧人不吃小羊羔，
因为肥肉未长好；
我岭军不去攻达茂，
因为将士酒未饱；
今日敌人送上门，
定叫他们命难逃。

王子说罢，命辛巴和丹玛等人出营迎战。辛巴和丹玛出得营来，专寻鲁杰交锋。那鲁杰的寄魂山刚被岭军摧毁，今天该是降伏他的时候了。

鲁杰正在岭军中横冲直撞，见辛巴出阵，立即迎了上来，岭国众英雄也围拢来。辛巴勇气大增，与鲁杰战了五十个回合，砍断了他的右臂，疼得鲁杰哇哇大叫，左手正要抽剑，辛巴的第二刀又到了，刀过之后，鲁杰已被断为两截。岭军欢声雷动，辛巴跳下马去，亲自取了首级。

穆古王子晋梅率领一支人马，直奔扎拉大帐，要与扎拉较量一番。阿达娜姆等想要拦阻他，皆挡不住，晋梅忽而挥刀，忽而放箭，拦在面前的兵将死伤无数，眼见就要逼近扎拉的大帐。达玛多钦和阿达娜姆等人从后面赶来，四五条套索一起向晋梅抛去，将他套住。那晋梅并不惊慌，轻抽宝剑，只一挥，就将套索全部砍断。

王子扎拉迎出大帐，吩咐众将不可伤害其梅，他要亲手活捉这个小王子。扎拉说着，将手中套索抛出，晋梅用剑连砍三下，套索竟不能断。扎拉用力一拉，晋梅滚鞍落马，被岭将捉住。

剩余的穆古军在赞拉和达茂克杰的率领下退回达茂宗城，一面向尼玛赞杰王禀报战况，一面调兵布阵，坚守城堡。

穆古王尼玛赞杰得知爱子被俘，肝胆俱裂，不由分说，跨上"日绕世界"宝骡，飞出王城。

赞拉和达茂克杰见大王亲自驾临，又惊又喜。穆古王并不想多说什么，吩咐赞拉和达茂克杰随自己去攻打岭军，誓死救出王子其梅。

穆古军将不敢多说，立即随大王卷土重来。尼玛赞杰一路上把马匹骡子催得像是在地面上飞，赞拉和达茂克杰拼命在后面追，才勉强紧随其后。到达岭营，坐骑已经大汗淋漓，将士们也都气喘吁

呀。穆古王可不管手下军兵的死活,一到岭军大营,就直扑扎拉王子的大帐。

端坐大帐正中的王子扎拉,听得帐外喊杀声惊天动地,知道是穆古王尼玛赞杰到了。王子心想,那魔王只有格萨尔大王叔叔才能降伏得了,我是胜不了他的。但是,我必须亲自出阵,才能挡住穆古军凶猛的进攻。

扎拉披甲戴盔,跨上"追风"宝马,迎战穆古王尼玛赞杰。穆古王一见面,就对扎拉说:

交出我王子,
饶你命一条;
若敢伤王子,
让你吃利刀。

穆岭本无仇,
为何要结冤,
杀我穆古兵和将,
占我城堡和家园。

我本无心与你战,
无奈怒火心中燃;
不杀你扎拉难消恨,
不踏你营帐枉为人。

穆古王说着,与扎拉王子大战。扎拉知道此魔难以对付,所以格外小心。一顿茶的功夫,尼玛赞杰王的刀法渐乱。不是他的武艺不精,而是悲国哀子之心使他不能控制自己,原想三下两下就把扎拉劈死,谁知这岭国王子竟如此难敌,难怪手下大将连连折损。岭国呵,实在是天下无敌呀!穆古王正在心中暗自感叹,扎拉猛地一挥刀,尼玛赞杰的盔缨飞上了天。这一刀虽未伤着他,却着实把穆古王吓了一跳。尼玛赞杰拨马就走,王子扎拉挥兵掩杀,穆古军大败而归。

就在这时,玉尼国王派来的援军到了。刚一与岭军交手,就死伤了不少人。岭军大将玉拉劝玉尼大将玉珠巴瓦说:

"穆古国末日降临,你们来救也没用。将烬的灶灰要用水浇,熊熊烈火才添新柴草。你们不要白白送死,我们岭国对敌人绝不轻饶。"

玉尼国王本不欲参与穆岭之战,无奈穆古王和王子几次三番派人求援,若不去呢,好像是见死不救,情理难容,这才将玉珠巴瓦派了出来。玉珠听玉拉说得有理,与其在这里白白送死,不如悄悄转回玉尼国,于是告别岭军,率兵回去了。

扎拉王子命大军将达茂宗城围住。那些守城的穆古军卒见岭军浩浩荡荡,旗幡招展,哪敢再战,只因尼玛赞杰王在此亲自督战,才勉强将城上准备的滚木礌石扔了下去,却也不能伤害岭军。

岭军兵将每天攻城不止,歇息中还唱起劝降歌,直唱得穆古大军军心浮动,完全丧失了斗志。

穆古王见此情景,知道自己本领再大,也无力回天,遂带着赞拉悄悄溜出了达茂城,回王宫去了。

国王一走,守城的将士将城门打开,走的走,降的降。达茂宗城被岭军占领了。

格萨尔亲征降恶魔
骡子城归顺献宝藏

尼玛赞杰和赞拉逃回了穆古王城森格劲宗。王妃协赛卓玛因为受到岭国保护神所施的咒术,身体有些不适。迎接尼玛赞杰王的只有公主和一些守城大将。穆古王见所剩的大将像黎明前的星星一样稀少,公主也是形孤影单,面色憔悴凄楚,尼玛赞杰王禁不住潸然泪下。君臣、父女只有唏嘘哀叹,悲伤不已。

一连过了几天,尼玛赞杰王一直未出寝宫,他在细细思谋着今后该怎么办。王妃和公主极力劝他投降岭国,告诉他这是唯一出路。尼玛赞杰也不是没动过这个念头,因为这仗实在难以打下去,取胜更是不可能的事。可堂堂穆古大王若投降岭国,岂不是要在世上留下恶名,让后人耻笑?与其苟且偷生,不如战死疆场,留下美名,让后人传颂。

尼玛赞杰决定与岭军拼个高低,比个输赢。他又将为数不多的大臣和战将召在一起,告诉他们要誓死抵抗岭军。大臣和战将们无言以对,唯有听命于大王。穆古王命赞拉为主将,将各路兵马重新调配,然后大宴群臣众将,对天盟誓,与森格劲宗城共存亡。

攻克达茂宗城的第二天,岭国大军住进了城堡。丹玛和辛巴将达茂宗的财物全部搬到东门,分给有功将士和臣民百姓。

王子扎拉聚集众英雄，准备即刻向穆古王城森格劲宗进兵。老总管捋了一把胡须，对王子说：

"岭军到穆古两年半，攻克了三座城堡，杀死了穆古勇士八十名，取得的胜利不算小。现在要进攻穆古王城，但是天神预言：降伏穆古骡子城一定要格萨尔大王亲自出征。在大王到来之前，我们最好暂不出兵。昨夜我老汉得一梦，梦见穆古阴山岩洞里，藏着宝物白大米。这是降伏穆古的物品。我们应该先把这宗宝物取到手，等雄狮大王来到，将宝物献给大王，穆古王城立即可破。"

"那么，怎样才能得到白大米呢？"王子问。

"是啊，穆古阴山在哪里？山洞在哪里？"众英雄有些不解，纷纷请总管明示。

"阴山好找，山洞也好寻，只是这寻宝物的英雄要选好。"老总管故意把声音放得很低。王子扎拉有些焦急：

"总管王爷爷，您就讲吧，要谁去，谁就去好了。"

绒察查根闭上眼睛，唱道：

明日是取宝的好时机，
取宝之人要听仔细。
宝物的主人是罗刹女，
达绒晁通王要建功绩。

取宝还需七个人，
辛巴、噶德和丹玛，
东炯、曲珠和森达，
阿达娜姆也同出发。

八位英雄八匹马，
取来大米白花花，
降伏穆古靠此宝，
雄狮大王需要它。

第二天，八位英雄披挂整齐，前去取宝。岭军也从达茂宗城出发，行至距森格劲宗还有一天路程的柏树滩住下了。

八位英雄按照老总管的指引，走了两天半，在离阴山不远的草滩上停住了。

八个人又饥又渴，想在这里歇息歇息，再去寻宝。丹玛和森达、东炯去狩猎，其他人留下烧茶。

丹玛等三人走了没多远，遇到一位须发皆白的老者，手拄白铁拐杖，坐在一块石头上。丹玛上前问：

"老人家，您从哪里来？要到哪里去呀？"

"问我吗？听说今年岭军到了穆古骡子城，我是去见格萨尔大王的。可我走了好多天，已经累得不行了。好汉，能不能给点儿吃的？"老者哆哆嗦嗦地想站起来，却又站不稳。

丹玛忙对他说：

"您想见格萨尔，就快去柏树滩吧，岭军就在那里。我们也是过路之人，哪有吃的给你？"

老者见丹玛他们不给吃的，缠着不让他们走。丹玛哪有如此耐心，拔出弓箭说：要是再纠缠，就叫他一命归天。话刚说完，那老者倏然不见了踪影。

丹玛好生奇怪，只因腹内空空，饥肠辘辘，顾不得再多想。三人急急忙忙往前赶，在前面的山岗上每人猎了一只獐子，又急急忙忙往回赶。走到刚才路遇老者的地方，又见三位漂亮姑娘坐在那里唱歌。一见丹玛等三人，忙站起来给他们敬酒：

"三位好汉到哪里去？马上驮的是什么？在这里歇息歇息，喝碗酒吧。"

三人疑惑，没敢喝酒。森达说：

"看来你们是给成百上千的过路人敬酒的女人，我们不喝你们的酒。"

三位姑娘缠住不放，一定要让他们三人饮酒。丹玛忽然发现，马上的獐子不见了，心中奇怪，此地没有别人，这偷窃的事定是三位姑娘所为。丹玛大怒，正要上前揪住姑娘问个仔细，三位姑娘又不见了。丹玛等三人好不懊丧，悻悻然返回草滩。

见他们三人空手而归，辛巴等人觉得好笑：

"你们三人带着弓箭去，却空手而归。晁通王空着手去，却带着许多猎物而归。这究竟是怎么回事呵？"丹玛见辛巴等人捧着獐子腿吃得正香，知道是晁通捣鬼，幻变出三个姑娘与他们纠缠，乘机偷走了獐子。欲和晁通讲理，又觉没意思，既然有吃的，何必再费神吵闹？

吃罢喝罢，天色已晚，八英雄支起帐篷休息。第二天一早，他们才来到阴山下，在一块巨石旁边，见到十个美丽动人的姑娘，有的在烧柴，有的在采花，有的在唱歌，有的在抚琴。姑娘们见到了八位英雄，忙请他们喝茶歇息。辛巴正要问姑娘的来历，那唱歌的姑娘已讲了出来：

> 我们是天上的空行母，
> 今天到此来游戏。
> 你们这群英雄汉，
> 要到什么地方去？
>
> 田野的禾苗没有晒干，
> 降下甘露是前世的缘分；
> 林中的树木没有落叶，
> 飞来杜鹃是前世的缘分；
> 美丽的姑娘没有出嫁，
> 遇见男子是前世的缘分。
>
> 金银珠宝我们有，
> 丰盛衣食不用愁，
> 好汉若有意随我们去，
> 今生来世乐悠悠。

看这些姑娘的举止言行，辛巴断定她们不是善良女子，恐怕是罗刹女的化身吧。辛巴与丹玛悄悄耳语，又示意众人小心从事，切不可上当。唯有晁通见了美貌的姑娘，就像脚底生了根一样挪不动步。他才不信这些天仙似的女子是什么罗刹女的化身哩！如果能把她们都娶过来，那，那才不枉活这一世。晁通吧嗒着嘴巴，对姑娘们说：

"你田里的禾苗干枯，我作甘露来滋润；你树木的枝繁叶茂，我作杜鹃来栖息；你们妙龄少女未成家，我愿娶你们作主妇。"

晁通的话音未落，姑娘们变了脸：

"敌人来到家门口，老太婆也要把弓箭拿。我罗刹女在这里等候多时，嬉笑玩耍不过逗个闷子。你这个岭国乞丐也想娶我，先拿你的命来作聘礼吧。"说罢，十个美丽动人的姑娘突然变作一个面目狰狞的罗刹女。上嘴唇触天，下嘴唇碰地，舌头上下颤动，一对奶子甩向后背，头发摆来摆去，像无数条毒蛇在晃动。

岭国八英雄吓了一跳，正不知所措，那罗刹女又变化出无数个模样相同的罗刹女，将八英雄团团围住。晁通大叫一声，昏了过去。丹玛等人忙执剑在手，准备厮杀。只有噶德一人，并不惊慌，念动"冰雹咒语"，说声"变"，将自己变成一个身材高大、勇猛威武的护法神，那数不清的罗刹女，立即像彩虹一样，消逝了。

七人带着昏迷的晁通继续往前走，到了岩山脚下，见一座象鼻似的山峰上，盘踞着一只斑斓猛虎。那虎一见到岭国英雄，猛吼一声，把尾巴乱扫了几下。猛虎这一声吼，别人倒还不觉什么，却将晁通惊醒了。

晁通一睁眼睛，并不承认自己刚才是被罗刹女吓昏了过去，却说是为降伏罗刹女而修炼"无畏定"。森达一语戳穿了他：

"如果没有噶德，不要说'无畏定'，就是'死亡定'怕也来不及修理！"

不容晁通争辩，那猛虎已朝他们扑来，众英雄抽刀在手。晁通又动开了心思："今天有这么多好汉在此，不如我先砍它一刀，说不定就能把老虎杀死。就是杀不死，也不至于让老虎吃掉。"晁通这么一想，抢先挥刀扑向猛虎。刚把刀砍出去，就被老虎咬住。晁通吓得一缩手，大刀被猛虎吞下。吓得晁通再不敢上前。

辛巴梅乳泽搓了搓手，一步上前揪住老虎的右耳，噶德趁势抓住左耳，其他英雄用刀矛对着老虎。晁通一见，又觉得这是个机会，壮着胆子上前抓住老虎的一只前腿。老虎一抬脚，把晁通送到嘴里，吓得晁通连连用刀砍那虎头，却不能伤害这畜生。晁通生怕被老虎吞掉，连喊救命。噶德将套索套住老虎的脖子，使老虎无法幻变，连喘息也难，这才将晁通连同大刀一起吐了出来。

噶德指着老虎大叫：

"快快现出原形，饶你不死，若不然，把你投入火堆之中。"

噶德喊罢，那老虎立即变成一个十六七岁的少女，脖子上还套着噶德的套索。她双手合十，恳切哀求：

英雄莫杀我，
我是女罗刹，
献上阴山宝，
作为赎身价。

罗刹女愿以阴山的白大米赎身，岭国英雄很是高兴，立即就要随罗刹女前去取宝。

罗刹女却说阴山之宝只可派一有福分、会法术的人前去，方能得到。

丹玛和辛巴让晁通随罗刹女去取宝。二人运用法术，很快到了岩顶。晁通手持金刚杵，端坐在象鼻子石崖上，罗刹女也在他身旁端坐。二人念诵咒语，祈祷天、龙、念神助佑，然后用金刚杵轻敲三下石崖，那石崖就像经书一样自动开启了。晁通和罗刹女走了进去，见里面有一金盘，上面堆满了拇指大的、闪着银光的大米。晁通高兴极了，极其虔诚地托着金盘，从岩顶飘然落下。

辛巴告诉罗刹女，在格萨尔到来之前，让她暂住这里，待大王到此，再来拜谒。

岭国八英雄将宝物带回大营，众人围上来看，人人惊喜，个个欢欣。这宝物真乃世上无有，却又是众生不可缺少的东西呵！

王子对八位英雄均有赏赐，特别是晁通，因为此次取宝，他的功劳最大，所以赏赐也最多。

岭国大军逼近森格劲宗城，尼玛赞杰王意欲出城迎战，被赞拉巴瓦拦住：

"至高无上的穆古王，请您稳坐城中央，我赞拉率兵去迎敌，定要打个大胜仗。一要把王子扎拉用黑绳牵了来，二要辛巴梅乳泽的脑袋，三要让岭国的兵将尝尝我宝刀的厉害。"

> 高山的冰雪再坚实，
> 阳光一照就流水；
> 巍峨石崖再牢固，
> 霹雳一声石头碎；
> 河里鱼儿多自在，
> 鱼网一撒命垂危；
> 岭国英雄多威风，
> 遇我赞拉要倒霉。

赞拉率兵出城。岭国众英雄一见赞拉座下的玉佳马，人人争先，个个奋勇，一拥而上，将赞拉围在中间。那赞拉已完全置生死于度外，一心想着杀人，杀的人越多越好。尽管岭将人多，却也奈何他不得。赞拉杀得疯狂，离他稍近的亭岭国王被他削去了脑袋。赞拉左手将亭岭国王的头抓起，右手将一把大刀抡得风雨不透。辛巴等七位英雄见了，纷纷抛出套索，赞拉一连砍断六条套索，唯有辛巴的套索怎么也砍不断，急得赞拉狂呼乱叫，拼命挣扎。辛巴一用力，将赞拉拖下马，众英雄七手八脚，把他捆了个结实。穆古军兵见主将被俘，惊得四散奔逃。

众英雄将赞拉带回大营，绑在木桩上，作为靶子，用箭射，用石砸，把个穆古英雄射得像刺猬一样，然后又砸成肉泥，方解心头之气。

穆古国王得知赞拉惨死，急红了眼睛，披挂出城与岭军交战，众英雄敌他不过，被他杀了不少人。一连几天，尼玛赞杰每日出城，与岭军交锋，岭国大营中无人能降伏他。扎拉王子很是焦急，不由得更加思念叔父格萨尔大王。穆古骡子城攻克在即，叔叔为何还不来呢？

王子正在思念，格萨尔到了岭军大营。王子闻报，顾不得穿戴，急急出帐迎接。

众英雄闻讯赶来，给大王请安问好，敬献哈达。

王子扎拉将岭国与穆古的交战情况细细禀报，大王十分喜悦。听说穆古王连日来屡屡踏营却不能降伏，大王微微一笑，告诉众人，他自有降魔妙计。众英雄见大王到此，各自心中有底，王子扎拉也不再焦虑。

第二天，一个医生模样的人骑着毛驴出现在穆古城门外，正碰上公主央珍曲措和女仆出来背水，公主上前问讯：

"看你这身打扮，像个医生。不知你是从什么地方来，医术怎么样？"

"呵，女主人，莫非你家里有病人么？"医生模样的人关心地问。

女仆忙说：

"这是我们穆古国王的公主央珍曲措，因为王妃病重，故尔公主才问你。"

"呵，原来是这样。公主，我带有六味良药，可治王妃疾病。"

"若能医好母亲的病，定要重重酬谢你。"公主那布满乌云的脸上露出一丝阳光。

"金银珠宝我不要，骡马牛羊我不少。如若你能给我蓝宝石的笼头，玉石的拴骡绳子，玛瑙的环扣，定能把王妃的病医好。"

公主一听这医生张口就要穆古国的镇国之宝，心中犹豫："这人莫不是岭国派来的吧？或许，他就是格萨尔装扮的！"

见公主犹豫，医生扭头就走。女仆忙追上去，把他拉住，又转过头劝公主：

"那几件东西固然是宝，可也比不上王妃的性命要紧，若丢了命，空留下宝贝有什么用。"

公主一听言之有理，就对医生说：

"也好，若能医好母亲的病，我一定让父母把这些宝物给你。"

医生听罢，眉开眼笑地跟着公主和女仆进了城。

尼玛赞杰王见女儿将医生引进城来，十分高兴：

"真乃天神赐福于我呵，王妃有病，医生不请自到。"

医生进宫给王妃诊病，给了三包药。第一包服下，王妃觉得身体清爽了些；第二包服下，病体就痊愈了。尼玛赞杰王非常高兴，吩咐人取来珍宝无数，要医生自愿挑选。谁知那医生看都不看，脸上现出不悦之色。穆古王不解，以为他嫌少，又让人抬出几箱礼品，医生仍然是满脸的不高兴。尼玛赞杰王也有些不悦，这医生也未免太贪婪了，给他这许多珍宝，尚且不能满意，还要怎么样呢？

一旁侍立的公主央珍向父王说了医生所需之物，并且恳求父王赐给他。

尼玛赞杰这才明白，原来是公主早就答应过的，难怪医生生气。立即吩咐公主将三件宝物取来，赐给医生，另外还给了许多金银珠宝，医生一件未要。

见医生并不贪婪，穆古王很高兴，让医生为他占卜：

"医生都是很好的卦师，请你为我占一卜，在这岭军攻城之际，我是率兵出城进攻呢，还是坚守城堡？"

医生遵旨为其占卜打卦，半晌才说：

你若去进攻，
消逝得像彩虹；
你若守城堡，
稳固似金刚。

"穆古国的大王呵，你应该坚守城堡，不要轻易出兵，否则会大难临头。现在我还要出城行医，望大王多多保重。"

医生说罢，起身离开王宫，穆古王和公主将医生送出城门。

医生出城走了没多远，就现出本来面目：正是雄狮大王格萨尔。格萨尔回到大营，将得到的宝物拿给众英雄观看，王子扎拉又将从罗刹女手中得到的白大米献给大王。雄狮大王看到降敌宝物已经齐全，吩咐众将回营准备，二十九日进攻穆古王城森格劲宗。在这之前，穆古王决不会再出城来骚扰的。

四月二十九日，一声螺号长鸣，岭军开始攻城。王子扎拉攻东门，尼奔攻南门，森达攻西门，玉赤攻北门。

穆古王尼玛赞杰亲自率兵抵挡，虽然兵微将寡，但有大王亲自督战，穆古兵将自然十分英勇。所以岭军久攻而不能克敌制胜。

正在两军相持不下之际，雄狮大王格萨尔骑着江噶佩布飞到了森格劲宗王宫顶上。穆古王一见格萨尔自天而降，又惊又怒，指着格萨尔大骂：

上师本应专心修法，
能分清黑白恶善，
若心术不正把人骗，
死后堕入地狱受熬煎。

长官本应专心治国，
自能分辨好坏忠奸，
若以偏爱定亲疏，
百姓离心国家乱。

王宫顶上的坏觉如，
无故将我穆古进犯，
穆岭交战已经三年，
我的兵将死伤大半，
冤有头来债有主，
人命要用人命还。

"坏母亲的坏觉如，你若有胆与我较量一番，才算是英雄好汉。"

穆古王说话间，格萨尔已从宫顶落下，对尼玛赞杰说：

"你是杀人的屠夫，我是降伏屠夫的神子。虽说你的武艺高强，遇到我神子无法比。对懦弱之人我比绸缎软，对强暴之人我比荆棘坚。穆岭交战已三年，你仍活着把人骗，若不杀你不能为死去的岭国英雄报仇冤，不杀你我格萨尔白白活人间。但你若要虔心发愿，也可以不让你的灵魂入地狱，超度你升天。"

穆古王岂肯忏悔，面对格萨尔，他恨不能一口把他吞下去。顾不得再和格萨尔多费唇舌，尼玛赞杰挥刀朝格萨尔猛劈，雄狮大王岿然不动，任凭穆古王劈来砍去，尼玛赞杰的刀如同砍在彩虹上一样，根本不能伤害格萨尔。尼玛赞杰像一头疯牛，狂奔乱跳，一把刀舞得像闪电，格萨尔看他砍得差不多了，又不肯投降，将宝剑挥去，穆古王的人头离了体。

穆古王尼玛赞杰一死，残余将士纷纷投降，开城迎接岭军。

王妃协赛卓玛和公主央珍曲措得知大王身死，虽然悲伤，也明白无法报仇，强忍悲痛，向格萨尔投降。王妃让公主拿出种种宝物，献给格萨尔大王，作为觐见之礼。协赛卓玛对雄狮大王说：

"久闻大王英名，今日得以相见，是我母女的福分。我母女诚心归顺大王，愿今后能常见大王面。尼玛赞杰是我终身伴侣，恳请大王超度他。听说王子在岭营，也请大王放回他，穆古国不能无人掌朝政。我的女儿可随大王去岭国，终身大事由您定。这是我的三个心愿，请雄狮大王发慈悲，我死后才能闭双眼。"

格萨尔见王妃说得恳切，点头应允，但要公主央珍曲措同岭军一起去取穆古骡子宝藏，王妃也满口答应。

五月十五日，是个吉祥的日子。格萨尔带着晁通和穆古公主央珍曲措来到云隆德扎岩山，扎拉王子等岭国众英雄随后观看。

格萨尔三人来到岩山下，一面印有大师手印的红石岩蠹立面前，左边是一股清泉，右边是一片鲜花。三人盘腿而坐。格萨尔拿出弓箭，口中念念有词，请天、龙、念神助佑自己开启宝藏，然后将箭射了出去。

只听一声巨响，在大师手印的下面开了一扇门，三千头骡子涌了出来。公主央珍曲措左手托着金盘，右手将拇指大的白米撒向骡群。公主不停地撒，白大米却丝毫不见减少，骡群吃着雪白的大米，向格萨尔等三人聚拢来。公主高兴得唱了起来：

> 今天是吉祥的日子，
> 泉水清清鲜花艳丽；
> 蓝天上飘着白云，
> 天神为我们降花雨。
>
> 感谢雄狮大王到穆地，
> 把骡子宝藏来开启；
> 愿穆、岭百姓世代相好，
> 愿五谷丰登骡马遍地。

晁通上前,将蓝宝石笼头套住骡子,那笼头也是神奇的宝物,套上一个,就又生出一个,晁通不停地套着,骡子不断地往外涌。骡子越来越多,漫山遍野,不可尽数。

格萨尔君臣将骡子赶回森格劲宗城,取出玉石绳子,拴住骡子,那玉石绳竟也是越拉越长,直到把所有的骡子都拴住了,才不再变长。

得到了骡子宝藏,格萨尔命辛巴去达茂宗城将穆古王子其梅接回王宫。母子、姐弟相见,自有一番感慨。三人抱头大哭一场,想到尼玛赞杰王已经身亡,母子三人更加悲伤。王子其梅听说格萨尔已将穆古骡子宝藏开启,十分惊奇,又十分敬佩雄狮大王的法力,遂备上厚礼前去拜谒格萨尔大王。格萨尔见小王子如此明理,自然十分高兴,决定立即为王子举行登基典礼。

第二天,穆古王宫外的广场上,搭起一顶硕大的帐篷,内设一辉煌耀眼的黄金宝座。穆古的臣民百姓在广场聚集,雄狮大王宣布:

"王子其梅朗卡洛珠继承王位,今日登基,主持国政。"

臣民百姓立即欢声雷动,王妃和公主也是喜泪盈眶。

格萨尔大王又说:

"亭岭国王战死,由英雄森格扎堆主持国政。从今日起,王子其梅与森格扎堆排入岭国英雄之列。公主央珍曲措将带回岭国,看哪位英雄有福分,将娶她为妻。"

众百姓和兵将又是一阵欢呼。

晁通一听要将穆古公主带回岭国,心想,这次远征穆古,我是立了大功的,这公主理应归我,晁通刚要说话,又怕众人不允,反而见笑。不如回岭地后再慢慢对格萨尔大王说,那时不怕大王不允。

晁通爱美人,是众所周知的。不说他心中在打着如意算盘。那霍尔的大英雄辛巴梅乳泽也盘算开了。

梅乳泽有个外甥,今年十七岁,尚未婚配,那穆古公主的举止不凡,相貌姣好,不如将她配给外甥。梅乳泽想罢,走到雄狮大王面前,献上一条一庹长的哈达,然后说:

◀ 穆古骡宗

岭国为了征服穆古国,以去汉地迎娶汉公主为由,向穆古国提出借道要求,穆古国王尼玛赞杰不允,双方发生战争。穆古军接连受挫,格萨尔王御驾亲征,刀劈尼玛赞杰,征服穆古骡宗。

"大王呵，我有个外甥叫隆拉觉德，虎年出生，今年满十七岁。虽说年纪小了点儿，但和公主前世有缘分。隆拉年小武艺高，比我辛巴强一倍；公主貌美心地好，与外甥隆拉正相配。

雪山与狮子联袂，
狮子有了雄踞处，
雪山变得更雄伟。

草原与鲜花联袂，
鲜花有了开放处，
草原变得更艳美。

霍尔与穆古联袂，
公主有了栖身处，
隆拉英雄更无畏。

大王呵，我辛巴只有此一心愿，不知大王能否恩准？"

众英雄认为辛巴战功显赫，他的要求合情合理，也纷纷帮助辛巴说话。雄狮大王无话可说，点头应允。只有晁通心中懊悔万分，若早说一句，这娇美如花的公主岂不归自己所有了？唉，战场上晚射一箭会丧命，平日里，晚讲一句丢了好事情。

因为公主央珍曲措不忍离家，岭军又住了一个月，才班师回岭。王妃和王子率臣民百姓出城相送，母女、姐弟挥泪告别，不知哪年哪月才能相见。

岭军挥师远征伽地
魔军受挫连折五将

雄狮大王格萨尔收服了穆古骡子城之后，又征服了远在大海那边的乌朗金子国，开启了它的黄金宝窟，得到了无比珍贵的金子。格萨尔将金子等珍宝财物分给乌朗、岭国和各属国的臣民百姓，之后，准备率岭军回国了。

乌朗的臣民百姓苦苦哀求，恳请雄狮大王和岭国诸位英雄多住几日。格萨尔不忍推却百姓们的一片好意，遂吩咐大军暂缓启程。乌朗百姓请岭国大军在乌朗最美丽的地方拉塘仁姆草原扎营。

格萨尔的大帐搭在草原中心。这大帐太神奇了，帐外没有绳子，用美丽的彩虹作帐绳；帐内没有柱子，作支撑的是无形的金刚。雄狮大王格萨尔高踞宝座之上，诸英雄似众星捧月般围坐在他的周围。

这天，正当英雄们跑马射箭、姑娘们跳舞唱歌之时，从东方飘来一朵洁白的云彩。这朵白云慢慢飘到神帐之上，芬芳的气息立即弥漫大地，随着悦耳的音乐声，半空中出现一道彩虹。天母朗曼噶姆右手执阳光编织的神索，左手捧长寿宝瓶，座下是一只洁白的大鹏鸟，在十万空行母簇拥下，踏着彩虹向格萨尔走来。在距格萨尔一箭之地，天母站住了，对雄狮大王说：

"智勇非凡的格萨尔，收服乌朗国之后，应该返回故乡去。还有诸多的妖魔，等待你去降伏。东方有个邦国叫伽域，国家虽小力量强，国王托拉扎堆今年年满二十五，是到了他生命中的'坎'的时候，伽域的国运也不佳，最好在今年降伏他。若错过了今年，托拉扎堆难降伏，海外的十八个邦国，就要被他收为属国。"天母说罢又唱道：

辽阔天空无边际，
乌云滚滚来侵袭，
若不用疾风吹散它，
日月会被它遮蔽。

无垠草原绿茵茵，
星星之火来侵袭，
若不及早灭掉它，
草原顷刻化灰烬。

"伽域国王势小时，要及早用强力降伏他。为了降伏托拉扎堆，要去天界请嘉察。伽域王子毒日梅巴，具有非凡的魔力，前世注定要嘉察来降伏他。"

说罢，天母逝去。格萨尔却在心中思量着：为了征讨乌朗国，已经花费不少时间，死伤的兵将不计其数，剩下的将士也已十分疲劳，要继续出征伽域，实在困难。想那伽域，地方虽小，但兵精粮足，将士们均通幻术，地势也很险峻，要战胜它，谈何容易。但天母已经降下预言，降伏妖魔本是我格萨尔下界的神圣使命，就是再难也不能后退。想罢，格萨尔对神帐内的诸英雄讲述了天母的预言，下令向伽域进兵，降伏魔王托拉扎堆，夺取伽域的紫色骡子宝藏和具有神变的兵器等宝物。

雄狮大王说完，众英雄你看看我，我看看你，面露为难之色，却不说话，偌大的神帐内寂然无声。

坐在右排之首虎皮坐垫上的总管王绒察查根暗自思忖：天神给格萨尔降的预言，与他家祖传的《红色预言宝卷》里所说的预言极为相似，东方伽域地势险要，外面的城墙十分坚固，里面的将士非常剽悍骁勇，进攻此地，绝非易事。但是，现在若不将魔王托拉扎堆降伏，一旦海外的十八个邦国被他收为属国，到那时非但不能降伏魔王，反而会成为砸岭国自己脑袋的铁锤。所以，还是应该按照神的预言立即出征为好。可看众英雄的神情，已经没有打仗的劲头。大王下令出征，竟没有一个站起来响应，他再不说话，看来实在不行。老总管转了转手中的宝石念珠，在虎皮坐垫上微微欠身，对众人说：

"远在海外的伽域，我虽未亲眼目睹，却有耳闻。人说那里有坚固的城墙，外城从下至上，用幻术建造，汪洋大海环绕它，四周有岛屿十二个，还有金山和铁山。内城更是神奇雄伟，相传是从上往下修建的。上面是无形的宫殿，天神在那里居住；中间是巍峨的群山，群山之上有宫殿，护法诸神住其间；下面是美丽的城堡，臣民百姓安居在里边。妖魔转世的群臣，武艺高强幻术多，能抓闪电和疾风，能把高山抱怀中。武库金刚之城，比岩石还要坚固。守城将士剽悍勇猛，能与之争雄的人不多，只有遇到好时机，才能降伏它。英雄们呵，白海螺用牛奶喂养，为的是用它降伏鱼鳖；从小修炼幻术，为的是战胜敌人。受到格萨尔恩惠的众英雄，应该能够除暴安良为众生。"

老总管的一番话，说得众英雄红了脸，低下头。过了好一会儿，英雄们纷纷抬起头，精神振奋，与刚才判若两人。各国各部首领走到格萨尔大王的金座前，争先恐后地要求当先锋。

格萨尔大喜，命霍尔、姜国、祝古、上下索波、日努、乌朗等六国的军队作先锋，立即做好出征的准备。

六个国家的首领听到大王的命令，如同孔雀听到春雷之声，高兴得手舞足蹈。格萨尔大王如此看重自己，即便血染疆场，也要打好这一仗，以显示自己是鸡蛋里的蛋黄，英雄中的英雄。

英雄们虽然斗志昂扬，决心战胜伽国，但伽域毕竟距离遥远，众人对那里的事情一无所知，连个带路的向导都没找到。老将丹玛有些担心，他从虎皮坐垫上站起来，用询问的目光把众人扫视了一遍，说：

"在座的诸位英雄，有谁熟悉伽域的山川河流、地势关隘、军队部署、兵器特征，说出来大家听听。"

丹玛的话音刚落，坐在左排末尾的乌朗王子奔杰赤赞站起来说：

"伽域的情形我虽不能说十分熟悉，却也略知一二。几年前，在我十五岁的时候，父王命我去买兵器。我们乘坐幻术木鸟，穿过云层，飞过高山，整整走了一个月，才到伽域，向国王托拉扎堆奉献了十份百件礼品[注1]，从伽域的兵器库中，买来了许多其他地方没有的兵器。买了兵器又到伽域各地去观看，山川地势

1　每份礼品有一百件不同的东西，十份礼品要一千件不同的东西，是古代藏族社会最丰厚的礼品。

我都记在心里。当时伽域正同柏吉噶当国王交战,我亲眼看见他们双方厮杀,战争整整进行了六个月,最后是我调解了双方的纠纷,两国百姓都欢喜。"

"请王子详细讲讲伽域的情形。"格萨尔大王要求。

乌朗王子奔杰赤赞继续说:

"从这里往东直到大海边,到了海边再向北,骑马要走三个月,坐飞船也要三十天,才能到达长城边。那长城又长又高又坚固,飞鸟难飞越,清风吹过也盘旋。越过长城是群山,山峰犹如长矛刺蓝天,那里的关隘实凶险,人称'妖魔张口'鬼门关。山峰下面是江河,铁水奔流浪滔天,低头没有针尖大的平地,抬头看不见一线天,要过此关难上难。"

"那,伽域岂不是无法战胜了?"丹玛有些焦急。

乌朗王子缓了缓口气:

"我们只有用神力把城墙、关隘全粉碎,开出一条大道来。过了长城到伽地,还要战胜许多难关才能到王城,到时我再说详细。"

格萨尔大王和众英雄听罢,纷纷点头,只要能够战胜伽域,他们是不畏一切艰险的。格萨尔吩咐岭国及各属国的上师煨桑祈祷,求天神保佑岭军战胜伽域。

吩咐毕,诸英雄正要回帐准备出征,天空又现祥瑞之光,天母再显真容,告诉格萨尔:嘉察协噶将要显圣,来与岭军诸将会面。众英雄又惊讶,又兴奋。特别是各属国的将士们,早闻嘉察英名,却无缘得见真面。若能在此一见嘉察真身,这可真是千载难逢的机会呀。

众英雄等呵等,盼呵盼,好不容易送走了漫漫长夜,迎来了黎明的曙光。当阳光照到格萨尔神帐顶上的时候,从遥远的天边缓缓地飘来一朵彩云。君臣们立即停止议事。格萨尔吩咐摆上供品,焚香奏乐。君臣们怀着喜悦和崇敬的心情望着那块神奇的云朵,手中挥动洁白的哈达,朝云朵高声呼唤。

随着一阵悦耳的仙乐,芬芳的香气弥漫了大地,云朵缓缓下降,嘉察协噶如同朝阳冲破晨雾,端立在霞光之中。座下一匹瑞雪般的白马,身穿亮银铠甲,刀矛弓箭,披挂得整整齐齐,显得比生前更加英俊。嘉察骑着白马,慢慢来到神帐门口。

岭国君臣欢呼起来,一起出帐,将嘉察迎进大帐,请他坐在早已准备好的白银宝座上。众英雄这才后退几步,将备好的哈达献上,向嘉察协噶问安致意。

待众人坐好之后,老将丹玛手捧九条红白哈达,恭恭敬敬地来到嘉察的面前,唱道:

良辰吉日在今天，
我们与嘉察喜团圆。
一靠格萨尔的恩德重，
二是群臣有机缘，
三凭嘉察神力大，
我们才能再见面。

尊敬的嘉察协噶呵，
看你的身体如金刚，
那天界可是修炼的道场？！
看你的容颜似满月，
因为在天界没有苦难不悲伤；
能与你相会在格萨尔的神帐，
战胜伽域有保障。

听罢丹玛的歌子，嘉察面露欣喜之色，心想，岭国的臣民百姓，靠着雄狮大王的恩德，安居乐业；君臣们齐心协力为众生谋利益，没有办不成的事情，没有降伏不了的强敌。嘉察想着，对丹玛说：

"以你丹玛为首领的众英雄，我嘉察向你们深深致意！今日我下界来，与诸英雄相会心欢喜。从前我们曾一同出征，降伏妖魔创业绩，如今我远在天界，也时时把你们惦记。闻知岭国要去收服伽域，我嘉察要来显神威。莫说城池坚固关隘险，莫说魔王群臣凶猛如虎狼，灾难再多也要战胜它。敌手勇猛不可怕，敌手越凶越能显出英雄的本色。"接着，嘉察引用藏地古谚唱道：

天空云彩滚动时，
苍龙怒吼震大地；
毛驴仰天高声喊，
想与苍龙比高低，
不自量力真可鄙。

巍峨的雪山高耸立，
雄狮扬鬃威无比；

> 村头野狗摇尾巴，
> 想与雄狮比高低，
> 不自量力真可鄙。
>
> 岭国大军到伽地，
> 魔王魔臣难抵御；
> 待到降伏强敌时，
> 嘉察我会到伽域。

嘉察唱罢，岭国君臣喜不自胜。王子扎拉给父亲献过哈达后，便紧紧依偎着父亲，尽情地享受着过早逝去的父爱。嘉察见自己的爱子长大成人，喜悦异常，却顾不得与王子多说什么，而是将降伏伽域的计策对岭国君臣讲了又讲。众英雄听得明白，牢牢记在心里。

为了庆贺与嘉察相逢，格萨尔下令摆宴赛马，然后请嘉察为获胜者发奖励物品。王子扎拉紧随父亲，寸步不离。

岭军开始进兵伽域，走呵走，历尽千难万难，走了三个月零十天，才走到大海边。大军正要渡海，海中的魔龙、鱼鳖、海豚、海豹，还有许多没见过的各种怪物一起涌到海边，拦在大军面前。众妖魔兴风作浪，大海上空顿时被毒雾和瘴气笼罩。岭国大军被毒气所熏，昏过去不少将士。格萨尔忙吩咐大军后退，将日努和乌朗所造的飞船抬出，乌朗王子念动咒语，飞船变得硕大无比，岭国大军全部上了飞船；乌朗王子再次念诵祷告，飞船飘然而起，朝大海上空飞去。

飞呀飞，飞船整整飞了二十天，才飞到伽域的九层长城附近。大军安营后，格萨尔亲率十名有法术的大力士，来到长城脚下。君臣十一人同时念咒作法，城墙摇动起来。这长城太坚固了，随着城墙的震动，大地也抖颤起来。伴随"轰隆隆""轰隆隆"的连声巨响，九层长城被摧毁，顿时尘土飞扬，遮蔽了日月，弥漫了天空，好像世界都塌陷了。

格萨尔催动宝驹江噶佩布，迎着弥漫的烟雾尘埃，在崇山峻岭和层层关隘中，开辟了一条道路。

岭国大军紧紧跟随在格萨尔大王的后面，通过了长城关隘，行不多远，只见前面雾气茫茫，难以分辨道路。格萨尔吩咐大军稍停，自己单身独马，要去看个究竟。

雄狮大王拍拍宝马江噶佩布的脖子，宝马踏着细碎的步子，驰向前方。格萨尔一闯进浓雾之中，便从马上跌落在地，昏了过去。江噶佩布长嘶三声，呼唤天神和战神保佑雄狮大王。格萨尔慢慢醒了过来，这才看清，周围的花草树木、溪水河流都流着毒汁，蛇鸟鱼虫也都吐着毒气。闻到生人的气味，蛇鸟鱼虫纷纷朝格萨尔围拢来，格萨尔慈爱地抚摸着小生物们，使它们受到感化，屏住了毒气，对格萨尔产生敬仰之心。于是纷纷对天祈祷，空中降下甘露之雨，顷刻间将所有毒水都变成了净水，把毒树变成了果树，把花草变成了药材，方圆大地，处处可闻芬芳之气。

停在后面的岭国大军，正在听乌朗王子奔杰赤赞讲述要通过前面毒气笼罩的地带，需穿什么铠甲，需吃什么药物，需走哪条小路，方能避免毒气、毒虫的袭击。正在这时，江噶佩布驰回岭军阵中，带着大军往前走，格萨尔大王正在前面迎接大军。看到这里是一片鸟语花香，乌朗王子甚是惊奇，深知毒气厉害的王子，从此更加敬仰雄狮大王。

过了瘴气地带，再往前走，是一片火焰地带，以阿指沟玖为首的罗刹女妖占据着这块地方，因这些女妖甚是厉害，过去从未遇到对手。如今格萨尔竟敢率岭军来冒犯她们，女妖们暴跳如雷。阿指沟玖率众罗刹列队挡在路上，指着岭军高叫：

"你们是些什么东西，敢来和我们罗刹作对。听说有个什么格萨尔，要他快快下马受降，否则被我们抓住，定然扒皮抽筋，吃肉喝血。"

霍尔大将隆拉觉登、乌朗王子奔杰赤赞等四员岭将听得女罗刹口吐狂言，不由得怒火冲天，一齐举弓搭箭，一连射了十三支箭，几十个罗刹女妖应声倒地。

罗刹女王阿指沟玖见状大怒，把眼睛瞪得有铜盆大，像要喷出火焰，长长的牙齿露在外面，舌头上滴着鲜血，左乳搭在肩头，右乳拖在地上，一副狰狞可怖的模样。四员岭将有些胆怯，刚要后退几步，阿指沟玖的左手伸了过来，将四人连同四匹战马一把抓起，举到半空之中，四人挣扎了几下，被罗刹女王用力猛甩，像是甩掉了什么似的，四人不动了。阿指沟玖反手将四人装入铁盒之中。

见女王生擒了岭军大将，其他女妖不甘示弱，纷纷展示本领，也活捉了不少将士。白努和乌朗的军队被罗刹女妖杀得大败，阿指沟玖率众女妖继续追杀。格萨尔见女罗刹来势凶猛，遂变幻成无数个天兵天将，这才挡住了众罗刹的追击。

岭军扎下大营，罗刹女妖们也退回城堡。格萨尔立即吩咐晁通等四个会法术的大将前去降伏女妖。

四个术士很快来到女妖居住的麦塘地方，但因火焰炽烈，根本无法接近。晁通和洪琼念动绿水咒语，因为有了绿水的保护，顺利地通过了火焰区。另外两个术士则变作两个铁丸，在烈火中滚动着，也到了罗刹城外。四个人变幻成百名神子般英俊的勇士，将城堡包围起来。晁通幻化出真身，变成一个小孩走进城去。来到城门下时，听见守城的罗刹女妖们低声议论："今天算是碰上对手了，那格萨尔好厉害哟，我们死了那么多人……"

晁通顾不得仔细听她们议论，继续往里走，一路之上，到处都能听到女罗刹们的哀叹之声。一直走到阿指沟玖的王宫前，晁通停住了脚步，只听罗刹女王说：

"今天我们虽然死了一些人，却也促住了几员岭军首领，你们不要只是叹息，还是说说怎样处置我们的敌人吧。"

正说着，阿指沟玖忽然看见晁通变幻的小孩，罗刹女王兴奋起来：

"这可真是油锅里又添酥油，我们的口福好大呀！"

几个罗刹女也看见了小孩子，一齐跳起来去抓。那小孩突然变了，变成一个头可碰天的巨人，手执燃着烈火的金刚杵，投向罗刹女妖。女妖们惊得四散奔逃，跑得慢的被火烧死；逃出城的，遇上了幻变的勇士，接二连三地被杀。

罗刹女王阿指沟玖见状大惊，知道难逃巨人之手，立即跪倒在巨人面前，乞求饶命。晁通命她放出岭国大将，女妖遵命打开铁盒，放出四员岭将，然后又跪在晁通幻变的巨人面前，请求宽恕。

晁通见阿指沟玖真心归顺，遂给她灌顶，取名多吉拥忠，让她作善业的护法神。晁通等四个术士，救出了乌朗王子等四员大将，得意洋洋地回岭军大营。格萨尔十分高兴，分别赏赐了他们，然后率大军继续向前行进。

一连走了九天，第十天头上，轮到左路军作先锋。阿达娜姆、仲杰协噶、佳纳朗卡隆森三人走在队伍前面。当来到一个草甸子时，远远看见有五头野牛在草甸子中央吃草。阿达娜姆一眼看出，这五头野牛正是伽域国王和四个大臣的寄魂牛。五头野牛也看见了浩浩荡荡而来的岭军。阿达娜姆等三人立即张弓射箭，一连射出十几支箭，竟不能伤害野牛。这五头牛被岭国英雄的箭射得性起，嗥叫着朝岭军冲了过来，连撞带踩，数十名岭军将士被踏翻在地，非死即伤。其余军兵见野牛凶猛，慌忙四散逃命。

阿达娜姆见羽翎箭不能射伤野牛，便从箭囊中抽出一支铁箭，搭在她的铁弓上，心中默默祈祷战神和龙王相助，然后瞄准了伽域国王的寄魂牛，用力射去。这一箭，在战神威尔玛的暗中引导下，似闪电，像火球，闪着光、冒着火，正中野牛前额。那魔牛并未倒下，狂吼着，发了疯一样朝阿达娜姆扑来。阿达娜姆迅速射出第二支铁箭，铁箭直插野牛的心窝，那野牛这才扑倒在地，四蹄颤动了一会儿，咽了气。岭军众英雄纷纷射出铁箭，其余四头寄魂牛也被射死。

五头野牛刚刚断气，从草甸子的另一端蹿出一只九头寄魂熊，岭国英雄们的坐骑被惊得嘶鸣起来，前蹄扬起，扭头就要逃，无论英雄们怎样勒缰，也止不住。眼见九头寄魂熊就要冲进岭军大营，格萨尔大王挡在九头熊面前，九支神箭同时射出，九头寄魂熊在地上打了几个滚，不动了。

岭军又连续攻破了铁山、江河、岩石和雪山四道险关，翻过十八座高入云天的雪山，到了坝热嘉雪。这里从前是强盗出没的地方，有六个孪生兄弟在这里称霸。这六兄弟后被伽域国王收服，派他们作了这里一百二十个部落的首领，把守伽域国关隘。六兄弟今年正满二十五岁，年轻气盛，勇猛刚烈。若此六兄弟一起出阵，必然给岭军带来极大的威胁。因此，格萨尔决定逐个降伏。

第二天，格萨尔派出二十九名英雄、二十九名勇士，由乌朗大将赤杰桑珠带路，前去袭击强盗首领森姜拉噶居住的坝热嘉雪大营。众英雄和勇士至太阳落山才到达坝热，立即将大营包围起来。长系的英雄以东赞为首，从东面先攻进了大营。强盗首领森姜拉噶一早就出营巡山，此时尚未归来。守营的兵卒发现有人袭击他们的营盘，吓得乱成一团，根本无法抵抗。

岭军冲进大营后，并不杀人，只抢东西。一个叫噶玛巴登的小头目见了，急红了眼，因为在他们这伙强盗心中，财物可比人金贵得多。只听得他一声吼，众喽兵立即抖擞了精神，操起刀矛弓箭与闯入营中的岭国勇士大战起来。岭国众英雄闯营成功，原想拿些财物就走的，这下可走不成了。东赞朝噶玛巴登连射几箭，竟不能射中，于是收起弓，抽出宝剑，心中祈祷战神助佑，果然一剑将噶玛巴登砍于马上。见首领被杀，强盗们更加愤怒，拼死与岭国英雄搏斗。东赞见状，知道此地不可久留，忙率众人带着抢得的财物边打边退出了大营。

出营巡山的强盗首领森姜拉噶在回营的途中遇到了噶当国的商人，一阵搏斗拼杀之后，森姜拉噶得到了噶当商队的财物，因此也耽误了回营的时间。正当森姜拉噶得意洋洋地往回走时，从大营飞马驰来一个报信的喽兵。森姜拉噶得知自己的老窝遭劫，好不恼火，心想：自己又没去招惹岭国，他们凭什么抢自己的东西，若不报此仇，枉活一世。森姜拉噶怒气冲冲地对手下人说：

"你们先把这些东西带回去，我现在就去岭营，不但要夺回被抢的财物，还要抢来九倍的东西。"

见首领毛发竖立，震怒异常，手下喽兵不敢说什么，却实在为首领担心。来送信的喽兵乍着胆子劝他说：

"大人，您还是不要单人独行吧，岭人十分厉害。您只身前去，凶多吉少，还是先回营，再到城堡与诸位首领商议一下，看如何对付岭人才是。"

森姜拉噶的心中像有一团燃烧的火，一心想去岭营报仇，根本听不进任何劝告，特别是听到"只身前去，凶多吉少"的话，森姜拉噶更觉怒不可遏：

"我的大营被抢，有本事就该自己雪耻。自己若不能保护自己的财物和百姓，有什么脸面去和别人商量？！"

喽兵见状，知道此时说什么都没用，说多了反而会火上浇油，只得带着抢来的财物先回城堡向其他首领禀报。

森姜拉噶单人独骑直奔岭营而来，第二天一早，便到了坝热嘉雪的地方。望见那一座座各色帐篷，森姜拉噶气得浑身哆嗦，他一提马缰，白马像道闪电，驰入岭军大营。

岭军将士们早已作好准备，只等一声令下，将万箭齐发，刀枪并举。

森姜拉噶闯入岭军左翼，忽然站住了，心想：我这样冲进去，不知道谁是首领，乱杀兵卒实在没有必要。不如先唱一支歌，告诉他们我是谁，必然会有首领迎战，到时再与他们交锋不迟。想着，森姜拉噶唱道：

天上的九手厉鬼，
与地上的长手美女交配，
生下金银铜铁和玉石，
还有海螺六蛋令人畏。
六蛋孵成我六兄弟，
六兄弟数我最魁伟。
九岁开始习武艺，

杀死的人马能列队；
征服了十三个小邦国，
夺回的珍宝像石堆；
我的箭法娴熟刀厉害，
金刚般的岩石能粉碎；
从未遇到过敌手，
城堡从未遭破坏；
你们这群乞丐军，
不自量力来犯罪；
好比飞虫扑烈火，
就像狐狸发淫威；
快把抢来的东西还给我，
速转马头把家回；
若不依言听我劝，
弓箭刀马来相会！

森姜拉噶唱罢，并不冲杀，单等岭军首领出阵。

岭国众英雄见森姜拉噶如此狂傲骄横，蔑视岭军，早已按耐不住，争相出阵与森姜拉噶交战，竟不能胜他。嘉察协噶大喝一声，让众英雄闪开，只一眨眼的功夫，飞到森姜拉噶面前，抽刀便砍。

森姜拉噶见众英雄不能胜他，心中正在得意，人都说岭军厉害，其实不过如此。忽然飞来一白人白马，一把刀砍得火花四溅，与刚才的众人不同，森姜拉噶不敢怠慢，忙举刀迎战。他一连向嘉察砍了数刀，如同砍在空中彩虹上一样，用力砍下去，却轻飘飘落在半空中，根本碰不着嘉察。森姜拉噶心想，此人必是彩虹化身，所以刀枪不能杀他，我且不与他交战，先杀两员岭将再说。想着，森姜拉噶拨马就走，嘉察在后面紧追不舍。

森姜拉噶一路冲杀，无人能挡，一直闯进岭军大营。老将丹玛连射十几支箭，也不能伤害他。森达和热扎两员大将举刀就朝森姜拉噶身上砍，森达只觉得宝刀像是砍在岩石上一样，直震得自己的手臂发麻，森姜拉噶却毫毛未损。森姜拉噶甩下森达，提缰催马，朝王子扎拉的大帐冲去。王子扎拉迎出帐来，对准森姜拉噶连射三箭，像是豆子撒在鼓面上，三支利箭从森姜拉噶的身上轻轻滑落，扎拉抽出"雅司"宝刀，来战森姜拉噶。嘉察也赶了上来，同时，又围上六员岭国大将，八位英雄将森姜拉噶围在中间，依旧不能胜他。森姜拉噶不怕别人，只惧嘉察一人，乘众岭将稍有疏忽，将身上的一只小皮袋打开，一股毒气冒了出来，六员岭国大将立即昏了过去。森姜拉噶一阵狞笑，举刀与嘉察父子大战。见不能伤害他父子二人，森姜拉噶将宝刀入鞘，冲上前去一把抓住扎拉，举起来，又想把他摔到岩石上。嘉察见爱子被抓，皓月似的脸罩上了乌云，他猛地转到森姜拉噶的左边，挥刀砍去，将举着扎拉的那只胳膊砍断了。森姜拉噶的血管被切断，鲜血像喷泉一般涌了出来。嘉察又砍一刀，将脸色苍白的森姜拉噶劈于马下。

岭国众英雄欢呼起来，将躺在地上的王子扎拉扶起，簇拥着嘉察父子二人，转回岭军大营。

这之后，嘉察又降伏了森姜拉噶的兄弟司巴拉噶、鲁赤拉噶等四人，攻占了六兄弟驻守的城堡，只剩朗卡其达郭布一人率残兵败将逃回伽域王城。

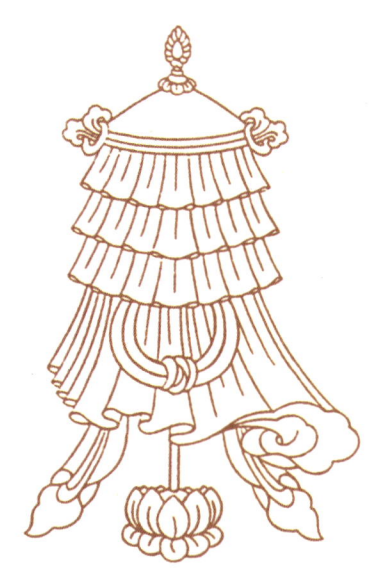

伽域国君臣遭杀戮
永固城宝库被开取

伽域国共有十二万户，人不算多，地也不算大，但兵精粮足，非常富庶，气候温和，风景秀丽。整个国土，分上、中、下三部，王城建在中部，叫"米玖毒卡沟雪"，意为"永固毒城"。王宫用金刚石构筑，十分坚固，高达九百层，日月星辰环绕着它。王宫里有一百三十个大宝库，珍藏着各种宝物、粮食、武器。小宝库不计其数，各类应用什物应有尽有。王城因为经过一百八十种烈性毒草熏染，外界来的瘴气毒雾不能伤害城内之人，而外面来的人却经受不住毒城的浓烈毒气。只要一靠近，就会被熏得心肺俱裂，猝然而死。

王宫的中央，有座"阳光灿烂"宫殿，国王托拉扎堆就住在这里。

这天，托拉扎堆国王高坐在黄金宝座上，两边的银座上分别坐着王兄森格扎堆和王子毒日梅巴，还有四个大臣、三个将军、十二个部落首领，依次分坐在两旁。君臣们正在商议一件大事，直到正午时刻，还未商议出结果。托拉扎堆刚要吩咐摆饭，侍卫来报：

"大王，强盗首领朗卡其达郭布求见。"

托拉扎堆一愣，心想：他来干什么，莫非……？难道……？

"快让他进来。"

朗卡其达郭布急匆匆跨进殿门，叩见大王，详细禀报了古纳拉多地方和柏热嘉雪城堡失陷、五个兄弟被杀，以及所有财宝被抢掠的情况。朗卡两眼冒火，愤愤然要求大王立即派兵攻打岭军，为兄弟报仇，夺回财物，收复失地。

伽域君臣听了禀报，既震惊又愤怒。伽域同岭国远日无冤，近日无仇，这坏觉如为何要来侵犯我们？这次岭国来犯，杀了我们的人，抢了我们的东西，占了我们的城堡，如果不出这口气，伽域就无法在世界立足。伽域君臣义愤填膺，忙着商议调兵布阵。

幻术师托明没有说话，他在想：岭国过去多次出征作战，在藏区和海外各国，和大小几十个国家交过战，没有一个国家能战胜他们。我们伽域国兵马比别国少，靠人马作战，根本不是他们的对手。但我们伽域国的幻术非常高明，是别的国家无法比拟的。我们应该用幻术同他们作战。打赢了，自然好；就是打败了，兵马也不会受到伤害。可现在整个宫殿里，上上下下都因急欲报仇而忘却了一切。这种时候，让托明怎么说话呢？正在他犹豫要不要向大王禀报时，托拉扎堆说话了：

> 伽域的臣民和百姓，
> 安居家园喜盈盈；
> 坏觉如率领乞丐兵，
> 抢我财物害生灵；
> 凭空降下的这兆征，
> 是觉如寿尽要丧命；
> 伽域英雄聚在此，
> 报仇雪恨快出征。

托拉扎堆吩咐众英雄率各路兵马，防守四座大城和周围十六个兵器库。

众将群情振奋，认为只要按照大王的吩咐办事，就能打败岭军。幻术师托明见此，更不便再说什么。

就在伽域君臣调兵布将之时，岭军已经从强盗城堡启程，来到赞布措拉山口。这座大山甚是奇伟，站在山顶，可将伽域的山川河流、城堡村庄尽收眼底。格萨尔率军到达山口后，与众英雄登上山顶观察，看了一会儿，对乌朗王子奔杰赤赞说：

"你熟悉伽域的地势，就在这里给我们讲讲吧。"

乌朗王子好像早就等待这个表现自己的机会，立即指着面前的山川河流详详细细地讲述了一番。众英雄听得津津有味，格萨尔也很满意，从而更加喜欢这员小将。

岭国君臣下了山，率军转过山口，继续前进，已经深入到伽域境内。雄狮大王立即命丹玛、森达、热扎、阿扎四员大将率日努、卡契、尼婆罗、吱夏、香香、纽卡、象雄、米里、柏热等国的英雄和四十名乌朗好汉，由奔杰赤赞带路，去攻取竭宗穆茂德雅城。

这竭宗穆茂德雅城有三道城墙，全部由磁石构筑，只要外面有持铁器的人来，里面就能知道。奔杰赤赞早知此情，事先就让岭军在盔甲兵器上涂了一层药，使磁石失灵。所以，当岭军悄悄靠近城墙时，伽域兵将并不知晓。

丹玛、森达、热扎和阿扎等四员大将分别率兵攻打四个城门。丹玛用格萨尔所赐神箭射开了东门，率先冲进城去。另外三员大将也纷纷破门而入，占领了竭宗。城堡中有许多兵器，也被岭国兵将所得。

伽域国王闻报，立即派大将毒曲梅日罗霞和毒曲梅巴率军来夺竭宗穆茂德雅城。谁知这座坚固的城堡到了岭军手中，变得更加坚固，无论伽域军怎样攻打，也不能攻下。因为伤亡太大，毒曲梅日罗霞只好率兵退了回去，丹玛等人并不追赶。

待伽域兵马撤走之后，丹玛等将大开城门，将格萨尔大王和嘉察协噶迎了进去，岭军大营也移至此地。

毒曲梅日罗霞率兵败回王城之后，托拉扎堆王命卦师占卜。卦辞说，若由赤杰隆纳巴姜率兵进攻，定能获胜。

托拉扎堆王立即命赤杰隆纳巴姜率兵于次日出发。

第二天，伽域军又来到竭宗穆茂德雅城下，赤杰隆纳巴姜身穿黑色战袍，箭囊里装着五十支用幻术制成的利箭，肋下一口宝刀，是用天石锻造；一条马鞭，是用毒蛇编织而成；座下战马，跑起来比闪电还快，具有非凡的魔力。

竭宗城堡中的乌朗王子奔杰赤赞见今天伽域的主将是隆纳巴姜，知道此将非常了得，便提醒众英雄要格外注意。正好前一天晚上丹玛的梦兆不祥，他也吩咐众将不可大意。

岭国兵将开城迎战，赤杰隆纳巴姜冲到阵前，并不搭话，猛地扔过一个比野牛还大的铁蛋，将几十名岭军砸得血肉横飞。接着，隆纳巴姜又射出一箭，岭军接二连三地倒下一片又一片人马。

岭军阵中驰出几员大将，持枪挥刀朝隆纳巴姜杀去。不等他们靠近，隆纳巴姜连射数箭，冲过来的几员大将都被射翻在马下，隆纳巴姜催马闯入岭军阵中，十几员岭将都挡不住他。丹玛的孙女婿卓洛达茂克吉见隆纳巴姜如此猖獗，挺枪便朝他刺去。隆纳巴姜把宝刀一挥，卓洛达茂克吉被砍于马下，当即死去。丹玛的梦兆应验了。

见卓洛达茂克吉身亡，丹玛痛得大叫一声冲了上去，其他大将也随丹玛一起，将隆纳巴姜紧紧围住。隆纳巴姜毫无惧色，将自己的几件兵器轮番使用，尤其是那根蛇鞭，抡得风雨不透，岭国英雄根本不能靠近他。那蛇鞭抡着抡着，一股股毒气喷了出来，岭国众英雄被毒气所熏，不能支持，纷纷落马。

隆纳巴姜见状，一阵狞笑：

神鞭喷毒气，
本是一小计；
岭国乞丐军，
如此不堪击；
杀了格萨尔，
方解心头气。

说罢，魔将朝格萨尔的神帐扑去。嘉察协噶像是自天而降般飞到隆纳巴姜马前，举刀大喝：

伽域魔将休无礼，
我嘉察协噶要制伏你；
快快下马投降免一死，
否则让你身首两分离。

隆纳巴姜屡屡得胜，哪肯听从嘉察的劝告，一提马缰，扑向嘉察。嘉察见他如此凶猛，忙举刀相迎。两人战在一处，真好比天上的苍龙相争，地上的虎豹相斗，打了多时，也不能分出胜负。二人心中都不由得暗自称奇。那隆纳巴姜武艺高强，又有魔力，从未遇到对手，今日与岭军交战，也是屡战屡胜，眼看就要打进神帐，谁知竟碰上这员大将，打了这半晌，仍不能胜他，究竟该如何是好呢？嘉察本是彩虹化身，自以为能百战百胜，今日碰到这员魔将，非但不能杀他，反而有被他战败的危险，岂不怪哉？！

隆纳巴姜的刀砍在嘉察身上,像是砍清风。隆纳收起刀,又抡起蛇鞭,猛抽嘉察,嘉察抡起宝刀将蛇鞭断为九截。隆纳巴姜见蛇鞭被毁,气得几乎昏厥。他使劲扔掉手中的一截羊尾巴长短的蛇鞭,恶狠狠地朝嘉察扑去。这一扑,竟离了坐骑,也把嘉察从马上推了下去。二人在地上滚在一处,互相撕咬。隆纳巴姜咬嘉察,分明使了很大劲,却什么也咬不着。嘉察却将隆纳的鼻子和耳朵咬了下来,把个魔将弄得满头满脸是血,狼狈之极,也愤怒之极。隆纳怒火攻心,一使劲,将嘉察压在身下。

岭国众英雄见嘉察被压在下面,纷纷围了上来。扎拉、辛巴、丹玛、达玛多钦、扎巴隆珠等人七手八脚地抓住隆纳巴姜的四肢,恨不能将他撕成碎片,嘉察趁机站起身来。

隆纳巴姜见嘉察脱了身,自己又被这么多岭将纠缠着,恨得他牙齿咬得咯咯响,心中却在默默祈祷魔鬼神的助佑。片刻间,隆纳巴姜又运足了力气,四肢同时用力,拳打脚踢,将围他的岭国大将打出几丈远。隆纳飞快地将毒箭搭在弓上,一连射出几支毒箭,达玛多钦被射倒。

趁众英雄去救达玛多钦之际,隆纳巴姜又把嘉察抓在手里,然后高高举起,想把他摔死。嘉察却使劲抓住隆纳的盔甲,使他不能用力。隆纳的战马"咴咴"地叫着,走向它的主人,隆纳顺势跨上坐骑,纵马朝外冲。岭军众将见状大惊,一时不知如何是好。

嘉察被隆纳抓在手里,又羞又恼,又气又急,用尽力气想挣脱出来,却无济于事。

扎拉和辛巴从后面追赶,丹玛、热扎和森达在前面挡路,箭搭在弓,却不敢放射,怕伤着嘉察。丹玛吩咐用套索,十几条套索同时飞向隆纳巴姜,套中了他的脖颈。众英雄一齐用力,几乎将隆纳拉下马去。

隆纳巴姜被十几条套索套着,也有点儿心虚,他此时只想赶快脱身,急于要把手中抓着的嘉察弄死。只见他一用力,将嘉察猛地举起,拼尽全身力气,朝路旁的一块巨石摔去,然后挥刀割断脖子上的套索,扬长而去。

多亏隆纳巴姜这一摔,才使嘉察脱了身。嘉察飘然落地。正正盔帽,拍拍铠甲,跨上战马就要去追隆纳巴姜,被丹玛等人拦住,苦苦相劝,说此人武艺非凡,看来寿数未尽,现在去追也很难取胜。嘉察虽然不再追赶,却难消心头之气。

第二天太阳刚刚升起,嘉察便飞出岭营。丹玛、玉拉、辛巴等英雄紧随其后,冲进伽域的大营。赤杰隆纳巴姜和哈日梅巴拦在众英雄面前。嘉察一见隆纳巴姜,眼睛都要喷火,丹玛却不让他与隆纳交锋,告诉他,隆纳当死在他丹玛手中。嘉察也不答话,转身去战哈日梅巴。

丹玛和隆纳巴姜对视片刻,都觉无话可说。丹玛将格萨尔所赐神箭搭在了弓上,念诵道:

> 战神呵,
> 请把神箭指引!
> 雄狮大王呵,
> 请助佑我得胜!

念罢,将神箭射出,锋利的箭镞穿透铠甲,钻进隆纳的心窝,又从他后背穿出,射死了他身后的几个伽域兵卒。隆纳巴姜咬着牙,瞪着眼,举刀朝丹玛就砍,一刀砍掉铠甲上十几个叶片。丹玛反手又射出一支利箭,正中隆纳的额头,隆纳巴姜这才跌下马来,倒地而亡。岭国兵将上前取下他的人头。

嘉察欲与哈日梅巴交战,不等他靠近,哈日梅巴的三支利箭已朝他射来。嘉察一转身,用手一指,那三支箭调了个头,朝伽域兵卒飞去,十几名兵士应声而亡。嘉察哈哈大笑,气得哈日梅巴暴跳如雷,挥刀来战嘉察。利箭不能伤着嘉察,大刀更奈何不了他。哈日梅巴知道嘉察乃是虹身,遂不再与他交手,拨马败回大营。

伽岭双方各自收兵。伽域国损兵折将,特别是赤杰隆纳巴姜阵亡,使将士们惊惧万分,军心不稳。大将们商议半晌,决计立即派哈日梅巴回王城,向托拉扎堆大王禀报战况,请求援军。在援军到来之前,伽域军坚守营盘,暂不出战。

哈日梅巴很快回到了王城,进宫向国王和大臣们详细禀明与岭军作战的情况。托拉扎堆大王与王兄、王子和众大臣商议了半日,对策想了几个,都认为很难打败岭军。托拉扎堆的眉头皱得紧紧的,发愁了。伽域国原本兵马不多,若把城内兵派出救援,王城怎么办?

大臣尼玛赤尊一拍脑门,像是突然想起了什么似的,站起来向大王禀道:

"大王,若靠兵马交战,我们根本不是岭国的对手。但我们可以用幻术,我们的幻术可是岭军没有的。"

"对,对,对呀!"

"是呀,怎么我们都没想起来呢?"

伽域君臣被尼玛赤尊提醒，又都兴奋起来，个个脸上放出光彩，有了精神。

"尼玛，你说，怎么用幻术，才能速速消灭岭军？"托拉扎堆急忙问，恨不能一口就把岭军吞掉。

"嗯，大王，我看明天可以派托明带领一百名幻术士，从空中把天石扔下去。同时请十三位大食咒师放咒，定能把岭军消灭在城堡之中。"

"好，就这样。"托拉扎堆吩咐侍卫去请大术士托明，又派哈日梅巴去请大食咒师准备第二天放咒。

次日，托明带着百名术士运用幻术，很快到了竭宗城的上空。托明见岭军都驻扎在城里，非常高兴，立即命术士投下天石和飞刀，竭宗城内立即燃起烈焰，尘土飞扬，遮天蔽日的，托明以为是他的幻术和咒师放咒的结果，不禁哈哈大笑。

正在托明得意之际，竭宗城内火灭烟消，城堡又好端端地呈现在他们面前，岭军在里面人欢马跃，丝毫没有受到打击的样子。这使托明十分惊异。这究竟是怎么回事呢？

原来，晁通和岭国的术师们经过占卜，早已知道伽域的术士要来进攻，便用幻术制造了一个假竭宗城，而把真的城堡遮蔽起来。

托明既惊讶又恼怒，原以为自己的幻术十分厉害，没想到岭国的术士们更胜他们一筹。眼看天石和飞刀已经用光，他们又不肯这样毫无结果地回去，因为这样回去，怎么好向大王交代呢？！托明一咬牙，命术士降落在竭宗城内，与岭军拼杀起来。

那托明术士虽然武艺高强，但毕竟不是岭军的对手，打了两顿茶的功夫，便被嘉察协噶活捉，关押在城堡之中，派日努将士看守。

坐在王宫中的伽域君臣们，只等托明术士凯旋。谁知好消息没有，托明和百名术士又被岭军俘获，众臣面露惊慌之色。王兄森格扎堆却装作满不在乎的样子，对众人说：

"待我出城，定能取胜。"

以尼玛赤尊和哈日梅巴为首的文臣武将恳切相劝，争着要替王兄出阵。但森格扎堆的主意已定，执意要出城与岭军决战。

岭军已从竭宗城出发，步步逼近王城。森格扎堆披挂整齐，飞马驰出王城，向岭军大营冲去。一路之上，逢人便杀，见人就砍，索波大将仲拉赞布被他砍于马下，大食首领扎巴隆珠也被他砍伤。嘉察父子拦住森格扎堆，众英雄围上来二三十人。森格扎堆暗暗将身上的一个小皮口袋打开，毒气立即喷了出来，岭国众将被熏得昏死过去。嘉察和王子扎拉忙下马去救众将，森格扎堆趁机向格萨尔的神帐杀去。格萨尔站在大帐门口，朝森格扎堆射了一箭，正中坐骑的胸部，"飞龙宝马"一个趔趄，险些将森格扎堆扔到马下。森格念动咒语，祈求伽域战神保佑，坐骑迅速恢复了脚力，没等格萨尔射出第二支箭，森格拨马而逃，恰遇前来接应他的尼玛赤尊。

嘉察和扎拉父子二人为众英雄焚香祷告，众人慢慢苏醒过来。嘉察命军卒将他们扶回帐内歇息，自己带王子扎拉又来追赶森格扎堆，正好与尼玛赤尊和森格扎堆相遇。

尼玛赤尊闪开一条路，让王兄森格扎堆先走，自己挡住嘉察父子。嘉察挥动宝刀，与尼玛大战，几个回合之后，他一刀刺中尼玛的腹部，肠肠肚肚流了出来。尼玛怒目圆睁，一手将流出的肠子往肚子里塞，一手挥刀继续与嘉察交战，气力渐渐不支。嘉察又挥一刀，将尼玛赤尊拦腰斩断，伽域军大败而归。

见王兄森格扎堆败回城来，王子毒日梅巴就要出阵。王妃德噶白珍唯恐王子有失，执意不准他出城。毒日梅巴报仇心切，苦苦恳求父王答应自己的要求。托拉扎堆觉得王子武艺非同一般，出城不会有失，况且坐守城池也无异于等死，因此答应了王子的请求。王妃德噶白珍眼看王子出城去，像是被人摘去了心肝，大哭不止。

见伽域王子出城，格萨尔又高兴又担心。高兴是的，只要降伏了这个王子，伽域王城即刻可破，但若万一有失，岭军就将前功尽弃。嘉察看透了格萨尔的心思，对他说：

"雄狮大王不必担心，我下界的目的就是要降伏伽域王子，这一仗定胜无疑。"

就在格萨尔与嘉察说话之时，伽域王子毒日梅巴已经冲进岭营，像是一股狂飙，旋得人睁不开眼睛。这王子太厉害了，左手持刀，右手仗剑，左右开弓，人们还不明白怎么回事，已被他杀了不少岭军。

格萨尔见毒日梅巴年少英俊，武艺超群，打从心里喜欢，盼咐众将不准伤害他。嘉察暗暗将神套索抛了出去，那王子不曾防备，被套索套中，虽然刀剑齐下，也不能砍断套索。王子仰天大叫，泪流满面。

嘉察将毒日梅巴拉下战马，捆绑结实，押到格萨尔的神帐内，听凭雄狮大王发落。

岭国众英雄见嘉察活捉了伽域王子，围上前来，扬刀举剑，就要动手，被格萨尔喝住。雄狮大王亲自为毒日梅巴灌顶，清洗罪过，绑绳也不知去向。

伽域王子见雄狮大王如此慈祥，立即投降称臣，格萨尔将他留在自己身边听用。

得知王子毒日梅巴被捉，王兄森格扎堆率领倾城兵马来战岭军，要夺回王子。嘉察命扎拉去迎战森格。扎拉挥动"雅司"宝刀，拦住森格扎堆，战了几个回合，不能分出胜负。扎拉默默祈祷，请求天神助佑，手中的"雅司"宝刀立即指向森格，一道烈焰喷出，魔臣化为灰烬。

随森格扎堆一同出城的哈日梅巴等伽域兵将也被岭军斩尽杀绝。伽域王城只剩下一个能打仗的国王托拉扎堆。格萨尔挥兵冲进王城，要托拉扎堆投降，可以免他一死。

伽域王不听王妃和左右的劝谏，手持幻术制成的斧子和利箭，发了疯似地冲出王宫。岭军将士见托拉扎堆双眼冒火，面目狰狞，纷纷后退，逃得稍慢的，便被他的利斧劈倒。

托拉扎堆狂呼乱叫，孤身一人与岭军大战，近处的用斧砍，远处的用箭射，岭国众英雄一时竟不能靠近王宫。

岭国众英雄飞马向雄狮大王禀告。格萨尔"哼"了一声，将神箭搭在弓上，一抬手，神箭呼啸着飞向魔王，托拉扎堆大叫一声丧了命。

王妃德噶白珍强忍心中的悲痛，率百姓出宫迎接格萨尔大王和岭军将士。

格萨尔率军进城。伽域国与其他邦国不同，宝物非常多，宝库也多，有查雅玛瑙宗、金刚宝石宗、玛瑙珊瑚宗、如意宝藏宗、还有玉石宗、粮食宗和兵器宗等等。这些宝库个个都像一座城堡，分布在伽域王城的四周。格萨尔率众将将宝库一一开启。

王妃德噶白珍禀告，伽域国最神奇的宝库是骡子宝宗，从未有人打开过。格萨尔心中高兴，因为攻占了穆古骡子城之后，给岭地百姓带来很大福分，如果能在伽域开启骡子宝库，岭地百姓将福上加福。雄狮大王随王妃德噶白珍来到一座岩山前，王妃说，这就是骡子宝库。格萨尔看了看这奇伟的山，认定山上的一面镜子般光滑的石壁就是宝库之门。格萨尔盘腿静坐，祈祷天神帮助他开启宝库。须臾之间，石壁裂开了，十匹白唇骡子像飞一样跃出石洞，接着，成千上万匹骡子潮水般地从洞中涌了出来，共有九十九万匹。

这壮观的景象,连伽域的王妃德噶白珍也没见过,心中更加敬仰格萨尔大王。

雄狮大王将部分骡子留给伽域的臣民百姓,其余全部驮上伽域的宝物,运回岭国。

王子毒日梅巴恳求雄狮大王让他留下来陪伴母亲,王妃也流泪请求,格萨尔答应了,让王子留在伽域,主持国政,从此,魔王当道的伽域,升起了善业的太阳。

嘉察完成了下界的使命,乘彩虹而去。王子扎拉虽想与父同去,无奈肉身难变,只得跪倒在地,请父亲的在天之灵保佑自己,保佑岭国百姓,保佑岭国的降魔大业早日完成,他父子能在天界相会。

嘉帝选皇后得妖女
岭王派梅萨取法物

在离岭国很远很远的地方,有一个美丽的国家,人们把她叫做嘉地。嘉地有一位天封的皇帝噶拉耿贡,拥有十八个部落。国中内臣万千,外臣无数,宫中嫔妃一千五百人,只是还没有皇后。

有一天,大臣们商议着要给皇帝选一位美女做皇后。大臣哈香晋巴说:

"大恩大德的皇帝选皇后,应该选一位族姓高贵、容貌俊美、人品超群,像仙女一样的美人。"这样的美人到哪里去找呢?大臣们悄悄议论,赤雪丹巴说:

"皇后不仅要让皇帝称心,还要能为众生施恩造福,保护本国的江山,这样的美人只有到龙宫中去寻。听说龙王还有一位公主叫尼玛赤姬,生得俊美无比,若能把她娶到宫中,一定能使皇帝称心如意。"

大臣们都说龙女是个合适的人选,但是怎么才能娶到龙王的公主呢?大臣们想呵想,终于有了主意。

嘉地能下海的人被秘密地召进王宫,大臣们让他们带上黄金、白银、松石、珊瑚、绸缎、茶叶、檀香木,还有大象、骏马、牦牛等,去见龙王。下海的人们将这些东西放在木马上,向海中划去。

求婚的人到了龙宫,向龙王献上礼物,说明来意。龙王不仅答允,还给公主陪嫁了许多珍宝,派了五百个龙女陪着公主浮出海面,跟迎娶公主的人一起乘着木马朝岸边划。木马上岸后,被嘉地臣民百姓迎进宫内。一见这位来自龙宫的公主,皮肤赛白螺,面目似花朵,腰身如杨柳枝条,袅袅婷婷,皇帝甚是称心。龙宫的公主遂被封为皇后。

这样俊美的皇后,如果让嘉地百姓们看见,就会遭眼魔;如果让人们议论,就会遭口魔。为了不让人们看见她、议论她,尼玛赤姬皇后只得紧闭宫门,隐居深宫之中。所以,嘉地的百姓只知他们有一位美丽非凡的皇后,却从来没有见过她。

过了几年,皇后生下一个可爱的小公主,取名阿贡措。皇帝噶拉耿贡为庆祝公主的降生,在都城举行盛会,各地艺人纷纷来到都城献艺。有耍魔术的、跳舞的、唱歌的、赛马的、射箭的,各种技艺应有尽有。都城一片欢腾。

这时,天神、龙神和念神占得一卜,得知尼玛赤姬乃是九个魔女血肉中分化出来的。三界神商议说:若不将这个妖妃的阳寿赶快收回,将来她将成为人们的生命之主,主宰人们的生死大权。于是,天神、龙神和念神分别变作跛子、瞎子和哑巴,赶着一头犏牛、一头毛驴,来到皇后居住的寝宫门口。三个人把牛和毛驴拴在一起,然后表演起来。哑巴翩翩起舞,瞎子放声高歌,跛子变起魔术。周围聚集了不少百姓。三人耍闹了一会儿,就开始乞讨吃食:

"请赐给哑巴、瞎子、跛子一点儿吃食吧,请给够吃一年的吧!如不给够一年吃的,就给够吃一个月的吧!如不给够吃一个月的,就给够吃一天的吧!祝愿皇后有温火暖身,祝愿皇帝长寿如山。"

三人的喊声越来越高,听得人们的耳朵快被震聋了。京城的人们听这边如此热闹,纷纷聚拢来看。皇后尼玛赤姬也被这喧闹嬉戏的声音所吸引,步出宫门来看。聚在宫门的百姓们第一次看见美丽的皇后,惊奇地议论着:

"哎呀呀,我们的皇后真美呀,世间怎么会有这样出奇的美人呀?"

"真是天仙一样的美人呀!"

……

嘉地的百姓们对他们美丽的皇后看了又看,说了又说,等到皇后想到自己不该出宫,已经晚了。

当天晚上,皇后中了口魔和眼魔,从此一病不起。

皇后患病以后,只有皇帝和公主陪她住在深宫,任何人不得前往谒见。

一晃三年过去,小公主阿贡措已经六岁了。这天,阿贡措为父皇母后送茶,隔着门帘听父皇和母后正在说话:

"皇后呵，为了让你的病体康复，我敬神作法事，国库里的银钱花了不少，可你的病怎么还不见好呢？"

"我的病呵，不要说花国库的银钱，就是把嘉地的银钱全部花尽，也治不好呵。"

"那我该怎么办呢？"

"没有办法，我必须死去一次。我死后，小女儿太小，执掌不了国政。皇帝年纪不太大，还可以与别的妃子生养一个太子。只是，只是苦了我的女儿了。"皇后说罢泣不成声。

"皇后不必伤心，我可以向文殊菩萨起誓，给女儿招一位外国太子为婿，由女儿执掌国政。可没有皇后你，我怎么活下去呢？"皇帝也哭了。

"如果皇帝真的不肯舍弃我，那么，按照我说的办法做，为妻我就能死而复活。"

"快说，只要爱妻能陪我，要我怎么做就怎么做。"

"我死后，请皇上用绸缎把我的尸体包裹起来，趁尸体还温热赶紧放进一间光线无法透入的房子里。同时，皇上要把太阳关进金库，把月亮关进银库，把星星关进螺库；天上的鸟不准飞，空中的风不准吹，水中的鱼不准游；还要把连接嘉、岭之间的金桥砍断，使嘉地的货物不得运往藏地，藏地的货物也不准运往嘉地。我要用三年的时间恢复血脉流动，用三年的时间生长肌肉，用三年的时间调和气脉，生长筋骨。九年后，为妻我就会复活，而且将比现在更加美丽。到那时，我就可以和皇帝永远共享快乐了。"

皇帝噶拉耿贡好生奇怪，从没听说死人能够复活，这皇后是个什么人呢？复活后会给我们带来什么好处呢？

"爱妻，你为什么能够复活？"

"因为我的父亲是恶魔，我的母亲是罗刹，所以我有铁一样的生命。待我复活后，将成为世间命主，佛法的仇敌。"

噶拉耿贡一听这话，心中害怕：

"那，有什么阻止你复活的办法吗？"

"岭国的国王格萨尔，他若知道我死，就会用烈火焚化我的尸体，为妻我就不能活转来。所以，请皇上务必不要将我死去的消息传扬出去，更不能让岭国人知晓。"

噶拉耿贡对皇后的话虽然将信将疑，却又不能不照办。俗话说得好：

> 上师的命令，
> 父母的教诲，
> 妻子的知心话，
> 不听要受苦。

皇帝和皇后的话被门外端茶的小公主阿贡措听得一清二楚，并牢牢记在心里，只是没有告诉别人。

十二月二十九日，皇后尼玛赤姬死去。按皇后生前的吩咐，皇帝将皇后的尸体裹好放入一间密室。为了不让她的体温散失，噶拉耿贡日夜与尸体睡在一起，用自己的身体温暖着皇后的尸体。

自从皇后死去，嘉地就失去了阳光。噶拉耿贡终日陪伴皇后的尸体，不理朝政，臣民百姓苦不堪言，怨声载道。小公主阿贡措心想：我母后原来是个妖女，她死后嘉地百姓都在受苦，如果复活会给百姓带来更大的灾难。怎么办呢？小公主非常焦急，就把皇后死前对父皇说的话告诉了嘉地七姊妹。

七姊妹一听大惊。原来使百姓遭难的是皇后的妖尸，应该除掉这妖尸才是。于是，七姊妹与小公主商议要去岭国请格萨尔大王。但是，皇帝有令，任何人不得将皇后的死讯传扬出去，违者就要丧命。七姊妹给小公主出主意，让她去父皇面前请假，说去五台山为母后焚香斋戒，到时候就有办法给格萨尔大王送信了。

见女儿如此孝顺，噶拉耿贡很高兴，答应公主去五台山。但只能去三个七天，误期而归要受处罚。

小公主与七姊妹来到五台山，在文殊菩萨像前摆上供品，祈祷后，公主阿贡措就要给格萨尔大王写信。

七姊妹忙拦住她，俗语说："白天不要去偷盗，山上到处是眼睛；黑夜不要乱说话，地上处处有耳朵。"这封信必须在夜里写，用金线绣在黑缎子上面，方才保险。小公主和七姊妹夜间绣好，然后召来长命鸟鸽子次仁措三兄弟，让他们把信送往岭地，最好直接交给格萨尔大王，见不到大王，也要交给他的得力大臣。

眼看着鸽子三兄弟朝岭国飞去，小公主阿贡措和七姊妹才返回嘉地。

岭国的格萨尔大王正在闭关静修。当东方开始亮起来的时候，窗口忽然射进一道白光，白光周围香烟缭绕，格萨尔凝神望去，见白云翻滚的云缝中，现出一顶五彩伞盖。伞盖下，天母朗曼噶姆骑着白狮，牵着青龙，手拿小鼓，小铃叮当作响，对格萨尔预言说：

"嘉地的皇后尼玛赤姬已死，留下妖尸害人，倘若让她复活，就要与众生为敌。今年内如不把她的尸体焚毁，待她得了铁命就会误时机。赴嘉地的时刻已经来临，快去给嘉地皇帝解忧虑。重开通往嘉地的路，把嘉地的货物运往藏区。天上的鸟儿空中的风，会给你带来嘉地的消息，快快把岭部众英雄召集，每道关口要防守严密。"

说罢天母逝去。格萨尔翻身坐起，对身旁的珠牡说：

"珠牡呵，不要贪睡快快起。快把祖传十八代的松石首饰戴在头上，快把祖传十八代的锦衣穿在身上，快去向天、龙、念神煨桑，向玛沁邦热神山祈祷，向荒山饿鬼布施水食，再把浓浓的奶茶熬好，把甘甜的美酒端上，我要召集众英雄议事，然后去嘉地灭妖尸。"

珠牡一直呆呆地听大王的盼咐，一听大王又要只身去嘉地焚妖尸，心里像被针刺了一样疼痛。她又想起当年大王单人独马去北地降魔，自己被霍尔王抢走的事来。珠牡立即起身，从护身佛盒中取出十八条青色哈达，又斟了满满一银碗酒，献给大王：

> 青色哈达献给您，
> 劝大王不要去嘉地；
> 九色甘露献给您，
> 请大王饮后安睡去。
>
> 珠牡一离开大王您，
> 欢乐就被浓云遮蔽；
> 岭国内部会争权力，
> 父子兄弟相互为敌。

格萨尔的心已被天母的预言占据，对珠牡的话一点儿也听不进去，反倒训斥她说：

"女人的胸怀要像大滩般宽广，像杆箭般正直，你怎么说出这样的话语，不要多嘴，快去做你该做的事吧。"

珠牡无奈，知道再说无益，只得照大王的旨意行事。

太阳当顶的时候，岭国众英雄已经聚齐，雄狮大王高踞宝座，对众位英雄说：

"天母给我降预言，命我去远征嘉地。那里的人类和生灵，全被罩在黑暗里。嘉帝忧愁守妖尸，我要为他解忧虑。英雄们速去各路口，观察鸟儿和风儿的踪迹，不论谁得到了嘉地的书信，都要快快呈交不得误时机。"

雄狮大王讲完，总管王将岭地众英雄一一分配去巡山查路，等候嘉地的消息。

丹玛和晁通二人被派到嘉、岭两地交界的砂山巡察。两人一直等了七天，好不耐烦。丹玛打了一头野牛解闷，晁通一心想吃那鲜牛肉，倒把正经事搁在了脑后。一直到了第八天中午，从白云路上飞来三只鸽子，在砂山上空盘旋。晁通一见鸽子，立刻装出勤快的样子，上前给丹玛备上马鞍，暗中却把马肚带弄成将断未断的样子，然后让丹玛射一支不致伤着鸽子的箭，唱一支动听的歌儿，这样鸽子就会把信投下，他们的事就算完了。

丹玛跨上坐骑，唱了一支歌，手中箭刚要射出去，马肚带突然断了，丹玛一下子从马背上跌下，昏了过去。就在这时，三只鸽子投下金信，然后匆匆飞走了。晁通快步上前，将信捡起，背着丹玛拆开，取出压信礼品珍珠串和丝绸哈达，顺手藏在一个旱獭洞中，洞口放一白石子为记号，然后把信封好，来到丹玛跟前，丹玛已经从地上坐起，一见晁通手中的信，好生奇怪：

"这信是从嘉地来的，怎么没有压信的礼物呢？马要吃草料，人要吃粮食，信要有压信礼物，嘉地人怎么连这点规矩都不懂呢？晁通呵，这样的信只有你敢呈送大王，我是没有这个胆量的。"

晁通一听丹玛说他不敢向雄狮大王呈上金信，立即说：

"满口的牙齿最好不要弄缺，好事情不要弄坏，你不要乱说，信由我呈给大王好了。"

晁通拿着信回到达绒部落，生怕露了底细，吩咐手下六个咒师祭鬼七天，然后投放施食。就在第七天投放施食的时候，被英雄秦恩碰上了。秦恩见晁通领人在投放施食，知道他定无好事，就责问他为什么要念咒投施食。晁通本来心中有鬼，这一问，更吓得四肢发抖，急忙编了一套瞎话，说他这是为岭地消灾，为大王祝福。并且虔诚地对秦恩讲了得到嘉地没有压信礼品的空信，丹玛不肯呈递大王的事。秦恩一听，立即说，大王是个视黄金如粪土的人，他怎么会计较有没有压信礼物呢？然后与晁通一起来见格萨尔大王。

格萨尔大王接过晁通呈上来的信，刚刚夸奖晁通得信有功，就把眉头皱了起来。原来，这封信他不认识，不知道上面写些什么，众英雄传看了一遍，也没人能读得出来。雄狮大王有些焦急，宣布谁若能读此信，将得到九十九倍奖励，若有人会读而隐瞒，将得到九十九倍处罚。

雄狮王的令一出口，晁通就向格萨尔大王禀道：

"大王，请恕我多嘴，我若不说，恐违背大王的旨意；我若说了，又怕违背王妃的心愿。那信是从嘉地来的，收信人是格萨尔大王，能读此信的人却是白度母转世的王妃珠牡。"

珠牡一听，皓月般的脸上罩上了几朵乌云。心想："哪里有坏人，哪里坏话就流传；哪里有腐食，哪里的臭味就熏天；哪里有晁通，哪里的事情就不利。坏东西经常和坏人碰在一起。这晁通真不是个东西，偏生在此多嘴。欲待不念此信，又怕大王生气；若要念了此信，大王就不会安坐在岭地。"珠牡犹犹豫豫地接过此信，说：

"头上的耳朵本是两片皮，听不听完全由自己。"然后开始念信：

……

> 父亲森伦活着的心头肉，
> 母亲郭姆活着的心头肉，
> 王妃珠牡活着的眼珠子，
> 快到嘉地去！

> 惯会玩弄幻术的巫师，
> 精通佛法教义的上师，
> 善于观察变化的谋士，
> 快到嘉地去！

> 百个美男子中的最美者，
> 百个掷骰人中的优胜者，
> 百个大力士的粗臂膀，
> 百个神箭手的尖顶子，
> 百个能言善辩的巧舌儿，
> 百个善于挤奶的大拇指，
> ……
> 快到嘉地显绝技！

珠牡念着信，岭地君臣得知嘉地有妖尸作乱，需要岭国去帮助降妖，但信中写的降妖人却使君臣不解。另外信中所说的降妖所需器物更是奇奇怪怪。有绿松石发辫，白松石发辫，红、黄、青松石发辫，还有珊瑚袈裟十八件，彩虹靴子三十双，能开能合的吹火口袋，能使水沸腾的石头罐，没有节子的鞭麻要九庹长，没有裂缝的木炭要有马头大。一碗雄仙鹤相斗流出的血，一碗雌仙鹤悲鸣流出的泪，一尾头上长鬃的毒蛇，一团红黑色獐子油，一根一肘长的虱子骨头，一杯蚂蚁的鼻血……更要有能克敌降妖的竹子三节爪……

珠牡念完，众英雄傻了，格萨尔也呆住了。这些东西，别说看见，连听也是第一次听说。到哪里去找？到哪里去寻？见大王闷闷不乐，珠牡心中得意。这下可难住大王了，这下大王可以不必离开岭地了。

见雄狮大王被难住，王妃珠牡面露得意之色。总管王心想，我若不把话讲明，误了降妖的时机，必给嘉、岭两地留下后患，到时后悔也晚了。于是，老总管绒察查根拄着檀香木拐杖走了过来，将珠牡所念的信一一讲给格萨尔和众英雄们听。众人听罢，恍然大悟。知道了应跟随格萨尔去嘉地的诸位英雄的名字。但是，那些降妖的法物呢？到哪里去寻？老总管一指大臣秦恩和王妃梅萨，说他俩知道这些法物在什么地方。

秦恩说：

"这些法物都在穆雅国，但穆雅与岭国有仇，恐怕不会借东西给我们，如何得到法物，还望大王明示。"

梅萨站出来说，她愿与岭地七姊妹一起去穆雅取竹子三节爪。格萨尔大喜，嘱咐她们要格外小心。梅萨一笑，对大王说：

"我们去的时候不能显露人身，要变成飞鸟，才能成功。"

说罢，梅萨与珠牡等岭地七姊妹变成七只鹭鸟，向穆雅国飞去。

七姊妹到了穆雅国，梅萨很快就找到了竹子三节爪。七姊妹高高兴兴地往回飞，当飞到贡日安庆大雪山脚下的时候，落在一个坛城边的大滩里稍事休息。珠牡显得异常兴奋，因为要找的法物那么容易就拿到了，现在应该把羽衣脱下，恢复人形，痛痛快快地玩玩。她把这意思一说，几个姐妹欢呼雀跃，纷纷现出人形，在大滩上跳起舞来，梅萨想拦已经来不及了。一个骑大鹏鸟、面色铁青的卫士站到她的跟前，说：

"梅萨绷吉，我是穆雅国守门的岗吉赤杰小王，你们是怎样越过穆雅十八座山岗、十八道石崖关卡的？现在到了我的领地，若不把那万钧雷霆大磐石砸到你的头上，那才是怪事。"说着，就要向梅萨扑过来。

惊恐之中的梅萨，在心里盘算了二十五回，想出了十八个主意：

"岗吉赤杰王呵，我一生的经历你是知道的，幼时是父母亲的娇女，长大后做了北地鲁赞王的妃子。自从鲁赞被格萨尔降伏，我被带到岭国，做了格萨尔大王的妃子。大臣秦恩仍留在北地，我们分别的时候，他曾对我说：'我们的大王被杀死了，要想办法报仇呵！'我今天来穆雅，是因为听说岭国与穆雅有前仇，穆雅王死在岭地人之手，所以我想和穆雅国交个朋友，希望穆雅与北地人联合，一起向岭国复仇。"梅萨说着一指珠牡等六姊妹，告诉岗吉赤杰，那几个玩耍的女子，并不是凡间姑娘，而是下凡游玩的仙女。

那珠牡一听梅萨的话，哈哈大笑：

"守国门的卫士呵，梅萨的话没有一句是真的。我是嘉洛·森姜珠牡女，是格萨尔的大王妃，人人都说我珠牡生得美。

> 我向前走值骏马百匹，
> 向后退换取犏牛百头，
> 吐一口气值茶百包，
> 开口一笑值羊百只，
> 百个男子看了眼望直，
> 百人女子见了全叹气。

我们是格萨尔大王派来的，为寻找一件穆雅的法物，给大王带到嘉地降妖去。"

岗吉赤杰一听珠牡这番话，恼羞成怒，立即抖开人皮口袋，将七姊妹统统塞进袋内，进宫去见大王玉泽敦巴。

玉泽敦巴与岭地人有杀父之仇。仇人相见，分外眼红，立即吩咐卫士将珠牡、乃琼、拉姆玉珍、仁钦措、晁牡措五姐妹的脊椎骨上钉上四十九枚铁钉，十个指头上钉上十枚铜钉。因为玉萨格措是嘉察的妻子，没有受刑。梅萨曾做过鲁赞的妃子，也没有受刑。

眼见五姐妹受折磨，痛苦不堪，梅萨心中实在难忍。她来到穆雅王玉泽敦巴和两个弟弟玉雏敦巴、玉昂敦巴面前，为姐妹们求情：

> 对懦弱妇女任意施酷刑，
> 对强悍的敌人不一定能制服，
> 骑在毛驴背上挥鞭算什么本领？
> 在妇女面前逞凶不算威风。

"大王呵，岭国和穆雅，应该讲和睦，我们是无罪受苦的妇女，请大王看在梅萨的面上，多多饶恕。"

穆雅王见梅萨为珠牡等姐妹讲情，心中不悦：

"梅萨，男子应该有志气，女子应该有骨气，你的伴侣鲁赞王被格萨尔所杀，你应该报仇才对，怎么还要与岭地和解呢？"

梅萨心想，这个玉泽敦巴最不好对付，应该把他支走，事情才好办。于是对穆雅王说：

"我和大臣秦恩商量过，是要报仇的，如果穆雅与魔国联合起来，战胜岭国就容易了。"

玉泽敦巴问梅萨用什么办法使两国联合，梅萨说最好大王亲自去一趟北方魔国，大臣秦恩正在那里，如果你们联合起来胜了岭国，大王就是你玉泽敦巴了。穆雅王喜不自胜，忙不迭地骑上木制长翼大鸟去了北地。

见玉泽敦巴走了，梅萨告诉玉昂敦巴，她曾占卜问卦，今生命中注定要为玉昂敦巴奉茶整衣，终生作伴。玉昂敦巴见美若天仙的梅萨要给他作王妃，喜出望外，连忙把归自己掌管的十八个库房钥匙交给了梅萨。梅萨将库房一一打开，细细查看，在一只檀香木的箱子里，发现了一块用各种丝绸包着的蛇心檀香木。玉昂敦巴告诉她，这檀香木平日无用，但格萨尔若到嘉地，可用它防治瘴气。接着，梅萨发现了红黑色獐子护心油，铁牛等降妖法物。梅萨把这些东西都一一记在心里，然后请求玉昂敦巴允许她给岭国的姐妹们送点吃的。玉昂敦巴将钥匙交给梅萨，先自回宫了。梅萨打开门，先把钉在姐妹们身上、手上的钉子取出，然后取来吃食、白鹭羽衣和库房中的法物，让她们吃饱喝足，拿上法物，快快离开此地回岭国。并让珠牡告诉大王，她现在用计骗了穆雅王三兄弟，还要继续留在这里。珠牡等六姊妹顾不上多说，匆匆离开穆雅，飞回岭国。

那穆雅王玉泽敦巴听了梅萨的话，来找北地的大臣秦恩。已经回到魔国的秦恩一听玉泽敦巴的声音，就知道是穆雅王到了。梅萨走后一直没有消息，不知这穆雅王到此做什么。秦恩想借此机会打听一下梅萨的消息，立即出帐迎接。

玉泽敦巴把梅萨所说的话统统告诉秦恩，要求两国联合向岭国报仇。秦恩猜到这一定是梅萨用计骗穆雅王，那么，梅萨等七姊妹在穆雅国一定遇到麻烦了。这样一想，秦恩忽然紧张起来，立即答应玉泽敦巴联合进攻岭国的要求，请玉泽敦巴大王先走一步，他率北地兵马随后就到。

玉泽敦巴乘兴而来，盛兴而归，好不喜欢。他要立即聚集穆雅兵马，只等秦恩一到，立即发兵。

送走了岭地六姐妹，梅萨心里一直不踏实。俗语说：

"偷盗者心里没有神，扯谎者的谎言没有底。"虽然一时骗了玉泽敦巴，但是大臣秦恩能懂得自己的意思吗？如果把自己的话当了真，可就误了大事了。

梅萨心中忐忑，举目向北面风口望去，只见玉泽敦巴乘着木鸟从北方回来了。梅萨忙把玉泽敦巴迎至宫中，右手执金壶，左手拿银碗，斟满美酒，敬献给穆雅大王洗尘。

玉泽敦巴心中高兴，将酒一饮而尽，告诉梅萨，已经见过大臣秦恩，并约定三个七日后在穆雅国聚齐，然后两国同时出兵。梅萨一听，悬在心中的石头才算落了地，忙服侍穆雅王回宫歇息。

大臣秦恩火速前往岭地向雄狮大王格萨尔禀报穆雅国要向岭国进攻的事。格萨尔听罢，问秦恩此事该怎么办。秦恩说：

"我打算本月十九日带着魔军到穆雅国，把穆雅的军队引到岭地来。我和梅萨用红旗作标志，穆雅军马用黑旗作标志，请大王将兵马埋伏好，到时候我们里应外合，将穆雅军灭掉。"

格萨尔点头应允，命秦恩速去。玉拉在旁边提醒大王：

"到穆雅须经十八道雪山险关，徒步行走是无法通过的。"

格萨尔取过几根绿色马尾，让秦恩带回北地，系在魔军腰上，靠马尾的神力，可顺利到达穆雅。

秦恩依旨办事，果然在原定的日子到了穆雅国。玉泽敦巴王十分高兴，吩咐梅萨备酒款待。玉昂敦巴见哥哥要讨伐岭国，心中不安，劝哥哥不要冒此风险，世间还没有人敌得过格萨尔。秦恩一听此话，故意说：

> 闭起眼睛，
> 灾祸照样临头；
> 塞起耳朵，
> 惊雷照样炸响。

"怕岭国也无用，格萨尔照样会来进攻。"

玉泽敦巴主意已定，并不理睬弟弟，决计带岗吉赤杰小王与北地魔军合兵一处，向岭国进攻。

穆雅国本来就人稀马少，加上有秦恩的魔军作内应，就更加不堪一击。与岭国交战没有多久，玉雏敦巴被丹玛射死。穆雅王玉泽敦巴也被格萨尔抓在手里，上下左右乱甩。

玉泽敦巴后悔了，后悔不该有此一行。他真心地向雄狮王忏悔：

"赡部洲的格萨尔大王呵，久闻您的大名，今日得见，我玉泽敦巴虔心向您忏悔！穆雅国有稀世珍宝，我愿将这些珍宝献给您。我们兄弟三人中，玉昂敦巴是个心地善良的人，对大王您也有忠心，但愿您不要伤害他吧。我平生造下许多罪孽，只求死后不受地狱之苦，请大王把我引渡到净土！我玉泽敦巴感恩不尽。"

格萨尔见他真心悔过，大动恻隐之心，遂将他无痛苦地引渡到了清净国土。

岭地君臣商议还要去穆雅国取回其他降妖之物。秦恩要将玉泽敦巴的木雕修复，给大王骑乘，格萨尔一摆手，说那木雕本是神鬼魔类所用，对有形人等不能用，还是骑宝驹江噶佩布飞越雪山前去取宝。

晁通王装死露假相
罗刹鬼战败献松石

格萨尔大王君臣七人,各乘坐骑,到达穆雅的九峰雪山隘路口。宝驹江噶佩布唱起了劈路歌:

  那莽莽的草滩树茂密,
  我就出生在古沙草里。
  父亲是梵天的神马,
  母亲是龙王的宝驹。

  我头像摩尼宝珠放光辉,
  我耳像机灵哨兵探前敌,
  我眼像金星从山顶升起,
  我颈一伸像丝绸垂下地。

  我上身长满羽翎像飞鸟,
  我尾巴如悬崖瀑布泻千里。
  今天我呼唤上师本尊和空行,
  帮助我把穆雅雪山来开启。

江噶佩布唱毕，大步跨过大谷，小步跨过小沟，雪山大门打开了。岭国君臣七人，由秦恩引导，来到穆雅王宫，玉昂敦巴和梅萨绷吉迎出宫外。

岭国君臣安坐后，玉昂敦巴献上哈达，对雄狮王说：

"我的王兄有罪过，现在我愿将穆雅的一切献给大王您，我愿做您的臣子，还望大王发慈悲，不要让我的王弟堕入地狱。"

梅萨也取出一条长长的白丝哈达，献给雄狮大王：

"尊贵的雄狮大王呵，我出生在岭地，小时是父母的娇女，长大后被鲁赞抢去。多亏大王将我救出，做了珠牡的伙伴，您的妃子。现在我又到了穆雅国，做了玉昂敦巴的妃子。大王呵，今生我再不想改嫁了，只求大王准许我住在穆雅，不要把玉昂敦巴带到岭国去。大王呵，请让我的心愿得到满足。"

格萨尔见玉昂敦巴和梅萨双双跪在自己面前，就说：

"梅萨说得好。俗语说：'男子要有骨气，女子要有智慧。'你是红色金刚帕姆转世，因此必须回到岭国去。而玉昂敦巴是穆雅的国王，俗语说：'与其在他乡坐首席，不如在家乡居末位；家乡虽是荒沙滩，也不愿离开到别处去；自家帐房虽然小，住起来也很舒服；长官能把百姓管理好，才能算做大丈夫。'所以，玉昂敦巴必须留在穆雅。"格萨尔又对玉昂敦巴说：

"我到穆雅来，只要取几件降妖的法物，其他财宝一件不拿，你不必惊慌。"

玉昂敦巴万分感激，立即带雄狮大王前往库房取法物。岭地君臣七人拿了法物，带着梅萨返回岭地。

去嘉地的法物已经得到了不少，君臣们仍在继续寻找短缺的物品。格萨尔忽然想起，天母曾预言，去嘉地必须带一个善于挤奶的姑娘多珍，此女子必须是须弥山洞里共命鸟夫妻蛋中孵出，而猎获共命鸟夫妻还要费一番功夫。格萨尔立即吩咐丹玛和珠牡，如此这般，才能得到多珍姑娘。

珠牡精心地将自己打扮起来，圆圆的脸盘，像晴朗夜空皎洁的明月；弯弯的眉毛，像消融了白雪的远山；眼睛似秋风吹动湖面，清流涟漪，微波荡漾；嘴唇一动，歌儿出口，声音就像宝瓶中的甘露。头上、身上佩戴着各种奇美无比的饰物。打扮好后，与丹玛来到金刚霹雳石崖。

丹玛将利箭搭在马上，伏在石崖后面。珠牡则在石崖上翩翩起舞，卖弄风姿。久居在石崖上的松石角羚羊被珠牡的美丽迷住了，慢慢走向珠牡，就在它快要接近珠牡的时候，丹玛的箭离弦，羚羊应声倒地。珠牡立即变作一只鹫鸟，直向须弥山上飞去。到了山洞口，珠牡只听共命鸟夫妻正在商议要去享用松石羚羊的事。雄鸟说它昨夜做了一梦，梦见松石角羚羊被射杀，尸体还在石崖上，要雌鸟与它共去享用。雌鸟担心落入罗网，不肯与它同去。雄鸟就自己飞到石崖上，落在羚羊旁边大吞大嚼起来。差不多就要吃完大半个羊尸的时候，丹玛的珍珠套索套住了雄鸟的脖颈。那雄鸟想飞，无奈肚子已被松石羚羊填满，胀得飞不动，只得向丹玛哀哀求告：

"请不要杀我，我立即把妻子召来。"说着大叫。那叫声甚是凄惨，令野草低头，雪山落泪。雌鸟听到雄鸟的叫声，知道事情不好，立即将自己所产的独蛋挟在翅下，沿着叫声，来找雄鸟。飞到崖上，也被丹玛套住。

共命鸟夫妻被双双献到格萨尔大王面前，大王说：

"听说你们有个女儿叫多珍，我们到嘉地必须带着她，如果你们能交出女儿，你们以后可以由我养活。"共命鸟夫妻连连求饶，说它们的女儿还在蛋中没有孵出来呢。格萨尔命它们就在宫中孵化。过了七天七夜，一个白螺般的小姑娘出了蛋壳，约有七岁大小，十分让人喜爱。共命鸟夫妻更是不忍离开她，但雄狮大王有言在先，也只得忍痛割爱。

雄狮大王见了可爱的多珍姑娘也很高兴。现在所缺少的，只剩阿塞玉热地方的松石发辫了。只是不知阿赛罗刹把这件宝物藏在什么地方。于是格萨尔命人将岭国各部首领召集在一起，问谁知道松石发辫的下落，能说出来的，定有重赏。

众人的喉咙像塞了蔓菁一样，鸦雀无声。坐在右排的达绒长官晁通微闭着双眼，心中暗自得意。只见他右嘴角挽着山羊胡须结，左嘴角挽着绵羊胡须结，头发上挽着征敌斧头结、判敌取胜结、英雄金刚结、吃肉喝血结、商官兴旺结、汉式高升结、穆雅松石结等十八个发结，八条辫子披于脑后，辫子上挂有一百个美丽的松石。胸前挂大串珊瑚，护心镜闪闪发光。坐了一会儿，见众人无话，晁通再也忍耐不住，站起来向雄狮大王禀告：

> 以往岭地曾有三件事，
> 神族的后裔应牢记：
> 灵鹫无法飞到的地方，
> 总管王能够想出好主意，
> 遇事求神问卜不灵验，
> 总管能预知是凶还是吉；
> 事到临头无法应付，

总管能化险为夷出妙计；
如今正要他献计，
总管为何闭着嘴巴不言语？
大王呵，
阿赛罗刹在哪里，
我心中明白知底细！

晁通说着，用讥讽的目光向总管王绒察查根望去。老总管像是没听见晁通的话，闭目不语。晁通见无人理睬他的挑衅，自觉无趣，接着说：

"在魔岭交界的地方，有座红铜色大山，这是阿赛罗刹的命根子。当年霍、岭交战的时候，我追赶野牛、野马到那里，突然来了个跛脚黑脸汉，竟说我杀了他的牲畜罪该死。我俩打斗半日未分高低，退下来指着草滩来盟誓。黑脸汉就是阿赛罗刹，我俩盟誓和好患难共生死。请大王选好良辰吉日，由我晁通带路去找他，定能取得松石发辫。"

格萨尔一听大喜，忙让晁通先回达绒部等候，待选好日子就去找他。

大王决定下月十五日去寻阿赛罗刹，派人去请晁通。侍臣到了达绒部落晁通的帐前，见门口堆着一堆避邪忌门的石子，这是禁止外人进入的标志，就返回王宫向格萨尔大王禀报。雄狮大王心想，晁通又在装病，但时间紧迫，容不得多等，就派丹玛和米琼二人去将晁通请来。

原来，晁通自从那日在森珠达孜宫内当众表示与阿赛罗刹有旧，自告奋勇前去寻找阿赛，回来后又有些后悔，于是打定主意抱病不出。妻子告诉他，格萨尔大王曾派人来请他，见门口的忌人石堆后又转回去了。晁通知道，格萨尔必会再派人来，得想个脱身之计。晁通正在想法子脱身，忽然从门缝中看见丹玛和米琼二人来了。吓得晁通忙吩咐妻子赛玛措快去备茶，就说晁通长官内脉震痛、外脉病笃，四肢无法动弹，不能出来与二位大将见面。

赛玛措给二人敬酒献茶，殷勤备至。言说晁通重病在身，不能见二位英雄。无奈丹玛和米琼二人不吃不喝，定要见晁通，说大王有要事在等他。赛玛措又进去向晁通转告，晁通仍坚持不肯出来。米琼要给他诊病，晁通不肯出来，也不让米琼进去。米琼坚持要给达绒长官看病，晁通只得将一根红线扯出来，另一头拴在一只鹦鹉脖子上，米琼立即识破诡计。晁通又将鹦鹉换成猫，又被米琼看破，晁通无奈，只得将线拴在自己的小拇指上。米琼诊罢脉，大笑：

"晁能的脉好奇怪，脉中无病可诊，这是无病装病，没死装死的花招呵！"

晁通装病装疯又装死，
没有痛苦偏要找苦吃；
要问晁通的病情轻与重，
我医生明白晁通也自知。

嘴头挂一只谎皮袋，
肚子里揣一条坏肠子，
诡计多端为人不老实，
奸诈狡猾做事无信义。

阿赛罗刹究竟在哪里，
为何不懂装懂假报消息？
当初开口不说老实话，
现在改口来不及。

不要装病快随我俩去，
当心黑绳拴起黑狗闹无趣，
若不把你带到大王座前，
我俩比死去九次更焦急。

  听米琼如此一说，赛玛措羞得无地自容，慌忙进去劝晁通立即与他二人去见大王。俗语说："话儿虽没有利刃，却能剜掉人们心上的油脂；风儿虽没有翅膀，却能扇动山岗上的树木；清水虽没有爪子，却能把黄土刨成沟壑。"那米琼的话，就是对石头说，也会把石头穿透。再不去见雄狮大王，大祸就要临头。晁通却不听赛玛措的劝告，不但不出来，反而叫赛玛措继续撒谎，告诉丹玛和米琼，说他上身正在发烧，下身在发冷，腰间冷热相交，病重时喘气像拉大风箱，病轻时喘气像拉小风箱，病不轻不重时，胸腔里的心像羊羔蹦蹦直跳，吃药粉像吞糌粑，喝药水像喝奶茶。赛玛措实在不愿再替晁通撒谎，就把他放在阴阳交界的地方，头上枕着吹火皮袋，嘴里像大皮袋吹火一样呼哧呼哧喘着粗气，上身露在烈日下暴晒，下身在阴冷处冷着，把脚拴在一个木桩上，阵阵抽搐，好像被毛绳绊住在蹦跳一样，把糌粑粉一撮一撮地往嘴里丢，像是吃药粉；把奶茶大口大口地往嘴里灌，像是喝药水。

这样弄好之后,赛玛措又出来对丹玛和米琼说,晁通真的病重,恳求二位大臣向雄狮王禀报,晁通不能进宫见大王。

二人见晁通这般无赖,再也不能忍耐,遂闯进内室。见晁通那副无病装病、自找苦吃的模样,又好气又好笑。

晁通见丹玛和米琼进来了,羞得无地自容,吓得浑身发抖,只得闭上嘴巴,憋气装死。

丹玛一见晁通两眼向上翻,吓了一跳,以为他真的死了。米琼可没被晁通骗住,他一使眼色,二人不由分说,将晁通放在马上驮着就走,任赛玛措在后面怎么哭喊,晁通也不睁眼。丹玛和米琼扬鞭催马,直奔森珠达孜宫而去。

格萨尔见晁通的身体僵硬,吩咐把他放到马圈里四方磐石上,请三十位上师念经,请三十位英雄祭奠,请三十位妇女煨桑,然后进行火葬。大王请一个属虎的人去点火,丹玛自告奋勇,前去点火。

丹玛把东方友谊的火门打开,将火点着。这时候晁通真的后悔了,他把眼睛睁开,求救似地看着丹玛。丹玛说:死人睁眼睛不吉利,抓了把灰向晁通的眼睛上撒去。晁通只得把眼睛闭上。丹玛又把南面的烟路打开,点着火。晁通这下可急了,伸出一只手,翘起拇指向丹玛求饶:

"同是一个长官的部下,不要把活着的人烧死呀!"

丹玛故意装作惊奇:死了的人怎么能说话呢?不吉利呀!遂向晁通的手打了一木棍,晁通疼得缩回手,不再吭声。接着,丹玛将北面、西面的火路都点燃了。

晁通见大火已熊熊燃烧起来,为了活命,立即修起避火大法。因此,四面大火烧毕,晁通仅被火熏黑了身体,并没有被烧伤。晁通暗想:"再装死下去,格萨尔还会想出很多办法对付我,不如趁早求饶吧。"想着,晁通一骨碌翻身坐起,双膝跪着,跌跌拐拐地爬到雄狮大王面前,双手合掌,恭恭敬敬地向大王告罪:

"大王呵,我的好侄儿,我没病装病真该死,没死装死自讨苦吃,生死本是人生的道路,不死装死我糊涂又可耻。寿命不能用庹来度量,我的苦乐全靠大王你。是王是臣看其座位就知道,是官是民听其说话就明白;朋友亲属看其招待就知道,叔侄好坏患难时便可知。我叔侄相亲相爱如父子,谁想离间都白费心机。大王的命令我怎敢违抗，只是我与阿赛有盟誓，不能说出阿赛罗刹在哪里。"

格萨尔见晁通那副丑态，心中不悦，口中不语："这晁通，发议论就像滔滔江河无休止，出诡计宛如苍苍天门大敞开，耍威风恰似巍巍山岳倒大地，遇强敌就像猥琐的懦狐狸。如今又怕食誓言，不肯说出阿赛罗刹在哪里。岭地众人谁也不知罗刹的下落，叫我怎样才能找到松石发辫？！"

见大王焦虑，丹玛忽然想起一个人来，此人就是当年参与霍岭分界的卓郭达增。如果问他，必能知道阿赛罗刹的下落。丹玛立即禀报大王，格萨尔命他即刻去请卓郭达增。

丹玛并不迟疑，飞身上马，来到卓郭的帐前。卓郭达增热情接待，又与丹玛结拜为兄弟，却不肯说出阿赛在什么地方。丹玛回宫禀报，格萨尔大怒："晁通不肯说，是怕违背誓言，卓郭达增也不肯讲，也说什么不能违背誓言，大王我要亲自去问问他，看他说什么。"

格萨尔亲自来到卓郭达增的帐内，逼问阿赛的下落，卓郭仍不肯讲，气得格萨尔抽出宝剑，往他胸前一指，当即把他吓死在地。格萨尔将其灵魂送到十八层地狱，受尽了酷刑，也让他看见了心向格萨尔的人在尽享快乐。卓郭达增顿悟前非，虔心归向雄狮大王。格萨尔见其悔悟，就给他洒了几滴甘露净水，任其复活。卓郭睁开眼睛，对格萨尔说：

"我愿说出阿赛罗刹居住的地方。但是，因为我和阿赛曾经盟过誓，违背誓言是可耻的事，所以，我不能与大王同去。如果一定要我去，请大王将我捆起，我还要恳请大王不要伤害阿赛罗刹。"

格萨尔对他的请求一一答允。到了十五日，岭国君臣九人开始出征到阿赛地方去。一直走了七天，到达一个大滩，周围是红色的山石，黑色的山梁，山脚下有一条大河，君臣们就在这里安营休息。卓郭达增说：

"大王呵，我们已经离阿赛的住地很近了，这里有他所变化的毒水、毒草和毒树。在那座山后，还有座喷血水的红山，山梁上有个煨桑台，下面是一株独树，树下有块大磐石，阿赛就常在这个地方游荡。他如果看见我们到了，就会躲起来。现在应该先派人去看看那附近是否有他的脚印。"

米琼自告奋勇，前去察看。回来说见到的山石树木和卓郭所说的一点儿不差。

卓郭达增又对大王说，明天还要派一个人去察看，若看见青苔、红疙瘩的树木，千万不要撞着。阿赛如果变成河流和虹光，也不要理他，只管看有没有脚印。卓郭这么一说，没有人再愿意前去察看了。晁通见无人愿去，就要自己前去，大王应允。

晁通去看了一下，既没有人影，也没有声音。为了证明他来过了，晁通跑到那株独树下胡乱打了几个滚，弄得像是有人在这里搏斗过似的。然后回帐禀告雄狮大王，说他见到了阿赛罗刹，阿赛怨他违背誓言，二人扭打起来，打了半日也没分出胜负，于是，阿赛走了，他回来了。

晁通说的话，所有的人都不相信。米琼又去看了一次，说树下只有几圈像狗一样的脚印，并没有搏斗的痕迹。格萨尔没有说话，晁通也觉没趣。卓郭说：

"现在该让丹玛去煨桑台下的磐石上坐等。阿赛就要来了，他会扮成上师、长官或乞丐的模样，向丹玛讨要雪鸡，请大王变出一只雪鸡，让丹玛射杀后交给他。"

大王命丹玛就去磐石上坐等阿赛罗刹。过了一会儿，果然有个躬腰驼背的上师，拄着拐棍，背着口袋朝丹玛走来，对丹玛说：

"听说岭国对可怜的人放布施，珠牡王妃是施主，可怜我的老病复发，行动不便，就请你布施我一点儿药物吧。医好我的病，才能去岭国讨要布施。"

丹玛知道这老人就是阿赛，故意说不懂医术，没有药物。正在这时，格萨尔变化出的雪鸡在丹玛的头上盘旋，上师指着雪鸡，要丹玛布施。丹玛张弓射箭，将雪鸡射落下来，想要交给老人。这时，大风骤起，刮走了丹玛手中的雪鸡，上师也倏然不知去向。丹玛向煨桑台望去，见从后面转出一个又矮又粗又脏又秃的黑汉。丹玛正要射箭，黑汉不见了。

格萨尔听了丹玛的禀报，问卓郭该怎么办。卓郭说，阿赛吃过雪鸡，还会来讨旱獭，因为他吃了这两种东西，就能得到铁命，再难降伏。格萨尔一听，立即吩咐丹玛再走一趟，守在旱獭洞边等候阿赛。

那上师果然又出现了。一再感谢丹玛布施的雪鸡。说他吃得已觉大好，如果施主再肯布施一只旱獭，他的病就痊愈了。丹玛一抬头，看见格萨尔将石头变作的旱獭正在吱吱乱跑，就又射出一箭，将死旱獭交与上师。

阿赛得了旱獭，很高兴，急急忙忙回到自己的宫内，迫不及待地支起锅，将旱獭扔进锅内。他是急于得到铁命，谁知那旱獭本是石头所变，被扔进锅中后，铁锅立即被砸烂，喷出的灶灰烧伤了阿赛的脸，疼得他直叫。阿赛知道自己上了当，格萨尔大王已经出现在面前。吓得阿赛罗刹急忙化作一股冷风逃走了。

格萨尔只觉肩上有一股冷风吹过，知道阿赛已经逃遁，遂派丹玛去闯阿赛的城堡。丹玛登上第八层楼,只见一位白发苍苍的老妇人正在熬茶。于是丹玛问他,阿赛在不在家,老妇人却不回答。丹玛一怒之下掀翻了铁锅,砸烂了家什。

阿赛罗刹出现了,身形和丹玛一般高大,只听他对丹玛吼叫:

"丹玛你这个黑乌鸦,为什么专和我过不去?我是专门给升天的人搭梯子,给入地的人挖地洞的。我与你旧无杀父之仇,新无辱女之恨,我祖宗三代还没有过被人捣毁法器、水洗茶室的事,你这般无理,我定要和你拼个高低。"

说着和丹玛恶斗起来。斗了几个回合,没有分出胜负。二人都有些着急。阿赛以前从未遇到过对手,丹玛也未遇到过强敌,两人见打斗不能分输赢,就商议比箭。分别以各自的大帐和财产作为赌注。

牦牛大的磐石上垒起了九层盔、甲、盾,阿赛首先唱道:

剽汉若不能和剽汉来相比,
剽汉不过是山沟里的空名气;
快马若不能和快马来相比,
快马不过是草原里的烂脚驹;
利刀若不能和利刀来相比,
利刀不过是无用的白铁皮;
神射手若不能和神射手相比,
神射手不过是自吹的空名誉。
神箭手的称号我虽没有,
失败的想法也没考虑;
倘若一箭不能中靶心,
从此不会二次来射击。

唱罢一箭射去,射穿了九层盔帽、九层盾牌,铠甲和磐石则毫无损伤。

丹玛把利箭搭在弓上,也唱了一支歌:

上等男子射一箭,
好比把纽子扣到纽门里;
中等男子射一箭,
好比在下巴上面抹胡须;
下等男子射一箭,
好比把油涂在眼窝里。

> 我的箭好比铁霹雳,
> 射向哪里犹如遭雷击。
> 要让九顶盔帽飞上天,
> 要把九层盾牌齐穿起,
> 要让九重铠甲落满地,
> 要把磐石击毁碎如齑,
> 要让阿赛的城堡归我手,
> 要让阿赛的马厩无马匹。

唱罢箭已出弦。这一箭,射穿了九盔、九盾、九甲,那磐石也被射成碎片,四处飞溅。马厩的墙也被射塌了一面。丹玛见阿赛正对着碎石片发呆,就伸手去抓他。谁知一把没抓住,阿赛不见了。但是,丹玛获得了赌注,阿赛的城堡已归丹玛所有。

第二天,太阳照到了雪山尖顶,传来了阿赛的声音。恰在这时,丹玛患了重病。米琼一看,知道是阿赛将丹玛的魂勾去了。格萨尔立即修起法来,将丹玛的魂重新招归本体,丹玛的病体就痊愈了。

岭国的君臣进了阿赛的城堡,争先恐后地去夺城内的珍宝财物。晁通走到一个漆得光亮、雕刻得十分精美的大门旁边,以为里面必有珍贵物品,急步抢上前去,谁知只有一些碎铁块。晁通一无所获,气急败坏,却又无可奈何。

阿赛罗刹见自己的城堡被洗劫一空,又气又急。立即降下九种红霹雳,将自己的城堡全部化为灰烬。阿赛以为岭国君臣必死无疑,得意而去。殊不知格萨尔大王早已得到天母的预言,君臣们在霹雳降下之前就已离开城堡了。

虽然得了阿赛罗刹的城堡,松石发辫仍无着落。卓郭达增给雄狮大王出了个主意。说阿赛喜欢女人,若在七日内能把王妃珠牡请到这里,让阿赛以松石发辫作为聘礼,阿赛肯定会答应。格萨尔一听,命卓郭达增去找阿赛,就按他说的办,将松石发辫要到手里再说。

卓郭达增在阿赛的另一个城堡中找到了他,对他说:"格萨尔现在已经去了嘉地,十有八九是回不来了,留下王妃珠牡一人守在王宫里。俗语说:'人要有个伴侣,马要有个群体。'如果你舍得用松石发辫作聘礼,就可以得到珠牡。万一格萨尔回来了,就给他当一名内臣好了。阿赛听了这话,说只要能得到珠牡,要什么都可以。"

七天后，卓郭达增和岭国众位大臣簇拥着珠牡来到阿赛的城堡。阿赛忙不迭地迎了出来。以前只听说过珠牡的美貌，今日一见，果然名不虚传。只见她，目光闪闪，好似流星飞动；含情脉脉，好似花蕊待放；眉毛弯弯，好比远山雾罩；皓齿整齐，好比海螺排列；近看好像一朵正在盛开的鲜花；远看又像一轮冉冉升起的明月。说她是凡人，和仙女无区别；说她是仙女，她又分明在眼前。阿赛高兴得不知如何是好，急忙吩咐摆宴，款待岭国大臣。

茶斟了三次，酒敬了四巡，卓郭达增对阿赛说：

"珠牡是人间少有的美人，你也应该现出你那美丽的身形，让珠牡高兴，也让这些岭国大臣看看。"

阿赛立即现出原形，只见他满身披挂的都是红松石、白松石、黄松石、绿松石等各种松石辫子，其美无比。

正当阿赛炫耀之时，晁通忽然喊了句："觉如，放马去！"阿赛罗刹顿时收起原形，大叫着扑向卓郭：

"背信弃义，吞食誓言，你把觉如带到这里来干什么？"

格萨尔所变化的珠牡一时收不回变化，就这样和阿赛恶斗起来。眼看阿赛又要逃走，格萨尔高声呼唤众神助佑。刹那间，上界天神、空界厉神、下界龙神及各战神、山神、土地神等纷纷降临，好比大雪纷飞，铺天盖地而来。阿赛见如此众多的神兵天将，知道再难逃脱，顿时泪如雨下：

> 今天我阿赛遇难实可怜，
> 救我的父亲望穿双眼无踪迹，
> 护我的母亲喊干嗓子不答理，
> 爱我的亲友呼遍大地无消息，
> 依靠的长官遇难之时找不到，
> 至亲的密友紧要关头各奔东西。
> 想不到在那湛湛蓝天道路上，
> 日月母子竟被罗喉来吞噬。
> 今日想逃没有路可逃，
> 今日想躲没有藏身地，
> 想去搏斗臂膀无力气，
> 阿赛的命尽要归西。

阿赛罗刹边说边哭，边哭边说，说着哭着，哭着说着，心里又有了主意。与其这样死去，不如再拼一场。想着，阿赛突然冲出宫门，变作一只斑斓猛虎，张着血盆大口，上唇接着白云，下唇接着大地，火红的舌头在空中摇晃，松树干粗的尾巴在地上扫来扫去。丹玛一个箭步冲上去，抓住老虎的耳朵，将虎头用力向下按。晁通想去抓住虎尾，却被老虎的尾巴抢到对面的石柱上，昏死过去。格萨尔已经收起变化，站到老虎面前：

"阿赛，不论你有多大本领，也逃不脱了。天母有预言，你的松石发辫是我去嘉地降妖的法物，你老老实实地交出来，我不伤你。"

阿赛悔过了，立即收起变化，对雄狮大王说：

"请大王渡我到净土。在我城堡的大磐石下，长着一株草，把那株草割下来插在我的身上，我身上的所有松石就会自动流到你们跟前，你们再用草把松石串成发辫就是。"

格萨尔依言而行，各式各样的松石果然源源不断地从阿赛的身上流出；长的松石有十八庹长，短的松石也有八庹长。君臣们将各色松石用草串起。也给昏过去的晁通留了一盆。但是，等晁通醒过来，留下的松石已经变冷，再也无法用草串起。

阿赛罗刹被雄狮大王引渡到净土，松石发辫到了岭国君臣手里。

米琼嘉女隔河对歌
皇帝迎宾比赛技艺

三月初十日,米琼奉雄狮王之命,登上城楼,敲起法鼓,吹起法螺,扬起法旗。岭地六部百姓应召前往森珠达孜宫前的平坝上。为了庆祝降伏阿赛罗刹,臣民百姓要欢庆三天。三天中,想吃肉的,成堆的肉任你吃;想喝酒的,甜甜的美酒任你喝;想唱歌的,扬起美丽的歌喉;想跳舞的,踏起轻快的舞步。格萨尔大王将从阿赛城堡中得来的金银、松石、珊瑚、绸缎等物,一一分给各部首领及百姓。然后向大家宣布,十五日是吉祥的日子,这天就启程去嘉地。随大王前往嘉地的有丹玛、米琼、晁通、卓郭达增、秦恩、噶德和小姑娘多珍等,共十二人。

十五日很快就到了,岭地君臣十三人已经装扮整齐。王子扎拉,老总管绒察查根,王妃珠牡等众人出城相送。

总管王绒察查根走出人群,向格萨尔大王献上一匹宝马、一副盔甲、一把宝刀和一条五彩哈达,唱道:

> 提起我总管王世人皆知悉,
> 我和雪山同时形成在大地,
> 我和大滩同时诞生到人世,
> 我和山岳同时出现在寰宇。

> 如今我年迈力不及，
> 白发好比枯草倒在雪地，
> 两臂无力宝弓拉不动，
> 身体衰老盔甲披不起。
>
> 这骏马、盔甲、宝刀和哈达，
> 是送别大王的饯行礼。
> 到了嘉地焚妖尸，
> 为嘉地皇帝解忧虑。
>
> 谨防嘉地的鬼魅损害你，
> 大王要好好爱惜身体。
> 办完事情不要贪财物，
> 勒转马头快快返故里。

格萨尔收下总管王的礼物，又回赠了一条哈达，说：

"母亲做的食物味道好，叔叔讲的话有道理。三年之内，我一定将嘉地的妖尸焚毁，也会迅速回岭地。请总管叔叔放心。"说罢，向总管王行了三次碰头礼。

王子扎拉走上前来，献上金银、松石等礼品和吉祥哈达，对大王说：

"求大王带我到嘉地去，最好把众英雄也都带去。如今大王要我留岭地，总管王年迈，丹玛又随您去了嘉地，岭国再遇入侵之敌难抵御，大王呵，您要安置妥当再离去。"

格萨尔大王看了一眼心爱的侄儿，拉住他的手说：

"扎拉呵，遇事要和长辈多商量，丹玛走了，总管王和辛巴梅乳泽还留在岭地。有他二人辅佐，我是放心的。叔叔此去是为给嘉地皇帝解除忧虑，为嘉地百姓谋利益。我定会把一年的路当作一月赶，一月的路当作一日行，快去快回，侄儿放宽心。"说完，格萨尔又赐给侄儿一个护身符。

珠牡右手捧哈达，左手端美酒，心疼地嘱咐：

"大王呵，一路上要多加小心。大王的眼睛好比莲花正开放，小心别让寒风袭；大王的耳朵好比树叶长枝头，小心别让冷气冻；大王的鼻子好比柔软的酥油，别让空中烈日晒化流遍地；大王的舌头是语言的根本，别让恶言坏食触舌碰嘴皮；大王的心像莹莹的水晶瓶，别让损伤生裂隙；大王的双脚像清风生双翼，当心跛脚的人来侵袭。今日是吉祥的日期，吉祥的君臣去嘉地，愿天上地下万事皆吉利，事业成功人马平安返故里。"

珠牡唱罢，众英雄围了上去，每人奉上一支利箭，妇女们每人献上一颗松石，父老们每人献上一条哈达。雄狮大王一一收下，辞别众人率部下出发。

格萨尔一行，朝着东方，马不停蹄地走了一百零七天，到了嘉地上部的纳瓦查里。格萨尔变幻出人马帐篷，驻扎在这里。营帐分上、中、下三部。上部营帐好像展开的画卷，众多的上师在帐内念经；中部营帐好像环扣相连，长官们在帐内商议政务；下部营帐好像堆起的供品，商人们在帐内摆满货物。上部的营帐一直扎到雪山根，帐顶与雪山山尖一样高；下部的营帐一直扎到大滩边，帐绳的角钉在大滩边的石缝里。白帐房连着白帐房，好像雪山排列；黄帐房连着黄帐房，好像黄金堆叠；红帐房连着红帐房，好像烈火燃烧；青帐房连着青帐房，好像海水连天；绿帐房连着绿帐房，好像芸草萋萋。格萨尔居住的白色大宝帐立在各色帐房中间，用一千零两根柱子支撑，一百零八根帐绳拉紧，帐檐上装饰着各种缨珞、流苏和宝石。帐顶正中立着经幡。世界雄狮大王格萨尔庄严地坐在宝座上，令朋友敬仰，敌人生畏。

营外的大滩上，拴马的绊绳比流水还长，牛马不计其数。

君臣们在纳瓦查里一直住了三七二十一天，还不见嘉地派人前来敬茶迎接，大王心中有些不悦，对大臣们说：

"嘉地送来金信，说请我来，我们日夜不停地赶路，可到这里已经二十一天了，还不见人来迎接，我们不如返回岭地吧。"

众人见大王不悦，也无话可说。倒是晁通觉得就这样返回不合适，费了那么多力气才得到降伏妖尸的法物，如今一事无成，半途而返，岂不被人耻笑？！于是，晁通劝格萨尔大王说：

"大王呵，是天母的预言，嘉地的金信，才使我们岭国君臣来到这里。在这紧要关头，天母是不会不降下预言的。我们每个人都有自己的保护神，今天晚上，我们每人各自向自己的保护神祈祷，天神定会降下预言，明日我们再向大王禀报，是去是留，明日再议不迟。"

格萨尔大王听晁通说得头头是道，不能不让人信服。再说，他也不愿就这样离开嘉地，就吩咐众人回帐歇息，明日再议。

第二天一早，雄狮王将众人召集在一起，询问昨夜谁曾得到神灵的预言，众人摇头不语。只有晁通，睁着发红的眼睛，摇头晃脑地对大王说，他得了一梦：

梦见我到了一个生疏地，
山谷里九水合流在一起；
河上架一座黄金桥，
桥那边有一座金碧宫宇。

梦见桥那边来了七姊妹，
口中唱着委婉动听的小曲，
手中拿哈达、金壶和银碗，
向我敬茶敬酒又敬礼。
……

晁通还没说完，多珍姑娘连忙说：

"大王呵，晁通王的话就像白天的星星，冬天的花朵，都是没有的事，千万不要相信他的话。"

晁通被小姑娘的话刺痛了，愤愤地说：

"我的话是真是假，让我自己去证实好了。"说着，出营上马直奔九股河水汇成的河的桥头，盘腿坐在那里。

一会儿，河对面果然走过来嘉地七姊妹。这七姊妹见纳瓦查里扎了那么多帐篷，桥边又坐着一个异族装束的人，心中暗想，是不是格萨尔大王到了？巧嘴姑娘鲁姆措走上前来问晁通：

"你是什么人？从什么地方来？到什么地方去？纳瓦查里本是皇帝的花园，不准外人进入，如今你们在那里放马搭帐篷，踏坏的草比吃掉的多，搅浑的水比喝掉的多，折断的树木比烧了的多。如果你们不把草钱、水钱和柴钱交出来，当心皇帝惩罚你。"

晁通一听这话，很是生气。想他岭国君臣本是嘉地写信请来的，到了这里不赶快迎接，还要交什么水钱、草钱，这可真应了那句俗语："国王权势大，奴仆也会讲法律；石崖太陡峭，猫头鹰白天也会叫；恩爱太过度，夫妻也会闹分离；白葡萄吃得太多，强健的身体也会生疾病；劝谏太多了，会与长官不和睦。"这嘉地的人怎么如此不懂道理呢？晁通越想越生气，说话也就恶声恶气：

"我们本是嘉地请来的客人，记得那年有嘉地鸽子三兄弟，把嘉地书信带到岭国。信中说皇后尼玛赤姬已经谢世，皇帝噶拉耿贡抱着尸体悲痛难抑。从此嘉地黑漆漆，空中的风不让吹，妈妈怀中的婴儿不准啼。信中要我们大王快快来嘉地，为皇帝解悲哀，用烈火烧掉妖后的尸体。为寻找降妖的法物，我岭国君臣用了五年时间征服了穆雅和阿赛，才把法物找齐。如今我们不分昼夜地赶到这里，为什么不迎我君臣进宫？我是格萨尔大王派出的使臣，你们应该给我敬酒献香茶，我走三步应该给我送脚钱，我说三句话应该给我献哈达。"

七姊妹一听是岭国君臣到了，分外高兴。但是，当初给格萨尔寄信是瞒着皇帝干的，到现在皇帝还不知此事。要迎接岭王，必须先报告噶拉耿贡才好。巧嘴姑娘把这事对晁通说了，告诉他，她们七姊妹要立即回王宫，向皇帝禀报，然后再来给他敬酒献茶，迎接岭国君臣进宫。嘉地七姊妹回到王宫，公主阿贡措向父皇禀报，她们在九股水汇成的河边见到了格萨尔的大臣晁通，说雄狮大王已经到了嘉地，问父皇该如何迎接。七姊妹只字未提给岭地写信一事。

皇帝噶拉耿贡心中奇怪，那岭王格萨尔，本是南赡部洲的大成就者，降妖伏魔的英雄，引渡亡灵的上师，没有人请他来，他怎么会到这里来呢？该不会是什么妖魔作祟吧。噶拉耿贡不由分说，立即召来三妖使，吩咐他们前去纳瓦查里地方好好察看一番。若是有形体的人，就把他活活吞掉，若是没有形体的鬼魅，就把他们赶走。

晁通还呆立在桥头，盼着嘉地七姊妹给他敬酒献茶。这样一来，他在格萨尔和其他大臣面前就有了面子。谁知七姊妹没来，三妖使却到了。晁通见了三个面目狰狞的妖使，吓得扭头就跑。

秦恩看见远远来了慌慌张张的晁通，心想，懦弱的狐狸在前面跑，后面肯定有猎人追，立即向格萨尔大王报告。雄狮大王出帐一看，见三个妖使正大吼着紧追在晁通后面。于是吩咐米琼和丹玛拿出竹子三节爪和有冠子的毒蛇头向妖使一挥，三妖打了个寒战，转身就逃。

三妖逃回宫中，公主阿贡措对父皇说：

"听说扎大营的人法力无边，看来是格萨尔大王到了。"

噶拉耿贡哪里肯信，又派出一群恶狗和一群魔鸟，下场与三妖完全相同。公主又说是格萨尔大王到了。皇帝噶拉耿贡仍然有些疑惑：

"那岭王乃是南赡部洲黑头人类的主宰，不会到嘉地来。定是什么妖魔在作怪，快把栏里的毒蛇都放出去吧！"

毒蛇被放出了栏，粗的像松木，细的像柏木，很快就窜到了岭国营帐周围，爬满草地，一条条毒蛇扬着头，张着嘴，像要吞食什么似的。

格萨尔吩咐丹玛和米琼把獐子护心油涂在大帐边上，任何人不得出帐。第二天一早，君臣们出帐一看，见遍地布满了蛇尸。格萨尔心中忽然有些凄然，遂祈祷着，将众蛇的灵魂引渡到了净土。

杀死了毒蛇后，岭地君臣又在大滩内住了二十一天，仍然不见有人来接他们，格萨尔又想返回岭地了。米琼向大王禀报，说他做了一个奇怪的梦。格萨尔让他讲，众人听米琼讲完，多珍姑娘笑着拍起手来，连连说好征兆，然后给君臣们解梦。格萨尔听罢大喜，立即吩咐米琼须如此如此。

第二天，米琼也来到九股水汇成的河边，在桥头躺下休息。桥那边忽然传来说话的声音。米琼抬起头来，见从桥那边走过来七姊妹，七姊妹也看见了米琼，像是见到晁通似的，好生惊奇，就又把他盘问了一遍，最后警告他：

"你冒冒失失到嘉地，好比提着脑袋做生意，何必用庹把寿命来衡量，何必向灾难招手寻无趣。劝你不要再待在这里，快快逃命，回家去吧。"

米琼心想，可不能像晁通一样被人当成妖孽赶走，更不能让她们到我跟前来，见到我这身装束，也许会不喜欢的。米琼隔着桥对姑娘们大声喊：

"喂，姑娘们，你们不必过来，闻到你们身上那股羊膻臭味，我就想吐。米琼我本是神仙下凡转世，可不能让你们的臭味玷污了。"说着，米琼又对七姊妹讲起自己的身世和自己的本领来：

> 前世在藏地出生后，
> 被人称为汤东杰布氏，
> 清水河上我把铁桥修，
> 我靠神通力量做好事。
>
> 今世我出生在郭地，
> 父母将我卖到岭地。
> 我个子矮小被人称米琼[注1]，
> 我嘴巧善言被人称作卡德氏[注2]。
>
> 我米琼是个故事口袋，
> 长故事能说十八部，
> 中故事能讲一百零八篇，
> 短故事能说二万九千多。

---

1 米琼：音译，意为矮子。
2 卡德：巧嘴之意。米琼卡德意为巧嘴矮子。

你们的模样我看不惯，
腰圆腿短小脚像羊蹄。
穿衣好像炒麦棍子缠布带，
走路就像瘸腿跛脚秃尾驴。

你们怎么能和珠牡比，
难怪皇帝要抱妖后的尸体。
就像田里种满了埂上打主意，
牙齿掉光了用牙床嚼东西。

嘉地七姊妹不等米琼说完，早已气得大叫起来：

"你说话粗鲁对人无礼，就像狗头鹫鸟展长翅，迟早会折翅坠大地。我嘉地公主人人有姓名，你乱说我们真生气。九种坏处聚集在你身上，你从头顶坏到脚底。你身穿山羊皮戴怪帽，脚穿草鞋嘴里啃着熟蔓菁，看你浑身上下才不顺眼哩！"

米琼见七姊妹生气，更加得意：

"我这皮衣能随晴雨起变化，下雨天它能伸长遮风雨；大晴天它能缩短蔽烈日；三冬它能御寒身体免受冻，三夏它能遮雨免受狂风袭。我口中嚼的熟蔓菁，味道香甜好比蜂蜜和蔗糖，提神清心解闷样样都中意。它是富人家的上等好食品，是穷人家的救命粮食。我曾到过许多地方，所有地方的公主都向我讨蔓菁吃……"

"米琼呵，我们从来没吃过什么蔓菁。俗语说：'骏马好坏要看脚力，男子好坏要看言行，宝刀好坏要看利钝，食物好坏要看味道。'你先把蔓菁给我们尝尝好不好？"

"我这蔓菁是带来卖的，不是作布施用的。不过俗话说得好：'宁可赐一点点给乞讨的人，不要让强盗抢了去。'我们已经说了好多话，应该是朋友了，就送给你们每人一个尝尝吧。"米琼说着，拿了七个元宝似的甜蔓菁放到桥的中间，让她们尝。

嘉地七姊妹走到桥中间，拿起蔓菁就吃。因为蔓菁上涂了糖和蜜，姑娘们的舌头失去了自主，吃了还想吃。七姊妹用茶叶、绸缎和白银将米琼的一驮蔓菁全部买下，很快就吃光了。功夫不大，姑娘们只觉肚子胀得难受，头晕心慌，恶心想吐。公主阿贡措想："这蔓菁中恐怕有什么名堂，这回算是上了当了。"遂命鲁姆措去问米琼到底是什么人，到嘉地来做什么事？米琼回答说他乃岭国的格萨尔大王的臣子，随大王到此地是为焚妖后的尸体，为皇帝解忧虑。七姊妹一听又是从岭国来的人，就想考问考问他，鲁姆措问：

    嘉地皇宫是什么人造？
    请来安城的是什么神？
    宫城里住着三个什么人？
    城头上飘的三物叫什么？
    城上方的柱子是哪三根？
    有八个女孩象征什么？
    九个男孩象征什么？
    有个十二岁的妈妈象征着什么？
    六十岁的老汉象征着什么？
    城顶落着的三只鸟叫什么？
    脚下拴着的三头牲畜叫什么？
    开天辟地的父亲是哪个？
    开天辟地的母亲是什么人？
    黑头人类最初如何来形成？
    什么是人类形成的根本？
    说清楚了我向你送茶献哈达，
    答不上来你的大营归我们。

米琼一听这话，想都没想，顺口回答：

    嘉地皇宫是幻术家造，
    请了文珠菩萨来安城，
    宫内是皇帝皇后和公主三个人，
    城头飘的是伞盖、经幢和旌旗，
    城上空有彩虹、银河、南云三根柱。
    八岁女孩指的是吉祥八卦，
    九岁男孩是九宫的比喻，
    十二岁妈妈是十二属相，
    六十岁老汉是六十花甲。
    城顶上三鸟是金缨、银缨和螺缨，
    城脚下三畜是虎狗、豺狗和熊狗。

形成天地的母亲是阴阳，
形成天地的父亲是元气。
刮风起火形成了世间，
世间分成了海洋和大地。
姑娘的盘问我已答清，
我也要向姑娘问分明。

米琼回答了姑娘们的问话，又请姑娘们回答他的问话。七姊妹答了又问，问了又答，与米琼不停地对唱着，从天空到海洋，从高山到大地，从飞鸟游鱼到狮虎狐狸，从雷电风雨到冰雪霜冻，天地间的事都问遍了。嘉地七姊妹佩服米琼的见多识广，俗语说："酥油好坏，嗅嗅味道就知道；事情真假，听听话音就明白。"听了米琼的答话，七姊妹始信米琼确是格萨尔的大臣，公主阿贡措对姐妹们说：

"我们不要再耽误时间了，赶快回宫向父皇禀报，该怎么办，听父皇盼咐。"

嘉地七姊妹转身回了皇宫，米琼也返回了大营。米琼先向格萨尔大王献上哈达，然后把和七姊妹对歌的事禀报了一遍，说七天后与七姊妹还在桥头相会。

嘉地七姊妹回到皇宫，公主阿贡措对父皇说了在桥头遇见米琼一事，又劝父皇快些去迎接格萨尔大王。客人来了如果不用茶酒去迎接，会令人笑话的。

噶拉耿贡却不以为然：

"女儿呵，你啰啰唆唆说些什么话？还有什么人比我更高贵？不要说叫我离开皇宫去迎接，就是叫我离开宝座我也不愿意。我又没请格萨尔来，如果他真的来了，我俩自有相会的缘分，根本不用去迎接。"

见父皇不肯出宫迎接格萨尔，公主一时没了主意。格萨尔本是她们七姊妹请来的，如不快去迎接，实在不好。巧嘴姑娘鲁姆措出了个主意：还是派鸽子三兄弟给格萨尔大王送一封信去吧。信中说对格萨尔大王不辞辛苦前来嘉地，使我们七姊妹感激不尽，因为上一封信是我们七姊妹私下写的，皇帝并不知道。现在皇帝说他与大王前世有缘分，不必亲自来接，还是请格萨尔大王派一位足智多谋的大臣先来拜见皇帝为好。

鸽子三兄弟把七姊妹的信送到纳瓦查里大滩，米琼接到信，立即呈给雄狮王，格萨尔看了信，心中高兴了，脸上也挂满了笑容，立即派大臣秦恩前往皇宫拜见皇帝噶拉耿贡。秦恩面有难色，觉得去谒见堂堂嘉地大皇帝，只他一个人显得有些不礼貌，请大王再派几位名声显赫、品位高超的大臣同去。

格萨尔点头应允，即派丹玛、噶德、卓郭达增、阿奴察郭四人，带着氆氇、金银等礼品，同秦恩一同去觐见皇帝。

噶拉耿贡一听格萨尔派来了使臣，立即吩咐大臣哈香晋巴带百名官员出宫迎接，切不可疏忽了礼仪。

哈香晋巴遵命，带官员出城迎接。双方相会在九水汇合处的金桥上，互相敬献哈达后，一起来到皇宫。

岭国大臣谒见皇帝噶拉耿贡，献上哈达和各种礼品。秦恩说：

"我岭国君臣遵照大梵天王、天母和诸神的预示，来到嘉地，为使噶拉耿贡大皇帝能解除忧虑。我们已经到了很久，但无人向我君臣敬茶献酒。格萨尔大王是世界雄狮大王，如无人迎接，将返回岭地。为了嘉地众生的事，还请皇帝派人相迎。"

嘉帝一听，心想，各种征兆和预言都表明我与岭王必须会面，现在这会面的日子已经到了。但是，若在宫中相会，恐怕对皇后的尸体不利，还是在宫外广场上见面吧。于是，和岭国大臣约定十五日在宫外广场上与雄狮大王格萨尔会面。

五月十五日，是木曜、鬼宿两吉星相会的日子。当太阳刚刚照到纳瓦查里大滩的时候，岭国君臣连同格萨尔变幻出的众随从浩浩荡荡地来到嘉地皇宫外的广场上。嘉地皇宫的圣主、统领十八部的大皇帝，由各小国的首领，内外大臣和万名武士簇拥着，也来到了广场上。以公主阿贡措为首的姑娘们端着银盘、金盏，敬上香茶和美酒。

雄狮大王格萨尔，手捧吉祥哈达和右旋喜庆宝珠，献给了嘉帝噶拉耿贡，祝皇帝龙体安康，幸福快乐。嘉帝也将水晶、如意珠、丝绸、獭皮等回赠给格萨尔。

嘉岭两位君王，好比日月互相辉映，彼此怀着敬佩之心。待双方坐定，嘉帝噶拉耿贡提议说：

"雄狮大王，久闻你是神通广大、武艺精通的英雄。我们难得相会，今日一见，我想让嘉岭两国的英雄比比武，你看如何？"

"主人的意见，客人遵从，就照大皇帝的吩咐办吧。"格萨尔欣然同意。

双方商定先赛马。嘉岭各出一名大臣围着五台山飞驰一圈。第二天一早，嘉地大臣哈香晋巴骑着最快的追风马，岭地大臣伍乙阿白跨上铁青玉鸟马，一起向五台山脚下驰去。太阳尚未照到宫顶，阿白已经驰马返回广场，而哈香晋巴到中午时才跑完一圈。

嘉帝见岭臣获胜，说跑马是岭人的绝技，胜了不足为奇，应该比赛力气。格萨尔也点头同意了。

嘉地的一百个大力士抬来一块巨大的础石，像掷骰子一样在手中上下乱掂，好一会儿才放在广场中央。

岭国大英雄噶德奉命出场表演。噶德一出场就说：

"抬那个圆圆的础石算什么？嘉地巍峨的五台山，佛地高耸的灵鹫山，藏地雄伟的日札山，臂力多大衡量三山便可知。"说着，面对五台山，用手一托，就把那五台山轻轻地托了起来。嘉地臣民百姓和大力士们个个都惊呆了，有的逃走，有的昏了过去。皇帝噶拉耿贡吓得半晌说不出话来。过了不知多久，皇帝又说："明日比赛挤奶，在喝完一碗茶的时间内，如能挤完一百头乳牛的奶，就算胜利；如挤不完，就要受罚。"

嘉地选了五百名挤奶能手，岭国则只有多珍姑娘一人。只见她，双手交替挤着奶头，那优美的姿势，一会儿像雄鹰飞翔，一会儿像青龙吟啸，一会儿像雄狮漫舞，一会儿像野牛斗角，一会儿像骏马奔驰，一会儿像猛虎怒吼，一会儿像牦牛快跑，一会儿像水牛洗澡，一会儿像鱼儿戏水。人们看得眼花缭乱，一碗茶还没喝完，百头乳牛的奶子就被多珍姑娘挤完了。嘉地的臣民百姓直看得瞠目结舌，赞不绝口。

嘉帝无可奈何地说：

"雄狮大王呵，各种比赛你们都赢了，明天进行最后一项比赛吧。"

格萨尔胸有成竹，自然点头答应。

嘉地聚集了一千名最好的弓箭手，岭方则走出一名大将。只见他身穿白甲，上罩黄色缎袍，腰扎青色丝带，足登黑色缎靴，手持白宝弓，正是老英雄丹玛。丹玛将金箭搭在弓上，对嘉地君臣和百姓唱道：

> 我丹玛好比盔缨的顶子，
> 我丹玛好比宝刀的把子，
> 我丹玛好比铠甲的领子，
> 抗击敌人少不了我丹玛氏。
>
> 出征时我丹玛率队当先锋，
> 杀敌时好比霹雳毁岩石，

凯旋时我丹玛压后阵，
平日里把释迦教法来修持。
今天我手中这支金箭，
威猛赛过空中红霹雳，
对准黑暗法门射一箭，
把大门射成八片抛在地。
要让禁锢的日月放光辉，
要把黑色魔法来摧毁，
丹玛若不能办到这些事，
活在世上实在没意思。

丹玛唱罢，射出金箭。只见金光四射，黑色魔法大门被射得粉碎。嘉地的妖孽顿时消声匿迹。

比武结束，嘉帝噶拉耿贡仍不肯认输，又提出要与岭国君臣比美。比比男子的服饰，看谁的服饰最美丽、最稀奇。格萨尔心中暗笑，这下，松石羚羊皮制的马衣和松石发辫该派上用场了。

大臣伍乙班玖给骏马穿上马衣，那马衣上部缀着金片，中部系着海螺，下部挂着松石。马毛梢放着虹光，头上还戴着一肘长的松石羊角，角尖上拴着一柞长的珍珠发辫。伍乙班玖自己将各种松石发辫披在身上，骑在骏马上，在广场上走来走去。嘉地的人们从未见过这般稀奇的饰物，男子见了羡慕不已，妇女见了羞得不敢抬头。人人都说这样的英俊男子从未见过。

嘉帝噶拉耿贡更是奇怪，似这样奇异的人和马，是血肉之身呢，还是巫师的幻变？我是在做梦呢？还是确有其事？一时间，搞得嘉帝昏昏迷迷，不知自己身在何处。

岭国君臣焚毁妖尸
返岭途中秦恩省亲

正当嘉帝噶拉耿贡迷迷糊糊,不知生死之时,格萨尔运用法术,将自己的身体变成化身和真身两个形体,化身陪着嘉帝坐在白色垫上,真身化作一只金翅大鹏,载着秦恩和米琼二人,飞进噶拉耿贡的皇宫。在一座十八套间的黑房子里,找到了皇后尼玛赤姬的妖尸。君臣三人动手搬动尸体,那尸体竟像活人一样发出"啧啧"的怕冷之声。格萨尔吩咐:

"把她装入铁盒之中,直到世界毁灭,也不准打开铁盒。"

秦恩和米琼将妖尸装入铁盒之中,君臣三人带着铁盒飞出宫外,来到天地相接之处,将铁盒藏在一个三角形的地方,然后用檀香木将尸体焚化了。

当晚,嘉帝回到皇宫,来到黑房子,伸手一摸,皇后的尸体不见了。噶拉耿贡不禁大吃一惊:

"哎呀呀,我们受骗了,皇后的遗体被格萨尔偷走了,我们必须依照嘉地的国法对他严加惩处。"

大臣哈香晋巴劝皇帝息怒,认为这事不一定是格萨尔干的。嘉帝却一口咬定,此事必是格萨尔所为。立即命哈香晋巴到格萨尔处将皇后的遗体追回。

哈香晋巴无奈,只得来到格萨尔面前,询问雄狮大王可曾知道皇后的遗体被盗一事。

格萨尔对哈香说,妖尸将给嘉岭两地百姓带来灾难,为了拯救众生,已将尸体焚化，除了祸根。

哈香晋巴回宫向嘉帝禀报，噶拉耿贡长叹一声，甚觉凄然。想了想，又让哈香去见格萨尔。告诉他：如果能将皇后的尸体复原，就不对他动用国法。格萨尔回答说，尸体已经焚化，无法复原。嘉帝一听格萨尔如此回复，更加怒不可遏，立即吩咐哈香晋巴带人去将格萨尔捉来，吊在法杆上，要吊他七天七夜，以惩罚他的胆大妄为。

哈香晋巴遵旨行事，将格萨尔吊在法杆上。

七日后，噶拉耿贡帝又命哈香去看格萨尔死了没有。哈香来到法杆下面一看，只见各种飞禽围着法杆飞旋，纷纷给格萨尔衔食喂水，那雄狮大王毫无痛苦之状，比往日更加有神采。嘉帝一听此情，吩咐将格萨尔投入蝎子洞中，谁知那些毒虫非但不伤害他，反而向他顶礼朝拜。噶拉耿贡无奈，命武士将格萨尔从悬崖上抛下，又被空中的鹫鸟交翅将他接住，送回崖顶。

见屡屡不能杀死格萨尔，嘉帝更加生气。遂命堆起柏树枝，浇上胡麻油，将格萨尔投入熊熊烈火中，一直烧了七天七夜。等哈香晋巴再来看望，那大火烧过的地方竟变成了一个波光粼粼的湖泊，中央还长出一株如意宝树，那树枝繁叶茂，且开满鲜花。格萨尔高坐林冠之上，周围彩云飘浮。

嘉帝又命将格萨尔抛入大海。丹玛和米琼冲了上来：

"大王呵，我们实在受不了了，您应该回敬他们，让他们尝尝我们的厉害。"

格萨尔摇了摇头，劝大臣们不必焦急，那嘉帝与常人不同，如果不接受他的处罚，对嘉岭众生不利。我们要让他自己回心转意，自愧失礼。

五百勇士将格萨尔抛进了大海，丹玛和米琼将从阿赛罗刹那里得来的似土非土的法物撒在海面上，大海顿时变成了一片绿茵茵的草地，长满树木鲜花，彩蝶飞舞，格萨尔君臣就将营帐扎在草地上住了下来。

哈香晋巴忙向嘉帝禀报，无法惩罚格萨尔，并劝皇帝向格萨尔赔罪。噶拉耿贡至此方才确信是真正的雄狮大王到了嘉地，决计与格萨尔重新和好。

次日，皇宫里安排了金座、银座，地上铺满了羊毛垫子，鼓乐齐鸣、螺号喧天。嘉帝噶拉耿贡率众臣将雄狮大王格萨尔接进皇宫，让到金座上。然后嘉帝亲自献上如意宝珠和金银、绸缎、骡马、大象等礼物，对格萨尔说：

"世界无敌的雄狮大王呵，直到昨日，我才知道你是真正的格萨尔，还望大王恕我无知无识之罪。"

嘉地七姊妹献上香茶美酒和各种丰盛的食品，然后为岭国君臣欢歌起舞。武士们表演摔跤和各种技艺为客人助兴。皇帝噶拉耿贡又对格萨尔说：

"尊贵的岭国大王呵，岭国处处是雪山草地，气候寒冷，土地贫瘠，财物不足，衣食困难。而我这嘉地，山清水秀，美丽富饶，财物充裕，丰衣足食。我膝下无子，只有小公主阿贡措是我的继承人，可她年幼难以执掌国政，大王不如留在嘉地，做嘉地的大皇帝吧。"

格萨尔见噶拉耿贡诚心诚意地挽留自己，甚是感动，就唱道：

我岭地大王格萨尔，
不是为了财宝到嘉地，
也不贪恋嘉地的美女，
是为了嘉、岭的友谊。

嘉地的疆土我无心要，
嘉地的王位我无心坐，
我只想执行天神的命令，
解除众生苦难心里就欢愉。

"大皇帝呵，我不能在嘉地久住，在那遥远的藏区，还有许多有形和无形的妖魔等我去降伏。皇帝若对我真心眷念，不舍分离，可以把我塑成金身，这样就如同我们常相见一样。"

见格萨尔执意要回岭地，嘉帝挽留雄狮大王再住七日。格萨尔点头应允，决定土狗年正月十五日返回岭地。

正月十五日很快就到了，嘉地为岭国君臣准备了诸多礼物，全部驮在骡马和大象背上。嘉地小公主阿贡措向雄狮大王献上哈达，唱了一支祝愿歌：

今天是个吉祥的日子，
愿天上的黄道吉星来当值，
愿地下的吉祥时刻来降临，
愿一切事业圆满成就皆如意。

愿马上骑士稳坐金鞍不坠马，

愿胯下坐骑快步健走不失蹄,
愿当官的人不受损伤,
愿随从的人不遭遗弃。

今生有幸能与大王相见,
清净界中后会还有期,
愿六类众生灾难得消除,
愿岭国君臣平安返故里。

　　公主唱罢,仍不舍得与岭国君臣分离,就向父皇请求送格萨尔大王到嘉岭交界的地方。噶拉耿贡既不忍心不答应女儿的请求,又怕女儿太小,行路不放心,就派大臣穆次丹巴随同公主,还有嘉地六姊妹一起为岭国君臣送行。

　　格萨尔君臣在嘉地七姊妹和大臣的陪同下,启程回岭,走了几天,晁通见阿贡措仍无回嘉地之意,大为不悦,如果这小公主要求一直送到岭地去,见到王妃森姜珠牡,女人间难免又生嫉妒之心,于我晁通无益。现在我应该想个主意,不让这嘉地的七姊妹到岭地。晁通想了三四一十二遍,盘算了五五二十五回,决定给王子扎拉写一封信,让他派人阻止嘉地随从,如果杀死嘉地大臣,那公主阿贡措一定会返回嘉地的。晁通这样一想,立即写了一封短信,告诉王子扎拉:格萨尔大王在嘉地已将妖尸焚毁,皇帝噶拉耿贡大为震怒,把大王抓了起来,现在已被折磨得只剩下一口气了。请王子速派岭军前来救援。晁通写好信,用青色水绸包好,拴在自己的寄魂鸟的脖颈上,命鸟回岭国送信。

　　王子扎拉闻报,立即聚集众英雄,急急奔往嘉地而来。一个月的路程当作一天赶,一日的路程半日行。不多日就与格萨尔君臣一行相遇。

　　远远地看见来了一支人马,嘉地的送行大臣和格萨尔大王并不知道是怎么回事,只有晁通心中明白,却装模作样地说:

　　"嘉地的大臣们,远方来的人马,看样子是来抢劫我们的。俗谚说:'吃食应让客人先吃,射箭自己应该先射。'不管金钱豹多么凶猛,猎人先把利箭射出去,豹子就伤不了猎人。嘉地的神箭手,现在该是你们显神通的时候了。"

　　神箭手日昂托郭禁不住晁通的怂恿,"嗖"地一声将箭射了出去,正射在扎拉坐骑的嚼环上,铁环被齐刷刷地射断了,人马虽未受伤,却惹得扎拉怒火中烧,在马上大吼:

　　"你们是来送死的么,看起来你们像是嘉地人马。我岭国君臣十三人到嘉地除妖,已经整整三年,我扎拉是来打探大王下落的。你们如此恶劣,想必大王真的落在你们手里受难。俗语说:'食物到了嘴边就得吃下去,敌人到了门口就得去反击。'岭国英雄不能任人欺。"说罢,射出一支神箭,将嘉地随行的三个大臣和三个妖魅一起射翻在地。扎拉仍觉不解气,又搭上一箭,正待射出的时候,格萨尔发现了射箭的是扎拉,高声说:

"对面的好汉可是我侄儿扎拉么?我们岭国君臣到了嘉地,除了妖尸。嘉帝对我们感激不尽,不仅送了我们许多珍宝财物,还派七姊妹和大臣来送我们,你为什么要来阻止,还把嘉地的人马射翻在地?!"

扎拉一听是格萨尔大王到了,大吃一惊。知道又中了晁通的诡计,自觉无脸再见大王,羞愧万分地转回岭地。

格萨尔大王祭奠了嘉地三大臣的亡魂,然后率君臣继续赶路。晁通装作十分诚恳地对公主阿贡措说:

"公主呵,你们七姊妹再往前送,就到了岭国,王妃珠牡看见你们会生气的。"

七姊妹一商议,决定立即返回嘉地,于是向雄狮大王献上哈达,公主说:

"雄狮大王格萨尔呵,不同颜色的哈达有十八条,我们献给大王表心意,愿嘉岭世世代代传友谊。俗谚说:'吃了别人的羊腿,需用羊尾骨肉还礼。'这是何意请大王多思虑。"

格萨尔当然明白公主这话的意思。三个大臣白白送了命,传到嘉地去,臣民百姓会怎么想?雄狮大王立即吩咐拿过赠礼,对公主阿贡措说:

"吃了羊腿是该答谢客人的,这里有金子一样的骏马十五匹,像杜鹃一般的青骡十头,像花喜鹊一般的犏牛十头,吉祥哈达二十五匹,马、牛、骡都驮上金银珠宝,我把这些赠给你们,一则作为三位大臣的抚慰礼品,二则作为姑娘们远道相送的酬谢礼。"

七姊妹接过礼物,恋恋不舍地与雄狮大王分别了,但愿能与大王再相会。

格萨尔大王与嘉地七姊妹分手以后,继续往前走,来到嘉岭交界的地方。格萨尔忽然看见三只仙鹤在头顶盘旋。三仙鹤正是岭地的寄魂鸟,它们也看见了岭地君臣一行,立即落了下来。丹玛上前,从仙鹤的脖子上解下一信,呈给格萨尔大王。大王看罢,神情有些黯然。

原来,这信正是王妃珠牡派仙鹤送来的。信中说,自从格萨尔大王离开岭国,大将辛巴梅乳泽就病倒了。珠牡为了给辛巴医病,把大王十八个库房的财宝都快耗完了，但梅乳泽的病非但没有好转，反而一天比一天加剧，害得辛巴天天在呻吟中度日，近些天来更加厉害了。辛巴别无他望，只愿死前能与大王见上一面，所以恳请大王能速速回国。

格萨尔知道，辛巴梅乳泽本该死在祝古交战之中，只因他途中遇一上师，得以超度，阳寿有增，但终究不能熬过今年，恐怕也等不到我回岭地的那天了。格萨尔立即让仙鹤传信，告诉王妃珠牡，路途遥远，难以很快返回岭地，若辛巴的病稍有好转，请派人将他送来，我们君臣可在途中相见。

三仙鹤飞回岭国王宫，珠牡见信，赶快派人护送辛巴上路，还有两只神鸟一路相随。白天护送的是善于凌空观察的鹫鸟，夜晚护送的是夜里善飞的黄鸥。

格萨尔与辛巴终于在途中相会了，辛巴梅乳泽那张消瘦枯黄的脸上露出一丝笑容。鼻孔像是破了洞的大皮袋一样，只有微微的气息。格萨尔知道，他的灵魂就要脱离躯体了。

"大王呵，我辛巴梅乳泽是有罪的，最大的罪过是杀死了嘉察。如今快要辞别人世，能最后与大王相会，我的心愿满足了，请大王给我加持。"

格萨尔大王听了辛巴梅乳泽的话，心里很不是滋味：

"辛巴呵，你最初对岭国有罪，但后来为岭国立了功劳。你的罪孽，大王我一定替你消除，一定把你超度到清净国土中去。"

辛巴梅乳泽感激地看着大王，想施一礼，已经不可能了。心愿得到满足，辛巴闭目谢世。

格萨尔大王为梅乳泽大作法事，超度他的亡魂到清净国土，然后将其尸体火化，修建一座宝塔，将骨灰葬于塔内。

君臣继续前进，这天来到两座砂山对峙耸立的三岔路口，大臣秦恩举目四望，只见万里无云的碧空中屹立着一座高插云天的雪山。远远看去，犹如一顶白色帐篷威严地立在那里。秦恩见到这座雪山，泪水就像树叶上的露珠一样，嘀嘀嗒嗒地滚落下来，一时百感交集，思绪万千。

晁通见秦恩落泪，有些不解，就问他为何如此伤心。秦恩回答说：

"叔叔晁通呵，对面那座皑皑雪山，是有名的卡瓦格布大雪山，它是我的寄魂山。我八岁那年，被魔王鲁赞掳走，如今我已经五十八岁，五十年中，我从未饮过家乡的水，从未见过故乡的山，我那慈祥的父母亲，亲爱的妻子和妹妹，都只能在梦中相会。今天我见到了家乡的山，叫我怎能不伤心呢？"

晁通一听秦恩家中有妹妹，立即邪火烧心：

"你家里还有妹妹吗?这很好呵,如果能把她许给我做厨娘,我可以设法让你回家一次。"秦恩一听可以回家,就求晁通帮忙。若能回家,一定请求父母将妹妹嫁给他。

为了娶秦恩的妹妹,晁通立即施展巫术,满山遍野烟雾弥漫,阴云密布,天昏地暗,道路不明。秦恩趁机把格萨尔的坐骑引到通往绒地的山路。昏暗之中,格萨尔一时竟没有察觉。走了一程又一程,雄狮大王感到有些不对。"岭国的砂山早就见到了,为什么现在还不到岭国呢?"想着,就让丹玛带路前行,走得快些。秦恩又来悄悄恳求丹玛,说现在已经到了绒地,若不能回去看看父母和妻子、妹妹,比死去九次还要痛苦。丹玛见秦恩那副可怜巴巴的模样,十分同情,就对格萨尔说:

"大王呵,俗语说得好:

> 来了陌生人,
> 家里容易丢东西;
> 到了陌生地,
> 生人容易走错路。

这个地方我不熟悉,还是让秦恩带路为好。"

君臣一行继续往前走,已经到了秦恩被掳走的那座山口。人们从山口望去,绒国大地一览无余,只见皑皑雪山顶上筑着三座城堡,城堡上金缨招展;花花石崖上也筑有三座城堡,城堡上银缨招展。城堡周围,滔滔曲水河边还筑有三座城堡,城堡上螺缨招展。城堡周围,密密麻麻布满了帐篷,像炒爆了的青稞撒在大地上。格萨尔明白了,俗语说:"话儿传到别人嘴里,会越传越多;食物传到别人手里,会越传越少;陌生人走在他乡的路上,会越走越长。"我说怎么还不到岭地呢,原来是秦恩把我们引到绒国来了。明知到了绒地,格萨尔却作不知:

"秦恩呵,那雪山你可认识?那城堡、那帐篷你可认识?俗语说:'不能和流浪人作亲戚,不能把狼当狗把门守,仆人吃饱了欺负人,骏马吃饱了骑手难备鞍。'你随我到过多少地方,为何今日把路迷?"

秦恩一见大王沉下脸来,像土墙倒塌了似的连连叩头,从护身佛盒中取出一条哈达,献给大王说:

"大王呵,我本是绒国王子,八岁被魔王鲁赞掳去做了他的臣子,以后又被大王救到岭国,做了您的臣子。你我君臣好比骏马与鞍鞯,时时刻刻难分离。大王呵:

青山有名，
全靠森林来装饰；
若无森林，
青山不过是荒山。

大河有名，
全靠雨水来装饰；
若无雨水，
大河不过是溪流。

上师尊严，
全靠僧众来护持；
若无僧众，
上师不过是凡子。

国王有权，
全靠大臣来支持；
若无大臣，
国王不过是俗子。

记得在降伏鲁赞的第二日，
大王就答应我回绒地。
如今我已五十八岁，
时时都想与父母团聚。

父王如今好比山口的圆石堆，
这石堆今天不塌明日将倒去；
母后如今好比灶里的遗火星，
这火星今天不灭明日将会熄。

妻子好比墙头上的秋草，
寒风袭来不知飘向何方去；
妹妹好比两脚跨在门槛上，
是进门还是出门费猜疑。（注1）

1　此二句指不知妹妹是否出嫁。

大王呵，五十年来我常在梦中与亲人相见，好梦醒后常常流泪悲啼。我请求大王饶恕我，请大王准我回绒地。"

格萨尔见秦恩声泪俱下，心中不忍，气也消了。决定就此安营，等候绒国君臣前来迎接。谁知住了七天，仍无人来接。秦恩心想：我为了看望年老的父母、亲爱的妻子、久别的家乡，才把格萨尔大王引到绒地来。如今在这里已经住了七天，还不见有人来迎接，这是为什么呢？如果再这样下去，大王一定会生气，我到了家门也见不到父母亲了。秦恩越想越伤心，禁不住扑簌簌掉下泪来。

米琼一见秦恩落泪，大为不忍。忙上前安慰他，说可以帮助他实现愿望。秦恩见米琼真心真意地帮助自己，感动得要给他叩头，米琼止住了他。

说办就办，米琼将格萨尔的宝驹江噶佩布变成一头黄公牛和一匹毛驴，自己则变成一个面色铁青、白的只有牙齿、红的只有舌头，全身爬满虱子的乞丐。

米琼骑着毛驴，赶着黄牛，朝绒城走去。只见各个路口都有人把守，并不见行路之人。米琼心中奇怪，绒城发生了什么事？好不容易遇到一个背水人，米琼向他打听绒城出了什么事，背水人并不回答，慌慌张张地走了。又遇上一个打柴人，不容米琼发问，那人就像躲避瘟疫一样地逃走了。米琼想了想，径直朝宫城走，来到离宫城不远的地方，见路边的庄稼已经成熟，米琼将黄牛和毛驴赶进庄稼地。心想，石头砸在犄角上，乳头会流出鲜血来；牲畜赶进庄稼地，城里一定会走出主人来，米琼让牛和毛驴任意糟踏庄稼，自己则坐在田埂上脱下衣服捉虱子。

原来，格萨尔一行在门珠山口扎下营寨，被秦恩的妹妹阿曼在城头上看见了。她不仅看见了格萨尔的营帐，还看见了那幻变出来的千军万马。阿曼立即向父王报告。绒王以为有人要进攻绒地，立即将十三万户部落的百姓召集起来，把守各个路口、渡口，山上不准任何人砍柴，河边不准任何人渡水。这就是绒地无人行走的缘故，米琼当然不知道。

米琼正在捉虱子，从城里出来一个女仆，见牲畜在毁庄稼，就大骂米琼。米琼不理，女仆就回宫向国王报告。大王咐咐她不要和乞丐打架，把牲畜赶出田去就是了。女仆转回来命米琼把牛和驴赶出田地，米琼佯装听不见，还是不理不睬。气得女仆回宫去找阿曼公主。阿曼一听，火冒三丈，右手抓一把灰，左手提一根棍，冲到米琼跟前，恶狠狠地骂：

"你这个无赖，常言说：'乞丐吃饱了不听话，荞粑粑冻干了掰不开，水太清了无鱼捞，话太轻了无人理。'现在我们绒地的人不准外出，外面的人也不准入内，你竟敢在这里糟踏我们的庄稼？！你最好现在就走开，若不然，绒地的英雄投百块石头，射百支利箭，挥百把利刀，你再想逃也来不及了。"

米琼见阿曼公主出城，心中高兴，嘴上却说：

"不管你是公主还是女仆，都不该说这样的话。我是随格萨尔大王从嘉地经过这里回岭地的。听说绒地土地肥沃，六畜兴旺，是块少有的福地。乞丐到这个地方不愁讨不到吃食，牲畜到这里不愁没有水草，可遇到你们这里的人，不是聋子就是哑巴，难道你们这里发生了什么瘟疫？"

阿曼听说是随岭国大王来的，把手中的灰和木棍悄悄地扔掉了，立即问岭王还有哪些随从。米琼就把随从一一讲给他听，阿曼听到有自己的哥哥秦恩，高兴得立即转回宫中，带上茶酒和点心，出来招待米琼，并告诉米琼，明日就去迎接岭王进宫。

格萨尔听了米琼的禀报，忽然变了主意。他怕秦恩思恋家乡，不肯与他同回岭地，就决定不让他与家人见面。

第二天，绒地公主阿曼和众大臣前来迎接岭大王，格萨尔早把秦恩藏在一个铁箱中，却对公主说，秦恩在岭地过得很好，请公主转告绒王不必挂念。

公主回宫禀告父王，绒王又派出秦恩的妻子，仍然没有看见秦恩。绒王决定亲自走一趟，秦恩又没露面。绒王不甘心，就邀请格萨尔大王一行到王宫做客，格萨尔想了想，答应了。

公主阿曼见屡屡不能与哥哥相会，而米琼分明说哥哥已随岭王到了此地，莫非这格萨尔是假的？莫非哥哥已不在人世？无论如何也要把哥哥找出来。看来，不捣毁他的营帐，他们是不会交出哥哥的。于是阿曼聚集众兵，欲讨伐格萨尔，绒王不允。阿曼见兄心切，不听父王劝告，执意发兵到了岭营。

格萨尔正在营帐中休息，准备赴宴。忽见帐前来了众多兵马，雄狮大王顿时大怒，厉声训斥秦恩：

"前次你带错了路，我们才到了绒地，现在绒地又把大军的矛头指向我们，到底是为了什么？"

秦恩见大王发怒，惊恐地站在一边，不敢有半句辩解，丹玛心生一计，对大王说他有退敌之策。格萨尔命丹玛出营迎敌。丹玛立即写了一封信，用箭射在绒军中，上面说秦恩确实随岭王到了嘉地，因他思念父母妻妹，故尔将雄狮大王引到此地，绒岭两国本是友好睦邻，大可不必动干戈。

阿曼一见此信，知道哥哥安然无恙，立即下令退兵。秦恩也心花怒放，想着明日就可以与父母妻妹相聚，手脚都不知如何摆放了。

　　第二天，绒地大臣前来迎接岭国君臣，眼见迎接的队伍就要到了。格萨尔却命秦恩留在大营看家，他与其他大臣前往王宫赴宴。秦恩无奈，心中虽然急得不行，却不敢违抗大王的命令。

　　岭国君臣随着前来迎接他们的绒国大臣浩浩荡荡地直奔绒国王宫而去，秦恩流泪了。想我秦恩已经离开家乡五十年了，如今到了家门口，却不让我与家人见面，大王怎么如此不近人情？越想越伤心，越想越生气，秦恩决定不顾一切，一定要去见见父母、妻子和妹妹。刚要出门，秦恩又停住了脚，他还是害怕，怕大王责罚他，怎么办呢，秦恩左思右想，有了主意。

　　绒岭两国君臣正在宫中吃喝，一个流浪艺人在王宫下面唱起歌来：

>　　那向北方飞行的天鹅，
>　　一心想着青色湖中的仙鸟；
>　　那向山岗奔驰的山羊，
>　　一心想着绿色草原的嫩草。
>
>　　茶和酥油好比父亲和母亲，
>　　父母双亲彼此离不了；
>　　肉和糌粑好比主人与坐骑，
>　　主人坐骑彼此离不了。
>
>　　赛马要到北方草地，
>　　射箭要瞄准红野牛，
>　　讨饭要到富人门口，
>　　吃饱肚子还可往回捎。

　　"绒地的百姓呵，我不仅讨吃食，还有很多好消息要向绒王禀报。"

　　绒国百姓见这艺人生得好漂亮，帽顶插着九种颜色的缨珞，身着长衫，白绸领，青绸下摆，腰扎红绸。尖尖的鼻梁，好似亭亭雪峰；炯炯目光，犹如金星闪耀；圆圆的脸庞，好似十五的明月；弯弯的眉毛，生得不高不低；纤纤睫毛，长得不长不短；三十颗螺牙，洁白整齐；扁平舌头，能言巧语；碧油油的头发，好似松石做成；白生生的皮肤，好似水晶放光；长发修胡，满面春风。那宫中的女仆也出来观看，一听秦恩此话，忙进宫禀告绒王，说门口的艺人有好消息向大王禀报。格萨尔却在一旁说，流浪的艺人能有什么好消息，给他些剩茶剩酒就算了。女仆依言而行。艺人忽然流下眼泪，女仆觉得他可怜，又回宫为他讨些好吃食。丹玛明白，这个艺人就是秦恩所扮，这个时候如果再不让他见见家人，未免太不近人情了。想着，丹玛出宫对秦恩说：

"你不要再吵了，快立了靶子，我射上一箭，然后你带着箭进宫来吧。"

秦恩终于进了宫，却把帽檐压得低低的，不敢抬头。格萨尔知道是秦恩来了，心中不悦，所以并不睬他。晁通却希望秦恩留在绒地，就假装生气地责怪这艺人不懂道理，进宫还歪戴着帽子，将秦恩的帽子打落在地。绒王和王妃立即认出儿子，高兴得昏了过去。公主阿曼和秦恩的妻子扑了上来，一家人又哭又笑，悲喜交集。

格萨尔更加不高兴，心想，这下秦恩可回不成岭国了，不禁暗暗地埋怨丹玛和晁通。说了句"你们干的好事！"就不辞而别。

众人见岭王愤然而去，惊慌起来，秦恩更加不知如何是好。晁通眼珠一转，对大家说他有办法让大王回来。说着，将七粒黑白石子投在靴筒中，用白绸扎紧靴口，让丹玛拉紧白绸，然后口中念念有词。功夫不大，格萨尔大王果然乘马落在宫中。

见大王返回，秦恩忙跪倒请求恕罪：

"大王呵，您使我与家人团聚了，为了谢恩，我请父王把绒地的财宝献给您，我自己仍如从前一样，永远跟在您身边，决不留恋家乡。"

格萨尔大喜。见酒宴丰盛，雄狮王提议赛马，绒王应允。并说谁能取胜，就把公主阿曼许配给他。晁通一听此话，来了精神，立即精心打扮，唯恐不能取胜。

尽管晁通十二分的努力，雄狮王怎肯让他取胜？就在快到达终点时，晁通的马一个趔趄，把他从马上颠了下来。阿曼公主立即端上一杯美酒，为他祝贺，羞得晁通不敢抬头。格萨尔对绒王说：

"你们父子已经见面了，秦恩与我是三次盟誓的朋友，我不能让他留在绒地。我们的王子扎拉现在代理国政，尚未纳妃，如蒙绒王允许，可与阿曼公主结成良缘。"

绒王和王妃满口答应，大臣们也个个满意。

一切准备就绪，五月初三日，格萨尔决定立即迎娶阿曼公主返回岭国。

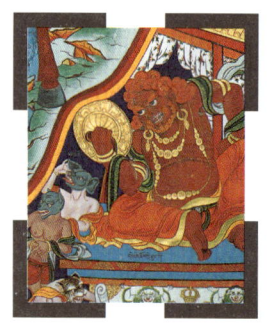

第六十四回

迎大王勇扎拉纳妃
赴地狱格萨尔救妻

格萨尔君臣一行决定立即返回岭地,绒王、王妃和秦恩的妻子等虽舍不得秦恩离去,也不敢说把他留下。格萨尔大王将嘉地的茶叶、牲畜等留了一些给绒王,赐给秦恩的妻子达萨"白昼安宁"哈达一条,"鲜花灿烂"松石一颗。又赐给穆布古仁金刚戒指一枚,金箭三支。让他替秦恩给绒王、王妃侍茶奉酒。对其他大臣和首领,也都有赏赐。

达萨右手拿金茶壶,左手执银酒壶,准备向雄狮大王献茶敬酒。达萨献上哈达后唱道:

由于前世命运有缘分,
终身伴侣久别又重逢。
由于岭王开恩有情面,
夫妻久别重逢话衷情。

有幸亲聆大王的教诲,
宾主欢聚促膝话友情。
绒岭联姻前人有先例,
阿曼又配好夫君。

我持金壶斟上这碗茶，
饮了这茶心肝肺腑都平静；
我持银壶斟上这碗酒；
饮了这酒体态容颜都年轻。

幸福哈达献给雄狮大王，
愿绒岭君臣常相聚；
如意哈达献给丈夫秦恩，
愿夫妻今生有缘再相见。

祝愿天上星宿皆吉利，
祝愿地下时辰都吉祥，
祝愿男儿不要遇灾难，
祝愿马儿不要受损伤。

祝在家的人事事如意，
祝出外的人时时安宁，
祝世道像花一样美好，
祝君臣百姓永享太平。

达萨唱罢，秦恩对家人们说：

"请父王、母后安坐，请达萨、大臣们止步，我们前世有缘，今生又得重逢，愿今后还能相会。"

秦恩说完，岭国君臣跨上骏马，秦恩频频回首，心中默默祝愿，愿与家人能常相聚。

走了七天，才到嘉岭交界的砂山峡口，格萨尔知道前方路途险阻，对秦恩、丹玛和米琼说：

"砂山那面的穆雅地方，石崖险阻，无路可行。山涧谷口有一座大石崖，你们要在那里扬起旗幡，筑起煨桑台，向天神煨桑行祭。然后对石马说：'把石崖劈开，把山林扫平，开出一条平坦大道来！'这是一条嘉岭今后来往的必经之路，务必打通。"

三英雄遵命，带着石马向石崖驰去。到了石崖前，依大王之言行事。煨桑敬神后，留下石马，三人迅速离开。

只听惊天动地一声巨响，那石崖被石马摧毁了。附近的山林燃起熊熊大火，把半个天空照得通红。不到半天的功夫，石崖没有了，山林也没有了，眼前是一条平坦坦的阳关大道。大道两旁绿草如茵，鲜花盛开，蜜蜂在花间唱着欢畅的歌。这条大道从此成了嘉岭之间来往的通道。

格萨尔君臣一行回到了岭地。王子扎拉率众英雄、臣民百姓前来迎接。唯独不见王妃阿达娜姆。格萨尔心中诧异，忙问扎拉，阿达娜姆为什么没来迎接他。不等扎拉回话，老总管绒察查根吩咐摆宴。

一时间，陈年酒、隔月酒、当日酒、米酒、糖酒、青稞酒，端了上来。乳酪、酥油、点心、蜂蜜、糌粑，摆了上来。牦牛肉、野牛肉、绵羊肉、山羊肉、野马肉、黄羊肉、大鹿肉、野猪肉，堆满了桌子。

格萨尔一见，吩咐众英雄入席，又把为王子扎拉与绒国公主阿曼联姻的事告诉了大家。扎拉激动万分，走到总管王面前，请他代替众人向雄狮大王谢恩。

头发白似海螺的老总管，由两个臣子搀扶着，从坐垫上慢慢站起来，向格萨尔大王献上吉祥哈达，对众人说：

"绒岭两国的好姻缘，好似洁白的哈达无污点。王子扎拉万事如意，为美满姻缘向大王敬礼，上师献上长寿结，叔伯们献上白哈达，英雄们献上黄金箭，祝王子姻缘美如花。"

岭地众英雄纷纷向扎拉献礼，姨嫂们也向阿曼献上白哈达和松石，祝阿曼终生快乐无忧愁，与王子扎拉到白头。

为王子扎拉的婚事，岭国上下一连庆祝了十三天。

格萨尔终于知道了阿达娜姆的死讯。原来，在格萨尔去嘉地刚刚三个月的时候，阿达娜姆就病了。病得她，上身发热如火烧，下身寒冷如寒冰，体内风痰似山压，擎起高枕向下沉，可口的食物比毒药苦，细软的衣裳比黑刺硬，听到美言如针扎，心里烦躁昼夜不安宁。吃药反倒病加重，念经好像召鬼祟。阿达娜姆知道自己不行了。将手下的大臣召到榻前，告之后事：

"我死后枕边的上师，不必请现在的佛僧。他口里念着普陀经，心里想着马和银；他说要超度亡魂，是不知不见的空论；知他是假还是真？望你们在黑色的魔地，有敌则戈矛同举起，待友则财物相周济；仇人面前同敌忾，内部苦乐要统一。待雄狮大王从嘉地回来，请转告我有几件东西要献给他：

头戴首饰是金银，
犹如群星耀太空，

把它献于大王手中。

颈上的珊瑚玛瑙饰，
犹如草原的花朵盛，
把它献于大王手中。

背上的绸缎金龙锦，
好似空中的彩虹，
把它献于大王手中。

头上这顶白盔帽，
"黑暗自遮"是它名，
把它献给大王用。

身上这袭白盔甲，
肋下囊中的三支箭，
统统留给大王用。

　　说罢，阿达娜姆死了。过了七七四十九天，阿达娜姆的灵魂到了生死沙山山口，被小鬼引到了阎罗王的面前。阎王一见阿达娜姆是个与众不同的女人，对她说：

　　"我有话要问你，你跟别的女人不一般。头上发辫掩盖了上半身，脸上部好像少女，能压伏百个女儿身；脸下部好像青年汉，能压伏百个男子身；口不净冒着血肉气，手不净恶臭实难闻；上身好似黑鸟翅轮廓，下身笼罩着罪恶的黑影。你是什么地方的亡魂？你叫什么名字？你生时供过多少上师？向穷人放过多少布施？在无主的水上修过多少桥梁？在无主的山上立过多少旗幡？在堕入地狱的今天，有什么谒见我阎王之礼？"

　　阿达娜姆听阎王一说，心中有些害怕。想自己一生，东征西杀，不断杀伐，这怎么能向阎王说呢？还是编一套话告诉他吧。于是，阿达娜姆对阎王说：

　　"我是清净佛土的人，我的名字叫曲措，生时向上师供过骏马备金鞍，供过大象饰彩绢。斗量的松石和珊瑚做布施，修的桥、树的幡多得数也数不清。我是空行母的化身，年轻时做了南赡部洲雄师大王的妃子，因此我应该到极乐世界去，请阎罗王放我。"阿达娜姆说完，右肩上忽然出现一个白色小孩，向阎罗王

敬礼回禀说：

"有威力的阎罗王，你是能分辨善恶的法王。我是这女人的同来神，她的情况我知道：她是阿达娜姆女英雄，肉食空行的化身，格萨尔大王的妃子，做过无数善事情。因此请你把她向极乐世界接引。"

白色小孩说完，端坐在阿达娜姆的身旁。这时，阿达娜姆的左肩上出现了一个黑色小孩，向阎罗王回禀说：

"我是与阿达娜姆同来的魔，她的底细我知情：她是九头妖魔的后人，三岁起杀生，杀死过多少鸟雀和畜生，鲜血染红了崖顶；杀死过多少鱼和獭，大海也被血染红。她曾杀过戴金帽的上师，不理会地狱的苦情；曾杀过权势崇高的长官，不理会严厉的惩罚；曾杀过马上的英雄汉，不理会战争的刀兵；曾杀过长发的妇人，不理会乡民说纷纭。这样的女人怎能被超度，阎罗王决不能饶恕她的恶行。"

黑色小孩说完，也在阿达娜姆身旁坐下了。阎罗王一听，心想，听那白色小孩所说，像是真的，可这黑色小孩的话，也不可不信。且不管他们怎么说，还是用我的缘孽镜和阎罗秤来看看，来称称，就知阿达娜姆的言行究竟是怎样的了。

阎罗王的缘孽镜直径九百拃，周长九百九十度，远看像十五的明月，近看像山峰顶上的太阳。看着它，像是从谷口看风景一般，任何人在世间所做的一切都能在镜中一一再现。看着看着，阿达娜姆的眼泪止不住了，因为她看见了自己的恶行。

牛头鬼手持紫色阎罗秤过来了，那秤杆长十八度，雷霆生铁水所铸的四方秤砣有大象尸体那么大。阎罗王把阿达娜姆的善业和恶业称了十八次，次次都是恶业重于善业。阿达娜姆又吓得心惊胆颤了。

阎罗王不容阿达娜姆再说什么，就对她说：

"阿达娜姆因杀生的恶业报应而死，应该在'等活'地狱中呆五百年；又曾积下恶心瞋怒之业，应在阿鼻地狱呆九年；又曾悭吝钱财，应在畜生地狱里呆九年。"

◀ 阎王宣判阿达娜姆

阿达娜姆死后来到地狱，阎王见她相貌非凡，脸上部似少女，脸下部像青年，十分诧异。这时，从她右肩上跳出一个白色小孩，报告说她做过无数善事情。请求把她接引到极乐世界。左肩上立刻跳出一个黑色小孩，说她杀生无数，应打入地狱。阎王令牛头鬼拿过紫色阎罗秤，把阿达娜姆的善业和恶业称了十八次，恶业像座山，善业如小贝壳，次次都是恶业重于善业，阎王立刻判阿达娜姆到"等活"地狱呆五百年。

念罢,九百鬼卒将阿达娜姆拖出阎罗殿,送到"等活"地狱,到格萨尔从嘉地返回岭地的时候,阿达娜姆已经在地狱里呆了三年,受了无数不能忍受的痛苦。

当格萨尔得知王妃阿达娜姆已经过世的时候,心想,阿达娜姆生时是个很英勇又很高傲的女英雄,死后是否到天宫中去了呢?格萨尔决定去看看。在天宫中没有找到阿达娜姆,格萨尔又分别到修罗界、畜生道、饿鬼道去找,还是没有。最后,格萨尔到了地狱,看到阿达娜姆果然在这里。

格萨尔回到岭地,进入光明三昧修了十三天大法,然后跨上宝马江噶佩布,来到地狱门口,大吼了三声。

那阎罗王听到格萨尔的吼声,对身边的鬼卒说:

"空中出现彩虹,降下花雨,四周香气扑鼻,这事前所未见真稀奇。一定是有什么大救主、大丈夫、大修行者、或是大咒师到了,你快出去看看是谁?"

鬼卒出门一看,见面前站着一人,生得紫珊瑚的肤色,白螺般牙齿,头上戴白盔,缨绫飘荡;右面的虎皮箭袋,像要跃向天空;左面的豹皮弓套,似欲指向大地;身上的白铠甲像火星灿烂,胯下马好像朱砂染就。鬼卒指着格萨尔问:

"你是哪里的恶人?从你的服饰看得出来,你是个作尽恶事的人。但是,我得告诉你:

<blockquote>
在阎罗王的大殿里,
英雄没有用武之地,
好汉无法来杀敌,
善辩者没有讲话的余地。
勇士无法逃逸,
懦夫无处诉冤屈,
美女无法弄丰姿。
我们有鬼卒九百人,
还有铁索九千尺,
套在你恶人脖子里。
……
你上看青天是空的,
没有慈父来救你;
你下看地洞黑漆漆,
没有慈母来救你;
</blockquote>

> *往前看是无人的大道，*
> *没有上师把路指；*
> *往后看是空旷的野地，*
> *没有兄弟来救你。*
> *……"*

不等那鬼卒把话说完，格萨尔已经大怒，眼睛向天空环视了三遍：

"我不是亡魂是活人，生命未死游地狱，雄狮大王格萨尔就是我，为寻王妃找阎罗。无辜的阿达娜姆已经在地狱熬了三年，现在我要你们把我的人交给我。"

格萨尔见那鬼卒并不理睬他，更加震怒，把手中的宝剑乱挥乱舞，直舞得地狱里暴雨倾泻，雹子纷飞。从未翻倒过的油锅打翻了，从未破裂过的铁城裂成了碎片，九百鬼卒被吓得四散纷逃，却不见阎罗王。格萨尔闯进阎罗殿，朝阎罗王的宝座射了一箭，眼见宝座摇摇欲坠，阎罗王走了出来，对格萨尔说：

"我是文殊菩萨委派的阎罗王，开天辟地就住在这里。菩萨说恶人要下地狱，那阿达娜姆要在地狱里熬过五百年方能解脱，这事你要拯救不可能，亡魂从这里无法超生。"

格萨尔见阎罗王不肯交出阿达娜姆，决定去找大师莲花生，请他帮助超度王妃。

雄狮大王转眼间来到小佛洲莲花无量宫，见到了莲花生大师。格萨尔将阿达娜姆堕入地狱一事禀告，请求大师超度。

莲花生大师对格萨尔说：

"你把那密咒金刚乘的正法和幻化无边的和平忿怒坛场的门打开，就会使积有罪恶的人得到超度，阿达娜姆也会升入净土。"

格萨尔闻听此话，立即打开那幻化和平忿怒无边坛场的门，诵起那搅乱世界的密经来。只见从格萨尔的眉间射出一道黄色日光，变成千尊佛像，站在莲花生大师的右方；从格萨尔的喉头发出一道红色火光，变成大般若经十万颂千部，摆在莲花生大师的左边，发愿洗净阿达娜姆口上的业障；从格萨尔的胸口发出一道白色光芒，变成千座白银宝塔，排在莲花生大师的前面，发愿洗净阿达娜姆心上的业障。

格萨尔念诵毕，又来到地狱里，对阎罗王说：

> *阴曹地狱十八层，*

> 我看它是清净十八处,
> 哪里有地狱十八重?
> 阴曹的火烧铁大地,
> 我看它是一片金,
> 火烧铁地无处寻;
> 黄色的无渡冥河水,
> 我看它具有八功德,
> 黄色冥河在哪里?
> 那个降雨的刀刃林,
> 我看到花雨降缤纷,
> 刀剑的雨点何处寻?
> 铁水沸腾的红铜锅,
> 我看是清水盈盈的莲花盆,
> 阴曹铜锅哪里寻?
> 你这阎罗的大殿,
> 我看是幻化和平忿怒坛场,
> 阴曹地府哪里寻?
> 凭莲花生大师的超度,
> 凭我格萨尔的法力,
> 要接引阿达娜姆到净土去!

格萨尔说罢,阎罗王知道他从莲花生大师处得到超度阿达娜姆的密法,就不再说话。

格萨尔举目四望,见爱妃阿达娜姆正在火狱中号啕。她也看见了雄狮大王,知道大王是来超度自己,更加感到疼痛难忍,恳请大王快快救她出地狱。

格萨尔在心中念诵着:

"……曾因宝贵鹿茸而被杀的大鹿,因肉食而被杀的马牛,因麝香而被射死的獐子,因皮毛而被杀的狐狸,因斑纹被杀的虎豹,因战争而被杀的兵卒们,我接引你们超生。我妻阿达娜姆的罪孽已满,现在也应升入天界。"

念诵毕,以阿达娜姆为首的十八亿亡魂及各种生灵的魂魄像百鸟被逐似的被超度到了净土。

雄狮大王地狱救母
绒察查根虹化归天

将王妃阿达娜姆从地狱中救出后,雄狮大王回到岭国,在森珠达孜宫中睡着了。睡梦中,格萨尔得到天母预言,要他前往小佛洲吉祥境去晋谒莲花生大师。格萨尔翻身坐起,对珠牡说知此事。往常大王到各处去降伏妖魔,珠牡尚且不愿离开,这次闻听大王要到另一个世界去,一阵剧烈的疼痛,从头顶一直到脚底,又从脚底到头顶,中间的心像破裂了一样疼痛。珠牡不顾一切地匍伏在地,对大王说:

"恩深父母去世后,虽有美食也无味,这是藏地的谚语。明月若被罗喉噬,无明黑暗谁除之?大王若到另一个世界去,岭国的众生谁护持?大王若去请带我珠牡去,若不能带妃子我要死去。"

格萨尔一见珠牡如此说话,甚为不悦,又想起当初:

"黄霍尔围城的时候你为什么不自杀?白帐王掳你为妃你又为什么不自杀?如今我好端端地并未死去,只是要去谒见莲花生大师,为众生做好事,你为何要拦我呢?"

珠牡听大王旧话重提,就不再作声,只是心中仍然忐忑,难道去了另一个境地还能回来吗?

格萨尔大王不理睬珠牡,将岭国各部首领召集起来,告诉众人他要赴吉祥境

地去见大师莲花生,告诉首领们:

"在今后的日子里,不会再发生兴师动众的征伐之事,不会再让骏马驰骋疆场,不会再让兵器出库……"

岭部诸首领听了大王的话,一时竟无言以对,不知道此事是凶是吉。唯有达绒长官晁通心中高兴。想那雄狮大王一旦离开岭地,这国王的宝座除了我晁通还有谁能坐?还有那珠牡,虽然老了,却风姿不减,除了我晁通谁还能娶她?晁通心中高兴,嘴上的话也吉祥:

"今年的征兆良好,卦卜吉利,天神的预言美妙。这三种吉兆都合适,大王要到别地去,临行之时要把后事安排好。王位谁来坐?王妃又由谁保护?臣民百姓谁主宰?"

众人互相望望,仍旧没有说话。总管王绒察查根心想,晁通的坏心眼,老到胡须白了也不改变。就像那缠在玫瑰树上的毒蛇,树根烂了它也不放松;死于天花病的尸体,埋在地下还要散毒素。不把他的嘴堵住,难安众人之心。于是老总管说:

"以森伦、郭姆为首的岭地十二位长辈没有谢世前,大王不会到别土。王位的事不用晁通担忧,也不用众英雄发愁。大王他还有拯救地狱众生之事,不做完此事不会到别土。"

绒察查根这一席话果然使众人放心,晁通也无话可说。雄狮大王吩咐众人:

"我去小佛洲后,岭地的三位上师要带领臣民百姓昼夜祈祷,不使间断,我十五日内定然返回岭国。"说罢,化作一道霞光而逝。

岭地众生依雄狮大王所言行事,静候格萨尔返回岭国。

上师莲花生所居之地小佛洲,位于罗刹国的中心。罗刹国的地形如锯齿,细小的齿尖直指须弥山。国内沟壑深险,悬崖陡峭,所有树木浑身长刺,所有石头都带毒质,所有流水怒涛汹涌。白天狂风怒卷,晚上烈火燃烧。全国总计有七个大洲,四个小洲和四个边洲,住着被慑服的各个罗刹。罗刹国北边有个大海,分别从四条大河注入流水,海中央有座赤铜色的吉祥山,山顶有座大城,城内有一圆形宫殿,西面是花园,北边是塔院,中间长吉祥花和如意树。罗刹国的东边有小佛豆蔻园林二百一十万个,南边有铜灰秃山城六千万个,西边有肉城二百九十万个,北边有黑暗城二百六十万个。莲花生大师的种种神变之身做了各方罗刹的君王。格萨尔到了此地,首先拜谒大师的各个神变之身,然后才来到大师真身居住的莲花光无量宫。

　　无量宫的水晶门边放着一个珍珠宝座，上面铺着绣有花卉的锦缎软垫。金刚瑜伽母迎了出来，让格萨尔先在宝座上坐一会儿，她去禀告大师。

　　格萨尔坐在那里等候上师召见，来往的罗刹们都闻到一股死尸的气味儿，纷纷捂鼻而过。雄狮王不解何意，刚想问问，忽然来了一位白衣空行母，左手拿净瓶，右手执宝镜，对格萨尔说：

　　"尊贵的大王，您来得正好，我这水晶净瓶中的慈悲福水，能把大王身上的污垢都除尽。"说罢，将净水倾注于宝镜之上，然后流到格萨尔的身上，顿时从格萨尔身上的各个汗毛孔中，冒出了苍蝇、蝎子、毒蛇等各种污秽之物。又有一位红衣的空行母，拿着五种珍宝为饰的香炉，向格萨尔周身上下倾喷智慧香烟。接着，又有四位空行端来各种美味食品，四位空行献上各种绸缎彩衣。最后是四位空行在前引路，将格萨尔引到富丽堂皇、庄严肃静的无量宫中。大殿中央有一用各种珍宝以及狮子、孔雀、共命鸟、骏马和大象等图案装饰的宝座，座下压着仰面颠翻倒卧的罗刹，上师莲花生威风凛凛、神采奕奕地坐在上面，众空行、持明^(注1)、罗刹等四周围绕。格萨尔一进入大殿，上师放射出白、红、碧三种光来，把雄狮大王照得更加容光焕发，立即变化出无数化身，对大师礼拜。然后坐在一个缎垫层叠的宝座上，对莲花生大师说：

　　"尊贵的上师，感谢您派空行母来接我，从黑暗无明的浊地，来到这神奇吉祥的净土。来到这里要问上师几件事，请上师仔细说分明。南赡部洲的黑头发众生，怎样才能享太平？我在岭地还要住多久？怎样才能使众生从苦难中得到解脱？……"

　　格萨尔拜罢大师，只见从莲花生的周身发出各种颜色的光，各方菩萨纷纷而至。东方的金刚菩萨踏白光而来，南方的宝生佛踏黄光而至，西方的无量光佛乘红光飞降，北方的不空成就佛踏绿光到此。茫茫虚空之中，花雨纷纷下降，虹幕层层舒卷，香气氤氲而飘，歌声悠扬婉转。莲花生大师也显出威严的舞姿，对格萨尔唱道：

　　　　格萨尔你未降生时，
　　　　赡部洲妖魔充斥，
　　　　鬼魅罗刹相互吞噬，
　　　　众生背誓夸奖邪恶事，

1　持明：佛学术语。明谓真言，持诵真言的人，叫做持明。

> 父子之间相行偷盗事，
> 甥舅争斗忍心害同宗，
> 疾病灾害战祸流行。
> 上部的雪山为日消融，
> 下边的森林被火焚烧，
> 白狮的绿鬃血染红，
> 猛虎的利齿被打掉，
> 毒火蔓延在田园上，
> 狂飚卷乌云如怒潮，
> 藏地不安分崩离析，
> 四方战乱只剩鸟巢。
> ……

"孩子呵，自从你下界到赡部洲，黑暗之地生长出鲜花，月亮不再为罗睺噬。若想让众生享太平，第一要以禅定法食养自身，第二要以丹田吐火为服饰，第三要使精进之马常驰骋，第四要挥动智慧的武器，第五要穿上因果的盔甲，第六要讲说无欺正教法，六道众生才能脱苦难，你格萨尔才能返天界。"说罢，大师彩虹一般逝去了。格萨尔知道，该是他返回岭地的时候了，遂祈祷：

> 请五佛慈悲垂眷顾！
> 愿五毒就地熄灭，
> 化作五种智慧在世中；
> 愿六种污垢消除，
> 化作六度修行来；
> 愿五谷丰登无穷尽，
> 愿六畜繁殖满棚圈！

格萨尔祈祷罢，随四位空行游历了五个佛国土，然后返回岭地。岭国众生正在昼夜祈祷，见大王果然回转来，真是喜不自胜，更加相信大王乃是神子降临。

从小佛洲返回岭国之后，格萨尔在森珠达孜宫中住了七个月，然后又要去印度香水河七渡口修金刚延寿法。虽说众人竭力劝阻，格萨尔说此乃莲花生大师的旨意，不得违抗，众人不再说话。这时，格萨尔的亲生母亲郭姆献上一条白绫哈达，对儿子说：

"孩子呵，俗谚说：'冬天的岩石被雪封，夏天干旱时难消融；心头烦闷的寒冰，幸福日照时难消融。'从今年的情况看，母亲我夜晚多恶梦，身老有如灯油尽，这是死到临头的象征。人都说，恩重如山的生身母，若临死之时儿不在枕边，以后怎样报恩也枉然。母亲我若临死不能见儿面，必会堕入地狱受熬煎。"

母亲的话确实让格萨尔为难。想自己的母亲与别人又有所不同。从自己降生，就受到汉妃的嫉妒，又因自己的变化而被逐出岭地，受尽了苦，遭够了难，为了让母亲心安，格萨尔唱道：

生儿时母亲身受苦，
骨肉破裂母恩深；
儿子七窍初启时，
亲口哺食母恩深；
及到呀呀学语时，
教导不厌母恩深；
不分昼夜抱怀中，
亲吻爱怜母恩深；
晚间孩儿睡熟时，
母亲在旁笑吟吟；
儿受日晒风吹时，
调剂温寒母恩深。
……

格萨尔唱着，想着：母亲今年一定会谢世，母亲死时，自己怎好不在身边？但若不去印度，又恐违背大师的旨意。左思右想，拿不定主意。

见儿子为难，郭姆大为不安，不再说让格萨尔留在自己身边，而让他速去印度，只是心里不要把母亲忘了就是。

格萨尔见母亲如此明理，要母亲在他赴印度期间留在宫中修长寿圣母法，待他回岭后再做长寿灌顶，以延缓寿命。盼咐毕，格萨尔启程赴印度。

就在格萨尔离开岭国一百天的时候，郭姆生了热病，医治无效而亡。王妃珠牡和岭国众英雄为郭姆念诵了像她身上汗毛一样多的经卷，但诸佛为让格萨尔拯救地狱的众生，仍使郭姆下了地狱。岭国的三位上师无奈，只得告诉诸英雄，郭姆已堕入地狱，除雄狮大王外，谁也不能拯救她。王妃珠牡与众英雄商议派仆人前往印度去请大王转回岭地。

格萨尔一百天的修行日期已到，收拾了一下自己所用的东西什物，骑上宝驹准备返回岭地，在香水河七渡口与岭地的仆人白杰相遇了。白杰告知郭姆堕入地狱，雄狮大王一听就急了，立即念动咒语，宝马闪电般飞起，转眼间到了生死沙山上面。只见死人们像风吹积雪般上下走着。翻过沙山，来到阎罗无渡河，格萨尔挥动利剑，将汹涌的浪头划开一道大口，截流而过。宝驹载着雄狮大王又越过广大无垠的阴府大滩，这才到了阎王跟前，却没有见到母亲郭姆。格萨尔心中一阵烦乱，举起"降伏三界"宝弓，搭上金尾神箭，喊道：

"你这个横暴的刽子手，没有良心的阎罗王，前次将我的爱妃阿达娜姆带入地狱，这次又将我母亲摄来，真是气死我了。阎罗王，速速将我母亲交出来！"

说着，格萨尔射出金箭，却没有射中阎王，格萨尔又将"愿成就"藤鞭举起，质问阎罗王：

"阎罗王，都说你能判别善恶，行善的能够解脱，作恶的才堕入地狱。我母亲一辈子积德行善，你为何要将她打入地狱？这么说来，行善和作恶都是一样的结果吗？"

"怎么会是一样的结果？善恶因果，比如将一根头发分成八份，将一个芥子分成百份还要细微而不乱。你的母亲虽然行善，可你呢，你一生虽然降伏了众多的妖魔，但是也杀害了许多无辜百姓。他们有的堕入地狱，你并没有拯救他们，所以你母亲才堕入地狱之中。"阎罗王不紧不慢地说。

格萨尔听阎罗王振振有辞，气得火往上撞，拔出宝剑朝阎罗王和御前的五大判官——东方金刚佛化身狮子头，南方宝生佛化身猴头，西方无量光佛化身熊头，北方不空成就佛化身豹子头，中央毗卢遮那佛化身牛头——身上乱砍。殊不知这些佛的化身是砍不死的，雄狮大王也是气昏了头，几剑下去，非但未损阎罗王和判官一根汗毛，自己的脑袋反而掉了下来。

阎罗王一见格萨尔人头落地，并不惊慌，知道他乃天神之子，自有神力将自己的脑袋接上。

果然，只过了片刻，格萨尔就复了原。那金刚佛化身的狮子头判官教训起他来：

"我们是正直判别恶善的人，是细算因果账的人。在阎罗王面前，好汉没有用武之地，强梁不能把头抬，行骗者不能说谎，嗔怒者不能施威。你格萨尔可以在世间称大王，地狱里却没有你逞强的地方。"

格萨尔愈发生气，难道我没有遵照神佛的旨意？难道我没给众生谋福利？这阎罗王和判官也太不讲道理了。不给他们点儿颜色看看，他们就不知道我雄狮大王的厉害！想到这，格萨尔对阎罗王和五个判官说：

> 我这宝马踢一脚，
> 要把地狱炉火化灰烬；
> 我这宝剑猛一挥，
> 地狱的铜锅要打破；
> 我要摧毁阴府无畏城，
> 要拦腰砍断地狱桥，
> 要化铁汁大海为甘露，
> 要把孽镜从中钻个洞，
> 要把罪恶之网全撕毁，
> 要把生死之簿都除尽，
> 要把五毒生因连根断，
> 要引渡众生到净土！

"你们这些阎王和判官，有力量的使出来，有神威的显出来，有快马的跑起来，有武艺的练出来，有神变的飞上天，无神变的钻入地，我雄狮大王要救母亲出地狱，你们若再拦阻，就要用智慧宝剑把你们砍。"

阎罗王见格萨尔又要逞强，冷笑一声：

"高山之上还有天，山自诩为高没意思；暴君之上有阎王，君自诩为强是谬误；白鹫之上有大鹏，鹫自诩技高将受侮；大河之上有船和桥，河自诩流急要受冻结苦。论身体你大不过须弥山，论语言你猛不过紫雷电，论权力你高不过阎罗王，论心意你比不过虚空界。并不是你母不信我佛法，而是儿子罪恶大，格萨尔恶生的孽果，成熟在郭姆的身上。你挥剑要斩我阎罗，却砍断了你自己的颈脖。你行的善事不用自说我们也知道，现在要继续行善才能救你母出地狱，再逞凶残你母要受更多的苦。你如果对母亲有爱心，母亲在哪里你就该到哪里去。你如有坚甲快披挂，如有利刃快挥舞，如有快马快驰骋，如有勇气快争斗。快去吧，郭姆正在忍受那刀砍斧劈之苦，还要经过冷狱和热狱的轮回，生铁沸汁就要灌进你母亲的嘴里了……"

格萨尔浑身颤抖，口中呜呜号叫，心中如刀割一般疼痛，仿佛阎罗所说的酷刑正在他的身上施行。格萨尔抖了抖身上的白甲，摇了摇头上的白盔缨，握紧了手中的宝剑，一提马缰，就要去寻母亲郭姆。虎头判官自告奋勇，在前头为格萨尔带路。

二人先到了八冷地狱，这冷狱分为八层，一层比一层冷九倍。第一层虎虎婆冷狱比人间冬天的水冷九倍，第二层矐矐婆冷狱能将人头大的铁球冻成两半，第三层长叹冷狱可使铁球裂成四半，第四层裂如莲花冷狱可将铁球裂为八块……最下面一层的大优钵罗花冷狱铁球可裂为一千块。格萨尔见冷狱中的众生正被刀砍锤砸，叫苦之声响彻整个冷狱。寻了一遭，母亲郭姆并不在这里，格萨尔问虎头判官：

"我母亲在哪里？冷狱中的人究竟造下什么罪恶，让他们在此受这样的苦？"

虎头判官哈哈大笑：

"人都说格萨尔大王是有前知的，原来不中用。这些人在世间互相残杀，互相吞噬，深山中放火，河水里撒毒，故尔被投到八层冷狱，你若能将他们超度到快乐之处，就会见到你的母亲。"

格萨尔见众生受苦，心中悲哀，眼泪像那树叶上的露珠般滚落下来。遂诚心诚意地向诸佛祈祷，从体内绕脉和江脉中发出一股有力的风，吹过众生的身上，又用力念了一声"啪"，冷狱中受苦的众生全部被渡到净土。

虎头判官又带格萨尔前往八热地狱。这八热地狱也分为八层，一层比一层热九倍。第一层热狱中，天地山川都像装满了火的铁筒，红赤赤的，热风怒号，火焰四射。火焰顶上，好像火轮转动，发出隆隆之声，火势甚为猛烈。火焰中安置有人头形的灶石三块，灶石上架一铜锅，铜锅之大，周围可走十八马站。锅内铁水沸腾，浪花翻卷，有数不清的男女在锅内上下滚动，哀号声惊天动地。灶台旁边还堆着一些被煮过的尸骨，颜色灰黑。这里也没有母亲郭姆。格萨尔不忍再看，催促虎头判官快些带他去他处。

虎头判官又把格萨尔带到孤独地狱，那里有一个赤铁滩，滩上燃着大火，众多男女在火中耕作，舌头被扯出老长，上面放着四个犏牛角形的铁酒盏，盏内也燃着烈火。虎头判官说，这是在世间说假话、造谣言、挑拨离间之人，死后要受这种惩罚。郭姆也不在这里。

> ▶ **十八亿亡魂得拯救**
>
> 格萨尔大王为拯救母亲与爱妃，单人匹马闯入地狱，把那些亡魂从十八热地狱、十八冷地狱等三恶道，三善道中一层层向上拯救，最后，这十八亿亡魂摆脱各种残酷之刑，就像百鸟被炮石驱赶似的，兴高采烈地被拯救到西方极乐世界中去了。

格萨尔随虎头判官又往前走,来到血海沸腾地狱。这里的人们都被血海煮得皮肉脱尽,红色浪花中翻卷着白色骨头,看上去阴森可怖。接着,格萨尔又到了铁山、铁城、铁房子、毒水、火坑……格萨尔看了,心中痛疼难忍,向诸佛祈祷:

> 原始救主普贤佛,
> 是否看见这六道的苦?
> 将此血海毒海的众生,
> 请你引渡到解脱路!
>
> 持明上师莲花生,
> 是否看见这六道的苦?
> 将此铁城铁屋的众生,
> 请您引渡到净土!

转瞬间,地狱中的众男女都到了净土。虎头判官把格萨尔带到一条花花绿绿的小路上,对他说:

"你母已到净土,速速回你的岭地去吧。"

格萨尔回到岭地,王子扎拉率众首领、众英雄前来迎接。雄狮大王向众人讲说地狱之事,臣民百姓听得惊叹不已。

又过了几个月,一天晚上,鄂洛家的女儿乃琼娜姆忽然做了一个梦。因为这梦做得好奇怪,自己不能解释,就到森珠达孜宫来请雄狮大王为其圆梦。乃琼献上五彩哈达,然后开始说梦:

"……梦见森珠达孜宫顶上,金翅鸟在那里展翅,金翅鸟的两只眼睛旁边升起了太阳和月亮,鸟颈铁的金刚宝杵上,火焰如狂飙奔腾飞扬,色彩缤纷的翅膀上,霓虹闪闪放光芒,十二支大片尾翎上,燃烧着智慧的火山,口中发出鸿雁的鸣声,飞向察多的石崖。石崖顶上檀香树被风吹倒,大地也震撼动摇,万物凌乱纷扰,金翅鸟的身上被火烧。火焰的一头站着孔雀。檀香树叶着了火,树旁出现霓虹彩霞,虹光辐射向四方,其中一股射向金刚地狱。虹光的后面有一茶室,茶室上生出一棵藤,藤树上落着一只白螺鸟,白鸟绕着岭国飞一周,然后向天国飞去……"

格萨尔听乃琼说完，告诉众人，这本不是什么梦，而是对岭地众生未来的预卜。众人一听，定要格萨尔讲端详，乃琼也恳求大王明示。格萨尔就按照乃琼梦中所示，一件件地讲了出来：

"……金翅鸟乃是我的神，金眼旁升出的太阳和月亮，是象征六道得光明……檀香树梢下垂，应在叔父总管王身上，预言他身上有灾难，茶室上长出的藤树落下白螺鸟，应在嘉洛森姜珠牡身上，那白鸟围绕岭地飞，是贪恋岭国的象征，最后飞向天国，是珠牡转生天国的象征……"

格萨尔讲罢，岭地众人只觉惶然，尼奔达雅担心地问：

"大王呵，若岭地的众英雄像藤子一样蔓延着枯干了，岭国的河山由谁来维护呢？"

"古谚说：'叔父去世的第二天，子侄继承其事业。'这你不必忧心。"

雄狮大王为乃琼圆梦不久，总管王绒察查根派仆人来禀告："在赞冷拉卡山顶，鹞鸟的羽毛被风吹动着；如果鸟毛落在平地上，请金翅鸟予以护持。"

格萨尔闻听此言，知道绒察查根即将不久人世，立即去向叔叔问安。岭地众英雄也聚在老总管的身边，只听绒察查根对格萨尔大王说：

"本月初八日，叔父我要到别的国土去，临别之前，我有几句话要告诉岭地众生。"

众英雄献上哈达和各种珍宝，请总管王训示。

绒察查根像一盏快熬干了油的灯一样，说话已经很费力气：

"我死之后众人不要难过，因为我不是死亡是幻化。有的人死在山顶上，幻化之身挂于兵器上，一点祭品也不曾见到，骄傲无知地堕入地狱去，这样的人死得无价值。有的人死于三谷口，死尸被鸟、犬、野兽争着吃，不知道他的家乡在哪里，这样的人死得没意思。总管我临死之前要说几句，请把这遗言传于后世。岭六部的众百姓，应同心同德做事情，对外要马头并齐步调一致，敌人就是死神也不足惧。对内要同铺座位同心办事情，事情再难也不可惧。敌人来攻击，要扼住他的脖领压下去，弱小者来投奔，要以诚相待给便利；适逢苦乐要用智慧，权势在手要珍惜……我的这些话，事有变化的时候须提一提，时运升降的时候要记一记。"

格萨尔和岭地众英雄纷纷点头，表示记住了老总管的临终嘱咐。

到了初八日，天色还没有大明的时候，格萨尔命岭地上师将供品摆好。当太阳照到山尖的时候，城上空出现了各种彩虹，鹫鸟像尘埃一样在空中盘旋飞绕，花雨飞降，四周充满香气。绒察查根的女儿拉姆玉珍来到父亲的面前，为父亲唱送行的歌：

> 父亲像太阳落向西山，
> 女儿玉珍我泪涟涟；
> 父亲如莲花被雹摧，
> 女儿如花蕊依附谁？
> 我是三位兄长的小妹，
> 三位兄长如天上的日月星，
> 太阳被死神曜星所吞噬，
> 月亮被乌云黑猪来遮蔽，
> 明星在行经中天时陨平地。
> 姑娘我伤心泪水多，
> 但还有父亲可依托。
> 如今须弥从顶崩塌了，
> 姑娘我愁上又添忧。

"父亲呵，现在空中降下花雨，城头彩虹围绕，这是您成就虹身的瑞兆。父亲若果往净土去，女儿我就不痛苦。脱离了世间的轮回海，女儿我愿随父亲去。"

这时，西南方出现了各种虹光，虹光中现出一匹马，毛色纯白，鬃蓝尾青，头角像松石一样透明晶莹，遍体虹光闪烁。这马只停留了片刻，就逝去了。再看总管王，遗体已经不见，只留下衣物、头发和指甲。

雄狮大王和王子扎拉等人见总管王化作彩虹而去，十分惊讶，遂命拉姆玉珍继承父业，作岭地的总管。

托后事扎拉继王位
携王妃雄狮返天界

雄狮大王格萨尔从地狱里救出了母亲。七个月后,父亲森伦王也染了重病。格萨尔又将父亲送往净土,作了超度之事。这之后,又处置了一贯挑起内讧、危害岭地的达绒长官晁通王。

降伏了四方妖魔,安定了三界,格萨尔要返回天界了。

这天,格萨尔下令,召岭国各部的男女老少到森珠达孜宫集会。

臣民百姓们打扮得漂漂亮亮,兴高采烈地来到森珠达孜宫前的广场上。他们想,大王召见,一定又有什么恩赐,因为妖魔已经降伏,四方安定,岭国的骡马成群,牛羊满山,金银珠宝不可计数。百姓们什么都不缺了,虽然日子过得幸福又安乐,可还是希望大王能多多赐福于他们。

森珠达孜宫外的广场上,搭起了大帐篷,雄狮大王格萨尔高坐在金子宝座上,威严中透着慈祥。他下界已经八十一年了,八十一年来,他东征西杀,降妖伏魔,终于实现了他的宏愿,三千世界的众生终于过上了和平安宁的生活。返回天界之前,格萨尔还有些事要托咐,也还想再看看曾经属于他的臣民百姓。

看着应召前来的百姓们,格萨尔盼咐他们尽情地玩乐。百姓们的欢歌笑语,使格萨尔十分高兴,想到自己就要返回天界,不免要对众生说几句话。但是,俗谚说:"临终不说多余的话,这是上等好男儿;飞行不多拍翅膀,这是有翅力的好鸟儿；奔驰不需鞭子打，这是善走的好马儿。"话多虽然没必要，三言两语还需讲。想着，雄狮大王对臣民百姓们说：

> 后代的青年儿孙辈，
> 都要向本尊托性命。
> 上对长辈要敬重，
> 下对弱小不欺凌；
> 对外不暴露自家丑，
> 对内不欺压老百姓；
> 不分尊卑说话要和气，
> 切忌去做坏事情；
> 要尊敬有恩的父和母，
> 因为福分是他们生；
> 王子嗣位要知奉佛法，
> 它可使地方都安宁；
> 要向土地神去求福，
> 它能使夏季六谷生。

格萨尔——嘱咐儿孙辈的孩子们，要多做好事，多行善事，尊敬父母，要能听智者之言，不要听信坏人的谎言等等。然后，把王子扎拉叫到座前，对他说：

"孩子呵，你是嘉察的儿子，像你父亲这样的男子汉，世人中间难找寻。你要学习父亲，好好报答父母的养育之恩。现在我把岭国的国事托给你，把国王的宝座交给你，把岭地的百姓交给你。你要保持贤父的良规，保持我雄狮王的国法，对百姓要和气，不要把公众的财物据为己有，不要轻信闲言碎语。俗语说：'如果武器常磨拭，战神自然会助你；若要马儿跑得快，全在平时细心喂。'叔叔的这些话你一定要牢记。"

格萨尔说罢，觉得话说得够多了，"狗叫多了人心烦，话说多了讨人嫌"，别人愿听有一句就够了，若不愿听空说百句。

王子扎拉手捧红光闪耀的绸哈达，献给雄狮王叔叔，请大王永驻人世：

> 雄狮大王离岭地，
> 岭国幸福谁谋取？
> 岭国百姓把谁依？

> 女人向谁诉苦乐?
> 男人由谁来教训?
> 王妃让她依靠谁?
> 谁带兵马打敌人?
> 雄狮大王叔叔呵,
> 请您不要离岭地!

"亲爱的雄狮王叔叔,侄儿扎拉愿意替您死,请您不要把众生抛弃。虽说命尽无法留,但大王与凡人不相同,生死完全有自由,您若定要归净土,也请您再住三年,待岭地的儿孙成长后,在老年人的话语说完前,大王叔叔您再走。"

岭地众生也纷纷匍伏在地,恳请大王不要离去。格萨尔大王接过王子的哈达,对众生唱道:

> 大鹏老鸟要高飞,
> 是鹏雏双翅已长成;
> 雪山老狮要远走,
> 是小狮玉鬃已长成;
> 我世界太阳要落山,
> 是十五明月已东升。

"从古至今,谁也难把死亡抗拒,我已到了回归净土的时候,谁也不能挽留,只要把我的话记在心里就行了。"

扎拉见大王执意不肯留下,就请大王把百姓们不明之事给予预言:

"大王呵,过去岭人做什么,都很快乐都称心,您是我们的保护人,对岭地众生有大恩。哺育大恩可同慈母比,关心和爱护赛过姊妹和兄弟,有了大王您的护佑,我们才能骑骏马,我们才能佩武器,岭地才能牛羊成群马满坡,儿孙来往山谷间。如今您若返天界,谁做我们的保护人?黑魔像石山搬掉后,会不会出现小石岩?黄霍尔像草山摧毁后,会不会再出现小草山?天、地、半空中的魔鬼神,被驱赶后逃虚空,今后会不会重新危害我岭国?达绒晁通被降伏,后代还会不会起纷争?……古谚说:'部落太多上师苦,管家太多仆人苦,儿子做贼父母苦,家境太贫门犬苦。'大王您若走了我扎拉苦,请您把今后的事情说清楚。"

雄狮大王见王子说得恳切,很是感激,但返回天界的时间是不能更改的,既

然我不能再住岭国,就把王子所担心的事说个分明吧:

"扎拉呵,我的好侄儿,莫心焦呵莫忧愁,魔国的黑妖和白妖,来世变作黑白大毒蛇,只对老鼠贪心大,还要受岭国的大鹏鸟的管辖。霍尔三王也自有去处:白帐王来世是九部冤魂鬼,对世间人没有瞋心,用不着去降伏他,让他作本尊的护法神。黑帐王来世是千眼忿怒护法,只对天上的事业有瞋心,用不着把他去降伏,他会用心保护善法。黄帐王来世是角劈雷神,不用降伏自会奉善法。达绒长官晁通王,在乌鸦城被降伏时,我在他身上已压上一座水晶白佛塔,你们不必再惧怕,岭国内讧的祸根已被挖。天、地、半空的魔鬼神,已经变作岭地的护法……王子呵,危害岭地的妖魔已降伏,众生今后的安乐要靠你维护。"

扎拉见大王执意不肯留下,再劝无益,只得默立一旁,岭国众英雄勇士、臣民百姓也不再说话。

就在格萨尔大王向王子托付后事之时,宝马江噶佩布正在大滩上与群马嬉戏玩耍。突然,宝马长嘶三声,眼中流出泪水。它知道,格萨尔大王就要返回天界,自己也将随大王一同返回。

群马静静地看着江噶佩布,不知发生了什么事。只见宝马连声嘶叫,山上山下狂奔起来。

昔日同时在疆场上驰骋的骏马——美背白背马,白臂宝珠马,火山会飞马,千里善走马,乌鸦腾空马,黑尾豺狗马,红雄鹰马,青鬃马等纷纷聚拢来,希望江噶佩布告诉它们究竟发生了什么事。

宝马江噶佩布站住了:

"同生一地的骏马们呵,雄狮大王就要归净土,我江噶佩布也要随大王去了。"说着,江噶佩布唱道:

> 父亲骑过的老骏马，
> 落到儿子手里会卖掉它；
> 母亲挤过的老犏牛，
> 落到儿子手里会宰杀它；
> 英雄用过的老角弓，
> 落到傻瓜手里会折断它；
> 雄狮大王定要归净土，
> 我也不留要跟随他。

"想我江噶佩布，当初与神子推巴噶瓦一同下界，天生的三种本领众人皆知。一是可同劲风比速度，二是可与人类通言语，三是可与群马赛智谋。我陪伴雄狮大王东征西杀，给世人留下了说不完的故事。现在大王已把王位传给了王子扎拉，我也要把鞍鞯传给王子的坐骑——白臂宝珠马才是。"

只见那宝马，四蹄已经腾起，背上的黄金鞍，有条玉龙盘绕在鞍上；前鞍鞯像是金太阳，后鞍鞯又像螺月亮；四四方方的银花垫，镶嵌着五种珍宝；一双银镫挂两边，好像玉盆垂马腹；下边是花花绊胸带，好像引入群山的黄金路；一条珠宝交错的马后鞯，好像进入平原的赶马鞭；一条镶着白蛇的肚带绳，系在肋下走路最平安……

江噶佩布腾起又落下，将身上的鞍鞯饰物留给白臂宝珠马，嘱咐它和群马说：

> 草虽不索价要知足，
> 水虽常流淌别搅浑；
> 一滩牧草共同吃，
> 一泉清水共同饮；
> 清晨上山要同去，
> 碰见恶狼要结群；
> 如果快跑要同跑，
> 万万不可单独行；
> 外对敌人莫把缰绳给，
> 内对百姓莫用蹄子踢；
> 同群伙伴不要用嘴咬，
> 要把这些牢牢记心里。

江噶佩布说完，在地上打了三个滚，站起来抖了三次毛，长嘶一声，升天而去。

群马变得躁动不安起来。有的上山入谷，奔跑不休，有的嘴唇拖地，长卧不起。

与此同时，雄狮大王箭筒中的火焰雕翎箭也立了起来，对众箭说：

> 雄狮大王要归净土，
> 神箭我也要去天界；
> 你们众箭留下镇敌军，
> 要痛饮敌人心脏的血；
> 要把敌人深深刺透，
> 要把岭地百姓保护；
> 若有一天战争又起，
> 我们还能再次相聚。

说罢，"嗖"地一声，神箭离开箭筒，向天界飞去。

这时，与雄狮大王一同下界的红面斩魔宝剑也离了鞘，对兵器库中的众剑说：

> 雄狮大王若是去净土，
> 宝剑我也要升天。
> 你们众剑要做战神眼，
> 对外露锋芒，对内要默然，
> 一旦敌人来犯边，
> 要显利刃去迎战。

唱罢，红光一闪，宝剑围绕所有兵器绕了一圈，也飞向天际。

高踞宝座上的雄狮大王格萨尔，忽然感觉到了什么似的，吩咐珠牡：

"快去看看我的宝马还在不在，宝剑和神箭在不在，快去看罢快回来。"

珠牡骑上玉鬃马，火速赶到王宫，那马、剑和箭均已无影无踪，急忙回来向大王禀报，格萨尔立即说：

"我的兵器和坐骑已返回天界，我明早也要离开岭地。"

岭地的臣民百姓虽不愿大王返回天界，却也无可奈何。

第二天一早，大梵天王、王母、天母、哥哥东琼噶布、弟弟龙树威琼、妹妹妲莱威噶、嫂嫂郭嘉噶姆和十万天神、空行，前来迎接神子推巴噶瓦返回天界。悦耳的仙乐，响彻虚空；奇异的香气，布满中界；天神们翩翩起舞，娓娓歌唱；众空行铺下绸路，搭起彩桥，从空中直垂地面。大梵天王将一条洁白的哈达递与格萨尔，唱道：

> 雄鹰一般的星宿，
> 快把空行母请到这里。
> 要用大乐心情去敬信，
> 众多神子前来迎接你。
> 送你一条白哈达，
> 是为接你回天庭。

雄狮大王见众神前来迎接，天父大梵天王又赐给自己哈达，很是感激：
"父王呵，您对孩儿恩情重；孩儿与您不再分离，只是难舍众生，难舍岭地。"
大梵天王说：
"孩子呵，你本是神子下界，现在降伏妖魔之事已毕，你理应心向天界，随父王归天去。

> 雄狮要到雪山去，
> 只因雄狮住在雪山最适宜；
> 大鹏要向山上飞，
> 只因大鹏住在高山最适宜；
> 猛虎要到紫檀林，
> 只因虎踞檀林最适宜；
> 苍鹰要飞高山岩，
> 只因鹰落石岩最适宜；
> 神子要到天界去，
> 只因你在天界最适宜。

> 在上方快乐天界里，

仙乐歌舞无休止。
天界声音最美妙，
天界气味香无比，
天界食物自然成，
天界自有天然衣，
舒适住所是天界，
天界快乐住神子。
世界雄狮格萨尔王，
你应回到天界去。

好男得王位最快乐，
好女得美餐最快乐，
你已得高位称了王，
现在该舍命离尘世。

古代藏人有谚语，
好汉若衰老，
纵有本领无人服；
骏马若衰老，
跑得再快没买主；
家犬若衰老，
再凶把人吓不住；
好汉要早些离开家，
好马要快些找买主，
你一生事业已成就，
再无空闲留岭地，
不要犹豫快启程，
快快随我上天去。"

岭地众生听大梵天王唱罢，心中十分忧伤，格萨尔也是恋恋不舍。但是，时间已到，刻不容缓，格萨尔对众生唱了一首离别的歌：

离开岭地我心也凄惶，
必走的命运已注定。
我雄狮要归天界去，

祝愿岭地部落人人平安。
不要悲伤要欢乐，
愿我们来世再相见。

唱罢，格萨尔的躯体缓缓向空中升去。左右侍立的二王妃珠牡和梅萨，也告别了姑娘们，随大王升到了黑白云相接的天界。

天空顿时布满彩虹，香气四溢，花雨纷降，众天神将格萨尔大王和二王妃团团围绕，返回了天界。

新版后记

我们走过的路

转瞬间,《格萨尔王全传》第一版已经出版20年了。其间,作家出版社曾经再版,今天,五洲传播出版社又再版,一方面,说明《格萨尔》的魅力,另一方面,也说明中国文化产业的蓬勃发展。

从某种意义上说,这部《全传》记录了新时期中国《格萨尔》工作者走过的艰难而又辉煌的足迹,反映了中国《格萨尔》乃至藏族文化事业发展的历程。正如我们在《前言》里所讲过的,"《全传》的编纂出版,既是我国《格萨尔》事业取得阶段性成果的一个标志,又促进和推动了《格萨尔》事业的深入发展"。从出版、再版到现在新版本的问世,都标志着《格萨尔》工作的一个新突破和新进展,而每一个新进展又都开创了一个新局面。因此,我们将20年来在不同时期写的《前言》和《后记》,全部保留下来了。这既是历史事实,也记录了我们走过的路,反映了我们学习、研究《格萨尔》的过程,体现了我们在不同时期对《格萨尔》的认识

和理解,对《格萨尔》学科建设提出的不同要求和具体任务。

20多年前,当我们开始从事《格萨尔》的搜集整理和调查研究时,除民间文学界的小圈子外,在社会上,在广大读者当中,知道《格萨尔》的并不多,甚至不知道"史诗"是什么。而当今,不知道《格萨尔》的似乎不多了,甚至在通俗歌曲、相声等这样一些拥有千千万万观众和听众的艺术形式中,也以不同的方式在传播《格萨尔》文化。正因为《格萨尔》文化得到了如此广泛的传播,才有了进一步做好《格萨尔》工作的社会基础和群众基础。

生存于社会中的学术界,不可能不受到这样那样思潮的影响,浮躁情绪,急功近利,成为并不罕见的心态,而对《格萨尔》这样历史悠久、内容丰富、博大精深的伟大著作的研究,具有中国特色的《格萨尔》的学科建设,不是凭一时冲动,短期突击,一哄而起,一蹴而就所能见效的,必须以坚韧不拔、锲而不舍的顽强意志、执着精神和不屈不挠的坚强毅力,艰苦努力,持之以恒,才能取得成功。20年前,即1986年,《全传》的编纂者之一降边嘉措在他研究《格萨尔》的第一部专著《〈格萨尔〉初探》的后记里曾经说过这样一段话:

"历史上往往会出现这样的情况:有些事情,从一开始就为人所注目,它的重要性,它的深远意义,大家看得清清楚楚,明明白白。因而得

到各有关方面、乃至整个社会的关心、支持和赞助，使这一事业顺利进行下去，得到圆满成功。

有些则不然。它的意义，它的全部作用和价值，往往要经过一个很长的历史时期，才能逐渐被人们所发现，所认识。其间要经历七沟八坎，甚至做出重大牺牲。

……"

一个国家，一个民族，靠什么维系，靠什么生存，应该是文化。这是我们的根之所系，脉之所为，国与国之间的交往，最后定胜负的，一定是文化。中国已将振兴中华文化作为国策和国家战略，我们也要为文化的振兴添一把柴。2006年6月10日，是中国的第一个"文化遗产日"，新版《格萨尔王全传》即将在此时问世，这是我们献给这个盛大节日的一份礼物，也是我们的心愿和祝福。

降边嘉措　吴　伟

2006年5月31日

图书在版编目（CIP）数据

格萨尔王全传 / 降边嘉措, 吴伟编. -- 2版.-- 北京：
五洲传播出版社, 2014.10（2024.10重印）
ISBN 978-7-5085-2915-8

Ⅰ. ①格… Ⅱ. ①降… ②吴… Ⅲ. ①藏族—英雄史诗—中国 Ⅳ. ①I222.74
中国版本图书馆CIP数据核字(2014)第224204号

格萨尔王全传（下卷）

作　　者	降边嘉措　吴　伟
责任编辑	刘　波
装帧设计	闫志杰　刘　鹏
出版发行	五洲传播出版社
地　　址	北京市海淀区北三环中路31号凯奇大厦B座7层
邮　　编	100088
发行电话	010-82007837 / 82001477
网　　址	www.cicc.org.cn
印　　刷	北京市房山腾龙印刷厂
版　　次	2014年10月第2版　2024年10月第3次印刷
开　　本	787×1092mm　1/16
印　　张	26.25
字　　数	451千字
定　　价	188.00元（上下）

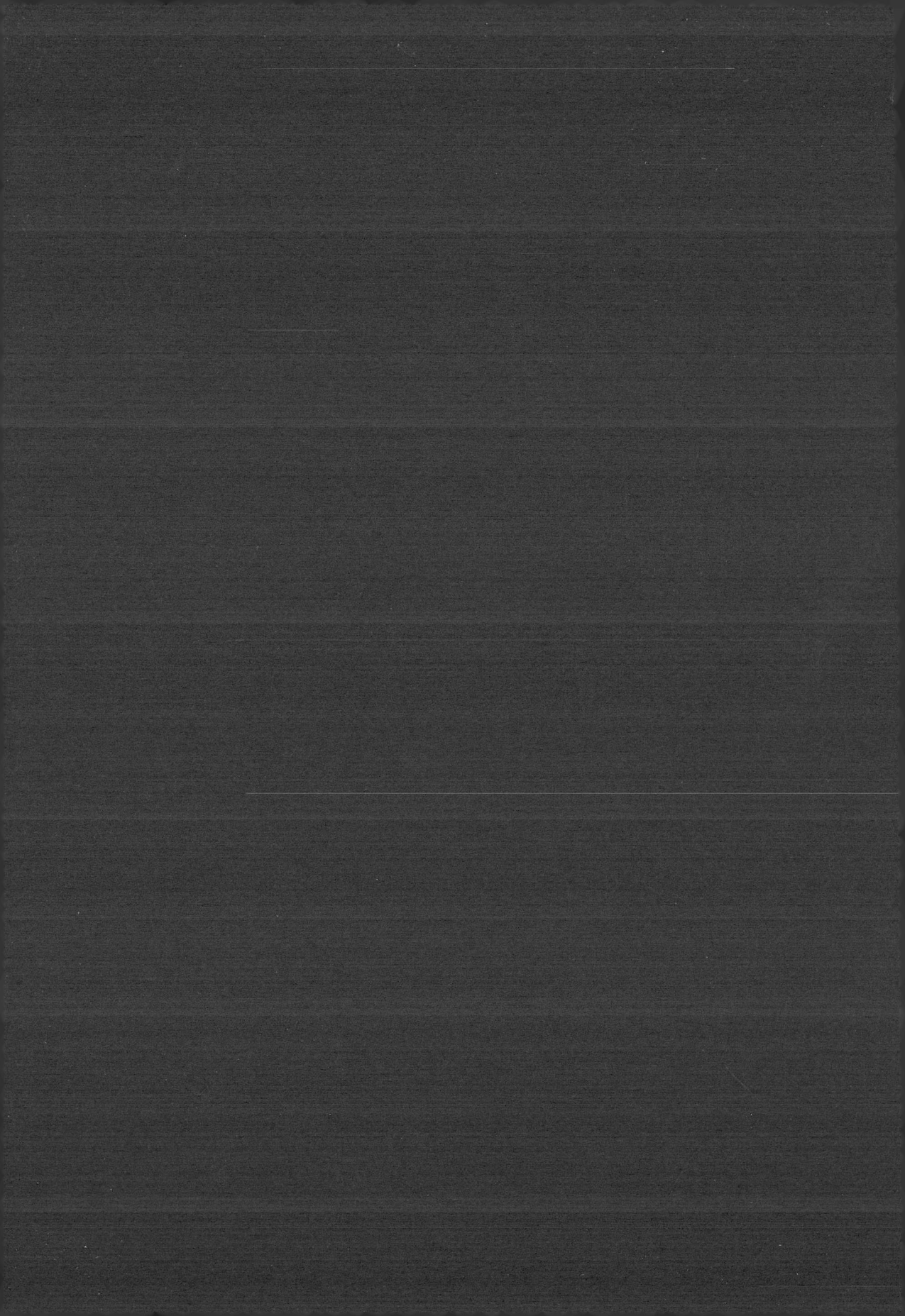